中国笔记小说纵览

孙顺霖　陈协琹　编著

华东师范大学出版社

前　言

　　中国笔记小说从雏形发展至近代，已有约三千年历史，其间曾在魏晋南北朝、唐宋、清前中期出现过三次大的创作高潮。它不仅以其独特的形式贯穿于中国古典文学发展史的全过程，留下了大量的作品，而且对其他文学样式的形成与发展产生了重要影响。

　　中国历史上到底有多少笔记小说作家？有多少部笔记小说作品？应该如何科学定义笔记小说的范畴？它与历史笔记有没有严格的分野……诸如此类的问题，不少史学家、文学家、文艺理论家曾经探讨过，但似乎谁也难以说得清、道得明。也正因为如此，千百年来，有不少仁人志士在不懈地发掘它、探索它、研究它、发展它。发掘者在钩沉、辑佚、辨伪；探索者在条分缕析，解读它与其他文学样式的产生、发展、流变的渊源关系；研究者在去粗取精，寻觅其创作规律、艺术表现手法、流传途径及其过程；发展者在继承传统的过程中勤奋创作，使这种古老的文学样式不断丰富，薪火相传。

　　然而，中国笔记小说浩如烟海、汗牛充栋，在历史长河中流失严重；不少作品的版本复杂，所载录的卷帙、年代、书名、作者等信息多有不同。在笔记小说的研究领域中，也存在很多不尽如人意之处：比如研究一人一书者多，综合研究者少；论述一朝一代者多，纵论全面者少；介绍传世的名家名篇者多，挖掘和整理散佚者少；细析局部者多，分析全部者少等等。上述客观和主观方面存在的问题，无疑给走近并深入笔记小说领域带来困难。谁也不可能全面地、一个不漏地去认识它、研究它。管中窥豹，难免挂一漏万；但是，"多窥一斑"、"挂十漏千"之事，通过努力是否有实现的可能？

　　有人试图做这方面的工作，我们也在努力去做，虽然知道可能收效甚微，也许还会遭致外界的讥讽或指责；但出于个人爱好及由此而生的一种使命感，我们还是尝试着去艰苦地啃，以图离目标近一些。这便是我们编写《中国笔记小说纵览》的缘由。

　　中国笔记小说的数量，有人估计超过万种，也有人统计约七八千种；但由于历史上的种种原因，散佚严重。《汉书·艺文志》、《隋书·经籍志》，包括新旧《唐书》中所列的小说类作品几乎全部散佚，保全者寥若晨星，而且时代越久远，越无完帙：约有三分之一湮散无存，约有三分之一成为残本，余下的三分之一多系唐宋以后的作品。试对此作一估计分析：以总数为七千种计，剔除历史笔记五分之二，则剩四千余种；此中除掉湮佚的三分之一后,只有约二千五六百种;再除去三分之一左右的残本,所剩下的完本恐怕只有一千六七百种。这些作品散见于全国各地,包括民间,通常我们能见到的书目也只有千余种。

今天,要将此千余种笔记小说阅读一遍、介绍一遍,谈何容易!即便有那个条件和决心,恐怕也不是一代人所能毕其功的。为了较为全面、完整地展现中国笔记小说的概貌,在本书中,我们以词条形式,对上起秦汉、下迄近代的近七百位笔记小说作家、九百余部作品进行了介绍。此作品数量约占目前我们所能找到的千余种笔记小说的八成左右。词条的编写,主要依据相关的历史文献资料,并参考了具有权威性的研究著作和工具书。我们力求做到:名家名篇重点介绍;唐宋以前的作品尽量介绍;新发现的作品优先介绍;一书多名或多书一名的作品分别介绍;与笔记小说联系紧密或并存的其他体裁,如传奇类等作品则择要介绍。以上做法,盖为尽量"专"到笔记小说上来。

为了廓清中国笔记小说发展的历史脉络,在本书中,我们将之划分为先秦、秦汉、魏晋南北朝、隋唐五代、宋辽金元、明代、清代七个时期,各为独立的篇章,分别作介绍。开篇有"中国笔记小说总论",各章前有"概述"。将"总论"和"概述"摘出并串联起来,或可勉成一篇"中国笔记小说简史"。具体到各时期,我们在"概述"之后介绍作家,作家下系作品;无作者著录的(无名氏)作品则列于其相应年代的章末作介绍;无留存作品记载的作家从略。作家部分主要介绍生平事迹、籍贯、作品等;作品部分主要介绍名称(含异名)、作者、卷次、名篇(条)、主要特色和影响、其内容的明显不足或错讹、版本流传及现存版本情况等。为使读者了解中国笔记小说的发展过程及有关笔记小说的基本知识,我们还在"总论"后附有百余条词语解释。书后附有作家、作品词条索引,以备读者检索。

本书编著者
2013 年 1 月

目　录

中国笔记小说总论 / 1
　一、中国笔记小说的概念 / 1
　二、笔记小说的特点及其价值 / 2
　三、笔记小说的发展脉络 / 3
　四、笔记小说的类别和形式简介 / 5
　　【附】部分词语解释 / 6－30
　　　小说 / 文言小说 / 古小说 / 笔记 / 笔记小说 / 志人小说 / 志怪小说 / 博物小说 / 杂史小说 / 杂传体小说 / 杂记体小说 / 寓言小说 / 市人小说 / 白话小说 / 骈体小说 / 子部小说 / 俳优小说 / 传奇小说 / 打野呵 / 话本 / 拟话本 / 通俗小说 / 公案小说 / 传记小说 / 艳情小说 / 说经 / 小品 / 讲史 / 别传 / 辨订 / 丛谈 / 地理书 / 都邑簿 / 合生 / 家史 / 郡书 / 偏记 / 琐言 / 琐语 / 小录 / 行卷 / 逸事 / 虞初 / 杂录 / 杂事 / 箴规 / 异闻 / 俗讲 / 杂俎 / 变文 / 短书 / 说话 / 银字儿 / 烟粉 / 灵怪 / 铁骑儿 / 朴刀 / 杆棒 / 诗话 / 词话 / 笑话 / 说参情 / 说浑话 / 说部 / 稗史 / 齐野 / 齐谐 / 夷坚 / 神话 / 寓言 / 民间故事 / 书会 / 雄辩社 / 小道说 / 子不语说 / 丛残小语说 / 街谈巷语说 / 神道不诬说 / 真怪说 / 靡丽说 / 传情说 / 雄美说 / 出人目前说 / 情事说 / 寓言说 / 语得情态说 / 博览该通说 / 有益说 / 太平乐事说 / 损益国史说 / 不论有无说 / 寓鉴戒说 / 劝善惩恶说 / 发愤说 / 至文说 / 正史之补说 / 虚实相半说 / 寄意时俗说 / 无奇之奇说 / 醒人说 / 情教说 / 通俗说 / 极幻乃极真说 / 传奇贵幻说 / 曲尽世态说 / 鬼得性情说 / 两种境界说 / 小说至上说

先秦神话与笔记小说 / 32
　一、概述 / 32
　二、作家和作品 / 33
　　女娲神话(33) 伏羲神话(34) 黄帝神话(34) 帝俊神话(35) 羿神话(36) 夸父神话(36) 嫦娥神话(36) 西王母神话(37)《山海经》(37)《逸周书》(38)《青史子》(39)《黄帝说》(39)《汲冢琐语》(40)《穆天子传》(40)《归藏》(41)《伊尹说》(41)《周考》(42)《师旷》(42)
　　鬻　熊 / 42　《鬻子说》(42)
　　宋　钘 / 43　《宋子》(43)

秦汉笔记小说 / 44
　一、概述 / 44

二、作家和作品 / 45

臣 寿 / 45 《臣寿周纪》(45)
虞 初 / 45 《虞初周说》(46)
东方朔 / 46 《神异经》(47)《十洲记》(47)
刘 向 / 48 《百家》(48)《新序》(49)《说苑》(49)《列仙传》(50)《列女传》(50)
扬 雄 / 51 《蜀王本纪》(51)
班 固 / 52 《汉武故事》(52)《汉武内传》(53)
郭 宪 / 53 《洞冥记》(54)《东方朔传》(54)
伶 元 / 54 《飞燕外传》(55)
陈 寔 / 55 《异闻记》(55)

【佚名】/ 55
《杂事秘辛》(55)《封禅方说》(56)《燕丹子》(56)《括地图》(57)《徐偃王志》(57)

魏晋南北朝笔记小说 / 59
一、概述 / 59
二、作家和作品 / 61

邯郸淳 / 61 《笑林》①(62)
曹 丕 / 62 《列异传》(63)
张 华 / 63 《博物志》(64)
嵇 康 / 65 《圣贤高士传》(65)
皇甫谧 / 65 《高士传》(66)
陆 氏 / 66 《陆氏异林》(66)
郭 璞 / 67 《玄中记》(67)
王 浮 / 68 《神异记》(68)
葛 洪 / 68 《西京杂记》(69)《神仙传》(70)
干 宝 / 70 《搜神记》(71)
祖台之 / 72 《志怪》(72)
曹 毗 / 73 《曹氏志怪》(73)
殖 氏 / 73 《殖氏志怪》(73)
郭 颁 / 74 《群英论》(74)《魏晋世语》(74)
裴 启 / 74 《语林》①(74)
孔 约 / 75 《孔氏志怪》(75)
郭澄之 / 75 《郭子》(76)
戴 祚 / 76 《甄异传》(77)
王延秀 / 77 《感应传》(77)
陶 潜 / 77 《搜神后记》(78)
荀 氏 / 79 《灵鬼志》(79)

王　嘉／79　《拾遗记》(80)
刘敬叔／80　《异苑》(80)
刘义庆／81　《世说新语》(81)《幽明录》(82)《宣验记》(83)《小说》(83)
东阳无疑／83　《齐谐记》(83)
虞通之／83　《妒记》(84)
袁王寿／84　《古异传》(84)
郭季产／84　《集异记》①(84)
刘　质／84　《近异录》(85)
王　琰／85　《冥祥记》(85)《补续冥祥记》(85)
萧子良／85　《冥验记》(86)
祖冲之／86　《述异记》①(86)
焦　度／86　《稽神异苑》(87)
萧　贲／87　《辨林》(87)
傅　亮／87　《观世音应验记》(88)
沈　约／88　《俗说》(89)
陶弘景／89　《周氏冥通记》(90)
任　昉／90　《述异记》②(90)
吴　均／91　《续齐谐记》(91)
殷　芸／91　《殷芸小说》(92)
顾　协／92　《琐语》(92)
刘之遴／93　《神录》(93)
刘　霁／93　《释俗语》(93)
颜之推／93　《集灵记》(94)《冤魂志》(94)
萧　绎／94　《研神记》(95)
裴子野／95　《类林》(96)
杨衒之／96　《洛阳伽蓝记》(96)
阳松玠／97　《谈薮》①(97)
阴　颢／97　《琼林》(97)
范　逸／97　《南岳魏夫人传》(97)
宗　懔／97　《荆楚岁时记》(98)
释慧皎／98　《高僧传》(98)
句道兴／99　《敦煌写本搜神记》(99)

【佚名】／100
《外国图》(100)《续异苑》(100)妖异记(101)《鬼神列传》(101)《续异记》(101)《祥异记》(101)《神怪录》(101)《杂鬼神志怪》(101)

3

隋唐五代笔记小说 / 102

一、概述 / 102
二、作家和作品 / 104

　　侯　白 / 104　《旌异记》(104)《启颜录》(104)
　　颜师古 / 105　《南部烟花录》(105)
　　杜　宝 / 106　《水饰》(106)
　　王　度 / 107　《古镜记》(107)
　　唐　临 / 108　《冥报记》(108)
　　张　鷟 / 108　《游仙窟》(109)《朝野佥载》(109)
　　萧时和 / 110　《杜鹏举传》(110)
　　何延之 / 110　《兰亭记》(110)
　　张　说 / 110　《梁四公记》(111)
　　刘孝孙 / 111　《事始》(111)
　　吴　兢 / 111　《开元升平源》(112)
　　陈玄祐 / 112　《离魂记》(112)
　　沈既济 / 112　《枕中记》(113)《任氏传》(113)
　　姚　崇 / 114　《六诫》(114)
　　许尧佐 / 114　《柳氏传》(114)
　　李景亮 / 115　《李章武传》(115)
　　李朝威 / 115　《柳毅传》(115)
　　白行简 / 116　《李娃传》(116)《三梦记》(116)
　　元　稹 / 117　《莺莺传》(118)《崔徽传》(118)
　　陈　鸿 / 118　《长恨歌传》(119)《东城父老传》(119)
　　李公佐 / 120　《南柯太守传》(120)《庐江冯媪传》(120)《古岳渎经》(121)《谢小娥传》(121)《燕女坟记》(121)
　　蒋　防 / 121　《霍小玉传》(122)
　　王　建 / 122　《崔少玄传》(122)
　　南　卓 / 123　《烟中仙》(123)
　　沈亚之 / 123　《冯燕传》(123)《异梦录》(124)《湘中怨解》(124)《秦梦记》(124)《感异记》(124)
　　房千里 / 125　《杨娼传》(125)
　　薛　调 / 125　《无双传》(125)
　　王　洙 / 126　《东阳夜怪录》(126)
　　杜光庭 / 126　《录异记》(127)《神仙感遇传》(127)《墉城集仙录》(127)《西王母传》(128)《虬髯客传》(128)
　　韩　偓 / 128　《海山记》(129)《开河记》(129)《迷楼记》(129)
　　郭　湜 / 129　《高力士外传》(129)
　　李　繁 / 130　《邺侯外传》(130)《大唐说纂》(130)
　　温　造 / 130　《瞿童述》(130)

罗　隐／131　《广陵妖乱志》(131)
郎余令／131　《冥报拾遗》(131)
牛　肃／131　《纪闻》(132)
刘　悚／132　《隋唐嘉话》(132)
崔令钦／133　《教坊纪》(133)
赵自勤／133　《定命论》(133)
戴　孚／133　《广异记》(134)
马　总／134　《意林》(134)
郑　常／135　《洽闻记》(135)
张　荐／135　《灵怪集》(136)
陆长源／136　《辨疑志》(136)
陈　劭／137　《通幽记》(137)
陈　岵／137　《朝廷卓绝事》(137)
柳宗元／137　《龙城录》(138)
李　肇／138　《国史补》(138)
刘　肃／139　《大唐新语》(139)
柳公权／140　《柳氏小说旧闻》(140)
牛僧孺／140　《玄怪录》(141)
韦　瓘／141　《周秦行纪》(142)
李复言／142　《续玄怪录》(142)
李德裕／143　《次柳氏旧闻》(143)
薛渔思／144　《河东记》(144)
薛用弱／144　《集异记》②(145)《古异记》(145)
郑还古／145　《博异志》(146)
刘　轲／146　《牛羊日历》(147)
柳　珵／147　《常侍言旨》(147)《柳氏家学要录》(147)
钟　辂／148　《前定录》(148)
吕道生／148　《定命录》(148)
温　畬／148　《续定命录》(148)
胡　璩／149　《谭宾录》(149)
皇甫松／149　《醉乡日月》(149)
陆　勋／150　《陆氏集异记》(150)
李匡乂／150　《资暇集》(150)
韦　绚／151　《刘宾客嘉话录》(151)《戎幕闲谈》(151)
何自然／152　《笑林》②(152)
赵　璘／152　《因话录》(152)
段成式／153　《酉阳杂俎》(153)《庐陵官下记》(154)
李　玫／154　《纂异记》(154)

卢　言 / 155　《卢氏杂说》(155)
李　沉 / 155　《独异志》(155)
李商隐 / 156　《杂纂》(156)
温庭筠 / 157　《乾䑛子》(157)
郑处诲 / 158　《明皇杂录》(158)
卢　肇 / 158　《逸史》(159)
李　翱 / 159　《卓异记》(159)
裴紫芝 / 159　《续卓异记》(159)
焦　璐 / 160　《穷神秘苑》(160)
李　隐 / 160
柳　祥 / 160　《大唐奇事》(160)
张　读 / 161　《宣室志》(161)
袁　郊 / 161　《甘泽谣》(162)
裴　铏 / 162　《传奇》(162)
皇甫枚 / 163　《三水小牍》(163)《玉匣记》(164)
李　涪 / 164　《刊误》(164)
李　濬 / 164　《松窗杂录》(164)
陈　翰 / 165　《异闻集》(165)
郑　綮 / 165　《开天传信记》(165)
裴廷裕 / 166　《东观奏记》(166)
范　摅 / 166　《云溪友议》(166)
高彦休 / 167　《阙史》(167)
苏　鹗 / 168　《杜阳杂编》(168)《苏氏演义》(168)
孙　棨 / 168　《北里志》(169)
卢光启 / 169　《初举子》(169)
王定保 / 169　《唐摭言》(170)
张　固 / 170　《幽闲鼓吹》(170)
康　骈 / 170　《剧谈录》(171)
李　跃 / 171　《岚斋集》(171)
尉迟枢 / 171　《南楚新闻》(172)
冯翊子 / 172　《桂苑丛谈》(172)
丁用晦 / 172　《芝田录》(172)
刘山甫 / 172　《金溪闲谈》(172)
张敦素 / 173　《夷坚录》(173)
皇甫氏 / 173　《原化记》(173)
刘　愿 / 174　《知命录》(174)
王　毂 / 174　《报应录》(174)
沈　汾 / 174　《续仙传》(174)

陆龟蒙 / 175　《小名录》(175)
李　绰 / 175　《尚书故实》(175)
孟　棨 / 175　《本事诗》(175)
尉迟偓 / 176　《中朝故事》(176)
陈　纂 / 176　《葆光录》(176)
丘光庭 / 176　《兼明书》(176)
段公路 / 176　《北户录》(177)
皮光业 / 177　《皮氏见闻录》(177)
王仁裕 / 177　《玉堂闲话》(178)《开元天宝遗事》(178)
刘崇远 / 178　《金华子》(179)《耳目记》(179)
孙光宪 / 179　《北梦琐言》(180)
徐　铉 / 180　《稽神录》(180)
潘　远 / 181　《纪闻谭》(181)
金利用 / 181　《玉溪编事》(181)
何光远 / 181　《鉴诫录》(182)
周　挺 / 182　《儆诫录》(182)
冯　贽 / 182　《云仙散录》(182)
张　洎 / 183　《贾氏谈录》(183)

【佚名】/ 183
　《杂语》(183)《古今艺术》(183)《八朝穷怪录》(183)《补江总白猿传》(184)《冥音录》(184)《灵应传》(184)《唐宝记》(185)《还魂记》(185)《大唐传载》(185)《玉泉子》(185)《树萱录》(186)《会昌解颐》(186)《闻奇录》(186)《灯下闲谈》(186)《秀师言记》(187)《达奚盈盈传》(187)

《唐人小说》(187)

宋辽金元笔记小说 / 189
一、概述 / 189
二、作家和作品 / 192
陶　谷 / 192　《清异录》(192)
乐　史 / 192　《绿珠传》(193)《杨太真外传》(193)
张齐贤 / 194　《洛阳搢绅旧闻记》(194)
吴　淑 / 195　《江淮异人录》(195)《秘阁闲谈》(195)
秦再思 / 196　《洛中纪异》(196)
景　焕 / 196　《野人闲话》(196)《牧竖闲谈》(196)
路　振 / 197　《九国志》(197)
李　畋 / 197　《该闻录》(197)
张君房 / 197　《乘异记》(198)《搢绅脞说》(198)《丽情集》(198)

陈彭年 / 199　《江南别录》(199)
钱　易 / 199　《越娘记》(200)《乌衣传》(200)《南部新书》(200)《洞微志》(201)
黄休复 / 201　《茅亭客话》(201)
柳师尹 / 202　《王幼玉记》(202)
田　况 / 202　《儒林公议》(202)
江休復 / 203　《江邻几杂志》(203)
沈　辽 / 203　《任社娘传》(203)
聂　田 / 204　《祖异记》(204)
张　实 / 204　《流红记》(204)
宋　庠 / 205　《杨文公谈苑》(205)
高　择 / 205　《群居解颐》(205)
张师正 / 205　《括异志》(205)《倦游杂录》(206)
沈　括 / 206　《清夜录》(207)《梦溪笔谈》(207)
岑象求 / 207　《吉凶影响录》(207)
庞元英 / 207　《文昌杂录》(207)《谈薮》②(208)
范　镇 / 208　《东斋记事》(208)
释文莹 / 209　《湘山野录》(209)《玉壶野史》(209)
胡微之 / 209　《芙蓉城传》(209)
毕仲询 / 210　《幕府燕闲录》(210)
欧阳修 / 210　《归田录》(210)
苏舜钦 / 211　《爱爱歌序》(211)
王辟之 / 211　《渑水燕谈录》(211)
詹　玠 / 212　《唐宋遗史》(212)
孔平仲 / 212　《续世说》(212)
司马光 / 213　《涑水记闻》(213)
苏　轼 / 213　《艾子》(214)《渔樵闲话》(214)《东坡志林》(215)《仇池笔记》(215)
苏　辙 / 215　《龙川别志》(216)《龙川略志》(216)
崔公度 / 216　《金华神记》(216)
魏　泰 / 216　《东轩笔录》(217)
秦　醇 / 217　《骊山记》(217)《温泉记》(218)《赵飞燕别传》(218)《谭意歌传》(218)
夏　噩 / 219　《王魁传》(219)
彭　乘 / 219　《墨客挥犀》(219)
吴处厚 / 220　《青箱杂记》(220)
李　廌 / 220　《师友谈记》(220)
宋敏求 / 220　《春明退朝录》(221)
陈师道 / 221　《后山谈丛》(221)
叶梦得 / 221　《石林燕语》(221)《避暑录话》(222)
马永卿 / 222　《懒真子》(222)

赵令畤 / 222　《侯鲭录》(222)
廖子孟 / 223　《黄靖国再生传》(223)
王　说 / 223　《唐语林》(223)
何　薳 / 224　《春渚纪闻》(224)
李献民 / 224　《云斋广录》(225)
章炳文 / 225　《搜神秘览》(225)
陈正敏 / 226　《遁斋闲览》(226)
邵伯温 / 226　《闻见前录》(226)
蔡　絛 / 227　《铁围山丛谈》(227)
周　煇 / 227　《清波杂志》(227)
刘　斧 / 228　《青琐高议》(228)《青琐摭遗》(229)《翰府名谈》(229)
范成大 / 229　《吴船录》(229)《桂海虞衡志》(230)《骖鸾录》(230)《揽辔录》(230)
朱　翌 / 230　《猗觉寮杂志》(230)
耿延禧 / 230　《林灵素传》(231)
王禹锡 / 231　《海陵三仙传》(231)
范公偁 / 231　《过庭录》(231)
邵　博 / 231　《闻见后录》(231)
王　铚 / 232　《默记》(232)《续清夜录》(232)《补侍儿小名录》(232)
庄　绰 / 233　《鸡肋编》(233)
朱　弁 / 233　《曲洧旧闻》(233)
韩　淲 / 234　《涧泉日记》(234)
王　巩 / 234　《甲申杂记》(234)
马　纯 / 235　《陶朱新录》(235)
廉　布 / 236　《清尊录》(236)
黄朝英 / 236　《靖康缃素杂记》(236)
吕本中 / 237　《轩渠录》(237)
王　山 / 237　《笔奁录》(237)
张邦基 / 237　《墨庄漫录》(238)
郭　彖 / 238　《睽车志》(238)
龚明之 / 239　《中吴纪闻》(239)
姚　宽 / 239　《西溪丛话》(239)
洪　迈 / 240　《夷坚志》(240)《容斋随笔》(241)
曾　慥 / 242　《类说》(242)
罗　烨 / 242　《醉翁谈录》①(242)
金盈之 / 243　《醉翁谈录》②(243)
王明清 / 243　《投辖录》(243)《玉照新志》(243)《摭青杂记》(244)
朱　彧 / 244　《萍州可谈》(244)
康与之 / 244　《昨梦录》(245)

李元纲 / 245　《厚德录》(245)
李　石 / 245　《乐善录》(246)
王　楙 / 246　《野客丛书》(246)
何　光 / 247　《异闻》(247)
岳　珂 / 247　《桯史》(247)
吴　曾 / 248　《能改斋漫录》(248)
鲁应龙 / 248　《闲窗括异志》(249)
周　密 / 249　《齐东野语》(249)《癸辛杂识》(250)
黄　震 / 250　《古今纪要逸编》(250)
刘昌诗 / 250　《芦浦笔记》(251)
费　衮 / 251　《梁谿漫志》(251)
赵与时 / 251　《宾退录》(252)
陆　游 / 252　《老学庵笔记》(252)《避暑漫抄》(253)《家世旧闻》(253)
张　淏 / 253　《云谷杂记》(254)
张端义 / 254　《贵耳集》(254)
黄翼之 / 254　《南烬纪闻》(254)
张世南 / 255　《游宦纪闻》(255)
赵彦卫 / 255　《云麓漫钞》(255)
俞文豹 / 256　《吹剑录》(256)
罗大经 / 256　《鹤林玉露》(257)
孟元老 / 257　《东京梦华录》(257)《都城纪胜》(257)《西湖老人繁胜录》(257)《梦粱录》(257)《武林旧事》(257)
王　简 / 258　《疑仙传》(258)
周文玘 / 258　《开颜集》(258)
沈　徵 / 258　《谐史》①(258)
陈世崇 / 258　《随隐漫录》(259)
陆友仁 / 259　《研北杂志》(259)
吴　坰 / 259　《五总志》(259)
李季可 / 260　《松窗百说》(260)
苏　籀 / 260　《栾城遗言》(261)
黄伯思 / 261　《东观余论》(261)
周守忠 / 261　《姬侍类偶》(261)
元好问 / 261　《续夷坚志》(262)
郭霄凤 / 262　《江湖纪闻》(262)
蒋子正 / 263　《山房随笔》(263)
仇　远 / 263　《稗史》(263)
杨　瑀 / 264　《山居新语》(264)
刘　祁 / 264　《归潜志》(264)

林　坤 / 265　《诚斋杂记》(265)
陶宗仪 / 265　《辍耕录》(265)《说郛》(266)
刘一清 / 266　《钱塘遗事》(266)
夏庭芝 / 266　《青楼集》(266)
王　鼎 / 267　《焚椒录》(267)
伊世珍 / 267　《瑯嬛记》(267)
龙　辅 / 267　《女红余志》(268)
郑元祐 / 268　《遂昌杂录》(268)
陈世隆 / 268　《北轩笔录》(268)
徐　显 / 269　《稗史集传》(269)
郑　禧 / 269　《春梦录》(269)
皇都风月主人 / 269　《绿窗新话》(269)
委心子 / 270　《分门古今类事》(270)

【佚名】/ 270
　　《张浩》(270)《梅妃传》(271)《文酒清话》(271)《鸳鸯灯传》(271)《李师师外传》(272)《苏小卿》(272)《道山清话》(273)《异闻总录》①(273)《南窗纪谈》(273)《豪异秘纂》(274)《异人录》(274)《苇航纪谈》(274)《宣和遗事》(274)《湖海新闻夷坚续志》(275)《异闻总录》②(275)《隽永录》(275)《鬼董》(276)《虚谷闲抄》(276)《绿窗纪事》(276)《姚月华小传》(276)《紫竹小传》(277)

明代笔记小说 / 278
一、概述 / 278
二、作家和作品 / 280
　　宋　濂 / 280　《浦阳人物记》(280)
　　刘　基 / 281　《郁离子》(281)
　　叶子奇 / 282　《草木子》(282)
　　瞿　祐 / 282　《剪灯新话》(283)
　　李　祯 / 283　《剪灯馀话》(284)
　　赵　弼 / 284　《效颦集》(284)
　　彭　时 / 285　《可斋杂记》(285)
　　李　贤 / 285　《古穰杂录》(286)
　　叶　盛 / 286　《水东日记》(286)
　　雷　燮 / 287　《奇见异闻笔坡丛胜》(287)
　　玉峰主人 / 287　《钟情丽集》(287)
　　刘　昌 / 287　《悬笥琐谈》(287)
　　沈　周 / 288　《客座新闻》(288)
　　王　锜 / 288　《寓圃杂记》(288)
　　陆　容 / 289　《菽园杂记》(289)

贺　钦 / 289　《医间漫记》(289)
陆　钎 / 290　《贤识录》(290)《病逸漫记》(290)
程敏政 / 290　《宋遗民录》(290)
文　林 / 291　《琅琊漫钞》(291)
孙道易 / 291　《东园客谈》(291)
张　翼 / 291　《农田余话》(291)
马中锡 / 292　《中山狼传》(292)
刘　绩 / 292　《霏雪录》(292)
王　达 / 293　《椒宫旧事》(293)
都　穆 / 293　《谈纂》(293)《听雨记谈》(294)
杨循吉 / 294　《苏谈》(294)《吴中故语》(295)
王　琼 / 295　《双溪杂记》(295)
祝允明 / 295　《志怪录》(296)《九朝野记》(296)《语怪四编》(296)《猥谈》(296)《前闻记》(297)
张　宁 / 297　《方洲杂言》(297)
徐祯卿 / 297　《翦胜野闻》(298)《异林》(298)
陆　深 / 298　《玉堂漫笔》(299)《金台纪闻》(299)《春风堂随笔》(299)《溪山余话》(299)《愿丰堂漫书》(299)
许　诰 / 299　《复斋日记》(300)
陶　辅 / 300　《花影集》(300)《桑榆漫志》(300)
杨　仪 / 300　《高坡异纂》(301)
陈于陛 / 301　《玉垒意见》(301)
陆　粲 / 302　《庚巳编》(302)
陆　采 / 302　《艾子后语》(302)《冶城客论》(303)《虞初志》(303)
罗　凤 / 303　《漫录》(304)
陈良谟 / 304　《见闻纪训》(304)
顾元庆 / 304　《云林遗事》(304)《顾氏文房小说》(305)《明朝四十家小说》(305)
杨　慎 / 306　《艺林伐山》(306)
万　表 / 307　《灼艾集》(307)
黄　瑜 / 307　《双槐岁钞》(307)
尹　直 / 307　《謇斋琐缀录》(308)
姚　福 / 308　《青溪暇笔》(308)
戴　冠 / 308　《濯缨亭笔记》(309)
何良俊 / 309　《语林》②(310)《四友斋丛说》(310)
高　拱 / 310　《病榻遗言》(310)
胡　侍 / 311　《真珠船》(311)
董　谷 / 311　《碧里杂存》(311)
王世贞 / 311　《艳异编》(312)《剑侠传》(312)
田汝成 / 313　《西湖游览志余》(313)
李　贽 / 314　《初潭集》(314)

李　默 / 314　《孤树裒谈》(314)
冯汝弼 / 315　《祐山杂说》(315)
王稚登 / 315　《虎苑》(316)《吴社编》(316)
王世懋 / 316　《二酉委谈》(316)
王同轨 / 316　《耳谈》(316)《耳谈类增》(317)
范　濂 / 317　《云间据目抄》(318)
冯梦祯 / 318　《快雪堂漫录》(318)
张　瀚 / 318　《松窗梦语》(318)
施显卿 / 319　《古今奇闻类记》(319)
胡应麟 / 319　《少室山房笔丛》(319)《甲乙剩言》(320)
梅鼎祚 / 320　《才鬼记》(320)《青泥莲花记》(321)
陈继儒 / 321　《珍珠船》(321)《太平清话》(322)《闲情野史》(322)
丁元荐 / 322　《西山日记》(322)
顾起元 / 322　《客座赘语》(323)
李本固 / 323　《汝南遗事》(323)
潘士藻 / 323　《闻然堂类纂》(323)
洪　楩 / 324　《清平山堂话本》(324)《雨窗集》(324)
支　立 / 324　《十处士传》(324)
黄　暐 / 324　《蓬轩吴记》(325)《蓬窗类记》(325)
伍馀福 / 325　《苹野纂闻》(325)
周　礼 / 325　《湖海奇闻》(325)《秉烛清谈》(326)
李　诩 / 326　《戒庵老人漫笔》(326)
汤　沐 / 327　《公余日录》(327)
蒋一葵 / 327　《长安客话》(327)
徐　充 / 327　《暖姝由笔》(327)
董其昌 / 327　《画禅室随笔》(328)
冯梦龙 / 328　《情史》(329)《古今谭概》(329)《智囊》(330)《智囊补》(330)
席浪仙 / 330　《石点头》(330)
朱国祯 / 331　《涌幢小品》(331)
宋懋澄 / 332　《九籥集》(332)
江盈科 / 332　《雪涛阁四小书》(333)
张　岱 / 333　《陶庵梦忆》(333)
余永麟 / 334　《北窗琐语》(334)
毛　晋 / 334　《津逮秘书》(334)
钓鸳湖客 / 334　《鸳渚志余雪窗谈异》(335)
卢民表 / 335　《怀春雅集》(335)
徐常吉 / 335　《谐史》②(335)
董斯张 / 336　《广博物志》(336)

谈　修／336　《避暑漫笔》(336)
钱希言／336　《狯园》(337)
张　谊／337　《宦游纪闻》(337)
张　衮／337　《水南翰记》(337)
皇甫录／337　《近峰闻略》(338)《明纪略》(338)
曹　臣／338　《舌华录》(338)
陆奎章／339　《香奁四友传》(339)
陆　楫／339　《古今说海》(339)
邵景詹／339　《剪灯丛话》(339)《觅灯因话》(340)
陆树声／340　《清暑笔谈》(340)
徐应秋／340　《玉芝堂谈荟》(340)
陆廷枝／341　《说听》(341)
刘　玉／341　《己虐编》(341)
吴大震／341　《广艳异编》(342)
沈　瓒／342　《近事丛谈》(342)
吴敬圻／342　《国色天香》(342)
魏　濬／343　《峤南琐记》(343)
闵文振／343　《涉异志》(343)
耿定向／343　《先进遗风》(343)
李　乐／344　《见闻杂记》(344)
陈禹谟／344　《广滑稽》(344)
蒋以化／345　《西台漫记》(345)
李绍闻／345　《明世说新语》(345)
陈懋仁／345　《泉南杂志》(345)
刘元卿／346　《贤弈编》(346)
冯时可／346　《雨航杂录》(346)
张　燧／346　《千百年眼》(346)
张应俞／346　《杜骗新书》(347)
金木散人／347　《鼓掌绝尘》(347)
余象斗／347　《全相类编皇明诸司公案传》(347)《万锦情林》(348)
赤心子／348　《绣谷春容》(348)
谢肇淛／348　《五杂俎》(349)《文海披沙》(349)
陈仲醇／349　《风流十传》(349)
周应治／349　《霞外麈谈》(349)
张大观／350　《笔谈》(350)
宋凤翔／350　《秋泾笔乘》(350)
周玄晖／350　《泾林续集》(350)
周　楫／351　《西湖二集》(351)《陈眉公》(351)《新镌国朝名公神断详情公案》(351)

张凤翼 / 351　《谈辂》(351)
李介立 / 352　《天香阁随笔》(352)
朱星祚 / 352　《二十四尊得道罗汉传》(352)
朱开泰 / 353　《达摩出身传灯传》(353)
李中馥 / 353　《原李耳载》(353)
郑　瑄 / 353　《昨非斋日纂》(353)
惠康野叟 / 354　《识余》(354)
何大抡 / 355　《重刻增补燕居笔记》(355)
冯犹龙 / 355　《增补批点图像燕居笔记》(355)
张　纶 / 355　《林泉随笔》(355)
葛天民 / 355　《新刻名公神判明镜公案》(355)
杨豫孙 / 356　《西堂日记》(356)
姜　南 / 356　《洗砚新录》(356)《蓉里子笔谈》(356)
王象晋 / 356　《剪桐载笔》(356)
碧山卧樵 / 357　《幽怪诗谈》(357)
黄昌龄 / 357　《稗乘》(357)
郑仲夔 / 357　《耳新》(358)
毛子晋 / 358　《海岳志林》(358)
周诗雅 / 358　《续剑侠传》(358)
侯　甸 / 358　《西樵野记》(358)

【佚名】/ 359
　《云间杂记》(359)《寻芳雅集》(359)《文苑楂橘》(359)《轮回转世》(359)《皇明诸司廉明奇判公案传》(360)《僧尼孽海》(360)《七十二朝人物演义》(361)《人中画》(361)《十二笑》(361)

清代笔记小说 / 362
一、概述 / 362
二、作家和作品 / 364
李　清 / 364　《女世说》①(364)
王崇简 / 364　《谈助》(365)
梁维枢 / 365　《玉剑尊闻》(365)
艾衲居士 / 365　《豆棚闲话》(365)
李　渔 / 366　《乔复生王再来二姬合传》(367)
冒　襄 / 367　《影梅庵忆语》(367)
周亮工 / 368　《书影》(368)
章有谟 / 368　《景船斋杂记》(368)
余　怀 / 369　《板桥杂记》(369)
陈维崧 / 369　《妇人集》(370)

杨士聪 / 370　《玉堂荟记》(370)
汪　琬 / 370　《说铃》①(370)
彭孙贻 / 371　《客舍偶闻》(371)
钮　琇 / 371　《觚賸》(371)
董　含 / 372　《莼乡赘笔》(372)
佟世思 / 372　《耳书》(372)
田　易 / 373　《乡谈》(373)
张　芳 / 373　《黛史》(373)
高士奇 / 373　《天禄识余》(373)
宋起凤 / 374　《稗说》(374)
王士禛 / 374　《池北偶谈》(375)《陇蜀余闻》(375)《香祖笔记》(376)《说部精华》(376)《分甘余话》(376)
宋　荦 / 376　《筠廊偶笔》(377)
褚人获 / 377　《坚瓠集》(377)
徐　震 / 378　《美人谱》(378)
蒲松龄 / 378　《聊斋志异》(378)《聊斋志异拾遗》(380)
王　晫 / 380　《今世说》(381)《看花述异记》(381)
刘献廷 / 381　《广阳杂记》(382)
查慎行 / 382　《人海集》(382)
汪　森 / 382　《粤西丛载》(382)
严虞惇 / 383　《艳囮二则》(383)
石成金 / 383　《雨花香》(384)《通天乐》(384)《笑得好》(384)
金　埴 / 385　《不下带编》(385)
叶梦珠 / 385　《阅世编》(385)
李王逋 / 385　《蚓庵琐语》(386)
吴肃公 / 386　《明语林》(386)
陆次云 / 386　《八纮绎史》(387)《八纮荒史》(387)
张　潮 / 387　《虞初新志》(387)
王应奎 / 388　《柳南随笔》(388)
史震林 / 388　《西清散记》(388)
徐　崑 / 389　《遁斋偶笔》(389)
厉　鹗 / 389　《东城杂记》(389)
赵吉士 / 390　《寄园寄所记》(390)
陶　越 / 390　《过庭纪余》(390)
江日升 / 391　《台湾外纪》(391)
曹家驹 / 391　《说梦》(391)
谢开宠 / 392　《元宝公案》(392)
吴震方 / 392　《说铃》②(392)
徐　岳 / 392　《见闻录》(392)

东轩主人 / 393　《述异记》③(393)

龚　炜 / 393　《巢林笔谈》(393)

袁　枚 / 393　《子不语》(393)

长白浩歌子——尹庆兰 / 394　《萤窗异草》(395)

阮葵生 / 395　《茶余客话》(395)

纪　昀 / 396　《阅微草堂笔记》(396)

赵　翼 / 397　《檐曝杂记》(398)

和邦额 / 398　《夜谭随录》(398)

郝懿行 / 398　《宋琐语》(399)

沈起凤 / 399　《谐铎》(399)

屠　绅 / 400　《六合内外琐言》(400)《蟫史》(401)

曾衍东 / 401　《小豆棚》(401)

赵慎畛 / 402　《榆巢杂识》(402)

阮　元 / 402　《小沧浪笔谈》(403)《定香亭笔谈》(403)

李　斗 / 403　《扬州画舫录》(403)

乐　钧 / 403　《耳食录》(404)

李调元 / 404　《蔗尾丛谈》(404)

陈尚古 / 405　《簪云楼杂记》(405)

黎士宏 / 405　《仁恕堂笔记》(405)

丁雄飞 / 405　《小星志》(405)

刘　銮 / 405　《五石瓠》(405)

曾宗藩 / 406　《尘余》(406)

野西逸叟 / 406　《过墟志感》(406)

珠泉居士 / 406　《续板桥杂记》(406)《雪鸿小说》(406)

郑相如 / 407　《汉林四传》(407)

吴　骞 / 407　《桃溪客语》(407)《扶风传信录》(407)

西溪山人 / 407　《吴门画舫录》(408)

简中生 / 408　《吴门画舫续录》(408)

严有禧 / 408　《漱华随笔》(408)

爱新觉罗·裕瑞 / 408　《枣窗闲笔》(408)

笔炼阁 / 409　《八洞天》(409)

钱学纶 / 409　《语新》(409)

俞　蛟 / 410　《梦厂杂著》(410)

王　械 / 410　《秋灯丛话》(410)

顾公燮 / 410　《消夏闲记摘抄》(410)

俞正燮 / 411　《癸巳类稿》(411)《癸巳存稿》(411)

姚元之 / 411　《竹叶亭杂记》(411)

檀　萃 / 411　《楚庭稗珠录》(412)

王有光 / 412　《吴下谚联》(412)
朱　枟 / 412　《藤花楼偶记》(412)
钱　泳 / 412　《履园丛话》(413)
余　金 / 413　《熙朝新语》(413)
沈曰霖 / 413　《晋人麈》(413)
郑澍若 / 414　《虞初续志》(414)
黄承增 / 414　《广虞初新志》(414)
王　昶 / 414　《秦云撷英小谱》(414)
宋永岳 / 414　《志异续编》(415)
昭　梿 / 415　《啸亭杂录》(415)
冯起凤 / 415　《昔柳摭谈》(415)
清凉道人 / 416　《听雨轩笔记》(416)
程穆衡 / 416　《燕程日记》(416)
戴　璐 / 416　《藤阴杂记》(417)
吴德旋 / 417　《初月楼闻见录》(417)
诸　联 / 417　《明斋小识》(417)
高继珩 / 417　《蝶阶外史》(418)
沈　复 / 418　《浮生六记》(418)
娄东羽衣客 / 419　《镜中花月》(419)
雷　琳　汪琇莹　莫剑光 / 419　《渔矶漫钞》(419)
管世灏 / 419　《影谈》(420)
梁章钜 / 420　《归田琐记》(420)《浪迹丛谈》(420)《浪迹续谈》(421)《浪迹三谈》(421)
俞梦蕉 / 421　《蕉轩摭录》(421)
捧花生 / 422　《秦淮画舫录》(422)《画舫余谈》(422)《三十六春小谱》(422)
顾　禄 / 422　《桐桥倚棹录》(422)
吴振棫 / 423　《养吉斋丛录》(423)
梁绍壬 / 423　《两般秋雨庵随笔》(423)
张集馨 / 424　《道咸宦海见闻录》(424)
陆以湉 / 424　《冷庐杂识》(424)
许奉恩 / 425　《里乘》(425)
杨掌生 / 426　《京尘杂录》(426)
平步青 / 426　《霞外捃屑》(427)
严　蘅 / 427　《女世说》②(427)
陈康祺 / 427　《郎潜纪闻》(428)
何刚德 / 428　《春明梦录》(428)《客座偶谈》(428)
文廷式 / 429　《闻尘偶记》(429)
顾铁卿 / 429　《清嘉录》(429)
褚可宝 / 429　《畸人传三编》(429)

许仲元 / 430　《三异笔谈》(430)
慵讷居士 / 430　《咫闻录》(430)
汤用中 / 430　《翼駉稗编》(430)
梁恭辰 / 431　《北东园笔录》(431)
方浚颐 / 431　《梦园丛说》(431)
缪艮 / 431　《泛湖偶记》(431)
俞鸿渐 / 432　《印雪轩随笔》(432)
焦承秀 / 432　《青毡梦》(432)
佚名 / 432　《帝城花样》(432)
许宗衡 / 433　《玉井山馆笔记》(433)
毛祥麟 / 433　《墨余录》(433)
俞樾 / 433　《右台仙馆笔记》(434)《荟蕞编》(435)
王韬 / 435　《瓮牖余谈》(435)《海陬冶游录》(436)《遁窟谰言》(436)《淞滨琐话》(436)《淞隐漫录》(436)
宣鼎 / 437　《夜雨秋灯录》(437)
薛福成 / 437　《庸庵笔记》(438)
吴绍箕 / 438　《四梦汇谈》(438)《尘梦醒谈》(438)《笔梦清谈》(438)《劫梦泪谈》(438)《游梦倦谈》(439)
见南山人 / 439　《茶余谈荟》(439)
宫瘤仙 / 439　《梁园花影》(439)
采蘅子 / 439　《虫鸣漫录》(439)
吴沃尧 / 439　《我佛山人笔记四种》(440)《趼廛随笔》(440)《趼廛续笔》(440)《上海三十年艳迹》(441)《中国侦探案》(441)《我佛山人札记小说》(441)
李宝嘉 / 441　《南亭笔记》(442)《南亭四话》(442)
程趾祥 / 442　《此中人语》(442)
蒋超伯 / 443　《南漘楛话》(443)
邓文滨 / 443　《醒睡录初集》(443)
陈其元 / 443　《庸闲斋笔记》(443)
独逸窝退士 / 444　《笑笑录》(444)
许秋垞 / 444　《闻见异辞》(444)
黄钧宰 / 444　《金壶七墨》(444)
陈庚 / 445　《笑史》(445)
雪樵居士 / 445　《秦淮闻见录》(445)
易宗夔 / 445　《新世说》(445)
张大復 / 446　《梅花草堂集·笔谈》(446)
黄轩祖 / 446　《游梁琐记》(447)
朱克敬 / 447　《瞑庵杂识》(447)
李光庭 / 447　《乡言解颐》(448)
陆长春 / 448　《香饮楼宾谈》(448)

徐　珂 / 448　《清稗类钞》(448)
海外散人 / 449　《榕城纪闻》(449)
张培仁 / 449　《妙香室丛话》(449)
陈裴之 / 450　《香畹楼忆语》(450)
高承勋 / 450　《豪谱》(450)
王　寅 / 450　《今古奇闻》(450)
震　钧 / 450　《天咫偶闻》(450)
邹　弢 / 451　《三借庐赘谈》(451)
刘体智 / 451　《异辞录》(451)
钟　琦 / 451　《凭花馆琐记》(451)
崇　彝 / 451　《道咸以来朝野杂记》(452)
梁溪坐观老人 / 452　《清代野记》(452)
冤海述闻客 / 452　《冤海述闻》(452)
陈去病 / 452　《清秘史》(452)
胡思敬 / 453　《国闻备录》(453)
周　生 / 453　《扬州梦》(453)
邵彬儒 / 453　《俗话倾谈》(454)
李庆辰 / 454　《醉茶志怪》(454)
张祥河 / 454　《关陇舆中偶忆编》(454)
孟榕樾 / 454　《半暇笔谈》(454)
周友良 / 455　《珠江梅柳记》(455)
朱梅叔 / 455　《埋忧集》(455)
钱　徵　蔡尔康 / 455　《屑玉丛谈》(455)
汪道鼎 / 456　《坐花志果》(456)
金武祥 / 456　《粟香随笔》(456)
许　起 / 456　《珊瑚舌雕谈初笔》(456)
蜀西樵也 / 457　《燕台花事录》(457)
孙道乾 / 457　《小螺庵病榻忆语》(457)
篛壑外史 / 457　《海天余话》(457)
吴庆坻 / 457　《蕉廊脞录》(457)
醉石居士 / 458　《罗浮梦记》(458)
泖溟野客 / 458　《解醒语》(458)
淮阴百一居士 / 458　《壶天录》(458)
支机生 / 458　《珠江名花小传》(458)
秋　星 / 459　《女侠翠云娘传》(459)
虎林醉犀生 / 459　《四海记》(459)
许　豫 / 459　《白门新柳记》(459)
芬利它行者 / 459　《竹西花事小录》(459)

二石生 / 460　《十洲春语》(460)
丁传靖 / 460　《宋人轶事汇编》(460)
陈世熙 / 460　《唐人说荟》(460)
王文濡 / 460　《说库》(460)
乐天居士 / 461　《痛史》(461)
古吴靓芬女史贾茗 / 461　《华夏奇女魂》(461)

【佚名】/ 462
　《王氏复仇记》(462)《玑园寄梗录》(462)《风流十种》(462)《清朝野史大观》(462)《笔记小说大观》(463)

　《章台纪胜名著丛刊》(463)《美化文学名著丛刊》(463)

作家索引 / 465

作品索引 / 474

后记 / 486

中国笔记小说总论

一、中国笔记小说的概念

　　中国的笔记小说是文言小说中的一大门类。在各体各类古典小说中,笔记小说出现最早,并贯穿于中国古典小说发展的全过程。传奇小说、白话小说中的章回小说和话本、拟话本小说,都直接或间接地受其影响,有的样式可以说是从笔记小说中脱胎而成。

　　在中国古代,最早提出小说概念的是庄周。《庄子·外物》中说:"饰小说以干县令,其于大达亦远矣。"这里所讲的"小说"并非文体,而是指与"大达"相对的琐言屑词。《汉书·艺文志》中,小说作为文体,仍包括不本经典的论述、非正史的琐闻,以及随笔札记、辨订考证等文字。可以说,这类作品很多仅为笔记,而不是小说。

　　笔记之称,始于六朝。《南齐书·丘巨源》说:"笔记贱伎,非杀活所待;开劝小说,非否判所寄。"这里所说的"笔记"和"小说"均非文体。"笔记"指执笔记录,掌文书之事;"小说"则指非庄重、正式的言谈。王僧孺《任府君传》中"辞赋极其清深,笔记尤尽典实",《文心雕龙·才略》中"温太真之笔记,循理而清通"。这里说的"笔记",则指所记录之文字。后来,便把信手拈来、随笔记录、不拘体例的杂记见闻、心得体会等统称为笔记。

　　"笔记小说"一词的出现而后被社会承认,经历过一番实践和论争。唐以后,不少文史学家或分别论述,或综合考辨,最终对此取得共识。唐代刘知幾在《史通·杂述》中说:"偏记小说,自成一家,……爰及近古,斯道渐烦,史事流别,殊途并骛,权而为论,其流有十焉:一曰偏记,二曰小录,三曰逸事,四曰琐言,五曰郡书,六曰家史,七曰别传,八曰杂记,九曰地理书,十曰都邑簿。"这一论点,是以"史氏流别",即从杂史的角度涉及小说,其所论列,仅部分属于小说或初具小说成分。明代胡应麟则从正面论析小说,他在《少室山房笔丛·九流绪论》中说:"小说家一类,又自分数种:一曰志怪,《搜神》、《述异》、《宣室》、《酉阳》之类是也。一曰传奇,《飞燕》、《太真》、《崔莺》、《霍玉》之类是也。一曰杂录,《世说》、《语林》、《琐言》、《因话》之类是也。一曰丛谈,《容斋》、《梦溪》、《东谷》、《道山》之类是也。一曰辨订,《鼠璞》、《鸡肋》、《资暇》、《辨疑》之类是也。一曰箴规,《家训》、《世范》、《劝善》、《省心》之类是也。"这个观点,对后世影响很大。他所述的六类中,反映了传统目录学家对小说的看法:小说包括以现代观点衡量并非小说范围的考订杂记和其他杂著。正如清代学者刘廷玑所说："盖小说之名虽同,而古今之别,则相去天渊。"编纂《四库全书》的馆臣在对小说分类时,摒除了胡应麟等所说的非小说性作品,在文体把握上进了一大步。《四库全书总目·小说家类一》中的"迹其流别,凡有三派:其一叙述杂事,其一记录异闻,其一缀辑琐语",这一标准,确定了他们选取小说属类的原则,也为后世提供了规范。可以说,这一原则和选取的三项内容,大体上可以属于笔记小说。

而历史上首先提出"笔记小说"概念的,是北宋史绳祖的《学斋占毕》。他在卷二"薐蔆二物"条中说:"前辈笔记小说固有字误或刊本之误,因而后生末学不稽考本出处,承袭谬误甚多。"这里讲的笔记小说是属知识考证类,而非人物故事。民国初年,上海进步书局刊行《笔记小说大观》,汇集了自晋至清二百余种作品,引起人们的重视。以后不少著名专家、学者将"小说故事、历史琐闻和考据辨证三大类"列为笔记小说,但历代掌握标准不一,在笔记与小说之间屡有争论。笔记小说是以笔记形式创作的小说,对其界定,关键在于区别非小说的笔记和非笔记的小说。作为叙述性文学体裁的小说,是指有人物有故事,以散文语言为主要表现手段,从不同角度反映社会生活及作者的理念、理想的作品。

笔记小说是中国古典小说的最初形式,以后虽不断发展变化,但总的说来,仍保持了笔记的特点。它注重艺术技巧,讲究谋篇布局,推敲斟酌文字,描写细腻,情节曲折,文辞华美,语言简约,粗除梗概,是中国小说史上最早产生并贯串于其发展过程,对其他文学载体产生过重大影响的小说文体。

二、笔记小说的特点及其价值

笔记小说在中华文坛上历两千多年而不衰,不断出现一个个创作高峰期,以独有的风格和难以估量的价值推动着民族文化的繁荣昌盛。这是历史淘汰饰选的结果。在此,我们不妨从其特点来探索其价值和作用。

一是基于耳闻目睹的现实性。笔记小说大多记述作者"一耳一目之所亲闻睹",它植根于生活,不虚美,不隐恶,内容充实。可以说,在各种小说中,笔记小说是最贴近生活的,除了其自身的文学价值外,又为其他形式如小说、戏剧、诗文等文学创作提供了极其丰富的素材。中国治小说者多以考证为基本功,此固然缘于中国学者的传统,也缘于小说创作的实际。如唐传奇中的《枕中记》与《南柯太守传》,便由《搜神记》中的"焦湖庙祝"与"卢汾"发展而来;"三言""二拍"中的多数篇目,系对不同的笔记小说集中的作品改写演绎而成;《三国演义》、《水浒传》、《西游记》、《儒林外史》等,甚至宣称"基于半世亲闻亲睹"、"追踪蹑迹,不敢稍加穿凿"的《红楼梦》,都可以或多或少从笔记小说中找到直接或间接的情节依据。就是各朝代的正史,也每每从笔记小说中摘取资料。著名史学家刘知幾曾说:"然则刍荛之言,明王必择;葑菲之体,诗人不弃。故学者有博闻旧事,多识其物,若不窥别录,不讨异书,专治周、孔之章句,直守迁、固之纪传,亦何能自致于此乎?"这里所说的"别录"、"异书",便是指笔记小说。

古今戏曲、诗词,甚至绘画的本事,来源于笔记小说或直接从笔记小说中吸取营养的所在多多,不再赘述。

二是内容庞杂与丰富性。笔记小说比白话小说幸运之处,在于尚可入正史的"艺文志"、"经籍志",作为"小道"而被编入《四库全书》。笔记小说的创作,虽然良莠不齐,也不乏追名逐利之作,但不少作品都能做到信笔直书,无所拘束,非经非史,亦经亦史,古今中外,大事小情,方方面面,无不涉及,故为"庞杂"。这体现出笔记小说的特点,即其题材的广泛性和内容的丰富性。笔记小说虽系一篇一则,文字不多,但其总体却涉及朝政军国之大局、市井乡村之细故、三教九流之轶事、东西南北之趣闻、中外四方之珍奇、名山大川之异宝、鬼神精怪之灵迹等,凡耳闻目睹心想之所及,均可纳汇笔下。就其广泛性、真实性来说,它可能超过二十五史。它是散于盘中待穿之珍珠,是装满箧筐待加工之碎玉,若下功夫细加研琢,它可正史、纠史、辨史、订史、补正史之缺。如唐李肇《国史补序》中说"虑史氏或缺则补"。此类事迹多矣,而且数千年来已被史家所采所用,立意不同,异彩纷呈。这种内容的丰富性,正是笔记小说的价值所在。在封建时代,笔记小说的作者都是文人雅士,主要体现文人的审美意趣;今天,笔记小说的作用更多在于其认识价值,即认识我国古代社会历史、文化的方方面面。

三是"小说"、"小语"与形式的灵活性。笔记小说为中国古典小说的滥觞。由于封建社会传统观念的影响,长期被称为"小说"、"小语"、"小道"等。这固然含有鄙视之意,却也抓住了它的一些特点。笔记小说一般篇幅短小,基本上是一事一记,合而成帙,有其灵活、挥洒自如、不拘形式、不拘体例、不板着面孔说话、气韵生动等特征。虽然在发展中也曾出现过如洪迈的《夷坚志》那样数百卷的巨著,但多是杂凑汇集而成,少有体大思精之作。后来,虽有传奇小说、白话小说异军突起,笔记小说仍风行不衰。它的知识性、趣味性、灵活性,有其他小说文体所不能替代之处,因而它仍拥有广大作者和读者,具有发展的余地;且传奇、白话小说的作者多系笔记小说家,他们创作传奇、白话小说时也不时杂入笔记小说的创作手法。笔记小说虽显得"简"与"粗",但并不是不讲艺术性,可谓粗中有精,简而不陋,有"言简意远"、"尺幅千里"之艺术魅力。多数笔记小说创作于作家艺术上最成熟的时期,不少作家甚至倾毕生精力而为之。从整个笔记小说创作发展过程来看,由于历代作家自身的积累与相互借鉴,其艺术水平是在不断提高的。

三、笔记小说的发展脉络

任何事物都有其源起、发展、流变、衰落的过程。刘勰在《文心雕龙·附序》中说:"文变染乎世情,兴废系乎时序。"随着社会发展和"世情"、"时序"的变迁,以及文化思潮、各种艺术形式间的相互影响渗透,笔记小说在发展变化中,也呈现出相对的阶段性。

神话传说是中国小说创作取材的源头,先秦两汉时期是笔记小说的孕育产生时期。神话是先民对其所认识的自然界和社会不自觉的艺术加工,它起源于口耳相传、街谈巷议,有人物,有故事,有一定的小说韵味。虽然一些神话以文字记录下来的时间较晚,但它的影响力、渗透力,对笔记小说产生了不可磨灭的推动作用。应该承认,这些神话传说,出现于人类不自觉的文学创作阶段,对小说创作直接产生促进的是先秦诸子和历史散文。它们有的可以称为"准小说",只是尚未形成独立的文体,在取材上还离不开上古神话。可以说,先秦诸子和散文构成了笔记小说的孕育因素。两汉时期,大一统王朝建立,"罢黜百家,独尊儒术",统一思想成为维护中央集权制的必需。春秋战国时期的百家争鸣局面一去不返,为论战服务的诸子寓言失去了土壤;而当权者"不问苍生问鬼神",追求长生,则刺激了神仙方术的发展。这时,小说逐渐摆脱了对子史的依附,发展成为独立的文体,其突出标志就是桓谭的《新论》和班固《汉书·艺文志》论及小说家。《艺文志》中还著录了十五家一千三百八十篇作品。尽管这些作品都已失传,但从著录可知,它们有些是史事考证、论说道理、礼仪与养生之谈,不属于小说;有些被斥为"浅薄"、"迂诞"、"依托",表现了史学家对小说的偏见,如当时笔记小说真正的早期作品《新序》、《说苑》、《列女传》等,被班固列入杂史类或杂著类。这说明当时人们对小说这种新文体在认识上尚有距离。

魏晋南北朝时,笔记小说独领风骚;与两汉相比,从质量和数量上都呈繁荣发达的局面,成为笔记小说史上创作的第一个高峰。这一时期,推动笔记小说创作进步的社会条件主要有:(1)社会的动乱促成佛教、道教思想广泛流传,使与上古神话一脉相承的志怪小说出现了新的内容。(2)清谈之风和士人的追求个性,促进了志人小说的发展。(3)人们对小说的逐步重视。这个时期小说繁荣的标志是:作者阵容强大,有张华、陶潜、吴均、沈约等文学家,干宝等历史学家,祖冲之等科学家,曹丕、刘义庆等帝王宗室,也有"自神其教"的佛道教徒等;作品众多,并形成志人、志怪两大派系;艺术水平提高,不少作品成为典范,对后世有重大的影响。

隋朝短暂,在六朝与唐宋之间仅是一个过渡期。而之后的唐宋时期在笔记小说史上是一个重要阶段。这一时期小说的发展出现两次重大分化:一是文言小说中传奇的勃兴,二是在唐代说经、俗讲的基础上出现白话小说,从此中国小说史便形成文言与白话两大系统。这两次分化都是以笔记小说为基础的。在这两次分化的冲击和刺激下,笔记小说自身也得到进一步发展。唐代是中国历史上的鼎盛时期,国力强盛,思想解放,文学艺术繁荣,私人修史成风,刺激了历史琐闻题材的笔记小说发展;而古文运动又为小说提供了便利的表达工具。故虽有传奇小说产生,但笔记小说创作势头未减,题材内容也较前期扩大,并受传奇影响,在艺术性上有了长足的发展。宋初朝廷组织编纂的《太平广记》,汇集了自汉代到宋初的文言小说,促进了其后小说的创作。于是,历史题材的笔记小说精品迭出,志怪小说则出现《夷坚志》等大部头的作品。在整个时代的文化背景下,笔记小说更注重平实的文风,理性成分有所增强。

元代文人地位低下,执笔著述者甚少;但值得注意的是,从元末开始,汇编小说总集成为风气,先是陶宗仪的《说郛》,至明代又有《古今说海》、《五朝小说》及专题性的《才鬼记》、《青泥莲花记》、《情史》、《艳异编》、《智囊补》、《笑史》等。这些总集的汇刊,对明末清初的笔记小说创作起着推动作用。明初统治者对《剪灯新话》的禁毁,使笔记小说的创作一度不振,至明中叶以后,才又发展起来。笔记小说通俗化,面向市民,描写其生活及其关心的问题,是这一时期笔记小说的倾向,如《耳谈》中以大量篇幅描写平民生活,《杜骗新书》记述了平民生活中最关心的问题等。

清前中期和近代,分别是笔记小说的最后一个高峰和终结时期。本来,在明末,笔记小说创作已重新兴起;后来,蒲松龄《聊斋志异》的创作和传播,更激起人们对文言小说的浓厚兴趣。《聊斋志异》是笔记与传奇两种形式并用。袁枚、纪昀则上承魏晋,致力于笔记小说的创作,与《聊斋志异》分庭抗礼。《子不语》与《阅微草堂笔记》本身成就很高,加上作者的学术地位,就更加引起人们的重视,仿效者甚众。清廷的文字狱政策,对志人小说有所压制,反而使一批质量较高的志怪小说显露出来。到了近代,随着西方资本主义思潮及先进科学技术的输入,国内民族危机的加深,作家们不再株守掌故。他们开始关注外部世界,向国内介绍西方的人物和思想,笔记小说创作也呈现出新的面貌。辛亥革命以后,清帝被推翻,皇朝统治终结,刺激文坛也发生根本的变化。笔记小说的载体文言文,毕竟太古老、太陈旧,与人民大众的生活距离越来越远;终在"五四"运动以后逐渐退出历史舞台,笔记小说的创作也告终结。但是,笔记小说的价值并没有随之消亡,除了供学者研究外,其创作经验对当今的散文、杂文、小说、报告文学等创作,仍可资借鉴;其丰富的内容,活泼的形式,犀利、辛辣的笔触,不仅仍有欣赏价值,而且是今人认识中国漫长封建社会的一个重要窗口。

四、笔记小说的类别和形式简介

笔记小说是千姿百态的。在发展过程中,其表现方法与题材内容相互影响借鉴,使之客观上形成较复杂的体系。欲对之作具体分类和逐个介绍,比较困难。一是由于其数量多,内容庞杂;二是标准不一,视角不同,很难取得一致看法;三是古典小说普遍存在着混类现象,如胡应麟在《少室山房笔丛·九流绪论》中所说的"或一书之中,二事并载;一事之内,两端俱存。故举其重而已"。

笔记小说从题材、内容上可划分为志怪、志人两大门类。志怪中可分为"杂记体志怪",以汉人的《异闻录》、干宝的《搜神记》、刘义庆的《幽明录》、陶渊明的《搜神后记》等杂记各种异闻奇事与神鬼精怪为代表;另有"杂史杂传体志怪",以刘向的《列仙传》、佚名的《燕丹子》、葛洪的《神仙传》、王嘉的《拾遗记》等依附历史、记神仙传说,以人系事、体同纪传类作品为代表;还有"地理博物体志怪",如《山海经》、《括地图》、《神异经》、张华的《博物志》等记地理山川、远方异物、神话杂事的作品。

志人小说大致可分为逸事、琐言、笑话三类。逸事类以葛洪《西京杂记》为代表,琐言体以刘义庆《世说新语》为代表。这两类均以现实生活为依据,进行渲染虚构,不全是实录,体现了作者在选材上的审美意识。笑话类以邯郸淳的《笑林》等为代表,不少取自民间传说,虚构成分很大。

在历史发展过程中，由于各时期的社会状况、人们的认知水平和文体演绎情况不同，笔记小说的名称不断有所更新、演绎和变化。这些名称有官方的，也有民间的；有正题，也有俗解、俗称，五花八门，不一而足。为便于读者了解，以下以辞条形式，将笔记小说的名称、内涵及其演变发展情况作概略介绍。

【附】部分词语解释

■**小说** 文学样式的一种。它运用语言艺术的各种表现手法，通过一定的故事情节和具体特定的环境去塑造人物形象，反映社会生活。小说的特点是叙事，人物、情节、环境是其基本要素。中国小说创作源远流长。它起源于上古神话传说，经历了六朝志怪、志人、唐代传奇、宋元话本、明清章回演义和近现代白话小说等几个重要发展阶段。关于小说的概念，历来说法不一。最先为小说下定义的是庄子的《外物论》："饰小说以干县令，其于大达亦远矣。"此说将小说视为"小道"，与儒家学说之"大道"相对的琐屑之谈，表现了儒家对小说的鄙视。在此基础上，小说被指为街谈巷语、道听途说之琐谈碎语。随着社会的发展，小说的概念不断发生变化。魏晋南北朝时期，小说指叙述宛转、搜奇寄异的故事。宋元以后，小说的概念有了新的内涵，指的是以日常之语，叙述平常之事，塑造平常人的形象的一种文学体裁。到了近现代，人们对小说这种文学样式的认识逐步加深，认为它是能够细致地刻画人物，有完整的故事情节，可以对自然和社会环境进行多方面描绘的一种重要的文学样式。由于小说贴近生活，描写细微，广受读者欢迎。

随着时代的发展，小说的创作日益繁荣，对小说的分类也日趋复杂。古代从大的分类上，有文言小说和白话小说两种。文言小说中又分为志人、志怪、传奇、杂录、丛谈、规箴等类别；白话小说又分为小说、说经、讲史、含（合）生等类别。近现代人则根据其题材的不同，将小说分为社会问题小说、心理小说、才子佳人小说、武侠小说、讽刺小说、公案小说、神魔小说等。当代人以创作篇幅分类为长篇小说、中篇小说、短篇小说和微型小说等。笔记小说在古代列入文言小说类，常以"记"、"笔记"、"随笔"、"志"等形式出现，或以此名集。

■**文言小说** 用文言文写作，与白话文相对，有人物、情节，是能展示生活、创设环境的一种文体。在记人方面为志人小说奠定了基础；在记怪方面成为志怪小说之滥觞；在记事方面为博物开辟了蹊径；在纪程方面为游记创设了道路。唐以前的小说全部用文言文。有宋以来，文言与白话形成对立，由此有了文言小说与白话小说的区别。当时的民间说话艺人，为普及知识、占领市场，使自己得以生存和发展，开始以普通民众能听懂的口语形式宣讲、演述他们编串的故事。这便是白话小说的开端。为了适应民间艺人的演述需要，一些文人便将文言小说白话化，创作了艺人需要的话本小说。但是，这时期乃至以后相当长一段时期内，文言小说的创作仍然是一股主流，并出现了如洪迈、冯梦龙、凌濛初、蒲松龄、纪昀等一大批名家和《夷坚志》、"三言""二拍"、《古今谭概》、《聊斋志异》、《阅微草堂笔记》等著名的文言小说集。文言小说的艺术价值和思想意义,对文学样式的发展、小说创作的繁荣贡献颇大。1919年"五四"运动之后,文言小说的创作日渐式微。

■**古小说**　是相对于唐宋以后出现的唐宋传奇小说、宋元话本小说、明清时期的章回演义小说而言的一种旧的小说文体。从时段上分,上起先秦两汉,下至魏晋南北朝;从语言上分,全部为文言写成;从内容上分,有志人、志怪、记事、纪程。其特点是篇幅较短,情节简单,记载约而不丰,多街谈巷议、道听途说的故事、传说、异闻异事、神怪鬼异等。古小说的内容多荒诞不经,迷信色彩十分浓厚。它是小说的初级形态,为唐宋以后的小说创作与发展繁荣提供了基础和借鉴。由于时代久远,不少作品已亡佚,现存于世的几部名著如《搜神记》、《世说新语》、《说苑》、《虞初周说》等,多为后世之辑录或补缀本。鲁迅的《古小说钩沉》,从古代典籍中爬梳出不少古小说并进行研究,有重要的价值。

■**笔记**　文体的一种。一般指随笔记录和不拘体例的作品,又称随笔、笔谈、杂识、劄记等。其题材广泛,不少涉及政治、历史、经济、文化、自然科学、社会生活等诸多领域,但也有不少专门记录、叙述某一个侧面。笔记的体裁产生较早,正式以"笔记"冠名作品始于北宋的宋祁。在内容上,凡铺陈故事,以人物及人物活动为中心,又有一定的结构、细节描绘的,称为"笔记小说"。

■**笔记小说**　古代小说体裁之一,又称随笔、随记等。其体例不一,内容驳杂,无所不包,篇幅有长有短,短则数十言,长则万余字。一般是每则记述一人一事,或真人真事,或鬼怪神异,或敷陈演绎,或道听途说;有人物,有情节,有故事,短小精悍,文辞简约,可读性强,耐人寻味。笔记小说产生于汉代,完善于魏晋南北朝,发展于唐宋。今人刘叶秋在《历史笔记概述》中,将之分为小说故事、历史琐闻、考据辨证三大类。其中第一大类是文学价值极高的笔记小说。它文字简短、节奏明快,寓意深刻。在表现手法上多以文言文写成,略貌取神,通常寥寥数笔,便将人物的精神风采勾画传神。在创作意图上,除记载逸闻轶事之外,多数为讽喻时世、以古鉴今之作;即便是描写鬼怪神灵、循环报应等,也是为了阐明"幽明一理",震人心魄,催人改恶向善。不少作品在行文中谈论结合,夹叙夹议,抒发作者胸臆,使愤懑一吐为快,块垒消除。这类作品最早见于民间传说,后经文人加工而记载留传。如最早的上古神话盘古开天、女娲补天、夸父追日、后羿射日、嫦娥奔月、黄帝战蚩尤、神农尝百草、大禹治水等等。除民间传说以外,笔记小说作品多为文人的创作,散见于文集、别集、专集和诗话、词话之中。此类作品集,刻印传世的有万余种,有影响并可资查的四千余种,其数量之大,难以精确统计。它的出现与发展,对中国民族文化的发展繁荣,特别是对小说、戏剧的创作有不可估量的影响。

■**志人小说**　古小说的一种分类形式。与志怪小说相对,冠名始见于鲁迅的《中国小说史略》,

又称为"逸事小说"、"人物逸事小说"、"清言小说"等。一般是指唐以前用文言文记载的名人轶事的小故事和传说故事。中国汉代以后,封建士大夫中流行品评人物言谈举止和轶闻琐事之风。所品评者有志同道合的挚友,也有志向相悖的政敌;品评的取向有褒有贬,有吹捧也有攻讦。到了魏晋以后,又兴起清谈玄言之风。文人们结伙聚群,饮酒品茗,酒阑之后,扪虱而谈,以标榜超脱、崇尚虚无,常将一些言不及义和放荡行为视为"雅举",大加褒扬,相互效尤。有人将这些品谈的内容记录下来,分门别类进行编辑,由此产生了许多专记名士言行轶事的志人小说。

志人小说以南朝宋刘义庆的《世说新语》为代表。全书分为德行、言语、政事、文学、方正、任诞、旷达等三十六类,主要记述东汉至东晋间士大夫的遗闻轶事,反映了当时士族的思想、生活及清谈、放诞的时风。所记多为历史上真名实姓之人,而言行则多为传闻。该书的题材面宽,人物刻画生动,语言简约,隽永传神,为六朝志人小说的代表作,对后世的文学创作起到很大的影响。

■**志怪小说**　与志人小说相对的古小说的一种分类形式。它以文言文写成,内容均为神灵鬼怪和以他们为中心演绎出来的怪异故事。这类小说始于先秦,成于两汉,盛行于魏晋南北朝。志怪小说以故事内容之离奇、情节起伏跌宕幅度之大而取胜。它不重视人物形象的刻画,艺术性尚嫌幼稚。但在当时盛行品评人物、清谈玄旨时风的影响下,又给人以清新的感觉,故虽荒诞,却流行甚远,对后世的传奇、神魔小说等有很大影响。

志怪小说以晋干宝的《搜神记》为代表,随后《独异记》、《拾遗记》等相继蜂起。这类小说反映了人们对自然现象的认识低下,及对原始"灵物崇拜"的宗教意识,但也有不少是借神灵鬼怪表现对现实社会的不满。

■**博物小说**　古小说的一种分类形式,又称"地理博物体小说",指先秦至隋代产生的记述地理学、博物学内容的小说作品。早在西周和春秋时代,民间就有关于山川风物和边远异民的地理传说,对矿藏资源、风物人情等也有了一些朴素的知识。由于当时人们的认识水平低下,以及原始宗教迷信观念的影响,使这些地理学、博物学知识蒙上了一层浓厚的神秘色彩。人们对不理解的东西往往以志怪冠名,此类记载也常以志怪小说的形式出现。最具代表性的如《山海经》——我国第一部志怪地理博物小说。到了两汉,又产生了诸如《括地图》、《神异经》、《洞冥记》、《十洲记》等作品。它们和晋代张华的《博物志》、郭璞的《玄中记》等均属于博物小说。随着科学的进步,此类小说逐渐销声匿迹。

■**杂史小说**　古小说分类的一种形式,又称"杂史体小说"。一般是指唐代以前的历史小说,冠以杂史,是指正史之外的历史著作。将之归为小说,是指作者在创作中不重实录而尚新奇,在记事中大量采集奇闻逸事,而较少辨其真伪,且是在真人真事的基础上开展创作和演绎,于是就产生了历史人物与小说结合的杂史小说。《隋书·经籍志》中把帝王之事的志怪著作都归于杂史类,充实了此类小说的内容。由于此类小说多记史上奇闻逸事,所以对后世研究当时政治、军事、文化、经济、制度等史实,会起到一定的正史、纠史、辨史等作用,其价值弥足珍贵。

■**杂传体小说** 古小说分类的一种形式。又称"别传体小说"、"传记体小说"。此种分类最早见于《隋书·经籍志》。传记文学产生于司马迁的《史记》列传,后世文人颇多仿效之,创作出许多传记体作品。此类小说与"杂史小说"颇类似。然而,杂史小说多记帝王之事,杂传体小说多记其他人物的事迹。我国最早的杂传体小说为《燕丹子》,叙述燕太子丹质于秦,后逃归国复仇的故事。其后诸如《列女传》、《列仙传》、《西王母传》,都被列入此类作品。

■**杂记体小说** 古小说分类的一种形式。魏晋南北朝时期小说的主要创作形式。其主要特点是题材广泛,表现手法自由度大,一般都是罗列许多小故事,然后汇集成书。此类小说产生于东汉末年,以陈寔的《闻异记》、应劭的《风俗通义·怪神篇》为代表作。

■**寓言小说** 古小说分类的一种形式。一般是指用假托的故事或自然物、动物的拟人手法,说明某种具体道理的小说。此类小说最早见于先秦诸子散文中,如《庄子》、《孟子》中大量的寓言故事。唐以后寓言小说的代表作有《枕中记》、《南柯太守传》、《玄怪录》、《纂异记》等,清代的《聊斋志异》、《阅微草堂笔记》、《谐铎》等作品集中,也有大量的寓言小说。这类小说寓事于理,在描述具体形象时,通过大量的比喻、隐喻,使读者了解其中借喻的事物和道理,达到教育和感化人的目的。

■**市人小说** 笔记通俗小说的一种。最早见于唐代段成式《酉阳杂俎》续集卷四"贬误篇":"予太和末,因弟生日观杂戏,有市人小说,呼扁鹊作褊鹊,字上声。"说明唐时已有说唱艺人在市井间讲演人物故事这一艺术行业。艺人在演讲时,多用市人能听得懂的近于白话的形式讲说,由此开白话小说之先河。在敦煌石窟中,曾发现中国最早的话本雏形,就是用白话体记述故事。到了宋代,城市经济、文化繁荣,市井中的艺人用白话敷演故事的市人小说行业比较发达。宋人孟元老的《东京梦华录》、吴自牧的《梦粱录》、周密的《武林旧事》等著作中,对此均有较为详细的记述。这种擅长说话技艺的艺人所用的讲唱底本,统称为市人小说。

■**白话小说** 古小说的一种分类形式。是与文言小说相对的,用接近民众口语而写成的小说。这类小说起源于唐宋说话艺人的话本。唐宋时期,城市经济发达,市民文化崛起,为适应广大民众的文化需求,一些勾栏艺人,将前朝故事、人物、佛道经文、历代史实等以口语形式敷演讲唱,并逐渐成为一种固定的讲唱文学样式。到了宋代,这种文学样式又有演进,分为"讲经、说史、打野呵、乔合生、杆棒、说公案、讲灵怪"等多种形式和流派。白话讲唱文学的形成,为后来文人以白话创作中长篇小说奠定了基础,由此产生了诸如《水浒传》、《西游记》、《金瓶梅》、《儒林外史》、《红楼梦》等传世名著。到了近代,梁启超等维新派学者大力提倡白话小说。1919年"五四"新文学运动后,白话小说逐渐取代文言小说,成为民众喜闻乐见的一种主要文学样式。

■**骈体小说** 古小说分类的一种形式。一般是指用骈体文形式写成的小说。骈体文起源于魏晋,盛于六朝,文章以整齐对偶的句式组成,讲究声韵和谐,辞藻华丽,语势铿锵,但不一定句句押韵,古人多用于书写各种应用文章,成为当时我国独有的一种文体。唐代以后,有人开始用此种文体写短篇小说,比如张鹭的《游仙窟》,影响极大。清代陈球则用于创作长篇小说《燕山外史》。民国时期徐枕亚的言情小说《玉梨魂》和续书《雪鸿泪史》等,也是用骈体写成。此类小说,无论从创作上还是从阅读上来讲都颇费工夫,所以在中国文学史上寥若晨星。

■**子部小说** 古小说名称之一。它起源于我国传统的图书四部分类法。在我国的图书分类目录中,将各种书籍按经、史、子、集分类编目,而小说部分被列入子部,故称为子部小说。这部分小说一般又是指我国先秦时出现的《管子春秋》、《伊尹说》、《青史子》、《务成子》、《宋子》等文言小说。最早将这类小说列入子部的是宋代欧阳修。他在撰《新唐书·艺文志》时,把《隋书·经籍志》、《旧唐书·经籍志》中杂传类著录的小说,统归于子部小说类。清代纪昀在编写《四库全书总目》时,沿袭了《新唐书》的归类原则,并将小说类分为"叙述杂事、记录异闻、缀辑琐语"三大类,为后人品评子部小说打下了分类基础。

■**俳优小说** 流传于汉魏时期的一种市井讲说笑话的技艺。据《三国志·魏志》卷二一"王粲传"中裴松之注引《魏略》中记,曹植曾在邯郸淳面前表演过俳优小说,后传于市井。表演者一边"科头拍袒,胡舞五椎段,跳丸,击剑",一边口诵故事。所讲故事多为俳谐笑话之类。从故事内容和讲演者的表演动作分析,应属于"白戏"范围,对后来的说唱文学和戏剧的产生、发展有一定的影响。

■**传奇小说** 古小说的一种分类形式。为唐代兴起的一种形式比较完备的文言短篇小说。因其内容荒诞、情节离奇,多记豪侠、灵怪之事,当时不被列为正统文学,因此特称为传奇。唐代第一个将创作的作品汇集成册以"传奇"冠名的是裴铏,后人争相仿效之。传奇小说又称传奇或传奇文学,由六朝志怪小说演变而来,但较六朝志怪又有根本的变化:前者多为记述道听途说之灵怪故事;后者是作者有意识地进行小说创作,作品中叙述婉转,文辞华茂,结构完整,情节感人,描写细致,人物形象生动。传奇小说的发展完善有一个过程:初唐时期尚未脱离志怪的影响;到了中唐,出现了不少反映现实生活的世俗作品;晚唐时虽有大量的传奇小说出现,但其题材距离现实生活渐远,已日趋式微。

传世的唐人传奇小说集约四十部。这类小说对后世的戏剧文学影响很大,许多戏剧作品都直接取材于传奇小说。宋代文人继承唐代传统,也创作了不少传奇小说,在艺术性方面达到一定的水平,但在思想性和反映现实生活方面均逊于唐传奇,而且多搀有理学说教。

■**打野呵** 又称"野呵小说"。指宋代江湖艺人在勾栏瓦肆以外的空旷之地为民众所讲演的故事。这一名词来源于宋周密《武林旧事》中的"瓦子勾栏"条:"或有路歧,不入勾栏,只在耍闹宽阔之处做场者,谓之打野呵;此又艺之次者。"这类民间艺人所讲的故事内容十分广泛,有讲经、说史、谈灵怪、话三国等。当时,专门有一些在仕途蹭蹬的文人,专门为这类艺人创作故事脚本,便形成了"野呵小说"。此类小说及讲述技艺,对后世的讲唱文学特别是说书、评书的发展影响较大。

■**话本** 又称"话本小说",指唐宋艺人讲故事的底本。这种底本多为提纲式的,简记故事情节,供艺人说讲时临场发挥充实内容,所以话本本身或话本的最初形式还不是小说。后来,文人在话本提纲的基础上,根据艺人的临场发挥,又经过加工润色,由坊间刻印出来成为供人阅读欣赏的本子,方称为话本小说。这类小说主要包括白话短篇小说和浅近文言形式的讲史长篇两种,开篇有诗词和小故事作为"入话",末尾用富于哲理或箴规之意的诗词作结语,正文叙述细致处,也常用一些诗词和骈文来渲染气氛,活跃场面。

■**拟话本** 模拟话本小说的形式,经文人创作的小说。其名最初见于鲁迅的《中国小说史略》,本称宋元间受话本影响而产生的作品,如《大宋宣和遗事》等;今则指明代文人模拟宋元话本形式创作、改编的白话短篇小说,其中最为著名的是冯梦龙的"三言"和凌濛初的"二拍",以及《石点头》、《鼓掌绝尘》、《欢喜冤家》等小说集。它们在形式上与话本相近,但脱离了说话艺人的口头表演模式,成为作家创作的书面文学。这类作品多取材于民间的现实生活,不少是由文言笔记小说改编而成;故事首尾完整,情节曲折,层次清楚,尤其注重人物的心理刻画和形象塑造;语言通俗、流畅,引人入胜,深受民众的喜爱,对明以后长篇小说的创作影响较深。

■**通俗小说** 小说的一种形式。一般是指在社会上流传广泛,受到大众读者喜爱的文学作品和读物。此类作品大多是表现人们生活的浅层体验和感受,以供读者消遣娱乐,从娱乐中受到道德的训诫和哲学上的启迪。它们常常曲折地表现人们对现实的不满和诉求。比如人们在现实生活中感到不幸福、无爱情、生活枯燥乏味,作者便刻意创作出一些劫富济贫、仗义疏财的侠客义士,虚构一些才子佳人历经磨难、终成眷属的恋情故事,编撰一些富于变幻的神灵鬼怪、有较强刺激性的惊险故事等,来调适读者不平衡的心理,帮助他们排解心中的苦闷和愤懑,使他们能找到一片虽身不能至而心可向往的精神栖息地,使心灵得以抚慰。

此类作品故事完整、情节跌宕起伏、描写细腻、叙事说理通晓明白、语言通俗易懂,故流传较广。在中国小说史上,这类作品很多,明以前的多为短篇和笔记小说,明以后的作品多为长篇。

■**公案小说** 古小说的一种。名称来源于宋周密《武林旧事》中"说公案"一词。主要是指描述封建社会清官侦破疑难案件、为民伸雪冤枉、惩治豪强贪官故事的作品。其代表作有宋话本小说《错斩崔宁》和《简帖和尚》、明代的公案话本小说专集《包孝肃百家公案演义》、清代的《警富新书》等。它们与民间的说唱文学有不解之缘,其中不少作品直接来源于说唱文学,在一定程度上反映了当时社会冤情难伸的黑暗现象和人们切盼清官能吏的心愿,谴责了当权者对人民的压迫。

■**传记小说** 小说的一种分类形式。一般是指记载人物事迹的文学作品。这种小说虽以传记体表述,却不甚注重史料价值和人物的表情、动作和对话等描写。它可以进行大胆想象和合情合理的虚构,以突出作品的主题。古代的《汉武故事》、唐传奇中的《李娃传》和清代的《说岳全传》、《洪秀全演义》等,都可视为此类小说。

■**艳情小说** 古代对言情小说分类的一种形式。多为描写青年男女一见钟情,暗订婚约,历经磨难而痴情不改,终成眷属的故事。作品大胆描写男女青年敢于突破封建樊篱追求爱情的胆识和行为,具有一定的反封建意义。

■**说经** 又称"谈经"。宋代"说话人"种类之一,指演述佛经故事的技艺。灌圃耐得翁在《都城纪胜》中叙述说话四家云:"说经,谓演说佛书。说参情,谓宾主参禅悟道等事。"《梦粱录》在"谈经"下"又有说诨经者"一句。《武林旧事》中列"说经诨经"为一目。由此可知,说经一家,其中项目尚多。说经的话本存世不多,尚能见到的如《香山宝卷》、《宣讲拾遗》等。

说经由唐代的"俗讲"发展而来。北宋时,佛教的说经技艺尚未自成一家,后来道教势力渐微,"演说佛经"的说经才发展起来。说经艺人为了增加趣味性,吸引听众,常将佛经故事任意发挥,或借参禅之事,插科打诨。后来,这门技艺越说越诨,流入了滑稽可笑的"说诨经"之列。

■**小品** 文体名。随笔、杂感等短小文章的通称,如"六朝小品"、"唐人小品"、"明人小品"等。其名源于公元四世纪时鸠摩罗什对《般若经》的翻译,他将该经二十七卷本的详译本称作《大品般若》,将较略的十卷本称作《小品般若》。之后文人将自己或别人写成的笔记、杂感等短小文章亦称作"小品"。小品中有很大一部分为笔记小说。

■**讲史** 宋元间"说话"的一科,又称"平话"。是指民间艺人讲说历代兴废和战争故事,根据史传加以敷演。文人记录时多用浅近的文言体,成为讲史话本,是我国小说史上最早具有长篇规模的作品。不少讲史话本是由民间艺人讲唱的短篇拼凑而成,故连贯性较差,但这类作品对后来的演义小说有直接的影响。我国最早的讲史话本为宋代佚名的《五代史平话》。明清以后亦称为"评话",但内容多讲历史或小说故事,说话人常夹有评议。

■**别传** 古小说的流派之一。源自唐刘知幾所著《史通》。刘氏将小说分为十类,即偏记、小录、逸事、琐言、郡书、家史、别传、杂记、地理书、都邑簿,别传为其中之一,指从前史搜集资料素材,分门别类编纂的人物传记。刘知幾说:"贤士贞女,类聚区分,虽百行殊途,而同归于善,则有取其所好,各为之录,若刘向《列女》、梁鸿《逸民》、赵采《忠臣》、徐广《孝子》,此之谓别传者也。"并评论道:"别传者,不出胸臆,非由机杼,徒以博采前史,聚而成书,具有足以新言加之别说者,盖不过十一而已,如寡闻末学之流,则深所嘉尚,至于探幽索隐之士,则无所取材。"

■**辨订** 古小说种类之一。始见于明代胡应麟《少室山房笔丛·九流绪论》。胡氏将小说分为志怪、传奇、杂录、丛谈、辨订、箴规六类,并将《鼠璞》、《鸡肋篇》、《资暇集》、《辨疑志》等作品归入辨订。辨订的内容较为芜杂,多为考证经史疑义、名物典故之作。

■**丛谈** 古小说分类之一。始见于明代胡应麟《少室山房笔丛·九流绪论》。胡氏将小说分为六类(见上文"辨订"条),丛谈为其中一类,并将《容斋随笔》、《梦溪笔谈》、《东谷所见》、《道山清话》归入此类。这类小说形式多样,内容庞杂。胡应麟还指出:丛谈,杂录,"二类最易相紊"。

■**地理书** 古小说流派之一。始见于唐代刘知幾所著《史通》。刘氏把小说分为十类(见上文"别传"条),地理书是其中一类,以记述各地山川、物产、风俗为主要内容。刘氏指出:"九州土宇,万国山川,物产殊宜,风化异俗,如各志其国,足以明此一方。若盛弘之《荆州志》、常璩《华阳国志》、辛氏《三秦》、罗含《湘中》,此之谓地理书者也。"并评论道:"地理书者,若朱赣所采,浃于九州;阚骃所书,殚于四国。斯则言皆雅正,事无偏党者矣。其有异于此者,则人自以为乐土,家自以为名都,竟美所居,谈过其实。又城池旧迹,山水得名,皆传诸委巷,用以故实,鄙哉!"

■**都邑簿** 古小说流派之一。始见于唐刘知幾所著《史通》。刘氏将小说分为十类(见上文"别传"条),都邑簿为其中一类。该类记述有关宫阙陵庙、街廛郭邑之情事。刘知幾指出:"帝王桑梓,列圣遗尘,经始之制,不常厥所,苟能书其轨则,可以龟镜将来。若潘岳《关中》、陆机《洛阳》、《三辅黄图》、《建康宫殿》,此之谓都邑簿也。"并加以评论:"都邑簿者,如宫阙陵庙,街廛郭邑,辨其规模,明其制度,斯则可矣。及愚者为之,则烦而且滥,博而无限。故论榱栋则尺寸皆书,记草木则根株必数,务求详审,持此为能,遂使学者观之,瞀乱而难纪也。"

■**合生** 又称"乔合生",宋代说话四家之一。《都城纪胜》中记:"说话有四家,……合生,与起令随令相似,各占一事。"《东京梦华录》中记,北宋时京瓦技艺,有"吴八儿合生"。《武林旧事》卷六中,列举南宋时"诸色伎艺人","有合生、双秀才一人"。鲁迅在《中国小说史略》中,以合生为说话人四科中的第四家。

但据《新唐书·武平一传》中说:"酒酣,胡人袜子何懿等唱合生,歌言浅秽。"宋张齐贤《洛阳搢绅旧闻记》卷一中记:"有谈歌妇人杨苎罗,善合生杂嘲,辩慧有才思,当时罕与比者。少师以侄女呼之,每令呕唱,言词捷给,声韵清楚,真秦青、韩娥之得也。"由此可知,合生是一种歌咏事实人物的乐曲,其内容往往是对人物的嘲戏,出言轻俳浮薄,以敏捷见长。宋洪迈《夷坚支志乙集》卷六说:"江浙间路歧令女,有慧黠,知文墨,能于席上指物题咏应命辄成者,谓之合生。其滑稽含玩讽者,谓之乔合生,盖京都遗风也。"

合生,又有"合笙"之称。是否为合笙乐而演唱故事,尚待研究。

■**家史** 古小说流派之一。始见于唐刘知幾所著《史通》。刘氏将小说分为十类(见上文"别传"条),家史为其中一类,主要为记述家族人物事迹。刘知幾说:"高门华胄,奕世载德,才子承家,思显父母,由是纪其先烈,贻厥后来。若扬雄《家牒》、殷敬《世传》、《孙氏谱记》、《陆宗系历》,此之谓家史者也。"他在评论中说道:"家史者,事惟三族,言止一门,正可行于室家,难以播于邦国,且箕裘不堕,则其录虽存,苟薪构而亡,则斯文亦表者矣。"

■**郡书** 古小说流派之一。始见于唐刘知幾所著《史通》。刘氏将小说分为十类(见上文"别传"条),郡书为其中一类。郡书以记述地方乡贤、邦族的人物事迹为主要内容,作者多为本乡人士。刘知幾说:"汝颖奇士,江汉英灵,人物所生,载光郡国,故乡人学者编而纪之。若圈称《陈留耆旧》、周裴《汝南先贤》、陈寿《益部耆旧》、虞预《会稽典录》,此之谓郡书者也。"他在评论时说:"郡书者,矜其乡贤,美其邦族,施于本国,颇得流行,置于地方,罕闻爱异,其有如常璩之详审,刘炳之该博,而能传诸不朽,见美来裔者,盖无几焉。"

■**偏记** 古小说流派之一。始见于唐刘知幾所著《史通》。刘氏分小说为十类(见上文"别传"条),偏记为其中一类,主要是指正史以外的关于史实的记载。刘知幾说道:"夫皇王受命,有始有卒,作者著述,详略难均,有权记当时,不终一代,若陆贾《楚汉春秋》、乐资《山阳载记》、王韶《晋安陆记》、姚最《梁昭后略》,此之谓偏记者也。"他在评论时说:"大抵偏记,小录之书,皆记即日当时之事,求诸国史,最为实录,然皆言多鄙朴,事罕圆备,终不能成其不刊,永播来叶,徒为后生作者削稿之资焉。"但是,他还认为,"偏记小说,自成一家,而能与正史参行,其所由来尚矣。"

■**琐言** 古小说流派之一。始见于唐刘知幾所著《史通》。刘氏将小说分为十类（见上文"别传"条），琐言为其中一类。它以记述人物的言论（包括辨对、嘲谑等）为主要内容。刘知幾说："街谈巷议，时有可观，小说卮言，犹贤于已，故好事君子无所弃诸。若刘义庆《世说》、裴荣期《语林》、孔思尚《语录》、阳玠松《谈薮》，此之谓琐言者也。"他还评论道："琐言者，多载当时辨对，流俗嘲谑，俾夫枢机者借为舌端，谈话者将为口实，乃蔽者为之，则有诋讦相戏，施诸祖宗，褒狎鄙言，出自床笫，莫不升之纪录，用为雅言，故以无益风规，有伤名教者矣。"

■**琐语** 古小说流派之一。始见于清纪昀总纂的《四库全书总目》。是书将小说划分为三类：杂事、异闻、琐语。纪昀著录了五部琐语小说：《博物志》、《述异记》、《酉阳杂俎》、《清异录》、《续博物志》。在《小说家类存目》中，又列了三十五部，如《渔樵闲话》、《谐史》、《香奁四友传》等。内容皆为怪异荒诞、滑稽俳谐之属。

■**小录** 古小说流派之一。始见于唐刘知幾所著《史通》。刘氏将小说划分为十类（见上文"别传"条），小录为其中一类。以记述当代人物事迹为主要内容。刘知幾说："普天率土，人物弘多，求其行事，罕能周悉，则有独举所知，编为短部，若戴逵《竹林名士》、王粲《汉末英雄》、萧世诚《怀旧志》、卢子行《知己传》，此之谓小录者也。"他还评论道："大抵偏记、小录之书，皆记即日当时之事，求诸国史，最为实录，然皆言多鄙朴，事罕圆备，终不能成其不刊，永播来叶，徒为后生作者削稿之资焉。"

■**行卷** 一般指举子的诗文写卷——唐代举子在应进士第考试之前，把自己的诗文写成卷轴，送给将主持考试的官员及有地位名望的人评阅，进行自我介绍，希望得到赏识。送了行卷以后，隔几天再送，叫做温卷。行卷中一般都写诗文，只有宋人赵彦卫提及行卷内容为小说。他在《云麓漫抄》卷八中说："唐之举人，先借当世显人以姓名达之主司，然后以所业投献。逾数日又投，谓之温卷，如《幽怪录》、《传奇》等皆是也。"但是在唐代史料中仅见《南部新书》甲集中记李复言曾以《纂异》一部十卷献纳省卷，被主司李景让叱责退回。这只是孤证。赵彦卫的说法有待继续发现佐证，以小说作行卷的说法似显牵强。

■**逸事** 古小说流派之一。始见于唐代刘知幾所著《史通》。刘氏将小说划分为十类（见上文"别传"条），逸事为其中一类。此类小说专门补辑正史所不及的人物事迹。刘知幾说："国史之任，记事记言，视听不该，必有遗逸，于是好奇之士补其所亡，若和峤《汲冢纪年》、葛洪《西京杂记》、顾协《琐语》、谢绰《拾遗》，此之谓逸事者也。"他还评论说："逸事者，皆前史所遗，后人所记，求诸异说，为益实多。及妄者为之，则苟则传闻，而无铨择，由是真伪不别，是非相乱，如郭子横之《洞冥》、王子年之《拾遗》，全构虚辞，用惊愚俗，此其为弊之甚者也。"逸事小说后来大多泛称为历史笔记小说。

■**虞初**　古代笔记小说的代称。据《汉书·艺文志》在著录小说家中介绍,《虞初周说》九百四十三篇,"注"中说,虞初,人名,"河南人,武帝时以方士侍郎黄东使者"。东汉文学家张衡在《西京赋》中说:"小说九百,本自虞初。"后世遂以"虞初"代称小说。如明陆采的小说选集称为《虞初志》,明汤显祖有《续虞初志》、清张潮有《虞初新志》、郑树若有《虞初续志》等。

■**杂录**　古小说流派之一。始见于明代胡应麟对古代小说的分类。胡氏在《少室山房笔丛·九流绪论》中,将小说分为六类(见上文"辩订"条),杂录为其中一类。他归入杂录的作品有《世说新语》、《语林》、《北梦琐言》、《因话录》等。胡应麟指出,杂录与"丛谈","二类最易相紊"。此类作品在内容上多记文人士大夫的逸闻琐语,在语言上简约玄澹。

■**杂事**　古代笔记小说的流派之一。始见于清代《四库全书总目》。是书将小说流派划为三类:杂事、异闻、琐语。杂事小说著录八十六部,如《西京杂记》、《世说新语》、《朝野佥载》、《国史补》、《大唐新语》、《次柳氏旧闻》等。《小说家类存目》中又录一百零一部。如《燕丹子》、《赵飞燕外传》等。纪昀在《四库全书总目》中论述了"杂事"小说与"杂史"小说的区别:"记录杂事之书,小说与杂史最易相淆,诸家著录亦往往牵混。今以述朝政军国者入杂史,其参以里巷闲谈,词章细故者,则均隶此门。《世说新语》古俱著录于小说,其明例矣。"

■**箴规**　古小说种类之一。始见于明代胡应麟对小说的分类。胡氏在《少室山房笔丛·九流绪论》中,将古小说分为六类,箴规为其中一类。他在论述中,将《颜氏家训》、《袁氏世范》、《劝善录》、《省心录》等归入此类。此类书的内容多为宣扬治家、立身、处世,为士大夫齐身治家、治国平天下之规范。也因为如此,其空洞说教多,小说的艺术价值较弱。

■**异闻**　古小说流派之一。始见于清《四库全书总目》对古小说流派的分类。该总目将小说分为杂事、异闻、琐语三大类,又在异闻小说属下著录了三十二部小说,如《山海经》、《穆天子传》、《神异经》、《十洲记》等。在《小说家类存目》中又录了六十部,如《幽怪录》、《青琐高议》、《续夷坚志》等。可见此类小说即常说的记异闻逸事的志怪小说。

■**俗讲**　古代说唱文学的一种体裁。一般指讲唱文或讲经文,多系僧人对佛经所作的通俗讲解,如《温室经讲唱押座文》、《长兴四年中兴殿应圣节讲经文》等作品。但有时也可以用于其他记述,如《文殊问疾》、《维摩碎金》、《双恩记》等。此类文学名称最早见于段成式的《酉阳杂俎》续集卷五、段安节《乐府杂录》及日本僧人圆仁(793—864)《入唐求法巡礼行记》等书。这类讲唱文学盛行于唐元和至会昌年间(806—846),最著名的俗讲僧人是文淑。俗讲僧演说佛经,面向世俗大众,由主讲法师讲解,帮唱者在一旁讲唱经文以和。

俗讲经文有一定的格式,一般在讲经之前有"押座文",在正文以前先引唱一段佛经原文,之后,开始以散文体的讲解词和韵文的诗赞进行宣讲。这里所说的"散文",实际上是一种骈文,诗赞也有许多不同的格律。俗讲与"变文"的不同处在于:俗讲只限于僧人说唱佛经,变文则多由世俗艺人进行演唱。俗讲流行于唐五代。俗讲实物很少流传,到了十九世纪末,才在敦煌莫高窟中发现相关文字。到了宋代,俗讲演变为说经、说诨经,对明清的"宝卷"有较大的影响。

■杂俎　笔记小说的一种。其体裁与杂录、随笔相似。唐代段成式将自己所作的笔记小说命名为《酉阳杂俎》,此为杂俎之开端,其后出现了《五杂俎》。一般来讲,古人在编纂书刊文集时,常将无类可归之文,标目曰杂俎。

■变文　唐代的说唱体文学作品形式之一,又简称为"变"。当时有一种叫做"转变"的说唱艺术,艺人在表演时,先向观众展示一些图画,然后根据图画内容,进行说唱式讲解,使声和画有机结合,组成一个完整的故事。这里的图画被称为"变相",其说唱故事的底本称之为"变文"。变文的内容大体上分为两类:一类是讲述佛经故事,宣传佛教经义;一类是讲述历史传说故事或民间故事。在形式上也分两种:一是散文韵文相间的文辞;二是全部以散文形式写成的文辞。第一种形式较为常见,对后来的鼓词、弹词等文艺形式有直接影响。这类作品的底本,直至清朝光绪年间(1875—1908),才在敦煌石室中发现,所以又称"敦煌变文"。变文的发现,为研究中国的讲唱文学和民间文学提供了重要资料。根据发现整理,近人编辑出版了《敦煌变文集》,为目前国内辑录变文最完备的集子。

■短书　一般指古代小说杂记之书。见桓谭《新论》中"若其小说家合丛残小语,近取譬论,以作短书,治身理家,有可观之辞"。这里明显是指以简短文字创作的富于哲理的作品,即笔记小说。短书另一种形式是"简牍",指简短的书信文字。

■说话　唐宋说唱艺术的一种。"说话"即讲故事之意。唐元稹《元氏长庆集》卷十:"又尝于新昌宅说《一枝花》话,自寅至巳犹未毕辞也。"敦煌卷子写本有唐代的说话话本《庐山远公话》等。宋代有"说话四家"之说。南宋吴自牧《梦粱录》认为:"说话者谓之舌辩,虽有四家数,各有门庭。"灌圃耐得翁《都城纪胜》、罗烨《醉翁谈录》等都有关于说话分类的记载。但由于各书文词含混,近人断句标准不一,因此对"四家"的划分不尽相同,大致包括"小说"(银字儿)、"谈经"(说经)、"讲史书"(演史)、"说诨话"、"合生"、"商谜"等形式。

说话作为一种艺术形式,起源很早,秦时宫廷中的侏儒俳优即从事这种技艺,供皇室娱乐。

隋代侯白《启颜录》中所载"侯秀才可以（与）玄感说一个好话"，即把讲故事称为"说话"。宋代城乡乃至宫中，都盛行说话技艺。在说的过程中伴有乐器演奏，似开始形成韵文。此种技艺对后世的小说、曲艺、戏剧等都有重要的影响。

有人认为"说话"，又称"说话人"。将讲故事的人与讲故事的形式合为一说。录此备考。

■**银字儿** 宋代说话人所演述的小说故事之一种。源自宋灌圃耐得翁所著的《都城纪胜·瓦舍众伎》："说话有四家。一者小说，谓之银字儿。"宋吴自牧的《梦粱录》中也有类似的记载。根据宋人的记载，此类小说包括烟粉、灵怪、传奇、公案、铁骑儿等。据资料显示，"银字"为管乐器名。此处以银字儿命名讲唱小说，可见当时的说话艺人可能在讲故事时，以银字管乐器吹奏相和，以增加其感染力，故有此称谓。

■**烟粉** 宋话本小说分类之一。《都城纪胜》中记："说话有四家。一者小说，谓之银字儿，如烟粉、灵怪、传奇、说公案。"罗烨在《醉翁谈录》中记烟粉类话本，有《燕子楼》、《钱塘佳梦》等。后人谓烟粉，意为烟花粉黛，男女情感之事，与才子佳人、烟花情变、艳情小说类似。

■**灵怪** 宋话本小说分类之一。此类小说的内容全为神鬼怪异，类似后世之神魔小说一类。其分类源起见上文"烟粉"条。宋代罗烨《醉翁谈录》著录此类话本，有《红蜘蛛》、《水月仙》、《人虎传》等。此类话本与六朝志怪小说虽然在叙述对象上相同，但在文体、篇幅、表现手法上却完全不同。六朝志怪小说用的是文言文体，一篇一则故事，短小精悍，言简意丰，多叙述少描绘；灵怪话本小说则用白话文体，故事错综复杂，情节跌宕，篇幅较长，描绘生动。

■**铁骑儿** 宋话本小说分类之一。据《都城纪胜》记："说铁骑儿，谓士马金鼓之事。"可知说的是金戈铁马、战争拼杀的故事。罗烨的《醉翁谈录》没著录此类话本，但却有"说征战，有刘、项争雄；论机谋，有孙、庞斗智"之语。战争故事应属讲史性质，其区别在于讲史为长篇，此则较短；讲史并及文事，此则专演武功。

■**朴刀** 宋话本小说分类之一。据灌圃耐得翁《都城纪胜》中对"说话"艺人的"四家"分类中之标准，将此类小说划到"公案"项下："说公案，皆是朴刀杆棒及发迹变泰之事。"显然这个分类原则是不科学的。罗烨在《醉翁谈录·小说开辟》中，则将公案、朴刀、杆棒各自分列。其著录"公案"话本小说有《石头孙立》、《独行虎》、《圣手二郎》等；朴刀类有《青面兽》、《陶铁僧》、《赖五郎》等。

这里所说的"公案"，与公案小说不同：前者是指小说主人公在"发迹变泰"过程中，因为某种原因，被牵涉到公案中去；这与后者记述清官破疑难案、为民伸冤昭雪的故事是完全不同的两回事。

■**杆棒** 宋话本小说分类之一。《都城纪胜·瓦舍众伎》中将此类小说也归于"公案"类,而罗烨在《醉翁谈录·小说开辟》中则将其分列出来。其著录的杆棒类小说有《花和尚》、《武行者》、《拦路虎》等。

话本中罗烨列的"公案、朴刀、杆棒"三类小说,虽然较《都城纪胜》中之分类进了一大步,但细观此三类的性质,实相接近。

■**诗话** 其本意是指评论诗人、诗歌、诗派、诗风,以及记录诗人言论、行事的著述。诗话源于唐代,盛于两宋,自欧阳修、张戒、杨万里、严羽而外,不下数十家。明清两代也风盛不减,辑集诗话的丛书有《历代诗话》、《历代诗话续编》、《清诗话》等,丰富了文学评论园地,推动了文学创作的繁荣。另外,诗话又是古代说唱艺术的一种。宋元间刊印的《大唐三藏取经诗话》,是现存最早的一部作品,其体裁与词话类似,为韵文、散文并用,韵文大都用通俗的七言诗赞。

评论诗人、诗歌等的诗话,因在记录诗人的言论、行事时往往加以描述,以人物为中心铺陈故事,故具有笔记小说的特点。历代纂集笔记小说的专辑中,常收入诗话、词话部分。

■**词话** 一般是指评论词、词人、词派、词风,以及有关词的本事和考订的著述。宋元以来,词话作者颇众;汇集较多的,如近人所辑《词话丛编》,自宋王灼的《碧鸡漫志》至近代潘飞声的《粤词雅》,凡六十余种。和诗话一样,词话的出现,充实了文学评论著作,推动了文学创作的繁荣。词话又是元明时期说唱艺术的一种。这种艺术,有说有唱,如明诸圣邻的《大唐秦王词话》、《清平山堂话本》中的"快嘴李翠莲记"等。1967年在上海嘉定发现的明成化年间(1465—1487)词话刻本十一种,是至今所见最早的词话刻本。古人也将这类作品称之为"鼓词"。明人在创作章回小说时,常夹有诗词,也称词话,如《金瓶梅词话》等。

词话著作中在评论词、词人,记录词的本事中,常有对词人及其轶闻逸事的生动描写,由此丰富了笔记小说的内容。历代的笔记小说丛书常常收入词话中的精彩篇章。

■**笑话** 文体的一种。它起源很早,到三国魏时,已有邯郸淳的《笑林》。古代劳动者在闲暇之时,常将在日常生活中出现的奇语、异事和超常的动作等,在特定的环境下加以演绎、重复、夸张,以产生笑料,逗众人捧腹,起到娱乐、警示、讽刺、遣责、鞭挞等作用。历代的笑话著作颇多。时人王利器编纂的《历代笑话集》,收集了古代笑话著作七十余种,并加以考辨和整理,是现存较完备的笑话集。好的笑话作品,能揭露矛盾,针砭时弊,对社会上的不合理现象加以嘲讽;末流作品,则追求低级趣味,甚至不惜用贬损、丑化的语言,以博人一笑。笑话具有篇幅短、语言简练辛辣、刻画人物传神的特点;因具有一定的文学价值,常被笔记小说丛书收录。

■**说参情**　宋代说经技艺的一种。据《都城纪胜》中云："说经,谓演说佛经;说参情,谓宾主悟道参禅等事。"这种形式由佛家在禅堂问答参禅发展而来。主持人在禅堂上提出问题,堂下佛徒出面"请益",形成问答,类似佛教知识的参悟游戏。问答中有舌辩犀利之辞,也有呆愚可笑之事,如同杂剧中的插科打诨。往往在一问一答中,机锋四出,应变无穷。说话人借用这种问答形式,演述一些滑稽可笑的故事。后来,这种技艺逐渐演变为"说诨经"。

■**说诨话**　宋代说话技艺的一种。诨话一般指滑稽、讽刺、使人发笑的故事。说话人将这些故事加以巧妙的编排,用生动的说唱,辅以丰富的肢体语言进行表演。当时,在"说话人"诸技中,说诨话的人数并不多。后来,"说经"、"说参情"这类技艺逐渐向说诨话发展,才使从事此类行当的人数多了起来。

■**说部**　古小说和一些有关逸闻、琐事类作品之别称。我国传统的书籍分类目录学分为经、史、子、集四部,又称四大类,有关逸闻、琐事、小说之类作品常常附于史部之后。明清两代,小说作品大批出现,古代的记事性文言小说几乎被文人创作的通俗小说所替代,于是在四部之外另立了"说部",以方便收藏者对图书的分类收藏。此后,凡属于小说和带有小说性质的著作,都归于说部。说部由此成为小说的别称。

■**稗史**　又称"野史"、"稗官野史"等。指古代与正史相对,专记逸闻、琐事的书籍和作品,又是古代对文言小说的别称。"稗"本指稻田中类似稻禾的一种杂草,因果实细小,又非谷物,难入"五谷"之中。引申此文,人们常称卑微为"稗"。古代朝廷中曾设有一种卑微的官职,专司收集记录闾巷风俗和逸闻琐事,以供上层统治者了解下情,人称"稗官"。稗官所记录的东西被编印成书,便称为"稗史"、"稗官野史",以别朝中史官所记录的有关国家大事的"正史"。我国古代视小说为"小道",往往将稗官所记之事与小说相提并论,称为"稗官小说"。如清江藩的《国朝汉学师承记》称纪昀"好为稗官小说"。

■**齐野**　"齐东野人"的简称。一般系指小说和记载逸闻、琐事的作品。语见《孟子·万章上》,认为一切神话传说等,都是"好事者为之"的"齐东野人之语"。于是,后人便把神话传说和一切有关遗闻逸事的作品,统称为"齐东野语"或"齐野之语"。南宋的周密干脆把自己所记的南宋逸事的笔记小说集题名为《齐东野语》。

■**齐谐**　古代对志怪小说的别称。语出《庄子·逍遥游》"齐谐者,志怪也"一句。据后人玄成英、司马彪、崔譔、俞樾等考证,认为"齐谐"是人名,是专门记载怪异故事的人。其实,齐谐是庄子想象出来的一个寓言式人物。后人在创作志怪小说时,常借以作为书名,如南朝刘宋时东阳无忌曾作有《齐谐记》,南朝梁吴均作有《续齐谐记》等。

■**夷坚**　志怪小说的别称。语见《列子·汤问篇》:"大禹行而见之,伯益知而名之,夷坚闻而志之。"可见夷坚与齐谐一样,都是古人想象中的寓言人物。传说夷坚同大禹、伯益一起治水时,对于一路所见所闻之山川灵怪之物均作了记载。南宋洪迈创作的志怪小说集,就取名为《夷坚志》。后人视记奇异怪诞之事的小说为"夷坚者流"。

■**神话**　远古时代劳动人民通过口头形式创造的具有浓重幻想色彩的叙事文学。古时生产力低下,先民对自然和社会现象无法作科学的解释,他们凭借想象和幻想,把自然力量人格化和神化,欲借神的力量来支配大自然,这便产生了早期的神话。神话分原始神话和创作神话:前者为远古先民的不自觉创作,如"盘古开天地"、"神农尝百草"、"女娲补天"、"夸父追日"等;后者为人类文明得到高度发展以后,文人在民间传说的基础上创作的神话,如《穆天子传》、《刘阮上天台》等。我国的神话资源十分丰富,从远古至今盛传不衰。这些神话对后世的艺术创造产生了重大影响,也是古代小说创作的一个重要源头。

■**寓言**　用讽喻的手法创作的富有哲理的小故事。其特点是用事理打比方,以此喻彼,以远喻近,借古讽今,借物喻人;用简短的故事揭示某种真理;对人能起到启迪、教育或警示的作用。寓言的题材可以是人和事,也可以是物,但此物已被人格化,即物的拟人化。寓言揭示的道理,或寓于故事情节中,或记在文末的结语中。我国最早的寓言故事,散见于先秦的诸子散文中,如《孟子》中的"齐人有一妻一妾"、《庄子》中的"庖丁解牛"等,《晏子》、《列子》、《邓析子》等子书中,也有不少寓言名篇。有许多寓言故事,情节虽然简短,但结构完整,读后回味悠长,发人深思,与小说十分相似。寓言对后世的小说创作,无论在题材还是表现手法上,都提供了丰富的资源和宝贵的经验。

■**民间故事**　一般是指劳动人民在生活中直接创作,并在口头上广泛流传的一种叙事性文学作品。其题材来源于民间生活,或真人真事,或虚构创造,多为一些现实性较强的世俗故事。其中幻想的成分很大,能直接反映劳动大众的生活,富有浓郁的生活气息和地方色彩,所以常被归入"俗文化"或"民俗文化"之中。广义的民间故事包括神话、传说、民间寓言和民间童话等。它们有完整的故事情节,人物性格鲜明,语言朴实自然,反映了民众的理想和愿望,是一种历史久远、具有广泛群众性的文学形式。自古以来,各民族各地区至今都有其富于本民族、本地区特色的民间故事作品,其中不少已被整理成文字出书,甚至被搬上了舞台和银幕。广为流传的"牛郎织女"、"孟姜女哭长城"、"梁山伯与祝英台"、"白蛇传",被称为我国四大民间故事,蒙古族的《嘎达梅林》、藏族的《格萨尔王》、维吾尔族的《阿凡提的故事》、壮族的《刘三姐》等也家喻户晓。民间故事的内容、形式和风格等,对后世作家的文学创作有重要的影响。

■**书会**　一般是指宋元时期"说话人"编写话本,或为戏曲演员编写戏文脚本的文人组织。其成员大多是一些科场失意,但有一定才华和社会知识的读书人,也有一部分低级官吏、医生、术士、商人,及一些富于演唱经验的艺人。当时,不少大中城市里都有书会组织,其名称多以所在地命名,如"永嘉书会"、"九山书会"、"古杭书会"、"武林书会"等;也有用其他名称的,如"元贞书会"、"敬先书会"等。书会主要从事编写说唱话本、戏文、杂剧、唱本、谜语等,不少还兼营刻书和发行业务。

明清以来,说唱艺人自发组成的行业组织也叫"书会"。他们约定时间,聚在一起切磋技艺,如"马街书会"等。

■**雄辩社**　宋代"说话"艺人的职业性群众团体。当时的各种技艺行业都很发达,而且都有自己的行业组织,如杂剧的俳绿社、影戏的绘革社、唱赚的遏云社、清乐的清音社等。雄辩社则是"说话"艺人磨砺唇舌、训练技艺的组织,侧重于演练说话技巧。入社者大多是行辈较长、名位较高、演技精湛、故事本事丰富,被称为"老郎"的艺人。老郎通常通过演练技艺,向后学晚辈传授说话的学问和自己拿手的"绝招"。这类组织活动对文人小说的创作,在情节构思和文字技巧发挥方面有一定的影响。

■**小道说**　我国古代特别是春秋时期对小说的一种认识,源于孔子《论语·子张》中"虽小道,必有可观者焉。致远恐泥,是以君子弗为也"之说。这一观点影响至深,表现了儒家对小说的成见,认为它不入儒家"大道",只是一种细枝末节的道理,难以靠它成就大业、扬名显世;因此,为有身份的正人君子所不屑。庄子在《庄子·外物篇》中说:"饰小说以干县令,其于大达亦远矣。"这一说法与儒家的观点是一致的,可反映出当时人们对小说的普遍看法,而且对后世产生了巨大的影响。在我国历史上,小说曾长期被视为"小道"、"小技"、"末流",难登大雅之堂。这种观念曾长期束缚人们,妨碍着小说的创作与发展;即使有人私下创作出一些作品,也藏之秘府,即便刊行,也是隐名埋姓。这给后世的小说研究工作带来不少困难,人们不得不去爬梳浩如烟海的历史资料,费大力气去进行烦琐的考证。此可谓"小道说"之后遗症。

■**子不语说**　我国历史上对古小说的一种蔑称,源于孔子《论语·述而》篇中"子不语怪力乱神"。古小说创作,反映了当时人们对人和自然界各种奇特现象既原始又幼稚的认识。奇丽幻怪的神话和传说,在正统观很强的儒家门徒看来是荒诞不经的,因而常遭到贬斥。孟轲在《孟子·万章上》篇中认为,一切神话、传说,都是"好事者为之"的"齐东野人之语",不屑一顾。荀况在《荀子·天论篇》中说:"万物之怪,《书》不说。"汉代司马迁在《史记·大宛列传》中也说:"《禹本纪》、《山海经》所有怪物,余不敢言。"东汉王充的"疾虚妄"说,主要也是针对神话传说和小说作品中的虚妄成分。这些儒家代表人物的态度,直接影响着后世小说的创作和批评。不少文人始终不把小说创作视为"正道",即便偶试身手,也只是把它当作"史官之末事",注重实录,反对艺术虚构。有些作者把民间富于幻想的作品收集成书,也要冠以"子不语"的名称,如清代的袁枚。凡是后来以"子不语"名书或用以称道小说的,均多以此标榜自己不忘圣训。

■**丛残小语说**　我国古代对小说的一种认识。此说源自汉桓谭的《新论》:"若其小说家,合丛残小语,近取譬论,以作短书,治身理家,有可观之辞。"他在这里论述的小说,主要是指寓言传说之类,认为这类作品都是集琐碎零散的言语,成为形式较小的"短书",便是小说。并认为它们可被取作著述的譬论,对"治身理家"也有可观的社会作用。这种论说虽简单,却也指出了当时小说的一些特点,对后世的小说创作和小说理论的发展产生了影响。

■**街谈巷语说**　我国古代对小说来源的一种认识。此说源自东汉班固的《后汉书·艺文志》:"小说家者流,盖出于稗官、街谈巷语、道听途说者之所造也。孔子曰:'虽小道,必有可观者焉,致远恐泥,是以君子弗为也。'然亦弗灭也。闾里小知者之所及,亦使缀而不忘,如或一言可采,此亦刍荛狂夫之议也。"这里是说,小说来源于民间的口头传说,儒家虽号召"君子弗为",但因这种文学形式植根并普及于民间,所以不能泯灭,而且"缀而不忘",逐渐发达了起来。这段话,说明班固也只好正视小说。他曾将小说家列入十家之中,正式承认了从春秋至汉产生的一大批可称"小说"的作品。

■**神道不诬说**　六朝时较流行的一种对志怪小说的认识。儒家学派虽然竭力强调"不语怪力乱神",反对虚妄狂语,但是到了汉代以后,宗教迷信昌炽,怪诞虚妄的志怪故事大量出现并传播,遂有人为此作出理论上的阐释。晋代郭璞曾在《注山海经叙》中,列举大量的事实,将小说中的虚构幻想成分当作客观事实的记录去认识,反复论证"物不自异",强调人们应当"不怪所可怪"。当时的史学家干宝便是此说的积极唱和者。他在其志怪小说《搜神记·序》中,以其父的婢妾陪葬十几年而不死,其兄干庆气绝数日而复生的事例,现身说法,并广泛搜罗古今神祇灵怪而缀成《搜神记》三十卷,以证明神道之不诬。此论对世人影响巨大。鲁迅在《中国小说史略》中曾论,当时的文人"以为幽明虽殊途,而人鬼乃皆实有,故其叙述异事,与记载人间常事,自视固无诚妄之别矣"。正因为如此,六朝文人争相搜罗,撰写了大量的志怪故事,供学士诵览,以收"游心寓目"之效。这一论说虽属虚妄,却推动了文学的创作和文艺理论的进步。

■**真怪说**　流行于六朝时期的一种对志怪小说的认识。语出自南朝梁萧绮的《拾遗记·序》中的"考验真怪"之说。所谓"真怪",即指"言匪浮诡,事弗空诬,推详往迹,则影彻经史"。是说所记述的内容虽然怪异，但是都有经史图籍作为根据，并非凭空捏造而来；即使是个人的新著述，也都是亲耳所闻、亲眼所见的事实，并非闭门杜撰。真怪说为当时志怪小说得以立足并逐步发展提供了重要的理论支持。

■ **靡丽说**　六朝时有关小说创作的一种主张，为南朝梁萧绮最早提出。汉魏六朝的志怪小说多故事奇丽，内容广博，但是记述这些故事的文字却比较简朴，文采不足。到齐梁时，文坛普遍讲究形式鲜美，辞藻华丽，这种风气被称为"绮靡之风"，也影响到小说的创作和批评。萧绮在修改整理王子年（嘉）的《拾遗记》时，既肯定了"道业远者，则辞省朴素"的观点，又提出了"世德近者，则文存靡丽"的主张。这一观点的提出，虽没有引致当时小说风格的大变化，但作家在文辞描述上似较前讲求华美，趋于细腻。萧绮在加工《拾遗记》时，就很注重文辞。可见此说对唐代传奇的文风还是有一定影响。

■ **传情说**　唐代时提出的一种小说创作主张。唐人沈既济在其传奇小说《任氏传》中，描述了狐女任氏忠于郑生的爱情故事，他在文后写道："向使渊识之士，必能揉变化之理，察神人之际，著文章之美，传要妙之情，不止于赏玩风态而已。"这种"传情说"告诉人们：写传奇小说，并不单是为了记述奇闻异事，而是要通过华丽的文字、宛转的描述，去表达作者美好的情感，即"著文章之美，传要妙之情"，使读者从中得到美的享受。此说对后世情感小说的创作和批评产生了一定的影响。

■ **旌美说**　唐代时提出的一种有关小说创作的主张。唐人李公佐在其传奇小说《谢小娥传》的卷尾写道："余备详前事，发明隐文，暗与冥会，符于人心。知美不录，非《春秋》之义也。故做传以旌美之。"这种创作主张告诉人们：写小说要有明确的目的，意在根据春秋之义，褒扬作者认为善良美好的人物，借以教育读者，使其向善向美。这种观点，较六朝时简单杂录逸闻琐事即为小说的认识，是一个很大的进步。小说进入有目的创作的阶段，标志着唐及唐以后的小说创作趋于成熟。

■ **出人目前说**　宋代提出的有关小说创作应注意塑造人物形象的一种理论观点。第一个提出此观点的是宋人赵令畤。他用韵散文结合的文体形式，演述唐元稹的《会真记》故事，写成了《元微之崔莺莺商调蝶恋花》，并高度评价了《会真记》的艺术成就，认为"非大手笔孰能与于此"。他在我国小说理论批评史上最先注意到了有关人物形象的塑造问题，不仅指出通过人物的"缄书诗章"，表现人物的"才华"和"词采"，而且强调作品应把人物的"不可得而见"的情态也充分地描绘出来，使读者感到"飘飘然仿佛出于人目前"。这一观点强调塑造鲜明、生动的人物形象，在小说创作理论上颇有价值，对后世的文学创作、批评影响很大。

■**情事说** 宋代提出的一种小说评论的观点。最早为宋洪迈提出,《唐人说荟·例言》中引用了洪氏的说法。洪氏在论及唐人小说时,把唐传奇与唐诗相提并论,称为一代之奇;这一评价是相当高的。其中提到"小小情事",指出了唐传奇虽然篇幅短小,却能做到既有故事情节,又能表达思想感情的特点。此说对后世影响很大。明清时期的小说评论家在评论作品时,大都沿袭了洪迈的这一观点,用"情事说"对当时的小说、戏曲等文学作品进行评论。

■**寓言说** 宋代提出的一种有关志怪小说的创作理论。宋人洪迈在其创作的志怪小说《夷坚志》中,提出前代的志怪小说"皆不能无寓言于其间"。这既是洪迈对宋以前志怪小说的认识和评论,也是他自己创作《夷坚志》的主旨。该书所记的神怪异闻,卷帙浩繁,洋洋四百二十卷,光"序"就有三十一篇,无不以"寓言于其间"。受此种观点的影响,使志怪小说走出了为志怪而志怪的樊篱,逐渐走向成熟。明代谢肇淛和陈元之等人,援引洪迈的观点,以此评论长篇神魔小说《西游记》。陈元之在评论《全像西游记》序中说:"直寓言哉!"这与《西游记》的作者吴承恩极力倡导的"寓鉴戒说"颇为类似。

■**语得情态说** 宋朝末年提出的一种对小说人物语言批评的观点。宋代文学评论家刘辰翁一生致力于文学作品评点,所评的作品非常多。他评点的六朝志人小说《世说新语》,开小说评点之先河。他评点小说,重点在语言方面,常用"语鄙"、"清言"、"高简"等来评论作家的语言特色;用"辰翁语"、"妇人语"、"市井笑语"等评论作品中各色人物语言的特色;用"注情语"、"正堕泪之言"等指出人物的情感状态。特别是他重视通过人物语言来分析人物性格,强调人物语言当"极得情态",有"风致",有"意态","神情自近、愈见其人","使人想见其良"等。此类评论对后世的小说创作和评论影响极大。

■**博览该通说** 宋末的一种关于小说创作的提法。语见宋末罗烨的《小说开辟》:"夫小说者,虽为末学,尤务多闻,非庸常浅识之流,有博览该通之理。"这一观点高度评价了小说家和小说作品的地位,指出小说创作者应具有学问根基和一定的艺术修养。他的《醉翁谈录》,辑传奇、话本共十集二十卷,卷首《舌耕叙引》中的"小说引子"和"小说开辟"两篇,较全面地总结了宋代话本的创作经验,提出了一些颇有见地的理论观点。"博览该通"是针对小说创作历来不被当作正统文学的传统偏见而提出的一种矫世正俗之说。

■**有益说** 宋末关于小说社会作用的一种观点,为罗烨首先提出。他在《醉翁谈录·舌耕叙引》的"小说引子"中指出,小说"言其上世之贤者可为师,排其近世之愚者可为戒。言非无根,听之有益"。他在此反复强调的是,小说的创作是一种有目的的艺术创造,具有诛恶扬善、惩恶劝善的社会作用;它通过一些艺术性的故事情节,表现世间的人和事,借以"秤评天下","褒贬是非",

使读者得到美的感受,受到教益。这一观点肯定了小说的社会地位,对繁荣创作有积极的影响。

■**太平乐事说**　宋代以来流行的一种对小说的看法。在我国古代,不论是统治者还是市井民众,由于受儒家思想的束缚,在鄙视小说的同时,还常把小说一类文学作品视为消遣娱乐的工具。宋代的说话艺术兴起后,说话艺人便常常被召入宫廷,"各以艺呈,天颜喜动,则赏赉无算",封建文人视此为"太平朝野极盛之际的佳话"。至明代,郎瑛在《七修类稿》中承袭了这一观点,提出了"小说起宋仁宗,盖时太平盛久,国家闲暇,日欲进一奇怪之事以娱之"的观点。《清平山堂话本》的纂辑者洪楩,则把通俗小说视为雨窗长夜、倚枕梦醒时解闷消遣的东西,看法与郎瑛相近。李卓吾在《忠义水浒传序》中,以"发愤说"对这种观点加以驳斥。详见"发愤说"。

■**损益国史说**　明代蒋大器提出的有关历史小说的创作理论。他在《三国志通俗演义》序中强调写史书要认真总结历史经验,表现作者的观点,使之具有教育意义;但因史书"理微义奥","不通乎众人",所以"历代之事,愈久愈失其传";为了让众人能解其义,发挥其教育作用,就有必要将它改写成文字通俗的历史小说。此处虽然说的是历史长篇小说,但对认识古代笔记小说同样有积极意义。这个观点具有很高的历史价值和理论价值,奠定了我国历史通俗小说创作和研究的理论基础。

■**不论有无说**　明代以来有关小说题材虚实问题的一种观点。最早见于明初凌云翰为《剪灯新话》所作序文。他认为唐代以来的传奇小说,都是"述奇纪异"之作,"其事之有无不必论,而制作之体亦工矣"。以后的高儒在《百川书志》中,也认为这类作品"但取其文采词华,非求其实也"。再后的天都外臣在《水浒传》的叙中也说:"其虚实不必深辨,要自可喜。"这些看法道出了小说创作的特征,强调小说可以虚构、描写,不必计较其人物、事件之真假和虚实,关键是给人以美的享受。这一观点,对明清的小说创作,特别是长篇小说的创作和批评具有很深的影响。

■**寓鉴戒说**　明代时提出的一种有关神怪小说的创作主张。最先提出此观点的是《西游记》作者吴承恩。他在传奇小说集《禹鼎志》(已亡佚)序中主张,创作神怪小说要有明确的目的和严肃的态度,应当顾及现实社会生活,"善写物情",道出人间的"奇情",并寓有"鉴戒"之意。"虽然吾书名为志怪,盖不专明鬼,时记人间变异,亦微有鉴戒寓焉。"他的《禹鼎志》,就是根据《左传·宣公三年》所载夏禹传鼎的事,记鬼神百物之形、怪诞奇异之事,鉴戒民众,防止神怪作奸。他的长篇小说《西游记》也是写英雄战胜妖魔,并对人们日常崇拜的神祇作了某些揭露,以鉴戒人们不要盲目崇拜。

■**劝善惩恶说**　古代对文学社会作用的一种认识。最先出自东汉王充的《论衡·佚文》:"然则文人之笔,劝善惩恶也。"明初瞿佑等人又把它用于小说的创作领域。瞿氏在其文言小说集《剪灯新话》的"自序"中说道:"今余此编,虽于世教民彝莫之或补,而劝善惩恶,哀穷悼屈,其亦庶乎言者无罪,闻者足戒之一义云尔。"凌云翰也在为此书写的序言中说:"是编虽稗官之流,而劝善惩恶,动存鉴戒,不可谓无补于世。"至清代,这一学说有了进一步丰富发展。睡乡祭酒在《连城璧》序中说,劝惩作用是在潜移默化中实现的。西湖钓叟在《续金瓶梅集·序》、刘廷玑在《在园杂志》中也认为,作品劝善作用的发挥,取决于读者的理解水平。刘说:"作品本寓劝惩,读者每至流荡,岂非不善读书之过哉!"长期以来,劝善惩恶作为文学创作的主旨,在中国文学史上影响深远。

■**发愤说** 古代对文学创作的一种见解。源自战国楚屈原的《惜诵》篇之"发愤以抒情"。至汉代,大文学家、史学家司马迁在《史记·太史公自序》中更将其具体化。他认为:"昔西伯拘羑里,演《周易》;孔子厄陈蔡,作《春秋》……"包括他本人受宫刑后完成的《史记》,均为"发愤"之作。到了明代,李贽首先将此观点用于小说的创作之中。他在《忠义水浒传》中的序文写道:"太史公曰:《说难》、《孤愤》,圣贤发愤之作也。由此观之,古之圣贤,不愤则不作矣。不愤而作,譬如不寒而颤,不病而呻吟也,虽作何观乎?《水浒传》者,发愤之所作也。"他提倡小说创作要针对现实,有感而发,批判把小说视为"太平乐事"的片面观点。此说对后世的小说创作和文学批评有很大的影响,激励不少文人"发愤著书"。清代文学家蒲松龄就曾称其《聊斋志异》等作品是"孤愤之书"。

■**至文说** 明代时有关小说评论的一种观点。源于李贽的"童心说"。李所指的"童心"即"真心","绝假纯真,最初一念之本心"。他认为,具有童心,才是真人,才能写出"真文"、"至文",也就是天下最好的文章。他强调写文章要有为而发,写出真性情;把作者的真实情感用文字自然地表现出来,才成"至文"。他说:"诗何必古选,文何必先秦,降而为六朝,变而为近体,又变而为传奇,变而为院本,为杂剧。为《西厢曲》,为《水浒传》,为今之举子业,皆古今至文,不可得而时势先后论也。"这一观点,有力地批判了当时的复古论调及文坛传统的轻视小说、戏曲的偏见。明人袁宏道也在《听朱先生说〈水浒传〉》一诗中,把《水浒传》抬到至高无上的地位;相比之下,不但《史记》逊色,甚至"六经"也算不上"至文"了。这种观点虽然偏激,但在一定程度上表现了当时的豁达文人对小说、戏曲等通俗文学价值的深刻认识。

■**正史之补说** 明代时提出的一种有关历史小说创作的观点。源自明林瀚为《隋唐演义》所写的序文。林氏认为应把历史小说"编为正史之补",在内容上,应把隋唐诸史书"所载英君名将、忠臣义士,凡有关风化者,悉皆编入";在形式上,把隋唐"两朝事实"演为通俗的文字,让"愚夫愚妇一览可概见耳"。这种意图是将历史小说视为历史学的普及读物,让人们"勿第以稗官野乘目之"。因林氏官居吏部尚书显位,这一观点在当时颇有影响,致使一些小说家在创作中过分注重史籍,强调史实的丰富与真实,而忽略了小说的文学性。但也有人把野史、杂记、民间传说,乃至主观的虚构想象,都拿来"补正史",使文史虚实相混,真幻互存。

■**虚实相半说** 明代时提出的一种关于小说创作的主张。源自明人谢肇淛的《五杂俎》。在该书中,他针对诸如《水浒传》、《西游记》等作品,提出"小说野俚诸书,稗官所不载者,虽极幻妄无当,然亦有至理存焉","凡为小说及杂剧、戏文,须是虚实相半,方为游戏三昧之笔,亦要情景造极而止,不必问其有无也"。这一论述,比较精辟地阐明了艺术真实与生活真实的关系,肯定了艺术虚构在小说创作中的地位。他还认为,如果小说和戏剧创作事事都照搬历史,"则看史传足矣",何必还要创作小说戏剧呢;创作照搬生活,"事太实则近腐,可以悦巷里小儿,而不足为士君子道也"。这种观点对后世小说创作及理论发展产生了很大的影响。

■**寄意时俗说** 明代时提出并流行的一种关于小说创作的理论。源自欣欣子为《金瓶梅词话》写的序文。文中称《金瓶梅词话》是一部"寄意于时俗"的作品,是描写现实社会中普通人和日常生活的小说。后来,凌濛初在《拍案惊奇·序》中,也主张小说创作应当从"耳目之外,牛鬼蛇神之奇"中解脱出来,着重写"耳目之内,日用起居"中的奇事。此观点对笔记小说和其他文体作家的创作活动有较深的影响。

■**无奇之奇说** 明代时产生并流行的一种关于小说创作的理论。我国古代的小说创作,从神话传说故事到六朝志怪、志人、神魔小说,无不追求一个"奇"字,"无奇不录"一度成为时尚。这个"奇"有一个演变过程。秦汉以前的奇,反映了人们对自然界现象的认识幼稚,因不理解而生奇,并将之记录下来,以供欣赏和研究。六朝志怪小说的"奇",则多数为故意猎奇,反映了当时的宗教意识和迷信色彩。后来的"奇",兼录出类拔萃、超群绝伦的人和事。到了明代,市民社会发达,开始出现以描写小人物日常生活起居的作品,随后便产生了相应的小说理论,对"奇"作出了新的解释。徐如瀚在《云合奇踪·序》中,强调了"奇正相生"的观点,排除神怪妖魔,突出了英雄豪杰的奇气。指出"君臣会合间,奇亦即在于是"。凌濛初在《拍案惊奇·序》中进一步阐述:"今之人但知耳目之外,牛鬼蛇神为奇,而不知耳目之内,日用起居其为谲诡幻怪、非可以常理测者固多也。""凡耳目前怪怪奇奇,当以无所不有。"明末,睡乡居士在《二刻拍案惊奇》之序中又说:"今小说之行者,无虑百种。然而失真之病,起于好奇。知奇之为奇,而不知无奇之所以为奇。舍目前可纪之事,而驰骛于不论不议之乡,如画家之不图犬马而图鬼魅者。"这里说的"无奇之所以为奇",是指日常生活中的精彩动人之事。它要求作者从平淡无奇的生活中,从大量的平凡人物中,发现、提炼出精彩动人的故事,并在此基础上去敷演人生,挖掘世理。这一观点的提出和用于小说创作的实践,对我国文学理论史的突破和发展,对后世现实主义文学创作的发展有极为重要的影响。

■**醒人说** 明朝末年对小说社会作用的一种认识。源自冯梦龙"醒天"必先"醒人"的观点。冯氏面对明朝末期的黑暗吏治,衰颓世风,忧心如焚,他寄希望于通俗小说的艺术感染力和社会教育作用,用以改变世风,救世正俗。他把自己编的三部短篇小说集定名为《喻世明言》、《警世通言》、《醒世恒言》。他认为,"浊乱之世,谓之天醉",这种"天醉"是由于"人醉"造成的;要使"天醒",就必须促人先醒,让醒人再去醒天;而人要醒天,又必须通过言论作品,"以醒天之权与人,而以醒人之权与言"。他编"三言"的目的,就是为了醒人和改变世风。为此,他特别强调小说的"情教"作用和通俗化,以求用通俗的语言和诚挚的情感去感化世俗百姓,使他们都来转变时风,挽救时世,以达到"醒天"的目的。这一观点对以后的愤世嫉俗小说创作的影响甚大。

■**情教说** 明朝末年一种对小说社会作用的认识。源自冯梦龙"万物如散钱,一情为线牵"之说,他认为小说作品应把情"流注于君臣父子兄弟朋友之间",以达到"情教"的目的。冯氏在创作实践中,充分认识到优秀的文学作品以情感人的特点,因此在"三言"的选编过程中,大力搜集有关言情的文言小说,并将其加工、润色和编写。他还专门编辑了言情文言小说集《情史》和收有大量情歌的《山歌》。同时在一些序言和评语中,阐述了他对言情作品的看法。但他同时又受李贽等人和当时的市民思想的影响,追求个性解放,强调"情真",不拘于封建"贞节"和"三从四德"的礼教束缚。如他在《山歌·序》中,强调"借男女之真情,发名教之伪药";同时,他又反对在小说中加入大量的色情描写,即便有时避不开,也要使其隐晦朦胧。他在《醒世恒言·序》中,就批判了当时小说作品中流行的"若夫淫谭亵语,取快一时,贻秽百世"。凌濛初在《拍案惊奇·序》中曾称赞他说:"独龙子犹氏所辑《喻世》等诸言,颇存雅道,时著良规,一破今时陋习。"冯氏的"情教"说对后世言情小说的创作影响深远。

■**通俗说** 古典小说理论中的一种学说。我国的古代小说,绝大多数是文人用文言文写成的,不易为市井平民所接受,很难普及。宋代以来,随着"说话"艺术的普及,有人开始强调小说的通俗化。至明末,冯梦龙将这一学说系统化。他把小说的通俗化与发挥小说的醒人社会作用联系在一起,并在一些辑本的序言中反复强调:如果小说不通俗,就不能为大众所理解,也就不能发挥应有的社会作用。他从唐传奇与宋话本的对比中,说明宋人说话通俗的好处,其感人的效果超过了经论;并一再说明,社会上的读书人少,不读书的民众多,应该以通俗唤醒广大民众。通俗说大力推崇宋人话本小说的通俗化,为后世通俗文学的发展奠定了良好的理论基础。

■**极幻乃极真说** 明朝末年的一种关于小说创作的观点。源自袁于令"文不幻,不文;幻不极,不幻。是知天下极幻之事,乃极真之事;极幻之理,乃极真之理"(袁于令《李卓吾批评〈西游记·题辞〉》)之说,这是袁氏在《隋唐遗文·序》中"传奇贵幻"观点的延伸。所谓"极幻之事"、"极幻之理",也就是通过想象、幻想加以虚构的浪漫主义手法,创作怪诞的人物、故事、情节等;所谓

"极真之事"、"极真之理"和"至理",便是现实中存在的人情事理。明末的吏治黑暗,社会矛盾尖锐,不少作家通过寓言的形式,表达人民的要求和愿望,有一定的必然性。

■**传奇贵幻说** 明末袁于令提出的关于小说创作的一种观点。当时,袁氏写成了历史小说《隋唐遗文》。他在该书序中说道:"史以遗名者何?所以辅正史也。正史以记事。记事者何?传信也。遗文以搜逸。搜逸者何?传奇也。"接着他还指出:"传奇者贵真","传奇者贵幻"。所谓"幻",就是通过想象、幻想进行艺术虚构。他认为创作历史小说时,应当根据作者的写作意图,对正史所载的史迹"可仍则仍,可削则削,宜增者大为增之";为了震撼读者的心灵,取得强烈的艺术效果,甚至可以超出一般的情理,大胆进行夸张和虚构;这种创作与正史一样,目的都是为了"昭好去恶,提醒颛蒙"。这一将小说与正史严加区别的观点,在小说批评史上颇引人注意。

■**曲尽世态说** 清代对志怪小说表现世情的一种评价观点。蒲松龄在极度的贫困中,怀着对时世的满腔悲愤不平,写成了《聊斋志异》这部"孤愤之作",寄托了他的思想情感。他的孙子蒲立德在总结蒲松龄的创作经验时,称《聊斋》一书,是以志怪的题材,"刻镂物情",曲折地表现各种人情世态,使其无所隐遁;它寄托的思想情感是真实的,"足以动天地、泣鬼神",具有屈原作品那样的意义。如此评价,在志怪小说评论中实属少有,也为正确认识评价志怪小说的社会意义开了一新思路。

■**鬼得性情说** 清代提出的有关志怪小说的一种创作主张。源自冯镇峦的《读聊斋杂说》:"说鬼亦要有伦次,说鬼亦要有性情。谚语有云:说谎亦须得圆。此即性情伦次之谓也。试观《聊斋》说鬼狐,即以人事之伦次,百物之性情说之。说得极圆,不出情理之外;说得极巧,恰在人人意愿之中。"这段话指出了《聊斋》一书的特点。《聊斋》中说鬼狐,实则说人;而且每篇"人各面目,每篇各具局面,排场不一,意境翻新,令读者每至一篇,另长一番精神,如福地洞天,别开世界"。蒲氏创作的《聊斋》,较六朝志怪有发展,比纪昀的"不乖风教"的《阅微草堂笔记》和专为游戏消遣的袁枚的《子不语》更有意义,从而为志怪小说的创作提供了新经验,开辟了新道路。

■**两种境界说** 近代对小说创作的一种认识。提出此观点的是梁启超。他在1902年《新小说》杂志第一期发表的《论小说与群治之关系》一文中指出,小说具有摹写"现境界"和创造"他境界"两种性能;着重创造"他境界"的小说为"理想派小说",着重表现人们所想和所经历的小说,便是"写实派小说";"小说种目虽多,未有能出此两派范围外者也"。这是西方的现实主义和浪漫主义两种文学理论在中国的最早反映,对小说评论影响很大。

■**小说至上说** 近代梁启超等人对小说地位和作用的一种认识。梁氏在《论小说与群治之关系》一文中,在严复、夏曾佑"正史之根"说的基础上,把小说的地位和作用加以夸大,不仅提出"小说为文学之最上也"的小说至上观点,而且把"吾中国群治腐败之总根源"也归于中国小说不佳,"故今日欲改良群治,必自小说革命始;欲新民,必自新小说始"。1907年,夏曾佑在《论小说之势力及其影响》一文中,甚至把小说作用夸大至"学术固赖以进步,社会亦赖以文明,个人固赖以卫生,国家亦赖以发达"的吓人地步。这种观点虽显偏激,在当时却影响很大。

先秦神话与笔记小说

一、概述

上古神话是先民在社会生活及同大自然斗争中幻想的反映。神话传说故事是先民"幻想中经过不自觉的艺术方式所加工过的自然界和社会形态"(马克思《政治经济学批判导言》)。先民在生产过程中常受到水、旱、凶禽、恶兽等的袭击,其知识又不足以科学地解释自然界的复杂现象,便以为宇宙间万物皆有神灵主宰,把自然力加以神化,于是创造出了各种自然现象的神及其故事。如"羲和生十日"、"常羲生月十有二"、"女娲抟黄土作人"等等。他们不单崇拜自然力,还企望对自然的斗争取得胜利,于是产生了"精卫填海"、"夸父追日"、"鲧禹治水"等歌颂英雄业绩的神话传说。原始部落之间有时要为争夺猎区、牧场等进行争斗拼杀,反映这种现实的神话还有"共工与颛顼争帝"、"黄帝与蚩尤之战"等。先民不独对自然界感到迷惑或惊奇,要求作出解释,而且对人类本身的文化来源也很感奇怪和兴趣,希望得到说明,于是"简狄吞燕卵而生商"、"姜嫄践巨人迹而生弃"、羿发明弓箭射日、神农发明耕种和医药、伏羲观蛛网而结网捕鱼,以及仓颉仰观天象、俯察龟纹鸟迹而发明文字等神话也应运而生。

这些古老而丰富的神话传说,散见于先秦及汉初的古籍中。记载最多的是《山海经》、《楚辞》和《淮南子》等,《诗经》、《尚书》、《易经》、《左传》、《国语》、《墨子》、《庄子》、《韩非子》、《吕氏春秋》等书中也屡有所见。

神话传说故事无论就思想内容,还是从艺术形式上看,都有其重要价值。它不仅反映了上古时代的现实生活,塑造了一系列勇于斗争的英雄形象,而且对我们的民族精神作了最早的概括。它通过幻想、想象、夸张等浪漫主义手法,把英雄描写得气贯长虹、神力无边,把害人的怪物描绘得凶恶、狰狞,丰富了中国文学艺术的表现手法。不少神话故事不仅具有悲剧美与崇高美的美学特点,而且还展现了一种乐观主义精神。过早历史化的中国神话传说虽然残缺、零碎,审美价值也各不相同,但其中所表现的文学形象繁多,作为中华民族早期的艺术思维成果,不仅证明了中国神话的丰富性和多样性,而且显示了先民高超的艺术想象力和艺术创造力。中国神话是中国文学史的第一页,对后世文学有广泛而深刻的影响。

我国的笔记小说,不论是志人还是志怪,都从古代神话故事中吸收了大量营养,继承了多种艺术表现手法。我国神话传说领域广泛，涉及面广，对此，历代相关的研究都取得了不少成果。而搜罗最广、研究较深的当数今人袁珂，他不仅出版了迄今最为丰富的全面叙述中国神话体系的专著《中国神话传说》，还编写了《中国神话传说词典》等。

先秦笔记小说多散见于上古的各类书籍中，散佚严重，难考撰人，难稽成书年代。神话传说虽难辨真伪，却是中国小说之滥觞，开中国小说创作文化之先河，也是至今认识上古先民的唯一途径。在先秦诸子如《孟子》、《庄子》、《列子》、《邓析子》等著作中，其写作手法有情节、有描写，已散见笔记小说的端倪，为后世笔记小说的创作开辟了路径；这也是值得研究者注意的。

二、作家和作品

女娲神话 又称"女娲"、"女娲补天"等，我国先秦产生的神话传说，表现了先民对自然和人类本身文化现象的理解和探究。此则故事的最早记载见楚辞《天问》："女娲有体，孰制匠之？"王逸在该书注文中说："传言女娲人头蛇身，一日七十化。""七十化"云云，本于《淮南子·说林训》："黄帝生阴阳，上骈生耳目，桑林生臂手；此女娲所七十化也。"高诱注曰："黄帝，古天神也。始造人之时，化生阴阳。……上骈、桑林，皆神名。"化，化育、化生之意。是说当女娲造人之际，诸神咸来助之：有助其生阴阳者，有助其生臂手者。此乃女娲与诸神共同造人之说。除此而外，又有女娲抟土造人之说。《太平御览》卷七八引《风俗通》云："俗说天地开辟，未有人民，女娲抟黄土作人，剧务，力不暇供，乃引绳于泥中，举之为人。"

女娲神话中还有"置婚姻"说。据《风俗通》记："女娲祷神祠，祈而为女媒，因置昏姻。"此说应是女娲造人说之后的发展。女娲除造人外，还有"作笙簧"说，见于《世本》，亦是有关人类繁孳的神话传说。

流传和影响最为广泛的是"女娲补天"说。《淮南子·览冥训》记："往古之时，四极废，九州裂，天不兼覆，地不周载，火爁焱而不灭，水浩洋而不息。猛兽食颛民，鸷鸟攫老弱。于是女娲炼五色石以补苍天，断鳌足以立四极，杀黑龙以济冀州，积芦灰以止淫水。"又，晋葛洪《抱朴子·释滞》云："女娲地出。"宋罗泌《路史·发挥一》注引《尹子·盘古篇》云："女娲补天，射十日。"此又为女娲神话之异闻。

所有这些零摘散记，构成了女娲神话系列。这一系列，概括了从造人到补天、治水、置婚姻、定秩序等人类产生、发展的全过程，塑造了"女娲"这个人类祖先英勇无畏、聪明睿智、战天斗地的英雄形象，应是中国最早的"创世说"。女娲之所以是女性，恰恰反映了上古母系社会的社会性质。女娲这一伟大母亲和天地开辟神的形象，是中华民族精神的完满体现，女娲的故事也因此成为中国神话的重要组成部分。我国后来不少笔记小说、长篇小说在创作过程中，都曾在不同程度上援引和演绎发展了女娲的传说。

伏羲神话　我国上古时期关于文化创造神的神话。据清张澍稡集补注《世本·帝系篇》中记"太昊伏羲氏"。据此，知伏羲为太昊伏羲，太昊伏羲连称始此。在古书中，伏羲亦作宓牺、庖牺、伏牺、伏戏、庖羲、炮羲；太昊亦作大昊、太皞、大皞。《山海经·海内东经》云："雷泽中有雷神，龙身而人头，鼓其腹。"《太平御览》卷七八引《诗含神雾》云："大迹出雷泽，华胥履之，生伏牺。"雷神是伏羲之父。传说中的伏羲为"蛇身人首，有圣德"（唐司马贞《史记·补三皇本纪》），"坐于方坛之上，听八风之气，乃画八卦"（《太平御览》卷九引《王子年拾遗记》），"师蜘蛛而结网"（晋葛洪《抱朴子·对俗》），"作瑟，造《驾辨》之曲"（《楚辞·大招》王逸注），"制嫁娶，以俪皮为礼"（宋罗泌《路史·后纪一》注引《左史考》），"取牺牲以充庖厨"（《太平御览》卷七八引《皇王世纪》）。这些记载，皆为人之伏羲。《淮南子·坠形训》中记："建木在都广，众帝所自上下。日中无景，呼而无响，盖天地之中也"；"众帝所自下者"，盖缘建木而上下于天也。《山海经·海内经》记："南海之内，黑水、青水之间，有木，名曰建木。大皞爰过，黄帝所为。"这里说的能缘天梯"建木"以登天的伏羲为神之伏羲。

伏羲为五方天帝之一，其神职为东方天帝。为实施对东方的治理，伏羲常往来于天地之间。他和造人、补天的女娲有着密切的联系，一说女娲是继伏羲为帝的，一说女娲是伏羲的妹或妻。伏羲在神界的地位，在一定程度上是由他同女娲的这种关系所决定的。他最为显赫之处，在于他很早就已由东方天帝变成了中华民族文化的始祖，而且作为半神的文化英雄有过许多创造发明。《易·系辞下》记："古者庖牺氏之王天下也。仰则观象于天，俯则观法于地，观鸟兽之文与地之宜。近取诸身，远取诸物，于是始作八卦，以通神明之德，以类万物之情。作结绳而为网罟，以佃以渔，盖取诸《离》。"除画八卦、做网罟、始创狩猎捕鱼外，伏羲还发明了历法、乐曲、琴瑟，以及占卜术、养蚕术、嫁娶之礼等等。

伏羲神话到汉代臻于完善，不仅见于文字记载，而且在砖面、石棺画像和画像石刻中屡有表现。至三国徐整《三五历纪》所载盘古神话出，才逐渐衰微。然在民间，特别是少数民族地区，作为人类始祖伏羲的故事至今传诵不衰。

黄帝神话　古帝王神话。黄帝也作"皇帝"，即皇天上帝之意。据《史记·五帝本纪》云，黄帝乃少典之子，姓公孙，名轩辕。黄帝是上古传说中的人神各半的形象。据《河图稽命征》、《河图帝纪通》、《春秋合诚图》等书记载，其母附宝"见大电光绕北斗权星，照郊野，感而孕，二十五月而生黄帝轩辕于青邱"。最后，黄帝成为"主雷雨之神"。他在战胜四方天帝之后，建立了以自己为中心的神国新秩序："东方木也，其帝太皞，其佐句芒，执规而治春"；"南方火也，其帝炎帝，其佐朱明，执衡而治夏"；"中央土也，其帝黄帝，其佐后土，执绳而治四方"；"西方金也，其帝少昊，其佐蓐收，执矩而治秋"；"北方水也，其帝颛顼，其佐玄冥，执权而治冬"（《淮南子·天文训》）。

黄帝神话的主体是黄、炎战争。《新书》记载，炎帝是黄帝同母异父兄弟，各有天下之半。黄帝行道而炎帝不听，双方决战于涿鹿之野，血流漂杵。《列子·黄帝篇》云："黄帝与炎帝战于阪泉之野,帅熊、罴、狼、豹、貅、虎为前驱,雕、鹰、鸢为旗帜。"炎帝失败后,其裔蚩尤崛起,复与黄帝作战。蚩尤败后,又有夸父、刑天与黄帝抗争。战争不仅持久,而且惨酷,可见原始社会父权制时期的部落争斗状况。

作为人神共存的部落统治者,黄帝不仅是五帝之首,而且还是有许多发明创造的文化英雄。据不少古籍记载,黄帝发明车,故称轩辕氏。他钻燧取火,造釜甑,蒸谷做饭,使臣民摆脱生食腥膻,进入文明时代。他还使臣民羲和占日,常仪占月,臾区占星气,伶伦造律吕,大挠作甲子,隶首作算术,容成作调历,沮诵、仓颉作书,胡曹作冕,伯余作衣裳,夷作鼓,伶伦作磬,尹寿作镜,於则作扉履,雍父作舂、杵臼,骇作服牛,相土作乘马,共鼓、货狄作舟,挥作弓,夷牟作矢等,促进了人类文明的发展。黄帝及其臣属创造人类文明的传说,构成了黄帝的系列神话,黄帝由神被描绘成为人王是历史的发展,后来渗进了神仙家言,黄帝又被描述为人王乃至修道成仙者。

黄帝神话见于汉前后诸子著作和史籍中。如《山海经》、《列子》、《世本》、《志林》、《史记》、《淮南子》等。

帝俊神话　传说中古天帝的神话。帝俊其名仅见于《山海经》,他书不载。该书《海内经》记,帝俊曾赐羿"彤弓素矰",令其救助下国。《大荒北经》中记,卫丘之南有帝俊的一片竹林,其竹"大可为舟"。《大荒东经》云:"有五采之鸟,相向弃沙(疑婆娑),惟帝俊下友。帝下两坛,采鸟是司。"

虽然有关帝俊的神话传说只有这些记载,但他却是《山海经》里最重要的天神。首先他是日月之父。《大荒南经》云:"东南海之外,甘水之间,有羲和之国。有女子名曰羲和,方日浴于甘渊。羲和者,帝俊之妻,生十日。"除此之外,帝俊还有一个妻子,即"生月十有二"的月神常羲。帝俊诸子孙在下界创立了不少国家。在东荒,有其子中容所建的中容国,其孙司幽所建的司幽国,其孙白民所建的白民国,其子黑齿所建的黑齿国等。在南荒,有其子三身所建的三身国,其子季厘所建的季厘国。在西荒,有其子后稷所建的西周国。除了建立大荒诸国外,其子孙还创造了种种文艺技艺。据《海内经》记,帝俊曾孙番禺"始为舟";番禺之孙吉光"始以木为车";"帝俊生晏龙,晏龙始为琴瑟";"帝俊有子八人,是始为歌舞";"其孙义均始为巧倕","始作下民百巧";其子后稷"始播百谷",后稷之孙叔均"始作牛耕"。

帝俊神话在历史化的过程中,与帝喾、舜的事迹颇多交叉。如"帝俊妻娥皇",与舜妻娥皇同;"帝俊生三身,三身生义均",义均即舜子商均(本名义均,因封于商为商均)。"帝俊竹林",与舜之二妃"以涕挥竹,竹尽斑"同。后稷为帝俊之子,与《世本·帝系篇》云帝喾有"上妃……而生后稷"同;帝俊有子名季厘,与《左传·文公十八年》中记,高辛氏有才子八人,其一名季狸同。这些事迹混糅的传说,应该说是由于上古部落和地域之不同所造成的。但有一点没有疑义,即中华民族同一祖先。

羿神话 上古的英雄神话。羿,也称"夷羿"、"后羿"。羿是帝俊派往"下国"的使者,其任务是"恤下地之百艰"。据《淮南子·本经训》记:"尧之时,十日并出,焦禾稼,杀草木,而民无所食。猰貐、凿齿、九婴、大风、封豨、修蛇皆为民害。尧乃使羿诛凿齿于畴华之野,杀九婴于凶水之上,缴大风于青丘之泽,上射十日而下杀猰貐,断修蛇于洞庭,擒封豨于桑林。万民皆喜,置尧以为天子。"

羿神话是产生于原始父权制社会先民征服自然的神话。最早的记载是春秋战国时的《归藏》、《山海经》、《庄子》,但以《淮南子》之记载最为详细。羿神话的主要内容,除射日除害之外,尚有伤河伯、娶洛嫔为妻、献野猪肉于天帝、向西王母求不死药等,另有羿淫于田猎、误用寒浞亡国等记载。这是将羿与夏有穷氏,亦善射之"后羿"混为一谈了。羿乃远古时征服自然的英雄;后羿持勇篡夏,被寒浞杀死后取而代之。(参见袁珂《中国神话传说词典》153页、303页)

夸父神话 中国上古有关人类征服自然的神话之一,即常说的"夸父追日"神话。据《山海经·海外北经》中记:"夸父与日逐走,入日。渴欲得饮,饮于河、渭。河、渭不足,北饮大泽。东至,道渴而死。弃其杖,化为邓林。"《列子·汤问篇》所记略同,只是末段云:"弃其杖,尸膏肉所浸,生邓林,邓林弥广数千里焉。"《大荒北经》记载稍异。另据《山海经·海内经》记,夸父是炎帝的后裔。炎帝之妻赤水之子听訞生炎居,炎居生节并,节并生戏器,戏器生祝融,祝融生共工,共工生后土,而后土系夸父之祖。夸父是巨人之神。他能与日竞走,可见其腿脚长大无比;饮河、渭之不足,足见其有海一样的饮量;手杖化为大片桃林,也可映衬出其躯体的巨大。夸父是男性神,其伟岸的身躯、宏伟的气概和坚强的意志,表现了先民对男性英雄力量的认识。据此推测,可知此神话约产生于原始社会父系制时期。

与逐日神话相对应的,尚有"夸父为应龙所杀"的传说。应龙是黄帝的神龙,而夸父是炎帝的后裔,可能在炎黄争斗的长期战斗中,夸父作为勇士,曾帮助蚩尤攻打黄帝部族。夸父虽然被杀,然其部族尚存。《海外北经》中所记的博父国即其子孙所建。

夸父逐日的英雄壮举,被后世广为传颂。唐张鷟《朝野佥载》卷五中记:"辰州东有三山,鼎足直上,各数千丈。古老传曰,邓夸父与日竞走,至此煮饭,此三山者,夸父支鼎之石也。"其他笔记小说也常见夸父遗迹的记载。阮籍在《咏怀》诗中有"夸父为邓林"的诗句。陶潜的《读山海经》诗之九更是专门称赞这位英雄,以艺术手法揭示这则神话的思想意义,赞美主人公的英勇斗争精神。夸父追日神话歌颂了一种不畏艰苦、勇往直前、坚韧不拔的奋斗精神。

嫦娥神话 我国上古关于月中女神的神话。嫦娥又称常娥、姮娥、恒娥。汉代《淮南子》的作者为避汉文帝刘恒的讳而改恒娥为"常娥"。这则神话最早的记载见《归藏》(已佚),六朝梁刘勰《文心雕龙》、《昭明文选》、《淮南子·览冥训》等书在记载时又增加了羿请药于西王母,嫦娥偷药后飞升月宫的故事。《初学记》摘引《淮南子》又有嫦娥奔月化为蟾蜍的记载。汉末张衡在《灵宪》中记得最为详尽:"羿请不死之药于西王母,姮娥窃之以奔月。将往,枚筮之于有黄。有黄占之,曰:'吉。翩翩归妹,独将西行,逢无晦芒,毋惊毋恐,后且大昌。'姮娥遂托身于月,是为蟾蜍。"这则记载除嫦娥临走前去占卜吉凶外,其余均与《归藏》记同。

嫦娥神话的主要内容是奔月。嫦娥是羿的妻子。羿受帝俊的派遣到下国"恤抚民众",他射杀九日,得罪了天帝,与其妻嫦娥一同谪凡人间。夫妇皆欲返天界。羿便向西王母求不死之药,以求飞升。此举被株连至凡间的妻子发现,她怨恨羿太自私,便偷药吞下,飞入月宫。这则奔月神话在道家神仙的迷信色彩之外,以瑰伟奇特的图像,反映了先民追求美好生活环境的绚丽想象和探索宇宙秘密的崇高理想。

自魏晋六朝以来,嫦娥奔月的神话成为作家和艺术家吟咏描绘之重要题材。在广为传颂中,人们已淡化了盗药及化蟾蜍之类传说,逐渐将嫦娥塑造成一个集种种美好于一身的女性形象。这则神话对古小说的创作有直接的影响。

西王母神话　上古著名神话之一。据《山海经·西次三经》中记:"西王母其状如人,豹尾虎齿而善啸,蓬发戴胜,是司天之厉及五残。"《海内北经》中也记:"有三青鸟,为西王母取食。"《大荒北经》中还记她"穴居"山洞。由此可见,西王母是一个掌管灾异和刑杀的凶神。

然而到了战国时期,西王母神话开始改变原来的面貌。据《穆天子传》卷三记,周穆王拜会西王母时,西王母对穆王献上的玉帛,"再拜受之";在酒宴上,她还为远方客人深情歌唱。这里的西王母再不是"豹尾虎齿",而俨然一位人间的彬彬有礼的女君王。

汉代道教发达,又有"羿请不死药于西王母"的传说。汉武帝求仙,也曾拜见过西王母,"请不死之药";但西王母没同意,只给了他几枚"三千年一著子"的桃子(见《汉武故事》)。这里的西王母已不再是"司天之厉及五残"的凶神,而是使人长寿或不死的神仙了。

至六朝时期,在《汉武内传》作者的笔下,面目狰狞的西王母竟被描写得十分美丽,是"年可三十许,修短得中,天姿掩蔼,容颜绝世",下界时"群仙数千,光耀庭宇"的群仙领袖了。

西王母的形象经过上述三个时期修改增饰,原有的朴野之质已不存在。为了丰满这个崇拜偶像,还杜撰出了与西王母配对的"东王公"来。《神异经》的作者又编造出西王母登上大鸟"希有"之翼而会东王公的故事,最后又深化成道教色彩很浓的神仙故事。

西王母的神话和故事传说一直为后世小说家所乐道,不少作品涉及西王母的形象。特别是一些志怪小说和神魔小说中的某些情节,均受到此神话的影响。宋人的《大唐三藏取经诗话》、《西游记》等书,写西王母更为传神。

山海经　中国古代地理书,也是现存神话资料最多的古籍。著作者佚名。汉刘歆在《上〈山海经〉表》中认为本书"出于唐虞之际",汉王充、赵晔和北齐颜之推等皆袭此说;宋朱熹和明胡应麟则认为本书是按照某种图画记述的;明杨慎和清毕沅更认为这些图画即上古禹时的"九鼎之图"。据现代诸多学者研究,本书的《山经》和《海经》自成系统,其成书年代各不相同;大抵《山经》是战国初期或中期之作,《海经》则稍晚,但不晚于秦统一之后。至于《海经》中的一些秦汉郡县名和个别神仙方术之言,则应是在流传过程中后人羼入的。本书名始见于司马迁《史记·大宛列传》。全书由《山经》和《海经》两部分组成。刘向在《七略》中将之分为十三篇,即《山经》五篇,《海经》八篇;《汉书·艺文志》因之。刘歆校书,分《山经》为十篇而"定为十八篇"。郭璞注本书时则于十八篇外,收入"逸在外"的《荒经》以下五篇,凡二十三篇。《旧唐书·经籍志》又将刘歆所分《山经》十篇合为五篇,以符十八篇之数,亦即今本《山经》五篇、《海经》八篇及《荒经》以下五篇。

《山海经》的性质归类,历来说法不一。《汉书·艺文志》认为是数术之书;刘歆认为是地理博物的记载;《隋书·经籍志》、《旧唐书·经籍志》及《新唐书·艺文志》等皆将之列为史部地理类;明胡应麟认为是"古今语怪之祖";清《四库全书总目》著录为子部小说家类,鲁迅则认为:"盖古之巫书也,然秦汉时人亦有增益。"

本书内容驳杂,涉及神话、历史、地理、物产、医药、宗教等领域。其中以神话资料最为丰富,特别是《海经》部分可称神话宝藏,如羲和生日、常羲生月、夸父追日、精卫填海、刑天争神、鲧窃息壤、鲧腹生禹、黄帝战蚩尤等,均出于或仅见于本书。我国特有的殊方异域、奇人怪物的神话亦为本书独载。书中载录的神话语言简短朴实,叙述质直而较少文饰,保持原始神话本来的淳厚、朴野,弥足珍贵。本书对后世文学尤其是小说创作产生过很大的影响,受到直接影响的有《穆天子传》、《神异经》、《十洲记》等;《搜神记》、《镜花缘》等,取材于《山海经》处亦颇多。

历代为本书作注者颇多。最早的是晋郭璞注本,以后有明杨慎的《补注》、吴任医的《广注》、汪绂的《山海经存》、毕沅的《山海经新校正》、郝懿行的《笺疏》等。在版本上有毛晋校宋尤袤刻本、黄丕烈校宋本、明刻《道藏》本、清嘉庆阮氏琅嬛仙馆刻郝氏笺疏本等。其中以毛氏校宋刻本和琅嬛仙馆刻本较佳。

逸周书 又称《周书》、《汲冢周书》、《汲冢书》。《汉书·艺文志》书家类著录《周书》七十一篇,注曰:"周史记。"东汉末有所散佚,晋初孔晁作注时仅存四十五篇。晋太康中,汲郡人不准盗发魏襄王冢,所得竹书中有《周书》,于是世有《逸周书》之说。《隋书·经籍志》杂史类有《周书》十卷,注曰:"《汲冢书》似仲尼删书之余。"《旧唐书·经籍志》杂史类有孔晁注《周书》八卷。《新唐书·艺文志》杂史类有《汲冢图书》十卷。《宋史·艺文志》合二为一。今所传注本多称《逸周书》,十卷,存目七十篇,序一篇;其中有目无文者十一篇,实存五十九篇,并序合为六十篇;有孔晁注者四十二篇。

本书所涉史实,上起文王,下迄景王,内容涉及政治、军事、经济、哲学、伦理、礼法、时令、地理等诸方面。多为议论文,少数是记叙文。文章风格类《尚书》,其中有数篇近乎小说。鲁迅在《中国小说史略》中指出,"太子晋"篇"颇似小说家"。今人胡念贻认为"王会"、"太子晋"、"殷祝"

"都是小说"。后世多将《逸周书》入古代笔记小说。

本书"太子晋"篇记周灵王太子晋,年十五有奇才,与师旷对"古之君子"事。文中多用整齐韵语,委婉含蓄,人物个性鲜明,引人入胜。"殷祝"篇写汤放桀于中野,民皆奔汤事,写人物用侧面描述的方式,以桀之凶暴来衬托汤之宽厚广仁。"王会"篇写成王大会四方诸侯之盛况,前半篇写景,以景映盛;后半篇写诸侯贡物,以物衬盛。书中对四方贡之动物的描写,明显受《山海经》的影响。清人李汝珍小说《镜花缘》也似从中汲取了素材。

有关本书的写作年代,从汉刘向到今人仓修良、刘起钎均有所考:一为"西周"说,一为"战国处士私缀"说,一为"春秋"说,还有人认为是西晋史官所作。通行注本有朱右曾《逸周书集训校释》、陈逢衡《逸周书补注》、丁宗洛《逸周书管笺》、唐大沛《逸周书分篇句释》(手稿,现藏台湾图书馆)、孙诒让《周书斠补》、陈汉章《周书后案》等。

青史子 先秦小说之一。撰者为周代史官。《汉书·艺文志》小说家类著录为五十七篇,注曰:"古史官记事也。"《隋书·经籍志》小说家类《燕丹子》下附注:"梁有青史子一卷。"刘勰在《文心雕龙·诸子篇》中论战国诸子,小说家类独举《青史子》,"青史曲缀于街谈"。说明在萧梁时保存的小说以本书为最古。入隋后,亡佚。

周代的史官,按一年四季分人专管记事,主春者为青史,职位属小史之列。从现存佚文来看,本书见于《礼记·保傅篇》、贾谊《新书·胎教十事》引文,记王后进行胎教的种种方法;又见大戴《礼记·保傅篇》引,记古人入学和出行的规矩;三见《风俗通义》卷八,记岁终祭祀用鸡之义。三则记载都是关于礼教的,但均为礼教中的小事情。这与《周礼·春官·小史》中说小史"凡国事之用礼法者掌其小事"的记载合。小史正因为是记载琐屑小事,且事之来源多为街谈巷语,所以被班固列为小说家类。他在《汉书·艺文志》中著录小说十五家,其中可信者,惟《周考》、《青史子》、《宋子》三家。因传世较少,世人知者甚微。有关《青史子》的价值,余嘉锡在《小说家出于稗官说》中评论:"其书见引于贾谊、戴德,最为可信,立说又极醇正可喜,古小说家之面目,尚可窥见一斑也。"

今存遗文三则。清马国翰《玉函山房辑佚书》小说家类辑为一卷,鲁迅又辑入其《古小说钩沉》中。

黄帝说 先秦小说。撰人不详。《汉书·艺文志》小说家类著录为四十篇,附注:"迂诞依托。"又,道家类著录《黄帝四经》四篇、《黄帝铭》六篇、《黄帝君臣》十篇,附注:"起六国时,与《老子》相似也。"另有《杂黄帝》五十八篇,附注:"六国时贤者所作。"《黄帝说》作为小说,其书早佚,所以《隋书·经籍志》已不录。汉应劭的《风俗通义》中两引《黄帝书》,疑为本书之遗文。如该书卷六《声音》篇"瑟"下引:"泰帝使素女鼓瑟而悲,帝禁不止,故破其瑟为二十五弦。"《古今事物考》引《世本·作篇》:"庖牺氏作瑟五十弦,黄帝使素女鼓之,哀不自胜,乃破为二十五弦。"可见

"泰帝"即黄帝。《风俗通义》卷八《祀典》篇下引,说黄帝时有荼和郁垒善捉鬼,常在度朔山桃树下检阅百鬼,凡害人者就缚以苇索,喂老虎。所以后来人们每到除夕,便在门上画虎,饰桃人,垂苇索,都是为了追念荼和郁垒,以避凶邪。此则故事又见于《山海经》佚文。另外,《山海经》一书中颇多关于黄帝的传说,说明《黄帝说》与《山海经》有诸多的承袭关系。由于《黄帝说》成书较早,也有志怪小说初祖之称。

汲冢琐语 古小说。作者不详。又称《琐语》。因系晋太康年间出自汲郡(今河南卫辉市)魏襄王墓中,所以称《汲冢琐语》。该书是用战国时古文书写,又叫《古文琐语》。据《晋书·束晳传》记,汲人不准,盗发魏襄王墓,得《琐语》十一篇,乃"诸国卜梦妖怪相书也"。《隋书·经籍志》、《旧唐书·经籍志》、《新唐书·艺文志》杂史类皆著录《古文琐语》四卷,《隋书》并注:"汲冢书。"南宋后亡佚。后经清代洪颐煊、严可均、马国翰、王仁俊等钩沉纂辑,或为《汲冢琐语》,或为《古文琐语》,去其重复,共二十事,较完整者十五六则。所涉史事,上起尧舜,下迄战国初,可见成书在战国中期以前,作者可能是三晋的史官。

该书记载以晋国事为多,现存的共七则;另有记周、鲁、齐、宋等国之事,多为各国春秋和民间传闻。其内容约为两大类。一是志怪、占梦、预测吉凶的,反映了当时对某些稀见动物和自然现象的崇拜和敬畏;这类故事在先秦古籍中常见,情节比较完整,有一定趣味性,是后世志怪小说之滥觞。另一类是属于历史的传说,但辑本中只保留了只言片语,如舜囚尧,伊尹放太甲等,皆与儒家鼓吹的理想化上古圣人不同。其中的周幽王太子宜咎叱虎、周宣王宴起后夫人请罪,反映了宗法观念和礼教思想,似较晚出;后者文字较长,颇类《列女传》。此类故事证之古史,多不可靠,显然出自传说和虚构。全书性质属"丛残小语",文字流畅,对后人小说有一定的影响。

穆天子传 先秦神话小说。曾名《周王游行》,五卷。后经荀勖等人考订后改为《穆天子传》,六卷。编撰者不详。产生年代亦不详,其成书有"三代说"、"战国说"和"晋人杂先秦散简附益所成说"等多种。原书早佚。在晋太康间,汲郡(今河南卫辉市)人不准盗发魏襄王冢(一说安厘王),"得竹书数十车"(《晋书·束晳传》),此书于其中编缀而成。然而,经过晋人束晳、荀勖、杜预、和峤、卫恒等学者编校的《穆天子传》为五篇,言周穆王游行四海,见帝台及西王母事。当时还出土杂书十五篇,其中一种记"周穆王美人盛姬死事",大约是郭璞在作注时,为迎合晋时淫靡风尚或出于个人兴趣羼入原书,作为第六卷而传世。

本书前五卷叙述穆王北绝流沙、西登昆仑、游历殊方异国的经过与见闻,以及沿途宴饮、赏赐、狩猎、占卜、搏戏、铭题等活动。叙事虽然简朴,但描写生动细致,手法上已开始借景抒情,比喻形象贴切。如写"清水出泉,温和无风","百兽之所聚,飞鸟之所栖","日中大寒,北风雨雪,有冻人,天子作诗三章以哀民"等情景,都是很富文学性的文字。在"哀民"诗中,运用重章叠句的形式,反复咏叹,颇具抒情意味。尤其是写穆王见西王母一段,文情并茂,意趣盎然,用词文雅得体,很有分寸。

本书第六卷专记殡葬盛姬之事。其文采富赡,描绘细腻,大别于前数卷。如写哭丧场面时,运用一系列排比句,不仅加强了悲剧气氛之渲染,而且还较细致地、有层次地展露了哭丧者不同的情态;送葬场面的描写也井然有序,表现出很高的遣词造句技巧。

本书是中国文学史上第一部具有小说意味又篇幅较长的作品,记游记又非实录,写真人又敢大胆虚构,应属于萌芽状态的游记式小说作品。它开创了我国有意识地以神话素材创作小说的先例,对后世志怪小说、神魔小说的创作起到了奠基作用,特别是以一个主人公首尾贯之的写法,为中长篇小说创作提供了启示。

现存《穆天子传》的版本,有天一阁刊本(《四部丛刊》影印本据此本)、《古今逸史》本、《青莲阁》刊本、《汉魏丛书》本等十余种。其中以《传经堂丛书》本、《五经岁编斋校书三种》本为最佳。

归藏 古代易类卜筮书。撰人不详。最早著录见《隋书·经籍志》,为十三篇,晋太尉薛贞注。元、明书目不载。至清始有诸家辑本出现。一见朱彝尊《经义考》,后来马国翰据朱本辑为《归藏初经》、《归藏齐母经》、《归藏郑母经》、《归藏本著篇》、《归藏启筮篇》及逸文十二条,编入《玉函山房辑佚书》中。王璞在《汉魏遗书抄》中辑四十三条;严可均在编纂的《全上古三代文》中辑得四十六条,八百四十六字。

认为本书属虚构创作,具有小说性质的是南梁刘勰。他在《文心雕龙·诸子篇》中说:"《归藏》之经,大明迂怪,乃称羿毙十日,嫦娥奔月。"说明此书尽管归入经部,但其内容则多系虚妄奇怪之事,与《山海经》一脉相承。于是后人将其看作古小说之源。书中除记后羿射日、嫦娥奔月之外,还记载了羲和主日月、女娲补天、黄帝与蚩尤之战、共工人面蛇身、鲧治洪水、鲧生禹、夏后启上钧台、穆天子西征等神话故事。因本书是作为"三易"而列入经部,《易》又被称为"群经之首",所以对历代文人包括儒家子弟有很大影响。后世的小说家特别是志怪、神魔小说家,常借此来提高小说的社会地位。

伊尹说 现存最早的先秦小说。撰人不详。《汉书·艺文志》小说家类著录《伊尹说》为二十七篇,附注:"其语浅薄,似依托也。"《汉书》又在道家类著录了《伊尹》五十一篇,附注:"汤相。"二书虽都记商汤时为相之伊尹,但内容迥异,非同一书。

《伊尹说》早佚。仅从《吕氏春秋》卷十四《本味》篇中得知本书引《伊尹说》事。说有侁氏得婴儿于空桑之中,令烰人(厨师)善之,命名为伊尹。后来汤请有侁为婚,有侁以伊尹为媵(陪嫁奴隶)送女而事汤。汤知味,极论水火调剂之事,极言鱼肉、菜果、饭食之美,并借以阐发"圣王之道"。后伊尹佐汤为相,伐夏桀,建立了商朝。汤死后,其子太甲即位,为政暴虐,伊尹遂放逐太甲,三年后始迎之复位。后太甲子沃丁立,伊尹卒。

由此可知,《伊尹说》是早于《吕氏春秋》之书。吕不韦集门客著《吕氏春秋》于始皇八年(前

239),《伊尹说》当是战国时人"合此类丛残小语,托之伊尹"(余嘉锡考证语)。清代马国翰在《玉函山房辑佚书》中,取《吕氏春秋·本味》篇,辑为《伊尹说》一卷,当是传世的唯一版本。

周考 先秦小说之一。撰者不详。在《汉书·艺文志》小说家类著录《周考》七十六篇,附注"考周事也"。鲁迅在《中国小说史略》中分析《汉志》所录十五家小说时认为:"诸书大抵或托古人,或记古事,托人者似子而浅薄,记事者近史而悠缪者也。"自《隋书·经籍志》不载此书后,今则一字不存。据诸多专家考证,此书应为"记古事"、"近史而悠缪"的小说家言。

师旷 先秦古小说之一。撰者不详。本书亡佚很早,原貌已不可知。从《汉书·艺文志》小说家类著录有六篇,并注:"见《春秋》,其言浅薄,本与此同,似因托之。"同书兵书略阴阳家类又有八篇,并注:"晋平公臣。"似应为不同的两种书。

师旷,春秋晋国人,约生活在晋悼公、晋平公时代。字子野,目瞽。是一位能言善辩、见解精辟、见微知著、预知凶吉,而且具有神奇听音能力的乐师。于是,关于他的言行便有了各种各样的传说。古小说《师旷》虽早佚,但《逸周书》第六十四篇《太子晋解》中却记有故事,可作为《师旷》的佚文。另外,《左传》、《国语》、《韩非子》、《吕氏春秋》、《淮南子》、《史记》、《新序》、《说苑》等古籍中有不少关于师旷的传说和言论故事,可作为了解《师旷》的参考资料。在这些记载中,师旷是以雄辩的政治家和近乎卜筮的预言家而出现的,不少故事的文学意味很重。《韩非子·十过》中引"师旷援琴而鼓"一则,结构完整,节奏变化有序,故事神奇而极富戏剧性。篇中师旷的睿智、晋平公的执迷,都十分鲜明。写乐声起时玄鹤玄云,大风大雨齐集,顿时"裂帷幕、破俎豆、隳廊瓦,坐者散走,平公恐惧伏于廊室之间",此后,"晋国大旱,赤地三年"。如此层层渲染,不仅显示了音乐的惊天动地的力量,也体现了小说语言的艺术感染力。另有《左传》引"师旷告晋侯齐师夜遁"和"有齐师",《韩非子·难一》引"师旷援琴撞平公"等,均刻画出师旷的个性,语言也简洁优美,不仅成为后世小说的创作素材,还成为很多诗歌作品的典故。经后人的创作,师旷的形象日益增辉,成了人们崇拜纪念的对象。山西洪洞有师旷祠、师旷墓,河南开封有"古吹台"遗迹等。

现存《师旷》本为卢文辉辑注,1985年由上海古籍出版社出版。附录中还汇集到师旷的不少研究资料,是目前辑、注最详尽的本子。

■**鬻熊** 西周人。曾事商纣王,因屡谏不听,于是归周。周用为公卿。自文王以下问焉。周封为楚祖。曾著《鬻子说》二十二篇,为《鬻子》增补而成。又称《鬻熊子》。据后人考证,本书为战国时人伪托。

鬻子说 先秦小说之一。著录为周鬻熊撰。《汉书·艺文志》归入小说家类,著录为十九篇,注:"后世所加。"另有《汉志》在道家类中又著录《鬻子》二十二篇,注曰:"名熊,为周师,自文王以下问焉。周封为楚祖。"大概《鬻子》产生于前,《鬻子说》产生于后,增饰依托,故称"后世所加"而列入小说家类。《旧唐书·经籍志》小说家类著录为一卷,《新唐书·艺文志》道家类著录一卷;又有逢行珪注《鬻子》一卷;《宋史·艺文志》杂家类著录《鬻熊子》一卷,又小说家类著录逢行珪《鬻子注》一卷。唐宋以来,仅存残本,或入道家,或入小说家,二书名互为利用,已不可考。《郡斋读书记》和《直斋书录解题》所载亦莫衷一是。

周文王立,鬻熊往归事,见于《史记·周本纪》。《史记集解》引刘向《别录》说:鬻熊封于楚,原本事商纣王,因屡谏不听,于是去商归周,周文王迎之郊野,用为公卿,始封于长子(今山西长治)。贾谊在《新书》中备载鬻熊历事文王、武王、成王三朝问治之语。叶德辉本卷一中载十五篇,卷二载十三条,与贾谊本略同。内容非常近似于史书政论体。历代书目或入于道家类,可能是因为卷一中涉及黄帝之道和术数之说的缘故。然而,鲁迅认为:"或以其语浅薄,疑非道家言。然唐宋人所引逸文,又有与今本《鬻子》颇不类者,则殆真非道家言也。"(《中国小说史略》)

现存版本主要有《道藏》二卷本、《廿二子全书》二卷本、杨升庵评注《先秦五子全书》一卷本、《四库全书》一卷本等。清光绪年间,叶德辉以湖北崇文书局《子书百家》为底本,删去逢行珪注,存其篇章名称,又搜集《列子》、《新书》、《意林》、《文选注》、《太平御览》等所载佚文,编为二卷,刊入《叶氏观古书堂丛书》。此本当为传世最佳本。

■**宋钘** 战国时宋国人。又称宋荣子、宋牼。据《荀子》中记,宋钘的崇俭禁攻主张与墨翟相近。《庄子·天下篇》将宋钘与尹文子并称,强调他情欲寡浅,见侮不辱,有清虚自守、卑弱自持的道家思想。齐宣王、威王时为稷下学士,崇黄老。其他不详。曾著《宋子》一书。

宋子 本道家书。因《汉书·艺文志》列入小说家类而流传至今。荀子论宋钘的《宋子》"其言黄老意",足见为道家之属。但因其说"强聒而不舍,使人易厌,故不得不于谈说之际,多为譬喻,就耳目之所及,撷拾道听途说以曲达真情,庶使上说下教之时,使听者为之解颐"(余嘉锡《小说家出于稗官说》),而流入小说家。

清马国翰《玉函山房辑佚书》有本书的辑本。

秦汉笔记小说

一、概述

秦王嬴政平六国一统天下,成为始皇帝。然秦享祚未久,二世而亡。陈涉起义,匹夫首倡;楚汉相争,刘邦取胜,创汉世基业四百余年。西汉时期,经历了文、景、武、昭、宣等盛世,经济发展,文化繁荣。西汉末王莽篡汉,后经光武中兴,是为东汉。东汉末年,宦官专权,外戚秉政,豪强割据,赋税繁重,农民失去土地,生活无着,激起了黄巾大起义。后诸侯混战,民不聊生,国土裂为三国,汉室遂亡。

两汉时期的经济发展,国力强盛,推动了史传文学和散文的发展,笔记小说开始萌生,使之最终摆脱对子史的依附而成为独立的文体。秦焚书坑儒,但不曾焚禁方术阴阳五行之作。两汉时期阴阳五行学说进一步发展,成为天人合一的神学和神秘主义的谶纬学。统治者酷好神仙长生之术,方士得以大行其道,在此基础上于东汉末年产生了道教。方士的活动与神仙之说,刺激了志怪小说的发展。

据《汉书·艺文志》所著录的十五家小说看,除可能产生于先秦的《虞初周说》、《百家》外,尚有《封禅方说》十八篇、《待诏臣心术》二十五篇、《待诏臣安成未央术》一篇、《臣寿周纪》七篇等,均为方士张扬其说之作。

汉代的文坛有几点值得注意:(1)注意并承认在众多的子史典籍之外,尚有一批似子似史而又非子非史的作品存在,这些作品"大抵或托古人,或记古事,托人者似子而浅薄,记事者近史而悠缪"(鲁迅《中国小说史略》第一篇)。(2)认为小说的特点一般均为"丛残短语",篇幅短小,虽浅薄浮虚,但不离记事说理;其说理往往又借助形象,"近取譬论";记事则多"依托",依附于历史而于史实又有所虚构。(3)小说的内容多为"街谈巷语、道听途说",属于不本于经典史乘的奇闻怪谈和轶事杂说,多有"不中义理"之处。作者多为"稗官"、"闾里小知者",即小官吏和有一定文史知识而非大学问家的下层知识分子,有的则是方士。(4)小说虽难与"穷知究虑"的儒道墨法等九家相比,但也有可观可采之处,一般人能从中受到"治身理家"的启发,当权者可以从中看到社会舆论、民心向背。(5)由于小说是在子史的影响下,从其夹缝中萌生伊始,难免幼稚、杂芜。班固等人囿于传统观念,虽看到其特点与作用,却对之把握不准,评价不高,故《汉书·艺文志》将一些本不属于小说的著作列入小说家,而将今天看来属于小说的作品收入其他门类。这些传统观念对后世影响很大,一度成为对小说的正统看法,对小说的创作起着一定的制约作用。

汉司马迁撰《史记》,首创纪传体,班固继承并发扬之。这种史学和文学的新形式,较断代或偏记更加自由灵活,便于文士掌握。《史记》虽为史书,但作者注意选取典型事例,叙事委曲而详略得当,写人生动而富于文学性,成为后世学习的榜样。于是,杂史之类创作出现,弥补了正史之不足。它们或抄撮旧史,或穿凿旁说,或采录传闻,多"非史策之正","体制不纯,又有委巷之说,迂怪妄诞,真虚莫测"(《隋书·经籍志·杂史类序》)。它们又非官史,而求新奇,"传闻而欲伟其事,录远而欲详其迹",于是便"苟出异端,虚益新事"(刘知幾《史通·采通》)。但恰是这种非历史的虚化,架起了历史和小说之间的桥梁,演变成后来的志怪和志人小说,正如明代学者、笔记小说家焦竑所说,"其体制不醇,根据疏浅,甚有收撮鄙细,而退向小说者"。

借鉴杂史杂传形式而为完整小说者,以刘向的《列仙传》、《列女传》与扬雄的《蜀王本纪》较典型。另有《汉武故事》、《汉武内传》、《飞燕外传》、《杂事秘辛》等,从中可以看出小说演变之迹。

《山海经》在汉代广泛流传,朝野上下"文学大儒皆读学"。从此,仿作迭出。其中不少结合汉代对山川名物、殊方异域的新认识,发展其闳诞迂夸、幻怪奇诡的特点,侈谈怪异,而成为地理博物体志怪小说,如《括地图》、《神异经》、《洞冥记》、《十洲记》等。

在子史的孕育下,汉代早期的志人小说得以成长,重于记事是其特点。在发展中,叙述描写手段也逐渐丰富,其代表作为刘向的《新序》和《说苑》。宋代曾巩在《说苑序》中说:"向采传记百家所载行事之迹,以为此书,奏之,欲以为法戒。"是书虽属汇编,但均作艺术加工。刘向文学修养甚高,经他润色的作品,有故事,有人物,语言隽永,饶有趣味,其优秀篇章成为魏晋志人小说的先声。

总之,两汉时期是笔记小说、也是中国古典小说的孕育萌生阶段。摆脱子史的依附而独立,开始出现了一批小说和准小说,并得到人们的承认;虽数量不多,且简陋幼稚,但其影响深远,成为中国小说史之开端。

二、作家和作品

■**臣寿**(生卒年不详,约活动于汉宣帝时期) 生平不详。据《汉书·艺文志》注云:"项国圉人,宣帝时。"汉无项国,实为汉淮阳国圉县(今河南杞县西南圉镇)。曾撰《周纪》一书,"考周事也"。

臣寿周纪 汉代古小说之一。臣寿撰。从《汉书》记知寿为汉宣帝(前73—前49)时圉人,曾撰《周纪》一书。此书已亡佚,仅见清姚振宗的《汉书艺文志条理》中谈及:"《周考》,考周事也。此《周纪》大抵亦纪周代琐事,同为街谈巷议之流欤?"此说属一种主观推论。

■**虞初**(生卒年不详,约活动于汉武帝时期) 西汉河南郡雒阳县(今河南省洛阳市东北)人。汉武帝（前140—前87）时，曾以方士为侍郎，被称为"黄车使者"。太初元年（前104）与丁夫人等以方词诅咒、祈求天神加祸于匈奴、大宛。

在著述方面，虞初根据《周书》写成通俗的周朝历史演义，名《虞初周说》，共九百四十三篇。明清以后，陆采等人先后续写了《虞初志》、《虞初新志》、《虞初续志》、《虞初广志》等笔记小说。《汉书·艺文志》把《虞初周说》列入小说十五家之一。特别要指出的是，这部长篇通俗小说虽早已佚失，却被历代推为小说家之祖，后世常以"虞初"代称笔记小说。

虞初周说 汉代古小说之一。虞初撰。《汉书·艺文志》小说家类著录该书为九百四十三篇，附注："河南人，武帝时，以方士侍郎黄车使者。"据《史记·封禅书》记载，武帝晚年巡幸天下，后车所载方士及求仙使者常有千人之多。虞初即当时所遣乘车的方士之一。《封禅书》中还记：太初元年（前104），汉武帝西伐大宛，蝗虫成灾，"丁夫人，洛阳虞初等，以方祠诅匈奴、大宛焉"。可见虞初是一个擅长巫术、诅咒的方士。据应劭在《汉书音义》中论及，本书"以《周书》为本"，具体内容不知其详，估计为近史之书。张衡在《西京赋》中说："匪惟玩好，乃有秘术。小说九百，本自虞初。从容之求，实俊实储。"吴薛琮注曰："小说，医巫厌祝之术，凡有九百四十三篇，言九百，举大数也。持此秘术，储以自随，待上所求问，皆常具也。"循此线索追寻，可猜测《周说》的内容十分庞杂，医巫厌祝，无所不包，而且在汉武帝巡行之际，由侍臣携以自随，以备途中顾问，可见其实用价值。《吕氏春秋》中有些内容与本书相类，或疑为虞初曾取材于《吕氏春秋》而作。《太平御览》、《山海经》郭璞注和《文选》李善注中各引《周说》一条；朱右曾在《逸周书集训校释》中说，此三条，即出自《虞初周说》。鲁迅《中国小说史略》持此说。

本书向被称为小说家之祖。所以"虞初"便成为小说的代名词。明清时，陆采将自己创作的笔记小说选集命名为《虞初志》，后有《虞初新志》、《虞初续志》等。

■**东方朔**（前154—前93） 西汉文学家。字曼倩。西汉平原厌次（今山东惠民县所属）人。汉武帝元光元年（前134）诏举贤良方正文学材力之士，中选者可获较高的地位待遇。朔初到京城上书曰："臣朔少失父母，长养兄嫂。年十三学书，三冬文史足用。十五学击剑。十六学《诗》《书》，诵二十二万言。十九学孙、吴兵法，战阵之具，钲鼓之教，亦诵二十二万言。凡臣朔固已诵四十四万言，又常服子路之言。臣朔年二十二，长九尺三寸，目若悬珠，齿若编贝，勇若孟贲，捷若庆忌，廉若鲍叔，信若尾生。若此，可以为天子大臣矣。臣朔昧死再拜以闻。"朔之文辞，毫无谦逊，高自称誉。武帝奇之，给予微薄奉禄，令其待诏于臣民上书的接待机构——公车。后来，朔得到武帝爱幸，任为常侍郎。

东方朔奇谋多智，思想敏捷，为武帝解决过一些难题，得到赏识；又以性格诙谐、谈笑滑稽，成为弄臣。他奉事武帝，善于察言观色，遇有机会便直言切谏。终官太中大夫、给事中。他的著述主要有《答客难》、《非有先生论》、《泰阶六符》、《七谏》等。另有《海内十洲记》、《神异经》两书，后人多认为系他人作品，托名于朔。

神异经　　汉代志怪小说集。旧题东方朔撰。又名《神异录》、《神异记》、《神异传》。

关于本书的作者，众说不一。《隋书·经籍志》、新旧《唐书》、《玉海》引《中兴馆阁书目》、日本藤原佐世《日本国见在书目》在著录该书时，都题为东方朔撰。郦道元《水经注》、贾思勰《齐民要术》中引《神异经》，亦题为东方朔撰。但宋陈振孙在《直斋书录解题》中称本书是"诡诞不经"的"假托"之作，并引《汉书·东方朔传》班固的赞语，以为班固已经明斥其讹。明胡应麟断言"汉人驾名东方朔作《神异》"，"大抵六朝膺作者"。纪昀《四库全书总目》同此说。考《汉书·东方朔传》中东方朔所撰诗文，不及此书，并说："凡（刘）向所录朔书具是矣，世所传他事皆非也。"传后班固的赞语说："后世好事者因取奇言怪语附著之朔，故详录焉。"由此可推本书并非出于东方朔之手。但胡应麟和纪昀等归为"六朝文士"，亦失于稽考。清段玉裁《古文尚书撰异》、陶宪曾《灵华馆丛稿·神异经辑校序》、胡玉缙《四库提要补证》，均据服虔注《左传》已述及《神异经》之名，推断此书为汉人所作。余嘉锡在《四库提要辨证》中反复论证，推断本书成书时间在汉成帝（前32—前8）至哀帝（前6—前2）之间，此说似较确切。

本书是根据《山海经》新创造的神话和传说，在结构和内容上明显模仿《山海经》，以记叙山川道里、异物奇闻为主，间记神仙方术；但对《山海经》中的神怪物类，都赋予新的内容，所记也较原书丰富。如《东荒经》中的"东王公"形象，过去没有，是本书的新拟形象；书中的"扶桑山玉鸡"，再也没有《括地图》中"金鸡"的影子，已成为报告光明的使者；在《大荒经》中，新现了西王母与东王公创造的"昆仑天柱"的离奇世界；又如《东南荒经》中的"利父"夫妇，因治水不力，被大禹谪之，这也是一种全新的说法，为后人提供了许多珍贵的神话资料。

本书在记叙神灵异人、草飞木走的故事时，不仅有神仙家言，还糅进儒家的伦理道德，使之冠以"不犯百姓，不干万物"的"仁、信、神"的美称。如《西北荒经》中的"无路之人"，《东荒经》中的"东方人"，《西南荒经》中的"天下圣人"等，其形象均表露出儒家正统的价值观。从中可见汉武帝"罢黜百家，独尊儒术"之后，文坛上正统思想对文学创作的影响。《神异经》因内容神奇，语言华美，而为后世文人所喜用。西晋左思的《吴都赋》、南朝梁陆倕的《石阙铭》、陈代徐陵的《玉台新咏序》等皆引之为典藻。可见它对后世文学艺术创作所产生的影响。

《神异经》一卷，在版本系统上有二：一是九篇五十八则的何允中《广汉魏丛书》本、陶珽《说郛》本、王谟《增订汉魏丛书》本、马良俊《龙威秘书》本、王文濡《说库》本和湖北书局《子书百家》本；另一系统为不分篇四十七则，有程荣《汉魏丛书》本、胡文焕《格致丛书》本、佚名《五朝小说》本和《四库全书》本等。

十洲记　　汉代志怪小说集。旧题为汉东方朔撰。又称《海内十洲记》、《十洲三岛记》、《十洲三岛》、《海内十洲三岛记》、《十洲仙记》等。关于本书的作者，众说不一，尚无定论。（据考证，大约产生于汉末魏初，疑为道教门徒所撰。）

本书内容分为三部分：序，十洲，三岛。序文，各本多佚缺，宋张君房《云笈七签》卷二十六保存了完整序文。序中说："汉武帝既闻西母说八方巨海中有祖洲、瀛洲、玄洲、炎洲、长洲、元洲、流洲、生洲、凤麟洲、聚窟洲等十洲,并是人迹所希绝处。又始知东方朔世非常人,是以延之曲室,而亲问十洲所在方物之名。"书中所叙即东方朔所言十洲和沧海岛、方丈洲、蓬莱山、昆仑山、扶桑岛这些奇异世界的大丘灵阜、真仙神官,及仙草灵药、甘液玉英、奇禽异物等。本书的笔法全仿《山海经》,只是记叙范围仅限十洲三岛。十洲三岛自秦汉以来为神仙家所盛传,书中乃集中神仙故事中的众多材料,构建了一个以道教神仙为中心的奇幻世界,并附会东方朔游遍十洲三岛,进行道教宣传。

本书叙述生动,描写细腻,刻画逼真。如写凤麟洲的"续弦胶",由"煮凤喙及麟角,合煎作膏";"此胶能续弓弩已断之弦,刀剑断折之金,更以胶连续之,使力士掣之,他处乃断,所续之弦,终无断也。"又如写炎洲"火林山"中有"火光兽",其毛可织为火浣布,制成衣服后,入火不燃,如衣之污秽,用火烧之,其垢自落,洁白如雪。尤其夸饰昆仑岛西王母事,描写山岳形胜,神奇逼真,犹如亲历。书中文辞缛丽,为妄诞的描写增添了不少意蕴。

本书旧传一卷本,历代抄刻甚多。主要传世有《道藏》本、顾元庆《顾氏文房小说》本、吴琯《古今逸史》本、何允中《广汉魏丛书》本、马良俊《龙威秘书》本、陈继儒《宝颜堂秘笈》本、王谟《增订汉魏丛书》本和《百子全书》本。其中以《道藏》、《百子全书》本为最佳版本。

■**刘向**(约前77—前6) 西汉文学家、经学家、目录学家。本名更生,字子政。西汉沛(今属江苏)人。楚元王刘交四世孙。十二岁即以父德任辇郎,后历任谏议大夫、散骑宗正、给事中、光禄大夫、中垒校尉等职。曾被汉武帝称为"千里驹"。宣帝时,封为阳城侯。

向从小受到良好的文化教育,喜研黄老之术。为人通达,善文辞。曾因向宣帝献据称能延命、指物为金的《鸿宝苑秘书》而获罪下狱。其兄愿倾财入国食户之半以赎向罪。宣帝本爱向才,借此免其罪。后,他曾与诸儒讲"五经"于石渠阁。

汉元帝时,向校书于石渠阁二十年,整理了大量的先秦古籍,著有《洪范五行传论》、《新序》、《说苑》、《列女传》、《百家》等,均为魏晋以来逸史、杂体小说的奠基之作。

另有《列仙传》,旧题刘向撰。正史无载,似为汉魏时期的方士托名之作。后世道家所传神仙故事,多源于此。

百家 汉代杂事小说集。刘向撰。又称《百家书》。《汉书·艺文志》在诸子略小说家类著录一百三十九卷,不题撰人。刘向在《说苑叙录》中称:"(向)所校中书《说苑杂事》及臣向书、民间书,复校雠。其事类众多,章句相混,上下谬乱,难见其序,除去与《新序》重复者,其余者浅薄不中义理,别集以为《百家》。"可见刘向校书,先成《说苑》、《新序》,后辑为《百家》。本书早佚。《艺文类聚》、《意林》、《广韵》、《事类赋》、《太平御览》等书,在引应劭《风俗通义》文时,曾时有转引《百家》语,当为本书佚文。又《史记·五帝本纪》中"《百家》言黄帝"、《甘茂传》中"学《百家》之说"、《范雎传》中"《百家》之说,吾亦知之"等,当指本书。"城门失火,殃及池鱼"的典故就来自书中的"宋城门失火"一条。

新序 汉代杂事小说集。刘向撰。据《汉书·艺文志》诸子略儒家类著录"刘向所序六十七篇",《新序》是其一种。《隋书·经籍志》子部儒家类著录《新序》三十卷、录一卷。《意林》、新旧《唐书》著录同《隋志》。至宋《崇文总目》载时仅五卷,晁公武在《郡斋读书志》中称:"《新序》十卷,世传本多亡阙,皇朝曾子固在馆中自校正其讹舛,而缀辑其放逸,久之,《新序》始复全。"本书原本三十卷,宋时亡其大半,曾巩辑为十卷,今所传即宋十卷本。全书分"杂事"五卷、"刺奢"一卷、"节士"一卷、"义勇"一卷、"善谋"二卷,共一百六十六章。严可均《全汉文》卷三十九辑得佚文五十二条。

本书约撰成于汉成帝阳朔元年(前24),作者意在借助历史故事向当政者提供鉴戒。正如宋高似孙在《子略》中说,"正纲纪,迪教化,辨邪正,黜异端,以为汉规划者,尽在此书"。清代学者朱一清、谭献均指出此书是借古事以申其说,冀以感悟时君。与此同时,书中还对史上误国失民、腐败无能的当政者进行批评,具有很强的针对性,如"刺奢"篇"赵襄子饮酒"等。本书的"善谋"下篇,全录汉代时事,其针砭作用尤为明显。书中所叙述的历史故事,不仅有十分明确的思想观念,而且不局限于议论政事,其内容极为丰富。

本书辑录的资料大多来源于旧史,但作者在创作时却取择有度,笔削润色,形成自己的风格。由于刘向有较高的文学修养,因而使得旧有的文字大大增强了文学色彩,如"杂事"五中的"叶公好龙",以朴实的文笔,摹绘了一个极富戏剧性的场景,使主人公形象鲜明具体,寓意深长。作者在对话设计和人物性格的刻画方面,继承和发扬了《左传》、《国语》的优良传统,虽"广陈虚事,多构伪辞",但语言凝练,描摹传神。本书在文学创作上的新尝试,实为魏晋以来志人小说的最早范本。

本书十卷,主要有《四部丛刊》本、明程荣《汉魏丛书》本、何允中《广汉魏丛书》本、清王谟《增订汉魏丛书》本、蒋凤藻《铁华馆丛书》本、郑国勋《龙谿精舍丛书》本。诸本中《四部丛刊》本最佳。近人校注本有石光瑛《新序校释》、张国淦《新序校注》等。

说苑 汉代杂事小说集。刘向撰。二十卷。据《汉书·艺文志》诸子略儒家类著录:"刘向所序六十七篇,《新序》、《说苑》、《世说》、《列女传颂图》也。"《隋书·经籍志》子部儒家类著录《说苑》二十卷,新旧《唐书》均著录为三十卷。唐以后大部亡佚,宋初仅存五卷。后曾巩校书,从士大夫处得其旧本,并分《修文》为上下卷,以足二十卷数,但据目次核,缺《反质》一篇。宋末,从高丽国补回《反质》篇,成流传至今的宋定二十卷本。

刘向以规劝汉成帝任贤使能、明察洞识、减女宠、远外戚,振作自为,以昌帝业为目的,将馆藏《说苑杂事》一书,取其正辞美义可劝诫的故事,分类纂集,整理为《说苑新书》,简称《说苑》。全书分为君道、臣术、建本、立节、贵德、修文、反质等二十大类。各类之前冠有"总叙",类事之后,又有"按语"。前者提纲挈领,后者总结要旨。为了阐发作者的思想情感,有时不惜自创史实去发挥。

本书所叙故事的取材,上起周秦诸子,下至汉世时文。所有材料,经刘向笔削润色,均颇具文学色彩。各篇中所叙人物性格突出,故事情节曲折,语言隽永。如杞梁、华舟是见于《左传》、《孟子》、《礼记》中的人物,原记载简略,但在《说苑》中,作者采用对话手法,使杞梁、华舟二人在战争中的英勇行动与牺牲精神得以充分表现。"指武"篇中"孔子北游,东上农山"一节,见《论语》和《韩诗外传》,经刘向之笔发挥,既表现孔子循循善诱、识高一等的贤者风范,又通过语言,刻画出子路的勇猛坦率、子贡的文质彬彬、颜渊的安贫乐道。本书内容思想意蕴深刻,教化作用极强;且文学性突出,语言朴实隽永,故事新奇,情节曲折,对后世小说创作的影响很大,特别是通过对话展现人物性格的手法,奠定了古小说的基本样式,对魏晋六朝笔记小说、唐宋传奇、讲史小说均有直接影响。

《说苑》自宋末定为二十卷本以后,流传不辍。传本以《四部丛刊》影宋本为最佳。今人多有校勘、辑佚、注译。如刘文典《说苑斠补》、赵善诒《说苑疏证》、向宗鲁《说苑校证》(中华书局版)等。诸本中以向宗鲁的校证本最为精当。

列仙传　汉代神仙传记小说集。旧题刘向撰,但不见《汉书·艺文志》著录。最早记录本书及作者的是晋代葛洪《抱朴子·内篇·论仙》:"刘向博学则究微极妙,经深涉远;思理则清澄真伪,研核有无。其所撰《列仙传》,仙人七十有余。"颜之推、陶弘景、释法琳等均持此说。史书最早著录的是《隋书·经籍志》:"《列仙传赞》三卷,刘向撰,鬷续、孙绰赞。"新旧《唐书》均著录《列仙传》为二卷,刘向撰。宋以后的学者提出异议,经过大量考证后,认为此书"盛行于魏晋","盖明帝以后,顺帝以前人之所作也"(余嘉锡《四库提要辨证》卷十九)。

全书二卷,七十则。每则后均附有四言赞语。这是我国流传下来的第一部关于神仙人物传记的著作。书中列赤松子、宁封子、马师皇、赤将子舆、黄帝、老子、王子乔、吕尚、彭祖、范蠡、东方朔等七十位神仙姓名、身世和事迹。对此,清人多有辑补。作者是在糅合神话故事、民间传说、异闻秘录的基础上,为了推崇道教的长生不死观念而创作出来的。

本书采用以人物为主的叙述方法,人各一传,一传记一两件事,故事性强,人物形象鲜明生动,具有较高的文学色彩。如江妃二女、萧史吹箫引弄玉等故事的情节曲折而神奇,记诸仙不食五谷、导引升天等则坠入荒诞,有浓烈的幻想色彩。本书开后世的神仙传记小说之先河。

《列仙传》二卷本流传很广,主要有《正统道藏》本,明吴琯《古今逸史》本、黄鲁曾《汉唐三传》本,清汪士汉《秘书二十一种》本、钱熙祚《指海》本等。清王照园《列仙传校正》参校类书、古注及各本,较诸本最为精善。

列女传　汉代杂记小说集,又名《古列女传》。刘向撰。七卷。书中共记一百零五名妇女的事迹,分为母仪、贤明、仁智、贞顺、节义、辩通、孽嬖等七部分,是我国第一部写妇女的短篇小说集。书中对诸多妇女的描写,歌颂了母亲之伟大,又隐见封建礼教对妇女的约束。本书在分类描叙中,多为一人一事独立成篇,但也有系列成分。如"鲁氏姑姊"、"魏芒慈母"等。本书对后世文艺创作特别是戏剧的影响很大,书中不少形象被搬上舞台。传本中又有《续列女传》一卷,不分目,著者不详。有台湾商务印书馆影印文渊馆《四库全书》本、王文濡《笔记小说大观》本等。

■**扬雄**（前53—公元18）　西汉哲学家、文学家。字子云。西汉蜀郡成都（今属四川）人。少年好学，博览各种书籍，尤喜研究字义。《汉书》本传说他"为人简易佚荡，口吃不能剧谈，默而好深湛之思，清静亡为，少耆欲，不汲汲于富贵，不戚戚于贫贱，不修廉隅以徼名当世"。雄家中贫寒，家产一肩可担，价值不过十金，但他有着大的度量，非圣哲之书不好，非合己意虽富贵不事，粗茶淡饭、生活自如。

扬雄喜好辞赋，尤爱司马相如的作品和屈原的《离骚》。为凭吊屈原的忠节，曾撰写《反离骚》、《广骚》和《畔牢愁》三篇赋体文章。到汉成帝即位时（前33），有人荐称扬雄文章有司马相如之风，成帝刚拟郊祀甘泉泰畤、汾阴后土，以求继嗣，召雄待诏于承明之庭。次年正月，雄随从到达甘泉，回京后写成《甘泉赋》，企以微戒。奏之，成帝感到奇异。三月，将祭后土，雄又随群臣横渡黄河，集于汾阴。回京后深感皇家祭祀，路程遥远，劳民伤财，又上《河东赋》以劝。成帝阅后，于当年十二月作长安南郊、北郊祀，罢甘泉、汾阴祀。其后又分别上奏《校猎赋》和《长扬赋》，以戒猎狩之兴师动众。这四篇谏奏赋文皆仿照司马相如之《子虚》、《上林》赋体形式写成。

后来扬雄看到以赋谏形式规劝皇帝，根本不起作用，辍不复为。时世已过成帝、哀帝、平帝三朝，他回忆当初四十来岁时从蜀至京，由于大司马车骑将军王音奇其文雅而引荐，被除为郎，给事黄门；如今再看原来的同事多已拔擢，而他却三世未能徙官。王莽称帝，他校书天禄阁，反"以耆老久次转为大夫"（见《汉书》本传）。从此，雄重点研究哲学。他以为经书莫大于《易》，故作《太玄》；传莫大于《论语》，乃作《法言》；史篇莫善于《仓颉》，作《训纂》；箴莫善于《虞箴》，又作《州箴》。天凤五年（18）病卒，年七十一岁。

蜀王本纪　汉代志怪小说集。扬雄撰。原为一卷本，宋亡佚。南宋曾慥在《类说》卷三十六《蜀本纪》中存六则。但除《杜宇》外五条皆非本书。明人郑朴辑《扬子云集》六卷，卷六有《蜀王本纪》、《蜀王纪》二条，亦不完备。清王谟《汉唐地理书抄》、洪颐煊《经典集林》、严可均《全汉文》、王仁俊《玉函山房辑佚本补编》等钩沉辑遗，以成最佳辑本。《隋书·经籍志》与新旧《唐书》均在"地理类"中著录。

古蜀国地处幽僻，历史久远，荒古瑰丽的神话和历史传说十分吸引人。汉司马相如、严君平等人均对古蜀作过《本纪》。扬雄是蜀成都人，对故乡感情深厚，对蜀地风土人情和历史传说掌握有大量资料，加上本人"博览无所不见"，遂有《蜀王本纪》之作。

本书从古蜀"先称王者"的蚕丛、鱼凫说起，包括望帝杜宇、开明帝鳖灵和五丁力士的传说，都写得精瑰幻丽，情节丰富，故事完整。如望帝杜宇，其出生"从天堕"，其妻利"从江源地井中出"；开明帝鳖灵是由"荆有一死人名鳖灵，其尸亡去"，"随江水上至郫，复生"，一生治水，很有功绩；而杜宇无能治水，且又与鳖灵之妻私通，不得不禅位于鳖灵而去；望帝杜宇出走后死去，化为子规鸟，日夜悲鸣。五丁力士则是作者歌颂的英雄，他们"打通蜀道"，使蜀能与外界沟通。虽然五丁力士中了秦惠王骗局，在拖五个石牛时，拖出了一条"石牛道"，使秦人得以进兵伐蜀，但五丁力士力大无比、敢于牺牲，精神可贵。五丁力士在拖蛇时被压在梓潼大山下，踏蛇大呼，场面极为悲壮。对此,唐代著名诗人李白在《蜀道难》中有"地崩山摧壮士死,然后天梯石栈相钩连"的赞叹。五丁力士英勇形象的塑造,反映了蜀民对于开辟交通的强烈愿望。

本书之所以被史家归为"地理类",是因为书中写到许多蜀地的地名、古迹,再加上它又以"本纪"这一史家用词冠名。但它不是史书,亦非地理书,而是杂史体志怪小说。继扬雄《蜀王本纪》之后,李膺《蜀志》、来敏《本蜀论》、陆求《成都记》、赵朴《成都古今记》等书先后蜂出,有些记载可以说是直接摘抄扬雄原文。

■**班固**(32—92)　东汉史学家、文学家。字孟坚。班彪之子。东汉扶风安陵(今陕西咸阳东北)人。据《汉书·叙传第七十上》说:"班氏之先,与楚同姓,令尹子文之后也。"这就说明班家祖先原是楚国的贵族,是南方人氏。从西汉到东汉,班氏世代在朝中为官。固之祖父班稚,西汉成帝时出任过黄门郎中常侍、广平相。当平帝即位、王莽专权的时候,主动归还相印,不问政事。固父班彪20岁时(刘玄更始元年,公元23年),正赶上绿林军攻入长安,王莽被杀,天下大乱,豪强割据。班彪先后投靠隗嚣和河西窦融,接着被刘秀召见。后因病辞官专事史学研究,有意补撰《史记》留下的有关西汉时期武帝以后的史书,写成了《后传》六十余篇。

《后汉书·班固传》说:"年九岁,能属文诵诗赋;及长,遂博贯载籍,九流百家之言,无不穷究。"光武帝建武三十年(54)班彪病卒,固在守孝中阅读其父所续之前史,以为史事未详,决心作进一步研究,以完成其父未竟之业。因有人告发他私自改作国史,被下狱。后其弟班超为其白冤,被汉明帝召至朝廷校书部,任为兰台令史,与前睢阳令陈宗、长陵令尹敏、司隶从事孟异共成《世祖本纪》。随后升迁为郎,典校秘书。"固又撰功臣、平林、新市、公孙述事,作列传、载记二十八篇,奏之,帝乃复使终成前所著书。"他有感于《史记》"太初以后,阙而不录,故探撰前记,缀集所闻,以为《汉书》。起元高祖,终于孝平王莽之诛,十有二世,二百三十年,综其行事,傍贯《五经》,上下洽通,为《春秋》考纪、表、志、传凡百篇。固自永平中始受诏,潜精积思二十余年,至建初中乃成"(以上见《后汉书》本传)。班固笔下,开中国断代体史书之先。

班固自升迁为郎后,与皇帝遂见亲近。因感于洛阳新修宫室,浚缮城隍,而关中耆旧盼望朝廷西顾,乃写成《两都赋》上奏,以为讽劝。到了建初时期(76—83),章帝刘炟雅好文章,数次允许固入禁中读书,其中许多图书为他前所未见。利用宫中丰富的图书资源,他先后写成了《宾戏》、《白虎通义》、《燕然山铭》、《典引》、《应讥》等篇章。

和帝永元(89—105)初,窦宪为大将军出征匈奴,命班固为中护军,参议军事。永元四年(92),班固以窦宪之部属而受株连,先坐免官,后被系入狱,死于狱中,时年六十一岁。《汉书》未完成部分,诏命其妹班昭踵成。

汉武故事　古志怪小说集。二卷。又称《汉武帝故事》,旧题班固撰。后经历代多人考证,均否定"班固撰"说。关于作者,唐张柬之有南朝宋"王俭造《汉武故事》"说,清孙诒让有"葛洪所依托"说,宋司马光认为该书"语多诞妄,非班固书,盖后人为之,托固名耳",疑为三国时亲曹派文人所为。《隋书·经籍志》著录时,不题撰人。

本书记汉武帝刘彻幼时、登极和晚年三部分的故事。书中述武帝幼时聪慧过人;亲政后好学不倦,体察民情,但好大喜功,穷兵黩武;晚年信方术,求长生,穷奢极欲。本书情节神奇怪异、荒诞无稽,且多谶语,神秘幻化。从艺术成分分析,语言简雅、词藻瑰丽,能多层次、多侧面地表现人物性格特征,善于描景状物,渲染气氛,对古小说创作有很大影响。

原书至宋亡佚,现存的诸版本均为辑本。常见的有《古今说海》本、《粤雅堂丛书》本、《说郛》本、《问经堂丛书》本、《玉函山房辑佚书补编》本和鲁迅的《古小说钩沉》本等。

汉武内传　古代志怪小说。旧题汉班固撰。后世学者考据为汉以后文人伪托。又名《汉武帝传》、《汉武帝内传》。《隋书·经籍志》杂传类著录,三卷,不题撰人。新旧《唐书》将其列入道家神仙之属,作二卷,其余同《隋书》。疑为晋时文人伪托。

本书记汉武帝一生求仙慕道事,其中以西王母下降会武帝事描写最详。《汉武故事》记此事仅用不足四百字,而本书叙述时却洋洋数千言,不仅人物增多,而且情节繁复,场景恢宏,气氛热烈,极尽铺排渲染。本书在语言描述上颇下功夫,不少新词汇发展成后世的文学典故,成为历代作家喜欢引用的经典辞藻。

本书现存两种版本,一种是《道藏》本,除《汉武内传》外,尚有《外传》一卷;一种是《广汉魏丛书》(明何允中辑)本一卷,后来被《五代小说》、《四库全书》、《龙威秘书》、《墨海金壶》等所收。《外传》一卷,首条收袭《十洲记》,其余内容均据《汉武故事》、《神仙传》等书摘抄。《汉武内传》、《广汉魏丛书》本遗缺较多,以《守山阁丛书》所收清钱熙祚校本最为完善。

■**郭宪**(约前26—公元55)　东汉小说家。字子横。西汉汝南宋(今安徽太和北)人。少年时期师从东海(秦汉时期泛指今黄海、东海一带)大学者王仲子学习。西汉成帝绥和元年(前8),王莽为大司马,召仲子前去问事。仲子欲往。宪曰:"礼有来学,无有往教之义,今君贱道畏贵,窃所不取。"劝仲子不要畏惧权贵,不能一召就去,至少要等到下午的课业讲完再去。仲子听从郭宪的意见,天色很晚才去。王莽问他为何迟来?仲子以郭宪之言答对。王莽由此知道郭宪是个有才华的人。王莽即皇帝位(公元8年,王莽自称皇帝,国号新)后,召郭宪为郎中,赐以衣服。郭宪将衣服烧毁,逃往东海之滨。

东汉光武帝刘秀即位,征求天下有道之人,郭宪被征拜为博士。建武七年(31)迁升为光禄勋。曾有一次郭宪伴驾至洛阳南郊祭祀,忽然回头面向东北口含白酒连喷三次,据说是因为齐国失火,故喷水以灭其火。可能就因这一行为,《后汉书》把他列入《方术列传》之中。郭宪为人刚正,敢于直言,建武八年(32),刘秀亲率大军西征隗嚣。郭宪劝谏不听,当车拔出佩刀以断车轴。后屡谏光武帝,因不合帝意,乃称病不再复言。郭宪遂托疾辞官归里,不久病卒于家。

曾著有《汉武洞冥记》(或简称《洞冥记》)、《东方朔传》等小说集,《旧唐书·经籍志》著录。但该作品是否为郭宪所著,古今争论不休,尚无定论。

洞冥记 古代志怪小说集。一卷。旧题汉郭氏撰。又称《汉武洞冥记》、《别国洞冥记》、《汉武帝别国洞冥记》。《隋书·经籍志》在著录时题郭氏撰。新旧《唐书》则著录为郭宪撰。宋晁载之在《续谈助》中"洞冥记跋"引唐张柬之说,认为本书为南朝梁元帝萧绎(502—549 在位)撰。明胡应麟和清纪昀也考为"六朝人赝鼎"。查《南史》,顾野王曾撰《续洞冥记》二卷,可看作《洞冥记》的续作。顾野王梁陈间人,又与梁元帝身世相近,并略后于元帝。另外,《洞冥记》一书,其内容与梁元帝《金楼子》所述相同颇多。清人苏时学在《爻山笔话》中考证,认为"今之《洞冥记》实出梁元帝手"。余嘉锡在《四库提要辨证》中认同此说。之所以托名郭宪,疑因郭宪为方术之士;梁元帝以帝王之尊而言方术,似嫌其俗。此说虽能自圆,尚缺证据。

本书以汉武帝、东方朔为中心线索,汇录君臣二人的传说逸闻,其中穿插了许多方术异说。书中以绮丽华靡的笔调描绘神仙仙境、奇花异木、灵丹妙药、珍禽怪兽,构成了一部奇特的志怪小说,其中不少故事与《汉武故事》、《汉武内传》、《神异经》等相类或相同。唯卷一记东方朔非凡出世,卷三记汉武帝因怀梦草而夜视死去的李夫人、勒比国献细马等,"史所不载",本书独有。全书文笔华丽,词句精琢,描写具体细腻,情节曲折生动,是一部自出新意的典型的六朝志怪小说。

本书有明顾元庆《顾氏文房小说》本、吴琯《古今逸史》本、程荣《汉魏丛书》本、何允中《广汉魏丛书》本、清王谟《增订汉魏丛书》本、马俊良《龙威秘书》本,湖北书局《子书百家》本等。宋晁载之《续谈助》、曾慥《类说》中收有节本。

东方朔传 杂传类小说。旧题郭宪撰。一卷。《隋书·经籍志》、新旧《唐书》著录时均为八卷,未题撰人。宋以后不传。《五朝小说》及宛委山堂本《说郛》卷一百一十一收本书为一卷,题汉郭宪撰;清顾櫰三《补后汉艺文志》亦题郭宪撰;历代学者考证,当为隋以前文人撰而假托郭宪名。

东方朔滑稽多智,颇具传奇色彩。汉以后志怪小说及滑稽笑话多以东方朔为中心人物进行铺述演绎,本书亦然。《五朝小说》、《说郛》中所录《东方朔传》共八则故事,与《太平广记》卷六《东方朔》条同;其中七条文字又与《洞冥记》相同。由此可见系后人根据《洞冥记》中所载东方朔传奇事迹别裁而成,已非《隋志》所载版本。在《世说新语》注、《艺文类聚》、《太平御览》中有引自《东方朔传》的文字,不见于《太平广记》本所载,说明本书当时仍有未经纂集的遗文。

■**伶元** 西汉末小说家。亦作伶玄,字子于。生卒年不详。大体上知道他是西汉时期的潞水(今山西潞城市)人。通音律,善写文章。其宦海生涯是由一名司空小吏迁升到淮南相、河东都尉。伶元传世著述今存甚少,据传在汉哀帝(前 6—前 1)时,伶元买妾樊通德,能言赵飞燕姊妹的故事,于是写成小说《飞燕外传》(不同于宋代传奇小说作者秦醇(字子复)的《赵飞燕别传》)。《飞燕外传》最早见于南宋晁公武的《郡斋读书志》之中。《四库全书总目》谓该书系后人伪托之作,非伶元所撰。

飞燕外传 古代逸事小说。旧题汉伶元撰。一卷。后世疑为六朝时作品。书中记叙汉成帝宠后赵飞燕、昭仪赵合德姐妹的荒淫故事。赵氏姐妹为双胞胎,家败流落长安。后飞燕率先入宫,以行动翩然、善修饰、善行气术而邀宠封后。后来合德被荐入宫,飞燕深嫉之,成帝为飞燕别开远条馆。合德温柔体软,被成帝称为"温柔乡",并言"吾老是乡矣"。飞燕在别馆不耐寂寞,多通宫奴侍郎之多子者,以求子息,不果。后汉成帝与飞燕、合德纵欲不止而死,合德亦呕血死。全书笔寓讽刺,揭露皇室的荒淫,以突出戒女色、修国政的主旨。现存版本主要有商务印书馆民国间排印的《旧小说》本。

■**陈寔** 东汉小说家。字仲弓。颍川许(今河南许昌)人。出身寒微,有志好学。初为县吏,继任闻喜、太丘长。后辞职居乡里,累有征命,不起。卒于家,年八十四,谥文范先生。《后汉书》卷六十二有传。曾撰有志怪小说集《异闻记》。但唐代以后,不少文人认为此书系晋葛洪伪托之作。

异闻记 汉代志怪小说集。陈寔撰。陈寔,东汉人,《后汉书》卷六十二有传,但不见其著本书的记载,汉以后的史志书目亦不著录。最早记载本书的是晋葛洪《抱朴子·对俗篇》:"故太丘长颍川陈仲弓,笃论士也,撰《异闻记》。"到了明代,胡应麟在《少室山房笔丛》卷三十六中说:"《异闻记》一书,《太平广记》及《御览》俱不载,盖其亡已久。然仲弓之言,或当不妄云。"鲁迅在《中国小说史略》中却认为:该书仅见葛洪《抱朴子》所引,"其事又甚类方士常谈",颇疑为葛洪假托。其实唐代段公路的《北户录》也已引用此书,可能是宋代亡佚。

本书今存文两则:一见《抱朴子·内篇》卷三,一见《北户录》卷一。鲁迅《古小说钩沉》辑录此二则。一则记颍川人张广定避乱中遇一幼女,将其放于一古墓中,并给以数月的食物和水;三年后发现此女孩还活着,原来她将食物吃尽后,就学大龟吞气吐纳,得以生存。此则故事又见唐李亢《独异志》,文字稍简。另一则记王余鱼池决口,剩一鱼无双游而不走;后来有人用镜子照鱼,鱼看到镜中的影子,以为有双,于是"并行"而去。从这两则故事推断,本书所记可能多为当时社会的传闻,虽有一定的时代背景,内容却颇怪异。这种杂记琐事异闻的形式,不同于地理博物、杂史体小说,在取材与写法上更加宽泛自由,对后来志怪小说的发展有很大影响。

【佚名】

杂事秘辛 古代逸事小说。一卷。旧题汉佚名氏撰。主要是记录东汉桓帝选权臣梁冀之女梁莹入宫事。文中详述桓帝派人到梁莹寓处察看该女身体各部位的尺寸、形状及是否处子等,颇多猥亵文字。后又写册立皇后的过程,其写法基本是平铺直叙。书后附有明杨慎的"跋语",讲本书"得于安宁州土知州董氏,前有义乌王子充印。盖子充使云南时箧中书也"。明陶宗仪《说郛》中亦收有本书。不论思想性或艺术性,本书均不入上乘,为消遣之类书。现存版本有商务印书馆排印的《旧小说》本。

封禅方说 汉代古小说之一。撰者不详。《汉书·艺文志》小说家类著录为十八篇。附注曰"武帝时",可见本书至少成于武帝之后。封禅是古代帝王祭告天地的一种大典。据《史记·封禅书》记载,在泰山上设坛为封,在泰山下梁父上辟场为禅。此种仪式始于尧舜时,周秦以来因袭之。汉武帝养方士、崇尚黄老,深信封禅可以长生不死,江山永固。他听信当时方士李少君、齐人少翁的游说,登泰山以封禅。本书约记载汉武帝时方士所谓封禅可以致怪物与神通的种种说法。汉以后史书再没著录,可见早已亡佚;且后世古籍均未见摘引,本书具体内容已无从稽考。

燕丹子 历史传记体小说。旧题燕太子丹撰,后人多有考据,认为是伪托。撰者和撰写年代均不详。

小说的主要人物是太子丹和荆轲。其故事情节与《国策》、《史记·刺客列传》有所不同,其中宋意与夏扶两人为虚构人物。书中有些荒诞不经的情节,如"天雨粟,马生角"等,属于小说创作中的虚幻怪诞的环境烘托。小说从燕太子丹质于秦写起。由于秦王不以礼遇,太子丹要回燕国,秦王百般刁难,包括在归途中一桥上设机关施害于他。太子丹深怨于秦,归国后设法报复。在国力悬殊、六国联合抗秦已时过境迁的情况下,只好选择"刺秦"的冒险行动。他物色了刺客荆轲,并不惜进金投蛙、脍千里马肝、截美人手等,以满足荆轲的一切要求。荆轲为报太子丹的知遇之恩,挟匕首西入强秦,易水饯别,悲壮激昂。小说描写太子丹与荆轲在燕国的活动比较细致,刺秦王的情节,则较《史记·刺客列传》为简单。小说还描写了田光、樊於期、夏扶三个人的自杀,均各见特色,十分感人,有力地衬托了荆轲视死如归的英雄气概。

本书以历史上真人真事为基础进行艺术虚构,情节感人,传奇色彩浓,人物形象完整,从小说创作的要求看,已达到相当成熟的水平;加之创作时代较早,所以在小说史上有重要的地位,胡应麟称它为"古今小说杂传之祖"。另外,本书能够从特定的历史环境里,从人与人的关系上描写人物,而书中的人物群的活动,又能始终围绕一个中心人物、一个中心事件而进行,如此表现主题,结构严谨,环环相扣;在语言运用上,既有先秦诸子散文的古雅洁净,又杂含策士说客的语言特色,使六朝以前的小说难以望其项背。

本书在历史上的影响也是巨大的。从北魏郦道元的《水经注》开始,李善注《文选》,司马贞、张守节注《史记》等,都大量引用其文字;唐之后的《北堂书钞》、《艺文类聚》、《初学记》、《意林》及《太平御览》等,摘引尤多。

最早将本书著录为小说家类的是《隋书·经籍志》,以后新旧《唐书》、《宋史》均著录,或为一卷,或分为上中下三卷。明宋濂所见的为三卷本。它在《宋学士文集·杂著诸子辩》中云:"《燕丹子》三卷。丹,燕王喜太子,此书载其事为最详。"此后罕见流传。清纪昀从明代《永乐大典》中发现三卷本全文,并将发现写入《四库全书总目》中(只列为存目)。纪昀将此书交予孙星衍,后收入孙冯骥所刻、孙星衍所辑的《问经堂丛书》。孙星衍在本书的"序"中说:"《燕丹子》三卷,世无传本,余初入词馆,纪大宗伯昀以此相授,云录自《永乐大典》。"孙星衍在辑《平津馆丛书》、《岱南阁丛书》时均收入《燕丹子》。后《百子全书》又据以重刻。

本书的成书年代众说纷纭,有"先秦古书"说,"秦汉"说,"非秦汉"说等。鲁迅认为是"汉前之书"。1985年中华书局出版了程毅中的校点本《燕丹子》,以《平津馆丛书》为底本,又用影印本《永乐大典》卷四千九百零八复校,既保留了孙星衍的校勘成果,又订正了孙校本的一些错误,还附录了不少资料,为目前较好的单行本。

括地图 汉代古小说之一。又称《括地图记》。撰者不详。本书不仅早佚,也不见诸书著录。唯唐《艺文类聚》、《初学记》,宋《太平御览》等书有摘引。清王谟在《汉唐地理书抄》中辑遗文为一卷,共三十余条。

关于本书的成书年代,一说为先秦书,其根据是《史记·大宛传》中有"天子按古图书"语;一说为西汉末年,是班固《东都赋》中有"范氏施御"句,可以《括地图》范氏御龙事为证。《晋书·裴秀传》引裴秀《禹贡地域图序》称,晋初官藏地图"唯有汉氏《舆地》及《括地》诸杂图"。据此,似应为汉代之书。

从王谟的辑本看,本书用多为荒外迂诞之言,是一本记殊方异俗,颇类《山海经》的文图并存的神话传说小说。其中有三足神鸟为西王母取食、锺山神烛阴、白民白首披发、君子民带剑使两大虎、薰华草朝生夕死、猩猩人面兽身知人名等,其故事素材都来源于《山海经》。禹使范氏御龙、奇肱民善为机巧、大人国民能乘云、郁垒二神杀鬼等条,也都出自《山海经》,但文字有增益,立意亦有创新。可见本书在仿制《山海经》时,记述更为精致,更具谲诡夸饰色彩。后出之《外国图》、《博物志》、《玄中记》及《山海经》郭璞注,均有引用本书的文字,可见它在中国小说史上有一定的影响。

《括地图》中还记载了一些前所未闻的神话故事,如化氏国民"食桑三十七年,以丝自裹……盖蚕类也","羿五岁随父母入山走失,为山间所养,年二十能习弓矣"等,既可看出它与《山海经》的承继关系,又说明古代神话的内容在历史发展进程中也在不断发生变化,所表现的情感逐渐从神界向凡间转移。这种变化,反映了先民认识自然的进步。

徐偃王志 古代杂史体小说集。六卷。撰人不详。疑为东汉末年的文人作品。本书不见于史志目录及公私簿录著录,唯晋张华《博物志》卷七"异闻"中引徐偃王事,又《水经注》引《徐州地理志》言及徐偃王事。

据张华《博物志》所引:徐君宫人娠而生卵,弃之水边。独孤母之犬衔归,得子。生时正偃,因以得名。宫人得知后要回抚养。偃王长而聪仁,继位为偃王。他广施仁义,江淮间诸侯归附者三十六国。周王闻之,惧其强盛,使楚伐之。偃王不忍生民伤苦,弃国走彭城武原东山,百姓随之以万计,遂名山为"徐山",在山上石室立祠,永祀偃王。徐偃王的事迹不见春秋以前诸书。

最早的零星记载可在《荀子》和《山海经》注文中发现一鳞半爪。后来,《韩非子》、《淮南子》及《史记》、《后汉书》中曾述及他建国行仁义、率九夷伐宗周诸事,但其中颇多异辞。实际上,徐偃王不过是一个传说人物。该书据徐偃王的异闻传说敷演故事,以幻怪的手法描述了一个理想人物的形象,反映了当时人们的道德理念及对仁政仁君的向往。清徐时栋在《四明丛书》第八辑中辑有《徐偃王志》六卷本。

魏晋南北朝笔记小说

一、概述

　　从公元 220 年曹丕废汉献帝自立,至公元 589 年杨坚代周建隋,灭陈统一全国,前后近 400 年。此为中国历史上的魏晋南北朝时期。这段时期朝代更迭频仍,社会分裂动荡,群雄逐鹿,释道盛行,"张皇鬼神,称道灵异";同时,清谈之风在文人中盛行,"非汤武而薄周孔",在某种程度上突破传统的樊篱,出现了"文学的自觉时代";加之统治者对小说的提倡,帝王贵族和许多文学家都参与小说的创作,促进了小说的发展繁荣。这一时期,小说创作不仅数量骤增,艺术上也有显著进步,强调艺术美,注重文学技巧,创作理论著作出现并日渐成熟等,所有这些,都对小说创作起到极大的推动作用,由此出现了笔记小说兴盛的第一个高峰。这时期的笔记小说,从大的分类来说,有志怪小说和志人小说两种。

(一) 志怪小说

　　在志怪小说中,以杂记类志怪成就最为突出。从第一部志怪小说《列异传》,到代表作《搜神记》,大致显示了这段时期志怪小说的发展脉络。

　　世传之第一部有影响的志怪小说《列异传》,为魏文帝曹丕所撰,三卷,"以序鬼物奇怪之事"。该书的特点:一是暴露黑暗,反抗暴政,如"鲜于冀"、"鹄奔亭"条,最著名的是"三王冢"条,反映了受压迫者对残暴统治者强烈的复仇意志和见义勇为的牺牲精神;二是写神鬼幽冥,以探索彼岸世界,如"石侯祠"条揭露江南多淫祠的原因,"蔡经"条写敬畏鬼神,"蒋济亡儿"条写亡儿死后得入神籍等;三是写人鬼生死恋,如"营陵道人"、"谈生"等;四是写不怕鬼的故事,其中以"宋定伯"一条最为精彩。《列异传》汇集历史轶闻、民间传说和鬼神怪异故事,不仅扩大了志怪小说的描写范围,而且在写作艺术上也上了一个台阶,不少故事篇幅加长,结构完整,情节曲折,有叙述有描写,注意刻画人物形象,为后来志怪小说创作的发展和成熟打下了基础。

　　这时期的志怪小说,以干宝的《搜神记》为高峰,几乎可以说是空前绝后。作者曾为晋之著作郎,又为史官,有条件广泛接触图书、采访遗老、搜集资料。该书三十卷,"撰集古今神祇灵异变化"。全书今已不存,只余二十卷。卷一至卷三记神仙方术,卷四卷五记灵异感应,卷六至卷十记妖祥梦卜,卷十一记历史传说,卷十二至卷十四记物怪异闻,卷十五十六记鬼魂复生,卷十七至卷十九记精怪作祟,卷二十记因果报应。其主要特色是:(1)歌颂美德,如"赵公明参佐"、"张璞"、"范式张劭"、"阳伯雍"等;(2)赞美爱情和美好婚姻,如"董永"、"园客"、"杜兰香"、"弦超"、"河伯婿"、"建康小吏"等;(3)同情弱者,揭露残暴,如"干将莫邪"、"何敞"、"韩凭妻"、"东海孝妇"、"丁姑祠"、"邓元义"等;(4)降妖伏鬼,如"宋定伯"、"王周南"、"到伯夷"、"宋大贤"、"张叔高"、"谢鲲"、"安阳亭书生"、"汤应"、"李寄"等。

《搜神记》在笔记小说发展史上具有重要意义,首先,它进一步确立了杂记类志怪小说的体例,使之成为志怪小说的主要形式。其次,它内容丰富,扩大了志怪小说的题材范围,给后代作家以有益的启示,或沿袭其题材而进一步做文章,或借鉴取材其部分情节进行再创作。再次,其表现手法多种多样,艺术水平有长足进步,标志着志怪小说的成熟。以后的志怪小说,有《异说》、《神异记》、《异林》、《志怪》、《怪异志》等。

与杂记类志怪小说并起的还有杂史杂传类志怪小说。它借传记与杂史的框架,加以虚饰敷演,成为志怪小说的一种类型,其主要代表作品为葛洪的《神仙传》和王嘉的《拾遗记》。另外,还有一些博物类志怪小说,主要以张华的《博物志》和郭璞的《玄中记》为代表。

至南北朝时期,志怪小说作品迭出,杂繁腐陈,颇有影响的是陶渊明的《搜神后记》和刘义庆的《幽明录》。两书中既有描写细腻的优秀篇什,也有不少粗陈梗概之作,说明这一时期的小说艺术虽有发展,但尚未发生质的进步。其他如《异苑》、《述异记》、《齐谐记》、《续齐谐记》、《冤魂记》、《洽闻志》、《灵异志》、《旌异志》、《穷怪录》等作品,都各具特色。

(二) 志人小说

在志怪小说大批涌现的同时,志人小说上承杂史杂传、诸子寓言,并受汉末清议、魏晋清谈之风的影响,亦渐成规模。鲁迅在《中国小说史略》第七编开首即说:"汉末士流,已重品目,声名成毁,决于片言,魏晋以来,乃弥以标格语言相尚,惟吐属则流于玄虚,举止则故为疏放,与汉之惟俊伟坚卓为重者,甚不侔矣。盖其时释教广被,颇扬脱俗之风,而老庄之说亦大盛,其因佛而崇老为反动,而厌离于世间则一致,相拒而实相扇,终乃汗漫而为清谈。渡江以后,此风弥甚,有违言者,惟一二枭雄而已。世之所尚,因有撰集,或者掇拾旧闻,或者记述近事,虽不过丛残小语,而俱为人间言动,遂脱志怪之牢笼也。"这一时期最早的志人小说,是邯郸淳的《笑林》。作为笑话类,难与琐言、逸事二体抗衡,但亦有其特色,自成一脉。后志人小说成批出现,逸事类以葛洪《西京杂记》为代表,琐言类以刘义庆《世说新语》为代表。至此,志人小说三种类型齐备,并基本定型,影响后世千余年。

志人小说代表作《世说新语》,十卷,南朝宋临川王刘义庆撰。刘孝标为之作注。此书在流传中不断散佚补缀,今本《世说新语》分为德行、言语、政事、文学、雅量、识鉴、品藻、容止、任诞等三十六篇(门),以类系事,记述自汉末至东晋文人的逸闻轶事,尤详于东晋百余年间名流士族的玄言清谈、疏放举动。该书堪称：(1)清谈品藻的标本，如"何晏"、"支道林"、"张吴兴"等条；(2)魏晋风度的镜子，如"刘伶"、"王子猷"、"谢太傅"等条；(3)社会黑暗的写照，如"假谲"、"文学"、"俭啬"、"汰侈"中诸条。

《世说新语》的艺术成就，历来为人们所称道。明胡应麟赞曰："读其语言，晋人面目气韵，恍惚生动，而简约玄澹，真致不穷，古今绝唱也。"鲁迅评介："记言则玄远冷峻，记行则高简瑰奇"，具有较强的审美意蕴和艺术感染力。作为志人小说的代表作，它的艺术成就突出于写人，而剔除任何神鬼怪异等虚幻形象及色彩，使之与志怪小说严格区别开来；其分类和叙述，均以人物的内在品行气质为依据，着重突现人物的风貌，不是单纯记事，而是在生活真实的基础上有所虚构。这说明小说已摆脱对史传的依附而走向成熟。该书在艺术成就方面有如下几个特点：(1)在写人上往往截取某一片段，勾画出具有特征意义的言行，以揭示人物的精神面貌或某种性格特征，着墨不多，贵在神似。(2)虽然各条目所写人物多为片段、侧面，但就全书来说，特别是一些著名人物，因有许多条写及，亦可较全面地表现其性格特点。(3)注重运用对比手法，把人物置于特定环境中，通过各自言行，突现其不同个性。

作为志人小说的代表作，《世说新语》承前启后，在文学史及文言小说的发展史上都占有重要地位，正如清王晫在《今世说·序》中说，"垂千百年，学士大夫家，无不玩而习之者"。它在实践上的影响，与话本以市民情趣为转移，影响、规定白话小说的发展，在小说史上具有同样的意义。它在前人的基础上所确立的以人的内在才性、品德、气质等方面的分类体制，反映了对人自身的认识，而形成"世说体"，为后世所仿效。书中不少故事，为后来的小说戏剧所取材，许多还形成成语掌故，可见其影响是多方面的。

与《世说新语》齐名的是葛洪的《西京杂记》，属逸事类志人小说，重在记事。所记皆史书所未收的传闻轶事及宫苑珍玩、异物、典章制度、风俗民情，亦有少数怪异故事。卷三中之"王嫱"条记昭君出塞前后的故事，为后世称道并不断演绎；"赵飞燕"条记帝后荒淫，暴露了统治阶级的糜烂生活；"司马相如"条是中国小说史上最早描写反对封建礼教争取自主婚姻的作品；另如"匡衡凿壁"、司马迁发奋著《史记》、公孙弘的《刑名论》一字千金等篇，都反映了汉时文人的风貌。

同时代的志人小说如殷芸的《小说》、虞通的《妒记》、沈约的《俗说》、谢绰的《宋拾遗》、裴子野的《类林》、孔思尚的《宋齐语录》、阳松玠的《谈薮》等，都不同程度地受《世说新语》的影响，而呈多样化的倾向。另如邯郸淳等人的笑话著作，也都从不同角度反映了魏晋南北朝时文人士大夫的品行性格，有些描写士农工商的篇什，也有一定的社会意义。

二、作家和作品

■**邯郸淳**（132—？） 三国时魏文学家。一名竺，字子叔（《后汉书·孝女曹娥》传注，邯郸淳字子礼。此据《三国志·王粲》传注）。颍川（今河南禹州市）人。生于汉顺帝阳嘉元年。从小好学，天资聪慧,读书广博,青年时期成为当时著名学者度尚的弟子。《三国志·王粲》传注中说他"博学有才章,又善《苍》、《雅》、虫、篆、许氏字指",这说明他不仅读过许多典籍,会写一手好文章,对古典文字学和虫篆体书法也有很深的造诣。《后汉书·孝女曹娥》传注中说:元嘉元年(151),时任上虞(今属浙江)长的度尚决定给孝女曹娥立一块碑,试使甫弱冠的弟子邯郸淳作曹娥碑文。子礼"提笔而成,无所点定",遂全国知名。

汉末时期,战乱频仍。邯郸淳于初平年间(190—193)从三辅(治所在今陕西西安市)客迁荆州(东汉治汉寿县,即今湖南常德市东北)。曹操取得荆州后,因素闻其名,召之相见,交谈中甚为敬异,拟留之任文学官职。恰值临菑侯曹植亦求邯郸淳,于是,曹操便遣淳诣植。《三国志·邯郸淳》传注中说:"而于时世子未立,太祖俄有意于植,而淳屡称植材,由是五官将颇不悦。及黄初(220—226)初,以淳为博士给事中。淳作《投壶赋》千余言奏之,文帝以为工,赐帛千匹。"这时他已九十多岁了。又据《隋书·经籍志》载,邯郸淳有文集二卷、小说《笑林》三卷,均佚。《笑林》今有辑本(见鲁迅《古小说钩沉》),存二十余事;文存《投壶赋》、《孝女曹娥碑》、《鸿胪陈君碑》等,载于《艺文类聚》及《古文苑》中。

笑林① 三国魏时笑话集。原三集,今存一卷。邯郸淳撰(唐代何自然撰有同名作品)。原书宋以前早佚,明人陈禹谟及清人马国翰先后辑二十四则,为一卷。鲁迅又从《太平广记》、《太平御览》、《北堂书抄》、《续谈助》、《艺文类聚》、《绀珠集》等书中辑出近三十则,王利器《历代笑话集》(上海古籍出版社1981年版)将各辑本内容合为二十七则。

本书为我国现存最早的笑话集。据《三国志·魏志·王卫二刘傅传》注引《魏略》称:邯郸淳"博学有才章"。曹植很喜欢他,常在洗澡后,与他"科头拍袒,胡舞五椎锻,跳丸击剑,诵俳优小说数千言"。此书很有可能为当时所讲的笑话记录。书中多为诙谐、幽默的故事,以俳谐的手法讽刺、揭露人的愚昧、吝啬、可笑。如"鲁人执竿入门"讽刺一些人愚笨且自以为是;"某甲夜暴疾"讽刺某些人的强词夺理;"北人煮篑"则讽人不学无术,一知半解就卖弄出丑等。这些笑话幽默辛辣,往往以一语将人物形象刻画得入木三分,令人捧腹。

本书篇什结构短小精悍,语言简练传神。如"太原人夜失火"一则,仅三十个字,一笔交待人物、事件,然后点出"欲出铜枪,误出熨斗"这一中心事实;最后一句神来之笔"大惊怪,语其儿曰:'异事!火未至枪,已被烧失脚'",顿显幽默机锋。本书故事流传很广,后人仿效甚多,如北齐阳松玠《解颐》、隋侯白《启颜录》等。仅以《笑林》名书者就有晋陆云、唐何自然。续集者更多。

笑话是文人在生活实践中创作的短篇小说,属笔记小说形式中的一种。优秀的笑话作品需要相当高的语言提炼艺术。它故事简短,情节巧妙,人物滑稽,往往一语解颐,令人忍俊不禁,回味悠长。

■**曹丕**(187—226) 三国魏政治家、文学家。字子桓。曹操之次子。汉代沛国谯(今安徽亳州市)人。丕少时便极聪敏,年八岁,能属文,有逸才,读过古今经传、诸子百家之书,又善骑射,好击剑。汉建安十六年(211),为五官中郎将、副丞相。与孔融、王粲等人为文学交,尤与朝歌(今河南淇县)令吴质相善。建安二十二年(217),立为魏太子。建安二十五年(220)正月,曹操卒,嗣位为丞相、魏王。同年十月,丕废汉献帝为山阳公,自立为魏国皇帝,建都洛阳,改元黄初。在位七年,病卒于洛阳,谥文帝。

据《隋书·经籍志》载,曹丕的著作,有文集二十三卷、《典论》五卷、《列异传》三卷等。皆已佚。明代张溥辑有《魏文帝集》,收在《汉魏六朝百三家集》中。今存曹丕的诗歌,较完整的有四十首,多描写男女爱情和离情别恨,笔致细腻,但题材偏窄,内容较为贫乏。他对七言诗的形成有一定贡献,其《燕歌行》是公认的现存最早的一首完整的由文人创作的七言诗。今存赋文将近三十篇,均短篇小赋,成就不够突出,不及同时代人王粲的《登楼赋》和其弟曹植的《洛神赋》的影响巨大。散文成绩比较突出。两篇《与吴质书》,叙说情谊,悼念亡友,语言质朴诚恳,文笔清新流畅,读来感人,对后世短篇抒情散文作品有一定影响。曹丕还下令编纂了我国最早的类书《皇览》。该书规模宏大,共收有先代典籍一千余篇。唯早已佚亡。他的志怪小说集《列异传》三卷,原书已佚,但在鲁迅的《古小说钩沉》中辑有五十条,内容多为鬼物怪异之事,其中保存了一些优秀的民间传说,书中人物形象的刻画较为成功。

列异传 三国魏志怪小说集。曹丕撰,一说晋张华撰。《三国志》裴松之注引《水经注》时引有此书,未著撰人。《隋书·经籍志》杂传类著录三卷,题魏文帝(曹丕)撰。并在小序中称:"魏文帝又作《列异》,以序鬼物奇怪之事。"《北堂书钞》、李贤《后汉书》注、《初学记》等唐人著作均从此说。新旧《唐书》虽著录卷帙不一,但都题晋张华撰。后经历代考证,认为本书系曹丕撰,经后人增补,增补者中可能有张华。

《列异传》原书亡佚。鲁迅《古小说钩沉》辑佚文五十条,尚有遗漏,如《艺文类聚》卷九十二节引"韩凭夫妇"等。本书题材广泛,多写鬼神怪异之事;书中写鬼的题材,集中了许多颇有思想价值及社会意义的故事,如写鬼敢于冲破门阀观念,追求真挚的爱情;写鬼不畏强暴,敢于抗争;特别是写一些不怕鬼的故事,以"宋定伯捉鬼"得钱三百,描写人的机智,文笔极为传神。另"三王冢"歌颂了正义复仇和自我牺牲的精神;"韩凭夫妇"表现了忠贞爱情的力量和不畏强暴的精神;"鲍宣"则舍财取义等,这些篇目均意蕴深刻。

本书是魏晋小说中的佳品,它扩展了志怪小说的范围,是志怪小说创作走向成熟的标志。六朝志怪小说中不少素材源于本书。从内容和思想意义上分析,认为它出自视"文章为经世之大业,千古之盛事"的曹丕笔下,也颇可信。

■**张华**(232—300) 西晋文学家。字茂先。范阳方城(今河北固安县南)人。其父张平是三国魏时渔阳郡守。父早逝,少时孤贫,曾以牧羊为生。他聪明好学,文章温和雅丽,言行有礼,又勇于赴义,笃于周急,器识弘旷。华早年曾作《鹪鹩赋》以自喻,当时的大文学家阮籍读后叹曰:"王佐之才也!"由是声名渐显。郡守鲜于嗣推荐他当上了魏的太常博士。同郡卢钦,时任侍中尚书仆射,领有吏部,又向文帝曹丕言说华的才干,荐他当河南尹丞。华没有受命,又除佐著作郎。不久,迁长史兼中书郎。

入晋以后,初拜黄门侍郎,封关内侯。由于"华强记默识,四海之内若指诸掌","武帝尝问汉宫室制度及建章千门万户,华应对如流,听者忘倦,画地成图,左右属目","时人比之子产"(《晋书》本传)。不久拜中书令,后加散骑常侍。

晋咸宁二年(276),武帝司马炎潜与大将羊祜谋伐吴,而由羊祜正式上表提出,朝臣多数以为不可,唯华赞成其计。至咸宁六年(280)春,吴王孙皓投降,吴国亡,华进封为广武县侯,封子一人为亭侯,赐绢万匹。咸宁三年(277),华写成《博物志》四百卷,分类记载了异境奇物、古代琐闻杂事及神仙方术等故事,其中保存了不少古代的神话材料,并以此书上奏武帝。帝令芟截浮疑,合为十卷。

惠帝即位后,张华为太子少傅,迁升右光禄大夫、侍中、中书监、司空等要职,最后进封到壮武郡公。元康九年(299),当贾皇后及其后族控制朝政的时候,华作《女史箴》以为讽。永康元年(300),因拒绝参与赵王司马伦和孙秀的篡权阴谋,华及其三族被害。张华一生,"性好人物,诱进不倦,至于穷贱侯门之士有一介之善者,便咨嗟称咏,为之延誉。雅爱书籍,身死之日,家无余财,惟有文史溢于机箧。尝徙居,载书三十乘"(《晋书》本传)。遗存下来的著述有:诗三十二首,多数辞句华丽,内容空泛,其中《轻薄篇》、《壮士篇》和五首《情诗》中的其三、其五比较清新,揭露了一些王公贵族的荒淫生活,表现了积极进取的精神。据《隋书·经籍志》载,其原有文集十卷,后佚失,今存有明人张溥的《汉魏六朝百三名家集》辑有《张司空集》,较有名气的则以《鹪鹩赋》、《女史箴》为著;另有志怪小说集《博物志》十卷,原书早散失,今本系后人辑录而成。

博物志 西晋志怪小说集。十卷。晋张华撰。《晋书·张华传》中载:"著《博物志》十篇",盖指此书。《隋书·经籍志》杂家类著录《博物志》十卷,新旧《唐书》移入小说家类,卷帙同。《宋史·艺文志》复入杂家类。《四库全书总目》小说家类著录同上,提要中旁征博引,以证今本非张氏原本。

关于张氏原本,历来说法不同。据王嘉《拾遗记》中说,张华采天下遗逸,考验神怪及间里之说,"造《博物志》四百卷"。晋武帝以为记事采言多浮妄,命张华以"不及鬼神幽昧之事,以言怪力乱神"之义,删为十卷。明胡应麟在《九流绪论》引唐殷文奎说:"华原书四百卷,武帝删之,止作十卷。"《魏书·常景传》中又有常景删张华书说。《四库全书总目》和余嘉锡《四库提要辨正》均否定上说。

本书传本有两类:一是《士礼居丛书》本,清嘉庆九年(1084)黄丕烈翻宋本;一是《古今逸史》本,《广汉魏丛书》本、《秘书二十一种》本、《稗海》等本均收此本。二类版本内容全同,唯条目次第分合有异。前者只分卷次,不设细目;后者卷下有细目,疑为重编本。

全书十卷。卷一至卷三记地理风俗及动植物,涉及地理、山、水、人民、物产、外国、异人、异俗、异产、异兽、异鸟、异虫、异鱼、异草木等,内容多采自《山海经》、《淮南子》、《十洲记》、《汉武洞冥记》等书。卷四至卷五记药物方士，分物性、物理、物类、药物、药论、食忌、药术、戏术等，多引自《本草》；方士、服食、辨方士，其掌故多引自史传。卷六为人名、文籍、地理、典礼、乐、服饰、器名、物名等杂考，无小说意味。卷七为异闻。卷八为史补。卷九至卷十为杂说，记前代奇闻、近世诡异，是其精华所在。神话中以卷十中之"八月槎"最富幻想，所记有人乘浮槎至天河见织女及牛郎的故事，为后世牛郎织女的神话传说充实了新的内容。卷八"君山酒"条记东方朔陪汉武帝登君山，东方朔抢饮不死酒，武帝要杀他，东方朔智辩得免。这则故事不仅充实了东方朔的"口谐倡辩"，也揭露了道家长生不死说之虚妄。

《博物志》作为小说，属于地理博闻一类。它从"纪异之祖"《汲冢琐语》和"语怪之祖"《山海经》，经两汉时的《括地图》、《神异经》、《十洲记》、《洞冥记》等发展而来。特别是在记事方面，"简略不成大观"，说明受《山海经》影响很深。它的独创性是抄摘诸书以各书为序，不打乱原书，以类相从；在内容上增加了杂说、杂考，常有故事性的叙事，不拘泥山川动植物的单一题材。

本书最佳传世版本，是今人范宁以《秘书二十一种》本为底本，校以《士礼居丛书》等十四种不同版本而成的《博物志校注》(北京，中华书局1980年版)。该书还辑录佚文二百余则。

■**嵇康**(223—263)　三国曹魏文学家。字叔夜，"竹林七贤"之一。谯国铚县(今安徽宿县)人。幼家贫，励志勤学，博通文学、玄学、音乐。娶曹操曾孙女为妻。曾官至中散大夫。司马昭代魏后拉拢嵇康，他采取不合作态度，颇招忌恨。后因为好友吕安辩护，得罪司马昭，被处死，临刑前从容奏《广陵散》而就刑。他一生服膺庄、老，善服食导引，反名教、非礼法，崇尚自然。他的文学创作以散文诗歌为主，多散发郁闷、愤世嫉俗之作。散文以《养生论》、《声无哀乐论》最著名。《管蔡论》属政治论文，《明胆论》是心理学论著。著有《圣贤高士传》一书。原书早佚，今仅存残本。

圣贤高士传　三国魏笔记小说集。嵇康撰。原书早佚。《隋书·经籍志》有著录。清人严可均辑录他书成一卷本。原书记自上古至管宁凡一百一十九人事迹。今仅存五十二传、五赞。传文简练，有些相当有文采，如"井丹"写井丹高洁清要，是优秀之作。

■**皇甫谧**(215—282)　西晋学者、医学家、文学家。幼名静，字士安，自号玄晏先生。安定朝那(今甘肃平凉西北)人。汉太尉皇甫嵩的曾孙。出生后即过继给叔父，徙居叔父家新安(今江苏睢宁县睢城镇西北。一说为河南新安)。年至二十，仍无心向学，邻里多以为痴呆。叔母任氏训教曰："汝今年余二十，目不存教，心不入道，无以慰我。"因流涕叹曰："昔孟母三徙以存仁……岂我居卜邻，教有所阙，何尔鲁钝之甚也！修身笃学，自汝得之，于我何有！"皇甫谧深受触动，于是拜师读书，勤学不怠。他居家贫穷，躬自稼穑，带经而农，遂博览典籍百家之言。谧性情沉静，志存高远，以著述为务，无意于出仕。邻里和亲朋都劝他修名广交，他认为"居田里之中亦可以乐尧舜之道，何必崇接世利"，并作《玄守论》以答之。中年患风痹症，手足麻木，但读书仍然废寝忘食,深入钻研,时人谓之"书淫"。因病而钻研医学,写成医学著作《甲乙经》,对针灸学造诣极高。

皇甫谧四十岁时,叔母去世,他过继来之后出生的弟弟也已弱冠,他便回归本宗。这一年正是三国魏正元元年(254),司马师废曹芳,立高贵乡公曹髦为皇帝,魏郡(治所在今河北临漳县西南邺镇)召皇甫谧为上计掾,举孝廉;咸熙元年(264),相国、晋王司马昭征辟,谧皆不出就。乡亲们劝他应命,他作《释劝论》以通其志。

咸熙二年(265),晋王司马昭死,其子司马炎接嗣;年底,司马炎废除曹奂,自立为晋皇帝(即晋武帝),改元泰始。晋皇朝建立后,武帝多次下诏敦逼皇甫谧出仕。他向武帝上疏说明:"唯臣疾疢,抱衅床蓐,虽贪明时,惧毙命路隅。"辞切言至,遂见听许。

又过岁余,地方上举贤良方正,他仍然不起,并自上表向皇帝借书。武帝以书一车予之。身虽羸疾,而披阅不怠。咸宁(275—280)初,武帝又下诏要以谧为太子中庶子,他又以笃疾固辞。不久,又发诏征为议郎、著作郎;司隶校尉刘毅请为功曹,一并不应。这期间厚葬风行,他写成《笃终论》严谴之。文章说:"丰财厚葬以启奸心,或剖破棺椁,或牵曳形骸,或剥臂捋金环,或扪肠求珠玉。焚如之形,不痛于是? 自古及今,未有不死之人,又无不发之墓也。"文中留言:"故吾欲朝死夕葬,夕死朝葬,不设棺椁,不加缠敛,不修沐浴,不造新服,殡含之物,一皆绝之。"

皇甫谧一生,以读书、著述、教授学生为务,博学善文,名垂当世。他的门人挚虞、张轨、牛综、席纯,皆为西晋之名臣。

皇甫谧一生的著作很多,除上文中提到的《玄守论》、《释劝论》、《笃终论》之外,还有诗、赋、诔、颂、论、难甚多,《隋书·经籍志》载有文集二卷,《昭明文选》载有《三都赋序》,《晋书》本传载有《帝王世纪》、《年历》、《玄晏春秋》(大约是他的自叙传),以及志人小说《高士传》、《逸士传》和《列女传》三部。

高士传 西晋笔记小说集。皇甫谧撰。三卷。《隋书·经籍志》、《直斋书录解题》、《郡斋读书志》均著录。原书载古代高人隐士七十二人事迹,今本作九十六人。盖由后人杂取《太平御览》,又撷拾他书羼补之。《郡斋读书志》亦作九十六人;《直斋书录解题》称自披衣至管宁仅八十七人。可见宋时已两种版本共存。书中所记皆古代至晋高人隐士的轶闻逸事,颇具文学色彩。

■**陆氏**(?—303)名字不详 吴郡华亭(今上海松江西)人,晋文学家陆机之子。著有志怪小说集《异林》,亦作《陆氏异林》。原书已佚,但在清文廷式《补晋书艺文志》子部小说家类中有著录,《太平御览》中有引文,鲁迅《古小说钩沉》中有辑录。今本有李剑国《唐前志怪小说辑释》。该书内容为人鬼相恋的悲剧故事。

陆氏异林 西晋志怪小说集。晋陆氏撰。作者名字不详。原书早佚,史志书目无著录。现存佚文一则,见《三国志·锺繇传》裴松之注,鲁迅辑入《古小说钩沉》。裴注中有"叔父清河太守说如此"一句,并注:"清河,陆云也。"由此可得知此书作者为陆云侄、陆机子。

佚文记魏太傅钟繇和女鬼恋爱的故事。棺中"好妇"不甘寂寞,主动寻找爱情;而钟繇迷恋此女后,又听信他人谗言,砍伤女鬼。故事将女鬼写得善良、美丽而多情。其中描写女鬼赴约,知被怀疑而"不即前,止户外",钟繇"意恨恨,有不忍之心,然犹斫之",简洁而传情。结尾处女鬼于棺中以绵拭血的描写,令人同情生怜。《搜神记》、《幽明录》载入此条。

郭璞(276—324) 晋代著名文学家、训诂学家和小说作家。字景纯。晋河东闻喜(今属山西)人。父瑗,晋尚书都令史。《晋书·郭璞传》载:"璞好经术,博学有高才,而讷于言论,词赋为中兴之冠,好古文奇字,妙于阴阳算历。"

西晋末年,朝内有八王之乱、流民起义,外有匈奴、鲜卑等族侵扰,百姓流离失所,民不聊生。青年郭璞为避战乱,南渡长江,先在宣城(治所在宛陵,今安徽宣城)太守殷祐幕下为参军。殷祐调迁石头(即石头城,今江苏南京市西清凉山)督护,璞复随之。时王导协助琅邪王司马睿镇守建康(今江苏南京),并任丹阳(今江苏南京市)太守,听说璞有谋略,将之引到自己部下作参军。

建兴四年(316),匈奴人刘渊攻陷长安,西晋灭亡。大兴元年(318)晋王司马睿即皇帝位,是为晋元帝(317—322)。其间郭璞先后撰成《江赋》和《南郊赋》。元帝见而嘉之,任为著作佐郎,又迁尚书郎。后任大将军王敦的记室参军,因劝阻王敦图谋叛逆而被杀害,时年四十九岁。东晋太宁二年(324)王敦叛乱平定后,追赠为弘农太守。

郭璞的著作,据《晋书》本传说:"璞撰前后筮验六十余事,名为《洞林》。又抄京、费诸家要最,更撰《新林》十篇、《卜韵》一篇。注释《尔雅》,别为《音义》、《图谱》。又注《三苍》、《方言》、《穆天子传》、《山海经》及《楚辞》、《子虚》、《上林赋》数十万言,皆传于世。所作诗赋诔颂亦数万言。"《隋书·经籍志》著录有《郭璞集》十七卷,已佚;现存的《郭弘农集》为明人张溥所辑。又据《中国大百科全书》中国文学卷所载,郭璞还存有辞赋十篇、较完整的诗十八首。其中以《江赋》和《游仙诗》为最著名。其实,在《晋书》和《中国大百科全书》中均不见记载的还有其志怪小说集《玄中记》(亦题《郭氏玄中记》、《玄中要记》),其主要内容是晋代以前的奇闻异事、神话故事等。该书想象丰富,语言简练,构思奇特,形象鲜明。此外,又据光明书局1934年出版、谭正璧编著的《中国文学家大辞典》载,郭璞还有《葬书》、《玉照定真经》两部著述。

玄中记 西晋志怪小说集。旧题郭璞撰,所以又称《郭氏玄中记》。原帙不传,今存一卷七十一条,收入鲁迅《古小说钩沉》中。宋以前史志书目中未见著录。《太平御览经史图书纲目》、《太平广记引用书目》作《郭氏玄中记》。《崇文总目》和《通志·艺文略》地理类有《玄中记》一卷,未著撰人。

关于作者,诸书注引本书时,皆不云郭氏为何人。南宋罗苹在《路史发挥》卷一《论盘孤之妄》注中引《玄中记》说:"《玄中》之书,《崇文总目》曰不知撰人名氏,然书传所引皆云《郭氏玄中记》,而《山海经》注狗封氏事与《记》所言一同,知为景纯。"此说是有道理的。从本书文笔分析,不仅是记盘孤,记奇肱氏、丈夫民、昆仑弱水、北海之蟹等,亦皆与郭璞注《山海经》相同或相近,信出一手；而且南朝宋刘敬叔的《异苑》卷三中已引《玄中记》，知刘宋时此书已传，与郭璞生活时代相吻。以晋人书而称郭氏，当时文人博洽如郭璞者别无二人，故可信为郭璞所撰。

从内容上看，本书集有地理、方物、数术以及神话传说等方面的丰富知识。古神话方面，记有伏羲、女娲、颛顼、刑天、钟山神等，多取自《山海经》。书中最多的是远国异民的故事，如狗封氏、丈夫民、扶伏民、化民、奇肱氏、君子国等。其中狗封氏虽本古蛮族盘瓠神话，但和《山海经》的犬封国联系起来，又与《搜神记》、《后汉书·南蛮传》所记不同。另外，还记有伊俗、飞路、丁零、霹雳、大月氏、大秦、天竺国等民族习俗和物产等。这些记载，虚实参半，却不失为当时对异国异民的较客观的记述。在精怪记载中，以"姑获鸟"的传说最为精彩。此鸟"衣毛为鸟，脱毛为女人"，"喜取人子养之以为子"；后人又说她"胸前有乳，是产死者所化"。郭璞写道：豫章一男子见田中有六七女人，藏起其中一个脱下的毛衣，此女不得去，遂为男子妻，并生三女。后来寻到毛衣，衣之而飞去。这是见于小说的第一个人鸟结合的故事，想象奇美，描写传神，不仅广为民间流传，也常为后世志怪小说家所摘引。

本书在两晋志怪小说中属于地理博物体志怪，近似《括地图》、《博物志》。书中篇目短小破碎，故事性较差。

■**王浮** 西晋时人。生卒年月、字号、籍里以及生平事迹均不详。晋惠帝时（290—306）五斗米道祭酒。曾与沙门帛远进行过佛道论争，作《老子化胡经》，称尹喜和老聃西出函谷关化胡，使佛教因此而起。佛教徒对其极为仇恨，他死后佛徒有诬其"下地狱受苦"说。事见梁僧祐《出三藏记》、慧皎《高僧传》、唐法琳《辨证论》和《幽明录》等。撰有笔记志怪小说集《神异记》。原书已佚，清文廷式《补晋书艺文志》子部小说家类中有著录。《太平御览》、《太平广记》、《太平寰宇记》等书中皆有引文。今有《稗史集传》本。鲁迅《古小说钩沉》辑有八则，多为片断，较完整者有三则，即："晋冶氏女徒"、"陈敏失信受罚"和"丹丘茗"。

神异记 西晋志怪小说集。王浮撰。史志未录。宋《太平御览》卷八百六十七引有王浮《神异记》虞洪事。据推测宋以前本书已亡佚。鲁迅《古小说钩沉》共辑得八条。除虞洪条外，其余均不题撰人（当时曾先后出现过《神异经》、《神异传》、《神异录》等，宋以后诸多引本载录中相混淆，故有多条尚难确定撰者）。"虞洪"条写余姚人虞洪入山采茗，遇道士丘丹子，领他至瀑布山得大茗，事涉仙人仙品，可见作者的信仰。后世茶事类书籍常引这一故事，如陆羽《茶经》、冯时可《茶录》等。八条中故事较为完备的还有二则："冶氏女徒"是写春秋晋国女奴的故事，原出自《汲冢琐语》；"陈敏"条则写宫亭水神的故事，后载入《述异记》。

■**葛洪**（262—342） （关于葛洪的生卒年，《晋书·葛洪传》只有终年八十一岁的记载。《中国文学家大辞典》、《中国小说大辞典》虽有生卒年的约数记载，却不尽合理。此生卒年据辽宁人民出版社1985年版、冯君实主编之《中国历史大事年表》中的葛洪卒年推算而出。） 东晋道教理论家、医学家、文学家、小说作家。字稚川,自号抱朴子。丹阳句容(今属江苏)人。祖父是三国吴的大鸿胪,父入晋后当过邵陵(今湖南邵阳市)太守。葛洪年少好学,因家贫,常靠伐薪卖柴以换回纸笔读书,日夜诵习写作,遂以儒学知名。性情寡淡,不争荣利,为人木讷,不喜交游,而一旦需寻书问义,则不惜千里崎岖跋涉,期于必得,因而能够究览典籍。先后师事长于神仙导养、秘术炼丹之法的郑隐和对《易》学中占卜法有独到研究的鲍玄。

太安二年(303),适逢西晋八王之乱,张昌领导的流民起义反晋,屡败晋军,先后占有江夏(今湖北云梦)、长沙和零陵(今均属湖南)等郡,又派大将石冰攻破江州(今江西南昌市)和扬州(今安徽寿春)。在朝廷自顾不暇的时候,吴兴(今浙江吴兴县南下菰城)太守顾秘组织义军,自任都督,同周玘等人对石冰进行讨伐,同时秘檄葛洪为将兵都尉,攻击石冰的另一路人马,结果得胜,葛洪迁升为伏波将军。葛洪不要功赏,径至洛阳,欲搜求奇异之书以广其学。无奈当时北方兵荒马乱,他求书不得,只好返还乡里,埋头著述。直到西晋建兴五年(317),司马睿建立东晋政权,葛洪完成了《抱朴子》一百一十六篇的撰述。他在该书自序中直抒胸臆:"是以望绝于荣华之途,而志安乎穷圮之域;藜藿有八珍之甘,蓬荜有藻棁之乐也。故权贵之家,虽咫尺弗从也;知道之士,虽艰远必造也。"

咸和(326—334)初,东晋司徒王导召补葛洪为州主簿,转司徒掾,迁咨议参军。葛洪与干宝深相亲友。干宝荐引葛洪才堪国史,选为散骑常侍,领大著作。葛洪固辞不就,反以年老、欲学炼丹以祈遐寿为由,带领子侄俱行,至广州附近的罗浮山(今广东增城市东)炼丹。咸康八年(342),葛洪卒。

葛洪的著述,据《晋书·葛洪传》载,除上述的《抱朴子》外,"其余所著碑诔诗赋百卷,移檄表章三十卷,神仙、良吏、隐逸、集异等传各十卷,又抄《五经》、《史》、《汉》百家之言、方技杂事三百一十卷,《金匮药方》一百卷,《肘后要急方》四卷"。至于志怪小说集《神仙传》中的九十二个神仙的故事,上述本传未明确提出,想是后人把他所写的神仙故事集中成书的。又托刘歆之名撰写了逸事小说集《西京杂记》,所记多为西汉时期的遗闻趣事,如"王嫱"、"鹔鷞裘"写的分别是昭君出塞、司马相如与卓文君的故事;此书想必也是后人据本传中提到的"隐逸"等篇集中而成的。这些故事对后世的小说、戏曲颇有影响。

西京杂记 东晋逸事小说集。葛洪撰。卷帙不一,有二卷、六卷、一卷之说。全书多记西汉时的逸闻轶事,并杂以怪诞传说,内容涉及帝后公卿、宫室园囿、珍玩异物、风俗民情等。颜师古的《汉书注》中注曰:"今有《西京杂记》者,其书浅俗,出于里巷,多有妄说。"《隋书·经籍志》于史部旧事类著录为二卷,不著撰人。唐张柬之在《续谈助》"《洞冥记跋》引"中说:"昔葛洪造《汉武内传》、《西京杂记》……并操觚凿空,恣情迂诞。"刘知幾的《史通》、段成式的《酉阳杂俎》、张彦远《历代名画记》等均持"葛洪撰"说。所以新旧《唐书》在著录中均标明葛洪撰,只是卷帙有别。《宋史·艺文志》在著录时定为六卷,可能为宋人重新编次。而唐宋以后,出现了作者论争,有庾信说、吴均说、刘歆说等,但均证据不足。

本书记汉代逸闻琐事,其中有不少有趣的历史传说。如"王嫱"条,写元帝时,后宫宫人极多,元帝让画师为每位宫人画像,按图召幸;为了争宠,宫人争相贿赂画师,独昭君不这样做,故终不得宠幸;后汉与匈奴和亲,指派画像不美的昭君前往;临行时,元帝发现昭君美貌为后宫第一,于是处置了画师。这段故事被后人敷演入戏,成为文人描写的题材。文人逸事中,写司马相如与卓文君私奔被困的故事,歌颂了人间的真挚情感。其他如匡衡凿壁偷光等,均为脍炙人口的故事。鲁迅称此书"在古小说中,固亦意绪优异,文笔可观者"。

今本《西京杂记》六卷,有孔庆胤刊本、程荣《汉魏丛书》本、吴琯《古今逸史》本、商濬《稗海》本、毛晋《津逮秘书》本、马俊良《龙威秘书》本、张海鹏《学津讨原》本、《四库全书》本等。以清卢文弨《抱经堂丛书》二卷本为最佳版本;罗根泽校注的该书与《燕丹子》合刊本(北京,中华书局1985年版)为较精当的校本。

神仙传 东晋志怪小说集。葛洪撰。葛洪在《抱朴子·外篇》卷五十"自叙"称,元帝建武中(317)"撰俗所不列者为《神仙传》十卷"。《晋书》本传,《隋书》和新旧《唐书》著录皆与"自叙"合。唐以后,本书在流传中不断亡缺,又经历代文人不断缀补。原书十卷记神仙一百九十人,今之"全本"仅记八十四人,可见亡缺甚多。

本书作者上承汉刘向的《列仙传》,又广泛采集仙经道书、百家之说和世间传闻,编为十卷。在内容上与《抱朴子·内篇》叙事有重复,如"壶公"、"介象"等;甚至还有内容完全相同的,如"李阿"、"李少君"等。可见二书的关系相当密切。在葛洪看来,神仙既然可以通过修行达到,那么这里面首先就有个"技术"问题,方士演练丹术和慕师求道,就是成仙的门径。所以作者以大量篇幅描写方士演练幻术的场面和老师以各种幻术考验弟子的内容,而且十分精彩动人。如"左慈"以铜盘贮水钓鲈鱼;"葛玄"吐饭化蜂,使百虫应节起舞;"柳融"含粉成鸡子,蛋黄成龟等,情节生动,极富想象力。这些方士的幻术暗示神仙的存在,是本书的重要组成部分。老师试弟子是否真心慕道,是道家维护自身领地、弘扬仙术的主要内容之一。所以本书也作了重点描述。如李八百试唐公昉;张道陵试弟子;蓟子训试邻人;仙人试陈安世等。在作者笔下,被试人或精诚可感,或愚不可及,均性格鲜明,各具风采。书中描写的神仙,传为典故的有彭祖、黄初平、壶公、麻姑等;其中麻姑的描绘,细及其年龄衣饰、音容笑貌、举止应对等,读来如见其人。这是一篇小说色彩浓重的佳品。

本书的版本分两大系统:一是《道藏》本、汲古阁本,全十卷,《四库全书总目》据此著录;一是《广汉魏丛书》本、《增订广汉魏丛书》本、《龙威秘书》本、《艺苑捃华》本、《秘书四十八种》本和《说库》辑入本等。

■**干宝**(生卒年不详,约活动在东晋元帝大兴至成帝咸康年间) 东晋著名史学家、文学家、小说作家。字令升。新蔡(今属河南)人。干宝少时勤奋,博览群书,以才出名,被朝廷召为著作郎。约在元帝大兴年(318—321)初,在中书监王导的推荐下,以佐著作郎领写国史。因为家贫,求补山阴(今浙江绍兴)令,后又迁始安(今广西桂林)太守。其间参与镇压由醴陵(今属湖南)令杜弢领导的荆湘流民起义,以功封为关内侯。

至明帝太宁元年(323),干宝为司徒右长史,迁散骑常侍。太宁三年(325),干宝完成《晋纪》撰述,全书记述了自西晋宣帝(高祖)到愍帝五十三年的历史,凡二十卷。其书简略,直而能婉。干宝性好阴阳术数,加之有感于其父宠婢死而再生及兄气绝复苏,言说见到天地间的鬼神之事,认为神道不诬,因而着意搜集神怪灵异故事,撰成志怪小说集《搜神记》三十卷。书中采录的故事多来自民间,较好地保存了许多优美动人的古代神话传说和有意义的民间故事;"干将莫邪"、"李寄斩蛇"等篇,就是有赖此书而得以传存。《搜神记》是魏晋南北朝时期志怪小说的代表作品。又著有《春秋左氏义外传》、《周易注》、《周官注》,凡数十篇。还有一部《杂文集》。此外,据《隋书·经籍志》载,干宝还有《百志诗》九卷和《干宝集》四卷,已散佚。

搜神记 东晋志怪小说集。或引作《搜神异记》、《搜神传记》等。干宝撰。据《晋书·干宝传》称:"撰集古今神祇灵异人物变化,名为《搜神记》,凡三十卷。"《隋书》、新旧《唐书》著录与本传同。到了宋代,《遂初堂书目》著录此书,不载卷数。《崇文总目》、《宋史·艺文志》则只著录《搜神总记》十卷,并谓此书"不著撰人名氏,或题干宝撰,非也。"可见唐宋以后,此书亡缺严重,伪藉者亦时有之。明胡震亨编刻《秘册汇函》,收有《搜神记》二十卷。后来,毛晋刻《津逮秘书》收入二十卷本,使这一版本得以流传。二十卷本的大部分条目与唐宋类书如《北堂书钞》、《艺文类聚》、《初学记》、《法苑珠林》、《太平广记》、《太平御览》等引文相同,疑为后人缀合残文而成编。据考证,缀辑人为胡应麟。他在《甲乙剩言》一书中明确表示《搜神记》不过是从"诸书中录出耳"。

本书是我国最为著名的志怪小说。作者创作的动因,历代评论家都归结为"有感而起"和"明神道之不诬",这与作者在本书中所持的观点是一致的。据《晋书》本传记,干宝"性好阴阳术数,留思京房、夏侯胜等传";他还十分相信天命鬼神仙灵,认为"帝王之兴,必俟天命,苟有代谢,非人事也"。他在书中广泛采录"古今神祇灵异人物变化"故事,特别是一些神话故事和民间传说,都十分优美动人,使人耳目一新。

本书的素材来源有二:一是"承于前载",摭取史传杂说;二是"采访近世之事",包括亲身经历。《晋书》本传中说,干宝"既博采异同,遂混虚实",认为书中的故事纯出于干宝的虚构;而正是这些虚构,才使《搜神记》成为小说,且有较高的文学欣赏价值。全书卷一至卷三记神仙方士及其法术变化,卷四卷五记灵异感应,卷六至卷十记妖祥梦卜,卷十一记历史人物传说,卷十二至卷十四记物怪异闻,卷十五十六记鬼魂复生,卷十七至卷十九记精怪作祟,卷二十记因果报应。书中描写最成功的是:(1)历史传说。如卷十一"三王墓"中干将、莫邪之子报楚王杀父之仇的故事,"韩凭妻"条中韩凭夫妇不畏强暴,殉情后魂化鸳鸯,墓生相思树的故事,篇中人物性格鲜明,语言也很生动。(2)人鬼恋情。如卷十六"紫玉"条写吴王夫差反对其女紫玉与韩重相爱,紫玉气结而死,三年后魂从墓出,与韩结合,尽三日"夫妇之礼";"崔少府墓"条写卢充逐猎至崔少府女墓,与女冥婚生子。这类故事着眼于男女追求真爱,生死不渝,具有一定的反封建意义。(3)为民除害。如卷十八"宋大贤"条,写宋大贤一连数夜与妖怪斗勇,最后擒杀狐怪的故事;卷十九"李寄"条,写少女李寄只身携剑带犬闯入蛇窟,斩除妖蛇,为民除害的故事。这类故事不仅颂扬了正直、勇敢的优秀品格,还给人以破除迷信的教益。

本书出于文人之手,具有较高的写作技巧,在志怪小说发展史上影响很大。干宝是位史官,所著《晋纪》被称为"直而能婉,咸称良史"。他以史笔来写小说,其成功之处是:(1)叙事首尾完整,情节丰富曲折,篇幅较长,拓宽了志怪小说的容量与体制。(2)注重细节描写,善于运用对话刻画人物性格、渲染场景氛围。(3)叙事笔触多样化,如常于散文中穿插诗歌韵语,增强了叙事的文学色彩。《搜神记》的艺术成就在以后的唐传奇中得到继承和发展,连宋元话本与明清长篇小说也在一定程度上受到它的影响。唐沈既济的《枕中记》、李公佐的《南柯太守传》,其取材就得于《搜神记》;洪迈《夷坚志》、瞿祐《剪灯新话》、蒲松龄《聊斋志异》、俞樾《右台仙馆笔记》等,也与《搜神记》一脉相承。《清平山堂话本》中的"死生交范张鸡黍",则取材于《搜神记》中的"范巨卿、张元伯"条。另如长篇小说《三国演义》、冯梦龙"三言",戏曲《窦娥冤》、《邯郸梦》等,均可从《搜神记》中找到源头。

本书版本有《秘册汇函》本、《津逮秘书》本、《学津讨原》本等。1979 年,由中华书局出版的汪绍楹校注本,广征博引,考源钩沉,应属最佳校本。

■**祖台之**(生卒年不详,约活动在东晋孝武帝太元至安帝义熙年间) 东晋文学家和小说作家。字元辰。范阳(今河北涿州市)人。生平资料稀少,《晋书》、《中国人名大辞典》中只有三言两语的记载。曾在东晋孝武帝太元(376—396)年间任尚书左丞,太元末辞官;安帝时期(397—418)官至侍中、光禄大夫。

祖台之的著作,《隋书·经籍志》著录有《祖台之集》十六卷,小说《志怪》二卷(《唐书·经籍志》载有集十五卷,《志怪》四卷),今皆散佚。今存元末陶宗仪辑录的《说郛》中,有祖台之《志怪录》八则;鲁迅的《古小说钩沉》中辑有《志怪录》十五则。

志怪 东晋志怪小说集。祖台之撰。原书二卷。《晋书·祖台之传》称台之"撰志怪书行于世"。《隋书·经籍志》杂传类著录为二卷,新旧《唐书》著录时为四卷。原书已亡,鲁迅从古籍中辑佚文十五条,收入《古小说钩沉》。

本书多记晋代故事,间或亦及汉、吴。在汉代故事中,以东方朔辨"藻居"的故事颇奇,表现了古人对水下世界的幻想。后载入《幽明录》、《述异记》。书中建康小吏曹著的故事,记曹著和庐山使君之女的人神恋爱,写得有情味、有文采。本书中其他各条,都能通过人物的动作描写表现内心的情感,情景交融,特别是"陈悝"条中之"江黄",类似美人鱼的传说,内容生动有趣、别致新颖。

■**曹毗**（生卒年不详，约活动在东晋成帝咸和至孝武帝太元年间） 东晋文学家、小说作家。字辅佐。谯国（今安徽亳州市）人。出身于世代官宦之家，高祖曹休，曾任三国魏的大司马，封为长平侯；曾祖曹肇、祖父曹兴，均继嗣侯爵；其父曹识，任晋右军将军。毗少时即爱好文籍，善属词赋；弱冠后，郡察孝廉，除官郎中。

东晋建元年（343），康帝即位，时任左光禄大夫、领司徒的蔡谟举荐曹毗为佐著作郎。父忧去职。服终，迁句章（今浙江余姚市东南）令，征拜太学博士。当时传言有神女杜兰香降于桂阳（今广东连县）张硕家，与张硕相爱成婚，还写有几篇歌诗。曹毗听说后，写了两篇诗进行嘲讽，并续杜兰香歌诗十篇，甚有文采。曾著有《扬都赋》。其间数次迁官，初迁尚书郎，再迁镇军大将军从事中郎、下邳（今江苏睢宁县西北古邳镇东）太守。但他仍嫌名位不至，于是著《对儒》以自释。终官至光禄勋。

据《晋书·乐志下》载："太元（376—396）中，破苻坚，又获其乐工杨蜀等，闲习旧乐，于是四厢金石始备焉。乃使曹毗、王珣等增造宗庙歌诗……"应皇命，曹毗共创作《歌宣帝》、《歌景帝》、《歌文帝》、《歌武帝》、《歌元帝》、《歌明帝》、《歌成帝》、《歌康帝》、《歌穆帝》、《歌哀帝》等十篇颂歌和一篇《四时祠祀》的歌诗。从各种记载来看，此次应是曹毗最后的官场活动。也就是说，直到东晋太元年间曹毗仍然健在。

曹毗的著作除上述各种外，还有《曹毗文集》十五卷，已佚。今存诗文分别收在逯钦立所辑《先秦汉魏晋南北朝诗》和严可均所辑《全上古三代秦汉三国六朝文》中。其《涉江赋》、《箜篌赋》、《秋兴赋》等，则散见于《艺文类聚》及《初学记》等书中。著有小说集《志怪》，早佚，具体篇、卷数无从知晓，散见于他书提及的有《杜兰香传》和《西域胡人》两篇。今存只有鲁迅收入《古小说钩沉》中的《西域胡人》一篇。

曹氏志怪 东晋志怪小说集。曹毗撰。本书不见史志书目著录，只是《初学记》卷七引曹毗《志怪》"昆明池劫灰事"，《太平御览》卷六十七、《杜工部草堂诗笺》卷二十六及三十八亦引。鲁迅据《初学记》辑入《古小说钩沉》。因与祖台之的《志怪》同名，所以称此为"曹氏志怪"。

这则故事是说汉武帝凿昆明池掘出灰墨，不知何物，问东方朔，朔认为"可试问西域胡人"；至汉明帝时有外国道人来，才答以："天地大劫将尽，则劫烧。此劫烧之余。"此则故事反映了佛教关于"劫"的观念，从中可见佛教对于传统志怪题材的影响。

■**殖氏** 疑六朝时人。姓名、生卒年、生平均不可考。所作《殖氏志怪》三卷，《隋书·经籍志》有著录。

殖氏志怪 古代志怪小说集。《隋书·经籍志》史部杂传类著录为三卷，题殖氏撰，但新旧《唐书》均无著录。可见本书佚于唐。鲁迅从《北堂书抄》卷二十、卷一百四十四中辑出二条佚文，一条仅"客星通座"四字，另一条言谢谟夜饮逐盗事，似为节录。本书面貌难以辨别，只能根据诸书摘抄、著录情况推断。

■**郭颁** 东晋史学家、文学家和小说作家。生卒年不详,字号、籍里无载。曾经当过襄阳(今属湖北)令。其著作《魏晋世语》十卷,《隋书·经籍志》载录。李水海主编,陕西人民出版社1994年出版的《中国小说大辞典》(先秦至南北朝卷)载,郭颁"著有《魏晋世语》十卷,杂记魏晋时事。……此书已佚。《五朝小说》、吴曾祺《旧小说》皆收录有郭颁的一篇志怪小说《古墓斑狐记》"。又据老铁主编,大象出版社1998年出版的《中华野史辞典》载:"《魏晋世语》,一作《魏晋代语》。……属史部杂史类,记述三国两晋帝王及官僚的事迹。久已亡佚。现存有《说郛》(宛委山堂本)卷五十九辑本一卷,录存……(有关历史事实)凡十余则,可略见是书之一斑。"

群英论 西晋杂事小说集。郭颁撰。《隋书·经籍志》小说家类《燕丹子》下附注:"梁又有《群英论》一卷,郭颁撰,亡。"本书内容不可考,据清姚振宋《隋书·经籍志考》推测,"当如《汉末英雄记》之类。似即《魏晋世语》中杂论"。

魏晋世语 西晋杂事小说集。简称《世语》。郭颁撰。《隋书·经籍志》杂史类著录为十卷,题晋襄阳令郭颁撰。新旧《唐书》著录同,只是为避唐太宗讳,改"世"为"代"。《宋史》不载,说明此书至宋代已佚。今存佚文散见于《三国志》裴松之注、《世说新语》刘孝标注、《水经注》、《北堂书钞》、《初学记》、《艺文类聚》、《文选》李善注、《太平御览》、《太平广记》等。其中以《三国志》裴注所引最多。《说郛》、《五朝小说》等曾作过辑录,但均不完备。

本书虽讲魏晋间事,但不同于信史,在论述朝政、军国的同时,常参以街谈巷语、词章细故,而且在志人记事中多虚拟成分。如记正元二年大将军奉天子命征毋丘俭事,经裴"检诸书都无此事"。另有多处与正史不符。这说明郭颁写的不是史,而是以史为基础的志人小说。他敢于在矛盾漩涡中去表现中心人物,笔下场景激烈,情节感人,如"刘放劝帝召宣王事"。本书不仅为干宝的《晋记》、孙盛的《晋阳秋》等史书提供了丰富的素材,而且也为《裴子语林》、《世说新语》等志人小说开了先河。

■**裴启**(生卒年不详,约活动在东晋哀帝隆和至兴宁年间) 东晋小说作家。又名荣,字荣期。河东(今山西永济市蒲州镇)人。父裴穉,曾为丰城(今属江西)令。年少时颇有丰姿才气,喜好评点古今人物。哀帝隆和(362—363)年间,撰写志人小说集《语林》十卷,主要记述汉魏以来迄于当世的一些帝王将相以及名士的语言应对之可称道的轶事,深得时人爱好。只是因为书中记有当时尚健在、时任朝中尚书仆射、领吏部、加后将军谢安的言论,谢安本人又指责所写话语不实,因而影响了此书的广泛流行。南朝时期这本书还在,至隋亡佚。今尚可见其遗文于《太平广记》、《太平御览》诸书之中;鲁迅《古小说钩沉》辑有佚文一百八十则。

语林① 东晋志人小说集。裴启撰(明代何良俊撰有同名作品)。十卷。又称《裴子语林》。《隋书·经籍志》小说家类著录十卷。本书虽亡于隋,但唐宋类书中多有引文。清马国翰根据诸书所引辑为《裴子语林》二卷,编入《玉函山房辑佚书》中。鲁迅《古小说钩沉》收录了一百八十则,亦名《裴子语林》,是迄今最完备的辑本。

汉代郡国举士,注重乡评里选。此"清议"到了魏晋,成了厘定、升降某人乡品,黜升官阶的重要依据。于是,士大夫好尚清谈,讲究言谈容止,品评标榜,相扇成风。世俗常常把此类品题记录下来,广为流传。本书就源于这种清议、清谈,专门记录汉魏至东晋文人名士的言行。从本书二百多则遗文看,描写的范围很广,帝王将相、达官贵人、文人雅士、豪侠庶民无所不及,政事、世风、个性、琐语无所不包。其中最有个性的是写魏武帝曹操佯睡杀侍者,以为防身之计;又以他人捉刀见匈奴使者,被使者识破便追杀之。文字虽短,却形象地描绘出曹操的奸雄面目。另如写石崇与王恺斗富金谷园;羊祜冬月酿酒令人抱瓮暖之等,都把西晋豪猷之奢靡卑劣暴露无遗。还有写陆机与潘岳戏言相讥、王子猷雪夜访戴逵造门而返等,又把士大夫的孤傲任情刻画得淋漓尽致。作者文笔清隽,极富幽默感,其笔下的人物形象栩栩如生。

《世说新语·文学篇》中记:"裴郎作《语林》,始出,大为远近所传。时流年少,无不传写,各有一通。"这种影响在当时社会可谓盛况空前。《世说新语·轻诋篇》中记,庾龢当面问谢安:《语林》中有两段话,一说"谢安谓裴郎乃可不恶,何得为复饮酒",一说"谢安目支道林如方皋之相马,略其玄黄,取其俊逸",是否属实?谢安加以否认,说那是裴启杜撰的。谢安是当时最负盛名的政治家,又是士林领袖,一言九鼎;他的抨击,令《语林》热逐渐降温,以致后来"自是众咸鄙其事"。这恐怕是本书不传的一条重要原因。

但是《语林》对后来的逸事志人小说的影响还是很大的。《世说新语》的题材大多采自《语林》,其简洁朴实的文字风格、幽默的情调、隽永的意味,也都与《语林》一脉相承。

■**孔约** 东晋小说作家。生卒年、籍贯与生平事迹均不详。据推测,在东晋政权中历任权要的孔愉、孔侃、孔群、孔严、孔坦等人都籍于会稽山阴(今浙江绍兴),孔约也可能是上述孔氏家族的一员。

《隋书·经籍志》杂传类著录有《志怪》四卷,题"孔氏撰"。又据《太平广记》卷二七六"晋明帝"条(此条转引自《世说新语·假谲第二十七》),注"出孔约《志怪》"。由此可定志怪小说集《志怪》四卷为孔约所撰。

关于孔约的生卒年,据《世说新语·排调第二十五》中"干宝与《搜神记》"条,注引《孔氏志怪》干宝感父婢死而复生而作《搜神记》事,可知孔约乃东晋以后至南朝刘宋以前的人。从这里也可知这部记载东汉至晋朝鬼怪故事的小说集,又称《孔氏志怪》,原书共有四卷,唐以后佚失。今有鲁迅《古小说钩沉》辑得此书故事十则。

孔氏志怪 东晋志怪小说集。孔约撰。《隋书·经籍志》杂传类著录《志怪》四卷,孔氏撰。新旧《唐书》著录同,但列入小说家。原书早佚。鲁迅辑得佚文十条,收入《古小说钩沉》。从辑佚的内容看,《孔氏志怪》多取材于《幽明录》、《搜神记》等,说明本节颇多取资于前人书,不全为自己创作。

■**郭澄之**(生卒年不详,约活动在东晋孝武帝宁安至安帝义熙年间) 东晋小说作家。字仲静。

太原阳曲(今山西太原市北阳曲县)人,少时勤读而有才华,机敏过人。出仕东晋,始为尚书郎,继为南康(今江西赣州市西南)相。

晋安帝(397—418)义熙六年(410),原任征虏将军、广州刺史的卢循,及其姐夫、时任始兴(今广东韶关市东南莲花岭下)太守的徐道覆联军反晋,先后攻陷南康、庐陵(今江西吉水县东北)、豫章(今江西南昌市)诸郡。时任南康相的郭澄之,在这场战乱中流离失所,仅得只身还都。时以镇压桓玄叛逆有功于东晋的刘裕,成为东晋政权最大、最有力的撑持者。当刘裕引兵回京击退卢循叛军后,郭澄之被引为相国参军,从裕北伐,于义熙十三年(417)攻克长安(今陕西西安市),执杀后秦皇帝姚泓。澄之终官至相国从事中郎,封为南丰(今江西广昌县东)侯,卒于官。

郭澄之的著述,据《隋书·经籍志》著录原有集十卷,早佚。另有志人小说集《郭子》三卷,主要内容为魏晋时期的名人轶事,人物刻画比较成功,但在唐后失传。鲁迅的《古小说钩沉》辑有佚文八十四条。

郭子　东晋志人小说集。郭澄之撰。《隋书·经籍志》小说家类著录《郭子》三卷,题东晋中郎郭澄之撰。新旧《唐书》均著录为三卷,并注有贾渊注。贾渊在《南齐书》有传,曾任员外郎、奉敕注《郭子》。宋以后全书散佚。清马国翰《玉函山房辑佚书》中将《郭子》遗文收入为一卷。后鲁迅重为辑录,得八十四条,收入《古小说钩沉》,是目前最完备本。

本书与《语林》相类,也是记述晋代士大夫的言行逸事,其中不乏品评人物的清言隽语。如毛曾与夏侯玄共坐,时人谓之"蒹葭依玉树";孙绰评曹毗"才如白地明光锦,裁为负版袴,非无文采,然酷无裁制";王导论王述"真独简贵,不减父祖,然旷淡处故当不如耳",等等。往往仅片言只语,便鲜明地勾勒出一个人的品格性情,给读者以深刻印象。在记述士流逸事的篇章中,有的描写也很生动:如写许允好以容貌取人,嫌新婚妻子太丑,结果为妻子指责为"好色不好德"而无地自容;允为吏部侍郎时,选用的官员多是同乡,魏明帝因而派人去拘捕他,全家人都惊惧号哭,唯独其妻镇定自若,告诫他一味求情不如讲明道理;后来经考查,他所任的官员都是称职的,允获释回家。此篇描写的许妻,聪慧镇定,有胆有识。

《郭子》现存的佚文,几乎都见于今本的《世说新语》,有的还被《晋书》采用,说明后人对郭澄之那种短小清秀、叙事婉曲的艺术特色十分欣赏。这些作品,也对后世志人小说的创作提供了借鉴。

■**戴祚**(生卒年不详,约活动在东晋安帝义熙年间)　东晋文学家、小说作家。字延之,江东(长江下游南岸地区)人。《晋书》无传,有关他的生平事迹仅见于北魏郦道元的《水经注》和唐封演的《封氏闻见记》。据载,他晋末为西戎主簿,曾任东晋军事统帅刘裕的参军,义熙十二年(416)跟随刘裕西征后秦姚泓。《水经注》卷十五洛水注云:"刘公(刘裕)西入长安,舟师所居,次于洛阳。命参军戴延之与府舍虞道元,即舟溯流,穷览洛川,欲知水军可至之处。延之居此而返,竟不达其源也。"戴祚后来又任职西戎校尉主簿。

戴祚著作有《西征记》二卷,《洛阳记》二卷。又据《隋书·经籍志》(下文简作《隋志》)载,他还撰有志怪小说集《甄异传》三卷,记述神鬼怪异之事,嘲讽了当时的一些社会现实。

甄异传　东晋志怪小说集。又称《甄异记》、《甄异录》、《甄异志》。戴祚撰。三卷。原书已佚。只见《隋书·经籍志》著录。鲁迅从《齐民要术》、《北堂书抄》、《太平御览》、《太平广记》等书中辑佚文十七则,收入《古小说钩沉》。

本书倡《搜神记》"发明神道之不诬"宗旨,多记鬼怪故事。较有阅读价值的如"秦树"中写秦树夜遇女鬼而共宿;"杨丑奴"中写丑奴遇合獭怪;"张牧"描写一个"形如少女,年可十七八许,面青黑色,遍身青衣"的鬼怪助人致富等。写这些鬼怪时,都将她们人格化,写得有情有味,但又不脱其鬼气和妖味,带有早期的人鬼人妖恋爱故事中常有的宗教恐吓意味。作者尽记晋事,但不从他书中稗贩,这是本书的一大特点,其中不少故事为《异苑》、《幽明录》、《录异传》所摘引。

■**王延秀**(生卒年不详,约活动在南朝宋文帝元嘉至明帝泰始年间)　太原人。据《宋书·礼志三》记:宋(南朝)元嘉十三年(436),曾从何尚之学玄学。泰始六年(470)为祠部郎,曾议改革郊祭和祭明堂之事。著有《感应传》八卷,《隋书》、新旧《唐书》均著录。原书已佚。今仅见三则于他书中。

感应传　南朝宋志怪小说集。王延秀撰。本书著录于《隋志》、新旧《唐书·艺文志》(下文简称《唐书志》)小说家类,均为八卷。原书早佚。《辨证论》卷六、卷七引有本书四事,其中两事又被《太平广记》所引。非《太平广记》所引二事实系伪托。但至今未发现本书的新佚文,对其内容无从判定。

■**陶潜**(365—427,据梁启超《陶渊明年谱》,陶潜生年为372年)　或作渊明,字元亮,世号靖节先生。东晋诗人,文学家。浔阳柴桑(今江西九江市西南)人。潜祖辈多为东晋朝廷高官,尤是曾祖父陶侃终官大司马,曾握军事重权。潜少有高趣,虚怀若谷,博学善属文,洒脱不羁,任率自得,为乡里所重。潜宅边有五柳树,就之写成《五柳先生传》,用以说明自己的性情和家境。

父早故,母年老,家贫。他二十九岁起为江州祭酒。但这种辅佐州官的吏职要按照州官的意志行事,这不符合潜的性情,少日即自解而归。州官再召为主簿,又辞而不就。躬耕自资,不久便显疲惫困顿。江州(治所在今湖北黄梅县西南)刺史檀道济前往看望,发现他贫病交加偃卧蔽室已有多日。檀道济给了他一些粱肉,劝说他"夫贤者处世,天下无道则隐,有道则至。今子生文明之世,奈何自苦如此?"潜于晋安帝元兴三年(404)出来当了镇军将军刘裕的参军,义熙元年(405)转任建威将军刘敬宣的参军。他对亲朋讲:"聊欲弦歌(《论语·阳货》记孔子学生子游任武城宰,以弦歌为教民之具,后来诗文中因以弦歌为出任邑令的典故),以为三径(即修葺家园)之资,可乎?"执事的人听说后,就派他出任彭泽(今江西湖口县东)县令。

到任时,陶潜四十一岁。不久,郡里派辅佐官员督邮(主管督察属县,检核非违,凡属县令的善恶及称职与否,往往系于其口,权任甚重)到县视察,县里吏员告诉他要小心谨慎接待。潜叹曰:"我不能为五斗米折腰向乡里小人。"遂于义熙二年(406)解印绶去职,赋《归去来辞》以表其志。这个县令只当了八十多天,以后再未出仕。南朝宋文帝元嘉四年(427),潜贫病而死,年六十三岁。

陶潜志归隐,性耽酒,爱菊,豪放不羁,醉则作诗文。现存的诗歌有一百三十六首、辞赋三篇、散文六篇,还有接近四言诗的韵文两篇。有《陶渊明集》十卷传于世。又有志怪小说《搜神后记》(或作《后搜神记》、《续搜神记》、《搜神录》)十卷,专记灵异变化之事,今存。

搜神后记 晋宋志怪小说集。陶渊明撰。十卷。又称《续搜神记》、《搜神续记》。《隋书·经籍志》杂传类著录"陶潜撰《搜神后记》十卷"。《日本国见在书目》同。但唐以后公私书目均未见著录。至明万历中,胡震亨辑刻《秘册汇函》时,始收入《搜神后记》十卷。

宋以后,有人对此书是否出自陶潜手笔提出质疑:一说陶潜卒于元嘉四年,而书中记有十四、十六两年事;一说《陶渊明集》多不称年号,而此书题永初、元嘉;一说"陶潜旷达,未必拳拳于鬼神,盖伪托也"。这三种说法,都因缺乏佐证而难以为人认可。早在南朝萧梁时,释慧皎《高僧传序》已谈及"陶渊明《搜神录》",并以此书与刘义庆《幽明录》、王琰《冥祥记》、朱君台《征应传》等并提。《高僧传》末王曼颖《致慧皎书》也提到陶渊明此书。隋唐时,萧吉《五行记》、法琳《破邪论》、道宣《三宝感通录》等都引《搜神后记》为陶潜撰。这些人去晋、宋(南朝)不远,所说应属可信。今人汪绍楹逐条考据本事来源及诸书引录异同后推断,宋以后的版本,"亦出后人纂辑,中有窜乱"。这是比较接近事实的说法。

今本《搜神后记》十卷一百一十六条,佚文六条。前五卷多记神仙佛法,后五卷多记精灵鬼怪。按叙述题材分类,可分为神仙故事、佛教故事、鬼怪故事、复生故事、地名故事、洞窟故事等。其中的神仙故事、鬼怪故事与汉魏以来的志怪小说一脉相承,有些篇章甚至直接取材于前人著述;但是佛教故事和洞窟故事却是前人书中罕见的。

东晋时期,佛教勃盛。陶渊明与名僧慧远交接甚密,本书谈及佛法故事当在情理之中。书中,他通过经像显效和佛徒灵迹两个侧面铺陈故事。如"蜜蜂螫贼"写建安郡山贼百余人劫掠佛寺供养具,忽遇数万只蜜蜂螫咬,眼盲身肿,遭到报应;"清溪庙神"写竺昙流落沙门,死后为神;"竺法师"写沙门竺法师死后显灵;"比丘尼"写每浴必破腹出脏,肢解身体,浴后身形如常等。这在一定程度上反映了当时佛教日渐广泛的社会影响。

本书有关洞窟的描写生动而富理想色彩。如"桃花源"条,将时间、地点、人物和事情本末交待得十分清楚,内中的良田屋舍、鸡犬桑竹、黄发垂髫、衣着酒食等写得细微生动。这则记事与陶潜的《桃花源记》的内容略同。"仙馆玉浆"条写嵩高山大穴中有仙人对弈,坠者饮玉浆,气力倍增;"剡县赤城"条写猎人袁相、根硕越岭至一穴,遇二仙女,遂恋爱成婚;"韶舞"条写隐士何某见人作韶舞,尾随之得田十顷;"穴中人生"条写樵夫逐流入穴,见别有洞天,"不异人间"……这些作品反映了战乱频仍的时势和人们厌世避乱的情绪。

本书在运用人神通好、亡鬼复生这种旧有题材时,手法更加娴熟,而且有新的着眼点。如"白水素女"条,本事见晋束皙《发蒙记》,原篇极为简略;此则详写谢端勤于耕作,得一大田螺,后窥破螺女、藏起螺壳,与螺女过上了美满幸福的生活。整个故事首尾完整,形象刻画也很有特色。"徐玄方女"写女子不幸早亡,后与马子相爱,终得复生。"李仲文女"亦早亡,与张子长相爱,因李、张两家父母开棺检查,使李女不得复生,酿成悲剧。所有这些,都有着追求婚姻自由、反对封建礼教的积极意义。

现存版本主要有《津逮秘书》本、《学津讨原》本等。今人汪绍楹的《搜神后记》校注本(北京,中华书局1981年版),以《学津讨原》本为底本,逐条考证本事由来,胪列诸书引录卷次及异称,并作了校勘和简注,为本书最佳校注本。

■**荀氏**　东晋时期人。生卒年、籍里均不详。撰有志怪小说《灵鬼志》三卷。荀氏生平事迹无从稽考。《太平广记》卷三百二十二有《灵鬼志》佚文"南平国蛮兵",言晋安帝义熙中事,末有"予为国郎中,亲领此土",可知荀氏的踪迹。原书宋时已佚。《说郛》本仅存一卷。《灵鬼志》的语言简明而洁净,构思奇特而颖异,情节变幻而离奇,人物形象生动而鲜明。在志怪小说发展史上,它是较早引入大量佛教故事的作品。此后,志怪小说在题材内容和情节结构等方面都发生了较大变化,促进了小说创作的发展。

灵鬼志　东晋志怪小说集。旧题荀氏撰。《隋书·经籍志》史部杂传类著录三卷。《新唐书·艺文志》列入子部小说家类。本书早佚。鲁迅《古小说钩沉》辑佚文二十四条,其中四条辑自《世说新语》刘孝标注,引作《灵鬼志·谣征》,可知此书原分门类,而谣征类均记谶语应验的故事。

从佚文内容上看,本书主要写灵怪鬼魅。如《太平广记》卷三百一十七引的"嵇康"条,说嵇康夜宿华阳亭,遇鬼传《广陵散》曲事;故事奇丽,词清句秀,对后世影响很大。"周子长"条言周因系佛家弟子,故能摆脱武昌痴鬼的纠缠;"张应"条言张应妻是佛家女,因作佛事能祛病救灾。这种讲鬼怪兼论佛事,在魏晋志怪书中较为少见。书中的"外国道人"条说外国道人能入小笼,善吞吐之术;所记与印度《旧杂譬喻经》卷十八所载传说同,说明"魏晋以来,渐译释典,天竺故事亦流传其间,文人喜其颖异,于有意或无意中用之,遂蜕化为国有"(鲁迅:《中国小说史略》)。

■**王嘉**(？—390)　十六国时前秦方士,笔记小说作家。字子年。陇西安阳(今甘肃渭源)人。《晋书》卷九十五艺术家列传中有传。传中称嘉举止轻率,外貌丑陋,然聪明、滑稽,喜道术,少与世人交游。初隐东阳谷,后居终南山,追随受业的弟子有数百人。前秦苻坚屡征不赴,后被姚苌所杀。

据《晋书》本传记载,王嘉有专写方士之术的《牵三歌谶》一书和志怪小说集《拾遗记》(又称《拾遗录》、《王子年拾遗记》,十九卷二百二十篇,南朝时残、散,经南朝梁萧绮收录整理而成十卷本)传世。

拾遗记　东晋志怪小说集。王嘉撰。十卷。又称《拾遗录》、《王子年拾遗记》。《晋书·艺术传》说王嘉"著《拾遗录》十卷,其事多鬼怪,今行于世"。又《隋书·经籍志》杂史类著录"《拾遗录》二卷,伪秦姚苌方士王子年撰",又记"王子年《拾遗记》十卷,萧绮录"。新旧《唐书》杂史类著录"王嘉《拾遗录》三卷,又《拾遗记》十卷,萧绮录"。《郡斋读书志》与《直斋书录解题》亦著录《拾遗记》十卷,题晋王嘉撰、梁萧绮录。查萧绮《拾遗记序》,王嘉原帙凡十九卷,二百二十篇,至萧梁时皆已残缺,经过重新辑补而成十卷。由此可见,宋以前诸书著录大抵依萧序,为王撰萧录。

本书前九卷类史,从庖牺至东晋,杂著上古神话及汉魏以来传闻,其中多怪诞不经之说;末一卷专记昆仑、蓬莱、方丈等八座仙山,所记神仙方物与《十洲记》亦不尽相同。《四库全书总目》称"嘉书盖仿郭宪《洞冥记》而作"。王嘉意在以小说题材记史和反映社会现实。如卷九首条写三株金登草化为三棵杨树,以应晋武帝时"三杨"擅权的史事。又如卷五叙汉初事,记秦始皇为冢"敛天下瑰异,生殉工人",汉初发冢,匠人尚活,后人为撰"怨碑"。此记亦与史事有相通之处。另如汉灵帝起裸游馆、魏文帝迎薛灵芸、孙亮合"四气香"、石崇为昼夜舞等,都揭露了统治者的荒淫放荡。由于本书记事"十不一真",加以语涉阴阳五行,因果报应,故历来对其思想内容少有肯定之词。唯清代谭献盛赞"作者用心":"奢虐之朝,阳九之运,述往事以讥切时王,所谓陈古以刺今也。篇中于忠谏之辞,兴亡之迹,三致意焉。"此说还是公允的。

《拾遗记》的艺术特色有二:一是借历史传说铺陈故事,情节婉曲,人物众多;二是词藻丰茂,恢诡靡丽,虽无益于经史,却有助于文章,所以"历代词人,取材不竭"(《四库全书总目》)。

萧绮的"录",即是论赞。正如谭献在《复堂日记》中所说的那样:"大义轨于正道,是非不谬于圣人",全以"孔孟之道"为标准。

本书今存有明世德堂翻宋本、《汉魏丛书》本、《古今逸史》本、《稗海》本。另有较为晚出的《增订汉魏丛书》本、《龙威秘书》本等。1981年,中华书局印刷出版的齐治平校注本,当属存世之佳本。

■**刘敬叔**(约390—约470)　南朝宋小说作家。彭城(今江苏徐州市)人。年少时即显异才,聪敏过人。东晋时期起家司徒掌记、中兵参军,后拜南平国(今湖北公安县西北)郎中令。约在东晋安帝义熙八年(412),因事忤逆了时任荆州刺史的刘毅,被奏免职。义熙十三年(417)出任镇护南蛮校尉、荆州刺史刘道怜的骠骑参军。恭帝元熙二年(420),刘裕代晋称帝,召敬叔为征西长史。南朝宋文帝元嘉三年(426),迁为给事黄门郎。数年后以病告免。宋明帝泰始年间(465—471)病卒。

撰有志怪小说集《异苑》十卷。《隋书·经籍志》作十卷,流传中有所散佚;但后人辑本也是十卷,基本保持了原貌。本书所记多为从先秦到晋代的神灵鬼怪故事,间有晋宋士人轶事。

异苑　南朝宋志怪小说集。刘敬叔撰。《隋书·经籍志》杂传类著录,十卷,称"刘给事刘敬叔撰"。《唐志》以下不见著录。《类说》、《说郛》等亦未采录。明胡震亨与友人在临安得宋抄本，各录一通，相互校订，遂刊入《秘册汇函》，后又刊于《津逮秘书》、《学津讨原》、《说库》、《古今说部丛书》。《四库全书总目》亦收入。今传本十卷，鲁迅校阅后，认为"不是原书"。经以后学者考证，今本与原本接近，但在流传过程中有所增损窜乱。

本书记事三百八十二条，不分门类，但各卷记事各有侧重：卷一记虹、山川、古迹和异境绝域之传说，其中美人虹、屈原庙、钓矶山的传说都写得很优美。卷二记器物、金钱、异石、植物的传闻，前六条全是《博物志》中事；渔父钓金牛一事在当时传流甚广，各书有记，皆有异辞；"吴龛"写五色浮石化女子事，幻想奇颖。卷三记动物，遍及鸟兽虫鱼，多有隽永可观者。卷四记君臣吉凶兆验事，多类《五行志》，小说意味一般，其中以"刘寄奴"、"秦世谣"较好。卷五多为神事，又涉道、释，其中"竹王神"是古夜郎民族起源的神话传说，采自晋常璩《华阳国志·南中志》。卷六多为鬼事，丰富多彩，嵇中散灯下遇鬼、陆云遇王弼事则为新出。卷七记有关冢墓和梦的传闻，以"朱文绣"和"嵇康"颇有特色。卷八记精怪事，又涉复生、变化等，精怪中多有佳者。卷九记术士，其中管辂事就有十条，占去一半；"郑玄马融"写师徒相忌斗智，是一个极著名的传说。卷十记古往历史遗闻，如介之推逃禄、魏安釐王观翔雕、曹娥投江等。在记人的风格上类《世说新语》。

本书为六朝优秀志怪小说集，内容丰富，构思奇幻，堪称异事之苑。其中"梁清"、"章沉"篇幅较长，但隽永有味，自见佳处。书中多篇内容采自前人之书，不脱六朝小说辗转稗贩的陋习。

■**刘义庆**（403—444）　南朝宋文学家。彭城（今江苏徐州）人。宋宗室，袭封临川王。官至南兖州刺史、都督加仪同三司。毕生喜爱文学，结纳文士。据《宋书》本传载，他性谦和、简素、寡嗜欲，文字"足为宗室之表"。唯晚年"奉养沙门，颇致费损"。卒后追赠侍中、司空，谥曰康王。

刘义庆一生勤于著述，著有《徐州先贤传》、《江左名士传》、《幽明录》、《宣验记》、《小说》、《集体》等。以笔记小说《世说新语》名垂于世，被誉为当时小说的上乘之作，并开后人逸事小说创作之先河。

世说新语　南朝宋志人小说集。刘义庆撰。八卷。《隋书·艺文志》著录八卷。新旧《唐书》同。又名《世说》、《世说新书》。梁刘孝标注。宋人晏殊删并为三卷，通行本为六卷三十六篇。

本书记述的是汉末魏晋的逸闻异事。魏晋士风，崇尚清谈，讲究言谈容止，品评人物，相扇成风。刘义庆在时风的影响下，吸取了郭颁《魏晋世语》、裴启《语林》、郭澄之《郭子》等书材料，沿袭前人的叙事手法，加以演绎，遂成本书。书中的分类名目，首立品评人物的儒家四科标准：德行、言语、政事、文学。它写人，往往是通过一两个细节，或通过语言、行动的描写，此人的风神气韵便跃然纸上。如"尤悔"中记曹丕以毒枣害死任城王曹彰，又欲加害东阿王曹植，鞭挞了统治者为争权夺利不惜骨肉相残的恶行。"汰侈"记石崇交斩美人事，揭露了石崇、王敦穷奢极欲、残忍暴虐的本性。"任诞"记刘伶纵酒放诞,竟至裸体,表现了魏晋名士的精神风貌和人生态度。书中还对一些"好人好事"加以赞扬:如"德行"中记荀巨伯在战乱自家生命不保的情况下,不忍弃友而去;庾亮不愿将有害于主人的的卢马卖去,宁可留"害"于己,而不让其再去"害"别人;邓攸在逃难途中,舍子保侄;"自新"中周处除三害改过自新等。这些故事都感人至深。

作为志人小说,本书在人物形象的塑造上颇具特色。"忿狷"中写王述的急性子,是通过吃鸡子的"插、掷、屐碾、咬破即吐"等一系列动作来表现的;"任诞"写王子猷夜访友,行经宿,至友门前而返,并说"吾本乘兴而行,兴尽而返",通过一言一行充分表现他的任情放诞;"假谲"则通过几件事的白描,刻画曹操的奸诈。刘义庆记人以短小精悍著称,常常是截取可以突出人物形象的一个剪影,而对人物的背景和事件的来龙去脉略而不谈;有少数故事,还能在较短的篇幅中写出人物的成长转变过程,情节描述富于波澜。如周处从"凶强侠气,为乡里所患",写到改行励节,终为忠臣孝子,人物转变过程写得自然真实。本书的语言清新隽永,生动传神。

《世说新语》对后代小说、戏曲影响颇大。明代小说《三国演义》中不少故事取材于此。元杂剧《玉镜台》,源于本书"假谲"篇中温峤丧妻复娶表妹的故事素材。本书对我国文学语言的丰富和发展贡献颇巨,有不少成语典故可在书中找到出处,如"新亭对泣"、"望梅止渴"、"捉刀代曹"、"坦腹东床"等等。正因为此,后世效仿本书的作品很多,如《大唐新语》、《唐语林》、《续世说》、《南北史续世说》,仅明清时就有十多种"世说体"志人小说,甚至有些本子的分类也完全仿照本书。另外,还出现了《女世说》、《儿世说》、《僧世说》等类书名雷同的作品,可见本书在中国小说史上产生的影响之广。

本书的版本很多,重要的有:日本《尊经阁丛刊》影宋董棻刻本,又称金泽文库本,文学古籍刊印社1957年影印本即据此本。另有明吴郡袁褧嘉趣堂本。今注本以余嘉锡《世说新语笺疏》(中华书局1983年版)和徐震堮《世说新语校笺》(中华书局1984年版)为较佳校注本。历史上为该书作注的有南朝齐敬胤和梁刘孝标。齐注本已佚,今仅存五十一条;最负盛名的是刘孝标注本,刘博采群书达四百余种,诗赋杂文七十余种,而且所引书籍十亡八九,注文该洽、详密,被辑佚家视为鸿宝。本书现存的重要版本,都是刘注本,事实上刘注与原书已浑然一体、密不可分了。

幽明录 南朝宋志怪小说集。刘义庆撰。卷帙不一。《隋书·经籍志》杂传类著录为二十卷,新旧《唐书》著录为三十卷。《新唐书》将之列入小说类。

本书在唐代曾风行一时。刘知幾《史通·采撰》中说:"晋世杂书,谅非一族,若《语林》、《世说》、《幽明录》、《搜神记》之徒,其所载或诙谐小辩,或鬼神怪物,其事非圣,扬雄所不观;其言乱神,宣尼所不语。皇朝新撰晋史,多采以为书。"但《幽明录》中所收小说,并非皆集前人所撰作,所叙故事不少发生在刘宋一代,据当代传闻写成,并不见前代群书。书中不少名篇对后代产生巨大影响,如刘晨、阮肇入天台遇仙女故事,成为"仙乡滞留型"小说的开端;庞阿与石氏女灵魂相聚并成眷属的故事,是"离魂型"小说之初源。另如"焦湖庙祝"让汤林依柏枕而卧梦,启迪了后之《枕中记》《南柯太守传》；广平太守徐玄方女死而复生，启迪了汤显祖之《牡丹亭》，亦为"还魂型"小说之滥觞。

本书至宋末亡佚。鲁迅说："其书今虽不存，而他书征引甚多，大抵如《搜神》《列异》之类。"今有辑本多种，常见的有《说郛》本、《玉函山房辑佚节补编》本、《古小说钩沉》本等。

宣验记 南朝宋志怪小说集。刘义庆撰。十三卷。《隋书·经籍志》杂传类中著录。法琳《破邪论》、道宣《三宝感通论》亦著录。新旧《唐书》失载。至宋已佚。

本书与佛教有密切关系。"记经像之显效，明应验之实有，以震耸世俗，使生敬信之心。"（鲁迅《中国小说史略》）书中多记信佛得福，不信佛致祸故事；甚至犯罪当死，亦因信佛口念观音而刀斫不入。

本书辑本，旧有《说郛》本、《五朝小说大观》本等。鲁迅《古小说钩沉》辑得佚文三十五条。

小说 南朝梁志人小说集。刘义庆撰。十卷。新旧《唐书》均在小说家类著录。早佚。这是我国最早以"小说"名书的作品，早于殷芸《小说》六十多年。

本书内容难见全貌。仅从《太平广记》卷一百七十三引有《刘氏小说》三条看，大抵为魏晋时人物遗事，与《世说新语》相类。

■**东阳无疑** 南朝宋时小说作家。生卒年不详。字号无考。东阳郡（今浙江金华市）人。有关他生平事迹的史料极少，《广韵》卷一中说"宋有员外郎东阳无疑"；《隋书·经籍志》杂传类著录有"《齐谐记》七卷，宋散骑侍郎东阳无疑撰"；《中国大百科全书·中国文学》在"续齐谐记"词条下载"此前，刘宋东阳无疑有《齐谐记》七卷，已佚"。据此，可知东阳无疑是南朝刘宋时期人，曾任员外郎、散骑侍郎，撰有志怪小说集《齐谐记》七卷。据《中国历代笔记小说鉴赏辞典》（中州古籍出版社1999年版）对书名的考证，《齐谐记》出自《庄子·逍遥游》中"齐谐者，志怪者也"一语。原书早佚，今存鲁迅《古小说钩沉》中辑佚十五则。

齐谐记 南朝宋志怪小说集。东阳无疑撰。七卷。《隋书·经籍志》和新旧《唐书》均著录。本书作者不见史传。《隋志》著录时，称其为"宋散骑侍郎"。据《冥祥记》"刘龄"条记，刘宋元嘉九年，"其邻人东安太守水丘和传于东阳无疑"，知其为晋末宋（南朝）初人。该书至宋亡佚。《北堂书抄》《艺文类聚》《初学记》《太平广记》等类书多有征引。

本书得名源自《庄子·逍遥游》。内容主要为怪异故事，也写出了当时的世情与风俗："薛道珣"条言薛病狂化虎，吃人无数，后复人形为官，其讽刺和揭露意义可见一斑；"国步山"条记狸怪摄妇女淫乐；"蚕神"条记正月十五做年糕祭蚕神等。

存世版本有清马国翰《玉函山房辑佚书》本和鲁迅《古小说钩沉》中辑录的十五则。

■**虞通之**（生卒年不详，约活动在南朝宋文帝至孝武帝时期） 南朝宋文学家、小说作家。字不详。会稽余姚（今浙江余姚市）人。其家世和生平事迹鲜见于史书，只在《南史·文学·丘巨源传》中记有:"通之善言《易》,至步兵校尉。"据其他资料显示,通之此前还出任过黄门郎,终官于步兵校尉。著述有文集二十卷,《隋书·经籍志》载著十五卷;另有志怪逸事小说集《妒记》(又名《妒妇记》)二卷,已佚,今存于鲁迅《古小说钩沉》中的辑佚,还有七则。另外,在新旧《唐书志》杂传类中皆著录有《后妒志》四卷,疑是虞通之《妒记》的续书。

妒记　南朝宋逸事小说集。虞通之撰。二卷。又作《妒妇记》。《隋书·经籍志》史部杂传类著录。据《宋书》卷四十一《后妃传》曰:"宋世诸主,莫不恶妒,太宗每疾之。湖熟令袁慆妻以妒忌赐死,使近臣虞通之撰《妒妇记》。"本书早佚,鲁迅《古小说钩沉》辑得佚文七条,皆记上层妒妇的种种言谈行事,颇有可读之处。如"李势女"条写李势女形象言谈,颇有唐人传奇气韵;"王丞相妻"写王丞相为防妻妒杀妾生子而与妾、子狼狈奔逃。本书的人物描绘生动传神,颇具《世说新语》之神韵。

■**袁王寿**　南朝宋人。生卒年、籍里均不详。撰有志怪小说集《古异传》三卷。《隋书·经籍志》史部杂传类著录三卷;《旧唐书·经籍志》则著录为《石异传》三卷,袁仁寿撰;《册府元龟》国史部采撰篇则录为袁生寿撰《古异传》三卷。《新唐书·艺文志》入丙部小说家类。

古异传　南朝志怪小说集。袁王寿撰。三卷。又作《古今异传》。《隋书·经籍志》史部杂传类著录。新旧《唐书》列入小说家类。原书早佚。鲁迅《古小说钩沉》辑得佚文一则:"斫木,本是雷公采药使,化为鸟。"是关于啄木鸟的传说。《事物纪原》卷十亦引此条,云出自《古今异传》。其文古朴简约,具有原始神话色彩。

■**郭季产**　生卒年不详。字号和籍贯均无考。据见于南朝《宋书》、《南史》有关人物传记中的记述,可知他是南朝刘宋时期的史学家和小说作家,曾出仕于南朝刘宋,任新兴(治所今越南永富省安郎县西夏雷乡)太守。《宋书·蔡兴宗传》中说:"太宗践祚,玄谟责所亲故吏郭季产……"由此可知季产曾是南朝刘宋领军大将王玄谟的亲信。有关他的著述,见于《隋书·经籍志》古史类的有《续晋记》五卷,已佚;见于《太平御览》引书目的有志怪小说集《集异记》。鲁迅《古小说钩沉》中有佚文十二则。

集异记①　南朝宋志怪小说集。郭季产撰。原书早佚。未见史志著录。唯《太平御览》引书目录有郭季产《集异记》。鲁迅《古小说钩沉》从《北堂书抄》、《艺文类聚》、《太平御览》、《太平广记》等书中辑得佚文十二则,均为物怪鬼异之事,且篇幅短简,无足称者。唐人薛用弱也曾撰有《集异记》,专讲隋唐间诡谲之事。《太平广记》中所引的《集异记》,多为薛作。

■**刘质**(生卒年不详,约活动在南朝宋明帝泰始年间)　南朝宋彭城(今江苏徐州)人。南朝宋刘延孙之子。宋明帝(465—472)时期在世。生平事迹不详。著有《近异录》志怪小说集二卷。《新唐书·艺文志》著录。

近异录 南朝宋志怪小说集。刘质撰。二卷。《隋书·经籍志》史部杂传类著录。《新唐书·艺文志》列入子部小说家类。原书早佚。《说郛》卷一百一十八存四则,然所记皆赵宋朝事,可见后人亦有以此书名集者。

■**王琰**(生卒年不详,约活动在南朝齐、梁年间) 南朝文学家、小说作家。字不详。太原人。曾出仕齐梁两朝。先在南齐任职三年,为齐太子舍人。后入梁,当过一任吴兴县(今福建浦城县)县令。

王琰崇信佛教,幼年生活在交趾(今越南河内市西北),曾从高僧贤法师受"五戒"(佛教的五种戒律:不杀生、不偷盗、不邪淫、不妄语、不饮酒食肉),并得到观世音菩萨金像一座,虔心供奉。据说在南朝宋大明(457—464)和南齐建元(479—482)年间,他两次感受到菩萨金像有变异情况,时人说是菩萨"显灵"。王琰本来就崇信佛教,为此撰作《冥祥记》十卷,记述金像怪异和因果报应的故事。原书已佚,但在《法苑珠林》和《太平广记》两书中存有较多的佚文。今本鲁迅《古小说钩沉》中辑有佚文一百三十一条。在《隋书·经籍志》中还著录有王琰著的《宋春秋》二十卷。

冥祥记 南朝齐志怪小说集。王琰撰。十卷。《隋书·经籍志》史部杂传类著录。《旧唐书》著录同。《新唐书》著录为一卷,疑讹。《法苑珠林》卷一百一十九"传记"篇云:"《冥祥记》一部十卷,右齐王琰撰。"该书自序中称,王琰因梦示而重得观世音金像于多宝寺殿中,感而"缀成斯记"。

本书早佚,南宋曾慥《类说》卷五节录四则;明陶宗仪《说郛》卷四节录一条,乃宋尼智通事。鲁迅《古小说钩沉》辑自序一篇,正文一百三十一条,为传世完备本。

王琰为佛门信徒,所作均为弘扬佛法之作。他从晋以来的《搜神记》、《搜神后记》、《灵鬼志》、《观世音应验记》、《幽明录》等志怪小说中吸取营养和采集素材,搜罗汉至南朝宋的怪异故事和传说,加以创作提炼,而成是书。其主要内容有四类:一是佛、菩萨应验故事,"镜接近情,莫逾仪像,瑞验之发,多自此兴";二是经塔显效故事,"经塔显效,旨证亦同,事非殊贯,故继其末";三是高僧事迹,多涉神异;四是地狱报应故事,宣传轮回报应之说。

本书作为"释氏辅教之书",内容多奇幻怪异之事,篇幅较长,情节曲折具体,在人物对话、细节描写上颇下功夫,对后来的唐传奇有较大的影响。但因是弘扬佛法,宣传因果报应,所以多篇在情节上有所雷同,如佛弟子遇难,心念佛及观音,遂得到救护等。

(补续冥祥记) 南朝梁志怪小说集。王曼颖撰。一卷。《隋书·经籍志》杂传类著录。而《旧唐书》却著录为十一卷。清姚振宗《隋书经籍志考证》说:"按王琰先有《冥祥记》十卷,此补续其书,《唐志》殆合为一编,故十一卷。"又说《法苑珠林》"亦数引之"。今《法苑珠林》所引乃为《冥祥记》,不分正补。该书佚文尚未发现。

■**萧子良**(460—494) 南朝齐文学家、小说作家。字云英。晋陵武进(今江苏丹阳市东)人。南齐武帝萧颐的次子,南朝刘宋时期出仕,曾官安南长史。升明三年(479),刘宋亡,南齐太祖萧道成当皇帝后,加封闻喜县公,后加封为竟陵郡王,永明五年(487),正位司徒,侍中如故。这一时期,子良集中一批学士,抄写"五经"、"百家",依《皇览》为例编成《四部要略》千卷。

子良的著述,据《隋书·经籍志》载,还撰有《净住子》二十卷、《义记》二十卷、《齐竟陵王子良集》四十卷,均已散佚。明人辑有《南齐竟陵王集》。又据唐临《冥报记序》云,萧子良还曾撰写志怪小说集《冥验记》,但已佚失;在吴淑《事类赋》卷十九中的《燕赋》注和卷二十三中的《鹿赋》注里,引有两则佚文。

冥验记 南朝齐志怪小说集。萧子良撰。三卷。又称《宣验记》。萧子良为齐武帝次子,封竟陵郡王。性好佛,喜延揽文士,著书立说。《南齐书》有传。本书未见史志著录。杨守敬《日本访书志》卷八引唐临《冥报记序》云:"齐竟陵王萧子良作《冥验记》,王琰作《冥祥记》,皆所以征明善恶,劝戒将来,实使闻者深心感悟。"《法苑珠林》卷一百一十九《传记》篇杂集部录萧子良《宣明验》三卷,盖即本书。书早佚。吴淑《事类赋》、《太平御览》皆有引文。鲁迅《古小说钩沉》辑得佚文二条,均为宣扬佛法戒杀生内容。

■**祖冲之**(429—500) 南朝齐科学家、文学家、小说作家。字文远。范阳蓟(今北京大兴区)人。从小机敏过人,研究任何问题均能举一而反三。他研究历算,求出了精确的圆周率,是世界上第一位把圆周率准确推算到小数点后七位数的科学家。所撰《缀术》六卷,唐朝国学曾定为数学课本。又曾编制《大明历》,改造指南车,造欹器,作水碓磨、千里船等。在社会科学领域的著述也很多,如《易义》、《老子义》、《庄子义》、《释论语》、《释孝经》等。他所撰著的志怪小说集《述异记》(《隋书·经籍志》载录有十卷),以及《长水校尉祖冲之集》五十一卷,均已散佚。有关《述异记》的内容,在鲁迅的《古小说钩沉》中辑有九十条。

祖冲之曾出仕于南朝宋、齐两朝,先后任过南徐州(今江苏镇江市)从事、公府参军、娄县(今江苏昆山市东北)令、谒者仆射,终官于长水校尉。南齐永元二年(500)卒,年七十二岁。

述异记① 南朝齐志怪小说集。祖冲之撰(南朝任昉、清代东轩主人分别撰有同名作品)。十卷。《隋书·经籍志》、《旧唐书·经籍志》在杂传类著录,《新唐书》归入小说家类,卷帙同。原书早佚。鲁迅《古小说钩沉》辑佚文九十条。但其中数条与任昉的《述异记》同。

本书内容均为叙晋宋(南朝)事,涉富而博广,各种习见的志怪题材多有反映。大致可分为:(1)邦国君臣吉凶兆验事,多达二十余条;(2)鬼故事传说,佳作迭出,如"崔基"、"庾邈"等,特别是"张氏少女"入冥复生故事,颇有新意。另有一些冤报故事,反映了现实的黑暗。在细节描写上,刻画入微,已脱早期志怪小说粗陈梗概之俗,对唐传奇有较大影响。

■**焦度**(423—483) 南朝齐小说作家。字文续。南安(今甘肃陇西县)氏族人。祖父焦文珪,因避十六国之乱迁家至襄阳(今湖北襄樊市)。他效力刘宋,曾任镇南参军,领中直兵,东宫直阁将军。萧道成代宋称帝建齐政权后,焦度为淮陵太守,直阁将军。永明元年(483)病卒,追赠辅国将军、梁秦二州刺史。

焦度连年征战,仍撰有笔记小说《稽神异苑》十卷。据南宋晁公武《郡斋读书志》载录,焦度撰有志怪小说集《稽神异苑》十卷。书中续有的南梁记事为后人补入。原书已佚。今人能见到的《类说》卷四十中节录有此书故事十四则。

稽神异苑 南朝志怪小说集。十卷。未见历代史志书目著录。首见于南宋晁公武《郡斋读书志》和曾慥《类说》摘录:"《稽神异苑》十卷,右题云南齐焦度撰,杂编传记鬼神变化及草木禽兽妖怪诡谲事。有人怀疑焦度南安氏也,质讷朴憨,以勇力事高帝,决不能著书。《唐志》有焦路《穷神秘苑》十卷,岂即此书相传之讹与?"(晁公武《郡斋读书志》)此说证据不充分。本书至明代时尚有传本,十卷,题为焦度撰。明以后不见传世记载。今可见《类说》中节录十四条,《吴郡志》、《施注苏诗》、《永乐大典》引十四条,共二十八条。这些条文均标明原出处,说明是作者集前人志怪小说的辑本。

本书卷帙较多,内容丰富。从佚文上看,题材也十分广泛,其中"刘子卿"、"萧总"、"萧岳"、"杜兰香"、"蚕马"、"紫玉"、"韩凭夫妇"都是著名故事。不少篇目在《搜神记》等书中屡见。但"韩凭夫妇"、"紫玉"二条的佚文与《搜神记》在情节上大不一样。是作者在辑录时又有创作,还是原书记载有误,目前尚无定论。

■**萧贲** 南朝齐、梁小说作家。生卒年不详。字文奂。祖籍南兰陵(今江苏常州市西北)。曾祖父萧颐是南朝齐武帝。祖父萧子良,被封为竟陵郡王。其父萧昭胄,字景胤,身为长子先嗣竟陵郡王,后改封为巴陵王,因结党谋叛被诛。

萧贲因是萧昭胄的次子,不能袭封。他身材比较矮小,但从小好学,神识耿介,有文才,能书善画,好著述,尝著历史小说集《西京杂记》六十卷。关于《西京杂记》的作者,史书记载多有不同,本处所用材料来自《南史》本传。《隋书·经籍志》著录《西京杂记》二卷,不著撰者。《旧唐书·经籍志》题葛洪撰。《四库全书总目》始列入小说家杂事之属,兼题作者为刘歆、葛洪。近世考证者多数认为是葛洪的依托之作。另有志人小说集《辨林》,亡佚。

辨林 南朝梁志人小说集。萧贲撰。二十卷。梁元帝萧绎《金楼子·著书篇》最早著录。《隋书·经籍志》小说家类亦著录。入宋后全书亡佚,今一字不存。

另有席希秀撰《辨林》二卷,始见《隋志》著录,又见《通志·艺文志》。席为齐、梁时人。今该书亦只字不存,难稽内容梗概。

■**傅亮**(374—426) 南朝宋文学家、小说作家。字季友。北地灵州(今宁夏灵武市西南)人。祖父傅咸,曾官至司隶校尉。父傅瑗,以学业知名,位至安成(今江西安福县东南)太守。

傅亮从小博涉经史,尤善为文。成年出仕,初为建威参军,累官中书黄门侍郎,直西省如故。

因为帮助刘裕建立刘宋王朝,以尚书令除侍中,领世子中庶子;亮累官散骑常侍、左光禄大夫、开府仪同三司,本官悉如故,又封爵始兴郡公。元嘉三年(426),亮被朝廷诛杀。

傅亮著述颇丰,据《隋书·经籍志》载,有《宋尚书令傅亮集》三十一卷,已佚。明人辑有《傅光禄集》。此外,傅亮还撰有志怪小说集《应验记》,已佚,今本《冥祥记》中的"竺法义"、"徐荣"两则故事有其佚文片段。另有《观世音应验记》一卷。

观世音应验记 南朝宋志怪小说。傅亮撰。一卷。《隋书·经籍志》杂传类著录。现存版本有日本古抄本。另有旧题张演《续观世音应验记》、陆杲《系观世音应验记》两种。上述三种都是记载信奉观世音应验的故事。傅亮记谢敷的七条遗文是晋代的故事。张演所续记的十条,也多数发生在东晋时期。陆杲所记故事则由东晋而及刘宋。他们均强调亲见亲闻,言必有据,以示真实可信。如陆杲记其外祖父张畅家奉佛,在刘义宣叛乱时躲过杀劫。陆杲还把故事按《妙法莲花经》的普门品分类形式,归属于火难、水难、风难、枷械难、急贼难等,以感召受难者对观世音的信仰。

三种《观世音应验记》中的故事,常被后人转引,屡见于隋智颉《观音义疏》、唐道世《法苑珠林》、道宣《续高僧传》等书。其记事的拟真手法对后世志怪小说有所影响。这三种版本国内久已失传,1943年始由日本学者发现并进行研究。现有日本牧田谛亮校点本(日本,平乐寺书店1970年版);国内有据日本复印抄本整理的孙昌武校点本。

■**沈约**(441—513) 南朝梁史学家、文学家、小说作家。字休文。吴兴武康(今浙江德清县)人。祖父沈林子,曾任刘宋征虏将军。父沈璞,曾任淮南(今安徽当涂县)太守,于元嘉(424—453)末年皇族帝位争夺中被诛。约虽获赦免,但家境却因此而败落,流寓孤贫。他笃志好学,苦读经书,昼夜不倦。《梁书》本传说:"昼之所读,夜辄诵之,遂博通群籍,能属文。"

沈约为官历南朝宋、齐、梁三朝。刘宋时任尚书度支部。入齐,初为文惠太子萧长懋征虏记室,转步兵校尉,迁太子家令。后又以本官兼著作郎、黄门侍郎等。他以文学爱好游于竟陵王萧子良门下,与当时名士谢朓、王融、萧琛、萧衍、陆倕、范云、任昉合称为"竟陵八友"。其间曾出为宁朔将军、东阳(今浙江金华)太守,又回朝任辅国将军、五兵尚书,迁国子祭酒,曾校四部图书。南齐末,约积极参预萧衍密谋代齐自立的活动,助其成就了帝业。因功被封为建昌县侯,历任尚书左仆射、侍中、中书令兼领太子少傅等要职。天监十二年(513)卒,谥号隐。《梁书》本传对他政绩方面评价不高,曰:"自负高才,昧于荣利,乘时藉势,颇累清谈";"用事十余年,未尝有所荐达,政之得失,唯唯而已"。

沈约在齐梁两代文坛负有重望,所写诗、赋、碑、文数量极多,据《梁书》、《南史》记载,共有文集百卷,如《郊居赋》、《高松赋》、《丽人赋》、《齐故安陆昭王碑文》和《与徐勉书》等,都是堪称一代典范的佳作。还有一批大型著述,如《晋书》一百一十卷、《宋书》百卷、《齐纪》二十卷、《高祖纪》十四卷、《迩言》十卷、《谥例》十卷、《宋文章志》三十卷。又撰有专门研究声韵的《四声谱》。另撰有逸事小说集《俗说》三卷,原文已佚,鲁迅《古小说钩沉》中辑有佚文五十二则。

俗说　南朝梁逸事小说集,沈约撰。又作刘孝标撰。三卷。《隋书·经籍志》子部杂家类著录,标为沈约撰;但在附注中又云:"梁五卷。"又在小说家类《世说》注下云:"梁有《俗说》一卷,亡。"标明为刘孝标著。据考证,沈约《俗说》五卷本隋唐时已亡二卷,所以《隋志》著录为三卷;后逐渐散佚,现散见于《艺文类聚》、《北堂书抄》、《太平御览》等类书。鲁迅的《古小说钩沉》辑得佚文五十二则,未标撰人。但在《中国小说史略》第七编讲到《俗说》时,定为沈约所撰,三卷。

从佚文内容上看,本书类《世说新语》,篇幅短小精悍,所记也主要是南朝文人士大夫的一些奇闻逸事。如"谢万白纶巾鹤氅裘履见简文帝"、"刘真长家贫织芒履不看射箭"、"桓石虎拔虎身上箭"、"诸葛与马竞走夺布"等。也有讽刺愚昧和妒忌之人的,如"车武子与妻兄共眠诱妻持刀来刃"、"荀介石妻妒"、"严延年讽何承天腹中空"等。在具体描叙中,崇尚自然,以语中寓褒贬;语言精练,叙事简略,往往以一语画龙点睛,使人物活灵活现。这些艺术手法,对后世笔记小说影响很大。

另外,南朝梁刘孝标(峻)亦有《俗说》一卷,见《隋书·艺文志》小说类《世说》下注文字。后亡佚。宋尤袤《遂初堂书目》小说类著录,无卷数。后人常与沈约《俗说》相混。据《隋志》著录分析,当知沈约、刘孝标各有《俗说》问世。因后人将二书相混,至今所见遗文难分沈、刘。

■**陶弘景**(452—536)　南朝齐梁间文学家、小说作家、道教思想家、医学家。字通明。丹阳秣陵(今江苏南京市)人。幼好读书,抱有异操。年十岁,得葛洪《神仙传》,昼夜研读,便有养生之志。据《梁书》本传说,弘景"读书万余卷",是南朝为数不多的一位博学多才的文人,精通天文历法、山川地理、医术本草、琴棋书法,乃至阴阳五行和小说创作。

南朝宋升明三年(479)初,萧道成登南齐高帝位,弘景迁升为左卫殿中将军。南齐永明十年(492),上表辞禄,出隐于句容之句曲山(今江苏句容市茅山)。乃于中山立馆,炼丹习道,自号华阳陶隐居。因感父亲为妾所害,遂终身不娶。

《梁书》本传说:"弘景为人,圆通谦谨,出处冥会,心如明镜,遇物便了,言无烦舛,有亦辄觉。"南朝齐建武年(494—498)中,有感于皇室中的明争暗斗,先后写成志怪小说《梦记》和《冥通记》,其中以《冥通记》记载较详。

弘景隐居山中,仍不忘世间荣利。早年与之有过交游的萧衍建梁称帝后,曾礼聘弘景出仕,虽不就,却"思礼逾笃,书问不绝,冠盖相望"。朝廷许多重大决策,事先都要先咨询于他,时人号为"山中宰相"。

南朝梁永元(499—501)初年以后,为摆脱世事干扰,弘景更筑楼三层,他住上层,弟子住中层,宾客只能至其下层,唯一家僮得侍其旁。这时期他集中精力,先后写成了《真诰》、《学苑》、《本草经集注》、《补阙肘后百一方》等道教和医学著作。又撰有逸事小说集《古今刀剑录》。此外,《隋书·经籍志》著录有文集三十卷,内集十五卷。原文已佚,明人辑有《陶隐居集》。其骈体散文《答谢中山书》,为南北朝时期之写景名作。南朝梁大同二年(536)卒,梁武帝萧衍诏赠中散大夫,谥曰贞白先生。

周氏冥通记 南朝梁志怪小说。陶弘景撰。一卷。又名《周子良冥通记》、《冥通记》。《隋书·经籍志》史部杂传类著录。《旧唐书》著录同。《崇文总目》子部小说类著录为三卷。《宋史·艺文志》小说类著录为十卷。《秘书省续编到四库阙书目》仙家类著录四卷。

本书记南朝梁代道人周子良感遇神仙事。卷一有"周玄人传"。周乃豫州汝南(今河南属)人,寓居丹阳(今江苏南京),从小从陶弘景学道,后归茅山,精勤求道。书中按年月叙述周子良与众仙神交流之事共一百三十三件,详略各异。在讲述对道教的神秘体验、修身炼养时,用辞华藻,反映了上层士大夫向往神仙、热心修道的心态,同时也宣扬了人间富贵不可留的隐居避世思想。书中铺述,除仙风道骨外,也偶涉史事。

本书版本以《道藏》本为最佳。清黄生《义府》下有释本书奥旨二十七条,可作读书之助。另有《秘册汇函》本、《唐宋丛书》本、《津逮秘书》本、《五朝小说》本等。

■**任昉**(460—508) 南朝梁文学家、小说作家。字彦升。乐安博昌(今山东寿光市)人。父任遥,曾任南齐中散大夫。昉幼而好学,早有知名,历仕宋、齐、梁三代。以文学的共同爱好,与谢朓、沈约、王融、萧琛、萧衍、陆倕、范云七人集于竟陵王萧子良门下,人称"竟陵八友"。入梁后,先后出任骠骑记室参军、黄门侍郎、吏部郎中,寻以本官掌著作。天监六年(507),出为宁朔将军、新安(今浙江淳安县西北)太守。天监七年因病卒于任,时年四十九岁。阖境痛惜,百姓共立祠堂于城南。梁武帝萧衍哭之甚恸,追赠太常卿,谥曰敬子。

昉性好交结,奖掖士友,得其延誉者,率多升擢,故衣冠贵游,莫不争与交好。为政以清省著称,不治生产,乃至居无室宅。然而在读书方面,却是坟籍无所不见,家虽贫穷,藏书却至万余卷,且率多异本,有些官府没有的版本,在他家里也能找到。

《梁书·任昉传》中称他"雅善属文,尤长载笔",在南朝梁国文坛与沈约齐名,有"沈诗任笔"之美誉。一生中著述甚多,《梁书》本传载有文章三十三卷、《杂传》二百四十七卷、《地记》二百五十二卷,均已散失。《隋书·经籍志》载有《任昉集》三十四卷。此外,不见于本传的还有《文章缘起》(一作《文章始》)一卷,论述诗、文、骚、赋各体的起源,具有较高的史料价值。还撰有志怪小说集《述异记》二卷,记述神话传说、古迹遗存、山川风物、奇花异草和珍禽怪兽等等。

述异记② 南朝梁志怪小说集。任昉撰(南朝祖冲之、清代东轩主人分别撰有同名作品)。二卷。《郡斋读书志》、《中兴馆阁书目》、《宋史·艺文志》、《文献通考·经籍考》均著录。

今本在流传中有所增损窜改,已不是原帙。其内容类晋张华《博物志》,属地理博物体志怪小说。作者博闻强记,家多异书,从中广采珍闻奇说,积累成此篇。作为小说,则显得材料琐碎,不成大观。书中所记,以草木鸟兽、物产珍异、山川古迹、园林楼台、殊方绝域、灾异变化等为主,同时又记古神话和传说。例如"精卫"本于《山海经》又有创造;"宫人草"、"相思木"、"懒妇鱼"都在动植物上附丽一个动人故事,寄寓着下层民众对艰辛生活的沉痛叹息;"王质"、"荀瓖"、"武陵源"涉山川楼台,但都记神仙之说;"封邵化虎"以郡守化虎食民,讽刺意味十足。另有盘古、蚩尤、神农、防风氏、鲧等神话传说,可补前人之说之不足。在记事中,考辨、议论并用,足显作者的文学修养和历史知识。

本书传世版本较多。主要有《随庵丛书》本、《稗海》本、《汉魏丛书》本、《广汉魏丛书》本、《四库全书》本、《龙威秘书》本、《百子全书》本和《说库》本等。

■**吴均**(469—520) 南朝梁文学家、史学家和小说作家。字叔庠。吴兴故鄣(今浙江安吉县西北)人。家世寒贱,具有俊才,尤善作文。当时文坛具有美誉的沈约,读过他的文章后,颇加赞赏。梁武帝天监(502—519)初期,常与吴兴(今浙江湖州市吴兴区南下菰城)太守的柳恽赋诗唱和。均的文体清拔有古气,不少时人跟着学习,谓为"吴均体"。建安王萧伟出任扬州(今安徽寿县)太守,引兼记室,掌管文翰。

吴均不堪只任一月"六参"的闲职,上表要求撰写《齐春秋》,并求借齐代的"起居注"及群臣"行状",以作写史的资料。梁武帝拒绝借用这些史料,均便私撰《齐春秋》。因梁武帝是从齐朝夺来的江山,恶其实录,便说记事不实,均因而被焚稿免官。后又被武帝召见,使撰《通史》,所记史事起自三皇,讫于齐代。到普通元年(520),均因病而卒,时写成"本纪"和"世家",唯"列传"未就。吴均的著述共有《后汉书注》九十卷、《齐春秋》三十卷、《庙记》十卷(此据《梁书》本传)。今存之文为明人辑的《吴朝请集》,有诗一百三十余首;还有志怪小说集《续齐谐记》一卷,多述神鬼怪异之事,是六朝小说中的重要作品之一。

续齐谐记 南朝梁志怪小说集。吴均撰。一卷。《隋书·经籍志》、新旧《唐书志》、《通志·艺文略》、《直斋书录解题》、《文献通考》、《宋史·艺文志》等均著录。《日本国见在书目录》和《崇文总目》著录为三卷。

本书现存一卷二十二篇故事,是南朝志怪小说中的佳作。《四库全书总目》曾誉其为"小说之表表者"。其中"赵文韶"和"王敬伯"二篇最具代表性:前者写赵文韶与清溪庙女神之恋,后者写王敬伯与女鬼刘妙容之恋;行文逶迤,文辞酣畅,格调缠绵婉曲,极富抒情性,并穿插有对奏乐和歌唱的描写,浓墨重彩,清词丽句,文中人物生动传神。其余故事大抵短小,但也都新异可观。其中"紫荆树"、"桓景"、"曲水"、"成武丁"、"屈原"、"邓绍"、"张成"等节令风俗故事,资料十分珍贵。本书的一些故事也见于他书,说明作者依傍前人的资料作了剪裁加工。

本书传世版本有《顾氏文房小说》本、《古今逸史》本、《广汉魏丛书》本、《五朝小说》本、《虞初志》本、《说郛》重编本、《秘书二十一种》本和《四库全书》本等。

■**殷芸**(471—529) 南朝梁小说作家。字灌蔬。陈郡长平(今河南西华县东北)人。生性倜傥,不拘小节;然不妄交友,门无杂客,勤奋好学,博览群书。早期仕于南朝齐,永明(483—493)中,被征为宜都王萧铿行参军。入梁后,在天监(502—519)年间先后为西中郎主簿,后军临川王萧宏的记室;迁通直散骑侍郎,兼中书通事舍人;后迁国子博士、昭明太子侍读,直东宫学士省。大通三年(529)病卒。

殷芸的主要著作,是奉梁武帝之命,博采故籍而编撰成书的志人逸事小说集《小说》三十卷,世称《殷芸小说》。此书传至隋代便已散失一部分,故《隋书·经籍志》及新旧《唐书志》均只载录十卷。宋代为避宋太祖之父赵弘殷之讳,改称《商芸小说》。至明则全部失传。今存于鲁迅《古小说钩沉》中有一百三十五则。今人周楞伽辑注有《殷芸小说》一百六十三条(上海古籍出版社1984年版)。

殷芸小说 南朝梁杂事小说集。殷芸撰。十卷。《隋书·经籍志》著录为三十卷。新旧《唐书》和《宋史》均著录为十卷。又称《小说》、《梁武小说》。宋代因避赵匡胤父弘殷讳,改称《商芸小说》。

本书中卷一记秦至宋的帝王事;卷二以后,以时间为序,记周代至南朝宋齐人物的轶闻和杂事。其故事来源,一为采集群书,一为正史所不取之荒诞不经的人物传说异闻。刘知幾《史通·杂说篇》云:"刘敬叔《异苑》称:晋武库失火,汉高祖斩蛇剑穿屋而飞。其言不经,梁武帝令殷芸编为小说。"姚振宗《隋书·经籍志考证》说:"此殆是梁武帝作通史时,凡不经之说为通史所不取者,皆令殷芸别集为小说,是小说因通史而作,犹通史之外乘。"如刘邦劝太子学习的五条手敕,不见于他书,仅见于殷芸的《小说》中。书中所记不限于历史上的知名人物,还注意到山川风物、名人遗迹,如孔明井、贾谊宅、郑玄墓、诸葛亮宅等。小说以志人为主,其故事多出自《世说新语》。但也有十多条志怪故事,与《幽明录》、《异苑》中相类,可见为志人与志怪小说的合流。小说语言简净古朴,故事都是粗陈梗概,而且引录多于创作,艺术性尤嫌不足。

本书明初佚。明清各丛书所收均为辑本。鲁迅《古小说钩沉》收佚文一百三十五则,余嘉锡《殷芸小说辨证》辑一百五十四条。1984年上海古籍出版社出版周楞伽辑注《殷芸小说》,共辑一百六十三条,全部作了校注,属最佳本。

■**顾协**(470—542) 字正礼。吴郡吴(今江苏苏州)人。起家扬州议曹从事史,兼太学博士。举秀才,迁安成王国左常侍,兼廷尉史,又为临川王掌书记、西丰侯正德侍读。南朝梁普通六年(525),正德受诏北讨,引协为录事参军,掌书记;还,召拜通直散骑常侍,兼中书通事舍人;后守鸿胪卿。大同八年(542)卒,谥温子。撰有《异姓苑》五卷、《琐语》十卷、文集十卷等。《梁书》、《南史》均有传。

琐语 南朝梁逸事小说集。顾协撰。原十卷。仅《隋书·经籍志》小说家类著录一卷。新旧《唐书》不载,可知已亡佚。刘知幾《史通·杂述篇》说:"国史之任,记事记言,视听不该,几有遗逸。于是好奇之士补其所亡,若和峤《汲冢纪年》、葛洪《西京杂记》、顾协《琐语》、谢绰《拾遗》,此之谓逸事者也。"本书想必内容广博,然今不存只字,无从稽考。

■**刘之遴**(477—548) 南朝梁文学家和小说作家。字思贞,小字僧伽。南阳涅阳(今河南镇平县)人。其父刘虬,曾任南齐国子博士,谥文范先生。之遴八岁能属文,十五岁举茂才对策。其才思之敏捷受到当时文坛"竟陵八友"中沈约、任昉的赞扬,并由任昉以"荆南异才"推荐给吏部尚书王瞻。之遴遂由宁朔主簿擢升为太学博士。后累迁中书侍郎、鸿胪卿,复兼中书舍人。出为征西鄱阳王萧恢长史、南郡(今湖北江陵)太守。南朝梁太清二年(548),之遴为避侯景之乱辞官还乡,未至,便被嫉贤妒能的湘东王萧绎秘密派人毒死于夏口(今湖北武汉市属)。

刘之遴一生,笃学明审,博览群籍,尤精于《左传》和《汉书》。曾受命同张缵、到溉、陆襄等人一同参校古今本《汉书》之异同,之遴从中提出了《异状十事》。他好古爱奇,在荆州曾聚得古器百余种;好属文,尤重古体,常和朋友一起讨论古代书籍。先后撰著有《春秋大意》十科、《左氏》十科、《三传同异》十科。有前后文集共五十卷(据《隋书·经籍志》著录,前集十一卷,后集二十一卷,与《梁书》本传说的五十卷不同)。另有志怪小说集《神录》五卷,已佚,今存于鲁迅《古小说钩沉》中有佚文三则。

神录 南朝志怪小说集。刘之遴撰。五卷。《隋书·经籍志》杂传类著录。新旧《唐书》著录时入小说家类。宋乐史《太平寰宇记》、欧阳忞《舆地纪胜》摘引本书时将编撰者误为"刘遴之"。宋时亡佚,后无辑本。鲁迅《古小说钩沉》辑录三条:一条写秦始皇时由拳县水灾,灾前城门有血,全城皆亡于水,唯一老妪免难;一条记圣英庙在晋陵既阳城。此两条见《太平寰宇记》。另一条记广陵一女子有道术,被人们捆绑后,忽然变形而去,后立庙祭祀,称东陵圣母。上三条记事均见《神异传》、《搜神记》、《列仙传》等书。可见该书语涉神怪,其题材亦多取自前人。

■**刘霁**(生卒年不详,约活动在南朝梁武帝天监年间) 字士烜,一作士湮。平原(今属山东)人。《南史》有传。家贫,励志勤学,博涉多通。天监年(502—519)中,起家奉朝请,稍迁宣惠晋安王府参军,兼限内记室,出补西昌相。入为尚书主客郎中。不到一年,又出为海盐令。母死,哀恸过甚,服未终而卒,年五十二岁。著有笔记小说《释俗语》八卷,另有文集十卷。

释俗语 南朝梁志怪小说集。刘霁撰。八卷。《隋书·经籍志》杂家类著录。新旧《唐书》入小说家类。本书早佚,未见遗文。

■**颜之推**(531—约591) 南朝梁与北齐文学家和小说作家。字介。琅邪临沂(今山东临沂市北)人。之推出身官僚家庭,家学世传《周官》、《左氏》,幼年时期便受到良好教育。十二岁时,值湘东王萧绎亲自讲授庄老哲学,他以预收门徒听课,学习努力,受到湘东王镇西将军府上下的称赞。未及弱冠,萧绎便任命他为所辖郡国的左常侍,加镇西墨曹参军。大宝元年(550),正值侯景之乱,萧绎发告檄文,声讨侯景,又派其世子方诸为郢州(今湖北武汉市之武昌)刺史,出镇夏口(同郢州),以之推掌管记。大宝二年(551)侯景率众西寇,进袭郢州,之推与萧方诸一起被俘,囚送京师。承圣元年(552),平定侯景叛乱,萧绎正式称帝于江陵(今属湖北),是为梁元帝。之推被任为散骑侍郎,奏舍人事。承圣三年(554),北朝西魏攻陷江陵,萧绎被杀。之推流入北朝,受到北齐大将军李显庆的器重,荐诸朝廷,任为奉朝请,引于内馆中,侍从皇帝左右;迁中书舍人。之推好饮酒,不修边幅,多任纵,因而一度受到皇帝冷落。北周攻拔北齐之晋阳(今山西太原西南古城营东汾水之东),任命之推为平原(今山东省聊城市东北)太守。北齐灭亡后进入北周。北周大象二年(580),之推出任御史上士。入隋,开皇(581—600)中,隋太子召为学士。寻以疾终。

颜之推一生,"聪颖机悟,博识有才辩,工尺牍,应对闲明"(见《北齐书》本传),经历南梁、北齐、北周和隋四朝,得以善终,堪称不易。据《北齐书》本传载,他的著述有文集三十卷、《家训》二十篇;又作志怪小说集《冤魂志》三卷、《集灵记》十卷。

集灵记 北齐志怪小说集。颜之推撰。二十卷。《隋书·经籍志》杂传类著录。新旧《唐书》著录为十卷,列入小说家。此书亡于宋。鲁迅《古小说钩沉》据《太平御览》辑得一条佚文,记琅邪人王谞死后数年,因见其妻生活困乏,现形与妻对话,并许诺:"我若得财,当以相寄。"一个月后,其妻果得金指环一双。故事宣扬灵魂不死,亦反映当时社会的迷信风尚。《说郛》重编本卷一百一十八辑《集灵记》佚文六则,未标撰人。是否为颜之推本书,尚待考证。

冤魂志 北齐志怪小说集。颜之推撰。三卷。又称《还冤志》、《还冤记》。《隋书·经籍志》杂传类著录。新旧《唐书》著录同,入小说家类。《崇文总目》著录为《还冤志》,《直斋书录解题》作《北齐还冤志》二卷。《宋史》及《太平广记》亦称《还冤志》。明何镗刻《汉魏丛书》则称《还冤记》。

书中内容全为佛家因果报应事。鲁迅在《中国小说史略》中说它"引经史以证报应,已开混合儒释之端"。颜之推崇儒信佛,本书当是梁武帝之后佛教弥昌的产物,可以说是一部辅教小说。书中不少故事是历史上现实生活的反映。如记齐襄公与妹文姜私通,文姜夫鲁桓公以此谴责文姜,文姜告诉其兄;齐襄公借机让彭生害死鲁桓公,又杀人灭口诛死彭生;彭生死后变成大豕,向齐襄公报复。又如吴王夫差妄杀公孙圣,投于余杭山下;后夫差兵败过余杭,念及此事,大呼公孙圣之名,三呼而三应;夫差大惧,遂死而不返。书中所写的其他人物,多是无辜而死的冤魂,死后又索命,不同程度地揭露了社会的黑暗。从故事结构上看,多数故事情节完整,叙次井然。《四库全书总目》称其"文辞亦颇古雅,殊异小说之冗滥"。

本书保留完整。明何镗《汉魏丛书》本为三卷足本,《四库全书》本据此而来。另有《唐宋丛书》本、陈继儒《宝颜堂秘笈》本、《说郛》本、《五朝小说》本、《五朝小说大观》本等,均非足本。

■**萧绎**(508—554) 南朝梁诗人、小说作家。字世诚,小字七符,自号金楼子。南兰陵中都里(今江苏镇江市)人。汉相国萧何之后,南朝梁武帝萧衍的第七子。七岁即被封为湘东郡王。此后随着年龄增长,不断加官晋爵。至太清元年(547),官至使持节,都督荆、雍(此乃东晋侨置雍州,今湖北襄樊市)、湘、司(今河南信阳市)、郢、宁、梁(今陕西汉中市东)、南(今安徽当涂县)、北秦(今甘肃秦安县东北)九州诸军事,镇西将军,荆州刺史,位高权重。

太清二年(548),南朝梁临贺王萧正德反叛,勾结南豫州(今安徽和县)牧侯景,引军渡采石,一举攻陷台城(今江苏南京市鸡鸣山南乾河沿北),梁武帝被困饿死于此。萧绎派王僧辩、陈霸先平侯景之乱,称帝于江陵,史称梁元帝。承圣三年(554),西魏军队攻破江陵,萧绎被俘杀。

萧绎自小盲一目,但聪悟俊朗,五岁能诵《曲礼》。既长好学,博综群书,下笔成章,出言为论,才辩敏速,冠绝一时。同裴子野、刘显、萧子云、张缵等当时才秀为布衣之交,著述辞章,多行于世。所著《孝德传》三十卷、《忠臣传》三十卷、《丹阳尹传》十卷。又《注汉书》一百一十五卷、《周易讲疏》十卷、《内典博要》一百卷、《连山》三十卷、《洞林》三卷、《玉韬》十卷、《补阙子》十卷、《老子讲疏》四卷,《全德志》、《怀旧志》、《荆南志》、《江州记》、《贡职图》、《古今同姓名录》各一卷,及《筮经》十二卷、《式赞》三卷、文集五十卷。此外,还有文学杂著《金楼子》十卷,内容主要为文学批评,评论晋宋以来的作家、阐述其文学观点。在今存辑本六卷中,卷五有"志怪篇",留下了志怪小说五十四则,如"木人"等。另有志怪小说集《研神记》十卷,已佚。

研神记 南朝梁志怪小说集。萧绎撰。一卷。《隋书·经籍志》杂传类著录为十卷。《日本国见在书目》著录一卷。萧绎《金楼子·著书篇》开列《研神记》一帙一卷,附注:"金楼自为序,付刘珏纂次。"据《南史·阮孝绪传》记,本书为萧绎即帝位前所作,经阮孝绪润色加工。书中记神怪灵异之事。

■**裴子野**(469—530) 南朝梁史学家、文学家、小说作家。字几原。河东闻喜(今属山西)人。曾祖父裴松之曾为南朝宋的太中大夫,著名史学家,撰有《三国志注》。祖父裴骃,曾任南中郎外兵参军。父裴昭明,曾任南朝齐通直散骑常侍。子野生而偏孤,为祖母所养,年九岁祖母亡,哀恸泣血,家人异之。少好学,善属文。成年后,与兄裴黎、弟裴楷和裴绰皆以文名,被称为"四裴"。初仕齐武陵王国左常侍,右军江夏王参军;丁父忧去职,之后任右军安成王参军,俄迁兼廷尉正。天监二年(503),吴平侯萧景为南兖州(今江苏扬州市)刺史,引为冠军府录事参军。寻除尚书比部郎,仁威记室参军。出为诸暨(今属浙江)令。在县不行鞭罚,民有争讼,一概以理说服,百姓称颂,全境安宁。

子野的曾祖父裴松之,曾在南朝宋元嘉(424—453)中期受诏续修何承天《宋史》,未竟而亡。子野常欲继成先业。至南齐永明(483—493)末,沈约所撰写的《宋书》已在社会上流行,子野便更删撰为《宋略》二十卷。其中叙事、评论大多写得特别好,沈约读后也叹服曰:"吾弗逮也。"由是梁武帝萧衍任命他为著作郎,掌国史及起居注;接着又让他兼中书通事舍人;寻除通直正员郎,著作、舍人如故;又敕掌中书诏诰;继而受诏撰成《方国使图》一卷,内容涉二十国。其间他还撰成文学批评的著述《雕虫论》,猛烈抨击时尚华丽词句的形式主义文学,矛头直指倡此风的权贵。

普通七年(526)，南朝梁出兵攻伐北魏。子野受诏撰写《喻魏文》，立成。武帝阅后说："其形虽弱，其文甚壮。"自是凡诸符檄，皆令草创。俄迁中书侍郎，余如故。大通元年(527)，转鸿胪卿，寻领步兵校尉。子野一生清廉，无宅，借官地二亩，盖得茅屋数间。中大通二年(530)病卒于官，年六十二岁。追赠散骑常侍，谥曰贞子。

裴子野的著述，还有《集注丧服》二卷、《续裴氏家传》二卷、《后汉事抄》四十余卷、《众僧传》二十卷、《百官九品》二卷、《附益谥法》一卷，及其他文集二十卷。其文集逐渐流散，到隋唐时期便只余十四卷，故在《隋书·经籍志》及新旧《唐书志》中均作十四卷。这些著述今已亡佚不传。据《新唐书·艺文志》丙部小说家类著录，子野还著有小说集《类林》三卷，也已失传。

类林 南朝梁杂传体小说集。裴子野撰。三卷。《新唐书·艺文志》小说家类著录。日本天平十九年(747)抄本《琱玉集》中有引文七条。其中有叙刘向辨石人为诰窾国臣；晋东郡太守荀伦弟荀儒，北上省亲过盟津，蹈冰坠河而死，荀伦求尸不得，乃写信给河伯，第二天，尸体抱信而出；邹衍事燕惠王，左右嫉妒，惠王欲诛之，衍仰天吁叹，盛夏五月，天为降霜。其余各条均记轶闻逸事。

■**杨衒之**(生卒年不详，约活动在北魏至北齐年间) 北魏到东魏时期的散文家和小说作家。杨姓，在诸多史料中有记"阳"者，有记"羊"者，也有把姓名写成"杨元之"者。此据《隋书·经籍志》和新旧《唐书志》定名，字号不详。北平(今河北满城县)人。约在北魏孝庄帝永安(528—529)年间，衒之初仕，为奉朝请，后迁抚军府司马。东魏时升任秘书监。其间他亲历了北魏后期几年的"永熙之乱"，目睹北魏都城洛阳战乱后的情状。之后又因公差，由邺都(东魏建都于邺，今河北临漳县)出来，重过旧都，见"城廓崩毁，宫室倾覆，寺观灰烬，庙塔丘墟"，一片荒凉，全失昔日之荣华，恐后世无闻，故撰写了《洛阳伽蓝记》五卷。武定八年(550)，东魏亡于北齐。衒之入北齐后，曾任期城郡(今河南泌阳县)太守。

据《册府元龟·国史篇》载："杨元之撰《洛阳伽蓝记》五卷，《庙记》一卷。"《梁书·吴均传》云吴均"著《庙记》十卷")考诸书所引《庙记》内容，所记皆为西京陵墓宫阙。吴均乃南朝人，不应稔此。《庙记》当为杨衒之所撰。

洛阳伽蓝记 北魏记事小说集。杨衒之撰。五卷(篇)。伽蓝，梵语"佛寺"的意思。本书于北朝东魏武定五年(547)写成(此据《中国历史大事年表》，辽宁人民出版社版)。全书分城内、城东、城南、城西、城北五卷，共记述寺庙七十多处，篇中寄托他对北魏王朝覆亡的哀悼之情，同时也对当时王公贵族耗财佞佛、伤害黎庶的行为进行了批评。所记京城洛阳城内外的佛寺兴隆景象及有关古迹、艺文等，寓有对当时豪门贵族、僧侣地主骄侈淫逸之风的讽刺。所引《宋云家记》，写宋云和僧惠生出使西行之事，为研究中外交通史提供了重要资料。本书文字简明清丽，记事约而不丰，在笔记记事小说中颇具特色。传世版本较多，以1958年上海古籍出版社出版的范文澜辑校本最具特色。

■**阳松玠** 亦称阳玠，字叔宝。生卒年不详。因所撰杂记体笔记小说集《谈薮》(亦题《八代谈薮》)，旧题"北齐阳松玠撰"，是以知他为北朝北齐人。祖籍北平无终(今天津市蓟县)，是阳休之的族人。《崇文总目》小说家类著录八卷；《宋史·艺文志》小说家类著录二卷。原书已佚，残本有《类说》本、《绀珠集》本等。《太平广记》中收有佚文八十五则。是书多记北齐前人物事迹，内容以志人为主，兼及志怪。

　　谈薮① 北齐志人小说集。阳松玠撰(宋代有同名作品，疑庞元英撰)。二卷。最早见于刘知幾《史通·杂述篇》："若刘义庆《世说》……阳松玠《谈薮》，此谓之琐言者也。"《崇文总目》小说类著录八卷。《太平御览》引用书目、《宋史·艺文志》著录二卷。《隋书·经籍志》小说类著录杨松玢《解颐》二卷，姚振宗考证是书即《谈薮》的异名。本书久已失传，《太平御览》、《太平广记》等书所引逸文，一部分为近似《世说新语》的志人小说，另一部分为笑话类，如"阳玠"条，记阳玠和杜子瞻互相嘲谑；又记阳玠与牛子充辩难；另有一些唐人作品，显然是后人羼入的。

　　明高儒《百川书志》卷八著录有《谈薮》一卷，三十四则，题宋阳玠撰。此本也未见流传，佚文散见于《太平广记》等书，多于三十四则，大多数为北朝人物逸事，为研究北朝文化提供了参考资料。本书无后人辑本。

■**阴颢** 生卒年不详。祖籍姑臧(今甘肃武威市)，家南平(今湖南蓝山县)。曾仕南朝梁，为尚书金部郎，后入周。曾撰有《琼林》二十卷。

　　琼林 北朝杂事小说集。北周阴颢撰。二十卷。《隋书·经籍志》小说家类著录七卷。《册府元龟》卷六百零七记："阴颢撰《琼林》二十卷。"此书入隋仅有七卷。今已只字不存，亦未见他书摘引，其内容无从稽考。

■**范邈** 生卒、生平均不详。据唐颜真卿《晋紫虚元君领上真司命南岳夫人魏夫人仙坛碑铭》中说，清虚真人王袤命中侯范邈为魏夫人立传；知邈为清虚道人王袤之弟子，该传即邈受命而作。

　　南岳魏夫人传 北朝神仙传记故事。旧传为范邈撰。一卷。《隋书·经籍志》杂传类著录。新旧《唐书》著录列或杂传或道家神仙类。据考，唐颜真卿《晋紫虚元君领上真司命南岳夫人魏夫人仙坛碑铭》，引文，前半部即出本传。传文出自晋代，后世屡经修订，前蜀杜光庭加以纂辑，故作者为谁，向有分歧。本篇叙晋司徒魏舒之女华存，志慕神仙，清虚真人王袤授以仙经，后得道成仙，命为紫虚元君领上真司命南岳夫人，又传弟子杨羲、许穆等。事本荒唐，但叙述委婉，情节细密，恍如实有。明以后多收入小说丛书，流传甚广。

■**宗懔**(约500—约563) 南朝梁文学家。字元懔。祖籍南阳涅阳(今河南邓州市东北)，世居江陵(今湖北荆州市属)。少时勤奋读书，言谈常援引古事，乡里称之为"小儿学士"。普通六年(525)举为秀才。在南朝梁历官县令、尚书侍郎，封信安县侯，累迁至吏部尚书。北朝西魏攻破江陵(南朝梁湘东王萧绎称帝于江陵时(552),宗懔是萧绎王朝的吏部尚书。两年后西魏陷江陵,杀萧绎)后,懔转投北朝西魏都城长安(今陕西西安市)。公元557年西魏为北周所取代,北周孝闵帝宇文觉任命懔为车骑大将军,仪同三司。据《周书》本传,宗懔撰有文集二十卷,已佚;另有笔记小说集《荆楚岁时记》一卷,《文献通考·经籍考》著录作四卷,原本已佚。今有《说郛》本、《五朝小说》本等。

荆楚岁时记 南朝杂传笔记。南朝梁宗懔撰。一卷。《隋书·经籍志》史部杂传类著录。本书记载荆楚一带岁时节令的风物故事,自元旦至除夕,凡二十余条。每条中又记若干事,对节令的来源、节日的各种活动、风俗时尚都作了较详细的记载。对一些重要节日和纪念活动,都考其来源和发展,如记元月望日之拔河,源于楚吴战争时用以训练士兵的"牵钩"之戏,后来作为一种庆典的体育活动流传后世等。在记载岁时节令的同时,录存了一些古代的神话和传说,对以后的小说创作有一定影响。原书有注,传为隋杜公瞻作。本书传世版本较多,社会上随处可见。

■**释慧皎**(497—554) 南朝梁高僧、佛教史学家、小说作家。亦称慧皎。会稽上虞(今属浙江)人。俗家姓名失载。何时出家为僧也无资料可查。仅从现有史料知道他早期在会稽(今浙江绍兴市)嘉祥寺,是一位学问渊博、兼通佛学与儒道百家之学的高僧,在佛学中尤擅经律。唐代高僧对其评价是"学通内外,博训经律"。在嘉祥寺期间,他春夏两季弘传佛法,秋冬两季专心著述。著有《涅槃经义疏》和《梵纲经疏》,流行于当时,今已失传。

由于慧皎对宝唱撰写的《名僧传》不满意,尤其不同意其对入传僧人的取舍原则,即只收录知名度高、享有各种世俗荣誉的僧人,那些超尘出俗的高行僧人反被排斥在"名僧"之外,因此决定重新撰写一本搜罗宏富、涵盖面广的《高僧传》。他在解释《高僧传》与《名僧传》之别时说:"名者本实之宾也。若实引潜光,则高而不名,寡德适时,则名而不高。名而不高,本非所纪,高而不名,则备今录。"为能查阅到更多的资料,他自称"尝以暇日,遇览郡作,辄搜检杂录数十余家及晋宋齐梁春秋书史,秦赵燕凉荒朝伪历,地理杂篇,孤文片记,并博咨故老,广访先达,校其有无,取其同异"。终于南朝梁天监十八年(519)完成《高僧传》三十卷,记述了从东汉明帝永平十年(67)到南朝梁天监十八年(519)共四百五十三年间的二百五十七位高僧,另附见者二百三十九人。

高僧传 佛教传记小说集。南朝梁僧人慧皎撰。十三卷。为东汉永平(58—75)年间至南朝梁天监(502—519)年间著名僧人的传记,又称《梁高僧传》。本书以僧人的活动为主要内容,将所记二百五十七名僧人分为"译经、义解、神异、习禅、明律、忘身、诵经、兴福、经师、唱导"等十类,并一一进行描述。全书展示了佛教传入中国后的兴衰状况。首先,它记载了佛教传入中国及佛经翻译文学的情况,其中后秦僧鸠摩罗什对翻译文字的要求是后人常提到的。其次,记载了许多文人和佛教僧侣的交往以及他们受佛教影响的情况,如支遁和孙绰、许询、王羲之等人的来往,及慧远与谢灵运等人的关系。再次,它记述了一些僧侣的事迹,文中涉及他们不少的文学活动,如竺道壹传中记载了帛道猷赠他的诗,诗句清警流丽;在"经师"部分,记载了佛教徒的诵经声调问题,与"四声说"的兴起有密切关系;"唱导"部分,在总论中叙述了南朝佛教徒利用讲唱方式宣扬教义的情况,对研究俗文学具有很高的资料价值。另外,书中还记载有不少志怪小说及宗教传说故事,丰富了我国的文学宝库。全书记事简约、明晰,文学色彩较浓。特别是在描述僧侣的行迹时,常穿插进一些传说故事,富联想和幻想色彩,不仅有较强的艺术效果,也给人以扑朔迷离,如履山阴道途之美感享受。

本书不仅对研究汉魏六朝文学有多方面的作用,对后世的文学创作也影响颇巨。所记佛教的传说故事常被文学艺术作品引用或延伸敷演。本书有不少续书,主要有唐道宣撰的《续高僧传》三十卷,宋赞宁等撰的《宋高僧传》三十卷,明如惺撰的《大明高僧传》八卷等,与本书合称"四朝高僧传"。本书通行的版本很多,最优者为《海山仙馆丛书》本,中华书局排印有单行本。

■ **句道兴**　南朝宋、齐间人。笔记小说作家。生卒、籍里、生平均不详。曾撰有志怪小说集《搜神记》一书(又作《敦煌写本搜神记》)。原书不存。今仅见出自敦煌石窟的残本《孝行第一》一卷三十五则,也不见史志、书目著录。

敦煌写本搜神记　又名《搜神记》。志怪笔记小说集。残存《孝行第一》一卷三十五则。句道兴撰。作者情况及成书年代均无从考知。史书艺文志、经籍志及唐以后的丛书、类书均未著录。

本书与东晋干宝《搜神记》同名。从现存的内容分析,二书有些条目相同,但文字详略有异,如"王道凭"、"王子珍"条等。不少条目为干宝《搜神记》现存本所无,如"吴王孙权"、"田昆仑"、"丁兰"等。因现存世流行的干宝本《搜神记》已非原作三十卷本,而为后人缀集增益而成的二十卷本,所以近代不少学者研究认为"句本"系由"干宝本"译出之"俗文小说";或以为"句本"为"干宝本"之"续书",二本之不同条目或疑为"干宝本"之佚文;有的学者还认为"句本"是"干宝本"的"节选"等。何者为是,尚待继续研究。

敦煌藏经洞从十九世纪末发现以来,陆续探出大批的唐人写经、讲经、俗讲等作品,也有不少故事、笔记小说、画像等,堪称中华民族之文化瑰宝。但由于屡遭盗发、窃取,这些珍贵文物大量流到海外。本书版本现存英国伦敦博物馆,编号为"斯六〇二二",共有故事六篇;现藏法国巴黎国家图书馆,编号为"伯五五四五",共有故事十篇;现本一卷三十五则故事,本为日本中村不折所藏之版本影印,1984年由人民文学出版社编入《敦煌变文集》中出版印行。

本书现本仅存《孝行第一》一卷,难以分析作者的创作主旨及与"干宝本"的内在联系。就现存的三十五则故事分析,多为歌颂孝道、提倡孝行、鞭挞不孝行为的作品。每则故事长短不一,最短者如"昔有楚王共群臣坐食"条只有三十七字;最长者如"田昆仑"、"王子珍"条都在千字以上。全书虽标为"孝行第一",但从第二十八条"昔有楚王夫人郑袖"后,即为杂记,有争宠的、颂友谊、记奇疾的、报恩的等等,与孝行无甚关碍。书中多数故事篇后注有所录文字的出处,如"事出《织终传》"、"事出《史记》"、"事出《异物志》"、"事出《地理志》"、"事出《妖言传》"、"事出《博物志》"、"事出《南妖异记》"、"事出《幽明录》"、"昔刘向《孝子图》曰"等，以示征信。从引用书目上看，早于《搜神记》者居多，但也有晚于《搜神记》的，如《幽明录》为南朝宋刘义庆的笔记小说集，要晚《搜神记》近百年。可见句道兴的《搜神记》，并不一定是干宝《搜神记》的抄录本，也不一定是"节选本"，疑似一种新创作本。

从行文上看，"句本"和"干宝本"虽然都是文言小说体，但后者简洁、凝炼、容量大，有尺幅千里之妙；前者文字冗长、叙事周密、竭尽铺排，似近白话，疑为民间文学之范本。如"王子珍"条，干宝本一千四百七十二字，而句本有一千七百一十五字，多出三百余字；"刘仪狄"条，干宝本开首云："狄希中山人也，能造千日酒，饮之，亦千日醉。时有州人姓玄名石，好饮酒，欲饮于希家，朔日往求之。"仅三十八字。而句本叙曰："昔有刘仪狄者，中山人也。甚能善造千日之酒，饮者醉亦千日。时青州刘玄石善能饮酒，故来就狄饮千日之酒。"共四十三字，仅此开头叙述就多出五字。

本书选材面广，文笔清新，朗朗上口，便于传诵；叙事脉络清晰，因果互应。除记孝子诸条颇具特色外，描写婚姻爱情、人鬼恋情的也清新可观。"楚王夫人郑袖"条，虽只有百字，却将郑袖的妒忌与阴险活脱而出，跃然纸上。

本书现本见人民文学出版社1984年版之《敦煌变文集》下集，第865至900页，由王庆菽校录。

【佚名】

外国图 西晋志怪小说集。作者不详。未见史志书目著录。清人陈运溶从《水经注》、《齐民要术》、《北堂书抄》、《艺文类聚》、《法苑珠林》、《太平御览》、《路史》等书中辑录成《古海国遗书抄》，收入其《麓山精舍丛书》第二集。

本书是模拟西汉《括地图》的笔记小说集，材料也多取于《括地图》。所载主要是我国四周边陲异域远国中的各种扑朔迷离的幻怪故事，反映了当时人们的地理观念和地理知识，其中保留了一些珍贵的神话资料。如"无首民"中记："无首民乃与帝争神，帝斩其首，敕之此野。以乳为目，脐为口。去玉门三万里。"这是《山海经》中刑天神话的演化。又如"蒙双民"："高阳氏有同产而为夫妇者，帝怒放之，于是相抱而死。有神鸟以不死竹覆之。七年，男女皆活。同颈异头，共身四足，是为蒙双民。"这则原始神话，反映了原始社会的血缘群婚制度，又吸收了道教长生不死的说法。这个故事曾被张华收入《博物志》卷二，干宝增删后收入《搜神记》卷十四，本书的影响可见一斑。

续异苑 南朝志怪小说集。作者不详。《隋书·经籍志》杂传著录为十卷。新旧《唐书》无目。估计唐开元前散佚。刘宋时刘敬叔作《异苑》十卷，本书是其续书，卷帙亦同，当出于刘宋以后。本书今佚文不存。

妖异记 北朝志怪小说集。撰人不详。卷帙不明。未见诸书著录。唯知《太平广记》卷四百七十四"卢汾"条引《穷神秘苑》转引本书，所记为卢汾梦入蚁穴的所见所闻。卢汾事在北魏孝庄帝永安二年(529)，可推知作者为北朝时人。另《穷神秘苑》是唐人所撰。由此可知，本书在唐时犹有传本，今已亡佚。

鬼神列传 古志怪小说集。一卷。旧题谢氏撰。《隋书·经籍志》杂传类著录。《旧唐书·经籍志》著录三卷，《新唐书·艺文志》列入小说家类，作二卷。谢氏的年代、名号无从稽考。原书已佚。鲁迅《古小说钩沉》从《太平御览》卷三百五十九中辑出佚文一条，写陈超被鬼追逐事，颇有趣味。《宋书·符瑞志》载："文帝元嘉二十三年五月甲寅，东宫队白从陈超获黑獐于肥如县。"据此可推知此书似为南朝宋时人的作品。

续异记 南朝志怪小说集。撰人不详。卷帙不明。未见史志书目著录。仅从《初学记》、《白氏六帖》、《太平广记》、《太平御览》、《事类赋注》诸书引文中，推知作者为南朝梁、陈间人。鲁迅从上述书中辑得佚文十一条，皆精灵物怪故事。其中言人魅恋爱的"徐邈"、"朱法公"等条写得较好。前者写蚱蜢化青衣女追徐邈，寄梦托情，颇有情致；后者写龟精化人向朱法公求爱，被朱识破，其构思比较奇特。

祥异记 南北朝志怪小说集。撰人不详。卷帙不明。史志不见著录。此书早佚。鲁迅据《太平广记》、《法苑珠林》辑佚文二条。其中"元雅宗"是戒杀生事；"释慧进"是言发愿向佛，终得善终事。从辑得佚文分析，此书为弘扬佛法之作。另外，《说郛》重编本卷一百一十八所录虽标明出自《祥异记》，但均见《搜神记》诸书，不可为据。

神怪录 南北朝志怪小说集。撰人不详。卷帙不明。未见史志著录。早佚。鲁迅《古小说钩沉》辑佚文二条。一见《北堂书抄》，言会稽吴祥夜遇女子，互赠信物事。另一条见李翰《蒙求》等书，言益州太守王果三峡遇悬棺事；《隋唐嘉话》中亦记有此事。

杂鬼神志怪 这是一部杂取隋唐以前志怪书佚文的汇编书。我国六朝志怪小说亡佚严重，不少书籍已湮没无文，但在其他类书中有片言只语或全条摘引。鲁迅在钩沉古小说时，将一些无所归属的条文归辑到一处，以本名称之。如"周尹氏"、"田乃已"等，既见《录异传》，又见《鬼神志怪录》、《鬼神玄怪录》；"昆明池"既见《杂鬼志怪》，又见《搜神记》、《曹氏志怪》、《幽明录》等。鲁迅钩沉二十余则，收入《古小说钩沉》。

隋唐五代笔记小说

一、概　　述

隋唐五代,始于公元581年隋建国;隋二世而亡后,经历了唐王朝及此后的五代十国纷争时期;终于公元960年宋灭周,凡三百七十多年。

隋代文帝后,炀帝荒淫暴虐,激起十八路反王、六十四路烟尘的起义风暴。李渊父子乘势而起,建立了唐王朝。唐代经济文化发展繁荣,诗文创作达到巅峰。就笔记小说而言,短暂的隋王朝,只能说是南北朝小说向唐人小说的过渡阶段,并未形成特色;五代小说则是唐小说的延续时期;小说创作的真正繁荣期在唐代。这一时期的小说史的突出特点是,文言小说发生分化,出现传奇体,笔记小说创作由此进入第二个高峰期。

唐代的笔记小说创作,历来为后世文人所重。宋洪迈、明桃源居士将之与律诗并列,称为"一代之奇"、"绝代之奇"。唐代小说在数量上较以前增多,今人李剑国的《唐五代志怪传奇叙录》著录了二百二十五种(含单篇);如果加上部分志人小说,总量在300种以上。唐代笔记小说艺术水平也大大提高,逐渐摆脱了对子、史部类的依附,出现了传奇体,进入文人自觉的文学创作阶段,推动了后世中长篇小说、话本、拟话本小说的创作与繁荣。

唐代笔记小说在漫长的创作实践中,受社会经济、政治、文化诸方面的影响,在体裁上出现了两种形式:笔记体和传奇体。两者相比较,笔记体为古体,为最早产生的中国古典小说的基本形式;传奇体则为新体文言小说。鲁迅在《中国小说史略》中说:"小说亦如诗,至唐代而一变,虽尚不离于搜奇记逸,然叙述宛转,文辞华艳,与六朝之粗陈梗概者较,演进之迹甚明,而尤显者乃在是时则始有意为小说。"作为传奇,它改变了原笔记体的古朴风习,而着重于"著文章之美",故变采记为描写,重辞采,讲谋篇,篇幅加大,追求语言优美、情节曲折和结构完整。它不仅突破前期写实的羁绊,改变艺术加工基本处于不自觉的状态,而且立意奇诡,大胆想象虚构,表现为作家多方面的主观创造意识的加强。他们更加注重人物形象的完整、丰满、生动,注重表现人物的情感世界,其作品也更鲜明地体现作家的感情色彩与审美理想。因此,传奇体的出现,不仅是对笔记小说的继承与发展,也标志着笔记小说走向成熟,在题材内容方面也更加丰富广泛。就作者创作而言,也是笔记小说和传奇两种题材并行,不少笔记小说名篇的作者,也是传奇体的作者;而有些传奇也是粗陈梗概,未脱笔记小说的窠臼,显露出这两种文体演变分化的痕迹。所以,研究唐代笔记小说必须与研究唐传奇同时进行,这也是我们介绍隋唐五代笔记小说时,不得不提及传奇的一个重要原因。

唐代笔记小说的基本特征是:(1)部分作家的小说观,仍停留在唐以前的水平,没有多少变化,不少刚摆脱史传依附的小说又向史传靠拢,"因见闻而备故实","以备史官之阙"。如李德裕《次柳氏旧闻》、李肇《国史补》、韩愈《毛颖传》等。(2)审美情趣不同。传奇尽管较笔记更富文采,委婉细腻,但仍有作者热衷于笔记体的简洁隽永,认为这可给读者留有联想的余地,可取作谈资,故仍乐于以旧有的方式采记写作。(3)隋唐五代道教的神仙方术、佛教的轮回思想,仍刺激着作家的想象力,推动志怪小说的发展。这表现在笔记小说和大量的传奇作品中,如李公佐的《古岳渎经》,沈既济的《任氏传》、《李娃传》,韦绚的《嘉话录》等。

在创作特点上,隋至初唐时期,志人小说较少,仅有侯白的《启颜录》、张鷟的《朝野佥载》、刘悚的《隋唐嘉话》、崔令钦的《教坊纪》等;志怪小说较多,如萧瑀的《般若经灵验》、唐临的《冥报记》、赵自勤的《定命录》、牛肃的《纪闻》等。中唐时期,传奇小说达到高潮,单篇与合集的作品大批出现,笔记小说的创作也较前活跃,如李德裕的《次柳氏旧闻》、郑处诲的《明皇杂录》、李肇的《国史补》、范摅的《云溪友议》(以上志人)、段成式的《酉阳杂俎》、张读的《宣室志》(以上志怪)等。唐末五代时期,传奇小说创作开始走下坡路,而笔记小说势头不减:一是在晚唐五代朝政日非的情况下,一些作者借追怀盛唐遗事,曲折表现对现实的情绪;一是专一题材的作品增多,如王定保的《唐摭言》、孟棨的《本事诗》、孙棨的《北里志》等;志怪小说的优秀作品,则以皇甫枚的《三水小牍》为代表。

隋唐五代与前期笔记小说的不同特点是:(1)题材内容的扩大。表现在志怪方面,虽有不少作品仍是撷拾旧闻,但更多的是在寻求新意,讲述新鲜故事。许多作品借助鬼神故事宣扬功名富贵、福祸寿夭、婚姻子女等。这种宿命论的思想在唐以前小说中表现得并不突出,从中反映了唐人对功名富贵的渴望,这与科举制度的推行有关。在志人小说方面,魏晋时期的清谈已失去土壤,唐代大一统的局面和经济的繁荣,增强了文人对社会政治的关心。在这种情况下,笔记小说的政治主题与朝野轶事题材大量增加。(2)体裁形式更加多样化。唐前的笔记小说在体裁上已经完备:志怪中有以《搜神记》为代表的杂记类,以《拾遗记》为代表的杂史类和以《博物志》为代表的博物类;志人小说中,有《西京杂记》式的逸事类,《世说新语》式的琐言类和《笑林》式的俳谐类。至唐代,这些笔记小说类型都得到继承和发展,并呈现多样化的倾向。先前的志怪和志人小说,已经出现相互融合的现象,如《拾遗记》中有志人成分,殷芸《小说》中亦有怪异不经之谈;唐五代小说中杂有传奇,传奇小说集中间有笔记,如《酉阳杂俎》既有"诺皋记"、"支诺皋"等志怪,又有"志中"、"诡习"等志人。(3)艺术水平有所提高。主要体现在传奇与笔记体互相影响,不少笔记小说借鉴了传奇的写法,也有意识地进行虚构。唐代诗歌繁荣和古文运动的开展,对笔记小说艺术水平的提高起着良好作用,不少小说中夹杂着诗歌,为小说增加了文采。

隋唐五代笔记小说中较为著名的有：

志怪类：《冥报记》、《定命录》及其续书、《灵怪集》、《纪闻》、《广异记》、《酉阳杂俎》、《辨疑志》、《龙城录》、《稽神录》、《集异记》、《逸史》、《宣室志》、《三水小牍》、《独异记》等，不仅思想丰富，艺术特色亦较佳。

志人类：《启颜录》、《笑苑》、《笑林》、《谐噱录》、《朝野佥载》、《隋唐嘉话》、《大唐新语》、《谭宾录》、《国史补》、《唐阙史》、《因话录》、《北梦琐言》、《玉溪编事》、《耳目记》、《中朝故事》、《开天传信记》、《次柳氏旧闻》、《明皇杂录》、《开元天宝遗事》、《唐摭言》、《幽闲鼓吹》、《本事诗》、《云溪友议》、《教坊纪》、《北里志》等等。

隋唐五代笔记小说受传奇的刺激和影响，出现了尚奇、尚虚、尚韵等特点，不仅为本时期的笔记小说作品生色，也影响了两宋辽金笔记小说的文学创作。

二、作家和作品

■**侯白** 隋代小说作家。生卒年不详。字君素。魏郡（治所在今河南安阳市）人。侯白在《北史》和《隋书》中没有单独的传记，只在别人传记附载，此处籍贯从《隋书·陆爽传》附载。因陆爽是魏郡临漳人，《陆爽传》中称侯白为"同郡"人，并未说同县，有的书说他是临漳人，未必允当。侯白读书广博，才思敏捷，性滑稽，尤辩俊。郡举秀才，出仕为儒林郎。为人旷达，不拘小节，不恃威仪，好为诽谐杂说，人皆喜爱之，所到之处，围观听其说笑者众。时任隋朝大将军、上柱国、尚书左仆射，被封为越国公的杨素，就常以狎昵的态度亲近他。有一次杨素与另一大臣牛弘（时任礼部尚书、太常卿，被封为奇章郡公）一起退朝，侯白见了对杨素说："日之夕矣。"杨素大笑曰："以我（们）为牛羊下来邪？"后被隋文帝杨坚召见，令他到秘书省参修国史。后来吏部曾几次要迁升他的官职，均被隋文帝以"侯白不胜官"而止。后按五品官员给付薪资，月余而死，时人咸伤其薄命。

据《隋书》陆爽传附载，侯白撰著有笔记小说集《旌异记》十五卷。据《中国历代笔记小说鉴赏辞典》（中州古籍出版社1999年版）载，侯白还撰有记载历代旧闻的滑稽故事和自身滑稽言行的笔记小说集《启颜录》十卷。

旌异记 隋代志怪小说集。侯白撰。十五卷。《隋书·经籍志》杂传类著录。《新唐书》列入小说家类。《法苑珠林》传记部作二十卷。《说郛》重编本所收佚文，多记赵宋时事，显系伪托。本书已佚。鲁迅《古小说钩沉》有辑本，其内容多为弘扬佛法，宣传因果报应的故事。《酉阳杂俎》前集卷十三引该书佚文，写一盗发白茅棺，棺内大吼如雷，窟内火起，盗被烧死。此条鲁迅未辑到。侯白诙谐幽默，曾有《启颜录》传世，书中多为嘲笑僧侣、侮谩佛教的故事。同样出于侯白手笔，本书却为弘扬佛教之作品。两书大相径庭，个中原因尚待研究。

启颜录 隋代笑话集。侯白撰。十卷。新旧《唐书》小说家类著录。至宋已无全本。《直斋书录解题》著录六卷,并说:"不知作者。杂记诙谐调笑事。唐志有侯白《启颜录》十卷,未必是本书,然亦多有侯白语,但讹谬极多。"《宋史·艺文志》小说家类著录六卷,列在《皮氏见闻录》之后,使后人疑为皮光业之作。原书已佚。《太平广记》引佚文约八十条,可见全书之原貌。《绀珠集》收一条,《类说》收十七条,均为节要。《续百川学海》、《广滑稽》及《说郛》重编本等所收,均出于《太平广记》。

本书中所收的笑话,不少承袭前人的著作,如"王戎妻"、"杨修"见于《世说新语》;"徐之才"见《谈薮》等。书中有不少戏弄佛法、嘲笑僧侣的笑话。如"僧徒偷蜜吃"、"赵姓小儿难倒三藏法师"、"石动筩难倒高僧"等。该书语言精练,诙谐幽默,不少笑话至今流传不衰。王利器的《历代笑话集》中收入多条。1990年,上海古籍出版社出版了曹林娣、李泉的辑注本,是今天最为完备的版本。

■**颜师古**(581—645) 唐代著名文学家、小说作家。字籀(《旧唐书》本传则云"颜籀,字师古")。雍州(治所在长安,即今陕西西安市)万年(今西安市)人。北朝齐黄门侍郎颜之推是其祖父。原籍本为琅邪临沂(今山东临沂县),因颜之推历仕北朝周、齐,齐灭,始居关中。其父颜思鲁,唐高祖李渊武德(618—626)初时为秦王府记室参军。师古从小受到良好的家学教育,读书广博,对于文字训诂有独到的研究,又善为文章,早有文学名声。隋仁寿(601—604)中,经尚书左丞李纲推荐,赴任安养县(今湖北襄樊市北)尉。时任尚书左仆射、被封为越国公的杨素,见师古年轻,面黄肌瘦,因谓曰:"安养剧县,何以克当?"师古曰:"割鸡焉用牛刀。"杨素奇其对。到任以后,果以干理见闻。当时师古的上司——襄州(今湖北襄樊市)总管薛道衡非常欣赏他的才干,每作文章,概请师古指摘疵短,甚为亲昵友善。不久坐事免官,回归长安,十年未得调用,因为家贫,只好以教书为业。

隋大业十三年(617),太原留守李渊起兵反隋。当李渊人马攻到陕西大荔县朝邑镇时,师古从长安而至,在长春宫谒见李渊。李渊授以朝散大夫的官职。他随同李渊攻下了京城长安,官职迁拜敦煌公府文学,转起居舍人,再迁中书舍人,专掌机要。当时军国多务,凡有制诰,皆出其手。师古又达于理政,册奏之工,无人能及。李世民即位后,擢拜中书侍郎,封琅邪县男。中间一度坐事免官。后来唐太宗又令师古去秘书省考定五经。师古多所厘正,而所有厘正之处,又为诸儒所叹服。于是兼通直郎、散骑常侍,颁其所定之书于天下,令学者习焉。贞观七年(633),拜秘书少监。奉诏与博士等撰定五礼,贞观十一年《礼》成,进封为子爵。俄又奉原太子李承乾之命,撰成《汉书注》。同年还撰定《封禅仪注书》。师古又于这一年迁官秘书监、弘文馆学士。贞观十九年(645),跟从唐太宗李世民东巡,病卒于途中。

除了上述著作之外,师古还有《急就章注》、《匡谬正俗》八卷、文集六十卷。另有小说集《大业拾遗记》(又名《隋遗录》)二卷。今人研究,此小说集为后人之伪托。

南部烟花录 唐代传奇小说。旧题颜师古撰。二卷。又名《大业拾遗记》、《隋遗录》。《五朝小说》、《唐人说荟》本署名为冯贽撰。后经学者考证，认为是一本"重编伪托"的书，其中有不少条讲唐代的事。

该书上卷叙大业十二年(616)隋炀帝游幸江南，前驱百万之众，命麻叔谋开凿运河，自汴河至扬州；途中何妥进御女车，所乘龙舟锦帆彩缆，穷极奢靡；炀帝游吴公宅鸡台，恍惚与陈后主相遇，炀帝请张丽华舞《玉树后庭花》，陈后主作诗嘲炀帝；李商隐以后作《隋宫》诗以讽之，诗中有"地下若逢陈后主，岂宜重问《后庭花》"句。下卷叙炀帝色荒愈炽，于扬州建迷楼，选稚女居之；最后杳娘与之拆字游戏，隐现出隋灭唐兴的征兆。

故事采史传与传说杂编而成，结构显得琐碎松散，缀合痕迹较浓。细节描写真切，已脱史家文笔，特别是以历史人物事件为素材，又发挥想象，给人以虚实相生之妙。篇中人物对话，写得生动活泼，突出了人物的性格特征。正如鲁迅在《中国小说史略》中说的那样："文笔明丽，情致亦时有绰约可观览者。"

现存版本有《百川学海》本、《说郛》本、《五朝小说》本等。《太平广记》、《太平御览》中均有摘引，《类说》卷六节录十二条。

■**杜宝**(生卒年不详，约活动在唐太宗贞观年间) 籍里不详。在贞观年间(627—649)曾任著作郎，参与修《隋书》，得以利用修书余下的资料，撰成笔记小说集《大业杂记》十卷，又称《大业拾遗》、《大业杂志》。今本仅存一卷。故事原记始于隋文帝仁寿四年(604)炀帝嗣位，终于王世充开明三年(619)降唐。今仅存有隋炀帝大业元年至十二年间(605—616)记事，除大兴土木和游幸江都(今江苏扬州市)等事之外，还夹有一些怪异传闻。今传留有《五朝小说大观》本、《粤雅堂丛书》本、巴蜀书社1993年版的《中国野史集成》影印本等。另有地理博物笔记小说《水饰》一卷。

水饰 隋地理博物小说集。杜宝撰。一卷。《隋书·经籍志》小说家类著录，不题撰人。又该志在地理类著录《水饰图》二十卷，亦不题撰人。《太平广记》引《大业拾遗》说："炀帝别敕学士杜宝修《水饰图经》十五卷，新成，以三月上巳日，会群臣于曲水，以观水饰。"颇疑《水饰图》、《水饰图经》为一书，既说事，又图形，卷帙浩繁，而《水饰》为书中的文字说明部分。

本书有清马国翰《玉函山房辑佚书》本和鲁迅《古小说钩沉》本，所辑均见《太平广记》卷二百二十六引文。其内容可分为两大块。一是列水饰的名目，如"神龟负八卦出河进于伏羲"、"尧与舜游河值五老人"、"禹过江黄龙负舟"、"穆天子奏钧天乐于玄池"、"秦始皇入海见海神"、"武帝泛楼船于汾河"、"许由洗耳"、"屈原沉汨罗水"、"周处斩蛟"等总计七十二势。另一类是说明水饰的制作方法与游戏规则，如说七十二势均刻木为之，木制人物、禽兽、鱼鸟、山石、宫殿等，装在船上随水而行。因为安装有机巧，都能运动自如。相间而行的还有伎船和酒船，伎船上有木人奏乐和演百戏，酒船上有木人为宾客行酒。记载的末尾还说水饰的构思出自黄衮，杜宝奉敕绘图并监制。所以马国翰说："《水饰》创自黄衮《图经》，修于杜宝，彰彰可据。今二书并佚，即就采撷以存一家，亦《开河》、《迷楼》之类也。"

■**王度** 生卒年不详。正史无传,字号不详。根据野史,可知他是唐代小说作家,绛州龙门(今山西河津市东南)人。有传奇小说《古镜记》留存。原文见《太平广记》。《唐宋传奇集》和《唐人小说》也收载有此篇。

有关王度的生卒年和生平事迹,各家说法不一。谭正璧编著的《中国文学家大辞典·王度传》(光明书局1934年版)载:"王度(? —公元644年不久),王度(《旧唐书》作王凝),字不详,绛州龙门人,王通之弟,生年不详,卒于唐太宗贞观十八年以前不久。隋大业中为御史,复兼著作郎,奉诏撰国史。出为芮城令,持节河北道,余事迹不甚详。王度的著作,以传奇文《古镜记》为最著。原文今见《太平广记》,注云:出《异闻集》。"此传中提到王度是"王通之弟"。王通(584—618)乃隋朝大教育家,初唐时期的薛收、房玄龄、李靖、魏征等人,皆出其门下。在《旧唐书·王勃传》中,因介绍王勃的祖父王通,才有王通的简单附传。但也未提到王通有王度这个弟弟。上述《王度传》中还说"王度(《旧唐书》作王凝)",这也是错误的。《旧唐书·王凝传》介绍王凝(821—878)是太原人。从生卒年看,两人相差两百年之多;从籍贯看,也不是一个县的人。四川人民出版社1983年出版,由北京语言学院《中国文学家辞典》编委会编撰的《中国文学家辞典·古代第二分册·王度传》云:"王度(生卒年不详),唐小说家,绛州龙门人。王通弟,王绩兄。隋炀帝时,曾任御史。大业七年(611),罢官归河东。后复入长安,为著作郎,奉诏修国史。大业九年(613)出兼芮城令。唐武德(618—626)中卒。修史未成,作品仅存《古镜记》一篇,载《太平广记》……王度于史无传,事迹略见《古镜记》。一说《古镜记》为唐王勔作,王度乃小说中人物,并非作者。"这两例王度传中相同之处很多,所不同的是"王通弟,王绩兄"这一句。王绩在新旧《唐书》中都有传记,但并未提及与王度的关系。只有《新唐书·王绩传》的开头说到"兄通,隋末大儒也",近末尾处又说:"初,兄凝为隋著作郎,撰《隋书》未成,死,绩续余功,亦不能成。"由此可知,上述第一例《王度传》中说的"《旧唐书》作王凝"系据此而来,只是把《新唐书》错成《旧唐书》了。

据上分析,王度与王通、王绩似无兄弟关系,可能只是同籍里同时代人而已。

古镜记 唐代传奇小说。旧题隋王度作。一卷。《郡斋读书志》类书类著录,云"未详撰人,纂古镜故事"。

本书以古镜为中心,由十二个故事穿缀而成。书中言王度从汾阴侯生处得一宝镜,从隋大业七年五月起,持镜宦游各地,除千年老狐,灭树中蛇精,以宝镜为民消灾除疫。之后王度之弟绩继续持镜出游,登高涉险,逢凶化吉。宝镜于大业十三年七月十五日亡去。该小说综合六朝以来有关记古镜怪异之事,承六朝志怪小说之遗风,通过志怪形式,寄寓作者的思想感情。作者在叙述创作之由时说:"今度遭世扰攘,居常郁怏,王室如毁,生涯何地,宝镜复去,哀哉!今具其异迹,列之于后,数千载之下,倘有得者,知其所由耳。"

在艺术上,本书把十二个小故事连成一体,表现一个共同的主题,这是小说结构上的一个新创造。在篇幅上摆脱了六朝小说残篇断简的短篇体制,扩大了文字容量,为传奇表现复杂、丰富的内容打下了基础。它开拓了传奇重在渲染情节、描写委婉的表现手法,提高了传奇的表现力;把志怪与人事相结合,虚虚实实,真真假假,又富于政治寓意;其语言华丽,文采斐然。但结构上按年月连缀故事,又显得平铺直叙;情节虽完整,但缺乏有机组织。作为传奇第一篇,本书的价值和意义是相当重大的,虽有缺点,但瑕不掩瑜。

■**唐临**(600—659) 唐代小说作家。字本德。京兆长安(今陕西西安市)人。唐临与兄唐皎早在少年时期就有好名声。唐高祖李渊武德(618—626)初,秦王李世民领兵东征,唐临直接到军中向李世民献平定王世充之策。李世民任他为直典书坊,寻又授右卫率府铠曹参军。之后,临又出为万泉县(今山西万荣县西南古城南)丞;再迁侍御史,累转黄门侍郎,加银青光禄大夫;持节按狱交州(今越南河内市西北),出冤系狱三千人。高宗李治即位(650)后,又先后出任检校吏部侍郎、大理卿;寻迁刑部尚书,加金紫光禄大夫;复历兵部、度支、吏部三尚书。显庆四年(659),因与李义府不睦,坐事,贬为潮州(今广东潮安县)刺史,卒于官。

所撰小说《冥报记》二卷,大行于世。

冥报记 唐代志怪小说集。唐临撰。二卷。新旧《唐书》均著录。《法苑珠林》、《册府元龟》、《直斋书录解题》、《宋史·艺文志》等均在小说家类著录。据岑仲勉考证,本书于元以后失传,《法苑珠林》、《太平广记》等书存有佚文。日本有几种古抄本传世。今天仍传世的最早版本,是日本高山寺藏写本,分上中下三卷,有唐临自序。岑仲勉根据日本藏本,参照《法苑珠林》、《太平广记》等书加以复核校正,撰有《唐唐临冥报记之复原》,纠正抄本错误不少。

本书文字简古,接近六朝志怪文风;但部分篇幅较长,从叙事的曲折等方面,可看出六朝小说向唐传奇过渡的痕迹。书中所记隋唐间故事,多为宣扬佛法灵异、善恶有报的内容。如"王㻛"篇叙王㻛死后入冥,辨明了错案,被放还人间;他在冥司遇见已死的刑部侍郎宋行质在受刑,宋托他带信家人为其做功德;还阳途中,他被冥使索贿一千白纸钱。故事辛辣地以冥司之腐败影射人世。

书中部分故事的情节为后世的志怪小说所因袭。如唐佚名《玉泉子》中的"孙季贞"与《冥报记》中之"冀中小儿"条,《酉阳杂俎》中"陈昭"及"光宅坊民"条与《冥报记》中"李山龙"条,情节相仿,可见其影响。

■**张鷟**(约660—约741) 唐代文学家和小说作家。字文成,自号浮休子。深州陆泽(今河北深县西南)人。幼聪慧,才思敏捷,下笔即成文章。唐高宗调露元年(679)进士及第。考功员外郎骞味道见其所对,称为"天下无双",授其为岐王府参军之职。八次应制举考试,皆考入甲科,再调长安(今陕西西安市)尉,迁鸿胪丞。四次参选,判策为铨府之最。武周证圣元年(695)调任御史。唐玄宗开元二年(714),为御史李全交所弹劾,贬于岭南。后来刑部尚书李日知讼斥太重,把他召回,任为司门员外郎。病卒于官。

张鷟"属文下笔辄成,浮艳少理致,其论著率诋诮芜猥,然大行一时,晚进莫不传记"(见《新唐书》张荐附传)。员外郎员半千谓人曰:"张子之文如青钱,万简万中,未闻退时。"因此,时人号张鷟为"青钱学士",由此亦可知张鷟在时流中的文誉之重。"新罗、日本东夷诸蕃,尤重其文,每遣使入朝,必出金贝以购其文,其才名远播如此。"(见《旧唐书》张荐附传)但其性格偏躁,傥荡无检,罕为正人所遇,当时的名相姚崇尤其不喜欢他。

张鷟的主要著述有:笔记《朝野佥载》二十卷,主要记述武则天时期的事迹,既有对当时黑暗朝政的揭露,也杂有不少神怪故事和轶闻琐语;判牍《龙筋凤髓》十卷;论著《才名论》一卷;传奇小说《游仙窟》一卷,国内久已失传,今本乃从日本抄回。

游仙窟 辞赋体小说,唐朝早期的传奇作品。张鷟撰。所谓"仙窟",实际上是妓馆。本篇描写的是一段假想的恋爱故事。作者以自述口气叙述奉使河源,途中投宿某野娼家,与崔十娘、五嫂两妇人调笑、共宿之事。小说内容浅薄庸俗,表现了作者"傥荡无检"的作风和"浮艳少理致"的文风;然语言清秀超脱,逸趣横生,艺术魅力较强,特别是篇内的诗文,借物咏怀,含蓄巧妙。本书在国内早佚。在日本发现唐抄本两种,称醍醐寺本和真福寺本。前者于二十世纪二十年代流回中国。目前以汪辟疆的《唐人小说》本和北京师范大学出版社出版的《游仙窟抄》单行本最具特色。

朝野佥载 唐代笔记小说集。张鷟撰。二十卷,补遗三卷。《新唐书·艺文志》、《宋史·艺文志》均在传记类著录。《四库全书总目》列入子部小说家类。原书早佚。今传本据《太平广记》、《说郛》等书辑录。

本书主要记载唐代朝野见闻,偶及六朝和隋代,而以武后一朝的事迹为最详。内容大致可分为三类:一是评论朝政得失。如"天授中则天好改新字","乾封以前选人","监察御史李嵩、李全交,殿中王旭,京师号为'三豹'","则天革命举人不试皆与官","唐中书令李敬玄为元帅讨吐蕃"等,均是从一个侧面,揭露当时的政治腐败、酷吏阴狠残暴、贪官冒滥昏庸、将领怯战无能等现象。二是记述当时的谶语、祥瑞等各种异象,充满迷信色彩,同时还记载了不少神异的民间传说。如"许逊斩蛟"条,是长传不衰的民间故事;又如"唐太宗游地府",为后来《西游记》开首的素材来源。三是记录当时人的传闻逸事,如"周补阙乔知之有婢碧玉",写乔知之与碧玉的爱情悲剧;"李杰为河南尹",写寡妇诬告儿子的公案等。

本书叙事驳杂,缺乏应有的提炼和选择。洪迈在《容斋随笔》中曾讥其"纪事皆琐尾摘裂";《四库全书总目》责其"谐噱荒怪,纤悉胪载,未免失于纤碎"。但作者以当时人记当时事,可参考之处颇多。《资治通鉴》采用本书资料达三十多条。

现存版本有两类。一是一卷本系统,有《说郛》本、《历代小史》本、《古今说海》本、《畿辅丛书》本等;二是六卷本系统,有《宝颜堂秘笈》和莫友芝《邵亭知见传本书目》等。1979年中华书局出版《唐宋史料笔记丛刊》本,以《宝颜堂秘笈》本为底本,参校他书,赵守俨点校,是现行诸本中之较佳者。

■**萧时和**　生平、居里均不详。《太平广记》卷三百收其作《杜鹏举》故事二则，其一下注云："出处士萧时和作传。"传中提及相王即唐睿宗李旦，知作者为唐初时人。著有志怪小说《杜鹏举传》。

　　杜鹏举传　唐代志怪小说。萧时和撰。书早佚。《太平广记》卷三百收《杜鹏举》故事三则，后人一并辑入《朝野佥载》。本篇叙杜鹏举为济源县尉，被召至洛阳修籍，一夕暴亡；三日后又复苏，自述与一人同名，被小鬼误拘；冥官告杜以后当为安州都督，一生有三子，俱有名；后又入一新城，知相王李旦以后要中兴。

　　杜鹏举实有其人，杜鸿渐之父，《新唐书》有传，官终安州刺史。本篇故事即是在其人事迹的基础上，加以演绎、联想而缀成故事。情节曲折细致，具有一定的传奇色彩。

■**何延之**（生卒年不详，约活动在唐玄宗开元年间）　开元（713—741）十年任均州刺史，命其子永将自己于开元二年撰写的《兰亭记》抄写一本，进献皇帝，得到褒奖。后作者又加题记，结衔署朝议郎行职方员外郎上柱国。作者其他事迹不详。

　　兰亭记　唐代传奇小说。何延之撰。本篇小说完成于唐开元二年（714），曾以抄本进献皇帝，得到奖赏。小说叙述唐贞观中，唐太宗得知王羲之写的《兰亭序》在僧辨才之手，即命监察御史萧翼前去赚取。萧扮一书生前往，与辨才谈经说史，意甚相得。萧以假二王墨迹诱使辨才取出《兰亭序》真迹并将之偷走。唐太宗得到真迹后，宝藏内廷，临死时遗命陪葬。小说在叙述萧的诈骗活动时，十分细密，近似公案，情节新奇，引人入胜，具有一定的传奇性。该故事流传很广，对后世的文学艺术创作影响很大。

■**张说**（667—730）　唐代政治家、文学家、小说作家。字道济（又字说之）。河南洛阳人。永昌元年（689），地方举贤良方正，对策乙第，授太子校书，累转右补阙，参与撰写《三教珠英》。中宗即位（705）后，累转工部侍郎。唐玄宗李隆基即皇帝位（712），因不附太平公主，说被罢知政事，转为尚书左丞。之后，累官尚书左丞相、集贤院学士，加开府仪同三司。开元十八年（730）年底，遇疾而逝。唐玄宗御笔赐谥曰"文贞"。

　　张说前后三次为相，掌文字之任凡三十年，为开元前期之一代文宗。他为文俊丽，构思精密，尤长于碑文墓志。与许国公苏颋齐名，当时号称"燕许"。他一生的著述很多，除前文提到的《三教珠英》外，据《新唐书·艺文志》所载，还有《今上实录》二十卷（与唐颖合撰，编次玄宗开元初事）、《洪崖先生传》一卷、《张说集》二十卷（今通行的武英殿聚珍本《张燕公集》为二十五卷，《四部丛刊》影印明嘉靖丁酉本《张说之集》亦为二十五卷）、《初学记》三十卷（张说类集要事以教诸王，徐坚、韦述、余钦、施敬本、张烜、李锐、孙季良等分撰）。此外，据《中国大百科全书·中国文学》载：相传，张说还有传奇小说《虬髯客传》一部，《说郛》、《虞初志》等均题张作。另有《梁四公记》，题为张说撰。

梁四公记 唐代传奇小说集。旧题张说撰。一卷。《新唐书·艺文志》杂传记类著录作《四公记》，题卢诜撰。《通志·艺文略》讹为《梁四公子记》，亦题卢诜撰。《宋史·艺文志》著录为梁载言撰。《直斋书录解题》题张说撰。

本书今存佚文三节，见《太平广记》卷八十一"梁四公"，卷四百一十八"五色石"、"震泽洞"，《说郛》重编本亦有佚文，可互校。梁四公系指南朝梁天监年间，有𧙄闾、𩤀杰、𣏧䴉、仉肾四位异人谒见梁武帝，各呈其技。小说在形式上类枚乘的《七发》、东方朔的《答客难》，内容上类张华的《博物志》。此种将列异故事杂入博物内容，加以铺张夸饰的写作手法，为唐人早期小说的常用手法。

■**刘孝孙**（生卒年不详，约活动在唐太宗贞观年间） 荆州（今属湖北江陵县）人。自隋入唐。贞观六年（632）迁著作郎，吴王李昂之友。贞观十五年（641）迁太子洗马，未拜卒。著有《古今类序诗苑》四十卷，《事始》三卷（与房德懋同撰）。《新唐书·艺文志》列入小说家。《直斋书录解题》杂家类误作刘存撰。

事始 唐代笔记小说。刘孝孙、房德懋撰。三卷。《旧唐书·经籍志》杂传类著录。《新唐书·艺文志》列入小说家类。《直斋书录解题》误作刘存撰。涵芬楼本《说郛》卷十收一卷残本，题作留存撰。原书已佚。据《郡斋读书记》中介绍："太宗命诸王府官以事名类，推原本始，凡二十六门，以教始学诸王。"今残本不分门类，考证事物起源，近似辞典。蜀冯鉴有《续事始》五卷，被列为杂家类。

■**吴兢**（670—749） 唐代史学家、文学家。字号不详。汴州浚仪（今河南开封市）人。幼刻苦用功、励志勤学，弱冠便已博通经史。青年时期与志同道合的宋州（今河南商丘市）人魏元忠、亳州永城（今属河南）人朱敬则相友善。此二人长他三十岁左右，可谓是忘年之交。及魏居相辅，便荐兢有史才，堪居近侍。武周时入史馆，兼修国史；中宗时任起居郎、水部郎中；玄宗时任卫尉少卿，兼修文馆学士，累迁太子左庶长。天宝八年（749）病卒于家。

吴兢一生撰著了许多史学著作，除同刘子玄（即著名史学家刘知幾）等人撰写《则天实录》（又称《武后实录》）外，还著有《中宗皇帝实录》二十卷，《贞观政要》十卷，五代时期的《梁史》、《齐史》、《周史》各十卷，《陈史》五卷，《隋史》二十卷，《兵家正史》九卷，另有未及完成的《大唐春秋》八十余卷。这些史书记载了许多名人轶事，如《贞观政要》分类编纂了唐太宗与魏徵、房玄龄、杜如晦、王珪、虞世南、李靖、褚遂良、马周等四十五人的言论及有关谏诤事迹，为这段历史留下了许多重要的史事线索。吴兢写史真实简赅。如《则天实录》中，记叙了张昌宗诱张说诬陷魏元忠事，直书不讳。后来张说作了宰相，对这段记载不悦，找吴兢请求更改，遭到拒绝。吴兢对张说曰："子玄已亡，不可受诬地下。兢实书之，其草故在。"因张说屡以情祈改，吴兢又辞曰："徇公之情，何名实录？"卒不改，时人谓之"今董狐"。此外，他还著有文学著作《乐府古题要解》二卷、传奇小说《开元升平源》等。

开元升平源 唐代传奇小说。吴兢撰。一卷。《新唐书·艺文志》小说家类著录为陈鸿撰。《崇文书目》小说家类著录未题撰人。《郡斋读书志》、《直斋书录解题》杂史类著录，皆题唐吴兢撰。新旧《唐书》有传。

本篇小说记姚元崇借射猎邀恩，唐玄宗命为兵部尚书同平章事，元崇献十条政治改革条陈，得到玄宗信任。《新唐书·姚崇传》亦载其事。然司马光以"果如所言，则元崇进不以正"而加以否定。《道藏》本《道教录验记》卷十"姚元崇女九天生神章经验"亦将本篇收入。《资治通鉴考异》引本篇全文。

■**陈玄祐**(生卒年不详，约活动在唐代宗、德宗时期) 唐代小说作家。字号、籍里、生平均不详。著有传奇小说《离魂记》。因该篇小说之末云："大历末，遇莱芜县(今属山东)令张仲规，因备述其本末。"因此获知它约完成于唐代宗(762—779)末年，是唐中期传奇小说作品中的早期作品，元杂剧《倩女离魂》的蓝本。

离魂记 唐传奇小说。陈玄祐撰。本篇小说未见史志著录。最早见于《太平广记》卷三百五十八"王宙"条，尾注云："出《离魂记》。"我国从南朝以来，借离魂而追求爱情的故事在民间广为流传，如《幽明录·庞阿》、《灵怪录·郑生》、《独异记·韦隐》等。本书尤为后人乐道，引为典实，编成戏曲，可见思想艺术成就之突出。

本篇是唐代早期的爱情小说。写倩娘与表兄王宙私相爱慕，成人后倩娘之父又将女儿嫁于他人。王宙愤而诀别，倩娘跟踪而往。二人在蜀同居五年，生二子，倩娘思念父母，与王宙一起回家探望。王宙先到家中报信，始知倩娘一直病卧闺中，陪伴王宙的只是倩娘的魂灵。后两个倩娘合而为一，夫妻生活美满。作者采用浪漫主义的创作手法，使情节离奇而又入情合理，创造了一曲男女追求自由爱情的颂歌。幻中有实、真幻融合的艺术效果给人以惊喜。

小说曲折而离奇的情节打动了诸多戏曲家，以此为素材创作的戏曲作品，先后有诸宫调《倩女离魂》、杂剧《迷青琐倩女离魂》、《栖凤堂倩女离魂》、《王家府倩女离魂》等。它对后世的小说创作影响也很大。《醉翁谈录·舌耕叙引》所列传奇"惠娘魄偶"一目，似从《离魂记》发展而来。《剪灯新话》卷一"金凤钗记"、《拍案惊奇》卷二十三"大姊魂游完宿愿，小妹病起续前缘"等，显然也是受到《离魂记》本事的启发。

■**沈既济**(约750—800) 唐代史学家、小说作家。字号不详。苏州吴(今江苏苏州市)人。《元和姓纂》说为吴兴武康人，即今浙江德清县人。既济在青年时期便以"博通群籍，史笔尤工"而闻名，为吏部侍郎杨炎所称赏。建中初(780)，推荐既济才堪史任。朝廷召拜左拾遗，史馆修撰。建中二年(781)，杨炎以主张改革忤旨得罪，既济遭受牵连，坐贬处州(今浙江丽水)司户参军。后复入朝，终官礼部员外郎。病卒后，追赠太子少保。

沈既济撰有历史著作《建中实录》十卷、《选举志》十卷,人称其写得真实,但未见传本。留传于世的是他的传奇小说《任氏传》和《枕中记》。尤以《枕中记》影响深远。元代马致远的杂剧《黄粱梦》、明代汤显祖的传奇《邯郸记》皆取材于此小说。《枕中记》约写于建中二年(781),作者有感于人生坎坷和恩师杨炎的遭际,在篇中直抒胸臆。这是大历以后唐传奇走向成熟的第一部代表作品。

枕中记 唐代传奇小说。沈既济撰。又称《邯郸枕》。《太平广记》卷八十二题作《吕翁》。《文苑英华》、《国史补》、《骰子选格序》皆题沈既济撰。明清小说选集如《唐人说荟》、《龙威秘书》等则伪托李泌作。

本篇小说叙述唐开元年间,卢生在邯郸道上的旅舍里遇道士吕翁。卢自叹贫困,大发追求功名富贵的感慨,累极欲睡。此时,店主刚蒸上黄粱米饭。道士给卢生一枕,卢生俯首见枕两端洞隙,豁然明亮,便举身入内。他回家数月,与大族清河崔氏女结婚。次年登第,由秘书省校书郎,升起居舍人、知制诰。三载外迁。从此,青云直上,出将入相,极尽富贵。同时也招致忌妒和诬陷,两遭贬斥,流窜荒漠,差点引刃自刎。后来帝知其冤,复召回朝,宠信有加,官中书令,封燕国公,子孙满堂。年八十寿终。这时,卢欠伸而醒,发现店主的黄粱米饭尚未蒸熟。他顿然觉悟,视人生富穷荣辱,都不过是一枕黄粱梦。

此篇小说的题材脱胎于刘义庆《幽明录》中的"焦湖庙祝"条。沈既济根据当时的现实生活加以再创作,赋予其新的生命力。旨在揭露官场内部勾心斗角、仕途险恶,宣扬人生如梦,以达讽世警俗的目的。作品的谋篇布局细致真切,笔下人物虚实并举,情节扑朔迷离,构思极为巧妙,富有传奇色彩。作者注意细节描写,使小说主题得以深化。

本篇作品在唐代就受到推崇,李肇在《国史补》中将其与韩愈的《毛颖传》相媲美。唐以后更是广为流传,"邯郸梦"、"黄粱梦"不仅为诸诗词名家所引用,其故事情节也屡为后世小说、戏曲所袭用。今存两种版本:《文苑英华》和《太平广记》收录本。二本文字略有出入。汪辟疆考证认为,前者为唐代通行古本,后者录自《异闻集》,经陈国翰改订。

任氏传 唐代传奇小说。沈既济撰。《太平广记》卷四百五十二题作《任氏》。又见《类说》卷二十八《异闻集》。

本篇叙述郑六与狐女的爱情故事。郑六与韦崟将赴新昌里会饮,中途郑六托故离开,遇三妇人。郑与着白衣艳丽者调笑,知为任氏,遂往任家饮酒留宿。后郑知任氏为妖狐化身,亦不介意。再见后发誓相爱,遂与任氏赁屋同居。韦崟乘机调戏,欲施强暴,遭任氏严拒。一年后郑六任槐里府果毅尉,要求任氏同往。任卜之不吉,但不得已而随行,被猎犬咬死于马嵬坡。

本书构思新颖,描写人与狐女的爱情,并不是渲染神秘奇异的色彩,而是赋予浓郁的人情味,集教坊女优的性格特征于任氏一身。故事曲折,情节跌宕,引人入胜。在进行艺术描写时,体物察情细致入微,人物性格鲜明,形象生动。本篇小说较六朝志怪和唐初传奇,艺术已日臻完善,对后世文学艺术影响很大。关汉卿《郑六遇妖狐》、金佚名《郑子遇妖狐》等,均取材于此。清代传奇《情中幻》是在本小说基础上进行加工，蒲松龄《聊斋》中塑造的诸狐形象，可说与本篇一脉相承。

■**姚崇**（650—721） 唐大臣。陕州硖石（今属河南三门峡市）人。本名元崇，改名元之，后避开元年号，又改名崇。历任武则天、睿宗、玄宗朝宰相。睿宗时奏请太平公主出居东都，以削弱其权力，被贬职。开元初复相，奏请禁止宦官、贵戚干预朝政，禁绝佛寺道观的营造，奖励群臣劝谏等十事；并纠正当时不敢捕杀蝗虫的陋习，推行焚埋之法，减轻了灾情。后引宋璟自代，时称"姚宋"，创开元盛世。曾著有箴规文小说《六诫》传世。

　　六诫 唐代箴规文小说。姚崇撰。一卷。《新唐书·艺文志》小说家类著录。该书未见传本。《玉海》卷五十五著录作《唐六诫》。本书分为"执秤诫"、"弹琴诫"、"执镜诫"、"辞金诫"、"冰壶诫"及"口诫"。《文苑英华》卷三百六十八、《唐文粹》卷七十八、《全唐文》卷二百零六都有收录。六篇文章均含有寓意，劝戒善行。如"冰壶诫"中说："君子对之，不忘乎清。"劝勉当官的要"内怀冰清，外涵玉润。""执秤诫"中说："君子执之，以平其心。"要求"为政以公，毫厘不差，轻重必得"。每篇均借物讽世，寓意含蓄。

■**许尧佐**（生卒年不详，约活动在唐德宗贞元至宪宗元和年间） 唐代文学家。字号不详。峡州（今湖北宜昌）人。贞元中，举进士、宏辞等科。据新旧《唐书》许康佐（尧佐兄）传中显示，尧佐曾任太子校书郎、谏议大夫等，"历官清显"。

　　尧佐著有传奇小说《柳氏传》一部，写于贞元年间（785—804）。见载于《太平广记》卷四百八十五，以及鲁迅的《唐宋传奇》中。后人曾据此改编成多种戏剧，如明人梅鼎祚的《玉合记》、吴大震的《练囊记》、吴鹏的《金鱼记》，清人张国寿的《章台柳》等。

　　柳氏传 唐代传奇小说。许尧佐撰。一卷。又称《柳氏述》。原载于《太平广记》卷四百八十五，后又收入《虞初志》、《艳异编》、《绿窗女史》、《五朝小说》、《唐人说荟》、《唐代丛书》、《龙威秘书》、《唐宋传奇集》、《唐人小说》等。另有《类说》、《异闻录》、《绿窗新话》三种节本。有的改题为《章台柳传》、《韩翃柳氏远离再会》或《沙吒利夺韩翃妻》。

　　本书叙述的是诗人韩翃和妻柳氏悲欢离合的故事。韩翃得友人李生幸姬柳氏为妻，恩爱倍加。后韩舍爱妻赴清池省亲，值安史之乱，柳氏剪发毁形，寄迹佛寺。侯希白节度淄青，招韩为书记。肃宗反正后，韩翃派人持金接柳氏，并寄去《章台柳》一诗。柳氏赠《杨柳枝》诗以报。不久，柳氏被番将沙吒利劫去。韩进京访柳，失其所在。一日道遇柳氏乘车出，告韩被劫之事，约明旦相见。及期，赠韩玉合香膏而别。虞侯许俊闻其事，单骑闯入沙吒利府宅，挟柳氏以出，夫妻遂得团圆。后韩官至中书舍人。

　　本书通过韩柳二人经历坎坷而初心不改的笃挚爱情，表现"有情人终成眷属"的主题思想。作者在真人故事的基础上展开联想和创作，情节跌宕起伏，一波三折。特别是对许俊的描写，着墨不多,其侠义形象跃然纸上。这种爱情题材与豪侠题材结合的写作手法,《柳氏传》是首创,继之而起的是《霍小玉传》、《无双传》、《昆仑奴》等。本书对后世文学艺术创作影响很大,至清又衍生成十六回小说《章台柳》。

■**李景亮**(生卒年不详,约活动在唐德宗贞元年间)　唐代小说作家。字号、籍里和生平事迹均不详。从有关资料中仅知他于唐德宗贞元十年(794)举"详明政术可以理人"科登第。著作有传奇小说《李章武传》,文载《太平广记》和《唐人小说》之中。该书写书生李章武与人妻王氏一见钟情,后王氏感念成疾而死,其鬼魂与李生欢聚的故事。其人鬼相恋情节对后世颇有影响。清人蒲松龄写《聊斋志异》便疑承此脉续。

　　李章武传　唐代传奇故事。李景亮撰。始见于《太平广记》卷三百四十,题《李章武》。陈国翰《异闻集》收载非原文。《类说》、《绀珠集》节录。《古今说海》、《青泥莲花记》等,均录自《太平广记》。

　　小说写李章武和华州王氏妇恋爱的故事。贞元三年,李章武到华州访友,悦房主王氏之美,"两心克谐,情好弥切"。章武回长安,二人互赠诗以别。阅八九年,未通音讯。后章武到下邽会友,到华州访之,阒无人迹。东邻杨六娘相告,王氏思章武忧郁成疾,已故去二年。章武寻旧,夜宿王家,梦中与王氏交欢若昔,天明互赠诗诀别。王氏赠章武靺鞨宝,章武酬以白玉簪。后章武往来华州不绝。作者以清新的笔触,着力表现其爱情关系的严肃性和纯洁性。在艺术表现上,作者把现实性情节和幻想情节相结合增加了浪漫色彩,强化了人物情感的作用。作品叙事状物,笔触细腻,凄婉感人。汪辟疆在《唐人小说》中说:"此文叙述婉曲,凄艳感人,蒲氏《志异》,专学此种。"

■**李朝威**(生卒年不详,约活动在唐肃宗乾元至德宗年间)　唐代小说作家。字号失载。陇西(今甘肃陇西县)人。生平事迹不详。他之所以留名于今,得益于其传奇小说《柳毅传》。该书对后世戏曲的影响很大,从金元到明清,几乎每代都有据此改编成的戏曲,如金时的诸宫调《柳毅传》,元代杂剧《柳毅传书》、《张生煮海》,明清戏曲《龙箫记》、《蜃中楼》、《龙女牧羊》等。至今仍为不少剧种舞台上的保留节目。

　　柳毅传　唐代传奇小说。李朝威撰。《太平广记》卷四百一十九题为《柳毅》。《类说》卷二十八《异闻集》节录时题为《洞庭灵姻传》。本篇小说末云:薛嘏开元末(741)于洞庭湖上见到柳毅,殆经四纪即四十八年后,始作本篇。故《柳毅传》应写成于唐德宗贞元五年(789)。

　　作品写唐代落第书生柳毅,在洞庭遇牧羊少女,凄婉愁怅。询问后知为洞庭龙君小女,配与泾川龙王次子为妻,受到丈夫和公婆虐待,每日罚在此牧羊。柳毅出于义愤,答应给洞庭龙王送信。龙女叔父钱塘君闻言大怒,飞往泾阳,吃掉泾川龙王次子,杀了家里其他人,救回龙女。钱塘君欲令柳毅与龙女成婚,柳毅严辞而去。临别时,龙女缠绵悱恻。后二人终成夫妇。这篇神话故事充满了奇异的幻想,但却反映了人间的婚姻、爱情等问题,同时又宣扬了一种用暴力去复仇的反抗意识。需要指出的是,柳毅和龙女的结合,并不是出于郎才女貌、一见钟情,而是以一种道德理想为基础。柳毅救龙女,是出于对封建婚姻压迫妇女的不平和激愤、对身遭不幸的弱女子的同情。正是这种正义感和光明磊落的胸怀,赢得了龙女的倾慕和追求。

作为描写人神爱情的浪漫主义作品,《柳毅传》把灵怪、侠义和爱情结合在一起,成功地构成了一篇美丽、动人的传说;特别是它借幻想的情节,表达人们向黑暗现实抗争的愿望,给人们以光明的昭示。本作品对后世文学艺术影响很大。以此素材改编的戏剧有多种,其中《龙女牧羊》、《柳毅传书》等戏曲更是在全国久演不衰。

■**白行简**(约776—826) 唐代著名传奇小说作家。字知退。原籍太原,后徙居下邽(今陕西渭南东北)。著名诗人、文学家白居易之弟。贞元二十年(804)进士及第(一说为元和二年,即807年进士及第),授秘书省校书郎。元和六年(811)丁母忧,退居下邽。元和九年(814),卢坦为剑南东川节度使,辟行简为掌书记。元和十年(815),其兄白居易因上疏言事遭罪,由太子左赞善大夫贬为江州(今江西九江市)司马。行简为安抚其兄亦辞官同去浔阳(当时的江州治所,亦即今九江市)居住。元和十三年(818)冬,白居易迁忠州(今四川忠县)刺史,行简又与兄同赴忠州。元和十四年(819)冬,白居易召还京师,行简也入朝为左拾遗。后迁司门员外郎、度支郎中、膳部郎中,官终主客郎中。宝历二年(826)病卒。

白行简的主要撰著有:由白居易收编诗文成集的《白郎中集》二十卷、传奇小说《李娃传》等。《李娃传》是唐传奇中的一流作品,影响深远,元代石君宝的《李亚仙花酒曲江池》杂剧、明代薛近兖的《绣襦记》传奇,均取材于此。

李娃传 唐代传奇小说。旧题白行简撰。亦名《节行娼娃传》、《汧国夫人传》、《一枝花》和《三梦记》。《太平广记》卷四百八十四录入,注"出《异闻集》"。唐人《资暇集》、宋人《类说》均收入。后人研究考证,此篇故事是根据当时民间流传的"一枝花"故事写成。

小说写荥阳公子上京应试,与妓女李娃相爱,不到一年,资财荡尽,沦为挽歌郎。被其父发现后,鞭挞几死。后被李娃救护,遂成夫妻。从此,公子在李娃的支持下,发奋读书,连中高第,李娃被封为"汧国夫人"。小说歌颂了下层妇女李娃。书中情节跌宕起伏,描写生动传神,人物形象鲜明饱满,特别是人物性格的刻画成就,在唐人小说中难见有其俦。

本篇小说曾引起后代小说家、戏曲家的很大兴趣。《醉翁谈录》的说话名目有《李亚仙》,《燕居笔记》有《郑元和嫖遇李亚仙记》,冯梦龙《醒世恒言》卷三对李亚仙的故事专门作了介绍。取材于《李娃传》的戏曲有高元秀的杂剧《郑元和风雪打瓦罐》、石君宝的杂剧《李亚仙花酒曲江池》、薛近兖的《绣襦记》等。

三梦记 唐代传奇故事集。旧题白行简撰。但后人对书中有的内容作过年代考证,其时白行简已死多年,显系伪托。始见著录于《说郛》原本卷四。

全书包括三个独立成篇的梦故事。一是"彼梦有所往而此遇之者"。朝邑丞刘幽求夜归,途中入一佛堂，见妻子与众人欢饮，刘投石掷之，众人星散；至家，始知妻子作梦，梦中情景与自己所遇者同。二是"此有所为而彼梦之者"。元稹奉使剑外，十多天后，白居易、白行简等同游慈恩寺，念及元稹所至；不久，元稹来信，道其同日梦见白居易兄弟同游慈恩寺。三是"两相通梦者"。窦参寄宿潼关，梦一赵姓女巫；第二天果遇，容貌衣饰与梦中见同，而巫亦有梦如验。

　　古人迷信，视梦幻为鬼神之启示，所以历代梦故事层出不穷。《太平广记》用七卷的篇幅，纂录了一百七十余则梦的故事，引书六十余种，本书即其一种。三梦中，刘幽求的故事写夫妻情。夫妻分离日久，将见未见之际，种种复杂的心理、潜意识形之于梦，属情理之中。作者用纪实的手法，展开联想，使梦景与现实染上一层神秘色彩，增强了艺术感染力。第二梦则为友情所感，亦属情理之中。第三梦则离奇，似牵强附会，然梦有所感，事有巧合，亦在情理。

■**元稹**（779—831）　唐代诗人、小说作家。字微之。河南（今河南洛阳市）人，一说为河南河内（今河南沁阳县）人。祖上为北魏时期的皇族，鲜卑族人，由拓跋姓氏改成元姓。稹父宽，曾任比部郎中、舒王府长史。元稹八岁丧父，其母郑夫人亲自为子授书。元稹九岁能属文；十五两经擢第；二十四调判入四等，授秘书省校书郎。元和元年（806），元稹二十八岁应制举，登第为第一。除右拾遗。元和四年（809），因奉使东蜀，弹劾违法官僚，平雪冤狱，名动三川。又因得罪宦官权贵仇士良，贬为江陵府（今湖北荆州市属）士曹参军，徙通州（今四川达县）司马。元和十四年（819），自虢州（今河南灵宝市）长史征还，为膳部员外郎。穆宗李恒还在东宫当皇太子时，就通过内宫歌伎演唱元稹的诗歌而了解元稹。他即位（821）后，读到元稹的长篇叙事诗《连昌宫词》，以及他与白居易唱和的一百多篇诗歌，甚为欣赏。由此稹极承恩顾，先后被擢为词部郎中、知制诰，入翰林，为中书舍人、承旨学士。稹尝为《长庆宫词》数十百篇，京师竞相传唱。然而，就因为他前半生直言敢谏，得罪宦官横遭贬谪，今又由宦官引荐迅速飞黄腾达，文人甚鄙之。不久，河东节度使裴度三次上疏控告稹与知枢密魏弘简谋乱朝政，稹被罢内职，改授工部侍郎；又因事罢相，出为同州（今陕西大荔县）刺史。但上恩顾未衰，二年后，改授越州（今浙江绍兴）刺史，兼御史大夫、浙东观察使。凡在越八年，于太和初（827）加检校礼部尚书。太和三年（829）入为尚书左丞。太和四年（830），改任检校户部尚书，兼鄂州（今湖北武汉市之武昌）刺史、御史大夫、武昌军节度使。太和五年（831），因暴疾卒于镇。

　　据《旧唐书》本传载：元稹"所著诗赋、诏册、铭诔、论议等杂文一百卷，号曰《元氏长庆集》。又著古今刑政书三百卷，号《类集》，并行于代"。元稹一生与白居易情同手足，相互间唱和的诗歌甚多，并同为中唐新乐府运动的积极倡导者，在当时文学界影响很大，世称"元白"。但是，元稹后期依附宦官，为时论所诟，后期的诗歌也缺乏社会内容。

　　元稹大约写于贞元二十年（804）的传奇小说《莺莺传》（原题作《传奇》，又称《会真记》），是中唐时期影响很大的一部著名作品。据传篇中所描写的一对青年男女的爱情故事，含有作者自己的一段感情经历。又据传，元稹还著有另一部传奇小说《崔徽传》，叙述蒲州（今山西永济县蒲州镇)女子崔徽与裴敬中相爱的故事。此书今已散佚。另据《宋史·艺文志》载,元稹还著有笔记小说《承旨学士院记》一卷,已佚。

莺莺传 唐代传奇小说。元稹撰。《太平广记》卷四百八十八有载。曾慥《类说》、王铚《辩传奇莺莺事》等将其直称为《传奇》。后人又以张生赋有《会真诗》而名之曰《会真记》。后人多次考证,认为作者元稹是小说主人公张生的原型,《莺莺传》是元稹据自己的亲身经历写成。

小说写唐贞元中,风流才子张生游于蒲州,在普救寺遇崔氏母女。当时乱军大掠蒲州,崔氏惶恐,张生求蒲将解脱危难,崔家得安。后崔氏设宴款待张生,命女儿莺莺、儿子欢郎出来拜谢。张生一见莺莺,大为动心,后在红娘的联络下,终于私相结合,相聚西厢达月余。后张生进京赴试,与莺莺互赠书信以言情。后来张生变心,与莺莺绝。一年后,二人各自娶嫁。张生一次途经崔家,请求以外兄身份相见,为莺莺所拒绝。时人多认为张生为"善补过者"。

小说立意于传颂士大夫的风流韵事,在描写张生"始乱终弃"的过程中,着力塑造莺莺的艺术形象,表现了她的性格、追求和命运。这一形象所包涵的社会文化意义,大大超越了作者主观上想要赋予她的内容,且令人感到真实可信,心生理解和同情。相比之下,张生的形象较为逊色。因作者不愿揭示莺莺的真实身份,致使张生的遗弃有悖情理,而他的始乱终弃行为,更加削弱了这一形象的艺术魅力,甚至招致读者的反感。

《莺莺传》问世千年来,这一故事题材在小说、诗歌、说唱、戏剧等文学形式中,不断被改编、移植。宋朝时,崔、张故事已十分流行,成为说唱文学和文人创作的热门话题。金章宗时,董解元撰有五万字的诸宫调《西厢记》,将原故事结局的"始乱终弃"悲剧,改为崔、张双双出走,美满团圆。如此一改,张生变得有情有义,老夫人成为反对女儿自由恋爱的封建礼教的代表,莺莺是大胆追求爱情、带有叛逆性的女性,红娘则爱憎分明,聪明泼辣,见义勇为。这一传统题材由此发生了质的飞跃。元代王实甫的《崔莺莺待月西厢记》,进一步强化了"愿普天下有情的都成了眷属"之意蕴,比董解元版有更鲜明的反封建礼教色彩。以后,同类作品又出现了《南西厢》、《新西厢》、《锦西厢》、《续西厢》等不下数十种,但不论思想倾向和艺术表现,都不及董、王《西厢》,有的甚至是对《西厢记》进步思想的反动。

崔徽传 唐代传奇小说。元稹撰。宋施元之、顾禧《注东坡先生诗》引有元微之《崔徽传》,又说元稹为作《崔徽歌》。《类说》卷二十九《丽情集》有"崔徽"一条。《类说》引文全为节要,说明本篇小说原文较长。小说写蒲州女崔徽,与裴敬中相爱,分别后,抑郁得病,请人为之画像后寄与裴敬中,后来发狂病死。这一故事又见于《绿窗新话》等书,因其富于传奇性,常被后世诗人引为典故。本书早散佚,中华书局出版的《元稹集》外集卷七辑有佚句。

■**陈鸿**(生卒年不详,约活动在唐德宗贞元至文宗太和年间) 唐代小说作家。字大亮。籍里不详(侯忠义在其著作《隋唐五代小说史》中说"周至人陈鸿")。少学为史,唐贞元二十一年(805)登进士第。初官太常博士,迁虞部员外郎,太和三年(829)官尚书至客郎中。他热爱史学,用时七年撰成《大统纪》三十卷(此书已佚,现仅存序文)。据四川人民出版社1983年出版的《中国文学家辞典·古代第二分册》所说:"翌年冬(指陈鸿登进士第的第二年,即806年),白居易任周至县(今属陕西)尉,鸿与王质夫妇亦居周至,遂得同游。居易作《长恨歌》,鸿为之作传。"由此可知,陈鸿的小说《长恨歌传》亦写于这一期间。《新唐书·艺文志》著录的陈鸿小说还有《开元升平源》一卷,原书已散佚,鲁迅《唐宋传奇集》有辑录。另有传奇小说《东城父老传》一部,但其作者还无定论:《宋史·艺文志》著录为一卷,署陈鸿撰;明刊《虞初志》、《全唐文》均题陈鸿祖撰。

长恨歌传 唐代传奇小说。陈鸿撰。本篇传奇现有三个版本:一是《太平广记》本,题为《长恨传》;二是《文苑英华》本,题为《长恨歌传》,篇末记陈鸿、王质夫妇与白居易同游仙游寺,质举杯邀乐天作歌一节,为《太平广记》本所无;三是《丽情集》本,与上述二本均异,如篇中"诏浴华清池,清澜三尺,中洗明玉,莲开水上,鸾飞鉴中"等句,二本皆无。

元和初,陈鸿、白居易与王质夫妇相会于长安,话及天宝遗事,感慨叹息。白作长诗《长恨歌》,陈作小说《长恨歌传》。本传根据历史事实和民间传说写成。叙开元时,歌舞升平,玄宗沉溺声色,得杨玄琰女玉环,册封为贵妃,宠幸无比。杨家亲族皆列清贵,姐妹行均封国夫人,富埒王公。"安史之乱"爆发,以讨杨氏为号召,玄宗仓惶奔蜀,行至马嵬,六军不前,请诛杨氏兄妹。玄宗无奈,贵妃被缢死。叛乱平息后,玄宗返都,闲居宫中,思念贵妃不已。有道士作术,寻觅杨贵妃魂魄与玄宗幽会。玄宗更加伤感,不久忧郁而死。

本篇传奇充满悲剧色彩。对李、杨的爱情描写细腻入微,情节感人,催人泪下;杨贵妃的死也写得凄婉动人,可见其艺术魅力。本篇与白居易《长恨歌》相辅相成,李、杨的爱情故事成为后世小说、诗歌、戏曲中长盛不衰的题材。在诸多的戏曲剧目中,以清洪昇的《长生殿》最为脍炙人口。此剧在元白朴的《唐明皇秋夜梧桐雨》基础上加工,颇具特色。

东城父老传 唐代传奇小说。陈鸿祖撰。作者在文中自称"颍川鸿祖",其他无考。《太平广记》、《宋史·艺文志》均题为陈鸿撰,属沿误。《虞初志》、《全唐文》均题陈鸿祖。

本篇故事叙贾昌幼年以善斗鸡得宠至晚年落魄始末,与玄宗朝的兴衰紧密相连,以表现玄宗朝的政治得失,内容较《长恨歌传》具体而鲜明。玄宗在为藩王时就喜欢斗鸡。贾昌对鸡"驯扰教饲"有方,被召入鸡坊为五百小儿长,"天子甚爱幸之,金帛之赐,日至其家"。当时有民谣:"生儿不用识文字,斗鸡走马胜读书。贾家小儿年十三,富贵荣华代不如。"文中贾昌回忆天宝遗事,如张说任幽州牧时每年都向朝廷送大批绸布,然而"输于王府,江淮绮縠,巴蜀锦绣,后宫好玩而已",以及"开元取士,孝悌理人而已,不闻进士宏词拔萃之为其得人也",从不同侧面反映了当时朝政之腐败。

作者从唐朝豢养的寄生帮闲小丑的人生经历入手铺陈故事,以小见大,从个人命运折射国家的兴衰,其写作手法娴熟,给人以真实可信、惊世骇俗之感觉。宋代《夷坚志》的作者洪迈曾说:"读此传,玄宗全盛,俨然在目;至写昌一段,去国失宠,尤足寓凄感也。"(见《说郛》重编本)

■**李公佐**(约770—850) 唐代著名传奇小说作家。字颛蒙。陇西(今甘肃陇西县)人。唐德宗贞元十三年(797),公佐出游潇湘(湘水中游于今湖南零陵县北与潇水会合后称潇湘)、苍梧(泛指今湖南南部、广东西北部和广西东北部广大地区);贞元十八年(802)秋八月,又从江南游到北方的洛阳(今属河南),并在此地撰成传奇《南柯太守传》。约在元和初(806)登进士第。元和六年(811)出任江淮(今江苏镇江市)从事,奉使出差京城长安(今陕西西安市);继为洪州(今江西南昌市)判官。这期间完成《庐江冯媪传》。元和八年(813)坐事罢官,东游建业(今江苏南京市)。元和九年(814)春,泛舟洞庭湖,登包山。元和十三年(818),由南方返回长安。据五代时期的杜光庭在他的《神仙感遇传》卷三"李公佐"中云,公佐返回长安后又曾起为钟陵(今江西南昌市)从事。武宗会昌二年(842)前后任扬府录事参军。宣宗大中二年(848)因坐吴湘狱案而削官(见《旧唐书·宣宗纪》)。在交游中,公佐与白居易之弟白行简是好友,曾鼓励白行简写成了著名传奇《李娃传》。

李公佐的传奇小说共有五篇,除前面提到的《南柯太守传》、《庐江冯媪传》外,还有《谢小娥传》、《古岳渎经》和《燕女坟记》。今仍流传于世的只有前四篇,《燕女坟记》散佚。这些作品的影响可谓深远。鲁迅在《中国小说史略》中评曰:"多所著作,影响亦甚大而名不甚彰者曰李公佐。"又对其《南柯太守传》评曰:"假实证幻,余韵悠然,虽未尽于物情,已非《枕中记》之所及矣。"

南柯太守传 唐代传奇小说。李公佐撰。《太平广记》卷四百七十五录入。唐李肇《国史补》卷下称:"近代有造谤而著书,鸡眼、苗登二文;有传蚁穴而称,李公佐《南柯太守》……皆文之妖也。"

本篇故事为唐传奇的代表作。叙述吴楚游侠淳于棼,一日沉醉致疾,卧于堂东庑之下,昏梦中被邀入"槐安国",当了驸马,出任南柯太守。守郡二十年,境内大治,任国宰辅。后来盛极而衰,战争失利,公主病死,遭谗毁,被囚禁于家,遣送出郭。他心痛悲愤,猛然醒来,竟是醉中一梦。他寻访梦中踪迹,所谓"槐安国",为家门大槐树穴中之蚁穴,"南柯郡"乃槐树南枝上一小蚁穴。他"感南柯之浮虚,悟人世之倏忽,遂栖心道门,绝弃酒色"。

作者受道教感悟和释家色空观的影响,写人生如梦;但超脱中有流连,流连后又超脱,对社会黑暗现实有所揭露和惊悟。作者以恍惚渺茫的故事,展开艺术构思与联想,写得似梦非梦,幻中有实,实中有幻。全篇结构严谨,情节穿插饶有情趣,细节描写丰富细腻,增加了小说的现实性和寓言性,讽刺了封建文人,揭露了尔虞我诈的政治官场,对后世有深远影响。李肇曾赞道:"贵极禄位,权倾国都,达人观此,蚁聚何殊!"李商隐在《上李相公启》中也说:"井觉蛙窥,蚁言树大。"明人车任远曾作杂剧《四梦》,其一《南柯梦》即据此演绎。汤显祖著名的"临川四梦",其中也有《南柯梦》,吕天成《曲品》评曰:"酒色武夫,乃从梦境证佛,此先生之妙旨也。"

庐江冯媪传 唐代传奇小说。李公佐撰。《太平广记》卷三百四十三录入时称来自《异闻录》。

本篇小说叙述庐江里中穷寡无子的冯媪,因淮楚大歉,乞食经牧犊墅,见路隅一室有灯光,遂求宿。室中少妇携三岁幼女,倚门悲泣,有老叟与媪据床而坐,似索财物。见冯媪至,叟媪默然离去。经问,知其夫董江为桐城县丞,欲别娶一女,而舅姑索取祭祀旧物,以授新人,因而悲伤。天明,媪辞行至桐城县,果见董江娶妻,问而惊悉,董妻及父母皆丧,昨日所见乃鬼魂。本篇虽属志怪故事,但叙述婉转,描写逼真,从侧面反映了当时妇女的可怜境况。

古岳渎经　唐代传奇小说。李公佐撰。《太平广记》卷四百六十七录时题作《李汤》。鲁迅据《南村辍耕录》卷二十九"淮涡神"条辑入《唐宋传奇集》时,改作此题。

本篇写唐代宗年间,李汤任楚州刺史时,有渔人告龟山下水中有大铁链盘绕山足,乃命能水者数十人,用牛五十余头,曳之出水。顿时风浪突起,铁链末端锁一怪兽状如猿猴,高约五丈,白首金爪,上岸时双目紧闭,久乃伸颈张目,欲发狂怒。观者惊走,水兽遂徐徐引锁曳牛入水而去。元和九年,李公佐访古东吴,泛洞庭,登包山,入灵洞,探仙书,于石穴中得《古岳渎经》第八卷,知李汤所见乃淮涡水神无支祁。大禹治水时,至桐柏山遇惊风走雷,不能通过,乃命庚辰降伏之,颈锁大索,系之于淮阴龟山足下,使淮水得以安流入海。

本篇小说素材取自民间神话传说,作者展开联想,铺排情节。它文笔简质,兼带考据,给人以清新之感。文中写水怪之凶猛怪异,反衬当时大禹治水之艰难。这种反衬的艺术手法,在唐传奇中并不多见。

谢小娥传　唐代传奇小说。李公佐撰。《太平广记》卷四百九十一录入。《类说》据《异闻集》,收入时文极简略。

本篇小说叙述历阳侠士段居贞之妻谢小娥的故事。小娥父、婿,行贾江湖,被盗贼杀害,小娥亦被沉江。后为人救起,居妙果寺生活。夜梦其父告以仇家姓名隐语,不得其解。数年后巧遇李公佐破解,知杀父、婿者为申兰、申春。小娥易男服,奔走江湖,终在浔阳江找到仇人。小娥杀申兰,智擒申春。郡太守嘉其志行,具实上奏旌表。小娥复仇后,剪发为尼,遁入空门。本篇故事荒诞,情节虚构,但谋篇布局曲折起伏,写得极为精细。隐语之精巧,破案之严密,令人叹止;主人公小娥的勇敢、坚强、机智,使人倾服。

此故事对后世影响很大。宋祁在修《新唐书》时,竟将此杜撰故事视为史实,将传说人物谢小娥收入《列女传》中,加以褒奖。明凌濛初《拍案惊奇》卷十九"李公佐巧解梦中言,谢小娥智擒船上盗"即据此改写。清初王夫之《龙舟会》杂剧,亦是敷演此事。

燕女坟记　唐代传奇小说。李公佐撰。宋祝穆《古今事文类聚》引录。《类说》、《丽情集》、《绿窗新话》、《群书类编故事》、《青泥莲花记》等均记故事梗概。

本篇写襄州小吏卫敬瑜妻姚玉京,因丧偶而怜惜一孤燕。燕感其德,每年必至其家。数年后,姚病故,燕亦飞至其坟而死。此后,每至风清月明之际,常见玉京与燕同游汉水之滨。本篇故事情节虽系荒诞,但细节描写逼真,将人禽珍重友情、忠贞不二的品德写得极为感人。

■蒋防(生卒年不详,约活动在唐宪宗元和至文宗太和年间)　唐代诗人和小说作家。字子徵,或作子微。唐义兴(今江苏宜兴市)人。幼年时期勤奋好学,长而能诗善文。十八岁,父友令作

《秋河赋》,援笔立就,知名于时。于简因之妻以女儿。曾任官右拾遗。唐宪宗元和年间(806—820),受时任翰林学士、中书舍人、诗人李绅的举荐为官,先后历右补阙充翰林学士、司封员外郎、司封郎中知制诰。长庆四年(824),李绅因与宰相李逢吉不和,被其陷害而遭贬斥,防也因此被贬为汀州(今福建长汀县)刺史,不久又改任连州(今广东连县)刺史,迁袁州(今江西宜春市)刺史。约卒于太和五年至九年(831—835)间。

蒋防的撰著,《宋史·艺文志》著录有文集一卷、诗集一卷。另有传奇小说《霍小玉传》,大约写于元和年间,时间略晚于《李娃传》和《莺莺传》,是唐传奇中的上乘佳作。小说写名门望族出身的陇西新第进士李益与妓女霍小玉的爱情悲剧。李益实有其人,是唐朝与李贺齐名的诗人,当过集贤殿学士、礼部尚书。作者根据李益生平的某些事实和传闻,加以渲染而写成小说。

霍小玉传　唐代传奇小说。蒋防撰。始载于《太平广记》卷四百八十七。《青泥莲花记》据此本录入。

本篇叙述霍小玉为霍王婢女所生,后沦为妓女。小玉遇进士李益后,以身相许,欢爱倍加。小玉自知不能与李益长相厮守,只求李八年内不再娶妻,以共享青春快乐。李益信誓旦旦,但得官上任后,却依母命娶表妹卢氏。被遗弃的小玉忧恨成病,几招李不见。小玉病危时,有一黄衫豪士迫李益到小玉家面诀。小玉对李怒加谴责,发誓死后变厉鬼,闹得他妻妾不安。小玉死后,李益一再受鬼魂捉弄,猜疑成疾,屡虐妻妾。《旧唐书·李益传》中记:李益"有疾病而多猜忌,防闲妻妾过于苛酷"。本篇故事可能因此附会而来。

作品反映了唐代下层妇女的悲惨遭遇,痛斥那些"风流才子"的浮浪行为,对小玉寄予了极大的同情,其批判精神流于字里行间。在人物刻画上,作者注意在细微处下功夫,全书语言生动,对话个性化,是唐代爱情、婚姻题材优秀小说的突出代表。明戏曲家汤显祖曾将其改编为戏曲《紫箫记》,后又改为《紫钗记》。

■**王建**(约767—约831)　唐代诗人。字仲初。颍川(今河南禹州市)人。门第衰微,早岁即离家寓居魏州乡间。二十岁左右认识张籍,一道从师求学,开始创作乐府诗。贞元十三年(797)辞家从戎,写了一些边塞军旅诗。十三年后离开军队寓居咸阳乡间,后任昭应县丞,不久迁太常寺丞,官终光州刺史。王建的乐府诗很有名,用笔简洁峭拔,语气含蓄,意在言外;其《宫词》诗"多言唐宫禁中事,皆史传小说所不载者"。另有传奇小说《崔少玄传》。

崔少玄传　唐代传奇小说。《太平广记》卷六十七录入时,曾题《少玄本传》,未录作者姓名。后人据文中所述,判定为王建撰。《虞初志》收录时,直署王建撰。

本篇写汾州刺史崔恭小女升仙的故事。叙述崔少玄十八岁嫁与卢陲,卢从事闽中,得遇神人,言其妻乃玉华君。少玄出见神人,相互交谈,十分默契。神人告其身份,说须在尘世二十三年才能还天。居闽三年,少玄独居一室,常有女真过从。后居洛阳,作功章奏上帝。后果升天。全文谈玄说道,殊少意趣,艺术手法平庸,不脱神仙传记之窠臼。

■南卓(约791—854)　字昭嗣。鲁郡(今山东兖州)人。元和十年(815)应进士试,与沈亚之订交。大和二年(828)登贤良方正能直言极谏科第四等。初为拾遗,出为松滋令,后为洛阳令,商、蔡、婺等州刺史。终官于黔南观察使。著有《羯鼓录》一卷、《南朝纲领图》一卷、《驳史》三十卷、文集一卷和传奇小说《烟中仙》等。

　　烟中仙　唐代传奇小说。南卓撰。本篇故事原文已佚,仅见《类说》卷二十九《丽情集》节录部分。主要写渔父杨翁有女能诗,谢生求娶。杨女作诗两句,谢生续之。女曰:"天生吾夫",遂成婚。七年后,杨忽无病而逝。后一年,见杨立于江上烟中曰:"吾本水仙,谪居人间,今复为仙。后倘思郎,即复谪下,不得为仙矣。"由此推知此篇为谈玄说道的神仙纪传之属。

■沈亚之(781—832)　唐代笔记小说作家。字下贤。吴兴(今浙江湖州)人。唐宪宗元和七年(812)赴京应试,与诗人李贺交游;落第后,李贺写有《送沈亚之歌》,称他为"吴兴才人"。元和十年(815)登进士第。泾原(今甘肃泾川县北)节度使李彙召为掌书记,后入朝为秘书正字。穆宗长庆初(821),补栎阳(今陕西西安临潼区东北栎阳镇)尉。长庆四年(824),升任福建团练副使,后累迁至殿中侍御史、内供奉。文宗太和三年(829),占有沧德二州(今河北沧州市和今山东陵县)的李同捷叛乱,朝廷用劝抚政策,任命柏耆为沧德宣慰使,以沈亚之为判官。同年乱平,诸将嫉妒柏耆邀功,争着上表奏论。不明真相的文宗贬柏耆为循州(今广东惠州市东北)司户,沈亚之亦随之被贬为南康(今江西赣州市)尉。官终于郢州(今河南正阳县北)掾任内。

　　沈亚之一生工诗善文,与许多同时代的著名诗人互有唱和之作。据《新唐书·艺文志》载,有《沈下贤集》九卷,《直斋书录解题》著录为十二卷,今传有《沈下贤集》十二卷。据光明书局1934年出版、谭正璧编著的《中国文学家大辞典》称:"集中有《湘中怨》、《异梦记》、《秦梦记》三文,为唐代传奇文中的白眉。"又据侯忠义《隋唐五代小说史》(浙江古籍出版社1997年版)载,见于《沈下贤集》中还有一篇重要的传奇小说《冯燕传》,在《太平广记》卷一百九十五中作《冯燕》。沈亚之的代表作品是《秦梦记》。

　　冯燕传　唐代传奇小说。沈亚之撰。见于《沈下贤集》。《太平广记》卷一百九十五录入时题作《冯燕》,在原文基础上有删改。

　　本篇写唐贞元间冯燕与滑将张婴之妻私通。一日,冯燕与婴妻在张家幽会,恰值张醉酒归家。张酣睡。冯示意婴妻将落地之巾给他,婴妻误解其意,将巾旁之刀递给冯燕。冯见状,用刀将婴妻杀死,拾巾而去。案发后,张婴涉嫌入狱,严刑之下,自诬杀妻。临刑之日,冯燕挺身而出,自首归案。地方官大为感动,请求归印,以赎冯之罪。皇帝闻知,亦深为赞赏,免去滑城所有死囚之罪。

　　本篇故事为实录。据记载,冯燕之事,当时曾引起轰动,耸人耳目。作者根据史事,在写法上也仿照史传的形式,以文学手法为冯燕立传,传末并附"赞语"。《冯燕传》之后,有司空图的《冯燕歌》,及宋代王明清《玉照新志》所载曾布之《水调大曲》,均讲述此事。

异梦录　唐代传奇小说。沈亚之撰。见《沈下贤集》卷四。《博异志》在收入时有删节。《太平广记》卷二百八十二录入时题为《邢凤》,注出于《异闻录》。

本篇记沈亚之在泾州军中,听陇西公讲邢凤的故事。邢凤系帅家子,以巨资质得豪家第宅;白日于宅中梦一美人,执卷吟诗而来。邢凤录其首篇《春阳曲》。美人又为其作"弓弯舞"。邢凤醒后,袖中竟存适才所录之诗。沈亚之记下了这则故事。当时的座客姚合也讲了其友王炎梦游吴国,侍吴王,后西施死,吴王命王炎作挽歌,颇得吴王奖赏的故事。

此类以道听途说的虚幻梦景作素材编造故事的手法,不过重蹈"人神恋情"的怪异故事套路,并没有什么新意。只是篇中笔触细腻,将梦中之事实写,化幻为真,颇有些意味。

湘中怨解　唐代传奇小说。沈亚之撰。见《沈下贤集》卷二。《太平广记》卷二百九十八录入时题作《太学郑生》,注出自《异闻集》,文字有删落。今传世本为汪辟疆据明翻宋本《沈下贤文集》校点而成,收入《唐人小说》。

本篇写郑生偶遇孤女,由同情而生爱怜,吟诗相和,相依多年。孤女乃湘中蛟宫之娣,谪而从生,后谪满自求离去而吐实。别离之时,难割难舍。十余年后,郑生登岳阳楼,思念旧情,感伤不已。这时,孤女遥现于画舻之上,悲歌起舞,后失所在。

故事将人神恋情,写得神秘、朦胧,美丽而感伤,充满浪漫色彩。作者发挥诗人的叙事特长,不仅将郑生与湘女的悲欢离合交待得有始有终,而且把湘女与郑生的相互思念之情写得缠绵悱恻,哀婉动人。宋代杂剧《郑生遇龙女薄媚》即本于此。

秦梦记　唐代传奇小说。沈亚之撰。见《沈下贤集》卷二。《太平广记》卷二百八十二录入时题《沈亚之》,文字有删改。

小说写沈亚之昼寝邸舍,梦游入秦。献计秦穆公,助之伐晋,下五城,有功。时穆公幼女弄玉夫婿萧史已死,穆公将弄玉嫁亚之。婚后,吹箫听曲,情笃意切。一年后,公主弄玉无疾而卒。穆公命亚之作挽歌,撰墓志铭。穆公每见亚之,即伤悼爱女,以是促亚之别赴他国。亚之惊觉。醒后知邸舍正当穆公葬地。这篇人鬼相恋的传奇,在构思上与作者另一篇传奇《异梦录》结尾处姚合所述之王炎见吴王、恋西施的情节相类,又颇得李公佐《南柯太守传》之遗风。而本篇的主旨不在于写富贵无常,而在于写爱情之缠绵。文中多处穿插诗歌,使小说充满抒情气息。鲁迅在《中国小说史略》中说:沈亚之"好言仙鬼复死,尤与同时文人异趣"。唐时小说作家颇多写梦与前朝人偶合的故事,反映了当时文人对纯真爱情的追求。

感异记　唐代传奇小说。作者佚名,后人疑为沈亚之撰。始见于《异闻集》。《类说》卷二十八记其概要。《太平广记》卷三百二十六作"沈警"条。宋人或引作《沈警传》、《沈警感异记》。

本篇叙沈警由梁入北周为上柱国,奉使秦陇,过张女郎庙,酌水祝祠,作《凤将雏》曲。俄而二女郎来,大者说系张女郎妹,嫁庐山夫人长男;小者嫁衡山府君小子。二女携沈警至山中水阁,置酒欢饮,小妹伴沈寝,明日又置酒送别。小女郎赠沈金合欢结。沈出使回,又于神座上得小女郎书信。

小说情节结构荒唐，然不曲折，词章华丽，颇有特色。其情节类《游仙窟》。

■**房千里**（生卒年不详，约活动在唐文宗时期） 唐代小说作家。字鹄举。河南（今河南洛阳市）人。唐文宗（827—840）太和初（827）登进士第，曾去岭南东道任职（具体官职不详），后奉调回京都任国子博士。不久，因坐事被贬为端州（今广东高要市）别驾〔一说因罪贬谪庐陵（今江西吉安市）。后升为高州（今广东高州市东北）刺史，并终官于此任〕。

房千里著述，据《新唐书·艺文志》载录，有《投荒杂录》一卷、《南方异物志》一卷，另有传奇小说《杨娼传》一篇，载于《太平广记》中。《全唐诗》录存有《寄妾赵氏》一首，《全唐文》录存有《游岭徽诗序》、《庐陵所居竹室记》等文。

据谭正璧的《中国文学家大辞典》（光明书局 1934 年版）载，千里之所以写传奇《杨娼传》，萌发于其自身的一段遭际：他在岭南东路（治所在南海，即今广州市）任职时，当地一位名士韦滂与他要好，并送他一赵氏美女作妾。后千里西上京都，多年恩爱难舍，途中经过襄州（今湖北襄樊市）时，恰遇好友许浑南下岭南，于是抒诗寄情，写下《寄妾赵氏》诗一首，托许浑前去看望照应。许浑到达南海，正准备给赵氏送去薪米，得知赵氏已跟韦秀才结合了。于是，方有许浑才《寄房千里博士》诗一首，有"为报西游减离恨，阮郎才去嫁刘郎"名句存留。房千里得诗，哀恸几绝。

杨娼传 唐代传奇小说。房千里撰。《太平广记》卷四百九十一录入。《虞初志》、《绿窗女史》、《唐人说荟》、《唐代丛书》、《龙威秘书》等均收入。

本篇叙长安名妓杨娼与岭南帅甲相恋，几经磨难，生死不渝。后帅甲被其妻所迫，病故，杨娼还帅甲赠金，殉情而死。全篇文字简古，质直少文，类据实事直录的杂传小说。

■**薛调**（830—872） 唐代小说作家。字不详。河中宝鼎（今山西万荣县）人。生就美貌，人称"生菩萨"。唐懿宗咸通（860—873）初年与季瓒同登进士第。咸通十一年以户部员外郎加驾部郎中，充翰林承旨学士，次年加知制诰。郭妃见其一面便悦其貌，曾对懿宗曰："驸马盍若薛调乎？"不久，调即暴病身亡，卒年仅四十三岁。时人以为系被人下鸩毒死。

薛调著有传奇小说《无双传》。记述书生王仙客爱恋表妹刘无双，求为婚配的故事。明人陆采曾据此改编为剧本《明珠记》。今本《太平广记》中收有《无双传》。

无双传 唐代传奇小说。薛调撰。《太平广记》卷四百八十六录入。《类说》卷二十九《丽情集》题为《无双仙客》。明清诸家均题为《刘无双传》。《虞初志》则伪托裴说作。

小说记述王仙客和刘无双悲欢离合的爱情故事。王仙客幼年丧父，随母寄住舅父家，与表妹无双青梅竹马，亲密无间。王母临终前将儿子托付给兄长刘震，并为儿子求婚。仙客长成，身单只影。刘震官高位显，不同意女儿和外甥的婚事。泾源兵变，京城骚乱，百官出逃。这时，刘震为了财产和生命，同意二人婚事，命仙客押运财物先行逃亡。刘和家人刚出城即陷于贼中。乱平后，仙客赴京寻舅，知震因接受伪职，夫妇被处死，无双籍为宫女。金吾将军王遂荐仙客为富平县尹,知长乐驿。一日,中使押宫女去洒扫园陵,途宿长乐驿。仙客在家人的帮助下见到了无双。无双留下一信,嘱其求豪侠古押衙,救她出宫。仙客倾尽赀财,结交古押衙,求得灵药,设计让婢女扮中使,持药赐无双"自尽",然后赎其尸。三日后令复苏。古押衙怕事泄,将参与者十余人杀死,自己亦自刎。仙客携无双浪迹江湖,后归故乡偕老。

这是一则讴歌青年男女忠贞爱情的故事,同时赞扬古押衙为知己者死的侠义精神,并谴责给人民造成痛苦的战乱。行文叙述委婉,颇有情致,人物形象亦鲜明动人;但刻意猎奇,为一对恋人的幸福,致使十余人死于无辜,未免过于残忍,有悖于情理,从而也削弱了主要人物形象的真实性。在爱情故事中,穿插一些侠义情节,从侧面暴露封建婚姻制度的不合理,是唐以后小说戏曲常有的表现手法。明陆采的《明珠记》传奇,清崔应玠、吴恒宣的《双仙记》传奇,均敷演此篇故事。

■**王洙**(生卒年不详,约活动在唐宪宗元和年间) 字学源。先祖为琅邪人(今属山东)。元和十三年(818)春擢第,尝居邹鲁间名山习业。其余事迹不详。著有传奇小说《东阳夜怪录》等。

东阳夜怪录 唐代传奇小说。始见于《太平广记》卷四百九十,未著撰人。从传文分析,似应为王洙所撰。《虞初志》、《合刻三志》、《说郛》重编本、《唐人说荟》、《唐代丛书》等收入此文时,均题王洙撰。

小说叙述秀才成自虚雪夜投宿渭南东阳驿南佛庙,遇老病僧智高,随后有前河阴转运巡官试左骁卫胄曹参军卢倚马、桃林客副轻车将军朱中正及敬去文、奚锐金四人借来,诵诗论谈。后来苗介立和胃藏瓠、胃藏立兄弟相继来聚。天晓,众人皆失,但觉腥臊无比。成到外间见到橐驼、乌驴、老鸡、驳猫、二刺猬、牛、犬,方悟夜来听见皆此八怪,自此失魂丧魄数日方定。

此事纯系虚构。作品特点是用"谐词隐言"隐示动物。全文充满诙谐和讥刺。八怪各有所指、所讽。行文处处埋设机关,利用谐音、双关、拆字、用典等形式,让人品味揣摩,饶有趣味。原文有注十余处,可帮读者解揭隐语含义。此种文体古已有之,如荀卿的《蚕赋》、袁淑的《俳谐文》、沈约的《修竹弹甘蕉文》,韦琳的《鲴表》等。但这一类小说却并无多少寓意,所以前人曾批评其"皆但可付之一笑,其文气亦卑下,亡足论"(胡应麟《少室山房笔丛》)。

■**杜光庭**(850—933) 唐末和五代时期的道士、小说家。字圣宾,一作宾圣。处州缙云(今浙江缙云县)人,一说长安(今陕西西安市)人。唐懿宗咸通年间(860—873),曾入京应试万言科,未中,遂到天台山(在今浙江天台县城北)当道士。唐僖宗时召为内廷供奉,充麟德殿文章应制,赐紫衣。后避战乱入蜀,改事王建(王建原为唐之西川节度使,拥有军事实力,后于907年割据蜀地建立前蜀小王朝)。据《资治通鉴·卷二六八·后梁纪三》载:"乾化三年(即前蜀永平三年,公元913年)六月……丙子,蜀王以道士杜光庭为金紫光禄大夫、左谏议大夫,封蔡国公,进号广成先生。光庭博学,善属文,蜀主重之,颇与议政事。"后唐同光三年(前蜀乾德七年,公元925年)

前蜀灭亡,光庭隐居青城山白云溪,自号东瀛子。

光庭一生能诗善文,撰著甚多,计有《谏书》一百卷、《历代忠谏书》五卷、《道德经广圣义疏》三十卷、《广成集》一百卷、《录异记》十卷、《壶中集》三卷、《王氏神仙传》一卷、《墉城集仙录》十卷、《仙传拾遗》十卷、《神仙感遇传》十卷、《道教灵验记》十五卷、《洞天福地岳渎名山记》一卷、《玉函经》一卷等。另外,著名传奇小说《虬髯客传》亦传为杜光庭所撰(一说为唐张说作)。这部小说影响深远,明人凌濛初的《虬髯翁》杂剧、张凤翼的《红拂记》传奇皆本于此。在光庭以上十四部书中,有九部为志怪型笔记小说。此公可说是一位高产小说作家。

录异记　唐代志怪小说集。杜光庭撰。十卷。《崇文总目》、《宋史·艺文志》小说类著录为十卷;《津逮秘书》、《秘册汇函》等本著录为八卷。

全书分仙、异人、忠、孝、感应、异梦、鬼神等十七类。有前人旧说,有当时新闻,有异事志怪。如卷五至卷七记异虎、异龟、异水、异石等,其中有记唐明皇得金色神龟,能辟巨蛇之毒;有小黄门犯法流放南疆,明皇予其金龟,果然免于蛇害。又如忠、孝类记一些野史逸闻,有记黄巢攻入长安时,工匠刘万余、乐人邓慢儿、米生等反抗义军,不成而死。卷四记进士崔生为其表丈人请托天官崔侍御,谋得南山鬵神的美缺,表丈枉法营私,保护崔生庄园免灾,并赠崔五百匹缣;这反映了当时社会丑恶腐败之风。作者重在宣扬道术,文字上不求修饰,作品艺术性一般。明人在本书题记中评此书"大都掊拾他说,间入神仙玄怪之事,用相证实","学凡识近,急于成书",故对后世影响不大。

今存版本有《津逮秘书》本、《道藏》本等。

神仙感遇传　唐代志怪小说集。杜光庭撰。十卷。《宋史·艺文志》道家类著录。原本散佚。《云笈七签》载三十条,《道藏》本收五十七条,《太平广记》收二十七条,除去重复,现存九十余条。

本书记古人遇仙故事,大多采自他书:如"释玄照"与《宣室志》中之"孙思邈","李筌"与《集仙传》中之"骊山姥"条内容相同;书中之"虬髯客"是著名传奇《虬髯客传》的缩写,其中风尘三侠的形象十分动人。另外,"文广通"条颇类《桃花源记》,流露出乱世中人们对安定和太平的渴求;"张镐"叙张遇女仙,两人同居后女仙欲度张同赴太清,因失和,女仙驾鲤而去。但这些作品是否杜光庭作,学界尚存疑。

墉城集仙录　唐代神仙传记小说。杜光庭撰。十卷。《宋史·艺文志》道家类著录。据杜光庭在"序"中说,此书原为十卷(今本六卷)。因记"古今女仙得道事",而"女仙以金母为尊,金母以墉城为治",故曰《墉城集仙录》。《四库全书总目》云:"张君房《云笈七签》所载,与此本互异。然此本前数卷,皆袭《汉武故事》、陶弘景《真诰》之文,真伪盖不可知。疑君房所录为原本,而此书为后人杂摭他书砌合成编。"

书中"金母元君"叙西王母的种种传说;"云华夫人"叙云华与大禹、宋玉、楚王等事;"谌母"涉及吴猛、许逊事;"杨正见"记千年茯苓事,与民间千年人参、何首乌的故事相类。本书文字简古，缺乏文采；但对研究民间神话传说、民俗等，有一定的价值。传本有《云笈七签》本、《道藏》本等，《太平广记》摘有佚文。

西王母传 唐代神仙传记，杜光庭撰写。《太平广记》卷五十六"西王母"条下注"出《集仙录》"，即指杜光庭的《墉城集仙录》。道藏本作"金母元君"，《云笈七签》本作"西王母传下仙道"。《五朝小说》取《太平广记》引文，题汉桓麟撰，为伪托。

本篇故事叙述东华至真之气，化生木公，号曰东王公；西华至妙之气，化生金母，生于神州伊川侯氏，号西王母，居昆仑之圃，诸多女仙环侍。昔日黄帝战蚩尤时，王母派九天玄女助帝，数年后又遣白虎神授帝地图。以后诸帝及道家诸首领均西登昆仑拜谒，西王母还曾降临汉宫。

故事内容明显从《穆天子传》、《山海经》、《汉武故事》等书拼凑而成。但作者对"王母蓬发、戴华胜、虎齿善啸"的传说作了解释和修正，认为此乃"王母之使，金方白虎之神，非王母真形"。这是对唐以前的西王母传说的总结和改编。后世小说、戏曲创作，将西王母塑造为女神，似本于此。另据近人丁山、朱芳圃等考证，西王母本名貘，为中国古代西方貘族所奉祀的图腾神像。貘与母古时同音通用，流俗相传，误为女性的尊称。她先变为黄帝妃，后变为东王公妻，再变为玉皇大帝的正宫娘娘，成为一位重要女神。

虬髯客传 唐代传奇小说。又名《虬须客传》。《太平广记》卷一百九十三、《崇文总目》、《通志·艺文略》著录时均未题撰人。《宋史·艺文志》、《容斋随笔》、《说郛》、《龙威秘书》、《顾氏文房小说》等收录时或题为杜光庭撰，或题为张说撰。

作品叙述隋朝末年，李靖上谒司空杨素后，杨素侍妓红拂对李产生爱慕之情。当晚与李靖携手远遁。逆旅中结识豪侠虬髯客，结为挚友。后李靖通过刘文静，得见李世民。虬髯客见李世民气概不凡，"神气清朗"，知难以匹敌，遂倾其家财资助李靖，嘱其辅助李世民，"竭心尽善，必极人臣"；而他自己却率海盗十万，"入扶余国，杀其主自立"。作品的主旨是想通过李靖、虬髯客、杨素几个人物的言行，说明"人臣之谬思乱者，乃螳臂之拒走轮耳"的道理。但所述故事本身却褒扬了不媚权贵、追求真爱的胆识和重义重情的侠义精神。

作品的艺术表现手法突出，主要写红拂；逆旅一节后，着力于虬髯客。写红拂、李靖是明写，以二人的姻缘、命运为主线；写虬髯客是暗写。时明时暗，给人以一种神秘感。故事不是从主人翁的身世纵线开始，而是从生活的横断面切入，打破了传记性的传统写法格局，耐人咀嚼。后世的小说、杂剧多以此素材为本。如凌濛初的杂剧《北红拂》、《虬髯翁》，张凤翼的《红拂记》，曹寅的《北红拂记》等。《风尘三侠图》还将红拂、李靖、虬髯客誉为"风尘三侠"。

■**韩偓**（844—923） 唐末诗人。字致尧，一作致光，小字冬郎，京兆万年（今陕西西安市）人。昭宗龙纪年（889）进士及第，先后任官兵部侍郎、翰林学士承旨。因得罪了朱温，贬为濮州司马、邓州司马。朱温篡唐后，他逃往闽地。著有《韩偓集》、《香奁集》。又据《新唐书·艺文志》著录有笔记小说集《金銮密记》五卷。此书主要写唐昭宗在凤翔时与李茂贞的关系，狄仁杰为武则天断梦以及立庐陵王为太子等逸闻。今有《说郛》本、《五朝小说》本、《唐人说荟》本,以及巴蜀书社1993年出版的《中国野史集成》影印本等。另有传奇小说《海山记》、《开河记》、《迷楼记》等,亦题为韩偓撰。

海山记 唐代传奇小说。作者佚名。《唐人说荟》本题为韩偓撰。宋刘斧《青琐高议》著录时题为《隋炀帝海山记》。《古今说海》、《历代小史》、《五朝小说》、《古今逸史》本,皆未署撰人。《四库全书总目》则认为"盖宋人所依托"。

作品分上下篇。上篇写隋炀帝即位后大建园林,广收奇兽异木;下篇写炀帝荒淫无道事,用谶纬预示国势之危亡。本篇小说可称野史,其中可感作者对历史的深刻反思,对后世文学创作有一定的影响。《隋炀帝逸游召谴》、《隋炀帝艳史》、《隋史遗文》、《隋唐演义》等通俗小说都曾采用本篇所述史事。

开河记 唐代传奇小说。作者佚名。《唐人说荟》本题为韩偓撰。又称《炀帝开河记》。《宋史·艺文志》著录,未题撰人。《说郛》、《古今说海》、《历代小史》、《五朝小说》、《古今逸史》等本均未题撰人。《四库全书总目》认为"盖宋人所依托"。

作品叙述隋炀帝观《广陵图》,思欲重游,又听术士言睢阳有王气,遂任命征北大总督麻叔谋为开河都护,自汴至广陵开运河,以凿穿王气;开河中,遇仙棺、留侯张良庙以示警,后逢地穴,预知隋之将亡;麻叔谋贪婪暴虐,为炀帝发觉,腰斩于河侧。作品性质与《海山记》一样属野史类,对后世文学创作有一定影响。

迷楼记 唐代传奇小说。又称《炀帝迷楼记》。作者佚名。《唐人说荟》本题韩偓撰。《说郛》、《古今说海》、《历代小史》、《五朝小说》、《古今逸史》等本均未署撰者。《四库全书总目》认为"盖宋人所依托"。

作品记叙隋炀帝登极后,沉湎女色,佞臣高昌荐项升造迷楼,选后宫良家女千数,入楼供其淫乐;又有佞臣何稠进御女车,方士进大丹春丸,使炀帝宣淫过度,身心俱病;后炀帝幸扬州,死于难。作品具有野史性质,为后世文学艺术创作所本,但其中多淫亵之辞。

■**郭湜**(生卒年不详,约活动在唐代宗时期) 唐代小说作家。字号、仕履皆不详。太原人。他所撰写的传奇小说《高力士外传》一卷,只是记述了高力士的部分经历,并非全传,但是,这部分高力士的生平,却为后世史家所采用。据郭湜在该书自序中述,他在唐代宗(762—779)大历年间曾为大理司直的官职,因与高力士同时遭贬,所以知道高的一些经历。书中内容涉及唐玄宗开元后期的一些朝政,如安史之乱、玄宗出逃、肃宗即位、李辅国专权等大事件。今存有《唐代丛书》本、《五朝小说大观》本和《唐开元小说六种》等。

高力士外传 唐代传记类笔记小说。郭湜撰。又名《高氏外传》。《新唐书·艺文志》杂传记类著录。一卷。题作《高氏外传》。《宋史·艺文志》著录时题为《高力士外传》。

作品记唐玄宗朝太监高力士事,侧重写其在安史之乱后的遭遇,同时叙述唐玄宗被李辅国凌逼移宫等事。传中描写高力士牵御马护送玄宗至西内的场面，十分细致感人；高力士与玄宗讲经、论议，及其在朝中的一些活动，常被后人作为史料在小说中引用。本书在史传的基础上改编而成，行文枝蔓，拾事琐碎，文学意味不足。传世版本有《顾氏文房小说》本、《唐开元小说六种》本及上海古籍出版社1985年出版的《开元天宝遗事十种》本。

■**李繁**(生卒年不详，约活动在唐德宗至敬宗时期)　京兆(今陕西西安市)人。其父李泌，在玄宗、肃宗、代宗、德宗四朝均任重要官职，累官至宰相。李繁小有学识，但无德行。历官太常博士、大理寺少卿、弘文馆学士，因被谏官弹劾，出为随州刺史、亳州刺史。由于在朝期间与御史舒元舆有隙，被诬为滥杀无辜，有诏赐死。在狱中撰写了"家传十篇"。笔记小说《李泌传》一卷为李泌的传记，又称《邺侯家传》十卷(今本不分卷)，当在这十篇之中，其内容主要是有关李泌的史事和逸闻。前书载《唐人说荟》、《晋唐小说畅观》本等，后书载《说郛》本等。另有《大唐说纂》四卷，亦题李繁著。

邺侯外传　唐代传奇小说。作者佚名。《唐人说荟》、《龙威秘书》等收录时题为《李泌传》，并署李繁撰。《太平广记》卷三十八录入。《古今说海》、《历代小史》、《五朝小说》均收入。本书之所以称《外传》，是与《家传》区别，并由此展开文学创作。

本书与传记《邺侯家传》相对应，叙述李泌的逸事。不少情节与《家传》相同；不同的是，文内多神怪奇迹。传中李泌救窦庭芝事，与《剧谈录》文字略同。今存《邺侯外传》本炫示了李泌的奇行灵验，近似神仙。

大唐说纂　唐代笔记小说集。李繁撰。四卷。又称为《说纂》、《唐说纂》。《新唐书·艺文志》、《崇文总目》均在小说家类著录。《容斋四笔》卷八"双陆不胜"条下记："《艺文志》有李繁《大唐说纂》四卷，今罕得其书，予家有之。凡所记事，率不过数十字，极为简要，《新史》大抵采用之。"《直斋书录解题》著录时云："不著名氏，分门类事若《世说》。止有十二门，恐非全书。"因全书宋以后佚。唐朝又有两李繁，唐史本传中均不言著此书，宋以后诸书是否摘引，不得而知。本书的内容亦邈远难辨。

■**温造**(766—835)　字简舆。河内(今河南沁阳县)人。长庆元年(821)任朗州刺史，历官尚书右丞、山南西道节度使、河阴节度使，终礼部尚书。新旧《唐书》有传。著有传奇小说《瞿童述》。

瞿童述　唐代神仙传记小说。温造撰。《新唐书·艺文志》道家类著录一卷。《宋史·艺文志》列入小说类。《江淮异人录》亦载此事。故事记瞿童十四岁时，避兵移居武陵，师事上清三洞法师黄洞源，屡遇仙迹，显示灵异。大历八年(773)辞师而去，自称将随老尊归仙洞，遂遁形不见。贞元十八年(802)忽又出现，访问其师黄洞源。洞源不久亦化去。长庆元年温造贬任武陵太守，闻其事于瞿童之同学陈景昕，因撰文记之。

■**罗隐**(833—909) 本名横，字昭谏。新登(今浙江富阳市西北)人。少有盛名，只因议论时政，讽刺公卿，十次考进士均落榜。遂改名为隐，投吴越王钱镠，曾先后任官钱塘(今浙江杭州市)节度判官和著作佐郎。撰有笔记小说集《广陵妖乱志》，记载唐末将领高骈在广陵(今江苏扬州市)利用宗教神异之事来迷惑人民，以图保持他的统治。因隐生活于政治动荡的年代，出仕途中久受压抑，作品中多有愤怒讥讽的语言，且流露出对民间疾苦的同情。今传有《唐人说荟》本、《虞初志》本、《唐代丛书》本和巴蜀书社1993年出版的《中国野史集成》影印本。

广陵妖乱志 唐代杂史小说。旧题郭延晦撰，后人归于罗隐撰。三卷。《崇文总目》杂史类著录与《新唐书·艺文志》、《宋史·艺文志》、《直斋书录解题》同。翻刻本《虞初志》、《合刻三志》、《唐人说荟》等题为罗隐撰。《全唐文》同。

全书早佚，仅存残帙。《虞初志》等书仅从《太平广记》中辑得佚文四节，《藕香拾零》本作了辑补。中华书局版《罗隐集》亦据此收入。作品叙述唐末淮南节度使高骈迷信神仙方术；吕用之、张守一、诸葛殷等自称能使役鬼神，炼金烧丹，骗取高骈的信任；高援之为朋党，弄权干政，横行不法，最终灭亡。本书叙事较为详尽，《资治通鉴》曾引用其文。

■**郎余令**(生卒年不详，约活动在唐高宗显庆至龙朔年间) 字元休。定州新乐(今河北新乐市)人。少以博学知名，擢进士第，授霍王元轨府参军。龙朔二年(662)后徙幽州录事参军。撰《孝子后传》三十卷，深得太子嗟重，改著作佐郎。撰《隋书》未成，病卒。另于龙朔元年(661)撰有《冥报拾遗》二卷，体例仿唐临《冥报记》，属志怪类笔记小说。

冥报拾遗 唐代志怪小说集。郎余令撰。二卷。在新旧《唐书》及以后的公私书目中不见著录。《法苑珠林》(日本大正藏本)杂集部有著录。原书已佚。《法苑珠林》、《太平广记》等书存有佚文。清杨守敬据此辑得四卷，有误。岑仲勉经过辨误复核，得四十四则。

本书在体例上仿《冥报记》，于每则故事下记闻见缘由，以示征信。但有不少条与《冥报记》相同，或为增补。由于本书的内容、体例、编撰年代与《冥报记》相近，所以《法苑珠林》、《太平广记》等书征引时常有混淆。

■**牛肃** 唐代传奇小说作家。生卒年不详，正史无传。怀州河内(今河南沁阳县)人。据《元和姓纂》卷五《牛泾阳》记载牛肃家世云："牛邯之后。裔孙兴，西魏大常丞，始居泾阳(今属陕西)。曾孙遵，唐原州(今甘肃平凉市)长史，生元亮、元章。元亮，郎中，生容。容生上士。上士生肃、耸。肃，岳州(今湖南岳阳市)刺史；耸，太常博士。"

牛肃传世的主要著作是传奇小说《纪闻》十卷。此为唐朝初期的第一部传奇小说集。从书名字义来看，是他于当世所闻的纪实之作。书中许多篇章就是写他身边的真实事情，如"牛肃女"、"晋阳妾"；还有一些是他所活动的时代的人和事，如"吴保安"、"范季辅"、"牛成"、"裴伷先"、"苏无名"等。其内容既有神怪异闻和因果报应，又直接反映了当时社会的现实生活。正是根据《纪闻》所写的现实内容,我们大体上可判知他约生于武后时期(690—704),卒于唐代宗朝(762—779);并从中得知他出生于怀州河内,做过岳州刺史。这本书大约撰成于唐玄宗末年或唐肃宗年间。原书早已散佚,今存于《太平广记》中的有百余条。

纪闻 唐代传奇小说集。牛肃撰。十卷。《新唐书·艺文志》、《宋史·艺文志》均在小说家类著录,并注"崔造注"。原书已佚。《太平广记》收入佚文百则,另有数则出自《异闻集》。

该书内容广博,多记玄宗、肃宗朝的灵验报应和神怪异闻之事。如"薛直"条写丞相子薛直性耽杀伐,不信鬼神,终被神明处死。另有一些作品,侧重人物活动的描绘,叙事委婉,篇幅较长,质朴文辞中透出绮丽,已显传奇小说之雏形:如"王贾"条,写参军王贾,自幼聪慧,具有特异功能,能洞悉隐幽,识别妖魅,察知生死祸福;"郗鉴"条写段碣清虚慕道,得见仙人郗鉴。本书写神佛仙道灵异,反映了当时的生活现实,歌颂美的人和事:如"吴保安"条写郭仲翔与吴保安的生死不渝友谊,可歌可泣;"牛肃女"条记牛应贞博闻强记,出神入化;"许诚言"条则写人物的丑恶言行,有一定的社会价值。

本书特点是唐人记唐事,当时人记当时人,部分情节虽荒诞离奇,但最终不脱离世间生活。作者工细写实,赋虚幻以具象,状天堂冥界类人间,写鸟兽通人性,尤其是侠义人物的故事,写得别具一格。本书面世不久,崔造就为其作注。其中不少故事,为明清小说、戏曲创作所本。现存版本除《太平广记》外,尚有《古小说》本、《唐宋传奇》和《唐人小说》选录本等。

■**刘铩**(生卒年不详,约活动在唐玄宗开元至天宝年间) 唐代史学家、文学家、小说作家。字鼎卿。徐州彭城(今江苏徐州市)人。是史学家刘知幾的次子。唐玄宗天宝初年(742),历官集贤院学士,兼知史官,参加修国史。终官右补阙。

主要著作有《史例》三卷、《国朝传记》三卷、《国朝旧事》四十卷、《乐府古题解》一卷和记录隋唐名人轶事的笔记小说《隋唐嘉话》三卷(一说《隋唐嘉话》即《国朝传记》,是史余之作)。

隋唐嘉话 唐代笔记小说集。刘铩撰。三卷。此书异名较多,有《隋唐佳话》、《传记》、《国朝传记》、《国史异纂》、《国朝杂记》等。《旧唐书·经籍志》、《新唐书·艺文志》、《宋史·艺文志》各以不同名称著录。《四库全书总目》未见著录。《太平御览》、《太平广记》、《类说》、《绀珠集》等有引文和摘抄。

本书记载隋至唐玄宗开元年间的逸闻轶事,以唐太宗时为最多,另有几则记南北朝事。所记内容大多真实可信,新旧《唐书》、《资治通鉴》等书屡有摘引。本书的观点十分鲜明,对隋炀帝和武则天持批判态度,对唐太宗则大加褒扬;书中对为建立唐王朝立下功劳的文臣武将,如魏徵、李靖、徐勣等都作了认真的描写,这对了解当时历史有一定的积极作用。作品语言朴实、简洁、生动。常以采择人物言行的手法突出人物的典型性格。此种艺术手法明显继承了六朝志人小说,特别是受《世说新语》的影响,对后世又产生了很大影响。《大唐新语》等书大量摘引此书文字,《国史补》则为此书的接续之作。书中内容,如薛道衡作《人日》诗,因"空梁落泥燕"句而遭隋炀帝杀害，以及宋之问赋诗夺袍等事，均是后人熟知的文坛掌故。有关北齐代面舞、隋末踏瑶娘的记载，则为歌舞戏曲史保存了重要的历史资料。但书中多处对武则天的贬责和否定，似不足取。

本书的传世版本很多，有一卷本和三卷本之别。《历代小史》、《说郛》、《唐人说荟》等本为一卷，有删略。《顾氏文房小说》本据宋版重雕，三卷。《稽古堂丛刻》同顾氏本。1957年古典文学出版社曾据顾氏本排印出版。1979年中华书局出版了程毅中的点校本。此本精点细校，纠正了旧本的不少错讹脱误，并辑有十多条佚文。

■**崔令钦**（生卒年不详，约活动在唐玄宗开元至天宝年间） 唐代文学家、小说作家。字号不详。博陵（今河北定州市东）人。开元（713—741）中，曾在唐政权中央左金吾当过仓曹参军，后出任万州（今重庆万州区）刺史，终官国子司业。

崔令钦的主要著述，一是《庾信〈哀江南赋〉注》一卷，二是笔记小说《教坊纪》一卷。这部小说记述了唐代开元时期的教坊制度及其有关轶事、乐曲的内容和起源，并录有教坊曲名三百二十四个，是研究唐代音乐、戏剧的重要资料。

教坊纪 唐代逸事笔记小说。崔令钦撰。一卷二十八条。《新唐书·艺文志》甲部乐类著录。《崇文总目》列入小说家类。《四库全书总目》亦入小说杂事类。据崔令钦"自序"称：开元间为金吾仓曹，天宝乱后，"漂寓江表，追思旧游"，作《教坊纪》。原书已佚，今本从《类说》和《全唐文》卷三百九十六中辑出。其内容为唐代专典歌舞杂技的教坊中的一些逸闻琐事，如教坊制度、音乐舞蹈、艺人，及风俗、趣事等，颇具史料价值。书中对艺人的描写颇为生动，记琐事亦含风趣，如裴大娘引赵解愁谋杀其夫事、苏郎中踏瑶娘曲调得名因由等，都具有故事性。传世最佳版本为任半塘《教坊纪笺订》本。

■**赵自勤**（生卒年不详，约活动在唐玄宗天宝至肃宗上元年间） 字里不详。《全唐文》卷四百零八有小传。天宝（742—755）年间曾任秘书监。天宝十二年（753）自水部员外郎出为括州（今浙江丽水）刺史。著有《三命测神歌》一卷、志怪小说《定命论》十卷。

定命论 唐代志怪小说集。赵自勤撰。十卷。《新唐书·艺文志》小说家类著录。《定命论》一本早佚。吕道生曾增补其书，撰《定命录》二卷。从吕著增补内容来看，本书所记当为唐以前宿命前定之类的故事。

■**戴孚**（约734—790） 唐代文学家和小说作家。史书无传，生平事迹不详，仅能根据与他同科登进士第的顾况写的《戴氏〈广异记〉序》中知其大概。该序文云："谯郡戴君孚，……至德初，天下肇乱，况始与同登一科。君自校书，终饶州（今江西鄱阳县）录事参军。时年五十七，有文集二十卷。此书二十卷，用纸一千幅，盖十余万言。"（引自《文苑英华》卷七百三十七）从这段序文中，可知孚是谯郡（今安徽亳州市）人，于唐肃宗至德二年（757）登进士第，终官于录事参军。

戴孚主要著作有：文集二十卷，今已佚。志怪小说《广异记》二十卷，现存有抄本六卷，《太平广记》存有佚文三百八十条。

广异记 唐代传奇小说集。戴孚撰。据与戴同登进士第的顾况称：戴作《广异记》"二十卷，用纸一千幅，盖十余万言"。但唐宋志书未见著录本书，可见佚失已久。《类说》中曾节录十八条。《说郛》本、《龙威秘书》本均为一卷，显系残本。又有藏于北京图书馆的旧抄六卷本，似为后人辑佚。《也是园书目》、《读书敏求记》、《铁琴铜剑楼藏书目录》本也非完帙。唯《太平广记》征引佚文近三百条，计近十万言，估计亡佚不多。

本书卷帙宏大，各类神仙鬼怪故事大备于此。唐初百姓多事狐神，书中记载了大量的狐精故事，可见它与民间传说的密切关系。在本书之前，狐精故事虽屡见于唐以前的志怪小说，但较之其他牛鬼蛇神的故事，仍不显突出；本书之后，狐精形象成为妖怪故事的主角，而且丰富多彩，颇具人情味。在传统的害人狐精之外，出现了端恭有礼的"情狐"，如"玉璿"、"李麈"等，它们知书达礼、滑稽风趣、聪明机智、通达人情。志怪小说中，以富于人性的妖怪故事反映现实生活的艺术表现手法，在本书中已初现端倪，对后来的传奇《任氏传》及清代的《聊斋志异》等有很大影响。书中还记叙了一些人神遇合、人鬼幽会题材的作品，如"汝阴人"、"王玄之"、"李元平"等，大多叙述委婉、篇幅曼延。尽管对人物本身的描写还有些浮泛，但已明显流露出述异志奇以俳谐逞才的意图，表现了从志怪向传奇过渡的特征。

本书对后世文学艺术创作有很大影响。不少故事为后世作者采用和吸收。如"三卫"中的三卫为北海女神传书，为后来李朝威写传奇《柳毅传》所本；"勤自励"条直接影响了《续玄怪录》中的"卢造"条、《集异记》中"裴越客"的创作；"刘荐"条为《集异记》中的"韦知微"、《会昌解颐录》中的"元自虚"张本；"颍阳里正"影响了《续玄怪录》中的"李卫公靖"等。又如"宝珠"条给元曲《张生煮海》以借鉴；"僧服礼"、"汧阳令"、"焦炼师"、"唐参军"等条，为长篇小说《平妖传》演绎使用。本书的一些故事和鬼仙诗作，还被后世文人作为典故在诗文中化用。

■**马总**（生卒年不详，约活动在唐代宗大历至德宗贞元年间） 字会元（又曰元会）。陕西扶风人。新旧《唐书》本传称其曾历任方镇，终于户部尚书，赠右仆射，谥曰"懿"。他的好友戴叔伦在为其著作《意林》写的序中称"大理评事扶风马总元会"。家富藏书，一生研究史、子等著作，颇得要旨。南朝梁时，庾仲容取周秦以来诸家杂记凡一百零七家，摘其要语为三十卷，名曰《子钞》。马总以其繁略失中，对之进行删削增补，以成《意林》一书。唐贞元二年（786），其好友戴叔伦、柳伯存为之作序。《四库全书总目》将其列入子部杂家类。

意林 唐代笔记小说集。卷帙不清，今存五卷。唐人马总编撰。据今本，收先秦以来诸子著作七十一家，然与梁庾仲容《子钞》收录一百零七家相去甚远。宋高似孙《子略》称："仲容《子钞》，每家或取数句，或一二百言。马总《意林》，一遵庾目，多者十余句，少者一二言，比《子钞》更为取之严,录之精。"由此分析,今本《意林》非全帙,历代散佚颇多。《四库全书总目》中称:"唐志著录作一卷,叔伦叙云三轴,伯存序又云六卷。今世所行有二本,一为范氏天一阁写本,多所佚脱。……此本(指'四库'本)为江苏巡抚续进,乃明嘉靖乙丑廖自显所刻,较范氏本少载戴、柳二序,而首尾特完整。然考《子钞》原目凡一百零七家,此本止七十一家。洪氏载总引书尚有蒋子、谯子、锺子、张俨默记、裴氏新书、袁淮正书、袁子正论、苏子、张显析言、于子、顾子、诸葛子、陈子要言、符子诸书,此本不载。又,《通考》称今本《相鹤经》自《意林》抄出;而《永乐大典》有《风俗通·姓氏篇》,题曰出马总《意林》,此本亦并无之。合记卷帙,当已失其半,并非总之原本矣。然残璋断璧,亦可宝贵也。"

本书可宝贵处有三:一是"今观所采诸子,今多不传者,惟赖此仅存其概";二是"其传于今者,如老、庄、管、列诸家,亦多与今本不同";三是作者不仅"取之严,录之精",而且将诸子中的故事、寓言等,在原作的基础上又有所创作,使之语言更简,形象更生动。如《孟子》中的"齐人有一妻一妾"、"揠苗助长",《晏子》中的"晏子使楚",《韩子》中的"弥子瑕有宠于卫君",《列子》中的"孔子东游"、"齐人有欲得金者",《庄子》中的"梦饮酒者"、"子贡教汉阴为圃者"等等,均较原书简约而更有故事性。所以,河东柳伯存在本书序中称:"予懿马氏之作,文约趣深,可谓怀袖百家,掌握千卷,子之用心也远乎哉!"

本书新旧《唐书·经籍志》著录,《通考》曾摘录数则,陈振孙《书录解题》、高似孙《子略》等均著录。另有《四库全书》所录五卷本传世。《中国笔记小说大观》本据"四库"本重印,后有附编一卷,是目前之最完整本。

■**郑常**(?—787) 大历(766—779)诗人。曾左迁汉阳,贞元三年(787)以殿中侍御史为申、光、蔡等州节度判官,谋逐节度使吴少诚,事泄被害。曾有《郑常诗》一卷行世,另有志怪小说集《洽闻记》百五十条。但后人误为郑遂撰。

洽闻记 唐代志怪小说集。郑常撰。二卷一百五十六则。又称《洽闻集》。又题郑遂撰。本书曾被《崇文总目》、《新唐书·艺文志》、《中兴馆阁书目》、《宋史·艺文志》、《郡斋读书记》等史志著录,撰者已存两说,卷帙不一。因原书已佚,只能从《说郛》、《太平御览》、《太平广记》等书摘引的佚文观其概貌。诸书所引佚文共约四十余条,仅占原书的四分之一。所记大多为山川风土、动植物产之类异闻,又兼涉神怪,资料多采自古书,文内大多缺少故事情节,显然受《博物志》影响较大。虽可备唐代志怪之一格,但成就甚微,难称佳制。

■**张荐**(724—804) 唐文学家、小说作家。字孝举。深州陆泽(今河北深县)人。其祖父张鹫,是前文提到的"青钱学士"、笔记小说《朝野佥载》的作者。

张荐从小勤奋好学,尤精史传。新旧《唐书》有传。著名学者和书法家颜真卿与之第一次见面交谈后,便极为惊叹和欣赏他的才华。天宝(742—756)中,浙西观察使李涵上表推荐其才可当史任,朝廷乃诏授左司御率府兵曹参军。因母老病,未能受命。待母丧阕,又召充史馆修撰,兼阳翟(今河南禹州市)尉。由于淮西(今河南汝南县)节度使李希烈反叛,唐德宗建中四年(783),朝廷调泾原(今甘肃泾川县)节度使朱泚率领所部军队勤王,但朱泚进入京城长安后,反客为主,占据长安自称为秦帝王朝,杀唐宗室七十七人,德宗逃离长安。这一事件,史称"朱泚之乱"。在这期间,荐隐姓埋名于都城中,撰写了《史通先生传》。德宗还宫后,擢拜左拾遗。贞元元年(785)迁太常博士。以后又历殿中侍御史、工部员外郎、户部本司郎中。贞元十一年(795),拜谏议大夫,仍充史馆修撰。从贞元十二年至贞元二十年(796—804),先后出使回纥和吐蕃,官职由秘书少监兼御史中丞迁升为工部侍郎兼御史大夫。后病死于从吐蕃回朝途中,吐蕃传其枢以归。顺宗即位,诏赠礼部尚书。

张荐为官一生,皆兼史馆修撰,著述颇多。据新旧《唐书志》所载,有《张荐文集》三十卷、《五服图》(卷亡)、《江左寓居录》(卷亡)、《宰辅略》(卷亡)、《灵怪集》二卷。还有见于《旧唐书》本传而在新旧《唐书志》中缺载的《史通先生传》一部。除在《隋唐五代小说史》(侯忠义先生著,浙江古籍出版社1997年版)中已明确指出为志怪小说的《灵怪集》外,仅从书题来看,《史通先生传》、《江左寓居录》和《宰辅略》也应属于笔记小说的范畴。

灵怪集 唐代志怪小说集。张荐撰。二卷。《新唐书·艺文志》小说家类著录。原书已佚。《太平广记》引有佚文十余条,《类说》卷二十八收节文五条。从内容上看,多不系张作。从何节引,待考。

本书佚文中最有名的是"郭翰"条,叙郭翰夜卧庭中,见一少女自空而下,称天上织女,因久无配偶,奉上帝命游戏人间。织女与郭共卧,自此每夜皆来。将至七夕,隔数夕方来。一年后,与郭告别说:"帝命有程,便可永诀。"自此,二人常以诗酬赠。郭翰实有其人,《新唐书》一百一十七有传。作者虚构织女思凡下界,情节荒诞,是唐代人神相通创作思想的反映。此篇故事和上古关于织女星的神话传说,为以后的戏曲《牛郎织女》(又叫《天河配》)的创作,提供了丰富的素材。本书其他佚文多为比较简短的鬼怪故事,情节平淡,但叙述中常杂以诗歌,有别于唐以前志怪小说,增添了一些文采。有些佚文,见《搜神后记》、《幽明录》等书;有一些条目记载的,是作者去世多年之后发生的事情,可见本书在传世过程中,已经后人增订窜补过。

■**陆长源**(?—799) 字泳之。吴郡(今江苏苏州)人。历任建、信二州刺史,江、淮转运副使,后又改任汝州刺史。贞元十二年(796)为宣武军行军司马。贞元十五年(799),节度使董晋卒,陆总留后事,以执法过严,激起兵变,被乱军所杀。在新旧《唐书》有传。著有《唐春秋》六十卷、《辨疑志》三卷。

辨疑志 唐代杂事小说集。陆长源撰。三卷。《新唐书·艺文志》小说家类著录。《玉海》引《中兴馆阁书目》著录该书时说:"辨世俗流传之谬。"《直斋书录解题》著录时也说:"唐宣武行军司马吴郡陆长源撰。辨里俗流传之妄。"可见其创作意图。原书已佚。《太平广记》、《说郛》等书辑有佚文。从佚文上看,均为破除迷信的故事:如"李恒"条,叙陈增揭穿巫师的骗术,白矾水画纸沉入水中,出现鬼的形象,吓跑巫祝李恒;"姜抚先生"记太学生荆岩根据典章揭露道士姜抚自诩长寿的谎言。本书揭露神道之诬,多用考据的方法,这在唐代小说中是别树一帜的;揭露迷信,崇尚科学观念,在佛道盛行的唐代可以说是一部叛世之作。

■**陈劭** 晚唐人。一作陈邵。生卒年不详,生平、籍里缺载。撰有笔记小说集《通幽记》,共载传奇小说十余篇,如"窦凝妾"、"东岩寺僧"、"韦讽女奴"、"卢顼"、"妙女"、"唐晅"、"赵旭"、"皇甫恂"、"李威"、"王垂"、"李哲"等篇。其中尤以"窦凝妾"的故事情节突出、人物性格完整、铺陈矛盾尖锐、思想内涵深刻。篇中男子窦凝为另娶高门之女,杀妾于生产二女身体衰弱之时,一举而害三命,令人惊心,故有女鬼深烈的复仇。

通幽记 唐代传奇小说集。陈劭撰。一卷。《新唐书·艺文志》小说家类著录。《崇文总目》著录为三卷。《宋史·艺文志》亦作三卷。原书已佚。《太平广记》辑有佚文。

现存佚文多为宣传释道思想作品。如"赵旭"篇,叙赵旭梦仙女,自称青童,因"时有世念",被天帝贬下人间"随所感配",与赵往来甚密;后赵家奴盗卖珍宝泄密,仙女绝迹不至,留给赵仙书五篇,教他修持仙道。"武丘寺"记大历初寺僧见石上鬼题诗三首,情境幽峭凄婉,颇有古意。作品中穿插不少诗歌,亦较有特色。

■**陈岵**(生卒年不详,活动在唐德宗贞元年间) 曾官泗州徐城令。著有《判范》一卷,《朝廷卓绝事》一卷。其他均不详。

朝廷卓绝事 唐代杂事小说集。陈岵撰。一卷。《郡斋读书志》小说类著录时云:"记唐朝忠贤卓绝五十事。"本书早佚。仅见《全唐文》卷六百八十三收佚文一篇,实为《朝廷卓绝事·序》,作于贞元十四年(798)。余皆不见传。

■**柳宗元**(773—819) 唐代杰出的散文家、诗人和小说家。字子厚。河东解县(今属山西运城市)人。曾伯祖柳奭,高祖朝宰相;父柳镇,太常博士,终侍御史。宗元幼聪慧,尤精西汉之《诗》、《骚》;下笔构思,向古代名人看齐,文章精裁密致,璨若珠贝。唐德宗贞元九年(793)登进士第,贞元十二年(796)登博学宏词科。起官为校书郎,转蓝田(今属陕西)县尉。贞元十九年(803)迁监察御史。顺宗永贞(805)时,主张革新的王叔文与韦执谊用事,尤奇待宗元,因此宗元转尚书礼部员外郎。同年十一月因王叔文等革新失败,他和好友刘禹锡等八人遭受株连,同时被贬为司马,史称"永贞革新"的"八司马事件"。宗元被贬为永州(今广西南丹县西北巴峨)司马。宪宗元和十年(815),例移为柳州(今属广西)刺史。元和十四年卒于任所。因他著述丰盛,名动于时,时人多以"柳柳州"称之。

柳宗元一生的撰著以散文和诗最多,尤精于散文,后人把他同韩愈并称,入"唐宋八大家"之列。他去世后,好友刘禹锡编有《河东先生集》(又称《柳河东集》)四十五卷。他的传记散文(也即传记小说)《捕蛇者说》、《童区寄传》和《段太尉逸事状》,都取材于当时的社会现实,抨击豪强军阀的暴戾,反映劳动人民的悲惨遭遇。此外,还撰有小说《龙城录》一部。

龙城录 唐代志怪小说集。二卷四十三条。旧题柳宗元撰,或云王铚撰、刘无言撰等。史志书目均未著录。始见于《直斋书录解题》小说类,称:"柳宗元撰。龙城,谓柳州也。罗浮梅花梦事出其中。唐志无此书,盖依托也。或云王铚性之作。"洪迈在《容斋随笔》卷十中分析为刘无言所作。后来《文献通考》、《宋史·艺文志》及《四库全书总目》皆在小说家类著录。

作品所记多为唐人事,文字简洁,记实性强。如"赵师雄醉憩梅花下",记隋开皇间,赵师雄迁罗浮,日暮于松林酒肆旁遇一美女,语次,觉语极清丽,芳香袭人;共入酒家,饮醉而寝,醒后乃卧一梅花树下。故事虽短,极富传奇色彩,为唐以后文人所乐道。"李太白得仙"条注明来自韩愈所言,叙述元和初有人在北海山中见李白与一道士在碧云中驾赤虬飞腾。寥寥数语,颇具幻想色彩。"老叟讲明种艺之言",以"深耕,概种,时耘,时籽,却牛马之践履,去螟蟘之戕害,勤以朝夕,滋之粪土"百余字喻治民之理。"明皇梦游广寒宫"流传很广,影响很大。"赵昱斩蛟"屡被后人摘引、演绎。

本书虽系小说,但其中有的条目可与正史相参校,如"阎立本有丹青之誉"、"开元藏书七万卷"等。传世版本较多,有《柳河东全集》本、《百川学海》本、《唐人说荟》本、《说库》本及《古今说部丛刊》本等。

■**李肇**(生卒年不详,约活动在唐宪宗元和至文宗太和年间) 唐代小说作家。字号失载。赵州赞皇(今河北赞皇县)人。唐宪宗元和年间(806—820),先后任官大理评事、太常寺协律郎、华州(今陕西华县)参军,自监察御史充翰林学士,历右补阙。唐穆宗长庆元年(821)为司勋员外郎。同年,因李景俭醉骂宰相事牵累,贬为澧州(今湖南澧县)刺史。长庆二年,元稹为相,肇被召还,为中书舍人。太和三年(829),沧德宣慰使、谏议大夫柏耆以功大而遭人陷害,柏耆先被贬官、流放,旋又赐死;因为柏耆起官是肇所举荐,肇遂由中书舍人贬为将作少监。

李肇的著述,除《翰林志》一卷、《经史释题》二卷外,比较重要的还有笔记小说《国史补》三卷。

国史补 唐代笔记小说集。李肇撰。三卷。又名为《唐国史补》。全书三百零八条,每条均以五字为题。记唐开元至长庆一百多年间逸闻琐事,涉及面广,内容翔实可据。

本书继刘𬭁《隋唐嘉话》而作,约成书于太和初年(827)。作者在书中"自序"表明创作原委和宗旨:"昔刘𬭁集小说,涉南北朝至开元,著为《传记》。予自开元至长庆撰《国史补》,虑史氏或阙则补之意,续《传记》而有不为,言报应,叙鬼神,征梦卜,近帷箔,悉去之;纪事实,探物理,辨疑惑,示劝戒,采风俗,助谈笑,则书之。"本书不少内容为《旧唐书》、《资治通鉴》采纳,其创作思想后为欧阳修创作《归田录》时引为准则。书中亦偶谈怪异,如"乌鬼报王稹"等。有些条文所介绍的考试制度与职官制度的演变,以及崇尚门第和游宴风气等,都是后人常引征的史料。关于"元和体"诸名家李邕、崔灏、王维、李白、韦应物、李益、韩愈、元稹、白居易等人的事迹记载,以及对传奇《枕中记》、《南柯太守传》的评价,对《古岳渎经》中淮河水神无支祁故事的摘录等,均为重要的文学史料。"崔膺性狂率"、"崔昭行贿事"揭露讽刺极深,堪称绝妙小品。"故囚报李勉"被冯梦龙敷演成"李汧公穷邸遇侠客"。本书叙事不枝不蔓、洗练生动、含蓄有味。

《新唐书》和《宋史·艺文志》均在杂史类著录。《郡斋读书志》著录为二卷。《四库全书总目》著录入小说家类杂事属。传世有《津逮秘书》、《学津讨原》、《得月簃丛书》等多种版本。古典文学出版社1957年据《学津讨原》本排印出版,上海古籍出版社于1979年重印。

■**刘肃**(生卒年不详,约活动在唐宪宗元和年间) 唐代小说作家。生平、居里均不详。从他流传下来的笔记小说《大唐新语·自序》结衔题"登仕郎前守江州浔阳县主簿",以及《新唐书·艺文志》在《大唐新语》后边的注"元和中江都主簿"看,刘肃似曾先后当过浔阳县(今江西九江市)和江都(今江苏扬州市)的主簿官职。又据侯忠义在《隋唐五代小说史》中所说,《大唐新语》"成书于元和二年(807)"。这个结论根据"自序"写于"元和丁亥岁"而得出。因此可以断定作者在"自序"中所署官职(江州浔阳县主簿)应任于元和之初(即807年之前);《新唐书·艺文志》在书名后注的官职(江都主簿),应任于元和(806—820)年间。

《大唐新语》共有十三卷。宋、明时期的一些刊本,把书名改为《新唐语》、《大唐世说新语》、《唐世说新语》等,都是不准确的。全书的体例仿《世说新语》。内容分为三十个门类,如匡赞、规谏、刚正、清廉、持法、文章、著述、谐谑等,记述唐高祖武德初年至唐代宗大历末年(618—779)共一百六十年间的唐代故事和人物的嘉言懿行。从这个角度讲,它又与《世说新语》全然不同。它与《隋唐嘉话》、《朝野佥载》关系密切,有些故事的素材就取之于这两本书。《大唐新语》的记言多于记行,刘肃用写史的方法来写小说,作品中的叙述多于描写,这也有别于《隋唐嘉话》、《朝野佥载》和《世说新语》。

大唐新语 唐代笔记小说集。刘肃撰。十三卷。《新唐书·艺文志》杂史类著录。《宋史·艺文志》列别史类,题为《唐新语》。《郡斋读书志》入杂史类。明人刻本改题为《大唐世说新语》或《唐世说新语》。

本书记载唐初至大历年间逸闻轶事。仿刘义庆《世说新语》的体例,按事分类为匡赞、规谏、刚正、清廉、忠烈、节义、举贤、知微、聪敏、文章、諛佞、惩戒、酷忍、谐谑等三十门,主要是政治、道德、教化的记叙,偏重于历史琐闻,多取材于国史逸闻。书后有"总论",评价得失,以引为鉴戒。本书内容丰富,史料价值弥足珍贵,对人的评论颇具特色。如"文章"门记唐初四杰"皆以文词知名海内,称为王杨卢骆";又记述了张说的说法:杨炯"耻居王后则信然,愧在卢前则为误矣"。《旧唐书·杨炯传》则据此记入正史。后人常以本书的史料记述为准,去匡正其他史载,如上官仪"脉脉大川流"、"蝉噪野云秋"的诗句,《全唐诗》录诗时同此,而排除了其他记载中"脉脉广川流"、"蝉噪野风秋"的说法,可见后人对其史料价值的认可。

本书传世版本较多。主要有明王世贞、潘玄度刻本,《笔记小说大观》本,《旧小说》选录本,《四库全书》本等。古典文学出版社1957年根据王世贞、潘玄度刻本排印出版;北京中华书局1984年出版了点校本,收有五则佚文。

■**柳公权**(778—865) 唐代著名书法家、小说作家。字诚悬。京兆华原(今陕西耀县东南)人。其兄柳公绰,在唐廷历任要职,于唐文宗太和年间官至兵部尚书,病卒,赠太子太保。公权幼嗜学,十二能为辞赋。元和初(806)进士擢第,释褐为秘书省校书郎。李听镇夏州(今陕西靖边县东北白城子),表为掌书记。长庆元年(821),穆宗刚即位,公权因事入奏,被召见。穆宗曰:"朕尝于佛庙见卿笔迹,思之久矣。"即拜右拾遗、侍书学士,再迁司封员外郎。又改右司郎中、弘文馆学士。太和元年(827)文宗即位后,复召为侍书,迁中书舍人,充翰林书诏学士。开成三年(838),转工部侍郎。后来又历官右散骑常侍,集贤院学士、知院事,太子詹事,太子宾客。累封金紫光禄大夫、上柱国、河东郡公、散骑常侍、太子少师。咸通初(860),以太子太保致仕。卒年八十八岁。

作为唐代自成一派的大书法家,公权当时与颜真卿齐名,人称"颜柳",就连皇帝和邻邦人士也都希望得到他的手书。据《新唐书》本传载:"其迁少师,宣宗召至御座前,书纸三番,作真、行、草三体,奇秘,赐以器币,且诏自书谢章,无限真、行。当时大臣家碑志,非其笔,人以子孙为不孝。外夷入贡者,皆别署货贝曰:'此购柳书'。"

有关柳公权的撰著,在新旧《唐书》的本传中均未提及。今从《全唐诗》中可见到录存的《题朱审寺壁山水画》等五首,《全唐文》中存有《百丈山法正禅师碑铭》一篇。又据《宋史·艺文志》著录,有《柳氏小说旧闻》六卷,今仅存一卷。

柳氏小说旧闻 唐代杂事小说集。柳公权撰。六卷。《宋史·艺文志》小说类著录。又名《小说旧闻记》、《旧闻记》。此书早佚,又不见唐志著录,后人对此书颇多疑义。《旧小说》辑"王铎"一篇,《太平广记》作"白敏中",文字有出入。本书佚文见《唐人说荟》、《五朝小说》、《说郛》等本。佚文一记中唐诗人元稹寻获两枚古镜的异事;一记晚唐时秘书省及义威卫的逸事;一记晚唐宣宗时晋国公王铎(一作白敏中)与权贵不协遭忌恨,李龟寿受贿谋刺王铎,被"卑脚犬花鸭"发觉,龟寿受感动,愿以余生服侍铎的故事。尤以最后一篇构思巧妙,描写生动。佚文中不少条的内容见诸《三水小牍》、《因话录》和《隋唐嘉话》。

■**牛僧孺**(779—847) 唐大臣和传奇小说家。字思黯。安定鹑觚(今甘肃灵台)人。贞元(785—804)进士。元和三年(808)因对策批评时政,为宰相李吉甫所贬斥,久不得叙用。至穆宗时累官至户部侍郎同平章事。敬宗时任武昌军节度使。文宗大和四年(830)任兵部尚书同平章事。幽州节度使李载义为部下杨志诚所逐,他主张迁就;李吉甫之子、四川节度使李德裕接受吐蕃将领归附,他又主张将之送还吐蕃。在这些朝政主张上,僧孺与李德裕等相左,加上个人积怨,双方交恶,互结朋党,相互倾轧,史称"牛李党争"。武宗(841—846)时,李德裕为相,僧孺被贬为循州长史。宣宗(847—858)时还朝病死,谥文贞。

僧孺的笔记小说著作《玄怪录》,据《新唐书·艺文志》为十卷。宋朝人为避始祖玄朗名讳,又改名为《幽怪录》。其主要内容为隋唐时期的神奇鬼异之事。作者是借小说寄以才情藻思,着意表现兴趣,并不以规箴为目的。所以,他同东晋干宝写《搜神记》是为"发明神道之不诬"有着原则的不同。此书至明朝只剩四卷,原本今已失传,中华书局出版的由程毅中整理的本子,只有其中的五十八篇。

玄怪录 唐代传奇小说集。牛僧孺撰。十卷。又称《幽怪录》。《崇文总目》、《新唐书·艺文志》、《中兴馆阁书目》、《通志·艺文略》、《宋史·艺文志》均著录。《直斋书录解题》作十一卷。明清书目著录则一卷、四卷、十卷、十一卷不等。各本均少见传世。今传四卷本为元明所刻,但书中改"敬"为"恭",改"玄"为"幽",明显避宋讳,疑为宋本翻刻。全书四十四则,并非全书,尚有佚文:如《类说》节《幽怪录》二十五条,其中"狐诵通天经"为四卷本无;《绀珠集》节录十八条,有两条见《续玄怪录》。

现存作品所记事最晚至太和(827—835)中,是一部较优秀的以传奇为主的小说集。所记全为异闻,主要是神仙鬼怪故事。多数作品是在前有题材的基础上创作的,如"马仆射总"、"尹纵之",又见《集异记》;"开元明皇幸广陵"类《广德神异录》等书;"李沈"事又见《独异志》。一部分作品垂教训于篇末,不外神仙命定之说;也有些作品有所寓意,如"古元之"描写作者的乌托邦理想;但大部分作品并不以规箴为目的,而是着意表现兴趣,并寄以作者的才情藻思,从中可见其明显的超功利的意识。作品想象丰富,构思奇特,匪夷所思:如"巴邛人"写四老叟在桔中象戏决赌;"刁俊朝"写巴妪项瘿中藏有老猕猴精;"董慎"被泰山府君在额上安耳遂成"三耳秀才"等。作者在语言使用上注重趣味性、幽默感,笑谑歌咏,妙语解颐。篇中诗句清丽隽永,足堪讽玩。

本书对后世影响很大。薛渔思《河东记》、张读《宣室志》、李复言《续玄怪录》都是其继作。有些作品还被改编成通俗小说和戏曲。传世版本以中华书局1982年出版的校点本为最详备。

■**韦瓘**(788—?) 唐代小说作家。字茂弘。唐京兆万年(今陕西西安市)人。从《新唐书·韦夏卿传》中可知其父韦正ист、伯父韦夏卿均为中唐时期的重要官员。瓘从小便受到良好的教育,于元和四年(809)二十一岁时进士及第。历官左拾遗、右补阙、仓部员外部、司勋郎中、中书舍人。中晚唐时期,朝廷统治集团出现了以李德裕为首的"李党"和以牛僧孺为首的"牛党"两派的党争。瓘因出于李德裕的门下,而成为李党的重要成员。两派党争长达四十年之久。李德裕为相时,瓘受到重用;李被罢相,瓘也随之被贬为明州(今浙江宁波市)长史,会昌末(846)迁楚州(今江苏淮安县)刺史,终官桂管观察使。

传奇小说《周秦行纪》,本为韦瓘所撰写,但因党争的需要,刻意题作牛僧孺撰。

《周秦行纪》认定为韦瓘所作,乃是宋朝的事。宋人张洎首先在《贾氏谈录》中提出:"世传《周秦行纪》,非僧孺所作,是德裕门人韦瓘所撰。"《郡斋读书后志》亦说:"贾黄中以为韦瓘所撰。瓘,德裕门人,以此诬僧孺。"本书从韦瓘为《周秦行纪》作者之说。

周秦行纪 唐代传奇小说。撰人向有两说:《太平广记》卷四百八十九录为牛僧孺撰,《贾氏谈录》则认为是韦瓘撰。后世学者考据屡争,亦无定论。

本篇故事以第一人称叙述开始,写作者于贞元间考进士落第,将归宛叶,经伊阙南道鸣皋山下,夜止汉薄太后庙中,与薄太后、高祖戚夫人、昭君王嫱、晋石崇歌妓绿珠、齐潘淑妃、唐太真贵妃一起宴饮。席间太后问当今天子为谁,则对曰:"今皇帝先帝长子。"太真答曰:"沈婆儿作天子,大奇!"赋诗后与昭君共寝。至明别去。

本篇故事结构完整,行文流畅,人物性格鲜明,其笔力与风格,颇似牛僧孺《玄怪录》。唐时,为本书曾展开一场政治斗争,作者问题成为派别攻讦的口实。皇甫松《续牛羊日历》攻击牛僧孺"作《周秦行纪》,呼德宗为'沈婆儿',谓睿真皇太后为'沈婆',此乃无君甚矣"。收在李德裕文集里的《周秦行纪论》则攻击牛"以身与帝王冥遇,欲证其非人臣也","须以太牢少长咸置于法",欲藉此灭其族众。鲁迅曾对之评曰:"自来假小说以排陷人,此为最怪。"(《中国小说史略》)

■**李复言**(生卒年不详,约活动在唐文宗太和至宣宗大中年间) 唐代小说作家。一说名谅,字复言。(侯忠义在其撰著《隋唐五代小说史》中说:"李谅(775—833年),字复言,贞元十六年(800年)进士,任度支盐铁巡官、拾遗等。文宗时官至桂管观察使、岭南节度使。但李复言经历与李谅不合,决非此人。")据《太平广记》卷一二八引《尼妙寂》篇云:"太和庚戌(即太和四年,公元830年),陇西李复言游巴南",因而知其祖籍在陇西(今甘肃省陇西县)。据谭正璧编著的《中国文学家大辞典》(光明书局1934年版)载:"太和四年游巴蜀,与进士沈田会于蓬州(今四川仪陇县南)。田因话奇事,遂续牛僧孺《玄怪录》为《续玄怪录》五卷,所记皆太和间之异闻佚事。"据宋钱易《南部新书》甲卷载录,李复言于开成五年(840)应举进士,因他把传奇小说《纂异》投于省卷李景让,被斥为"事非经济,动涉虚幻",未能及第。一说他后来还曾先后做过寿州和苏州的刺史官职,与元稹、白居易有过诗歌酬唱往来(见《中国文学家辞典》,四川人民出版社1983年版)。

李复言的主要撰著为《续玄怪录》,又名《搜古异录》、《纂异录》,系续牛僧孺《玄怪录》之作。据《新唐书·艺文志》和《直斋书录解题》,此书均为五卷;《郡斋读书志》作十卷,大约为分合不同所致。今存南宋临安书棚本作四卷,清胡珽又从《太平广记》中辑得《拾遗》二卷。

续玄怪录 唐代传奇小说集。李复言撰。十卷。又称《搜古异录》、《纂异录》、《续幽怪录》等。《崇文总目》、《郡斋读书志》均著录。《宋史·艺文志》著录为《搜古异录》,《南部新书》著录称《纂异》。《新唐书·艺文志》、《中兴馆阁书目》、《通志·艺文略》著录时均为五卷。原书已佚。今存之四卷本,为南宋临安府太庙前尹家书籍铺刊行之残本。

作为《玄怪录》的续书,本书在内容上承袭了牛僧孺宣扬佛道的思想,但在形式上不同牛书多记前朝或托前朝事而加以虚构推演,而是多记本朝近事、名公巨卿,避虚而就实,这就不及牛书诡丽浪漫、通脱潇洒,而多主观色彩和劝喻意味。作者终身未第,功名蹉跎,常把愤懑寄于笔端。书中"李岳洲"条中借李俊之口自叹"苦心笔砚二十余年,偕计而历试者亦仅十年,心破魂断,以望斯举,今复无名,岂不终无成乎",并将之归为"天命"。"吴全素"、"李绅"、"韦令公皋"等条都反复强调这一见解。"定婚店"、"郑虢州騟夫人"等则宣扬"结缡之亲,命固前定,不可苟求",以命定来解释姻缘。唐代士人把中进士、娶五姓女当作无尚荣光,这些作品也自然地反映士人对功名富贵的追求。"辛公平"则循命定论的思维逻辑,揭露了唐顺宗被杀的秘密。此外,本书还宣扬轮回报应的佛家思想,如"卢氏女"和"卢仆射从史"等。书中也有不少情节曲折、笔墨精彩的作品。如"张老"写神仙幻化之事,委曲细微,风格接近《玄怪录》的一些作品。"李卫公靖"想象诡丽,代龙马上行雨的情节殊称奇绝。"定婚店"幻妙奇特,月下老人赤绳系足已成千古典故。又如"薛伟"、"张逢"、"吴全素"、"崔环"诸条,虽都有梦幻"感应"成分,却亦生动可读。

本书传世版本虽多,但都非原帙、完帙。1982年北京中华书局在诸本基础上出版的校点本,是迄今最详备的本子。

■**李德裕**(787—849) 唐代大臣和笔记小说作家。字文饶。赵郡(今河北赵县)人。少好学,能诗善文。弱冠后以父荫授校书郎,唐武宗时为朝廷宰相。其父李吉甫,曾在唐宪宗元和年间两任宰相。因牛僧孺、李宗闵评论时政,曾得罪李吉甫而遭贬斥,双方结怨甚深。此后三十多年间,两派官员互相倾轧,争斗不已,时称"牛李党争"。在这一事件中,德裕作为"李党"首领。在与"牛党"首领牛僧孺的斗争中,几度遭贬,又几度复出。最后在贬谪中卒于崖州(今海南三亚西北)任所。

李德裕著述很多,据《旧唐书》本传记载:"有文集二十卷。记述旧事,则有《次柳氏旧闻》、《御臣要略》、《伐叛志》、《献替录》行于世。"又云:"初贬潮州……犹留心著述,杂序数十篇,号曰《穷愁志》。"据四川人民出版社1983年出版之《中国文学家辞典》载,除记述玄宗遗事的笔记小说《次柳氏旧闻》一卷外,他还著有《会昌一品集》(又名《李卫公文集》)二十卷、《姑臧集》五卷、《穷愁志》三卷、《杂赋》二卷及与刘禹锡唱和之《吴蜀集》一卷。今存《李卫公文集》二十卷、《别集》十卷、《外集》四卷。又据《宋史·艺文志》载录,还有《西南备边录》一卷、《两朝献替记》二卷(本传中之《献替录》应即此书)、《异域归忠传》二卷、《太和辩谤略》三卷。

次柳氏旧闻 唐代笔记小说集。李德裕撰。一卷。又称《明皇十七事》。《新唐书·艺文志》杂史类著录为一卷,其他官私书目著录卷帙不等。《四库全书总目》列入小说家类杂事之属。

全书共十七则,均记唐玄宗遗事。作者在自序中称:"信而有征,可为实录。"但是,"玄宗梦神人覆药鼎"、"张果饮堇汁"、"僧无畏祈雨"、"吴后梦金甲神投胎"等条,皆为神异怪诞。书中记玄宗避乱将离京师,"登楼置酒,四顾凄怆,令乐工歌《水调》,闻"山川满目泪沾衣"时,"潸然出涕,不待曲终而去",写得悲凉凄婉,生动感人。《说郛》重编本卷四十九载李辅国迁玄宗于西内事,云本在李德裕所续《桯史》内。《四库全书总目》据此说:"知此书初名《桯史》,后改题今名。又知此书本十八条,删此一条,今存十七。"而张宗祥辑明抄本《说郛》卷五《常侍言旨》引此事则出自《柳史》。查其他书考证,知《说郛》重编本乃误《柳史》为《桯史》。

该书传世版本中,《百川学海》、《顾氏文房小说》、《宝颜堂秘笈》等本,题作《次柳氏旧闻》。《绀珠集》、《类说》、《说郛》重编本、《稗海》等本,题作《明皇十七事》。上海古籍出版社1985年据《顾氏文房小说》本排印出版,辑入《开元天宝遗事十种》。

■薛渔思(生卒年不详,约活动在唐文宗大和开成年间)　字号、籍里、生平事迹均失载。有志怪小说集《河东记》三卷留传。据《郡斋读书志》云:"亦记谲怪事。序云'续牛僧孺之书'。"由于新旧《唐书志》失载,原书不传。《太平广记》录有佚文。《绀珠集》、《说郛》亦辑有残本。洪迈《夷坚志》癸集提到"薛涣思之《河东记》",不知是错刻"渔"为"涣",还是作者本就为"薛涣思",存疑。

河东记　唐代传奇小说集。薛渔思撰。三卷。洪迈《夷坚志》癸集序中提出作者之名当作"涣思",并对书中一些作品与《玄怪录》作了比较,认为有很大继承性。

原书早佚。《太平广记》、《绀珠集》、《说郛》、《旧小记》中辑有佚文。小说虽属传奇,亦含志怪,如"板桥三娘子"叙述店主三娘子用幻术将客人变成驴,吞没客人货财,后被旅客赵季用计使她也变成驴。较好的作品有"独孤遐叔",叙夫妻梦中相遇:丈夫离家二年,归途中夜梦妻子被人强迫陪酒,怒而掷砖,妻忽然不见;到家后,其妻也叙述此情节。此篇环境描写逼真,给人以迷离之感。"申屠澄"写申在赴任途中投宿草舍,见一美娘子,求娶为妻,后情义甚笃,育有子女;澄赠之以诗,妻终日吟诵而不肯和;后罢官回乡,途经嘉陵江畔,妻情发于中,吟"琴瑟情虽重,山林志自深"以赠申;至妻家,妻于故衣中抽一虎皮,披之变虎遁入山林。又如"叶静能",叙常侍饮酒过量即倒,说明了某种哲理。"蕴都师"写僧被夜叉诱惑,讽佛法无能。本书在风格上近《玄怪录》,文采上颇有特色,但故事情节多与他书重复,独创性较差。

■薛用弱(生卒年不详,约活动在唐敬宗宝历至文宗开成年间)　唐代小说作家。字中胜。河东(今山西永济市)人。从有关资料中知道他曾任光州(今河南潢川县)刺史,后由仪曹郎出守弋阳。(据查,在唐玄宗天宝至唐肃宗至德年间,即公元742—757年,光州曾一度改为弋阳郡,但以后又改为光州,实际上郭在世时已没有弋阳郡这个名称了。故就这两条史料来分析,除此记载本身有误以外,还有可能是他从光州刺史任后回朝,当了一任尚书省属官主管礼仪的仪曹郎,然后又回到光州再任刺史。)

薛用弱的著作,以今天还能见到的小说集《集异记》而著名。《集异记》,又名《古异记》,原书共三卷。宋以后散佚较多,故宋以后的史书记载有二卷、一卷不一。今存有中华书局整理本并附补编七十二篇。《集异记》记录的是隋唐间的奇闻异事,性属轶事,但亦间有志怪。其内容和文笔,在唐代同期传奇小说中均可称优秀。

集异记② 唐代传奇小说集。薛用弱撰(南朝郭季产撰有同名作品)。《新唐书·艺文志》著录为三卷。《宋史》著录一卷。《郡斋读书志》著录为二卷,并说:"集隋唐间谲诡之事。一题《古异记》。首载徐佐卿化鹤事。"今存《顾氏文房小说》本二卷十六条,皆非原帙。《太平广记》中就注出《集异记》八十条,其中只有十条与顾氏本重复。

唐代传奇作品,至此书而一变。前张荐《灵怪集》、戴孚《广异记》、牛僧孺《玄怪录》等承袭六朝志怪余绪;本书则较集中地体现了六朝志人小说的特点,多叙近代或当代名人逸事,虽带有神奇色彩,但以趣味雅致为归;在文字上,也讲求雅洁隽永,较少夸张铺陈。《四库全书总目》称其"叙述颇有文采,胜他小说之凡鄙……卷帙虽狭,而历代词人恒多引据,亦小说家之表表者"。书中《集翠裘》写武则天时南海进贡集翠裘,武赐于宠臣张昌宗;宰相狄仁杰与张在武则天面前赛双陆棋赌此裘,胜而夺之,赐于家奴穿。"王维"写诗人王维成名前扮伶人,以琵琶曲进奏公主,乃获京兆解头而登进士第。"王涣之"(当作王之涣)写诗人王之涣、王昌龄、高适饮酒旗亭,会梨园伶官亦来此奏乐唱声诗为乐;三人相约以所作诗为伶人唱之多寡定优劣;先王昌龄、高适之作多为伶人唱,王之涣乃指诸妓中最美者决胜负,及其发声,果王之涣之《凉州词》。"王积薪"写安史之乱时,围棋国手王积薪随驾逃蜀,寄宿一寡妇家;家中只寡婆媳二人,夜间各居东西二屋,以口述下盲棋,仅三十六手定胜负;王惊奇请教,得授"常势"而棋艺大进。又如"徐佐卿"、"裴越客"、"贾人妻"等条,均记征兆怪诞之事。"贾人妻"中复仇侠女的形象,为后来武侠小说中女侠之先驱。

本书情节清新隽永,文笔典雅清秀,对后世文学艺术创作影响很大。仅敷演为戏曲的作品就有六部之多。唐代以《集异记》名书的有三种,疑因后人书目摘引时多不注作者,而混杂生误。即便北京中华书局所辑薛用弱《集异记》,在出版时也未作详细考订,一并辑为补编附录于《顾氏文房小说》本二卷之后。

古异记 唐代志怪小说集。未题撰人。一卷。《新唐书·艺文志》小说家类著录。《通志·艺文略》传记类冥异属著录二卷,未题撰人。《郡斋读书志》小说类薛用弱《集异记》条下说:"一题《古异记》。"此书不知是否薛用弱《集异记》之异名。宋以后各家不见著录和摘引。

■**郑还古**(生卒年不详,主要活动在唐宪宗元和至武宗会昌年间) 唐代小说作家。自号谷神子。东都洛阳(今属河南)人。少有俊才,好学能诗。唐宪宗元和(806—820)中,登进士第,历官太常博士、河中(今山西永济市西蒲州镇)从事、吉州(今江西吉安市)掾等,晚年曾任国子博士。据还古本人在《博异志·李全质》中讲:"会昌壬戌岁,济阴大水,谷神子与全质同舟。"会昌壬戌即唐武宗会昌二年(842),唐朝的济阴,在今山东曹县西北,据此可证他在这期间还有活动。与他同时代的赵璘曾在《因话录》卷三中说,郑还古"以刚躁喜持论,不容于时"。

郑还古的撰著,诗文部分流传下来的极少;注有《老子指归》十三卷。影响较大的是传奇小说《博异志》三卷。《太平广记》等写成《博异记》、《博异传》、《博异录》,均为讹名。此书散佚比较严重,到宋代便只余一卷。这部作品的最大特点是通过"神仙恢谲事"、"记初唐与中世事"(见《直斋书录解题》)。作为反映现实生活的作品,它在唐人传奇中是比较优秀的。

博异志 唐代传奇小说集。郑还古撰。三卷。《新唐书·艺文志》小说家类著录,题撰者为谷神子。《宋史·艺文志》小说类著录一卷。《郡斋读书志》、《直斋书录解题》同。今存《顾氏文房小说》本一卷十条,亦题为谷神子,注中说:"名还古。"

本书作者在序言中说:"余放志西斋,从宦北阙。因寻往事,辄议编题,类成一卷。"在谈到创作主旨时又说:"非但徒资笑语,抑亦粗显箴规。或冀逆耳之辞,稍获周身之戒。"本书已佚,今人从《太平广记》等书中辑得佚文三十三条。从佚文看,其所谓"箴规"者亦不过是"行于危险,乘骑者可以为戒也"、"至于好杀者,足以为戒矣"、"宿在古舍下者,亦足防矣"之类的琐事常谈。究其旨归,仍不脱"资笑语"的遣兴娱情。正因为此,故事题材大抵不出神仙、妖怪、精灵、鬼物、报应、龙神,而不涉男女之情。其重要作品,如写神仙的"白幽求"、"吕乡筠"、"张遵言",写妖怪的"马侍中"、"李黄",写精灵的"敬元颖"、"崔玄微",写鬼物的"崔书生",写报应的"郑洁"、"崔无隐",写龙神的"许汉阳"等,也都情节奇诡,叙述委婉工致,富有想象力。

本书不仅故事曲折动人,其文采亦隽永可观。胡应麟称其"词颇雅驯",纪昀称其"叙述雅赡,而所录诗歌颇工致,视他小说为胜"。传世以中华书局1980年以《顾氏文房小说》本为底本辑佚点校本为最详备。

■**刘轲**(生卒年不详,约活动在唐宪宗元和至文宗开成年间) 唐代文学家和小说作家。因仰慕孟子而名轲,字希仁。祖籍沛(今江苏沛县东)人,由于安史之乱而迁居曲江,故一说曲江(今广东韶关市南武水西岸)人。少时好学,博览群书。青年时期曾出家居罗浮山(今福建霞浦县南海滨)学仙,后至曹溪(今江西德兴至弋阳之间有曹溪)学佛为僧,并另取释名溢衲。据明代胡应麟在《少室山房笔丛·四部正讹》中说:"按轲本浮屠,中岁慕孟轲为人,遂长发,以文鸣一时。"唐宪宗元和(806—820)时,改而处士去庐山隐居,闭门著书。先后撰成《翼孟》三卷、《豢龙子》十卷、杂文百余篇。

唐宪宗元和十一年至十三年,大文学家白居易因反对藩镇割据势力,由太子左赞善大夫被贬到江州(今江西九江市)为司马。遭此打击,他常与僧朋道侣交游,以求知足保和,与世无忤。也就在这个时候,刘轲常下山求教,其作品颇得白居易赞赏。元和十三年,经白居易力荐,刘轲登进士第。曾在唐文宗(827—840)朝先后任官宏文馆学士、侍御史,官终洺州(今河北永年县东南)刺史。

刘轲因赴京应试中进士而成为李德裕的门生,在"牛李党争"中为李党成员。受李德裕指使,于太和九年(835)撰成传奇小说《牛羊日历》,编造牛僧孺的家庭丑闻,继韦瓘的《周秦行纪》之后再行攻击牛党。书中的"牛"指牛僧孺,"羊"指杨虞卿、杨汉公兄弟。因此,它同《周秦行纪》

一样,是李党攻击、诬陷牛党的政治类小说,可说是《周秦行纪》的姊妹篇。

据《新唐书·艺文志》著录,刘轲除《牛羊日历》一卷外,尚有《三传指要》十五卷、《帝王历数歌》一卷、《刘轲文集》一卷,均已散佚。

牛羊日历 唐代杂事小说集。刘轲撰。一卷。《新唐书·艺文志》小说家类著录,并注云:"牛僧孺、杨虞卿事。檀栾子皇甫松序。"原书已佚,今仅从"续谈助"、"藕香零拾"中辑得五条佚文,无皇甫序。本书著于大和九年(853),专为攻击牛、杨二人而作,呼牛、杨为"牛羊",旨在谩骂,不可凭信。书中记李愿有美婢名真珠,拟献皇帝,杨汉公设谋将之归于牛僧孺。《唐摭言》卷十亦载皇甫松曾作《大水辨》以讽牛僧孺,有"夜入真珠室,朝游玳瑁宫"诗句,可与此参看。这是一部服务于派系党争的书,艺术上可取之处不多。

柳珵(生卒年不详,约活动在唐德宗贞元年间) 唐代文学家、小说作家。字号和生平事迹均不详。蒲州河东(今山西永济市)人。柳家世代都为唐朝史官。其父柳冕(730—804),字敬叔,博学能文,曾任集贤院学士、太常博士,累迁婺州(今浙江金华市)刺史、福建观察使。疑柳珵也当过史官,他以祖、父辈的家传中所记历朝典章因革与时政得失,撰成《柳氏家学要录》(《新唐书·艺文志》著录为二卷)。此外,他还撰有《常侍言旨》一卷。从书名上看,他曾任过散骑常侍之类的官。该书主要记述玄宗、肃宗两朝遗事。晁公武在其《郡斋读书志》中曾说柳珵的这两部书为"小说之尤者"。原附于《常侍言旨》之后的传奇小说《上清传》,记述的是德宗朝宰相窦参蒙冤,其宠妾上清为其昭雪的故事。此为现实题材,但其内容、情节当为传闻和虚构。

常侍言旨 唐代笔记小说集。柳珵撰。一卷。《新唐书·艺文志》小说家类著录。《郡斋读书志》著录时曰:"唐柳珵记其世父登所著,六章。上清、刘幽求二传附。"《直斋书录解题》著录时云:"常侍者,其世父芳也,凡六章。末有刘幽求及上清传。"原书已佚。《说郛》中辑佚文一条,其归属尚有争议。

本书所附上清、刘幽求二传乃著名传奇作品。《上清传》叙述德宗时宰相窦参、陆贽事。陆遣刺客夜入窦宅,被侍妾上清发觉,劝窦躲避;窦告以陆欲倾夺权位,今祸将至,身死家破后,上清将被籍入宫,望伺机为己辩冤;上清泣而应之;窦呼刺客出,赠绢千匹而去;次日,德宗察知此事,贬窦郴州别驾,再流驩州,途中赐死;后上清果入宫内,侍德宗时说明原委,窦冤得雪,贬陆贽;上清度为女道士,又嫁为人妻。《刘幽求》传不见流传,有残文收入《唐语林》中。该书卷三"夙慧"门最后一条,述刘幽求事,跌宕夸饰,波澜起伏,与《上清传》类似。叙郎官轻笑前朝邑尉刘幽求;中宗卒后,刘突访郎官裴灌于私第,言"死生一诀"而去,裴大惊;其实刘已参与李隆基除韦后之廷变;翌日,宫门迟开,刘称斩决使出,尽杀前时轻笑者。传文扑朔迷离,变幻起伏,刘恩怨必报之个性和得志时骄纵恣肆之神态,宛然在目。可惜不是完帙,难窥全貌。

柳氏家学要录 唐代笔记小说。柳珵撰。二卷。《新唐书·艺文志》小说类著录。《郡斋读书志》作《家学要录》,一卷,曰:"采其曾祖彦昭、祖芳、父冕等家集所记累朝典章因革、时政得失,著此录,小说之尤者也。"全书已佚,难辨其要旨。

■**钟辂**(生卒年不详,约活动在唐文宗太和年间) 唐代小说作家。字号、籍里、事迹均不详。其著作《前定录》一卷载录在《新唐书·艺文志》的小说类之中。他的名字,在《新唐书·艺文志》中为钟辂,在《直斋书录解题》中作钟辂。曾任职崇文馆校书郎。

前定录 唐代笔记小说集。钟辂撰。一作钟簵。一卷。《新唐书·艺文志》、《直斋书录解题》小说家类著录。《宋史·艺文志》著录时作钟辂。

全书一卷二十二则。皆叙人生命皆前定之事,以劝诫世人安于命数而止于奔竟。《唐阙史》卷下"郑少尹及第"条曰:"世传《前定录》,所载事类实繁,其间亦有怜委曲以成其验者。"可见唐人已认为其中故事有出于编造者。作者虽行文平淡,然亦有曲折可观者,如"武殷"条记一不幸婚姻的故事,可反映当时的社会风貌。传世有《百川学海》本、《说郛》本、《学津讨原》本等,每种后均附《续前定录》一卷。

■**吕道生**(生卒年不详,约活动在唐文宗太和至开成年间) 唐代小说作家。字号、籍里、生平均不详。唐文宗时(827—840)人。曾为增订赵自勤《定命论》,著《定命录》二卷。此书多记宿命前定故事,对《定命论》查漏补缺,叙事简约,文学味不浓。

定命录 唐代志怪小说集。吕道生撰。二卷。《新唐书·艺文志》小说家类著录。

本书为作者增订赵自勤《定命论》而作,卷帙不多,似为补编。而《太平广记》诸书摘引时只有本书,而无《定命论》。本书早佚。《太平广记》、《绀珠集》、《类说》等书辑有佚文或节录。从佚文看,多记宿命前定故事。如"袁天纲"条,记袁所相诸人,无不应验。"安禄山"条,记安醉卧,化为猪龙,唐玄宗谓其无能作为,终不杀之。"卖锤媪"记马周孤贫落魄,至京住于卖锤媪店中,袁天纲、李淳风均言此妇大贵,马娶为妻,后官至宰相。其余各条,叙事简略,内容亦不足取。

■**温畬** 山西太原人。唐代小说作家。生卒年与生平均不详。据《新唐书·艺文志》著录,撰有笔记小说《天宝乱离西幸记》一卷。就其内容看,作者熟悉天宝年间皇帝因战乱而西幸的事迹,似为当时随驾西行的朝臣。但新旧《唐书》都无他的传记。据《传奇小说通论》(石麟著,中州古籍出版社 2005 年版)附录,畬还有另一部笔记小说集《续定命录》。

续定命录 唐代志怪小说集。温畬撰。一卷。《崇文总目》、《新唐书·艺文志》、《通志·艺文略》、《宋史·艺文志》均著录。原书已佚。《太平广记》辑佚文十四条,但两条见于《定命录》和《前定录》,实则剩十二条。

从佚文分析,全书作为《定命录》的续书,所记亦为科名官禄姻缘前定的故事。如"李行修"条叙李娶王仲舒女,相敬如宾;李忽梦再娶妻之幼妹,家中老奴亦梦此;不久,妻果病死,李不续弦,后为神人梦引,鬼妻嘱其续娶小妹,遂从其言。此条篇幅较长,情节曲折,为后世诸家所摘引,《二刻拍案惊奇》卷二十三即敷演其事。又如"崔朴"条,叙杨炎贬道州司户参军时,曾得蓝田尉崔清援助;后杨炎入相,面许崔为改谏官,却爽约。故事对杨炎作了道义上的批判。"裴度"条记裴被刺客砍伤,亏毡帽厚而不死,后历任高官。作品从侧面说明"贵人富大命大造化大"的宿命论观点,在表现手法上细腻工致、曲折生动,是唐代宿命论小说中之较优者。

■**胡璩**(生卒年不详,约活动在唐文宗太和至武宗会昌年间) 唐代小说作家。字子温。籍里失载。生平事迹不详。据《新唐书·艺文志》载:"胡璩《谭宾录》十卷(字子温,文、武时人)。"从书名上看,《谭宾录》大概是根据宾客朋友随谈中谈及的闻人轶事或志怪等情事归纳整理而成的小说集。因原书失传,无法肯定它的具体内容。"文、武时人",可知璩生活在唐文宗、唐武宗时期(827—840)。

在《宋史·艺文志》中,也载有"《谭宾录》十卷",但作者却是"胡璆",可能是刻印之误。

谭宾录 唐代笔记小说集。一题胡璩撰,一题子温撰(胡璩字子温)。卷帙不一,有十卷、五卷之说。《新唐书·艺文志》著录为璩撰,十卷;《郡斋读书志》录为五卷。《宋史·艺文志》题子温撰。原书已佚。《类说》、《绀珠集》、《说郛》、《太平广记》中辑佚文达一百二十余条。

作者以辑录与宾客谈话而命书名。多记初唐至中唐时人物轶事。全书按人叙事,有帝王后妃,也有文臣武将,如唐太宗、武则天、杨贵妃、马周、李百药、高季辅、秦叔宝、尉迟敬德、薛仁贵、郭子仪、杜审言、褚遂良、阎立德、阎立本、李龟年、孙思邈等,内容涉及诗、书、画、音乐、医学等诸多领域。书中描述了初唐全盛时期的风貌,也间记安史之乱及代宗、德宗朝的人物轶事,其人物形象鲜明、故事生动、语言简洁,多取材于唐代笔记小说,有个别题材直接取自正史,史料价值较高。

■**皇甫松**(约859—900) 唐代诗人和小说家。亦作皇甫嵩,字子奇,自号檀栾子。睦州新安(今浙江淳安县)人。其父皇甫湜是韩愈的大弟子,著名散文家。松举进士不第,终身布衣。他是宰相牛僧孺的表外甥,因避嫌不相举荐,直到老死时(唐昭宗光化三年,公元900年),韦庄方奏请追赐李贺、皇甫松、陈龟蒙等进士及第,称其"俱无显遇,皆有奇才,丽句清词,遍在词人之口;衔冤抱恨,竟为冥路之尘"。皇甫松工诗善词,写有许多名篇,现存于《全唐诗》及《花间集》中,又撰有小说集《醉乡日月》三卷和《大隐赋》一卷。

醉乡日月 唐代笔记小说集。皇甫松撰。卷帙著录不一,《新唐书·艺文志》为一卷,《崇文总目》、《直斋书录解题》为三卷。原书部分散佚,今存残本。

《直斋书录解题》著录时云:"唐人饮酒令,此书详载。然今人皆不能晓也。"可知此书为唐人酒令大全。《类说》收录节文十九条。《说郛》卷五十八载其目录三十门,仅选录十四条:"饮论"、"谋饮"、"为宾"、"为主"、"明府"、"律录事"、"觥录事"、"选徒"、"骰子令"、"手势"、"拒拨"、"逃席"、"使酒"、"进户",且有删节。《全唐文纪事》卷三十三引《永乐大典》辑其自序云:"余会昌五年(845)春,尝困醉罢,戏纂当今饮酒之格,寻而亡之,是冬闲暇,追以再就,名曰《醉乡日月》。勒成一家,施于好事。凡上中下三卷。"是书虽记酒令,但叙述生动,饶有趣味。现传世版本均为原《说郛》本的辑录佚文。

■**陆勋**(生卒年不详,约活动在唐懿宗咸通年至唐僖宗年间)。 唐代笔记小说作家。唐元和名臣陆亘之子。咸通十二年(872)三月考入博学鸿词科,曾任校书郎,终比部郎中。著有《陆氏集异记》二卷,多为妖异征应和义犬的故事。另有《集异记》四卷本和两卷本,也题为陆勋所著,但多为后人辑佚时误录或伪托所作。

陆氏集异记 唐代志怪小说集。陆勋撰。二卷。《郡斋读书志》小说类著录,云:"唐陆勋纂。语怪之书也。凡三十二事,言犬怪者居三之一。"《宋史·艺文志》作《集异志》。

原书已佚,今《宝颜堂秘笈》所收四卷本,题为陆勋撰,实为伪托。按《太平广记》所收《集异记》佚文,除出于南朝郭季产《集异记》和薛用弱的《集异记》之外,尚有六十余条,其中一部分似为本书佚文。《太平广记》犬部引《集异记》有九条,与《郡斋读书志》说的"言犬怪者居三之一"相近,或即《陆氏集异记》佚文。另如记事年代较晚,相当于陆勋生活年代的数篇也可能出自陆勋之手。从这些佚文来看,多写妖异征应和义犬故事。如"柳超"篇写谏议大夫柳超被谪岭外,途中二恶仆夺其行李欲杀害之,伪称奉密诏处死柳;柳中计,欲服毒自尽;危急关头,义犬扑杀二仆,保全了柳的性命;数日后接到赦免诏书,柳才大梦初醒。文中的义犬不仅忠勇过人,而且充满智慧。本书文笔简练,对人物有个性化的描写,但较唐传奇诸优秀作品稍逊文采。

另有《集异记》四卷本和二卷本两种,不少史志书目亦曾著录,均题为唐陆勋撰;但内容与郭氏《集异记》、薛氏《集异记》和陆氏《集异记》相类,似后人在辑佚时误录或伪托。

■**李匡义**(生卒年不详,约活动在唐昭宗时期) 唐代笔记小说作家。撰有笔记小说集《资暇集》三卷。宋刻本以避太祖太宗讳改题作者为李济翁。祖籍陇西狄道(今甘肃临洮县)。他是唐宗室大臣李勉的从子,在唐昭宗时(889—904)曾任南漳县(今湖北南漳县)守,官至宗正少卿。《资暇集》内容大都为考证旧文,记载历史事物的真实始末:如汉代苏武不拜单于;四皓之一的甪里读作"禄里";汉代终军请长缨之事,多云攻打单于,实指攻取南越等。今传有版本《顾氏文房小说》、《格致丛书》、《知不足斋丛书》、《丛书集成初编》等。

资暇集 唐代笔记小说集。李匡义撰。三卷。《新唐书·艺文志》小说家类著录。《崇文总目》著录时题李匡义撰。余嘉锡据周中孚《郑堂读书记》考证,认为撰者当作李匡文。

据《郡斋读书志》云:本书"序称世俗之谈,颇多讹误,虽有见闻,嘿不敢证,故著此书。上篇正误,中篇谭原,下篇本物,以资休暇云"。据此可知本书为考订旧文、匡谬正俗而作。中篇在探求事物之本源时,考镜源流,颇有特色。如谓"挽歌"始于春秋;"押衙"应为"押牙"之转;"蜀马"以成都府所出小驷得名等。下篇所记稠桑砚、毕罗、琴甲、茶托子、书题签、席帽、承床等,有益于考订。书中有精益之见,也有误解和谬说。

本书传世版本较多。主要有《顾氏文房小说》本、《学海类编》本、《墨海金壶》本、《续知不足斋丛书》等本。以顾氏本为最好。有涵芬楼民国间影印明刻本。

■ **韦绚**（约802—约874） 唐代小说作家。字文明。京兆（今陕西西安市）人。其父韦执谊,曾任唐顺宗时宰相,因坐王叔文案,被贬为崖州（今海南三亚市崖城镇）司马,并死于贬所。长庆二年（822年,谭正璧《中国文学家大辞典》认为是长庆元年）,自襄阳（今湖北襄樊市）至夔州（今重庆奉节县白帝城）,拜谒刘禹锡,求为门生,从学数年。太和五年（831）前后,为西川节度使李德裕巡官。大中十年（856）,出任江陵少尹。咸通（860—874）中,官至义武军节度使。

韦绚在任职江陵少尹时,追述旧事,把在夔州时所闻刘禹锡之言谈,以及在西川当巡官时所闻李德裕之言谈,整理编写成《刘公嘉话录》（一名《刘宾客嘉话录》）一卷和《戎幕闲谈》一卷,内容皆为唐代史事及诗人、画家、书法家的遗闻轶事,亦间杂有奇梦和志怪故事。有今人唐兰校辑本流传于世。

据《宋史·艺文志》载,韦绚还有小说集《佐谈》十卷。

刘宾客嘉话录 唐代笔记小说集。韦绚撰,一说韦绚录刘禹锡所谈。此书异名较多,有《刘公嘉话录》、《嘉话录》、《刘公佳话》、《宾客佳话》等。称"刘宾客"者,以刘禹锡曾官太子宾客之故。韦绚在书前序中称,穆宗长庆元年（821）从刘氏于白帝城问学,退而默记,宣宗大中十年（856）任江陵少尹时整理所录而成一卷。《新唐书·艺文志》、《崇文总目》、《郡斋读书志》、《直斋书录解题》均以小说家类著录。原书散佚,宋以后不少文人据诸书辑佚补缀。南宋初刻本中记事一百一十三条,确认为原本者不足一半。今本据宋以来诸本考订辨伪,去重复补佚缺,得一百零一条,为最精审本。

本书内容颇丰,有记人、记事,如日常趣闻、民间传闻等。刘禹锡为唐代著名文人与学者,与韦绚之父同为王叔文集团之重要人物,视韦绚为子侄,所言颇亲切深入。书中虽夹杂一些天命怪异之论,但大体纯正。除谈历史事实、文坛掌故外,还兼及经传、诗文等。如诗中用"饧"字不敢押"糕"字一条,常被引作故实。"杨国忠"一条记其选任官员时为娱乐诸亲,不问选人资序,短小者任道州参军,深目多须貌胡人者任湖州文学等,反映了杨国忠之专横与朝政之腐败。"雷万春"条记叛军令狐潮部围睢阳,张巡与部将雷万春城上共语,伏弩射中万春面部,万春不动,潮疑是木人。寥寥数语,写尽万春之坚毅,暗示唐将之英勇不怕死,为以后血战睢阳伏笔。

戎幕闲谈 唐代笔记小说集。韦绚撰。一卷。《新唐书·艺文志》小说家类著录。原书已佚。《类说》、《说郛》、《太平广记》等书均有摘引。

本书是韦绚记李德裕言谈"古今异事"。其内容多为名人轶事,间亦杂以志怪。各条题材来源多取自前人笔记或传奇作品。如"李辅国"条见李德裕《次柳氏旧闻》；"颜郎衫色如此"条与《太平广记》摘引他书同；"泓师"条文字与《常侍言旨》中记张垍、张均兄弟事合。《次柳氏旧闻》

为李德裕手记,《戎幕闲谈》为李德裕口述,而《常侍言旨》作者柳珵为《次柳氏旧闻》材料所出者柳芳之孙,可见重出难以避免。书中以"颜真卿"、"李辅国"等条写得较为生动传神。

■**何自然**　唐代笔记小说作家。生平籍里均不详。疑唐中晚期人。著有笑话集《笑林》三卷传世。

笑林②　唐代笑话集。何自然撰(三国时期邯郸淳撰有同名作品)。三卷。《新唐书·艺文志》小说类著录。本书未见传本。范摅《云溪友议序》中说:"近代何自然续《笑林》,刘梦得撰《嘉话录》,或偶为编次,论者称美。"以此推之,当知本书在续邯郸淳《笑林》之作。

■**赵璘**(生卒年不详,约活动在唐文宗开成至宣宗大中年间)　唐代小说作家。字泽章。祖籍邓州穰县(今河南邓州市东南),后迁居平原县(今属山东)。唐文宗开成三年(838)登进士第。唐宣宗大中(847—859)年间先后任左补阙、祠部员外郎,历度支、金部郎中。约在大中十二年(858),奉唐宣宗的意旨,编撰成《诸家科目记》十三卷。此书进上后,即出为衢州(今浙江衢县)刺史。

赵璘家世显赫。叔祖父赵宗儒,曾任唐德宗时宰相;父赵伉,曾任昭应县县尉;又是关中望族柳氏之外孙。因此,璘从小便多识朝廷典故,娴于史事。其主要著作是笔记小说《因话录》六卷,以宫、商、角、徵、羽,代表君、臣、人、事、物五部,记述唐玄宗至宣宗时期的遗闻轶事,内容丰富,对于研究唐代历史、文学颇有参考价值。戏剧《打金枝》所本,即源于本书。另外,璘还撰有《表状集》一卷,已佚。

因话录　唐代笔记小说集。赵璘撰。六卷。《新唐书·艺文志》小说家类著录。《崇文总目》小说类著录时为二卷。《四库全书总目》著录为六卷。

全书六卷一百三十余条,记载唐玄宗至宣宗各朝人物事迹及朝廷典故。内容分为五部分,以五音命卷:卷一为宫部,记帝王;卷二、三为商部,记百僚公卿;卷四角部,记文人不仕者和平民,附以谐戏;卷五徵部,记事和典故异闻;卷六羽部,记见闻杂事等。《四库全书总目》称其"虽体近小说,而往往足与史传相参"。卷二中记元和以后的文坛情况,卷四记文溆僧讲经,卷一记女优于宫中弄假官戏等,均为重要的文学、戏曲史料。全书内容简约,记事较平实,通过精心剪裁以达其妙,不少篇目对当时社会和现实的弊端有所反映和揭露,有资料价值。语言使用也凝练传神。《四库全书总目》称之"在唐人说部之中,犹为善本焉"。然而记事也有失真处,如卷一记刘禹锡改授连州事,司马光《资治通鉴》中即指出其误。书中还有数处刻印之误,实为在传世翻刻过程中不精校所致。

本书传世版本较多,但卷帙不一。《百川学海》、《唐宋丛书》、《唐人说荟》等本,均节录为一卷。《稗乘》本作三卷。《稗海》本作六卷。古典文学出版社1957年据《稗海》本排印出版;上海古籍出版社1979年重印时辑有佚文。

■ **段成式**(803—863) 唐代笔记小说作家。字柯古。齐州临淄(今山东淄博市东北)人。其父文昌,于穆宗、文宗时两度位居宰辅。文宗开成(836—840)年间,成式以父荫入官,为秘书省校书郎。在这里,他利用古籍繁博、阅读便利的条件,精研苦学,秘阁书籍批阅皆遍。会昌三年(843),成式迁尚书郎。宣宗大中(847—858)至懿宗咸通(860—873)年间,先后任吉州(今江西吉安市)、处州(今浙江丽水县西)和江州(今江西九江市)刺史,后回朝任太常少卿。咸通四年(863)卒于官。

据有关史料所记,成式"博学强记,多奇篇秘籍"。他的主要著作是笔记小说《酉阳杂俎》三十卷(前集二十卷三十篇,续集十卷六篇)和《庐陵官下记》二卷。据侯忠义在《隋唐五代小说史》中所记:"《酉阳杂俎》之酉阳,即小酉山(今湖南沅陵)。相传山下有石穴,中藏书千卷,段成式以家藏秘籍可与酉阳逸典相比。"作者在该书自序中说此为"志怪小说之书",正如"杂俎"之名。该书内容较为繁杂,有神仙、鬼怪、神话传说、人间俗事、动植物、寺庙、音乐等。《庐陵官下记》之"庐陵",也就是吉州,可见该书是作者记叙自己在吉州当刺史时的故事。

酉阳杂俎 唐代志怪小说集。段成式撰。前集二十卷、续集十卷,共三十卷。《新唐书·艺文志》、《崇文总目》、《通志·艺文略》小说类均著录三十卷,不分正续。《郡斋读书志》、《中兴书目》、《直斋书录解题》、《文献通考·经籍考》、《宋史·艺文志》著录时分正集二十卷、续集十卷。与今本同。

全书卷帙浩繁,计有三十六篇一千二百八十八条(含各篇小序),所记之事前后跨历三十年。作者从开始写作到成书,历二十年有余,可见多在官场随时手录,俟时而成编。本书内容驳杂,据毛晋跋语云:"天上天下,方内方外,无所不有","实小说之渊薮"。作者创作之源出于张华《博物志》,但宏富奇博又远在其上。诸凡佛道、术数、天文、地理、方物、医药、历史、文学、民族、民俗、考古、法律、语言、绘画、书法、音乐、美术、建筑、杂技、魔术、烹饪等,应有尽有,是一部百科全书型的笔记小说。就文体样式上说,也是前代各种小说杂记的集大成者。如"诺皋记"、"支诺皋"为杂记类志怪;"玉格"、"壶史"为神仙传记类志怪;"金刚经鸠异"为"释氏辅教之书"类志怪;"境异"、"物异"、"广植物"、"支动"、"支植"是地理博物类志怪;"喜兆"、"祸兆"、"梦"是五行占卜类志怪;"语资"是志人小说之属;"忠志"是杂史小说之属;"贬误"是考据小说之属;"礼异"、"酒食"、"乐"、"医"等是专题笔记之属;"寺塔记"类《洛阳伽蓝记》,《肉攫部》为驯鹰专书。

就具体作品来看,可谓篇篇精美,处处珠玑。最尤者是"天咫"、"玉格"、"壶史"、"盗侠"、"诺皋记"诸篇。吴刚伐桂("天咫")、天翁张坚、妒妇津("诺皋记")都是千古流传的优美民间故事。"诺皋记"中的波斯王小女、龟兹国王、乾陀国王、长须国和"支诺皋"中的新罗国旁㐌、吴洞女叶限,都是异国或少数民族的传说,不仅生动有味,也为历代笔记所稀有。取材于本朝作品有"一行拖北斗"、"药神藏鼻息"、"斤凿修月"("天咫")、孙思邈救昆仑池龙("玉格")、唐居士贴月("壶史")等等。书中精怪故事可以说写得又多又好;描写侠客豪士的作品亦是独标异彩。胡应麟在《少室山房类稿》中赞道:"亡虑数十百家,而独段氏《酉阳杂俎》最为迥出。其事实谲宕亡根,驰骋于六合九幽之外,文亦健急瑰迈称之。其视诸志怪小说,允谓奇之又奇者也。"

本书的价值也是多方面的,各种学科几乎都可以从中找到难得的资料,向为国内外学者视为宝藏。作为志怪小说,它题材广泛,内容赡富,选择精当,质量较高。作者善于从古籍旧编中穷搜博采,通过创作使之富于新鲜感和时代感。特别是一些外邦异域和少数民族的故事传说,在其笔下更显奇诡幻丽。作者语言功底雄厚,用词不尚骈丽,文笔警拔俊逸,晓畅圆熟,无深言棘句,然叙事生动。作者创作此书不主教化,旨在寻味,以奇诡动人娱心,使愁者一展眉头。往往"使读者忽而解颐,忽而发冲,忽而目眩神骇,愕眙而不能禁"(本书李云鹄序)。

唐世小说此书影响最大。《四库全书总目》称其"多诡怪不经之谈,荒渺无稽之物,而遗文秘籍,亦往往错出其中。故论者虽病其浮夸,而不能不相征引,自唐以来,推为小说之翘楚,莫或废也"。本书传世版本很多,但均不是全书完本,不少篇章或作品曾分别被史志书目著录或摘引,单独传世,于此亦见其影响之巨。《稗海》本、《四部丛刊初编》本、上海涵芬楼所藏李刊赵氏脉望馆校本、毛晋汲古阁刊本中,以赵本为较好的全帙本。北京中华书局1981年出版的方南生点校本,为今本中之佳本。

庐陵官下记　唐代笔记小说集。段成式撰。二卷。《新唐书·艺文志》小说家类著录。《直斋书录解题》在著录时注曰:"段成式撰,为吉州刺史时也。"吉州即庐陵郡,故以名书。

全书已佚。《类说》卷六有六则节文,《说郛》重编本卷十七录文十六则。从佚文看,多为随笔之类,内容多见于作者另一部作品《酉阳杂俎》。《唐语林》亦曾辑录该书佚文,但与《类说》、《说郛》本所录文字不合。《唐语林》卷四录唐玄宗起凉殿事,与《古今合璧事类备要》引《庐陵官下记》文字合。《唐语林》卷二叙王勃腹稿、徐敬业相不善、太白入月三则,与《酉阳杂俎》前集"语资"中有关条文合。可知该书文字已编入《酉阳杂俎》中。

■**李玫**(生卒年不详,约活动在唐宣宗大中年间)　唐代笔记小说作家。字号、籍里不详。据《新唐书·艺文志》载:"李玫,《纂异记》一卷(大中时人)。"又据1999年中州古籍出版社出版的《中国历代笔记小说鉴赏辞典》云,李玫"曾习业于龙门天竺寺",也曾"任过歙州(今安徽歙县)通官"。所撰志怪小说集《纂异记》今已散佚,《太平广记》收有部分辑文。

纂异记　唐代传奇小说集。李玫撰。一卷。《新唐书》、《宋史·艺文志》和《崇文总目》小说类均著录。此书宋以后亡佚。《太平广记》辑有佚文十三篇。《绀珠集》、《类说》、《岁时广记》、《群书类编故事》等书也引有节文,均不出十三篇之外。

从佚文分析,除"杨桢"继韩愈《毛颖传》而小说化,"张生"取材于《三梦记》之一刘幽求敷演而成;"陈季卿"、"齐君房"宣扬释道而外,其余九篇均具有鲜明的政治寓意和强烈的讽刺意味。该书对政治、时事的抨击和讽刺是赤裸裸的,开创了以传奇样式创作政治讽刺小说的先河。如"浮梁张令"直接抨击地方官吏贪婪聚敛;"韦鲍生妓"抨击封建社会将人视同牲畜的丑恶现象;"许生"影射"甘露之变"中宦官集团杀四相事,借四相鬼魂相聚吟诗,抨击了颠倒黑白的统治集团;"蒋琛"政治寓意深刻;"徐玄之"借述《南柯太守传》,影射行将溃灭的唐王朝;"张生"讽刺君主统治集团不顺应自然之道;"嵩岳嫁女"寄托了作者对"甘露之变"后文宗被宦官集团拘禁加害的悲愤之情;"刘景复"痛斥边疆诸将无能;"三史王生"揭露了封建统治者的虚伪本质。

作品在继承此前唐传奇的基础上,在艺术上有所发展,形成了自己的艺术风格。作品想象丰富,构思奇诡,情节曲折生动,为以后长篇小说创作提供了良好的借鉴。

■**卢言** 生卒年不详。唐代笔记小说作家。河南洛阳人。正史无传。曾任驾部员外郎、考功郎中、户部郎中,终大理寺卿。历唐文、武、宣、懿、僖五朝(827—888)。在"牛李党争"中攻击李德裕"罔上不道",被贬为崖州司户参军。著有笔记小说《卢氏杂说》一卷。

卢氏杂说 唐代笔记小说集。卢言撰。一卷。又称作《卢氏杂记》。《新唐书·艺文志》、《崇文总目》、《直斋书录解题》均在小说类著录。《太平广记》等书作了摘引。

原书已佚。《绀珠集》、《类说》、《说郛》等书节录佚文数条。《太平广记》辑佚文六十余条。内容涉及朝廷掌故、君臣逸事、士人生活,及音乐、绘画、饮食等。所记《文淑子》、《道调子》、《安公子》等曲调由来,是重要的音乐史料。书中述及《博异志》作者郑还古生平,是重要的文学史料。

■**李冗**(生卒年不详,约活动在唐宣宗至唐僖宗时期) 唐代小说作家。字号、籍里失载。据《稗海》记载,他曾做过明州(今浙江宁波市)刺史,而且享受过赐紫金鱼袋的荣誉。著有笔记小说《独异志》十卷。《新唐书·艺文志》、《宋史·艺文志》载录。据侯忠义《隋唐五代小说史》(浙江古籍出版社1997年版)考证,该书约成书于唐宣宗(847—859)至僖宗乾符元年(874)之间。元明时期,该书多有散佚,明嘉靖时的抄本和同是明代的《稗海》本,均只为三卷。由于辗转传抄的关系,作者名字前后不一,《新唐书·艺文志》和《宋史·艺文志》为李亢,《崇文总目》和《通志·艺文略》作李元,明抄本与《稗海》又作李冗。

据《独异志·序》云,该书所记,上至远古三皇五帝,下至作者所处的唐代,是一部兼收古代传说、志怪和遗闻轶事的小说集。直接提名引录的典籍包括《山海经》、《神异经》、《西京杂记》、《敦煌实录》等二十七种。全书共有四百二十七条(篇)小说,保存了不少罕见的传说故事,颇有价值,如神话《女娲兄妹为夫妇》和历史传闻《子产闻哭察奸》等。

独异志 唐代志怪杂事小说集。李冗撰。十卷。《新唐书·艺文志》、《崇文总目》、《通志·艺文略》、《宋史·艺文志》均著录。《崇文总目》、《通志》及明抄本将作者题为李元、李冗。原书已佚。今本为明抄本,三卷计三百八十三条。

书中半数以上作品记神怪异事,半数乃一般杂事。曾钊《独异志》跋中说:"此书不尽语怪,大约记古今所仅有者,故名之曰《独异》。"作品内容大多采自古代经籍书传,范围很广,无所不包。唐事较少,一些事作者"耳目可见闻"而记。作者对原书"记载所繁者"都作了删略,甚至还因改动而出现舛误。作为小说，本书算不上佳作，其主要价值是保存了大量罕见的故事和传说，其中不少成为流传后世的名篇。如"女娲兄妹"，不见他书，弥足珍贵；"李源"和《玄怪录·李沈》、"甘泽谣·圆规"属同一传说，有利于考证源流；"李鷂"是一个十分奇特的妖精故事，《警世通言》四十卷"叶法师符石镇妖"即演此事；"陈子昂"十年居京师不为人知，愤而碎琴的故事虽与事实不符，但可见陈的人品性格。

本书版本虽多，但均非原本完帙。明抄本记三百余事，虽序跋俱全，但缺帙较多。北京中华书局1983年出版的点校本，收作品四百二十七则，是当今较完备本。

■李商隐(812—858) 唐代著名文学家、诗人和传奇小说作家。字义山，号玉谿生，又号樊南生。祖籍唐怀州河内(今河南沁阳市)，自祖父起迁居郑州荥阳(今属河南)。幼年不幸，九岁丧父，与弟羲叟一起随堂兄李某学习经书和文章，十六岁写出了《才论》、《圣论》，一举以古文知名而为士大夫所知。文宗太和三年(829)，受天平军(治所在今山东东平县西北)节度使令狐楚召聘入幕。令狐楚深爱其才，让自己的儿子令狐绹与之交游，并亲自指点李商隐学写骈文。三年后，令狐楚调任河东节度使(治所在今山西太原市西南晋源镇)、北都留守，李商隐也随之到了太原。开成二年(837)登进士第，授秘书省校书郎，调弘农(今河南灵宝市东北故函谷关城)尉。同年冬天令狐楚病逝，商隐失去了凭依，于开成三年应泾原节度使(治所在今甘肃泾川县)王茂元之召入幕，后又娶王茂元的女儿为妻。当时朝中"牛李党争"斗争剧烈，令狐楚父子属牛党，王茂元则接近李党；作为当时著名的诗人，商隐本无党派的门户之见，而转投至王茂元门下，却为令狐绹及其牛党中人视作"背恩"、"无行"，极力加以排斥。他因此成了两派斗争的牺牲品，终生悒郁不能得志。会昌二年(842)以书判拔萃，一度重入秘书省为正字。大中元年(847)，令狐绹当了宰相，政治压力加剧，商隐难以在京城生活，先后到桂州(今广西桂林市)、徐州、梓州(今四川三台县)随人作幕僚。大中五年(851)，妻子王氏病故，使他精神蒙受沉重打击。大中九年(855)冬，辞职幕府，返回长安。次年任盐铁推官，终官检校工部郎中。大中十二年(858)罢职回荥阳闲居，同年底病逝。

李商隐一生著作很多，尤以七言诗见长，他的作品，流传下来的诗歌约有六百首，多以吟咏男女恋情，抒发离乱感慨和忧国忧民、渴望建功立业的情怀。他文思清丽，构思细密，想象丰富，语言优美，尤善诔奠之辞，深得文人学士之好评，与温庭筠、段成式等齐名，在晚唐诗坛上占有重要地位。据《新唐书·艺文志》著录，商隐的主要著作有《樊南甲集》二十卷、《樊南乙集》二十卷、赋一卷、文一卷。《宋史·艺文志》则更载有《文集》八卷、《别集》二十卷。然都已散佚。现存有今人辑本一批，如《李义山文集笺注》十卷、《四部丛刊·李义山文集》五卷、《樊南文集详注》八卷、《樊南文集补编》十二卷。此外，不为人们熟知的还有其传奇小说作品，如《杂纂》、《李贺小传》和《齐鲁二生》等。

杂纂 唐代笔记小说集。李商隐撰。一卷。因作者字义山，又称《义山杂纂》。《直斋书录解题》著录时说:"唐李商隐义山撰。俚俗常谈鄙事,可资戏笑,以类相从,今世所称'杀风景',盖出于此。又有别本稍多,皆后人附益。"或谓唐中和年间有李就今,亦号义山,疑李就今所撰。对此,鲁迅就曾怀疑过。不过,《直斋书录解题》公断此案。作品为诗人游戏之作,书中分类列举事项,可资谈笑。如"杀风景"条下列有"花间喝道"、"看花泪下"、"苔上铺席"、"斫折垂柳"等十二事,属大杀风景之举。"寒酸"条下有"乞儿驱傩",是一则可贵的戏曲史料。涵芬楼《说郛》所收条目较多。后人屡有续书,可见影响。

■**温庭筠**(812—870) 唐代著名诗人和小说作家。本名岐,字飞卿。太原祁(今山西省祁县)人。祖父温彦博,唐太宗贞观年间任中书令,以功封虞国公。少年时期勤奋好学,才思敏捷,尤长于诗词,每入试,叉手八次而成八韵,时人称之为"温八叉"。恃才不羁,生活放浪,常在诗词中讥讽权贵,因而不受官场欢迎,屡考进士不第。善于鼓琴吹笛,作侧艳之词曲。才华与李商隐齐名,时号"温李",为后来花间派之首领。唐宣宗大中十三年(859),终于登进士第。留在长安待除期间,宣宗微服遇之,因其傲慢无礼,被贬出为隋县(今湖北随州市)尉。纪唐夫《送行诗》有"凤凰诏下虽霑命,鹦鹉才高却累身"句。大中十四年(860),原户部侍郎徐商出为襄州(今湖北襄樊市)刺史、山南东道节度使(治所亦在今襄樊市);徐与庭筠同榜进士,知他有才,将之召为巡官。因不得志,庭筠一度辞官去江东游,后又被任为方城(今属河南)县令。咸通七年(866),迁国子助教,主持秋试,悯擢寒士。不久又辞官,流落而终。

温庭筠一生虽郁郁不得志,著述却颇多。《旧唐书》本传说他"能逐弦吹之音,为侧艳之词",其写词的艺术成就在晚唐诸词人之上。诗作多抒写个人沦落感慨和青楼艳情,对于边塞生活、民间疾苦也有所反映。其《商山早行》中的"鸡声茅店月,人迹板桥霜"一向被人称为名句。《新唐书·艺文志》载录其主要著作有:志怪小说集《乾䐑子》三卷、《采茶录》一卷,其他有《学海》三十卷、《握兰集》三卷、《金荃集》十卷、《温庭筠诗集》五卷、《汉南真稿》十卷、《汉上题襟集》十卷。他的词,几乎全为赵崇祚的《花间集》所收。

乾䐑子 唐代笔记小说集。温庭筠撰。三卷。《郡斋读书志》小说家类著录,曰:"序谓语怪以悦宾,无异䐑味之适口,故以乾䐑名篇。"《直斋书录解题》著录时也说:序言"不爵不觞,非炰非炙,能悦诸心,聊甘众口,庶乎乾䐑之义"。《新唐书·艺文志》著录为三卷。《遂初堂书目》作一卷。原书已佚。《绀珠集》录佚文二十条,《太平广记》录引三十三条,《说郛》录十一条,杂有伪作。《考古质疑》、《观林诗话》亦曾征引。

本书现存佚文多记鬼怪神异之事,间亦论及公卿佚事。如"陈义郎"条,叙陈义郎父赴县令任,途中被友周茂方杀害,周遂冒名偕陈妻及幼子义郎赴任;经十七年,义郎已十九岁,其母告以父冤,义郎遂手刃仇人。故事以血衫为线索贯穿全篇,结构完整,可称佳作。"华州参军"条,叙参军柳生罢官后在长安邂逅崔氏女,两相爱慕;崔氏为避表兄王生成亲的纠缠,仓促与柳成婚;王生告到官府,断归王生;后崔氏访得柳的住处,私奔其处;王生又兴讼夺回崔氏,柳生被流放;

后二年,崔氏卒;柳生忽见崔氏来,遂重新结合;王生闻知,千里来访,见崔方梳妆,倏然消失;二人发崔氏墓,见崔梳妆如新;二人同入终南山修道。故事构思奇特,描写哀婉凄凉。另有"哥舒翰"写天宝间杨国忠兄妹专权,哥舒翰的跋扈。"严振"写德宗因朱泚之乱避西蜀事,揭露当时政治的黑暗。全书作品虽不能全称佳品,却"整齐可玩"(洪迈《夷坚支志》)。

■**郑处诲**(生卒年不详,约活动在唐文宗大和至武宗会昌年间) 唐代小说作家。字延美(《新唐书》为廷美,此据《旧唐书》)。荥阳(今属河南)人。生于世宦之家,书香门第。祖父郑余庆,两任唐代宰相,父郑浣,在朝官拜刑部尚书,兼判左丞事,兼御史大夫。处诲兄弟四人,除大哥允谟以荫袭官外,其余三人均为进士出身,都担任过唐朝的重要官职。处诲为文,在兄弟中拔秀。

处诲于太和八年(834)登进士第。历官秘府,累迁工部、刑部侍郎、检校刑部尚书,卒于宣武军(今河南开封市)节度观察使任所。

在著述方面,据《旧唐书》本传载:"处诲方雅好古,且勤于著述,撰集至多。为校书郎时,撰次《明皇杂录》三篇,行于世。"《新唐书》本传则曰:"先是李德裕《次柳氏旧闻》,处诲谓未详,更撰《明皇杂录》,为时盛传。"《明皇杂录》在《新唐书·艺文志》中著录为二卷。今本有《明皇杂录》二卷、《别录》(或称《补遗》)一卷,其内容均为唐玄宗轶事,间有传奇,如八仙之一张果老的故事,最早见于此书。

明皇杂录 唐代笔记小说集。郑处诲撰。二卷。《崇文总目》和《史略》在著录时误将作者为"赵元"或"赵元一"。《新唐书·艺文志》、《崇文总目》、《郡斋读书志》、《直斋书录解题》、《四库全书总目》均著录,但卷帙不一,或谓一卷,或谓有《别录》一卷。

今传世本分卷上、卷下及《补遗》共四十条。本书名为"实录",但非实录,所记玄宗朝事,真伪参半;但书中资料丰富,记叙生动,故事情节亦较感人。"玉笼子"、"张嘉贞"、"萧嵩"、"苏颋"诸篇写玄宗儿时气质不凡,当政后勤于国事;"华清宫"、"五凤楼"、"舞马"、"凉州词"诸篇写玄宗后期骄奢淫逸及晚年的凄凉。书中记述了当时一些朝臣的佚事,对杨国忠、李林甫的奸诈跋扈作了揭露。

传世版本主要有《守山阁丛书》本、《白孔六帖》本和《丛书集成》本等。上海古籍出版社1985年以《守山阁丛书》本为基础,参《类说》、《诗话总龟》等书辑佚校正,出版了本书排印版。该版本虽称"完本",但《资治通鉴考异》中所引四条,尚未收入。

■**卢肇**(生卒年不详,约活动在唐武宗会昌至懿宗咸通年间) 唐代诗人和小说作家。字子发。袁州宜春(今江西宜春市)人。肇出身寒门,贫而好学,博览经籍。唐文宗太和九年(835),朝廷中牛李党争,李德裕被贬到袁州任长史,时青年卢肇已具有出众的才华,并为李德裕见知。会昌三年(843),肇进京应进士举,时任朝中宰相的李德裕把肇荐于主考官,肇以状元及第。入仕,初为鄂岳节度使卢商从事。懿宗咸通二年(861),出任歙州(今安徽歙县)刺史,后又先后移镇宣州

(今安徽宣城市)、池州(今安徽池州市贵池区)。其间一度贬谪连州(今广东连县,原委和任职均不详),最后又起用为吉州(今江西吉安市)刺史。卒于任。

肇撰有赋集八卷、诗文集十三卷、《海潮赋》一卷,另有传奇小说《逸史》三卷。

逸史 唐代志怪传奇小说集。卢肇撰。三卷。《新唐书·艺文志》小说家类著录,不题撰人,只注"大中时人"。《卢子史录》载录同此。《崇文总目》、《通志·艺文略》著录于杂史类。原书已佚,今有节本传世。

本书搜罗广博,内容庞杂,所记不少是唐代的真实人物,但多写其虚幻之事。作者在自序中说:"既作《史录》毕,乃集闻见之异者,目为《逸史》焉。其间神化交化、幽冥感通、前定升沉、先见祸福,皆摭其实,补其缺而已。凡记四十五条,皆我唐之事。"书中在"摭实"史事的基础上,通过虚构、联想,有所创作。"陆羽"、"瞿道士"、"吴清妻"、"李藩"、"李敏求"等篇,虽显简单平直,但故事颇新奇优美;特别是对一些神仙道术之士的描写,充满了瑰丽奇兀的色彩。如"罗公远"写罗中秋夜掷杖化桥,引明皇游月宫,赏仙舞"霓裳羽衣曲"。"李謩"写李在镜湖与异人独孤生吹笛的故事。"卢李二生"用对比手法,写坚持学仙术和半途而废者的不同结果。"卢杞"、"李林甫"、"齐映"均写主人公在"白日飞升"和当"人间宰相"两种选择中都选了后者,反映了人们重尘世功名的观念。"崔生"、"马士良"写人仙结合等。

后世其他类书摘引本书作品较多。最多者是《太平广记》,七十八条。这与作者所说的"凡记四十五条"相悖,疑后人摘抄之误。

■**李翱**(772—836) 唐代散文家、哲学家、笔记小说作家。字习之。陇西成纪(今甘肃天水市)人。贞元十四年(798)进士。元和时任史馆修撰、考功员外郎。出为庐州刺史。终山南东道节度使、检校户部尚书。其事迹新旧《唐书》均有传。有《李翱集》十卷、《李文公文集》十八卷,另有笔记小说《卓异记》一卷传世。

卓异记 唐代杂事小说集。李翱撰。一卷。《新唐书·艺文志》著录时,题为陈翱撰。《郡斋读书志》、《玉海》引《中兴馆阁书目》、《顾氏文房小说》等均著为李翱撰,并有考证。全书一卷二十七事,今存二十六事。记载唐代帝王臣下的"瑰特奇伟"、"超绝殊常"之功业盛事。《四库全书总目》曾评道:"其书皆记唐代朝廷盛事,故曰'卓异'。然中宗、昭宗皆已废而复辟,一幽囚于悍母,一迫协于乱臣,皆国家至不兴之事,称为卓异,可谓无识之尤矣。"本书从思想内容和艺术价值上看,也非上乘之作。

■**裴紫芝** 晚唐时人。笔记小说作家。生卒、籍里不详。有杂事笔记小说《续卓异记》一卷传世。

续卓异记 唐代杂事小说集。裴紫芝撰。一卷。《新唐书·艺文志》小说家类著录。原书已佚。《玉海》引《中兴馆阁书目》云:"乾符中裴紫芝撰,载唐衣冠盛事。"其他书目未见著录和摘引。

■**焦璐**(？—868)　唐代笔记小说作家。籍里不详。唐咸通九年(868)为徐泗等州观察判官、副使。庞勋起义军抵宿州,时宿州无刺史,璐摄州事,决汴水阻庞勋北进。宿将乔翔战败,宿州失陷,璐奔徐州。徐州复陷,与观察使崔彦曾等被庞勋所杀。璐曾著《唐朝年代纪》十卷,另有《穷神秘苑》十卷,属志怪类笔记小说。

穷神秘苑　唐代志怪小说集。焦璐撰。十卷。《崇文总目》、《新唐书·艺文志》、《通志·艺文略》、《宋史·艺文志》均在小说家类著录。原书佚缺,《类说》中有节文。《太平广记》摘引十条。现存佚文十二事。

从佚文上看,无一唐事,似以编述唐以前异事为主。但作者摘取往籍,陈陈相因,毫无新意。与颇具文采意想的唐人小说相比,逊色不小。但原书保存了一批先唐小说资料,当有益于志怪小说的流播与创作。如"卢汾"条,写后魏庄帝永安二年,卢汾梦入蚁穴"审雨堂"事,原出《妖异记》。此书不见著录,亦不见他书征引,赖本书得为记留,殊为珍贵。从此则资料看,唐李公佐作传奇《南柯太守传》的构思和素材,应导源于《妖异记》卢汾的故事。作者在摘编诸书时,都各自标明引书,为后人探源提供了方便。

■**李隐**(生卒年不详,约活动在唐懿宗咸通年间)　唐代笔记小说作家。字号、籍里失载,曾在咸通年间(860—873)任校书郎。

■**柳祥**(生卒年不详)　唐代笔记小说作家。字号、籍里失载。

大唐奇事(附:潇湘录)　唐代志怪小说集。李隐撰。十卷。《新唐书·艺文志》小说家类著录,注撰者为"咸通中人"。《直斋书录解题》小说家类《潇湘录》下云:"唐校书郎李隐撰,《馆阁书目》云尔。《唐志》作柳祥,未知书目何据也。"原书已佚。现存佚文大多来自《太平广记》的摘引,多为志怪异闻。故事情节较为简直,如"管子文"条,叙笔精变为书生,劝诫李林甫,告以将乱。"虢国夫人"叙其养一小猿,忽化为小儿,容貌甚美,后复化猿,夫人令射杀之,乃是木人。对本书,洪迈在《夷坚支志》中曾评"大谬极陋,污人耳目"。宋人称此书为《潇湘录》,洪迈认为本书与柳祥的《潇湘录》是同一本书,而妄名二人作。

侯忠义在《隋唐五代小说史》中,虽介绍了两种记载的来源,但偏重于柳祥著《潇湘录》,李隐著《大唐奇事》,认为这是两本不同的书。他说:"《潇湘录》,唐柳祥撰。《新唐书·艺文志》著录为十卷。现存各本均系残本。《太平广记》收有佚文四十三篇。本书作者,一作唐人李隐……《宋志》小说家类于李隐《大唐奇事》下著录'又《潇湘录》十卷',另有柳祥《潇湘录》十卷。今故作柳祥撰,与《大唐奇事》并非一书。"

我们以为,《大唐奇事》这本书在宋朝就很难见到,今天已难决定《潇湘录》与《大唐奇事》到底是一书二名还是两本不同的书;也许早先是两本内容相近的书,后在流传过程中各有散佚,使两本残存的书合成一本了。

■**张读**（834—约886） 唐代小说作家。字圣用（《书录解题》作圣朋）。深州陆泽（今河北深县西）人。其高祖张鷟、祖父张荐、外祖父牛僧孺都是唐代小说作家，故《四库全书总目》谓其"少而习见，故沿其流波"。读少有俊才，宣宗大中六年（852）登进士第，时年十九岁。曾为宣歙观察使郑薰的幕僚。僖宗乾符五年（878）为中书舍人。累迁礼部侍郎、兼弘文馆学士。曾主持进士考试，时称得士。终官尚书左丞。约卒于僖宗光启（885—887）年初。

据《新唐书·艺文志》载，张读撰有：《建中西狩录》十卷（《宋史·艺文志》著录时只有一卷），今已佚失；传奇小说《宣室志》十卷，另有《补遗》一卷。该书名取自汉文帝召贾谊于宣室问对鬼神故事之典，以"宣室"暗喻鬼神物怪。此书写成于大中至咸通年（851—874）间。

宣室志 唐代志怪小说集。张读撰。十卷。《崇文总目》、《新唐书·艺文志》、《通志·艺文略》、《郡斋读书志》、《直斋书录解题》、《文献通考·经籍考》、《宋史·艺文志》均在小说家类著录。

本书与《灵怪集》、《玄怪录》相同。以"宣室"命书，取义于"汉孝文帝坐宣室，感于鬼神而夜问贾谊"之事，以宣室喻鬼神物怪。书中全记唐事，多为作者亲闻独创，很少蹈袭前人之作。内容涉及仙道、僧佛、征兆、报应、鬼怪、禽兽、宝物等异事，寓讽喻于其中，如"李甲"宣扬"识恩而知报"，"李德裕"条则丑诋李德裕在"牛李党争"中的表现。但这并不是作者的写作目的；本书旨在猎奇求异，以奇谲悦人，行文上讲求笔墨的生动优美，做到"事奇文美"。如"唐燕士"写阴曹鬼诗人行吟，创造了幽远冷凄的意境；"百丈泓"写景摹声，笔法精湛，"陆颙"描写天下奇宝"消面虫"的故事，构思新奇，叙事曲折；"李徵"写进士李徵发狂疾而化虎，笔墨舒展，思致深婉；"吕生"写水银精；"谢翱"写牡丹精；"韩生"写犬怪；"杨叟"写猿怪；"许贞"写狐妖等，都是极鱼龙曼衍之趣，尽缠绵委婉之韵的优秀作品，不少为后人改编为话本、戏曲或敷演为长篇小说。

本书在传世过程中，几经辗转传抄，卷帙虽满，篇什却散落伪窜。十卷中所辑二百余事并非是完本。中华书局于1983年出版了点校本，点校者费力颇巨，但尚欠精审：三条误辑自他书，六事非本书佚文，还有一些明显为本书佚文的却漏收，阅读中须加留意。

■**袁郊**（生卒年不详，约活动在唐宣宗大中至昭宗龙纪年间） 唐代小说作家。字之乾（一作之仪）。蔡州朗山（今河南确山县）人。其父袁滋曾任中书侍郎、同中书门下平章事，后封淮阳郡公。郊于唐懿宗（860—874）时曾任祠部郎中，以后又于昭宗（889—904）时做过翰林学士、虢州（今河南灵宝市）刺史等官职。与诗人温庭筠相友善，有相互酬唱的作品留存。

袁郊的传奇小说集《甘泽谣》是晚唐较为突出的一部文学作品，成书于咸通九年（868）。据陈振孙《直斋书录解题》所载："唐祠部郎中袁郊撰。所记凡九条。咸通戊子（即868年）自序，以其春雨泽应，故有甘泽成谣之语，遂以名其书。"其实，这本书在宋元时期便已散佚，今本乃明人从《太平广记》中辑出，有《说郛》本和《学津讨原》本等。现存九篇（包括八篇小说和一篇自序）多写仙佛怪异之事，情节离奇，其中以描写女侠客的"红线"篇最为出色，明梁辰鱼（梁伯龙）曾据以改编成杂剧《红线女》,京剧《红线盗合》也本此,清乐钧有《咏红线》诗。

袁郊的其他作品今已不多见,在《全唐诗》中录存有《月》、《霜》、《露》、《云》七绝四首。

甘泽谣 唐代传奇小说集。袁郊撰。一卷。《新唐书·艺文志》小说家类著录。《郡斋读书志》著录时云:"《甘泽谣》一卷,载谲异事九章。咸通中,久雨卧疾所著,故曰《甘泽谣》。"《直斋书录解题》中也说:"唐祠部郎中袁郊撰。所记凡九条。咸通戊子自序,以其春雨泽应,故有甘泽成谣之语,遂以名其书。"本书原版不传,明人从《太平广记》中辑得佚文八篇,加作者自序,以凑九之足数。后人又以"聂隐娘"入此书。

本书九篇传奇均记唐代的奇闻异事,构思精巧,文辞跌宕。如"聂隐娘"写侠女盗盒,消弥战争和刺客报恩事;"陶岘"写昆仑奴摩诃入水取剑被毒龙所杀事;"许云封"写乐师许云封为韦应物吹笛事;"韦驺"写乐师韦驺果敢救弟、江神酬曲的传说;"园观"描写李源与园观两世友情事;"懒残"记异僧与邺侯李泌事;"魏先生"假隋末道士之语,宣扬帝王应纳良殄凶事;"素娥"借花月之妖的怪异故事,宣扬宿命论。本书虽为唐代传奇中之上乘之作,然刻意求奇,过分怪异,且有较浓的迷信色彩。

传世版本有明杨仪校辑本、《说郛》本、《津逮秘书》本、《学津讨原》本和《唐宋丛书》本等。除明杨仪本外,其余均为八篇,无"自序"。

■**裴铏**(生卒年不详,约活动在唐懿宗咸通至僖宗文德年间) 唐代小说作家。字号和籍里均失载。咸通七年(866),高骈出任静海节度使(治所在今江苏南通市),裴铏被任为掌书记,加侍御史内供奉。乾符五年(878),以御史大夫衔出任成都节度副使。

据《新唐书·艺文志》载录,裴铏著有传奇小说集《传奇》三卷。原书早已散佚,《太平广记》录有二十八篇,今人周楞伽辑注本有三十一篇。据《郡斋读书志》说:该书"多纪神仙怪谲之事"。裴铏崇尚道教,笔下多写仙人、仙事、仙境和仙风,也有不少的异人奇事,反映了当时的世俗风情。最著名的篇章有反映豪侠的"昆仑奴"和"聂隐娘",有描绘人神相恋的"裴航"和"孙恪",有状写求仙访道的"元柳二公"和"崔炜"等,其中"昆仑奴"、"聂隐娘"、"裴航"、"孙恪"四篇影响尤广,曾被宋、元、明时人改编为话本和杂剧。

又据《宋史·艺文志》载录,裴铏还有另一传奇小说集《传载》一卷,内容不详。

传奇 唐代传奇小说集。裴铏撰。三卷。《新唐书·艺文志》、《宋史·艺文志》、《郡斋读书志》均著录为三卷。《直斋书录解题》则著录为六卷,称"《唐志》三卷,今六卷,皆后人以其卷帙多而分之也"。原书失传。《太平广记》收录佚文二十八篇,已非完帙。上海古籍出版社出版的周楞伽辑注本,共辑三十一篇,然也非当今之完本。所辑"聂隐娘"出自《甘泽谣》,"樊夫人"是据《渊鉴类函》辑入,不类裴铏之作;《绀珠集》中节录之"金钗玉龟"、"红拂妓"二条似应归入裴作。

本书所记多奇侠异士、神仙僧道之异闻,亦有人与仙、鬼、神的爱情故事。其中以"昆仑奴"中的红绡妓写得最为出色,表现了女主人公冲破封建礼教枷锁,大胆追求真正爱情的胆识。但在当时的环境下,仅靠弱女子的勇气是不够的,在唐传奇中,这些女子常常得到侠客的超自然力量的帮助,如本篇的红绡妓、"郑德璘"中的洞庭水神、"张无颇"中的女仙袁大娘、"薛昭"中的申天师等。本书作者是道教徒,所以许多篇章都带有浓厚的道教色彩。如"许栖岩",借许人蜀误坠山崖与神仙谈悟《老子》、《庄子》、《黄庭经》的主旨;"赵合"写赵因帮助李氏二鬼魂而得授《演参同契》和《续混元经》;"陶尹二君"记二老人遇秦代逃生的役夫、宫女而得道等。书中作品大多为作者原创,但也有一些源于民间传说,如"陈鸾凤"据一则雷州民间传说润饰而成,"文箫"则是据"吴彩鸾"谪仙的传说而敷演的。

作者受晚唐骈丽文风影响,行文呈现繁缛流丽的特征,在状景抒情时,常采用华丽铺陈的骈丽文句。本书对后世小说戏曲创作影响极大,集中故事收入各类丛书的计有十四篇,为后世敷演为小说戏曲的也有十余篇,在唐人诸传奇集中名列前茅。

■**皇甫枚**(生卒年不详,约活动在唐懿宗咸通至昭宗光化年间) 唐末至五代时期的传奇小说作家。《文献通考》作皇甫牧。字遵美。安定三水(今陕西彬县)人。唐咸通末年(873)曾为汝州鲁山县(今属河南)县令。唐于天祐四年(907)被朱全忠灭亡后,枚一度旅食于山西;后梁开平四年(910),在这里撰成传奇小说集《三水小牍》三卷。到明朝时,此书已丢失一卷。缪荃荪的辑校本较好,收入"云自在龛丛书"。今存佚文约有六十篇。另有传奇小说《玉匣记》一卷。

三水小牍 唐五代传奇小说集。皇甫枚撰。二卷。《崇文总目》在传记类著录时将撰者误为皇甫牧。《直斋书录解题》著录为三卷。《太平广记》、《续谈助》、《宋史·艺文志》著录或摘引时题为皇甫枚撰,二卷。原书已佚,《太平广记》、《续谈助》、《说郛》等书辑有佚文。后人集为二卷六十余则,有误收亦有漏收。1958年上海中华书局编辑所出版了校点本。

本书记载唐末时事,书中人物多见于史书;也有一部分仙灵鬼异故事。作品文辞华丽,时有骈语丽句插入,风格接近传奇。书中的"步飞烟"条,叙武公业爱妾步飞烟与赵象相爱,被武公鞭笞致死事,反映了封建婚姻制度的黑暗,情节悲怆动人。"埋蚕受祸"记王公直因桑叶价高而把蚕活埋,结果被官府杖死,反映了农业社会对蚕桑事业的重视和蚕农的悲惨遭遇。"王玄冲登华山莲花峰"叙王玄冲登上莲花峰,见峰顶荷池中有破铁船,触之即碎。"王知古为狐招婿"叙王知古误入狐穴,狐妖要把女儿嫁给他,后看他穿着主人张直方的短袍,便将其赶出门外,从侧面表现了张直方的骄横残暴。"陈璠临刑赋诗"记陈璠叛乱后投降而得官,贪财暴虐,被处死时还吟"五年荣贵今何在,不异南柯一梦中"。"夏侯贞黩女灵"叙夏侯戏弄女神,当夜暴死,带有神怪色彩。"鱼玄机笞毙绿翘致戮"记女诗人鱼玄机因妒忌打死女童绿翘,事发被刑。"温璋"条记京兆尹温璋贪赃枉法后被鸩死事。"王表"条揭露裴光远贪婪残酷,杀王表夺其子,后被鬼魂索命。"李龟寿"叙晋国公(即作者外祖父)白敏中,家有刺客,被花鸭小狗发觉,白敏中恕刺客不死,刺客感激,遂跟随白终身不二。"却要"条写李庚家女奴,主家四个儿子都要调戏她,她机智地让其于四角门等候,并一一揭露他们的丑态。

作者记事均以第一人称说明故事来源，以示征信。全书四十余篇，十六篇中有作者本人出场，书中还多以"三水"的名义发议论。作者很注意诗笔，"步飞烟"里引入大量诗歌；不少作品中的对话用的是骈句。这种刻意雕饰，有碍故事情节的发展和人物的个性化形象塑造。

玉匣记　唐代志怪小说。皇甫枚撰。一篇。《太平广记》卷三百九十二注引。叙邺都村民王敬之，掘地得一苍石匣，中有白玉板，上刻大篆六行，七言六句，辞意隐晦，无人能解。篇末云"焉知不有阴睹后代，总括风云、幅裂山河之事，而瘗玉以讖之"，似暗示唐朝将亡之兆。此篇似应入《三水小牍》。《说郛》重编本、《百川学海》中所收的《玉匣记》，内容不同，多杂取宋人著作。

■**李涪**（生卒年不详，约活动在唐昭宗光化年间）　唐代笔记小说作家。唐宗室。僖宗使相李福之子，以《开元礼》及第。唐末战乱时，于光化初年(898)"与诸朝士避地梁川"，后召回为太仆卿，又迁国子祭酒。曾官常侍、尚书。年六十以后，著《刊误》，五十篇。

刊误　唐代笔记小说集。李涪撰。二卷。《新唐书·艺文志》、《崇文总目》小说家类著录。《直斋书录解题》入杂家类。《宋史·艺文志》入经解类。《四库全书总目》入杂家类杂考之属。

作者在本书自序中言撰成五十篇，乃正文四十九，自序一。此书为探究与考订典故之作，以"刊误"名书，即取"刊正误说"之意。上卷多考礼制，引古制以明唐末之失。下卷论训诂、音韵、史实、风俗等。记载明晰，笃实有据。传世版本有《百川学海》、《古今逸史》、《格致丛书》、《学津讨原》、《榕园丛书》等多种。哈佛燕京学社曾据《榕园丛书》本编成《李涪刊误引得》。

■**李濬**　生卒年不详。唐代笔记小说作家。《全唐文》卷八百一十六中收有他的《慧山寺家山记》，写作于唐代乾符六年，因此，可推他活动于唐僖宗时期，即874—888年。撰有笔记小说《松窗杂录》一卷。据今存的《顾氏文房小说》本卷首李濬的自序称，《松窗杂录》主要记述的是儿时闻听公卿讲叙的国朝故事，尤以记述唐玄宗时社会遗闻、朝中盛衰事等为多。今有中华书局1958年出版的校点本。

松窗杂录　唐代笔记小说集。一说李濬撰，又题韦叡撰。一卷。又称《松窗录》、《松窗小录》、《摭异记》等。《新唐书·艺文志》小说家类著录。《崇文总目》传记类作《松窗录》。《郡斋读书志》杂史类著录。《宋史·艺文志》又入小说类作《松窗小录》。《唐诗纪事》题作者为皮日休，《能改斋漫录》作王叡，《白孔六帖》题作王歚，《说郛》则误为杜荀鹤。

全书十六条，记唐代轶闻逸事，多为皇帝、后妃、卿相的故事，以玄宗朝占其半，虽详赡整饬，然亦有失实。书中记李白赋《清平调》词三章，再现了才思敏捷、放荡不羁的一代诗人的形象。记玄宗好"走马、击球，内厩所饲者，意犹未甚适"事，艺人黄嬬绰以"今三丞相悉善《马经》"，以讽皇帝和大臣不重政务，专重游戏，突出表现了黄氏的机智与勇敢。另如记张说释放私通侍婢之门客，而后张赖以免祸等。书中记苏瓌有子，李峤无儿，显系诬妄。

传世版本有《顾氏文房小说》本、《奇晋斋丛书》本等。中华书局上海编辑所1958年出版了排印本。

■**陈翰**（生卒年不详，约活动在唐僖宗乾符年间） 唐代笔记小说作家。生平、籍里失载，仅知他在乾符年间(875—879)当过屯田员外郎。其所撰笔记小说集《异闻集》（又作《异闻录》），因其中有一些他人的作品，如李朝威的《柳毅传》等，有人认为并非陈翰所著；但集子中《韦安道》、《独孤穆》等十篇作品，一般还都认为是出于陈翰之手笔。

异闻集 唐代笔记小说集。陈翰编。十卷。《新唐书·艺文志》小说家类著录。《郡斋读书志》在著录时称其"以传记所载唐朝奇怪事类为一书"。《绀珠集》、《类说》有节录。原书失传。《太平广记》引有大量佚文。

从本书佚文上看，大凡唐传奇名篇均搜罗殆尽，如《柳氏传》、《霍小玉传》、《离魂记》、《任氏传》、《镜龙记》、《感异记》、《南柯太守传》、《李娃传》、《莺莺传》、《李章武传》、《丹丘子》、《姚氏三子》、《稠桑老人》、《古岳渎经》等，部分作品标题有改动。所辑作品多数可以考其出处，但有部分出处不明，如《樱桃青衣》、《相如挑琴》、《秀师言记》、《韦安道》、《独孤穆》等。这是一部水平较高的唐人选唐代小说的选本。

■**郑綮**(？—899) 唐代诗人和小说作家。字蕴武。唐郑州荥阳（今属河南）人。弱冠前后登进士第。历官监察御史、仓部员外郎、户部员外郎、金部郎中、刑部郎中、右司郎中。因为家贫，求为郡守，于乾符六年(879)出为庐州（今安徽合肥市）刺史。据《旧唐书》本传记载："黄巢自岭表还，经淮南剽掠。綮移黄巢文牒，请不犯郡界。巢笑而从之，一郡独不被寇。天子嘉之，赐绯鱼袋。罢郡，有钱千缗，寄州帑。后郡数陷，盗不犯郑使君寄库钱。至杨行密为刺史，送所寄于京师还綮。"綮从刺史任上调回京城后，先为兵部郎中，迁给事中。因进谏不从，托病休官。不久，又召为左散骑常侍。

綮善为诗，语言滑稽诙谐，多侮剧刺时，嘲讽朝政，时号"郑五歇后体"。唐昭宗对郑綮的诙谐诗篇，不但不以为嘲，反认为其有奇才，于逃避战乱、重返长安的光化初年(898)，任綮为礼部侍郎、同中书门下平章事。亲友前来道贺，綮搔首叹道："歇后郑五作宰相，时事可知矣。"《旧唐书》本传曰："累表逊让，不获。既入视事，侃然守道，无复诙谐。"干了三个多月，终觉物望非宜，自求引退。光化二年(899)病卒。

郑綮一生的诗文撰著多已亡佚，现见于《全唐诗》中的仅录存有《老僧》等四首。另有笔记小说《开天传信记》一卷，共有三十二则故事，是他在任吏部员外郎时所撰。所记皆为唐玄宗时的遗闻轶事，其中"华阴见岳神"、"梦游月宫"、"罗公远隐形"诸篇，皆涉神奇怪异，富有传奇色彩；几乎人所共知的唐明皇游月宫的故事，就来源于此部小说。

开天传信记 唐代笔记小说集。郑綮撰。一卷。《新唐书·艺文志》杂史类著录。《四库全书总目》则入小说类异闻之属。

全书记开元、天宝间故事三十二条。卷首称："因簿领之暇，搜求遗逸，期于必信，故以'传信'为名。"有些记载被史书摘引，有些则因失实而引起驳难，如玄宗过王琚家谋诛韦氏一条，曾遭《四库全书总目》的指责。书中有三分之一条事涉神怪，如玄宗在华阴见岳神、梦游月宫闻仙乐，及罗公远隐形、叶法善精于符箓等。传世版本有《百川学海》、《学津讨原》等本。上海古籍出版社以《百川学海》本为底本，于1985年排印，辑入《开元天宝遗事十种》内。所附佚文六则，乃编者沿《说库》之误误收。

■**裴廷裕**（生卒年不详，约活动在唐昭宗时期） 唐代笔记小说作家。一作庭裕。字膺余。山西闻喜人。曾于唐昭宗时（889—904）任右补阙兼史馆修撰，与柳玭等人专修宣宗实录。后中原大乱，史料尽佚。裴廷裕根据耳闻目睹，加上他上奏的监修稿本，写成笔记小说《东观奏记》，上中下三卷，多记宣宗朝的史实和逸闻。作者其他事迹不详。

东观奏记 唐裴廷裕撰。三卷。据《笔记小说大观》本中的该书提要云："专载宣宗一朝之事。耳目所见，见闻校稿，搜罗编缀，原委灿然。司马君实作《通鉴》多采其说者。以廷裕为右补阙，与柳玭等专修宣宗实录，其无伪舛牴牾处，可断言也。间有不敢尽信者，则以恩怨未尽。记近事未免多诬耳。……王庭保《摭言》称廷裕文书敏捷，号'下水船'。今览是编，洵然。"

该书上卷中记宰臣白敏中诸条，夸赞白"亮直无隐，不掩人于上"，写得生动活泼；记武宗晚年好仙道，不听诸臣谏劝，已现晚唐衰败之兆。中、下卷记诸大臣、宰辅之行藏尤细，反衬皇帝昏庸无能。书中多有歌功颂德、溢美皇帝之词，这也是一般臣僚之习。

本书《新唐书·艺文志》在杂史类中著录。后被《稗海》本、《粤雅堂丛书》本、《藕香拾零》等本收录。传世的还有《笔记小说大观》本。1993年巴蜀书社出版了《中华野史集成》影印本。

■**范摅**（生卒年不详，约活动在唐僖宗乾符年间） 唐代笔记小说作家。字不详，自号五云溪人。由于五云溪即若耶溪之别名，乃知他是浙江绍兴人。终身处士，未谋官职。青年时代好游名山大川，曾游历吴、楚、秦、宋诸多地方，广泛搜集唐代文人逸事；后撰成传奇故事六十五篇，编次成书，名曰《云溪友议》。据《新唐书·艺文志》载，全书三卷，卷中六十五篇作品，均以三字为标题，前有自序和"五云溪人范摅纂"字样。世传的另一种版本为十二卷，前无作者自序，也无三字标题。宋人陈振孙《直斋书录解题》谓此书"《唐志》三卷，今本十二卷"。

云溪友议 唐代笔记小说集。范摅撰。三卷，六十五则。《新唐书·艺文志》、《郡斋读书志》均以小说家类著录。《直斋书录解题》著录为十二卷。

本书内容广泛，主要记载中晚唐诗人佚事及酬唱诗篇，有很高的资料价值。《四库全书总目》说："六十五条之中，诗话居十之七八，大抵为孟棨《本事诗》所未载。逸篇琐事，颇赖以传。又以唐人说唐诗，耳目所接，终较后人为近。故考唐诗者，如计有功《记事》诸书，往往据之以为证焉。"作者行文重文华翰藻，情节曲折离奇，有不少颇具价值的作品：如写张籍推荐朱庆馀，描写了援引后进和惜才好善的精神;"玉箫化"写玉箫两世与韦皋相恋,为爱情由生到死,再由死到生的过程,结构精巧,情节完整,曲折有致,极富感染力。另有一些流传很广的故事,如"芑萝遇"、"三乡略"、"题红怨"等,均颇具特色。但范摅以处士放浪山水,交游不广,所记为道听途说,颇多失实:如"南阳录"条记安禄山生于邓州南阳,显系传闻失误;"严黄门"条记严武镇蜀酷暴,李白《蜀道难》乃为担心杜甫、房琯遭难而作,实不可信;"江都事"条记李绅镇大梁,"骡子营骚动军府,乃悉除之",则张冠李戴,等等。本书价值所在,主要是记述了唐代中晚期多位诗人之间交往的遗闻轶事,保存了许多可信的诗歌史料,故向为唐诗研究者所重;另有部分为怪诞的传奇故事,如"玉箫化",元人乔吉曾依此改编成《玉箫女两世姻缘》杂剧,明人天然痴叟也据以改写成拟话本集《石点头》中的"玉箫女再世玉环缘",可见其影响之深远。

传世版本有《四部丛刊》影印明本、《嘉业堂丛书》本等。十二卷本有《稗海》本。古典文学出版社 1957 年出版了排印本,中华书局上海编辑所 1959 年曾出版校订本。

■**高彦休**(854—约 944)　五代小说作家。字号、籍里不详,自号参寥子。祖父辈高钛、高铢、高锴三兄弟均为进士出身:钛曾任吏部侍郎,出为同州(今陕西大荔县)刺史、兼御史中丞;铢曾任河南(今河南洛阳市)尹,吏部侍郎;锴曾任吏部侍郎,出为鄂岳观察使(治所在今湖北武汉市之武昌)。父辈高湜、高湘,偕登进士第,曾分别出任礼部侍郎、中书舍人和礼部侍郎、泽潞观察使(治所在今山西长治市)等官职。

彦休于唐乾符元年(874)进士及第。曾出任摄盐铁巡官、朝议郎、守京兆府咸阳县尉、柱国等官职。唐僖宗广明元年(880),农民义军黄巢攻入长安称帝,僖宗避逃成都,彦休逃出长安后,曾投靠于淮南节度使(治所在今江苏扬州市)高骈幕下。

彦休撰有传奇笔记小说《唐阙史》(原名《阙史》)三卷。今本只存二卷,凡五十一条,在《分门古今类事》、《通鉴考异》、《宛丘集》等书中,尚有一批佚文。

阙史　唐代杂事小说集。高彦休撰。三卷。又名《唐阙史》。今存二卷。《新唐书·艺文志》、《宋史·艺文志》小说家类著录。《直斋书录解题》著录为《唐阙史》,《四库全书总目》著录同。关于本书的写作初衷及卷帙,作者在自序中曾谈及,因见唐人小说皆是记述大历、贞元以前的事情,"大中、咸通而下,或有可以夸尚者、资谈尚者、垂训诫者,惜乎不书于方册"。因此,多方努力搜罗到一批材料,但在逃避战乱、前往江表的途中,多半丢失。在扬州期间,对所剩下的抄录材料进行了系统整理,"其间近屏帷者、涉疑诞者,又删去之,十存三四焉,共五十一篇,分为上下卷"。

本书所记多中晚唐琐事,杂以神怪。杂事中,有一定史料价值,如"周丞相对扬"、"崔相国请立太子"、"郑侍郎判司勋检"、"卢相国指挥镇州事"等条,都可与正史相参证。也有一些公案类和神怪类的故事,较近于小说。"秦中子得先人书",记秦川富室少年,忽接已故父亲之信,要他送财物灞水桥畔,方可消灾免祸,富家子照办了;过几天又有人送信索取财物,仆人生疑,抓住使者,原是邻人假冒。这一故事不仅揭穿了骗局,也有破除迷信的意义。"薛氏子为左道所误"讽刺贪财者受骗上当;"赵江阴政事"记赵县令巧破疑案;"崔尚书雪冤狱"写河南尹崔碣平反冤案,都有一定的意义。一些鬼神异闻,如"丁约剑解"、"郑少尹及第"、"韦进士见亡妓"、"杜舍人牧湖州"、"郑相国题马嵬诗"、"李可及戏三教"等,或颇具情致,或诙谐有趣,值得一读。

传世版本有《知不足斋丛书》本、《龙威秘书》本、《四库全书》本等。

■**苏鹗**(生卒年不详,约活动在唐僖宗光启至唐昭宗光化年间) 唐代小说作家。字德祥。京兆武功(今陕西武功县)人。光启二年(886)登进士第,仕履无考。因家居武功县的杜阳川上,所撰传奇小说集名曰《杜阳杂编》。全书分编三卷,所记上起唐代宗广德元年(763),下讫唐僖宗即位之年(874),各篇故事以时序编排,内容多为海外仙乡、珍宝奇技、梦幻异闻,情节颇多虚构。其中也有少量史实,如"甘露事变"后唐文宗李昂吟诗诵赋,咸通十四年(873)迎佛骨事等,可作为重要史料与正式史传相参证。全书语言流畅,文笔靡丽。《四库全书总目》还著录有苏鹗的另一著作《演义》十卷,但原书已佚,清人从《永乐大典》中辑得二卷。

杜阳杂编 唐代笔记小说集。苏鹗撰。三卷五十二则。《新唐书·艺文志》、《郡斋读书志》、《直斋书录解题》小说家类著录均为三卷。《宋史·艺文志》小说类著录为二卷。《四库全书总目》仍著录为三卷。

本书记代宗至懿宗十朝之事,多述四方异闻及奇技宝物,事颇荒诞。其中叙宦官鱼朝恩、仇士良之专横跋扈,懿宗迎佛骨如痴如狂等条,则有裨于补史。《四库全书总目》评其:"铺陈缛艳,词赋恒所取材,固小说家之以文采胜者。读者挹其葩藻,遂亦忘其夸饰。"传世有《稗海》本、《学津讨原》本、《说郛》本、《唐人说荟》本等。中华书局上海编辑所1958年出版有排印本。

苏氏演义 唐代笔记小说集。苏鹗撰。十卷。《新唐书·艺文志》、《崇文总目》小说家类著录。《直斋书录解题》、《宋史·艺文志》著录为杂家类。《四库全书总目》著录时题为《演义》。

本书为考证之作,内容与《古今注》相同,颇精赡。《直斋书录解题》称其"考究书传,订证名物,辨证讹谬,有益见闻"。其中记隋小说家侯白事,可补《隋书·陆爽传》之不足。书中提到"近代学者著《张虬须传》",可知杜光庭撰《虬髯客传》之说颇可疑。书中所记,大概如是。

原书久佚。《永乐大典》所辑二卷,后收入《四库全书》。之后《函海》、《艺海珠尘》等本据"四库"本刊刻。商务印书馆1956年出版排印本。

■**孙棨**(生卒年不详,约活动在唐僖宗至唐昭宗龙纪时期) 唐代小说作家。字文威,自号无为子。信都武强(今河北武强县)人。唐僖宗年代(874—888)随计吏入京,从此久寓长安,纵情于狭斜生活,因而熟知这方面情况。中和四年(884)撰成笔记小说集《北里志》一卷,记述长安城北平康里的妓女生活和官僚文士狎妓的故事。该书对研究晚唐时期的城市生活及诗歌有一定的参考价值。由于所述为大中年间(847—860)进士游狎平康事,后人研究者孙光宪以为作者意在讥讽当时宰相卢携。

孙棨于唐昭宗乾宁(894—898)中经人引荐,与郑谷一起同为谏官,后升为侍御史。郑谷有《偶怀寄台院孙端公棨》诗。终官翰林学士、中书舍人。据《宋史·艺文志》著录,除《北里志》一卷外,棨还撰有《同归小说》三卷(早已散佚,无从知道其内容)。《全唐诗》录存有《赠妓人王福娘》等诗六首,皆为狎妓之作。

北里志 唐代笔记小说集。孙棨撰。一卷。《郡斋读书志》、《直斋书录解题》、《宋史·艺文志》均以小说类著录。

据本书作者自序及《文献通考·经籍考》记,书中记大中进士狎游平康事。孙光宪《北梦琐言》卷四中记:"孙棨舍人著《北里志》,叙朝贤子弟平康狎游之事,其旨似言卢相携之室女,失身于外甥郑氏子,遂以妻之,杀家人而灭口。"但书中并没有与卢相关事,疑有脱误。北里,即长安平康里中三曲,妓女聚居之地。书中详记妓女生活,如赵绛真、楚儿、郑举举等,多能谈吐,知书能诗,常与士子酬唱应对;部分条目反映了妓女的痛苦生活。作者还自叙与妓宜之的交往:宜之愿嫁孙棨,孙答以非举子所宜;后宜之为豪门所占有。这本身就是一个哀婉动人的故事。另有妓女张住住与邻家子佛奴相爱,而又被陈小凤以财聘定,住住设计骗小凤,与佛奴终成良缘。书中所写诸妓均有血有肉,各具个性,生动传神。

今存版本有《古今说海》本、《说郛》本、《五朝小说》本、《续百川学海》本、《旧小说》本等。1957年古典文学出版社出版了该书排印本。

■**卢光启**(?—903) 唐代笔记小说作家。字子忠。籍里不详。昭宗(889—904)时从驾凤翔,拜兵部侍郎、同中书门下平章事。后被迫自杀。曾著有《初举子》一卷,以笔记写举子应试事。

初举子 唐代笔记小说集。卢光启撰。一卷。《新唐书·艺文志》小说家类著录。本书未见传本。据《北梦琐言》记,此书专谈举子进取诸事。宋王珪《华阳集》卷三记:"卢光启著举子事,更深试未了,即被人围看,笔札仓皇多误。"可见内容之一斑。《容斋续笔》卷十三《贻子录》中曾引本书内容,如说应试时需注意避国讳、宰相讳、主文讳,写试卷无误笔等。可见当时考试之规则。严格地说,这是一本《举子应试指南》类书,与小说无甚关联,即便有数则应试逸事,其意也在儆戒举子。

■**王定保**(870—940) 五代小说作家。字号不详。南昌(今属江西)人。唐昭宗光化三年(900)登进士第。唐朝灭亡(907)后,避战乱入岭南,曾为邕管巡官(今广西南宁市别称为邕;巡官在唐五代时期为节度使的僚属,职位在判官、推官之下)。又曾入清海军节度使刘隐幕府。刘隐死后,定保于后梁贞明三年(917)拥戴其弟刘岩(后改名刘䶮)称帝。因建南汉有功,先被任为宁远军节度使(治所在今广西北流县),至后晋天福五年(940),即南汉大有十三年,由节度使入为中书侍郎、同平章事。同年病卒,终年七十一岁。《七国春秋》有传。

王定保撰有传奇小说集《唐摭言》（原名《摭言》，意为从民间捡拾来的言说）十五卷。据当代学者余嘉锡考证刘毓崧写的《唐摭言·跋》，认为此书撰成于后梁贞明二年到三年之间（916—917）。定保热心于考察唐代的科举制度，广泛收集文人轶事，曾先后咨询访问过陆扆、吴融、王溥等人。据他自己在《唐摭言·散序》中讲："时蒙言及京华故事，靡不录之于心，退则编之于简册。"该书分作一百零三门，门多不类，显得有些杂乱，但较完整地记录了有唐一代的科举制度；又记述了唐代文学家一百多人（多为中晚唐诗人）的遗闻趣事，既补了唐代史志之缺，又留下了许多文人的生平和文学活动的珍贵史料。一些唐代诗人的零章断句而为别集所失载者，也多因此书而得以留存。

唐摭言　五代笔记小说集。王定保撰。十五卷。原名《摭言》。《郡斋读书志》、《直斋书录解题》、《四库全书总目》均在小说家类著录。

本书所记唐代科举制度及有关琐事，多史书所未载；另记众多诗人的作品及零篇断句，为研究唐诗的重要资料。书中数则文人遗事也颇有特色：如卷四记裴度相貌不扬，相者曾谓其"若不至贵，即当饿死"；裴游香山寺，拣一包袱，第二天至原地送还失主；后又遇相者，惊其有阴德，前途无量，后果位极人臣。此事为元杂剧《山神庙裴度还带》、《喻世名言》卷九"裴晋公义还原配"之本事。卷七记王播寺院饭后钟事，《石点头》卷六头回叙之。卷十一所记孟浩然吟诗忤唐玄宗事，卷五王勃事等均为后世文艺作品敷演。

传世版本有《稗海》本、《说郛》本等，均删为一卷。《学津讨原》本则为十五卷，《雅雨堂丛书》本同。1957年，古典文学出版社据《雅雨堂丛书》本排印出版；中华书局上海编辑所、上海古籍出版社分别于1960年、1978年重新印刷出版。

■**张固**（生卒年不详，约活动在唐宣宗大中至唐僖宗年间）　唐代小说作家。字号与生平均不详。清河（今属河北）人。据其本人作品，可知他曾于唐宣宗（847—858）大中中期出任过桂管观察使。他的笔记小说《幽闲鼓吹》一卷，是在懿宗（859—873）、僖宗（874—888）时期，搜集宣宗遗事写成的。全书二十五条，以记述宣宗朝的事迹为主，也载录了一些宪宗、武宗朝的事情。

幽闲鼓吹　唐代笔记小说集。张固撰。一卷。张固为唐懿宗、僖宗时人，生平不详。《顾氏文房小说》刻此书的顾元庆跋曰："是书为有唐张固撰，共二十五篇。固在懿、僖间，采摭宣宗遗事，简当精赅，诚可以补史氏之阙。"《新唐书·艺文志》、《四库全书总目》均在小说家类著录。

本书记载开元、天宝至大中年间遗事。如白居易以诗谒顾况，李贺以诗谒韩愈等，可见唐人风气。元载无奈遣长辈空盒，长辈持空盒得藩镇厚赠一条，反映出元载权倾朝野、气焰熏天的情景。其中记宣宗朝多条，显露了皇权衰落的迹象。传世有《顾氏文房小说》本、《宝颜堂秘笈》本、《学海类编》本等。1958年，中华书局上海编辑所据"顾氏"本排印出版本书。

■**康骈**（生卒年不详，约活动在唐僖宗至唐昭宗时期）　唐代小说作家。"骈"亦作"骿"，字驾言。

池州秋浦(今安徽池州市贵池区)人。与殷文圭、杜荀鹤、杨夔友善,并在当时文坛齐享盛名。唐僖宗(874—888)乾符五年(878)登进士第,次年又中博学宏词科(光明书局1934年出版、谭正璧所编之《中国文学家大辞典》和四川人民出版社1983年出版、北京语言学院本书编委会所编之《中国文学家辞典·古代第二分册》,均认为康骈于乾符四年登进士第,此从侯忠义的《隋唐五代小说史》)。曾任崇文馆校书郎,昭宗时(889—904),又与好友殷文圭、杜荀鹤、杨夔等人同为宁国军(治所在今安徽省宣城市)节度使田頵的上客幕僚,后经田頵引荐为户部郎,再迁中书舍人。晚年退归乡里,隐居著书以终。

康骈撰著有传奇小说集《剧谈录》三卷(见《新唐书·艺文志》);但到宋代只录载为二卷,《崇文总目》和《宋史·艺文志》均作二卷。今本仍为二卷。所记均为天宝年以来的故事,多属神鬼灵异与武侠之类。鲁迅在《中国小说史略》中评说:"选事则新颖,行文则逶迤,固仍以传奇为骨者也。"此外,康骈还撰有《九笔杂编》十五卷。

剧谈录　唐代传奇小说集。康骈撰。卷帙三卷、二卷不一。明嘉靖池州府治云其"追记昔时新见异闻,写成《剧谈录》"。《新唐书·艺文志》小说家类、《郡斋读书志》小说类均著录为康骈撰,三卷。《崇文总目》、《宋史·艺文志》、《四库全书总目》著录作者同,但均为二卷。《四库全书总目》以为"是书成于乾宁二年(895)"。

全书四十余则,记天宝以来故事,多涉神怪侠义,间有议论。"潘将军失珠"条中盗珠的三鬟女子性情豪爽,身手矫健,可与红线女比美。"田膨郎偷玉枕"写唐文宗忽失白玉枕,下诏搜捕,小仆破案捉贼;行文逶迤,语言传神,令人如临其境。"张季弘逢恶新妇"写张自恃勇力,欲为老妪制伏新妇,后见其气力超凡,遂不敢犯;描写张的前后不同神态,有声有色,旨在警戒骄矜。"管万敌遇壮士"也系同类内容。"洛中豪士"寓警奢华。"狄惟谦请雨"条记心诚则灵。

传世有《津逮秘书》本、《稽古堂丛刻》本、《学津讨原》本和《贵池先哲遗书》本等。后者以《太平广记》本校勘,并辑有佚文四条,最称完备。1958年古典文学出版社据此出版了排印本。

■**李跃**　唐末人。笔记小说作家。生平事迹不详。著有《岚斋集》二十五卷。书中多记人事而颇少灵怪,当属志人杂事笔记小说。其余不详。

岚斋集　唐代杂事小说集。李跃撰。二十五卷。《新唐书·艺文志》小说家类著录。《宋史·艺文志》传记类著录为一卷,似已有散佚。作者生平不详,本书未见传本。宋代部分笔记小说集中见有该书佚文。赵令畤《侯鲭录》中佚文称唐末乾符至乾宁悉无宗相,"宗室陵迟尤甚,居官者不过郡县长,处乡里者为里胥"。《西溪丛话》记陆龟蒙木兰堂诗,实为李商隐作,记事有误。另有其他书引之残文片断。据佚文可知本书记载逸闻遗事,涉人文而不及神怪。

■**尉迟枢**　唐末人。笔记小说作家。生卒年、生平事迹均不详。据《新唐书·艺文志》对其笔记小说《南楚新闻》三卷的著录,知他生活在唐朝末期。《南楚新闻》主要记叙的是唐代后期江陵

(今属湖北)、长沙(今属湖南)、西蜀等江南一带的风俗及历史人物的佚闻,也有几则鬼怪故事。此书今存于《五朝小说大观》、《唐人说荟》、《唐代丛书》诸版本之中。

南楚新闻 唐代杂事小说集。尉迟枢撰。三卷。《新唐书·艺文志》小说家类著录。原书散佚,今存残本。

《类说》、《太平广记》、《说郛》、《唐人说荟》中辑有佚文。本书记述中晚唐华南地区的遗文逸事,反映了官场黑暗、战乱频仍所造成的灾难,以及人民生活的痛苦。书中也有搜奇志异之篇,并记载了南方的一些生活习俗,具有一定的资料价值。

■**冯翊子** 唐代笔记小说作家。生卒年不详,生平与籍里失载。据《新唐书·艺文志》载,笔记小说集《桂苑丛谈》一卷,冯翊子子休撰。今人卢海山在大象出版社1998年出版的《中华野史辞典》中说,晁公武引李淑《邯郸书目》讲,《桂苑丛谈》的作者姓严,疑冯翊子为作者号,子休为其字。全书有故事二十八则,前十则记唐懿宗(859—873)以后,晚唐时期的鬼神怪异的故事,后十八则为南北朝至唐代的史遗。

桂苑丛谈 唐代杂事小说集。严翊子撰。一卷。《新唐书·艺文志》、《郡斋读书志》均以小说家类著录。《四库全书总目》云:"其书前十条皆载咸通以后鬼神怪异及琐细之事,后为史遗十八条。"如"客饮甘露亭"一条,借小说写史事,文笔奇幻委婉,富有传奇性;"崔张自称侠"叙崔崖、张祐遇假侠士,以猪头冒充人头骗取钱财;"李将军为左道所误"记李全皋被道士假托炼金骗走黄金事;"太尉朱崖辨狱"写李德裕智断疑狱的事。史遗部分中,"王梵志"条是研究诗人王梵志的重要资料,"竟陵僧得弃婴"条是关于陆羽身世的传说。传世版本有《宝颜堂秘笈》、《五朝小说》、《唐人说荟》等本。1958年古典文学出版社出版了排印本。

■**丁用晦** 唐代笔记小说作家。生平、籍里均不详。有笔记小说《芝田录》一卷传世。

芝田录 唐代笔记小说集。丁用晦撰。一卷。《新唐书·艺文志》小说家类、《崇文总目》传说类著录。芝田,传说中仙人种灵芝的地方,以此名书,喻神异之事。原书已佚。《绀珠集》、《类说》、《说郛》、《太平广记》、《唐语林》等书辑有佚文,去其重复,计有四十余条。所记大多为当代之事,间有隋唐以前者。多叙死而复生、术数灵验等异闻,也有帝王、公卿、文人事迹等。

■**刘山甫**(生卒年不详,约活动在唐昭宗乾宁年间) 唐代笔记小说作家。彭城人。中唐旧族。乾宁(894—897)中的福建观察副使王审知判官,官终威武军殿中侍御史。其他均不详。著有志怪笔记小说《金溪闲谈》十二卷。

金溪闲谈 唐代志怪小说集。刘山甫撰。十二卷。《旧唐书·经籍志》小说家类著录。原书已佚。《北梦琐言》曾引其佚文。由于作者曾为福建观察副使王审知判官,本书多记闽南和王审知之事。如《北梦琐言》卷七引,记王审知思欲开拓海港,梦金甲神许助开凿;王命山甫往设祭,海内灵怪出现,三月后别开一港。卷九引本书故事多条。如"刘山甫题天王"条,记刘于沙门天王庙题诗讽天王,夜梦被责,遇风浪几溺亡,后撤去诗牌乃已。"云芳子魂事李茵"条,写进士李茵于御沟内收得题诗红叶,后在避乱中遇宫中侍书家云芳子,即题诗者;后云芳子被内官逼去,于前驿缢死,魂追李茵同居多年。此条情节曲折,前半部似因袭《云溪友议》中之"题红怨",后半节与《乾𦠆子》中之"华州参军"构思相近。

■**张敦素** 一作张慎素。唐代小说作家。生卒年、生平事迹不详,字号、籍里失载。主要著作有小说《夷坚录》三卷,已散佚。据宋代洪迈《夷坚乙志序》云:"昔以夷坚志吾书,谓与前人诸书不相袭,后得唐华原尉张慎素《夷坚录》,亦取《列子》之说,喜其与己合。"由此可知张慎素曾在唐代出仕过华原县(今陕西耀县)尉。同为《夷坚录》的作者,王谠《唐语林》卷六中所录的是张敦素,莫知孰是。该书在新旧《唐书志》和其他有关书目中均无载录,只能存疑。

夷坚录 唐代志怪小说集。张敦素撰。二卷。作者生平不详。《新唐书·艺文志》乙部编年类、《秘书省续编到四库阙书目》著录其《通纪建元录》二卷,似即本书。《宋史·艺文志》列入别史类。《秘书省续编到四库阙书目》又著录《夷坚录》二卷,列小说家类。原书已佚。王谠《唐语林》卷六引该书佚文一条,记宗正卿李婉以重价买铁鼓棬事,并不涉神怪。《挥尘后录》、《太平广记》、《太平御览》等书也曾摘引此书的片言只语。

■**皇甫氏**(生卒年不详,约活动在唐僖宗广明至昭宗光化年间) 唐末小说作家。字号、籍里、仕履皆失载。他撰写的笔记小说《原化记》,《通志·艺文志》著录为一卷。原书已散失,现存有《太平广记》辑录的佚文五十余篇。

原化记 唐代志怪小说集。皇甫氏撰。四卷。《秘书省续编到四库阙书目》小说类著录。《通志·艺文略》小说类著录一卷。原书失传。本书反映了晚唐社会的民众生活,思想内容丰富。其题材大体有如下特点:一是书中收入的描写豪侠的作品,多于同时期其他传奇小说集,而且情节更为奇特,人物形象生动感人;二是暴露吏治的黑暗;三是通过一些破除迷信的故事,说明了妖由人兴的道理;四是用较多篇章状写神仙、僧道、异人、奇事,反映了战乱中人们避世求安的心态。

《类说》、《绀珠集》收有佚文节要。《太平广记》收佚文六十余则。佚文中既有写剑侠仙道,又有记西域商贾、士庶女子,从不同角度反映了晚唐的社会风貌。篇章均短小,情节简单,内容以得道登仙、服丹羽化等为主。书中只有几则人间故事,略涉仙迹者可称佳作。如"吴堪"条写义兴县吏吴堪家临荆溪,因敬护泉源,溪中白螺被感化为少女,两人结作夫妻;县令闻而求之,堪不从,乃以事害堪。字数不多,但吴堪敦厚良善、螺女贤慧机敏、县令贪婪奸毒,皆跃然纸上。"车中女子"条叙开元中百戏竞技风俗,十分逼真。"剑侠传"、"崔慎思"记一盖世女子隐忍数载,替父报仇,生动感人。"京都儒生"在人前胆气豪壮,独处则丑态毕露,揭露了人性中丑恶、虚弱的一面。还有一些采自民间传说的故事,如"中朝子"叙老虎背负女子,促成中朝子的旧约婚姻。小说以"原化"名书,是借灵异之变化还原,来讽喻人世,含辛辣的揭露讽刺意味。

■**刘愿**　唐末志怪笔记小说作家。生卒年、生平、籍里均不详。著有志怪笔记小说集《知命录》一卷。

知命录　唐代志怪小说集。刘愿撰。《秘书省续编到四库阙书目》小说家类著录,未著撰人、卷次。《文献通考·经籍考》卷四十二引陈振孙说:"唐刘愿撰,凡二十事。"本书早佚,只《白孔六帖》卷十四引其"李峤"一条,记武后时赐李峤御用绣罗帐,峤用卧不安席事。

■**王毂**(生卒年不详,约活动在唐昭宗时期)　唐代笔记小说作家。字虚中,自号临沂子。宜春(江西省属)人。昭宗乾宁五年(898)进士,以尚书郎中致仕。其余不详。著有诗集三卷、《观光集》一卷、《前代忠臣临老不变图》一卷。另有志怪类笔记小说《报应录》一卷。

报应录　唐代志怪小说集。王毂撰。一卷。《崇文总目》、《宋史·艺文志》均于小说类著录。《通志·艺文略》在传记类著录时作后唐王毂撰。原书不传。《太平广记》引有佚文。

从佚文看,本书多记晚唐因果报应故事。如"范明府"条记范明府算命,预知"来年寿禄俱尽";因嫁女买一婢,乃其友人之女,遂陪妆奁嫁之;后得延寿并历官数任。"李明府"条,记李明府梦素衣妇人乞命,实为所宰之白羊。佚文中尚有与《金刚经》有关者,似出于卢求《金刚经报应记》,引文时混为一谈了。

■**沈汾**　一作沈玢。五代南唐小说作家。生卒年不详,字号、籍里失载,在南唐时期(937—975)曾任溧水(今属江苏)令,其他履迹不详。

沈汾流传下来的著作有《续神仙传》三卷。此书又称《续仙传》,一共写了飞升、隐化成仙者三十六人。今存有《四库全书》本、《道藏》本、《说郛》本等。

续仙传　又称《续神仙传》。唐代神仙传记小说集。沈汾撰。分上中下三卷。作者生平不详,书中自序结衔作"朝请郎前行溧水县令兼监察御史赐绯鱼袋"。《新唐书·艺文志》著录为《续神仙传》。《道藏》中收沈汾《续仙传》三卷三十六篇。

从《道藏》三卷本分析,上卷载飞升十六人,以张志和为首;中卷载隐化十二人,以孙思邈为首;下卷载隐化八人,以司马承祯为首。关于本书内容,《四库全书总目》云:"虽其中附会传闻,均所不免,而大抵因事缘饰,不尽子虚乌有。如张志和见《颜真卿集》,蓝采和见《南唐书》,谢自然见《韩愈集》,许宣平见《李白集》,孙思邈、司马承祯、谭峭,各有著述传世,皆非凿空";"惟泛海遇仙使,归师司马承祯事,上卷以为女贞谢自然,下卷又以为女贞焦静真,不应二人同时均有此异。是其虚构之词,偶忘其自相矛盾者矣。"书中各篇系作者兼采诸家小说、笔记及道家著作而成,所收故事传说涉及面广,有一定的史料价值和研究价值。如"许宣平"记太极拳大师许宣平创太极三十七式及《周天大用论》,为国术之精华;"蓝采和"、"张果老"写八仙传说,对元明清戏曲、小说有影响;"马自然"记瓷器盛土种瓜事、"孙思邈"增补《千金方》事等,都对后世文学、体育、医药、种植等研究提供了可资参考的史料。

■**陆龟蒙**(?—881)　唐代文学家、笔记小说作家。字鲁望。苏州人。举进士不中。曾为湖州、苏州从事。居松江甫里,有田数百亩,地低下,常苦水潦。经营茶园于顾渚山下,岁取租茶,自为品第。常携书籍、茶灶、笔床、钓具泛舟往来于太湖,自称江湖散人、天随子、甫里先生。后以高士召,不赴。去世后,唐昭宗于光化三年(900)追赠右补阙。撰著有《笠泽丛书》四卷、与皮日休唱和的《松陵集》十卷;另著有轶事类笔记小说《小名录》。

　　小名录　唐代逸事小说集。陆龟蒙撰。卷帙不等,有一、二、五卷之分。书中多记秦至隋代诸多人物之小名,间有记述有关人物的琐闻轶事,为研究历史人物提供了旁证资料。本书篇幅短小,但内容生动有趣,为后世所重视。

■**李绰**　唐五代时人。笔记小说作家。生平不详。据《唐郎官石柱题名考》,在礼部郎中内补中有李绰:赵郡李氏吏部侍郎李纾曾孙李宽之中子李绰,字肩孟。昭宗龙纪元年(889),太常博士钱珝、李绰上奏评论朝服。黄巢起义攻入长安后,李绰避逃于圃田(今河南郑州东)。曾著有《升仙庙兴功记》、逸事笔记小说《尚书故实》(又名《尚书谈录》)一卷。

　　尚书故实　唐代笔记小说集。李绰撰。因所记多闻自河东张尚书(名不详)所谈,故以名书。本书内容颇庞杂,既有唐代的轶事遗闻,亦有史事的辨疑考证,不少篇章记述生动,颇具小说意味。传世版本有《宝颜堂秘笈》本、《唐人说荟》本等。

■**孟棨**(生卒年不详,约活动在唐文宗开成至唐僖宗乾符年间)　唐代笔记小说作家。一作孟启,字号、籍里失载。少年好学,饱读诗书,然出入举场近三十年,屡举进士不第。青年时期,大约在开成年间(836—840)在梧州(今属广西)任过小吏。直至乾符二年(875),才在礼部侍郎崔沆的主考之下登进士第。累官至尚书司勋郎中。

　　孟棨撰著的笔记小说集《本事诗》一卷,完成于光启二年(886)。书中记叙了唐代许多诗人的遗闻轶事,对研究唐诗和诗人历史具有一定的参考价值。

　　本事诗　唐代笔记小说集。孟棨撰。一卷。《新唐书·艺文志》、《宋史·艺文志》均著录。书中所记皆为诗歌本事,共分为情感、事感、高逸、怨愤、征异、征咎、嘲戏七类。全书以诗系事,以事分类,除"宋武帝"、"乐昌公主"两则所记为六朝事外,皆唐代诗人的创作故事。作者意在介绍一些诗歌的创作背景,许多故事为后人广为传诵:如写韩翃与柳氏的悲欢离合,崔护与村女的相爱,生动感人;又如记乐昌公主破镜重圆,刘禹锡玄都观题桃花诗,上阳宫女红叶题诗,开元制衣女战袍题诗等,均脍炙人口。书中反映了唐代诗人的生活与创作,也在一定程度上折射了当时的社会状况。本书文辞华丽、清简典雅，后人多有仿作，如五代处子常的《续本事诗》、聂奉先的《续广本事诗》等。可见其对后世之影响。传世版本有《古今逸史》本、《历代诗话续编》本、《顾氏文房小说》本、《津逮秘书》本等。中华书局上海编辑所1959年出版的排印本较为流行。

■**尉迟偓**（生卒年不详，约活动在五代的南唐时期） 五代小说作家。字号、籍里失载。曾出仕于南唐(937—975)，历任朝议郎、守给事中，并为史官，参加纂修国史。撰有笔记小说集《中朝故事》上下两卷：上卷多录记唐末君臣事迹，主要写宣宗、懿宗、僖宗、昭宗、哀宗五朝旧闻；下卷则杂录一些神鬼怪异之事，荒诞而富有传奇色彩。

中朝故事 五代笔记小说集。尉迟偓撰。二卷二十九条。《宋史·艺文志》著录。本书主要记唐代宣宗、懿宗、僖宗、昭宗、哀宗五朝的人物言行：上卷记朝廷典章制度及君臣间轶事，如咸通间权贵互相倾轧，贵公主"自置群僚"、横行无忌等；下卷多记神仙怪异，情节生动，富于情趣，如记长安豢龙户、郑畋是鬼胎、李德裕令取扬子江中水等。本书以中华书局上海编辑所1959年出版的排印本较为流行。

■**陈纂** 五代时人。笔记小说作家。生卒、籍里、生平均不详。有轶事类笔记小说集《葆光录》三卷传世。该书为志怪杂事笔记小说类。

葆光录 五代逸事小说集。陈纂撰。三卷。《郡斋读书志》、《直斋书录解题》均著录。书中多记奇事异闻，涉及社会上各个阶层的人物，既有怪诞不经之言，又有真实可信之录。一些作品描写生动，记述确当，有一定的史料价值。传世版本有《顾氏文房小说》本、《丛书集成初编》本等。

■**丘光庭** 五代时人。笔记小说作家。生卒、籍里、生平均不详。著有考辨类笔记小说集《兼明书》五卷。该书虽系考据，但所记之传说故事、风俗名物等颇具特色。

兼明书 五代笔记小说集。丘光庭撰。五卷。此书为考订诸经的笔记。前三卷考辨经史诸书，涉及《周易》、《尚书》、《毛诗》、《春秋》、《礼记》、《论语》、《史记》等书中的文字训诂、传说故事、风俗名物等。卷四专驳《文选》之五臣注。卷五系杂说。每条在内容上先列旧说，后陈己见，以"明曰"二字标出。书中精辟之论屡见，如言造字不始于仓颉，《尚书·武成》中的"血流漂杵"的"杵"应该为"杆"；但也有刻意标新立异而缺少论据之处。书中的传说故事、风俗名物记载颇为生动，有小说意蕴。传世版本较多，以《四库全书》本为最详备。台湾商务印书馆曾出版过文渊阁《四库全书》影印本。

■**段公路**（生卒年不详，活动在唐懿宗时期） 笔记小说作家。山东临淄人。唐朝宰相段文昌之孙。唐懿宗时(860—873)曾任京兆万年县县尉。著有笔记小说《北户录》三卷。书中尽记岭南风景名胜,由此推知作者曾仕于广州或长期居住岭南。作者其他事迹待考。

北户录 段公路撰。三卷。据《说库》本中的该书提要称:"此编载岭南风土物产甚详,征引之书,散佚者多,得此可见一二,存之以资考证比较。《说海》本多石榴、桃叶两则。"该书《新唐书·艺文志》曾著录,题为《北户杂录》。《四库全书总目》将此书列入史部地理类。

本书"记岭南风土,颇为赅备,而于物产为尤详。其征引亦极博洽"。如淮南万毕术《广志》、《南越志》、《南裔异物会要》、《灵芝图记》、陈藏记《本草》、《唐韵》、郭象生《述征记》、《临海异物志》、陶朱公《养鱼经》、《名苑》、《毛诗义》、《船神记》、《字林》、《广州记》、《扶南传》诸书,今皆散佚,藉本书得以略见一二。即所引张华《博物志》,多今本所无,亦藉此考证真伪。条下注文,颇为典赡。

本书在描写岭南异物异产时,往往以拟人化的手法,使一鸟一木的形象生动传神,如卷一中"孔雀媒"、"红蛇"条等;每条有"案"有"考",引经据典,甚为详备。本书标识三卷,今只存一卷共五十四条。是原书卷次有误,还是后有散佚,待考。

本书的版本有《古今说海》本、《说郛》本、《五朝小说》本、《唐人说荟》本、《古今说部丛书》本、《四库全书》本等。近代王文濡将其收入《说库》上册。

■**皮光业**(877—943) 五代文学家、笔记小说作家。字文通。世为襄阳(今湖北省属)人。父皮日休,唐末避战乱,移居苏州。光业生于苏州,有文才。入钱镠幕府,累署浙西节度推官。后为吴越国丞相。后晋天福八年(943)卒,谥贞敬。著有《皮氏见闻录》五卷、《妖怪录》五卷。

皮氏见闻录 五代笔记小说集。皮光业撰。五卷。《崇文总目》、《宋史·艺文志》著录为十三卷。《秘书省续编到四库阙书目》著录为十二卷。《郡斋读书志》著录为五卷,注曰:"五代皮光业撰。唐末为余杭从事,记当时诡异见闻,自唐乾符四年迄晋天福二年。"

原书已佚。《永乐大典》引佚文一则,记崔慎由拒二中尉逼迫草拟废立令事。

■**王仁裕**(880—956) 五代小说作家。字德辇。天水(今甘肃天水市)人。据《旧五代史》本传云:"少孤,不从师训,年二十五,方有意就学。一夕梦剖其肠胃,引西江水以浣之,又睹水中砂石,皆有篆文,因取而吞之。及寤,心意豁然,自是资性绝高。"后以文辞而著名。唐末为秦州(今甘肃秦安县西北)节度判官。唐亡入蜀,事前蜀为中书舍人、翰林学士。后唐同光三年(925),后唐灭前蜀,后唐庄宗复以仁裕为秦州节度判官;末帝时,以都官郎中充翰林学士,诏封诰命皆出其手;后晋天福元年(936),石敬瑭建立后晋,后唐灭亡,仁裕随之入后晋为谏议大夫;后晋开运三年(946),后晋灭亡,次年刘知远称帝于晋阳(今山西太原市西南营西古城),建立后汉,仁裕被任为翰林学士承旨,迁户部尚书,历兵部尚书、太子少保。后周显德三年(956)卒,年七十七岁。新旧《五代史》均有传。

王仁裕的撰著甚多。据《旧五代史》本传载:"有诗万余首,勒成百卷,目之曰《西江集》,盖以尝梦吞西江文石,遂以为名焉。"又据《宋史·艺文志》和《舆地纪胜》,王仁裕所著还有:《紫泥集》十二卷、《紫泥后集》四十卷、《乘辂集》五卷、《紫阁集》五卷、《入洛记》(卷亡)、小说《开元天宝遗事》四卷和《玉堂闲话》三卷、《续玉堂闲话》一卷。"玉堂"是翰林院的代称,因王仁裕曾几次任职翰林学士,故以"玉堂"名其书。

玉堂闲话 唐五代笔记小说集。王仁裕撰。十卷。《崇文总目》传记类著录。《宋史·艺文志》著录为三卷。原书已佚。《绀珠集》、《类说》、《说郛》等书均摘引或节录。《太平广记》引文达一百六十余条。

本书内容驳杂,多记怪异之事,也有不少中晚唐至五代时期的野史逸闻。叙事简练有致,颇见章法。所记之事,虽多采自街谈巷议,然常标言者姓名,以示有据,亦可见社会风气民情,如"邹仆妻"、"歌者妇"等条,均反映下层妇女的智勇。"刘崇龟"条为《新唐书·刘崇龟传》所录;"裴度"条为《情史》和《古今小说》卷九"裴晋公义还原配"所本;"葛周"条为《古今小说》卷六"葛令公生遣弄珠儿"所本。由此可见本书对后世的影响。

开元天宝遗事 唐五代笔记小说集。王仁裕撰。《宋史·艺文志》故事类著录作一卷。《四库全书总目》小说家类杂事之属著录作四卷。据《直斋书录解题》载,本书"所记一百五十九条"。《郡斋读书志》载:"蜀亡,仁裕至镐京(地在今陕西长安县西北丰镐村附近,这里泛指当时的京都长安),采摭民言,得开元、天宝遗事一百五十九条。"但今本却只有一百四十六条,很有可能是在流传中散佚了十三条。全书记述的主要是唐玄宗时期的遗事,颇多宫廷杂闻琐事,人物涉及君、臣、贾、妓,还写了许多社会风貌和习俗。

本书文字颇简略,每条均有标题。作者肯定了玄宗前期的忧勤国政,批评其后期的腐朽昏庸,同时歌颂廷臣的贤良刚正,揭露戚宦的骄奢奸佞。书中作品情节曲折生动,人物形象鲜明,记事新颖可喜,常为后人用作典故。如"牵红丝娶妇"记宰相欲纳郭元振为婿,令五女各持红丝隐身幕后,令郭任意牵丝,得者为妻。"依冰山"记进士张彖不肯依附杨国忠,认为依附权贵如倚冰山。"鹦鹉告事"叙杨崇义妻刘氏与邻人李弇私通,谋杀杨崇义;官府久不得凶手,至杨家再察时,架上鹦鹉说"杀家主者刘氏、李弇也";玄宗闻知惊讶,令处死二人,封鹦鹉为"绿衣使者"。"传书燕"写郭绍兰与其夫巨商任宗凭以燕传书信事。然而,本书所记之事,失实之处颇多。

传世版本有明建业张氏活字本、《顾氏文房小说》本、《说郛》本等。上海古籍出版社1985年据《顾氏文房小说》本,参以他本出版了校订本,收入《开元天宝遗事十种》之中。

■**刘崇远**(生卒年不详,约活动在五代后晋至后汉时期) 五代小说作家。字不详,因羡慕黄初平于金华山学道成仙,故自号金华子。原籍河南(今河南洛阳市东)。唐末因避黄巢起义军乱,举家渡江南徙。三十岁后曾仕南唐,先在京郊两度为县令,二十余年后迁官回京,官至文林郎、大理司直。

崇远少好学，尤好吟诗。青年时期便纵情任性，啸傲自若，喜与朋友谈论国家的兴亡治乱。撰有笔记小说集《金华子》（又作《刘氏杂编》），三卷（《四库全书总目》本作二卷，此从《宋史·艺文志》），主要记述唐宣宗以后的朝野故事，多半可与正史相参证。司马光修《资治通鉴》，曾从此书里采集资料。《金华子》传至清初时，多已散佚；清人从《永乐大典》等书中辑出六十余则，编为二卷，为今传本。另有杂事小说《耳目记》二卷。

金华子 五代笔记小说集。刘崇远撰。三卷。《郡斋读书志》著录时说："唐刘崇远撰。金华子，崇远自号也。录唐大中后事。一本题曰《刘氏杂编》。"《直斋书录解题》著录时也云："大理司直刘崇远撰。五代时人，记大中以后杂事。"《宋史·艺文志》小说类著录。《四库全书总目》定为南唐中主时作。称作者慕金华山神仙赤松子，而自号金华子，书也因此得名。

原书已佚。清四库馆臣从《永乐大典》中辑得六十余条，但抄录时，不仅多有遗漏，而且有些条目也未抄全。全书分为上下卷，上卷主要记述帝王仕宦的事迹及言行，下卷主要记载怪异传闻。书中记事多平庸，部分篇章描写较生动。1958年中华书局上海编辑所据《读画斋丛书》本出版了排印本，上海古籍出版社于1988年又出版了重印本。

耳目记 五代杂事小说集。刘崇远撰。二卷。又作《刘氏耳目记》。《崇文总目》小说类、《郡斋读书志》杂史类、《直斋书录解题》小说家类著录，作者均题为"刘氏"，失名。王铚《补侍儿小名录》引"转转"条注曰："刘崇远耳目志。"原书失传。《太平广记》等书收有佚文。

本书记载多为五代时赵王王镕的故事，源于作者在赵地的耳闻目睹。如"王明道士"条记王镕家世，较史书更为详细；"墨君和"条记王镕与李匡威互相兼并，较《旧五代史》记载更为生动；"王中散"条记李山甫、张道古等文人事迹；"李记室"条记李克用赞记室李袭吉之文"一字可当一骑"；"紫花梨"条记僧季雅由紫花梨的掌故追述唐朝衰亡的往事；"转转"条记马彧作《转转赋》而得美妓之事；"李甲"等条的内容，则涉及神怪灾异。

本书叙事详悉，文笔细腻，人物形象各具个性，可称五代笔记小说中之佳作。

■**孙光宪**（约900—968） 五代小说作家。字孟文，自号葆光子。陵州贵平（今四川仁寿县东北贵平寺）人。出身农家，唯好读书，因买书困难，常手自抄读。后唐出仕为陵州（今四川仁寿县东）判官。后唐天成元年（926），避地荆州（今湖北荆州市属），得到南平二世高从诲（其父高继兴，后梁时期的荆南节度使；荆南又称南平）的赏识，署为从事。之后，光宪事南平三世，累官荆南节度副使、检校秘书少监兼御史大夫。宋太祖建隆四年（963），赵匡胤派慕容延钊平定湖南，向荆南借道；孙光宪劝荆南节度使高继冲献三州之地，同意宋兵过境；宋兵在过境中灭了荆南。光宪入宋，因其功，授官黄州（今湖北黄冈市）刺史，将用为学士，未及，于宋乾德六年（968）卒。

孙光宪博通经史，好藏书、著述。据《宋史》本传载，他撰有《荆台集》三十卷、《巩湖编玩》三卷、《笔佣集》三卷、《橘斋集》二卷、《蚕书》二卷、《续通历》十卷和《北梦琐言》三十卷。在这些撰著当中，今独存逸事小说集《北梦琐言》二十卷，且已残缺。其他如《续通历》，因记事不实，在北宋太平兴国(976—984)年间诏令销毁,剩下的各部书卷也在有宋一代散佚;尚有词作八十四首,见《唐五代词》之中。

北梦琐言 五代笔记小说集。孙光宪撰。卷帙不一,有十二卷、二十卷、三十卷之说。不少类书将其列入宋代笔记小说中。本书主要记载唐五代士大夫的言行,以及政治遗闻、诗人轶事、社会风俗等。作者在自序中称:"先以唐朝达贤一言一行列于谈次,其有事类相近,自唐至后唐、梁、蜀、江南诸国所得闻知者,皆附其末,凡纂得事成三十卷。《禹贡》云'云土梦作乂',《传》有'畋于江南之梦',鄙从事于荆江之北,题曰《北梦琐言》。"可知此书实为三十卷,均记唐五代之事,因仕于荆南而得名,非入宋后作。

作者的创作态度严谨,记事多翔实。他在自序中说:"每聆一事,未敢孤信,三复参校,然始濡笔。"书中每条后均载得于某人,以示有据。然综观全书,亦有失实之处。书中内容涉及广泛,记晚唐及五代时文人逸事甚多,如顾况、白居易、李商隐、温庭筠、皮日休、聂夷中、杜荀鹤、罗隐、韦庄、和凝等,还记有以怪癖诗行卷的卢廷让、李昌符等,均为重要的文学史料,向为研究晚唐五代史者所重视。书中记神怪谶应的也不少。作品文笔典雅,稍觉冗繁。记载文人逸事的作品反映了当时士大夫风貌与社会现实,较深刻地揭露了晚唐政治的黑暗和科举制度的弊端。

传世版本有《稗海》本、《雅雨堂丛书》本、《说郛》本等,均为二十卷、三百二十七条。缪荃孙《云自在龛丛书》本在诸本基础上精校,又收佚文四卷八十七条。1959年中华书局上海编辑所据此本排印出版,并附有《雅雨堂丛书》本二十卷目录与《逸文》四卷目录。上海古籍出版社1981年出版的林文园的新点校本,是本书迄今最完善之版本。

■**徐铉**(916—991) 五代著名文字学家、文学家和小说作家。字鼎臣。原籍会稽(今浙江绍兴),徙居广陵(今江苏扬州)。青年时期出仕于吴(五代十国中由杨渥、杨隆演兄弟割据今闽、浙、赣部分地方建立的地方政权,时间为907—932年),为校书郎。吴灭亡后,又到南唐辅佐李昪父子,任知制诰。李璟接替李昪即位(943)后,徐铉一度因得罪权贵,贬作泰州(今江苏泰州市)司户掾;不久又恢复旧职,累迁太子右谕德、中书舍人。李煜即位(961)后,历经礼部侍郎、翰林学士和吏部尚书。宋开宝八年(975),南唐亡,徐铉随李煜入宋,被封为太子率更令,迁右散骑常侍,再迁左散骑常侍。淳化二年(991)因事遭贬,出为静难军(治所在今陕西彬县)行军司马。同年病卒于任所。

徐铉撰著颇多。雍熙二年(986),受诏与其弟徐锴一起校定《说文解字》,除校正原书的脱误外,他又增加了反切和注释,新增加附字四百零二个。这个校定本被后人称为"大徐本"。他还受诏参与了《文苑英华》和《太平广记》的编纂。他个人撰著有《骑省集》(一作《徐公文集》)三十卷、《稽神录》六卷。《稽神录》是他创作的一部志怪小说集。

稽神录 五代志怪小说集。徐铉撰。十卷。从宋代晁公武《郡斋读书志》所载其本书序文中得知,徐铉从935至955年,凡二十年中,共搜得故事一百五十则。也就是说本书并非入宋

(960)以后的作品。但书中称南唐为江南,称南唐的官员为伪官;《太平广记》收录其书内容多达二百二十一则,这都说明徐铉在入宋后,对《稽神录》又曾作过修改和补充。又据《郡斋读书志》载:"杨大年云:'江东布衣蒯亮,好大言夸诞,铉喜之,馆于门下,《稽神录》中事多亮所言。'"这说明本书的二百多则志怪故事,有不少是通过门客代为搜集来的,提供素材的恐亦不仅蒯亮一人。

本书继承六朝志怪的传统,稽神记怪,但"其文平直简率,既失六朝志怪之古质,复无唐人传奇之缠绵,当宋之初,志怪又欲可信见长,而此道于是不复振也"(鲁迅《中国小说史略》)。书中部分篇章写冤鬼,反映了当时的社会不平;少数故事写人鬼融洽相处,如"田达诚"、"刘鹭"、"贝禧"、"食黄精婢"等。其中"田达诚"写一鬼因家舍被洪水冲毁,寄居田达诚家,相处很好,还借田家的后堂为少子与樟树神女结婚;田家老婢偷看婚礼,鬼向主人告发,要鞭一百以惩。故事细节接近生活,颇具真实感。"食黄精婢"写一婢女不堪忍受苦难,逃入荒山,靠吃草根维持生命,因食黄精而光鲜漂亮,身轻如燕;后被主人设计抓回,逼其去找黄精;后被折磨而死。

书中有些故事因袭前代小说,或为唐传奇之缩写。传世版本有《津逮秘书》本、《学津讨原》本。《说郛》和《旧小说》本为辑录部分条目。商务印书馆1919年出版的排印本,最为详尽。

■**潘远**　五代笔记小说作家。生卒、籍里、生平均不详。著有笔记小说集《纪闻谭》三卷,多采撷前人著述,窜掇而成篇。

纪闻谭　五代笔记小说集。潘远撰。三卷。又称《西墅纪谭》、《纪闻谈》。作者生平不详。原书已佚。《宋史·艺文志》、《直斋书录解题》均著录。《资治通鉴考异》、《类说》、《绀珠集》等书辑有佚文。

从佚文看,多出于前人著作。如叙锦帐三十重事,原出《因话录》;"定婚店"条原出《续玄怪录》;"野狐落"条记宋敏求事,似不应见于五代人之书,可见本书有后人羼入的文字。

■**金利用**　五代笔记小说家。蜀人。生平、籍里不详。著有杂事类笔记小说集《玉溪编事》三卷。

玉溪编事　后蜀杂事小说集。金利用撰。三卷。《崇文总目》小说类著录。《通志·艺文略》著录时注"伪蜀人"。原书已佚。《太平广记》辑有佚文八条。其中"侯继图"、"黄崇嘏"较有影响。"侯继图"叙侯于大慈寺拾得落叶,上题一诗;五六年后娶妻任氏,称此诗是她所写。元人据此编有杂剧《李凤英风送梧桐叶》。"黄崇嘏"条叙黄女扮男妆,自称乡贡进士;献诗得到蜀宰相周详的赏识,要招为婿;黄又献诗说明真相。明徐渭据此演绎为杂剧《女状元》。

■**何光远**(生卒年不详,约活动在五代的后蜀时期)　五代小说作家。字辉夫。东海(今江苏连云港市)人。曾于后蜀(926—965)孟昶广政初年(938)出任普州(今四川安岳县)军事判官。

光远撰有逸事小说集《鉴诫录》十卷(《宋史·艺文志》和《郡斋读书志》作三卷,《四库全书总目》和今传本均作十卷)、《广政杂录》三卷(已散佚)。今传本《鉴诫录》共有故事六十六则,所记多为中晚唐及五代间事,而以蜀事为多,其中主要是记君臣间事可为法诫者,以及文人之间的琐事逸闻,间有怪异、鬼神、因果报应等故事。每则故事均用三字设题,如"诛利口"、"知机对"等,显得扼要醒目。

鉴诫录 后蜀杂事小说集。何光远撰。十卷。《郡斋读书志》、《四库全书总目》列入小说家类。书中杂记逸史琐闻,间有神怪故事:如"灌铁汁"条记太山府君迫令秦宗权叛乱;"鬼传书"记赵畚鬼魂致书姜知古,请求保全他的坟墓事。书中有些记载,内容生动具体,可补史书之不足,如记杜荀鹤入后梁,以十首《时世行》的诗献朱全忠,欲令其体恤民情轻徭薄赋,未被采纳。书中还记有唐五代时期的一些文人的诗和诗人事迹,可作为文学史的参考资料。如记"苦吟"诗人贾岛因在作诗时琢磨"推"、"敲"二字而忘形误撞韩愈的典故,即赖此书得以流传。传世版本有《四库全书》本、《学津讨原》本、《学海类编》本等。

■**周挺** 五代笔记小说家。生卒、籍里均不详。著有志怪小说《儆诫录》五卷传世。

儆诫录 五代志怪小说集。周挺撰。五卷。又名《警诫录》。《崇文总目》著录时不题撰人。《通志·艺文略》著录时题周挺撰。原书已佚。《太平广记》引有佚文。佚文多记蜀国冤报故事,也有宣扬佛法灵验的故事。书中故事情节都很简单,极少细节描写,艺术水平不高。

■**冯贽**(生卒年不详,约活动在唐昭宗至哀帝时期) 晚唐五代小说作家。字号、籍里和经历均失载。据《四库全书总目》载,冯贽曾在唐昭宗(889—904)和哀帝的天祐年间(904—907),取其家藏异书,撰成志怪小说集《云仙杂记》十卷(《书录解题》作《云仙散录》一卷)。但今人有云,此书并非冯贽所写,而是宋人王铚伪托之作,甚至提出并无冯贽其人。

云仙散录 五代杂事小说集。晚唐冯贽撰。又名《云仙杂记》。全书不分卷,共三百六十九条,引书一百余种,大部为不见历代著录的散佚书籍。书中内容庞杂、荒诞,涉及唐人言行琐事的记述较多。如记杜甫蜀中生活之窘迫的"黄儿米"、"一丝二丝";记王维性好温洁,故辋川别墅地不容尘的"两童缚帚";苦吟派诗人反复推敲甘苦的"苦吟穿袖";记虢国夫人、韦陟、鱼朝恩等人的骄奢淫靡、夸富斗豪的"洞天瓶"等。书中部分关于风俗、工艺方面的记载,具有一定的史料价值,常被后人征引:如"印普贤"所记玄奘印造佛像事,被认为是刻板印刷史上最早的文字资料;又如"祭诗"条记贾岛于岁除取一年中所得的诗,祭以酒脯事等。

本书入宋以后,以《云仙杂记》书名流行于世。此版本系统以明椠竹堂刻本为最早,分为十卷,前八卷为《云仙散录》原文,后二卷为新增之七十九条,注明引书二十九种,多为习见之书,甚至包括宋人著作。后二卷显为后人伪托增窜。现存版本有南宋郭应祥刻本、清末徐乃昌《随庵丛书》影宋刻本等。

■**张洎** 五代时人。字思黯,后改偕仁。生卒年、籍里不详。初仕南唐,为知制诰、中书舍人。入宋为史馆修撰、翰林学士,官至参知政事。宋史有传。著有《贾氏谈录》一卷。

贾氏谈录 南唐笔记小说集。张洎撰。一卷。《郡斋读书志》小说类著录时云:"伪唐张洎奉使来朝,录典客贾黄中所谈三十余事,归献其主。"《直斋书录解题》传记类著录则云:"《序》言庚午衔命宋都,闻于补阙贾黄中,凡二十六条,而不著其名。别本题清辉殿学士张洎,盖洎自江南奉使也。庚午实开宝三年(970)。"《宋史·艺文志》、《四库全书总目》均著录。

此书所录唐代逸闻大都有裨治史:如记《周秦行纪》为韦瓘所撰而嫁名牛僧孺事;及白居易葬龙门山,四方游人过其墓必奠以卮酒,故冢前方丈之土常成泥泞之记载。原书散佚。四库馆臣从《永乐大典》中辑出,合《类说》、《说郛》佚文共二十六条,又补入《说郛》中的自序,乃成传世最详备之版本。然而,四库馆臣采录《永乐大典》时草率从事,脱落甚多。傅增湘《藏园群书题记》续集卷三云有旧抄本,收三十一条,文字远出"四库"本之上,惜今未见。又有海日楼旧抄本,前有目录,凡二十九条,可补今本之不足。

【佚名】

杂语 逸事小说集。五卷。作者不详。朝代失记。《隋书·经籍志》小说家类著录。《新唐书·艺文志》著录时混于侯白《启颜录》与戴祚《甄异传》之间。姚振宗《隋书经籍志考证》说:"唐志次侯白《启颜录》之后,则亦侯白所撰为多,本志不知作者,故列晋人中。"殷芸《小说》引《杂语》一条,记晋成帝时,庾后持牙尺戒帝事。殷为梁人,在侯白前,则《杂语》决非侯作。此条故事又见裴启《语林》,可知作者应为晋、宋间人。又裴松之注《三国志》时两引孙盛《杂语》,《隋志》中又两处著录《杂语》,一为五卷本,一为三卷本,均不题撰人,何为孙盛本,何为本书,无从考证。

古今艺术 杂艺小说集。作者不详。二十卷。《隋书·经籍志》小说家类著录,不题撰人。唐张彦远《历代名画记》卷三"述古之秘画珍图"说:"《古今艺术图》五十卷,既画其形,又说其事。隋炀帝撰。"《隋志》著录时不加"图"字,似所见之本有字而无图,因而只得二十卷。新旧《唐书》杂艺类著录为十五卷。《荆楚岁时记》注引《古今艺术图》云:"秋千,北方山戎之戏以习轻趫者",或可认为是本书之佚文。此书早佚,宋以后不录,其他类书亦未见摘引。

八朝穷怪录 疑隋志怪小说集。作者不详。卷帙、朝代不明。又称《穷怪录》。未见史志著录。《太平广记》引《八朝穷怪录》六条佚文及《穷怪录》三条;《太平寰宇记》、《舆地纪胜》引一条,共十条佚文。所记为南朝宋、齐、梁、后魏事。八朝所指不明,似出自隋人之手。

十条佚文中,文士书生艳遇神女占去一半,表现了隋以前浪漫文人的情趣。如"赵文韶"写赵遇清溪神女;"刘子卿"和"萧岳"遇康王庙神女和东海姑;"萧总"遇巫山神女;"刘导"遇西施、夷光等。佚文的篇幅均较长，描写细腻，文词清丽，形象生动，为他书同类作品所不及。

补江总白猿传　唐代传奇小说。作者不详。《崇文总目》及《新唐书·艺文志》著录于小说家类。《宋史·艺文志》题作《集补江总白猿传》。《太平广记》卷四百四十四著录时，题为《欧阳纥》，注："出《续江氏传》。"

本书写梁大同末年，别将欧阳纥携妻南征，至长乐时，其妻为白猿所窃，约月余，有孕。欧阳纥入山寻妻，历尽艰险，设计搏杀白猿，获妻而归。不久，妻产一子，即欧阳询。询"聪悟过人"，"文学善书，知名于时"。小说称道灵异，采用史传笔体，犹存志怪痕迹。但通篇结构完整，描写细致，情节丰富，想象怪而入理，文字渲染铺陈，呈现唐人小说由志怪向传奇发展之趋势。

自宋《郡斋读书志》以后，普遍认为此小说是唐人中伤欧阳询而作。鲁迅在《中国小说史略》中对此感叹道："是知假小说以施诬蔑之风，其由来亦颇古矣。"本篇虽为诬询之作，但题材实有所本。唐以前关于猿精的传说十分丰富。汉焦延寿《易林》载有："南山大玃，盗我媚妻。"晋张华《博物志》也有更为详尽的描写。本书对后世小说、戏曲的影响很大。白话小说则有《清平山堂话本》中"陈巡检梅岭失妻记"，亦即《古今小说》卷二十"陈从善梅岭失浑家"；文言小说有瞿祐《剪灯新话》卷三"申阳洞记"；戏曲有《陈巡检梅岭失妻》等，均以本篇为张本。

冥音录　唐代传奇小说。晚唐作品。作者不详。有题为朱庆馀撰者，证据不足。《太平广记》卷四百八十九收录，《绀珠集》、《类说》、《说郛》、《虞初志》等均收入。

故事叙述李侃孤女幼习音乐，因笨拙，常遭母鞭挞；女每至节朔，辄举觞酹地，向早逝的姨母崔奴乞求传乐；八年后，崔奴托梦，一夜授十曲，皆非人间所有；后被官府得知，就在故相李德裕向皇帝表奏其事时，李女突然死去。小说具有浓厚的鬼神色彩。崔奴授曲、在阴间宫中服役，不得自由出入等，均突出了"幽明一途"主题。特别是当李女被官府表奏时，突然死去，更深化了主题，使人回味无穷。故事中的心理描写和人物形象的刻画，都颇具特色。

灵应传　唐代传奇小说。作者不详。《太平广记》卷四百九十二收录时，不题撰人。《古今说海》、《艳异编》、《唐人说荟》、《龙威秘书》、《晋唐小说六十种》、《旧小说》等均收录。有题孙颌撰者，但被指为"伪托"。

小说叙述龙女故事。泾州东有善女湫，中有湫神九娘子，是普济王第九女。配象郡石龙少子，夫残虐不法，获天谴死，父母逼其再嫁不从，被贬于此湫。州西朝那镇有湫神朝那小龙，欲为季弟求婚，厚币通普济王。九娘子不允，王乃命朝那神纵兵相逼。九娘子求节度使周保相助。周派制胜关使郑承符率亡卒二千助之，生擒朝那。普济王派人求情，朝那在被释路上羞愤而死。郑被留下拜为平难大将军。后郑无疾而终。后人常见他率阴兵出行，气概洋洋，抵善女湫而不见。

作品以抗暴为主旨,虽写龙神,但突破恋爱主题。九娘子性情刚烈,寡居不嫁,敢于对抗父命和强暴,为维护人格尊严进行英勇斗争。郑承符面对强暴,甘当九娘子麾下冥将,雄威义勇。这些描写在唐代传奇小说中别开生面。全篇作品行文笔墨粗壮,词采丰茂,善于描物摹状;但喜用骈语俪句,事多枝蔓,已超离作品自身人物情节的需要。

唐宝记 唐代逸事小说。作者不详。《太平广记》卷四百零四节录。《类说》、《岁时广记》据《太平广记》节引。《古今说海》收入时改题为《宝应录》。

作品叙述尼真如于天宝年间得神赐宝囊,至肃宗元年又见天帝,授以神宝,教她通过楚州刺史崔侁献给皇帝。此事情节荒诞,疑似楚州官吏据"宝应"年号所虚构的故事。

还魂记 唐代志怪小说。作者不详,或曰戴少平撰。一卷。《新唐书·艺文志》小说家类著录。原书已佚。据《旧唐书》卷十三《德宗纪》载:"贞元十七年十月,甲戌,翰待诏戴少平死十六日复生。"本书当根据戴少平自叙再生故事而记;是其本人自记还是后人追记,则不得而知。

大唐传载 唐代笔记小说集。作者不详。一卷。又称《传载》。《新唐书·艺文志》杂史类著录时称《传载》。《宋史·艺文志》未著录。《四库全书总目》列入小说家类杂事之属。《类说》节录时称《大唐传载》。《太平广记》摘引时称《传载录》或《传载故事》。

传世本计一百三十余条,记唐初至文宗大和年间(618—840)事。记事文字简短,内容广泛,不少条被《新唐书》、《旧唐书》和《资治通鉴》采用。其他有关唐代典章制度、民情风俗等记载,有助于了解唐代社会情况。少数诙谐故事,可资谈笑。书中有些条文与《隋唐嘉话》内容相同,当系后人误入。(《隋唐嘉话》原名《国朝传记》,简名《传记》;此书为《传载》,容易混淆。)

本书版本有《唐人说荟》等本。《守山阁丛书》本据"四库"本刻印,又以《太平广记》、《唐语林》等书校勘;中华书局上海编辑所于1958年据此本排印出版。

玉泉子 唐代笔记小说集。作者不详。书名及卷帙自宋以后记载不一。《新唐书·艺文志》小说家类著录为《玉泉子见闻真录》,五卷。《直斋书录解题》著录为《玉泉笔端》,三卷,又别一卷;注曰:"不著名氏。有序。中和三年(883)作。"《宋史·艺文志》著录为《玉泉笔论》,五卷,又在杂家类著录《玉泉子》一卷。《资治通鉴考异》引此书作《玉泉子闻见录》。《四库全书总目》小说家类杂事之属著录《玉泉子》一卷。

原书不传。今本仅存八十二条,颇为杂乱,其中一些条目杂采各书。书中多记中晚唐士大夫与士人琐事,旁及报应及迷信等。有关科举、婚姻等条,可见当时社会风气。赵惊一条,《初刻拍案惊奇》卷二十九"得胜头回"叙之。郑路昆仲之女一条,为《青琐高议》转录。邓敞一条,记其孤寒不中第,羞告妻子;再娶宰相牛僧孺女,借势而登第;牛氏知被骗,与其前妻合议,愿一切同之。此事后为《琵琶记》所本。传世有《稗海》本。中华书局上海编辑所1958年据此本排印出版，上海古籍出版社于1988年重印。

树萱录 唐代志怪小说集。作者不详。一卷。《新唐书·艺文志》小说家类著录。《宋史·艺文志》著录为三卷。《直斋书录解题》著录时称："不著名氏，序称纂尚书荥阳公所谈者，亦不知何人。又云：'普圣圜丘之明年'，普圣者，僖宗由普王践位也。书虽见《唐志》，今亦未必本真，或云刘焘无言所为也。"何薳《春渚纪闻》中也说："《树萱录》载杜陵老、李太白诸人赋诗事，诗体一律。而《龙城录》乃王铚性之所为，《树萱录》刘焘无言自撰也。"此二书之说，似言之凿凿，实将《树萱录》与《续树萱录》相混同。《新唐书》著录本书的年代早于刘焘和王铚，不可能是他们所撰。原书已佚。《类说》节收佚文十三条，《诗话总龟》、《诗人玉屑》等书也都收有佚文。

从佚文情况看，"树萱"乃忘忧之意。本书多记妖鬼精怪，奇事异闻。《墨庄漫录》云："此书所载诸事，近于寓言，而诸篇诗句皆佳绝，盖唐人善诗者为之。"如"碧衣女子咏诗"条，叙张确于雪上白苹溪见二碧衣女子携手吟诗，逐之，二女化为悲〔翡〕翠飞去；"夜遇女子咏诗"条记番禺郑仆射游湘中，夜遇女子咏"红树送秋色，碧溪弹夜弦"句。书中少数篇什为山川地理纪闻。

会昌解颐 唐代笔记小说集。作者不详。四卷。又名《会昌解颐录》。《新唐书·艺文志》小说家类、《崇文总目》小说类均著录为四卷。《宋史·艺文志》著录为五卷。《通志·艺文略》则作一卷。原书已佚。《补侍儿小名录》、《太平广记》等书辑有佚文十余条。现存佚文多叙仙鬼怪异之事，也折射了当时的社会现实，不少作品实际上是借鬼神来暴露人间的丑恶，如"元自虚"、"黑叟"、"史无畏"、"刘立"、"牛生"等。多数作品结构完整，情节曲折，描写细腻，文辞华丽。

闻奇录 唐五代笔记小说集。作者不详。一卷。《直斋书录解题》小说家类著录。《崇文总目》、《宋史·艺文志》均著录为三卷。原书久佚。《太平广记》引佚文三十六条。

从佚文看，多记录奇异之事，篇幅短小，文词质朴。如"画工"条记赵颜得一画，见画中女甚丽，谓画工愿令其生而纳为妻；画工告以女名真真，须连呼百日方生；赵如言，女遂活，与之结为夫妻，生一子；赵友以为妖，劝斩之；真真携子入画。此篇构思奇特，予后世《画中人》的创作以启迪。

传世有《说郛》本、《五朝小说》本、《唐人说荟》本，多与《太平广记》辑录同。

灯下闲谈 五代传奇小说集。作者不详。原书二十篇。《秘书省新编到四库阙书目》、《中兴馆书目》、《文献通考·经籍考》等均在小说家类著录。

全书二十篇传奇小说，均冠以四字标题，显示了作者的用心。书中多为神仙鬼怪故事。两篇则写侠客打抱不平之事："神仙雪冤"写吕用之强夺刘损妻子裴氏，虬髯叟路见不平，拔刀相助,迫使吕还妻于刘;"行者雪冤"写一行者为进士韦绚美从罗绍威手里夺还爱姬崔素娥,此篇情节简单,但描写真切感人。两篇均被明人王世贞收入《剑侠传》。全书故事都是在真人实事的基础上进行创作,虚构的情节穿插巧妙。作者注重诗笔,体现了唐人"文备众体"的特色。现存有明冯舒抄本、《适园丛书》本、商务印书馆排印本等。

秀师言记 唐代传奇小说。作者不详。《异闻集》收入,《太平广记》卷一百六十引录。《遂初堂书目》著录。

故事写崔晤、李仁钧二人为表兄弟,在长安荐福寺遇僧神秀;僧预言崔晤将于六年后就刑,后果应验;崔死后孤女沦落失所;李亦丧妻,遂娶崔妻为继室。故事构思巧妙,文辞清丽,描写生动。书中人物的语言设计,符合人物性格特征,此为本篇的一大特点。

达奚盈盈传 唐代传奇小说。作者不详。原文不传。王铚在《默记》卷下引其梗概。盈盈是天宝中贵人之妾,贵人同官之子千牛与之相密恋。千牛用计接近盈盈,并匿藏于盈盈室中甚久。其父索之甚急,盈盈被迫放千牛出。唐明皇得知此事,笑而不问,认为所入者即虢国夫人之宅。王铚说其间叙妇人姿色及情好曲折甚详。本篇故事虽佚,但影响很大。《隋唐演义》八十回即敷演此故事,改千牛为状元秦国桢。素庵主人的《锦香亭》亦采用此情节,移为虢国夫人藏钟景期于私第。宋王明清《投辖录》中的"章丞相"故事,亦与此情节相近。

唐人小说 近代学者汪辟疆校录,上下两卷。上卷收《古镜记》至《冥音录》作品三十篇,附录三十二篇;下卷收《玄怪录》至《三水小牍》中作品四十五篇,附录十二篇。校录完成后,汪辟疆写了"自序"和"序例",于己巳年(1929)付梓初版。"序例"中称:"上卷录单篇,下卷录专著。其他唐人杂记,近于琐碎者,虽间有隽永可味之小品,本编概从割弃。"本书主要取材于许刻《太平广记》。"其所不备,或间有脱误者,则用《道藏》、《文苑英华》、《太平御览》、《资治通鉴考异》、《太平寰宇记》、《明抄原本说郛》、《顾氏文房小说》、《全唐文》,及涵芬楼影印之旧本唐人专集小说校补"。

唐代诗歌小说,并推奇作,究其原因,盖二者并与贡举为倚伏也。宋赵彦卫《云麓漫抄》云:"唐世举人,先藉当世显人,以姓名达诸主司。然后投献所业,踰数日又投,谓之'温卷'。"因此,唐代的小说创作进入了一个高峰期。佳作不断问世,并影响诗词创作及后代诸文体之繁荣。宋刘贡父曾言:"小说至唐,鸟花猿子,纷纷荡洋。"洪景卢亦言:"唐人小说,小小情事,凄婉欲绝,洵有神遇而不自知者。"汪辟疆收录唐人小说孤本,重加整理,"俾复旧观,勘斠则题正于旧椠,疏说则备征诸往史","自秋徂冬,凡得文若干篇,厘为上下卷"(《唐人小说》序)。汪不仅钩沉校订,还于每篇后附以考证,列述作者经历、故事源流及后代演变等。这是一本收罗比较完备的唐人小说集,为治小说者提供了重要的文本参考。

本书上卷的三十篇，均为唐代传奇小说，如《古镜记》、《江总白猿传》、《游仙窟》、《枕中记》、《任氏传》、《离魂记》、《柳氏传》、《南柯太守传》、《李娃传》、《莺莺传》等。这些作品或描写爱情，或宣扬侠义，或伸张忠义，也不乏迷信轮回之作，均立意新奇，情节跌宕，描写细腻，语言清新隽永，反映了唐代小说题材之广泛。作品以创作年代为序编排，从《古镜记》的粗犷，到《虬髯客传》、《杨倡传》的细腻，可见唐代小说之发展变化。下卷四十余篇，为真正的笔记小说，分别选自《玄怪录》、《续玄怪录》、《纪闻》、《集异记》、《甘泽谣》、《传奇》、《三水小牍》等著作。选录之文篇，均为该书之佳篇。如《玄怪录》中之"崔书生"、"齐推女"等；《续玄怪录》中之"李卫公靖"、"杜子春"等；《纪闻》中之"吴保安"；《集异记》中之"王维"、"王焕之"；《甘泽谣》中之"红线"；《三水小牍》中之"绿翘"、"王公直"等，皆系传世之名篇，且对后世的诗词、戏曲及中长篇小说创作影响颇巨。

本书于1959年由中华书局上海编辑所修订重版，1963年印第三版。1978年上海古籍出版社又出版了重印之繁体字竖排本，此为本书最佳版本。

宋辽金元笔记小说

一、概　述

宋辽金元时期,是自公元960年赵匡胤陈桥兵变代周建宋,至1368年朱元璋灭元建立明王朝的历史时期,前后历四百余年。这一时期,多个民族政权并立交替,以宋代享祚最久。两宋期间,同时存在辽、金、西夏政权。综观这一时期笔记小说的发展,辽代作品稀见,仅一篇《焚椒录》作为传奇小说撑世;西夏未见作品传世;与南宋对峙的金国,尚有少数作品;大量的、有影响的是两宋的作品。元代从铁木真1206年建蒙古国、忽必烈1279年亡南宋,至1368年为明所灭,延续了近一百七十年;元代笔记小说的代表作是《续夷坚志》诸种。所以,本篇介绍这一时期的笔记小说,主要是两宋,兼及元代;在体裁上需说及话本传奇。

(一) 两宋笔记小说

宋朝的建立,结束了晚唐五代的分裂局面,实现了国家的统一;然而由于北方辽金和西夏等少数民族政权的存在,版图上却小于汉唐。宋王朝为了社会经济的发展,采取了一些有利于农业生产的措施,迅速改变了晚唐五代战乱不止、生产萧条、田园荒芜的状况。农业的发展,促进了商业、手工业的发展,大批商人和手工业者汇集城市,使不少城市空前繁荣起来,并形成庞大的市民阶层。北宋政权重文轻武、不杀士人,科举制度得到完善,在一定程度上助长了宋代文人好议论之风。诗文如此,小说也如此,只是没有唐人恢弘开阔的气度,不时流露出悲怆和凄凉。程、朱理学的兴起,推动了文学创作上"文道并重",反对"以文害道",主张尽去虚饰,辞达而已;欧阳修反对怪诞,主张平淡;苏轼"长于议论而欠弘丽"等,对当时的笔记小说创作都产生了影响。正如鲁迅所说:"宋一代文人之志怪,既平实而乏文采,其传奇,又多托往事而避旧闻,拟古且远不逮,更无独创之可言矣。"

宋初重文治,尽收诸国之书,置之馆阁,使修群书,诸文人奉旨纂集,"老死于文字之间"。不仅出现了如《册府元龟》、《文苑英华》、《太平御览》等治策类书,也涌现出如《太平广记》等笔记小说总集,影响于后世。《太平广记》由李昉监修,同修者十二人,其中如徐铉、吴淑等自身也是古小说作家。全书五百卷,采摭宏富,收书四百七十五种,集汉至宋初文言小说之大成,许多失传的作品因之赖以保存。该书为宋以后文言传奇和笔记小说、宋之"说话"及其后白话小说乃至戏剧创作,提供了极为丰富的素材,起到了巨大的推动作用,同时也有利于小说的普及。

宋承唐制,尤重修史,使文人以厕身其间为荣。宋代诸多学者如宋祁、欧阳修、司马光、洪迈、陆游等,都积极参与修史。在修定《新唐书》、《两朝国史》、《三朝国史》、《四朝国史》、《新五代史》、《资治通鉴》、《续资治通鉴长编》、《建炎以来系年要录》、《三朝北盟会编》、《通鉴记事本末》等史学著作的基础上,派生出大批以记述见闻的朝野轶事、"以备史官之阙"的笔记,其中不少属于笔记小说,由此促进了笔记小说创作的繁荣。

影响宋代笔记小说创作,还源于两方面的社会思潮。一是在崇儒的同时,兼崇释道。"夙在巫鬼",使不少文人不仅确信神鬼的存在,而且"好奇尚异",欲尽萃"天下之怪怪奇奇"(洪迈《夷坚志·序》)。这使得宋代的志怪小说有增无减,并出现如《夷坚志》这样卷帙近于《太平广记》的巨著。二是崇尚纪实的小说观。一些笔记小说家虽写志怪,却标榜"皆表表有据依者",是"闻之审,传之的,方录焉"(张邦基《墨庄漫录》跋)。这种观点束缚了作家艺术创造力的发挥。宋人小说"论次多实,而彩艳殊乏"(胡应麟《少室山房笔丛·九流绪论》下),"偏重事状,少所铺叙"(鲁迅《中国小说史略·宋元话本》),与此不无关联。

北宋志怪小说的代表作有吴淑的《江淮异人录》、黄休复的《茅亭客话》、张师正的《括异志》、章炳文的《搜神秘览》,及传奇集刘斧的《青琐高议》等。南宋志怪笔记小说有郭彖的《睽车志》、王明清的《投辖录》、作者佚名的《鬼董》、李石的《续博物志》等。而洪迈的《夷坚志》是宋人志怪小说的翘楚。它不仅卷帙浩繁,思想内容丰富,艺术成就也达到高峰,在志怪小说创作史上,还起到了承前启后的作用。在它之后,以"夷坚"为名的续书迭出,白话小说、话本、拟话本小说多从其中取材或吸取艺术营养。

宋代的朝野逸事小说,主要有钱易的《南部新书》、张齐贤的《洛阳搢绅旧闻记》、欧阳修的《归田录》、司马光的《涑水纪闻》、陆游的《老学庵笔记》、岳珂的《桯史》、周密的《齐东野语》和《癸辛杂识》等。琐言类小说有孔平仲的《续世说》、王谠的《唐语林》、李垕的《南北史续世说》等。另有俳谐类小说如《艾子杂说》、《调谑篇》、《轩渠录》、《谈谐》、《谐史》、《开颜录》、《绝倒录》、《群居解颐》、《漫笑录》等。

(二) 元代笔记小说

元代在中国历史上是斯文扫地的时代。蒙古族本为游牧民族,并不注重文治,入主中原后,曾一度废农田为牧场,无故杀戮和扼制汉人。严酷的种族歧视与压迫政策,使许多汉族知识分子被掳为奴。元太宗十年(1238),虽曾举行了一次科举考试,最终不过将应试的四千三百人中"免为奴者四分之一",而未授一官半职。此后便长时间废止科举,直到仁宗延祐二年(1315)才举行首届科举会试。废止科举中止了读书人仕途之路,也阻扼了包括笔记小说在内的元代文学的发展,致使文人有"嗟乎卑哉,介乎娼之下,丐之上者,今之儒也"之叹(谢枋得《送方伯载归三山序》)。文人沉沦底层,促使其贴近民间,走向社会;他们与优伶演员的结合,成为元杂剧勃兴的一大原因,由此为笔记小说的创作提供了新的内容。另一方面,元政权的高压政策,催生和分裂出如邓牧、杨维桢等思想家,他们的"叛经离道",对笔记小说的发展也有一定的影响。

元代的笔记小说创作形势是消沉的,两宋的高峰期已风光不再。支撑此时期的是一些杂抄稗贩、琐闻笔记的文言小说,主要有陆友的《砚北杂志》、杨瑀的《山居新语》、郭霄凤的《江湖纪闻》、吴元复的《续夷坚志》、刘祁的《归潜志》、伊世珍的《琅嬛记》、陶宗仪的《辍耕录》等。这类作品,大抵为杂闻见录,加上鬼神怪异之事,故事情节简略,内容空泛,思想贫乏,对后世没有太大的影响。然而,陶宗仪的《说郛》令人眼亮,它不仅纂集了元以前的笔记小说名篇,保存了稀有版本,也为小说的普及作出了贡献。

值得一提的是,元代的传奇文言小说,继唐宋传奇的遗风,出现了一些名篇佳作,如不详作者的《京本通俗小说》,虽有佚逸,但仍存九篇:"碾玉观音"、"菩萨蛮"、"西山一窟鬼"、"志诚张主管"、"拗相公"、"错斩崔宁"、"冯一梅团圆"、"定山三怪"、"金主亮荒淫"。元代传奇文言小说最具代表性的作品是宋远的《娇红记》。该篇感情诚挚、形象丰满、情节曲折、语言绮丽,开才子佳人小说写作之先河,为后世小说、戏曲创作提供了借鉴。

(三) 宋元传奇

传奇,既是古小说的描写题材,又是古小说的分类体裁。它起于唐,完善于宋元。南宋谢采伯在《密斋笔记·序》中说:"不犹愈于稗官小说传奇志怪之流乎?"这里是将"传奇"与"志怪"并列作为"稗官小说"的代表。元代虞集在《道园学古录》中写道:"盖唐之才人,于经艺道学有见者少,徒知好为文辞,闲暇无所用心,辄想象幽怪遇合、才情恍惚之事作为诗章答问之意,傅会以为说,盍簪之次,各出行卷,以相娱玩,非必真有其事,谓之传奇。元稹、白居易犹或为之,而况他乎?"这是对唐文人的讥刺。但他除道出传奇是文言小说的一种体裁外,还指出了这类题材的一大特点——"想象幽怪遇合、才情恍惚之事","非必真有其事",即传奇"虚构"性。

宋元时期,传奇作为小说话本,既与志人、志怪、杂事笔记小说共存,又从笔记小说中逐渐分离出来成为一个类别,与烟粉、灵怪等相并列。代表作有《莺莺传》、《王魁负心》、《章台柳》、《卓文君》、《娇红记》、《碾玉观音》、《错斩崔宁》等。传奇最具小说意味,是在古代杂传志怪基础上的加工和虚构。它具有广泛的群众性,对话本、讲唱文学起到先导作用;并对日后明清笔记小说脱离"粗陈梗概"的记事杂传,增加描写,提高艺术外张力打下了基础,推动了明清笔记小说创作进入新的高峰;同时,也为明清平话小说、中长篇白话小说的繁荣和发展创造了条件。

正因为传奇的特殊性和承上启下的作用,我们在介绍宋元时期笔记小说时将特别提及传奇,其名篇佳作将附到各相关时期的篇末进行介绍。

二、作家和作品

■**陶谷**(903—970) 宋初笔记小说作家。字秀实。本姓唐,为避后晋太祖名讳,改姓陶。邠州新平(今陕西彬县)人。其祖上先后在北齐、隋、唐三朝为官,为当时名族。谷初仕于后晋,起家校书郎,终中书舍人。转仕后汉,官给事中。再仕于后周,官至吏部侍郎。入宋后累加刑部、户部二尚书。开宝三年(970)卒,赠右仆射。

陶谷一生强记嗜学,博通经史,诸子佛老,咸所总览,喜爱书法名画,多有蓄存。据《宋史》本传记载:"太祖将受禅,未有禅文,谷在旁,出诸怀中而进之曰:'已成矣。'太祖甚薄之。"说明他尽管迎合了太祖赵匡胤篡权夺位的一时之需,但由于品行问题,太祖在骨子里是看不起他的。他的著述存世很少,有笔记小说《景命万年录》一卷,内容为赵匡胤受周禅位之事,与赵普所写的《飞龙记》完全相同,只是叙述中连及前数代之事,内容备详。另有《清异录》四卷,亦题为陶谷撰。

清异录 宋代笔记小说集。陶谷撰。四卷。关于本书作者,历来存在分歧。陈振孙、王国维、余嘉锡怀疑非陶谷,胡应麟和陶氏《辍耕录》,及《四库全书》则肯定为"宋陶翰林谷所撰"。在卷帙上,元代以前的著录为二卷本;元孙道明将几种抄本经过校勘补阙,合为四卷,由叶恭焕菉竹堂刊刻,四卷本开始流行;《读书敏求记》、《四库全书总目》均著录为四卷;只《说郛》著录为二卷。据俞允中考证:二卷本较四卷本记事简略且条目齐全。

全书共分天文、地理、花、果、虫、鱼、丧葬、鬼、神等三十七门,以记载唐五代杂事琐语为主。每条加有小标题,随后叙述事实缘起,颇似类书。书中内容不仅于考证唐五代语辞源流大有裨益,且很多故事颇具文采,对后世小说创作有很大影响。其中有一些妙趣横生的故事,用以介绍语词典故来源,颇有生活情趣:"馔羞·塞消粉"条以许鼎误将酥夹生称为塞消粉被上司张弥取笑事,曾被引为"塞消粉"之典;"禽·黑凤凰"条叙康凝因惧内于雪天为妻捕乌鸦入药,为同事以"黑凤凰"相嘲,别具幽默。还有一些日常生活琐事,表现了败事误国之兆:如"释族·偎红依翠大师"条记李煜与一僧在娼家相遇;"官志·人间第一黄"记南唐褚仁规贪赃无惮,有"兼取人间第一黄"之称等,反映作者对南唐覆灭原因的认识。书中故事生动形象,妙笔迭出,曾被后世多家摘用或引为故实。

■**乐史**(930—1007) 宋代著名小说作家、地理学家。字子正。抚州宜黄(今属江西)人。先仕南唐,为秘书郎。入宋时三十二岁,授平原(今广西平南县北)主簿。太宗时(976—997)赐进士及第,擢为著作佐郎、知陵州(今四川仁寿县东),召为三馆编修。雍熙三年(986),献所著《贡举事》二十卷、《登科记》三十卷、《题解》二十卷、《唐登科文选》五十卷、《孝弟录》二十卷、《续卓异记》三卷。宋太宗嘉其勤,迁著作郎、直史馆,转太常博士,知舒州(今安徽潜山县),迁水部员外郎。淳化四年(993),与李蕤同使两浙巡抚,加都官、知黄州(今湖北黄冈)。后又献《广孝传》五十卷、《总仙记》一百四十一卷。咸平初年(998),迁职方。复献《广孝新书》五十卷、《上清文苑》四十卷。出知商州(今陕西商州市)。咸平五年(1002),以年老多病,出掌西京磨勘司(治所在今河南洛阳市),至七十八岁,卒。

乐史的撰著除上述之外,尚有《太平寰宇记》二百卷、《总记传》一百三十卷、《坐知天下记》四十卷、《商颜杂录》二十卷、《广卓异记》二十卷、《诸仙传》二十五卷、《宋齐丘文传》十三卷、《杏园集》十卷、《李白别集》十卷、《神仙宫殿窟宅记》十卷、《滕王外传》一卷、《许迈传》一卷、《掌上华夷图》一卷、《小名录》三卷,又把自己一生中所有写神仙的作品合编为《仙洞集》百卷。上述撰编著作均见《宋史》本传和《艺文志》。

综上所述,乐史一生撰著和编辑的小说,数量非常可观,此前可与之比肩者寥寥;其最著名的地理著作《太平寰宇记》,其中也杂有不少的小说家言。尽管在艺术上言,这些作品还不够成熟,但《绿珠传》、《杨太真外传》两篇,对当时和后世的影响却相当深远。宋代后期便有市人小说《绿珠坠楼记》,元杂剧有《绿珠坠楼》,明传奇有《竹叶舟》,清传奇有《三斛珠》;有关杨贵妃的戏曲则更多。这些作品,应该说都与这两篇小说有渊源关系。

绿珠传 宋代传奇小说。乐史撰。一卷。《郡斋读书志》、《遂初堂书目》等均著录。《宋史·艺文志》另著录曾至尧《绿珠传》一卷,或别为一种。

本书叙西晋达官、富豪石崇在交趾任采访使时,以三斛珍珠购得姬妾绿珠,宠爱有加,与众姬妾一起,安排在京城洛阳西新建的金谷园别墅,日夜宴乐欢娱。绿珠声色绝妙,轰动京城。当时,晋宗室赵王司马伦专擅朝政,其死党、权奸孙秀欲索取绿珠,遭石崇断然拒绝。孙秀便矫诏收捕石崇,绿珠被迫跳楼自杀。石崇也被杀,家产被孙秀所占有。此篇故事在《晋书》石崇本传的基础上润色加工而成。作者对西晋上层统治集团的凶狠残暴、侮弄妇女、掠夺民财、相互争斗杀戮等罪恶行径和糜烂的生活,进行了谴责和揭露,对绿珠"从一而终"的爱情观给予了褒扬和同情。同时,客观地反映了当时以男性为中心、妇女社会地位低下的社会现实。

本篇故事在写法上与《杨太真外传》相似,排比前代记载,漫无中心,又喜考证和议论,以议论搀入故事,全传没有贯穿始终的线索,情节较松散,艺术水准不高。然而,绿珠坠楼的故事脍炙人口,常为后世文学作品作典故引用,不少小说、戏曲也以此为素材敷演故事,如明小说《绿珠坠楼记》、元杂剧《绿珠坠楼》、清传奇《三斛珠》等。最具特色的是明毕魏的传奇《竹叶舟》,它将传奇故事和话本小说中两个不同的故事糅合在一起重新创作,表现了明代一些文人对封建政治厌恶的思想情绪。本篇传奇的版本很多,主要见于《续谈助》、两种《说郛》、《绿窗女史》、《琅嬛秘室丛书》等丛刻中。鲁迅《唐宋传奇集》中亦收入此篇。

杨太真外传 宋代传奇小说。乐史撰。上下二卷。《遂初堂书目》杂传类著录。《郡斋读书志》著录为《杨贵妃外传》,《直斋书录解题》、《宋史·艺文志》著录为《杨妃外传》。

本传奇自杨玉环册封贵妃写起,迄玄宗死,前后十八年事。杨玉环本为玄宗之子寿王李瑁的妃子。玄宗在一些后妃先后失宠、亡故后,遍搜天下美女。他看中玉环容貌,先将她度为女道士,号太真,后册封她为贵妃。从此,玄宗沉溺酒色,荒疏朝政。杨门因此骤贵,族兄杨国忠官至宰相,专横跋扈,不可一世。天宝十四年,安禄山以讨杨国忠为名造反,率兵直逼长安。玄宗率部分朝臣仓皇逃亡西蜀,行至马嵬坡时,杨国忠为护兵所杀,军士请诛杨贵妃,玄宗被迫无奈,命高力士缢死贵妃。乱后,玄宗自蜀重返长安,被奉为太上皇,却失去了行动自由,十分孤独和悲哀,更加思念贵妃,五年后死去。尾声采用《长恨歌传》的后半部分,具有浓厚的神话色彩。作品基本保留了《长恨歌传》的基调,在"史臣曰"中表示"今为外传,非徒拾杨妃之故事,且惩祸阶而已",用以谴责玄宗不君、不父的恶德恶行,认为这是造成天下丧乱的根本原因。

本篇传奇的写法比较特别,系依据前代按年序编排的"纪事本末"体,非按时序记述的内容,以夹叙或插叙方法处理。作者参照唐代有关杨贵妃的事迹记载,进行剪裁熔铸。虽情节不够连贯,但不少片断因出自名家之手笔,亦颇具文采。本篇对后世影响较大,不少书籍都从中采摘典故和辞藻,仅《类说》摘引就多达三十六条。关于玄宗与杨贵妃的戏曲有三十余种,大多取材于本篇。通行的版本有《续谈助》、两种《说郛》、《顾氏文房小说》、《绿窗女史》、《唐人说荟》等丛刻本。鲁迅《唐宋传奇集》亦收入。

■**张齐贤**(943—1014)　宋代小说作家。字师亮。曹州冤句(今山东曹县西北)人。三岁时,因避契丹南侵战乱,全家迁居洛阳,家庭贫困却能努力致学。宋太祖赵匡胤驾幸西京,齐贤以布衣献策马前。当面条陈十策,受到太祖称赞,并荐之太宗曰:"异时可使辅汝为相也。"

太宗即位后擢为进士,官大理评事、通判衡州。到至道年间(995—997),官知安州(今属重庆),加刑部尚书。

真宗即位(998),召拜兵部尚书,同中书门下平章事。同年郊祀,加门下侍郎。接着又因冬至朝会被酒失仪,免相。后起为兵部尚书,改吏部尚书等。死后赠司徒,谥文定。

作为北宋重臣,张齐贤一生颇为荣耀。《宋史》本传末尾总结说:"齐贤四践两府,九居八座,以三公就第,康宁福寿,时罕其比。"

齐贤的笔记小说有《洛阳搢绅旧闻记》五卷,收有故事二十一则。今存有《四库全书》本、《知不足斋丛书》本、《笔记小说大观》本等。据原书自序,是书成书于宋真宗景德二年(1005),所记皆为"追思前十数年"洛阳"搢绅所谈及亲所见闻"之事。另外,他还写有一部《太平杂编》,二卷。

洛阳搢绅旧闻记　宋代笔记小说集。张齐贤撰。五卷二十一篇。《宋史·艺文志》传记类著录。《四库全书总目》小说家类著录。

本书所记,多为洛阳的搢绅耆旧所讲述的晚唐以来一些历史人物的奇闻逸事,兼及作者的见闻。作品中有设局骗财的故事,如"白万州遇剑客"、"田太尉候神仙夜降"等,为假剑客和丹客术士骗取钱财事。也有极富神怪色彩的故事,如"太和苏撰父鬼灵"、"虔州记异":前者写与鬼灵结伴而行,毫无察觉;后者写康怀琪残酷诛戮已受招安的强盗后,精神失常,言行怪异,终困顿而亡,作者认为是冤鬼相报。另有写战乱年代一些历史人物的传奇:"向中令徙义"写向拱路遇匪徒,应付自如;"少师佯狂"写书法家杨凝式佯狂避世,言谈举止多滑稽可笑等。

本书反映了由唐至宋这一动乱时期的一些社会现实,从中可见作者慎刑富民、安邦定国的为政思想。书中的人物故事都写得曲折离奇,引人入胜;作者善于在细节上加以渲染,因而具有较高的艺术欣赏价值。作品中的史料,曾先后被司马光编《资治通鉴》和清邵晋涵重辑《旧五代史》时所采择。传世版本有傅增湘《藏园群书经眼录》著录的明穴砚斋写本,明洪武年间张氏刻本。以《知不足斋丛书》本为完本,《说郛》所收为节本。

■**吴淑**(947—1002)　宋代著名学者和小说作家。字正仪。润州丹阳(今江苏丹阳)人。五代著名学者徐铉之婿。其父吴文正,曾在五代十国时期出仕于吴,官至太子中允。淑自幼聪明好学,文思敏捷,性纯静好古,词学典雅,受到当时江左名士韩熙载、潘佑的器重。曾在南唐举进士,官授校书郎直内史。随南唐降宋后,以近臣延荐,试学士院,授大理评事。遵诏参与预修《太平御览》、《太平广记》、《文苑英华》。《宋史》有传载。

吴淑的撰著,有《九弦琴五弦阮颂》、《事类赋》百篇、《说文五义》三卷、文集十卷,又著笔记小说《异僧记》一卷、《秘阁闲谈》五卷、《江淮异人录》三卷(此据《宋史》本传载记。《宋史·艺文志》、陈振孙《直斋书录解题》以及《四库全书》本,均作二卷)。萧相恺在《宋元小说史》(浙江古籍出版社1997年版)中评说《江淮异人录》:"所记则近乎《周礼》中的'异民',《史记》中的'方士',多道流、方士、侠客,文笔简约粗犷,每于'异'字上做文章,有寥寥数笔而能出人物之神志者。"

江淮异人录　宋志怪笔记小说集。吴淑撰。二卷。《直斋书录解题》史部伪史类著录。《宋史·艺文志》、《百川书志》、《四库全书总目》均归入小说家类著录。

记异人不涉鬼神是本书的显著特色。全书记侠客术士及道徒的诡怪行事。因作者曾仕南唐,书中记南唐人故事二十三条,占全书作品的九成左右;记唐人故事只有两条。记道流的篇章较多,如"耿先生"写江表耿谦之女,少聪慧,有姿色,好学工诗,明于道术,能拘鬼制怪、点石成金;实际上她不过是一位江湖女术士,其事迹却广为流传,并被宋马令、陆游采入《南唐书》。记侠客的篇章以"洪州书生"为代表,写一个路见不平、惩恶除霸的侠客,表现了其嫉恶如仇、为弱者伸张正义的豪侠行为和神奇莫测的幻术;此篇常被后人摘引。记术士的篇章有"钱处士"、"刘同圭"、"张训妻"等。此类故事多写诡怪奇幻之术,预言吉凶祸福及尸化超升等事。本书内容神奇怪诞,迷信色彩较重,反映了当时社会的风俗流尚。

传世版本有《涵海》本、《四库全书》本,以上为二卷本;《道藏》本、《说郛》重编本、《龙威秘书》本、《知不足斋丛书》本、《艺苑捃华》本、《古今说部丛书》本、《广四十家小说》本,均为一卷本。

秘阁闲谈　宋代志怪小说集。吴淑撰。五卷。《郡斋读书志》小说类著录时注曰:"记秘阁同僚燕谈。"书失传,《分门古今类事》、《类说》、《永乐大典》等书辑有佚文。

从佚文看,多记怪异和梦兆应验事。如"吴淑丹阳"条(《分门古今类事》引)记作者本人梦为丹阳尉,后果应验。"毛仙述配"条(同上引)记作者之妹命定再嫁马淑事。"丘旭定分"条(同上引)写丘旭梦为淮泗官后果然事。"青磁碗"条(《类说》引)记下岩院主僧得一青磁碗,置少许米,翌日即满;后僧掷碗于中流,免使众徒增罪累事。"菩萨蛮"条(同上引)记卢绛梦白衣妇人歌《菩萨蛮》;此故事流传很广。

■**秦再思**(生卒年不详,约活动在宋真宗咸平年间) 宋初笔记小说作家。字号、籍里失载。生平事迹无考。自称"南阳叟"、"嵩阳叟",疑河南人。据《文献通考》载记,他曾记述五代及宋初时期的谶应杂事,作《洛中纪异》十卷。据《宋史·艺文志》,还撰有《秉异》(一作《乘异》)三卷、《贯怪图》二卷。

洛中纪异 宋代志怪小说集。秦再思撰。十卷。《崇文总目》等书目小说类著录。《郡斋读书志》注曰:"记五代及国初谶应杂事。"《说郛》卷二十下注:秦再思,"号南阳叟"。《类说》注为"嵩阳叟"。作者生平不详,原书已遗。《类说》卷十二存三十四条佚文,记唐及宋初杂事:如"金玉二象"条记李德裕得道士所借金玉二小象佩之,后被索还;"颜鲁公尸解"记颜真卿遇害后,有人在罗浮山见道士托之寄书为真卿亲笔等。《说郛》收佚文十三条,文字较详,似为原书所载:如"梦征"、"邢公扼"、"兔上金床"、"宋州官家"、"孟入"等,均讲天命征兆故事;"桃符语谶"记孟昶岁末书桃符"天降余庆,圣祚长春",与另书《蜀梼杌》记载的文字"新年纳余庆,嘉节号长春"不同。《分门古今类事》引《纪异录》中"毋公印书"条记毋昭刻印《文选》、《初学记》二书及书版的流传过程,较《挥麈余话》所载为详,是很重要的出版史料。该书在《纪异录》的注中云:"秦再思《纪异录》",当指本书。

■**景焕**(生卒年不详,约活动在五代后期到宋代早期) 宋初小说作家。字及仕履失载,号玉垒山人,或自号玉垒山闲吟牧竖。成都(今属四川)人。曾为壁州白石(今四川通江县)县令。有文艺,善绘龙。由五代后蜀入宋后,为避宋太宗赵炅讳,改"景焕"为"耿焕"。

景焕曾著《龙证笔诀》等作品,今存有志怪小说集《野人闲话》五卷和《牧竖闲谈》三卷。

野人闲话 宋代笔记小说集。景焕撰。五卷。《崇文书目》小说类著录。《宋史·艺文志》著录时因避宋太宗名讳改"景"为"耿"。《太平广记》引佚文三十余条,有"贯休"、"楚安"、"应天三绝"、"八仙图"、"黄筌"等,记载了不少绘画史料;"王处回"、"天自在"、"掩耳道士"等,含有志怪性质。全书故事性不强,且缺少文采。

牧竖闲谈 宋代杂事笔记小说集。景焕撰。三卷。《郡斋读书志》、《宋史·艺文志》等著录。原书不传。《类说》卷五十二节录佚文七条,涵芬楼本《说郛》卷七选录三条。从佚文看,本书杂记琐事,又多记奇器、异物,如龚颖辨紫粉事,记景焕病耳,龚言紫粉可治;所谓紫粉,为苏枋树间自然虫粪耳。另有一些故事记述当时的妓女生活,篇中描写了一些生动而又多情的人物形象,如"薛涛"篇,讲的是妓女薛涛与诗人元稹的爱情故事,薛涛造十色笺题诗寄元稹;还有"胡孙报冤捉鸢"等。

■**路振**(957—1014)　宋初笔记小说家。字子发。永州祁阳(今属湖南省)人。幼聪颖。淳化(990—994)中举进士,试《厄言日出赋》,内容典赡,擢甲科,授大理寺评事,通判汾州。大中祥符初(1008)迁太常博士、左司谏,擢知制诰。振文辞温丽,其赋颂、诗词屡为名家所称道。然一生耽酒得疾,五十七岁卒。有文集二十卷,另有笔记小说集《九国志》十二卷传世。《九国志》乃作者采五代末九国君臣之行事而作,拟为《十国春秋》作"世家列传",惜未成而卒。《宋史·文苑传》有传。

　　九国志　宋代笔记小说集。十二卷。宋路振撰。九国者,五代时吴、南唐、吴越、前蜀、后蜀、东汉、南汉、闽、楚诸国,后均被宋灭亡。路振拟撰写十国史中之世家列传,然不得完璧而卒。据《笔记小说大观》本该书提要中说:"其北楚一卷,则张唐英所补也。按五代诸国事,南唐独详自。余著撰类多遗佚。是书五十有一卷,世久失传。清南海伍崇曜得诸家抄本对勘互证,始采入《粤雅堂丛书》中。虽非完帙,然残璋断璧,益可宝贵。视吴任臣之《十国春秋》,如参之有蕲也。"

　　本书记九国中文臣武将之行事,多采史迁笔法,文学色彩较浓,如"刘金"、"柴再用"、"杨彪"、"周本"、"潘仁嗣"等条。张唐英所补三十二卷亦效振之体例,颇有特色。书后有清人伍崇曜所作跋语,叙述本书散佚及整理情况较详,可作参考。

　　本书原为五十一卷,在数百年之传抄中不断散佚,且难避错漏。至今只剩十二卷。清伍崇曜整理并作跋的十二卷本为传世珍本。二十世纪二十年代,上海进步书局出版的《笔记小说大观》收录此书,并做了一定的校订工作,是当今传世的最佳本。

■**李畋**(约962—约1051)　字渭卿,自号谷子。成都人。博通经史,以著述为志,为名臣张咏所识。景德二年(1005)乡荐出试,不第。隐居永康军白沙山。后被荐任怀宁主簿、国子监说书,知惠安县,尚书虞部员外郎,知荣州,国子博士,年七十三致仕。撰有《道德经疏》、《张乖崖语录》、《谷子》等。杂事小说《该闻录》十卷为其代表作。

　　该闻录　宋代笔记小说集。又名《归田录》。李畋撰。十卷。《郡斋读书志》小说类著录。注云:"畋,蜀人张咏客也,与范镇友善,熙宁中致仕归,与门人宾客燕谈,衮衮忘倦,门人请编录,遂以该闻为目。又有杂诗十二篇系于后。"《宋史·艺文志》著录亦为十卷。原书已佚。《类说》节录佚文二十一条。佚文多记唐宋杂事,如"知县生日"记开宝中神泉县令贪污,借生日谋收礼金;"题金刚诗"记蒋贻恭诗;"耘田鼓诗"记诗僧可朋诗作。文中还多记蜀间事,如"半年为盗"、"为政之法"记张咏、任中正治蜀政绩。《说郛》收佚文五条,叙述较详。从佚文看,本书叙事琐碎,文字平直,故事性较差。

■**张君房**(约962—约1045)　宋代小说作家。字允方,一曰字尹方。岳州安陆(今湖北安陆市)

人。据《新编分门古今类事·淳化看蛇》记载，君房的青少年时代，五代十国时期的纷争甫定，宋朝初建，科举考试常有延宕而不能正常进行，加上其自身准备不足，致屡试不第，直到宋真宗景德二年（1005）始中进士，时年已四十有余。初除试校书郎，迁知升州江宁县（今属江苏）事。后坐事谪宁海（治所在今越南芒街东南玉山）掾。经戚纶、陈尧臣、王钦若推荐，调至杭州参与校正道藏，除著作佐郎。至天禧三年（1019），编成道教图书四千五百六十五卷，又摘录其精要万余条，成《云笈七签》一百二十二卷。天禧五年（1021），知钱塘县（今浙江杭州市）事。后又先后迁知随（今湖北随县）、郢（今湖北武汉市之武昌）、信阳（今属河南）三州。终官于祠部郎中。

君房一生著述颇丰，除上述摘编于道藏的《云笈七签》外，还有志怪小说《乘异记》三卷、传奇小说《丽情集》二十卷（原书已佚，《类说》中收有二十四则佚文；在《文苑英华》、《绿窗新话》、《绀珠集》等书中亦有不少引文）、《搢绅脞说》二十卷（已佚）、《潮说》三卷、《野语》三卷、《科名分定录》七卷，以及《蜀梼杌》、《君臣传》、《儆戒会最》等书。其中以《乘异记》和《丽情集》影响较广。

乘异记 宋代志怪小说集。张君房撰。三卷。《郡斋读书志》小说类著录，注云："其序谓乘者载记之名，异者非常之事。盖志鬼神变怪之书。凡十一门，七十五事。"《直斋书录解题》亦著录。原书早佚。《绀珠集》、《类说》、《说郛》等书辑有佚文。佚文"陶谷换眼"记陶谷少时梦数吏为了换眼，求钱十万。安第一眼，谷不应；又云钱五万安第二眼，谷仍不答；吏即以二弹丸纳眼中。后有善相道士云："好贵人贵气，奈一双鬼眼何？""李煜为师子国王"记贾黄中梦李煜来谒，自称为师子国王，并赠诗于贾。"桐叶题诗"叙张士杰客寿阳，入龙祠，见龙女塑像甚美，乃于桐叶上题"我是梦中传彩笔，书于叶上寄朝云"，忽见美女置酒款待。据王铚《默记》记载，张君房为同年白积所轻，后来在《乘异记》中攻击白积，说他死后被罚为鼋；《乘异记》刊行后，一日朝退，君房至东华门外时，被白积之子拽下马痛打；观者为之劝解，且令君房毁其版。

搢绅脞说 宋代志怪小说集。张君房撰。二十卷。《郡斋读书志》小说类著录，注曰："此书亦翔实。"但作者误为唐英。《直斋书录解题》著录时经过辨证，改为张君房撰。《通志·艺文略》著录时将书名著为《脞说》。据《麈史》记，此书为张君房六十九岁致仕后所作。原书已佚。《类说》中节录部分佚文。多数故事引自前人成书：如"浑家联句"条出《玄怪录》；"桐叶上诗"条出《玉溪编事》；"独孤妻梦玩月"条出《河东记》等。也有张氏自撰文："雨中望蓬莱"条记张本人梦中作雨中望蓬莱诗；"庐山红莲"记君房寓庐山开仙寺，得红莲一叶，长三尺，阔一尺三寸，磨汤饮之，莲香经宿不散。书中还有一些宋人故事，如"楚小波"等。

丽情集 宋代传奇小说集。张君房撰。二十卷。《郡斋读书志》小说类著录。《麈史》则说为十二卷。原书已佚。《类说》节录其二十四条。《文苑英华》、《绿窗新话》、《绀珠集》等书录有佚文，可考得近四十条。书中多数故事采自唐人小说，保存了一些罕见作品的片断，如"烟中仙"辑自南卓的《烟中怨》，"崔徽"条录存了元稹《崔徽传》的残文，十分珍贵。

书中的重要篇章如"长恨歌传"，与《白长庆集》所附的文字多有区别，常为研究者所重视，认为本书载本更近陈鸿原作。"燕子楼"条是一篇影响较大的作品，通过录白居易和作为张建封家姬关盼盼的三首《燕子楼》诗,澄清了冠在白居易头上"作诗讽其不能随主人同死"的不实之词,其诗实为与白居易唱和的诗人张仲素所作。"三乡题"一条,出自《云溪友议》中之"三乡略"。还有一些来源不详的故事:如"黄陵庙诗"叙开宝中贾知微遇曾城夫人杜兰香及湘君、湘夫人于巴陵,曾城夫人留贾止宿,赠以秋罗帕裹定命丹五十粒;"薛琼琼"条叙唐明皇时狂生崔怀宝遇宫中第一筝手薛琼琼,乐供奉杨羔助之成婚,后被追回,杨贵妃乞玄宗赠还崔生;"爱爱"条写杨爱爱的爱情悲剧。

从佚文看,书中多为爱情故事,一部分来自唐传奇,一部分来自诗话或本事诗,并在原作的基础上进行了再创作。本书具有一定的资料价值和艺术价值,不少篇节曾被后人改编为戏曲或通俗小说。

■**陈彭年**(961—1017) 宋代笔记小说家。字永年。抚州南城(今江西省属)人。幼好学。年十三著《皇纲论》万余言,为名辈所赏。南唐主李煜闻之,召入宫,令幼子仲宣与之游。后师徐铉为文。宋太平兴国(976—983)中,举进士,调江陵府司理参军,后命直史馆,代修起居注。累官至参知政事。性好奸诡,附王钦若、丁谓,时号"九尾狐"。曾著有文集一百卷、《唐纪》四十卷,又受诏编《御集》、《宸章集》及《历代妇人文集》,另有笔记小说《江南别录》传世。

江南别录 宋代笔记小说集。一卷四则。宋陈彭年撰。该书共四则,均记五代十国之南唐事,其中记义祖一则、烈祖李昪二则、后主李煜一则。后主一则,记李煜登基始末,及李猜疑、优柔寡断的性情和不擅朝政爱词赋的作为,影射出南唐败亡的根源。一部《江南别录》,形象地折射了南唐李氏王朝的兴衰史。本书传世版本,仅见近人王文濡《说库》本。

■**钱易**(968—1026) 宋代小说家。字希白。临安(今浙江杭州)人。父钱倧,曾是吴越王,后为握有兵权的大将胡进思所废,而改立其叔钱俶为吴越王。钱俶归降于宋,钱易与兄钱昆同归宋。据《宋史》本传载:"俶归朝,群从悉补官,易与兄昆不见录,遂刻志读书";"易年十七,举进士,试崇政殿,三篇,日未中而就。言者恶其轻俊,特罢之。然自此以才藻知名"。有一次宋太宗与大臣苏易简说起唐代文人时,"叹时无李白";苏易简曰:"今进士钱易,为歌诗殆不下白。"这说明易在当时已有相当大的才名。真宗咸平二年(999)再次参加进士考试,登进士第。初补濠州(今属安徽凤阳)团练推官。召试中书,改光禄寺丞、通判蕲州(今湖北蕲春县北)。景德中(1005),举贤良方正科,除秘书丞、通判信州(今江西上饶市)。后擢知制诰等,累迁左司郎中、翰林学士。

钱易才学赡敏过人,数千百言,援笔立就。主要著述有:《金闺集》、《瀛洲集》、《西垣制集》一百五十卷、《青云总录》、《青云新录》、《南部新书》、《洞微志》一百三十卷。在这些书中,除《南部新书》、《洞微志》尚存佚文外,余均散佚。据今辑得的佚文,《南部新书》共有十卷、八百五十七则故事。《洞微志》今见于《吟窗杂录》、《诗话总龟》、《说郛》、《五朝小说》等书中的散佚篇章,有三十余则。另有《滑稽集》四卷、《桑维翰》、《越娘记》各一卷,收在刘斧的《青琐高议》之中。据《宋史·艺文志》载，还有《钱易集》六十卷。

越娘记　宋代传奇小说。钱易撰。《青琐高议》别集卷三著录全文。但文中记大宋"太平百余年"语，与钱易卒于仁宗天圣四年（1026），时宋立国仅六十七年不符，疑为他人窜改或系托名之作。

本篇写才士杨舜禹由汴至蔡州会友，酒后夜宿凤楼坡一少妇越娘家。越娘貌美衣寒，背灯而坐，并不理睬客人。原来她是五代后唐时的一个亡魂，生前本越人，嫁北地不久，丈夫战死。她以泥涂面，想返回家乡，被强盗所获，不堪受辱，自缢身亡。她向杨倾诉遭遇，悲愤地说："宁作治世犬，莫作乱世人。"她拒绝杨的非礼，请求杨为其改葬。杨返京后，将其遗骨葬于两京高地。三日后，越娘来会杨说，此来既是报恩，又是辞行，因人鬼相爱，对双方均不利。杨不允，并自恃有恩于她，请道士作法进行报复。道士将越娘鬼魂从墓中拘出，五木加身，鞭笞不止。越娘怒骂杨为"小人"。最后，杨良心发现，请道士将她放回。

本篇从侧面反映了五代战乱、民不聊生的社会现状，以及当时妇女的悲惨生活。故事对后世作品有一定的影响，如罗烨《醉翁谈录》的话本名目中有"杨舜俞"一种、元杂剧有《凤凰坡越娘背灯》。清乐钧的《耳食录》的"段生"一篇，其情节与本篇相类，明显系在本篇基础上的再创作，但文辞优美，佳于本篇。

乌衣传　宋代传奇小说。原题钱易撰，有后世学者认为系刘斧假托，但证据不足。又名《王榭传》。《青琐高议》别集卷四录有全文，题名为"王榭"，不著作者。《摭遗》亦录全文。《类说》卷三十四有节录，题为"乌衣国"。《能改斋漫录》在"王谢燕"条下说："近世小说尤可笑者，莫如刘斧《摭遗集》所载'乌衣传'。"

故事叙述唐人王榭，航海遇飓风，抱一船板漂至一洲，遇黑衣老夫妇，称榭为"主人郎"，邀至家，以女嫁榭。榭夜询女子，知为"乌衣国"。国王召宴宝墨殿，以黑玉杯劝酒。榭赋诗，末句有"恨不此身生羽翼"。不久，国王告榭某日当回。女子置酒送别，作诗酬榭，并赠以灵丹，谓可以起死回生。国王命榭入乌毡兜子，使翁媪送之归。至家但见梁上双燕呢喃，乃知所至即燕子国。至秋二燕将去，榭书纸系燕尾寄女。明年，燕亦寄诗来，云"来春纵有相思字，三月天南无燕飞"。明年燕亦不来。

本篇故事奇诡，构思巧妙，似梦似幻，给人以扑朔迷离之感，燕女与王榭两情相爱，宛如人间。文中穿插的诗句，颇具文采。作品情节起伏，余韵缭绕，令人神往。全篇叙述平直，偶尔以词藻点缀，大有晚唐传奇风格。本篇对后世影响较大，《六朝事迹类编》竟引此为史实。《聊斋》中之"青竹"篇，似承袭该篇情节。清人文言小说中写鸟女的故事很多，不少可从本篇找到渊源。

南部新书　宋代笔记小说集。钱易撰。十卷八百余条。《宋史·艺文志》小说类著录。袁本《郡斋读书志》、焦竑《国史经籍志》均题为"南郡新书"。《郡斋读书志》著录为五卷，《说郛》重编本、《古今说部丛书》著录为一卷。《四库全书总目》云："别有一本，从曾慥《类说》中摘录成帙，半经删削,阙漏尤甚。"

本书记唐至五代逸闻旧事,兼及宋代朝章国典,百物谚谣。一部分颇具小说成分。从内容看,本书一是宣扬伦理道德,如"犬头妇"条写酸枣县一妇因虐待公婆而遭雷截首,变为犬头;"判案"条记钱俶为官时的两个案例,反映审案人办案中的浓厚感情色彩。二是表现对人才的赞赏,如"裴度追印"记裴度在中书省发生失印案时镇定不乱,计诱窃贼还印。本书作者以前人的笔记为本进行增补润色,其中不少故事叙述生动、构思奇特,曾为后人引为典故或用作戏曲、小说的创作素材。

传世版本有《学津讨原》本、《粤雅堂丛书》本、《说郛》本、《类说》本等。中华书局上海编辑所1958年根据《学津讨原》本出版了排印本。

洞微志　宋代志怪小说集。钱易撰。十卷。《郡斋读书志》小说类著录时注曰:"记唐以来诡谲事。"《直斋书录解题》著录为三卷。原书不传。《绀珠集》、《分门古今类事》、《诗话总龟》、《说郛》等书辑有佚文。如"卢绛梦曲"条记卢夜梦白衣女子唱《菩萨蛮》,自称姓白,预言当于固子坡再见;卢后被诛于固子坡,行刑者正姓白。"刘景直题诗于清华宫"条,梦被明皇召去论当时事,明皇谓常爱杜甫"夜阑更秉烛,相对如梦寐"之句,故事饶有情趣。另外亦有些并非神怪诡谲之事,如"杜荀鹤"等。佚文以《类说》辑录为多,但只是节录,无法知其全貌。

黄休复(生卒年不详,约活动在宋真宗咸平年代)　宋代画家、小说作家。字端本(一作归本)。籍里有争议,尚无定论。陈振孙在《直斋书录解题》中谓其为蜀人,李畋在《益州名画录序》中又谓他是江夏(今属湖北武汉市)人,谭正璧在《中国文学家大辞典》(北京图书馆出版社1998年版)中认为他应为久居四川的江夏人。通《春秋》三传。善画,潜心画艺研究,因家贫靠卖画养亲,著有《益州名画录》三卷。据《宋史·艺文志》载,还撰有笔记小说《茅亭客话》十卷。

茅亭客话　宋代笔记小说集。黄休复撰。十卷。《直斋书录解题》小说类著录。《郡斋读书志》著录时云:"茅亭,其所居也。暇日宾客话,言及虚无变化、谣俗卜筮,虽异端而合道旨,属惩劝者,皆录之。"

本书多记蜀中神仙、异僧及文人、野士的事迹,年代跨度从五代前蜀至宋真宗时期百余年。其中神怪故事较多,且多与王小波、李顺起义有联系。"淘沙子"条记异人淘沙子与进士文谷相识,能诗,蜀主访之,急隐遁不归。"李聋僧"条记僧辞远因念《后土夫人变》,空中有人掌其耳,故而耳聋。"勾生"条叙勾生爱慕大圣慈寺壁画中之天女,掐其颈上一片土吞之;夜梦美女来会,自称帝释侍者,赠以玉琴爪一对;后勾生不逾月而卒。"哀亡友辞"记作者之友杨锡与李畋、张逵、张友等人,都为史传所不载。"景山人"记景焕善画龙,撰有《野人闲话》、《牧竖闲谈》等书。"杜大举"记杜鼎昇鬻书自给等。《四库全书总目》谓本书:"虽多及神怪,而往往借以劝戒,在小说之中最为近理。"

传世有《津逮秘书》本、《学津讨原》本、《四库全书》本、《琳琅秘室丛书》本、《对雨楼丛书》本等,以《琳琅秘室丛书》本为最佳,该本附有校勘记二卷。

■**柳师尹**　宋代小说作家。生卒年、字号不详,生平仕履失载。洪丘(今河南辉县境内)人。流传下来的小说有《王幼玉记》,收在同时代人刘斧《青琐高议》前集卷十之中。

王幼玉记　宋代传奇小说。柳师尹撰。《青琐高议》在前集卷十著录全文时注有副题:"幼玉思柳富而死。"

本书是一篇悲剧性小说。讲述衡阳名妓王真姬,字幼玉,常与士大夫交往。幼玉厌倦娼业,立志从良。遇东都人柳富,两情相恋,幼玉以终身相许,剪发赠柳,柳作长歌回赠幼玉。后柳家多故,二人别离。幼玉思柳成病。一日,柳见幼玉鬼魂来诀别,说已病逝。不久,有客自衡阳来,传言幼玉已死,临终剪发一缕,指甲数个,以遗柳郎。作品对封建社会的娼妓制度进行了批判,同情妇女的悲惨遭遇,属宋传奇中之佳作。

■**田况**(1003—1061)　宋代笔记小说作家。字元均。宋阳翟(今河南禹州市)人。按《宋史》本传载,其先冀州信都(今河北冀州市)人,在后晋时期,祖父行周殁于契丹。父延昭,成为契丹军的一员,景德中(1005),负责看管契丹将领在战争中所掳的数百中原人;延昭释放了这些中原人,自己也乘机脱身南归,在阳翟安了家。况少有大志,好读书。举进士甲科及第,补江陵府(今属湖北荆州市)推官,再调楚州(今江苏淮安市)判官,迁秘书省著作佐郎。后累官至尚书右丞、观文殿学士兼翰林侍读学士,提举景灵宫。卒,赠太子太保,谥宣简。

田况一生宽厚明敏,品格公允正直,有文武之才略。留有《田况奏议》二十卷、《田况策论》十卷。据《四库全书总目》所载,还有笔记小说《儒林公议》二卷,传于世。

儒林公议　宋代笔记小说集。二卷。田况撰。作者为北宋前期人,受儒家思想影响较深,品格方正。他虽为夏竦幕僚,但不朋党,对当时的名儒名臣如富弼、欧阳修、范仲淹等人的品行文章赞不绝口,由此引起夏竦的诸多不满。本书记载了宋建隆至庆历间(960—1048)的朝廷政事及儒林诸公之行履得失。虽云记实,但多有创作发挥,评价公允。如"王曾仆射"条,记王曾不行私情、不结朋党、处事公允、量材用官,寥寥数语,人物形象跃然纸上。"太祖既下江南"条,通过赵匡胤与张洎的对话,将人物的性格、境遇、身份描绘得活灵活现。"景德初"条,记寇准督师战澶渊,得胜后宋廷受主降派之请与辽结"城下之盟"之事,甚详;又记宋王回朝后,不思恢复,而志在"勒功岱岳",将"帑藏充牣"之国库,"为之耗竭",并对"用事之官,赏赍金钱几千万,近世以来未有也";只一语,已揭示宋代衰落之必然。"太宗志奉释老"条,记太宗敕建开宝寺感应塔、兴国寺二阁,创上清宫以尊道教等,"殿塔排空,金碧照耀,皆一时之盛观",但"不十年间,相继灾毁,略无遗焉";文末以"欲为之福,如是其效乎"九字作结,真可谓惜墨如金,言简意赅。"曹彬居第卑陋"条,记大将军曹彬不广修府第,而创家训安于俭德的事迹,以"吁!如曹王之保家训后,可以为富贵之师矣"作结,后人读之,回味无穷。

本书传世有《稗海》本，本后有明嘉靖庚戌(1550)阳子柄(不知何许人)作的跋，署为"宋无名氏作"。《四库全书》子部小说家类收录时，删去了"宋无名氏作"五字，据原本之貌。《笔记小说大观》收录此书时，将跋语全部删去，不知何意。今传版本以《四库全书》本为佳。

■**江休复**(1005—1060)　宋代笔记小说家。字邻几。开封陈留(今属河南)人。少时强学博览，为文淳雅，尤善于诗，喜琴弈饮酒，不以声利为意。举进士，初仕为桂阳监、蓝山尉。骑驴赴官，据鞍读书，至迷失道路。历迁殿中丞，献其所著之书，召试为集贤校理，判吏部。尝修《起居注》。累官尚书刑部郎中。曾著文集二十卷、《春秋世论》三十卷、《唐宜鉴》十五卷。均散佚。《宋史》有传。另有笔记小说《江邻几杂志》(又名《嘉祐杂志》)二卷传于世。

江邻几杂志　又名《嘉祐杂志》。宋代笔记小说集。二卷。江休复撰。作者字邻几，以字名书。宋嘉祐年间成书，故又名《嘉祐杂志》。《文献通考》、《宋史·艺文志》著录时均作三卷。《稗海》、《唐宋丛书》著录时不分卷。《说郛》收录十余条。

该书多记轶闻逸事。作者一生交游甚广，且交往者多为当时名流。因此所作虽为小说杂记，也绝非"委巷俗谈可比"(见《四库全书总目》)。其中"供奉官罗承嗣"条记邻居穷甚，赠毯不要，遗米面不取，彰显了"穷不易志"、"不食嗟来之食"的君子风骨。"江南一节使"条记相面者的狡黠，揭露了星相巫卜之虚妄骗人。"康定中"条记白犬救主事，发人深思。"凌景阳都官"条记景阳娶妻瞒报年岁，欺骗民女，实耐人寻味。"唐相李程子廓"以小石绊脚称泰山压足、"刘子仪侍郎"因三入翰林不得入两府而称疾不出，颇博一笑。"黄通"记书生屡试不第、"张乖崖"记苏仪甫被庸医治死，令人悲凉。书中所记，有文人酒诗唱和，亦有姬伎戏谑，更有些神怪灵异。本书对后世影响较大，姚宽《西溪丛话》、朱翌《猗觉獠杂记》等均有摘引。

传世版本有明胡氏《笔丛》本、《说郛》本、《稗海》本、《唐宋丛书》本等。《四库全书》据《稗海》、《唐宋丛书》本校后收录。《笔记小说大观》本收录时不分卷，但应为全本。

■**沈辽**(1032—1085)　宋代笔记小说家。字叡达。钱塘(今浙江杭州)人。以兄沈遘(曾官知制诰、知杭州、知开封府)任而入仕，历官寿州酒税、西院主簿、监明州市舶司及杭州军资库，摄华亭事。因事下狱，夺官流放永州和池州。长于诗文，与曾巩、苏轼、黄庭坚友好，常有诗、信往来。有《云巢编》诗歌集传于世。另撰有笔记小说《任社娘传》一部。

任社娘传　宋代传奇小说。沈辽撰。载于作者文集《云巢编》和《沈氏三先生文集》。

故事叙述陶侍郎(谷)于乾兴中出使吴越。吴越王欲笼络陶谷，命娼女任社娘假扮客馆阍人的女儿，设计诱骗陶谷的歌辞："好姻缘，恶姻缘，奈何天，只得邮亭几夜眠，别神仙。"次日，吴越王让任社娘在娼女队中见陶，唱陶所作歌辞，陶方知中了美人计。

此篇故事纯属虚构，人物、时间均与史实相悖。陶谷所作之词，实为南唐时歌女秦弱兰所作，篇中情节系南唐韩熙载与秦之事。这样史实颠倒，人物错位，显然是作者别具用心。故事情节曲折生动,刻画细腻,是本篇的特点。此为宋代小说中之佳作。

■**聂田**（生卒年不详,约活动在宋仁宗天圣年间） 字号失载。信陵（今河北邢台市）人。生平事迹不详。撰有志怪小说《祖异志》十卷。原书已佚,其部分佚文散见于《类说》和《说郛》等书之中。聂田曾在天禧（1017—1021）中举进士不第,此后绝意仕途。他以笔记形式记下了当时诡闻异见一百余事,定名为《祖异记》。

祖异记 宋代志怪小说集。聂田撰。十卷。《郡斋读书志》小说类著录,其中衢州本云:"田,天禧中进士不中第,至元祐初因记近时诡闻异见一百余事。"《直斋书录解题》著录时云:"信陵聂田撰,康定元年（公元1040年）序。"原书已佚,《类说》卷二十收录《狙异记》二条,当即此书。《说郛》卷六录一条,《永乐大典》引作《徂异记》。

佚文"人鱼"条,记查道于海上见一人鱼,红裳双袒,髻鬟纷乱,陷于沙中。"天上碧玉楼观"条记九华山樵者妇诸葛氏得仙升空而去,数日后又回家省探。"梦中见父"条叙刘初少失其父,后梦父告以西蜀孟家有其写真图。"梦擒虎"条记推官侯某,其父造浮图一所,梦虎得子,进士及第。本书记事粗略,有六朝志怪之风。

■**张实** 宋代小说作家。字子京。生卒年不详。仕履失载。善为文辞,曾作传奇笔记小说《流红记》一卷。该作品被同时代人刘斧收入笔记小说集《青琐高议》前集卷五之中,副题作"红叶题诗娶韩氏",下有"魏陵张实子京撰"。据此可知张实为魏陵（今河北大名县）人。但小说集《绿窗新话》也收有此篇作品,文字有所删节,题目改成"韩夫人题叶成亲",作者却为"张硕"。"实"与"硕"古字同音,后者可能是笔误。

流红记 宋代传奇小说。张实撰。一卷。原载《青琐高议》卷五,题下注:"红叶题诗娶韩氏。"

故事叙述唐僖宗时书生于佑,在御水沟拾得一红叶,上题有诗云:"流水何太急,深宫尽日闲。殷勤谢红叶,好去到人间。"于藏于书笥,思念不止。后亦取红叶题诗二句:"曾闻叶上题红怨,叶上题诗寄阿谁",放置御沟上流。后于佑入贵人韩泳家坐馆授徒,韩泳为其聘遣出宫人韩氏。韩氏婚后在于书笥中见红叶,谓诗为己作,且出所得于佑所题红叶,叹为前定。

有关"红叶题诗"的故事,自唐至五代十国时期流传很广,在孙光宪的《北梦琐言》、范摅的《云溪友议》和孟棨的《本事诗》等书中,皆有同类的记述。本篇据《云溪友议》卷下《题红怨》中卢偓的故事加以增饰改编,故事更加完整,情节更加曲折;但结尾处又写僖宗入蜀时,韩氏以旧宫人而得见,于佑亦以从驾而得官,一门富贵,反陷俗套。本篇故事屡为后世所本。如元白朴的杂剧《韩翠苹御水流红叶》,明王骥德《题红记》传奇,祝长生、李之祚的两种《红叶记》等,均根据本篇增润敷演,且均以于佑、韩夫人为主角,可见其影响之大。鲁迅《唐宋传奇》中收录有本书。

■**宋庠**(996—1066) 宋代文学家和小说作家。初名郊,字伯庠,后改字公序。原为安州安陆(今湖北安陆市)人,后徙雍丘(今河南杞县)。父宋玘,曾为九江掾。宋庠与其弟宋祁同于天圣初(1023)举进士及第,庠为头名状元,擢大理评事、同判襄州(今湖北襄樊市)。累官右谏议大夫参知政事。因与宰相吕夷简不睦,出知扬州(今江苏扬州市)。庆历八年(1048),除尚书工部侍郎,充枢密使,封莒国公。后因坐事,官屡迁屡复。卒,赠太尉兼侍中,谥元献。

《宋史》本传有评:"庠自应举时,与祁俱以文学名擅天下,俭约不好声色,读书至老不倦。"他曾校定《国语》,撰《补音》三卷。又辑《纪年通谱》,区别正闰,为十二卷,及《掖垣丛志》三卷、《尊号录》一卷、别集四十卷。据《宋史·艺文志》载,宋庠的撰著还有《缇巾集》十二卷、《操缦集》六卷、《鸡跖集》二十卷、《杨亿谈苑》十五卷。其中《杨亿谈苑》是专记杨亿平生见闻的笔记小说,又称作《杨文公谈苑》,留有许多珍贵的志人史料。

杨文公谈苑 宋代笔记小说集。原由杨亿口述,门生黄鉴记录成书,名《南阳谈薮》,后由宋庠删而类之,分为二十一门,改今名。《宋史·艺文志》、《郡斋读书志》、《直斋书录解题》、《说郛》等著录时均作十五卷,但黄鉴本为八卷。本书早佚。《说郛》收宋庠序及佚文十一条。《类说》节录六十余条。《宋朝事实类苑》引有一百余条。

从佚文看,本书多记宋初君臣逸闻及朝章典制、宫闱沿革等,对宋统一中国,结束动乱局面进行了赞扬和歌颂。全书叙文平直,情节简单细琐,影响不大。

■**高择** 宋初小说家。生平、籍里不详。曾著《群居解颐》三卷,乃谐谑类笔记小说。

群居解颐 宋代笑话集。高择撰。三卷。《宋史·艺文志》小说类著录。原书失传。《说郛》卷三十二收录佚文十八条。佚文多记唐事,有二条记后蜀先主事。书中篇目乃纂集成文,如"嘲戏"、"卷耳"条出自《启颜录》;"未解思量"、"见人多忘"条出自《隋唐嘉话》;"见屈原"条出自《朝野佥载》;"优人滑稽"条出自《阙史》。

■**张师正**(约1015—约1086) 宋代笔记小说作家。一名思政,字不疑。里居失载。青年时期擢进士甲科,得太常博士,此后步入仕途。至熙宁中(1073年前后),在辰州(今湖南沅陵县)帅任上,再迁鼎州(今湖南常德市)帅。

师正宦游四十年,未能得志,于是推变怪之理,参见闻之异,撰成《括异志》十卷,魏泰为之序(见《四库全书总目》);又有《怪集》五卷、《倦游杂录》十二卷。除《怪集》已佚外,余两书均传于世。《宋史·艺文志》对上述三书均有著录。据《四部丛刊续编》影宋抄本《括异志》,原书共有故事二百五十篇;明代抄本则仅有一百三十二篇,都是鬼神怪异故事。

括异志 宋代志怪小说集。张师正撰。十卷二百五十篇。《郡斋读书志》、《直斋书录解题》均于子部小说家类著录。

本书所记多为因果报应、灵物鬼怪等事,意在劝世警人:如宣扬君权神授的"乐学士",鼓吹方士奇术的"李芝"、"方道士",张扬鬼魅的"乐大卿",宣传祯祥、谶纬类的"柴氏枯枣"、"杨从先"等。这些作品格调平庸,艺术性较差。但也有一些不落俗套之作,虽短小但故事性强:如"大名监埽"条写治河之艰辛,对后世影响较大;"王廷评"条记状元王俊民高中后抛弃原来所爱,后精神失常,被女鬼折磨而死,疑为后世王魁负桂英故事之原型;"钟离发运"条写钟离瑾买婢得前德化令之女,出资嫁之,后得善报,该篇为《醒世恒言》卷一《两县令竞义婚孤女》所本。本书据《直斋书录解题》记,尚有《后志》十卷,惜未传。传世版本有《四部丛刊》续编本,系据明代俞洪重依宋抄本传录,十卷,一百二十三篇,可见遗失过半。《说郛》有选本,《永乐大典》收录十七篇佚文。

倦游杂录　宋代笔记小说集。张师正撰。八卷。《郡斋读书志》小说类著录。《宋史·艺文志》著录为十二卷。原本《说郛》署为八卷。全书不传。《类说》卷十六节录佚文五十八条,《说郛》录文十八条,江少虞《宋朝事实类苑》引有原文近百条。从现存佚文看,多记士大夫生活谈闻,兼及地方风物、典故辞章。作者在序中云:"倦游云者,仕不得志,聊书平生见闻,将以信于世也。自以非史书,虽书善恶,而不敢褒贬。"出于对官场和周围环境的不满,书中对一些腐败现象的抨击和对社会鄙陋行为的揶揄,常见之笔端:如"三司黠胥"记陈贯为省副时,为三司黠胥陷害罢职;"苑中狮子"写石中立善诙谐,有人对御苑狮子日给十斤羊肉,发出了人不如狮的感叹;"匍匐图"记陈烈遵循古礼,带弟子奔丧时匍匐而入孝堂,遭人耻笑;"权顿幞头"记述张唐辅头痒时将幞头摘下放在僧文鉴头上而引发口角,表现了不同人的个性。书中有褒扬传统礼教的"子孝妻义";也有鞭挞士子丑行的"诡谋杀娼",该篇对赶考书生玩弄女性、始乱终弃的行为进行了揭露,具有一定的阅读价值。

传世版本有《类说》节录本、《说郛》本、《宋朝事实类苑》引录本等。《五朝小说》本出自《说郛》。

■**沈括**(1031—1093)　宋代著名自然科学家、笔记小说作家。字存中。钱塘(今浙江杭州市)人。其父沈任曾官沭阳县(今江苏沭阳县)主簿。当时县城在沭水之滨,沭水长期漫泛,县城周边多成污泽,极大地影响了当地民众的生产和生活。括协助其父治理水患,"新其二坊,疏水为百渠九堰,以播节原委,得上田七千顷"(《宋史·沈括传》)。于嘉祐间(1056—1063)举进士第,编校昭文书籍,为馆阁校勘,删定三司条例。迁太子中允、检正中书刑房、提举司天监;加史馆检讨,迁集贤校理;迁太常丞,同修起居注;擢知制诰,兼通进、银台司。后仕途多舛,屡有贬迁,至元祐八年(1093)卒,年六十五岁。

沈括传见于《宋史·沈遘》传的附传,传曰:"括博学善文,于天文、方志、律历、音乐、医药、卜算,无所不通,皆有所论著。"沈括的著述,据宋代陈振孙《直斋书录解题》载录,有《长兴集》四十一卷;据《宋史·艺文志》载录,还有《天下郡县图》一部(卷亡)、中医《良方》十卷、《苏沈良方》十五卷(沈括、苏轼合著)、笔记小说《梦溪笔谈》二十六卷、《清夜录》一卷。《梦溪笔谈》在《宋史》本传和《艺文志》中均为《笔谈》,而"梦溪"二字是后人根据他晚年撰著此书时居住的地名加上的。

《宋史》本传说:"纪平日与宾客言者为《笔谈》,多载朝廷故实、耆旧出处,传于世。"

清夜录 宋代志怪小说集。沈括撰。一卷。《直斋书录解题》小说家类著录。原书不传。《永乐大典》引佚文两条。"梦妻抚儿"记刘复妻李氏早亡,再娶沈氏,常梦李氏与夫忿争,沈氏答应抚其幼儿,自后遂不入梦。"梦吞大牯"记王子韶之族祖父,少时梦吞一大牯牛,醒后身长七尺,四体丰硕,官府送京补宿卫,称"王将军"。佚文胡道静曾有辑本,惜无刊行。

梦溪笔谈 宋代笔记小说集。沈括撰。二十六卷。另有《补笔谈》三卷,《续笔谈》一卷。该书因写于润州(今江苏镇江)之梦溪而得名,于十一世纪末成书。全书分为故事、辩证、乐律、象数、人事、官政、权智、艺文、书画、技艺、器用、神奇、异事、谬误、讥谑、杂志、药议等十七目,约六百条,材料翔实可贵。内容涉及天文、气象、历法、数学、地质、地理、物理、生物、化学、医药、文学、史事、音乐、美术等,不仅有独到的见解,且颇富文学色彩,文笔简洁洗练,酣美流畅。书中自然科学部分,总结了我国古代,特别是北宋时期的科学技术成就,其中对人民大众的贡献记载尤多,如毕昇发明的活字印刷术,是文献资料首次记载;河工高超关于合龙堵口的方法,既便捷又节约等。作者观测天象、研治数学、考察地质所得,均详为记录。书中关于社会历史的篇目,对北宋统治集团的腐朽政治有所揭露,于李顺、王小波领导的农民起义情况,以及西北和北方的军事利害、典制礼仪的演变、旧赋役制度的弊害等,都有较翔实的记载。作者记载轶事,善于在故事铺陈中表现人物的性格,如记晏殊诚笃,参加神童考试时,因所出之题以前做过而要求考官换题;皇帝表彰他家居读书而不热衷燕游,他却答道:"非不乐燕游者,直以贫无可为之具。"以此两件小事刻画晏殊的性格,令人印象颇深。书中不少内容体现了作者朴素的唯物论辩证法思想。

本书面世后,多种史志类书著录、摘引。传世版本较多。中华书局于1962年排印出版了胡道静的校注本。

■**岑象求** 宋代笔记小说作家。生卒年不详。字号与籍里失载,生平事迹无考。据《宋史·艺文志》载录,象求有笔记小说《吉凶影响录》,传于世。

吉凶影响录 宋代志怪小说集。岑象求撰。十卷。《郡斋读书志》小说类著录云:"象求熙宁末闲居江陵,披阅载籍,见善恶报应事,亦采摘著于篇。"《宋史·艺文志》著录为八卷。原书已佚。《绀珠集》、《类说》收节文两条。"元潜之"记韦丹放鼋得报事,出于《河东记》;"武后狱"条即《黄靖国再生传》事;"李林甫创月堂"出自《开天传信记》等。可见该书为前人笔记小说的选集。

■**庞元英**(生卒年不详,约活动在宋神宗元丰年间) 宋代笔记小说作家。字懋贤。单州(今山东单县南)人。曾任朝散大夫,元丰五年(1082)又官主客郎中,其余史迹不详。据《四库全书总目》录载,著有笔记小说《谈薮》一卷、《文昌杂录》四卷;又据《宋史·艺文志》载,著有《南斋杂录》一卷,并传于世。

文昌杂录 宋代笔记小说集。庞元英撰。作者曾在尚书省任主客郎中四年,《通典》曾称尚书省为"文昌天府",故以"文昌"名书。本书所记多为北宋中叶以前的朝章典故、琐闻轶事,以及礼仪制度、百官除拜等。于神宗朝元丰新制记叙尤详,如卷三记神宗在大庆殿会朝,始用新仪,并引征旧典,颇有参考价值。书中也有不少志怪内容,如卷一的女妖孔大娘、紫姑神,卷二的赵相公庙降神,卷三的林洙鬼语等。多是史事、志怪相混,内容驳杂,所以称为杂录。本书的宋代史料价值颇高,马端临在撰《文献通考》时,曾取材于此。传世本为1958年中华书局以雅雨堂刻本为底本出版的排印本六卷,补遗一卷。

谈薮② 宋代笔记小说集。著者不详(北朝阳松玠撰有同名作品)。《说郛》等本著北宋庞元英撰,但与书中某些记事不符。《说郛》、《古今说海》、《学海类编》、《四库全书总目》、《绛云楼书目》、《培林堂书目》、《秘书省续编到四库阙书目》等在著录时,对作者作了考证,基本认为本书为庞元英撰,但在传抄中有后人羼入。原书已佚,现存原本《说郛》收录四十五条。

从佚文分析,本书多记文人逸事和市井传闻,兼及名物制度、典籍考证。在记事和论述过程中,作者比较注意故事的趣味性和人物的性格刻画。如"谢希孟狎娼"条写谢狎娼,旁人以名教责之,不仅置之不顾,还作《鸳鸯楼记》词讽,颇见个性。"甄龙友滑稽辨捷"、"洪文宪文敏兄弟惧内"诸条,幽默诙谐,令人绝倒。书中还有一些颇有思想寓意的作品,如"曹泳妻"记厉德斯作《树倒猢狲散赋》,表现变幻无常的人情世态,以刺秦桧党徒。另如"兀术纳卒妻"记兀术杀卒而纳其妻,卒妻欲杀兀术以报仇,表现了下层妇女坚贞不屈的性格。书中所记北宋末至南宋初的内容,为后人羼入。

该书佚文,原本《说郛》、《古今说海》、《百川学海》、《五朝小说》、《学海类编》等都有收录。原本《说郛》收录四十五条,《古今说海》等所录的二十五条均录自《说郛》。重编《说郛》所收之十二条,又自《古今说海》中辑出。

■**范镇**(1007—1087) 宋代小说作家。字景仁。成都华阳(今属四川)人。举进士,礼部奏名第一。调新安(今浙江淳安县属)主簿,西京留守宋绶延置国子监,荐为东监直讲。召试学士院,当得馆阁校理,补校勘。仕途历仁宗、英宗、神宗、哲宗四朝。反对王安石变法。累官端明殿学士,提举崇福宫。以银青光禄大夫致仕,封蜀郡公。年八十一岁卒,赠金紫光禄大夫,谥曰忠文。

范镇的撰著,以青年时期撰写的《长啸赋》最为著名,时称"'长啸'却胡骑";晚年出使辽邦,辽人称他为"长啸公",可见其影响之深远。据谭正璧《中国文学家大辞典》(光明书局1934年版)载,范镇还有文集和笔记小说《东斋记事》凡百余卷。

东斋记事 宋代笔记小说集。范镇撰。原书不存,今本残存六卷。作者曾官知谏院、翰林学士兼侍读等职,退官后寓居东斋,潜心著书,书亦以此为名。本名所记皆北宋各朝掌故遗事,包括典制、赋税、科举、边防、战事等方面。其中记述蜀地(今四川成都地区)史事尤详,对少数民族地区的风土人情亦多有记述,保存了不少珍贵史料。原书十卷,已佚。清修《四库全书》时,从《永乐大典》中辑录部分内容,又从《皇朝事实类苑》和《类说》中掇拾数条,以类分卷编成今本,加附补遗一卷。通行的有《守山阁丛书》及《墨海金壶》等本。1980年中华书局出版汝沛点校本，附录《范景仁墓志铭》、《宋史·范镇传》及《四库全书》等，为至今最佳版本。

■**释文莹**（生卒年不详，约活动在宋神宗熙宁至元丰年间） 宋代笔记小说作家。俗姓不详，字道温。钱塘（今浙江杭州市）人。文莹是一位很有学问的和尚，与北宋著名诗人苏舜钦为诗友。曾游于宰相丁谓门下，丁谓待之甚厚。熙宁（1068—1077）中，文莹在住荆州（今湖北荆州市）金銮寺期间，撰成笔记小说《湘山野录》三卷、《续湘山野录》一卷。后迁居他处，于元丰（1078—1085）中，又撰成笔记小说《玉壶清话》（一称《玉壶野史》）十卷。两部《野录》，今存《四库全书》本、《学津讨原》本等；《清话》今存《四库全书》、《笔记小说大观》本等。小说内容较驳杂，据萧相恺在所著《宋元小说史》中说："三书所记多为北宋杂事，上及帝王，下至商贾，面相当广，而又时杂志怪之作于其中。《玉壶清话》后二卷叙南唐遗事，怪异故事尤多。"

湘山野录 宋代笔记小说集。释文莹撰。三卷，续录一卷。《直斋书录解题》、《宋史·艺文志》等书有著录。书中多记北宋初年朝野杂事，间亦涉及五代；对统治集团的黑暗腐败及官吏残暴无知都作了一定的揭露，对当时社会政治经济和外交活动亦有记述；部分作品涉及神仙怪异、道释宗教活动。作者一生并未卷入当时统治集团的政治斗争，书中他以一旁观者的目光观察世事，约束较少，记事相对客观真实，可信度较高。传世版本较多。1984年中华书局出版了郑世刚校点的排印本。

玉壶野史 宋代笔记小说集。释文莹撰。十卷。又名《玉壶清话》。作者自称曾收宋初至熙宁间各种文集数千卷，搜集大量神道、墓志、行状、实录等所载事迹而成此书。书中内容驳杂，记录了北宋和五代的一些重要史料、诗文和士大夫的轶闻逸事。如记商人段生放鹦鹉事：鹦鹉颇聪慧，能诵李白《宫词》、《心经》，并能招呼客人；段因事入狱，监禁半年，出狱后对鹦鹉的笼闭之苦颇有体悟，因而将其放归秦陇山林；后鹦鹉见过客，常问及段生事。此篇故事写得极富人情味，反映了当时一些人的心态。今存版本为1984年中华书局排印的杨立扬校点本。

■**胡微之** 宋代笔记小说作家。生卒年不详。籍里、生平不详。据中州古籍出版社2005年出版的《传奇小说通论》（石麟著）附录载，胡微之，宋人，撰有笔记小说《王子高芙蓉城传》一部，又称《芙蓉城传》。

芙蓉城传 宋代传奇小说。胡微之（又作微之）撰。本篇是一则盛传于宋，并为文人喜闻乐道的故事。叙述王迥（子高），见一女子来与同居，朝去暮来，自称周瑶英（一作琼姬）；一日引王至芙蓉城，登碧云楼，见女流道装者百余人；王作诗记其事，周亦留诗为别；苏轼曾与王子高诗词往来，问及游芙蓉城事，王言之凿凿，苏作《芙蓉城》诗以赠子高；《默记》亦记此事。叶梦得《避暑录话》中说，人传此事为虚，"苏子瞻与迥姻家，为作歌，人遂以为信"。宋代名家的笔记小说中多记此事，可见传布甚广。故事曲折动人，细节描绘较详尽，使人如临其境。元杂剧中有南戏《王子高》,今存残曲;院本中有《闹芙蓉城》一折。

■**毕仲询**(生卒年不详,约活动在宋神宗元丰年间)　宋代笔记小说作家。字景儒。元丰年间(1078—1085)曾任岚州(今属山西岚县)推官,其余不详。在《宋史·艺文志》、《中国大百科全书·中国文学》中,均载录有毕仲询撰著的《幕府燕闲录》十卷。《中国大百科全书》将之归类为志怪笔记小说,曰:"如……毕仲询的《幕府燕闲录》(均仅存残帙)等,往往把异闻怪事和真实人物附合在一起,有的还说明故事来源,意图取信于人。"

　　幕府燕闲录　宋代逸事笔记小说集。毕仲询撰。十卷,二十门。原书已散佚。《说郛》、《宋人百家小说》辑有佚文。本书主要记载宋代著名文人如范仲淹、欧阳修等的趣闻轶事,内容虽杂而读来可信。不少篇什内容常被他书所摘引,如范仲淹为人作墓志铭,尹洙纠正其错字,范虚心改错;欧阳修与吴参政论记事应精练等。《郡斋读书志》、《宋史·艺文志》均著录。《类说》节录佚文十三条,《说郛》收佚文十条,《分门古今类事》亦辑有佚文。

■**欧阳修**(1007—1072)　宋代著名文学家、笔记小说作家。字永叔,自号醉翁,晚号六一居士("六一"即六个一:《集古录》一千卷、书一万卷、琴一张、棋一局、酒一壶、鹤一双。居士,指崇信佛教但没有出家的人),庐陵(今江西吉安市)人。四岁丧父,家贫,母郑氏夫人守节自誓,亲教子学习,以荻画地学书。举进士,试南宫第一,擢甲科,调西京(今河南洛阳市)推官。从尹洙游,倡导古文,迭相师友;与梅尧臣游,为诗歌相唱和,遂以文章名冠天下。入朝,为馆阁校勘。仕途中官职屡遭贬迁。丁母忧后起服,迁翰林学士,修《新唐书》。《新唐书》成,拜礼部侍郎兼翰林侍读学士。累官至参知政事。熙宁四年(1071),以太子少师致仕。次年病卒,赠太子太师,谥曰文忠。

　　欧阳修一生,《宋史》本传云:"天资刚劲,见义勇为,虽机阱在前,触发之不顾。""好古嗜学,凡周、汉以降金石遗文,断编残简,一切掇拾,研稽异同,立说于左,的的可表证,谓之《集古录》。奉诏修《唐书》纪、志、表,自撰《五代史记》,法严词约,多取《春秋》遗旨。苏轼叙其文曰:'论大道似韩愈,论事似陆贽,记事似司马迁,诗赋似李白。'识者以为知言。"在《宋史·艺文志》中载录的还有:《欧阳修集》五十卷、又《别集》二十卷、《六一集》七卷、《奏议》十八卷、《内外制集》十一卷、《从谏集》八卷。《四库全书总目》的著录的有《欧阳文忠集》一百五十三卷、《六一词》一卷、《六一诗话》一卷、《毛诗本义》一部,还有笔记小说《归田录》二卷和《洛阳牡丹记》一部。《归田录》今见于《四库全书》本、《学津讨原》本等,书中以记当时轶事为主。

　　归田录　宋代笔记小说集。欧阳修撰。二卷。《直斋书录解题》、《宋史·艺文志》等书均在小说家类著录。全书二卷一百一十五条,系作者晚年辞官退休颖州时所作。所记多为亲历见闻的北宋朝廷故实、文人士大夫轶事,间亦杂有诙谐戏谑之语,体例略仿唐李肇《国史补》。如记钱惟演平生好读书,"坐则读经史,卧则读小说,上厕则阅小辞";写宋绶在国史院"每走厕,必挟书以往,讽诵之声闻于远近"。作者亦自称:"平生所作文章多在三上,乃马上、枕上、厕上也。"另外,如记陈尧咨射箭与卖油翁酌油,皆缘手熟等,诙谐幽默,寓意深刻,成为千古之名篇。本书有中华书局1981年出版的李伟国点校本,书中附有佚文三十八篇。

■**苏舜钦**(1008—1048) 字子美。绵州盐泉(今四川绵阳)人。少好学,慷慨有大志,善写诗文,风格豪放,工于草书。历官集贤校理、湖州长史等。晚年退居苏州,建沧浪亭,发泄愤懑于诗歌之中。撰有笔记小说《爱爱歌序》一篇。

爱爱歌序 宋代传奇小说。苏舜钦撰。《苏学士文集》未载入,《宋史·艺文志》亦不见著录。《类说》本《丽情集》中有"爱爱"一篇,不注出处,文字也十分简略。《绿窗新话》卷下有"杨爱爱不嫁后夫"条引作"苏子美文"。"侍儿小名录拾遗"引作苏子美《爱爱集》。徐积《爱爱歌序》云:"子美为《爱爱歌》,已失之矣。又其辞淫漫而序事不得爱爱本心,甚无以示后学。予欲为子美抉去其文,而易以此歌,以解学者之惑。"据此可见苏舜钦曾作有《爱爱歌》,今存残文可能是诗歌的序文。

故事叙述钱塘娼女杨爱爱,善歌舞,能胡琴,与金陵富家子张逞相恋,潜逃于京都;二年后,张逞为其父捕去,爱爱独居;人传张逞已亡,爱爱无所归,后感疾而亡。全篇叙事委婉动人。因其为传奇小说,所以被道学家徐积等人以"其辞淫漫"而"抉去其文",以使原文失传,只在小说选集中存留片断。徐积重写的《爱爱歌》并序,赞许了爱爱的义烈,称之为"奇女子",而谴责了张逞;虽记事有取舍,但也表现了爱爱的性格。本传奇曾被《侯鲭录》、《青泥莲花记》等书收录。

■**王辟之**(约1045—1110) 宋代笔记小说作家。字圣涂。青州(今山东青州市)人。辟之为人志尚博雅,于治平四年(1067)登进士第。仕履不详。绍圣(1094—1097)年间,退居渑水(渑水发源于今山东淄博市东北临淄镇东,北流入时水——今小清河,在青州附近。此处似为辟之的家乡),常与当时的贤士大夫宴游。凡宴游中之见闻和心得,必于事后详记之,久而得三百六十余事,遂成《渑水燕谈录》十卷(此据《文献通考》)。《宋史·艺文志》作"《渑水燕谈》十卷"。

渑水燕谈录 宋代笔记小说集。王辟之撰。十卷。《说郛》、《宋人百家小说》均有著录。作者在自序中称:"闲接贤士大夫谈议,有可取者,辄记之,久而得三百六十余事,私编为十卷。"全书内容类分为帝德、谠论、名臣、知人、奇节、忠孝、才识、高逸、官制、贡举、文儒、先兆、歌咏、书画、事志、杂录、谈谑十七部分。作者创作态度严谨,选材精要,不少记事颇具史料价值。如"谈谑"中记王安石好讲水利,有言欲涸梁山泊以为水田者;有人问如果夏秋大水怎么办,刘攽适在座曰:"却于泊旁凿一池,大小正同,则可受其水矣。"此则故事有力地讽刺了熙宁变法时,不讲实际,盲目修农田水利的做法。存世版本有1981年中华书局出版的吕友仁校点本,并辑有佚文十七则。

■**詹玠** 宋代笔记小说作家。生卒年不详,约活动在北宋末年。西安(今属浙江衢州市)人。著有笔记小说集《唐宋遗史》四卷,多辑唐宋杂史、小说及诗话。其他事迹不详。

唐宋遗史 宋代杂事小说集。詹玠编。四卷。《秘书省续编到四库阙书目》子类小说属著录。《玉海》引《中兴馆阁书目》,称本书撰于治平四年(1067)。《宋史·艺文志》别史类著录。原书不传。《绀珠集》、《类说》收有节文。

本书作品多辑自唐宋杂史、小说及诗话。如"金莲烛"条似采自《东观奏记》;"南楚材妻诗"、"玉箫之约"、"侯门深似海"等均见于《云溪友议》。书中载有不少诗话本事,故被《诗话总龟》重视和摘引。

■**孔平仲**(约1046—约1126) 宋代笔记小说作家。字义甫(一作毅父、毅夫)。临江新喻(今江西新余市)人。平仲与两位兄长,文仲、武仲,青年时期皆以文声起江西,时号"三孔"。兄弟三人先后进士及第。平仲一生宦海沉浮,屡因谠论削迁。治平二年(1065)进士及第后,又应制科,因吕公著荐,为秘书丞、集贤校理。绍圣(1094—1097)中坐事,削校理,知衡州(今湖南衡阳市);徙韶州(今广东韶关市西武水之西),又坐事贬惠州(今广东惠州市)别驾,安置英州(今广东英德市)。徽宗立(1100),复朝散大夫,召为户部、金部郎中。出提举永兴路(今湖北阳新县)刑狱。谠论再起,又被罢官,改主管兖州景灵宫,病卒。

平仲长史学,工文词,撰著有《孔平仲文集》二十一卷(《清江三孔集》之一,见《文献通考》)、《珩璜新论》一部(见《四库全书总目》)。见于《宋史·艺文志》的还有:《良史事证》一卷、《释稗》一卷、《诗戏》一卷,以及笔记小说《续世说》十二卷、《孔氏杂说》一卷、《谈苑》(又作《孔氏说苑》)一卷。其中以《续世说》影响较广,今存有《宛委别藏》、《守山阁丛书》、《粤雅堂丛书》等版本。

续世说 宋代笔记小说集。孔平仲撰。十二卷三十八门。《直斋书录解题》小说类著录为三卷,疑为竖写"一二"卷排列紧密所误。《宋史·艺文志》及现存诸丛书本均著录为十二卷。此书成书后未及时刊行,致使社会传本不一,或疑其失传。《类说》节其佚文四十五条。该书1157年春(丁丑)刻板印行,被《宛委别藏》、《守山阁丛书》、《粤雅堂丛书》分别收入刊行,广为流传。

本书编类全仿《世说新语》,只多了直谏、邪谄二门。在内容上编次宋、齐、梁、陈、隋、唐、五代事迹,多据《南史》、《北史》、《旧唐书》、《旧五代史》,亦兼取前代笔记小说。引文均未注明出处,且多以自己观点有所删节。作者一生仕途坎坷,屡以谠论削迁,对官场之险恶洞悉入微,书中多以此类故事来发泄不平之愤,并通过记述一些德才兼备的官僚政绩,寄托自己的政治理想,从而在不同层面上揭示了封建上层社会的面貌。书中也载录有一些文人逸事。作者在选材时,注重文学性和故事性;行文中,注重对材料的熔裁精审,以精彩的情节体现主旨,表现人物性格,由此增添了作品的文学色彩。

传世版本有《守山阁丛书》本、《粤雅堂丛书》续集本等。1996年1月东方出版中心出版了由吴平译注的《续世说》的文白对照本。

■ **司马光**（1019—1086）　宋代史学家、笔记小说作家。字君实。陕州夏县（今山西夏县）人。父池，天章阁待制。光七岁闻讲《左氏春秋》，退为家人讲，即能了其大指。自是以后手不释卷，至忘饥渴和寒暑。同辈儿童游戏于庭，一儿登瓮跌没水中，众皆惊吓散去，光持石破瓮，水迸儿活。这是自宋以来举国老幼皆知的故事。仁宗宝元初（1038），登进士甲科，时年甫冠，除奉礼郎。累官至天章阁待制兼侍讲，知谏院，进龙图阁直学士。神宗即位（1067），擢为翰林学士、御史中丞。光患历代史书太多，皇帝难以遍读，遂抽其精华，编成《通志》八卷以献。当时英宗尚在，读后甚悦，一面命置秘阁，一面命光续书。全书修成后，神宗名之曰《资治通鉴》，并自制"序"授光，俾日进读。因反对王安石新法，自退居洛阳，专意编修《资治通鉴》，十五年绝口不论政事。书成，擢资政殿学士。哲宗即位（1085），召为门下侍郎。年六十八病卒，赠太师、温国公，谥曰文正。

司马光一生孝友忠信，恭俭正直，于学无所不通，唯不喜释老。他的撰著颇多，除上述编修十五年的《资治通鉴》外，主要的还有《传家集》八十卷、《司马光全集》一百一十六卷、《诗话》一卷、《续诗话》一卷、《日录》三卷、《游山行记》十二卷，以及笔记小说《涑水记闻》三十卷。这部小说现存于《四库全书》的版本被厘为十六卷，凡三百二十三条，皆杂录宋代旧事，起于太祖，讫于神宗，每条均注明述说之人，偶尔忘记姓名的，则注曰不记所传。

涑水记闻　宋代笔记小说集。司马光撰。十六卷。原为三十卷，北宋末年遭蔡京等人禁毁，致使原书散佚，后世文人撝拾纂辑为十六卷本。

本书主要记载宋太祖至神宗朝的政坛轶事，原为编写《资治通鉴后记》的资料，但因多数得之于传闻，内容不尽翔实，故编纂以成是书。内容涉及宋太祖、太宗、真宗、仁宗、英宗、神宗六朝军政大事、宫廷轶闻，每则故事均注明得之何人、引自何书，以示征信，颇具史料价值。作者对于最高统治者皇帝的粗暴、统治集团内部矛盾的激烈，均直言不讳，表现了史家忠于历史、秉笔直书的良史精神。但因多数来自传闻，所记含有演绎成分，甚至有些作品已近于小说，所以不能视作信史。如写宋太祖怒臣子奏事妨碍他弹雀，竟"举柱斧柄撞其口，堕两齿"，还骂曰："汝怀齿欲讼我耶？"对曰："臣不能讼陛下，自有史官书之。"此外，书中对宋太祖死后，宋太宗非法继位的过程也有详细记述。

本书虽经北宋末年禁毁，但民间藏本较多，流传广泛。然而在传抄过程中，卷帙不一，文字屡有出入。较好的存世版本为清武英殿聚珍版丛书本。

■ **苏轼**（1036—1101）　宋代著名文学家、笔记小说作家。字子瞻，号东坡居士。眉州眉山（今属四川）人。其父苏洵、弟苏辙，皆有文才，时人谓之"三苏"，在唐宋古文八大家中占有三席。

苏轼十岁时，其父苏洵四方游学，母程氏亲授以书，听讲古今成败史事后，即能谈出其精要。二十岁时，博通经史，属文日数千言。嘉祐二年（1057）登进士第，先试礼部，主司欧阳修"但置第二";复以《春秋》对义居第一,殿试中乙科。丁母忧。嘉祐五年(1060),调福昌县(今河南宜阳县西)主簿。欧阳修荐之秘阁。又经试六论、对制策,入三等,除大理评事,签书凤翔府(今陕西凤翔县)判官。治平二年(1065),入判登闻鼓院,后转直史馆。苏轼一生仕途坎坷,或因丁父母忧去职,或与当朝势力政见不合外迁,或因诗文惹祸遭贬斥。建中靖国元年(1101),卒于常州。

苏轼是豪放派词人的主要代表,在文学艺术方面也堪称全才,但在政治上却郁郁不能得志。《宋史》本传有论曰:"仁宗初读轼、辙制策,退而喜曰:'朕今日为子孙得两宰相矣。'神宗尤爱其文,宫中读之,膳进忘食,称为天下奇才。"这说明这两位君王都了解苏轼有治世之才。轼卒不得重用,其原因是,他力图改变北宋末年积贫积弱局面的政治主张在朝中乏人支持。他既反对王安石的激进变法,亦不赞成司马光为相后尽废新法,因此,新旧两党都不接受他。

苏轼的著述很多,主要的有《宋史》本传载录《东坡集》四十卷、《东坡后集》二十卷、《内制》十卷、《外制》三卷、《和陶诗》四卷。又据《四库全书总目》载记,有《东坡集》一百十五卷、《东坡词》一卷及《易传》、《书传》、《仇池笔记》、《东坡志林》、《苏沈良方》(同沈括合作的医学著作)、《渔樵闲话》、《物类相感志》等。再据《笔记小说史》(苗壮著,浙江古籍出版社1998年版)载,苏轼另有笔记小说《艾子杂说》一卷、《调谑编》和《东坡志林》、《东坡杂著五种》共四部,前两部属于俳谐类小说,后两部则为志人小说。在诸传世本中,以《东坡杂著五种》最为完备,共有故事四十则,内容涉及国家政治、家庭琐事、个人品德等多方面。

艾子 宋代寓言小说集。苏轼撰。一卷。又名《艾子杂说》。《直斋书录解题》、《文献通考·经籍考》小说家类著录。本书是否出于苏轼手笔,历来有争议,但否定者又证据不足,故后世仍沿袭苏轼撰之说。

明人赵开美刻《东坡杂著五种》本中之《艾子杂说》,除引言一条外,正文为四十条,为最完备之版本。本书借古讽今,针砭时弊,内容可分为:(1)讽刺最高统治者昏庸、愚昧。如"小儿得效方"讥讽齐宣王不懂医理,不能对症下药,结果害死了人,旨在说明治病治国同一道理;"齐王筑城"讽统治者劳民伤财;"齐王择婿"讽统治者以外貌取人误国;"冯骧索债"讽齐王好乐而侵国用;"诛有尾"借鼋蛙对话,借龙王以讽人王等。(2)讽刺权臣误国。如"獬豸"、"季氏入狱"、"印雨龙与指日蛮"、"扛钟"等。(3)讽刺世俗病态。"鬼怕恶人"讽世上欺善怕恶之辈;"公孙龙辨屈"讽吹牛者;"愚子"讽富人父子不懂稼穑;"食肉之智"讥肉食者无能;"秦士好古"讥刺好古癖者积习难改。

全书各篇故事中心明确,杂而不乱,切中时弊,而且笔调轻松,幽默风趣,亦庄亦谐,寓意深刻,发人深省。传世版本除《东坡杂著五种》本外,尚有《顾氏文房小说》本、《说郛》本、《五朝小说》本等。

渔樵闲话 宋代寓言小说集。旧题苏轼撰。二卷。《郡斋读书志》、《文献通考·经籍考》在小说家类著录时不署撰人。明人赵开美收入《东坡杂著五种》中,引言云:"尧夫《渔樵问答》字字名理;老坡《渔樵闲话》字字名喻。"《四库全书总目》中则说:"(晁公武)不言出自轼手,书中多引唐小说,议论皆极浅鄙,疑宋时流俗相传有是书,而明人重刻者,复假轼以行耳。"

全书以问答形式贯穿始终,问以史实,答则议论。全书十一章。第一章假托渔樵答客问,表明所谈"非所谓渔樵之闲话",而是"圣人之道。"后十章均由渔樵叙事发问,樵者加以评论:其中五章叙唐明皇故事,评论其朝政盛衰得失,有"以唐喻宋"之意;另外五章是"李忠化虎"、"王毂歌诗"、"隐娘惩凶"、"为虎作伥"、"义山赋怪",也是借引唐代故事,发愤世嫉俗、讥世刺俗之论,表匡世正俗之心。

全书夹叙夹议,借题发挥,具有一定的哲理性。但思想浅薄,不免流于鄙俗。传世版本有《东坡杂著五种》本、《宝颜堂秘籍》本、《苏轼文集》本、《说郛》节本和《龙威秘书》本等。

东坡志林　宋代笔记小说集。苏轼撰。五卷。又名《志林》。《直斋书录解题》著录,收入《东坡杂著五种》。全书分为记游、怀古等二十九类,系后人将苏氏的杂帖、札记、短文等辑录而成。书中所记都是作者在元祐(1086—1093)、绍圣(1094—1097)十余年间的见闻琐事,除记叙、描写日常生活之事外,对当时的政治、历史、文化等均有评述。作者以其极高的文学素养和敏锐的观察力,谈古论今,笔意纵横,内容极为广博。其中写景、说理、抒情,似不经意而成,但无不得心应手,自然流畅,表现了高超的艺术性。如"承天寺夜游"、"游兰溪"等,皆为其中之精品,并成为晚明小品文之先导。传世版本较多,有《苏氏文集》本、《东坡杂著五种》本等。1983年华东师范大学出版社出版了本书排印本。

仇池笔记　宋代笔记小说集。苏轼撰。二卷。亦收入《东坡杂著五种》。该书与《东坡志林》一样,均为后人将作者的杂文、杂帖、札记和若干短文辑集而成。其中一部分与《东坡志林》重复,并有他人的作品羼入。本书内容与《东坡志林》相似,所记多为身边琐事及其杂感随笔,以议论之语为多,其中述志言怀的文字表现了作者的思想倾向和处世哲学。1983年华东师范大学出版社据《苏轼文集》出版了排印本。

■**苏辙**(1039—1112)　北宋著名文学家,也是笔记小说作家,唐宋八大家之一。字子由。眉州眉山人。苏洵之子,苏轼之弟。仁宗嘉祐二年(1057),与兄轼同登进士科,又同策制举。因策论直言,置之下等,授商州(今陕西商州市)军事推官。丁父忧服除后,因反对王安石的《青苗法》,出为河南府(今河南洛阳市)推官。后仕途坎坷,职位屡有迁谪,政治上不得志。徽宗崇宁年间(1102—1106),以太中大夫致仕。筑室于许州(今河南许昌市),自号颍滨遗老,不复见人。政和二年(1112)卒,终年七十四岁。

《宋史》本传云:"辙性沉静简洁,为文汪洋澹泊,似其为人,不愿人知之,而秀杰之气终不可掩,其高处殆与兄轼相迫。所著《诗传》、《春秋传》、《古史》、《老子解》、《栾城文集》并行于世。"《四库全书总目》载录为:《栾城集》五十卷、《栾城后集》二十四卷、《栾城三集》十卷、《应诏集》十二卷及《诗解集传》二十卷、《春秋集解》、《论语拾遗》、《古史》六十卷、《道德经解》等。《宋史·艺文志》著录其笔记小说有《龙川略志》六卷、《龙川别志》四卷。所载故事前者有四十则,后者有四十八则，多记帝王、大臣轶事，兼有少量志怪。其中多数篇目较集中地反映了宋真宗、宋仁宗两朝宫廷内部的斗争，著名的狸猫换太子、仁宗认母的故事即源于此书。

龙川别志 宋代笔记小说集。苏辙撰。四卷。《直斋书录解题》、《宋史·艺文志》小说家类著录。本书为作者在元符二年(1099)谪居循州、龙川(两处均为今广东龙川县所属)时所作，故以"龙川别志"冠名。作品多记先贤时哲的遗闻轶事。有些记载颇富情趣，体现了作者的创作才思。如开卷所记后周高祖皇后柴氏的故事、后周高祖女婿张永德的故事等，均情节曲折，描写细致，记述生动，语言亦清新隽秀。本书在宋代笔记小说中占有一定的地位。传世版本很多，1982年中华书局出版了由俞宗宪点校的排印本。

龙川略志 宋代笔记小说集。苏辙撰。六卷。《直斋书录解题》、《宋史·艺文志》小说家类著录。该书是作者谪居龙川时，追忆其平生参加过的重要政治事件而作，表达了作者对时政的认识及政治态度。如"与王介甫论青苗盐法铸钱利害"、"论榷河南朔盐利害"、"西夏请和议定地界"等皆与当时的大政有关，历来为史家所重视。也有部分作品记神仙怪异之事，如"李昊言养生之术在忘物我之情"、"郑仙姑同父学道八十不嫁"、"费长房以符制服百鬼其后鬼窃其符"等，皆采自当时人们慕道之情的道听途说。传世版本较多，1982年中华书局出版了由俞宗宪点校的排印本。

■**崔公度**(生卒年不详，约活动在宋英宗治平至神宗元丰年间) 宋代笔记小说作家。字伯易。高邮(今属江苏)人。自幼口吃，不能剧谈，但博览群书，且读书过目不忘。欧阳修得其文章《感山赋》，认为写得很好，示之韩琦，琦又上之英宗，即擢之为国子直讲；公度辞而不就。直到王安石当国，他支持王安石新政，经召对擢光禄丞。此后累官至直龙图阁。据中州古籍出版社于2005年出版之《传奇小说通论·附录》所载，公度撰有笔记小说《金华神记》、《记陈明远再生事》各一部。

金华神记 宋代志怪小说。崔公度撰。原载于《曲辕集》，后被收入张邦基《墨庄漫录》、《剪灯丛话》、《香艳丛书》等书。

故事叙述汴人吴生，嘉祐中罢任高邮，南迁钱塘，泊舟望亭堰，月夜见绯衣披发者自林间出，后为一少女叱之去；女自称金华神，前生与吴姻好，并告吴适才绯衣者为吴宿仇，来索吴命；吴邀女于舟中共饮谈笑，至明，题诗而去。故事篇无所终，怪诞迷离。曾收入《圣宋文选》，时人视之为记实之文。

■**魏泰**(约活动在宋神宗熙宁至徽宗宣和年间) 宋代笔记小说作家。字道辅，晚号临汉隐居。襄阳(今属湖北)人。一生博览群书，长于诗文。年轻时恃才豪纵，曾因一时气忿殴打主考官，未能考上进士，以后一直隐居。徽宗时，章惇推荐他做官，竟拂袖还家。其姐夫曾布，曾是王安石变法的主要助手。泰曾与王安石、王安国、王雱、黄庭坚、黄大临、徐禧、章惇等人交游，思想上以曾布的是非为是非,对政见不同者,虽为朋友亦屡加贬斥。一生著述颇多,有笔记小说《东轩笔录》十五卷、《续录》一卷,《临汉隐居诗话》一卷,《订误集》二卷,《书可记》一卷,《襄阳题咏》二卷,《临汉隐居集》二十卷,《襄阳形胜赋》等。书多散佚,今存世者唯《东轩笔录》、《临汉隐居诗话》及诗四首。

东轩笔录 宋代笔记小说集。十五卷。魏泰撰。又《续录》一卷,附本书后。书中所记以仁宗、神宗两朝事居多。由于作者常与上层人物交往,熟知朝野事情,所记当时史事,以王安石变法尤为详赡。

书中所记吕惠卿与王安石明争暗斗事,揭示了变法派内讧的一些内幕。卷六记曾布与王安石事,说明曾虽因反对市易法被黜,与王仍私交甚好,并非势不两立。书中对当朝官员的贪污贿赂、趋炎附势的现象时有揭露。尤其值得重视的是,在卷十中记载的宋英宗打击报复、庇护皇亲的行为,揭露王朝弊端可谓一针见血。当朝人记当朝事,能直书不讳,确难能可贵。但因为作者的姐夫曾布时为朝廷重臣,书中记事,多以曾布的好恶为是非标准,故有的记载有失客观。对此,《旧闻正误》、《容斋随笔》等书均有驳正。但在宋人的笔记中,本书的史料价值还是比较高的。朱熹《五朝名臣言行录》、《三朝名臣言行录》引本书达三十六条,在所引用的二百二十五种书中居第五位。本书的艺术特色是,在叙事中融情,以凝炼的语言刻画人物,对后世有一定的影响。《笔记小说大观》在本书提要中有评:"而卒流传至今者,岂非以谈朝野可喜事,率多可采。所谓孔雀虽有毒,不能掩文章欤!"

本书传世版本主要有:明嘉靖沈敕《楚山书屋》本,北京图书馆藏本、湖北先正遗书本,《稗海》本,《丛书集成》本,《四库全书》本,《笔记小说大观》本等。1983年中华书局出版的李裕民校点本,为今天最佳本。

秦醇(生卒年不详,约活动在宋神宗至哲宗时期) 宋代笔记小说作家。字子复(一作子履)。亳州(今安徽省属)人。生平事迹失载。著有笔记小说四部传于世,即《骊山记》一卷、《温泉记》一卷、《赵飞燕别传》一卷和《谭意歌传》一卷,均见于刘斧编著的《青琐高议》。前两部写唐明皇与杨贵妃的遗闻轶事,收于《青琐高议》前集卷六。《赵飞燕别传》描写汉成帝宫廷轶事,收于《青琐高议》前集卷七。《谭意歌传》写沦落风尘妓女的生活,收于《青琐高议》别集卷二。

骊山记 宋代传奇小说。疑秦醇撰。《青琐高议》前集卷六著录时,未署作者姓名;但卷中同时收录了《温泉记》。两篇的主要人物相同,情节互相衔接,文字风格类似,疑为上下篇。《温泉记》题为秦醇撰,本篇作者似亦当为秦醇。

故事叙述张俞游骊山时,听说山下田翁"好蓄古书文籍,博览古今",便去走访。田翁已九十三岁高龄,其远祖为唐玄宗时的守宫使。他给张俞讲述了一些唐开元、天宝时的遗闻逸事。其中谈及杨贵妃与安禄山有私情,玄宗不以为意;后安离京任渔阳三镇节度使,临别时表示要"重返宫禁";安赴任后,屡送贵妃珍宝,均被杨国忠截留;贵妃通过宫中牡丹被野鹿衔去、睡梦中见安化为猪龙等异事,断定安禄山必反,曾提醒玄宗,玄宗不以为然,后发生"安史之乱"。故事从非政治的个人角度,通过"异兆"等预言安史之乱,从侧面推演了唐玄宗贪图享乐、昏庸荒政、重用野心家,终酿成令人长恨的历史悲剧。

本书作者从基本史实出发,进行了独立的创作。全篇文采飘逸,情节铺排巧妙,细节描写匠心独运,对后世影响很大。《隋唐演义》等小说,及多种戏曲作品曾沿用本篇的故事情节,《类说》、《绿窗新话》也节录了本篇的段落。

温泉记 宋代传奇小说。秦醇撰。《青琐高议》前集卷六载入,与《骊山记》疑为上下篇。

故事叙述张俞再游骊山,因诗谩杨贵妃等人,夜里被召往海外仙山。召者为杨贵妃,时称"蓬莱第一宫太真妃"。张俞受到款待,暂次平静下来。接着,二人同浴异池,同餐异食,对榻同寝。张俞诸事不能如愿,问其所以。仙子道:"吾有爱子心,子有私吾意。宿契未合,终不可得。"张欲动,但脚步难挪。天晓,张俞涕下,仙子告别道:"后二纪待子于渭水之阳。"

本篇艺术风格与《骊山记》同,内容也互为照应,但情节荒诞、奇幻。

赵飞燕别传 宋代传奇小说。秦醇撰。全篇见《青琐高议》前集卷七,又见于两种《说郛》等多种丛刻本,鲁迅《唐宋传奇集》亦收入。又称《赵后遗事》。

本篇故事写汉成帝与皇后赵飞燕、昭仪赵合德为"皇嗣"事大肆宣淫。二人色艺俱佳,倾倒后宫,但均无子嗣。飞燕身为皇后,为自固久远,急于生子,常与宫外少年私通。成帝发觉后,欲斩其首,多亏合德恃宠周旋,使成帝隐而不发。后飞燕偶尔得幸,谎称有孕。但到期未产,便令亲信私取民间子冒充,竟两次因故未果。不久有宫人生子,合德当着成帝的面,令人将婴儿击毙。此后,凡宫人孕者均被杀。成帝因荒淫过度,不能房事,合德便给帝服食丹药。帝因服丹过量暴亡,合德被迫自尽。后来,飞燕梦见成帝,得知合德因屡杀皇子,被罚为巨鼋,居于北海,受千年水寒之苦。

本篇故事是在一定史实基础上创作的。篇中写及成帝的荒淫和合德之残暴狠毒,在一定程度上揭露了统治集团内部之黑暗、腐朽。小说的细节描写颇见功力,显示出作者个人的艺术独创性,曾受到明代胡应麟的赞赏。

谭意歌传 宋代传奇小说。秦醇撰。《青琐高议》别集卷二著录全文时,有副题"记英奴才华秀色"字样。宋以后丛刻本及鲁迅《唐宋传奇集》亦收入。

意歌小字英奴,父母早亡,十岁卖入娼家,后因才色出众,成为长沙名妓。州官每有宴集,必召其佐觞。她能歌善舞,敏于应对,颇得官府的欢心。她乘机求官府脱籍,着意寻求一个知心的配偶。后来,张正宇到潭州作茶官,她一见钟情。二人相处两年,意歌身怀有孕。因张调官,二人设誓暂别。意歌屡寄诗词书信,均未得张回复。后来,张结亲高门,抛弃意歌。意歌得知后,并未悲伤,而是私蓄置产,躬耕教子,长沙传遍对意歌的赞佩声。三年后,张妻死,张又到长沙寻找意歌。意歌闭门不见,在张的一再哀求下,方以"明媒正娶",开商量之门。后二人破镜重圆,成为夫妻。

谭意歌的形象有别于唐宋传奇中的一般妇女。她有个性,坠入风尘后,不甘屈辱,利用自己的才智想方设法摆脱之;被所爱之人抛弃后,不绝望,不乞怜,更没有重新沦落,而是依靠自己的力量,维护自己的尊严。这一具有新意的人物形象,反映了当时身份卑微的女性在人格上的觉醒。

本篇故事对后世影响很大。《类说》、《绿窗新话》、《青泥莲花记》、《情史类略》等均作了摘引或转录。明小说《卖油郎》中花魁莘瑶琴的人物形象明显有谭意歌的影子。

■**夏噩** 宋代传奇小说作者。生卒年不详,籍里、生平无考。据石麟《传奇小说通论·附录》(中州古籍出版社 2005 年版)载:夏噩,宋人,撰有笔记小说《王魁传》一部。

王魁传 宋代传奇小说。夏噩撰。《云斋广录》卷六署为夏噩撰。《齐东野语》则认为作者为"妄人托名"。《类说》所收《摭遗》引文时,不题撰人。《侍儿小名录拾遗》同《摭遗》。

故事叙述王魁科场失意,在山东莱州遇妓女桂英,同处经年。后王又进京应试,桂英为其筹办旅资。二人盟誓海神庙。王魁得中状元,授徐州佥判,父为其娶崔氏为妻。桂英遣仆传书,王怒叱不受。桂英悲愤自刎,鬼魂寻王索命。王被逼发狂自刎。《类说》录此传奇有删节。《永乐大典》引"梦人跨龙"条有桂英梦人跨龙的情节;《醉翁谈录》辛集二"王魁负心桂英死报"篇,情节较《摭遗》详尽丰实,体制近似话本。

负心故事自唐代开始日出不穷,贵易交、富易妻的现象与科举制度有直接联系,如《霍小玉》中的李益,《括异志》中的王廷评等。王魁的故事正是当时社会现象的反映。本篇故事长期在民间流传。艺坛上,话本《王魁负心》、南戏《王魁》、宋杂剧《王魁三乡题》、元杂剧《王魁负桂英》、明传奇《焚香记》等争妍斗奇,长演不衰。

■**彭乘**(生卒年不详,约活动在宋哲宗元祐年间) 宋代笔记小说作家。字号不详。筠州高安(今属江西)人。进士及第,曾在邕州(今广西南宁市南郁江南岸)、儋州(今属海南儋州市)任职,终官于中书检正。能作诗,曾与黄庭坚相唱答。据《宋史·艺文志》和宋代陈振孙的《直斋书录解题》记载,乘撰有笔记小说《墨客挥犀》二十卷(包括正集十卷和续集十卷),主要记叙宋代遗闻轶事,以及诗话文评,事类翔实,评价公允。又,《宋史》中有彭乘传,但与此彭乘的活动年代、籍贯仕履均不同,显系同名异人。

墨客挥犀 宋代笔记小说集。旧题彭乘撰。本书系采集《梦溪笔谈》、《冷斋夜话》、《遁斋闲览》等书而成的纂辑本。题彭乘撰,显系伪托,可能为彭乘所辑集。书中多记北宋朝野遗闻轶事,并评论诗文、记录名篇佳句。如潘大临之"满城风雨近重阳"名句,及诗思为衙役催租打破事即首见于本书。在论诗部分,推重苏轼、黄庭坚,论述时旁征博引,精洽老到,为后世所重。其文笔潇洒,引人入胜,如记新科进士为朝中显贵逼婚事,文末,新贵少年幽默地说:"试与妻商量如何?"结语出人意外,颇富情趣。传世本有台湾商务印书馆影印的文渊阁《四库全书》本。

■**吴处厚**（约1031—1093） 宋代笔记小说作家。字伯固。邵武（今属福建）人。皇祐五年（1053）进士及第，初官将作丞。改大理丞。以王珪荐，授馆职。王珪为永裕山陵使，辟处厚掌笺奏。历官知通利军（今河南浚县东北）、汉阳军（今湖北武汉市汉阳），知卫州（今河南汲县）。

处厚有文学才，尤长诗赋。据《四库全书总目》著录，他的所有撰著，今仅存笔记小说《青箱杂记》十卷，皆记当时杂事，亦多诗话。

青箱杂记 宋代笔记小说集。吴处厚撰。十卷。晁公武《郡斋读书志》在著录时云："所记多失实。成都置交子务起于寇瑊，处厚乃以为张咏。他多类此。"《四库全书总目》著录时认为，晁氏之语有偏见，并指出处厚论诗之语多独见。全书记当朝的朝野见闻、风俗制度、典章故实等，亦颇多论诗之语。但书中引《苕溪渔隐丛话》内容，显系后人增窜，因处厚为皇祐五年进士，下距《苕溪渔隐丛话》作者将及百年。传世版本有台湾商务印书馆影印文渊阁《四库全书》本。

■**李廌**（1059—1109） 北宋文学家。字方叔，号德隅斋，又号南齐先生、太华逸民。华州（今陕西华阴市）人。六岁丧父母，刻苦自学。少年时文章就受到苏轼的称赞，认为"笔墨澜翻，有飞沙走石之势"，誉之有"万人敌"之才。为当时"苏门六君子"之一（其余五人为黄庭坚、秦观、晁补之、张耒、陈师道）。元祐（1086—1093）中，曾上《忠谏书》、《忠厚论》、《兵鉴》二万言。中年应举落第后，绝意仕途，寓居长社（今河南长葛市），生活清苦，直到去世。他作有大量诗文，内中多精辟见解。另有笔记小说《师友谈记》一卷。

师友谈记 宋代笔记小说集。李廌撰。一卷。作者曾与苏轼、范祖禹、黄庭坚、秦观、张耒等人交游，评论诗词歌赋，戏谑文人逸事，本书追记众人交游时言谈而成书。因系师友间闲谈，材料大都准确可信，如记苏轼中制举后，英宗欲用之使知制诰，宰相韩琦以为骤然重用，适足累之。诸如此类，均系作者听当事者所言，从中可阅及北宋名流的言论，及作者本人对北宋时风的独到见解。

本书曾被多种史志类书所著录。《四库全书》亦全文收入。今存最佳版本为台湾商务印书馆影印的文渊阁《四库全书》本。

■**宋敏求**（1019—1079） 宋代史学家和笔记小说作家。字次道。赵州平棘（今河北赵县）人。其父宋绶，终官兵部尚书、参知政事。敏求赐进士及第，为馆阁校勘。出签书集庆军判官。预修《新唐书》，为编修官。累官至史馆修撰、集贤院学士；加龙图阁直学士，命修《两朝正史》，掌均国公笺奏。元丰二年（1079）卒，特赠礼部侍郎。

敏求一生撰著甚多，除上述参与编修《新唐书》、《两朝正史》之外，尚有补唐武宗以下《六世实录》一百四十八卷。据《四库全书总目》载录，还有《唐大诏令集》、《长安志》，以及笔记小说《春明退朝录》三卷。

春明退朝录　宋代笔记小说集。宋敏求撰。三卷。《直斋书录解题》、《宋史·艺文志》、《四库全书总目》等史志均著录。本书多记唐宋两代典制,史料价值较高,能补唐史、宋史之遗。作者长期任礼院知制诰等职,并参与修唐书及宋国史,所见秘阁史籍非一般文人所能及,书中对制度沿革因袭及具体细节记述颇详,足资参考;但一些杂说杂事亦错出其间。因作者之父居所在京城春明坊,故以"春明"名书。传世版本较多。中华书局于1980年出版了诚刚校点的排印本。

■**陈师道**(1053—1102)　宋代文学家和笔记小说作家。字履常,一字无己,号后山。彭城(今江苏徐州市)人。少年好学苦志,十六岁时即以文谒曾巩。巩见而奇之,留受业。元祐初(1086),苏轼、傅尧俞、孙觉荐其文行,起为徐州(今属江苏)教授;又经梁焘荐,为太学博士;改颍州(今安徽阜阳)教授。言者论其进非科第,罢归。曾调彭泽(今属江西)县令,不赴。家素贫,或经日不炊。久之,召为秘书省正字。卒年四十九岁,因家贫困,由友人买棺敛之。

师道高介有节,安贫乐道。游京师未尝一至贵人之门,家虽贫却从不接受别人馈赠。文学功底深厚,为文追求"宁拙毋巧,宁朴毋华"、"语简而益工",时为"苏门六君子"之一(另五人为黄庭坚、秦观、晁补之、张耒、李廌)。善属诗文,为江西诗派的重要人物。尤通晓《诗经》、《礼记》。为文精深雅奥,有《后山集》十四卷、《后山外集》六卷、《后山诗话》一卷、《谈丛究理》一卷、《后山理究》一卷、《后山长短句》二卷,及笔记小说《后山谈丛》六卷。

后山谈丛　宋代笔记小说集。陈师道撰。《直斋书录解题》、《宋史·艺文志》等史志类书多有著录。书中杂记宋代政事、边防及朝野轶事琐闻。记述中虽有一些失实之处,但大部可资参考。还有一些条目评诗论文,记文友的遗闻逸事,从中可见作者的文学主张。本书语言简洁,笔力遒劲,足证作者的文学功力和艺术素养。现存版本有商务印书馆在民国期间所编的《丛书集成》四卷本等。

■**叶梦得**(1077—1148)　宋代文学家、笔记小说作家。字少蕴,号石林。苏州吴县(今江苏苏州市)人。嗜学早成,善于谈吐。绍圣四年(1097)进士及第,除丹徒(今属江苏)县尉。崇宁元年(1102),自婺州(今浙江金华)教授召为议礼武选编修官。因在召对中徽宗异其言,特迁祠部郎官。累官至龙图阁直学士,知蔡州(今河南汝南县)。入南宋后,累官至观文殿学士,知福州(今属福建),兼福建安抚使。不久,上章请老,特迁一官,提举临安府洞霄宫。绍兴十八年(1148)卒,赠检校少保。

梦得一生主要著述有:《石林总集》一百卷、《建康集》十卷、《审是集》八卷、《石林词》一卷,及《春秋考》、《春秋传》、《春秋谳》、《北山律式》、《石林诗话》等书。另有笔记小说《石林燕语》十卷、《石林避暑录话》二卷、《岩下放言》一卷。

石林燕语　宋代笔记小说集。叶梦得撰。十卷,考异一卷。《宋史·艺文志》杂史类著录。

作者在徽宗朝曾知制诰,常接触秘阁书文,博见多闻,谙熟旧制。本书纂述北宋之遗闻逸事,记录典章制度、名人言行、宫殿建制,尤详于官制科目、朝野掌故等。书稿成于南北宋交替之际,兵燹战火中有所散佚,经后人掇拾辑考,对散佚部分加以考证后成书。南宋时,宇文绍奕对考据未详之处,又进行辨疑纠谬,形成《考异》一卷,附本书之尾流行。《四库全书》收入本书。现存最详备本为台湾商务印书馆影印的文渊阁《四库全书》本。

避暑录话 宋代笔记小说集。叶梦得撰。二卷。又名《石林避暑录话》。本书以记述北宋朝野故事、文士轶闻及当朝的名物考证为主,部分篇章涉及唐五代事。作者曾为徽宗时权相蔡京的门客,叙蔡京事时多为之辩护;谈及元祐党人时则语过偏激,表现了作者的政治态度和思想倾向。然作品中描摹人物形象生动,如记穷塾师乐君有声有色。二十世纪五十年代中华书局出版有排印本。

■**马永卿**(生卒年不详,约活动在北宋徽宗时期) 宋代笔记小说作家。字大年(一作名大年,字永卿)。扬州(今属江苏)人,流寓铅山(今江西崇义县西南)。徽宗大观三年(1109)登进士第,授永城县(今属河南)主簿。当时有司马光的学生刘安世,为人正直敢言,主持公道,在青年文士中颇有声望,被宰相蔡京贬谪亳州(今安徽亳州市)。永卿崇尚刘安世的为人和文章,因往求教,从学二十六年。他一生尊崇刘安世,其笔记小说亦围绕刘安世写成,撰有追录安世语的《元城语录》三卷,附《行录》一卷;另有《懒真子》五卷(以上撰著均见《四库全书总目》),并传于世。

懒真子 宋代笔记小说集。马永卿撰。五卷。《宋史·艺文志》等史志类书均有著录。《四库全书总目》亦收入。本书杂记北宋文坛掌故、士大夫遗闻琐事,对于考订艺文、评述诠释诗赋,颇具参考价值。书中记述刘安世之语颇多,又开卷即冠以旧党领袖司马光之事,可知作者推崇元祐学术,对"新政"颇有微词。现存最详备本为台湾商务印书馆影印的文渊阁《四库全书》本。

■**赵令畤**(?—1134) 宋代笔记小说作家。字德麟。宋代宗室,为宋太祖次子燕王赵德昭的玄孙。原籍涿郡(今河北涿州市),继籍汴京(今河南开封市)。曾受业于宋代著名经学大师黄鲁直。少喜读书,善于文辞,以才敏著闻于时。哲宗元祐六年(1091)签书颍州(今安徽阜阳)公事。时苏轼在此任知州,爱其才,将之荐于朝廷。后苏轼因坐事被贬窜,令畤受株连,以"交通苏轼"被处罚金。后来令畤依附内侍谭稹,官职才得到升迁。累官至洪州(今江西南昌市)观察使,袭封安定郡王。同知行在大宗正事。绍兴四年(1134)病卒。

令畤撰有笔记小说《侯鲭录》八卷。书名用汉代楼护"五侯鲭"典故,意谓"天下之至味"。书中多记故实、诗话和元祐间文坛名流的轶事,颇值一读。另外,令畤还有词集《聊复集》一卷。

侯鲭录 宋代笔记小说集。赵令畤撰。八卷。《宋史·艺文志》等史志类书均有著录。本书借用汉楼护合制五位侯门之馈送鲭鱼为肴的典故,取驳杂而味美之义以名书。书中诠释名物、习俗、方言、典故,记叙时人的交往、品评、轶事、趣闻及诗词之作,冥搜远征,颇为精赡;谈艺论文多有独见；记事则多得于作者本人之见闻，较为可信。其中对元稹《莺莺传》考辨特详，并题咏十二首张生与莺莺故事的《商调蝶恋花》鼓子词，散文韵语相间，有说有唱，把记事与抒情相结合，对后世董解元《弦索西厢》和王实甫《西厢杂剧》的创作有很大借鉴作用；从中可寻由词向诸宫调、由传奇到说唱和杂剧的递变之迹。本书传世版本有清鲍廷博刻《知不足斋丛书》本。

■**廖子孟** 宋代笔记小说作家。北宋末年在世。生卒年、生平、籍里均不详。著有志怪小说《黄靖国再生传》一卷，写黄靖国死后三日复苏的故事。

黄靖国再生传 宋代志怪小说。廖子孟撰。《秘书省续编到四库阙书目》著录为一卷，未著作者。《宋史·艺文志》传记类著录，题为廖子孟撰。篇中叙述巴县主簿黄靖国死后入冥的所见所闻，三日后还阳述冥间事。据《青琐高议》记，黄实有其人，曾死后入冥，三日复苏。《麈史》卷下、《夷坚丙志》卷二"聂从志"条、《郡斋读书志》著录王蕃《褒善录》注中、《类说》等均记此事，或有与此事相关的记载。

■**王谠**（生卒年不详，约活动在宋神宗熙宁至徽宗大观年间） 宋代笔记小说作家。字正甫，长安（今陕西西安市）人。其岳父吕大防，系宋哲宗元祐年间的宰相。由于吕的关系，王谠于元祐四年（1089）出任国子监丞，此前曾任东京排岸司，后改任少府监丞。

王谠的撰著，据《宋史·艺文志》载，有《唐语林》十一卷。所记皆唐人之嘉言懿行，体例类《世说新语》。《四库全书总目》评说："是书虽仿《世说》，而所记典章故实、嘉言懿行，多与正史相发明，视刘义庆之专尚清谈者不同。且所采诸书，存者已少，其裒集之功，尤不可没。"此书原文已佚，《四库全书》收入其残留部分。中华书局1987年出版有周勋初据《四库全书》本的校勘、辑补佚文本。

唐语林 宋代笔记小说集。王谠撰。十卷。因系采集唐五代笔记小说，仿《世说新语》体例，分门类纂辑而成书，后世研究者又将它称为"唐五代笔记小说总集"。《郡斋读书志》在著录时云："未详撰人。仿《世说》体，分门记唐世事，新增《嗜好》等十七门，余仍旧云。"《直斋书录解题》著录时云："长安王谠正甫撰。以唐小说五十家，仿《世说》分门三十五，又益十七，为五十二门。《中兴书目》'十一卷'，而阙《记事》以下十五门。"《通志·艺文略》著录作八卷。其卷帙著录不一，可能为草创时未有定本所致。

全书行文注重情致，偏重人事，很少涉及鬼神怪异。其内容广泛，对研究唐代政治、历史、文学有一定参考价值。所采五十种书，今有二十余种亡佚，其余传世本亦有散佚后再经后人纂集而成者，所以说本书在保留古籍特别是辑佚方面有突出的作用。因其成书较早，所录文目较流传本更近真实，故在校勘方面亦有较高价值。但王谠学识欠佳，工作草率，原书文字经他改写后，多有差错。

本书无完版善本。明刻本仅存齐之鸾刻之残本二卷十八门，只能"阙疑承误"。《历代小史》

本为节录本,起止同齐本。清修《四库全书》时,馆臣自《永乐大典》中辑得佚文四百余条,编为补遗四卷,又将载有所采书名及门类总目的原序目一篇,列于书前。复将齐之二卷本析之为四,共为八卷,刻入武英殿聚珍本丛书。以后的《墨海金壶》本、《守山阁丛书》本、《惜阴轩丛书》本、广雅书局本等,均自此本传刻。但是,《四库全书》从《永乐大典》中辑录时疏误较多。《守山阁丛书》本后附钱熙祚校勘记一卷,广雅书局本后附孙星华校勘记二卷,陆心源《群书校补》又辑佚文十四条。1957年古典文学出版社据《守山阁丛书》本排印出版,附钱校一卷;中华书局上海编辑所和上海古籍出版社分别于1958年、1978年重印。中华书局于1987年出版了周勋初《唐语林校证》本,重新编辑误分误合之条文,订正误、脱、衍、窜之处,又辑得佚文十九条;书后收入各家著录题跋与引用书目,附有《唐语林援据原书提要》、《援据原书索引》、《人名索引》。此为目前最佳使用版本。

■**何薳**(生卒年不详,约活动在北宋之末) 宋代笔记小说作家。字子远(一作子楚),号韩青老农。蒲城(今陕西蒲城县)人;谭正璧的《中国文学家大辞典》作"浦城人"(今福建浦城县)。生平事迹不详,萧相恺的《宋元小说史》说何薳"系东都遗老"。撰有笔记小说《春渚纪闻》十卷,具体分为《杂记》五卷、《东坡事实》一卷、《诗词事略》一卷、《杂书琴事》(附《墨说》)一卷、《记砚》一卷、《记丹药》一卷,共为十卷。但《宋史·艺文志》和《四库全书总目》著录均作十三卷。全书文体驳杂,既有志怪,又兼有轶事和考据,以志怪异事者居多,僧、道、巫鬼均有所记,语言多简率质朴。

春渚纪闻 宋代笔记小说集。何薳撰。十卷。

本书前五卷题为《杂记》,记述仙道异事、民间奇闻,宣扬人生寿夭、官禄爵位乃前知前定,宣传谶语、经文、梦境、道术的神验,从中可了解宋时士大夫的迷信观念及民间习俗。其中不乏可资参考的史料,如"宗威愍政事"条记靖康之变后开封物价涨跌等情况。卷六为《东坡事实》,所引诗文,往往为东坡诗文集所无,常为后人辑佚者所取。卷七为《诗词事略》,或杂记唐人及本朝人诗词轶事,或订正前人诗词中之错误。卷八、卷九为《杂书琴事》(附《墨说》)、《记砚》,提供了不少有价值的史料。卷十为《记丹药》,颇有不经之语。

此书在流传过程中,卷帙著录不一。《宝颜堂秘籍》初刊时,仅五卷;后毛晋得全本,复收入《津逮秘书》中,但该本第九卷缺一页。《学津讨原》本补全。卢文弨有《补阙》一卷,收入《抱经堂丛书》。1983年中华书局出版了排印校点本。

■**李献民**(生卒年不详,约活动在宋徽宗政和年间) 宋代笔记小说作家。字彦文(一作元文)。廪延(今河南延津县)人。生平事迹无考。据《四库全书总目》录载,献民曾著笔记小说《云斋广录》八卷、《云斋广录后集》一卷,认为书中皆记一时艳异杂事,文颇猥亵。同为宋人的陈振孙《直斋书录解题》、晁公武《郡斋读书志》,均谓该书有十卷,对其评价亦颇低,如晁公武批评该书"大致与刘斧《青琐高议》相类,然斧书虽俗,犹时有劝戒,此则纯乎诲淫而已"。但是,萧相恺《宋元小说史》(浙江古籍出版社 1997 年版)却认为:"从小说角度而言,《云斋广录》可算是北宋最好的一部小说集,在宋元时代,甚至在中国文言小说发展史上,都具有相当重要的地位。"他还认为该书中的传奇类作品,有许多在艺术上"比《青琐高议》更为成熟",志怪一类较之《青琐高议》"文采既胜,又少古板面孔,很值得称道"。

云斋广录 宋代小说选集。十卷。李献民编次。《郡斋读书志》小说类著录时云:"分九门,记一时奇丽杂事,鄙陋无所稽考之言为多。"《宋史·艺文志》著录为《云斋新说》。现存九卷,分士林清话、诗话录、灵怪新说、丽情新说、奇异新说、神仙新说六门,与《四库全书总目》小说家类存目相同。现存台湾的金刻影宋本中有编者写于徽宗政和元年(1111)的自序,云:"尝接士大夫绪馀之论,得清新奇异之事颇多。今编而成集,用广其传,以资谈燕。"可见编者题旨。

书中士林门选录了一些名人逸事,如"陈文惠公"记陈尧佐、尧叟、尧咨兄弟轶事,其中谈及尧咨守荆南时以弓矢为乐,其母责以不务仁政善化,以杖责之,致使皇帝赏赐之"金鱼袋"坠地。诗话门"郑毅夫"条记郑獬所吟"春风得意马蹄疾,一日看尽长安花"诗为借用孟郊句。灵怪门"嘉林居士"记张平隐居庐山,嘉林居士卢甲来访,与张纵论《易》,颇有高论;后卢甲入水化为大龟。"甘陵异事"记赵当宿于一室,每夜均有一美夫人来访,屡有新词,富有情致;其友宋潜突入其室,以手抱之,乃一灯檠。丽情门分上下两卷,其中"西蜀异遇"记丹稜县令李褒之子达道,在花园见一少女,愿嫁达道,二人相约夜间幽会近一个月;后达道梦一人自称要救李,乃命左右擒女来,女即化为狐。"丁生佳梦"叙丁渥与崔氏新婚,父命就业太学,别后思念甚切,梦见妻灯下作书,并题诗一首;旬日,得家书如梦中所见。奇异门所收"钱塘遗梦"记司马槱梦遇苏小小。"玉尺记"叙海州举子寄居僧舍,有一女子来相爱,一日赠白玉尺;后一友访,见白玉尺,识为亡妹柩中之物,方知是鬼。"无鬼论"记进士黄肃,拟作无鬼论以解天下之惑;作品以无鬼论为线索,展开有鬼的场景。神仙门诸条长篇累牍而头绪纷乱,缺乏生活情趣。另有九卷没标门类,只收"盈盈传"一篇。

本书与《青琐高议》相似,属杂俎型小说选集,志怪、传奇、辑佚并收。所选作品颇清新奇异,追求情节离奇、曲折多变,但文章繁冗,词章似显浅俗,表现了宋代中叶以后的一种衰落文风。

章炳文(生卒年不详,约活动在宋徽宗政和年间) 宋代笔记小说作家。字叔虑。祖籍闽中浦城(今属福建),后迁居京兆(今陕西西安市)。生平事迹不详。《宋史·艺文志》中载录有"章炳文《搜神秘览》三卷",书前有作者写于徽宗政和三年(1113)的自序。书中多记北宋时期民间广为流传的鬼神故事和宿命报应故事,其中亦有不涉及鬼神怪异者;文笔尚佳,情节曲折,较有故事性。

搜神秘览 宋代志怪小说集。章炳文撰。三卷。《直斋书录解题》小说家类著录。书中多记鬼神报应及宿命前定事。如"王旻"篇记西川费孝先善算卦,商人王旻问卦,得谒语而免难,并协助县官破了杀妻案。"燕华仙"篇记王纶女遇燕华仙事。"杨柔姬"记杨于邯郸道中题壁诗并序,颇有情思,哀婉动人;此篇为人间故事,不涉鬼神,文笔亦佳。本书是北宋志怪小说之佳作。现存版本有南宋尹家书籍铺刊本,藏于日本福井氏崇兰馆。商务印书馆曾据此本排印出版,编入《续古逸丛书》之三十九。

■**陈正敏** 宋代笔记小说作家。生卒年不详。字号、籍里和生平事迹皆无考。有笔记小说《剑溪野话》三卷、《遁斋闲览》十四卷并传于世,《宋史·艺文志》中有著录。

遁斋闲览 宋代杂事小说集。陈正敏撰。十四卷。《郡斋读书志》、《宋史·艺文志》均在小说家类著录。《说郛》原本署范正敏撰,盖传录之误。《郡斋读书志》云陈正敏"录其平昔所见闻,分十门,为小说一编,以备后日披阅"。本书久佚。《类说》节录佚文九十七条,《说郛》录四十四条,二书去其重复者得佚文一百四十一条。《墨客挥犀》亦录有佚文。

从佚文看,本书十门计:名贤、野逸、诗谈、证误、杂评、人事、谐噱、泛志、风土、动植,是一部包罗万象的杂俎型笔记小说。名贤、野逸、人事、谐噱诸门写士大夫轶事及民间传说,作者主张人们应服从传统的秩序规范,篇中明显带有理学思想的烙印。如"妙龄颖悟"记幼年杨大年被太宗召对时以君比父母,大受赞赏;"娶妇离间友爱"条,通过姑苏冯氏三兄弟原本和睦友爱,三弟娶妻后兄弟孝友渐衰的故事,说明娶妻会导致兄弟之情疏离;"盗入魏公室"记韩琦的宽弘大量;"王安石遇人谈文"表现了王安石的谦谦君子之风。作品的艺术价值平庸,却有助于认识当时人们的理学价值观及社会风貌。

■**邵伯温**(1057—1134) 宋代笔记小说作家。字子文。洛阳(今属河南)人。其父邵雍,时称康节处士,是宋代名重一时的大学者、哲学家。司马光、韩维、吕公著和陈颐兄弟尽交其门。伯温入闻父教,出则与司马光等人交往,故所闻见日博,尤熟当世之务。后经河南尹与部使者荐,出任县尉和教职。哲宗绍圣初年(1094),章惇为相,荐之于朝,伯温却不愿在朝中任职,惇颇不悦,遂得监永兴军(今湖北阳新县)铸钱监。徽宗即位(1100)后,伯温曾上书累数千言,还著书名《辨诬》(即辨宣仁太后之谤)。在主管耀州(今陕西耀县)三白渠公事期间,因闻童贯要来当宣抚使,伯温主动出他州避之。绍兴四年(1134)卒,年七十八岁。

据《宋史》本传末载,伯温著书有《河南集》、《闻见前录》、《皇极系述》、《辨诬》、《辨惑》、《皇极经世序》、《观物内外篇解》近百卷。而在《宋史·艺文志》中则仅载录其笔记小说《邵氏闻见录》一卷。

闻见前录 宋代笔记小说集。邵伯温撰。二十卷。撰于绍兴二年(1132)。《宋史·艺文志》、《文献通考》等书均著录。

本书前十六卷记北宋建隆(960—962)至南宋绍兴(1131—1162)初年旧事,对熙宁变法期间主要人物的思想、言论、品质、琐事等记述颇详,对元祐后洛、蜀诸党事迹叙述亦较完备,内容又多涉北宋制度掌故、琐事轶闻。作者对变法和新党持反对态度,有关论见颇多偏见。十七卷记怪异。后三卷记父邵雍之言行,将其神化为未卜先知的神仙,颇涉荒诞。传世版本有中华书局1983年出版的李剑雄、刘德权校点本。

■**蔡絛**(?—1126) 宋代笔记小说作家。字约之,自号百衲居士。宋兴化军仙游(今属福建)人。据《宋史·蔡京传》中附载:"宣和二年(1120),令(蔡京)致仕。六年(1124)……再起领三省。京至是四当国,目昏眊不能事事,悉决于季子絛。凡京所判,皆絛为之,且代京入奏。……未几,褫絛侍读,毁赐出身敕,而京亦致仕。""(蔡京)子八人,……絛流白州(今广西博白县)死……"从这里可知蔡絛出身于官宦家庭,是北宋权相蔡京的第四子,曾获赐进士出身,最后任官为侍读,钦宗靖康元年(1126)死于流放中。据谭正璧《中国文学家大辞典》(光明书局1934年版)载,蔡絛还有徽猷阁待制的官职。其撰著有《西清诗话》一卷,笔记小说《铁围山丛谈》六卷、《北征纪实》二卷。

铁围山丛谈 宋代笔记小说集。蔡絛撰。六卷。絛是北宋末权相蔡京之子。蔡京败后,被流放白州。絛放逐期间,曾居于白州境内的铁围山,作此书。书成于宋南渡后。书中追记北宋一代至南宋初绍兴(1131—1162)期间的遗闻旧事、朝廷典制、士大夫遗事及有关艺文掌故等;记徽宗朝事尤详,多可征信。书中揭露宋朝君臣的贪暴、官宦的争斗,反映民间的疾苦,对白州当地的风俗习惯亦多所记述。但文中涉及其父蔡京时多回护避让,并多归咎于其长兄蔡攸,为后论者所不满。本书《直斋书录解题》、《文献通考·经籍考》有著录。传世版本有《稗海》本、《丛书集成初编》本等。1983年中华书局出版了由沈锡麟校点的排印本,是当今最佳版本。

■**周煇**(约活动在南宋高宗年间) 宋代笔记小说作家。其名一作周煇。字昭礼。原籍海陵(今广东阳江市所属),徙居钱塘(今浙江杭州市)。其父为宋代著名词人周邦彦。周煇曾试宏词奏名。南宋孝宗淳熙三年(1176),张子政出使金国,煇作为随员从行。其他生平事迹不详。周煇的撰著,今传有笔记小说《清波杂志》十二卷、《别志》三卷和《北辕录》一卷。高宗绍兴年间(1131—1162),煇曾家居于杭州清波门内,因其父子均嗜学成性,工于诗文,藏书达万卷之多,故当世著名公卿多往交之。他的前两部笔记小说当在这个时期完成,故以"清波"命书名,内容为往来公卿的谈话资料,涉及北宋时期的朝野逸闻琐事。《北辕录》实际是他随张子政出使金国的日记,书中叙述了沿途所见及金国的风俗人情。

清波杂志 宋代笔记小说集。周煇撰。十二卷,另有《别志》三卷。《宋史·艺文志》小说家类著录。书中多记两宋间杂事,间亦涉及辽金事。《四库全书》收入时曾加以删改。"清波"即清波门,为杭州城门之一。作者在南下时曾居住于此,故以名书。作者与北宋改革家王安石有亲戚之谊,对王推行之变法多所推崇,对王的缺点也多有回护,对新党则颇多微词。因此,元方回在《桐江续集》中对此书多方诋毁。传世版本除《四库全书》本外,以商务印书馆民国间编纂的

《四部丛刊》本为最详尽。

刘斧（约1023—1106） 宋代笔记小说作家。字号、籍里与生平事迹皆无考。从他选编和自撰的小说集《青琐高议》的有关篇章中，知道他是秀才，其父曾先后在郴州（今湖南郴州市）、通州（今江苏南通市）为官，其后又寓居于汴京（今河南开封市）。仁宗至和年间（1054—1056），刘斧曾去杭州，求其父的好友、时以资政殿大学士出知杭州的孙沔为自己的《青琐高议》作序。孙序云："刘斧秀才自京来杭谒予，吐论明白，有足称道。复出异事数百篇，求予为序。"由此推断刘斧为汴京人。他的著作中，有三部书名带有"青琐"二字，而此二字本指宫门，别无他义，疑为刘斧的字或号。

刘斧主要的编著有：《青琐高议》二十七卷（包括前集、后集各十卷，别集七卷），《青琐摭遗》二十卷，《青琐诗话》一卷，《翰府名谈》二十五卷，并传于世。这些作品当中，影响最广的要数《青琐高议》。内中小说，可谓是志怪、辑佚、传奇并存。但即令是收集前人的志怪，也是经过刘斧再行加工增删润色过的，许多篇章不仅故事情节更加完整曲折，叙事也更加委婉，文笔更加细致秀美。其中一些作品虽名为志怪，却看不到阴森怕人的描写；结尾虽为悲剧，却往往带有一抹晨曦，启人遐想。

青琐高议 宋代文言笔记小说总集。刘斧撰辑。分前后集各十卷，别集七卷，计一百四十六篇。又称《青琐集》、《青琐后集》等。《郡斋读书志》、《宋史·艺文志》均著录为十八卷。明抄本和万历间张梦锡刊本均为二十七卷。清代抄本只有前后集各十卷，无别集。清黄丕烈抄本同明本。

本书所收作品除志怪、传奇外，还包括琐事、异闻、论议、纪传等。多数为辑名人作品，如辑秦醇、丘濬、庞觉、柳师尹、钱易、淳虚子、蔡子醇，及欧阳修、司马光、杜默、李元纲等，亦有少量自己撰写和改写的作品。影响较大的为传奇作品，特别是宋代传奇，保存比较完整，颇有价值。清代王士禛跋曰："此《剪灯新话》之前茅也。"

本书所辑，一是写神怪道释的作品，篇幅较短小，多宣扬宿命论和因果报应等：如"群玉峰仙籍"条宣扬当代公卿都是上仙下世，各应星宿；"慈云记"、"仁鹿记"主张仁慈爱民；"远烟记"、"朱蛇记"、"西池春游"等则为"用传奇法而以志怪"的爱情故事。二是写豪侠与盗侠的作品，主要人物恩怨分明，斗杀场面惊心骇目，不少被王世贞辑入《剑侠传》：如"高言"、"王寂传"、"王实传"、"任愿"等。三是写历史题材和社会问题的作品：如"骊山记"、"赵飞燕别传"、"隋炀帝海山记"、"楚王门客"等，不同程度描写封建帝王的凶残暴虐、荒唐误国；"范敏"、"西池春游"、"越娘记"等篇写男女纠葛，揭露了五代时期帝王暴行和战乱给百姓造成的灾难；"桑维翰"写桑身为后晋宰相随意杀人的残暴行为；"孙氏记"前写爱情，后写孙氏强烈反对丈夫贪污纳贿。四是描写爱情、婚姻及家庭的作品：如"王幼玉记"、"温婉"、"谭意歌记"等，均为妓女为摆脱非人境地，追求人格独立或真正爱情的故事，不落前人窠臼；"远烟记"、"流红记"等写青年妇女因没有人身自由、婚姻爱情自由的痛苦和不幸遭遇；"琼奴记"、"小莲记"等写婢妾女子的悲惨命运等。

本书作品受唐代传奇和民间文学的双重影响，主要特点是通俗而有文采。作品虽系文言，但较为浅近，语言接近口语；行文骈散杂糅，诗文相间，散体叙事，骈体描写，韵文抒情，体现了通俗文学的特征。本书在中国小说史上占有一定的地位，对后世文学艺术创作影响较大，各种类书、总集大量摘引，不少小说创作从中采撷题材、素材，书中演绎为戏曲的作品达五种之多。

传世版本较多。民国时期，董康曾据黄丕烈本校印出版。1958年，文学古籍出版社又据董本进行了校订重印。1983年，上海古籍出版社据1958年本修订重印时，增附程毅中集佚三十六则，并附跋语，为最佳本。

青琐摭遗 宋代古小说选集。刘斧撰编。二十卷。《宋史·艺文志》小说类著录。原书已佚。《绀珠集》、《类说》、《分门古今类事》等书引节佚文近三十条。从佚文上看，书中有一些著名的故事：如"滕王阁记"写中源水神助王勃清风一席；"王魁传"写桂英冤魂活捉王魁事，曾在世上广为流传；"李白游华山"记李白乘醉骑驴过华阴县事；"杜子美坟"记杜甫为江水漂溺及韩愈题诗事，此为诗人的异闻传说。还有一些诗话性质的记事，曾被《诗话总龟》、《诗人玉屑》摘引。本书在选辑宋传奇的过程中，还保存了不少宋代珍贵的小说资料。

翰府名谈 宋代杂俎小说集。刘斧撰。二十五卷。《宋史·艺文志》小说类著录。原书已佚。《类说》节录佚文十五条，《诗话总龟》等书亦引有佚文。

从现存佚文看，不少故事和记载为他书所鲜见。如"莱公倩桃"记寇准妾倩桃所作的诗："一曲清歌一束绫，美人犹自意嫌轻。不知织女萤窗下，几度抛绫织得成？"《诗话总龟》、《苕溪渔隐丛话》等书都曾摘引。"明皇"条叙杨贵妃梦游骊山预兆缢死马嵬坡事，及明皇梦至太一玉真元上妃院事，亦为他书所不载。"玄宗遗录"条更为离奇。"嵩山见李白"记白居易之孙龟年见李白遗之书一卷，并示以《如梦令》词，实即后唐李存勖之《忆仙姿》。佚文中有不少较好的宋代小说，但文字已经节略，可能系摘引时只录梗概所致。《类说》本也有节录，情节更加简略。《宋史·艺文志》小说类另外著录有《翰苑名谈》三十卷，无名氏撰，当另指别书。

■ **范成大**（1126—1193） 宋代文学家、笔记小说作家。字致能，号石湖居士。苏州吴县（今属江苏）人。绍兴二十四年（1154）进士及第，授户曹，监和剂局。隆兴元年（1163）迁正字。累迁著作佐郎，除吏部郎官。言者论其超躐，罢官奉祠。起知处州（今浙江丽水市所属）。以起居郎假资政殿大学士出使金国，不辱使命，全节而归后，除中书舍人。后累官至权吏部尚书，拜参知政事。绍熙三年（1192）加大学士。次年病卒。

范成大素有文名，尤工于诗。他的撰著颇多，计有《石湖集》一百三十六卷、《绍定吴郡志》五十卷、《范村菊谱》、《范村梅谱》，以及笔记小说《揽辔录》一卷、《吴船录》二卷、《骖鸾录》一卷和《桂海虞衡志》二卷（今存一卷）。

吴船录 宋代笔记小说集。二卷。宋范成大撰。作者于南宋孝宗淳熙四年（1177）自四川制置使召还，取道水路赴临安（今浙江杭州市），途中逐日记述见闻，遂成本书。书中以记述古迹名胜为多,间记遗闻。如"释继业"记述宋太祖乾德二年(964)赵匡胤派遣三百僧人往西方求舍利、贝多叶书,为他书所不载。文中记蜀中古画:伏虎观孙太古画李冰父子像、青城山文人观孙太古画黄帝及三十二仙真、长生观孙太古画龙虎等,都可补黄休复《益州名画记》所未及。通行本有《知不足斋丛书》本、《四库全书》本等。

桂海虞衡志 宋代笔记小说集。原书二卷(一说三卷),今存一卷。范成大撰。本书是作者由静江府(今广西桂林)改任四川制置使时,于途中所作。书中记述了广南风物见闻,分岩洞、金石、香、酒、器、禽、兽、虫鱼、花、果、草木、杂记、蛮等十三门,每门前有作者写的小引,颇有特色。"捲伴"条记南州少数民族的抢婚制度,记载简约,生动活泼。《四库全书总目》中称此书"诸篇皆叙事简雅,无夸饰土风、附会古事之习"。本书版本很多,有《古今逸史》本、《学海类编》本、《四库全书》本等。1955年上海文学古籍出版社将本书与《洛阳名园记》合刊出版。

骖鸾录 宋代笔记小说集。一卷。范成大撰。本书系作者于南宋孝宗乾道八年(1172)自中书舍人出知静江府(今广西桂林)时所记途中见闻。取唐人韩愈"远胜登仙去,飞鸾不暇骖"句而名书。此书为追加《桂海虞衡志》润饰而成。书中多记宋代桂南一带风土人情及农夫、商人生活之艰辛。如"休宁山中宜杉"条记:"土人希作田,多以种杉为业。杉又易生之物,取之难穷。出山时价极贱,抵郡城已抽解不赀,比及严州(今浙江建德),则所征数十倍。"又辨唐诗人元结"浯溪中兴颂"一条,与黄庭坚意见相左,颇得诗人忠厚之旨。通行版本有《知不足斋丛书》本、《四库全书》本等。

揽辔录 宋代笔记小说集。一卷。宋范成大撰。本书叙述作者于南宋孝宗乾道六年(1170)以资政殿大学士身份,与崇信(今属甘肃)节度使康肃为正副使出使金国的经过。本书以日记形式,描写过淮河后至燕京来回之见闻,尤以描写东京开封为最细。记事抒情,于愁怅中见伤国之痛。如说东京被金人统治多年,"民亦久习胡俗,态度嗜好与之俱化。最甚者衣裳之类,其制尽为胡矣,自过淮以北皆然,而京师尤甚。惟妇人之服不甚改,而戴冠者绝少"。描写金天子"幞头、红袍、玉带,坐七宝榻,皆有龙水大屏风,四壁帷幕皆红绣龙,栱斗皆有绣衣",足见金人汉化之速。传世版本有《知不足斋丛书》本、《郡斋读书志》等。

■**朱翌**(生卒年不详,约活动在北宋徽宗时期) 宋代笔记小说作家。字仲新。舒州(今安徽安庆)人。政和(1111—1117)进士。撰有笔记小说集《猗觉寮杂志》二卷。

猗觉寮杂志 宋代笔记小说集。朱翌撰。分上下二卷。上卷为诗话,止于考证典据,而不评价文字之工拙;下卷为杂论文章及史事。本书是宋人考据类笔记中较好的一部;但其中也有不少穿凿附会及失考之处,《四库全书总目》指出其多处舛误。传世版本有台湾商务印书馆影印的文渊阁《四库全书》本。

■**耿延禧** 宋代笔记小说作家。生卒年不详。籍里与生平事迹无考。据石麟《传奇小说通论附录》(中州古籍出版社2005年版)所载,耿延禧为宋人,撰有笔记小说《林灵素传》一部。

林灵素传 宋代神仙传记小说。耿延禧撰。《宾退录》卷一有收录,《古今说海》据《宾退录》收入。本书记道士林灵素以法术得宠于宋徽宗,被赐为玉真教主。灵素乘机进言,说佛教害道,将佛刹改为宫观,释迦改为天尊,和尚改为道士,且与僧人斗法得胜。宣和元年京城大水,灵素治水无效,遂出宫离京,后死于温州。《宣和遗事》中讲灵素故事,多取自本传。这是一篇弘道之作,文学艺术价值平庸。

■**王禹锡** 宋代笔记小说作家。生卒年不详。海陵(今江苏泰州)人。生平无考。据石麟《传奇小说通论·附录》(中州古籍出版社2005年版)所载,王禹锡为宋人,著有笔记小说集《海陵三仙传》一部。

海陵三仙传 宋代神仙传记小说。王禹锡撰。一卷。《宋史·艺文志》道家神仙类著录。《古今说海》录有全文。本篇记三个学道成仙的神异故事。一为徐神翁,名守信;一为周处士,名恪,字执礼;一为唐先生,名甘弼。三人死后均葬于海陵,号三仙坟。

■**范公偁**(生卒年不详,约活动在南宋理宗淳祐年间) 宋代笔记小说家。字号失载。苏州吴县人。北宋名臣范仲淹之玄孙、范纯仁之曾孙。生平事迹不详。有笔记小说集《过庭录》一卷传世。是书内容多述祖德,均据绍兴丁卯戊辰间听其父亲讲述所记,故称"过庭"。内中也有诗文杂事,颇多新鲜之语。

过庭录 宋代笔记小说集。一卷一百零七则故事。宋范公偁撰。《四库全书总目》子部小说家类收录。《笔记小说大观》本亦收录,并在本书提要中称:"语多详实,绝无冥心臆测暨溢之辞,想见淳实之遗风,犹未泯焉。"

书中除记其祖辈范仲淹、范纯仁的德行外,还记有陶岳、王陶、苏轼、邵康节父子、司马光、韩琦、寇准、王安石、梁宽及伶人丁线、丁石、朱敦复等的遗闻逸事,多切实有据,评议客观。全书文字华美,简约得当,为一时所颂。《四库全书总目》认为,书中的诗文杂评,"记宋祁论杜诗实下虚成语、记苏轼论中岳画壁似韩愈南海碑语,皆深有理解。其他苏、黄集外文及燕照邻、崔鸥诸人诗词,亦多可观。独黄须翁传即李靖虬髯客事,而称为已佚之异书,则偶误记耳"。

本书传世版本主要有《四库全书》本、《笔记小说大观》本等。以《四库全书》本为最佳。

■**邵博**(?—1158) 宋代笔记小说作家。字公济。河南洛阳人。北宋著名学者邵雍的孙子,邵伯温的次子。绍兴八年(1138),赐同进士出身,先除秘书省校书郎,后历官知果州(今四川南充市北)、知眉州(今四川眉山市)。著有《西山集》和笔记小说《闻见后录》三十卷。

闻见后录 宋代笔记小说集。邵博撰。三十卷。《宋史·艺文志》、《文献通考·经籍考》等书著录。本书是作者为续其父邵伯温《闻见前录》而作,故称为"后录"。体例亦仿父作,但内容驳杂。书中多采集北宋时期的国史旧闻和文人逸事，如辨宣仁之诬，录司马光之章奏《哲庙实录》、《曾丞相布手记》等，皆有关当时变法、新旧党争等重大事件，可资后人研究参考。书中对《史记》、《汉书》、《后汉书》、《三国志》的史书评论，间有新见，对孔子、孟子的言行敢于提出异议，可见作者的胆识；对楚辞、唐宋诗词及文章的评价，亦较切题入理；所记地理、方言、民俗、医药等方面的材料，亦较科学详备，可供研究参考。书中有些条目，有与其父著作重复者，说明其事为邵氏父子共见，似不足指疵。书中卷十四至卷二十七，较集中地记述宋代著名文人逸事，以苏轼为详，王禹偁、欧阳修、梅尧臣、苏洵、王安石、曾巩、苏辙等次之；论唐人文章，认为韩文"自经中来"，柳文"自史中来"，可成一家之言。书中保存了不少文学史资料，为后人研究所珍贵。

传世版本有《津逮秘书》本、《学津讨原》本、商务印书馆排印本等。1983年中华书局出版了李剑雄、刘德权的点校本。

■**王铚**（生卒年不详，约活动在南宋高宗绍兴年间） 宋代笔记小说作家。字性之。汝阴（今安徽阜阳）人，自称汝阴老民。绍兴初年（1131），以廷臣奏荐，官迪功郎，权枢密院编修官。王铚熟悉宋代故实，曾撰有《七朝国史》。至绍兴八年（1138），秦桧独揽宰相大权后，王铚辞官，书竟不传。此后，王铚又撰有《雪溪集》八卷、《四六话》一卷，以及笔记小说《默记》三卷、《补侍儿小名录》一卷、《续清夜录》一卷。小说中以《默记》影响较大，书中多记宋代朝野遗闻，以帝王大臣的逸事居多，其中尤留意狄青，对之着墨颇多。《补侍儿小名录》，在《说郛》本和《五朝小说》本中均无"补"字，这是一本专记历史上知名妇女轶事的小说。

默记 宋代笔记小说集。王铚撰。三卷，一百零三则。书中多记北宋朝野遗闻轶事，不少涉及典章制度和文人秘闻。王铚熟悉北宋史事，所记事典多可征信。但也有一些条目，语涉神仙志怪，属作者道听途说后的创编。由于作者的文学素养较好，对志怪一类题材可"随手拈来，即成佳品"，如记五代王祚问寿一事，将卜者的信口开河、随机应变，及王祚的愚昧、对卜者深信不疑等场景描写得惟妙惟肖。传世版本较多，以今人朱杰人校点的中华书局1981年排印本最为详备。

续清夜录 宋代志怪笔记小说集。王铚撰。一卷。原书已佚。《直斋书录解题》小说家类著录。原本《说郛》卷三十引其"来岁状元赋"一条；《永乐大典》卷一万三千一百三十六引"梦子辞胎"、"梦姑托生"等条。本书为续沈括之《清夜录》而作，从遗文看，当以记梦为主题。

补侍儿小名录 古代小说选集。王铚编。一卷。本书为对洪炎《侍儿小名录》的续编。《郡斋读书志》在类书类著录时称："序云：大观中居汝阴，与洪炎王父游，读陆鲁望《小名录》，戏征古今女侍名字，因尽发所藏书纂集，逾月而成焉。"本书所辑多为古代小说中有关侍女的故事，如"庐山夫人"取自祖台之《志怪》，"袁氏三妓"取自《续搜神记》；也有不少引自史书，如"张耀"引自《南史》，"碧玉"引自《资治通鉴》；也还有少数佚文不见传本。《直斋书录解题》、《宋史·艺文志》在著录时列入小说类。现存版本有《稗海》本。

■**庄绰**(生卒年不详,约生活在北宋神宗至南宋高宗时期) 宋代笔记小说作家。字季裕。籍里不详。先后历官于襄阳、颍昌、洪州、鄂州等地,足迹遍及宋时域内二十四路中的十七路。他所撰写的笔记小说集《鸡肋编》上、中、下三卷,记先世旧闻、当代事件、风土习俗、异闻趣事,内容丰富而翔实。

鸡肋编 宋代笔记小说集。庄绰撰。三卷三百则。《直斋书录解题》《四库全书总目》等均著录。原书已佚,南宋贾似道点定,抄入《悦生堂随抄》,《说郛》本为删节本。本书内容主要是先世旧闻、当代事实、文人轶事、风俗遗闻和方书考证,另还有方药本草和诗词评论等,如"欧阳文忠赠介甫诗"、"杜诗押韵"、"韩诗考校"、"川陕驿路记事诗"和"寓居平江府记事诗"等。《四库全书总目》认为,其资料价值,"可与周密之《齐东野语》相埒,非《辍耕录》诸书可及"。

传世版本有《悦生堂随抄》本、元影宋本、明穴研斋抄本、《琳琅秘室丛书》校记本、涵芬楼本、清光绪续校本等。1983年中华书局出版了由萧鲁阳点校的排印本。

■**朱弁**(? —1154) 宋代笔记小说作家。字少章,号观如居士。徽州婺源(今属江西)人。朱熹之族叔祖。少时好学而颖悟,日读数千言。弱冠入太学,诗作深得晁说之看重,遂带归新郑(今属河南),妻以兄女。新郑介于汴、洛间,多故家遗俗,弁游其中,闻见日广。靖康之乱(1126年,金兵攻陷汴京),家碎于金人,弁南归江西。建炎丁未(1127),议遣使问安两宫,弁奋身自献。于是,朝廷以刑部侍郎王伦为通问正使,弁为副使。由于弁原无官职,诏补修武郎,并给以吉州团练使的虚衔。至云中(今山西大同市),见金左副元帅粘罕(即完颜宗翰、金兀术),被金所扣留。金人迫弁出仕伪齐刘豫,被严词拒绝。弁被金拘禁长达十七年,直至绍兴十三年(1143)和议成,才得归宋。因向高宗汇报了金国实际情况,劝谏高宗收复失地,由此触怒秦桧,官职屡不得升迁。不久病卒(《宋史》本传说他卒于绍兴十四年,即1144年;谭正璧《中国文学家大辞典》考其卒于1154年)。

朱弁为文慕陆宣公,援据精博,曲尽事理;诗学李义山,词气雍容,但不蹈其险怪奇涩之弊。在出使金国被扣拘期间,金国名王贵人多遣子弟就学。其著作有:《聘游集》四十二卷、《书解》十卷、《续骰骰说》一卷、《杂书》一卷、《风月堂诗话》三卷、《新郑旧诗》一卷、《南归诗文》一卷,以及笔记小说集《曲洧旧闻》十卷。这部小说集写于被扣拘金国期间,然追述皆北宋遗事,无一语及金,故曰"旧闻"。其中对于北宋前期几位皇帝的盛德、名臣言行、王安石变法、蔡京乱国等情事言之尤详。

曲洧旧闻 宋代笔记小说集。朱弁撰。十卷。写于作者奉使赴金被拘囚时期。书中多追述北宋朝的君臣事迹,兼及诗文考评和神怪谐谑之谈。述北宋遗事时,对蔡京等人专权误国多所揭露,同时对熙宁变法,新、旧党人角逐争斗,论之较详,意在昌明北宋兴衰治乱之由。在政治倾向上,作者推崇司马光,不满王安石变法。全书文笔洗练,善于通过人物具体言行的描写表现不同人的性格,颇具文学情趣。如写王安石的"简率",从其不注重衣食、不拘小节等进行刻画,极为生动。书中的诗文考评,表现了作者的艺文风格;其神怪谐谑之谈,流露了作者被囚时的孤寂与无聊。书中以近二卷的篇幅记中州物产、山川、建筑等,颇具特色,至今仍有资料价值。传世版本有清鲍廷博辑刻的《知不足斋丛书》本等。

■**韩淲**(1159—1224) 宋代笔记小说家。字中止,号涧泉。许昌(今属河南省)人,世居开封。宋南渡后,其父吏部尚书韩元吉流寓信州(今江西上饶市),因此隶籍上饶。淲一生仕履不详。戴復古《石屏集》有挽韩中止诗云:"雅志不同俗,休官二十年。隐居石上宅,清酌涧中泉。慷慨商时事,凄凉绝笔篇。三篇遗稿在,当并史书传。"并记韩"时事惊心,得疾而卒"。《四库全书总目》在《涧泉日记》提要中说:"知淲乃遭逢乱世,退居赍志以殁之志。"《宋诗记事》中引黄升言:"称其名家,文献、政事、文学为一代冠冕"。余皆不详。有笔记小说《涧泉日记》传世。

涧泉日记 宋代笔记小说集。残存三卷。宋韩淲撰。《宋史·艺文志》不著录。仅见《说郛》中录数条,题为宋淲撰,"盖传刻误也"。原书卷次、流传不明。今本从《永乐大典》中,"裒合排次,勒为三卷,约略以类相从。其有关史事者居前,品评人物者居次,虽未必仍复其旧,然亦粲然可观"。(以上引文见《四库全书总目》)考韩淲为宋参知政事韩亿之裔,吏部尚书韩元吉之子,知其了解宋事甚详。书中记明道二年(1033)明肃太后亲谒太庙事,可证《石林燕语》之误;记大观四年(1110)四月礼部尚书郑久中等奉旨修哲宗正史事,可补史传之缺。本书议论亦皆精审,纪昀称其为"宋人诸说部中亦卓然杰出者"。

卷中品评人物部分,颇具小说特色。然不少篇目在记后有作者"按"语,疑其中有的正记源自他书或他人闻说;亦有条目为作者本人的所见所闻。条后均有"淲家父子不获识面,亦不获通问也"、"先公尝拜之"、"淲亦得三四通问也"等。作者记事简约,每则多数十字或百余字,然刻画人物细腻。如"庞谦儒"条:"庞谦儒字佑甫,先公友也。自号白苹老人。善谑雅高甚。陆沈选调,穷困至死。微侘佛作莲社。故相庞籍之孙也。"其记王钦臣、晁文元、郭雍、尹焞、张子韶、王时敏、范端、晁公武、韩琦、辛弃疾、吕祖谦等两宋名臣、文士均如此。

本书有《四库全书》本。《永乐大典》、《说郛》曾收录。现存《说库》本为最佳。

■**王巩**(生卒年不详,约生活在北宋哲宗至南宋高宗时期) 宋代笔记小说作家。字定国,自号清虚先生。大名莘县人(今山东莘县)。仁宗时大臣王旦之孙,工部尚书王素之子。一生性情豪放,有隽才,工诗文,与大诗人苏东坡过从甚密。曾在扬州任州贰,坐苏轼罪谪筠州盐税。司马光执政后召回朝中。哲宗时编管全州(今属广西)。徽宗时列元祐党籍。后官至宗正丞。喜议论时政,褒贬人物,故屡受贬谪。著有笔记小说《甲申杂记》一卷、《闻见近录》一卷、《随手杂录》一卷,多记宋事,均散佚,后由其曾孙从谨于隆兴元年(1163)从何氏家中抄出,辑为一书传世。

甲申杂记(含《闻见近录》、《随手杂录》) 宋代笔记小说集。王巩撰。三卷,共一百七十九则故事,多记宋仁宗至徽宗间事,只三条记五代周、南唐、吴越事。《四库全书总目》等均著录。《四库全书总目》有评:"二书(指《闻见近录》、《随手杂录》)事迹在崇宁甲申(1104)前,而原本次《甲申杂记》后,盖成书在后也。卷末有其曾孙从谨跋,称先世著书散佚,隆兴元年(1163)乃得其三编于何氏,抄录合为一帙。前有张邦基序,言其得本于张由仪。由仪则少从其父得于巩家敝箧中,末题甲寅五月,为高宗绍兴三年(1133)。盖何氏之本又出于张氏。当时亲传手迹,知确为巩撰,非依托矣。三书皆间涉神怪,稍近稗官,故列之小说类中。然而所记朝廷大事多矣,一切贤奸进退、典故沿革,多为史传所未详,实非尽小说家言也。"《笔记小说大观》在收录本书的提要中说:"文之不枝不蔓,在宋人小说中为上乘之作。"(该本收《甲申杂记》、《随手杂录》二书,未收《闻见近录》,原因不详;上述引言括号内的文字和公元纪年为编者所加。——编者)

《甲申杂记》共四十二条,上起仁宗,下迄徽宗崇宁,不以时间为序,随笔记载。如元祐间册立皇后、宣仁皇后听政等,记之尤详。《闻见近录》共记一百零四条,上起周世宗,下迄宋神宗,以太祖、太宗、真宗、仁宗事为多。如庆历间范仲淹谏止天子斩边帅,太宗以太祖诸子并称皇子等。《随手杂录》共三十三条,除三条记宋以前事外,余皆宋事,止于英宗初年。如苏东坡当学士时遗事、太祖与潘美议政、不杀周世宗子孙等,均描写细微、生动。

通览本书,虽记朝事,但多涉神怪。其中的朝臣遗事作品,均为作者在原有事迹基础上的再创作,如"张元素"、"辛谏议子"、"湖南提刑唐桱"等。作者在描写士大夫时,时而惜墨如金、尺幅千里,时而纤悉无遗、生动传神,如"沙门岛旧制"、"崇宁中因语上人"、"内侍刘永达奉命北岳祈雨"等。书中返魂梦应善恶果报等事近于神怪,多在《随手杂录》之中,虽近于"无稽之谈",但均为"讽世惊时"之作。

本书传世版本有《稗海》本、《知不足斋丛书》本、《四库全书》本及《笔记小说大观》本等,以《四库全书》本为最善。

■**马纯**(约1091—1170) 宋代笔记小说作家。字子约,自号朴遨翁(谭正璧《中国文学家大辞典》作朴樕翁,此据萧相恺《宋元小说史》)。单州成武(今属山东)人。北宋末年曾为官。建炎初(1127)南渡,绍兴(1131—1162)间,曾为江西漕使,在仕途方面颇不得志。孝宗隆兴初(1163),以太中大夫致仕,寓居于浙江之陶朱乡。纯能属诗文,诗见《会稽志》。另有笔记小说《陶朱新录》一卷,所记皆宋时杂事,涉及神鬼怪异者占十之七八,也有诗话夹杂其中;书末附有《元祐党籍碑》,于体例甚觉不合。

陶朱新录 宋代志怪笔记小说集。马纯撰。一卷。是书为作者致仕后,居越之陶朱乡时,搜集见闻而撰成,故名。宋以后未见他书著录。《四库全书总目》收入小说家异闻类。书前的自序称:"建炎初避地南渡,既而宦游不偶,以非材弃。"疑当时作者为罢职闲居。书中记南宋杂事,不囿于志怪异闻。如记统制王涣,持刀威胁,逼淫陈州胥吏之妻;妇人说:"如此则统制亦贼尔,一死何惧!"竟杀之。神怪故事中记范氏女子自蜀入京过剑阁坠栈道下,食草根木苗,自念如何得出,久之不觉随念身登栈道;二十余年后其弟闻而访之,女不愿归家,竟望远峰飞去。又如马伯为青州益都尉,曾救济一为盗之营卒,卒死后为马预报试题,使马登第得官。书中的一些神奇故事,具有一定的传奇性,在宋人小说中较有影响。传世版本有《四库全书》本、《墨海金壶》本等。

■**廉布**(生卒年不详,约活动在北宋钦宗至南宋高宗时期) 宋代笔记小说作家、画家。字宣仲。淮安(今河南桐柏县东固县镇)人。少有高才,进士及第后即被时任宰相的张邦昌招为女婿。后因张邦昌获罪而仕途受阻,官职仅到武学博士。北宋时布本系富户,南渡后辟居临安(今浙江杭州市),后遭遇当地陈通乱军劫掠,家财丧失殆尽。接连而来的重大打击,使他的意志转向消沉。

廉布撰有笔记小说《清尊录》一部。原书多散佚,卷帙已无考;今仅存故事十则,其中涉及怪异的四则,涉及轶事的六则,多为揭摘时弊、感叹浇薄人情之作。他的拟市人小说,对明清戏剧和清代的文言小说都有一定影响。

清尊录 宋代杂事笔记小说集。廉布撰,又有称陆游撰。自宋以后,对此屡有争端,多数认为,书中所记,与陆游生平不合,当为廉布撰。书早佚,卷帙不明,其他书籍也稀见著录。原本《说郛》卷十一曾收录十则,《古今说海》收录同。元代华石山人跋中称原书有七十三则。从现存佚文分析,多记见闻遗事。如"狄氏"条记狄氏以色名动京师,嫁给权贵;滕生慕之,厚贿与之私通;后狄氏因念生病死。"王生"条记崇宁王生过一小宅,遇一女子私约男子,王生胁之从己;数月后王奉父命归,女沦为娼妓;数年后二人相遇,王纳为侧室。"大桶张氏"条叙富人张氏子,过孙助教家,醉后约娶孙女;后张别娶他家,孙女气愤而死;送葬者郑三夜半发女冢,孙女复生,郑迫以己妻;后女乘间奔出寻张质问,张以为鬼,推女仆地而死;张以罪忧死狱中。所有这些故事,后均被冯梦龙收进"三言",或为"入话"(话本小说在叙事前,先讲一小段故事,以引出主题),或被演绎成话本小说。"大桶张氏"的情节与《醒世恒言》中《闹樊楼多情周胜仙》相仿。可见作者所记,多为宋代盛传故事。其余数条,为神怪异闻,情节新奇荒幻,可称佳作。

■**黄朝英**(生卒年不详,约活动在宋徽宗时期) 宋代笔记小说作家。字号不详。建州(今福建建瓯)人。朝英是徽宗政和到宣和时期(1111—1124)的士子,屡试不第。撰有笔记小说《靖康缃素杂记》(又名《青箱杂记》)十卷,另有补辑一卷。成书在北宋亡于金人前夕,共有九十余则故事。此书通行本有《四库全书》本、《说郛》本等。

靖康缃素杂记 宋代笔记小说集。黄朝英撰。十卷。《直斋书录解题》、《郡斋读书志》等书均有著录。原书散佚,今本为明人辑本。据《郡斋读书志》,本书涉及二百余事。而现存之《四库全书》本仅有九十余事。从内容上看,本书以条目的方式辨证古今讹舛,校定史传得失,使得世传名物音义多有归宿;书中还涉及历代的风俗习俗、典章制度等。《四库全书总目》认为,书中

"大抵多引据详明,皆有资考证,固非漫无根柢、徒为臆断之谈"。现传世版本为1986年上海古籍出版社排印出版的吴企明辑校本。吴在校点时,在《四库全书》本九十余事的基础上,辑佚三十余事,较接近原著。

■吕本中(1084—1145) 南宋道学家、诗人。字居仁,号紫薇。寿州(今安徽寿县)人。北宋宰相吕公著曾孙,以恩荫授承务郎,任枢密院编修官。南渡时,迁职方员外郎。绍兴六年(1136),特赐进士出身,擢起居舍人。后迁中书舍人兼权直学士院。因以图恢复,得罪秦桧被免职。晚年深居讲学,人称"东莱先生"。著有《东莱先生诗集》、《江西诗社宗派图》、《紫薇诗话》及《童蒙诗训》等。另有《轩渠录》一书。

轩渠录 宋代笑话集。吕本中撰。无卷数。《遂初堂书目》小说类著录,不著撰人。涵芬楼本《说郛》卷七选录十三条。此书辑录文人笑话,幽默清雅。如记司马光在洛阳闲居,夫人在元宵夜欲出外观灯,公曰:"家中点灯,何必出看";夫人曰:"兼欲看游人";公曰:"某是鬼耶?"又如记王齐叟喜作小词讽潮州帅与监司,监司责之,王又赋《望江南》词作辩解,末句凑韵作"请问马都监",使马都监惶恐自辩。本书流传很广,对后世颇有影响。元人辗然子曾续之作《拊掌录》。今人王利器曾将之收入《历代笑话集》。

■王山(生卒年不详,约生活在北宋仁宗至徽宗时期) 魏(疑为今河北大名)人。仕履、生平均不详。有笔记小说集《笔奁录》传世,属传奇小说类。

笔奁录 宋代传奇小说集。王山撰。七卷。《宋史·艺文志》小说类著录。《秘书省续编到四库阙书目》著录时不署作者。原书已佚。《夷坚三志》录佚文两条,有删改。

现存佚文"吴女盈盈"条,作者自称是记他本人亲历之事:王山在东海守田公宴中遇吴妓盈盈,善歌舞,能词章,学词于他;王归魏州,翌年有客携盈盈所作《伤春词》示王,王作长歌答之;又一年,王再至山东,盈盈已死;嘉祐五年,王登泰山归,为一女奴召至一宫殿,盈盈偕一女子来,命之赋诗,盈盈亦作一绝;二女命盈盈与王就寝。晨起泣别;王恍然出洞府,感怆而还。另一篇佚文为"长安李妹",叙长安妓李妹,被卖为同州节度、宗室四王之妾,王宠之专房;一日忤旨,令出居龙州刺史张侯别第,张欲逼淫之,妹坚不从,取刀欲自刎,并陈词责张,张羞惭而止;后妹自缢,张亦忧惧不食而死。

两佚文的情节奇幻,描写细致,文采华美,故事生动感人。特别是"吴女盈盈",作者自称是纪实之作,虽荒幻不可置信,构思却颇具匠心,是宋人小说中之佳作。

■张邦基(生卒年不详,约活动在南宗高宗时期) 宋代笔记小说作家。字子贤。高邮(今属江苏)人。生平事迹无考。性喜藏书。撰有笔记小说《侍儿小名录拾遗》一卷和《墨庄漫录》十卷。前者显然是对王铚《补侍儿小名录》的补充,仍然是写历代妇女的遗闻轶事,后者则记述志怪和轶事。

墨庄漫录　宋代笔记小说集。张邦基撰。十卷。南宋绍兴十八年（1148）成书。《四库全书总目》、《直斋书录解题》等书目著录。其内容多为士大夫故事，或评述诗文，兼及考证史事。书中辨《龙城录》（旧题唐柳宗元著）、《云仙杂记》（或云《云仙散录》，旧题唐冯贽撰）为宋王铚所作；并辨《碧云騢》（旧题梅尧臣作，其中多诋毁北宋公卿之语，连范仲淹也不能免）为魏泰所作。本书有些记述虽显牵强，但皆有资于考证。有关北宋的政治、经济活动，所记户口和粮漕转运等数据，比较详备真实，有一定的史料价值。书中还记录了许多神异鬼怪故事，描述颇具情致。传世版本有《守山阁丛书》本、《四库全书》本等。《笔记小说大观》收入该书，台湾商务印书馆曾出版影印文渊阁《四库全书》单行本。

■**郭彖**（生卒年不详，约活动在南宋理宗至度宗时期）　宋代笔记小说作家。字伯象（一作次象）。和州（今安徽和县）人。曾进士及第，累官至知兴国军（今湖北阳新县）。其余不详。撰有笔记小说《睽车志》一部，凡一百四十余事。

睽车志　宋代志怪笔记小说集。郭彖撰。共一百四十四条。卷帙各书记载不一，《宋史·艺文志》著录为一卷，《直斋书录解题》五卷，《稗海》、《四库全书总目》和《笔记小说大观》等书，均作六卷。《直斋书录解题》、《文献通考·经籍考》、《宋史·艺文志》均入子部小说家类著录。本书书名取《易·睽卦》中"载鬼一车"之语而来。

本书所记多为南宋建炎、绍兴、乾道、淳熙间事，北宋的汴京旧闻间有所录。据张端义《贵耳集》记，宋高宗爱鬼神幻诞等书，郭彖《睽车志》始出。全书多记鬼怪神异之事，其创作主旨在于明因果、资劝戒：如"成中郎傅霖"条，记官吏拆毁民房，终得恶报；"绍兴甲寅"条，记杀母不孝子遭雷击；"程泳之沂"条，记妒妇杀婢被鬼鞭笞；"沧州有妇人不食"条，记妇人忍饥供婆母，自己日饮水而不饥事等。书中还有两条是揭露宋徽宗最宠幸的道士林灵素劣迹的，其中一条写他欠债不还，竟用法术讹诈债主，从中勾勒了这个江湖骗子的无赖嘴脸。

书中有一些叙事完整、情节曲折的作品。如"有士人寓迹三衢佛寺"条，写马绚娘的鬼魂与士人相爱，教士人掘墓发棺，竟能再生，遂与士人结婚生子；其情节与《牡丹亭还魂记》十分相似。"李通判"条写李女为陈察推的亡妻附身，自愿嫁年老貌丑的陈察推为继妻，替他抚养两个女儿，直到择婿出嫁；最后李女忽然梦醒，又与陈察推离婚。完全不涉鬼神的有"绍兴间一郎官"条，写某郎官诱奸一朝士家妓，被朝士设陷阱捉住，打了三十大板；该故事将郎官之放荡不检、朝士之阴险毒辣，描写得淋漓尽致，具有一定的文学色彩。

本书作者记鬼怪，为了证明自己所述并非虚妄之事，称在条末"悉分注某人所说"（《四库全书总目》）。实际上本书中多数条目并没注出处。而正因为作者刻意追奇猎诞，致使大多作品流于简率，整体艺术性不高。传世版本有《四库全书》本、《稗海》本、《古今说海》本、《说郛》本、《五朝小说》本、《龙威丛书》本和《笔记小说大观》本等。

■**龚明之**(1091—约1182) 宋代笔记小说作家。字希仲,号五休居士。昆山(今江苏省属)人。绍兴(1131—1162)年间以乡贡廷试,授高州文学。淳熙(1174—1189)初年,官至宣教郎。一生以教书为业,生活清贫,品格高尚,德誉乡里。有笔记小说《中吴纪闻》六卷传世。

中吴纪闻 宋代笔记小说集。六卷。龚明之撰。本书主要记中吴地区的风土人情、遗闻逸事、人物言行及社会状况,大多为作者耳闻目睹,间亦涉及神灵怪异。书成后未及时付梓,辗转传抄后,散佚较多。元至正(1341—1367)间卢熊修《苏州志》时访得是书,亲加校订。明末毛晋始刻印行,亦多舛误。其子毛扆后得叶盛菉竹堂本相校,第六卷多"翟超"一条,其余亦颇有异同。何焯借阅后再次校订,极为精审。然卢熊跋称龚氏子昱所撰"行实"附后,今两本皆无之,可见叶本亦不免于脱佚也。

作者下笔慎重,创作态度谨严,常为后人称道。书中对吴中的宰执郡守、文人名士轶闻,及名胜古迹、神仙鬼怪均有收录,对宋代名臣王安石、丁谓、范仲淹、张方平等人及奸臣朱勔的言行均有涉及。这些记录,不仅可补正史之缺失,丰富了书中人物的史载资料。且有一定的文学价值。作者仿范纯仁《东斋纪事》、苏轼《志林》之体,编次成帙。书成之日,作者已九十一岁,可谓耄而好学者矣。

该书散佚较多。后经卢熊、毛晋、叶盛等藏书名家手校,而成精审本。卢熊之元刊本今已不见。传世的有《知不足斋丛书》本、《学海类编》本、《四库全书》本和《笔记小说大观》本。1986年上海古籍出版社出版了新版点校本。

■**姚宽**(1105—1162) 宋代笔记小说作家。字令威。越州嵊县(今属浙江)人。父姚舜明,绍兴四年进士,在反击金人的战斗中立过战功。宽亲历靖康之变。绍兴(1131—1162)初,入抗金名臣李光幕府,后以父荫补官,仕至权尚书员外郎、枢密院编修官。为了挽救国家的危亡,他研究古代和当代的用弩状况及造弩制度,撰写了《弩守书》;并在此基础上,改进了抗金名将韩世忠的造弩技术,制造出"三弓合蝉弩"。宽是饱学之士,除撰有笔记小说《西溪丛话》外,还注过《史记》、《五代史》、《韩文公集》,补注过《战国策》,但仅有《西溪丛话》流传至今。该书考据翔实,描写生动,语言特点鲜明,史料价值较高。

西溪丛话 宋代笔记小说集。姚宽撰。《四库全书总目》著录为三卷,《笔记小说大观》著录为二卷。本书为考据经典之作。《笔记小说大观》在该书提要中评说:"宽记诵渊博,援据亦极为赅洽……自馀辨析,亦颇精核,是考据家之最有根柢者。"

作为考据撰著,本书的可贵之处是,不翻故纸堆,不"掉书袋",不为考据而考据,而是据实探究,追踪考据对象的生平、过从、交友等,以为佐证。作者的文字能力较强,在描写考据对象时,能巧施妙笔,使之栩栩如生,跃然纸上。如"昔楚襄王与宋玉游高唐之上"条,为辨宋玉夜梦神女而作《高唐赋》之事,先讲述了世人传说楚襄王梦神女事,又据《乐府》诗和李义山诗以佐证:(1)是怀王而非襄王;(2)是宋玉梦神女而告王,王命作《神女赋》,而非王梦神女命宋玉作《高唐赋》。"杜甫诗丹青引"条,记述了卫夫人的身世经历,及王逸少学书,书法入"妙能品"等事,颇生动感人。"李商隐诗云"条,从李诗"何人书破蒲葵扇,记着南塘移树时"句,既考据了"蒲葵"之来历,又记载了王羲之为卖扇老姆题字的逸事,惟妙惟肖,十分传神。书中考据,大抵如此,可谓"发前人所未发"也。

本书传世版本主要有明嘉靖本、《稗海》本、《津逮秘书》本、《学津讨原》本、《永乐大典》本、《四库全书》本、《笔记小说大观》本等。1993年12月,中华书局出版了孔凡礼的点校本,与陆游的《家世旧闻》合为一本,是今传世之最佳版本。

■**洪迈**(1123—1202) 宋代著名文学家、笔记小说大家。字景卢,号容斋,晚年号野处。饶州鄱阳(今江西鄱阳县)人。南宋时期洪家两代四人(其父洪皓、长兄洪适、次兄洪遵)都是著名的文学家和忠臣。洪迈于绍兴十五年(1145)始中进士第,授两浙转运司干办公事,入为敕令所删定官。因其父洪皓得罪秦桧而受牵连,出为福州(今属福建)教授。累迁吏部郎兼礼部。淳熙十二年(1185),进敷文阁直学士、直学士院,入史馆,预修《四朝帝纪》。淳熙十三年(1186),拜翰林学士,上《四朝史》。绍熙改元(1190),进焕章阁学士,知绍兴府(今属浙江)。次年上章告老,进龙图阁学士。寻以端明殿学士致仕。卒,赠光禄大夫,谥文敏。

洪迈一生撰著极丰,主要有:《节资治通鉴》一百五十卷、《太祖太宗本纪》三十五卷、《四朝史纪》三十卷、《列传》一百三十五卷、《记绍兴以来所见》二卷、《哲宗宝训》六十卷,以及《野处类稿》一百零四卷、《猥稿》、《史记法语》、《南朝史精语》、《经子法语》等。此外,还有笔记小说《夷坚志》四百二十卷(今存二百零六卷)、《容斋随笔》(又作《容斋五笔》)七十四卷、《琼野录》三卷等。上述中最著名的是《夷坚志》,这部由一人独力完成的文言小说巨著,耗费了洪迈毕生的心血,在中国笔记小说史上有重要的影响。

夷坚志 宋代志怪笔记小说集。洪迈撰。四百二十卷。本书书名取自《列子·汤问》篇中《山海经》为"大禹行而见之,伯益知而名之,夷坚闻而志之"一句。洪迈显然是把自己比作夷坚,而把自己的作品当成《山海经》来对待的。这部书他从二十岁开始写作,前五十二年完成初志二百卷;全书完成时他已是八旬老人。他在《夷坚乙志序》中说:"《夷坚》初志成,士大夫或传之,今镂板于闽,于蜀,于婺,于临安,盖家有其书。"可见当时该书刊布之广。《宋史·艺文志》、《少室山房类稿》、《少室山房笔丛》、《四库全书总目》等书均在小说家类著录,但卷帙不一,为刊布时间不一所致。

该书内容驳杂,其中神怪荒诞之谈居其大半,有些故事一味炫示怪异,宣扬冤对报应。尽管作者意在志怪,但写作时态度还是比较严谨的,正如他在《夷坚乙志序》中说的那样:"若予是书,远不过于一甲子。耳目相接,皆表表有据依者。"只是在后期,因为"急于满卷帙成篇,故颇违初心"(《夷坚丙志序》):一则,他扩展了本书的记事范围,二则,滥收他书旧闻。"妄人多取《广记》中旧事,改窜首尾,别为名字以投之"(《直斋书录解题》语)。洪迈无法识破,结果"不复删润,径以入录"。

尽管有追奇偏滥之嫌,但本书记载的不少人物逸闻、文献掌故、民俗方言、医药杂艺等,反映了社会现实,歌颂正义,鞭挞邪恶,对人有道德教化作用;作为研究、考证的资料,还可补史传之缺。分析本书所记,大致可分为四种题材:一是写婚姻爱情,如"鄂州南市女"、"吴小员外"、"解七五姐"、"杨三娘子"等;二是控诉吏治黑暗,如"袁州狱"、"兰溪狱"、"许提刑"、"薛湘潭"等;三是记离乱之苦,如"太原意娘"、"陕西刘生"、"王从事妻"、"徐信妻"等;四是写遗闻逸事,如"蓝姐"、"侠妇人"、"朱通判"、"荆南妖巫"、"关王幞头"、"庞安常针"、"邢氏补颐"、"华阳洞门"、"优伶箴戏"、"蔡州小道人"等。有些谈鬼论奇的作品,作者旨在阐明"幽明一理",以鬼神喻人间,这恰恰从某个侧面反映了宋代社会政治、经济、文化生活。

本书具有创作特色,在艺术性上有新的表现。书中叙事婉曲,描写细腻,语言凝炼,人物形象鲜明。如"侠妇人"条,写董国度弃家北上,娶一聪慧妇人,后又弃家南下;故事曲折有致,离合错出,着力刻画妇人的善良、勤劳、聪慧和豪侠性格;篇中对董的心理活动描写,细针密线,生动感人。

本书对后世影响很大,一时成为说话人的必读书目,书中不少故事是说话人重要的话本素材。宋人话本、"三言""二拍"中的众多篇什及篇中的入话等,多取材于此。本书问世以后,毁誉交加,褒之者推为"说部冠冕",贬之者讥为"谬用厥心"。元明之后,赞誉之声占了上风,认为此书"溲漾恣纵,瑰奇绝特,可喜可愕,可信可征,有足扩耳目闻见之所不及,而供学士文人之搜寻撺拾者,又宁可与稗官野乘同日语哉"(沈岂瞻语,见《夷坚志》附录,中华书局1981年版)。清代藏书家陆心源评本书:"文思隽永,层出不穷,实非后人所及。自甲志至四甲,凡三十一序,各出新意,不相重复,……信乎文人之能事,小说之渊海也。"

本书卷帙既繁,积久散佚。胡应麟《少室山房类稿》中说:"盖支志亡其三,而三志亡其七。"他在《少室山房笔丛》中又说:"今传止五十卷,他不可考。"《四库全书总目》云:"此书仅存自甲至戊五十卷,标题但曰《夷坚志》。以其序文校与时之所载,乃支甲至支戊,非其正集。"传世有影宋本、元代闽残本、浙本、元重修本等。近人张元济广为搜集,编为《新校辑补夷坚志》二百零七卷。中华书局1981年出版的何卓点校本,以此为底本,又增了一卷;此为目前收集较完备的本子。

容斋随笔　宋代笔记小说集。洪迈撰。五集七十四卷。全书分为《随笔》、《续笔》、《三笔》、《四笔》、《五笔》。作者原计划每集十六卷,共八十卷,但书未竣而作者殁,故《五笔》少六卷。此书为读书札记,涉及哲学、历史、文学、艺术等方面,内容丰富,引证详明。书中对宋以前的历史史实、政治制度进行了考证;对词章典故,特别是宋代的典章制度记述尤详;对文人士大夫的遗闻逸事以及他们的诗文作了辨证和评介,虽不尽妥当,却颇具特色。最珍贵的是一些稀见史料,及对唐宋笔记野史叙事的辨误校讹,如"元丰官制"、"枢密使名称更易"等,均为史传所不载。

传世版本有《四部丛刊续编》本、北京图书馆藏宋刻元印本、明弘治刻本、明刻本和清同治间洪氏刊本等。1978年上海古籍出版社根据清同治间洪氏刊本,由上海师范大学古籍整理组进行标点整理,出版了上、下册本。毛泽东生前对此书倍加推崇,曾反复阅读,并在书中注有不少眉批脚注。二十世纪末,人民文学出版社曾出版《毛泽东批注〈容斋随笔〉》。

■**曾慥**(生卒年不详,约活动在南宋高宗时期) 两宋之际道教学者、笔记小说作家。字端伯,号至游居士。晋江(今福建泉州市)人。博学能诗。绍兴(1131—1162)年间,累官至尚书郎,直宝文阁。一度侨居银峰(浙江雁荡小龙山别名,又称银屏峰),以后便奉祠家居。今存他的撰著有:《宋百家诗选》五十卷、《续宋百家诗选》二十卷、《乐府雅词》三卷,集笔记小说二百六十余种作《类说》六十卷(此据《四库全书总目》,《宋史·艺文志》作五十卷)、自撰笔记小说《高斋漫录》一卷,并行于世。慥在《类说》自序中说:小说"可以资治体,助名教,供谈笑,广见闻",其笔下小说的内容也多庞杂,上自朝章典故,下至大夫士人,还包括有文评、诗话、怪异、谐谈之属,所见所闻,都加记载。

类说 古代笔记小说总集。曾慥编。六十卷。成书于绍兴六年(1136)。《宋史·艺文志》类书类著录,《文献通考·经籍考》等书均著录。全书系从汉魏以来二百五十多种笔记小说集中选录而成,范围极为广泛,分类编次,纲举目张。其中不少古代散佚作品,赖本书而得以保存。本书所收前人作品,多为节录,今人读之只能领其大略;即便如此,本书仍不失为一部重要的历史作品集,为后人研究提供了珍贵资料。本书刻本较多,以明天启本为佳本,现传世有1956年影印之天一阁藏明天启本等。

■**罗烨**(生卒年不详,约活动在南宋高宗时期) 宋代小说作家。字号、生平事迹均失考。庐陵(今江西吉安市)人。辑录、编著有笔记小说《醉翁谈录》十卷(中州古籍出版社1999年版的《中国历代笔记小说鉴赏辞典》作二十卷,此从浙江古籍出版社1997年版的《宋元小说史》)。

醉翁谈录① 宋代笔记小说集。罗烨编(宋代金盈之撰有同名作品)。十集,每集二卷,分二十三类。国内久佚。1941年在日本发现刻本影印,书中有"观澜阁藏孤本宋椠"字样。本书是唐代传奇与宋代市民小说相融合的产物。书中作品多系转抄《太平广记》和唐宋传奇小说、笔记中的故事,另外还采集了一些诗词和杂俎之类。最可珍贵的是书中保存了大量关于古代小说、戏曲和其他通俗文学的研究资料,特别是宋元戏文情节,为他书所未载。书中的"舌耕叙引",历来为历代小说史研究者所重视;"小说开辟"中,分小说为灵怪、烟粉、传奇、公案、朴刀、杆棒、妖术、神仙八种,每种列举若干小说篇目,如"红蜘蛛"、"姜女寻夫"、"杨令公"、"青面兽"、"三现身"、"石头孙立"、"花和尚"、"武行者"、"十条龙"、"拦路虎"等,共计一百零七条。书中收录的传奇小说,多为转录旧闻或经罗烨本人节录、改写过的前人作品,其中有不少爱情故事,具有较强的可读性,如"王魁负约桂英死报"、"红绡密约张生负李氏娘"等篇。书中还表述了对小说文体的见解:"夫小说者,虽为末学,尤务多闻。非庸常浅识之流,有博览该通之理。"在"小说引子"里,称小说"言非无根,听之有益",充分肯定了小说家的才学,及小说在社会生活中的地位和作用。上述这些有关小说的理论,在当时是非常罕见的。书中杂有元代事,疑为后人羼入。1957年古典文学出版社出版了本书排印本。

■**金盈之**(生卒年不详,约活动在南宋高宗时期)　宋代笔记小说作家。字号失载。汴京(今河南开封)人。高宗南渡以后,曾先后官从政郎和衡州(今湖南衡阳)录事参军。据谭正璧《中国文学家大辞典》载,盈之有笔记小说《醉翁谈录》五卷传于世。

　　醉翁谈录②　宋代逸事小说集。金盈之撰(宋代罗烨编有同名作品)。卷帙有五卷、八卷两种。内容多为唐代遗事、宋人诗文和宋代京城汴京的风俗。有小部分内容与罗烨的同名书相同。古典文学出版社于1958年出版了本书排印本。

■**王明清**(1127—约1214)　宋代著名学者和笔记小说作家。字仲言。颍州汝阴(今安徽阜阳市)人。王家本是中原大族。明清行二,是北宋学者兼小说作家王铚的次子;外祖父曾纡,是名臣曾布之子。明清与陆游、廉布等人相熟。他博学多闻,善属诗文,为有宋一代著名学者和笔记小说大家。在仕履方面,曾以朝请大夫主管台州(今浙江临海市)崇道观,做过宁国军(今安徽宣城市)节度判官、泰州(今属江苏)通判、浙西(治所在今浙江杭州市)参议官。他一生撰著很多,除《清林诗话》外,其余为笔记小说,计有《投辖录》一卷、《挥麈前录》四卷、《挥麈后录》十一卷、《挥麈三录》三卷、《余话》二卷、《玉照新志》六卷、《摭青杂记》二十四卷(今仅残存十则故事)。其中《投辖录》属志怪类,其他均为闻人轶事类,但也夹杂一些志怪篇章。

　　投辖录　宋代志怪小说集。王明清撰。一卷。《直斋书录解题》著录时称:"所记奇闻异事,客所乐听,不待投辖而留也。"《四库全书总目》收入,列在杂事之属。书中所收故事大多构思新奇,描写亦引人入胜,在宋人小说中属较优秀之作品。如"百宝念珠"记嘉祐中曹后失去一串念珠,大索不得,后知为一侍女所取,挂于相国寺塔顶。"玉条脱"与《清尊录》中之"大桶张氏"相类,似在廉布原著基础上改编。"猪嘴道人"叙李璘春游遇陈朝议家姬,相与目成,无从得近;猪嘴道人给他一块石头,教他划开社坛屋壁即可相会;李果然与陈家姬欢娱经年;后道人辞去,法术亦失灵。此条曾见于《夷坚志补》。"曾元宾"叙曾氏有三子,幼子山中遇五女仙,说与曾家有宿缘,特来教导三子;女仙博学多才,教子规矩严明,他人难得见其容;有求文者,展纸于案,顷刻挥毫满幅;故事非常荒诞,与《异闻集》中姚氏三子遇仙情节近似。书中的故事虽然有不少因袭、模拟他作成分,而作者往往能说明故事来源。

　　传世版本有《四库全书》本,但仅收存故事四十四篇,说明本书已散佚;唯书前自序为原序,作于绍兴二十九年(1159)。商务印书馆出版有排印本,共收故事四十九篇。

　　玉照新志　宋代杂事笔记小说集。王明清撰。传本作五卷、六卷不等。《读书敏求记》杂家类著录。《四库全书总目》列入小说家类。作者在自序中称,因于友人处得一玉照,又得米南宫"玉照"二字,因以名书。本书记录朝野旧闻,兼及神怪琐事,其中较有故事性的如太庙斋郎姜适遇剑仙事、太学生张行简遇女妖事等,惊险奇危,耸人听闻;周邦彦梦中作《瑞鹤仙》词事、左与言重逢名妓张浓事,则属文人遗闻逸事;曾布作《冯燕传》水调歌头大曲,作为戏曲史料常为人所引用。传世版本以《学津讨原》五卷本较为完备。

摭青杂记 宋代传奇小说集。原本《说郛》刊载时不著撰人。重编《说郛》则题王明清撰。原书二十四卷,已佚。现存佚文五篇。从佚文看,均系新奇曲折的故事佳品。如"阴兵"叙宋何兼资遇鬼兵,见唐张巡、许远、雷万春诸神,巡告何奉天符助兵,后宋军果获胜。"守节"篇记吕忠翊女为范希周所娶,军破后分散,后又重圆;此则后被冯梦龙《警世通言》演绎成"范鳅儿双镜重圆"。"盐商厚德"写盐商项四郎,于水中救起遭劫之徐氏女;徐女嫁与金县尉为妾,同赴安乡任;后徐女巧遇其兄,合家团聚。"茶肆还金"写军人李某,于攀楼畔茶肆失一金袋,数年后复过此地,问之,茶肆主人辨明标志后原物奉还。"夫妻复旧约"载单符郎与邢春娘幼有婚约,靖康变时,春娘为金兵所掳,转卖为娼,改名杨玉;后单为金川司户,与春娘巧遇,复践婚约;此故事被冯梦龙演绎为话本"单符郎金州佳偶",收入《古今小说》中。佚文故事不仅情节曲折、离奇,构思新颖、幻巧,且能以口语入文,较唐人传奇又有所发展,这在宋人的作品中尚不多见。

■**朱彧**(生卒年不详,约活动在北宋徽宗时期) 宋代笔记小说作家。字无惑。乌程(今浙江湖州)人。其父朱服,曾为神宗、哲宗、徽宗三朝大臣,历官中书舍人、礼部侍郎、集贤殿编撰等,知广州、泉州。彧仕履无考,幼年随母居江苏常州,后随父至河南开封、山东掖县、江苏镇江等地。徽宗崇宁间(1102—1106)到广州、海南,晚年隐居湖北黄冈。有笔记小说集《萍州可谈》三卷传世。

萍州可谈 宋代笔记小说集。三卷。朱彧撰。作者晚年隐居黄州(今湖北黄冈市),买田宅以居,称居地为"萍州",自号"萍州老圃",并将其日积月累创作的杂事笔记小说结集,名为《萍州可谈》。本书《文献通考》著录为三卷;而左圭的《百川学海》、陈继儒《宝颜堂秘籍》中均只有五十余条,不盈一卷;陶宗仪《说郛》收录更是寥寥无几。可见本书在流传过程中散佚严重。然《永乐大典》征引颇繁。清乾隆年间修纂《四库全书》时,馆内学者取诸书所引,掇拾残文,排纂成编,以还其旧,尚可复得三卷,约"已得其十之八九矣"。

本书中,作者多述其父之所见,而于广州蕃坊市舶,言之尤详,可补《宋史》之缺。书中记宋代文人的轶事琐闻,颇具资料价值,但行文中"欲回护其父,不得不回护其父党;既回护其父党,遂不得不遵绍圣之政,而薄元祐之人。与蔡絛《铁围山丛谈》同一用意,殊乖是非之公。然自此数条之外,所记土俗民风,朝章国典,皆可足以资考证,即轶闻琐事,也往往有裨劝戒,较他小说之侈神怪,肆诙嘲,徒供谈噱之用者,犹有取焉"(《四库全书总目》)。

传世通行本主要有《墨海金壶》本、《守山阁丛书》本、《四库全书》本等。《说库》本据《四库全书》本印行。1989年上海古籍出版社出版有点校本,与《后山丛谈》点校本合为一书印行。

■**康与之**(生卒年不详,约活动在南宋高宗时期) 宋代笔记小说作家。一作誉之,字伯可,又字叔闻,号退轩,又号顺安,又自署箕山。原籍滑州(今河南滑县东旧滑县),一说洛阳。南渡后流寓于嘉禾(今福建建阳市)。曾进士及第,建炎初(1127)曾上《中兴十策》,为汪伯彦、黄潜善所抑,不见用。绍兴元年(1131),依附宰相秦桧,被擢为台郎,以善作歌词受知于高宗。由于他依仗权势横行不法,秦桧死后,被贬于五羊(今广州市)。与之著有《顺菴乐府》五卷、《颐安乐府》五卷,以及笔记小说《昨梦录》(原卷帙不详,残存一卷)。

昨梦录 宋代笔记小说集。康与之撰。卷帙有一卷和五卷两说。宋代官私书目均无著录。《四库全书总目》小说家类存目著录一卷。原本《说郛》题作五卷,节录九则。盖作者生于滑台(今河南滑县),曾目睹汴京之盛,故以"昨梦"为名。书中主要记述北宋时期的遗闻旧事,所写人物多为下层官吏和普通百姓。故事内容分两类。一是公案故事:如"李铁面"叙开封府尹李伦秉公办案,为办一命官,被传入御史台,以各种惨状相威胁,令其开脱命官,李不从,返回后被罢职;"寺僧骗妻"写某寺僧买通舟人,将一仕宦谋害,强占其妻,后舟人出首,寺僧被戮。二是追述北宋逸闻:如"三杨入穴"讲宣和年间杨氏三兄弟被出世老人引入世外桃源的故事,表现了乱世中知识分子逃避现实的思想。这些作品描写细腻、叙事委婉、情节曲折而复杂、颇有传奇性,深得唐人风致。《四库全书总目》称其"殆如传奇,又唐人小说之末流,盖无取矣",不免偏颇。书中对汴京风俗、滑台南沙嘴、西北边城防城库、西夏竹牛、北方婚俗等记载,均细微而生动,可资参考。

■**李元纲**(生卒年不详,约活动在南宋孝宗时期) 宋代笔记小说作家。籍里、生平均不详。根据宋人的有关记载,只知他是孝宗时(1163—1189)的庠生。撰有笔记小说集《厚德录》四卷。书中所录,除一批荒诞无稽的因果报应故事外,也有不少宋代文士,如曹彬、吕夷简、范仲淹、吕蒙正、钱若水、张齐贤、司马光、韩琦、张咏、苏子美、丁谓、陈尧叟、王曾、王随、贾昌朝等人的轶闻趣事。通行本有《笔记小说大观》本等。

厚德录 宋代笔记小说选集。李元纲编。四卷。《直斋书录解题》传记类著录时题为《近世厚德录》,《宋史·艺文志》著录同。《四库全书》本无"近世"二字,列入杂家类存目。本书杂录宋人小说中的因果报应事,引书均注明出处,如钱若水平反冤狱事出自《涑水纪闻》、张孝基还产为山神出自《泊宅编》、钟离君嫁婢条出自《东轩笔录》等。书中引有宋代已失传之书,如《杨文公谈苑》、《遁斋闲览》等,可从此中辑录佚文;但编者在引注原书出处时亦有疏漏。本书传世版本有《百川学海》本、《稗海》本等。《近代小史》本只存一卷。

■**李石**(生卒年不详,约活动在南宋高宗绍兴至孝宗乾道年间) 宋代笔记小说作家。字知几,号方舟。资阳(今属四川)人。自幼好学,善属诗文。青少年时期从苏符尚书游。举进士及第后释褐,出任太学博士,历成都(今属四川)学官、成都转运判官。石享有文名,在蜀期间,慕名求学者众,其中有不远万里而至的闽、越学子,刻石题诸生名达数千人。

在撰著方面,据同代人陈振孙《直斋书录解题》云,有《方舟集》五十卷、《方舟后集》二十卷。

据《宋史·艺文志》载录,有《乐善录》十卷和笔记小说《续博物志》十卷。

乐善录　宋代志怪小说选集。十卷。《直斋书录解题》在小说类著录时云:"蜀人李昌龄伯崇撰。以《南中劝戒录》增广之,多因果报应之事。"《宋史·艺文志》著录为"李石撰"。

本书故事多摘引他书,不少已散佚的原作可从本书钩稽佚文。编者在引他书时,不是照搬照抄,而是根据本书的体例和编纂原则有所增删,并在文中不时夹以评论。作者旨在劝戒,所以多引《劝戒录》、《阴德传》、《响应录》、《因果录》、《阴戒录》等书;亦有引自小说的,如"淳于棼"条引自《南柯太守传》,与因果报应无甚关系。除援引他书外,也有作者自己创作的成分。如卷四"孙洪"条,记孙洪曾为人写离婚书,其同舍生之父夜梦见登科谱籍,见孙洪名下朱批道:"不合写某离书,为上天所遣,不得过省。"同舍生力为补救,后孙终任大官。条末编者注曰:"此事外舅何雅州亲聆其说于公,今录之使人知所畏避云。"又如"解莲奴"条,虽与《夷坚甲志》卷十七"解三娘"事类,但条末记引自果州教授关耆孙所记,早于《夷坚志》,应视为作者的创作。

现存版本有宋绍定(1228—1233)刻本,藏日本东洋文库。另有涵芬楼影印本,编入《续古逸丛书》。还有《四库全书》本、《稗海》本等。

■王楙(1151—1213)　宋代笔记小说作家。字勉夫,号分定居士。祖籍福清(今属福建);自曾祖仲举徙吴,遂为长洲(今江苏苏州)人。伯祖王苹,伊洛程门弟子。父王大成,一生交游名士,曾著有名人遗事小说集《野老纪闻》一卷。王楙少丧父,家道贫寒,奉母以孝闻。曾有志于功名,然多次蹭蹬不第,后杜门著述,教授讲学,时称"讲书君"。他清心寡欲,刻苦嗜书,晚年得拘挛之疾,然坐卧犹不释卷。著有笔记小说集《野客丛书》三十卷传世,另有《巢睫稿笔》五十卷,已佚。

野客丛书(附《野老纪闻》)　宋代笔记小说集。三十卷。王楙撰。本书作者在长期教授讲学过程中,留心学问及轶闻,每有一得,必随笔而书,日积月累,聚沙成塔,遂成此作。自庆元元年(1195)至嘉泰二年(1202),七年中三易其稿,始得完成。书末附其父王大成《野老纪闻》一卷。书成后,得到范成大、陈造的嘉美,为之题跋。

本书内容博洽,经、史、子、集,无不涉及。作者援引群书,考辨典籍之异同,论证记载之真伪,大多言之成理,论之有据。全书卷帙甚富,引据亦繁,难免有舛误之处,但瑕不掩瑜,不失为宋人笔记中较有影响的一部著作。作者不仅长于记事,也善于写人,绘其神者往往于一笔一语,人物形象即跃然纸上。如"班史略于节义"中写霍光召符玺郎欲求玺,郎不与,光欲夺之,郎按剑曰:"臣头可得,玺不可得也!"直抒"富贵不能淫,威武不能屈"的直臣品格。又如"欧公讥荆公落英事"条,以物理刺王安石的变法主旨。又如"袁郭论孔明",叙峻急与缓舒应以时为宜。"汉贵荐贤"条,则以邓通、卫青之身世直刺封建帝王"荐贤"之本义。

本书在作者生前未刊行。其子为遂父愿,四处奔走,求李性传作序,附范成大、陈造等跋文,得以刊印。初印数量不多,加之战乱,竟至无存。元明之际,仅得抄本流传。明嘉靖(1522—1566)间,作者十世孙谷祥以各家藏本校正,重行刊刻,特延请文徵明、陆师道、袁遵尼、吴师锡为之校雠,名人书写,名工刻梓,并将《野老纪闻》、郭绍彭所撰《圹铭》等附于卷末。该书后被收入《稗海》中。至《宝颜堂秘笈》收录时,本书已失原貌,十不存三四。存世版本尚有《四库全书》文津阁三十卷本、《说郛》十五卷本、《丛书集成》本和《笔记小说大观》本等。1991年上海古籍出版社出版了郑明、王义耀校点本,为当世最佳版本。

■**何光**(生卒年不详,活动在南宋末年) 宋代笔记小说作家。字履谦。四明(今浙江宁波市,"四明"是旧宁波府的别称)人。生平事迹不详。传有笔记小说集《异闻》一部,原本已散佚,因《说郛》收录有此书小说三则,故尚能知其全书之大概。

异闻 宋代志怪笔记小说集。何光撰。原书三卷,早佚。原本《说郛》录佚文三条,《少室山房笔丛》曾引部分佚文。佚文中以"兜离国"为最具代表性。该篇文字较长,情节曲折,构思巧妙,细节描写详尽。篇中周宗慎夏宿天台报恩寺,被梦召入兜离国,授文籍监丞,赐宅一区,姬妾十余名。周参事半年后,因参劾继相奸贪误国,被放东归,国王赐玉合三枚,上署甲乙次序,命他归后依次开视。周梦醒后果有玉合,开视其甲,有字题曰:"人生无百年,世事一如梦。可往衡山中峰寻五官子问之。"周至衡山访异人不返。此故事题材因袭唐传奇《枕中记》、《南柯太守传》,但在情节构思上有独创。"碧澜堂"篇记水面一女子行吟,诗句清新,颇具神韵。作者善于调动才思,从多角度描写人物;特别在对话设计上,典雅委婉、激切畅达并用,使人物性格更加鲜明生动。

■**岳珂**(1183—1234) 宋代文学家、史学家、书法家和小说作家,辛派词人。字肃之,号亦斋,又号倦翁。祖籍相州汤阴(今属河南),寓居嘉兴(今属浙江)府西北之金陀坊。岳飞之孙,岳霖次子。历南宋光宗、宁宗、理宗三朝,先后就任嘉兴军管内劝农使、嘉兴知府、户部侍郎、淮东总领制置使、宝谟阁学士等官职。平生爱收藏,精鉴赏,工于诗文,勤于著述。主要撰著有:(1)《金陀粹编》二十八卷。珂痛恨秦桧,此书的撰写,旨在谴责秦桧谋害岳飞之罪,为其祖父辨冤。书中含《淮西十五御札》三卷、《朝廷命令》一卷、《鄂王行实编年录》六卷、《鄂王家集》十卷、《吁天辨诬集》五卷、《天定录》三卷(《宋史》本传载为二卷,此从《中华野史辞典》)。(2)《金陀续编》三十卷,含《高宗宸翰拾遗》一卷、《丝纶传信录》十一卷、《天定别录》四卷、《百氏昭忠录》十四卷。(3)《桯史》十五卷。(4)《愧郯录》十五卷。以上四部均为志人、志事的笔记小说。其他另有《玉楮集》八卷、《棠湖诗稿》一卷、《刊正九经三传沿革例》、《宝真斋书法赞》、《三命指迷赋》等。上述各书均见于《四库全书》本、《笔记小说大观》本和《稗海》本。

桯史 宋代笔记小说集。岳珂撰。十五卷,一百四十余条。《直斋书录解题》、《文献通考·经籍考》、《四库全书总目》等均以杂记、小说家类著录。

本书以辨明"公是公非"为目的,通过对南宋朝野各阶层人物言行的记载,表述作者的政治主张和文学态度。书中所记南宋时的人事,多系作者所身历自见,或亲闻于父友辈之口述,可信度强。如"乾道受书礼"、"范石湖一言悟主"、"大散论赏书"、"秦桧死报"、"开禧北伐"等条,均较正史详备。作为岳飞之孙,作者对祖父被奸相诬陷而死常怀复仇之志,除上书朝廷辨冤外,还作本书以明志。正如明人潘旦所说,岳珂"悲愤吁天问,著桯史以明志"。

作者擅诗文,本书多处记载了文人活动轶事,并辑录了许多诗文作品,可资后人辑佚、校勘、考订和进行文学研究。但书中也有失实之处,如叙张端义《贵耳集》所驳康与之题徽宗画条、庆元公议条,与叶绍翁《四朝闻见录》所记异。另外,书中记王安石行藏,在议论上过于偏颇。在记事上,"笔颇冗漫,不似所著《愧郯录》之简洁"(《四库全书总目》)。但纵观全书,仍属笔记小说中之佼佼者。周中孚在《郑堂读书记》中称:"所记两宋轶事,可补史传之缺。"《四库全书总目》所评"寓褒刺,明是非,借物论以明时事",是本书的一大特点。毛晋也评道:"唐迄宋元,稗官野史,盈箱溢箧,最著者《朝野佥载》、《桯史》、《辍耕录》者,不过数种。"

本书的传世版本较多。最早刊行的是南宋嘉兴刻版,但年久散佚,现仅存一至七卷,藏北京图书馆。另有《铁琴铜剑楼》藏元刊本、明成化本、《津逮秘书》本、《学津讨原》本、《稗海》本、《四库全书》本和《四部丛刊》本等。1980年中华书局出版了今人吴企明的点校本,该本还选载了诸家著录和论跋共二十一条作为附录,是迄今最详备本。

■**吴曾**(生卒年不详,约活动在南宋高宗时期) 宋代笔记小说作家。字虎臣。崇仁(今属江西)人。博闻强记,知名当时。因应试不第,于绍兴十一年(1141)献书秦桧,得补右迪功郎,后历官至工部郎中,出知严州(今浙江杭州市所属)。著有笔记小说集《能改斋漫录》十八卷。

能改斋漫录 宋代笔记小说集。吴曾撰。十八卷十三门。本书始刊于南宋绍兴二十四年至二十七年(1154—1157)间。因作者曾以此书献于当时权相秦桧而得官,所以,秦桧败亡后,在隆兴初(1163)为仇家所告讦,诬其书"事涉讪谤",遂被禁毁。至光宗绍熙元年(1190)始重新刊版。但新版经过删削,已非旧观。下及元明,刊本又绝。今所见本为明人从秘阁中抄出。

本书分门类事,计有事始、辨误、事实、沿袭、地理、议论、记诗、记事、记文、类对、方物、乐府、神仙鬼怪等。书中记载史事、辨证诗文典故、解析名物制度,资料丰富,涉及广泛,且保留了不少已佚文献,为后世研究者所重视;方家考证,往往从中征引其文。但作者党附秦桧,书中时有曲意取媚之笔,其考证不实之处,曾受到时论的指摘。今人余嘉锡在《四库提要辨证》中对之有详细评述。

本书现存版本有武英殿聚珍版丛书本、《墨海金壶》本、《守山阁丛书》本等。1979年上海古籍出版社出版了以武英殿聚珍版丛书本为底本的排印本。

■**鲁应龙**(生卒年不详,约活动在南宋理宗淳祐年间) 宋代笔记小说作家。字号失载。嘉兴(今属浙江)人。生平事迹不详,只知他曾于淳祐(1241—1252)中期在一家沈姓塾馆教书,并在这里集神怪之故事,撰成笔记小说《闲窗括异志》一卷。此书著录于《四库全书总目》,并流传于世。

闲窗括异志 又称《括异志》。宋代志怪笔记小说集。鲁应龙撰。卷帙不详。全书共九十条,短则三十余字,长则三百余字。书中内容芜杂简率,多为惩恶扬善的道德说教,如记因果报应的:凡杀生者、卖假货者、欠债不还者、为官办事不公者、不敬神者等,均遭恶报;放生者、敬神者、好积阴德者,必得善报。书中还有一些谈"功名前定,不可强求"的内容。唯"曾陟梦中回家"条较为新奇,写曾陟作馆于外,多年未归,思乡心切;忽一道人入,剪纸为马,令曾上马合眼,以水噀之,嘱其到家后不可久留;须臾到家,妻子帮其沐浴更衣后,上马而归;曾一觉醒来,身着新衣端坐馆中。此条虽与《纂异记》陈季卿竹叶舟相类,但有所创造,颇有意味。

■**周密**(1232—1308) 宋末元初著名笔记小说作家。字公瑾,号草窗、萧斋、苹洲。祖籍济南(今属山东)。曾祖父鼐从宋高宗南渡,后全家定居于吴兴的弁山(今浙江湖州),故晚年又自号弁阳啸翁、弁阳老人、四水潜夫等。宋理宗淳祐末年(1252),除义乌(今属浙江)令。后来又做过两浙西路(简称浙西,治所在今浙江杭州市)的帅司幕僚等。南宋灭亡后不仕,先是居于湖州(今属浙江)铁佛寺;寻移居杭州天圣佛刹,杜门谢客,以歌咏著述自娱近二十年。其间先后完成了词集《苹洲渔笛谱》(亦名《草窗词》)、诗集《草窗韵语》(亦名《蜡屐集》),又曾选编南宋词人的佳作为《绝妙好词》。他撰著的笔记小说有《齐东野语》二十卷、《武林旧事》十卷、《癸辛杂识》六卷(包括前集一卷、后集一卷、续集二卷、别集二卷)、《浩然斋杂谈》、《浩然斋视听抄》、《浩然斋意抄》、《志雅堂杂抄》十卷、《弁阳客谈》、《澄怀录》、《云烟过眼录》四卷等十部。这些小说多记南宋时期的遗闻,而《志雅堂杂抄》则突出地记述了宋代的琴棋书画艺术史。

齐东野语 宋代笔记小说集。周密撰。二十卷。《四库全书总目》、《宋史·艺文志》、《文献通考·经籍考》等书目均著录。

本书为作者的经意之作,多记南宋史料和朝野人士的遗闻轶事,间或品藻诗文,鉴赏文物,考订杂事。作者在"自序"中说:"朝野之故,耳闻目接,岁编日记,可信不诬","乃参之史传诸书,博以近闻脞说,务事之实,不计言之野也。"本书史料的主要来源:一是录先人之旧闻,包括作者得"曾祖及祖手泽数十大帙,外祖日录及诸老杂书"等;二是作者亲历事件所获取的第一手材料。如"端平入洛事"是当时的随军幕日记,"二张援襄事"亲得之于襄州顺化老卒。书中探讨古史的各条,属辞比事,考核详尽。其中释疑辨讹处,均有自己独到的见解。杂记各条,包括轶闻遗事、诗文品藻、文物鉴赏和杂考等,都详征博引,叙事简明,读之使人增广学识。如卷二十中的"岳武穆御军"、"马梁家姬"、"张功甫豪侈"、"台妓严蕊"等,情节构思精巧,注重描写不同人的语言特色,使人物形象更生动传神。本书不论在史学,还是在文学研究上,都具有重要的资料价值。《四库全书总目》称它"是以补史传之缺"。《越缦堂读书记》中称:"宋末说部可考见史实者,莫如此书。"

本书的传世版本较多,主要有:元刻本、明正德胡文璧重刻本、涵芬楼《宋元人说部》本、《稗海》本、《津逮秘书》本、《学津讨原》本、《历代小史》本、《说郛》本和《宋人百家小说》本等。1983年中华书局出版了由张茂鹏点校的排印本。

癸辛杂识 宋代笔记小说集。周密撰。作于杭州癸辛街,书中以记杂事异闻为主,故名。卷帙著录不一。《千顷堂书目》著录为:"《癸辛杂识》一卷,《癸辛新识》四卷,《癸辛后识》四卷,《癸辛续识》二卷",共十一卷。《国史经籍志》著录四卷。《四库全书总目》著录前后集各一卷,续别集各二卷,共六卷。卷帙著录各异,盖由各家传抄不等所致。

本书作品重在歌颂爱国将士,鞭挞误国奸佞。如"施行韩震"条,揭露贾似道、韩震相互勾结、专权误国,终被陈宜中处死;"张世杰忠死"、"襄阳始末"等则大力歌颂抗击北人(蒙古族)入侵的英雄事迹。书中记载文人逸事及传说异闻也较多。如"郑仙姑"条写郑千里之女私与人结合,其父为名声计,售女于外乡,诡称其女"乘空而去",竟获旌表;此条隐含着对封建礼教和贞烈观的讥刺。续集中的"宋江三十六人赞",是研究《水浒传》小说创作的重要资料。别集"祖杰"条记恶僧横行不法的罪行,文中保存有大量的戏文史料。书中还记载了一些风土人情和自然科学知识,可以广见闻、资考证,从中可见作者严谨的创作态度。

本书先以抄本问世,后收入《稗海》中,然而卷帙混乱,互有羼入。毛晋于书肆得完帙抄本,刻入《津逮秘书》中。另有《四库全书》本和《学津讨原》本。冯梦桢写校本仅前后二集,今藏北京图书馆。1988年中华书局出版的吴企明点校本最为完善。

■**黄震**(1213—1280) 宋末笔记小说作家。字东发。庆元慈溪(今属浙江省)人。人称于越先生。宝祐(1253—1257)进士。历任县尉、史馆检阅,预修宁、理宗两朝国史、实录。因言弊政,被排挤出朝,后为浙东提举常平。多有惠政,为权豪所忌。在学术上,力排佛老,抵程朱理学。宋亡,隐居以终。著有笔记小说《古今纪要逸编》一卷。另有《黄氏日抄》、《戊辰修史传》等书传世。

古今纪要逸编 宋末笔记小说集。一卷。黄震撰。作者曾修宋宁宗、理宗实录,接触到不少历史资料,为其笔记小说创作提供了优越条件。

书中多记宁宗(1195—1224)至度宗(1265—1274)时朝臣轶事。如"丞相杜范"条,记杜范任言职时,不畏强权,据理力谏,助理宗整饬朝纲、除弊趋利,堪称一代名相。"度宗立十年"条,记贾似道恃宠骄肆,遥制朝廷,重用亲信,损国肥私,竭尽淫欲,为一代权奸。书末有元"荥阳生郑真识"跋,称本书"文约事详,亦可谓良史矣"。本书传世版本不多,以《笔记小说大观》本为全帙。

■**刘昌诗**(生卒年不详,约活动在南宋宁宗时期) 宋代笔记小说作家。字兴伯。江西清江(今江西樟树市)人。宁宗开禧二年(1206)登进士第。嘉定(1208—1224)中任盐华亭(今上海松江)芦沥场盐课尹,后迁六峰(今大约在安徽)令。有笔记小说《芦浦笔记》十卷传世。该书为杂事小说类,作者于嘉定三年(1210)"捐俸刻于六峰县斋"。

芦浦笔记　宋代笔记小说集。十卷。刘昌诗撰。本书为作者在盐华亭芦沥场盐课尹任内之作，故以"芦浦"名书。作者在"自序"中称："服役海陬，卖盐外无职事，惟翻书以自娱。凡先儒之训传，历代之故实，文字之伪舛，地理之迁变，皆得溯其源而寻其流。"书成后，作者捐俸自刻，流行于世。然而传世很少。据《四库全书总目》称："此本为丹阳贺氏所藏，而绥安谢兆申所传抄，则已可宝之笈矣。"此说在《笔记小说大观》本的卷首序末有记。

本书的最大特点是记事时有考据，考据后又引出一系列故事，故事描写生动、传神。所以，《笔记小说大观》本在是书提要中说："一稗官而通雅若此，此亦足以传矣。"如"三郎"条，考"三郎"出凡五事，引《漫录》；而今本《能改斋漫录》无此条，可知《漫录》在历次传抄中已非完帙。"重五日生"条引《风俗通》，考重五生人并非克父母，记载亦较生动。又如"泥轼"、"屏星"、"金根车"、"诸葛亮表脱句"、"孙叔敖碑舛伪"、"欧阳修误题多心经"、"杜甫诗错简"等，不仅"皆有特识"，所记载的诸人形象亦颇传神。

书中舛误亦不少。如"草谿大王"条，称绍兴癸丑"余客淮南"云云；癸丑乃绍兴三年（1133），下距作者捐俸刻书之时嘉定二年（1210），凡七十七年，如是计，作者年且百余岁，断无尚为县令之理。此处疑为"绍熙癸丑（1193）"之误。

本书经历次传抄，已非完本。据书中跋记，本书曾在明、清经近十人传抄校勘增损，错讹舛伪在所难免。传世有明玉珑阁本、《知不足斋丛书》本、学海类编本等。《四库全书》本据谢氏本收录，《笔记小说大观》本当为时下最善版本。

■**费衮**（生卒年不详，约活动在南宋光宗、宁宗时期）　宋代笔记小说作家。字补之。无锡（今属江苏）人。其祖父费肃，北宋大观（1109—1110）进士，曾任秘书省正字、馆阁校书郎。衮幼年好学，博览群书，后成为国子监生，于开禧间（1205—1207）发解中进士。其余仕履不详。衮的撰著多已亡佚，今只存笔记小说《梁谿漫志》十卷。

梁谿漫志　宋代笔记小说集。费衮撰。十卷。"梁谿"原为无锡县城西门外的一条小河，源出惠山，作者为无锡人，故以此名书。本书记述南宋初年政事典章较详，间及考证史传，评论诗文。作者旨在抒发经世之志，故述史说文，不仅限于笔下谈资，且欲为镜鉴，施之于用。本书内容：一为辨述宋代典章制度，对元丰改革官制的记述尤详；二为记叙前人的遗文轶事，对庆历党争持论公允；三为订正史实，纠宋人笔记小说之讹；四为评论诗画。《四库全书总目》认为本书"持论俱有根柢"。书中第四卷专述苏轼事，极尽推崇赞美，认为他在谪所，勇于为义，足为直臣楷模。书中涉及北宋政事，同情元祐党人，对于蔡京父子则痛加贬斥。其大量品评诗文的条目，可见作者的政治抱负和文学造诣。传世版本有《津逮丛书》本、《学津讨原》本和《笔记小说大观》本等。1985年中华书局出版了排印本。

■**赵与时**（？—1231）　宋代笔记小说作家。字行之。宋代宗室，太祖七世孙。涿郡（今河北涿州市)人。三次参加科举考试，均不第。南宋宁宗时期，曾任筦库微职，又监御前军器所，司行在草料场等。撰有笔记小说集《宾退录》十卷和《林灵素传》一卷。前书内容为生平见闻；后书主要状写宋徽宗崇信道教、宠信道士林灵素的故实。

宾退录 宋代笔记小说集。赵与时撰。十卷，二百二十三条。《四库全书总目》及《宋元小说》等著录。纪昀在《四库全书总目》中评作者"生平闻见所及，喜为客诵之，宾退或笔于牍，故命以《宾退录》"。

本书主要记述两宋的典章制度、遗闻轶事，内容颇翔实、准确。《四库全书总目》称其"考证经史，辨析典故，则精核者十之六七"，"可为《梦溪笔谈》及《容斋随笔》之续"。作者正义感强，明辨是非，能在纷纭众说中作出自己的判断。如评论王安石，他推崇陆九渊的《王荆公祠堂记》，认为陆的"议论尤精确"。书中对民族英雄岳飞倍加赞扬，对卖国权奸秦桧猛烈抨击，表现了作者的民族气节和思想感情。作者崇尚理学，在文学观上，囿于"以议论为诗"的风气，对邵雍推崇过高；评价唐诗时对杜甫的评价较为允当。

本书传世版本较多，有《经籍铺》本、《对雨楼》本、择是居本、古书丛刊本、明清抄本、《存恕堂》仿宋本等。1983年上海古籍出版社出版了齐治平校勘的排印本，后附何焯《宾退录》批语十二篇。

■陆游(1125—1210) 宋代著名爱国诗人，笔记小说作家。字务观，号放翁。越州山阴(今浙江绍兴)人。年十二能诗文，荫补登仕郎。绍兴二十三年(1153)应进士试，锁厅(宋代制度：现任官员应进士试曰"锁厅"，言锁其厅而往应试。试中，得迁官而不给科第；不中，则停现任)荐送第一，而秦桧的孙子秦埙适居其次，桧怒，至罪主司。次年应礼部试，主司复置陆游于前列，秦桧以论文中言及收复失地为由将之除名。绍兴二十五年(1155)秦桧死，陆游才被任福州宁德县(今属福建)主簿，寻入为敕令所删定官。迁大理寺司直兼宗正簿。后官职屡谪屡迁。绍熙年间(1190—1194)，诏陆游权同修国史、实录院同修撰，免奉朝请，寻兼秘书监。嘉泰三年(1203)，书成，遂升宝章阁待制，致仕。

陆游才气超逸，尤长于诗，词与散文亦工。诗坛上与范成大、杨万里、尤袤并称"南宋四大家"。今存主要撰著有：《剑南诗稿》八十五卷、《渭南文集》五十卷、《逸集》二卷、《放翁词》一卷、《南唐书》、《入蜀记》、《天彭牡丹谱》、《放翁诗话》一卷、《续放翁诗话》一卷、《圣政草》一卷，另有笔记小说《老学庵笔记》十卷(《四库全书总目》谓十二卷，此从《笔记小说史》)。

老学庵笔记 宋代笔记小说集。陆游撰。十卷，续笔一卷共十一卷。《直斋书录解题》、《宋史·艺文志》、《四库全书总目》等书均著录。

本书为作者自蜀退居故乡山阴镜湖，结庵湖畔，自叙"老学庵"时所作。全书共有五百七十六则故事，多记北宋末年以来的时事轶闻、民间传说、典章制度，兼及诗文考订等。书中"杂述掌故，间考旧闻，俱为谨严。所论时事人物，亦多平允"(李慈铭《越缦堂读书记》)；"所记所闻，殊可观也"(陈振孙《直斋书录解题》)。因作者居蜀时久,书中以记蜀事为多,其中记成都江渎庙壁李顺画像和亳州所织轻纱诸条,录存有重要史实,可资考证。又如"施全刺杀秦桧"、"秦桧杀岳飞"、"秦桧的'十客'"、"王小波、李顺起义"等轶事,多是作者身历或亲闻,资料翔实可信。全书文笔简洁隽永,字里行间可感作者的民族气节和爱国主义精神。书中的一些诗文评价,表现了作者文学上的真知灼见及极高的艺术鉴赏力,其中论诗诸条中,批评时人"解杜诗但寻出处"等,对后代诗词理论很有影响。

本书于南宋绍定元年(1228)由作者之子子通付梓,宋亡以前未再翻刻。明代以前主要刊本有《稗海》本、《说郛》节编本、吴江周元度刻本。清代有《津逮丛书》本、《四库丛书》本、《学津讨原》本、《丛书集成》本等。商务印书馆收入《宋元说部书》中,此本校勘完整,并作了新式标点。1979年中华书局出版了李剑雄、刘德权的校点本。

避暑漫抄 宋代笔记小说集。一卷。陆游撰。本书二十六则故事,有二则摘自他书,余为作者从前朝史志中取材进行创作而成。凡创作之篇,遣词优美,风格近于趣谈。如"安禄山败"条记:"安禄山败,史思明继逆至东都,遇樱桃熟,其子在河北,欲寄遗之。因作诗同去,诗云:'樱桃一笼子,半赤亦半黄。一半与怀王,一半与周至。'诗成皆赞美之,曰:明公此诗,大佳;若能言'一半周至,一半怀王',即与黄字声势稍稳。思明大怒曰:'我儿岂可居周至之下!'即其传也。"本篇不再著一字,即令人喷饭!又如"李福妻裴氏"条记裴氏妒甚,李福十分惧内,为纳一妾,竟至装疾而被妻灌了一肚子尿。条后福叹曰:"一事无成,固当有分。所苦者咽一瓯溺耳。闻者莫不大笑。"《说库》本在该书提要中说:"杂记唐宋间琐事异闻,多他书所未载。间下一二断语,亦足惊世讽俗。"传世版本有《知不足斋丛书》本、《说库》本等。

家世旧闻 宋代笔记小说集。上下卷。陆游撰。

本书重于记事,其中多记北宋徽宗朝事,史料价值非常高。李焘在修《续资治通鉴长篇》时曾收录三条。作者对其高祖陆珍、曾祖陆珪、祖父陆佃、叔祖陆傅、父亲陆宰,及外家唐室等前辈的遗闻轶事,记载尤详。为后人研究陆游提供了宝贵的第一手材料。书中也有些条目涉及怪异,但作者华笔之下,均显得有声有色,如"楚公与善相术者问答"、"楚公少时梦老聃为治疾"、"楚公在亳昼卧见异"等均是。

本书传世版本有毛晋《汲古阁》本、《铁琴铜剑楼藏书》本、《穴砚斋》本、《群书经眼录》本、《笔记小说大观》本等。1993年12月中华书局出版的孔凡礼点校本,与宋姚宽的《西溪丛语》一并印行,是当今的最佳版本。

■**张淏**(生卒年不详,约活动在南宋高宗至宁宗时期) 宋代笔记小说作家。字清源。原籍汴京(今河南开封市),后侨居婺州(今浙江金华)。绍兴进士。嘉定(1208—1224)间曾以迪功郎监安庆府枞阳镇监辖仓库兼烟火公事,旋监潭州永兴仓。他学问渊博,识断精辟,精于考辨之学。其余不详。著有笔记小说集《云谷杂记》,及《宝庆会稽续志》。

云谷杂记 宋代笔记小说集。张淏撰。原书早佚,卷帙不明,清修《四库全书》时,从《永乐大典》中辑出佚文,编为四卷。

本书内容主要是考订论述,其范围不限于古事古人,对当代的人和事也如实记录和评价;特别是对北宋王朝穷奢极欲,及遭到外族铁蹄蹂躏情况的一些描写,都真实可信。其中"寿山艮岳"条对宋徽宗时期的穷奢极欲和金人入汴后对艮岳破坏的揭露,为研究当时的历史和南宋话本文学提供了可贵的资料。《四库全书总目》中曾评其"于诸家著述,皆能析其疑而纠其谬"。如论张仪有檄楚书,隗嚣有檄亡新文,《文选》有司马相如的喻蜀檄文等,纠正了《文章缘起》中关于檄文起于东汉末陈琳之误;书中摘举施元之、任渊二人注苏轼、黄庭坚诗的谬误,考核有据。

本书亡佚于明中叶。清代辑本分为四卷,又以奏状题跋等八篇作为末卷,用聚珍版印行。另有明《说郛》一百卷本,比聚珍本多出四十九条。还有《知不足斋丛书》抄本等。近人张宗祥合诸本辑录了汇校本,为六卷,于1958年由中华书局上海编辑所出版发行。

张端义(1179—约1248以后) 宋代笔记小说作家。字正夫,自号荃翁。郑州人,寓居苏州。自幼读书兼习技击,曾拜项安世为师。成年后喜诗工词。理宗端平年间(1234—1236),曾应诏三次上书献策,主战反和,被斥为妄言,贬往龙州(今广西龙州县北旧州)安置;后改韶州(今广东韶关市),在此地撰成笔记小说《贵耳集》三卷。全书多记朝廷轶事,兼及诗话和少量考证,其中第三卷多记杂事。

贵耳集 宋代笔记小说集。张端义撰。三卷(每卷为一集,共三集)。《四库全书总目》在子部杂说类著录。各集皆有自序。初集成书于淳祐元年(1241),序言说曾著短长录一帙,获罪后被妻子焚毁,因追旧事记之,古人有"贵耳贱目"之说,故名。二集成于淳祐四年(1244)。三集成于淳祐八年(1248)。

作者有志于撰记当代史事。本书主要内容是两宋朝野杂事,涉及唐末黄巢起义等资料,有一定的史学价值。书中兼及一些诗话、词话、杂剧的评述,及伶人对时事的讽刺等内容,均写得鲜明生动,后常被《词林记事》、《宋诗记事》所引用。但书中颂扬秦桧,为其杀岳飞开脱,为人所不屑,屡遭抨击。

传世版本有《宝颜堂秘笈广集》本、《津逮秘书》本、《学津讨原》本等。中华书局1958年出版了标点本。1990年中州古籍出版社又出版了新点校本。

黄翼之(生卒年不详,约活动在南宋高宗时期) 宋代笔记小说作家。字号、籍里、生平等均不详。著有笔记小说《南烬纪闻》一卷。从该书记载推断,黄在北宋灭亡后,曾在受金册封的齐刘豫政权下任职。

南烬纪闻 笔记小说集。一卷。黄翼之撰。篇内记徽、钦二帝被俘后北上诸事,与《靖康蒙尘录》内容大致相同,但不少似与史事不符,如记金将野利乘醉当着徽宗面奸淫徽宗孙女之事,后人多认为是对传闻的一种演绎。此说又与后人伪托辛弃疾所撰之《南渡录》（又名《窃愤录》）一书相同。因此有人猜测，撰者一是对天子不满，故意以此描写以泄其忿；二是煽动南迁君臣的抗金义愤。作者在自序中说："但愿此书南播，使宋之子孙目其事，动其心，卧薪尝胆，誓灭凶丑，雪冤涤耻，廓清中原，使吾父子，复视汉官威仪，不终沦于左衽也。"书末附《阿计替本末》。本书所记宋金之事，不少为荒谬之作，在记宋金年号上亦有错误；书中对一些事件的描写，竭尽渲染之笔，具有较大之煽动性，应视作小说家言，不可当史料之用。

本书曾被后人辗转传抄，几于散佚。乾隆六年（1741）由安溪戴泳纯重新手抄而成。今存版本以《笔记小说大观》本为善。

■**张世南**（生卒年不详，约活动在南宋宁宗、理宗时期） 宋代笔记小说作家。《文献通考》作士南，字光叔。鄱阳（今江西鄱阳县）人。生平事迹无考。撰有笔记小说《游宦纪闻》十卷。世南年轻时曾随父在四川居住，自称"游蜀道，遍历四路数十郡，周旋凡二十余年"。又曾出任永福县（今福建永泰县）令。辞官后又游历闽、浙等地。曾与当时名士刘过、高九万、赵蕃、韩淲诸人交游。有笔记小说《游宦纪闻》一书传世。

游宦纪闻 宋代笔记小说集。张世南撰。十卷一百零八条。《四库全书总目》在子部小说家类著录，称其为"宋末说部之佳本"。作者曾随父宦游至蜀多年，历数十郡，后又游浙、闽等地，此书即为其半生游历之作。书中内容广泛，涉及当代掌故、遗闻轶事、风土人情、文物鉴赏，及文学、小学、考古、历法、术数、医药和园艺等。作者治学严谨，重实际，不尚空谈，所记多数可征可信。

传世版本有《知不足斋丛书》本、《稗海》本、《笔记小说大观》本和《四库全书》本等。中华书局于1981年出版了由张茂鹏以《知不足斋丛书》本为底本的校点本，与作者的另一部史评著作《旧闻正误》合刊出版。

■**赵彦卫** 宋代笔记小说作家。生卒年不详。字景安。浚仪（今河南开封）人。宋宗室。曾佐幕吴门，以学识见称于世，《拥炉闲记·序》中称其"外吏而内儒，学而有用者"。据《中国人名大辞典》载，彦卫在绍兴间（1131—1162）宰乌程（今浙江湖州），官终新安郡守。又据今人任崇岳《中华野史辞典》（大象出版社1998年版）介绍，彦卫在南宋光宗绍熙（1190—1194）年间任过徽州（今安徽歙县）通判。所著笔记小说集《云麓漫钞》十五卷，在当时以赅博著称。书中有宁宗开禧二年（1206）序，自署新安郡守，其所终不可考。

云麓漫钞 宋代笔记小说集。赵彦卫撰。十五卷。本书初名《拥炉闲记》，续刻时改为今名。《四库全书总目》及多种书目著录。书中杂记古今天文、地理、制度、轶闻故事等。《四库全书总目》中称其"记宋时杂事者十之三，考证名物者十之七"，大多是作者亲见，所谓"析误钩隐，辨是与否，有益学者"（见卷首序）。如记建宁府松溪县银矿及矿工生活、浙东河流及船工生活，记述出使金国的路线里程及送迎金使的经费数字等,都有重要的史料价值。书中考证名物制度,赅博而细致;搜采方言俗谚、载述诗词遗闻亦颇妥帖。所载吕大防《长安图》,原作已佚,赖此得以保存。书中还记有章子厚与东坡书、韩愈和欧阳修的个别佚文、吕本中《江西诗社宗派图》等,都引起后来研究者的高度重视。但书中有些记载失实,个别考证亦间有纰漏。

传世版本有《涉闻梓旧》本、《丛书集成》本等。1957年上海文学古籍刊印部出版了单行本,后中华书局出版了重印本。

■**俞文豹**(约1180—约1250) 宋代笔记小说作家。字文蔚。括苍(今浙江丽水)人。撰有笔记小说集《清夜录》一卷和《吹剑录》四卷。另有《唾玉集》、《吹剑录外集》一卷传世。《吹剑录》为作者的晚年之作,书成于理宗淳祐十年(1250)。有《四库全书》本、《知不足斋丛书》本、《说郛》本传世。

吹剑录 宋代笔记小说集。俞文豹撰。四卷(又称四录)。书名取《庄子》:"吹剑首者,映而已矣。"《四库全书总目》等书目著录。

本书主要记述南宋宫廷、官场及民间的遗闻轶事,正如张宗祥在《重订吹剑录序》中说:"所载若科举之弊,士大夫倾轧之风,官吏之狼狈为奸,宫廷宦侍之浪费,取民杂税之繁苛,草野之含冤无告,凡南宋末年情状,无不概乎言之。"此外,书中记载道学、党禁之始末甚详,称韩琦、范仲淹、欧阳修等人无道学之名,有道学之实,颇具史料价值。还有一些篇目属作者个人的读书零札,多据前人的言论和事迹加以辨证和发明。有些评论,如评价诸葛亮仅可谓识时务、忠刘备,不可谓之明大义、忠汉室等,由于与传统观点相悖,曾引起后人的非议。书中的一些品评诗文之作,时有灼见:如论诗当有兴而作,"不可无体,亦不可拘于体";论观诗当先观大体,不可斤斤于小节等。论诗中引用了一些反映民间生活的作品,如姚寅描写蚕农痛苦的诗,借本书方得以保存。书中记理宗绍定、淳祐年间收经制钱、版帐钱,百姓苦不堪言,可证宋史之实。文人轶事中,如苏轼幕客论苏词与柳永词的不同等,有较高的文学价值。书中亦有糟粕之作和迂阔牵强的评论。

本书在流传中散佚,《四库全书》只收四录,正录存目,续录、三录佚。《知不足斋丛书》、《读画斋丛书》收录亦非全本。张宗祥将发现之三录与其他版本进行认真整理和校订,辑成了《吹剑录全编》,1958年由古典文学出版社印行。

■**罗大经**(约1195—约1252) 宋代笔记小说作家。字景纶。庐陵(今江西吉安市)人。宁宗嘉定十五年(1222)乡试中举。理宗宝庆二年(1226)进士及第。曾先后出仕容州(今广西容县)法曹掾和抚州(今属江西)军事推官等低级官职。后因事被劾罢官,未再起用,家居以终。撰有笔记小说《鹤林玉露》十八卷(《四库全书总目》作十六卷,此据《中华野史辞典》)。所记内容:一为耳闻目睹的身边时事,其中多为国家大事,具有较高的史料价值;二为文人轶事和掌故,是研究宋代文学史的宝贵资料。

鹤林玉露 宋代笔记小说集。罗大经撰。十八卷。分为甲乙丙三编,每编六卷。本书为作者的读书所得杂记,多引南宋道学家语;其中半数篇幅是评述前代及宋代诗文,记述本朝文人轶事,有一定的文学史价值。如乙编卷四"诗祸"条,记宋理宗宝庆、绍定间江湖诗案一事,有助于对江湖诗派的了解;卷三"东坡文"条,论苏轼的文章深受《庄子》、《战国策》的影响,因为作者善文,其议论颇具说服力;卷五"二老相访"条,记杨万里与周必大晚年的亲密交往,可与史书记载进行比较研究。但作者在引用资料、记载见闻时也有一些错误和失实之处。传世版本有《稗海》本等。1983年中华书局出版了十六卷点校本。

■**孟元老**(生卒年不详,约活动在北宋徽宗至南宋高宗时期) 籍里、生平均无载。撰有笔记小说集《东京梦华录》十卷。该书集是作者在宋廷南渡之后,追忆北宋都城汴梁的盛况而撰写的。据作者自序云,他在汴京居住了二十多年,对于京城情况非常熟悉;书中对当时的地理环境、风俗习惯、宫廷与民间的生活状况等,都有翔实的记载。自元以来,该书有多种刻本,今有商务印书馆1959年出版的邓之诚《东京梦华录注》本、1982年中华书局重印本等。

东京梦华录 宋代杂事笔记小说集。含《都城纪胜》、《西湖老人繁胜录》、《梦粱录》、《武林旧事》。这五种书,分别出于五位不同的作者,内容均是记述宋朝都城的风土风貌、故人故事。五种书计有《津逮秘书》本、《唐宋丛书》本、《稗海》本、《学津讨原》本、《说郛》本、《秘册汇函》本、明弘治刻本等版本。1956年古典文学出版社对此五种书重加校点,汇为一册出版。

(**东京梦华录**) 孟元老撰。十卷。成书于南宋绍兴十七年(1147)。内容是追记当年北宋都城汴梁(今河南开封)的繁茂景况,包括岁时、物产、风土习俗等,特别是对当时市民文化活动的记述,详备而生动,因而留下大量珍贵的文化史料。本书文字简朴,时杂以方言俚语,描述起来更显生动传神。

(**都城纪胜**) 灌园耐得翁撰。一卷,十四则。记述的是南宋都城杭州的繁华景象,其中街坊店铺、园林建筑等记载尤为详尽。书中所记的文化活动中,杂技和说唱部分都取材于民间,尤有文艺史料价值。该书《说郛》有节录本,名《古杭梦游录》。

(**西湖老人繁胜录**) 西湖老人撰。一卷。主要记录南宋都城杭州市民的文化生活和游艺活动。其中以大量篇幅记录了当时民间艺术团体的堂号和民间艺人的姓名、行当,其史料价值弥足珍贵。

(**梦粱录**) 吴自牧撰。二十卷。本书体例仿《东京梦华录》,记杭州的风俗、建筑、物产等。其资料来源,一是作者耳闻目见,一是出自淳祐(1241—1252)、咸淳(1265—1274)间两部《临安志》。其中记杂技和说书部分,文字质朴,描写惟妙惟肖,是研究文学艺术史的重要参考资料。

(**武林旧事**) 周密撰。十卷。是作者入元后,追忆南宋都城杭州旧事的作品。杭州又称"武林",故以名书。书中记述当时民间说唱艺人和乐工姓名、事迹,以及手工业、物产等情况较详。特别是对户部十三酒库及其大量"库妓"存在的描述,为认识南宋的社会、经济、文化现象提供了可资参考的史料。作者对西湖胜景的描写,颇多故国旧园、风光不再之思。

■**王简**　南宋时人。宋代笔记小说作家。生卒年不详,生平无考。自号"隐夫",疑为不得志之文人隐士。曾著《疑仙传》三卷,属神仙怪异类笔记小说。

　　疑仙传　宋代神仙传记小说集。一题王简撰,一题隐夫玉简撰。卷帙著录一至三卷不等。本书记神仙故事,结构奇巧,论述超乎常理,但描写细腻逼真,接近唐小说的艺术风格。如"张郁"条写张行吟洛川,遇女郎独吟独叹,遂同饮于山林深处,女吟唱后乘洛波而去。"吹笙女"记汉水畔常有一女吹笙,天宝初王懿自长安访女,求为其携笙,吹笙女命懿同入小艇而去。本书传世版本有《宝颜堂秘笈》本、《道藏》本和《琳琅秘室丛书》本等。

■**周文玘**　南宋时人。宋代笔记小说作家。生卒、籍里不详。曾官试秘书省校书郎。撰有《开颜集》三卷,属诙谐类笔记小说集。

　　开颜集　宋代笑话集。又名《开颜录》。周文玘编。《宋史·艺文志》小说类著录二卷;《直斋书录解题》著录三卷。现存二卷三十五条。作者在"自序"中说:"《笑林》所载皆事作稽古,语多猥俗,博览之士盖无取也。余于书史内抄出谈资事,合成两卷,因名曰《开颜集》。"书中集录古籍旧闻时,均注明出处。如"射士"条出《韩子》,"刘神童"条出《明皇杂录》,"刘道真"条出《乐王记》,"京邑妇"条出《妒记》等。作者在收辑各书作品时,特别注重于诙谐逗趣、可作谈资之用者;但个别篇什也有例外,如取《世说》的"济尼"条。传世版本有明抄《说集》本、《说郛》本等。今人王利器将之收入《历代笑话集》中。

■**沈徵**　南宋时[宁宗嘉定(1208—1224)以后]人。宋代笔记小说作家。籍里雪(今浙江吴兴)。生平不详。曾著《谐史》二卷,属杂事类笔记小说集。

　　谐史①　宋代杂事小说集。沈徵撰(明代徐常吉撰有同名作品)。原书二卷,久佚。原本《说郛》存佚文八条。《古今说海》、《学海类编》及重编《说郛》本亦均录八条,且有错讹。《四库全书总目》列入小说家类存目。本书虽名《谐史》,却少可资谈笑之事。从仅存的八条看,除引张耒《杂志》记僧人释珊趋炎附势可笑之外,其余各条均为较严肃的杂事记录。其中"项羽神占据郡厅"条,被《清平山堂话本》演绎为《雪川萧琛贬霸王》;"我来也"条记神偷的故事,被收入《二刻拍案惊奇》。另外各条均记烈女、节妇、忠仆之行事。

■**陈世崇**(生卒年不详,活动在宋末元初时期)　宋末笔记小说家。号随隐。临川(今属江西)人。南宋著名诗人陈郁之子。父子两人并称"临川二陈"。生平不详,据所著书,可知其曾随父入宫禁,充东宫讲堂说书,兼两宫撰述,后任皇城司检法。贾似道忌之。入元后不仕。著有笔记小说集《随隐漫录》五卷传世。《四库全书总目》称其"于南宋故事,叙述颇详"。

随隐漫录 宋末笔记小说集。五卷。陈世崇撰。作者号随隐,是以名书。本书多记宋时人诗话,其中南宋故事占很大篇幅,颇为史传所不及。作者学识渊博,长于记事,笔法则平实无渲染。如"紫宸殿上寿仪"、"赐太子玉食批"、"直书阁"、"夫人名数"、"孩儿班服饰"、"孟享驾出仪"、"太子问安"、"展书仪带格三十二种"诸条,可补史志之不足。所记之诗话杂记,亦多可采。如"论汉平帝后"、"晋愍怀太子妃"等,均假借古事以寓南宋臣降君辱之惨及其致败之由。

本书传世版本有《四库全书》文津阁本、《笔记小说大观》本等。

■**陆友仁**(生卒年不详,约活动在元文宗时期) 元初笔记小说作家。字辅之,号研北生。吴郡(今江苏苏州)人。(不少辞书以为"陆友"。按陆友字友仁,一字宅之,亦吴人,生卒年不详,也约活动在元文宗时期。所以《中国人名大辞典》、《中国文学家大辞典》均将其合为一人。)友仁仕履不详。其父为布商。友仁自幼苦读经书,研讨学问,博极群书。为诗长于五言,书法精汉隶。由虞集、柯九思荐于朝廷,未及用,归家居闲,年四十八岁卒。一生著述颇丰,有《吴中旧事》、《词旨》、《砚史》、《墨史》、《印史》、《杞菊轩稿》和笔记小说集《研北杂志》上下卷传世。

研北杂志 元初笔记小说集。陆友仁撰。共上下两卷。本书多记元以前之佚文琐事,间及古碑篆隶、琴材砚石、钟鼎彝器,言之娓娓,考之详确,鉴赏精妙。作者在书中自序中说:"余生好游,踪迹所至,喜从长老问前言往事,必谨识之。元统元年冬,还自京师,索居吴下,终日无与晤晤,因追记所欲言者,命小子录藏焉。取段成式之语曰《研北杂志》,庶几贤于博弈耳!"

书中所记佚闻杂事,可感作者作为小说家之手笔。如"畅师文字纯父"条,写纯父赴总帅汪公处饮酒,纯父不卑不亢,对汪公童仆颐指气使;饮毕而归途中,见水清澈而濯足,濯毕,命知事取靴揩足,不失太白遗风。篇中人物栩栩如生,堪称佳作。"范阳张祎"条,记张放荡不羁,立意山水间,文中不少神来之笔。另如"刘禹锡"条,记刘博学多识来自刻苦钻研。"南唐李后主"条,论右军后之书法大家,学右军偏于一技,不得全韵,可谓直语。

本书由时人何柘湖手校后刊行,卷首有项药师图记,历数名家收藏之情状。后散佚较严重。乾隆庚午(1750)冬十月又重校付梓。传世版本有《读书敏求记》本、《宝颜堂秘籍》本、《四库全书》本及《笔记小说大观》本等。

■**吴坰**(生卒年不详,约活动在南宋高宗绍兴年间) 宋代笔记小说作家。又名吴炯,字不详。江左人(今江苏、安徽南部一带)。靖康(1126)中,寓京兆祥符(今河南开封)寓舍,被掠。建炎末(1130),避地无诸城(今址不详)。绍兴十三年(1143)为枢密院编修官。逾月,除浙西提举。其余仕履不详。有笔记小说《五总志》一卷传世。是书记作者所闻见杂事,间亦考证旧说,以北京琐闻逸事记录尤详。

五总志 宋代笔记小说集。一卷七十六则。吴坰撰。作者取"龟生五总,灵而知事"之语以名书。他在"自序"中说:"尝有意于著书立言,见于后世,而忧患余生,艰棘百为,方时抢攘顾逃生之不暇,犹废井不汲泥不食矣。然于绅绎方册,与夫耳目所闻见有可纪述者,尚未可结舌搁笔。于是因事辄书,杂以己语。或以古证今,亦不复列其次第。非敢为书,觊有补于遗忘。"本书结篇于"建炎庚戌上巳前一日,避地无诸城,书于萧寺之道山亭"。当知此书写竣于建炎四年(1130),"无诸城"待考,"萧寺"为一般佛寺通称,非特指南京之萧寺。本书曾被《说郛》《永乐大典》《四库全书总目》等著录,作者姓名为"吴炯";《笔记小说大观》本收录时改为"吴坰"。

本书所记"与苏叔党自太原至河外"、"靖康丙午于京兆祥符寓舍被掠"、"其大父事仁宗为御史"等事,可资史事考证。书中论诗推重黄庭坚,以为于诗人有开辟之功。又称唐骆宾王从徐敬业起兵,事败为僧灵隐寺,其说已舛驳不合。所记宋以前之文人逸事,用笔俊俏,描写细腻,论述颇大胆,能发前人所未发,为本书颇具价值之处。如记唐诗人李白醉后"落笔如风雨"、"酣中为文章"的"釜崎磊落";又引经据典描写李白与玄宗应对时阿谀奉承,以求进取的谄谀之态,可谓传神。又如记司马光居洛阳与诸文人交游,以"克己雅素"影响诸公,成一时美谈。"唐温庭筠"条,以精练之语言记数名文人雅对之敏慧,可谓惜墨如金。

本书历代传本不少。《说郛》本辑录数条,《永乐大典》本为全帙。《四库全书》据《永乐大典》本收录。《笔记小说大观》本据《四库全书》本重印。

■**李季可**(生卒年不详,约生活在南宋高宗绍兴年间) 宋代笔记小说作家。永嘉(今浙江温州市)人。仕履不详。与王十朋、叶谦亨、尹大任、宗室赵居广等友善。有笔记小说《松窗百说》一卷传世。该书由尹大任于绍兴戊寅(1158)出资付梓,甚为王十朋等所推崇,称其"博学有识",其书"事多而词简,议论一出于正","百说皆善"。此书面世后湮没多年,后由鲍廷博收入《知不足斋丛书》中。

松窗百说 宋代笔记小说集。一卷百则。李季可撰。本书自尹大任出资刊印之后,湮没于世六百余年,《四库全书》未收录,海内藏书家又罕有传本。安徽歙州鲍廷博始为传抄,收入《知不足斋丛书》中。

本书评价之历史人物百名,上起周代,下迄唐末,事多词简,议论一出于正。如辨文王不倾商政,诸葛孔明尽臣道,隽不疑诡辞以抗正,魏武帝宣言以欺人,韩退之不服硫磺,释宝志妖妄,仙家不寿考等,极为后世文人所赞赏。其好友王十朋(梅溪)称其"皆大有益于风教,前辈议论所不及"也。宋人叶谦(亨父)在本书的跋语中也说:"公之学,不务进取,故淡然而自适;文不追时好,故悠然而自放。其辞辨,其论详,使其更阅贤智,则必度越诸子。"作者采撷经传为文,据正辟邪为意,去非释疑,一归诸理。其评介简而尽,曲而通,洞见事情,有补于世,前贤未之及也。

本书传世版本有《知不足斋丛书》本等。《笔记小说大观》本据《知不足斋丛书》本收录。

■**苏籀** 宋代笔记小说作家。南宋时人。籍里四川眉山(今四川眉山市)。苏辙之孙。其他不详。著有《栾城遗言》笔记小说集,为近似语录体之笔记小说,多记其祖父苏辙的智言慧语。

栾城遗言 宋代笔记小说集。苏籀撰。一卷。书中,作者追记其祖父苏辙之言论,论辨文章流派的长短、古今文人的是非得失,赅备详瞻,颇见苏辙为文宗旨、特色及其相关见解。因苏辙有文集名《栾城集》,故以"栾城遗言"名书。全书行文形式近似语录体,与书名相合,但有琐碎、不连贯之感。现存版本以商务印书馆于民国期间所编的《丛书集成》本最为详备。

■**黄伯思** 宋代笔记小说作家。南宋时人。字长睿。籍里邵武(今属福建)。官至秘书郎。生平不详。一生精于古文奇字,善考订。其子讻将他平生所著考订古文物的论辨、题跋编汇成《东观余论》三卷,属考订类笔记小说。

东观余论 宋代笔记小说。黄伯思撰。三卷。黄氏精于古文奇字,对金石钟鼎、书法碑帖,考订颇为精博。其子讻将其所著考订法帖、古董文物的论辨、题跋汇集编纂,以成是书。书中内容丰富精审,其中讥欧阳修不精考核、失误之处屡见的记述,后被楼钥所摭取。传世版本有台湾商务印书馆影印的文渊阁《四库全书》本。

■**周守忠**(生卒年不详,约活动在南宋宁宗时期) 宋代笔记小说作家。号松庵。生平、籍里等不详。编有《历代名医蒙求》二卷、《养生月览》二卷、《养生杂纂》二十二卷、《古今谚》一卷、《姬侍类偶》二卷等。《姬侍类偶》又名《姝联》,多记姬媵妾侍中有可书者,属杂记类笔记小说集。

姬侍类偶 宋代笔记小说史料。又名《姝联》。周守忠编。二卷。《宋史·艺文志补》、《四库全书总目》类书类存目有著录。作者在"自序"中称:"愚因暇日,检阅诸史与夫杂说外传之文,其中记载姬媵妾侍有可书者,如神仙之凌华、联涓,鬼魅之宠奴、桃枝,歌舞之樊素、小蛮,乐艺之宋祎、阿翘,节义之碧玉、绿珠,忠孝之上清、彩云,此类甚多。裒而集之,韵以四言,皆于句首见其名氏,共一百七十六句,计八十有八联,厘为上下卷,目曰《姬侍类偶》。"从其编纂原则分析,本书是上承宋人洪炎《侍儿小名录》、王铚《补侍儿小名录》、温豫《续补侍儿小名录》等书,而篇幅大为过之;其体四言属对,隔句用韵,下注出处事迹,似模仿五代李瀚《蒙求》、王松年《仙苑编珠》之作。

本书所采前人书达一百零九种之多,涉及范围很广,包括经史子集、佛书道藏,其中以志怪、传奇、杂事、笔记作品为最多,又多为历代名作。这些作品大多数原书已散佚,赖本书保存了大量的资料,对后人考证、研究笔记小说提供了方便。

■**元好问**(1190—1257) 金朝著名文学家和笔记小说作家。字裕之,号遗山。太原秀容(今山西忻州市)人。元姓出于北朝拓跋魏,其父元德明,累举不第,放浪山水间,饮酒赋诗以自适。好问七岁能诗,二十岁而学业有成。下太行,渡大河,为《箕山》、《琴台》等诗,名震京师。金宣宗完颜珣兴定五年(1221)登进士第,历官内乡令、南阳令(以上两县今属河南)。天兴初年(1232)擢尚书省掾,转行尚书省左司员外郎。金亡,不仕。年六十八岁卒。

好问为文有绳尺,备众体。其诗奇崛而绝雕刿,巧缛而谢绮丽。歌谣慷慨,挟幽并(幽州和并州,约今河北、山西北部和内蒙古、辽宁的部分地区)之豪气。著有《杜诗学》一卷、《东坡诗雅》三卷、《锦机》一卷、《诗文自警》十卷、《遗山诗集》二十卷、《乐府》五卷,又有《中州集》及《壬辰杂编》若干卷,还为纂修《金史》撰写了一百多万字的基本材料,未成《金史》而卒。此外,还有笔记小说《续夷坚志》四卷,分前集、后集两个部分,共收二百零八则故事,多记泰和、贞祐间神怪之事。今存有《元遗山先生全集》本、《笔记小说大观》本等。

续夷坚志　金代志怪笔记小说集。元好问撰。四卷。《四库全书总目》小说家存目著录时为二卷,并称:"是编盖续宋洪迈《夷坚志》而作,所记皆金泰和、贞祐间神怪之事。"此说并不全面。实际上本书所记,除泰和、贞祐间事外,还有天会、天眷、皇统、天德、正隆、大定、明昌、承安、兴定、正大等金代历朝之事,个别篇什,还牵涉金亡后之事。荣誉在"序"中说:"所记皆中原陆沉时事,耳闻目见,纤细毕书,可使善者劝而恶者惩,非《齐谐》《志怪》比也。"其实书中不仅为劝戒之作,还包括世事人情、鬼神灾异、祧祥梦卜、天文地理、文物艺术、医药验方等多方面的内容。如"包女得嫁"条,写战乱中包氏女被南征兵掳去,欲卖为娼,后被一女巫以迷信方式所救,得以嫁于良家;"戴十妻梁氏"条,记一贵家奴,依主人之势,打死贫民戴十,贵家愿以金抵奴罪,戴十妻梁氏却不贪钱财,坚持要杀人者偿命,终于报仇雪恨。这些都反映了当时的社会现实。另一些奇闻怪事,如"人生尾"、"骈胎"、"生子两头"等,记载的是自然界可能发生的变异,实非神怪。书中还记录了当时发现的一些文物,如"汤盘周鼎"、"镜辨"、"古钱"、"永安钱"、"古鼎"等条,对文物的外形、铭文都有比较详尽的记载,史料价值十分珍贵。还有一些医药验方,可供医家参考。书中的一些奇闻传说,如"天赐夫人"条,记名医梁肃娶大风飘来的女子为妻,人称天赐夫人。此条见郝经的《陵川集》里"天赐夫人词",可见此传说在当时颇流行。综上,本书虽然大体上是志怪小说的格局,但其内容并非以神怪故事为主,而是以实录见闻为主。传世版本有元刻本、元王东抄录本、清杭州余集得《读易楼》藏本、清荣誉《得月簃丛书》本等。1986年中华书局出版了新点校本,但卷四后残缺。

■**郭霄凤**(生卒年不详,约生活在元代中后期)　元代笔记小说作家。字云翼。籍里、仕履均无考。据《宋元小说史》(浙江古籍出版社1997年版)载,郭霄凤撰有笔记小说《江湖纪闻》十六卷,今有残本存于北京图书馆。此书共收故事二千余则,皆奇见新闻、鬼神怪异之事,多为集改前人著作。删录旧籍成为新著,乃是元代志怪小说作者的陋习。

江湖纪闻　元代志怪小说集。郭霄凤撰辑。十六卷。《百川书志》小说家类著录为十六卷。《红雨楼书目》小说类著录为二卷。本书明中叶散佚,现仅存前十卷和后六卷之残卷。从现存版本分析,本书所辑神怪异闻多出自前人记载:如"琴声哀怨"条记琴精作歌,似为《鸳诸志余雪窗谈异》之"招提琴精记"所本;"医不淫妇"条出自《黄靖国再生传》;"测字"条记谢石为宋徽宗测字,见《春渚纪闻》等书;"贾秋壑之虐"亦见《钱塘遗事》。该书收集的故事情节简单,只存梗概。今存版本为元刊本及抄本残卷,分别藏于北京图书馆和大连图书馆。

■**蒋子正**(生卒年不详,约活动在宋末元初时期)　元初笔记小说作家。一说名蒋正子。字号、籍里、生平均无考。元朝初年,曾一度出任溧阳(今属江苏)学官。

据《四库全书总目》,子正撰有笔记小说《山房随笔》一卷,所记多为宋末元初之事,于贾似道木棉庵事的始末记述尤详。

山房随笔　元代笔记小说集。蒋子正撰。二卷。《补元史艺文志》、《钦定续通考》、《四库全书总目》均著录为一卷。今未见全书。原本《说郛》录二十七条,《说郛》重编本及《说库》同。《稗海》、《古今说海》均收四十四条,但脱误较多。清以后《知不足斋丛书》、《历代诗话》、《萤雪轩丛书》均收四十六条。《说郛》所收见于《知不足斋丛书》者仅十七条。

从佚文看,全书所记多宋末元初事,以文人吟诗撰文的故事为主,体例近于诗话。作者有强烈的民族意识。书中以较多的篇幅叙述贾似道专权误国及木棉庵郑虎臣杀贾事,与《宋史·贾似道传》小有出入。此记多为后世小说戏曲家所本。另外,书中歌颂了一些爱国将领,披露了他们的一些生活琐事。如通过辛弃疾与友人吟诗,歌颂其抗敌救国的豪情壮志;通过聂碧窗的诗,表现黎民百姓在战乱中所受的苦难。书中所记文人的趣事佳话,语言生动有致。

本书的传世版本,除《说郛》、《稗海》、《古今说海》、《知不足斋丛书》中保留的残卷外,清末缪荃孙综合各本相同者辑为一卷,钩沉十余条为补遗一卷,刻入《耦香零拾》中,为目前的较完备本。

■**仇远**(1247—约1325)　元代笔记小说作家。字仁近,一字仁父。钱塘(今浙江杭州市)人。元至元(1264—1294)中曾为溧阳(今属江苏)县教授,旋罢归,优游湖山以终。据《四库全书总目》著录,仇远撰有《金渊集》六卷、《山村遗集》一卷。据苗壮《笔记小说史》(浙江古籍出版社1998年版)载,远还撰有笔记小说《稗史》一卷。

稗史　元代杂事笔记小说集。仇远撰。原书不传,原本《说郛》中录佚文三十四条,并保留了十一条篇目。《补元史艺文志》著录为一卷。《说郛》重编本在收入本书时作了删削,仅录十三条。

据佚文分析,本书皆记宋末元初之事。其内容有:(1)反映元人统治下人民反抗压迫的民族情绪,如"金伶官"条记金伶官以作戏讥刺入元为官的宋臣等。(2)封建礼教的故事,如"刲股批乳"表现愚孝行为,"丐者报恩"、"富邻还券"宣扬积德行善的思想,还有贵家女沦为娼婢后被行善者买去又放还的故事,皆在劝人积善;并从侧面反映了宋末元初战乱给一些家庭带来的灾难,是与前一类作品的融合。(3)民间流传的故事,或涉官政,或关民情,皆有可观者。本书在选材记事方面比较讲究,作品的故事性很强,就连一些记载药方的内容,也往往以故事引出,增强了小说的意味。

■**杨瑀**（1285—1361） 元代笔记小说作家。字元诚，号山居。杭州（今属浙江）人。先后在元文宗及顺帝两朝居官。从文宗天历二年（1329）开始擢中瑞司典簿，历经奉议大夫、太史院判官、同签院事，至顺帝至正十五年（1355）迁官建德路（今属浙江建德市）总管，又进阶中奉大夫，终官于浙东道（治所在今浙江宁波市）宣慰使、都元帅。至正二十年（1360）致仕。

杨瑀在元朝为官三十余年，且多数时间是在中央政权任职，对元朝宫廷掌故比较熟悉。他致仕返乡后所撰的笔记小说《山居新语》，四卷，内容均为他当时的见闻。

山居新语 元代笔记小说集。一作《山居新话》。杨瑀撰。四卷。《钦定续通考》、《四库全书总目》均在小说家类著录。本书内容为作者之见闻逸事，兼及神灵怪异。作者为元臣，官场得意，书中对元代统治者颇多歌功颂德之词，其中一些描述近于谄谀。如记揭奚斯曾梦文宗召见，后以此梦告人，文宗得知后果召见；作者为惠宗起草诏书，惠宗改动一字，作者大赞"圣明"不已；不鲁罕皇后的一道懿旨，竟制止群蛙朝夕喧噪等。然书中所记文人逸事，格调淡雅，元代著名文人，如揭奚斯、黄公望、萨都剌、赵子昂等，均有故事所表，从中可了解他们的点滴事迹。作者驾驭语言的能力强，书中作品颇有声色。本书《四库全书总目》著录为四卷，《武林往哲遗著》本、《知不足斋丛书》本、乾隆至道光景本、《笔记小说大观》本皆为一卷；但条目相同，均为一百四十四条，可见为分卷之异。邵章《增订四库简明目录标注续录》录元刊本四卷，还收入影元一卷本，可见元时已两种版本共存。

■**刘祁**（1203—1250） 金朝笔记小说作家。字京叔。浑源（今属山西）人。其父刘从益，金朝进士出身，曾任监察御史。祁初为金太学生，甚有文名，后举进士，因殿试失意而归。入元，元太宗十年（1238）诏试儒人，祁魁于西京（今陕西西安），并被选充山西东路（治所在今河北张家口市宣化区）考试官。后征南行省辟置幕府。早年曾随父宦游金南京（今河南开封市），结识许多名士显官。撰有笔记小说《归潜志》十四卷，记述金朝史事，其资料价值为后世所重。另有《神川遁士集》，与《归潜志》并传于世。

归潜志 元代笔记小说集。刘祁撰。十四卷。作者在金末丧乱之际，隐于浑源乡间，筑居室为"归潜堂"，作是书，故名。本书作品多为金代人物传记，共记述金末一百二十余人，诗人占其大半，如赵秉文、李纯甫、雷渊、麻知几、辛愿、李汾、杨云翼、冯璧等，均为当时诗坛和文坛的名士；还有部分作品记金代文人对诗文的评价，述及北宋苏轼、黄庭坚和南宋杨万里等，从中可略见当时北方文人对南方文风的基本看法。书中还记金代及金末诗文之风气演变，其中有党怀英、辛弃疾等人之轶事。书后之卷为杂记。书中"唐以前诗在诗，至宋则多在长短句，今之诗在俗间俚曲"之语，概括了唐宋文学的特点及金元文学的发展趋势。作者所记，大都是他熟知的人和事，较真实可信，特别是为金末诸人作的小传，元人修《金史》时采用颇多。在金代典籍大量散佚的情况下,本书对金代文学的研究价值尤显。

传世版本有《知不足斋丛书》本、武英殿聚珍版丛书本等。1983年中华书局出版了校点排印本。

■**林坤** 元代笔记小说作家。生卒年不详。字载卿,号诚斋。会稽(今浙江绍兴市)人。曾任太史等职,因不得志,遂辞归乡里,终日以诗文宴饮为乐。好程朱之学。其他生平事迹失载。撰有笔记小说《诚斋杂记》。

诚斋杂记 元代笔记小说集。林坤撰。二卷。作者号诚斋,其书室也曾署"诚斋",故以此名书。本书稀见著录。书中多记新奇艳异琐事,主要辑录于历代小说,内容芜杂,编排混乱,所录金元轶事甚少。

传世版本有《津逮秘书》本、《说库》本等,均为二卷。《说郛》本作一卷。

■**陶宗仪**(1316—约1380) 元代著名的笔记小说作家。字九成,号南村。浙江黄岩人。工诗文,精书法,古学深厚。曾举进士不第,遂不再应试,长期隐居于乡间。因家贫,以教授生徒为业。元顺帝至正(1341—1369)年间,浙帅泰不华、南台御史丑闾曾荐之为官,皆拒而不就。张士诚据吴时,避乱转隐居于松江华亭(今属上海市),躬耕之余,勤于著述;历十年,将日积月累之所思所得编录成书,得三十卷。此为其笔记小说《辍耕录》。入明,累征不仕。

宗仪一生著述颇多,除《辍耕录》外,还有《说郛》一百二十卷、《南村诗集》四卷、《国风尊经》、《沧浪棹歌》、《书史会要》、《四书备遗》、《草莽私乘》、《元氏掖庭记》、《古刻丛抄》、《游志续编》等。在元代的逸事小说中,以《辍耕录》最为著名,影响最大。今人宁稼雨《中国志人小说史》(辽宁人民出版社1991年版)认为,此书"可称为宋末以来志人小说的集大成者,也是元代志人小说的代表作品"。

辍耕录 元代笔记小说集。又名《南村辍耕录》。陶宗仪撰。三十卷。元至正间,作者隐居松江,劳作之余,辍耕树荫,偶有所得,即摘叶书之,贮一盆内,前后十载,积叶十数盆,因编录成书。明清两代书目均著录。

本书广泛地记录见闻,涉及元代典章制度、史事、文物珍奇、诗歌、音乐、书法、绘画、戏剧、历法、医药、建筑、园林及风俗掌故等多方面的内容,具有较高的史料和文学价值。其小说部分多记宋末以来朝野逸闻,最具价值的是那些反映当时战乱的文学作品。这些作品揭露了社会的黑暗现实,对人民寄寓同情,对战乱中人们的不同行为给予了道德评价。如"贞烈"条记王昭仪出嫁与宫人自杀,以及徐君宝妻死节事,谴责了元兵在宋末战争中的残暴行为;此则故事被明末周清源在《西湖二集》中演绎为话本小说《徐君宝节义双圆》。"妻贤致贵"条记被元兵掳去为奴的青年程鹏举与妻子悲欢离合的故事,歌颂了程妻纯洁高尚的道德;此则故事曾被明冯梦龙演绎为小说《白玉娘忍苦成夫》,收入《醒世恒言》,明陆采、沈鲸和董应翰又分别将此事演为传奇《分鞋记》和《易鞋记》。"发宋陵寝"条记元南朝宗教总管杨连真伽率僧兵大肆盗发南宋诸陵寝,遗民唐珏等冒死乘夜潜埋遗骨事,反映了在宋末元初战乱中围绕赵宋祖陵进行的一场斗争;此则故事后被周清源演绎为《会稽道中义士》,收入《西湖二集》,明卜世臣《冬青记》和清蒋士铨《冬青树》均演绎此故事。本书的其他故事,亦为后代笔记小说如《草木子》、《何氏语林》等摘引或演绎。除杂记外,作者还广取前人著述,或原录,或节录,或增补演绎,所以郎瑛在《七修类稿》中曾说他多抄旧书,并将《广客谈》一书通本录为己作。

本书传世版本较多。有元刻本和明刻本多种,《四部丛刊三编》据元刻本影印;明玉兰草堂刊本为明万历六年徐球重修本。今有《津逮秘书》本、《四库全书》本。1959年中华书局以元刻本为底本,断句重印,并设了每节的标题,与其他诸本作了参校,出版了单行本。

说郛 元代笔记小说总集。陶宗仪编。原本一百卷,采录汉魏至宋元各种笔记小说六百余种汇编而成。后在流传中亡佚三十卷。到明弘治(1488—1505)年间,由郁文博增补为一百卷流传。至清代,陶珽又再增为一百二十卷,称为《重校说郛》,已非陶宗仪旧本原貌。近代又据明抄本进行校补,回复为百卷本;商务印书馆于1930年以线装本出版印行。校补本收书一千余种,于经史、诸子、诗话、文论等亦予采入。不少书籍及篇目为历代遗佚之书,赖此书可窥其一鳞半爪,为校勘古籍提供了方便,亦可从中发见笔记小说发展之大致脉络。但诸本错舛较多。北京中国书店于1986年影印有《说郛》本,与清之《续说郛》一并发行。

■**刘一清**(生卒年不详,约活动在元世祖时期) 元代笔记小说作家。字号失载。临安(今浙江杭州市)人。生平事迹无考。有笔记小说《钱塘遗事》十卷存世。

钱塘遗事 元代笔记小说集。刘一清撰。十卷。著录情况不详。本书多采摘于宋人笔记小说,记述南宋一代之事,尤以南宋末年记叙为详。书中所载贾似道专横误国,以及南宋科举考试的情况,均为正史所不载,具有较高的史料价值。《四库全书总目》评说:"于宋末军国大政,以及贤奸进退,条分缕析,多有正史所不及者。盖革代之际,目击溃败,较传闻者为悉,故书中大旨,刺贾似道居多。"本书作品虽多杂采于宋人笔记,但也有作者的创作。此为元代诸笔记小说中保存最完整的一部。传世版本有《说郛》本、《扫叶山房》本等。

■**夏庭芝**(?—1368) 元代笔记小说作家。字伯和(一作百和)。号雪蓑,别署雪蓑钓隐(一作雪蓑渔隐)。江苏华亭(今上海松江)人。生平无考。撰有笔记小说《青楼集》一卷(史上对这部笔记小说的作者载录不一,或题夏庭芝撰,或题乔吉撰,以为夏庭芝撰者为多)。此书今存有《丛书集成初编》本、《古今学海》本、《绿窗女史》本、《香艳丛书》本、1957年古典文学出版社排印本等。

青楼集 元代笔记小说集。夏庭芝撰(也有人认为是乔吉撰)。一卷。著录情况不详。本书记载元代戏曲家和民间艺人的遗闻轶事,其创作显然是受了《侍儿小名录》、《侍儿小名录拾遗》《补侍儿小名录》等书的影响,与之不同的是作者明显地对笔下的优伶艺妓、青楼女子持同情与爱护的态度,赞赏她们文思敏捷、禀赋聪慧。本书的艺术价值并不太高,但它编录了自元以来一百一十三位戏曲艺人的事迹,其中涉及戏曲作家关汉卿、王实甫等人的活动,为研究元代戏曲史提供了重要资料,并直接影响了明代梅鼎祚的《青泥莲花记》及后世狭邪小说的创作。书中记有杂剧艺人珠帘秀、李芝秀,南戏艺人龙楼景、丹墀秀,诸宫调艺人赵真真、杨玉娥等百余名女艺人的小传,介绍了她们的艺术特长和轶事,以及她们与一些戏曲作家和诗人的交往;还兼记了一些男艺人的事迹。书中人物的描写能突出其性格特点,生动传神。

■**王鼎**(?—1106) 辽代笔记小说作家。字虚中。涿州(今河北涿州市)人。幼好学,居太宁山读书数年,博通经史,为当时燕、蓟著名学者马唐俊所推崇。辽道宗清宁五年(1059)登进士第,授易州(今河北易县)观察判官,改涞水(今属河北)县令,累迁翰林学士。寿昌初(1095),升观书殿学士。鼎为人刚正不阿,善为文,当朝典章多出其手。后因醉酒怨上,被杖黥夺官,流放镇州可敦城(今蒙古共和国布尔根省青托罗盖古城),数年后方赦还。撰有笔记小说《焚椒录》一卷。

焚椒录 辽代传奇小说。王鼎撰。一卷。《四库全书总目》列入杂史类存目。成书于辽道宗大安五年(1089)。书中记大康元年(1075),辽道宗宣懿皇后萧氏被奸臣耶律乙辛诬陷之冤案。

故事叙述辽道宗耶律洪基皇后萧观音,能诗词,善弹琴,为道宗宠爱。后因阻谏道宗而失宠,作《回心院》词以求爱幸。大臣耶律乙辛与后不和,指使叛臣家婢单登与教坊朱顶鹤谋陷萧后与伶官赵惟一私通。道宗听信谗言,逼令萧后自缢。这个悲剧故事,哀婉动人,全文描写细致,特别是宫闱秘事,纤悉不遗,对皇后的性格描写也很生动,为辽代文学的杰出作品。传世版本有《宝颜堂秘笈》本、《津逮秘书》本、《香艳丛书》本等。

■**伊世珍** 元末笔记小说作家。字号、生卒年、籍里均不详。著有笔记小说集《琅嬛记》三卷。本书多取前人著作编缀而成书,书中几乎每条均注明出处;但不少书前所未见,其可信度存疑。

琅嬛记 元代笔记小说集。旧题元伊世珍撰,钱希言《戏瑕》以为系明桑怪所伪托。三卷。因书首载"琅嬛福地"的传说故事,以此名书。本书所录多遗闻异事,每条后均注所引书名,引书达四十多种,其中多数书前所未见。据后人考据,所引散佚之书真伪相杂,难以全信。书中"琅嬛福地"条,记晋张华遇仙人引入石室,曰"琅嬛福地",内多藏奇书;后张华撰《博物志》多赖于此。书中的一些条目多与此类似。传世版本有《津逮秘书》本、《学津讨原》本、《说郛》本等。

■**龙辅** 元末笔记小说女作家。生卒年、生平、籍里均不可考。《千顷堂书目》卷著录,题常阳撰。从序文中可知该书作者实为常阳之妻,但无考。此位中国笔记小说史上为数不多的女小说家,著有笔记小说集《女红余志》四十卷,多为女侠故事及闺阁杂记。

女红余志 元代小说选集。龙辅撰。旧题四十卷,今存二卷。《千顷堂书目》卷十二小说类著录,题常阳撰,序曰:"余细君龙氏,性夷淡令淑,兼善属文。外父为兰陵守元度公后裔,多异书。细君女红中馈之暇,辄细阅之,择其当意者编成四十卷,时置之几头,命曰《女红余志》。"之后,又进行精选,成二卷。据后人考证,常阳、龙辅夫妇,均无可考,疑为明人伪托。

此书内容芜杂,虽曰选编,但均不注明出处。书中记女侠故事,稍有可观者,如"香丸夫人"、"侠妪"等,亦后见于《广艳异编》和周诗雅之《续剑侠传》。其余各编,均为杂记,缺故事性。传世版本有《诗词杂俎》本和《香艳丛书》本。

■**郑元祐**(1292—1364) 元代笔记小说家。字明德。本遂昌(今浙江遂昌县)人,后徙居钱塘(今杭州市)。幼颖悟,博览群书。元至正(1341—1367)间,除平江路儒学教授,移疾去,遂流寓平江。后擢浙江儒学提举,卒于官。元祐是元代著名的书法家,其右臂脱骱,以左手写楷书,自名"尚左生"。著有《侨吴集》十二卷,另有笔记小说集《遂昌杂录》一卷传世。他作诗格调苍古,行文颇跌宕有气。

遂昌杂录 元代笔记小说集。一卷。郑元祐撰。作者祖居遂昌,因以名书。本书多记南宋至元(1335—1340)至至正(1341—1367)间名臣文人轶事,间有忧世之作。作者富文采,语言质朴平实,在描写中往往以一言点明主旨。书成后,文士竞相传抄。《宝颜堂秘笈》、《四库全书总目》著录。

本书所记宋末元中名臣高士之遗闻逸事,描写中注意突出人物的性格特点,起到了较好的艺术效果。如首条写高昌廉公在任中书平章时,尊官刘整来访,"不命之坐",而衣服褴褛之宋诸生请见,高"亟延入坐";前后对比,一见高昌廉之品格。"师其姓者"条记杭州师某以打银为业,一日为慧光庵尼无著打银合,回家剪开后发现为赤金,当即送还;可见师某之操守。"宋太学生东嘉林景曦"条,记元佛教总统杨连真迦掘宋陵锉骨扬灰,林冒死拣高宗、孝宗骨以安葬事甚详赡,揭露了元僧兵之残暴和南宋遗民的忠义。"余未成童时"条记宋高宗偏安钱塘,不以恢复为事,大修庙宇,构金求和,置二帝之仇于不顾;后人将罪过一推秦桧,实高宗"昏孱莫之识","亦殊心之论"也。

本书传世版本有《四库全书》本、《笔记小说大观》本等。

■**陈世隆**(生卒年不详,约活动在元顺帝时期) 元代笔记小说家。字彦高。钱塘(今浙江杭州)人。宋末书贾陈思之从孙。元顺帝至正(1341—1367)中,曾在嘉兴陶氏家设馆课徒。后殁于兵乱。一生所著诗文较多,多散佚,仅《诗补遗》八卷、笔记小说《北轩笔录》一卷独存于陶氏家中。后《诗补遗》亦失传,独《北轩笔录》存于世。

北轩笔录 元代笔记小说集。一卷。元陈世隆撰。本书多为述史之作,如"论西伯戡黎力辩委曲回护"、"论鲁两生不知礼乐"、"论胡寅讥刘宴之非"、"论秦王廷美于耿氏之诬"、"论周以于谨为三老有违古制"等,皆援引详明,具有特见。书中记汉、唐、宋三朝遗闻逸事,多为作者据古史而进行的创作。特别是"南阳僧静如"、"赵邻几"、"善谋者"等条,注意通过细节描述、情节铺设刻划人物性格,篇中人物有血有肉,是笔记小说中的上乘之作。

本书传世版本不多,《四库全书》收录时已非完帙。《笔记小说大观》本在《四库全书》本的基础上整理而成。

■**徐显**(生卒年不详,约活动在元顺帝时期) 元代笔记小说家。字克昭。绍兴(今浙江省属)人。生平事迹及仕履不详。有笔记小说集《稗史集传》一卷传世。该书记元代名贤烈妇的事迹,属记实小说类。

稗史集传 元代笔记小说集。一卷十三则。元徐显撰。本书以纪实的手法,记载元末名人逸事:如浙江诸暨王艮,合州仙居柯九思,江苏苏州陈谦,平江葛乾孙、杨春,安徽合肥潘纯,江苏苏州陆友,浙江绍兴王冕,江西清江王渐,山东东平王德元,安徽宣城徐文中等。记后有论,画龙点睛。书后还记有两名烈妇之事迹:平江的后载妻战乱中不受兵辱而死,吴兴沈烈妇夫死于军,至死不改嫁。这两则故事均为作者亲见,记载尤详。本书流传不多。传世版本有《历代小史》本、《丛书集成》本和《说库》本等。

■**郑禧**(生卒年不详,约活动在元仁宗时期) 生平、籍里均不详。曾客居洪府(今江西南昌),作有自传体传奇小说《春梦录》一卷。

春梦录 元代传奇小说。郑禧撰。一卷。两种《说郛》本均录入。《艳异编》、《绿窗女史》、《香艳丛书》等也作了引录。

这是一篇自述体故事。郑禧丁巳岁(1317)客居洪府,有媒妪为之说吴姓儒家女子,貌美而贤;郑辞以已娶,赋诗词托媒妪达于少女;女爱其才,愿为侧室,并和以词赋;郑羡其才,托人求婚,遭女之父母拒绝,并将女许配周家子;吴女不从,一病不起,临终时命婢女将郑赠之诗词陪葬;郑亦将吴女所赠词编录为《春梦录》。文中具载二人往还书札,词章清丽,情致哀婉。郑还将祭吴女文、悼亡诗及友人所作的悼亡诗文,附于篇末。最后又附录托名"嘉子述"的后序,批评了郑禧,并指责吴女违父命不嫁凡子的行为。

作品构思奇特。篇后的序似为作者故弄玄虚,狡狯托辞。作为小说,则不失为新颖之作。加之篇中以诗话体的基础又融合了书信、日记体的叙事法,加强了艺术感染力。其写作方法对明代诗文小说有直接的影响。

■**皇都风月主人** 宋代笔记小说作家。真实姓名无考,皇都风月主人是其号。著有笔记小说《绿窗新话》二卷传世。

绿窗新话 宋代笔记小说摘编本。皇都风月主人编。二卷。未见著录,向以抄本流传。罗烨《醉翁谈录·小说开辟》中称："引倬底倬,须还《绿窗新话》。"可见本书曾是宋代说话人重要的话本资料。书中作品主要摘抄自唐宋传奇及诗话、笔记等书,摘引时多数注明出处,共一百五十四篇。每篇冠以七言标题,与《青琐高议》相类,有走向通俗化的趋势。书中所选以爱情故事为主:如"刘阮遇天台仙女"引自《齐谐记》,"裴航遇蓝桥云英"引自《传奇》,"崔生遇玉卮娘子"引自《玄怪录》等。有些故事属宋人著作的佚文,如《丽情集》、《古今词话》、《闻见录》等书已失传,可以据本书辑录。有些宋人小说在本书里保存了片断,其史料价值弥足珍贵。书中也有一些条目,为作者改写前人的旧籍,但多数作品只粗陈梗概。本书在国内仅吴兴嘉业堂、宁波天一阁藏有抄本。1935—1936年,根据嘉业堂抄本,《艺文杂志》分期刊载了本书全文。古典文学出版社1957年出版了周夷校补本。

■**委心子** 宋代笔记小说作家。姓氏不详,委心子为其号。据其撰著的《分门古今类事》卷八《先大夫龙泉梦记》所叙,"先大夫"为宋如璋,曾于北宋崇宁乙酉岁(1105)拔漕解,次年登进士第,当知"委心子"姓宋,为宋如璋之子。著有笔记小说《分门古今类事》二十卷传世。

分门古今类事 宋代志怪笔记小说集。委心子编。二十卷。本书分类叙事,其中帝王运兆门二卷、异兆门三卷、梦兆门三卷、相兆门二卷、卜兆门二卷、谶兆门二卷、祥兆门一卷、婚兆门一卷、墓兆门一卷、杂志门一卷、为善而增门一卷、为恶而损门一卷。书中所叙故事,多取自先秦以来史书及唐宋野史笔记:如采自《南史》的"梁武跸声",记梁武帝萧衍为司徒祭酒时,与范云私交情好事,与《南史·范云列传》记载基本相同;引自《青琐高议》卷五《流红记》的"于佑红叶",记儒士于佑在御沟中得题诗红叶,后与题诗者、宫人韩氏结为夫妇事,不过是《流红记》的大幅缩写。

编者选编、改编这些故事,意在说明世间一切事物的兴衰成败皆有定数,并有一定的预兆显现;又试图证明人为的努力有时也能改变天命,即"天定可以胜人,人定亦能胜天"(见本书序)。本书采撷繁富,引书达一百六十余种。《四库全书总目》中说:"其书成于南渡之初,中间所引,如《成都广记》、《该闻录》、《广德神异录》、《唐宋遗史》、《宾仙传》、《蜀异记》、《搢绅脞说》、《灵验记》、《灵应集》诸书,皆后世所不传,亦可以资博识之助也。"除上述各书外,本书引用的宋初小说如《秘阁闲谈》、《洞微志》、《洛中记异》、《幕府燕闲录》、《乘异记》等,也已失传,而赖本书保存了部分佚文,这为宋小说研究提供了重要的文本资料。书中还有一些遗闻逸事,可助文史研究。卷十九的"毋公印书",出自秦再思的《纪异录》,是一则很重要的出版史料。

本书流传不广,亦稀见诸书著录。现存版本唯《十万卷楼丛书》本和《四库全书》本。《十万卷楼丛书》本有"新编"二字,疑经后人修订。1987年中华书局出版的本书新标点本,所依据的就是《十万卷楼丛书》本。

【佚名】

张浩 宋代传奇小说。作者不详。《青琐高议》别集卷四录有全文,题下注:"花下与李氏结婚。"《绿窗新话》收录时题为"张浩私通李莺莺"。

作品叙述西洛豪富子弟张浩,一日在后花园见东邻少女李氏来园中春游,与之对语,私订婚约。后有尼为李氏传信,谓父母不允婚事。第二年初夏,李氏私约张浩于前轩相会。数月后,李随父赴官上任,张浩叔父为浩约婚孙氏。李父归里,女知告父母已许张浩,誓死践约。后李氏赴官府陈述,府尹将李氏判归张浩,夫妻偕老。此篇属宋代才子佳人小说的试笔之作,对后世有较大的影响,诸书纷纷摘录,明冯梦龙还将其增演为白话小说《宿香亭张浩遇莺莺》,收入《警世通言》之中。

梅妃传 宋代传奇小说。作者不详。《遂初堂书目》杂传类、《宝文堂书目》子杂类等书著录有单行本。《说郛》、《顾氏文房小说》、《唐人说荟》、《绿窗女史》等亦有著录。

作品传叙了一个民间传说故事。闽中莆田少女江采蘋,才色双绝,赋性幽闲。唐开元中,被高力士选入宫中,得唐玄宗宠幸。因喜梅花,玄宗戏为梅妃。后杨玉环进宫,二人争宠,终被杨妃逼迁东都洛阳上阳东宫。玄宗曾于夜间遣小黄门召至翠花西阁(在骊山)相会。后被杨妃知觉,大闹一场,黄门乘机令梅妃步回东宫。玄宗知晓后,怒斩小黄门。安史乱起,杨妃死于兵,梅妃下落不明。乱平,玄宗回京后遍寻梅妃下落,后在骊山温泉梅树下得梅妃尸,以妃礼安葬。传后有"赞"。赞语写得很长,谴责了玄宗晚年穷奢极欲,变易纲常,终以身废国辱,是罪有应得,"岂特两女子之罪者!"赞后又有"跋语"。

本书作者不拘史实,发散思维,自由驰骋,表现了丰富的艺术创造力。全书结构严谨,文笔优美,生动而抒情,人物性格鲜明,当属宋传奇中之佳作。

文酒清话 宋代杂事小说集。作者不详。卷帙不明。宋以后史志类书未见著录。《类说》曾节录佚文,《碧鸡漫志》、《诗林广记》等引有佚文。明天启年(1621—1627)据佚文刻为《大酒清话》。原苏联科学院亚洲民族研究所列宁格勒分所藏有本书残本《新雕文酒清话》(存卷五之末至卷九之首),似为金刻本,出自内蒙古之西夏黑城。

从佚文看,本书多为旧闻辑录,又有增改润色,其中多诙谐趣闻,近于笑话。引诗较多,皆俳谐戏谑之作:如"白行简"条记白作诗嘲扬州妓崔云娘,所引诗即李宣古诗;"羊雪二诗"条记书生王勉所作《雪诗》事;"二书生赋诗"条记河溯生诗,与《北梦琐言》记僧怀溶《献秭归刺史通状》诗大同小异等。

鸳鸯灯传 宋代传奇小说。作者不详。原载于《薫亩拾英集》,《岁时广记》卷十二"约宠姬"条引。故事叙述天圣元年(1023)元宵,张生在慈孝寺遇一美少妇,遗下红绡帕,上题诗三首,诗后约定来年上元夜于相蓝后门相待,"车前鸳鸯灯者是也"。第二年张生赴约,果与妇人相遇。妇人乃贵人李公偏室。故事反映了在封建社会里婚姻制度束缚下女子的感情世界,达官的姬妾无自由可言,生理和心理上都备感压抑,一年中只有在几个例行节日里才能外出走动;一旦发现意中人,便倾身相许,以弥补自身的爱情缺憾。

本篇作品问世后,宋人不断续编。《东坡类应》引《姬侍类偶》中的"彩云守墓"条,即为本篇之续篇。故事叙李氏窃金与张生私奔;张耽于逸乐,家道零落,至秀州寻父不遇,被妓女梁越英挽留,结为夫妻;李氏气愤呕血死,侍女彩云守墓三年,诉之于梁;梁遂与张生绝,张怒而杀梁,后被刑戮。《醉翁谈录》壬集"红绡密约张生负李氏娘"亦为续编,情节较详,结局则说李氏未死,告于包拯,责娶李氏为正室,越英为偏室;实际上是在"彩云守墓"条的基础上窜改而成。今续编仅存残文。宋话本《张生彩鸾灯传》、宋元南戏《张资鸳鸯灯》,均据本传奇改编。

李师师外传 宋代传奇小说。作者不详。《琳琅秘室丛书》收有全文,不著作者。《贵耳集》卷下载有"李师师小传"。《后村诗话》前集卷二称:"顷见郑左司子敬云,汪端明家有《李师师传》,欲借抄不果。"《读书敏求记》云,钱允治多藏罕本,"有《李师师外传》一卷,牧翁(钱谦益)屡借不与"。《琳琅秘室丛书》黄廷鉴跋曰:"偶闻邑中萧氏有此书,急假录一册。"即今之传本。关于本书的作者,亦有徽宗被金兵掳至五国城,作《李师师外传》一卷说。

故事叙述汴京染匠王寅之女,幼时舍身佛寺。王死于狱,其女为娼家李姥收养,取名李师师。师师成年后,色艺双佳,遂成名妓。宋徽宗微服狎游,师师不屑。后知为帝,乃淡妆相迎,深得帝之欢心,宠爱异常,日赏千金不绝。金兵入侵,师师乃集所赐金钱,呈文开封府,愿入官助饷,并出家当了女道士。未几,金兵破开封,金主帅索师师,张邦昌等搜得,献于金营,师师不愿侍金,吞金簪自杀。

此传虽属虚构,但写出了一个极有个性的妇女形象。她虽沦落风尘,但明智勇决,维护了自己的民族气节和人格尊严,与当时的奸臣叛徒形成了鲜明对照,被称为"庸中佼佼者也"。

苏小卿 宋代传奇小说。作者不详。《永乐大典》卷二千四百零五引《醉翁谈录》,下注"烟花奇遇",但不见于罗烨及金盈之《醉翁谈录》。据现存佚文看,似为宋说话人备用的底本,近似通俗小说,又缀以许多诗歌和骈偶句。

故事叙述闾江知县苏寺丞之女小卿,与郡吏双渐相恋。小卿劝双渐解职归家,潜心学业,取得功名后再来求婚。两年后双渐功成名就,访小卿不遇,追踪至扬州。这时,小卿已父母双亡,沦落为娼。双渐于妓院遇小卿,重寻旧好。小卿又嫁薛司理。后双渐任满回京,舟泊豫章城下,忽见小卿在一画舫中弹琴歌唱,双渐作歌挑之。二人潜逃至京师,候补受显职,双双偕老。因系说话人的底本,本篇情节多有疏漏,语言亦显浅俗。

此故事影响很广,据之敷演创作的作品有诗词、小说、戏曲等:如《双渐小卿怨》诸宫调,话本《豫章城双渐赶苏卿》,戏文《苏小卿月夜泛茶船》,院本《调双渐》,元王实甫杂剧《苏小卿双渐泛茶船》、《豫章城人月两团圆》及明传奇《三生记》、《茶船记》,清传奇《千里舟》等。

道山清话　宋代笔记小说集。一卷。作者不详。书后有"昈跋"称:"先大父国史在馆阁最久,……建炎四年庚戌,孙朝奉大夫主管亳州明道宫,赐紫金鱼袋昈书。"查宋时王昈无此荣及行状,纪昀曾考此书为"昈之祖,非昈也"。后人对此书作者猜测附会颇多,但均不实或考证不足。

本书属记实小说类,所记多为北宋徽宗前事。书中抨击当时的王安石变法,对程朱理学亦多不满。"惟记苏、黄、晁、张交际议论特详,其为蜀党中人,固灼然可见矣。"(《四库全书总目》)书中记载之误,曾被王士禛《居易录》所讥。传世版本不多,以《说库》本为最佳本。

异闻总录①　宋末元初笔记小说,作者不详(元代有同名作品,作者亦不详)。《四库全书总目》将之列入子部小说家类存目,并称其:"不著撰人名氏,亦不著时代。其中'林行可'一条,称大德丁酉,则元人矣。然所载'临安娼女仪珏'一条,称其编隶鄱阳,予尝于席间与纸笔,即赋词。大略美吾兄弟有鄱阳英气锺三秀之语,乃洪迈《夷坚志》原文。所谓予者,即迈;所谓弟兄三秀,即迈、适、遵也。此本抄袭其言,并其自称亦未改,则亦剽掇而成矣。"《笔记小说大观》在收录此书时提要云:"其时代莫得而详也。据'林行可'、'上官士平'、'胡雨崖'数则,似属元人;然元代事所载亦殊寥寥。中如宋二帝北狩,与黄翼之《南烬纪闻》所述大略相同。疑是书随手剽掇,取充卷帙耳。"全书共四卷,多记两宋间之异闻,但元初之事亦有窜入,疑为后人"随手剽掇"。

本书所记百余则异闻异事,多为神仙怪灵,更不乏轮回报应之说。从记事选材上看,不异不录,不怪不取。从描写手法上分析,虽云神怪,但注重以情节演绎故事,以细节刻画人物,语言亦较为生动传神。特别是其中的十余则,如"岳侍郎珂"、"马少保公亮"、"黄门侍郎卢公涣"等,分述不怕鬼的故事;"洪州州学正张某"诸条记学生装鬼惩治刻薄学正事,有较强的可读性。"饶州刺史齐推女"条,描写了齐推女丈夫、湖州参军韦会矢志不移,忍辱负重,为妻伸张正义,使之死而复生的动人故事,表现了韦会与齐推女忠贞的爱情,此故事为后世不断传颂。书中的仙灵神怪、报应轮回之说,折射了宋末的文化现象。借鬼神以讽人世,阐明"幽明一理",成为宋代以后文人常用的写作手法。本书不少名篇不断被后世文人传抄、摘录、演绎,可见其影响之广。

本书传世版本发现不多,在历代传抄、翻刻过程中屡有改、篡。最佳版本当数《笔记小说大观》第一册的收录本。

南窗纪谈　宋代笔记小说集。一卷。作者不详。《四库全书总目》收录入子部小说家类,称本书共二十三则。"书中多记北宋盛时事。淳熙中袁文作《瓮牖闲评》已引其书,则作于孝宗以前。而中有叶梦得问章淳济一条,又有近傅崧卿给事馈冰云云。梦得为绍圣四年进士,高宗时终于知福州;崧卿为政和五年进士,高宗时终为中书舍人给事中,则是书当在南北宋间也。"由此可知作者约活动于徽宗(1101—1125)与高宗(1127—1162)年间。本书在流传中散佚严重,传抄之舛误较多。袁文引"卫大夫"一条,今本无;"叶景修云延祐间"事属元人读该书时所作之眉批,后传抄入正文等,可知今存之书已非完帙。

本书在记宋代逸事时，间亦波及唐代事。但述前朝事的目的是为了讽宋世。如首条记唐房琯追捧玄宗修骊山华清池别宫，宰臣吴元中大为赞颂事，实影射宋徽宗广修艮岳，而直臣非全直。书中记欧阳修虽作一二十字小柬，亦必先打草稿；并赞苏轼为文严谨，"遂以名家，士大夫翕然效之"。"韩玉汝丞相"条则记韩"每食必殚极精侈"，知宋时的侈靡之风起于上。"李文定公以故相守兖州"条记李为嫠妇雪沉冤事，可窥见北宋末年官员之慵懒废政之风。

本书传世版本有《四库全书》本、《笔记小说大观》本等。

豪异秘纂 宋代小说选集。作者不详。一卷。《秘书省续编到四库阙书目》小说类著录一卷。《直斋书录解题》小说类著录时称："所录五事，其扶余国主一则，即所谓《虬须客》者也。"原本《说郛》卷三十四收此书，题下注曰："又名《传记杂编》，载五事。"凡录张说"扶余国主"、郑文宝"历代帝王传国玺"、无释"祖伯"、罗隐"仙种稻"、王仁裕"蜀石"五篇。本书对考证唐传奇有一定的价值。

异人录 宋代志怪笔记小说集。作者不详。卷次不详。未见著录。《类说》卷十二节录佚文二十五条。从佚文分析，本书为杂取诸书，辑录成编。如"北大先生"即《江淮异人录》中之"耿先生"；"落叶为鱼"即《江淮异人录》中之"潘扆"；"上帝取易总"以下十八条皆出自《龙城录》。本书故事多为宋人引用，元以后未见文人摘引，似书亡于宋末元初。

苇航纪谈 宋代杂事笔记小说集。作者不详。原书五卷，早佚。现仅存原本《说郛》中之十一条。现存佚文中"漆匠章生"条，叙章生遇老妪引入密室，与一妇人共寝，而不交一言，晨即引出。此事与《投辖录》中"章丞相"条同一结构。《西湖二集》卷二十八"天台匠误招乐趣"即据此敷演。"鹿苑寺僧"条记僧人强劫少女，似引自《萍洲可谈》悟空寺僧事。其余各条，多记杂闻琐事。

宣和遗事 宋代短篇话本小说集。作者不详。又名《大宋宣和遗事》。本书原出宋话本，后经说书人和话本撰写文人不断增补，以成是书。书中说宋朝曾卜都城，有"一汴、二杭、三闽、四广"，显然是宋亡后所加的文字。全书分十段：第一段历数前朝各无道昏君，止于宋徽宗；第二段说王安石变法致祸，属权臣"误国"；第三段讲宋徽宗重用蔡京等亡国；第四段讲宋江等三十六人啸聚梁山泊造反，属官逼民反类，此段为水浒故事之原型；第五段讲宋徽宗宠爱名妓李师师，属荒淫败国类；第六段讲宋徽宗崇信道教，妄图长生而重用江湖道士林灵素，属迷信祸国类；第七段讲京城筹备元宵节和元宵夜放灯的盛况；第八段讲金兵入侵，攻克汴京事；第九段讲金兵掳徽钦二帝北行，北宋灭亡事；第十段讲康王南渡，定都临安（杭州）事。这些故事，由于来源不同，文风也各异：第四、五、七段接近口语，似采自民间传说，据说话人的说书记录而成；其他部分文体较杂，如第九段内容与《南烬纪闻录》、《窃愤录》、《窃愤续录》等书的文字相同，说明说书人从各种书籍里摭取资料，作为说话的底本，刊行时也没作加工整理，实际上仍属提纲的话本雏形。传世版本有《士礼居丛书》两集本和四集本两种。1956年古典文学出版社出版了标点排印本。

湖海新闻夷坚续志　元代志怪小说集。作者不详。前后二集，每集二卷。全书分人伦、人事、符谶、珍宝、拾遗、艺术、警戒、报应八门（前集），及神仙、道教、佛教、文华、神明、怪异、精怪、灵异、物异九门（后集），每门又分若干类。本书是继宋洪迈《夷坚志》、金元好问《续夷坚志》而作，所收大多为宋代故事，也有少数元代和唐以前的故事。故事内容以神鬼佛道及仙怪灵异为主，也有部分野史逸闻：如"斩人魂魄"条，记聂隐娘飞剑斩妖的故事，为唐传奇《聂隐娘》的缩本；"马头娘子"条，记马皮卷走少女化为蚕的神话传说，与《搜神记》中之"女化蚕"相类；"一梦黄粱"条，述邯郸道士卢生梦中极尽荣华富贵的故事，是唐人沈既济《枕中记》的缩写。另外，卷一人伦部忠臣类，记载了宋代爱国将领刘韐、李若水、李庭芝、尹穀等在抗击金元的斗争中，不辱臣节、宁死不屈、英勇献身的事迹，某些细节可补正史之不足。勤俭类记苏轼等人居官节俭、杨万里妻治家勤俭的故事等，也是可借鉴的历史资料。前集卷二天谴类"欺君误国"条，记秦桧夫妇在东窗下密谋杀害岳飞而遭报应的故事，是"东窗事发"事件的最早记载。后集卷二神明门"鲁班造石桥"条，记鲁班造赵州桥及张果老骑驴过桥的故事。"井神献身"条记白螺化为美女为人作馔等，似采自民间传说。

关于本书的编者，《艺风藏书记》和《千顷堂书目》等书均作过考证，疑为薛汝节编次，但多数认为是宋人元的遗老所为。本书的成书时间约在元元贞（1295—1297）年间或以后，因为所收内容最晚的是记元贞年间的《蜈蚣孕珠》条。

本书流传不广，现存多为残本。如元代的碧山精舍刻本和元刻本两种，均残缺。另外有明刻本、《适园丛书》本，分前后集共四卷，另补遗一卷。1986年中华书局参校诸本出版了点校本，是当今最详版本。

异闻总录②　元代志怪小说选集。作者不详（宋末元初有同名的笔记小说作品，作者亦不详）。四卷。《四库全书总目》小说家类存目著录。本书多录自唐宋小说，而不注明出处。如卷一的前十条，均采自《夷坚志》，其余还有《夷坚志》的佚文。卷一的"李沈"条，卷三的"南缵"条、"卢公涣"条、"齐推女"条、"王泰"条、"叶诚"条等，或出自《玄怪录》，或取自《续玄怪录》。本书选录前人作品，虽不注明出处，但较为忠实详尽，较《类说》、《诗人玉屑》等书引文更为完整，情节也大为丰富。所以该书可作为辑校唐宋笔记小说的资料。但书中也有宋以后的作品，无从知其出处，可能为作者参考他书的创作。传世版本有《津逮秘书》本和《稗海》本等。

隽永录　元代杂事小说集。作者不详。原书卷帙不清，也不见传本，著录情况不详。原本

《说郛》卷三十收佚文六条,三条注明出处,如"来岁状元赋"出自《续清夜录》等;三条没注出处,如"白纸诗"记士人郭晖寄书夫人误装白纸,其妻接信后,寄诗曰:"碧纱窗下启缄封,尽纸从头彻尾空。应是仙郎怀别恨,忆人全在不言中。"此事见于话本《简贴和尚》头回,文字大同小异。

鬼董　宋元笔记小说选集。又名《鬼董狐》。作者不详。五卷。《千顷堂书目》著录时,题为关汉卿撰。但原书钱孚"跋"中却说:"后有小序,零落不能详。其可考者云'太学生沈',又云'孝光时人,而关解元所传也'。"可知本书作者姓沈,为太学生。书中故事多抄自元以前的成书作品:如"洛阳人牟颖"出《潇湘录》;"章翰"出《通幽录》;"章仇兼琼"出《尚书故实》等,均见《太平广记》转录。有些作品在转录时改变人名、抹去年代,是编者有意作伪,还是另有所本,待考。

书中所收的部分宋代作品,或为原书佚文,或在原书基础上改编续作,值得重视:如卷四引用的《夷坚癸志》故事即属佚文,可补《夷坚志》;卷四樊生与陶小娘子的故事与话本《西山一窟鬼》十分相似;卷一张师厚、崔懿娘故事,与话本《燕山逢故人郑意娘》颇类,而再娶一节,曲折复杂,非原书可比。上述可见本书与宋元话本有千丝万缕的联系。书中还有一些新奇复杂的故事,完全不涉鬼神,如"周宝劫盗"、"陈琡杀夫"等。可见《鬼董》收入的并不全是鬼神题材的小说,有别于以往的志怪小说,内中也有一些写实性的作品。

虚谷闲抄　笔记小说选集。作者不详。卷帙不明,未见书目著录。关于作者,《古今说海》中题为宋方回编。方回,字万里,号虚谷,由宋入元,著有《瀛奎律髓》、《桐江集》、《虚谷闲抄》。此说后世有争议,存疑。本书辑录旧籍成文,各注出处。如《三梦记》、《逸史》、《辨疑志》、《投辖录》等。引书还保留了不少宋代佚书,如《幕府燕闲录》、《遁斋闲览》等。本书在选编他书文章时,引文较为完整,很少删节,对校定他书佚文提供了方便。

绿窗纪事　笔记小说选集。作者不详。不分卷。《宝文堂书目》子部杂记类著录。书中所收多为元人故事,亦见于《辍耕录》等书。如"一妓师道"记官妓连枝秀学道,拟在松江建庵定居,陆宅之为之作募缘疏,故意诋毁;事见《辍耕录》、《青楼集》。"投崖表节"条记烈妇王氏被掳,于清风岭投崖自杀;亦见《辍耕录》。"检籍除娼"记姚燧知歌妓为真西山之后裔,设法助其脱籍;亦见《辍耕录》。见于《辍耕录》各条,文字较原书稍有改动,其他条目则多录自宋代笔记小说。本书所拟标题多两两相对,近似通俗小说回目。传世版本有明抄《说集》本等。

姚月华小传　元代传奇小说。作者不详,成书年代不明。明刻《广艳异编》卷八、《续艳异篇》卷四收录有全文。

故事叙述姚月华梦满月坠落妆台,觉后大悟,文思泉涌,精于诗咏;后随父寓扬子江,有邻舟书生杨达以诗传情,二人诗简往来,情深意笃;姚父迁任他所,二人遂怏怏而别;月华以一楚歌词赠杨达,杨读后不胜悲咽,循江右踪之,竟不可得。故事以悲剧作结,写得戚楚动人,有余韵绵渺之妙。

紫竹小传 元代传奇小说。作者不详。《琅嬛记》屡引其文。《广艳异编》卷八、《续艳异编》卷四均收录全文。本篇叙述大观中才女紫竹,工诗词;四川乐至秀才方乔偶与紫竹相遇,倾情爱慕,思念不已;后方乔遇一道士赠以古镜,云能留少女之影不散;方乔访得紫竹住处后,使老妪献镜于紫竹,二人遂得诗词往来,终于约会佳期;紫竹之父闻知后,竟以女嫁方乔。故事情节简单,偏重文采,所引众多词章,多清丽藻饰之作。

明代笔记小说

一、概　述

明代以朱元璋建立明王朝开始(1368),至崇祯帝朱由检煤山自尽明王朝覆亡止(1644),前后共二百七十七年。

朱元璋建立明朝后,为巩固政权,废除了历代延续的丞相与中书、门下、尚书三省制度,并大肆杀戮功高权重的大臣,以强化中央集权。其后继者又建立锦衣卫和东西厂,使封建统治更加专制严苛。朱元璋为强化思想、文化统治,曾命有司访求古今图书,藏之秘府,开设文华堂,延揽人才。至明成祖朱棣时期,仿宋室编纂《太平广记》、《太平御览》之例,召集天下文人三千,编纂大型类书《永乐大典》,凡二万二千八百七十七卷。此为我国文化史上一件大事。朱元璋还规定,"四书""五经"为国子监、州府县学及闾里私塾的必读课本。朱棣命胡广、杨荣等人修"四书""五经"和《性理大全》,并改唐宋以诗赋策论取士为八股取士,专从"四书""五经"中摘句命题,大力推广程朱理学,以牢笼知识分子。此外,明统治者又软硬兼施,大兴文字狱,连《剪灯新话》这样的笔记小说也被视为"无根之言"、"异端邪说"而加以禁毁;规定"寰中士大夫不为君用,罪该抄杀"。在这样的政策下,知识分子谨小慎微、噤若寒蝉,文学创作也受到影响,不少作品中充斥着曲意颂圣、鼓吹礼教的内容。

基于经济的长期发展和积累,明代社会的机体内部,孕育着资本主义生产关系的萌芽。到了明中叶,东南沿海地区,其纺织、矿冶、造船、制瓷、造纸等手工业迅速发展,制作方式也从家庭作坊发展到手工工场。与此相适应,商业也日趋繁荣,商人更加活跃,其地位普遍提高,以手工业和商人为主体的市民阶层也更加壮大。在这种社会背景下,哲学领域出现了与程朱理学相对立的王守仁心学,并经王艮、何心隐、李贽等王学左派所发展,开始猛烈抨击程朱理学,抨击封建礼教,离经叛道,反对以孔子的是非为是非,反对禁欲主义,公开谈食色货利,形成了一股启蒙主义的思潮。这就促进了白话小说、戏剧等通俗文学的繁荣,也使历来文人士大夫视为专利的文言笔记小说发生了变化,其视野扩及市井,拓宽了题材领域,语言也趋于通俗。

唐宋时期笔记小说的繁荣,得力于诗文和史学的蓬勃发展,明代则无此优势。比较而言,明代统治者重文治,重修史。立朝之初,朱元璋便任命左丞相李善长监修元史,以宋濂、王祎为总裁,赵埙、高启等十六人为编修。但由于朱元璋猜忌成性,"任喜怒为生杀",宋濂、高启先后罹祸,其他参与修史者也唯恐稍有不慎即触忌,惶惶不可终日,想方设法脱离此是非之地。《元史》仓促成书,历来被学者非议。自成祖起便不修起居注,不修国史,历朝实录也多不实。正史不景气,并难以从野史得到补救——同样的原因,明代野史也萧条不景。明代散文作家虽多,作品也颇可观,但在形式主义、复古主义左右下,成就并不大。这些都对笔记小说创作有很大的消极影响。

明代是白话小说创作的黄金时代。短篇以"三言""二拍"为代表,长篇章回小说则以《三国演义》、《水浒传》、《西游记》、《金瓶梅》"四大奇书"为代表,形成历史演义、英雄传奇、神魔小说和世情小说等不同题材类别,完成了中国小说史上文言小说与白话小说的第二次大分化。白话小说的发展成熟,加之不少白话小说直接从笔记小说中取材,不少白话小说作者同时又是笔记小说的创作者或辑录者,反过来推动了笔记小说的创作。

明代笔记小说的成就不如文言传奇小说,明前期的作品不如后期,志怪不如志人。明代志怪小说的数量不多,不少记近世传闻,寓善恶褒贬,曲折地反映社会现实。有的写得比较清丽,但总的说来,记述平直,缺乏新意。比较清新可读、对后世造成影响的主要有梅鼎祚的《才鬼记》。该书记春秋至明二百多位才鬼的故事,采自一百四十多种古籍,如《四库全书总目》中称,"鼎祚捃拾残剩,以是成编"。另有卧碧山樵的《幽怪诗谭》,虽其内容多见他书,但作者有程度不同的改动,所记神鬼精怪均以诗言志,别具一格。又如祝允明的《志怪录》、《语怪四编》,侯甸的《西樵野记》,杨仪的《高坡异纂》,徐祯卿的《异林》,陆粲的《庚巳编》,闵文振的《涉异志》,钱希言的《狯园》及钓鸳湖客的《鸳渚志馀雪窗谈异》等,均为较有价值之作。还须提及的是,王同轨的《耳谈》、《耳谈类增》,仿《夷坚志》之作,无奇不收,对白话小说影响很大;郑仲夔的《耳新》虽记琐事,但多涉仙鬼怪异,并寓指时世,令人耳新。

明代的志人小说大大超过志怪小说。明代文言小说近七百种,多为笔记体,包括朝野轶事、人物琐言、俳谐笑话等,都有大量作品问世,特别是俳谐笑话类创作达到了一个小高潮。从内容上讲也较广泛,从不同侧面反映明代的社会现实,与启蒙思潮相适应,注意面向市井,出现了新的特点。在形式上也有发展,不少纯用笔记小记形式,从某个人的多个方面刻画形象,形成了多面烘托的艺术效果,如顾元庆的《云林遗事》为倪瓒立传,就是代表。另外,在这一类小说中,出现了一批拟人小说,为无生命的器物或动植物立传,虽"以文为戏",但寓意深刻。

志人小说代表作有徐祯卿的《翦胜野闻》、陆容的《菽园杂记》、贺钦的《医闾漫记》、顾元庆的《云林遗事》、杨循吉的《苏谈》、祝允明的《九朝野记》、张应俞的《杜骗新书》、田汝成的《西湖游览志馀》、何良俊的《何氏语林》、李绍文的《明世说新语》、曹臣的《舌华录》,及冯梦龙的《古今谭概》、《情史》、《智囊补》,江盈科的《雪涛谐史》、《笑府》、《广笑府》等。

拟人小说上承唐韩愈的《毛颖传》,以明初刘基的《郁离子》为代表,出现了如支立的《十处士传》、徐常吉的《谐史》等有价值的作品。博物小说有游潜的《博物志补》、董斯张的《广博物志》、赵裔昌的《元壶杂俎》等。

明代的话本小说进入了创作高峰。它们从笔记小说中吸取营养，经过加工、创作或演绎，面对社会，面向市井。《清平山堂话本》、《鼓掌绝尘》、《风流十传》、《万锦情林》、《绣谷春容》等是有代表性的话本小说集。但不少作品仍不脱笔记小说的窠臼，特别是一些公案笔记小说，少则一二百字，粗陈梗概，所以，本书仍将之列入笔记小说大范围之中予以介绍。

二、作家和作品

■**宋濂**(1310—1381)　明代著名学者和笔记小说作家。字景濂。祖籍浙江金华潜溪，至濂迁居浦江(今属浙江)。幼年英敏强记，师从当时闻人梦吉、吴莱，通"五经"之学；继而与著名文士柳贯、黄溍交游，两人皆自谓弗如。元至正中(约1354年前后)，荐授翰林院编修，以父老辞不行，入龙门山著书。十余年后，明太祖朱元璋攻下婺州(今浙江金华县，时在1366年)，并在这里召见宋濂，任命他为宁越府(由婺州改名)郡学"五经"师。次年三月，以李善长之荐，征至应天(今江苏南京)，除江南儒学提举，命授太子经，寻改起居注。寻丁父忧。服除，召还。洪武二年(1369)诏修元史，命充总裁官。是年八月，除翰林院学士。次年八月，《元史》修成。接着便以失朝参，降为编修。洪武四年(1371)，迁国子司业，又坐考祀孔子礼不以时奏，谪安远(今广西钦州)知县，旋召为礼部主事。五年，迁赞善大夫。六年七月，迁侍讲学士，知制诰，同修国史，兼赞善大夫。九月定散官资阶，濂为中顺大夫。九年(1376)，进学士承旨、知制诰，兼赞善如故。洪武十年致仕。洪武十三年(1380)，因长孙宋慎坐胡惟庸党事，几被杀头，由于皇后、太子力救，方得连同家属迁徙安置于茂州(今四川茂汶羌族自治县)，儿子宋璲、孙子宋慎却因此事被杀。次年，卒于夔(今重庆奉节)。直到明武宗正德八年(1513)，才被追谥文宪。

宋濂一生自少至老，未尝一日去书卷，于学无所不通，为文醇深演迤。他的撰著除主修《元史》以外，还有《潜溪文集》三十卷(皆元时作)、《宋学士文集》七十五卷、《未刻集》二卷、《诗集》五卷、笔记小说《洪武圣政记》二卷和《浦阳人物记》二卷、《萝山杂言》一卷等，今均传于世。

浦阳人物记　明代逸事笔记小说集。宋濂撰。二卷。《四库全书总目》等书著录。欧阳玄在"序"中说："浦阳为婺属邑，异时人物彬彬辈出：陈孝子以卓行闻，梅节愍以忠义显，王忠惠以政事著，倪石陵以文学称。与夫制行衡门，流声无阙，其事可记者尚多。……宋景濂有感于斯……按其实而列著之。"全书分忠义、孝友、政事、文学、贞节五类，记当地名人二十九位。书中记事以史传体，先列人物事迹，称"传"；后附作者"赞语"。在记事上言简意赅，评赞"至公甚当，不以一毫喜愠之私而为予夺"(欧阳玄序)。上海进步书局在影印本书时，在"提要"中提到："濂文本雍容浑穆，如天闲良骥，鱼鱼雅雅，自中节度。兹记尤去取谨严，论断简核，识者谓足补史传之遗。"此评价至当。此书开明一代地方人物志撰写之风，对研究当地世风民俗、当时人之思想动态大有裨益。传世版本有《宋学士文集》本、《四库全书》本等。

■**刘基**(1311—1375) 明代著名政治家、笔记小说作家。字伯温。青田(今属浙江)人。幼年好学,聪慧颖异。元至顺间(1330—1331),登进士第,除高安(今属江西)县丞,有廉直声。起为江浙儒学副提举,论御史失职,为台臣所阻,被投劾归里。后浙江行省辟为元帅府都事。因与当权者意见不合,虽新授官总管府判,仍弃官还青田。朱元璋攻下浙江金华后,闻得刘基的名声,礼请出山辅佐。既至,即向朱元璋陈时务十八策,极受重视。朱元璋让他参与机要,共同筹划用兵大计,先后击败陈友谅、张士诚,争得方国珍投降,北伐中原,统一中国,成就帝业,此中成功谋略大都出自刘基。吴王朱元璋吴元年(1367),任命刘基为太史令。寻拜御史中丞兼太史令。朱元璋称帝改元为明洪武元年(1368),帝手诏叙基勋伐,赐赍甚厚,追赠基祖父、父亲皆永嘉郡公。累次要加封刘基爵禄,皆固辞不受。洪武三年(1370),授弘文馆学士。同年十一月,又授为开国翊运守正文臣、资善大夫、上护军,封诚意伯。洪武四年赐归老于乡。刘基后半生佐定朱明统一天下,运用计谋料事如神。然而性刚嫉恶,与物多忤。至是还隐山中,唯饮酒弈棋,口不言功。但是,却有仇人造谣惑主,致使刘基忧愤疾作,于洪武八年(1375)病卒于乡(一说为胡惟庸毒死)。直到武宗正德八年(1513)才加赠刘基太师,谥文成。

刘基博通经史,尤精象纬之学,其文闳深肃括,其诗沉郁顿挫,自成一家。据《明史·艺文志》载录,他的撰著有:《覆瓿集》二十四卷、《拾遗》二卷(这两部书为元时所作),入明以后的撰著有:《多能鄙事》十二卷、《翊运录》二卷、《礼贤录》(《四库全书总目》作《国初礼贤录》)一卷、《天文秘略》一卷、《玉洞金书》一卷、《注灵棋经》二卷、《解皇极经世稽览图》十八卷、《三命奇谈》一卷、《滴天髓》一卷、《金弹子》三卷、《披肝露胆》一卷、《一粒粟》一卷、《犁眉公集》四卷、《文成集》(《四库全书总目》作《诚意伯文集》)二十卷(包括《郁离子》四卷、《春秋明经》二卷等书)、《刘基词集》四卷。在这些著作中,《国初礼贤录》一卷和《郁离子》四卷为笔记小说。

郁离子 明代寓言笔记小说集。刘基撰。上下各二卷,十八篇一百九十五条。本书明以后书目多著录。本书书名,据徐一夔"序"中说:"离为火,文明之象,用之,其文郁郁然,为盛世文明之治也。"由此看来,《郁离子》实是刘基辅佐朱元璋为政、建功立业的思想理论依据,"明乎吉凶祸福之几,审乎古今成败得失之迹"。书成后收入《诚意伯文集》。

本书行文以寓言形式,取譬喻物,启人思,发人省。书中除"九难"篇外,基本上一条一事,说明一个哲理。在内容上从个人、家庭到社会、国家;从政治、经济到神仙、鬼怪,无所不包。如"良桐"、"养枭"、"千里马"诸条,讲了识才的标准,暗示识别人才要注重实际,看真才实学,不能只看外表。"喻治"、"云梦田"、"搏沙"和"荀卿谏赏盗"等条,以医喻政治,强调要团结人民,遇事要讲信用,要赏罚分明,才能取信于民等。全书故事新颖,构思巧妙,喻情说理,不温不火,发人深省。其篇什内容常被后人所摘选。"卖柑者言"诸条,为数百年传世名篇。

本书传世版本较多。主要有:明初龙泉章氏刻本,成化间刊《诚意伯刘先生文集》本,正德重刊本、嘉靖重编本、重刻单行本、隆庆刻本、清雍正间补刻本、《四部丛刊》影印本、《学津讨源》本、《榕园丛书》本等。1981年上海古籍出版社出版了由魏建猷、萧善芗校勘的排印本。

■**叶子奇** 元末明初人。字世杰,号静斋。浙江龙泉人。生卒年不详。元代末年,和刘基、宋濂同为浙西有名学者。后来刘基、宋濂都在明朝做了显宦,叶子奇却没有受到明太祖朱元璋的重视,只做了巴陵县主簿小官。洪武十一年(1378)因事下狱。在狱中写了笔记杂事小说集《草木子》四卷。

草木子 明代笔记小说集。叶子奇撰。原书四卷二十二篇,今为八篇。本书被《四库全书总目》等多种书目著录。作者善著文,但怀才不遇,只做了个巴陵县主簿小官。洪武十一年,因群吏在未祭城隍神之前窃饮猪脑酒,他被株连获罪下狱。在狱中将读书所得记录下来,出狱后完成此书,他在"自序"中称本书为"悲愤"之作,"幽忧于狱,恐一旦身先朝露,与草木同腐,实且悲也",于是发愤写作,成书后以"草木子"名之。

全书内容广博,原为二十二篇,篇名未详。到正德十一年(1516)作者孙叶溥为之刊行付梓时,改并为八篇:管窥篇、观物篇、原道篇、钩玄篇、克谨篇、杂制篇、谈薮篇和杂俎篇。本书内容涉及广泛,从天文星座、律历推步、时政得失、兵荒灾乱,至自然界现象、动植物形态,都广泛搜集,仔细研讨;对元朝的掌故和农民起义的史迹记载,多为他书所未及。"管窥篇"、"观物篇"为作者对天文、世间百物的记述,其认识多未脱前人之窠臼。"原道篇"、"钩玄篇"颇多浅薄鄙陋之论议,但论及梦的产生和对梦的认识,有其科学精到之处;讲佛道之虚妄,语言诙谐风趣,如"飞升"条说"必也至人能之乎?然天上实无着处",可谓绝妙至极。"杂制篇"中讲"殡葬宜俭",是发《墨子辨》之大义,并用元杨连真伽盗南宋诸陵的残酷现实,来说明豪侈厚葬引发盗墓的道理,有一定的警世作用。"杂俎篇"中有部分条目与唐段成式《酉阳杂俎》的文字相同。疑后人在改编时为补散佚而羼入。

本书传世版本较多,明清屡有刻本。主要有:明正德本、嘉靖本、万历本、清乾隆本、同治本和《四库全书》本等。1959年中华书局整理出版了校点本。

■**瞿祐**(1341—1427) 明代笔记小说作家。一作瞿佑,字宗吉,号存斋。钱塘(今浙江杭州市)人。少时,以和凌云翰《梅雪争春》词而享有文名,被誉为瞿家的"千里驹"。但一生怀才不遇,在友人推荐之下,只先后做过训导、教谕、长史一类的小官。明成祖永乐十三年(1415),因诗蒙祸下狱,谪戍保安(今陕西志丹县)十年,洪熙元年(1425)遇赦放还,复原职,内阁办事。

瞿祐一生著述颇丰,据《明史·艺文志》载录,有《葬说》一卷、《存斋乐府全集》三卷、《存斋词集》三卷、《吟堂诗话》三卷、笔记小说《香台集》三卷;又据1934年光明书局出版的《中国文学家大辞典》小传载,有《存斋诗集》、《乐府遗音》、《余清词》、《归田诗话》、《春秋贯珠》、《阅史管见》、笔记小说《剪灯新话》。据《明代小说史》(浙江古籍出版社1997年版)介绍,《剪灯新话》共四卷二十篇,附录二篇,成书于洪武十一年(1378)前后。该书评述:明初"真正有意做传奇小说,并敢于把'涉及语怪,近于诲淫'之作,与儒家经典相提并论者,首推瞿祐。《剪灯新话》一出,响应者甚众,推动了明初文言小说的复兴"。可见这部小说在当时所产生的巨大影响。

剪灯新话　明代笔记小说集。瞿祐撰。四卷二十二篇。《百川书志》、《杭州艺文志》等书目著录。作者在洪武十一年(1378)本书的自序中称,此书是继编纂《剪灯录》之后,据近世传闻写成。作者生逢乱世,由元入明,对战乱灾祸和社会黑暗感触颇深,撰语成篇,以泄愤懑。

书中记述社会政治问题,大多采用神怪、荒诞的笔法,隐含讥讽,对贪官、奸臣和为富不仁者作了抨击。如骂贪官污吏为"无厌鬼王",斥残害人民的军将是"多杀鬼王"。"绿衣人传"篇,以爱情为框架,对南宋权奸贾似道的罪行作了全面的揭露。"大虚司法传"篇则通过鬼怪故事,抨击当时社会是鬼蜮横行的世界,表现了作者对腐朽、不公的封建制度的不满。"修文舍人传"中写"冥司用人,选擢甚精,必当其才,必称其职,然后官位可居,爵禄可致;非若人间可以贿赂而通,可以门第而进,可以外貌而滥充,可以虚名而猎取也",痛骂人世不如阴间。"华亭逢故人记"篇更是直言"忠臣不可为",为韩信、刘文静等人鸣不平。当时正是朱元璋大杀功臣名将的时候,其矛头所向,直指明朝最高统治者。书中的一些爱情故事,描写细腻,情节也曲折感人。如"翠翠传"中写一对青年青梅竹马,长大后女孩誓不外嫁,但男家贫穷,不敢去求婚,女方家长深明大义,成全了此对男女的婚事。"爱爱传"描写妓女罗爱爱的不幸遭遇,谴责了官军奸淫掠杀的暴行。

本书继承唐宋传奇的特点,作品颇具时代色彩。特别是篇中诗文相间、骈散并陈的写法,对明代文言小说创作影响很大。后世以《剪灯》冠名的笔记小说集就有三种,模仿的集本更多。据本书内容改编的古典戏曲多达十余种。

本书明中叶传至朝鲜、日本和越南,对这些国家的文学创作起到了推动作用。传世版本有:明正德杨氏清江堂刻本、清乾隆刻本等。1957年古典文学出版社出版了近人周楞伽的校注本,共四卷二十二篇。此次所用版本为1917年涵芬室主人董康采集的日本活字本、《世界文库》本与诸本校勘后出版的排印本。

■**李祯**(1376—1452)　明代笔记小说作家。字昌祺(《明史》本传为:"李昌祺,名祯,以字行")。庐陵(今江西吉安)人。明成祖永乐二年(1404),登进士第,授翰林院庶吉士。预修《永乐大典》,僻书疑事,人多就质。擢礼部郎中。迁广西左布政使。坐事谪役,寻宥还。洪熙元年(1425),起复原职,改任河南左布政使,绳豪猾,去贪残,自身廉洁宽厚,河南民怀之。正统四年(1439)致仕。此后家居二十余年,屏迹不入公府。

李祯一生的著作,主要的有诗作《运甓漫稿》七卷(见《四库全书总目》)、词曲作品《侨庵诗余》二卷和《侨庵小令》一卷(见《曲录》),笔记小说《剪灯馀话》五卷(见《明代小说史》)。这五卷小说中包括有二十二篇故事,多数以元明之间的动乱年代为背景,有状写元末政治黑暗、奸臣当道的，有状写带有悲剧色彩的恋爱婚姻故事的，在情节结构、人物描写方面对《剪灯新话》多有模仿，但叙事宛转曲折，有一定的艺术水平和可读性。

剪灯馀话　明代笔记小说集。李祯撰。原书四卷二十篇，今传本五卷二十二篇。此书为追慕《剪灯新话》而作，所以称"馀话"。

作者的创作宗旨是"以文为戏"，试图避开明中叶"文网织密"的麻烦。但书中多有借灵怪、幽冥和古人之口而议论政事。如"长安夜行记"叙唐代诸王的荒淫行径；"何思明游丰都录"记权要招权纳贿、恃势营私，最终在地狱受罚；"秋夕访琵琶亭记"写陈友谅杀功臣、亲小人，武臣纵酒色，文臣尚空言，终事业未成。值得注意的是，"青城舞剑录"记元代太平时，高枕肆志，纵情声色犬马，终至亡国，含有很大的寓言成分，明显是讥刺朝政。所有这些，都说明作者"以文为戏"，借此作烟幕，托古而刺时政。书中一些爱情故事的描写成就颇高，如"连理树记"、"鸾鸾传"、"凤尾草记"、"琼奴传"等悲剧，"芙蓉屏记"、"秋千会记"、"贾云华还魂记"等大团圆结尾之悲剧性作品，曲折婉转、情节跌宕，表现了作者对人性的尊崇，揭示和批判了当时社会的丑恶现象，有反封建的倾向。但是也有一些作品如"胡媚娘"、"江庙泥神记"等，无甚新意，格调不高；许多篇什以诗词入小说，连篇累牍集句、引诗，割断情节，反生枯燥。但这些问题属末节，瑕不掩瑜。

本书流传很广，明正统间虽被列为禁书，但影响仍很大。《情史》、《艳异编》等大量摘引；"三言""二拍"、《西湖二集》等纷纷演绎其中之故事，不少作品还被编成戏曲，久演不衰。

本书《百川书志》等多种书目著录。传世版本最早的是明宣德间刻本，后被禁，国内罕传。清代乾隆坊刻本只有十四篇，同治间镇江文盛堂本只二卷。涌芬室主董康据日本藏明足本翻刻，才得以在国内流传。1957年古典文学出版社出版了由周夷校点的《剪灯新话》、《剪灯馀话》、《觅灯因话》合编本。

■**赵弼**（生卒年不详，约活动在永乐至宣德年间）　明代笔记小说作家。字辅之，号雪航。南平（今重庆巴南区）人。明永乐初年（1403），以明经授翰林院儒学教谕。约于宣德初（1426）出任汉阳县（今属湖北武汉市）教谕。其他仕履失考。

赵氏博学多识，尤精于《易》。著有《雪航肤见》十卷，为史论文集；《事物纪原删定》二十卷，为杂家类书；另有笔记小说《效颦集》三卷，共有小说二十五篇。据《明代小说史》（浙江古籍出版社1997年版）说，"撰《效颦集》大约在宣德年间，多写幽冥鬼神、阴德报应，意在劝戒，宣扬忠节道义孝友。文字艰拙，偏于议论，艺术水平不高"，但在小说史上有一定影响。其中有几篇作品，为后人改编话本小说提供了蓝本。

效颦集　明代笔记小说集。赵弼撰。三卷二十五篇。高儒《百川书志》著录。作者自谦为"东施"，以此书效"洪景庐、瞿宗吉编"而成，故名。其实作者乃效洪迈《夷坚志》而作，书中多志怪鬼神，在写法上以辞章入小说又效瞿祐的《剪灯新话》。

本书上卷十一篇为传记,前三篇分别记南宋文天祥、袁镛及元末朗革夕三人以身殉国的事迹;其余均记明初奇士的高风异行,属记实文体。中、下卷十四篇,多记鬼神灵怪之事,宣传因果报应。作者将司马迁、扬雄、杜甫、韩愈、王安石、黄庭坚、岳飞、赵高、李斯、秦桧、贾似道等历史人物,或置于仙界,或放于阴司,对他们生前所为加以评论,重加赏罚,表现了作者崇尚忠节、痛恨奸佞的政治态度,和心忧天下、平慰世人、伸张正义的襟怀。《百川书志》曾评其"文华让瞿,大意迥高一步",是十分确当的。

书中"钟离叟妪传"、"续东窗事犯传"、"木棉庵记"等篇,分别为《京本通俗小说》、《警世通言》、《古今小说》所采用并演绎,成为《拗相公饮恨半山堂》、《游丰都胡母迪吟诗》、《木棉庵郑虎臣报冤》,可见该书在小说史上的影响。

本书的传世版本除《百川书志》本外,尚有明宣德原刻本等。1957年古典文学出版社出版了校点排印本。

■**彭时**(1406—1475) 明代笔记小说作家。字纯道。安福(今属江西)人。正统十三年(1448)进士第一,状元及第,授修撰。翌年,与商辂一同入阁预机务。释褐逾年参大政,乃前此所未有。迁左春坊大学士兼侍读,太常寺少卿兼侍读。天顺元年(1457),英宗再次召他入阁,兼翰林院学士。不久,进吏部右侍郎,兼学士,同知经筵。成化改元(1465),进兵部尚书,兼官如故。成化三年(1467),撰写《英宗实录》成书,加太子少保,兼文渊阁学士。四年(1468),改吏部尚书。七年(1471),乞致仕,帝慰留,不得去。十一年(1475)正月,以秩满进少保。逾月卒,年七十。赠太师,谥文宪。

彭时撰有《彭文宪集》四卷、笔记小说《可斋杂记》二卷(亦有称《彭文宪公笔记》者,亦有作一卷)。是书杂记明初至成化间遗事琐闻,分条记述。今有《国朝典故》本、《顾氏明朝四十家小说》本、1993年巴蜀书社出版的《中国野史集成》影印本等。

可斋杂记 明代笔记小说集。彭时撰。一卷。本书又名《彭文宪公笔记》、《彭公笔记》等。《国史经籍志》、《四库全书总目》均著录。作者为明正统间状元,累官至文渊阁大学士,立朝三十年,经历极丰富。书中所记皆作者亲历之事,所征引的资料上起正统乙丑(1445),下迄入相之后,历正统、景泰、天顺、成化四朝(1436—1487),其重大事件如瓦剌内侵、英宗北征、土木堡之变、英宗被俘后被挟为人质攻打北京、于谦保卫北京、英宗夺门复辟、曹吉祥谋逆、王文入相、周钱二太后上尊号及钱太后祔庙等。特别是记北方流民屯聚荆襄的记载可补史料之缺。全书记事详尽,笔法简约,语言也较生动。传世有《五朝小说》本、《明朝四十家小说》本和《历代小史》本等。

■**李贤**(1408—1466) 明代笔记小说作家。字原德。邓(今河南省邓州市)人。初举乡试第一,明宣宗宣德八年(1433)进士及第。奉命察蝗灾于河津县(今属山西),授验封主事。英宗正统初

(1436),迁考功郎中。景帝景泰二年(1451),擢兵部右侍郎,寻转户部。再转吏部,采古二十二君行事可法者,曰《鉴古录》,上之。英宗复位(1457),命兼翰林学士,入直文渊阁,与徐有贞同预机务。未几,进吏部尚书。其间一度被人诬告,谪福建参政。未行,王翱奏贤可大用,遂留,改为吏部左侍郎。逾月,复尚书,直内阁如故。终天顺之世(1457—1464),位至首辅,委任最重。天顺七年(1463),特加太子太保。宪宗即位,进少保、华盖殿大学士、知经筵事。宪宗成化二年(1466)卒,年五十九,赠太师,谥文达。

李贤的著作有:《古穰集》三十卷、续集二十卷,《鉴古录》一卷,《读易记》一卷,《读诗记》一卷,还有笔记小说《古穰杂录》二卷、《天顺日录》二卷。

古穰杂录 明代笔记小说集。李贤撰。二卷。《续说郛》、《四库全书总目》等书著录。此书为作者记述时事和发抒己见的作品,多回忆记录当时的政治要闻,间评人物之功过。其中对明初久居台阁、权倾朝野之杨士奇、杨荣、杨溥多不满之词。另外,对"土木堡之变"和保卫当时首都北京的战斗,不仅全过程详细记述,而且对当时文臣武将的心态也描写得十分逼真。他叹道:"今之士大夫,不求做好人,只求做好官。风俗如此,盖亦当道者使然也。"所记从不同侧面反映了当时官场的作风。书中作品每条均立有标题,便于检索。传世版本有明刻本、《续说郛》和《记录汇编》丛书本等。

■**叶盛**(1420—1474) 明代笔记小说作家。字与中。昆山(今属江苏)人。正统十年(1445),进士及第,授官兵科给事中。寻进都给事中。不久,帝命出安集陈州(今河南淮阳)流民,景泰元年(1450)还朝。二年擢右参政,督饷宣府(今河北宣化)。寻以李秉荐,协赞都督佥事孙安军务。天顺二年(1458)除右佥都御史,巡抚两广。宪宗立(1464),迁左佥都御史,代李秉巡抚宣府。成化三年(1467)秋,入为礼部右侍郎。八年(1472),转左侍郎。十年卒,谥文庄。

叶氏清修积学,尚名检,薄嗜好,家居出入常徒步。居官于明正统、景泰、天顺、成化四朝,时达三十年之久,熟悉朝章典故。一生工为文,著有《菉竹堂稿》八卷、《叶文庄奏疏》、《两广奏草》、《菉竹堂书目》(以上见《四库全书总目》),又有笔记小说《水东日记》四十卷(见《中华野史辞典》,大象出版社1998年版)。这部小说主要记述明代前期的典章制度和时人的逸事趣闻。

水东日记 明代笔记小说集。叶盛撰。四十卷。《四库全书总目》曾著录存目。作者久居朝廊,对明代的典章制度及朝野遗闻轶事了解颇多,所以书中记载多详尽可信。除记本朝人文遗事外,还兼及宋元。另有一些碑铭、墓志,宋元明三代人的文章、诗词、书札和奏议等,可参稽于史传,供研究者参考。在记载文人轶事方面,注意人物形象描绘,并通过对话刻画人物的心理和性格。

传世版本有:明弘治常熟徐氏刻本三十八卷;嘉靖叶氏家藏本四十卷;明末复刻四十卷本和清康熙十九年(1680)叶氏购书楼刊本等。1980年中华书局出版了以购书楼本为底本的魏中平校点本。

■**雷燮**（生卒年不详，约活动在明初、中期）　建安（今广西全州）人。生平不详。疑号为"南谷先生"。著有笔记小说《奇见异闻笔坡丛脞》一卷，该书多记民间传闻轶事。

奇见异闻笔坡丛脞　明代笔记小说集。雷燮撰。原为多卷本，疑在流传中散佚。《千顷堂书目》小说类著录为一卷，无序跋目录，疑为残本。现存二十四篇故事。篇后有"南谷曰"评论，似作者手案。

书中故事多以元末明初为背景，记民间传闻故事，不少故事似乎于前人书中有迹可循。如"邯郸指腹志"，写赵弄璋与李阿淳由父母指腹订婚，后赵家贫，阿淳私约赠金，为人冒名，杀人夺金，赵陷入冤狱。此篇情节类似关汉卿杂剧《绯衣梦》。"池蛙雪冤录"写陈威谋夺罗汀妻何氏，诱罗外出，杀沉于江中；何氏被迫为陈妾，得知内情后，杀子而告官，陈被处死。故事近似宋人吕夏卿《淮阴节妇传》和《夷坚志》中"张客浮沤"等。

本书在写法上仿《剪灯新话》和《效颦集》，叙事平直简约，文中穿插不少诗词以增文采。传世版本有《书林梅轩》刻本，不分卷，疑为残本。

■**玉峰主人**　姓名不详。后人多考证为邱濬。

邱濬（1421—1495）　字仲山，号琼台。广东琼山（今属海南省）人。景泰五年（1454）进士，官至文渊殿大学士。著有《琼台集》及传奇《五伦全备记》等。金镜曾在《风流十种》的"跋"中称："邱玉峰幼随父见黎公，因请婚于黎焉。黎意不许。玉峰不悦，遂作此集（指《钟情丽集》）梓行。"

钟情丽集　明代笔记小说集。玉峰主人撰。四卷。关于本书的作者，历来争论不一。据书中"简庵居士序"云："弱冠之士"，可知成化年（1465 始）间成书时，作者年方二十。之后，不少人在转载此书时，推称作者为"邱濬"，似证据不足。后之《桑榆漫志》、《南园漫录》、《曲品》、《万历野获编》、《听雨增记》等，对本书均作了著录或转引。

本书记琼州书生辜辂与姑表妹黎瑜的爱情故事。辜生探亲黎家，与表妹一见钟情。后辜生因情病倒，瑜娘可怜他，遂成鱼水之欢。二人定亲后，辜父亡故，家道中落，瑜娘之父毁婚约将女另许符家。瑜娘自杀未遂。辜生赶来，在表祖姑帮助下，与瑜娘私奔琼山，举行了婚礼。后符生告官，瑜娘判给符生。瑜娘被父囚于冷室。辜生再次赶来，写了篇《钟情密赋》献给瑜娘。后表祖姑将瑜娘放出，二人重回琼山，终成婚事。本书着力歌颂了青年男女敢于冲破封建礼教的忠贞爱情，肯定了他们为争取自主婚姻所进行的抗争；创作态度严谨，摹写传神，且少有秽笔，为明代小说之佳作。

■**刘昌**（1424—1480）　字钦谟，号棕园。直隶长洲（今江苏苏州）人。明正统十年（1445）进士。官至广东参政。著有笔记小说《悬笥琐谈》一卷。

悬笥琐谈　明代笔记小说集。刘昌撰。一卷。著录情况不详。本书为作者所记的琐事轶闻，多记明初至中叶文人士大夫的名言隽语。作者文笔活泼，构思巧妙，往往以庄记事，却诙谐幽默,使人从笑声中得到启迪。书中亦记奇闻异事,如"姚太守重士"条,写苏州知府姚某礼贤下士,特别尊重王宾、俞贞木、钱继忠等;但这些所谓名士只不过是些腐儒,如《儒林外史》中那些沽名钓誉之徒。传世版本有《明朝四十家小说》本、清末国粹扶轮社排印本等。

■**沈周**(1427—1509) 明代著名画家和笔记小说作家。字启南,号石田,又号白石翁。长洲(今江苏苏州市)人。祖父与父辈均为高逸隐士,家中的奴婢亦解文墨。沈周从小生活于书香世家,少时从师邑人陈孟贤,得其指授"五经"之学。年十一,游南都,作百韵诗上巡抚侍郎崔恭。面试《凤凰台赋》,援笔立就。及长,书无所不览。文摹左氏,诗拟白居易、苏轼、陆游,字仿黄庭坚,并为世所爱重。尤工于画,时人称他与唐寅、文徵明、仇英为明之四家,评者谓为明世第一。郡守欲荐沈周贤良,沈周迷信《易》学,通过算卦,得"遁之九五",遂决意隐遁。晚年,匿迹唯恐不深,先后巡抚王恕、彭礼咸礼敬之,欲留幕下,皆以母老辞。沈周以母故,终身不远游,母年九十九而终。又三年,正德四年(1509),沈周卒于家,年八十三岁。

沈周一生,博极群书,神情潇洒,以绘画名于当代,世称石田先生。他的撰著据《四库全书总目》载,主要有:《石田诗选》十卷、《石田杂记》、《石田集》及《江南春词》。又据《明史·艺文志》载,还有笔记小说《客座新闻》二十二卷。

客座新闻 明代笔记小说集。又称《客座纪闻》。沈周撰。二十二卷。本书著录情况不详。书中记录明代朝野遗闻轶事,并论当代诗文和记载戏谑诙谐之语。如"顾成章俚语"、"翰林戏语"、"朝士相轧"、"诗刺贪徒"、"诗戏宦官"等。本书向以抄本传世。后收入《续说郛》、《五朝小说大观》等丛书,但均作较大删节,仅存一卷。

■**王锜**(1433—1499) 明代笔记小说作家。字元声,又字元禹,号苇庵处士,又号梦苏道人。长洲(今江苏苏州市)人。家中世代务农,幼时就学于岳父刘草窗。博览群书,尤熟于史,终生未仕。长期隐居乡里,心无忌讳,凡有所见闻,即以笔录之,久之共积得杂记一百五十八条,另有补遗十条,共一百六十八条,成书十卷,命名为《寓圃杂记》。书中内容主要为明代洪武至正统年间的事迹,有对直臣义节的颂扬,有对廉洁官吏的赞美,也有对那些招权纳贿之徒的抨击,还有对诸如早朝奏事、官妓之革、狱中畜猫、义官之滥等事件的始末记载。今有《丛书集成初编》本、《元明史料笔记丛刊》本等。

寓圃杂记 明代笔记小说集。王锜撰。十卷。《纪录汇编》、《续说郛》等丛书著录或辑录,卷帙或二卷、一卷不等。

本书记叙洪武至成化间朝野杂事,间及吴地民间传说。如"吴中素号繁华"条,记述明太祖朱元璋痛恨苏州人拥戴张士诚,便将吴人"迁徙实三都,戍远方者相继",致使吴邑萧条;直到正统至天顺年间才逐渐恢复,成化间又得以繁华,手工业发达,人才辈出。这些故事对于研究吴中文化提供了宝贵的资料。

传世版本有明刊本、《纪录汇编》本、《续说郛》本、商务印书馆编印《丛书集成》本等。

■**陆容**(1436—1494)　明代笔记小说作家。字文量,号式斋。太仓(今属江苏)人。成化二年(1466)进士,授官南京主事。后迁兵部职方郎中,终官浙江右参政,政绩卓著。只因忤逆权贵而被罢官归家。

陆容一生性至孝,嗜书籍,有才名,与同是太仓人的张泰、昆山人陆钌齐名,时号"娄东三凤"。著有《式斋集》三十八卷和笔记小说《菽园杂记》十五卷。这部小说记述明代朝野故闻,对统治阶级人物多有讥刺,也记载了不少明代的风俗民情,折射出当时下层社会民众的生活状况,文字颇生动风趣。

菽园杂记　明代笔记小说集。陆容撰。十五卷。《红雨楼书目》等著录。本书以记载明代朝野杂事为主,对当时的社会风俗、各地物产、生产工具的使用叙述较多。对一些史事、掌故等,多有作者本人的独到见解。其中一些据实而录的遗闻轶事,颇能反映世风人情:如孔子后裔将孔氏族谱卖给富豪乡绅,任其通谱攀附,批评了富可通贵和金钱万能的世风;另如记宣德年间大臣周忱每日记录当天气象,并用以断案决狱,可使我们了解当时的吏治。本书叙事曲折有致,颇有文采。时人王鏊称本书为"明朝记事书第一"。传世版本主要有明刊《守山阁丛书》本。

■**贺钦**(1437—1510)　明代笔记小说作家。字克恭。原籍浙江定海,以戍籍隶义州卫(今辽宁义县)人。自幼好学,曾师从陈献章。成化二年(1466)登进士第,授官户科给事中。弘治初(1488),被推荐除陕西参议,因丁母忧辞;且上疏陈四事,其中重要的一事是反对宦官干政。从此以后,再未出仕。正德四年(1509),由于朝中掌握大权的太监刘瑾与地方上的官僚相互勾结,贪污搜括民财,造成义州民变,聚众劫掠;还是贺钦出面,才得以平定。

贺钦在治学方面,主张不务博涉,专读"四书"、"六经"、"小学",期于反身实践。谓为学不必求之高远,在主敬以收放心而已。他的撰著有《医间集》九卷和笔记小说《医间漫记》一卷。这部小说今存于《续说郛》和《五朝小说》之中。

医间漫记　明代笔记小说集。一卷。贺钦撰。作者居医巫闾山下,常读书山中,故自号医闾山人。成化丙戌(1466)进士,授户科给事中。时值亢旱,他为赈灾上章力谏,后告病归,隐居不仕,卒于正德间。《明史·儒林传》中有记。有《医间集》九卷,系卒后其子整理而成。作者戍籍辽东,亲见明辽东守军与建州清军之间的摩擦、争战。书中既赞扬辽东军兵的义勇智谋,又多方揭露明军的腐败,并为巩固边防,提出许多切实可行的建议。"江通"条记塔山总旗江通临危不惧,誓与战友共生死,勉励战友死中求生,从精神上压倒敌人,令人感佩。其他如对怀柔伯礼重地方首领、边治水边抗敌;辽阳民妇以箭矢自卫;羊山之战军士设伏与夹击之谋等,都写得活灵活现,悲壮激烈。可以说,本书是明代最早反映辽东战事的小说,颇具资料价值。存世版本有《纪录汇编》本、《今献汇言》本、《续说郛》和《五朝小说》本等。

■**陆钎**（约1441—约1490） 明代笔记小说作家。字鼎仪。江苏昆山人。少年时期与太仓人张泰、陆容齐名，号称"娄东三凤"。陆钎与张泰同于天顺八年（1464）进士及第，陆钎殿试第二，授官编修，历修撰、谕德。孝宗即位（1487），以东宫讲读劳，进太常少卿兼侍读。不久，因病乞归，卒于家。

陆钎一生性好学，长于《春秋》，工于诗。撰有《山东通志》四十卷、《少石子集》十三卷和《春雨堂稿》三十卷，另有笔记小说《病逸漫记》一卷和《贤识录》一卷，均行于世。

贤识录 明代笔记小说集。陆钎撰。一卷。著录情况不详。本书杂记明初洪武年间逸事。资料来源大多采自《野记》、《草木子》、《余冬序录》、《客座新闻》等书。凡摘引他书均注明出处，但引文多为割裂之片断，去其首尾，使人难明文意。书中记明太祖朱元璋之事为多，再现这位帝王暴戾残忍、专断臆行的性情。传世版本有高鸣凤的《今献汇言》本、1937年上海涵芬楼影印明刻本等。

病逸漫记 明代笔记小说集。陆钎撰。一卷。《国史经籍志》等书目著录，著录时三卷、一卷不等。本书记明代朝野的重大事件，有些虽系民间传说，但不少事件可补正史。如记宫闱秘事时曰："景泰帝之崩为宦官者蒋安以帛勒死"；"仁宗皇帝驾崩甚速，疑为雷震，又疑宫人欲毒张后，误进，中上。予尝遇雷太监质之云：'皆不然，盖阴症也。'"这些记载不仅表现出作者的胆量，亦反映了民间逸闻传播之广。又如记大诗人高启被明太祖腰斩，系出自巡检御使之举报等，均为正史所不载。传世版本有明刊本、《明朝四十家小说》本等。

■**程敏政**（约1445—约1500） 明代笔记小说家。字克勤。休宁（今安徽省属）人。明史有传，未著生卒年，约享年56岁。十岁时，巡抚罗绮以神童荐。诏读书翰林院。学士李贤、彭时均爱重之。成化二年（1466）进士。历官左谕德，直讲东宫。他学问赅博，为一时之冠。孝宗即位后，擢少詹兼侍讲学士，直经筵，官终礼部右侍郎。一生著作宏富。有《篁墩集》九十三卷、《新安文献志》、《明文衡》、《咏诗集》、笔记小说《宋遗民录》十五卷等并行于世。

宋遗民录 明代笔记传记小说集。十五卷。程敏政撰。本书前已有同名撰述，世传洪武抄本、毛晋刻印，疑为元末明初人作。敏政未见同名该书，于是又以此名书，故相重复。本书《明史》已著录，《四库全书总目》史部传记类存目。

本书前列王炎午、谢翱、唐珏三人事迹及其遗文，而后人诗文之为三人作者，并类列之。七卷以后，则附录张弘毅、方凤、吴思齐、龚开、汪元量、梁栋、郑思肖、林德旸等八人。第十五卷记元顺帝为宋瀛国公之子，引余应诗《袁忠彻记》以实之。之谓虞集私侍文宗之妃，说殊妄诞，所引亦自相矛盾。盖文宗时尝下诏书，称顺帝非明宗之子，斥居静江。好事者因造为此言。其荒唐本不待辨，然作者从而信之，乖谬甚矣。本书在记遗事时，夹进传说怪异，当属小说创作之谓。如"张毅父遗事"中记张收文天祥尸归葬，文天祥之子夜梦先父怒责头发束绳未解，第二天启视，果然；如是记的目的是赞天祥"英爽如此"。"宋陆秀夫传"中，竭称秀夫"鞠躬尽瘁，死而后已"之爱国精神。

本书传本有《四库全书》续集本、《笔记小说大观》本等。

■**文林**(1445—1499) 明代笔记小说作家。字宗儒。直隶长洲(今江苏苏州市)人。父文洪,明成化间举人,曾官涞水县(今属河北)教谕。文林于成化八年(1472)登进士第,历任永嘉(今浙江温州市)、博平(今山东茌平县西博平)二县知县,迁太仆寺丞,建言时政十四事。以病辞官归里。后复起为温州(今属浙江)知府,卒于官。

文林学识赅博,尤精《易》数。据《四库全书总目》载录,著有《文温州集》十二卷、笔记小说《琅琊漫钞》一卷。这部小说主要是辑录明代遗闻,间考证经史掌故,共有故实四十八则。今有《国朝典故》本、《历代小史》本、《丛书集成初编》本等。

琅琊漫钞 明代笔记小说集。文林撰。一卷。《明四十家小说》著录并收入。书中主要记载一些民间传说和本朝遗闻逸事,文笔清新,描写生动,人物刻画细致,富有趣味性。如记述明英宗所经历的"土木堡之变"和南宫复辟事,仅用六百余字,便刻画了三个栩栩如生的人物形象:吴官童机智巧辩,仅凭三寸不烂之舌,便救英宗,解瓦剌之围;明英宗虽然遭困被俘,但不卑不亢,架子不倒,体现了一国之君的尊严;瓦剌首领也先愚直憨厚,颇觉可爱。全书四十三条。传世版本有《明四十家小说》本、清末国粹扶轮社排印本等。

■**孙道易**(生卒年不详,约活动在明洪武年间) 明代笔记小说作家。字景周,自号映雪老人。华亭(今上海市松江区)人。生平事迹失考。据孙氏友人所书,孙曾撰有笔记小说《东园客谈》五十卷,传世仅一卷(见《四库全书总目》)。

东园客谈 明代笔记小说集。孙道易撰。一卷。《千顷堂书目》、《国史经籍志》均著录。原书五十帙,后散佚,现仅存残卷。或称《东园友闻》,署名夏颐撰。实即一书,因夏颐亦为"客谈"者之一。

本书据友人所谈集之,故曰"客谈",主要录载名人的嘉言懿行和见闻轶事。在记事的条目之下,均标明所谈之人,有钱惟善、全思诚、陶宗仪、赵宣晋、夏文彦、夏颐、朱武、郭亨、邵奂、孙中晋、孙元铸、黄琦、费圜用、杨孙、李升、曾朴和孙道易共十七人,皆为元末明初名士。传世版本有明钞本、《说郛续》本和《历代小史》本等。

■**张翼** 明前期人。生平、籍里均不详。著有笔记小说《农田余话》二卷。《宝颜堂秘笈》、《续世说》等丛书收入时,均题作一卷,署名"长谷真逸辑"。"长谷真逸"疑为张翼之别号。

农田余话 明代笔记小说集。二卷。张翼撰。书中杂记作者所闻所见,记述中有议论。多数条目记元末明初事,对民众反抗元朝高压统治事记载尤详。如"至正辛卯"条,记这年"大开黄河,传掘一石僧,背刻云:'莫笑石师姑一只眼,开了黄河天下反。'果以人夫扰攘,遂致大乱,一时讹言,关系不小"。也有一些条目记述张士诚割据吴越、反元与朱元璋对抗之事,可认识元末农民起义的状况。本书曾被收入《宝颜堂秘笈》中,《续世说》等丛书收录时,均题作一卷,署名长谷真逸辑,可能是节选本。

■**马中锡**(1446—1512)　明代笔记小说作家。字天禄,别号东田。故城(今属河北)人。父伟,终官处州(治所在今浙江丽水县西)知府。马氏举成化十年(1474)乡试第一,十一年(1475)进士及第,授官刑科给事中。历陕西督学副使。弘治五年(1492),召为大理右少卿。擢右副都御史,巡抚宣府(今河北宣化县)。引疾归里。武宗即位(1505),起抚辽东(治所在今辽宁北镇县)。正德元年(1506),调回朝中,历兵部左右侍郎。由于奸臣刘瑾当权,于正德二年被勒令致仕。五年(1510),瑾诛,起抚大同(今属山西)。六年(1511),除为右都御史提督军务,与惠安伯张伟统领禁兵南征,前往镇压刘六、刘七的起义军。开始打过一些胜仗,进左都御史。由于是文官,张伟亦为纨绔子弟,都不习兵,见敌兵强盛,无破敌之策,乃议招抚。如是,中锡谤议大起,被诬为"纵贼",被朝廷下狱后,瘐死狱中;张伟被革爵。十一年(1516),由于巡案御史卢雍追讼其冤,才得平反昭雪,朝廷乃复其官、赐祭、予荫。

马中锡的撰著:据《明史·艺文志》载,有《东田集》六卷、《马中锡奏疏》三卷、《宣府志》十卷;据《四库全书总目》载,有笔记小说《东田漫稿》六卷(别本作十五卷)、《钟情丽集》和《中山狼传》,并行于世。

中山狼传　明代文言笔记小说。又名《东郭先生传》。马中锡撰。这是一篇根据民间传说改编的小说。最早撰写这一故事的是唐代诗人姚合和宋人谢良。故事本于历史上的赵简子。赵系春秋中山国王的妻弟,曾设计杀国王,灭中山国。马中锡据此进行创作改写。

故事塑造了中山狼和东郭两个典型形象:中山狼阴险凶狠,危难时装出一副可怜相,花言巧语以骗人;危机一过便凶相毕露,忘恩负义。东郭则仁慈得迂腐,险些被所救之狼吃掉,当杖藜老人设计将狼除掉时,他居然又动恻隐之心,是非不辨,糊涂至极。故事寓意深刻,又带有传奇性。它告诉世人,对一些负国家民族、负父母师友的无耻之徒,不能像东郭那样心慈手软,而应除恶务尽。作者文笔简洁,善于描写人物的心理活动。小说情节曲折,跌宕有致,刻画人物形象生动逼真,故事哲理性强,耐人寻味,有极大的艺术感染力。

据说,作者撰此故事是讽刺李梦阳负康海的救命之恩。对此,梁维枢《玉剑尊闻》、钮琇《觚剩》、王渔洋《谈艺篇》均著文辨析。本故事在明以后影响很广,以中山狼为题材的戏曲创作屡见,其主题都是抨击忘恩负义者。本故事收入作者的《青田集》。

■**刘绩**　明前中期人。生平、籍里均不详。著有笔记小说《霏雪录》二卷,多记元末明初文人轶事,兼及诗评和怪异之事。

霏雪录　明代文言笔记小说集。刘绩撰。二卷。《百川学海》等书著录为一卷。本书主要记元末明初的文人轶事,另有诗文辨析和记梦志怪成分。文人轶事部分保留了一些趣闻逸事,饶有趣味。谈诗论文的条目多有依据,文学成分较大,有一定的资料价值。记梦志怪部分,多荒诞不经之语,也无生动曲折的情节,缺少寓意,无甚文学价值。如记元诗人虞集梦见孔子对其面授皇帝死后在继承人上的对策,试图以"圣人假梦",使其"临大事,决大疑",实属无稽之谈。本书最早以明成化刊本传世。弘治间张氏刊本不分卷。另有《百川学海》本和《古今说海》本等。

■**王达** 明前中期人。生平、籍里均不详。著有笔记小说《椒宫旧事》一卷,记洪武帝皇后马氏家世甚详。

椒宫旧事 明代文言笔记小说集。王达撰。一卷。《四库全书总目》小说家类著录。本书主要记明初洪武间皇后、贵妃的家世,其中以记马皇后事为最多最详,可补正史之不足。如记马皇后"本宿州马三之女。马三以忿争杀人,恐犯于法,移定远。及天下乱,乃挈皇后母避兵他所,而以皇后托郭子兴"。此则故事较详细地记录了马皇后的家世和作为郭子兴养女的过程。另外,还记录了马皇后常到太学,赐监生家属浆粉钱;还亲自设计儒生蓝衫,通过朝廷颁行全国,成为秀才通用之儒服。此服饰以后成定制,至今戏曲舞台上明以前的秀才服装,仍沿袭此模式。本书在流传中散佚,几无完本。收入各丛书的均为节本。常见的有《丛书集成》本等。

■**都穆**(1459—1525) 明代笔记小说作家。字敬玄。吴县(今江苏苏州市)人。明孝宗弘治十二年(1499)进士,授官工部主事。历官礼部主客司郎中。官至太仆寺少卿,致仕。

都穆一生好学不倦,犹以撰著小说为最。据《四库全书总目》和《中华野史辞典》录载,他的撰著主要有《铁网珊瑚》二十卷、《金薤琳琅》二十卷、《南濠居士诗话》一卷、《游名山记》六卷、笔记小说《奚囊续要》二十卷、《谈纂》二卷、《听雨记谈》一卷、《寓意编》一卷、《壬午功臣爵赏录》一卷、《壬午功臣赏别录》一卷、《使西日记》二卷,并传于世。关于这两本"壬午功臣赏"的志史笔记小说,据其自述,写于明武宗正德七年(1512)。他说:"为主客郎中之一月,于故牍得洪武壬午功臣受爵赏者三十有三人,既次第为录。后二月,复得指挥而下功赏之数,仍为次第,笔而藏之。"说明这两本书是有事实根据的。今有1993年北京大学出版社出版的《国朝典故》点校本。

谈纂 明代笔记小说集。又名《都公谈纂》。都穆撰。二卷。《千顷堂书目》、《四库全书总目》、《郑堂读书记》等均著录。本书为作者晚年家居时所作,由其女婿陆采编次成书,其中"张仙"等三篇为陆采所作。

本书"记录元明以来逸事,然多涉神怪"(《四库全书总目》)。其中如"四明陈桱"条,记明初史学家陈桱在编撰《通鉴续编》时,直书宋太祖赵匡胤废周主为郑王,忽有雷霆击其书案,赵匡胤也托梦相威胁,陈桱不屈服,最后竟被明太祖朱元璋杀害。作者赞扬了陈桱秉笔直书、不受威胁、始终以良史自重的"良史"精神,如实记录朱元璋及明代帝王的残暴行为。书中还有鞭挞明代官吏恶劣行径的作品,如记著名画家倪云林有洁癖,因此与杨维桢闹翻,后因欠租下狱,竟被锁在溺器之上,受尽了折磨。"袁凯"条写明太祖欲杀儿子周王,太子日夜号救;太祖左右为难,询问群臣如何处置;监察御史袁凯说:"陛下欲诛之者,法之正;太子欲宥之者,心之慈。"太祖以他持两端之词,且隐有犯上之语,欲治死罪;袁在狱中佯狂,太祖命人以木钻钻其体肤,袁不动声色,终免一死。书中还写了周颠仙、张三丰、张皮雀等江湖术士和武侠等,均涉及朝廷,触到了社会的一些重大问题。文人轶事中还记述了秀才祭祀孔子后争夺祭物的弹词,庸俗可笑。

传世版本有清金忠淳《砚云甲编》本和《丛书集成》本等。

听雨记谈 明代笔记小说集。都穆撰。一卷。《千顷堂书目》《四库全书总目》《郑堂读书记》等著录。作者在"自序"中说:"成化丁未(公元 1487 年),自夏入秋不雨,至九月淫雨洽旬,斋居无事,客有过戏,清言竟日,漫而笔之,得数十则,命之曰《听雨记谈》。"书中考证经史异同,敢发他人所未发,知识性较强;文笔清新,叙事畅达,可读性亦佳。书成后,首被其弟子收入《明朝四十家小说》中,另外还有明嘉靖阳山顾氏家塾刊本、上海国粹扶轮社民国初年排印本。《续说郛》本有删节。

■**杨循吉**(1456—1544) 明代笔记小说作家。字君谦(一作君卿),号南峰。吴县(今江苏苏州市)人。成化二十年(1484)进士及第,授官礼部主事。好读书,每每读到得意之处,手舞足蹈不能自禁,由是得"颠主事"名。体质较差,一年中几次患病,不能去礼部工作。曾于弘治初年(1488)奏乞改教职,不许;遂请致仕归,时年三十一岁。从此归隐林下,结庐于支硎山,一心课读经史,旁通内典与稗官。因他性情狷隘,好持人短长,好以学问穷人,至人颊赤也不顾,人缘关系较差。正德十四年(1519),武宗南巡,驻跸南都(今江苏南京市),为伶人臧贤所荐,武宗召赋《打虎曲》,称旨,易武人装,日侍御前,为帝作乐府和小令。然而武宗只把他当作优俳对待,不授官职,循吉引以为耻,阅九月辞归。晚年落寞,益坚癖自好。年八十九岁卒。

循吉的著述极为丰富,《明史》本传说他共有著作一千余卷。今据《明史·艺文志》《四库全书总目》《笔记小说史》《曲录》等书录载,主要有《松筹堂集》十二卷、《明文宝》八十卷、《奚囊手镜》二十卷、《杨循吉遗集》五卷、《辽金小史》九卷、《宁海州志》二卷、《庐阳客记》一卷、《南峰乐府》一卷、《都下赠僧诗》一卷、《菊花百咏》一卷、《斋中拙吟》一卷、《灯窗末艺》一卷、《攒眉集》一卷,另有笔记小说《苏谈》一卷、《吴中故语》一卷、《吴中往哲记》一卷等。这三部笔记小说,集中状写了苏州地区往哲乡贤的遗闻逸事、社会风情以及当地的名医、名官和名妓的故事。

苏谈 明代笔记小说集。杨循吉撰。一卷。著录情况不详。本书主要记录苏州一带风俗、传说、民间故事、笑话,是以名书。作者善于叙事,巧于构思情节,所述故事,曲折生动,加之运用吴语,可读性强。如写吴讷、章珏二人各以豪迈自雄,欲一争高低,于是二人深夜到具有丰都地狱造型的东岳庙中比试。作品通过他们的语言和行为展示了二人无所畏惧的个性。书中的作品文字简约,诙谐幽默,富于情趣。传世版本有顾元庆《明朝四十家小说》本、上海国粹扶轮社民国四年(1915)排印本。

吴中故语 明代笔记小说集。杨循吉撰。一卷。著录情况不详。书中以记苏州故事为主，许多民间传说故事反映了当时社会的情状、人民的爱憎，记当朝的遗闻逸事也毫不避讳。如记明初已致仕的魏观，又被明太祖朱元璋起用为苏州知府，后因改造府衙，为人所潜，被处死；株连到为其府作《上梁文》的大诗人高启也被腰斩。这些事实反映了吴人对朱元璋的残暴、猜忌、出尔反尔、刻酷寡恩的不满和憎恶。书中故事文笔清丽，叙事婉约动人。传世版本有《广百川学海》本、《古今说部丛书》本等。

■**王琼**（1459—1532） 明代笔记小说作家。字德华，号晋溪。山西太原人。成化二十年（1484）登进士第，授官工部主事。出治漕河，以敏练著称。正德初年（1506），历户部侍郎，进兵部尚书。嘉靖七年（1528），以兵部尚书兼右都御史总督陕西三边军务。一生中功劳甚多，却与另一官员彭泽，长期相互攻击中伤。嘉靖十一年（1532）病卒于官，赠太师，谥恭襄。

王琼著述颇丰，据《四库全书总目》载，有《晋溪奏议》（《明史·艺文志》载为《王琼奏议》四卷）、《漕河图志》、《北边事迹》、《西番事迹》和笔记小说《双溪杂记》等书。《双溪杂记》是一本见闻杂记，涉及面广而杂，其中记述较多的是明代的典章制度，包括行政体制、财政赋役、军事制度等。

双溪杂记 明代笔记小说集。王琼撰。二卷。《今献汇言》收入并著录。本书杂记朝廷掌故和朝野故事。记弘治以前事比较客观，可与史实参证；所记正德、嘉靖间之政务，多与作者相关，不免掺入个人私见，持论有失客观。所以《四库全书总目》评其"自任其私，多所污蔑，不可尽据为实"。传世版本有《今献汇言》本、《丛书集成》本等。《续说郛》删为一卷。

■**祝允明**（1460—1527） 明代笔记小说作家。字希哲，号枝山，因生而枝指，故又号枝指生。长洲（今江苏苏州市）人，亦有作常州人者，误。明孝宗弘治五年（1492）中举，后屡试大比不第。曾官兴宁（今属广东）知县、应天府（今江苏南京市）通判等职。未几，致仕。他学识广博，纵横群籍，贯通百家，时人称他与唐寅、文徵明、徐祯卿为"吴中四才子"；属文潇洒自如，尤工书法，是明代著名的书法家和文学家。

允明一生著述极多，主要有《怀星堂集》三十卷、《前闻记》一卷、《读书笔记》一卷、《苏材小纂》六卷、《祝氏集略》三十卷、《小集》七卷（以上见《明史·艺文志》）、《祝子罪知录》（见《四库全书总目》），另有笔记小说《九朝野记》四卷、《志怪录》五卷（以上两种见浙江古籍出版社1998年出版的《笔记小说史》）等。《九朝野记》（一作《野记》），记述明初至嘉靖间的传闻，故有"九朝"之称，其中详细而公正地记载了唐赛儿领导农民起义的始末。今存有明清刊本多种，另有《历代小史》、《续说郛》、《丛书集成初编》等一卷节录本。《志怪录》有作者写于弘治二年（1489）的自序，所写故事多为元明以来的传闻异事，说明作者喜爱志怪小说的"恍语惚说，夺目惊耳"。今存明刻本为五卷；其他如《纪录汇编》本、《古今名贤汇语》本等，均为一卷节选本。

志怪录 明代笔记小说集。祝允明撰。五卷。本书《千顷堂书目》著录为四十卷,书名为《语怪编》。《烟霞小说》、《说郛续》、《广百川学海》等本著录为一卷。《四库全书总目》著录为五卷。因作者号枝山,本书又名《枝山志怪录》。

据作者自序曰:"志怪虽不若志常之有益",但幽诡之事本皆实有,记载下来可使人知趋避,资劝戒,供娱乐。本书记载"皆怪诞不经之事"(《四库全书总目》),却少陈腐说教。如"雷书"、"乙未地震白毛生"、"天堕草船"等条,均写自然现象。"鬼买棺"写明成化间吴中疫疠流行,民死无数,尸体无人掩埋的惨状;"王臣"条记成化十八年,妖道假皇帝之威,扰害东南,致使百姓白日闭户,市人空肆,官府不敢治事。"重书走无常"条写四川丰都山之丰都观修得富丽堂皇,而民不聊生,一新任县令欲铲除庙宇,竟遭鬼谴。"灵哥"条记唐朝一猴仙在各地活动,到作者记载时已达数百年,仍有种种"灵迹"。所有这些,是把自然或社会现象神怪化,借神怪来发摅胸中块垒,阐明自己的政治倾向,并非向壁虚造。本书有助于了解当时的民俗文化和社会意识形态。

作品语言质朴,情节概略。个别较长篇什,写得委婉动人,空灵迷离。传世版本有明刊本、《四库全书》本,均为五卷本;另有《纪录汇编》、《古今名贤汇语》、《烟霞小说》、《说郛续》、《广百川学海》本,均为一卷节录本。

九朝野记 明代笔记小说集。又名《野记》。祝允明撰。四卷。《四库全书总目》等书目著录。因本书记明初至嘉靖九朝事迹,故名。

本书内容多为明代典故纪闻、朝野遗闻轶事,因采用文学创作手法,曾被《四库全书总目》讥为"纪事失实",实不解作者"大略不欲侵于史焉",取孔子"质胜文则野,文胜质则史",不取史家之择厘修饰,而收史外之琐屑传闻。作者一生无意功名,喜闾巷之闻,敢言敢记。如记洪武之功,又写洪武之暴政:洪武滥杀南京大中桥居民数千家;猜忌身边整容师;百般寻机欲诛袁凯,袁凯装疯得以免死等。所记民间传说故事,情节曲折,语言感人,对后世话本小说创作影响很大。如"蔡指挥女为父报仇"条成为《醒世恒言》中"蔡瑞虹忍辱报仇"的本事。"徐达劫人新妇而逃"一条在《二刻拍案惊奇》中"徐茶酒乘闹劫新人,郑蕊珠鸣冤完旧案"所演绎。另外,"某妪纵子冒名奸人女"条、"唐赛儿"条、"蒋霆戏言得妇"条等,均被演绎为话本小说而传世不衰。

传世版本有明刻本、《四库全书》本和《丛书集成》本等。《历代小史》本不分卷。

语怪四编 明代笔记小说,一卷,祝允明撰。卷首曾记为"癸酉秋日",当为明正德八年(1513)撰。全书共十四则,基本内容与作者的《志怪录》相同,属志怪类。如"鬼治家"、"横林查老"均写人死后魂归家中,帮助理家,反映对人生和家人的依恋。"济渎贷银"写神亦放贷取利。"水宝"条写西域人以五千金购一水泉,得一石,水从石出,称为水宝。书中之佳篇为"桃园女鬼",写人鬼之恋,对人生的热爱和对自主婚姻的执着追求,叙写细腻,步步深入,曲折动人。现存版本有《广百川学海》本、《烟霞小说》本、《续说郛》本和《五朝小说》本等。按题记"三编倦矣,复继之",本书似尚有三卷,惜诸刊本未见,疑佚。

猥谈 明代笔记小说集。祝允明撰。一卷。《四库全书总目》等书目著录。此书以记杂谈琐闻为主,颇多诙谐幽默之作。有些作品看似可笑,实则可悲。如"无故之死"条,写沉沦于社会底层人们的悲喜剧:京城一乞丐用拾来的一头两身畸形儿以乞钱,观者如堵,被东西厂逻卒告于皇帝;街坊火甲将乞丐赶走;第二天皇帝派人来取畸形儿,火甲遍寻不到而夫妇遭捕,双双缢死狱中。从中可见明代特务统治之残酷和皇权之恐怖。作者最后写道:"若漕卒、纤夫、公役辈,无故之死,寻常事耳。"

传世版本有《广百川学海》本、商务印书馆编印之《丛书集成》本等。《续说郛》本为删节本。

前闻记 明代笔记小说集。祝允明撰。一卷。又名《枝山前闻》。《四库全书总目》著录。书中多记明初遗闻轶事,而以委巷丛谈为主。如"沈孝子"条记沈姓乞丐奉养母亲至孝事;"片言折狱"条记某县令根据犯人语言中的矛盾判定其杀人犯罪。所有这些条目,情节简单,很少描写。书中还有一些条目与作者的另一部笔记《九朝野记》相重复,可见明人笔记成书之草率和书贾割裂拼凑之习。传世版本有《纪录汇编》本、《丛书集成》本等。

■**张宁**(生卒年不详,约活动在明天顺至弘治年间) 明代笔记小说作家。字靖之,号方洲。海盐(今属浙江)人。景泰五年(1454)进士及第,授官礼科给事中。天顺中(1460),曹吉祥、石亨专权。事关礼科者,张宁辄自决断,英宗是以知宁,遂擢为都给事中。是年十月,出为汀州(今福建长汀县)知府,期年善政具举。张宁久居谏垣,不为大臣所喜,既出守,益郁郁不得志,以病辞官。家居三十年,言者屡荐,终不复出。

张宁工书画,能诗,撰有《张宁文集》三十二卷、《方洲集》二十六卷、《读史录》四卷,另有笔记小说《方洲杂言》一卷、《奉使录》二卷,并传于世。

方洲杂言 明代笔记小说集。张宁撰。一卷。原书已佚,今仅存残帙近二十条。著录情况不详。本书所记均为作者亲自闻见之轶闻琐事,如记从西方传入中国之老花眼镜,"其状如钱大者二,其形色绝似云母石,类世之硝子,而质甚薄,以金相轮廓而衍之为柄。钮制其末,合则为一,歧则为二,如市肆中等子匣。老人目昏不辨细字,张此物于双目,字明大如倍",其名为叆叇;并言当时此物很贵,要以良马易得。这是对眼镜的最早记述,较田艺衡之《留东日札》早近百年。书中还用较大的篇幅详述登第中进士的过程及一些奇异梦兆。传世版本有陈继儒所编的《宝颜堂秘笈》本等。

■**徐祯卿**(1479—1511) 明代笔记小说作家。字昌谷。吴县(今江苏苏州市)人。天资聪颖,家不藏一书,而无书不通。为诸生时,已工诗歌,与同里祝允明、唐寅、文徵明齐名,号称"吴中四才子"。明孝宗弘治十八年(1505)登进士第,授官大理左寺副,坐失囚,贬国子博士。既登第,因文学观点的一致,常与李梦阳、何景明交游,成为明代文学界的前七子之一。体癯神清,诗熔炼精警,为吴中诗人之冠。病卒时仅三十二岁,然名满士林。

主要著述有:《迪功集》十一卷、《谈艺录》一卷,笔记小说《异林》一卷和《翦胜野闻》一卷。这两本小说中,以《翦胜野闻》影响较大。该书记述明初轶事,多取传闻,既有对朱元璋的谀美,也有许多揭露之笔。如写刘基仰观天象说,"天子气在吴头楚尾",预言朱元璋十年后当为天子;但又真实地记述了朱元璋的猜忌、暴戾、喜怒无常、诛戮功臣。所以,《四库全书总目》谓:"书中所记往往不经","真齐东野人之语"。作为明代的文学家,敢于揭露开国皇帝的丑行,这在当时是不多见的。

翦胜野闻 明代笔记小说集。徐祯卿撰。一卷。《四库全书总目》著录时未署撰人,因《明史》作者本传和《明史·艺文志》未著录此书。本书成后,被同时代人顾元庆收入《明朝四十家小说》中,署徐祯卿撰。徐顾二人又系同乡,当为可信。

本书记朱元璋翦灭元朝诸事,在刻画朱元璋心胸狭窄、多疑猜忌、残忍好杀的个性上,以及马皇后庄重宽厚的性格方面,着墨甚多,人物形象逼真。如写宋濂为太子老师,乞老致仕时,朱元璋亲为送行;但到了宋之孙犯罪后,朱要株连欲杀宋濂,经马皇后和太子的再三恳求,宋才免于一死,被贬至茂州。又如记朱元璋杀人过滥,太子劝谏,朱竟移榻而射太子。书中还记载了明初多起文字狱和朱元璋处理这些事件时的变态心理。

传世版本有《明朝四十家小说》本、《四库全书》本和清末国粹扶轮社排印本等。

异林 明代笔记小说集。一卷。徐祯卿撰。本书在仿六朝志怪体文言小说记载本朝鬼怪神异事之外,亦有一些篇目描绘世俗生活异事,颇富趣味。如写曾棨酒量过人,一次张英国请他饮酒,厅后置一个与曾棨腰腹一样大的饮桶,曾在前厅饮多少,桶中便倒进多少酒;桶满,曾饮尚未止;宴会之后曾回家中又饮了几大杯,方才就寝。本书在描写人物和叙述故事时,颇多精彩之笔。书面世后,曾被误收入《唐宋丛书》中,可能是徐字昌谷,把他与唐李贺(生于福昌县昌谷)联系起来的缘故。常见传世版本有清末刊行的《五朝小说》本等。

■**陆深**(1477—1544) 明代著名文学家、笔记小说作家。初名荣,字子渊,号俨山。上海市人。深少与徐祯卿相切磨,为文章有名。工书法,仿李邕、赵孟頫。赏鉴博雅,为词臣冠。然颇倨傲,人以此少之。弘治十八年(1505)进士,二甲第一名。选庶吉士,授编修。历国子司业、祭酒,充经筵讲官。因为奏请讲官撰进的讲稿,阁臣不宜改窜,由此惹恼了首辅大臣,谪延平(今福建南平市)同知。晋山西提学副使,又改任浙江提学副使。累官四川左布政使。嘉靖十六年(1537),召为太常卿兼侍读学士。同年,嘉靖帝南巡安陆(今属湖北),深同行,并掌行在翰林院印,御笔删"侍读"二字,进詹事府詹事。嘉靖二十二年(1543)因病致仕,次年病卒,谥号文裕。

陆深一生著作极丰。据《明史·艺文志》、谭正璧的《中国文学家大辞典》等书录载,其著作有《陆深全集》一百卷、《续集》十卷、《俨山外集》四十卷、《俨山诗微》二卷、《科场条贯》一卷、《同异录》一卷、《传疑录》二卷、《知命录》一卷、《停骖录》一卷、《溪山余话》一卷、《愿丰堂漫书》一卷、《春风堂随笔》一卷、《春雨堂杂钞》一卷,另有笔记小说《圣驾南巡录》(又作《南巡日录》)一卷、《北还录》一卷、《平元录》(一作《平胡录》)一卷、《玉堂漫笔》三卷、《金台纪闻》二卷、《河汾燕闲录》一卷,并传于世。

玉堂漫笔 明代笔记小说集。陆深撰。三卷。《四库全书总目》著录。本书为作者在翰林院时每日所闻的记录,保存了一些珍贵的史料。如关于首辅大臣杨士奇子杨稷侵暴杀人,受言官交劾,稷下狱,士奇罢相告归。此事《明史》记载不详,本书记之较精。本书为作者之子陆楫所刊,收入《俨山外集》。传世版本还有明嘉靖刊本、《广百川学海》本、《纪录汇编》本等。

金台纪闻 明代笔记小说集。陆深撰。二卷。《四库全书总目》著录。本书是作者记嘉靖乙酉至戊子(1525—1528)四年间的朝廷故事及友朋论说,但也夹杂一些明初故事,如"袁海叟"杂记明初著名诗人袁凯佯狂避世事。书中还记载当时毗陵(今常州)人"用铜铅为活字"印刷书籍,"以视版印,尤简简捷"。这是我国铅字印刷的最早记载,对研究中国印刷史很有帮助。本书由作者之子陆楫刊印,收入《俨山外集》。传世版本有明刊本、《四库全书》本等。《丛书集成》等丛书本均为一卷节本。

春风堂随笔 明代笔记小说集。陆深撰。一卷。《四库全书总目》著录。此书系杂记见闻,共二十三条。描述虽杂琐细碎,但颇生动传神,使人增广见闻。如言折扇"亦名聚头扇","予乡张东海以为贡于东夷,永乐间始盛于中国。予见南宋以来诗词咏聚头扇颇多。予收得杨妹子所写绢扇面,折痕尚存。东坡谓高丽白松扇,展之广尺余,合之止两指许。正今折扇,盖自北宋已有之"。又如:"今之官司,各有俚语。以寓讥评。"如记民谣讥兵部四司:"武选武选,多恩多怨;职方职方,最穷最忙;车驾车驾,不止上下;武库武库,又闲又富。"传世版本有明刊本、《宝颜堂秘笈》本。1922年文明书局出版了石印本。

溪山余话 明代笔记小说集。陆深撰。一卷。《四库全书总目》著录。本书记朝中故实典制,均为作者亲历闻见,其中以弘治朝为最多。如记:"我朝每叹君臣隔绝,实以宪庙口吃之故。至孝宗末年,有意召见大臣,与议论机务。"此处记述了明朝皇帝很少坐朝的一个原因。弘治帝不坐朝,致使大臣忘记朝参礼数,如朝臣问司礼监:"祖宗时召见大臣,其礼数如何?当在何处?"另外,记英宗召见吏部尚书王翱事,以当时的口语记之,颇为生动。

愿丰堂漫书 明代笔记小说集。陆深撰。一卷。本书只七条,记当时朝野故事。如记明朝皇帝宗室日渐其繁,至中叶以后,朝廷负担已觉吃力,以致在考试策问中,皇帝曾问应试者此事如何妥当处理,可见问题之严重程度。本书的最末一条记作者过饶州兰溪,拜见当时的"白沙"学派人物章懋,述及陈献章(白沙)一派儒者自食其力,反对懒惰和奢侈浮华生活,可见白沙学派的风格。此书曾收入《俨山外集》,另有明刻本和《宝颜堂秘笈》本。1922年文明书局出版有石印本。

■**许诰**(生卒年不详,约活动在明弘治年间) 明代笔记小说作家。字复斋。浙江余姚人。明孝宗弘治中期(约1496)以贡生出任桐城县(今属安徽)教谕。许诰喜史学,善为文。撰有《宋史阐幽》、《元史阐幽》,以及笔记小说《复斋日记》二卷,均见于《四库全书总目》。这部小说主要记述明代朝野事迹。

复斋日记 明代笔记小说集。许诰撰。二卷。《四库全书总目》、《明四十家小说》等书著录或收入。书中记述明初以来朝野遗闻和宋元以来名人轶事：如记高启咏卓笔峰诗涉及宋范仲淹轶事；论先贤美迹中追述欧阳修事迹；记景泰、天顺间，宦官王振专权的始末；记"土木堡之变"和英宗复辟、于谦治军和保卫北京之战等。书中涉及这一时期的社会情态，对文臣武将及市民的心理活动、市井流言、世风民俗等，都反映得比较充分。书前自序题"乙卯蒲日"，"乙卯"即明孝宗弘治八年（1495），可证《复斋日记》成书于这一年。本书还详细记载了有关杨荣料敌、彭谊在浙兴修水利和在辽东息军屯田积谷等事迹，而对于王振的先功后过也作了客观的评价。今有《历代小史》本、《涵芬楼秘笈》本、《丛书集成初编》本等。

■**陶辅**（生卒年不详，约活动在明嘉靖年间） 生平、籍里均不详。作者晚年（1516年前后）对《剪灯新话》、《剪灯馀话》、《效颦集》，"较三家得失之端，约繁补略"而作笔记小说《花影集》四卷（见作者《花影集引》）。另有笔记小说《桑榆漫志》一卷传世。

花影集 明代笔记小说集。陶辅撰。四卷二十篇。本书流传不广，书目著录情况不详。书中个别篇什曾被《燕居笔记》、《绣谷春容》等转载。

本书所载有史传实录，有寓言假托，大发儒家正论，小说味道不浓。较好的几篇作品中有"心坚金石传"，记元至正间松江庠生李彦直与邻女张丽容唱和相恋，李父以女出娼家为由相阻。后二人相爱甚笃，李父不得已遣媒聘之。恰值本路官员任满赴京候选，欲购美女送丞相贿，张丽容被选中。李彦直随女舟而往，号哭终夜，伏寝水次，及两月抵临清而死，埋于岸侧。丽容闻之，缢死舟中。官员怒而焚之，其心宛然如生。舟夫以足踏之，内跳出一小人如指大，色如金，坚如石，衣貌冠发，纤悉毕具，脱然一李彦直，唯不能言。又发李冢焚尸，其心亦脱出一张丽容。官员视为稀珍，盛于锦囊，幽以香木匣，题曰："心坚金石之宝"，进京后献于右相。右相喜而启之，乃败血一团，臭秽难闻。右相大怒，置官员以法。作品哀怨动人，情节曲折，意味深长，实为难得之佳品。可惜此类作品书中甚寡。书中之"刘方三义传"，曾被冯梦龙改编为《刘小官雌雄兄弟》，收入《醒世恒言》。

传世版本国内稀见。日本早稻田大学藏有明代写刻本。

桑榆漫志 明代笔记小说集。陶辅撰。一卷。著录情况不详。本书为作者晚年所著，记述宋金元诸朝的遗闻轶事。手法以议论为主，评说当时时政的得失。作者板着一副道学面孔，对当时一些描写男女爱情的诗词、戏曲大加指责和挞伐。对时政有不少精彩议论，如对于宋金的和、战问题，提出了"和者，体也；战者，用也。和以养战，战以卫和。非和则战不能止，非战则和不能定。和不可先求，战不可轻举"等，较一味主战主和者有高明之处。此书曾被明人周鸣凤收入《今献汇言》得以传世。1937年上海涵芬楼出版了影印明刊本。

■**杨仪**（1488—约1558） 明代笔记小说作家。字梦羽。明直隶常熟（今属江苏）人。嘉靖五年

(1526)进士,释褐授官庶吉士。累官兵部郎中、山东按察司副使。移病家居,唯以读书著述为事。喜藏各种图书,在家乡构成"万卷楼",所藏书籍多为宋元版本。

杨仪一生著有《螭头密语》(螭,亦作蟠)一卷、《骊珠随录》一卷、《古虞文录》一卷(以上见《四库全书总目》);另有笔记小说《明良记》四卷、《高坡异纂》三卷、《垄起杂事》(垄,亦有作陇)一卷。其中《明良记》主要记述明初至嘉靖间史事,尤详于掌故;《高坡异纂》为志怪类小说;《垄起杂事》主要记述元末张士诚、韩林儿、徐寿辉等人起兵反元史事,多为正史所未载。

高坡异纂 明代笔记小说集。杨仪撰。三卷。作者晚年病休,曾住北京东城高坡胡同,故以名书。《千顷堂书目》、《国史经籍志》、《四库全书总目》等书目均著录。作者幼不信神怪,入仕后见到一些怪异现象,方悟"古人记载未必皆妄",因此将听到之异闻逸事,加以整理,得三卷五十条,成是书。

本书受时风影响,多记神仙、方术之谈。如周颠仙、冷谦、张皮雀、张三丰、张金箔、刘基、尹蓬头等显赫一时的"神仙"、道士,都有专条记述。作品通过叙述他们的故事,真实地反映了当时朱元璋雄猜恣肆、玩忽人命的残酷本性。程济、卓敬等条,写永乐皇帝夺位中的轶闻,对建文和永乐两帝均有微词。书中几篇较长的文字,写得颇具特色。如"唐文"条,写弘治继位时,因"土气掩斗",文曲星蒙尘谪降,临行因偷看牛郎织女幽会,惹怒玉帝,均贬下界;文曲星转生后名唐文,始愚鲁,后经文曲辅星降世后点化开悟,中进士,做了高官。故事牵涉到弘治、正德、嘉靖三朝,对几个皇帝的荒唐误国均作了一定的揭露。"木生"条写才学之士木元经不喜仕进,后被嘉靖强召到工曹办事,参与营建宫室;木生与娟娟成婚,夫妻恩爱;新婚不久,木生出京督运木材,接着又奔母丧,回京后,娟娟已因思念染疾而死。"王守仁"条,写王遭到太监刘瑾的打击,赴海脱难事。这些篇章都曲折地表现了作者对封建王朝政治黑暗的不满情绪,有一定的社会批判性。

本书作品采用散文笔法,文词洁雅,富于表现力。其手法也不拘一格,有的抒情状物,有的实录记述,有的恍迷隐喻,暗含讥讽,意在言外。传世版本有《烟霞小说》本、《四库全书》本、《说库》本等。《说郛续》本属选本,仅一卷。

■**陈于陛** 明中前期人。生平、籍里均不详。著有笔记小说《玉垒意见》一卷,又名《意见》,属杂记小说类。

玉垒意见 明代笔记小说。一卷。陈于陛撰。全书凡八十一条,每条均标题目,以论学、论政、论事为主,多为作者平时读书做人和奔走仕途的心得体会。书中不少条目是对王阳明思想的批评,如"立教"条中说道:"近世高明之士,动称造化在手,天地万物在吾度内,实剽窃释氏之言。""学庸"条中也说:"今人讲《大学》,只说个'明明德';讲《中庸》只说个'喜怒哀乐未发之中',以为圣人真诠在此。殊不知《大学》中至于理财、用人、听讼之类皆备。"可见作者是反对空谈心性,注重事功的。在"应物"条中,讽刺和批评了一些书呆子和官油子的作风,很有社会价值。此书亦名《意见》,曾被《宝颜堂秘笈》等丛书著录或收集。有民国间文明书局出版的石印本传世。

■**陆粲**(1492—1549) 明代著名文学家和笔记小说作家。字子余。长洲(今江苏苏州市)人。嘉靖五年(1526)进士,选庶吉士。早入词馆,颇负盛名。七试皆获第一。在掌握朝中大权的张璁、桂萼尽出庶吉士为部曹、县令的情况下,陆粲以才独得工科给事中。后因挺直敢言,得罪了嘉靖帝特别信任的张璁、桂萼,被廷杖三十,贬谪贵州都镇(今贵州麻江县北)驿丞。稍迁永新(今属江西)知县。母殁,哀伤过甚,未终丧服而卒。

陆粲研心经史,学问宏博。著有《陆子余集》八卷、《左传附注》五卷、《春秋左氏觿》二卷、《胡传辨疑》二卷、《贞山集》十二卷,以及笔记小说《庚巳编》十卷、《说听》一卷。今皆传于世。

庚巳编 明代笔记小说集。陆粲撰。卷帙四卷十卷不等,均为全帙,一百七十余则。《明史·艺文志》、《千顷堂书目》、《国史经籍志》、《四库全书总目》均著录。

本书所记为神怪传说、民间故事和一些偶合事件,大多染有神怪色彩,宣扬佛道观念。特别是记述皇帝或达官贵人的一些篇章,更有明显的神道说教倾向,从中可了解当时社会的某些情状及人们的思想习俗。书中"陈子经"、"罗传郎"等作品,旨在褒扬正直、贬斥邪恶,其中记述了陈子经不怕宋太祖赵匡胤鬼魂的威胁,坚持在所著的《续通鉴》中,直书"匡胤自立而还"这一史实。"还金童子"赞扬一个无家可归、衣食无着的童仆,面对别人的遗金,毫不动心,还金以自慰的高尚品德。"蒋生"、"临江狐"、"洞箫记"等篇,对青年男女的自由爱情表示了同情。这类作品,文词靡丽,情节曲折,描写细腻,具有鲜明的时代色彩,对后世的话本小说、传奇故事影响很大。也有一些作品,叙述多于描写,情节未有展开,显得粗率浅略。

本书曾收入作者的《陆子余集》中。传世版本有:《纪录汇编》本、《烟霞小说》本、《丛书集成初编》本、《说库》本和《古今说部丛书》本等。《古今名贤汇语》、《说郛续》等本均为节录本。1987年中华书局出版了点校排印本。

■**陆采**(约1495—约1540) 明代笔记小说作家。字子元,号天池。长洲(今江苏苏州市)人。陆粲之弟。

陆采少为富家子弟,性豪荡不羁,日夜与人畅饮高歌,一生不治举业,布衣以终。但喜爱音乐、戏曲和旅游。年十九即开始戏曲创作,先后撰成《明珠记》、《南西厢》、《怀香记》、《椒觞记》、《分鞋记》五本(均见《曲录》)。还先后游历过泰山、岭峤和武夷山等名胜。另有笔记小说《天池声隽》四十卷(见《明史·艺文志》)、《揽胜纪谈》十卷(逸事小说,见《笔记小说史》,浙江古籍出版社1998年版)、《冶城客论》二卷(志怪小说,见《四库全书总目》)、《艾子后语》、《虞初志》等。

艾子后语 明代笔记小说集。陆采撰。一卷。未见单刻本,现存于《雪涛谐史》、《烟霞小说》、《古今说部丛书》等丛书中。本书托名苏轼的《艾子》,欲续之,皆诙谐笑话文字。但在有所寄托方面,二者却风格迥异。《艾子》针砭时事,寓庄于谐,有所为而作;本书所作,多为戏言,很少寓意。但也有值得一读的作品,如"赵有方士"条,揭露了好说大话者的丑态;"艾子游于郊外"条,指出当时处世执著认真者,并没有好下场;"齐有病者"条,生动地描绘了健忘症患者之行为举止;《齐王好谈相》条,揭示了相面等迷信活动的欺骗性。传世版本有《雪涛谐史》、《烟霞小说》、《古今说部丛书》、《说郛续》等收录本。

冶城客论 明代笔记小说集。陆粲撰。原二卷,后散佚,今存一卷零六篇,共九十一篇。《四库全书总目》等书目著录为二卷,可见散佚在清中叶后。冶城为南京城内地名,作者曾肄业南京国子监,书中所记为当时的见闻。丁丙的《善本室藏书志》在著录本书时有评:"大抵皆妖异不根之谈,惟叙语明隽耳。"

本书与都穆的《都公谈纂》、陆粲的《庚巳编》近似,但文词较佳,每篇作品都注明传述者的姓名。书中内容多为神仙、道术之谈。如"陶子成"条,写洪武帝命百官过道士陶子成门前时"必轼"(行礼致意),可见当时对道教的迷信程度和道士的显赫地位。有不少灵怪故事写得有声有色,情致毕具。如"狐妓"条,写临清的两个狐妓,请路过的两个举子捎信给她们在京的母亲;二举子到京后,找到地点,不见其母;邻人说:"正德皇帝还自大同,边军出没此地,虽狐狸也薰食已尽,尚何胡大妈之有!"揭露了正德这个荒唐皇帝扰民害民的景况。此类故事,多被《广艳异编》所选录。另有一些杂记佚闻,亦颇具社会价值。如写朱元璋淫威十足,暴虐成性,连雷公、关帝都怕他三分。朱讨厌孟子"民为贵,君为轻"的思想,去掉其"亚圣"之封誉,还乱删其著作。"太祖微行"条,写朱元璋出行时,与两侯骑相遇,一侯骑佯装不知乘骑而去,一侯骑下马徐行;朱回宫后,立即将徐行者召来杀死,罪名为"泄漏"。"江斗奴"条,写英国公张辅宴请当时位居大学士的"三杨",命歌妓江斗奴佐酒;她口齿伶俐,善于应对,"三杨"大为叹服;一杨说:"吾辈老矣,犹为尤物所动,况少年辈乎!"因而奏请皇上凡百官宿娼者革职。官场的风纪,由此可见一斑。书中写得最好的一篇是"鸳鸯记":秀才郑卿才貌双全,因求学寄宿其岳父谢某友人施姓家,与施家大媳范氏相爱私通;其岳父谢某知情后也来勾引范氏,范氏大怒,要求丈夫杀死谢某,谢闻讯逃脱。郑范的私通,被视为"淫媟万状","尤有乖名教矣"(《四库全书总目》)。

传世版本有丁丙清末抄本、1947年《金陵秘籍》本等。《说郛续》和《玉堂丛语》收有佚文。

虞初志 明代小说选集。陆采辑。八卷。《四库全书总目》小说家存目类著录。或题李泌辑,无据。本书是一部选择精当的前代小说选本。所收除南朝梁吴均的《续齐谐记》一些作品外,其余均唐人传奇小说。包括《莺莺传》、《李娃传》、《柳毅传》、《虬髯客传》、《南柯太守传》、《任氏传》等优秀作品。

本书约编成于嘉靖初年(1522),使用的版本也较古老,具有很高的校勘价值。而后出的翻刻本,如所谓汤显祖评本、闵性德刻本等却增加了不少伪托的作者,造成了一些混乱。传世版本除如隐草堂刻本外,还有多种明刻本和民国年间扫叶山房排印本等。

■**罗凤**(生卒年不详,约活动在1496—1520) 明代笔记小说作家。字子文,号印冈。应天(今江苏南京市)人。明孝宗弘治九年(1496)登进士第,授官庶吉士。后出守兖州(今属山东),被劾,改守镇远(今属贵州);复因忤巡方,再移官石阡府(今属贵州);晚年致仕归里,卒于家。据《四库全书总目》载,罗凤撰有笔记小说《延休堂漫录》(又名《漫录》)三十六卷,传于世。

漫录 明代笔记小说集。罗凤撰。三十卷。《千顷堂书目》著录为《延休堂漫录》、《延宁堂漫录》,作三十六卷。本书采用漫笔的形式,记录古今遗闻轶事,考订历代典章制度,旁征博引,内容繁富,可读性强,且不少史料可参纠正史;但在编排体例上古今混淆,巨细错杂,有眉目不清之感。书中亦有许多条目记文人轶事,脱离历史局限,创作色彩较浓,颇具小说趣味。传世版本有明刊本,陶珽的《续说郛》节录部分条文,为删节一卷本。

■**陈良谟**(1482—1572) 明代笔记小说作家。字忠夫(一作中夫),号栋塘。安吉(今属浙江)人(一作吴兴棟塘人,未知何据)。正德十二年(1517)登进士第。累官至贵州参政,年四十即乞休。年九十一岁卒。

良谟一生恬淡寡欲,所作诗文温醇典雅,计有《天目山房集》、《和陶小稿》等(均见《四库全书总目》,无卷数),另有笔记小说《见闻纪训》二卷(见《中华野史辞典》,《四库全书总目》作一卷)。据这部小说的自序称:"顷居山居多暇,因追忆平生耳目之所睹记,略有关于世教者,随笔直书,不文不次,惟以示吾之子孙览观之。"说明写这部小说的目的是为了教育后代。但是,书中所记徽商许多有名有姓的人物、事迹,非常具体,为研究明正德以后江南的社会生活,以及经济发展情况,提供了不少珍贵资料。今有《五朝小说大观》本、《丛书集成初编》本等。

见闻纪训 明代笔记小说集。陈良谟撰。二卷。著录情况不详。作者长于记事,不事修饰,致使书中作品缺乏文采,不够生动。但所记之事,能尊重事实,吝于渲染,给人以真实感。如记徽州大商人程琳,串通官府,诬陷同里船工许阿爱等"侵盗货物",遂使他受诬而死;又如记徽州小商人程琼虽小本经营惨淡,但轻利重义,归还他人失金。这些作品,具有浓郁的劝戒意义。传世版本有明刻《纪录汇编》本、清钞本等。

■**顾元庆**(1487—1565) 明代文学家、笔记小说作家、藏书名家。字大有,因家住在阳山大石下,时人称大石先生。长洲(今江苏苏州市)人,生平事迹不详。家中藏书极富,选编前人小说自行刊刻的有《顾氏文房小说》、《明朝四十家小说》。此外,自己的撰著还有《瘗鹤铭考》、《山房清事》、《夷白斋诗话》,以及笔记小说《云林遗事》一卷等十多种。他的笔记小说较其他志人小说大不相同,别人是撰记多人的遗闻轶事共成一书,而他的《云林遗事》只是记载云林子一个人的志人小说。云林子是元代末年著名画家倪瓒的号。写作体例又模仿《世说新语》,把云林子的遗闻轶事,分别编写入高逸、诗画、洁癖、游寓、饮食五个门类之中。是明代笔记小说中别具一格的作品。

云林遗事 明代笔记小说集。顾元庆撰。一卷。《千顷堂书目》著录。本书专记元末明初画家、诗人倪瓒（号云林）的遗闻轶事，故以名书。全书分高逸、诗画、洁癖、游寓、饮食五部分。作品中的倪瓒生动活泼，个性明显，不慕权势，不爱金帛，酷爱自由，傲岸不屈。本书不仅对研究倪瓒生平及其文学艺术的成就具有参考价值，也是可读性强、意趣隽永的小品。

传世版本有：明正德、嘉靖间阳山顾氏家塾刊本，崇祯间常熟毛晋刊本，另有《明朝四十家小说》本等。

顾氏文房小说 明代笔记小说丛书。五十七卷。顾元庆辑。本丛书收宋和宋以前的笔记小说和诗评等杂著四十种。

计有：《古今注》三卷，晋崔豹撰；《隋唐嘉话》三卷，唐刘餗撰；《周秦行纪》一卷，唐牛僧孺撰；《南岳魏夫人传》一卷；《博物志》一卷，唐谷神子撰；《杨太真外传》二卷，宋乐史撰；《卧游录》一卷，宋吕祖谦撰；《山家清事》一卷，宋林洪撰；《明道杂志》一卷，宋张耒撰；《宜斋野乘》一卷，宋吴枋撰；《松窗杂录》一卷，唐李浚撰；《柳氏旧闻》一卷，唐李德裕撰；《芥隐笔记》一卷，宋龚颐正撰；《艾子杂说》一卷，宋苏轼撰；《梅妃传》一卷，唐曹邺撰；《集异记》二卷，唐薛用弱撰；《虬髯客传》一卷，唐杜光庭撰；《资暇集》三卷，唐李匡文撰；《幽闲鼓吹》一卷，唐张固撰；《小尔雅》一卷，汉孔鲋撰；《葆光录》三卷，宋龙明子撰；《洛阳名园记》一卷，宋李格非撰；《赵飞燕外传》一卷，汉伶玄撰；《高力士外传》一卷，唐郭湜撰；《开元天宝遗事》二卷，五代王仁裕撰；《续齐谐记》一卷，南朝梁吴均撰；《海内十洲记》一卷，汉东方朔撰；《卓异记》一卷，唐李翱撰；《松漠纪闻》二卷，宋洪皓撰；《汉武帝别国洞冥记》四卷，汉郭宪撰；《补江总白猿传》一卷，唐，作者不详；《碧云騢》一卷，宋梅尧臣撰；《刘宾客嘉话录》一卷，唐韦绚撰；《啸旨》一卷，唐卢仝撰；《文录》一卷，宋唐庚撰；《深雪偶谈》一卷，宋方岳撰；《诗品》三卷，南朝梁钟嵘撰；《本事诗》一卷，唐孟棨撰；《德隅斋画品》一卷，宋李廌撰；《鼎录》一卷，南朝梁虞荔撰。

本丛书前后刻印了十四年（1517—1531），其中十七种书是依据宋刻本翻刻，有很高的版本价值。传世本有1925年上海商务印书馆影印的顾氏原刊本。

明朝四十家小说 明代笔记小说丛书。四十二卷。顾元庆辑。本丛书收宋、元、明三代笔记小说及其他杂著四十种。

计有：《稗史》，元徐显撰；《西征记》，宋卢襄撰；《避戎夜话》二卷，宋石茂良撰；《云林遗事》，明顾元庆撰；《蔫胜野闻》，明徐祯卿撰；《读书笔记》，明祝允明撰；《存余堂诗话》，明朱承爵撰；《天全先生遗事》，明杨循吉撰；《清夜录》，宋俞文豹撰；《听雨纪谈》，明都穆撰；《近言》，明顾璘撰；《茶谱》，明顾元庆撰；《续唐宋史辨》，明高昌古撰；《病逸漫记》，明陆釴撰；《夷白斋诗话》，明顾元庆撰；《谈艺录》，明徐祯卿撰；《君子堂日询手镜》，明王济撰；《阳山新录》，明顾元庆撰；《海槎余录》，明顾岕撰；《新倩籍》，明徐祯卿撰；《今语瑶华》，明岳岱辑；《檐暴偶谈》，明顾元庆撰；《金石契》，明祝肇撰；《大石山房十友谱》，明顾元庆撰；《琅琊漫抄》，明文林撰；《国宝新编》，明顾璘撰；《七人联句诗记》，明杨循吉撰；《寓意篇》，明都穆撰；《悬笥琐探》，明刘昌钦撰；《吴郡二科志》，明闫秀卿撰；《瘗鹤铭考》，明顾元庆撰；《春溪暇笔》，明姚福撰；《景仰撮书》，明王达撰；《蚕衣》,明祝允明撰;《宝楼记》,系辑古佚小说而成;《彭文宪公笔记》(二卷),明彭时撰;《否泰录》,明刘定之撰;《苏谈》,明杨循吉撰;《吴中往哲记》,明杨循吉撰;《太湖新录》,明徐祯卿、文徵明撰。

本丛书所收各书的卷次除注明外,均为一卷。所收之书分类,以记人、记事、记物为最多,约三十种;考证辨析方面有三种;诗话四种,诗集三种。今传世版本有作者自刊本,1915年上海国粹扶轮社重刊本等。

■**杨慎**(1488—1559) 明代笔记小说作家、著名文学家。字用修,号升庵。新都(今属四川)人。其父杨廷和,官至华盖殿大学士。杨慎于正德六年(1511)进士第一名,授官翰林修撰。预修《武宗实录》,事必直书。世宗嗣位(1521),充经筵讲官。嘉靖三年(1524),官翰林学士。偕同列三十六人上言,请求罢免张璁、桂萼的官职。认为同列们共执的学问为程颐、朱熹之说,而张璁、桂萼的学问是冷褒、段犹之余也,两者不能同列,并说,如不罢他们的官,我们"愿赐罢斥"。帝怒,切责,停俸有差。逾月,又偕学士丰熙等疏谏。不得命,偕廷臣伏左顺门力谏。帝大为震怒,先收杨慎等八人入狱,继而廷杖,最后将杨慎谪戍云南永昌卫(今云南保山县)。嘉靖八年(1529),父丧,经朝廷批准归川葬父,葬讫复还。嘉靖三十八年(1559)卒,年七十有二。隆庆初(1567),赠光禄少卿。天启中(1624),追谥文宪。

杨慎幼年警敏,十一能诗,十二善为文。一篇赋《黄叶诗》,李东阳见而嗟赏,令其受业门下。中年谪戍云南,投荒多暇,书无所不览。一生好学穷理,老而弥笃。《明史·杨慎》传说:"明世记诵之博,著作之富,推慎为第一。诗文外,杂著至一百余种,并行于世。"据《明史·艺文志》录载,他的撰著主要有:《墨池琐录》一卷、《书品》一卷、《断碑集》四卷(以上杂艺)、《素问纠略》三卷(医术),《升庵外集》一百卷(类书类),《庄子阙误》一卷(道家类),《禅藻集》六卷、《禅林钩玄》九卷(释家类),《古隽》八卷、《尺牍清裁》十一卷、《古今翰苑琼琚》十二卷、《风雅逸编》十卷、《选诗外编》九卷、《五言律祖》六卷、《近体始音》五卷、《诗林振秀》十一卷、《明诗钞》七卷、《经义模范》一卷(以上总集类),《升庵诗话》四卷(文史类),《檀弓丛训》(一作《附注》)二卷、《夏小正解》一卷《礼》类),《全蜀艺文志》六十四卷、《滇程记》一卷(以上史地类)。另有笔记小说《丹铅总录》二十七卷、《续录》十二卷、《余录》十七卷、《新录》七卷、《闰录》九卷、《卮言》四卷、《谈苑醍醐》九卷、《艺林伐山》二十卷、《墐户录》一卷、《清暑录》二卷。又据《中国文学家大辞典》(谭正璧编著本)载,杨慎的著作还有《古今谚》、《诗话补遗》、《词林万选》、《三苏文范》,以及笔记小说《广夷坚志》、《滇载记》;南杂剧《宴清都洞天元记》、《兰亭会》各一本,《太和记》六本;散曲《陶情乐府》二卷、《十段锦词》二册;弹词《二十一史》等。这些撰著,今均有传本。

艺林伐山 明代笔记小说集。杨慎撰。二十卷。《钦定续通考》等书目著录。本书体例繁杂,既考证经史,辨析名物,训诂文字,记古诗词,又载古今文人士大夫遗闻轶事。书中的一些富于哲理的寓言故事,颇为后人所重。如"按图索骥"条写伯乐之子根据其父的《相马经》去相马,结果一无所获,讽刺了那些照搬本本、按教条办事的人的愚蠢。书中的一些考辨文章,可见作者的学识。但因此书为作者谪居云南时所作,资料缺乏,谬误较多。胡应麟曾著《艺林学山》八卷,专驳此书谬误。传世版本有明隆庆刻本。

■**万表**(1498—1556) 明代笔记小说作家。字民望,号鹿园。鄞县(今浙江宁波市)人,一说定远(今属安徽)人。万表祖上世代以武功勋绩著称,而他本人却是文武兼修。号称"嘉靖八才子"之一的唐顺之还专门请他讲过学。正德(1506—1521)中期,得中文武双进士。先后出任过漕运总兵、都督同知佥事、南京中军都督等官职。

万表博览群书,熟悉先朝典故,于国事无不通晓。据《明史·艺文志》载录,其著述有《玩鹿亭稿》八卷、笔记小说《灼艾集》十卷。《四库全书总目》载录,他还有另一笔记小说《海寇议》二卷(《千顷堂书目》载此书有前议、后议各一卷)。

灼艾集 明代笔记小说选集。万表辑。原本正、余、续、别四集八卷,后辑者之孙万邦孚在万历二十九年(1601)重梓时又加新集二卷,共十卷。《钦定续通考》等书著录或收录。

本书采集六朝以来的笔记小说和杂记诸书,每书摘数条或数十条而成帙。有些卷次为了盈帙,不惜重复收录,各集互见。如重收《鹤林玉露》、《自警编》等。书中所收内容芜杂,小说与杂议互见。以上弊端,常被后人指疵。本书最可取者,是部分已亡佚之引书,赖辑者所引而知其鳞爪,如《立斋闲录》、《西湖塵谈录》等,为后人的研究和校勘提供了方便。

现存版本有:嘉靖间刻八卷本,万历间重梓增补十卷本,《钦定续通考》六卷本,崇祯三年王祐纂评十八卷本,《百川书志》二卷本,《四明丛书》八卷本等。

■**黄瑜**(生卒年不详,约活动在明景泰至成化年间) 明代笔记小说作家。一作黄榆,字廷美。香山(今广东中山县)人。景泰七年(1456)举人,曾官长乐县(今属福建)知县。后以劲直弃官归里,而以读书著述为事。据《明史·艺文志》载录,著有《书经旁通》十卷。据《四库全书总目》载,他还撰有笔记小说《双槐岁钞》十卷。

双槐岁钞 明代笔记小说集。黄瑜撰。十卷。《四库全书总目》著录。作者清廉耿介,任知县时有惠政,以劲直去官。在住处手植槐树两株,槐旁构建一亭,常吟啸其间,自称"双槐老人",故以名书。书中多记明洪武至成化年间一百余年事,全书二百二十余条,首尾相贯,其记科举、军政、边备等事,可补史料之缺;间也记神怪报应之事。记叙简要生动,颇具特色。传世版本有:明嘉靖钞本、商务印书馆编印之《丛书集成》本等。

■**尹直**(?—1513) 明代笔记小说作家。字正言,泰和(今属江西)人,景泰五年(1454)登进士第,除官庶吉士,改编修。成化初(1465)充经筵讲官,预修《英宗实录》。书成,进侍读,历侍读学士。成化十一年(1475),迁礼部右侍郎。丁父忧,服除,起南京吏部右侍郎,改礼部左侍郎。成化二十二年(1486)春,召佐兵部。同年九月,改户部兼翰林学士,入内阁。十月,进兵部尚书,加太子太保。修《大明通典》,续成《宋元纲目》。因与吏部尚书尹旻相恶,孝宗即位后(1488),遭大臣弹劾,令致仕。正德中(1513)卒,谥文和。

尹直明敏博学,练习朝章,而躁于进取,性矜忌,不自检饬。据《明史·艺文志》载,撰有《澄江集》二十五卷和笔记小说集《南宋名臣言行录》十六卷、《謇斋琐缀录》八卷。

謇斋琐缀录　明代笔记小说集。尹直撰。八卷。《续说郛》等书收入并著录,曾更名为《琐缀录》。本书记明代掌故及朝野遗闻轶事。因作者久居朝中,熟悉京城和朝野故事,故于内阁诸事记载尤详,对当时的仕途宦海、黜陟升沉、恩怨相报等原委是非,多有分析;对当时享大名、罢举子业、一心想作名儒的吴与弼则大加诋毁。本书虽不无偏激之词,但可作治文史者参考。传世版本有明嘉靖本、《历代小史》本等。《说库》本为删节一卷本。

■**姚福**(生卒年不详,约活动在明成化年间)　明代笔记小说作家。字世昌,号守素道人。江宁(今江苏南京市)人。明宪宗成化年间(1465—1487)曾官南京羽林卫千户,其余仕履不详。据《明史·艺文志》录载,姚福有笔记小说《青溪暇笔》二十卷,其内容为明初至永乐、成化各朝的朝野轶闻,尤多叙洪武年间的故事。

青溪暇笔　明代笔记小说集。姚福撰。一卷。《千顷堂书目》著录为二十卷,焦竑《国史经籍志》著录作二卷,《钦定续通考》、《四库全书总目》均著录为三卷,《藏园群书经眼录》著录为二卷,殆为原本。今存诸丛书本均作一卷,共二十四条。

本书记作者耳闻目见之明代朝野掌故逸闻,多详洪武,兼及永乐、成化间事。作者曾任南京羽林卫千户,书中对朝廷多有溢美之辞。如记朱元璋不费干戈,从陈友谅手中取安庆,以猪脬纳气泗水渡淮以济北军等,宣扬明君得天下必得天助。又如记朱元璋欲在狮子山建阅江楼,令儒臣作记,记成,朱览之曰:"昔唐太宗繁工役,好战斗,宫人徐从容上疏曰:'地广非久安之道,人劳乃易乱之源。'今所答皆顺其欲,则唐妇人过今儒者。"朱之残暴专制远盛于唐李世民,他要求儒者大胆提不同意见,似不可能。作者记此事,是以朱比李,歌颂"明君"。书中一些民间逸闻和公案故事,属可读佳作,如写姑苏商人妇误将蓄毒鸡烧给经商归来的丈夫吃,而致其夫中毒身亡;邻人以奸杀告官,妻被诬入狱;后太守上任详勘,方得平冤。

传世版本有明刻本、《四库全书》本、《明朝四十家小说》本等。

■**戴冠**(生卒年不详,约活动在明正德嘉靖年间)　明代笔记小说作家。字仲鹖。河南信阳人。正德三年(1508)进士及第,为户部主事。宠幸日多,见虞禄多耗,乃上疏极谏。因言辞尖刻,得罪了正德皇帝,被贬为广东乌石(今广东紫金县东南乌石)驿丞。嘉靖初(1522),复官。累官至山东提学副使,以清介著称。

戴冠青少年时代,曾受业于弘治、正德年间文学改革运动首领之一何景明,诗风亦相似。据

《明史·艺文志》载,其著述主要有《遂谷集》十二卷、《诗集》二卷、笔记小说《笔记》十卷,又名《濯缨亭笔记》。

濯缨亭笔记 明代笔记小说集。戴冠撰。十卷。《明志》子部小说家类以《笔记》书名著录;《千顷堂书目》、《四库全书总目》均以今书名著录。

本书集历史典故、明代各朝逸闻、山川物理、星相命卜、民间传说于一体。或采自前人著作,如《绝妙好词》、《宣室记》、《异闻录》等;或记录时事新闻,如县丞和狱吏冤死后的果报;或评价朝政得失,如讥刺朝中贿赂成风;或录农事经验、民间验方、俗语方言、奇珍异玩等。全书约有二百九十则之多。书中值得注意的是所录的民谣,如"满朝皆太保,一部两尚书","知县是扫帚,太守是拼斗,布政是叉口,都将去京里抖"等,充满了对朝政失衡、官场贪鄙的辛辣讽刺。但书中也有溢美当权者的一些记载,如卷一记明太祖准许民家有祖坟在皇陵中者"以时祭扫"。这与史实不符。实际上朱元璋当上皇帝后,第二年便为自己修寝宫,他看到南京紫金山是块难得的风水宝地,却被老百姓所占有,于是下令将此间一万多座民间坟茔悉数迁出,然后在此大修皇陵;根本不存在皇陵区中的民家坟墓。

本书传世版本有明刻本、王利器藏精抄本、《四库全书》本等。《说郛续》所收为节录本,缺篇甚多。

■何良俊(1506—1573) 明代笔记小说作家。字元朗,号柘湖。华亭柘林(今上海市奉贤)人。少年时笃好学习,曾二十年读书不下楼。青年时期与弟良傅并有才名,时人比之"二陆"(以晋朝的陆机、陆云兄弟和宋朝的陆九龄、陆九渊兄弟相比)。无心功名,在良傅先登进士第后,亦于嘉靖年(1522—1566)中取得了岁贡生的资格,并被特授南京翰林院孔目的官职。后厌倦官场,慨然叹曰:"吾有清森阁在海上,藏书四万卷,名画百签,古法帖彝鼎数十种;弃此不居,而仆仆作牛马走乎?"遂以疾辞官归海上。其间又曾有数年复回居金陵(今江苏南京)、吴阊(今江苏苏州市)。年达七十,才返故里。

良俊著述颇丰,据《明史·艺文志》录载,有诗文部分的《柘湖集》二十八卷、笔记小说《四友斋丛说》三十八卷和《何氏语林》三十卷。此外,谭正璧编撰的《中国文学家大辞典》本传中,还列有《清森阁集》和《世说新语补》两部著作。

关于《何氏语林》这部小说集,作者在序中说:"余撰《语林》,颇仿刘义庆《世说》。然《世说》之诠事也,以玄虚标准;其选言也,以简远为宗,非此弗录。余惧后世典籍渐亡,旧闻放失,苟或泥此,所遗实多。故批览群籍,随事疏记,不得尽如《世说》。其或辞多浮长,则稍为删润云尔。"此书出版于嘉靖二十九年(1550),其体例在《世说》三十六门的基础上,又增加言志、博识二门,共三十八门。全书辑录自两汉到宋金元间文人与官僚们的言谈与轶事,共有二千七百多则故事,二十多万字。《四库全书总目》对此书评价极高,评曰:"其采掇旧文,剪裁熔铸,具有简澹隽雅之致,……虽未能抗驾临川,并驱千古,要其语有根柢,终非明人小说所可比也。"《笔记小说史》的作者苗壮亦认为此为"明清琐言体小说的上乘之作"。

语林② 明代笔记小说集。何良俊撰（东晋裴启撰有同名作品）。三十卷。又名《何氏语林》。《国史经籍志》、《四库全书总目》均著录。编写方法仿刘义庆《世说新语》。全书三十八门，较《世说》多言志、博识二门。作者认为正《世说》记事择言专以玄虚简远，失之偏颇，又虑及"典籍渐亡，旧闻放失"，遂博览群书，广征博引，重新加以剪裁而成本书。所记上至两汉，下止宋元，约二千七百余条。每门前有小序，阐明记事宗旨；不少条目之后有按语或辨证，自成特色。

本书在记古闻旧事时，经取舍、加工，融进了时代特色。如"言志"门并非"代圣贤立言"，而带有主张个性自由的倾向。所记的隐逸之士和怀才不遇者，所好或在山水、或在书画、或在诗文，反映了他们对现实的不满和不愿与当道者合作的态度。"德行"门多至三卷，前半所记与"言志"门类似，后半记唐宋名贤逸事，多从小处着笔，少涉经国大事。其中还对一些不易被人们理解的海内外事物作出较为科学的解释，这与当时海禁放松，西学东渐，促进一些人渴望追求新知有关。"政事"门多记朝臣和地方官清正廉直、简政爱民的故事。作者对统治者的恶德恶行十分憎恨，这在"侈汰"、"谗险"、"仇隙"、"政事"等门中都有所反映，不少还用"按语"的形式表述自己的不满。

传世版本有嘉靖何氏清森阁家刻本、《四库全书》本和1982年上海古籍出版社影印本。

四友斋丛说 明代笔记小说集。三十八卷。何良俊撰。全书分经、史、杂记、子、释道、文、诗、书、画、求志、崇训、尊生、娱老、正俗、考文、词曲、续史等十七门，属杂载丛考、琐闻逸事类文言笔记小说。在写法上除记事外，间有议论。书中保存了一些明代文化史料和松江、苏州一带的文坛掌故，既饶有趣味，又弥足珍贵。如写文徵明对"持饼饵"而来索书法的"里巷小人"欣然而从，而唐王以"黄金数笏"求其画而不得的故事，形象地刻画了这位艺术家的狷介和洒脱。又如记唐寅摆脱宁王朱宸濠的羁绊，也反映了吴中浪漫文士的风貌。本书初刻于隆庆三年（1569），为三十卷，以后又续撰八卷，共成三十八卷。万历七年（1579）重刻。1959年中华书局据万历刊本，以新的标点和校勘出版了排印本，为传世之最佳版本。

■**高拱**（1512—1578） 字肃卿。新郑（今河南新郑市）人。嘉靖二十年进士，选翰林院庶吉士。翌年授翰林院编修，累迁文渊阁大学士。他熟练政体，有经济才。累进上柱国、中极殿大学士。后被宦官冯保、朝臣张居正排挤，解职归乡。卒谥文襄。他学问广博，著述甚丰，有《高文襄公集》四十四卷、《玉堂公草》十卷、《外制集》一卷、《政府书答》四卷等。笔记小说《病榻遗言》颇有特色。

病榻遗言 明代笔记小说集。一卷。高拱撰。作者在嘉靖、隆庆、万历间官至大学士宰辅，因与当时的另一大学士张居正主张不同，屡受排挤。后张居正投靠宦官冯保等，夺得宰辅位，高被解职归。本书为作者在故乡临终时写于病榻，以记述自己与张矛盾的由来、发展及对张的意见。全书分顾命记事、矛盾原由、毒害深谋三部分。因系个人病中之作，所叙内容多有片面，与

《明史》亦不尽相合。本书收明刊《高文襄公集》作四卷,收入《纪录汇编》为一卷,另有商务印书馆编印的《丛书集成》本。二十世纪九十年代中华书局出版的《高拱集》收入此书。

■**胡侍**(生卒年不详,约活动在明正德嘉靖年间) 明代笔记小说作家。字奉之,号清溪。宁夏卫(今宁夏银川市)人。正德中(约正德六年,即1511年)进士。历官鸿胪少卿。据《明史·胡侍》传载:"张璁、桂萼既擢学士,侍劾二人越礼背经。因据所奏,反复论辩,凡千余言。帝怒,……谪潞州(今山西长治市)同知。"后又为奸人所害,迅斥为民。

胡侍撰有笔记小说《野谈》六卷、《真珠船》八卷。

真珠船 明代笔记小说集。胡侍编。八卷。著录情况不详。本书是将经史及笔记小说中的故事、名言隽语等一百九十余条纂集在一起,分类编次,并对一些事物进行考订。每条均列标题。书中的考订文字比较粗陋,不被后人所重。传世版本有明嘉靖戊申(1548)刊本、《宝颜堂秘笈》本。

■**董谷**(生卒年不详,约活动在明嘉靖年间) 明代笔记小说作家。字硕甫。浙江海宁人。其父董澐,乃一生未仕之处士。据《明史·儒林二·钱德洪传——附董澐传》载:"董澐,……年六十八矣,游会稽(今浙江绍兴市),肩瓢笠诗卷谒守仁,卒请为弟子。子谷,官知县,亦受业守仁。"谭正璧在《中国文学家大辞典·董谷》中云:"少从王守仁学,正德十一年(1516)举人,官安义、汉阳二县知县(安义今属江西,汉阳今属湖北武汉市),廉静不苟。罢官后,居海盐(今属浙江)之澉水镇,自号碧里山樵,又曰汉阳归叟。"董谷的撰著主要有《澉浦续志》九卷和笔记小说《碧里杂存》一卷,今传于世。

碧里杂存 明代笔记小说集。董谷撰。一卷。《千顷堂书目》、《四库全书总目》著录。作者为正德举人,入仕后官至汉阳守。罢官后,自号碧里山樵,因以名书。

书中主要记明初君臣的逸闻传说。如"梅梢"记鄱阳大战时,一姓梅梢公救朱元璋脱流矢之险,开国后不得封赏,后梅梢公拦驾,才得封赏。"贤人心肝"记朱元璋轻信工匠诡言,欲以文人心肝造宝钞,后因马皇后以秀才文章乃文人心肝相谏,众儒方免一死。"建文君"记建文帝脱灾外逃为僧事,清人《千钟禄》传奇即演此事。"周云宗"记成化时巨盗周云宗入山见龙被截其尾,听霹雳而走;他神力无比,官捕不得,尝自缚投案,后脱枷而去。"斩蛟"条记王阳明灭宸濠之乱附会许旌阳铁树镇妖事。"陆俨山"记陆深死而复生,并详言阴司诸事,属迷信类无稽之谈。传世版本有万历间许琳刻《见闻纪训》本、《宝颜堂秘笈》本、《盐邑志林》本等,《续说郛》、《五朝小说》本为删节本。

■**王世贞**(1526—1590) 明代著名文学家和笔记小说作家。字元美,号凤洲,又号弇州山人。太仓(今属江苏)人。其父王忬曾官右都御史。嘉靖二十六年(1547),登进士第,授官刑部主事,屡迁员外郎、郎中。在审理案件中，得罪了权奸严嵩，论死系狱。至隆庆元年（1567）八月，世贞与弟世懋（嘉靖三十八年进士）伏阙讼父冤，在大学士徐阶左右之下，王忬得以平反复官。后经吏部用言官荐，世贞先后迁官浙江右参政、山西按察使。丁母忧归，服除后补湖广按察使，旋改广西右布政使，入为太仆卿。万历二年（1574），以右副都御史抚治郧阳府（今湖北郧县）。会迁南京大理卿。其间因为言官劾奏曾两度罢官，但都期短，不久即起。先是起为应天府尹（治所在今江苏南京），罢官后再起为南京兵部右侍郎，再迁南京刑部尚书。世贞三次上疏辞官移疾归里。万历十八年（1590）病卒于家。

世贞从小生有异禀，过目成诵，久久不忘，博极群书，好为诗古文，成为明代著名的大文学家。年十九举进士后，在京师为官期间参加了以李攀龙为首的诗社，继"前七子"之后，他们又形成"后七子"（以李攀龙、王世贞为首，并称为王、李）。他们两人共举文盟，攀龙死后，世贞独操柄二十年。才最高，地望最显，声华意气笼盖海内。其持论"文必西汉，诗必盛唐"。世贞的著述极其宏富，据《明史·艺文志》录载，主要有《弇州山人四部稿》（四部，即赋、诗、文、说）一百七十四卷、《续稿》二百一十八卷、《弇山堂别集》一百卷、《公卿表》二十四卷、《识小录》二十卷、《少阳丛谈》二十卷、《明野史汇》一百卷、《类苑详注》三十六卷、《札记》二卷、《宛委余编》十九卷、《画苑》十卷、《补遗》二卷、《增集尺牍清裁》二十八卷、《国朝纪要》十卷、《天言汇录》十卷；笔记小说有《剑侠传》四卷、《艳异编》四十五卷、《嘉靖以来首辅传》八卷、《名卿纪迹》六卷。又据谭正璧《中国文学家大辞典》载，还有《读书后》八卷、《觚不觚录》、《世说新语补》、《凤洲笔记》、《弇州稿选》、《全唐诗说》、《书苑》、《弇州山水题跋》、《异物汇苑》、《史乘考误》和传奇《鸣凤记》等著作。

艳异编 明代笔记小说选集。王世贞撰。卷帙十二卷至四十五卷不等。《千顷堂书目》著录为三十五卷，《贩书偶记》著录四十五卷。"艳"主要指性爱等事；"异"主要指灵怪等事，书中内容驳杂，不大注重文体和文学性。关于作者，明中叶后即引起争论，有说是张大复，但证据不足。《艳异编》选录作品一般不作改动以保持原貌，而《续艳异编》是《广艳异编》的精选本，对作品多所改动。

四十五卷《艳异编》分星神、水神、龙神、仙、宫掖、戚里、幽期、冥感、梦游、义侠、徂异、幻术、妓女、男宠、妖怪、鬼，共十六部，收作品三百六十一篇；《续艳异编》分神、龙神、鸿象、宫掖、幽期、情感、妓女、义侠、幻术、麟介、器具、珍宝、禽、昆虫、兽、鬼、徂异、定数、冥迹、冤报、草木，共二十一部，收作品一百六十三篇。书中收有"赵飞燕外传"、"莺莺传"、"虬髯客传"、"霍小玉传"、"李娃传"等文言小说名作，同时也收有不少缺乏文学性的作品。明代的作品收入有《娇红传》和《剪灯新话》、《剪灯馀话》等书中的一些条目，稀见作品不多。

传世版本有：明嘉靖刻本、明隆庆刻本、明天启玉茗堂刻本等。人民文学出版社曾出版有简化字排印本。

剑侠传 明代笔记小说选集。王世贞辑。四卷。《四库全书总目》、《郑堂读书记》等书目著录。作者所处年代正值权奸严嵩专权，其父王忬受陷害，因无力回天，试图借某些剑侠一流人物出现而"快天下之志"(《四库提要辨证》)。履谦子也在该书的跋语中说,此书可"舒懑决愤而逞心于负义者,亦人孝子所不废也",可见此书辑录之宗旨。

本书收录明以前小说三十三篇,其中有二十篇为"太平广记"所收入。见于"太平广记"的如"老人化猿"、"扶馀国主"、"嘉兴绳技"、"车中女子"、"义侠"、"僧侣"、"西京店老人"、"兰陵老人"、"卢生"、"红线"、"聂隐娘"、"田膨郎"、"潘将军"、"贾人妻"、"李龟年"、"荆十三娘"、"许寂"、"丁秀才"等,除后四篇为五代作品外,其余均为唐人作品。其他十三篇中有九篇两宋作品,四篇明代作品。此书为中国古剑侠小说一较为精要的选本,所收篇什,均为历代久传之名篇,对后世小说的纂集、创作有深远的影响。明人周诗雅也辑有《剑侠传》一本,共五卷,书已佚。

本书的传世版本有:明隆庆履谦子翻刻本、吴琯《古今逸史》本、清汪士汉《秘书廿一种》本、咸丰王龄刊本等。另外有重编《说郛》、《唐人说荟》、《龙威秘书》、《说库》等删节本。

■**田汝成**(生卒年不详,约活动在明嘉靖年间) 明代笔记小说作家。字叔禾。钱塘(今浙江杭州市)人。嘉靖五年(1526)进士,授南京刑部主事,寻改礼部主事。十年(1531)十二月,上言忤旨,切责,停俸二月。屡迁祠祭郎中、广东佥事。谪知滁州(今属安徽)。复擢贵州佥事。改广西右参议,分守右江。迁福建提学副使,终于官。

汝成博学,工于古文,尤善叙述。著有《田叔禾集》十二卷、《武夷游咏》一卷,志史笔记小说《炎徼纪闻》(又名《行边纪实》)四卷、《辽记》一卷、《龙凭纪略》一卷、《行边纪闻》(即《炎徼纪闻》之初稿本)二卷,又有志怪与逸事笔记小说《西湖游览志》二十四卷和《西湖游览志余》二十六卷,皆传于世。

西湖游览志余 明代笔记小说集。田汝成撰。二十六卷。《明史·艺文志》著录为田艺蘅撰。《千顷堂书目》、《四库全书总目》、《钦定续通考》著录为田汝成撰,书名署为《西湖志余》。

本书漫记西湖各名胜的来历及传说。全书分十三类:卷一、卷二为"帝王都会",记历代建都杭州的帝王故事;卷三"偏安佚豫"、卷六"版荡凄凉"记偏安杭州的南宋遗事;卷四、卷五"佞倖盘荒"记宋以来诸奸佞的劣迹;卷七至卷九"贤达高风"记忠臣义士事迹;卷十至卷十三"才情雅致"记历代居杭文人吟咏之事;卷十四、卷十五"方外玄宗"记佛僧道士逸闻;卷十六"香奁艳语"记女子事迹和妓女中可称道者;卷十七、卷十八"艺文鉴赏"记书画家故事;卷十九"技术名家"记医卜星相诸术;卷二十"熙朝乐事"记节日民俗及四季游览趣事;卷二十一至卷二十五"委巷丛谈"记杭城街道桥衢沿革及民间传闻;卷二十六"幽怪传疑"写志怪传奇故事。

书中作品故事来源,除作者耳闻外,多取材前代史传和笔记及民间传说,特别是后六卷,小说意味较浓,对后世影响很大。《西湖二集》、《古今小说》,及宋元南戏、清代传奇等均据书中作品敷演或搬演。本书题材广泛,文采斐然,佳作连珠,是明代笔记小说中数量和质量均值得重视的作品。其中"委巷丛谈"、"熙朝乐事"分别被若干丛书选录,单独流传。传世版本有明嘉靖刻本、嘉惠堂刻本和《四库全书》本等。

■**李贽**(1527—1602) 明代思想家、文学评论家、笔记小说作家。原名载贽,字卓吾,号宏甫,别号温陵居士。泉州晋江(今属福建)人。回族。出身航海世家,祖上多与异域交往,通外语。嘉靖三十一年(1552)登进士第,累官至姚安(今属云南)知府。李贽多才善辩。其学本王守仁,然好谈禅。因耿定向慕好他的学识,曾请他至黄安(今湖北红安县)讲学。李贽便日引士人,杂以妇女讲学。其学专崇释理,排斥孔孟,耿定向渐恶之。万历中(约1595年),李贽时任姚安知府,一旦自去其发,冠服坐堂皇,上官勒令解任。由是返居黄安。不久出家当了和尚。后北游通州(今北京通县),以"妖言"为给事中张问达所劾,逮于狱,自刭死。

李贽的思想颇为颖异,为后世学者所重视,却为当时社会所不容。他还好批评通俗小说,我国四大古典小说中的《西游记》、《水浒传》、《三国演义》,都有他的评本。经他评点的小说、戏曲还有《西厢记》、《拜月记》、《红拂记》等。他自行撰著的书有《焚书》六卷、《续焚书》五卷、《藏书》六十八卷、《续藏》二十七卷、《九正易因》四卷、《李氏文集》和《温陵集》二十卷等,并传于世。另有笔记小说集《初潭集》(系将前人的《世说新语》和何氏的《语林》合而改编的集子)三十卷、《山中一夕话》十二卷。

初潭集 明代笔记小说集。三十卷。李贽撰。作者将南朝宋刘义庆《世说新语》和何氏《语林》两书的内容合而为一,重新加以编排,以作者初到湖北麻城龙潭而命书名。全书分五大类,包括夫妇、父子、兄弟、师友、君臣等,在编排的基础上,加以评点。评点虽不少为彰显忠君、孝子之类内容,但也多揭露、批判世事流俗的文字。书中之注凡注"焦"者为焦竑批注,凡注"刘"者为刘东星批注,未署者则为作者本人之批注。传世有十二卷、二十六卷、二十八卷、三十四卷四种刻本,均为明刻本。1974年由北京中华书局印刷了标点本。

■**李默**(? —1556) 明代笔记小说作家。字时言。瓯宁(今福建建瓯)人。博雅有才辨,以气自豪。正德十六年(1521)进士及第,授翰林院庶吉士。嘉靖初(1522),改户部主事,进兵部员外郎。调吏部,历验封郎中。嘉靖十一年(1532),为武会试同考官。因行动不逊,为兵部尚书王宪所劾,谪宁国(今属安徽)同知。屡迁浙江左布政使,入为太常卿,掌南京国子监事。历吏部左、右侍郎,代为尚书。严嵩柄政(1544),把持官吏的罢免升迁大权;李默每每坚持己见,严嵩因此衔恨,伺机将李默夺职为民。逾年,上特旨任李默为辽东巡抚。寻命入直西内,赐直庐,许苑中乘马。接着又进太子少保、兼翰林院学士。会李默试选入策问,言"汉武、唐宪以英睿兴盛业,晚节用匪人而败"。严嵩奏李默诽谤。帝大怒,抓李默下狱。嘉靖三十五年(1556),李默瘐死狱中。隆庆中(约1569)平反,万历中(约1595),赐谥文愍。

李默的撰著主要有《群玉楼集》八卷、《建宁人物传》三卷、《吏部职掌》四卷、《朱子年谱》四卷、笔记小说《孤树裒谈》一卷,并传于世。

孤树裒谈 明代笔记小说集。李默撰。十卷。《千顷堂书目》著录为赵可与撰。清宋荦《西坡类稿》著录时曾跋曰:"康熙癸酉九月三日,周子雪客访余吴门,以是书见赠。按王阮亭侍郎

《皇华纪闻》云：广州老城内督粮道署西圃，有管树一，甚奇古，略如榕树，叶绝大，其根干枝樛结而成，李冢宰(默)著《哀谈》于此树下。"

本书记录明洪武至正德间的朝政逸事，按年编排，体例近小说，多委巷丛谈。如卷二记明初刑罚之严酷："国初重典，凌迟处死之外，有洗刷，裸置铁床，沃以沸汤；有铁刷，以铁扫帚去皮肉；有枭令，以钩钩脊背悬之；有称竿，缚之竿杪，似半悬而称之；有抽肠，亦挂架上，以钩钩入谷道而出；有剥皮，剥赃贪之皮，置公座之侧，令代者见而儆惩之。"所有这些，均为正史所不载，有一定的资料价值。传世版本有明刻本，其他丛书和《续说郛》为删节本。

■**冯汝弼**(生卒年不详，约活动在明嘉靖年间)　明代笔记小说作家。字惟良，号祐山。平湖(今属浙江)人。嘉靖十一年(1532)进士。历官工科给事中。嘉靖中期，奸臣汪鋐，善窥皇上爱好为取舍，排异陷善。冯氏上疏论劾汪鋐罪状，被谪潜山(今属安徽)县丞。后迁知太仓州(今属江苏)。又调扬州府(今属江苏)同知，未赴。

据《四库全书总目》录载，汝弼著有《祐山文集》十卷(《明史·艺文志》作十六卷)、《祐山诗集》四卷、笔记小说《祐山杂说》一卷，并传于世。

祐山杂说　明代笔记小说集。冯汝弼撰。一卷。《宝颜堂秘笈》收入并著录。书中记作者平生经历、个人穷极否泰之遭遇，用以宣扬因果报应之说。如"青云接手"条记他的科举梦兆；"文章卜命"、"移居"、"乙未梦兆"、"随地报应"、"达人知命"等均属此类宿命题材。书中的"甲辰荒变"条介绍了嘉靖十七年至二十三年(1538—1544)江浙一带大灾，人民束手待毙的惨状，属记实之作，颇有资料价值。书后附有生活和生产常识数条。传世版本有明刻本、《宝颜堂秘笈》本、《丛书集成》本等。

■**王稚登**(1535—1612)　明代笔记小说作家。字百谷(一作伯谷)。原籍江苏武进县，后迁居长洲(今江苏苏州市)人。四岁能属对，六岁善擘窠大字，十岁能诗，长益骏发有盛名。嘉靖末年(1566)，出游京师，客大学士袁炜家。袁炜试诸吉士紫牡丹诗，不称意。命稚登为之，有警句。袁炜当着数诸吉士曰："君辈职文章，能得王秀才一句耶？"将荐之朝，不果。隆庆元年(1567)，稚登复游京师，徐阶当国，而徐阶与袁炜一向不洽，有人劝稚登在京期间不要提起曾在袁公家作客吟诗事；稚登不听，反而把记有那次游京实况的笔记小说集《燕市》、《客越》二集，就在京师刊刻出版。

吴中自文徵明后，风雅无定属。稚登尝及徵明门，遥接其风，主词翰之席者三十余年。从嘉靖、隆庆到万历间(1522—1619)，布衣、山人以诗名者十数，然声华烜赫，稚登为最。尝倾全力救王世贞仲子士骕出狱，风义尤著。万历中(约1595前后)，曾征修国史，未上而史局罢。卒年七十有余。稚登的撰著除上述两本笔记小说集外，尚有《吴社编》、《虎苑》、《吴郡丹青志》各一部及其诗文集，并传于世。

虎苑 明代笔记小说集。二卷。王稚登撰。作者在嘉靖癸丑年(1553)住吴郡花山竹坞,有虎渡太湖而来,后被擒住,人们竞相谈虎。于是他便将历代古书中看到和平时听到的有关虎的故事讲给客友听,客友们促他将这些故事汇集成帙,王氏"乃因类成篇,分为十四:'德政'美循良也;'孝感'励天亲也;'贞符'奏瑞也;'占候'验术也;'戴义'崇报德也;'殛暴'明帝罚也;'威猛'示雄武也;'灵怪'载妖凶也;'豢扰'存贻害之旨;'博射'垂伤勇之戒;记'神摄'以表仙释之踪;记'人化'以抑兽行之慝;记'旁喻'以征风譬之规;记'杂志'以广见闻之博。篇成系'赞'其下。"(见书中序文,带单引号为篇名)可见本书是记虎各个方面奇事的专著。书中记述奇异,笔下不同的虎,情态各异,描写生动。书成后被收入《翠琅轩馆丛书》,清代有刻本传世。上海人民出版社出版《生活博物丛书》时收有本书。

吴社编 明代笔记小说集。一卷。王稚登撰。作者曾居住吴中(今江苏苏州一带),对吴中里社之事稔熟,信手所记,可见作者对于里社风俗、祭祀鬼神的基本态度。作者在书中序说:"里社之社,所以祈年谷、祓灾禩、洽党间、乐太平也。吴风淫靡,喜讹尚怪,轻人道而重鬼神,舍医药而崇巫觋,毁宗庙而建淫祠,黜祖祢而尊野历……"可见作者对吴地过度祭祀野神的不满。吴社之神为"五方贤圣",书中记录了"走会"的全过程。所谓"会"是指"凡神所栖舍,具威仪箫鼓杂戏迎之"的过程。作者对其组织、所用器物、仪仗,以及士民的热忱都作了十分详细的描写。此书收入《王百谷全集》,有明刻本。后收入《宝颜堂秘笈》传世。

■**王世懋**(1536—1588) 字敬美,号麟州。直隶太仓(今属江苏)人。王世贞弟。嘉靖三十八年进士。始选南京礼部主事,历陕西、福建提学副使,官至太常少卿。工诗文。著有《王奉常集》、《学圃杂疏》、《二酉委谈》等。

二酉委谈 明代笔记小说集。一卷。王世懋撰。本书为作者平时之随笔杂记,累辑而成帙,多记作者所见之遗闻轶事。其写作手法为据实直书,缺乏文采,影响不大。明代曾有刊本传世,后散佚。《续说郛》收此书时曾作删节,定名为《二酉委谈摘抄》。

■**王同轨**(生卒年不详,约活动在明万历年间) 明代笔记小说作家。字行父。湖北黄冈人。幼习举业,博学宏词,工诗属文,但仕途坎坷,靠输资捐得贡生头衔。入仕先任上林苑丞,调江宁(今属江苏)知县,再迁南京太仆主簿。其他履迹不详。撰著主要有:诗集名《兰馨集》,笔记小说《耳谈》(原名《耳谭》,又名《赏心粹语》)。《耳谈》初刻于北京,五卷,后又刻十五卷;再刻于南京金陵世德堂,时间为万历二十五年(1597),仍为十五卷;由于市场看好,广受读者欢迎,王氏又在原书基础上作了大量增补,改书名为《耳谈类增》,再次重刻于万历三十一年(1603),卷数增至五十四卷(此书现有中州古籍出版社出版的点校本)。

耳谈 笔记小说集。王同轨撰。又名《赏心粹语》。传世有五卷本、十五卷本;后来,作者又对该书进行修订和类编,形成了五十四卷本的《耳谈类增》。作者仕途乖蹇,"坎廪一第,而以赀为上林丞。需次都门,久不奏除","以贡生除江宁知县,迁南太仆主簿"(见李维桢《耳谈》序)。在羁留京城和为官任中,与吴明卿、王弇州、李云杜等交往甚笃。他们常聚在一起,喝茶品茗,海阔天空,深夜不寐。王同轨则将听到的本朝奇闻异事记录下来,加以润色,形成是书。第一次付梓为五卷本,在社会上曾引起轰动;后一再加印,增补为十五卷本。此为明中叶一部较有影响的笔记小说集。

本书分门别类记载洪武至嘉靖年间(1368—1566)社会上的奇闻异事,涉及政治、经济、军事、文化、历史、世俗、天文、地理、星象、生产、生活等诸方面。人物上至帝王将相,下止庶民百姓;有人间社会百态,也不乏阴司神灵鬼怪;有可资考证之珍贵史料,也有宣扬因果报应的奇谈怪论,所以被称为"亦《夷坚志》之流"(《四库全书总目》)。作者的罗事标准是"以奇耳者也,不奇不耳"(《耳谈类增》序)。他追求一个"奇"字,为记奇人奇事奇言奇行之书。本书的出现,对明清之际的文学创作起到较大的推动作用。冯梦龙的《古今谈概》、《情史》、《智囊》,曹臣的《舌华录》,蒲松龄的《聊斋志异》等,对之或大量转载,或改编润色。特别是冯梦龙的"三言"中,有九篇故事取自本书。如"杨国老越国奇遇"、"吕大郎还金完骨肉"、"宋小官团圆破毡笠"、"唐解元一笑姻缘"、"乔太守乱点鸳鸯谱"、"刘小官雌雄兄弟"、"陆五汉硬留合色鞋"等。

本书最早刻本为明万历丁酉(1597)四月的五卷本,现存台湾图书馆。另有十五卷本,不注付梓年月,当在"丁酉本"之后,现存北京图书馆。1990年中州古籍出版社出版了孙顺霖校注的《耳谈》十五卷本。

(耳谈类增) 笔记小说集。王同轨撰。五十四卷。本书是在《耳谈》十五卷本的基础上,由作者类增而成;付梓于万历癸卯年(1603),分为二十二类,记事一千三百三十一则,较《耳谈》五百八十四则多出七百余则。作者在类编时,对十五卷本中之内容重新进行了修改和删削。他在书中自序中说:"予需次都门,羁旅多暇,偶有《耳谈》之记。灾木数处,几令纸贵。实则草创,不次不备。今幕银台,游道日广,日有所闻,不律屡秃。鹄正而矢攒,饶益三倍,遂以畛分,删复祛陈,讹误皆涤。书成,名之曰《耳谈类增》。"

全书的二十二类为:"丛德",记德行优异者;"良谳",记断狱明察者;"精记",记术有考精者;"奇合",记人事之巧合;"重生",记人死再生者;"讹愆",记由于阴差阳错而造成的过失;"冥定",言事皆天定;"史脞",记史实之琐碎者;"脞志",杂记奇闻奇事;"玄旨",记道教神仙事;"谛义",记佛教灵应之事;"神者",记诸神显灵事;"畸墨",杂记种种奇闻中无所归属者;"文苑",记耐人寻味之文章者;"诗芹",记耐人寻味之诗歌者;"语诠",记有深意可为座右铭之语句;"雅谑",记各种高雅的玩笑戏谑;"长语",言语有可采也;"琐言",提出某些见解谦言之也;"中论",不偏不倚之史论;"外记",记种种不经荒诞之事;"盗者",记盗贼事。

本书的明万历癸卯刻本珍存于北京图书馆。1991年,中州古籍出版社出版了由吕友仁、孙顺霖校点的《耳谈类增》,使《耳谈》书系得以完整面世。

■**范濂**(约1540—约1600) 明代笔记小说作家。字叔子。华亭(今上海市)人。据高进孝在万历癸巳(1593)为范的笔记小说《云间据目抄》写的序中称:"叔子生于嘉靖庚子(1540),自十龄以外,涉世凡四十余年。"由此可推知,范濂约生于1540年,在世五十余年,当卒于1600年左右。据资料记载,范一生"义甚高,放达而多奇,好修而倬诡"。著有笔记小说《云间据目抄》五卷,分为"纪人物、纪风俗、纪祥异、纪赋役、纪土木"等。书名"云间"者,谓上海市古称云间郡;"据目"者,谓一郡实录,必目所睹记则书之。书中卷一记华亭人物吴稷至潘九哲凡三十四人,生平事迹述之甚详,而且间记间议,颇可资为小说谈识。

云间据目抄 明代笔记小说集。五卷。范濂撰。本书系作者记家乡人物、风俗、祥异、赋役、土木之逸事小说。所录之人、事,皆源于目睹,所以称"据目"。其中以卷一"纪人物"最为精要。所记家乡万历前之文人高士三十四人的行状,可补当地史志之缺失。在记事手法上,有记有评有议;记之精确,评议之中允,受到后人赞誉。作者弟子高进孝在该书序中称:书中记"其间人文之高下、习尚之污隆、财赋之增减,与夫灾祥荐至,土木繁兴,其为时屡迁,其为变不一……不有记述,百世而下,征文献、观理道者,何以考诸",可见此书属乡邦文献之珍品。书中记明中叶倭寇屡犯东南,赋税日重,外侮莫御,民生日蹙,流民苦不堪言,可见当时之社会情状,是研究明中叶后财赋徭役的重要史料。

本书初刻于万历癸巳年(1593)孟春,前有赐进士出身、知三原县事获嘉(今河南新乡市所属)高进孝写的序。未见明与明以后诸书著录,传世只见《笔记小说大观》本。

■**冯梦祯**(1548—1605) 明代笔记小说作家。字开之。秀水(今浙江嘉兴县)人。万历五年(1577)二甲三名进士,授编修。与沈懋学、屠隆以文章气节相尚。万历二十一年(1593),因得罪首辅张居正被病免。后复官,累迁南国子监祭酒。寻中蜚语辞官归里,遂不复出。

梦祯家中藏有《快雪时晴帖》,因给自己定其堂号为快雪堂。回家后专事著述,有诗文著作为《快雪堂集》六十四卷、《历代贡举志》一部、笔记小说《快雪堂漫录》一卷,并传于世。

快雪堂漫录 明代笔记小说集。一卷。冯梦祯撰。本书所记,有奇闻异事、怪异鬼神,也涉及因果报应的妄说;奇闻异事部分为作者所闻所见,怪异鬼神部分为作者道听途说。书中还载录一些诸如栽兰、藏茶、炒茶、制茉莉酒、造印色、铸镜、造糊、造色纸之法等工艺,颇有特色。虽体例杂乱,但在记录生活故事时,用笔精巧,如王文旦诬蔑其儿媳刘氏而导致家破人亡事,柳暗花明,奇幻频出,生动耐读。陶珽曾收入《续说郛》中。另有浙江古籍出版社1986年据《说库》本影印之单行本等。

■**张瀚**(约活动在明嘉靖年间) 字子文,号元洲。仁和(今浙江杭州)人。嘉靖十四年(1535)进士。历大名知府,终吏部尚书。他工诗文,善书法。著有《奚囊蠧馀》十八卷、《台省书稿》、《明疏议辑略》和笔记小说集《松窗梦语》等。

松窗梦语 明代笔记小说集。八卷。张瀚撰。作者曾官至吏部尚书,历朝甚久,对明代的典章制度、朝野的遗闻轶事、社会的风俗民情等了解颇多；尤其是嘉靖以来，"北虏南倭"之祸，官吏横征暴敛之患，作者均亲所经历或耳闻目睹，对当时朝政的弊端、城市经济的发展状况、人民生活的痛苦有切身感受。他将自己所见、所历，凡与国民、社会相关之事，都记入书中。本书写于作者晚年罢官家居时，因所居楼前有松树，忆往事如春梦，故取此名。书成后，当时以抄本传世，至清末，"八千卷楼"丁氏刻之，收入《武林先贤遗书》之中。

■**施显卿**（生卒年不详，约活动在明嘉靖隆庆年间） 明代笔记小说作家。字纯甫。江苏无锡人。嘉靖三十一年（1552）举人，曾官新昌县（今江西宜丰县）知县。撰有志怪笔记小说《古今奇闻类记》十卷，均系杂取前人小说和史传改编而成。

古今奇闻类记 明代笔记小说集。施显卿撰。卷帙不一。《千顷堂书目》著录三卷，题为《奇闻类记》。《钦定续通考》、《四库全书总目》著录十卷，题今名。《纪录汇编》著录为四卷，题《奇闻类记摘抄》。

据书中自序称，本书成于万历四年（1576），分天文、地理、五行、神祐、前知、凌波、奇遇、骁勇、降龙、伏虎、禁虫、除妖、醎毒、物精、仙佛、神鬼等十六门类，皆取材于明人笔记小说和方志杂传，每条下均注明出处。辑者所见之书，有一部分已散佚，赖此得以保存一些篇章。书中所收以怪异为多，人神兼有。有些篇目是对自然现象的妄猜，如"天文记"条记海风剧烈，人财损失惨重，遂臆测为水怪所致，反映了当时人们认识自然的水平。"五行纪"则记一巨蛇为人击后入地，作铜钱声，其人掘地，得钱一缸，便宣扬此钱为"蛇变"，表现人们侥幸发财后的心理。另如"前知纪"条讲某异僧得知天命有归，兆洪武当得天下；"紫仙姑"记前知刘伯温被诛等，反映了人们的封建秩序观念和宿命论思想。书中所叙故事均曲折跌宕、扣人心弦。一些写人间生离死别的故事，反映了社会动乱给人们带来的灾难。

传世版本有明刊本、《四库全书》本等。《纪录汇编》本为摘录本。

■**胡应麟**（1551—1602） 字元瑞，又字明瑞，号石羊生，又号少室山人。浙江兰溪人。幼能诗。万历四年举人。累仕未进。筑室山中，购书四万卷，勤于著述。著有《少室山房类稿》四十八卷，分十二目，考镜史事，订证伪书，匡谬正俗，分论佛道、怪异。又称《少室山房笔丛》。

少室山房笔丛 明代笔记小说集。三十二卷，续集十六卷。胡应麟撰。作者家富藏书，筑室山中，专事著述。本书为以考据为主的笔记。全书四十八卷，共分十二部分："经籍会通"论古来藏书存亡聚散之迹；"丹铅新录"专门驳斥杨慎考据的谬误；"史书占华"是对史书和史事的评论；"艺林学山"品评文学遗产的优劣；"九流绪论"考论诸子百家的源流；"四部正讹"考证古籍伪书；"三坟补遗"论述汲冢三种遗书；"二酉缀遗"采掇古籍中的奇闻逸事；"华阳博议"杂述古人博闻强记之事；"庄岳委谈"论及社会杂事兼及戏曲、小说等项；"玉壶遐览"和"双树幻钞"分论道、佛二教。本书在考据的基础上有描写，对文学研究有一定的参考价值。如卷二十九中关于小说分类的记述,可了解当时人们的小说观,对认识小说的历史演变颇有帮助。作者论述《世说新语》的特色是"以玄韵为宗",认为"读其语言,晋人面目气韵,恍惚生动,而简约玄澹,真致不穷,古今绝唱",很有见地。卷三十四中关于《逸周书》、《穆天子传》的介绍,为追述小说的滥觞提供了资料。卷三十六、三十七里有关魏晋志怪小说、唐宋传奇及笔记的论述,常为后世学人所宗。书中虽然考辨宏富,广征博引,但仍有不少舛伪疏误之处。最早有万历丙午(1606)刊本,1958年中华书局上海编辑所排印出版了校点本。

甲乙剩言 明代笔记小说集。一卷三十条。明胡应麟撰。本书多记作者在江南的所见所闻及奇诡怪事。他的好友聊城傅光宅在"序"中说:"钜丽者足以关国事,微琐者足以资谈谐,即不越稗官,亦杂家之鼓吹也。"书中对科举制度多有微词。如"酒肆主人"和"天上主司"条写淮阴酒肆主人论文谈诗,议及国事,千古兴衰,"无不毕当",然不能报效国家;作者夜梦入试,梦中之题与会试之题疑似,而己未抢到,不能高中,愤然曰:"天上主司,且不识字,何尤于浊世司衡者乎!""方子振"条写弈者方子振,传得神助;作者过清源时见之,问其详;方曰:"此好事者之言也。余年八龄,便喜对弈,时已从塾师受书",课间便学弈,"后不能禁。日于书案下置局,布筭年至十三,天下遂无敌手",驳斥了神异传说。"青凤子"以奇石之弃于水滨则无人识,得之名家则价值连城,感叹文人之怀才不遇。

本书传本鲜见,以《说库》本为最佳。

■**梅鼎祚**(1549—1615,此从齐裕焜的《明代小说史》;谭正璧的《中国文学家大辞典》中作1553—1619) 明代著名文学家和笔记小说作家。字禹金,号胜乐道人,又称梅真人、太乙生。宣城(今属安徽)人。少年时代即与好友沈君典齐有诗名。后来君典举进士,他却因科考受挫而放弃举业,读书自娱而以古学自居。诗文博雅,曾为当代文士王世贞所称。吏部尚书申时行欲举荐于朝,他力辞不赴;归隐于书带园,建成天逸阁,藏书著述其中。曾与当时名士焦竑、冯梦祯、赵玄度三人订约,共访奇书逸典,期三年一会于金陵(今江苏南京),各出所得,互相雠写。事虽未成,其志甚宏。还与汤显祖交谊深厚,时时互相批评对方的文章。

鼎祚一生以读书著述为事,著作极其宏富。计有诗文著作《梅禹金集》二十卷、杂剧《昆仑奴》、传奇《玉合记》和《长命缕》各一本、《历代文纪》、《汉魏八代诗乘》、《衍录》四卷、《古乐苑》五十二卷、《唐乐苑》三十卷、《书记洞诠》、《宛雅》、《词旨》,还有笔记小说《才鬼记》十六卷、《青泥莲花记》十三卷等。据齐裕焜的《明代小说史》介绍,鼎祚原有一部文言小说集曰《三才灵记》,包括《才鬼记》、《才神记》和《才幻记》三部小说,后两部早已散佚,今仅存《才鬼记》。是书主要记载自春秋至明代的二百多位人鬼相恋和复仇、雪冤的才鬼故事,材料来源于一百四十多种书籍。《青泥莲花记》撰成于万历二十八年(1600),收录了从汉至明代各书记载的"倡女之可取者"的故事。治中国古代文学史者,多认为梅鼎祚的《才鬼记》和《青泥莲花记》是明代最优秀的小说作品。

才鬼记 明代笔记小说集。十六卷。梅鼎祚编纂。此书为梅氏所编《三才灵记》之一,其他二书为《才神记》和《才幻记》。本书前十四卷采编上自先秦下至明代各种书籍中的才鬼故事,后二卷为箕仙之语(扶乩时在沙盘中所写出的诗词谶语),多荒诞不经。但明代以前有关鬼怪参与写作的故事,绝大多数荟萃于本书中,可供翻捡,为通俗小说和戏曲创作提供了不少素材。原有明万历三十三年(1605)刻本,为十六卷,清宣统三年(1910)上海古今小说社排印本并为八卷。1990年由中州古籍出版社出版了由田璞、查洪德校点的新排印本,在校勘、补遗、考据方面费力颇巨。

青泥莲花记 明代笔记小说集。十三卷。梅鼎祚辑。作者从佛、道经籍及各朝野史笔记中,选取那些"出淤泥而不染"并有杰出才能和技艺的妓女事迹,分编为七门:记禅、记玄、记忠、记义、记孝、记节、记从。又附外编五门:记藻、记用、记豪、记遇、记戒。古代一些有影响的妓女如苏小小、薛涛、严蕊、李师师、梁红玉的事迹均有记录,不少人物形象美好、栩栩如生。本书传世后影响较大,不少戏曲曾取材于此。清末宣统间北京有石印本刊印。1991年中州古籍出版社出版了田璞、查洪德的点校本。

■**陈继儒**(1558—1639) 明代著名学者和笔记小说作家。字仲醇,号眉公(一作糜公)。松江华亭(今上海市)人。幼颖异,能文章,特别受到同郡徐阶的器重。长为诸生,工诗善文,短翰小词,皆极风致,书法苏米,兼能绘事,与董其昌齐名。王世贞亦雅重之,三吴名士争欲结为师友。曾先后隐居于昆山和东佘山,杜门著述。侍郎沈演及御史、给事中诸朝贵,先后论荐,谓继儒道高齿茂,宜如聘吴与弼故事。屡奉诏征用,皆以疾辞。一心只是读书著述,暇则与黄冠老衲穷峰泖之胜,吟啸忘返,足迹罕入城市。

陈氏布衣终生,博闻强识,经史诸子、术伎稗官与二氏家言,靡不较核。著述极其宏富,据《明史·艺文志》载,有《晚香堂集》三十卷、《松江府志》九十四卷、《邵康节外纪》四卷、《逸民史》二十二卷、笔记小说《秘笈》一百三十卷(《四库全书总目》作《宝颜堂秘笈》六集,保存明及明以前的小说杂记甚多)。据《中国通俗小说总目提要》载,有通俗小说《南北两宋志传》二十卷一百回。又据《四库全书总目》载,有《建文史待》、《读书镜》、《虎荟》、《眉公十集》、《狂夫之言》、《安得长者言》、《书蕉》、《枕谭》、《偃曝谈馀》、《泥古录》、《岩栖幽事》、《销夏》、《辟寒》、《古今韵史》、《福寿全书》、《笔记》、《读书十六观》、《群碎录》、《珍珠船》、《书画史》、《文奇豹斑》、《见闻录》、《太平清话》、《香案牍》、《养生肤语》、《古文品外录》、《古论大观》、《秦汉文脍》、《佘山诗话》等。其著作总共达到三十五部之多。

珍珠船 明代笔记小说集。陈继儒撰。四卷。《千顷堂书目》、《钦定续通考》、《四库全书总目》均著录。本书以文摘式辑录而成,略无编次,所分之四卷,是以篇什数量而定。"杂宋小说家言,凑集成编,而不著所出。"(《四库全书总目》)全书搜罗广泛,历史典故、文人趣谈、僧道逸事、青楼秘辛,无所不包,所记奇闻轶事,多为世人鲜见。作者精于构思,文笔清隽,叙事生动,为后人所重。传世版本有明刊本、《宝颜堂秘笈》本、《丛书集成》初编本等。

太平清话 明代笔记小说集。四卷。陈继儒撰。本书所记以古今文士、诗人的琐闻逸事为主，大多取之于旧籍，作者受明代文人"撮意成文"之学风影响，引书不注出处，且其中舛误谬说较多，不便稽考。但书中凡作者记其耳闻目见之事，则较为可靠，也描写细微。如"余见倪云林（瓒）画一幅，题云'八月江南未陨霜，青枫欲赤碧梧黄。停桡坐对西山晚，新雁题诗小着行'"。此诗为倪之《清閟阁集》所不载，可补其阙。书中记书画条目较多，作者又精于鉴赏，这些文字具有一定的参考价值。本书收入《宝颜堂秘笈》中，有1922年文明书局石印本传世。

闲情野史 明代笔记小说集。八卷。陈继儒编。本书所收小说八种："钟情丽集"、"双双传"、"三妙传"、"天缘奇遇"、"娇红记"、"三奇传"、"融春集"、"五金鱼传"。分别选自《国色天香》、《万锦情林》等小说合刻集。书前有编者自序和顾廷宠、韩敬序文，篇末附跋，多疏本末，亦时裨异闻。如卷四"天缘奇遇"记明初祁羽狄事，跋语曰："一说我朝毛生甚有奇遇，因托名祁羽狄以志其事，盖谓'祁毛羽狄'，《百家姓》之成句耳。"此为他书所不载。卷二"双双传"记高氏兄弟妻秦氏姐妹事，跋语云："此汝南姬帮命识之，江都梅禹金撰之。"《国色天香》等书所载小说，向无撰人，此独言之凿凿，似非杜撰。即此一端，可知编者熟悉文坛掌故，见闻颇周，非一般书贾转抄者可比。

■**丁元荐**（1563—1628） 明代笔记小说作家。字长孺。长兴（今属浙江）人。父应诏，曾任江西金事。万历十四年（1586）进士及第，请告归。家居八年，始谒选为中书舍人。甫期月，上封事万言，极陈时弊。坐调外。万历二十七年（1599）京察，起广东按察司经历，移礼部主事。由于他为人正直，常上言支持正确意见，党人恶之，交章论劾无虚日。元荐再疏辨晰，竟不安其身而去。万历四十五年（1617）京察，遂复以不谨削籍。天启元年（1621），大起遗佚。元荐格于例，独不召。直至天启四年（1624），群臣交讼其冤，才被起为刑部检校，历尚宝少卿。逾年，朝事大变，复削其籍。

元荐一生慷慨负气，遇事奋前，屡踬无少挫。通籍四十年，前后服官不满一载。撰著有《西山日记》上下两卷。

西山日记 明代笔记小说集。二卷。丁元荐撰。书中全记明代事，将明初洪武至万历共二百多年间的朝野事迹，尽量收罗，分为：英断、相业、延揽、才略、深心、名将、循良、法吏、节烈、忠义、清修、直节、德量、器识、神识、正学、古道、友谊、义侠、格言、正论、清议、文学、师模、庭训、母范、孝友、笃行、方术、高隐、恬退、持正、贤媛、耆寿、家训、目录等三十六类。本书文笔流畅、雅洁，可读性强，属明笔记小说中之佳作。有明刻本传世。民国间商务印书馆曾影印涵芬楼秘籍本发行。

■**顾起元**（1565—1628） 明代笔记小说作家。字太初（一作璘初）。江宁（今属江苏）人。明神宗万历二十六年（1598）进士及第，先后做过多种中央和地方官吏，终官于吏部左侍郎，兼翰林院侍读学士。卒后谥号文庄。

起元一生著述较多,据《明史·艺文志》和《四库全书总目》录载,有《顾起元文集》三十卷、《诗集》二十卷、《中庸外传》三卷、《尔雅堂诗说》四卷、《紫府奇玄》十一卷、《蛰庵日录》四卷、《金陵古金石考》(未记卷数),以及笔记小说集《说略》六十卷,《客座赘语》十卷,并传于世。

客座赘语 明代笔记小说集。十卷。顾起元撰。作者祖居江宁(今江苏南京),了解当地的民俗掌故。本书多记明代南京的风俗杂事,兼及神怪故事,从中可以了解明代的经济发展、政治得失等。如记明初郑和下西洋,南京西北宝船厂出宝船二十三条,大船长四十四丈四尺、宽十八尺,派员二万七千八百七十人,可见当时国家的造船和航海业发展水平。书中还有多条与小说、戏曲、民歌有关,为研究江南的文化发展与变迁提供了原始资料。本书有明万历年间刊本,后被收入《金陵丛刻》之中。

■**李本固**(生卒年不详,约活动在明万历年间) 明代笔记小说作家。字叔茂。汝宁府(治所在汝阳,今河南汝南县)人。万历八年(1580)进士及第,由知县擢御史,巡视十库,先后出任陕西按察使和云南按察使,廉洁而有声望,因上疏请求册立东宫,得罪神宗,削籍归里。光宗即位(1620),起为南京大理寺卿,然又以言事忤旨罢官而归。

本固罢归后,汝宁郡守黄邻初请他修志。二年后,他终于修成《汝南新志》二十二卷(见《明史·艺文志》)。又据《四库全书总目》录载,本固在修志中,搜集了一批有关神仙鬼怪故事,整理成为笔记小说《汝南遗事》二卷,今传于世。

汝南遗事 明代笔记小说集。二卷。李本固撰。作者曾在故乡修汝南新志,其间收罗到一些当地事迹,有些近于谲怪,难入志书之中,故另辑为此书,以存其事。书中所记怪奇神异之事,因来之民间,多朴实无华。书成后以抄本流传。至清代收入《龙潭精舍丛刻》,民国间商务印书馆将其收入《丛书集成》中,以单行本传世。

■**潘士藻**(生卒年不详,约活动在明万历年间) 明代笔记小说作家。字去华,号雪松。婺源(今属江西)人。万历十一年(1583)登进士第,授温州(今属浙江)推官。擢御史,巡视北城。因惩治私出宫闱之慈宁宫近侍侯进忠、牛承忠事而结怨于东厂中官张鲸。不久皇宫发生火灾,士藻借火灾上疏神宗修省。张鲸趁机挑拨,结果激怒神宗,士藻被谪广东布政司照磨。寻擢南京吏部主事,再迁尚宝卿,卒于官。

士藻撰有笔记小说《闇然堂类纂》六卷,书所见闻之杂事,多寓警世之意。

闇然堂类纂 明代笔记小说集。六卷。潘士藻编纂。书中作品大多取之其他笔记小说,并按故事性质分类编纂。有一部分为作者自撰或改写,多记录当时所闻所见的朝野杂事。分类是:训悖、嘉话、谈箴、警喻、谥损、征异等六类,皆寓惩恶劝善之意,多流于宣扬因果报应之说。本书成于万历壬辰(1592),有明刊本传世。

■**洪楩** 明中后叶人。生卒年不详,生平失记。字子美,明嘉靖时浙江钱塘(今杭州市)人。编有《清平山堂话本》六集。

清平山堂话本 明代话本小说集。原书六卷,每卷分上下卷各五篇,共计六十篇故事,故又称《六十家小说》。洪楩编。全书分为雨窗集、长灯集、随航集、欹枕集、解闷集、醒梦集。原书散佚,后经多方搜寻得二十七篇(内有五篇残缺)和残文两篇。其中多宋元旧作,也有部分明人作品,大多来源于传抄。原文结构笨拙,语言质朴,未经润饰,基本保持宋元时的面貌,可看出笔记小说向话本转变的痕迹。内容虽多糟粕,但也有如快嘴李翠莲记、杨媪拦路虎传等优秀作品。这是国内目前所见最早的一部话本小说总集。

(雨窗集) 明代话本小说集。为洪楩选编的《清平山堂话本》中的第一集。原有二卷十篇,后散佚,今仅存上卷五篇。1955年文学古籍刊行社出版了排印本。近人马廉以原刻本影印,与《欹枕集》残本合编为《雨窗欹枕集》。本书行文古朴,情节跌宕,所记多为男女之事,保留了一些美丽的民间传说,如"董永遇仙传"等。书中的"错认尸"、"戒指儿记"则具公案小说雏形。

■**支立**(生卒年不详,约活动在明天顺至弘治年间) 明代笔记小说作家。字中夫。嘉兴(今属浙江)人。天顺中(约1461),由举人官翰林院孔目,后迁常州(今属江苏)学官。

支立幼年好学,事母至孝。精于经学,时人称为"支五经"。交往方面与罗一峰友善。据《四库全书总目》载,撰有笔记小说《十处士传》一卷。这是一部作于常州学官任期的小说,实则仿《毛颖传》例,取布衾、木枕、纸帐、蒲席、瓦炉、竹床、杉几、茶瓯、灯檠、酒壶十物,以拟人手法,分别写成小传,是一文字游戏式的小说。

十处士传 明代笔记小说集。一卷。支立撰。《四库全书总目》小说家存目中有评:"是编乃其为常州学官时作。取布衾、木枕、纸帐、蒲席、瓦炉、竹床、杉几、茶瓯、灯檠、酒壶十物,仿《毛颖传》例,各为之姓名里贯。盖冷官游戏,消遣日月之计。"作者以拟人的手法,写物抒情。如写布衾"方温,字德周,绵州人。外貌若柔,其中则刚,果不可乱,颇有山野貌";写瓦炉"陶鼎,字允馨,河滨人。躯干短小,色黝而泽,耳高而口方"。书内同时又赋诸物以品格,写其生平行事而加以歌颂,在这些器物上,体现了作者的志趣情操。如写瓦炉:"天性好学,致心火炎上,成肌热之疾。医者曰:'盍少辍学业,使内火不起,心如死灰,则愈矣。'鼎曰:'能流芳于后,虽死不死也,况修短之有数乎!'进学愈勤,至老不衰。"虽为游戏之笔,读之令人称妙,给人启迪。有《快书》本传世。

■**黄暐**(生卒年不详,约活动在明弘治正德年间) 明代笔记小说作家。字日昇,号东楼。吴县(今江苏苏州市)人。弘治三年(1490)进士及第,授官庶吉士,累官至刑部郎中。性情刚廉,用法平恕,以忤权贵归里。黄暐留下的撰著主要是笔记小说《蓬窗类记》五卷、《蓬轩吴记》二卷。二书主要内容是旧事杂记,上至朝章典故,下及庶民谈论的诙谐鬼怪之属。

蓬轩吴记 明代笔记小说集。黄暐撰。二卷。《四库全书总目》著录。作者"少好稗官之学，故常手抄类书百家，以资谈玩"（本书序）。他综合各种传说，街巷丛谈，加上自己的所见所闻，撰成此书。所记吴中之事，"上至国家勋德，下及间阎委巷，方技滑稽，灾祥神怪，可喜可愕，罔不具焉"（王鏊《题记》）。书后附《蓬轩别记》一卷，皆记吴地之外事，内容与《蓬窗类记》大体相似。两书收入《古今说部丛书》。后来作者将《吴记》、《别记》合为一书，并增加了许多内容，按性质分类，题为《蓬窗类记》。传世版本有《古今说部丛书》本、《涵芬楼秘笈》本等。

蓬窗类记 明代笔记小说集。黄暐撰。五卷。《四库全书总目》、《古今说部丛书》著录并收录。本书杂记朝廷民间的奇闻异事，间及许多民间艺人的故事与传说。

本书是作者将《蓬轩吴记》与《蓬轩别记》二书合并后，加以增益，类编而成。全书分功臣纪、科第纪、赋役纪、国初纪、妖人纪、灾异纪、异人纪、厚德纪、政绩纪、忠烈纪、高士纪、异行纪、固介纪、颖慧纪、德怨纪、节妇纪、著作纪、诗话纪、技艺纪、冠衲纪、梦纪、果报纪、滑稽纪、怪异纪、黠盗纪、祛惑纪、商贩纪、释宽纪等二十八类，多为小说家言。书中生动记述了明初名医葛可久、善于幻术的王臣、擅长木雕的南京木工、诗画兼工的倪瓒等人的事迹，同时也记录了一些诙谐有趣的故事。

本书有明刊本传世，《古今说部丛书》等有辑录本，常见的有《涵芬楼秘笈》本。

■**伍馀福**（生卒年不详，约活动在明正德嘉靖年间） 明代笔记小说作家。字天锡。临川（今属江西）人。正德十二年（1517）进士及第，授庶吉士。历官多任，终官陕西按察司副使。据《明史·艺文志》载，馀福撰有《三吴水利论》一卷；又据《四库全书总目》载，他还撰有《陕西志》三十卷、笔记小说《莘野纂闻》一卷，并传于世。

莘野纂闻 明代笔记小说集。伍馀福撰。一卷，二十余条。著录情况不详。本书主要记吴中民间传说、故事，间或涉及朝政及其他地区的故事传说，如"终南勇士"条，记一隐居深山、搏虎擒豹的隐士猎人形象。本书记事简约，往往寥寥数笔，便使人物跃然纸上。本书在流传中曾有散佚。后被陶珽收入《续说郛》中，并有删节。传世版本有商务印书馆1937年编印的《丛书集成》本。

■**周礼** 明中叶人。生卒年不详。字德恭，号静轩。籍贯浙江余姚。博学聪慧，著述甚富，因屡试不第，隐居于南京护国山（又名三山），专心读书著述。著有史学著作多种，并有笔记小说《湖海奇闻》五卷、《秉烛清谈》五卷。

湖海奇闻 明代笔记小说集。周礼撰。六卷。《百川书志》、《千顷堂书目》等均著录为五卷。近人孙楷第在大连图书馆见到刊刻于明弘治九年（1496）的六卷本残卷，前五卷为正文，后一卷为附录。

据《百川书志》介绍，本书是仿《剪灯新话》之作，"聚人品、脂粉、禽兽、木石、器皿五类灵怪，七十二事"。但考其内容,除三卷为禽兽灵怪凡十四则,四卷为木石灵怪,五卷为器皿灵怪凡十五则;此外,人事卷、脂粉卷、小说卷多记人事。这种人、怪结合的杂糅创作,在明代屡见不鲜,其主旨无非是记灵怪之"实有",明因果之显效;其艺术特点是偏重事状,少有铺叙。记事的作品一般比志怪小说稍长而详,而比传奇小说则要简略。

作者博学聪慧,然仕途乖蹇,加之明代的文网织密,胸中积郁难以发泄,书中,他借灵怪以讽时世,以阐明"幽明一理",故在一定程度上反映了当时的社会现实。本书在流传中散佚,只有一些残卷和收入《文献汇编》的部分佚文传世。

秉烛清谈 明代笔记小说集。周礼撰。五卷。此书未见传本。《百川书志》、《千顷堂书目》等均著录为五卷。《百川书志》曰:该书为仿《剪灯新话》之作,凡二十七篇。欣欣子《金瓶梅词话序》中曾将此书列《剪灯新话》、《效颦集》、《钟情丽集》、《如意君传》之后,称为"前代骚人"的作品,并评价这些作品"语句文确,读者往往不能畅怀,不至终篇而掩弃之矣"。胡应麟的《少室山房笔丛》,在评述《剪灯新话》、《剪灯馀话》之后说:"效二书而益下者,有《秉烛清谈》等,言之在点牙颊。而撰人周礼尝著《纲目发明》,杨用修喜道。"由上述评介不难看出,该书所载,主要为写爱情、描绘妇女的作品,篇中可能有某些刻画直露之处。在写作手法上,措辞文雅,描写略显拘谨,可谓"羞羞答答写情爱",不似《金瓶梅》、《如意君传》那样直露得毫无顾忌。

■**李诩** 生卒年不详。明代笔记小说作家。字厚德,号戒庵老人。明代江阴(今属江苏)人。少为诸生,坎坷不第,布衣终生。撰有笔记小说《戒庵老人漫笔》八卷(《明史·艺文志》作《漫笔》)。

戒庵老人漫笔 明代笔记小说集。李诩撰。八卷。《千顷堂书目》以《漫笔》著录,《四库全书总目》著录为《戒庵漫笔》。今名为万历间作者之孙李如一刊行此书时称之。

本书内容庞杂,多记明代遗闻轶事、朝野典故和诗文琐语,间亦错杂幽默诙谐故事,颇富小说情趣。只是检择不精,编次繁猥,流于丛杂。所收作品以妇女题材为多,其中又以贞妇烈女为主;在描写贞妇烈女的悲惨遭遇时,情节细腻,十分感人。如"唐孝烈妇"条记池州女子唐贵梅被诲淫的婆婆串通官府诬陷迫害致死的故事,反映了封建社会妇女的不幸遭遇,深刻揭露了礼教的虚伪与残酷。又如"江阴北门周烈女"、"江阴胡节妇"等条,也属此类。"陶母剪发图"条则是另一种妇女形象,陶湛之母郑氏为支持儿子广交游,在家贫无钱沽酒的情况下,毅然剪发换酒;但后世画家在画陶母时,却画陶母臂戴玉钏。由此作者叹道:玉钏可换酒,"何用剪发为也"。"戴文进不遇"条写宣德间两位画家不和,得宠者对同行大加诋毁,反映了文人相轻的传统痼疾。"江令精察"条写天水赵弘为邻县负冤者昭雪的故事,曲折生动,耐人寻味。

本书传世版本有:万历初刻本,附于《藏说小萃》中,王穉登作序;清顺治五年(1648)作者玄孙李成之重刻本,有补充;光绪间盛宣怀刻本,收入《常州先哲遗书》;1982年中华书局出版的点校本。

■**汤沐** 明中期人。生平不详。曾仕弘治、正德两朝,任廷尉,熟悉明代的典章制度及朝野轶事。著有杂记类笔记小说《公余日录》一卷。

公余日录 明代笔记小说集。汤沐撰。一卷。《四库全书总目》杂记小说类存目著录。作者熟悉明代的典章制度及朝野轶事,书中作品多为此类内容。作者思想偏于保守,笔下带有浓厚的政治色彩,如"作宦不可轻兴革"条,对当时的政治改革多所指贬。传世版本有明万历三十四年(1606)李氏前书楼刊《藏说小萃》本,题为《汤廷尉公余日录》;《古今说部丛书》、《续说郛》等为删节本。

■**蒋一葵** 明中叶人。生平、籍里不详。幼年好学,颖慧博闻,尤留心经世之学,凡典章制度、边疆沿革、礼乐钱谷、兵甲律例等,无不了如指掌。一生著述甚丰。笔记小说集《长安客话》是其代表作。

长安客话 明代笔记小说集。蒋一葵撰。八卷。本书稀见刻本,现仅存明抄本。清宣统年间盛宣怀刻有《常州先哲遗书》本收入,由此,似可证作者为常州人。

本书是记述北京地方文献的著作。作者曾在北京市郊四处寻找荒台断碑,访问古迹,留心稗官野史,从中辑录了大量诗文汇于书中。本书为研究北京地理沿革、风俗人情的重要史料。1960年北京人民出版社据北图手抄本,校以盛氏刻本后排印出版。

■**徐充**(生卒年不详,约活动在明弘治年间) 生平、籍里均不详。著有笔记小说集《暖姝由笔》三卷,属杂记类笔记小说。

暖姝由笔 明代笔记小说集。徐充撰。一卷;原为三卷,在流传中散佚,各丛书收录时均作一卷。本书记录弘治年间朝野轶事和当时的俗语、俗字,从中可见当时的民间风俗,是研究明代民俗的重要资料。如记:"今人求贵宦关节者,谓之钻人情";"今日凡交游往来,及赘见,不论贵贱,但有馈送之礼,货物不等,皆谓之人事";"今人访友,偶无名帖及乏纸笔,辄取土垩或石灰书其家壁板:某人来拜。此率易拙俗事耳"。其他如"家常饭"等条皆类此。

传世版本有万历间李氏前书楼刊《藏说小萃》本等。《续说郛》等丛刻本为删节本。

■**董其昌**(1555—1636) 明代著名书画家、文学家。字元宰,号思白。华亭(今上海市)人。万历十七年(1589)进士。改庶吉士,授编修。皇长子出阁,充讲官。时宦官执政,不附失意,出为广州副使,移疾归。后起故官,督湖广学政。因不徇情属,为势要所憾,谢事归。天启初,擢本寺卿,修《神宗实录》,擢礼部右侍郎,寻转左侍郎,拜南京礼部尚书。因阉党猖獗,深自引远,请告归。诏加太子太保,致仕。卒,谥文敏。其昌少负盛名,天才俊逸,书法超越诸家,画集宋元名家之长,世人常将其与米芾、赵孟頫相提并论。然诗文尚待研炼。有《容台文集》九卷、诗集四卷、别集四卷、《画禅室随笔》四卷,及《筠轩清秘录》、《学科考略》等著作传世。《明史》卷二百八十有传。

画禅室随笔　明代笔记小说集。四卷。董其昌撰。本书在论画、评画过程中,记文士画家的遗闻轶事,往往以只言片语点画人物特征;卷四之杂言随笔,更具笔记小说之特色。本书《明史》有著录,《四库全书总目》将其列入子部杂家类。

本书第一卷论书法,子目有论用笔、评法书、跋自书、评古帖;第二卷论画,子目有画诀、画源、题自画、评旧画;第三卷记游记事,子目有记事、记游、评诗、评文;第四卷为杂言,子目有杂言上、杂言下、楚中随笔、禅说。一至三卷中,作者在评书、画、记游中以只言片语刻画人物。以四卷最具小说特色。如"嘉兴有济舟和尚"条记和尚不识字,口授之礼观音文经,"三岁忽发智慧","辩若悬河","与谈濂洛关闽之学,尤似夙悟",俨然一天才神童。"王烈"条记烈入太行山得异食,怪亦不怪。"东坡守汝阴"条记苏轼在胜亭以布帷围之坐卧起居,倜傥脱俗。"张安道"条,论宋代文人欧阳修、苏轼、王安石、程伊川的关系等,列"作家之相仇,胜于畴人之相誉。何哉?妒之厉,由其知之真也";真谓惊人妙语。"苏门四友"条记宣和时,党禁苏黄,"凡书画有两公题跋者,以为不祥之物,裁割都尽","岂知五百年后,小玑片玉,尽享连城";不仅揭露了北宋末时的黑暗高压统治,也针砭了一些软骨文人媚上趋俗的时风。该篇最后以黄庭坚训子语告结:"士生于世,可百不为,惟不可俗,俗便不可医也。临大节而不可夺者,不俗也",表达了作者不媚权阉的高风亮节。其禅说大旨以李卓吾为宗,一反明季士大夫之积习。

本书有《四库全书》本等传世,《笔记小说大观》本据"四库"本印行。

■ **冯梦龙**(1574—1646)　明代通俗文学家、戏曲家和笔记小说作家。字犹龙,又字子犹、耳犹。号与别号很多,计有姑苏词奴、古吴词奴、顾曲散人、绿天馆主人、可一居士、可一主人、茂苑野史、龙子犹、墨憨斋主人、墨憨斋、墨憨主人、墨憨子、香月居主人、詹詹外史等。长洲(今江苏苏州市)人。梦龙出身于士宦之家,与兄梦桂、弟梦雄三人,从小都受到良好的教育。兄善画;弟善诗,曾从梦龙治《春秋》。兄弟三人被当时文坛称为"吴下三冯"。

梦龙在青少年时期,即显博识多才。他为人旷达,治学与行动不受传统束缚,为同时代人所钦服。南京督学熊廷弼,曾把梦龙视同隽才宿学,予以奖掖。但梦龙自早年为诸生之后,在科举道路上却是屡考不中。曾以私塾教书为生。从万历末(1619)到天启初(1621),他曾先应邀到湖北麻城田姓家塾讲授《春秋》,后又在县里当了一段小官,因其言论无拘无束得罪上司,回归乡里。崇祯三年(1630)取得贡生资格,以五十七岁之身出任丹徒县(今属江苏)训导。崇祯七年(1634),迁升寿宁(今属福建)知县。据康熙《寿宁县志·循吏传》云:他任职期间"政简刑清,首尚文学;遇民以恩,待士有礼"。在这里他还编写了《寿宁待志》。崇祯十一年(1638),任期届满,离任归隐,时年六十五岁。崇祯十七年(1644),李自成领导的农民起义军攻陷北京,明朝灭亡,梦龙悲痛欲绝。以后清兵南下,他辗转于闽浙之间,宣传发动组织抗清。清顺治三年(1646),看到南明大势已去,忧愤而死(一说为清兵所杀)。

梦龙一生出仕时间很短，大部分时间是在乡里读书著述。在文学创作方面，他有独到的文学思想。他认为存在两种性质截然不同的文学，一种是出自田野村夫之口的真文学，另一种则是官绅士子乐道的假文学。在他看来，文学应该发于人的衷情，表达人的性情，而人的性情最为活跃，是推动文学发展变化的力量；旧文学一旦成为说教工具，它就会僵化，必然要被另一种新的足以表达性情的文学所取代。他的撰著极其宏富，主要有：《春秋衡库》（《明史·艺文志》载为二十卷）、《春秋大全》、《七乐斋稿》、《寿宁待志》。通俗小说最著名的是他编纂的《三言》——即《喻世明言》（旧题《古今小说》）、《警世通言》、《醒世恒言》，共有一百二十篇；又增补过罗贯中《平妖传》四十回，占原书一半；改写余邵鱼《列国志传》为《新列国志》一百零八回。经他评纂的小说有《太平广记钞》八十卷、《古今谭概》（《笔记小说史》作三十六卷）、《智囊》、《情史》。在传奇戏曲方面有创作的《双雄记》、《万事足》二本；有删改旧作为《墨憨斋定本传奇》的丛书，包括《新灌园》、《女丈夫》、《酒家佣》、《楚江情》、《量江记》、《梦磊记》、《精忠旗》、《洒雪堂》、《风流梦》、《邯郸记》、《人兽关》、《永团圆》及《杀狗记》等；散曲有《宛转歌》、《挂枝儿》及选辑的《太霞新奏》等。创作的笔记小说有《笑府》二卷、《广笑府》十三卷以及志人的传记小说《王阳明出身靖难录》等。

梦龙的风格非常特殊，他的作品既反封建，又反宗教，对于传统的儒、释、道三教权威，他一一加以嘲弄。

情史　明代笔记小说集。二十四卷。冯梦龙编。又称《情史类略》、《情天宝鉴》。题詹詹外史编，实即冯梦龙编。本书选录历代笔记小说中有关爱情故事，加工编定，计八百七十余篇。作者的选编思想是，文学应该发于人的衷情，表达人的性情，"世儒但知理为情之范，孰知情为理之维乎？"至情最为真切。他主张"乡国天下，霭然以情相与"，"以情始于男女，凡民之所必开者，圣人以因而导之，俾勿作于凉，于是流注于君臣、父子、兄弟、朋友之间，而汪然有余乎。"（以上引文见《情史》序）其编次亦"始乎'贞'，令人慕义；继乎'缘'，令人知命；'私''爱'以畅其悦；'仇''憾'以伸其气；'豪''侠'以大其胸；'灵''感'以神其事；'痴''幻'以开其悟；'秽''累'以窒其淫；'通''化'以达其类；'芽'非以诬圣贤；而'疑'以不敢诬鬼神"。书中既编有望夫石、祝英台等民间传说，亦有陈后主、隋炀帝等帝王风流故事及崔护、陆游等文人韵事。较有价值者在于收集保留了明代的一些市井故事和传闻，以及当时白话小说及戏曲的素材来源。但本书采集杂芜，故事雷同者多，情节似过于简单。曾被列入冯氏"四大奇书"。明代传本已稀见，1986年岳麓书社出版了排印本。

古今谭概　明代笔记小说集。三十六卷。冯梦龙辑。又名《谭概》、《古今笑》、《古今笑史》。本书《千顷堂书目》著录时为三十四卷，今未见此种本。《四库全书总目》题作《谭概》，三十六卷。现存最早的明代苏州阊门叶昆池刻本即为三十六卷。康熙间朱石钟、朱姜玉、朱宫声兄弟对明本作了删削，因"其网罗之事，尽属诙谐，求为正色而谈者，百不得一，名为《谭概》，而实则《笑府》"，故以《古今笑》之名重刊。李渔认为此书"述而不作，乃古史也"，遂加一字，称《古今笑史》。本书内容取材历代正史，兼收各种稗官野史、笔记丛谈，按内容分卷。所取多为真人真事，它们通过冯梦龙的纂评,组成了一幅奇谲可笑的漫画长廊。上至帝王天子,下至市井细民,历史上各类人物种种笑剧,均可于此见其细微。而其落墨较多者,则为统治阶级及其寄生者的残暴与伪善、侈靡与鄙吝、狂妄与怯懦、骄矜与虚伪、昏庸与忌刻、迂腐与奸狡,也不乏正直人们的遭遇和值得歌颂的事迹。书中很多优秀故事被冯梦龙改编、敷演成"三言"中的白话通俗小说。也有不少条目被凌濛初演为"二拍"中的通俗小说。可以说,此书的出现,在文言小说和通俗小说的融合过程中,起到了桥梁的作用。本书传世版本较多,有明代叶昆池刻本、清康熙年间朱氏兄弟删削本,《千顷堂书目》、《四库全书总目》均著录。上海古籍出版社1955年明本影印出版。近年来多家出版社出版有单行本和选本。

智囊 明代笔记小说集。二十八卷。冯梦龙辑。据《苏州府志·艺文志》著录和冯氏《智囊补自叙》中记,本书为二十七卷,惜至今未见此本。《千顷堂书目》、《四库全书总目》和现存明代各刊本均为二十八卷。原书成于天启丙寅年(1626),以《智囊》之名刊行。后作者又补充、修正部分内容,称为《智囊补》或《智囊全集》。本书有明代刻本和日本翻刻本,前有作者自序和张明弼、沈几二人序。

(**智囊补**) 采撷历代子史旧籍中智术计谋之事,分上智、明智等十部。各部内设二至四类不等,共二十八类,类为一卷。各部前有总叙,类前有引语。本书取材涉猎广泛,举凡男女老幼、贫富尊卑,历代人物聪颖之事于此可见精华。其中既有东方朔谏汉武帝、杨修捷悟、陈子昂摔琴扬名这类人所共知者,也不乏人所鲜闻而又意趣极佳者。如《术智部·权奇》"宋太宗"条记宋太宗微服刺死一泼皮无赖,有司竟诬坐一富民,宋太宗说明真情,方解其事;反映出宋太宗检验部属手段的奇诡,故事构思亦颇新奇。《察智部·得情》"程戡"条写程主持处州政务时,一民为报私仇,竟杀母置尸于仇家门口而讼于官;诸僚属皆以仇杀无疑,独程戡疑其杀人而自置于门,于情理有悖,遂亲自劾治,终得实情。作者谙熟历代史传及稗官小说,取材极为精审,书中所收作品规模之大,内容之广,史所罕见。其中很多故事被冯梦龙及后人改编成拟话本小说,如《察智部·诘奸》"僧寺求子"条记宝莲寺僧骗淫求子的妇女,为汪县令侦破事,冯氏据此演绎为《醒世恒言》卷三十九"汪大尹火焚宝莲寺"的正文。同卷中作者引自王同轨《耳谈》中的"临海令"条则为《醒世恒言》卷十六"陆五汉硬留合欢鞋"的本事。另外,《古今小说》卷四十"沈小霞相会出师表"、《警世通言》卷三十一"赵春儿重旺曹家庄"等,其故事渊源也与本书有关。又如凌濛初《初刻拍案惊奇》中有七篇,《二刻拍案惊奇》中有二篇,《西湖二集》中有一篇小说的入话和正文、本事,均出自本书,可见《智囊补》对后世影响颇巨。

■**席浪仙** 明后期人。又名浪仙,号天然痴叟。生卒年、籍里及生平均不详。有拟话本小说《石点头》传世。

石点头 明代拟话本小说集。十四篇。席浪仙著。作者又名浪仙,号天然痴叟。书前有"墨憨斋(即冯梦龙)手定"之文字,并有龙子犹(冯梦龙)序。本书书名取义于东晋和尚"生公说法,顽石点头"的传说,意即说理透辟,令众物折服。关于创作意图,冯梦龙在序中说:"小说家推因及果,劝人作善,开清净方便之门,能使顽夫侭子积迷顿悟。"如"江都事孝妇屠身",写宗二娘为尽孝道,竟不惜屠身市肉,虽属愚昧,却折射了明代的某种社会现象和时人的道德观。"贪婪汉六院卖风流",将吾爱陶为官的贪鄙描写得活灵活现:他横征暴敛,敲骨吸髓,除了乞丐,连运小猪、担水草的贩夫走卒都得交税,雁过拔毛,无一幸免;他鱼肉乡里,强取豪夺,秉直的王大郎稍有不满,一家七口竟惨遭酷刑而死,凶残至极,令人发指;王大郎阴魂不散,对吾爱陶施加了报复。故事虽带有因果报应色彩,但反映了人民要求惩治贪官的强烈愿望。书中语言质朴而清新,如引谚"大官不要钱,不如早归田;小官不要钱,儿女无姻缘",富于哲理,发人深省。"侯官县烈女歼仇"写劣绅方春狡诈凶狠,勾结官府,残害良民;申屠希光沉练刚烈,手持断刃,杀死方春及媒婆五人为夫报仇。该故事惊心动魄,感人至深。本书写作特色鲜明,注意故事性,慢慢叙来,娓娓动听;细节描写,生动细腻,波澜起伏,扣人心弦。今存明代中敬池刻本、道光十二年(1832)叙府竹春堂小字本和光绪二十一年(1895)上海书局石印本。上海古籍出版社于1957年出版了删节本;此后,吉林文史出版社重新整理出版了删节本。1985年中州古籍出版社出版了由何权衡校点的全书本。

■**朱国祯**(1558—1632)　明代笔记小说作家。字文宁。乌程(今浙江吴兴)人。万历十七年(1589)进士及第,授官庶吉士。累官祭酒,谢病归,久不出。天启元年(1621),朝廷重新起用,擢礼部右侍郎,未上。天启三年(1623)正月,拜礼部尚书兼东阁大学士。六月,改文渊阁大学士,累加少保兼太子太保。时魏忠贤窃取国柄,提督东厂,国祯偏佐内阁首辅叶向高,多所调护。天启四年(1624)夏,杨涟弹劾魏忠贤,叶向高也从旁密奏,由此忤恼了魏忠贤;结果是叶向高被罢,韩爌为首辅;韩爌又罢,国祯为首辅。当年冬,国祯为魏忠贤党人李蕃所劾,三疏引疾辞官归里。崇祯五年(1632)卒,赠太傅,谥文肃。

国祯的撰著,据《明史·艺文志》录载,有《史概》(一作《皇明史概》)一百二十卷、《辑皇明纪传》三十卷、笔记小说《涌幢小品》二十四卷(中州古籍出版社出版的《中国历代笔记小说鉴赏辞典》作三十二卷)。

涌幢小品　明代笔记小说集。三十二卷。朱国祯撰。《明史·艺文志》著录为二十四卷,《千顷堂书目》、《四库全书总目》及今存各本均作三十二卷。作者深慕宋洪迈《容斋随笔》,本书即仿洪迈之作,初欲名《希洪》,恐有优孟之嫌,而改今名。涌幢者,国祯尝构木为亭,六角如石幢,其制略如穹庐,可以择地而移,随意而来,忽如涌出,故名。

本书内容庞杂,融小说故事、历史事件及考据辨证于一炉。小说部分反映了作者正统文人的道德观念,劝善惩恶是其主旨。卷三"扮虎"、"忘怨释罪"条,分别通过以怨报怨和以德报怨的故事,进行道德规范的探讨。卷二十"求见不得"条叙某节妇誓不见男。同卷"双烈"载主婢二女为死颠男殉情守节。卷十七"与伞"条写冯景茂于雨天让伞给一女子,自躲入民舍以避雨;后又建亭供行人雨歇,竟获善报。书中部分故事歌颂杰出人物,同时对明代官府及社会弊端有所针砭:如卷三十"王长年"条,既歌颂王智勇双全,又揭露了官军冒功请赏的无耻行为;卷九"博鸡者"写一无赖竟鼎力使一蒙冤太守获释,颇发人深省(此则仿据高启《书博鸡者事》)。另外,还有一些记名人逸事之作,颇具特色:如卷三"鹄粮"条记元代张司令与杨铁崖前后交往;卷十七"往役"条写苏州曹太守对沈周前倨后恭事,均可见一代士人风流。书中以不怕鬼的故事最佳,如卷十九"精爽"、"役鬼"等格调健康,清新可读。

本书篇幅宏大,搜罗广袤,对后世影响很大。清代文言小说《玉剑尊闻》、《香祖笔记》等,多取材于此书。作者从万历三十七年(1609)开始写作此书,直到天启元年(1621)冬成书,费时十三年。天启间有朱氏家刻本,另有西谛藏明刊本。中华书局于1959年据明刊本整理出版单行本。

■**宋懋澄**(1569—1619) 明代笔记小说作家。字幼清,号稚源,别号九籥生。华亭(今上海市松江)人。万历壬子年(1612)举人,其后三次赴京参加进士试,均不第而返。三十岁后,一心从事诗文和笔记小说创作。撰有笔记小说集《九籥集》十卷、《九籥别集》四卷。集中的"负情侬传"、"珍珠衫"、"刘东山"、"海忠肃公"等名篇,既为后来的白话小说、戏剧所取材,在国外文坛也有一定影响,如"负情侬传"在明代便流传到朝鲜和日本。

九籥集 明代文集。宋懋澄著。清初吴伟业又编选《九籥别集》。《九籥集》、《九籥别集》均专辟稗类,表明小说创作在当时文坛上已取得一定地位,也表明作者对自己的小说创作的珍视。本书稗类所收小说四十四篇:"陶真人"、"李福达"等记述明代皇帝迷信方术、道士炫奇于世之事;"海忠肃公"、"广陵乘兴"、"分宜"、"徐文贞"等记当时名人逸事,影响及后代一些公案小说的创作;"吕翁事"九则,写八仙之一的吕洞宾游戏人间,戏弄权贵的故事。值得重视的是几篇传记:"葛道人传"记述了曾轰动一时的为救苏州一城百姓、甘愿承担聚众闹事罪名的义士葛成;"顾思之传"、"耿三郎"、"宋氏君求传"、"袁微之传"、"盛重之传"等均描述了处于封建末世的知识分子的精神状态,赞扬了他们的叛逆思想与行为。而"负情侬传"、"珍珠衫"、"刘东山"、"侠客"等是取材于现实生活创作的小说故事,为平民立传,洋溢着人道主义精神,故事情节生动曲折,人物性格鲜明,是中国小说史上的名篇。"负情侬传"被改写成拟话本《杜十娘怒沉百宝箱》,"珍珠衫"被改写成拟话本《蒋兴哥重会珍珠衫》;改编为戏曲传奇的有《珍珠衫记》、《珍珠衫》、《远帆楼》、《合香衫》等。凌濛初的"二拍"、李渔的小说、蒲松龄《聊斋》中的某些篇章也是追慕此篇而作。

■**江盈科**(1555—1605) 明代笔记小说作家。字进之,号绿萝山人。常德桃源(今属湖南)人。万历二十年(1592)登进士第,选授长洲(今江苏苏州市)知县,后累官至四川提学副使。据苗壮的《笔记小说史》(浙江古籍出版社1998年版)载,盈科撰有《雪涛阁集》、《雪涛阁四小书》。又据

《明史·艺文志》录载,他还撰有《明臣小传》十六卷、笔记小说《雪涛谐史》二卷。《雪涛谐史》为"雪涛阁四小书"之一,共有故事一百六十则,大都根据民间传说加工而成,内容广泛,以描写官吏、儒生勾心斗角,攀附权贵的居多。

雪涛阁四小书 明代笔记小说集。江盈科撰。"四小书"系指《雪涛谈丛》二卷、《雪涛谐史》二卷、《雪涛闲记》、《雪涛诗评》,均被《千顷堂书目》著录;《续说郛》、《五朝小说》等丛书或著录或收入不一。

《雪涛谈丛》二卷,今未见单行本。《续说郛》、《五朝小说》各收一卷,均为十一条。是书以记委巷传闻为多,兼及议论风物典制,突出表现下层市民的思想,体现了作者的道德观念。如"冤狱"条叙成化中郊祭失一银瓶,一庖人被诬服刑;后偷瓶者以事泄被捕,方解其冤。作者叹曰:"然则严刑之下何求不得?国家开矜,疑一路所全活冤民多矣。呜呼,仁哉!"又如"断子葬母"条载一改嫁妇女死后,异父二子争葬其母而讼于官,官判令后子收葬。作者以为县官不应拂先子之志,应令二子共葬。据书中内容来看,疑似作者为官时将有感之事整理而成书。

《雪涛谐史》二卷。此本未见。今存明刊本不分卷,共一百六十则,前有校梓人冰华居士(潘之恒)作"引"。此本罕见,王利器在《历代笑话集》中据此本收入一百三十三条,基本属于完帙。江盈科以作笑书著称,多针砭时弊之作,是书即其代表。书中着重揭露科举之弊和封建昏官欺压人民的暴行。如姑苏冯时范年近六十,久举不第,至其子夭折,始领乡荐;乡人称"该死的却中了,该中的却死了!"又如张宗圣以一哑谜影射主簿游姓者滥受状词,肆行拷打,有黑声之状。又如一孝廉强逼一农夫贱卖肥田,民将田另售他人,孝廉竟鸣于官;此民度不能胜,以粪唾孝廉面,众孝廉群起欲攻之;一乡绅解之曰:"若等但知孝廉面是面,不知百姓口也口!"还有讽刺悭吝的笑话,也颇具特色。

《雪涛闲记》无卷数。今未见单刻本和丛书本,仅存明末刊江盈科撰《谈言》一卷,十一条。似与《雪涛谈丛》有关。细检《雪涛谈丛》佚文,无一与《谈言》重出者。另外,作者有明刊本《雪涛谐史》附《雪涛小说》一种,共十四条,与《续说郛》卷四十五所收全同,当疑即《雪涛闲记》之文。

《雪涛诗评》无卷数,未见刻本。《续说郛》收有一卷,共三十七条。既有诗歌理论的阐述,也有文人写诗的逸事,属诗话一类。

■**张岱**(1597—1679) 明末笔记小说作家。字宗子,又字石公,号陶庵,又自号蝶庵居士。祖籍剑州,侨寓钱塘(今浙江杭州市)人。出身于书香门第,父祖皆为明朝中下层官吏,本人却是布衣终生。明亡后,避居山中,专一从事写作。现存著作有《娜嬛文集》,及《西湖梦寻》和《陶庵梦忆》两部笔记小说集。

陶庵梦忆 明代笔记小说集。八卷。张岱撰。作者家道殷实,早年生活浪漫,后经历亡国之痛,沉沦于社会下层,其笔下流淌着对往日的追忆。本书描写江南的山川风物,特别是杭州西湖一带清秀俊美的景色和往昔的浪漫生活,并对一些里巷琐事、文士艺人的遗闻轶事、江浙一带的风俗掌故都作了考据和描叙。如"扬州瘦马"条生动描绘了扬州买卖妇女与人作妾的情景；"柳敬亭说书"条再现了著名的说书艺人柳敬亭的高超技艺，读者如闻其声，如临其境。另如"西湖香市"、"西湖七月半"、"品山堂鱼宕"、"湖心亭看雪"、"彭天锡串戏"等，或写景，或写人，皆能抓住特点，用白描的手法生动形象展现之。本书类似公安派袁氏兄弟等人的小品，兼有竟陵派的特长。作品文笔清新隽永，自然活泼，可读性强。本书最初以抄本传世，清乾隆五十九年（1794）有王文诰刻本，此后刻印、排印本甚多。1982年上海书店影印国学整理社《美化文学丛书》本，上海古籍出版社也曾出过校点排印本。同时，浙江西湖书社也出版了由张松颐校点的单行本。

■**余永麟**（生卒年不详，约活动在明嘉靖隆庆年间） 明代笔记小说作家。字号失载。浙江鄞县（今浙江宁波）人。嘉靖七年（1528）举人，曾任官苏州府通判。据《四库全书总目》载，永麟撰有笔记小说《北窗琐语》一卷。

北窗琐语 明代笔记小说集。一卷。余永麟撰。本书以记录杂事琐闻为主，间有考辨评论，取材琐碎，篇幅简短。其中叙述日本国名的来源、土俗、朝贡三事颇详，可为研究中日关系史参考。书中记周歧凤事件，与史事不同。正史认为周氏以邪术犯罪，而余氏则认为周豪侠跌宕，颇有古侠之风。本书最初以写本传世，后被金忠淳收入《砚云甲编》。常见版本有民国时商务印书馆所编印的《丛书集成》本。

■**毛晋**（1599—1659） 明末人。古书收藏家和刻书家。字子晋，号潜在；原名凤苞，字子久。江苏常熟人。少游学于钱谦益门下，博闻强记。一生好搜罗图籍，建汲古阁目耕楼以贮之，藏书达八万四千余册，多宋、元善本。喜刻古籍，所刊之《十三经》、《十七史》、《六十种曲》及《津逮秘书》等，皆亲自校雠，为历来刻书最多，版本最佳者。汲古阁本亦称为"毛本"。他平生又好抄录罕见秘籍，缮写精良，后人称为"毛抄"。编著有《毛诗陆疏广要》、《海虞古今文苑》、《明诗记事》、《隐湖题跋》、《汲古阁珍藏书目》、《汲古阁刻书目》等。

津逮秘书 明代笔记小说丛书。七百五十二卷。毛晋辑。多收宋元文人著作，偏重于笔记小说、掌故琐记等类，共计一百四十四种。此丛书为毛晋取胡震亨辑刻未成的《秘册汇函》残版，以自己所珍藏之秘籍珍本增补集成。明代刻书业盛，商业气味十足，所刻多为芟削残本，而此丛书所收多为全帙，故其版本价值较高。清人张海鹏又据此书缩编为《学津讨源》，亦盛于当时。有明崇祯年间毛晋汲古阁刊本。1922年上海博古斋据明汲古阁本影印出版。

■**钓鸳湖客**（生卒年不详，约活动在明嘉靖年间） 明代笔记小说作家。"钓鸳湖客"为别号，其真实姓名和生平事迹皆失载。嘉兴（今属浙江）人。所编纂的笔记小说集《鸳渚志余雪窗谈异》，收有传奇笔记三十篇，成书于嘉靖初年（1522），其内容主要是其家乡一带的轶闻趣事。

鸳渚志余雪窗谈异 明代笔记小说集。简称《志余谈异》。钓鸳湖客撰。作者真实姓名及生平无考,从书中内容可知是明嘉靖年间浙江嘉兴县人,似为隐居鸳鸯湖畔的一位文士。本书成于嘉靖年间,刊于明末清初,只存孤本,未见著录。但《万锦情林》、《国色天香》、《燕居笔记》、《广艳异篇》、《续艳异篇》、《情史类略》等书所收不重复篇目达十四篇之多,已占全书的一半。

本书分上、下两帙,共三十篇。其中两篇有目无文,实则二十八篇。文多带有劝世性,喜释、道报应之谈,尤好通过人物大发议论。"甘节楼记"、"名闺贞烈传"等,记少女未嫁而守节或殉夫;"羞墓亭记"、"王翠珠传"等,谴责妇女或妓女嫌贫爱富或不贞节。书中还写了一些劝戒之事,对损人利己、放荡堕落等邪恶现象,特别是对政治黑暗、世风浇薄进行了谴责和揭露。"录事化犬说"刺贪官污吏,"三异传"写讼师、土豪鱼肉乡民,"德政感禽录"记清官杨继宗斗权奸佞臣,所有这些都不同程度地反映了当时的某些社会现象;但因缺乏形象描绘,难给人以鲜明的印象。有些篇什陷于说教或怪异轮回的旧窠。本书行文骈散相间,注意文采,喜好用典,文中常夹杂一些诗词文赋。"妖柳传"、"招提琴精"、"朱氏遇仙记"等写得文词优美;"西子泛雪记"、"景德幽阃记"、"侠客传"等写得情态宛然。不少作品似仿前人之作。取材范围不广是本书一大缺憾。

■**卢民表** 明中期人。生卒年不详。号梅湖。闽县(今属福建省福州市)人。高儒《百川书志》中称,《怀春雅集》二卷,注云:"国朝三山凤池卢民表著,又称秋月著。"凤池,疑福建凤城(今永定县);"秋月"为作者别署。

怀春雅集 明代笔记小说。二卷。不题撰人。又名《金谷怀春》、《融春集》等。见于《风流十传》、《花阵绮言》、《燕居笔记》。高儒《百川书志》著录,并注云是书为卢民表著。《宝文堂书目》著录无撰人姓名。《金瓶梅词话》欣欣子序称撰者属"前代骚人"之列。据上考卢民表为明中期福建闽县人。本书叙元代苏道春与潘玉贞的爱情故事,宣扬男女自由相爱,但反对伤风败俗的淫乱行为;同时,主张青年人志向高远,为国效力。明传奇《忠节记》、《怀春记》、《罗囊记》均据此改编而成。应该说,这是一部较为严肃的明代短篇文言小说。

■**徐常吉**(生卒年不详,活动在明万历年间) 明代笔记小说作家。字士彰。江苏武进人。万历前期进士,累官户科给事中,为官以清廉闻。主要著作有《事词类奇》、《六经类聚》,以及笔记小说《谐史》六卷。

谐史② 明代笔记小说集。六卷。徐常吉编撰(宋代沈徵撰有同名作品)。本书的主旨,作者在书中引子有述:"齐谐志,志怪者也。又谐者,谑也。何言乎怪与谑也?天地之间,无知者为木石,无情者为禽兽,以至服食器用,皆块然物也,蠢然物也。今一旦饰之以言动举止,灵觉应变,又举所谓须眉面目,衣冠革带者,而与之相酬酢焉,岂不可怪而近于谑戏!"本书别有风格:第一,多系采录。自韩愈《毛颖传》起,共采录司空图、苏轼、秦观、闵子振、陆奎章等三十余人以物为传的作品。第二,立传面广。器物有笔、墨、砚、纸、扇、镜、尺、线、靴、汤婆子等;食物有酒、面、韭菜、柑橘、茶叶等;观赏植物有梅、兰、竹、松、菊、荷花、牡丹等;药材有甘草、杜仲等;动物有蚊、蝇、虱、蟹、乌贼等,凡五十余种。有的一种兼收数人之作,如写竹便有七篇之多。第三,有褒有贬,寓托讽谕。以梅兰竹松等喻正人君子、贤明辅臣,褒扬其品格高尚;以蚊蝇虱蚤等喻奸恶小人、佞臣贼子,贬斥其卑劣邪恶,并写其结党营私、狼狈为奸、鱼肉百姓、排陷忠良,又争权夺势、相互倾轧,还附有确切年代与真实历史人物,比仅托物寓志的作品更具现实意义。此书一出,朱维蕃《谐史集》,陈邦俊《广谐史》等诸家蜂出。传世版本主要有明舒其才石泉堂刊本。

■**董斯张**(生卒年不详,活动在明万历年间) 明代笔记小说作家。字遐周。乌程(今属浙江湖州市)人。万历时期监生,生平事迹失考。著有《静啸斋词》、《吴兴备志》、《吴兴艺文补》,以及笔记小说《广博物志》五十卷。后者就其小说书名来说,似近于张华《博物志》;而从内容、体例和脉络上看,实大不相同。他广泛采辑了经史和前人的小说资料,分类排比的时间起于上古,止于唐代,共分为二十二类,而内容又广涉人事,不仅志怪,更多志人。此笔记小说今保存于《四库全书》的类书类中。

广博物志 明代杂事笔记小说集。五十卷。董斯张撰。本书延续张华《博物志》一脉,但有所革新。第一,它属纂集性质,广泛采录经史及小说资料,并注明出处;其中转引《太平广记》、《太平御览》者,则仅注《广记》、《御览》。分类排比时间起于上古,止于唐代。第二,它不取《博物志》原分的三十八类细目,而分为天道、时序、地形、武功、声乐、居处、珍宝、服饰、器用、草木、鸟兽、虫鱼等二十二类,范围较《博物志》扩大。第三,《博物志》重在志物,而本书多涉人事,不仅志怪,亦多志人,如第十卷闺壸中辑录贤母、贤妇、节妇、才妇、孝女、妒妇、美人等。传世版本主要有《四库全书》本等。

■**谈修**(生卒年不详,约活动在明万历年间) 明代笔记小说作家。字思永。无锡(今属江苏)人。履迹无考。据《明史·艺文志》和《四库全书总目》著录,谈修的撰著有《惠山古今考》十卷、笔记小说《避暑漫笔》二卷,皆传于世。

避暑漫笔 明代笔记小说集。二卷。谈修撰。本书为谈俗疾世之作。作者以保守之笔触,针砭江浙时世,大叹人心不古、世风变坏,多迂腐荒谬之论。万历年间,江浙一带经济发展,已具资本主义萌芽,社会风气亦随其大变。作者认为此时世道人心皆极弊坏,出于卫道之目的,从古代先贤的言行中摘取可以师法者和在近代风俗中可以作为鉴戒的事例,胪列成篇。本书反映了明中叶以后的保守派文人对江浙一带经济及社会演变的意见。有万历刻本传世。其他著录情况不详。

■**钱希言**(生卒年不详,约活动在明万历年间) 明代笔记小说作家。字简栖。江苏常熟人(一作江苏吴县)。希言一生博览好学,刻意为诗。布衣终生,却以文学作品著名文坛。只因恃才负气,人争避之,好友不多,但与汤显祖、屠隆相友善。卒以穷困潦倒而死。

希言流传至今的撰著基本上都是笔记小说,计有《狯园》十六卷、《桐薪》三卷、《戏瑕》三卷、《剑荚》二十七卷等。

狯园 明代笔记小说集。十六卷。钱希言撰。本书多记作者所闻所见之事,以志怪传奇为主。书名取"狯"字,乃取"狡狯"之意,似记志怪时有以文为戏的意思。全书分为仙术、释异、影响、报缘、冥迹、灵祇、淫祀、奇鬼、妖孽、瑰闻等十类。作者目的在于猎奇括异,书中所记,互相矛盾、难自圆其说者,亦杂厕其间。对此《四库全书总目》曾有简评。但因其为小说,也不必苛求。所收故事大多情节简单,不少有悖情理,故成就平平。全书于万历癸丑年(1613)草就,有万历刊本传世。

■**张谊**(生卒年不详,约活动在明隆庆万历年间) 生平、籍里不详。著有《宦游纪闻》一卷,属杂事类笔记小说。

宦游纪闻 明代笔记小说集。张谊撰。一卷。本书为琐记杂事,内容细碎,多记明代朝野遗闻轶事。书中记事过于简约,情节单纯,既乏史料价值,又缺小说趣味。传世版本有万历间李氏前书楼刊《藏说小萃》本、《续说郛》本和商务印书馆编印之《丛书集成》本等。

■**张衮**(生卒年不详,活动在明万历年间) 自号"水南先生"。曾中进士。其他均不详。著有笔记小说集《水南翰记》一卷。所记之事均为作者亲见。

水南翰记 明代笔记小说集。张衮撰。一卷。《五朝小说》、《续说郛》著录或收录此书时,题为李如一撰,误。实乃李如一前书楼刊刻此书,收入《藏说小萃》中。张衮称水南先生,著有《张水南集》。

书中记明朝掌故,记事琐细,但条理清晰,加之所记之事多为作者亲历,较为真实可信。如记明代进士琼林宴,尽席只准饮七杯酒;记述"馆阁新书净本,有误书之处,以雌黄涂之";"诸司官御前承旨,皆曰'阿',其声引长"。如此朝廷琐闻,反映了明朝政治制度的另一面,但鲜见于各种史书。书中还有一些条目记录了当时的诗文佳句和警语,为认识、研究明代文学提供了方便。

传世版本有:万历三十四年(1606)李氏前书楼刊《藏说小萃》本,《五朝小说》本和《续说郛》节录本等。

■**皇甫录**(生卒年不详,约活动在明弘治正德年间) 明代笔记小说作家。字世庸,号近峰。长洲(今江苏苏州市)人。弘治九年(1496)进士及第,授官都水主事。正德四年(1509)出为顺庆府(一作重庆府)知府(治所在今四川南充市)。时值四川流民起义,首领为扫地王廖惠、括地王鄢本恕、顺天王蓝廷瑞三人,迅速蔓延全蜀,因皇甫录预为防备,郡得以安。后被人弹劾归里,专心著述以终。著作主要有《蘖溪集》、《容台集》、《果山集》,以及笔记小说《明纪略》四卷、《近峰闻略》八卷、《下陴记谈》二卷,并传于世。

近峰闻略 明代笔记小说集。皇甫录撰。八卷。著录情况不详。该书记事繁琐、内容驳杂,古今奇闻异事、丛考杂辨等无所不包;加之作者的空泛议论和粗陋考证,书中的谬误舛错俯拾皆是。传世版本有明刊本,《续说郛》本作一卷,为删节本。

明纪略 明代笔记小说集。皇甫录撰。四卷。《四库全书总目》等书目著录,又称《皇明纪略》。作者试图执信史之笔,但书中多记明初至正德间的遗闻轶事,涉及朝政者又多系传闻,多与史实不符。另外,书后附有大量的民间传说,虽不能作为信史,但记事颇生动,曲折地反映出当时民情。传世版本有明刊本、《历代小史》本和商务印书馆编印的《丛书集成》本等。

■**曹臣**(生卒年不详,约活动在明隆庆万历年间) 明代笔记小说作家。字荩之。安徽歙县人。生平、仕履均不详。有笔记小说集《舌华录》传世。据该书有"万历乙卯(1615)潘之恒序",可知作者为明隆庆、万历年间人。明文学家、公安派领袖袁中道为之作序,但未书年月。

舌华录 明代笔记小说集。九卷十八类。明曹臣编纂。本书采录《世说新语》等数十种书中古今人的问答隽语,分类编辑而成。初刊于明万历乙卯年。时人潘之恒为之作序,袁中道序无年月。板刻较佳。每卷前有"勾吴吴苑鹿长参定,公安袁中道小修批评"字样。

本书"所采诸书,惟取语不取事","所取在仓卒口谈,不取往来邮笔,以其乃笔华非舌华"。撰编者以"舌华"命书,取佛经"舌本莲华"之意。其实,作者记载了不少先秦、两汉、三国、两晋以至宋、明士大夫阶层的遗闻轶事,往往三言两语,通过一些细小情节,把一定历史时期的社会风貌和人情世态勾画出来,言简意赅,语近旨远,耐人寻味。如"名语第二"条记:"南杨在内阁,其子来京师,所过州县,无不馈遗,惟江陵令范理不为礼。公异之,荐为德安守。或劝当致书谢,范曰:'宰相为朝廷用人,太守为朝廷奉命,一杨一范,私面何关?'"寥寥数语,把当时馈遗干禄,相习成风,宰相杨溥公正无私、县令范理不附阿权贵,都勾画得栩栩如生。"狂语第四"条记:"思光善草隶,太祖尝谓曰:'卿殊有骨力,但恨无二王法。'答曰:'非恨臣无二王法,亦恨二王无臣法。'"短短数语,使这位书法家的率直倔强,跃然纸上。

曹臣云是书"取语不取事",对"古人书不敢一字增损,唯近书有不成语者,小有改易,盖吾改语不改事"。如"张氏兄弟"条记:"张氏兄弟赋性奇哉,肉不论美恶只是吃,酒不论美恶只是不吃。"此条采自《陶庵梦忆》:"山人张东谷酒徒也,每悒悒不自得。一日起谓家君曰:'尔兄弟奇矣!肉只是吃,不管好吃不好吃,酒只是不吃,不知会吃不会吃。'二语颇韵,有晋人风味。"而只为如此改,遭到张氏后人的唾骂。其实,曹氏记先朝文士之隽语,不少亦按编纂之需要和自己行文之特点改易;明人的不少言语,凡有书载者,略有改易;无书载的,根据自己所记,大胆创作。此为文学作品,不应受不实之责难,而这也正是曹氏创作之艺术所在。

本书《四库全书总目》只存目。传世版本有明万历本,藏之北京图书馆。另有《笔记小说大观》本。1985年12月,岳麓书社出版了由喻岳衡点校的全本,与清郝懿行的《宋琐语》合并印行。

■**陆奎章**(生卒年不详,约活动在明嘉靖年间) 明代笔记小说作家。字子翰。江苏武进县人。嘉靖二年(1523),由乡荐,除武康(今浙江德清县)知县。因不乐簿书,乞改宁波(今属浙江)教授,与诸生朝夕论难。居常手不释卷。曾仿照韩愈《毛颖传》的笔法,撰成笔记小说《香奁四友传》二卷,今传于世。

  香奁四友传 明代笔记小说集。陆奎章撰。二卷。《四库全书总目》著录。全书分前后传两部分。"前四友"为金亮、木理、房施、白华,分别指铜镜、木梳、面脂、香粉;"后四友"为周淮、齐铦、金贯、索纫,分别指尺子、剪刀、针、线。全书仿韩愈《毛颖传》体例,为闺中妇女生活中必须之物作传。作者虽然倡言此书关系"女德",实际上是为文俏皮,反映出吴中一带名士文人玩世不恭的作风。传世版本有明正德刊本等。

■**陆楫** 生卒年不详。明代笔记小说作家。字号失载。上海人。其父陆深,曾在明代景宗、英宗、宪宗三朝任职,累官至四川左布政使、掌行在翰林院、詹事府詹事。陆楫仕履无考。据《明史·艺文志》录载,他撰有《蒹葭堂集》七卷、笔记小说《古今说海》一百四十二卷。

  古今说海 明代笔记小说集。陆楫编纂。全书纂集汉魏至明代笔记小说,辑为一百四十二卷。"凡古今野史外纪,丛书脞语,艺书怪录,虞初稗官之流,靡不品骘抉择,区别汇分,勒成一书。"全书共分四书七家。(1)说选,载小录、遍记二家;(2)说渊,载别传家;(3)说略,载杂记家;(4)说纂,载逸事、散录、杂纂三家。共采录诸书一百三十五种,以唐宋小说为最多。所载篇什虽略有删减,但大都可窥原貌,故事也较完整。《四库全书总目》评价:"所载诸书,虽不及曾慥《类说》,多今人所未见;亦不及陶宗仪《说郛》据撼繁富,钜细兼包。而每书皆削其浮文,尚存始末;则视二书为详赡。参互比较,各有所长。"书成后,有嘉靖二十三年(1544)云间陆氏俨山书院刊本,后诸书坊多次翻刻。现存版本有《四库全书》本等。1915年上海进步书局印行有石印本。

■**邵景詹**(生卒年不详,约活动在明万历年间) 明代笔记小说作家。字无载,别号自好子,斋名遥青阁。在齐裕焜的《明代小说史》中作"邵景瞻"。籍里与生平事迹均无考。今有传于世的笔记小说《觅灯因话》二卷八篇。据书前《小引》可知本书撰成于明神宗万历二十年(1592),而且说明此书是受瞿祐的《剪灯新话》影响而写的:听了朋友所讲述的故事之后,"深有动于其衷,呼童举火,与客择而录之,凡二卷"。书中主要宣扬"三纲五常"等传统观念,也有一些惩恶扬善、因果报应的故事。另有《剪灯丛话》十二卷。

  剪灯丛话 明代笔记小说集。自好子编。十二卷。据《觅灯因话》称,自好子为邵景詹,万历时人。本书早佚,稀见著录。董康在日本收得全书后在《书舶庸谈》卷八下著录。

本书收录历代文言笔记小说及传奇一百三十七篇，多为"妄制篇目，改题撰人"，即使是后人认为"内有未见传本，殊为可贵"之作，也是如此。如"天上玉女记"（题晋贾善翔）、"太古蚕马记"（题吴张俨）、"楚王铸剑记"（题汉赵晔），都取自晋干宝《搜神记》；孙绪"夜冢决赌记"即《太平广记》中之"刘氏子妻"，出于《原化记》；王宇"司马才仲传"，实即《春渚纪闻》中之"司马才仲遇苏小"。书中还有一些称引自南北朝、唐五代及宋明小说之作，多源自《太平广记》、《类说》、《异闻集》、《齐东野语》、《灵怪集》、《绿窗小史》、《五朝小说》等书。尽管如此，本书在保留古籍方面是功不可没的。传世版本为董康在日本所获，现藏北京图书馆。

觅灯因话 明代传奇小说集。邵景詹撰。二卷八篇。本书成于万历年间。为仿《剪灯新话》而作。徐𤊽《红雨楼书目》著录。本书仿刻后多在民间流传，书中所记多劝善惩恶故事，宣传因果报应，文笔质朴，缺乏文采，对明末拟话本小说有相当的影响。传世版本除明刊本外，还有清同治刊本。1957年古典文学出版社将本书附于《剪灯新话》、《剪灯馀话》之后，合并出版，由周夷点校。

■**陆树声** 明中期人。生平、籍里均不详。作者居官多年，致仕后，日与笔砚为伍，捉笔成言，撰成笔记小说《清暑笔谈》一卷，为作者遣兴之作。

清暑笔谈 明代笔记小说集。一卷。陆树声撰。作者在书中自序中说："予衰老退休，端居谢客，属长夏掩关独坐，日与笔砚为伍，因忆囊初见闻积习，老病废忘，间存一二，偶与意会，捉笔成言。时一展阅，如对客谈噱，以代抵掌，命之曰《清暑笔谈》。"书中叙写以个人感受和见解为主，内容涉及天地山川、治国平天下之方略、人生禀赋、正心诚意等。其论述主要是对程朱理学之发挥，兼及陆王的观点，如强调"一切境为心造"等。此书曾被陈继儒收入《宝颜堂秘笈》，1922年被文明书局以石印本刊行传世。

■**徐应秋** 生卒年不详。明代笔记小说作家。字君义，号云林。衢州西安（今浙江衢州市）人。万历时期（1573—1619）进士，官至福建左布政使。有著作《骈字凭霄》；笔记小说《谈荟》三十六卷（见《明史·艺文志》），在《中国人名大辞典》本传中作《玉芝堂谈荟》。

玉芝堂谈荟 明代笔记小说总集。徐应秋编。三十六卷。本书实为类书。《国史经籍志》、《四库全书总目》著录。编者"喜读未见之书，雅慕博综，乐称希有之事，于是旁搜博采，记山川之灵怪，表人事之卓异，著物性之瑰奇"（本书自序），编成是书。

据上海进步书局排印此书时的"提要"中说，本书收录的作品，在"订正名物，考证掌故，往往而是。……渊博可谓卓然特出。虽编次丛杂，不无繁赘，而旁搜远引，宁冗勿漏，亦有足资考订者。骖驾于《说郛》之间，当无愧色，不得以体例小变而外之也。唯援引昔人文字强半，不标明某书，不特有乖体要，且蹈攘善之愆。桐乡陆敬安曾纠其失。后之著书者，大可借作前车也"。本书保存了大量的历史资料和民间传说，可资考证和研究。特别是一些散佚史籍，资料弥足珍贵。

传世版本有上海进步书局影印本，后收入《笔记小说大观》第十一册。

■**陆廷枝**（生卒年不详，活动在明嘉靖万历年间） 字贻孙。江苏长洲（今江苏苏州）人。著名文学家陆粲之子。终身未仕。好读书，尤善小说家言。著有《说听》四卷，辑有《烟霞小说》等。

说听 明代笔记小说集。陆廷枝撰。四卷。《国史经籍志》、《千顷堂书目》小说家类著录时为四卷；其他说部丛书则合为上下两卷著录或收入。

本书主要记正德、嘉靖、隆庆朝野遗闻轶事，上至皇帝，下至娼妓，无所不包；另记载了一些奇异的自然现象和神怪奇闻。记人方面，篇幅较大，佳篇亦多。如记嘉靖皇帝对于宫廷经筵讲官，十分开明，破除了一些忌讳。又如洞庭商人叶某与大梁妓女冯蝶翠相恋的故事，前半部颇类《玉堂春》。又如弘治皇帝喜好琴画，有人献琴一张，得千金之赏，而太监却贪没其半；作者对此评说："自上临御，罕有酬赏若此，亦奇遇也。""金德宣"条写金与同伴在江中遇盗，众人财物全部被劫；后接载劫财物的大船至，金发现领头穿龙袍者竟是旧相识，劫者将财物璧还；众人谢金，愿以财物一半奉送，金说："若然，予亦盗也。"是篇隐喻官匪同类。记神奇怪异部分，亦有一些故事性较强的篇什。如"卢秀才"条写有人读《西厢记》，一夕见男女数人，长仅尺余，搬演"西厢"故事；追至床头，见有被翻阅已久、已经油污的《西厢记》一本。似为阅读入迷后产生的幻觉。记奇异自然现象部分，简单而无情节。

关于本书作者，《国史经籍志》、《千顷堂书目》均标明陆廷枝撰；《说库》、《古今说部丛书》却题为"陆粲撰"。《说库》本后有万历辛卯（1591）王禹声的"跋"，云："舅氏胥屏先生所撰。先生为外王父太常公（陆粲）冢子。太常平生著书满家，《庚巳编》则其力作也。搜奇括异，海内同好者急传之。先生雅喜稗官家言，每有奇文，辄随笔识焉。久而成帙，帙成毁于火，于明太常殁且五年矣。先生作而叹曰：'嘻！斯可不成吾初业乎？'乃追惟曩时所记，益以后所记，编为是编。"由此知是书为陆粲、陆廷枝同撰。传世版本有明万历刻本、《烟霞小说》本、《古今说部丛书》本和《说库》本等。

■**刘玉** 明中期人。生卒年、生平、籍里均不详。著有志怪类笔记小说集《己虐编》一卷。

己虐编 明代笔记小说集。刘玉撰。一卷。著录情况不详。本书记奇闻轶事，颇具志怪色彩。作品语言流畅，构思奇特，人物描写逼真，小说情趣很浓。如"冷谦"条，记冷有"仙术"，曾帮助朋友窃取内帑之宝被捕；押解途中，他要求喝水，捕者以瓶汲水，冷边喝边渐隐瓶中；至皇宫后，冷于瓶内应答皇帝询问；皇帝怒击碎其瓶，"片片皆应，终不知所在"。这是一篇想象丰富，情节奇特的志怪故事。本书曾收入《广百川学海》中。另有商务印书馆编印的《丛书集成》本传世。

■**吴大震**（生卒年不详，约活动在明万历年间） 明代笔记小说作家。字东宇，号长孺，又号市隐生。休宁（今属安徽）人，一说四川新都县人。生平事迹无考。善为戏曲，曾与张仲豫合作，撰成

《练囊记》传奇,又独撰《龙剑记》,成书于万历三十三年(1605)。此见《曲录》。又有笔记小说《广艳异编》三十五卷。此据齐裕焜的《明代小说史》:"万历间,印月轩主人吴大震又将此书(指王世贞的笔记小说《艳异编》二卷)整理补充,分二十五部、三十五卷,称《广艳异编》。"

广艳异编 明代笔记小说选集。吴大震辑。三十五卷。著录情况不详。本书为《艳异编》的续编。收有明以前传奇、笔记小说凡六百余篇,以唐人作品为多。

全书三十五卷,分神、仙、鸿象、宫掖、幽期、情感、妓女、梦游、义侠、幻术、佁诡、徂异、定数、冥迹、冤报、珍奇、器具、草木、鳞介、禽、昆虫、兽、妖怪、鬼、夜叉等二十五类。其中"麒麟客"、"柳归舜"、"唐晅"、"板桥三娘子"、"兜玄国"、"大业开河记"、"李行修"、"萧志忠"、"申国澄"等比较重要,颇有特色。另有近百篇明人作品或稀见篇什,如"蒋生",写灵狐三束草故事,为《二刻拍案惊奇》二十九卷所本;"瑶华洞天记"即林鸿的《梦游仙记》,属失传之故事原本。又如"陈金凤外传"、"陈子高传"、"玉虚洞记"、"紫竹小传"、"晁采外传"、"扶离佳会录"、"杨玉香"、"王秋英传"、"海月楼记"、"妖柳传"、"投桃录"、"姚月华小传"等,都是富有文采、笔法委婉细腻的传奇佳作,为古小说研究提供了珍贵资料。本书收辑原书,忠于原著,较少改动,属精选本。

现存版本有明刊本、上海石印书局1915年刊本等。

■**沈瓒**(生卒年不详,约活动在明万历年间) 字子勺,号定庵。吴江(今江苏省属)人。沈璟之弟。好作散曲,但多托他人之名行世,故曲名不盛。所作今见《太霞新奏》等曲选中。另有笔记小说《近事丛谈》传世。

近事丛谈 明代笔记小说集。四卷。沈瓒撰。作者居吴,稔熟吴地风俗人情。晚年将吴江、苏州一带的遗闻轶事记录下来。书中许多条目描述了当时的吏治腐败,钱可通神,从而造成许多冤假错案的故事,较真实地反映了当时吴中的社会面貌。如"缪富张思德"、"妖书"、"冤鬼报官"、"宜春令"、"荷花王奎"等条,作者笔指朝廷及府县衙门,写冤鬼以喻时世,揭露了明末封建制度的腐朽本质。书中故事情节曲折,环环紧扣,引人入胜;但文气不足,缺乏精彩之笔。本书曾以抄本传世,清代有巾箱本,1928年上海广业书局曾出版有排印本。

■**吴敬圻** 明中叶人。生平、籍里均不详。号养纯子。他在书中署名为"抚金养纯子",有人认为这是"江西抚州金溪县"的缩写,于是推断作者的籍里为"抚州金溪县"。此说似证据不足,也可能"抚金"为作者的字。明万历十五年(1587),吴氏编成笔记小说集《国色天香》十卷。

国色天香 明代传奇小说集。十卷。吴敬圻编。本书集中收长短传奇小说十七篇,宋元明作品都有,但多数为明人作品。其内容多属烟粉、灵怪之类。其中"钟情丽集"、"张于湖传"等,是当时社会上极为流行的故事。书中除传奇小说外,尚有诗话、琐记、笑林、书翰之类,亦可视作通俗类书。编者的用意在于雅俗共赏。从中可见传奇作品从笔记中分离出来后的发展轨迹。此书首刊于万历年间,清代翻刻本很多。

■**魏濬**(生卒年不详,约活动在明万历年间) 字禹卿,号沧水。松溪人(今属福建省)。万历三十二年(1604)进士。累官右佥都御史,巡抚湖广。时苗人矿徒积怨深重欲举事,他努力招抚,矿徒解散。再擢右佥都御史,巡抚湖广,卒于任。著有《峡云阁存草》七卷、《西事珥》、《纬谈》、《峤南琐记》等。

峤南琐记 明代笔记小说集。二卷。魏濬撰。"峤南",即指今广东、福建南部岭南地区。本书即记这一带的奇闻异事,兼及神仙怪异故事,其中一些记载先贤遗迹的文字,颇奇异有趣。如记王守仁平定思八寨后,即乞病归里,至南安,憩于佛寺;此佛寺乃先辈老僧示寂处,后被封识;王命人强行开门后,发现"中有书曰:五十年前王守仁,启吾钥,拂吾尘。问君欲识前生事,开门即是闭门人"。此则传闻曲折地反映了王阳明学说与佛教之关系。本书曾被收入《砚云乙编》、《古今说部丛书》中,民国期间商务印书馆编印《丛书集成》时排印有单行本。

■**闵文振** 生卒年不详。明代笔记小说作家。字道充。浮梁(今江西景德镇市北浮梁镇)人。仕履无考。据《明史·艺文志》录载,撰有博物类笔记小说《异物类苑》五卷(《中国人名大辞典》作《异物汇苑》)。另有《涉异志》一卷。

涉异志 明代笔记小说集。一卷。闵文振撰。属志怪类笔记小说。书中所记鬼神怪奇的故事,多托于明代人物,旨在表现福祸善淫与惩恶劝善的思想。如记天顺年间陈洁任罗源知县,生前多善政,死后被封为当地城隍等。本书内容记述广泛,文字平庸呆板,缺乏文采,陷入杂记平叙的窠臼。书成后,有万历间刻本传世,被明人沈节甫收入《纪录汇编》之中。民国时期,商务印书馆编印《丛书集成》时,印有本书单行本。

■**耿定向**(生卒年不详,约活动在明嘉靖隆庆年间) 明代笔记小说作家。字在伦,湖北麻城(《明史》本传作红安县)人。嘉靖三十五年(1556)登进士第,除行人,擢御史。因事得罪严嵩,出为甘肃按察使。还督南京学政。隆庆初(1567),擢大理寺右丞。高拱执政,定向因尝讥其褊浅无大臣度,拱慊之,便以考察谪定向横州(今广西横县)判官。拱罢官后,移衡州(今湖南衡阳市)推官。万历中(约1595),累官右副都御史。历刑部左、右侍郎,擢南京右都御史。终官户部尚书。屡上辞章求退,乃许。归居天台山(今浙江天台县城北),讲学以终。终年七十三,赠太子少保,谥恭简。

定向学宗王守仁。据《明史·艺文志》和《四库全书总目》录载,他的撰著有《天台文集》(或作《耿定向文集》)二十卷、《小学衍义》二卷,传记类笔记小说《先进遗风》二卷、《二孝子传》一卷,名人逸事小说《硕辅宝鉴要览》等,并传于世。

先进遗风 明代笔记小说集。二卷。耿定向撰,毛在增补。明嘉靖中叶至末叶名臣大僚怙权营贿,日益腐败奢侈。作者意欲警世,并为官僚树立典型,所以书中以记名臣日常生活中细事为主,从中说明操守清廉、品行端正、为人忠厚,方能在政务中有所成就。如记于谦"廉洁方正,一钱不要,力逊赐第,止宿直房,旁无妻妾;数椽敝庐,仅蔽风雨;几亩薄田,终供饘粥。食无兼味,衣无累帛。巡抚两省,几二十余年,议事入京也,不持一土物以贿贵要,两袖清风之咏,汴人至今传诵之"。这些清操正与他在关键时候挽救国家的伟业相映衬。其他如宋濂、三杨(杨士奇、杨荣、杨溥)、李东阳,皆为明初文学家,又多位至台辅;书中对他们的生活细事,多有记载,对于研究明初文学具有一定的参考价值。本书在记明代臣僚的琐闻轶事方面事论结合,相得益彰。书成后,于万历十八年(1590)由毛在刻本刊行,后由陈继儒收入《宝颜堂秘笈》,民国间商务印书馆编印《丛书集成》时发行单行本。

■李乐(生卒年不详,约活动在明隆庆万历年间) 明代笔记小说作家。字彦和,号临川,归安(今浙江吴兴县)人。隆庆二年(1568)进士及第,累官至福建按察司金事。

李乐的撰著,今存有笔记小说《见闻杂记》四卷(见《四库全书总目》),除前二卷系摘抄前人作品之外,后二卷则全系杂记亲身之见闻。

见闻杂记 明代笔记小说集。二卷,续二卷。李乐撰。书中所记多为作者平生见闻,涉及明洪武、永乐以后,万历朝以前的人和事,既有名人显宦轶事、国家政治大事,也有市井细民生活、生产中的普通琐事。作者文笔细腻,描写生动,故事情节曲折。如宣德间著名清官况钟,初为苏州知府时佯为不解事,任凭僚属侮谩、胥吏贪赃枉法,最后一并加以严惩的故事,反映了况氏的精明多智和明代对于贪官污吏惩处的严酷。其情节铺排与细节描写,已脱杂记窠臼,颇似一篇短篇小说。有明万历间刻本等传世。

■陈禹谟(生卒年不详,约活动在明万历年间) 明代笔记小说作家。字锡元。常熟(今属江苏)人。约于万历二十年(1590)中举,由举人出仕,累官至四川按察司金事。辞官返里后一心从事撰著。据《明史·艺文志》载录,其著作主要有《谈经苑》四十卷、《汉诂纂》二十卷、《引经绎》五卷、《左氏兵法略》三十二卷、《人物概》十五卷、《名物考》二十卷、《经言枝旨》十卷、《骈志》二十卷、《补注北堂书抄》一百六十卷、《类字判章》二卷,以及笔记小说《广滑稽》三十六卷、《说麈》八卷。

关于《广滑稽》这部笔记小说集,并非禹谟自己的创作,而是采掇诸书的琐事隽语。禹谟在该书的自叙中说:"人情惮庄语,悦巽语,故谏有五而仲尼从其讽。盖以讽而入者十之八九,迕而合者,百不一二也。司马子长曰:'谈言微中,可以解纷。'《滑稽传》所由作乎!《广滑稽》之辑,元本迁史,以诸史佐之。"这就是作者的编纂思想。

广滑稽 明代文言笑话集。三十六卷。陈禹谟编纂。明代文人编纂和撰写谐谑言语及笑话之风甚盛,文人雅士注重言谈应对,以显其敏捷睿智,所以名言隽语,屡见记载。本书采集两汉以来至宋元明人所著杂史笔记小说中幽默诙谐之语言及琐事,汇为一编,不分门目,仍以原书为次序。有些引书,实已亡佚,但编者于其他类书或文集中采掇出来,仍标原书,仿佛陶宗仪之编《说郛》,给人以欺世盗名之谈柄。本书曾于万历四十三年(1615)刊刻传世,稀见其他类书著录。

蒋以化(生卒年不详,约活动在明万历年间) 明代笔记小说作家。字仲学,号养庵。常熟(今属江苏)人。其兄蒋以忠,隆庆二年(1568)进士,累官至广平府(治所在今河北永年县)知府。以化于隆庆元年(1567)中举,先后做过一些低级官吏,累官至监察御史。

他的传世著作极少,据《四库全书总目》录载,有笔记小说《西台漫记》六卷。全书杂记闻见,多为僻逸幽怪的故事。

西台漫记 明代笔记小说集。六卷。蒋以化撰。作者曾官西台御史,主管监察,便将自己任职内的所见所闻以随笔记录,故名。本书内容多涉及"僻逸幽怪"之事,同时又记朝野逸闻,有一定的史料和文学价值。如记李卓吾的学说及思想在当时受到人民的欢迎,但被正统士大夫所嫉恨的情景,颇为详细。对于李卓吾的能言善辩之风采描绘颇为生动,可资参考。本书有明刻本传世。

李绍闻 (生卒年不详,约活动在明万历年间) 其名又作李绍文。明代笔记小说作家。字节之。云间(今上海市松江)人。生平事迹不详。从他的撰著《明世说新语》书前陆从平写的序文中,知他曾师事华亭知县熊剑化,终生未第未仕,积十余年之力撰成此书。序署时间为万历丙午年(1606)。又据苗壮的《笔记小说史》载,他还有一本笔记小说《艺林累百》,但不如《明世说新语》影响广泛。

明世说新语 明代笔记小说集。八卷。李绍闻(在其他版本中有为李绍文)撰。本书仿刘义庆《世说新语》体例,门类悉依其旧,主要记明初至嘉靖、隆庆间的朝野轶闻琐语。书前附"释名",详列书中诸人姓名、谥号、爵里。全书取材广泛,围绕人物轶事,从不同侧面反映明代社会状况和人们的精神状态,有些材料可补正史传志之缺,颇有史料价值。不少故事描写曲折委婉,颇具可读性。如"惑溺"门"庐江县有监司某者",记贪婪之监司,延炼丹术士到家,未曾得财反被术士窃丹鼎去,落个鸡飞蛋打;文中监司与其妻的对白,生动传神。此类故事,明写术士、监生,实讽嘉靖皇帝及朝中权要。本书曾被《明史·艺文志》、《四库全书总目》等书著录,今存万历三十八年云间李氏原刊本,存上海图书馆。

陈懋仁(生卒年不详,活动在明嘉靖年间) 明代笔记小说作家。字无功。嘉兴(今属浙江)人。曾任泉州府(今福建泉州市)经历,其他生平事迹无考。著有《年号韵编》、《析酲漫录》、《庶物异名疏》,以及笔记小说《泉南杂志》,该书主要写泉州地方的名人轶事和社会风情掌故。

泉南杂志 明代笔记小说集。二卷。陈懋仁撰。陈氏曾在福建泉州任经历,本书即记泉州的山川历史、名胜、人物、物产、风俗等,特别是对于历代泉州著名的文人士大夫事迹记录尤详,从中可见泉州的文化发展演变情况。书中所记,为作者所亲历,如实记载,具有史料研究价值,如记万历三十四年(1606)泉州大旱,米价暴涨,私钱盛行,可作泉州史研究参考。本书曾被收入《宝颜堂秘笈》,传世版本主要有1922年文明书局的石印本。

■**刘元卿** 明中叶人。生平、籍里均不详。著有笔记小说《贤弈编》四卷。曾被陈继儒收入《宝颜堂秘笈》中。

贤弈编 明代笔记小说集。四卷。刘元卿撰。关于本书的创作旨要,作者在本书"自叙"中说:"辑古今言行可为戒法者,粗作区目,客至焚香拭几,取书读一二品,以代弈棋云尔。"全书共分怀古、廉淡、德器、方正、证学、叙论、家闲、官政、广仁、斡局、达命、仙释、观物、警喻、应谐、志怪十六目。后附"闲钞"二卷,所收大多为无所归类者。目后分条,每条冠以四字为题,如"怀古"中有"易服还里"、"文公古道"、"东山筮仕"等二十二条。其中"警喻"、"应谐"两类所收谐谑性寓言颇多,饶有趣味,如"猩猩好酒"、"猱搔虎痒"、"莫知其丑"等。陈继儒将其收入《宝颜堂秘笈》,1922年文明书局刊行了石印本。

■**冯时可**(生卒年不详,约活动在明万历年间) 字元成。籍里不详,生平失记。著有笔记小说《雨航杂录》二卷,收入《冯元成选集》中。此书刻梓于明万历年间。

雨航杂录 明代笔记小说集。二卷。冯时可撰。书的上卷以究学论文为主;下卷以记物产及朝野轶事为主;记叙简要,多有卓见。如:"宋儒之于文也,嗜易而乐浅;于论文也,喜核而务深;于奏事也,贵直而少讽。所以去古愈远而不能经天下。"实为切中其弊之言。此书收入《冯元成选集》,明万历间刊行。陶珽《续说郛》中收其书为一卷,系删节本。

■**张燧**(生卒年不详,约活动在明万历年间) 字和仲。湖南潇湘人。一生博览群书,勇于思考,不受传统思想束缚。于万历四十二年(1614)著成《千百年眼》一书,盛行一时。崇祯末年卒。

千百年眼 明代笔记小说集。十二卷。张燧撰。本书主要记文人士大夫在科举、仕途方面的遗闻轶事。作者精于记事,通过客观记述、细致描写,艺术地展示人物的风貌。如记明初洪武年间朱元璋对科举不满,与吏部尚书开济议定六科以取士,不限于文章一途。在论及仕途时,作者肯定了王守仁一类的"真儒",提倡学儒读经,必须有益于家国,反对把道学看成是"出卖平天冠者";并对程朱理学作为立论出发点的《古文尚书》中的"惟精惟危,允执厥中"表示怀疑,认为是出自汉人伪造。这些都反映了作者的求实态度,对当时影响很大。正如王夫之所说,"当时词人,持此为稗贩之具"。清代列为禁书,然康熙帝对之手不释卷。本书有明刻本传世。民国期间上海进步书局出版有石印本。

■**张应俞**(生卒年不详,约活动在明万历年间) 明代笔记小说作家。字夔衷。浙江人。生平事迹失载。有笔记小说《新刻江湖历览杜骗新书》(或简作《杜骗新书》)四卷留世。据《笔记小说史》介绍,此书刊刻出版于万历四十五年(1617),卷首有熊振骥序。全书分诈哄骗、牙行骗、衙役骗、婚娶骗、僧道骗等二十四类,共八十多则故事,每则故事后均有作者评语。今有中州古籍出版社和百花文艺出版社出版的点校本。

杜骗新书 全称《新刻江湖历览杜骗新书》。明代公案类笔记小说集。四卷。题"浙江夔里张应俞著"。书中内容共分为脱剥骗、丢包骗、换银骗、诈哄骗、伪交骗、牙行骗、引赌骗、露财骗、谋财骗、盗劫骗、强抢骗、在船骗、诗词骗、假银骗、衙役骗、婚娶骗、奸情骗、妇人骗、拐带骗、买学骗、僧道骗、炼丹骗、法术骗、引嫖骗二十四类,每类一至八条不等,形形色色共计八十八则行骗与受骗的故事,真实地揭示了明代中晚期商品经济的发展对当时的社会秩序和传统伦理道德观念造成的巨大冲击。书中广泛描写了人们为追逐钱财和女色,满足生理和心理欲望,绞尽脑汁施用各种卑劣手段,诸如掉包计、苦肉计、美人计、连环计等,或欲擒故纵、暗渡陈仓、趁火打劫、顺手牵羊,或偷梁换柱、金蝉脱壳,或谋财害命、落井下石,或奸骗、骗奸。有的为骗取一头牛而认禽兽为母,有的残忍地服食儿童精髓以益寿延年,有的为图富贵人家的风水宝地,竟指使妻子与富家公子长期通奸,还有的少妇为几斤油、一串肉便献上肉体等,展示了一幅明代末世社会生活和世态民情的立体图。全书重叙事,叙议结合,各条篇幅较短,情节比较简单,人物形象一般。不少条目为后代的小说戏曲提供了素材。今存有明万历间存仁堂张怀轩刻本,现藏于日本内阁文库;后又有翻刻本,亦为明版,现藏于大连图书馆。二十世纪八十年代台湾天一出版社有影印本。1988年孟昭连对本书进行了校勘整理,百花文艺出版社出版了新式标点排印本。

■**金木散人** 吴姓,名不详。籍里、生平失考。"金木散人"为其号。曾著有拟话本小说集《鼓掌绝尘》四集传世。从该书的"题辞"可知,作者又称"闭户先生",书成于"咫园""烹天馆"。其他不详。

鼓掌绝尘 明代拟话本小说集。书分四集,以风、花、雪、月为次,每集各分十目,演绎一个故事。其中风集写巴陵书生梅萼与歌妓韩玉姿的婚姻故事;花集写汴京娄祝与友人俞生、林生将兵共征鞑靼事;雪集写苏州文荆卿与李若兰婚姻事;月集写金陵人张秀报恩遭难事。小说文字简洁,对明末社会的黑暗状况有所揭露。现存版本为1985年春风文艺出版社根据明本整理出版的排印本。

■**余象斗** 生卒年不详。明代通俗小说编著者和刊行者。字仰止,自号三台山人。建安(今福建建瓯)人。编著、刊行的小说有《列国志传》、《全汉志传》、《三国志传评林》、《东西晋演义》、《大宋中兴岳王传》、《万锦情林》等。所著《南游记》、《北游记》,同吴元泰的《东游记》、杨志和的《西游记》并称为《四游记》。另有公案笔记小说《全相类编皇明诸司公案传》六卷。

全相类编皇明诸司公案传 明代公案笔记小说集。六卷。余象斗撰。六卷分次为:人命、奸情、盗贼、诈伪、争占、雪冤。本书属叙述性作品,情节简单,文字平庸,无甚特色。但对以后公案戏曲发展提供了资料帮助。日本帝国图书馆藏有明刊本。

万锦情林 明代短篇小说选集。六卷,分上下两栏。余象斗编。扉页有选目,所收小说为"钟情丽集"、"三妙全传"、"刘生觅莲"、"三奇传"、"情义表节"、"秀娘游湖"等二十八篇。上栏多杂采《太平广记》及宋元以来传奇小说,如"玩江楼记"、"裴航遇仙"、"甘节楼记"等;下栏则全为明代小说,如"钟情丽集"、"白生三妙传"、"天缘奇迹"等。所收明人小说多见于"国色天香"、"风流十传"、"绣谷春容"、"燕居笔记"等选集。唯卷二所选话本小说"秀娘游湖"为其他选集所无,弥足珍贵。传世版本有明万历双峰堂余文台刊本。

■**赤心子** 真实姓名不详。赤心子为其号。辑有短篇小说选集《绣谷春容》十二卷传世。从辑本刊刻时间看,作者应活动在明万历年间。其他失考。

绣谷春容 明代短篇小说选集。十二卷。赤心子辑,其真实姓名不可考。全书分上下两栏,上为《芸窗清玩》,选收小说;下为《骚坛撷粹》、《嚼麝谈苑》,是各种诗文词曲的选录,可供学习,亦可消遣,亦庄亦谐。书中所选小说共十一篇:"吴生寻芳集"、"龙会兰池"、"联芳楼记"、"刘喜环觅莲记"、"柳耆卿玩江楼记"、"申厚卿娇红记"、"白潢源三妙传"、"李生六一天缘"、"祁生天缘奇遇"、"古杭红梅记"、"辜辂钟情丽集"。上述各篇,见于《国色天香》、《风流十传》、《万锦清林》、《燕居笔记》。"柳耆卿玩江楼记",本于《清平山堂话本》,居然把李煜之《虞美人》归在柳永名下,可见编者水平不高。本书卷九《微言摘粹·文论》选有"别儒巾文",《金瓶梅词话》第五十六回水秀才别头巾文,文字与之相同,有人认为来源于《绣谷春容》,错矣!《金瓶梅词话》成书在前,实为本书抄自《金瓶梅词话》。传世有明万历世德堂刻本。世德堂为当时南京一著名刻书坊家。

■**谢肇淛**(生卒年不详,约活动在明万历泰昌年间) 明代笔记小说作家。字在杭。闽县(今福建福州市)人(一作福建长乐人,此从《明史》本传)。万历三十年(1602)进士及第(此从《明史》本传,谭正璧之《中国文学家大辞典》作"万历二十年进士"),除湖州(今属浙江)推官。迁工部郎中,巡视黄河张秋段。作《北河纪略》,具载河流原委及历代治河利弊。终官于广西右布政使(一作广西左布政使)。

肇淛是明代著名的藏书家,家中藏书极为丰富。治学严谨,不尚空谈。他的撰著极多,据《明史·艺文志》、《千顷堂目》、《四库全书总目》以及《中华野史辞典》等书载录,主要有《谢肇淛文集》二十八卷、《续集》二卷、《小草斋诗集》三十卷、《小草斋诗话》四卷、《滇略》十卷、《百粤风土记》一卷、《八闽蘖政志》十六卷、《史觿》二十一卷、《北河纪略》八卷、《纪余》四卷、《支提山志》七卷、《鼓山志》十二卷、《方广岩志》(未记卷数),另有笔记小说《五杂俎》十六卷、《麈余》四卷、《文海披沙》八卷、《长溪琐语》一卷。

五杂俎 明代笔记小说集。十六卷。谢肇淛撰。全书为杂事考据类小说,共五个部分:天部二卷、地部二卷、人部四卷、物部四卷、事部四卷,故名。内容涉及广泛,特别是对明代政治、经济、社会、文化有较多的记载,而且还扩及草、木、鸟、兽、虫、鱼和医药等方面,对于文史和自然科学研究,都有一定的参考价值。书中详细记叙了皇帝、太子、藩王的奢侈糜费和他们对农民榨取之残酷,还揭露了地方上的土豪劣绅勾结倭寇为害乡里,具有一定的资料价值。书中也记载一些类似志怪述异之故事,如记天坛老狐和西山牝狐事皆富于人情味;记鸟兽虫鱼时,亦多涉神怪。记人物故事则时阑入笑话,此亦一时之文风使然。但书中采集前人著述之条目时,不注出处,令人难以稽考。此书最早刊本为万历四十四年(1616)潘氏如韦轩刻本。1959年中华书局上海编辑所据明黄行素刻的底本,校订别本,增补十八条后出版了排印本。

文海披沙 明代笔记小说集。八卷。谢肇淛撰。本书体例与《五杂俎》类似,但较其简约。书中多采集古人旧著中之文字,借以议论,表述和发挥自己的主张,也有不少条目是照录古人而不赞一词,如"黄香责髯奴"条。书中记载了不少富于人情味的故事,但所发议论有不少错误,如论及"曹娥碑"时,竟然以《三国演义》中的观点立说,陷于荒谬。此书最早于万历三十七年(1609)由沈敬炘刻本传世。今存有《申报馆丛书续集》本等,《香艳丛书》中曾收《文海披沙摘录》一卷。

■**陈仲醇**(生卒年不详,活动在明隆庆年间) 籍里、生平均不详。原有短篇笔记小说集《风流十传》,散佚严重,他将八卷残本加以删削,于万历间刊印,即今见之八卷本。又名《闲情野史风流十传》。

风流十传 明代短篇小说选集。八卷。原选编者已不可考,今存八卷经陈仲醇删削。本书又名《闲情野史风流十传》。收有传奇小说"钟情丽集"、"双双传"、"三妙传"、"天缘奇遇"、"娇红传"、"三奇传"、"融春传"、"五鱼传"等八篇。"双双传"叙明初高氏兄弟配秦氏姐妹,兄娶妹,弟娶姐,名为"高氏双双传",篇后有跋,云为明代戏曲家梅禹金所作。"三妙传"即"国色天香"。"娇红传"系元人宋梅桐所作,写宋宣和年间申厚卿与王娇娘相恋,婢女飞红从中撮合的故事。"五鱼传"叙宋时古初龙,以祖传之五金鱼赠五女,后均娶之的故事。本书编成于明隆庆、万历年间,存世有万历四十八年(1620)顾廷宠刻本。

■**周应治**(生卒年不详,约活动在明万历至天启年间) 明代笔记小说作家。字君衡。鄞县(今浙江宁波)人。万历庚辰年(1580)进士。曾任观察使,其他仕履不详。著有笔记小说《霞外麈谈》十卷。《四库全书总目》将之列入子部杂家类存目。

霞外麈谈 明代笔记小说集。十卷。周应治编撰。本书为纂集前人小说的选集。在选材上多集隐逸高尚之事。分为遐想、鸿冥、恬尚、旷览、幽赏、清鉴、达生、博雅、寄因、感适十类。《四库全书总目》在本书提要中说:"大抵以《世说新语》为蓝本,而稍以诸书附益之。至于《云仙散录》师古伪杜诗注之类,影撰故实,亦皆捃拾,殊无别裁。又多不见原书,辗转稗贩,如'披裘公不取遗金'、'王摩诘诗中有画'、'列子郑人蕉录'诸条,尤割裂不成文理。至于'宗慤乘风破浪'、'鲍生爱妾换马',全与高隐无关,不过杂凑以盈卷帙耳。"纪昀为博览群书之才子,然此说近偏颇。"鲍生"条只十四字:"鲍生以女妓善四弦者,易紫叱拨马。"此条收在卷九"寄因"类中。寄因者,编撰者在题解中说:"有寄者,有寄寄者。寄者,甫动于觉也;寄寄者,动于觉而欲符于觉也。欲符于觉,则必有所以因之。因其耳目之所得而遇焉,因其意虑之所得而通焉。始乎因,卒乎忘其因焉。"由此标准审之,"鲍生"当为"有所因之",正表现了鲍生之旷达而爱马。此不足为本书病也。

本书传世版本仅见《笔记小说大观》本。《四库全书总目》只存目。

■**张大观** 明中后期人。生平、籍里均不详。著有笔记小说《笔谈》十四卷,属琐闻杂记类笔记小说。

笔谈 明代笔记小说集。十四卷。张大观撰。本书是记世间从物质生活到精神生活各个细节方面的杂记琐闻逸事小说。对诸如饮馔品茗、花鸟虫鱼、池泉园林、琴棋书画、诗词歌赋,以至参禅悟道、诙谐戏谑等无不记录议论,以表现作者的情致和好恶。因此,当时的钱继章就评介作者:"晚年成《笔谈》一书,尤清新隽永,如大苏(指宋苏轼)海外之文。"传世有明崇祯间刻本,清顺治间修补本等。1936年上海大达图书局出版本书排印本,更名为《梅花草堂笔谈》。

■**宋凤翔** 明中叶人。生卒年不详。生平待考。浙江嘉兴人。熟谙八股,善诗文。著有笔记小说《秋泾笔乘》一卷(未刊)。

秋泾笔乘 明代笔记小说集。一卷。宋凤翔撰。因作者居嘉兴秋泾小巷而名。全书共有故事四十四条,卷首有作者传略。《四库全书总目》说:"是书皆载史传杂事,而附以议论,类多迂阔。"如"汉高祖杀丁公"、"成化三年高瑶上言"等条,实为史论,观点亦陈腐迂阔。"蜀乱"条,认为农民造反是为生活所迫,与其进行镇压,不如劝农耕以尽地力,建仓积粮以备荒年,观点较为开明。书中所引史传杂事及神怪之谈,杂取汉唐以来书籍,但不注出处,且大多简略,显得枯燥乏味。记明事的十五条,如写司礼太监云奇揭发胡惟庸谋反、大臣喜好狎妓游乐、杨文贞纵子作恶等,有一定参考价值。传世版本有《四库全书》本、《学海类编》本等。

■**周玄暐** 明中后期人。生平、籍里均不详。著有志怪笔记小说《泾林续集》一卷。

泾林续集 明代笔记小说集。一卷。周玄暐撰。本书志人志怪并包。志人部分多记明嘉靖、隆庆、万历间朝野中的遗闻轶事;志怪部分记怪异鬼神、因果报应等。书中以写官场弊端为多。如记庚午科在京城会试,监生曹某行贿考官,用自己书僮与考官书僮对调,得以入考场,代主觅卷;考官之仆在曹某处挟取贿赂银两;榜发后一去一来,各归原主,十分巧妙。又如记长洲县令与库吏叶景初互相勾结,盗取库银事。可见当时吏治之腐败。本书故事大多质朴无华,其中也有一些注重描写、行文曲折的篇目。本书曾收入《功德堂丛书》;民国期间,商务印书馆在编印《丛书集成》时刊印有单行本。

■**周楫** 明中、后期人。生卒年不详。字清源,别署济川子。自幼才情浩瀚,博物洽闻,然仕途坎坷困厄。居杭州,发愤而撰写《西湖一集》、《西湖二集》,属笔记小说类。

西湖二集(含《西湖一集》) 明代短篇笔记小说集。三十四卷,每卷一篇。题"武林济川子清源甫纂",卷首有湖海士序。济川子即周楫。本书是作者所编《西湖一集》(又名《西湖初集》)之续书。一集已佚。二集卷十七"刘伯温占贤平浙中"曾云:"《西湖一集》中'占庆云刘诚意佐命'大概已曾说过,如今这一回补前说未尽之事。"

作者居杭州,各篇所叙,均与西湖有关。书中或借南宋史实喻世;或赞洪武盛世,歌颂忠臣烈士,鞭挞奸佞贪酷,以劝君王勿忘祖先创业之艰辛,儆诫臣属尽忠守责。作者对贪官悍吏深恶痛绝,斥责他们"一味只是做害民贼,掘地皮"(卷二十九);作者还借盗魁之口疾呼:"如今都是纱帽财主的世界,没有我们的世界,我们受了冤枉,哪里去叫屈?"(卷三十四)卷四"愚郡守玉殿生春"中写一彻骨呆夯,不知杜诗为何物的赵雄,仕途竟一帆风顺,并被誉为学问渊博、才识超群,官居宰相。书中写读书人如甄龙友的狂放不羁(卷三),赵雄的愚钝忠厚(卷四),宋濂的博学多才(卷八),戎昱的不合时宜(卷九)等,从不同角度反映了皇朝年代知识分子的心态和命运,较有特色。有些篇章写婚姻爱情,但成就不高。各篇均据有关笔记小说改作,材料多取田汝成的《西湖游览志》、《西湖游览志余》,沈国元的《皇明从信录》,瞿佑的《剪灯新话》,冯梦龙的《情史类略》,及陶宗仪的《辍耕录》。但非直接敷演,而是有创作增饰。书中议论过多是其弊端。1981年浙江人民出版社据明本出版有校勘本。

陈眉公 明代公案小说作家。生卒、籍里、生平均不详。有《新镌国朝名公神断详情公案》小说集传世。

新镌国朝名公神断详情公案 明代公案短篇小说集。六卷。陈眉公编。本书国内稀见传世本,疑散佚。日本内阁文库藏有复明本,但也为残本,只存二、三、四共三卷。

■**张凤翼** 明中后期人。生平、籍里均不详。著有笔记小说《谈辂》三卷。

谈辂 明代笔记小说集。三卷。张凤翼撰。本书主要论及古今人物事件,间及历史典实、名物制度,以及一些词话的解析。如"束脩"一词,作者指出此不仅是指"弟子馈师之礼",还包括"约束修整"、"十五岁"等义。书中论及士大夫处世之道时说:"坑儒之祸,萌于横议,黄河之投,起于清流。士之处世,可不思明哲保身哉!"这反映了在严酷的专制制度统治下,士人无力抗争强大的压迫,只有明哲保身以求免祸。此为当时大多数士人的心态。本书原三卷,收入各丛书时均作一卷,疑有散佚或删节。传世有《古今说部丛书》本等。

■**李介立**(生卒年不详,约活动于明天启崇祯年间) 明代笔记小说作家。名介,字介立,以字行,号因庵。江阴(今属江苏)人。仕履不详。一生狷直,玩世不恭,常困于衣食。好山水之游,曾狂言"不登昆仑不止",于是自号"昆仑山樵"(见《天香阁随笔》附录)。曾著有《天香阁文集》七卷、《天香阁外集》一卷、笔记小说《天香阁随笔》八卷、《历代兵鉴随笔》十六卷、《艺圃存稿》六卷、《历代兵鉴》一百二十卷、《舆图集》四十卷、《秦志摘录》三卷,另有诗集二十四卷。

天香阁随笔 明代笔记小说集。李介立撰。原书共八卷,均记明末清初文人高士的轶事杂闻,间有诗评、灵怪之说。至清朝咸丰年间,南海伍崇曜在整理该书时,尽删诗评及灵怪之作,将余稿厘为二卷,将有代表性的诗文及怪异之说作为附录续在书后。伍氏在该书跋中说:"杂记鼎革间琐事,及遗闻佚诗,予稍删其仙释迂诞之说,录存若干页,亦可见先生大概矣云云。无卷数,兹厘为二卷,刻焉。"可见原书中之小说精华几乎删除殆尽。

本书前二卷(正文)多记明末清兵入关骚扰时的遗闻轶事,可补《明史》之缺失。作者记事时,用笔巧妙,多用散文笔法书之,铺张扬厉,形散而神收,可见其文学创作功底。如"余友汤仲曜"、"古庵先生邵重生"、"常郡司理吴兆塈"等条均具特色。"平西王次妃陈氏"条,记陈圆圆事与后人诸本记载各异,不知为何,可留备考。最值得称道的是附录中之"义士胡君传"、"张达传"、"刘爱塔小传"、"周烈妇传"、"徐伍传"等,均是不见经传之小人物,虽内容有些怪诞,但描写细腻,情节跌宕,颇具笔记小说之风格。"刘爱塔小传"记刘氏以智逃出清某王爷魔掌,引明将杀进该王庄复仇而后就义;"周烈妇传"记周氏在全家被清兵戮尽后,不屈而自尽,均表现了抗击异族之悲壮。

本书传世版本不多。原抄八卷本据伍崇曜在该书跋中记:"原抄本玉生广文,偶得于羊城书肆,卷首有同邑徐恪题识,亦不知何许人。"伍将原书八卷删削为二卷后印行,是为"咸丰本"。现传世之《笔记小说大观》本即据此印行。因年代久远,原书浸漫虫蚀,不少条有缺字,可见二卷本亦残矣。

■**朱星祚** 明末人。生平、籍里均不详。曾著有神怪笔记小说集《二十四尊得道罗汉传》,一卷,属佛道类杂记笔记小说。

二十四尊得道罗汉传 明末笔记神怪小说集。一卷二十三则。朱星祚撰。本书系叙述佛家二十四尊罗汉生平及修行得道过程的传略。书中故事多有佛教经典所本,但叙事简单,文字粗疏;述事中还夹杂许多粗劣的诗,用以重复所述故事,诗文又引用了许多偈语,颇富哲理。书中缺第二十则,不知所叙罗汉为谁。所述之罗汉虽有所本,但与佛家经典不完全相同。其中有佛家经典中的罗汉,如商那和修、优婆毱多等,也有中国本土的罗汉,如梁武帝萧衍等。本书属于宗教宣传品,缺乏文学味,文学价值不高。清白堂曾刻梓印行。

■**朱开泰** 明末人。生平、籍里均不详。曾撰有神怪笔记小说集《达摩出身传灯传》七十则。

达摩出身传灯传 明末神怪笔记小说集。七十则,不分卷。朱开泰撰。本书各则篇幅较短,最长者不到四百字。一个小题一个故事,故事前后相衔接。主要叙述南印度香至国王第三子菩提多那修行得道及东渡弘扬佛法的传奇故事。佛家衣钵,代代相传,到二十七代祖师般若多罗,再传菩提多那,是为达摩。达摩东渡传扬佛法。梁武帝好佛事,写佛经,只作表面功德,而不肯在性灵上修行,于是达摩一苇渡江后,至河南嵩山少林寺驻锡。他面壁十年,传弟子慧可。从此,禅宗兴起,佛教在东土得以光大。此书文字粗疏,诗句拙劣,属于宗教宣传品,文学价值不大。清代丽泉杨氏曾刻梓印行。

■**李中馥**(生卒年不详,活动在明崇祯年间) 明末笔记小说作家。名凤石,字中馥,以字行。山西太原人。曾中举,未参加过会试。李自成起义后,曾派宋献策修书劝其出仕,被婉拒。一生气节高傲,为文脍炙人口。曾著笔记小说集《原李耳载》一卷传世。该书记明末的异闻轶事,为作者道听途说、过耳则记之事,间及山西风土及怪异现象。

原李耳载 明末笔记小说集。一卷。明李中馥撰。该书为作者在老家山西太原与众友交往时,听众友谈异说怪,便随手而记,终成一帙;后几经传抄,失轶颇多。清乾隆二十一年(1756)由其曾孙李从龙收集整理梓印。本书前有阆中人孙宏达、许道基及高邮殷峰作的序,称此书中所记"皆可喜、可愕、可感、可叹之事,可以启人以善思"。卷末有作者玄孙李青房的跋语,称此书已百二十年,"仅此什一之存者。又复伪以传伪,渐失其真"。书中之"两贤并用"、"理夺巡方"、"三公三异"等条,记三晋先贤人物,颇多褒溢之词。"闻惨异兆"、"文昌现像"、"大士昭报"、"灵魂雪恨"、"披云仙去"、"扶乩召异"、"前身行僧"、"女变男形"等,皆道听之奇闻怪事。不少条目,后有评赞,亦看出作者的思想倾向。其志怪部分较有特色,属《夷坚志》之类。其中一些条目后记有某某先生云,示以征信,亦明人笔记小说之惯用手法。本书传世版本有清乾隆本、《说库》本等。

■**郑瑄**(生卒年不详,活动在明崇祯年间) 明末笔记小说家。字汉奉。闽县(今属福建)人。曾于崇祯辛未年(1631)中进士,官至应天巡抚。于公署闲暇时,采撷诸书,凡古人之嘉言懿行,则分类记之,共分二十类,每类前有小引,以成笔记小说《昨非斋日纂》。作者以"昨非"命斋、取书名,得晋人陶潜之《归去来辞》中"觉今是而昨非"句,反映了明末乱世政治昏暗的社会现实,也喻出自己的心境:虽封疆一方,亦无能为力,过去的一切努力均已过时,唯从古人的嘉言懿行中寻找慰藉,希冀挽人心、救时世耳。

昨非斋日纂 明末笔记小说集。二十卷。郑瑄撰。本书初刻于明崇祯乙亥年(1635)六月,前有作者诸友、同年如喻思恂、顾锡畴、许豸、陈继儒、马鸣起、侯峒曾、何如宠等人的序和引言,作者自序一篇。全书分宦泽、冰操、种德、敦本、诒谋、坦游、颐真、静观、惜福、汪度、广慈、口德、内省、守雌、解纷、悔过、方便、径地、韬颖、冥果等二十类,篇中着力通过古人的一言一行来刻画人物性格,并激励后人学而效之。

特别值得注意的是,本书冥果类,记灵验、说报应,虽显妄诞,但作者原创的成分大,具有笔记小说的典型特色。如"周兴秉性残酷"条,记唐代酷吏周兴,与索元礼、来俊臣等网罗无辜,枉杀数千家,后被仇家所杀;此条记载与《唐书》和诸家小说异,为作者据事创作,不足二百字,人物描画栩栩如生。"崔炜见一乞妪"条,写崔为乞妪解难,乞妪赠其艾灸赘疣方,崔救人无数,后知乞妪乃晋葛洪妻鲍静女;仅百余字,写人物、设情节,跌宕起伏,甚为可观。"郑叔通"条写郑初定夏氏为婚,后夏氏病哑,郑排众议仍娶之,后郑登进士,官至朝奉大夫;表彰了郑的人格品行。"孙泰有隐德"条记孙泰娶损一目之姐为妻,而以貌美之妹嫁他人,婚后送还陪嫁之银灯台,又赠老妪房屋等而被天官增寿。诸如此类,作者均能在记先贤的嘉行中喻示后人,以怪冥之事进行说教。

《四库全书总目》将本书列入子部杂家类存目,传世之佳本为《笔记小说大观》本。

■**惠康野叟** 明末时人。惠康野叟是其号。姓名、籍里、生平均无考。有笔记小说集《识余》四卷传世。

识余 明末考据类笔记小说集。四卷。惠康野叟撰。本书属荟萃明以前诸书诸文,间有考据的杂事小说。书成后不见诸书著录。

全书分四卷。卷一下有文考、字考、物考;卷二下有诗考;卷三下有事考;卷四下有说臆、说古、说今、说经、医说、说异。记事多采撷唐宋人小说,多数不注出处;但捃拾之富,可资博识之助,可见其网罗荟萃之功。特别值得重视的是,书中所列唐宋书目,不少已散佚不传,读者可于此书窥见一斑。如"今世传大类书"条记,"如太平御览、册府元龟,皆千卷,可谓富矣。然贞观中,编《文思博要》一千二百卷,金轮朝编《三教珠英》一千三百卷,简帙皆多于宋。又许敬宗编《瑶山玉彩》五百卷,张太素编《册府》五百八十二卷,"何承天《皇览》一百二十二卷,刘孝标《类苑》一百二十卷,徐勉《华林要略》六百卷,祖珽《修文御览》三百六十卷",等等。其论"小说"曰:"小说家一类,又自分数种。一曰志怪,搜神、述异、宣室、酉阳之类是也。一曰传奇,飞燕、太真、崔莺、霍玉之类是也。一曰杂录,世说、语林、琐言、因话之类是也。一曰蘩谈,容斋、梦溪、东谷、道山之类是也。一曰辨订,鼠璞、鸡肋、资暇、辨疑之类是也。一曰箴规,家训、世范、劝善、省心之类是也。"此说来自《少室山房随笔》,至今仍为笔记小说分类所宗。其论诸子百家,皆能评其精髓,不蹈窠白。人物论中以论三国人物最为确当,往往是一语中的。卷四中以"优伶诙谐"、"秦桧死报"、"王泾庸医"、"说异"等为最有代表性,其中有作者独自创作的、有摘自他书的、有摘自他书又改写或加评论的。这些作品,均具笔记小说要素,描写绘声绘色,情节跌宕起伏,多为后人鉴赏之篇。

本书成书后,传世不广,其他类书鲜见著录。《笔记小说大观》本在本书的提要中记:"采撷唐宋人小说居多,往往不著出处,颇乖著书之体。"此说似是影响本书传世之主要原因。然读完本书,当发现编撰者在选材、记事、评介、改写、创作中颇具个性,有自己的独立见解,故不能一概而论。传世版本主要有《笔记小说大观》本等。

■**何大抡**　疑为明末人。生卒年不详。字仕元。浙江杭州人。生平仕履无考。著有《重刻增补燕居笔记》十卷传世。

　　重刻增补燕居笔记　明代短篇小说选集十卷。何大抡编。内文分上、下两栏,收小说三十一篇,其中二十八篇分别采自《剪灯新话》、《剪灯馀话》、《效颦集》、《国色天香》、《风流十传》、《万锦情林》、《绣谷春容》等。只有三篇"绿珠坠楼记"、"红莲女淫玉禅师"、"杜丽娘慕色还魂",为其他选本所无。有明末金陵刻本传世。

■**冯犹龙**　明中后叶人。《增补批点图像燕居笔记》一书署"冯犹龙增编",但此人是谁,至今无从查考。多种工具书记载的是明代作家冯梦龙,字"犹龙";然至今从无发现冯梦龙曾辑补过《增补批点图像燕居笔记》一书。疑此篇作品的作者非冯梦龙,待考。

　　增补批点图像燕居笔记　明代短篇小说选集,二十二卷。署"明叟冯犹龙增编,书林余公仁批补"。书中不分上下栏,除全收《重刻增补燕居笔记》本小说外,多收三十二种,如"郑元和嫖遇李亚仙记"、"绿衣人记"、"张老夫妇成仙记"、"独孤遐叔记"等,总计六十三种。有的篇目直接来自《古今小说》和《初刻拍案惊奇》,如"蒋兴哥重会珍珠衫"、"刘元普天赐佳儿"、"转运汉遇巧洞庭红"等。传世有清初刻本。卷首有苍山魏邦达序。

■**张纶**　明朝末年人。生平、籍里均不详。著有随笔类笔记小说《林泉随笔》一卷,属杂记类笔记小说集。

　　林泉随笔　明代笔记小说集。张纶撰。一卷。明周鸣凤《今献汇言》等书目著录。本书属随笔体小说,为作者优游于林泉读书时所记偶得。书中稍有情节的是记文人读书遗闻轶事的篇目,另有一些是对所读之书原文的疏解和由读书所引发出的议论。其中关于读书方法,及一部分读书心得,颇能启迪后人。现存版本有《今献汇言》本和1937年上海涵芬楼影明刻本。

■**葛天民**　明末人。生卒年、生平均不详。疑为坊间说书人。曾与吴沛泉汇编《新刻名公神判明镜公案》,七卷五十八则,属公案类笔记小说。

　　新刻名公神判明镜公案　明代公案笔记小说集。七卷五十八则。久散佚,今存残本四卷,唯目录完整。又名《明镜公案》。葛天民、吴沛泉汇编。

　　残存四卷为人命、奸情、盗贼、雪冤、婚姻类。所记多明代事,亦有取自《疑狱集》诸书者。其书卷末分别缀有"新刻诸名公奇判公案"、"精新刻皇明诸司廉明公案"、"新刻诸名公廉明奇判公案传"等。说明本书是在这些书的基础上汇编而成;或一事二目,或两事前后尽同,但文字略异。今存明三槐堂王昆源刻本,日本内阁文库藏。

■**杨豫孙** 明末人。生平、籍里均不详。曾任楚中丞。后以暴疾卒。著有《西堂日记》一卷,属杂记类笔记小说。

西堂日记 明代笔记小说集。一卷。杨豫孙撰。本书以议论为主,多为发挥程朱理学理论的言论,兼及记事。如书中说:"民可使由之,顺帝之则也;不可使知之,不知不识也。民用智则不能由,圣人以大治人,用智则凿矣。夫人安之难,起之易,圣人不使知之,安之也。"历来儒者为求安定而使民愚,可见作者思想之一斑。陈继儒将该书收入《宝颜堂秘笈》丛书中,并为之跋曰:"杨公为楚中丞,当时最为徐文贞所知,生平熟悉国家掌故,以暴疾卒,集不传。兹得之莱峰先生所抄。"1922年文明书局曾据此本以石印本刊行。

■**姜南** 明末人。笔记小说作家。生平、籍里均不详。曾著有《洗砚新录》一卷、《瓠李子笔谈》一卷,另有《学圃余力》、《风月堂杂识》、《投瓮随笔》传世。

洗砚新录 明代笔记小说集。一卷。姜南撰。本书以记明代朝野的遗闻逸事为主,表彰作者所认为的忠臣义士。如"石监生"条记正统间国子监祭酒李时勉以言忤权奸,被"困首木于太学",平时"恂恂谨饬,植志务学,不少自衒",故不为人所知的监生石大用"闭户草疏,奏恳请自代",并冒死陈辞,终使李得免罪。作者在事后赞之:"人有不为也,而后可以有为。"本书记事详赡,文笔质朴,但文采一般。曾被陶珽收入《续说郛》;民国间,商务印书馆编辑《丛书集成》时刊印单行本。

瓠里子笔谈 明代笔记小说集。一卷。姜南撰。本书类似诗话,内容以论诗歌古文为主,间及当代诗事。如"寄子诗"、"论对偶难施于史"、"莱公诗"、"四贤一不肖诗"、"唐太宗诗"等条,皆属于论诗的文字。书中论"金元不同"条,说金朝"名称、位号、礼仪、文物,率变其国俗,而从华夏,有元魏之风;元则率中国而从其俗,民族、衣冠、字书、礼乐,非其国制不贵也"。书中举了许多事例,对此加以说明,颇有见地。本书曾被收入《古今说部丛书》。上海国粹扶轮社于1911年出版了排印本。

■**王象晋**(生卒年不详,约活动在明万历至崇祯年间) 明代笔记小说作家。字荩臣。山东新城(今属山东桓台县)人。万历三十二年(1604)进士及第,累官至浙江右布政使。后辞官,优游林下二十年。象晋的著述,据《四库全书总目》录载,有《群芳谱》三十卷、《清寤斋欣赏编》一卷、笔记小说《剪桐载笔》一卷,并传于世。

剪桐载笔 明代笔记小说集。一卷。王象晋撰。全书分为传、赋、解、说、记五类,每类由若干故事组成,各事名从类属。本书为作者奉使册封途中所作,故取名"剪桐"。卷首有"贺登极"

一表,"贺惠王升位"一启,徒以颂辞取媚于当政者,与其小说不符,前人有不伦之讥。本书所记多奇闻异事,又加以铺张渲染,或表彰嘉言懿行,或鞭挞不良之辈,未免劝善惩恶的说教积习。如"楚春元隐德传",讲楚坐怀不乱,宣扬天理胜人欲;"燕妇奇妒说"写一女见人娶妾,气昏在地,表现旧的婚姻制度和观念对妇女身心带来的伤害以致心理畸态。书体近传记,篇幅完整,风格缛丽,有传奇小说之骨。有明代毛氏校刻本传世。

■碧山卧樵　明代人。真实姓名和生平、籍里无考。"碧山卧樵"疑为作者的号。著有笔记小说集《幽怪诗谭》六卷传世。

幽怪诗谭　明代笔记小说集。六卷。题"西湖碧山卧樵纂辑,栩庵居士评阅",编者真实姓名不详。据书中卷六"太真辨诬"条开篇写"万历戊申上元日",即万历三十六年(1608);"废宅联诗"条又有"万历壬子秋日",即万历四十年(1612),知本书成于是年之后。原刻于崇祯二年(1629),残存二卷,另有抄本传世。全书共有故事九十四则,每则均独立成篇,每篇立四字标题,如"申阳福地"、"月下良缘"等;均为鬼怪故事,而缀以诗歌,故取名《幽怪诗谭》。不少作品为作者取唐宋志怪小说中的故事,稍加修改,亦收入明代王世贞、祝允明的志怪故事。不少作品描写细腻,颇有文采,在明代小说中可称佳作。卷首石听居士在本书小引中对《金瓶梅》的早期评价,颇值得玩味:"不观李温陵赏《水浒》、《西游记》,汤临川赏《金瓶梅词话》乎?《水浒传》一部《阴符》也;《西游记》一部《黄庭》也;《金瓶梅》一部《世说》也。"此为迄今仅知的汤显祖对《金瓶梅词话》的评价。本书有一些眉评,由于流传不广,各小说书目未见记载。

■黄昌龄　明中后期人。生平、籍里均不详。曾编纂笔记小说丛书《稗乘》四十七卷。

稗乘　明代笔记小说丛书。四十七卷。黄昌龄编纂。本书收汉至明代的野史笔记小说四十二种,分为史略、训诂、说家、二氏等部。"说家"多辑笔记小说集,其中有:(1)《因话录》三卷,唐赵璘撰。(2)《松窗录略》一卷,作者佚名。(3)《家世旧闻》一卷,宋陆游撰。(4)《随隐漫录》一卷,宋佚名撰。(5)《揽辔录》,宋范成大撰。(6)《骖鸾录》一卷,宋范成大撰。(7)《吴船录》一卷,宋范成大撰。(8)《解酲语》一卷,元佚名撰。(9)《万松阁记客言》一卷,明吴才撰。(10)《凤凰台记事》一卷,明马生龙撰。(11)《己疟编》一卷,明刘玉撰。(12)《殉身录》一卷,明裘玉撰。(13)《云蕉馆记谈》一卷,明孔迩撰。(14)《垄起杂事》一卷,明刘泌撰。(15)《熙朝乐事》一卷,明佚名撰。(16)《适园语录》一卷,陆树声撰。(17)《蜣谈》二卷,明顾圣之撰。本书的辑纂,使史上一些散佚之书得以保存,对研究、校点古代笔记小说及相关史料等提供了宝贵的资料。传世版本主要有明万历间黄氏刊刻本。

■郑仲夔(生卒年不详,活动在明崇祯年间)　明代笔记小说作家。字胄师,号龙如。信州(今江西上饶)人。生平履迹失载。据《四库全书总目》和《笔记小说史》录载,仲夔有笔记小说两部,即

《兰畹居清言》十卷、《耳新》十卷(《笔记小说史》作八卷)。《兰畹居清言》系仿照《世说新语》体例撰成。《耳新》刊刻成书于崇祯甲戌年(1634),作者在自序中说:"余少贱耽奇,南北东西之所经,同人法侣之所述,与夫星轺使者、商贩老成之错陈,非一耳涉之而成新,殊不忍其流遁而湮没也。"书中多记琐闻杂事,亦有涉及神鬼怪异的故事。

耳新 明代笔记小说集。八卷。郑仲夔撰。本书主要记琐闻轶事,间及仙鬼怪异,大多为万历、天启年间事。在琐闻轶事中,记录了当时的许多著名事件,如记魏大中被逮后不改清操,贡生钱嘉征首上疏揭发巨宦魏忠贤十大罪状的疏文被天下人争相传抄等,均为哄动当时的重要事件。本书于崇祯七年(1634)刻竣传世。现存民国时商务印书馆编印的《丛书集成》本。

■**毛子晋**(生卒年不详) 明代书画家、笔记小说家。吴(今江苏苏州)人。名凤苞。生平事迹不详。有笔记小说《海岳志林》一卷传世。该书记宋代著名书画家米芾的奇闻轶事。因米芾别号"海岳",故以"海岳志林"名书。米芾的《宝晋斋集》至明代已渺不可得。毛子晋搜集群书,凡所载记米芾事一一摘出,汇为一册,缀成是书,为研究米芾的重要参考资料。

海岳志林 明代笔记小说集。一卷。明毛子晋编纂。宋代著名书画家米芾性格古奥,放荡不羁,嗜书如命,玩石成癖。他曾著有《宝晋斋集》一书专记行藏。此书传至明代已湮轶。毛子晋是明代最崇拜米芾的书画家之一。他从存世的各类著作中查摘涉及米芾的记载,共一百一十七条,汇为《海岳志林》。

本书所辑各条,妙趣横生,读毕,米芾之癫状、痴态、癖好,均呼之欲出。如"奇绝陛下"、"掷笔大言"、"请砚"、"捕蝗"、"河瓃石"、"拜石"、"弄石"、"眠石"、"相石"等。作者采撷诸书,间有改写创作,并非一一摹搬。今传版本主要有《笔记小说大观》本。

■**周诗雅** 明末人。生平、籍里均不详。著有《续剑侠传》五卷。

续剑侠传 明代传奇小说集。五卷。周诗雅撰。收辑上起春秋,下止元代的侠客故事一百一十九篇;但在征引历代诸书时,皆未注明出处。本书内容体系驳杂,不仅收有剑侠传奇,也兼及节妇、烈女、猛将、神仙、僧道等,对后世影响不大。成书后被《历代笔记小说选本》收录。其他著录不详。

■**侯甸**(生卒年不详,约活动在明崇祯年间) 明代笔记小说作家。字田臣。汾西(今属山西)人。崇祯初期的廪生。性孝友,慷慨有志节。崇祯十七年(1644),李自成率农民起义军渡河北向京城,侯甸大哭于孔庙,焚衣冠而还。从此杜门不问世事,读书务农终其一生。他的撰著,流传下来的只有笔记小说《西樵野记》十卷(见《明史·艺文志》)。

西樵野记 明代笔记小说集。侯甸撰。四卷。《明史·艺文志》著录为十卷,《四库全书总目》著录为四卷。查"四库"本为全帙,应为四卷。

本书为志怪小说，以记当时的异事琐闻为主，所收故事大多涉及鬼神灵怪，但只是据闻而录，质木无文。如记成化间苏卫几个军士泛海，被大风吹至一海岛遇长人事。篇中叙述了长人之可怖，以藤条穿军士掌心，众军士逃脱，长人以手攀军士船舷和军士以刀断长人指而脱离险境，情节极其简单。

传世版本有明刊本、《四库全书》本等。《五朝小说》本、《续说郛》本均为一卷删节本。

【佚名】

云间杂记 明代笔记小说集。三卷。作者无考。或曰李绍文撰，证据不充分。又名《云间杂志》。云间，即今上海松江县。书中多记当地之奇闻异事，具有鲜明的志怪色彩。如"灵哥"条记灵哥本是山东济宁州之猴，北宋时因吞服了八仙之一吕洞宾所赐的丹药而"得飞行变幻之术，金元时往来兖、济间，谈祸福甚验。至明朝尤神。正统间吾郡张公璞为济宁学正，相与交密，时时留学舍酣饮。或人形琴弈，深目多髯，着襆头礀鞯，曰：'此宋士人服也。'数携珍果相饷。一日怀中出柑桔曰：'吾从洞庭山得之。'"作者的活动年代似与《西游记》作者吴承恩相去不远，吴氏塑造的孙悟空形象是否与"灵哥"有关，待考。传世版本有《奇晋斋丛书》本等。

寻芳雅集 明代笔记小说。一卷。作者不详。本书又名《吴生寻芳雅集》、《三奇合传》、《浙湖三奇志》等。《国色天香》、《绣谷春容》、《万锦情林》、《燕居笔记》、《风流十传》、《花阵绮言》均著录或收辑。文中提及《钟情丽集》中的主要人物均为"古人"，可知本书写成于弘治之后、万历十五年(1587)之前。书中写刑部官员湖州吴守礼之子吴廷章(号寻芳主人)追逐参府杭州王士龙二女一妾事。吴游学进王府。吴王二家为世交。时王行兵在外，吴生先与侍女春英、秋蟾等多人私通，后又与王士龙之妾柳巫云勾搭成奸，并与王之二女奸宿淫乱，直至一男众女同席纵欲。作品贬抑吴生这一淫荡形象，宣扬封建伦理道德；但在描写上宣泄情欲，秽笔颇多，庸俗低下。明人谢惠曾据此改编为传奇《鸳鸯记》。

文苑楂橘 明代笔记小说选集。作者不详。二卷。书名取《庄子·天道》："其犹柤梨橘柚邪，其味相反，而皆可与口。"现存有高丽活字本和高丽抄本两种，均据明本翻刻或传抄。本书所选篇目为：卷一"虬髯客"、"红线"、"昆仑奴"、"古押牙"、"赵飞燕"；卷二"裴谌"、"韦鲍生"、"崔玄微"、"韦丹"、"灵应"、"柳毅"、"薛伟"、"淳子棼"、"张直方"、"东郭先生"等，共十九篇，皆文言小说之精华，足见选者之高明。自宋《太平广记》以来，明人小说选本虽有《古今说海》之编，然仍袭《太平广记》体例，文言小说而出选本者，则始于本书。

轮回转世 明代笔记小说集。十八卷。作者不详。卷首有"秣陵也闲居士序"，难考其真实姓名。书中多记万历一朝事，知成书于万历时。《四库全书总目》未著录，其他丛书也未见著录。

现存有明万历聚奎楼刻本。本书每卷一部：有廉慈贪酷、嗣息配偶、鳏寡孤独、慷慨悭吝、悲欢离合、侠豪卑污、贞淫、贵贱贫富、公平剥刻、成败勤情、救援盗拐、人伦顺逆、嫡妾继庶、施济吞谋、智愚寿夭、忠奸、矜骄奉承、屠杀生全、妖魔、伢行衙役等部，共计一百八十三篇。篇下有目，目下注明时代。

本书内容丰富，包罗万象。除"忠奸"部多记历史人物外，其余绝大多数为明代事；除妖魔之外，绝大多数以现实生活为题材。书中对官吏昏庸，贪婪无穷；豪强横行乡里，草菅人命；世风浇薄，道德沦丧，伤风败俗，恋男妓风盛等社会弊端，着墨较多。相对而言，又以描写农村具体入微：经济凋敝，高利贷盘剥，卖儿鬻女，典妻当子竟分行分市，惨不忍睹。"转女为男"篇记卖一幼儿，仅价银半两，实怵目惊心。"三指成家"篇记重农耕，轻诗书，认为埋头黄卷，不抵一堆黄土；立意新颖，显示作者对农事的稔熟。作者笔下展示了官吏、地主、农夫、皂隶、秀才、闺女、僧尼、牙婆、地痞、无赖、堪舆、贩卒、裁缝、工匠、屠夫、忤作等社会各阶层的众生相，恰似晚明社会之缩影，具有较强的现实意义。严重不足的是每篇都以轮回报应作结，削弱了小说的内涵。

值得注意的篇目是"法僧投胎"和"五鼠闹东京"。前者记闽中知府路达忌恨高僧玄能，竟买通一妓女红莲，乔装生病，挑逗玄能，终以苟合，僧后来坐化投胎为路达女，轻薄淫荡，事发自缢而死；故事曲折复杂，对后世影响很大。后者讲符州穆玙妻曹氏乱常败度，被阴司勾去，加以责答后让其转世仍和穆玙为夫妻；但穆转世为柳舒，曹氏投胎为梅氏，被群妖魔障；此地五鼠成妖群游；柳舒与梅氏归家途中遇妖，一鼠变梅氏，一鼠变柳舒，四人相混，真假不分；达于县令，三鼠又变为县令；二县令领四人同谒张天师，天师作法欲擒众妖，四鼠又变作张天师，双方对杀；二天师率六人叩见天子，五鼠又变天子模样，十人互争真假；文武设坛祭天，天帝遣真武大帝收十人，后赖西方如来的火眼金睛猫，才将五鼠伏获，东京才得平静。此篇故事为明末清初通俗小说《五鼠闹东京传》所本，各种戏曲将这一故事敷衍搬演。后来京剧《五花洞》的创作即据此本事，但主人公之夫妻改为武大郎和潘金莲。

皇明诸司廉明奇判公案传 明代公案笔记小说集。上下二卷。作者不详。内容凡十六类：人命、奸情、盗贼、争占、骗害、威逼、拐带、坟山、婚姻、债负、户役、斗殴、继立、脱罪、执照、旌表。行文平铺直叙，无甚情节，各案雷同之处颇多。成书后流传不广。最早的明版现存日本内阁文库。

僧尼孽海 明代短篇小说集。三十六篇，五十一个故事，不分卷。作者不详。书题"南陵风魔解元唐伯虎辑"。唐伯虎死于1523年，万历朝从1573年开始，唐不可能叙万历年间事；此书为猥亵类小说集，唐伯虎虽风流倜傥，行文也较随意，但尚未发现直白描绘淫荡色情的作品。所以本书明显为后人伪托。书中记僧人不守佛门清规与妇人私通淫乐之事，多为对僧人利用各种手段欺骗强奸妇女的揭露。在五十多篇故事中，有写僧人与皇太后、公主、妓女、平民女子私通的,如"清门献昙"、"浮屠辨机"、"望海寺僧";有写僧人计设陷阱、诱骗妇女,然后强奸,乃至轮奸淫乐的,如"临安寺僧"、"六驴"等;有写僧人劫持妇人,使居寺院,长期供其淫乐的,如"奉先寺僧";有写僧人杀掉丈夫,再霸占其妻的,如"新寺僧"、"十二佛"等;有写僧人看中某妇人,设计使其离异,然后还俗与该妇成婚的,如"西冷寺僧"等;有写僧人假扮女人,欺骗妇女的,如"云游僧"等;还有的写妇女被欺骗,但英勇斗争,或杀死僧人,或使其致残,如"嘉兴精严寺僧"等。另附录写女尼的淫荡生活,有的写女尼与僧人淫乐,如"麻姑庵尼"等;有的写多名女尼诱骗男人并与之淫乱,结果男人纵欲而亡,如"杭州尼";有的写女尼带领一官吏妻女与僧人淫。明末有抄本传世。日本千叶掬香、长泽规矩也藏有抄写本。近二十年来,社会上曾出现过标点排印本,但多为假托某出版社之伪本。

七十二朝人物演义 明代笔记传记小说集。四十卷。作者不详。本书主要写春秋时代七十二个诸侯国的主要人物事迹,故名;又因所写人物是"四书"中所提及的,并摘"四书"文句为篇名,所以又称《四书人物演义》或《七十二朝四书人物演义》。每卷一篇故事,主要宣扬儒家正统道德观念和善恶轮回、因果报应的佛家思想,有的作品宣传了黄老无为而治的思想。还有一些作品将神话传说加以改写,如羿射九日、叶公好龙、愚公移山、吹箫引凤等。所载人物十七篇来自《论语》,二十二篇来自《孟子》,只有卷一"楚国无以为宝,惟善以为宝"来自《大学》,卷六"臧文仲居蔡"来自《中庸》。本书以宣传儒家学说为主旨,"七十二"之数字则沿袭道家凡三的倍数皆为多数之意。全书结构谨严,语言畅达。明本虽不题撰人,但封面题有"李卓吾先生秘本,诸名家汇评写像"。首序署"庚辰仲秋磊道人撰于西子湖之萍席"。磊道人真实姓名不可考,庚辰为崇祯十三年(1640)。书内附图,刻工有署为"武林项南洲刊"者。项为崇祯年间名刻画家,可知崇祯间有本书刻本传世。1988年书目文献出版社出版了由李致忠、袁瑞萍点校的排印本。

人中画 明代短篇笔记小说集。五篇十六卷。作者不详。每篇一个故事,有"风流配"、"自作孽"、"狭路逢"、"终有报"和"寒彻骨"。本书写作特点鲜明:写才子佳人能跳出传统写法的俗套,才子佳人及其家长均不计门第高低,不讲贫贱富贵,以才择偶,使有情人终成眷属;写科举制度下各种书生的不同际遇,有屡遭坎坷的,有横行无忌的,惟妙惟肖;也有写父亲遭受谗言被杀,儿子含冤报仇的,等等。这些内容,不同程度地揭露了当时社会的贪腐现象,以及不同人等所进行的挣扎与抗争,有一定的现实意义。传世版本有清初啸花轩写刻本。

十二笑 明代传奇小说集。十二篇,已散佚,今残存前六篇。作者不详。书中所记,均为市井中可笑之事,为笑谑之书,不过希冀悦人耳目而已。本书刊于明末崇祯年间,后散佚,亦不见著录。

清代笔记小说

一、概　　述

　　清代是中国历史上最后一个皇朝年代,从 1644 年清兵入关到 1911 年辛亥革命,皇朝终结,共二百六十八年,历十帝。清代历史分为两个阶段:前期至 1840 年鸦片战争为第一阶段;鸦片战争之后进入近代,为第二阶段。清代的笔记小说创作在《聊斋志异》《阅微草堂笔记》的影响带动下,进入到一个新的创作高潮;而随着文言文的式微,笔记小说也画上了句号。

　　清代在中国小说史上所以特别值得重视,在于各种体裁题材的小说创作全面繁荣,笔记小说继魏晋、唐宋之后,掀起了第三个创作高峰。

　　蒲松龄以毕生精力创作《聊斋志异》,"用法传奇,而以志怪",继承并发展文言小说传统,又借鉴吸收白话小说的某些写法,其作品的思想性与艺术性均达到前所未有的高度。在文言笔记小说中,其反响之热烈,可谓空前绝后。此后,文坛出现了文言笔记小说的创作热潮,并一直延续到清末。这表现在两个方面:一是出现了大批追步的仿作,如《夜谈随录》《萤窗异草》《夜雨秋灯录》《淞隐漫录》等;二是刺激了笔记小说的创作,与之并驾齐驱。纪昀既敬佩蒲氏的才气,又不满意《聊斋志异》的描摹曲尽,书兼传奇、志怪二体,而更欣赏陶渊明、刘义庆的简约冲淡,自然妙远,因而撰写了《阅微草堂笔记》,追步晋宋,取得了很高的成就,引起不少人的赞许与仿效。与纪昀同时的袁枚的《子不语》,后来乐钧的《耳食录》、许秋垞的《闻见异辞》、俞樾的《右台仙馆笔记》等,即属于这一派。志人小说的创作由于清朝文字狱的高压威慑,受到一定限制,但也有所发展。在文言小说创作中,陈球的《燕山外史》、屠绅的《蟫史》、沈复的《浮生六记》、冒襄的《影梅庵忆语》等堪称独步。

　　作为少数民族政权,清代与元代一样,凭借的是强悍的军事力量维持统治。但清统治者较元统治者高明,从一开始便比较注意联合汉族地主阶级,极力招降纳叛,用明代的法宝八股科举笼络读书人。在战乱刚平复之际,清廷便开科取士,并不断扩大名额,诱使知识分子忘记"扬州十日""嘉定三屠"的血雨腥风,入朝为官。康熙和乾隆年间,还一再开博学鸿词科,网络山林隐逸、高士鸿儒;又征天下遗书,于康熙十八年(1679)开明史馆,乾隆三十八年(1773)开"四库全书"馆,借整理国故文献,吸引名流入彀。这一系列怀柔政策,使相当一批文人成为清廷的顺民;

在文学创作上,也兴起歌功颂德之风。与此同时,清统治者明令禁止文人结社,大兴文字狱。政治高压、文网密织,制约了清代的学风、文风,对包括小说在内的文学创作产生消极影响。这便是清代笔记小说志怪多、志人少,杂名物考据多、记现实政事少的主要原因。这种现象,直到鸦片战争前后才有所改变。社会矛盾尖锐,民族危机深重,使学者不能回避社会现实徒事考据,相当一部分人转而致力于经邦济世之学,谋求变革。这种风气的转变,在近代笔记小说中有所反映。

清代笔记小说在继承发展传统上,呈现出新的特色。简言之有三:第一,承续明代,于内容和形式上都表现出一定的通俗化倾向。第二,主观色彩加强。已不满足于记见闻、供谈笑,作为"著书者之笔",或强化褒贬,笔端常带感情。第三,形式更加多样。与传统笔记小说相关的几乎全部的类型,至清代都有作品出现。在向通俗化发展的同时,亦有一些作品,如《六合内外琐言》追求古奥,《影梅庵忆语》、《浮生六记》则显现散文化的倾向;至于写作手法,则更趋多样化。

清代笔记小说的发展,大致可分为三个时期:前期为顺治、康熙时期;中期为乾隆、嘉庆时期;后期为鸦片战争后的晚清时期。前期的作家多经历鼎革之变,失国的伤痛记忆犹新,各地的抗清斗争仍此起彼伏,故其作品或多或少地反映出民族情绪,或以"旧话"、"忆语"的形式记前明遗事,表达故国之思;或从某一侧面揭露清廷暴政,鞭挞投降变节的败类;或抒写隐逸生活,表现其与清廷不合作之态度。这时期的代表如蒲松龄及其作品,另有《虞初新志》、王士禛及其作品等。中期由于清廷残酷的文字狱高压政策的威慑,不少作家心存顾忌,故志怪小说明显增加,以袁枚的《子不语》、纪昀的《阅微草堂笔记》为其代表。到了近代,西方列强凌辱中国,民族危机日益深重,有识之士力图变革图强,也更加重视小说对民众的教育作用;加之国门被迫打开,西方的思想、文化、商品大量涌入,也打开了人们的眼界,使博物类笔记小说得到发展。总之,清代的笔记小说创作,在内容和形式上都有所发展进步,从不同侧面反映了社会面貌,及反专制、反礼教、反科举的潮流。

清皇朝被推翻之后,笔记小说创作并没有马上终结,辛亥革命之后,仍有少量作品诞生。如李伯元的《笔记四种》和《南亭四话》,吴沃尧的《短篇小说集》等。至"五四"运动之后,提倡白话文,反对文言文,笔记小说逐渐失去市场,成为遗老们个人抒怀消遣之作。随着这批人的故去,笔记小说日趋式微,走向终结。

清代笔记小说名篇佳作甚多,这里只作提纲式概括、介绍。

清代志怪小说名篇有《聊斋志异》、《阅微草堂笔记》,继之而起较有成就的有佟世恩的《耳书》、陆圻的《冥报录》、东轩主人的《述异记》、王士禛的《池北偶谈》、钮琇的《觚剩》、袁枚的《子不语》、浮楂散人的《秋坪新语》、屠绅的《六合内外琐言》、金捧阊的《客窗笔记》、慵讷居士的《咫闻录》、荆园居士的《挑灯新录》、印峘的《野记》、许秋垞的《闻见异辞》、李庆辰的《醉茶志怪》、百一居士的《壶天录》、俞樾的《右台仙馆笔记》、许奉恩的《里乘》等。

清代的志人小说的成就不如志怪,没有产生如《聊斋志异》、《阅微草堂笔记》那样雄视前代、左右当时的作品,但亦不容低估。较有影响的有宋起凤的《稗说》、周亮工的《书影》、王士禛的《香祖笔记》、汪琬的《说铃》、褚人获的《坚瓠集》、宋荦的《筠廊偶笔》和《二笔》、余怀的《板桥杂记》、王韬的《淞隐漫录》、冒襄的《影梅庵忆语》、史震林的《西清散记》、沈复的《浮生六记》、李宝嘉的《南亭笔记》和《南亭四话》、吴沃尧的《趼廛笔记》及《趼人十三种》、梁维枢的《玉剑尊闻》、李延昰的《南吴旧话录》、王晫的《今世说》、吴肃公的《明语林》、章抚功的《劝世说》、李清的《女世说》和严蘅的《女世说》,辛亥革命后,还出现了易宗夔的《新世说》等。诽谐类笔记小说主要有石成金的《笑得好》、独逸窝退士的《笑笑录》、小石道人的《嘻谈录》、游戏主人与程世爵各自的《笑林广记》、陈庚的《笑史》、铁舟寄庸的《笑典》,以及吴趼人的《俏皮话》、《新笑林广记》、《新笑史》等。

需要说明的是,清代有不少志人小说属史传杂记体笔记小说,不少作品记事多于创作。另有一些博物小说的文学意蕴不浓,甚至有一些诗话、考证类充斥其中。这些作品虽谓笔记小记,严格讲,其史料价值高于文学价值。

二、作家和作品

■**李清**(1602—1683)　清代笔记小说作家。字映碧、心水,晚号天一居士。江苏兴化人。明崇祯进士,官至大理寺左丞。明亡不仕,闭门著述。康熙间征修《明史》,辞以年老不至。著有《澹宁斋集史论》、《史略正误》、《二十一史同异》、《南渡录》、《三垣笔记》等。另有笔记小说集《女世说》四卷。

女世说①　清代笔记小说集。四卷三十一门,分类记事。李清撰(清代严蘅撰有同名作品)。作者在本书自序中说,自幼受伯父维凝抚育,伯父憾于《世说新语·贤媛》一门"未饫人食指",欲续撰《女世说》,作者承其遗志而辑此书。

本书仿《世说新语》体例,列淑德、隽才、通辩、悼感等三十一门。材料均取自史书传记,从中可感作者的遗民意识。如卷三通辩门"黄巢姬妾"条,写唐僖宗平黄巢后责问其姬妾从匪,姬妾云:"狂贼凶逆,国家以百万之众,失守宗祧,今陛下以不能拒贼责一女子,置公卿将相于何地乎?"其中亦似含蕴对使明王朝"失守宗祧"的公卿将相的责难,以及对清王朝的不信任。

本书版本有清道光间经义斋刊巾箱本。

■**王崇简**(1602—1675)　清代笔记小说家。字敬哉。宛平(今北京市)人。明崇祯十六年(1643)进士。入清,授内翰林国史院庶吉士,累官至礼部尚书加太子太保。年七十四岁卒,谥号文贞。他遍读群书,谙熟典故,多所建白,为时议所归。一生著作颇丰,有《青箱堂文集》三十三卷、《青箱堂诗集》三十三卷,笔记小说《冬夜笺记》一卷、《谈助》一卷等。《四库全书总目》及《清史稿·艺文志》均著录。

谈助 清代笔记小说集。一卷。王崇简撰。此书系作者"夕坐闲谈,或述古语,或及近事所闻,偶录之已成帙"。前有吴震方于庚寅(1710)春该书付梓时写的序,称本书为"怡神黄妳燕居游息之言也"。书中以历史上的人物、行事入谈资,寓褒贬教诲于其中。如"顾宪成"条记:"顾宪成幼读韩文讳辨,每读之父讳,嗫嚅不忍吐。师以告其父。父语之曰:'昔韩蕲王名忠,语其子曰:汝讳我是忘忠也。教子不讳,儿奈何讳学?!'"寥寥数语,已见宋抗金名将韩世忠之志向。"卖饼者"记:"友人言市有卖饼者甚佳。见者辄云,买于儿女吃,鲜言与父母吃者。"仅二十六字,却画出世态景象,一幅父母爱儿女,但少有儿女记住父母的悲凉图画呼之欲出。"贾人某"条以贾人"每进食于母,虽一饼一果必拜",直呼:"人何必读书!此正于《论语》'至于犬马,皆能有养。不敬,何以别乎'相合。"痛恨不孝敬父母者之态甚厉。本书有《古今说部丛书》本、《说库》本传世。

■**梁维枢**(生卒年不详,活动在明崇祯至清顺治年间) 清初笔记小说作家。字慎可。真定(今河北正定县)人。其祖父梦龙,明嘉靖时期进士,明万历时期曾任兵部尚书、太子太保。维枢系明崇祯时期的举人,在明曾官至工部主事,有政声。入清,未再入仕,在家读书和著述。有著作《姓谱日戋》、《日阁小识》,以及笔记小说《玉剑尊闻》十卷。这部小说记有明一代的轶事琐闻。

玉剑尊闻 清代笔记小说集。十卷。梁维枢撰。仿照刘义庆《世说新语》体例进行分类,取有明一代士大夫的遗闻逸事、文人的雅言韵事,进行记述描绘。作者凭明末仅存的"放诞"、"狂悖"遗风,收录时有悖于正统:如录李贽评价的"五大奇书",对《水浒传》大加赏识;朱元璋赞美《琵琶记》之语亦予录入。书中还保存了一些有关文学艺术和社会风俗的史料。本书于清顺治甲午年(1654)赐麟堂刻本,1927年藁城魏氏养心斋有续刻本传世。

■**艾衲居士**(生卒年不详,约活动在明末清初) 清初笔记小说作家。又称艾衲道人、艾衲老人,真实姓名无考。赵景深的《中国小说丛考》谓为浙江人,从他自题为"圣水艾衲居士"看,四川中江县东有"圣水泉",疑为四川人。有笔记小说集《豆棚闲话》十二卷流传,内有故事十二则。今存最早版本为乾隆四十六年(1781)金闾书业堂刊本,题"圣水艾衲居士原本","吴门百懒道人重订";另有上海古籍出版社1985年出版之"中国文学珍本丛书"本。

艾衲居士的生平不详,据《豆棚闲话》相关内容,及其同时代人的评序文章,可知他约生于明末,经历了由明及清的鼎革之变,入清后曾应科举而不第,未登仕途,生活蹉跎,而愤世疾俗,倜傥不羁。书中以文墨寄托自己抑郁不平之气。

豆棚闲话 清代笔记小说集。十二则。艾衲居士撰。作者真实姓名不详,有人曾推测为清初范希哲,但无实据。书中各则独立成篇,且连环相扣。每则故事都由一些人在同一豆棚下轮流叙说,故以书名。其内容广泛,表现思想也较为复杂。"首阳山叔齐变节"一则,借叔齐忍不住饥饿下了山,见大街小巷的"顺民",车推肩挑,意气飞扬,纷纷向西京朝见新天子,揭露和抨击了明末士大夫文人向清廷摇尾乞怜的种种丑态。"陈斋长论地谈天"一则，作者将讽刺矛头直指投靠新朝的变节者，诙谐生动，令人解颐。"藩伯子散宅兴家"写一官僚家庭之发家史，老主人阎光斗做京官时，利用权势地位，作威作福，后来转为地方官，克扣盘剥，削职回家后，变本加厉，霸占田产；在朝为贪官，在野为劣绅，揭露了明末官场的腐败黑暗。"虎丘山贾清客联盟"鞭挞了无赖帮闲的丑恶灵魂。"大和尚假意超升"揭露了恶僧愚弄压榨百姓的无耻行径。"介之推火封妒妇"、"范水伯水葬西施"等，则宣扬宿命论，存在着轻视妇女的思想。

本书的故事来源，不少采自古史传说或前人笔记，作者在此基础上，饶有兴致地敷演成一串故事，时人评之"苍吕花簇，像新闻不像旧本"。其创作风格对后世产生了很大影响，之后的《小豆棚》即仿此而作，唐英之《转天心传奇》亦取材于本书。

本书刊本很多。最早有康熙年间刻写本，又有瀚海楼刻本、乾隆四十六年书业堂刻本、乾隆六十年三德堂刻本、宝宁堂刻本和嘉庆十年致和堂刻本。排印本有1935年上海杂志公司依瀚海楼本排印，1982年上海古籍出版社出版了新式校点本。

■**李渔**(1611—1680) 清代著名文学家和笔记小说作家。字笠翁，号觉世稗官，亦称湖上笠翁、新亭客樵、随庵主人。浙江兰溪人。早年入学，一边读书习文，同时学习医药。二十六岁时考入金华府学。后因乡试失利，于二十九岁时弃诸生，居东皋郑潢河上，掘门土室，绝迹城市，直接从事农耕。他家本为小康，伯父与父亲都寓居浙江如皋县，伯父行医，父亲开药店。这时伯父与父亲已先后故去。三十九岁时(1649)，他出游钱塘(今浙江杭州市)，一度因生活拮据，以卖赋糊口。李渔这个名字也是这时改的。他原名仙侣，号天徒，入清后曾改名谪凡；因成天在街头卖赋，头戴斗笠遮阳挡雨，像个渔民，故改名李渔，随之又改字笠鸿，号笠翁。大约在钱塘住了十年，他的小说大都是在这个时期创作的，戏曲也有半数作于此时。因在市场上卖赋，使他的诗赋得以迅速传播，故有才子之誉，世称李十郎。他未就举业，布衣终身。四十八岁时(1658)，移家至金陵(今江苏南京市)，经营书店，号"芥子园"。居金陵近二十年，至康熙十六年(1677)由金陵返回钱塘时，已是晚年。据他的《次韵和张壶阳观察题层园十首序》云："予自金陵归湖上，买山而隐，字曰层园。"康熙十九年(1680)正月，李渔卒于钱塘西湖旁之新居。

李渔一生撰著极其宏富，早期曾自编文集《一家言初集》八卷、《一家言二集》十二卷，包括诗歌和散文杂著。后将此两文集合编为《笠翁一家言文集》，十六卷，计有文集四卷、诗集三卷、词集一卷、史论两卷、杂文《闲情偶记》六卷。又有《笠翁十种曲》，计有戏曲"奈何天"、"比目鱼"、"蜃中楼"、"美人香"——即"怜香伴"、"风筝误"、"慎鸾交"、"凰求凤"、"巧团圆"、"意中缘"、"玉搔头"。未收入此集的还有戏曲九种，即："万年欢"、"偷甲记"、"四元记"、"双锤记"、"鱼篮记"、"万全记"、"十错记"、"补天记"、"双瑞记"。还有通俗小说《无声戏》十二回、《连城璧全集》十二卷、《外编》六卷、《十二楼》(又名《觉世名言》)十二卷三十八回、《合锦回文传》十六卷不分回、《肉蒲团》六卷二十回等。这里尤应指出的是，被收入《笠翁一家言文集》中的《闲情偶记》六卷，虽有不少地方是谈文学理论的,但也有许多完整的故事,应视同笔记小说。还有笔记小说《秦淮健儿传》一卷,亦收在文集之中。另有笔记小说集《古笑史》三十四卷等。

乔复生王再来二姬合传 清初笔记小说。一卷。李渔撰。本书是作者为自己的两位姬妾而作。乔王二姬是李氏家庭剧社的主要角色,深受主人的宠爱。传中记录了二人的特殊艺术天赋和她们勤奋的艺术追求。她们身分卑下,又奔波劳累,以致早夭。作者对她们的早逝表达了悲哀和思念,并记述了他们之间互相爱慕,并不全是儿女私情,而是出于对艺术的共同追求与探索。传后附断肠诗,哭乔复生二十首、哭王再来十首,及怀念二姬的诗词。本传记辑入《笠翁一家言文集》,后被《香艳丛书》、《美化文学名著丛刊》收录。1928年和1936年上海书店、国学整理社分别出版了复印本和排印本。

■**冒襄**(1611—1693) 清代笔记小说作家。字辟疆,别号巢民,又号朴巢,江苏如皋人。父起宗,曾任明朝吏部郎官、副使。冒襄幼有俊才,十岁能诗,董其昌曾为其诗作序。明崇祯十五年(1642)副榜贡生,当授推官,因各地农民义军纷起,时局混乱,遂不出。与之交游者皆时之雄俊,其中交谊深厚者有桐城(今属安徽)方以智、宜兴(今属江苏)陈贞慧、商丘(今属河南)侯方域,时称"四公子"。冒襄既隐居不出,南明时期几度由督抚、御史等高级官员推荐,包括史可法荐为监军,皆以亲老而辞却。入清后,圣祖康熙中(约1690年前后),又复有人以山林隐逸、博学鸿词推荐,亦不就。

冒襄饱读群书,幼年即负盛名。一生的著述极为宏富,今行世有《先世前徽录》、《六十年师友诗文同人集》、《朴巢诗文集》、《水绘园诗文集》、《有怀堂文稿》,以及笔记小说《影梅庵忆语》等。明亡入清后,冒襄注重名节,一直对清廷采取不合作的态度。康熙三十二年(1693)卒,年八十有三,私谥潜孝先生。

笔记小说《影梅庵忆语》只有一卷,写成于顺治八年(1651)。当时董小宛死后不久,是篇是作者追悼怀念董小宛之作。

影梅庵忆语 清代笔记小说集。一卷。冒襄撰。作者为追思苏州名才妓董小宛而作。作者与侯方域等是享誉明末的"四公子"之一。重名节,有才气。明亡不仕,居家著述。全书一卷三十九段,可分五个层次:(1)概述小宛一生及作者的痛悼之情,可视为序。(2)回忆与小宛遇合的经过,历尽坎坷。(3)叙述二人平居生活,突出写小宛的才技和善于理家。(4)写明清易代之际小宛颠沛流离至病故,艰难备尝。(5)追述小宛生前卜签、钗拆、哀诗、惊梦等不详之兆。书称"忆语",并非"效轻薄子谩谱情艳",而是以清丽的文字追忆亡人,表现悼念之情。书中寄托作者对于明末腐败政治的痛恨,对清代统治者所实施的民族屠杀和民族污辱政策的不满,反映了江南人民在抗清斗争中所表现出的正义和勇敢。全书文字优美,语言清丽,充满诗情画意,对后世小说创作、戏剧创作都有深远的影响。本书成于顺治八年(1651)董小宛死后不久,曾收入《昭代丛书》、《如皋冒氏丛书》、《赐砚堂丛书》、《香艳丛书》、《说库》等丛书中。上海书店1982年出版了影印本,附有赵苕狂考。

■**周亮工**(1612—1672) 清代笔记小说作家。字元亮,又字缄斋,号栎园,学者称为栎下先生。河南祥符(今河南开封市)人。明崇祯十三年(1640)进士,官至监察御史。李自成攻陷北京,亮工南逃,从福王政权于南京。清军南下,亮工降清,并被授官两淮盐运使,累迁福建左布政使,再迁户部右侍郎。为闽督所劾,赴福建听审。后因所劾不实,起补山东青州海防道,后调江南江安(今属四川)粮道。再因坐事论绞,遇赦得释。寻卒。

亮工善诗能文,文宗秦汉,诗仰少陵。著有《赖古堂诗钞》和笔记小说《因树屋书影》(或作《书影》)。书名取"老人读书只存影子"之语义。成书于顺治十六年(1659),正式刊印则为康熙六年(1667)。写小说时,他因坐事正因在刑部狱因树屋内。全书共有十卷七百八十五则,为作者生平所学、所闻、所见之札记。书中有部分为典籍考释、诗文史事评论,大部分属于小说,又兼有志人、志怪的内容。此外,还有笔记小说《字触》六卷、《闽小记》二卷。

书影 清代笔记小说集。十卷。周亮工撰。又名《因树屋书影》。作者为明代遗老,降清后官至户部右侍郎,后被劾入狱,囚刑部狱因树屋内,在狱中写成此书,又取"老人读书只存影子"之义,故名。全书十卷七百八十五则,为作者记叙平生所学、所见、所闻的札记。其中有部分考释典籍、评论史事的诗文,不尽为小说。小说部分,有创作的志人小说,也兼记异事怪闻。作者虽因明亡降清为官,但对清廷也有不满。在卷五第五则中,借江阴戚三郎与其妻王氏的不幸遭遇,委婉地揭露了清兵在江南杀戮抢劫的罪行,反映了铁蹄踩躏下民众的悲惨命运,隐含切肤的亡国之痛。书中"金凤"条记海盐名优曾见幸于明末奸相严嵩,对严十分熟悉。因此,在严倒台后,扮演之"鸣凤记"中的严嵩便十分真实。书中之议论部分大多平允,只是记清初的事件,碍于政治高压、文字狱惨烈等因素,议论时只一笔带过。作者写人物善于描写,语言操作能力高超,绘声绘形,形象真切感人。书成于顺治十六年(1659),康熙六年(1667)由赖古堂刊刻问世。梓板为作者死前所毁,其子重梓为怀德堂本。曾收入《四库全书》,后因其《续画录》中"语涉违碍",被抽毁,故流传不广。现传世有上海古籍出版社据怀德堂本整理的排印本。

■**章有谟**(生卒年不详,活动在清康熙年间) 明末清初人。明末与王夫之(船山)交游。慕王之为人,号其斋曰"景船"。其他不详。著有笔记小说集《景船斋杂记》二卷。作者在书中提及其家乡为松江府,可知为上海人。

景船斋杂记 清代笔记小说集。二卷。章有谟撰。作者生活于明末清初,与王夫之(船山)交游,慕王之为人,故号其斋曰"景船",由是名书。书中主要记明隆庆以后朝野轶事,对其家乡松江风俗掌故之亦详。另还记录了明末笔记小说名家如陆深、陈继儒的许多遗闻轶事;明末抗清烈士陈子龙、夏允彝结几社,诗酒唱和的轶事;同时对陈子龙被清兵捕获后投茅竹港自杀,大吏命令将陈的头颅入狱等事均有较详细的记载。作者在揭露清兵残酷的同时,又借因果报应说,把清兵南侵、江南人民抗清和清兵屠城等事说成报应。本书于乾隆二十九年(1764)为其孙刊刻传世,另有上海申报馆本。

■**余怀**(1617—1697以后) 清代笔记小说作家。字澹心,一字无怀,号曼翁,又号曼持老人。福建莆田人,侨居江宁(今江苏南京市)。博览群书,才情艳逸,工于诗。一首《金陵怀古》诗,王士禛以为可与刘禹锡比美。他的诗作与杜浚、白梦鼐齐名,时称"余杜白"。其词藻艳丽轻俊,为吴伟业、龚鼎孳所赏识。晚年隐居苏州。

余怀的著作有《味外轩文稿》、《研山堂集》,以及《秋雪词》一卷、《宫闺小名后录》一卷、《砚林》一卷。笔记小说《板桥杂记》三卷,写于七十岁以后。此处"板桥"指南京秦淮河上之长板桥。据其自序说:"偶为北里之游,长板桥边一吟一咏,顾盼自雄。……一片欢畅,鞠为茂草,……蒿藜满眼,楼馆劫灰,美人尘土。"作者目睹朝代变革,亡国之痛、盛衰之慨,积郁胸间,乃用追述见闻借以抒发。还有笔记小说《三吴游览志》一卷。

板桥杂记 清代笔记小说集。三卷。余怀撰。全书分雅游、丽品、轶事三部分(卷),主要描写明末南京狎邪冶游之盛,歌伎舞姬的容止风貌、才艺和明末文人士大夫奢侈放浪的形态跃然纸上,寄托了盛衰兴亡之感。南京秦淮河畔为众妓群聚之所,长板桥即在其间。作者在序中说,年轻时"偶为北里之游,长板桥边一吟一咏,顾盼自雄";而鼎革以来,时移物换,"一片欢畅,鞠为茂草","蒿藜满眼,楼馆劫灰,美人尘土"。睹此巨大变化,亡国之痛、盛衰之慨积郁胸间,遂借追述见闻以抒发。三卷各有所重。上卷"雅游"记金陵妓院之盛,并介绍其分布、居室陈设、生活习俗等;中卷"丽品",分别为李十娘、葛嫩、顾媚、董白、李香等名妓立传;下卷"轶事"则记文士艺人、狎客假母等传闻轶事。从中可见明末风雨飘摇中文人士大夫的醉生梦死,"虽兵戈日警,而歌舞弥增"的颓废情状。作者并非评头品足,轻浮玩弄,而在于"伤古吊今,感慨流连"。作者同情并敬重笔下诸妓,着重记她们的不幸身世与瑰节奇行。如"马娇传"写马"姿容清丽","知音识曲,妙合宫商","以说坠烟花为恨,思择人而事,不敢以身许人"。后归杨龙友,杨虽以诗画擅名,却无德无行,阿附权贵,后被百姓焚烧其家。"李十娘传"中李十娘旷世而秀群,"李大娘传"中李大娘有须眉丈夫之气,"李贞丽"中将李香君是非分明、爱情气节并重等,描绘得淋漓尽致。此书仿作甚多,有《续板桥杂记》、《秦淮画舫录》、《秦淮花略》、《石城咏花录》等。俞蛟《梦厂杂著》中的"潮嘉风月"、王韬《淞隐漫录》中的"二十四花史"、"十二花神"、"三十六鸳鸯谱"等,亦承其体例、写法。本书最初收入吴震方之《说铃》,后《虞初新志》、《龙威丛书》、《昭代丛书》、《香艳丛书》等丛书均收录或选录。1936年世界书局在《章台纪胜名著丛刊》中印制其排印本。

■**陈维崧**(1625—1682) 字其年,号迦陵。江苏宜兴人。清初诸生,康熙十八年(1679)举博学鸿词,授翰林院检讨。五十四岁时参与修纂《明史》,四年后卒于任所。工词,为清初"阳羡派"词领袖。词以豪放为主,宗苏、辛,气派宏大,骨力绝道。又能诗与骈文。著有《湖海楼诗文词全集》五十四卷。另有笔记小说《妇人集》一卷。

妇人集 清代笔记小说集。一卷。陈维崧撰,冒襄注,王士录评。自古以来,由于传统观念的影响,文人为妇女立传者寥若晨星。本书可谓为明末清初妇女(当限于才女)立传的代表作品。书中收妇女近百人,上至公主、贵妇,下至妓女、优伶,不问地位之尊卑,而以才质高下为取舍标准。不少篇章文笔绮丽,描写细微、生动,如"林四娘"条记晋江陈宝玥夜半见到明故衡王宫女林四娘鬼魂的故事,反映了作者对明故国的怀念。文中把林氏的楚楚可人描写得淋漓尽致。林四娘的形象对后世文学创作影响深远。以后冒丹书又著《妇人集补》一卷。书中的注、评也很有特色,重才质而不重容貌。传世版本主要有《香艳丛书》本。

■**杨士聪**(约1620—1684) 字朝彻,号凫岫。明崇祯时期(1628—1644)登进士第,授官检讨。入清,累官至谕德。撰有笔记小说《玉堂荟记》二卷。其书内容据自序所说,凡十余年来世局朝政与物态人情,俱粗略记载于其中。其他著述情况不详。

玉堂荟记 清代笔记小说集。二卷。杨士聪撰。杨氏为明崇祯间进士,后供职翰林院,官检讨。因翰林院又称"玉堂",故名。本书记作者在翰林院之所见所闻,如有关宗藩仪节、经筵讲书、科举选贡、"监视"之役、宫中耗费等事,多有所采。作者为周延儒门生,故于朝内派系之争,多指责东林、复社,亦有不公之处。本书成于崇祯癸未(1643)岁末,距明亡不足百日,时以抄本传世。道光年间钱熙祚收入《指海》,同时又有刻本传世。

■**汪琬**(1624—1690) 清代笔记小说作家。字苕文,号钝翁,晚号尧峰,又号玉遮山樵。长洲(今江苏苏州市)人。少孤,发奋读书,锐意为古文辞。对于易、诗、书、春秋、三礼、丧服皆有研究,且咸有新的见解。顺治十二年(1655)登进士第,授官户部主事,再迁刑部郎中。坐奏销案降职为兵马司指挥,能举其职,不以秩卑自沮。任满,又稍迁为户部主事。以疾假归里,结庐尧峰山,杜门撰述,不与世交,学者称之为尧峰先生。康熙十八年(1679),以宋德宜、陈廷敬之荐,召试"博学鸿儒"科,试列一等,授官翰林院编修,参加纂修《明史》。在明史馆六十日,别人还在争议不休,他已撰成《史稿》一百七十五篇。再次因病请假归里,从此再未复出。归十年而卒,终年六十七岁。

汪琬善为古文,名重于时。同时代还有魏禧、侯方域并以古文擅名,与汪琬一起时称"古文三大家"。著有《尧峰诗文钞》、《钝翁别集》二十六卷(包括有《明史列传稿》、《汪氏族谱》、《先父行略》),笔记小说《钝翁类稿》六十二卷(其中也包括有部分诗文)、《钝翁续稿》三十卷、《说铃》一卷。

说铃① 清代笔记小说集。一卷。汪琬撰(清代吴震方编有同名作品)。汪氏为清初苏州名士,善文采,广交游。书中他记载了与朱彝尊、李因笃、王士禄、王士禛、魏象枢、吴兆骞、邝露、施闰章等名人交游的遗闻轶事,内容多为"辨学、论文之语及一时朋游雅谑"。一时文人旷达不羁的形象跃然纸上。书成后有清康熙间刻本,后被张潮收入《昭代丛书》之中。

■**彭孙贻**(彭孙遹,1631—1700) 字骏孙,号羡门,又号金粟山人。海盐(今属浙江)人。顺治乙亥(1659)进士,康熙己未(1679)召试博学鸿词,得第一名,授翰林院编修,官至吏部左侍郎,兼掌院学士。著有《桂松堂全集》三十七卷、《南湝集》三卷、《延露词》三卷等。《客舍偶闻》是其笔记小说中之代表作。

客舍偶闻 清代笔记小说集。一卷。彭孙贻撰,为作者客居北京时所作。书中杂记明末清初的轶事,多记满人制度和满人上层的逸事琐闻。其中描写康熙初年满族大臣之间互相倾轧,历历如绘,十分生动。书中还以相当的篇幅记灾异,反映了作者对满清统治的反感。本书清初一直以抄本流传,后收入《花近楼丛书》,开始以刻本传世。

■**钮琇**(?—1704) 清代笔记小说作家。字玉樵。江苏吴江人。康熙十一年(1672)拔贡。曾先后出任河南项城、陕西白水、广东高明(今属广东佛山市)等县知县,最终卒于高明任上。据《清史列传》称:"琇博雅工诗文,簿书之暇,不废笔墨。宰高明时,成《觚賸》一书,记明末国初杂事。……其文幽艳凄动,有唐人小说之遗。"三处知县任职,颇多治绩,甚受群众赞誉,高明县人祀之于名宦祠。

钮琇一生的撰著有《临野堂集》十三卷、《钮琇文集》十卷、《诗余》二卷、《白水县志》十四卷;还有笔记小说《觚賸》八卷、《觚賸续编》四卷,正、续编共记有三百二十一则故事。

觚賸 清代笔记小说集。正、续编十二卷。钮琇撰。本书正编八卷:《吴觚》三卷、《燕觚》、《豫觚》、《秦觚》各一卷,《粤觚》二卷,完成于康熙三十九年(1700);续编四卷:《言觚》、《人觚》、《事觚》、《物觚》各一卷,完成于康熙四十一年(1702)。正编主要是根据故事的来源并按作者所经之地的顺序进行编排;续编则是根据故事的侧重点不同而分类。

全书共三百二十一则故事。从文体上说,少数如"广东月令"、"牡丹述"等纯为杂记,不是小说;"睐娘"、"河东君"、"圆圆"、"雪遘"、"海天行"等篇幅较长,情节曲折,描写细腻,属于传奇;多数则为笔记小说。从题材内容上说,有三类:一是轶事类的时事近闻,二是妇女题材,三是志怪博物。轶事类中,从不同侧面反映了清初的社会现实。如"布囊焚馀"、"逸堂老树"、"延平女子"等写战乱中百姓的苦难;"虎林军营唱和"、"力田遗诗"等写文字狱,对因明史案受害的吴炎、潘柽章表露出敬仰悼念之情;"五华山故宫"、"共冢"、"俺达纵暴"、"跛金"等写三藩之乱,揭露尚之信嗜杀成性的罪行。书中对一些清官能吏和耿介之士则多所歌颂,如"公归集"写"天下第一清官"陆稼书;"程公引"写程一世清廉;"李侍御"写李不畏权势,秉公执法等,表现了作者的道德观。

书中写妇女题材的较多,主要赞扬女子的才华胆识,及其为追求幸福、维护人格对旧势力的抗争，同情其悲剧命运，如"姜楚兰"、"云娘"、"鸳鸯圹"、"怨鹤行"、"宛在"等。周中孚《郑堂读书记》评其书曰："其文辞皆哀艳奇姿，而记事多近游戏，故不免喜谈神怪以征其诡幻。"书中属志怪的篇章约占一半，其内容包括神仙道术、鬼魂精怪、再生转世、幻梦征兆、珍奇异物等。值得注意的是：(1)不少篇章不但追求新奇，而且具有鲜明的寓意。借志怪曲折反映社会人生更趋自觉。如"狨"、"诒虎"、"粤之猫"等篇是以物写人，"鬼徒"等借鬼抨击时政。(2)虽写鬼神，但对鬼神之说，僧道方术等多所揭露，而肯定不怕鬼、不信邪的斗争精神。如"鬼误"、"奏毁淫祠"、"佞佛"、"人蜩"、"相墓四大惑"、"树怪"、"雁翎刀"等，都具有反迷信的意义。

在清初的笔记小说中，本书是艺术成就较高的一部。《四库全书总目》曾评："琇本好为俪偶之词，故叙述是编，幽艳凄动，有唐人小说之遗。"就笔记体而言，前人一致肯定此书的语言优美自不必说，特别指出的是作者创作有较强的主观能动性，"非止袭乎传闻"便姑妄听之，而能精密构思，巧妙安排，点染发挥，长于剪裁，讲究层次条理，注重艺术技巧。

本书编撰成后，有临野堂刊本问世。《古今说部丛书》、《清代笔记丛刊》和《笔记小说大观》等丛书均收录。1934年大达图书供应社出版了排印本。

■**董含**（生卒年不详，活动在清顺治年间）　清代笔记小说作家。字阆石，号榕庵。江苏金山卫（今上海金山区）人，一作江苏华亭（今上海市松江区）人。青年时期与弟俞并有文名，时称"二董"。清顺治十二年(1655)登进士第，观政吏部，以奏销案被黜。

董含归里后一心著述，著有《艺葵集》、《安疏堂集》、《古乐府》、《闵离草》，以及笔记小说《莼乡赘笔》三卷等。

莼乡赘笔　清代笔记小说集。三卷。董含撰。作者号莼客，是以名书。作者曾中顺治辛丑进士，随即因奏销案被革斥，终生不仕。本书记明末清初朝野轶闻遗事，从甲申(1644)至丁丑(1697)五十四年间的时事，均酌情记录。作者著述态度严肃，其材料来源除了耳目所及和得之于邸报外，多为远近详访、亲自考核而得，许多重大事件在书中得以详细记载。如"江南奏销案"、"方于定伪撰国史案"、"假弘光案"、"松郡大狱"、"《启祯诗选》案"等，皆叙述原委，真切详明。其他如记三吴风俗，当时景物，在描写中常寄托有兴亡之感。全书按时序排列。本书有民国间石印本传世。《申报馆丛书》收录时更名为《三冈志略》，分为十卷，基本以五年为一卷。另有光绪末排印本。

■**佟世思**　清初人。生卒年不详。正蓝旗汉军人。曾宦游江南各地。著有笔记小说《耳书》一卷。

耳书　清代笔记小说集。一卷。佟世思撰。佟氏曾宦游江南，将所见之荒诞奇事记录成书。本书分人、物、神、异四个部分。作者认为奇事是"或无其理有其事，或其事虽不恒见而其说则可以为劝惩"，因而笔之于书。书中"孙圣"条记录了神话传说人物孙悟空的有关资料："闽中有神,猴首人身,额以金圈,手执铁棍,衣虎皮,土人呼为'孙大圣'。相传明季曾现身云中,大败倭寇。以故,迄今尸祝之。按小说家《西游记》有所谓'孙大圣'者即此也。"本书传世有清康熙间刻本。曾被收入《辽海丛书》中。

■**田易** 清初人。生卒年不详。疑籍贯浙江。著有笔记小说集《乡谈》一卷。

乡谈 清代笔记小说集。一卷。田易撰。越中之地,人杰地灵,本书即记越中先贤事迹和山水名胜。书中记载了王守仁(阳明)的诸多轶事,如言其业师为姚江隐士许半圭,对王的要求极为严格,"阳明十四岁即从之学,每当风雨晦冥、电雷交作,令阳明独行城上,缘城走四十里,以试其胆力";又记阳明封为"新建伯"后衣锦还乡时,仍对老师恭敬有加。另对陆游、杨维桢、徐渭、刘宗周、王季重、倪元璐、张岱等宋元明三朝越中名人事迹,也都有所记载。还有一些解释越中方言语词的条目,颇具特色。此书曾被收入《绍兴公报》社编印的《越中文献丛书》之中,后有单行本传世。

■**张芳** 清初人。生卒年、生平、籍里均不详。著有笔记小说《黛史》一卷,属描写女子容颜、修饰、行仪之类的杂事小说集。

黛史 清代笔记小说集。一卷。张芳撰。"黛"指青黛,用于妇女修饰眉毛,又借指妇女之眉目。本书取名之意为描写女子风姿容貌之美。本书内容分为厚别、养丽、静娱、一仪、炼色、禅通六部分,分别描写美女在不同状况下目光、眉宇间所表现的不同韵致。在描写女子美的同时,也表达了男女相值时,男人应取的态度。本书取材角度奇特,描写细微,对后世人物形象描绘有一定影响。书成后曾被收入《香艳丛书》,宣统元年(1909)上海中国图书公司出版了排印本。

■**高士奇**(1645—1704) 清代笔记小说作家。字淡人,号瓶庐,又号江村。浙江钱塘(今杭州市)人。幼时好学能文,以监生就顺天乡试,不利。因贫,以卖文卖字为生。后经大学士明珠举荐,入内廷供奉,授詹事府录事,后迁内阁中书。康熙九年(1680),授额外翰林院侍讲,寻补侍读,充日起居注官,迁右庶子。终官詹事府詹事、礼部侍郎,谥文恪。他性嗜学,多读异书,其文才备受康熙嘉许。一生著作甚多,有《经进文稿》、《扈从日录》、《清吟堂集》、《春秋地名考略》、《左传国语辑注》、《左传纪事本末》、《北墅抱瓮录》、《唐诗掞藻编珠》等。另有笔记小说集《江村消夏录》一卷和《天录识余》二卷。

天录识余 清代笔记小说集。二卷。高士奇撰。是书多杂采宋明人说部,缀编成集。其摘引前人部分,多糅进自己的观点,所以舛误较多。舛误部分,杭世骏《道古堂集》和纪昀《四库全书总目》提要中已一一指摘,不再赘述。唯书中作者自己创作部分和一些讲怪说异条目颇具特色。如"咏骰子"条记:"正德间一妓女,失其名,于客所分咏,以骰子命题。妓应声曰:'一片寒彻骨,翻成面面心。自从遭点污,抛掷到如今。'亦清切可感。"不足五十字,将封建社会妓女的悲惨遭遇叙说得淋漓尽致。"秋芳亭"描写妓女谢天香色艺双全,以衣袖蘸墨大书"秋芳"二字,使书法家王维翰赞叹不已,后二人结成连理。又如"雨钱"条,记明嘉靖六年六月十九日、成化丁酉六月九日均降雨钱的怪异现象。本书传世版本有《古今说部丛书》本和《说库》本等。

■**宋起风**(生卒年不详,活动在清顺治康熙年间) 清代笔记小说作家。字弇山,号觉庵,又号紫庭。直隶广平(今河北永年县)人。家世与生平事迹均不详。顺治六年(1649),曾任山西灵丘县令,后迁升为广东罗定知州。晚年弃官,寓居于浙江富春江畔。他的笔记小说集《稗说》四卷,大约写于这个寓居时期,撰成于康熙十二年(1673)。只有抄本,未能刊刻。全书有故事一百五十余则,主要记述明末清初著名人士的传闻逸事,兼及其他。对明代后期几个帝王的昏庸腐朽多所揭露,对浴血奋战的将领多所赞扬,对争取自由、表现节烈的妇女多所歌颂。

稗说 清代笔记小说集。四卷。宋起风撰。作者晚年弃官,寓居富春江畔,闲暇时将耳闻目睹的奇闻异事等记录成编。全书共一百五十余则,主要记明末清初文臣武将、诗翁画客、隐逸奇士、僧道高人等的传闻轶事,兼及明末典章制度、宫殿建筑、园林胜迹及风俗掌故等。作者足迹半天下,阅历颇广,并因其父与崇祯时御马监马云程友善,曾随之出入禁苑,故所记明末故实颇为翔实,具有较高的史料价值。卷一"陈征君余山"、卷三"袁籜庵"和"王弇洲著作"等篇,记明代小说家陈继儒、袁于令、王世贞的轶事,可供小说史研究参考。所记轶事,尤重于"隆替变革之故"。"万历疑案"、"蕉园"、"陶真人"、"明崇祯善政"及"魏忠贤盗柄"等,对明武宗、世宗、神宗、熹宗等皇帝的昏庸荒淫,多所揭露。写及清康熙年间的,则不全涉及朝政。其次,卷二较多写及明代战将,如"秦良玉"、"黄得功殉节"、"戚南塘用兵"等,对他们奋勇善战,统兵军纪严明,多所赞扬;"刘泽清"、"左良玉"等,则揭露他们拥兵自重,不服调遣,劫掠民财,骄奢淫逸。"李青山"篇记李氏兄弟二人据梁山泊起义以抗击后金,后主动接受招安,却被朝廷杀害,写得慷慨悲壮。"王翠翘"、"坚白"、"还妇成梁"、"海烈妇"等均写妇女,甚有特色,她们智勇无比,令人钦佩。

本书在艺术上不是以细腻的描写和虚构情节取胜,而是抓住人物特点,通过简洁而有层次的叙述来突现人物,其笔下流淌着作者的爱憎。它写于康熙壬子秋(1672),成于次年秋末,未见有刊本传世,仅史学家谢国桢藏一旧抄本,江苏人民出版社据以校点整理,收入《明史资料丛刊》第二辑中。

■**王士禛**(1634—1711) 清代著名诗人、文学家和笔记小说作家。字贻上,本名士禛,因避皇帝讳,改作士正,号阮亭,又号渔洋山人。山东新城(今桓台县)人。据《清史稿》本传载曰:"士禛初名士禛,卒后,以避世宗讳(指雍正名胤禛),追改士正。乾隆三十年(1765),高宗(即乾隆)与沈德潜论诗,及士正,论曰:'士正绩学工诗,在本朝诸家中,流派较正,宜示褒,为稽古者劝。'因追谥文简。三十九年(1774),复谕曰:'士正名以避庙讳致改,字名原名不相近,流传日久,后世几不复知为何人。今改为士禛,庶与弟兄行派不致淆乱。各馆书籍记载,一体照改。"

士禛幼年聪慧,十岁即能作诗,十八岁乡试中举。顺治十二年(1655),进士及第,授扬州(今属江苏)推官。康熙三年(1664),擢礼部主事,累迁户部郎中。康熙十一年(1672),典四川试。母忧归,服阕,起故官。改翰林院侍讲,迁侍读,入直南书房。汉人自部曹改词臣,自士禛始。上征其诗,录上三百篇,曰《御览集》。寻迁国子祭酒。康熙二十三年(1684),迁少詹事。父忧归。康熙二十九年(1690),起原官,再迁兵部督捕侍郎。康熙三十一年(1692),调户部,又迁刑部尚书。康熙四十三年(1704),坐事夺官。康熙四十九年(1710),诏复职。次年卒,年七十八岁。

士禛姿禀既高,学问极博,与兄士禄、士祜并致力于诗,主持风雅数十年,著作丰富。计有《古欢录》、《南来志》、《北归志》、《渔洋诗集》、《渔洋文略》、《蚕尾集》、《南海集》、《雍益集》、《载书图诗》、《古诗选》、《十种唐诗选》、《二家诗选》、《唐贤三昧集》、《唐人万首绝句》、《渔洋诗话》、《五代诗话》等,另有笔记小说《池北偶谈》二十六卷、《香祖笔记》十二卷、《陇蜀余闻》一卷、《皇华纪闻》四卷、《居易录》三十四卷、《分甘余话》四卷、《古夫于亭杂录》六卷、《说部精华》十二卷。

池北偶谈 清代笔记小说集。四目二十六卷。王士禛撰。因作者新城老屋以西有圃,圃中有池,其北有屋数间,内置数千卷书,加之此书为他第二次丁忧归里时最后完成,所以便取白居易"池北书库"之意,定名为《池北偶谈》。又因本书部分内容乃作者当时在书库旁石帆亭与宾客聚谈艺文等,由儿辈记录整理而成,故又名《石帆亭纪谈》。

全书分四类一千三百条。"谈故"四卷,记清代典章、科甲制度、衣冠盛事等;"谈献"六卷,记明末清初名医、畸人、烈女等事迹;"谈艺"九卷,专评诗文,采撷佳句;"谈异"七卷,主要为志怪小说。

"谈异"部分共计三百九十九则,约占全书四分之一。主要记明末清初的奇闻异事及神鬼精怪故事,亦涉名物和古代、外域珍物殊俗,也有志人琐言类的谐谑隽语。如卷二十一"谑语"类中"王完虚中丞"条,直言官为民害,意义颇为深刻。书中采撷他书者,均标明出处,如卷二十六"小猎犬"即说明"事见蒲秀才松龄《聊斋志异》"。

作者居清之高官,仕途得意,其作品无清初其他作品中常见的鼎革之变的惨痛,对清王朝颇多颂扬之词。书中之"谈异",多出"酒阑月堕,闲举神仙鬼怪之事,以资嗢噱",旨在宣扬忠孝节义、宿命轮回等儒家道德。其中颇具价值的内容,一是鞭挞贪官污吏及"武断乡里"的豪猾之徒,体现了惩恶扬善的传统观念,如"陈玉笥"、"剑侠"、"钱能"等;二是记述西域来华通商的情况,写其风俗珍物,如"香山墺"、"西洋画"等。书中记风琴、望远镜、钟表等,为国内的较早记录。

从艺术上说,作者延续传统笔记小说的路子,直书见闻,篇幅简短,语言雅洁清新,描写诗情画意,颇见神韵。

本书初刻于康熙二十八年(1689),后有康熙三十九年(1700)临汀署郡本、康熙四十年(1701)文粹堂刊本等多种刻本。1982年中华书局出版了靳斯仁的校点单行本。

陇蜀余闻 清代笔记小说集。一卷。王士禛撰。作者曾出使陇蜀之地,此书即记沿途之所见所闻,以及陇蜀物产风俗、地理沿革、风光名胜等。其中以记一些与当地有关的遗闻轶事较有特色,如"汪光翰"条写汪氏曾在胡恒慕府作幕僚,胡在川南抵御张献忠时,全家皆死难,唯其子媳朱氏携孙而逃逸,汪经历千辛万苦帮助朱氏抚孤成人。书中记事文笔简洁,叙事明畅。书成后曾被吴震方收入《说铃》中。常见的版本有浙江古籍出版社1986年影印的《说库》本。

香祖笔记 清代笔记小说集。十二卷。王士禛撰。作者的书斋曾名"香祖",取明王象晋《群芳谱》中"江南以兰为香祖"之意以名书。作者将康熙四十二年至四十三年(1703—1704)所记笔记整理而成。宋荦在本书序中说,书中所述,"或辨驳议论得失,或阐发名物源流,或直书时事,或旁及怪异",内容广泛,多有可取。但也有错误之处,如卷十二记述刘慎虚说:"予观独孤及《三贤论》及殷寅所叹慎虚之长不止于诗,诗亦岂止十四首。"此处把《河岳英灵集》的作者殷璠说成殷寅,把《三贤论》的作者说成独孤及,又把《三贤论》中的史学家刘迅说成诗人刘慎虚,一条三误,使人难以理解。另外,论尹吉甫条亦有纰缪,当知作者整理笔记之草率。但有些记事中不乏富于社会意义的内容,如记京师卖水者,同辈醵金为之娶妇事,就反映了明末清初战乱中清朝军队掠卖人口所造成的悲剧。本书曾于康熙四十四年(1705)刊入《渔洋全集》中,传世另有《渔洋山人著述丛书》本、《申报馆丛书》本、《清代笔记丛刊》本、《笔记小说大观》本等。1982年上海古籍出版社出版了湛之标点的据康熙四十四年本校订的排印本。

说部精华 清代笔记小说集。十二卷。王士禛撰,刘坚编纂。又名《渔洋山人说部精华》。作者一生著述宏富,仅笔记小说就有七八种之多,但其间也有重复和意同而词异者。刘坚把王氏说部萃为一编,分为八类。一为评骘,皆品评诗文之语;二为考核,皆考订典章之文;三为载籍,皆题跋及记古籍之文;四为典故,皆记典章礼乐之文;五为谈谐,记嘲诙之辞;六为诗话,皆说诗及标举名篇佳句;七为清韵,以录清赏之语;八为奇异,皆记奇闻异事。但刘氏在编纂中,所录诸书皆不注明出处,令人难以查考。常见版本有《啸园丛书》本,1914年扫叶山房曾石印出版单行排印本。

分甘余话 清代笔记小说集。四卷。王士禛撰。作者罢官家居时创作的笔记小说之一种。他在书中自序中说:"仆生逢圣世,仕宦五十载,叨冒尚书,年逾七袠。迩来作息田间,又六载矣。虽耳聋目眊,犹不废书,有所闻见,辄复掌录,题曰《分甘余话》。"

本书涉猎广泛,一事一题,计二百七十八篇。举凡先世著述、典章制度、地名考辨、文人遗事、古书藏佚、社会风俗、地方特产等均有记录。如"清代视朝仪"条,详细介绍了清代皇帝临朝前后文武百官及外国陪臣所需遵循的仪注;"马吊牌"条中揭露了当时许多官宦人家子弟为玩马吊牌,不惜荒废学业、倾家荡产,反映了社会生活的一个侧面。本书有康熙四十八年初刻本、七略堂校刊本、民国年间石印本等。1989年中华书局出版了新式点校本,列入《清代史料笔记丛刊》中。

■**宋荦**(1634—1713) 清代笔记小说作家。字牧仲,号漫堂,又号西陂。河南商丘人。其父宋权,进士出身,官至明朝顺天(今北京)巡抚;降清后,官至国史院大学士,加太子太保。清顺治四年(1647),荦年十四,应诏以大臣子列侍卫。一年后,试授通判。康熙三年(1664),授湖广黄州(今属湖北)通判。康熙十六年(1677),授理藩院院判。迁刑部员外郎,再迁郎中。以后历官山东按察使、江苏布政使、江西巡抚、江苏巡抚,为官以清节著称。康熙四十四年(1705),擢吏部尚书。康熙四十七年(1708),告老还乡。直到他八十岁这年,还诣京师祝圣寿,加太子少师。还里卒,赐祭葬。

宋荦一生著述颇丰,计有《西陂类稿》五十卷(《清史稿·艺文志》作三十九卷)、《沧浪小志》二卷、《怪石赞》、《漫堂墨品》、《绵津山人诗集》、《漫堂说诗》及《江左十五子诗选》,还有笔记小说《筠廊偶笔》二卷、《筠廊二笔》一卷(《清史稿·艺文志》作二卷)。

筠廊偶笔 清代笔记小说集。二卷。宋荦撰。记录闻见、考订名物,是本书的主要内容。书中许多记载文人名士活动的条目有珍贵的文学资料价值。如记录明末戏曲作家袁于令得名于《西楼记》和他的作品备受观众欢迎的情景;又如记竟陵派散文作家刘侗写《帝京景物略》外,还有《南京景物略》,只是稿未完成而被窃去。又如记清初词人曹溶考证王昭君青冢事,均有很高的参考价值。书中文笔简洁而质朴,涉及怪异者不多。本书曾被清吴震方收入《说铃》中,传世本有1986年浙江古籍出版社影印之《说库》本等。

■**褚人获**(1635—1719以后) 清代著名文学家和笔记小说作家。字稼轩,一字学稼,号石农,别号长洲后进没世农夫、长洲后进好事儒者、鹤市石农。长洲(今江苏苏州市)人。人获出身于书香门第,祖父曾在明朝以府佐身份暂摄长子(今属山西)知县,父亲是个老秀才,曾于乡试中考中副榜,但未出仕。人获一生未染仕途,为人正直,以教书为生。其撰著主要有《读史随笔》、《退佳锁录》、《圣贤群辅录》、《鼎甲考》、《续蟹谱》,其中最有影响的是通俗小说《隋唐演义》一百回和笔记小说《坚瓠集》六十八卷。他崇拜老庄哲学,乃借《庄子·逍遥游》中坚瓠无用的典故,为自己的笔记小说集命名为《坚瓠集》。在《坚瓠集》撰成前十卷之后,又陆续撰成续集、广集、补集、秘集和余集等,合六十八卷。清康熙五十八年(1719),在他八十五岁时,《隋唐演义》与《坚瓠集》同时刊刻出版。《坚瓠集》和各分集,有当时许多著名的文学家为其作序,如孙致弥、洪升、毛宗岗、尤侗、张潮等,可见这部小说以及褚人获的人脉,在当时影响颇大。

坚瓠集 清代笔记小说集。六十八卷。褚人获撰。本书分《坚瓠集》十集各四卷,续集四卷,广集、补集、秘集、余集各六卷。书中"搜录秦汉以迄故明,历代轶事,并访诸故老之旧闻,摘其佳事、佳话之尤者,次为一编"(孙致弥序)。书中备载古今典制、人物事迹、社会风俗、论诗谈艺、社会琐语以及诙谐嘲谑之语。其中以记地方风物及习俗者最为可取。如"土产"条记云南大理出石屏,河南出麻菰、线香,为当地官府掠取于民间向上司及朝官晋献之礼品,遂成一方之害。又如"吴门风俗"条记吴人重视冬至节,节里互赠礼品,谓之"肥冬瘦年"。所有这些,都可作为研究民俗者的参考资料。书中内容采摭广博,保留了历朝文学史料,常为时人考据古人古文古事所参考，文学价值较大。文字通俗流畅，时杂以诙谐之笔，以增文采。最早的版本为清道光十二年（1832）寻春书屋刻本，1926年柏香书屋出版了铅印本，曾收入《笔记小说大观》中；江苏广陵古籍刻印社1983年出版了此版影印本。

■**徐震**（生卒年不详，约生活在明末至清康熙年间）　清代文学家、笔记小说作家。字秋涛，号烟水散人。浙江嘉兴人。以善写通俗小说而著名。其他事迹不详。今传世作品有通俗小说《乐田演义》（又名《后七国志》）四卷二十回、《珍珠舶》六卷、《合浦珠》十六回、《赛花铃》十六回、《灯月缘》十二回、《桃花影》十二回及《梦月楼》十六回，另有笔记小说集《女才子书》（又名《美人谱》、《女才子》、《闺秀佳话》）十二卷。这些散篇传奇小说集，时人称之为"诗文小说"、"天下美人尽在是编矣"，其内容多为女才子佳人故事，涉及女子私奔、寡妇再嫁、妓女从良等题材，且附有大量诗词，文笔含蓄、清新。

　　美人谱　清代笔记小说集。一卷。徐震撰。此书为赞颂美人之作，格调不高。作者自叙曰："余夙负情痴，颇酣红楼"，"用搜绝世名姝，撰为柔乡韵谱，使世之风流韵士，慕艳才人，得以按迹生欢，探奇销恨，又何必羡襄王之巫雨，想阮肇之仙迹也哉"。书中先列美人中"有足思慕者"二十六人，"古来名妓有足当美人之目者，共得六人"，"古来婢妾，有可为美人之次者，共得四人"。然后从容、韵、技、事、居、候、饰、助、馔、趣等十个方面赞颂之。本书曾收入《香艳丛书》，清末有排印本传世。

■**蒲松龄**（1640—1715）　清代著名笔记小说作家。字留仙，一字剑臣，别号柳泉居士。山东淄川（今淄博市）人。蒲氏家族自远祖相传为元朝世勋，到了明朝万历以次也是科甲相继，只是传到他祖父、父亲两代因科举不显，无人做官，家境才逐渐衰微下来。松龄少时极为聪颖，其父蒲槃亲自教读，四书五经皆能过目不忘。十九岁成为秀才，接着又两次参加乡试，但皆落第而归。二十五岁时，兄弟析居，从此独立门户，家计萧条，再也无暇顾及科举考试。三十一岁时，应同乡，宝应县（今属江苏）知县孙蕙之邀，去作幕宾。年余后又想参加乡试，乃辞职归里，结果又一次落选。此后，开始近四十年的塾师生涯，其中在毕际有家教书便有三十年。直到七十岁方撤帐回家养老。七十一岁时成为岁贡生。七十四岁时夫人刘氏病逝，悲痛欲绝。七十六岁逝世。

　　松龄一生，穷愁潦倒，怀才不遇，除了教书就是著述，著作颇多，其中倾注一生心血的是笔记小说《聊斋志异》。其他主要著作有《蒲松龄文集》四卷、《诗集》四卷及《省身录》、《怀刑录》、《历字文》、《日用俗字》、《农桑经》、《聊斋词》、《聊斋白话韵文》等。《聊斋志异》的版本很多，主要的有上海古籍出版社1979年本和《笔记小说大观》本，其中又以张友鹤先生辑校、上海古籍出版社出版之会校会注会评本收录的篇数最多，共有四百九十一篇，连同附录九篇，是目前最为完备的本子。

　　聊斋志异　清代笔记小说集。二十四卷四百九十一篇。蒲松龄撰。本书为古代文言小说成就的最高代表。鲁迅称其"用传奇法,而以志怪"。在全书近五百篇作品中,传奇一百多篇,笔记小说有三百多篇,且成就甚高,不乏名篇。纪昀曾评其"一书而兼二体"。

本书中笔记小说的思想内容相当丰富。首先是刺贪、刺虐,曲折反映现实,表现作者对清统治者的不满和对百姓苦难的同情。如"潞令"篇鞭挞县令的贪暴不仁;"聂政"、"商三官"、"向杲"、"博兴女"等揭露豪绅贵族抢男霸女,横行乡里,草菅人命;"鬼隶"、"张氏妇"等从侧面暴露了清兵残酷屠戮百姓、奸淫妇女的罪行;"三朝元老"嘲讽投靠清廷的新贵。其次,对贪婪、腐败的对立面,即实心为政的清官能吏,作者则表示由衷赞美,如"冤狱"、"于中丞"、"折狱"、"太原狱"、"一员官"等。

揭露科举制度的弊端,是本书的另一项主要内容。书中有关科举内容的作品很多,最突出的是"王子安"与"何仙":王子安对功名的痴迷,文中以"秀才入闱有七似"之比拟,活画出热衷科举的读书士子的辛酸与可笑;"何仙"则借轮回之说,指斥那些掌握士子命运的阅卷者。另有"僧术"、"公孙夏"等篇则借阴间写阳世,揭露科举中贿赂公行。

写爱情的篇什在本书中以传奇为主。笔记小说部分中讥刺时世的成分较多:如"雨钱"、"沂水秀才"等讥讽人的贪心;"镜听"写家庭内部的贵贱炎凉;"夏雪"嘲诮谄之风;"司札吏"讥忌讳;"博兴女"表现受害者的复仇精神;"梦别"、"酒友"赞扬友谊;"农妇"则称羡农妇的健壮、勤苦等,均有一定的教育意义。

本书的艺术成就,除表现为写作技巧上的描写细腻、情节曲折、形象鲜明外,在其笔记小说部分,较突出于选材方面追求诡奇幻异,寄托孤愤,良匠鸠工,因材而施。正如作者在"自志"中说:"才非干宝,雅爱搜神;情类黄州,喜人谈鬼","集腋成裘,妄续幽冥之录"。可说是继承并发展了《搜神记》、《幽明录》以来的志怪小说传统。有些作品如"蛇癖"、"金永年"、"土化兔"、"蛙曲"、"鹿衔草"、"衢州三怪"等,仅为谈奇论怪,闻命则笔,并无寓言寄托,故只是粗陈梗概。有些记完整故事或人物事末,仍取笔记的写法,不作更多的铺陈。如"张相公"、"郭生"、"于中丞"、"饿鬼"、"一员官"等。有的同为孤愤之作,但仅截取片断,如"钱流"、"王子安"、"镜听"、"张氏妇"、"鸮鸟"等。作者惜墨如金,文虽百字而笔端变化无穷,精心构思剪裁,简净而姿态万千。如"骂鸭"、"五羖大夫"等。冯镇峦《读聊斋杂说》曰:"聊斋短篇,文字不似大篇出色。然其叙事简净,用笔明雅,譬诸游山者,才过一山,又问一山,当此之时,不无借径于小桥曲岸,浅水平沙,然而前山未远,魂魄方收,后山又来,耳目又费。虽不大为着意,然正不致遂败人意。又况其一桥、一岸、一水、一沙,并非一望荒屯绝徼之比。晚凉新浴,豆花棚下,摇蕉尾,说曲折,兴复不浅也。"

本书中最为可观的是关于狐妖的描写。写义狐、义妖,讽人间婚姻之不谐,追慕真正的爱情生活,如"青凤"等;写恶妖以美色惑人,借讽世间人生,如"画皮"等。所以本书又称《妖狐传》。

本书传世版本很多。主要有:残存稿本八册,二百三十七篇,其中"牛同人"篇他本均未见,1955年文学古籍刊行社曾影印出版;康熙间抄本,残存六册二百五十篇;乾隆十六年(1751)铸雪斋张希杰抄本,十二卷四百八十八篇,1974年上海人民出版社影印;旧抄本二十四卷四百七十四篇，1980年齐鲁书社影印（文中篇目、文字与铸雪斋本均有不同）；乾隆间黄炎熙选抄本，十二卷，其中三篇他书未见；清初抄本《异史》十八卷四百八十四篇，曾补铸雪斋本有目无文之十四篇；乾隆三十一年青柯亭赵起杲刊本十六卷四百二十五篇，目次排列与稿本、铸雪斋本均有出入，虽较铸雪斋本少四十九篇，但有可补阙者五篇，是现存最早之刊本，也是校注的祖本；何守奇评本，道光三年（1823）经纶堂刊行；何垠注本，道光十九年花木长荣之馆刊本，分上下两栏，上栏正文下栏注文；但明伦评本，道光二十二年但氏刊本，朱印评语，墨印正文；四家合评本，光绪十七年（1891）合阳喻氏刊本，三色套印，上中下三栏，上中为王士禛、冯镇峦、何守奇、但明伦四家评语，下栏为正文；道光四年黎阳段氏刊《聊斋志异遗稿》，四卷五十一篇，所收均为刊本所阙者，有段瑞、胡泉、冯喜赓、刘瀛珍等人评语，1936年汉口排印本改题为《聊斋志异未刊稿》；会校会注会评本，十二卷四百九十一篇，张友鹤辑注，1962年上海古籍出版社版，附有各家评语，是至今最佳版本。

聊斋志异拾遗 清代笔记小说集。一卷四十二则。清蒲松龄撰。蒲氏为中国笔记小说大家，有《聊斋志异》传世。据山阴胡定生讲，本书是其好友荣小甫从蒲松龄的裔孙处所得，收入《得月簃丛书》中，以图"颂清芬于奕叶，振余绪于文林"。据之，本书应为作者继《聊斋志异》后补遗之作，道光庚寅年（1830）由胡定生作序刊定。

本书与《聊斋志异》一样，"谈狐说鬼，措辞雅饬"。"喻鬼"写青州石尚书胸怀正气，以檄文驱鬼；"女鬼"写淄邑土地夫人夜奔求爱；"遵化狐妖"写邱公除诸妖狐的故事；"吴令"写吴令刚介不畏，怒责城隍神搅乱民生的故事。本书在描写鬼狐的同时，也彰显人的武勇不屈，如"黄靖南"条，写黄遇强盗见义勇为，赤手搏击而取胜；"晋人"条记晋人某有勇力，为报少林僧人之辱，以智取胜的故事。而"男生子"、"犬奸"二条殊异，当属妄诞猎奇之作。所有作品，均言简意赅，回味悠长。不少篇什后面，缀有"异史氏"评语，与《聊斋志异》同。

本书传世版本见之不多。《聊斋》之多种版本未见附录，后世研究《聊斋》的专家学者也少有提及。由此看之，此本或为传世之珍，可补《聊斋》之遗；或为后世之托名伪作，狗尾续貂。然从胡定生道光间序言并刻梓，去蒲氏不远，且文字风格与蒲氏几无异，应属真品。今传世最佳本为《笔记小说大观》本。

■**王晫**（1636—？） 清代笔记小说作家。初名棐，字丹麓，号木庵，又号松溪、或松溪子。浙江钱塘（今杭州市）人。自幼聪敏好学，博览群书。然直到二十八岁仍举业无就，身体却因长期苦读致疾。一场大病，如梦方醒，承父命放弃举业，遂终身不仕，一心著述。喜与文士交友，客至，典衣命酒，因此，一时贤豪之士多与之交结，名重一时。

王晫的著述，主要有《遂生集》十二卷、《霞举堂集》三十五卷、《杂著十种》十卷、《墙东草堂词》（无卷数）、《物类相感续志》一卷、《补遗》一卷，以及笔记小说《今世说》八卷、《快说续记》一卷、《寓言》一卷、《看花述异记》一卷（以上三种均包括在《杂著十种》之中）、《报谒例言》、《谙卦》、

《课婢约》(以上三种又见于作者自刻的《檀几丛书》五十卷之中)等书。在这七部小说里,以《今世说》较有影响。

今世说　清代笔记小说集。八卷。王晫撰。本书仿刘义庆《世说新语》,分类叙事,并用《世说》原目,只是少了自新、黜免、俭啬、逸险、纰漏、仇隙诸类。这不仅因为怕揭当代人之短的顾忌,更因为作者立意于歌颂,而着意"引长避短"。书中所写之事均为顺治、康熙间四十年之事。重点在歌颂"朝廷右文"、"此日风流",褒扬文人士大夫的"嘉言懿行"。作者对清初现实多有美化,但言必有据,故亦可见清初社会的一些侧面。如卷三"方正"中之"孙豹人"条意在写孙的刚正率直,但从他几次拒绝入都应召和授衔的经历中,可见清初统治者对争取汉人知识分子工作的重视。卷七"栖逸"中之"邱雍正"条则写邱累官至参军,有"天下第一清官"之称;入清后,陶醉于山林之乐;文中表现他与清统治者的不合作态度,以及对投靠新朝者的鄙视。

本书在语言上追步《世说新语》,"言约旨远",耐人寻绎。写人物语言每含哲理,如卷二"言语"条记施愚山云:"终日不见己过,便绝圣贤之路;终日喜言人过,便伤天地之和。"《四库全书总目》指责本书"刻画摹拟,颇显太似",是以《世说新语》的标准来衡量的;而从小说的发展看,这正是其进步之处。另如卷二"政事·郭鸣上"、卷八"假谲·侯辅之"二则所写,故事性较强,颇富戏剧性。特别是前者,与《明语林·况钟知苏州》旨趣相同,而"刻画摹拟"则胜之。

本书完成于清康熙二十二年(1683),当即刊刻,但此本今已难觅。通行本为咸丰二年(1852)《粤雅堂丛书》本,其后有《清代笔记丛刊》、《笔记小说大观》、《丛书集成》初编等本。

看花述异记　清代笔记小说集。一卷。王晫撰。本书通过作者在沈秀才花园赏花后的梦境,再现古来一些具有特殊造诣的人物(美女)群像。书中将花与美人合而为一,"美人是花真身,花是美人小影。把花姑、梅妃、袁宝儿、杨贵妃、薛琼琼、红线、徐月华、弄玉、绿珠、念奴等人的故事结合在一起,组成一篇完整的故事。在鲜花烂漫、云霞缥缈的美妙环境中,尽情描绘和赞美她们的奇技异能及优美心灵,生动表现出作者爱才惜美之情趣,给读者以美的享受。本书在当时影响颇大,同时人黄周星曾将之改编为传奇剧本《惜花报》;并为张潮收入《虞初新志》。1954年文学古籍刊行社出版了点校排印本。

■**刘献廷**(1648—1695)　清代笔记小说作家。字继庄,又字君贤,别号广阳子。顺天大兴(今北京市)人。十九岁时离京南游,隐于苏州洞庭山,后一生未仕。他研究学问不以科举制学为前提,而以经世致用为目的,所以,自象纬、律历、音韵、史学、水利、财赋、军政,以逮岐黄、释老之书,无不加以研习。曾由万斯同、顾祖禹、黄仪三人先后引荐,参与《明史》和《一统志》的撰写编纂工作,但认为"诸公考古有余,实用则未也"。他有意利用自己的研究成果,撰辑二十一史中关于水利、农田、战守诸方面的资料,成为一部有用的书,由于个人力不足而止。一生著述不少,然多已散佚。今仅存的笔记小说集《广阳杂记》五卷,还是在他去世后,其弟子黄宗夏辑录而成的,所记多为舆地、医药、考辨、轶闻等随笔札记,文笔简练,叙事生动。今有中华书局点校本。

广阳杂记 清代笔记小说集。五卷。刘献廷撰。

本书康熙年间成书,以笔记小说形式,记述明末清初社会状况,涉猎广泛,于当时社会的政治、经济、军事、文化、思想等方面都有所反映。书中对社会杂事、历代典制多有记载,旁及地理、水利、象纬、律历、财赋、音韵、医药等。对南明永历朝遗闻轶事、清政府收复台湾、平定三藩之乱、康熙年间全国赋税征收及财政支出情况记述尤详。其中记建义侯林兴珠以盾牌兵大破盘踞雅克萨的沙俄侵略军,清军与吴三桂在长沙的攻防战,孔四贞婿孙延龄事,王辅臣与康熙帝的关系,以及康熙二十七年(1688)湖广夏包子兵变事等等,都是很难得的史料。

本书有功顺堂丛书本传世。1957年中华书局出版了新校点的单行本。

■**查慎行**(1650—1727) 初名嗣琏,字夏重;后改名慎行,字悔余,号他山,又号初白。海宁(今浙江省属)人。康熙四十二年(1703)进士,特授翰林院编修,入值内廷。后乞休归里,家居十余年。后获罪逮京,放归后去世。早有文名,诗追苏轼。留下近万首诗。著有《敬业堂诗集》四十八卷、《续集》六卷、《词集》二卷;《敬业堂文集》三卷、《别集》一卷。另有笔记小说《人海集》传于世。

人海集 清代笔记小说集。二卷。查慎行撰。本书考订明末清初之朝野轶闻故实,为后世保留下不少鲜活的历史资料。如"甲申亦师之变"条,详细记录了明末北京陷落、李自成入城的历史场景。"福藩监国"、"宏光年号"、"马士英忌史"、"阮大铖复用"、"马、阮、孔昭误国"、"韩赞周"、"黄澍"、"伪太后"、"刘念台"、"宏光演剧"、"南部选宫"、"全真"、"杨文骢"等明末及南明小朝廷中的历史人物和历史事件,揭露了宏光朝君臣的腐败。书中所记之历史人物和历史事件,可与正史相印证。如"阮大铖暴死",文简而事赅,明白流畅。全书共记事、人三百九十七条,史事清晓,人物形象生动。书成后以抄本传世。咸丰元年(1851)张士宽在长沙首次刊印。今常见的有宣统二年(1910)扫叶山房石印本。

■**汪森**(1653—1726) 清代笔记小说作家。字晋贤,号碧巢。浙江桐乡人。康熙间拔贡,官广西桂林府通判,累迁户部江西司郎中。少工韵语,与周筼、沈进常一起切磋诗文。兄文桂、弟文柏亦工诗,黄宗羲称之为"汪氏三子"。后随黄宗羲、朱鹤龄、朱彝尊、潘耒等诸大家游,学业益进,乃筑碧巢书屋以当吟巢,筑华及堂以宴宾客,建裘抒楼以藏典籍。海内名士,舟车接于远道,诗名籍甚。晚年家居,以著述自娱。曾著有《粤西诗载》二十四卷,附词一卷;《文载》七十五卷;笔记小说《粤西丛载》三十卷。另有《小方壶存稿》十五卷、《桐扣词》三卷、《虫天志》、《名家词话》等。其笔记小说《粤西丛载》与其诗文集被《四库全书总目》列入集部总集类。

粤西丛载 清代笔记小说集。三十卷。汪森撰。本书是汪森在《诗载》、《文载》之后,"以轶闻琐语可载于诗文者,更辑为《丛载》三十卷"而成。《四库全书总目》在提要中论说:"所分二十目,虽颇近冗碎,而遗文轶事,多裨见闻,亦足以资考证。"

本书卷一为石刻碑记，广右诸地石刻碑记几乎搜罗殆尽，可见作者用功之勤。卷二为广西各名胜地的文人题名，记载详实，可资考证。卷三、卷四为文人名士游名胜记及官员履任行程记等。卷五至卷十为清以前广西籍官员及莅广西任职的官员行状及轶闻，搜罗之广博，征引之繁富，实难能可贵，特别是征引之书，有一些已经散佚，得此可窥一斑。卷十一、十二记僧道之修炼于广西诸山者。卷十三至卷十四记广西的神仙怪异之事，文中除摘录诸书外，凡条后无注出处者，疑为编纂者的创作。此部分为本书之精华，编纂者摘录诸书时，往往取一两个精彩片断或细节，使读者见之娱目，思之回味。卷十五至卷二十四记广西之风俗、物产、灾异、疾病时疫、疆域、周边夷族、府治州县区划等，可谓杂记。卷二十五至卷二十七记历代广西祸乱、兵事、统驭、剿抚等事宜。卷二十八至卷三十记广西之地理、山川、少数民族生活等。

本书卷帙浩繁，十之九为征引他书，作者独创不足十之一。传世版本主要有《四库全书》本。《笔记小说大观》本在印行时，于卷三中窜入《退庵随笔》卷九部分的六页，不知为何？应视为残缺本。

■严虞惇（1650—1713） 清代笔记小说作家。字宝成（《清史稿》本传作赞成，此据《中国文学家大辞典》），号思庵。江苏常熟人。天姿聪慧，幼能背诵九经、三史。清康熙三十六年（1697）举一甲第二名进士，授官翰林院编修。既官翰林，馆阁文字多出其手。科场狱兴，虞惇子侄是科皆成为才华出众的俊杰，因为考官李蟠、姜宸英皆其同年的第一名和第三名进士，被人告发罢官。归里闲居数年后，起为国子监丞，转大理寺寺副，又先后出任四川乡试副考官、湖广乡试正考官，累迁官至太仆寺少卿，卒于官。主要著作有《严太仆集》、《读诗质疑》三十一卷，笔记小说有《艳囮二则》一卷、《思庵闲笔》一卷等书。

艳囮二则 清代笔记小说集。一卷。严虞惇撰。艳囮，指诈骗别人财物的美丽女子，书中指京师名妓罗小凤、罗二娘。二女子以美色为诱饵设骗局，先骗明末徐少司空之子三千金和珍贵古玩；后罗二娘到扬州再骗盐商陈锡元；罗小凤在清初战乱中被清兵所掳，后为扬州老实农民蒋老所救，遂委身于蒋。此书揭露了明末清初社会黑暗与混乱，以及骗子横行的情景。也描写了勤劳、诚实的农民形象。本书以罗小凤、罗二娘为核心，记述了三个各不相同的故事，情节曲折，描写细腻，人物语言个性突出，文字通俗流畅。曾被收入《香艳丛书》。另有上海中国图书公司排印本。

■石成金（约1655—约1736） 清代笔记小说作家。字天基，号惺斋。江苏扬州人。据《中国人名大辞典》介绍，成金事亲至孝，重视然诺。著有笔记小说《传家宝》四集，收有故事一百余则，内容取居家寻常之事，演以俚俗语言，意存激劝。此外，他还有通俗小说《雨花香》四十篇、《通天乐》十二篇。据《中国通俗小说总目提要》云："著书九十二部，不啻数十万言，流传天下，是清初文坛上颇有影响的作家之一。"

雨花香　清代笔记小说集。四十篇。石成金著。本书成书于雍正四年(1726),是清代用白话写成的笔记小说代表作。书中记录了明末清初扬州地方的种种新闻,多系真人真事,如实地反映了当时社会的现实生活:如写清兵南下在扬州的烧杀劫掠,"铁菱角"中的主人公汪于门鄙吝辛苦三十余年积累的百万两银子,在扬州城破之后被清军掠夺一空;"倒肥鼋"篇从侧面写出扬州城破时百姓仓促逃难的情形。有些作品写官吏的贪酷、高利贷者的刻薄以及土霸恶棍的狠毒,虽没有丰富的情节,却生动如见。作者的本意不在于创作小说,只是以当地近时的实事作为殷鉴,教人从善,故后人将其视为"善书"。

南京图书馆藏有《雨花香》、《通天乐》合刻自序本,存《雨花香》十五篇。上海图书馆藏二书合刻袁载锡序本,收《雨花香》四十篇。江苏古籍出版社"中国话本大系"本据上海图书馆本整理出版了校点本。

通天乐　清代笔记小说集。十二篇。石成金撰。本书的写作手法如《雨花香》,撷拾扬州见闻成篇,意在劝惩。作者选择因果报应昭著的新闻加以记叙,似记事散文,而不重情节人物。唯其实录,具有一定的资料价值。如"下为上"篇叙清兵攻破扬州城,大肆掳掠妇女,"有某将军领许多兵丁,打开龛柜,将奴婢驱出,众兵执着大刀在后跟押,迟走即用刀砍"。"尊变卑"篇则记施世纶在扬州知府任上与高淮道的一段戏剧性遭遇,鲜为人知。作品于扬州风土人情亦多有真实载录。本书晚成于《雨花香》,书中有雍正七年(1829)序。版本流传情况见《雨花香》。

笑得好　清代笔记小说集。二集一百五十一则。石成金撰,收入作者《传家宝全集》中。作者一生放旷,著作宏富,书中纵横笔管,"以笑醒人"。他在"自叙"中说:"正言闻之欲睡,笑话听之恐后,今人之恒情。夫既以正言训之而不听,曷若以笑话怵之之为得乎?予乃著笑话书一部,评列警醒,令读者凡有过愆偏私,朦昧贪痴之种种,闻予之笑,悉皆惭愧悔改,俱得成良善之好人矣。"

本书作品多数由作者创作,只有部分条目为改写他人之作。书中内容较为广泛,涉及蠹国害民的贪官污吏、瞒心昧己的读书相公、阿谀奉承的帮闲篾片、贪鄙吝啬的财主富户、见钱眼开的和尚道士、误人害人的庸医塾师,以及其他种种损人利己、虚伪丑恶的人与事。如"让鼠蜂"条写"鼠与蜂结为兄弟,请一秀才主盟,秀才不得已而往,列之行三;人问"何以屈居鼠辈之下",秀才答曰:"他俩一个会钻,一个会刺,我只得让他些罢。"寥寥数语,揭露了官场的黑暗,得势均是些善于钻刺之辈,一般读书人只好屈居于鼠辈之下。"割股"条则是讥刺损人利己者。"扣除二两一夜"条斥责那些恩将仇报之人。为了达到醒世之目的,作者在每条后都加了评语,直刺社会现实,有很大的社会意义。作为文人创作的笑话集,在艺术上自有其特点:一是基于现实,而未必实有其事,却有相当的概括力,针对现实写出可笑可叹可伤的种种现象;二是注重喜剧效果;三是注重艺术技巧。还应指出的是,这一时期的笑话集,为投合部分读者趣味,浅薄庸俗内容甚多;此书意在"醒人",少有此弊。

本书流传版本主要是清刊本《传家宝全集》本。二十世纪九十年代北京师范大学出版社出版了新式校点本。2002年1月,中州古籍出版社又重印了由张惠民校点的《传家宝全集》,分《福寿鉴》、《人事通》、《醒世钟》、《快乐原》四册出版。

■**金埴**(1663—1740) 字苑孙、小郯,号鰥鰥子、耸翁、浅人、鏊门。浙江山阴(今绍兴)人。康熙间诸生。一生以教书和做幕僚为业。工诗,精文字声韵。曾参编过《兖州府志》,著有笔记小说集《不下带编》、《巾箱说》。

不下带编(附:《巾箱说》) 清代笔记小说集。《不下带编》七卷。《巾箱说》一卷。金埴撰。作者父曾任山东郯城知县,作者随之在山东生活多年。一生以教书和做幕僚为业,工诗文,王士禛曾以"后进之秀"赞许。

《不下带编》是作者笔记小说中的一部未完稿。本书记载了作者的生平见闻,包括当时文人士大夫的遗闻逸事、社会习俗、科举考试等,不同程度地反映了当时社会的状况与作者对社会的认识。书中不少作品属于诗话性质,评论诗作在艺术上的得失,钩稽诗人的立身行世,考校诗的本事等,其中对《长生殿》和《桃花扇》的评说占了很大篇幅;同时,还记载了作者与友人的唱和之作。本书是研究清代文学的重要资料。

《巾箱说》是作者另一部笔记小说。其内容与《不下带编》基本相同,有些条目还有重复的文字。

二书罕见传本。《不下带编》只见史学家谢国桢藏的手稿本;《巾箱说》亦为谢藏之手稿本,但曾被缪荃孙辑入《古学丛刊》中。1982年中华书局出版了排印本,二书辑为一册。

■**叶梦珠**(生卒年不详,约活动在清康熙年间) 字滨江,号梅亭。上海人。本人称"予生明季,旋遭鼎革",知其生于明末。清康熙三十二年(1693)仍在世。著有笔记小说集《阅世编》二十八门。

阅世编 清代笔记小说集。十卷。叶梦珠撰。作者为上海人,生于明末,康熙中叶尚在世。作者在本书卷四中称"予生明季,旋遭鼎革"。所谓"阅世",是指自身阅历的世务纷繁多变之意。

本书内容庞杂,共分天象、历法、水利、灾祥、田产、学校、礼乐、科举、建设、士风、宦绩、名节、门祚、赋税、徭役、食货、种植、钱法、冠服、内装、文章、交际、宴会、师长、道门、释道、居第、记闻等二十八门。作者笔下,六十余年在松江一带的阅历所及,无事不书、有闻必记;大到郡国政要,小至里巷琐闻,均记述详备。其中以学校、科举、食货之类内容为最多。

本书世无刻本,传抄亦少。1934年上海通讯社从松江图书馆借到此书的抄本,遂刊印收入《上海掌故丛书》中。1981年,来新夏以此本进行点校整理,由上海古籍出版社印行了新式排印本。

■**李王逋**(生卒年不详,活动在明末清初年间) 清代笔记小说作家。字肱枕。嘉兴(今属浙江)

人。幼善属文。生平事迹不详。撰有志怪类笔记小说《蚓庵琐语》一卷。今存有《说铃》本、《古今说部丛书》本等。

蚓庵琐语 清代笔记小说集。一卷。李王逋撰。作者幼习举业,但仕途蹭蹬,屡仕不第。后绝意仕途,四处游历。在游历京师时,遍观人情世故,于是便将见闻异事记录下来,以成是书。书中所记以家乡之事为主,如清兵屠戮江南、人民奋起反抗等。有些记叙的史料价值颇高,如康熙元年(1662)朝廷曾下令禁止缠足、废八股文,不料因在枝节问题上有争论,使此两项善政不得实行。成书后曾被吴震方《说铃》编录。传世有康熙间刻本。

■**吴肃公**(生卒年不详,约活动在清顺治康熙年间) 清代笔记小说作家。字雨若,号晴岩,又号街南。安徽宣城人。生平履籍无考。据《四库全书总目》录载,撰有著作《诗问》、《姑山事录》、《读礼问》、《广祀典仪》、《街南文集》,以及笔记小说《明语林》、《五人传》。影响较大的《明语林》共有十四卷,分作三十七门,名目完全按照《世说新语》体例编写,主要是记述明朝士大夫们的遗闻琐事。就其内容约略可以看出作者亦为明之遗民。从自序中知道是书写成于清康熙元年(1662),但正式刊刻出书却在二十年后。今存有《碧琳琅馆丛书》等本。

明语林 清代笔记小说集。十四卷。吴肃公撰。全书共三十七门,名目袭《世说新语》之旧,主要记明代士大夫的轶闻琐事。作者一生著述较多。作为明遗民,对鼎革之变,常借追怀前代旧事,间接表述对现实的看法,兴亡之感,贯穿全书。其"政事"、"德行"诸类表达了对清官能吏的怀念和对传统道德的肯定。如写苏州知府况钟摆脱帐下吏员的左右,秉公办案,使苏州大治。写张思齐在任时,其子前往探望,地方官送驴代步,他得知后怒责其子,驱驴还地方。写杨继忠妻受下属肉食之贿,杨食后得知,自责治家无方,口服皂荚而吐之,并将妻遣离任上。对于明中后期朝政腐败、宦官专权等弊端,书中进行揭露和鞭挞,同时,又歌颂了敢于同腐败势力作斗争的进步力量。如"雅量"中记周顺昌在被逮之前,泰然处之,想起一僧庵求题匾额未写事,便铺纸挥笔,书写"小云楼"三字,掷笔而笑:"了此别无余事矣!"此则与《世说新语》中记嵇康临刑前索琴弹曲,叹《广陵散》于今绝矣"有异曲同工之妙。"文学"类记都少卿只用"吴趋之里有娶妇者,夜而风雨,烛灭。无与乞火,哄然惊曰:'南濠都少卿家有读书灯在。'叩门,果得火"。不足四十字,从侧面写出都的苦读,给人印象颇深。本书抄录他书者多,分类不明晰,是其缺憾。撰成于清康熙元年(1662),二十年后始有刻本。曾收入《碧琳琅馆丛书》、《芋园丛书》中。

■**陆次云**(生卒年不详,活动在清康熙年间) 清代笔记小说作家。字云士。浙江钱塘人。康熙十八年(1679)举"博学鸿儒"不遇。后官河南郏县知县,以忧归。复起知江苏江阴县,有善政。一生好学不辍,工诗文。著述颇丰,计有《八纮绎史》四卷、《纪余》四卷、《八纮荒史》二卷、《峒溪纤志》三卷、《志余》一卷、《湖壖杂记》一卷、《北墅绪言》五卷、《尚论持平》二卷、《析疑待正》二卷、《事文标异》二卷、《澄江集》一卷、《玉山词》一卷,并行于世。其笔记小说《八纮绎史》,为记中华之外诸国的沿革、风土、人情、物产等,为继《山海经》后之又一奇作。

八纮绎史 清代地理类笔记小说集。四卷。陆次云撰。该书记中华以外诸国(含附属地区)之历史、人物、风物、制度等。东部记有日本、朝鲜、扶桑;西部记荷兰、阿路索、博尔都阿拉、吐蕃、高昌、土鲁番、鲁陈、撒马尔罕、亦利巴力、天竺、婆罗门、榜葛拉、莫卧尔、百尔西亚、度尔格、佛菻、缅甸、小西天、渤尼、麻刺、览邦、古里、琐里、苏门答刺、彭亨、苏禄、百花、淡巴、婆罗、阿鲁、大小葛兰、黑白葛达、牒里、忽鲁莫斯、吕宋、阿丹、南巫里、柯枝、花面、沙哈鲁、忽鲁忽斯、古里班卒、木骨都束、日罗夏治、溜山、锡兰等,另有西欧意大利、法兰西、罗马尼亚、莫斯科等;南部记安南、红毛鬼、于阗、默得那、天方、祖法儿、哈烈、爪蛙、暹罗等;北部记鞑靼、兀良哈、骨利干、流鬼、孛露、伯西尔、智加、墨西哥等,共计近百国。凡大国条下皆分"译语、山川、物产"等细目述之。凡述一国之历史,均追根溯源,同时也记载了不少历史传说。如"朝鲜"条,记抉余得河伯女,闭于室,为日影所照而孕;东海之外,纯女无男,撒地而孕,生子百日能行;海旁有两面人等,明显受《山海经》的影响。本书传世有康熙年间刻本和《说库》本等。

八纮荒史 清代地理类笔记小说集。二卷。陆次云撰。是"广集群书,以资泛览,存而不论"之作。书中简记善人国、君子国、盘古国、丈夫国、女子国、大人国、长人国、狗女国、蛇女国等一百五十五国事。多道听途说或翻捡前人书而摘抄之。

■**张潮**(生卒年不详,活动在清康熙年间) 清代笔记小说作家。字山来,号心斋。安徽歙县人。康熙十五年(1676)的岁贡生,曾官翰林院孔目。与王晫为友。其余生平事迹失载。他的撰著有《花影词》一卷,笔记小说《心斋杂俎》二卷、《幽梦影》一卷,又辑录明末清初诗文作家的笔记小说成集曰《虞初新志》二十卷共一百五十余篇,辑有笔记小说《昭代丛书》一百五十卷和《檀几丛书》五十卷,皆传于世。其中《檀几丛书》里面有五卷是张潮自己撰写的笔记小说,计有《贫卦》一卷、《书本草》一卷、《花鸟春秋》一卷、《补花底拾遗》一卷、《酒律》一卷。

虞初新志 清代笔记小说集。二十卷。张潮辑。本书选辑明末清初诸家文集中属于小说类的作品。从康熙二十二年(1683)至四十年(1701),历十九年完成。所收篇什题材广泛。真人真事有"徐霞客传"、"柳敬亭传"等,侯方域的"郭老仆墓志铭"更是实录。另有一种是实有其人,又具传奇色彩,如黄周星"补张灵崔莹合传"等。还有些谈鬼狐,情节怪异,如李清"鬼母传"、王士禛"剑侠传"、陈鼎"列狐传"、徐谐凤"会仙记"等。不少上乘之作脍炙人口,作为范文传世的有"马伶传"、"大铁锥传"、"秦淮健儿传"、"小青传"等。本书作者认为:"采访天下奇闻",凡"任诞矜奇,率皆实事"者,均可列为小说;甚至一些散文游记亦在其列,所收"南游记"即为佐证。这一观点扩大了小说体裁的外延范围,对后世颇具影响。郑澍若、黄承增效其辑的《虞初续志》、《广虞初新志》就是例证。本书因辑有钱谦益等人之作,清代曾遭查禁。

现存版本有康熙间刻本、诒清堂刻本、巾箱本及日本文政六年(1828)浪华河内书局等刻本。

■**王应奎**(1683—1760) 清代笔记小说作家。字东溆,号柳南。江苏常熟人。少年时代以能诗闻名乡里。诸生,此后八入棘闱未能中式。无奈之下,退隐山居,读书著述。著有《柳南诗文钞》、《海虞诗苑》等,另有笔记小说《柳南随笔》六卷、续笔四卷。这两部笔记小说的体例,都是仿照宋代洪迈的《容斋随笔》,主要记述明末清初的遗闻轶事,加上一些文字考订、诗文评论等情事。今有中华书局1983年出版的两书合一的校点本。

柳南随笔 清代笔记小说集。十卷,含正六卷,续四卷。王应奎撰。本书内容丰富,体例驳杂。顾士荣在"序"中称:"搜遗佚则可以补志乘,辨缪讹则可以正沿袭,以至考诗笔之源流,究名物之根柢,著《虞初》、《诺皋》之异事,标解颐抚掌之新闻。""以古人著书之例拟之,亦容斋洪氏之遗意也。"作者为虞山人,所记之明末虞山诗派作者事,多出于自己闻见,有一定研究价值。如赵执信独服膺冯班,一读其《钝吟杂录》即叹为至论,至具朝服膜拜,并谒冯班墓,"遂以私淑门人,刺焚冢前"。又言冯舒死于狱中,系被常熟县令瞿四达派狱吏杀死。二冯都是虞山诗派的中坚。作者有些议论颇大胆骇俗,如论及二十四孝中的《郭巨埋儿》时说:"此贼恩之大者,乌得以孝称之。"本书有乾隆庚申(1740)精刊本传世。

■**史震林**(1693—1779) 清代笔记小说作家。字岵岗(一作悟岗),号岵岗居士(一作瓠冈居士)。江苏金坛县人。乾隆二年(1737)恩科进士,官淮安府学(今属江苏,治所在扬州市)教授。约三年后解职,即于扬州坐馆教书。震林生性耿介,不肯与时俯仰。信佛教,喜禅说,多与方外之人为友,诗文亦多近仙佛。著有《华阳散稿》、《华阳诗稿》、《华阳散草》、《仙游散草》等,又有笔记小说集《西清散记》四卷。

西清散记 清代笔记小说集。四卷。史震林撰。此书杂记作者自雍正元年(1723)至乾隆元年(1736)十四年间的经历见闻,间亦录朋友之作。如卷三从恽宁溪二十余篇笔记小说中采录"扬州丐"等六篇。本书以记实为主,亦涉神话与传说。作者自命为谪世的弄月仙郎、玉清侍者,在卷一中多记其与诸友借扶乩与诸仙姬往还唱和。作者自解道:"余憔悴人间,独于名利誉闻外,乃得数寂寞人,择冷寺废院无人处,看寂寞花,听寂寞鸟。性善感慨,喜道人闻悲苦。"全书主要记作者与契友冯绎阳、张梦觇、曹学诗、吴震生、段玉函、赵阉叔等人诗赋唱和、游历山水。他们淡泊名利,厌弃世俗,注重精神生活;但又与明中后期狂放不羁的才子、鼎革后不与清廷合作的隐士不同,他们关心现实,富于同情心,甚至怜及花草虫蚁,遇有饥寒危难,能主动济人。这种行为,反映在清中叶险恶的政治环境中,一批有才华,有正义感,无力经邦济世,而寻求精神解脱的读书人的心态。作品还以同情和赞叹的笔调,写了一些才女、孝女、节女的故事,尤以农村少妇双卿为突出。双卿色才情德兼备,她生有凤慧,隔室听塾师讲授,悉暗记之,自学小楷,点画端妍,又以女红易诗词诵习,故亦能诗。她居深山中,人但知其貌美,而不知其有才。她嫁了个目不识丁、状貌丑陋、性情乖戾的农夫,婆母、丈夫从不体恤她,亦不准她读书写字,而要她担负繁重的家务与农活,甚至患病时也不许休息。她虽饥倦忧瘁,毫无怨言,对婆母、丈夫恭顺有加。

而她在花瓣木叶上书写的诗词中,则多哀凄叹息。作者及其友人对她既同情又尊重,时与诗词唱和。本书以第一人称叙事、抒情,但体例多样。集中既有如其他笔记小说那样单则独立的故事,又有多则连缀,如双卿的故事便见于二、三、四卷中,从不同侧面展现其性格。书中多穿插诗词,语言风格雅洁清丽。

本书成于乾隆元年(1736),初刻于乾隆三年;后书板遭火毁损,乾隆四十四年(1779),也就是作者去世之年,又重加修订,厘为八卷出版。有嘉庆乙丑醉墨楼刊本及光绪间王韬铅印本等,均为八卷本。1935年上海杂志公司出版有排印本。

■**徐崑**(1690—?) 清代笔记小说作家。字国山。毗陵(今江苏常州)人。据其笔记小说集《遁斋偶笔》卷下"纪梦"条中云:"康熙辛卯,余年二十一,始应江宁试。"推知当生于1690年,卒年不详。又云:"屡试不售。越十二年,癸卯(1723)应顺天乡试,始获隽,名在第十二,为本房首卷。"曾于庚子(1720)年"馆京师大石桥王氏";雍正四年(1726)"余在中舍,见西洋意达里亚国人,入贡金叶表文"。知其曾官中书舍人。后曾守金华,佐宁海,使闽中,客太原,多析疑狱。一生善诗文,曾著有诗集,惜散佚。其余生平仕履不详。有笔记小说集《遁斋偶笔》二卷传世。

遁斋偶笔 清代笔记小说集。二卷。清徐崑撰。该书记作者耳闻目睹之轶事旧闻。上卷多为山川名胜记,间及烈妇及异闻奇事;下卷记为官经历之轶事,颇有价值。"乳牛"条,记其师陈秋田任广西荔浦令时断牛犊案,以母牛引犊,案遂决。"平山僧"条记康熙间平山县有村妇归母家,中途被寺院僧奸,后双方互告,县令命差役侦之,获二僧,案决。此篇故事与情节类似明王同轨《耳谈》中"汪大令谳狱",后被凌濛初改为话本,题为《夺风情村妇捐躯,听天语幕僚断狱》。另如"唐公谳狱"、"汤溪案"、"乌程案"等,皆为断疑狱。还有一些如"城隍谳狱"、"神灯"、"瘟神"等,皆怪异神鬼之属。传世版本有清光绪七年(1881)初刻本、《说库》本等。

■**厉鹗**(1692—1752) 清代笔记小说作家。字太鸿,号樊榭。浙江钱塘(今杭州市)人。少时家贫,性格孤峭,不与世合。善为诗,每作必有佳句。于书无所不读,所得皆用于诗,故其诗中常可觅到不少文人的遗闻异事。康熙五十九年(1720)中乡试,后多次参加会试及经人举荐,均未出仕。最后一次赴部铨选时,受友邀滞天津未赴京。后返家不久病卒,年六十一岁。

厉鹗一生搜奇嗜博。在就馆扬州马曰琯小玲珑山馆时,利用馆主人的藏书,大量嗜读宋人集册、诗话、说部、山经、地志。有所得便记录下来,然后整理撰集成帙。一生主要著述有《宋诗纪事》一百卷、《南宋院画录》八卷、《辽史拾遗》二十四卷、《补》五卷。他的诗作幽新隽妙,尤工于五言。有《樊榭山房集》二十卷、《南宋杂事诗》一百首,亦曾为曲,有《群仙祝寿》、《百灵效瑞》二传奇。还著有笔记小说集《东城杂记》二卷、《秋林琴雅》一卷、《湖船录》一卷等。

东城杂记 清代笔记小说集。二卷。厉鹗撰。作者世居杭州东城,"三十余年凡五迁未尝离斯地"。他在阅读故籍时,遇有关故里的旧闻异事,"则掌录之",又与朋友互相质问、切磋,然后撰写成帙。于清雍正六年(1728)三月刻梓印行曰《东城杂记》,杭世骏为之作序。

本书以记宋人居杭的轶事为多,所记之人与事均有所本。但作者并非原文抄录,而多为据事创作,抒发情感。如"东皋隐者"是据《东维子集》记元末东皋隐者范思贤的轶事。范在南宋为防御使,入元后不仕隐居,业医专治小儿疾病;元兵洗杭城时,携其母走"匿湖山丛薄,家赀不顾",周日除行医外,则赋诗、鼓琴、作画;"或劝之仕,辄曰:'吾不能随世俗俛仰,不愿仕也'",以此以"葆兹清白";表现了南宋臣民抵御异族之精神。"痴绝生"是据陶宗仪《辍耕录》记神童王思善的轶事。作者以己亲视其小儿之写真画像,展开神驰之笔,将王思善描绘得栩栩如生,称王的佳作"非惟貌人之形,兼得人之神气云"。"许然明"条记许好客慷慨,虽屡困而不怨。"金中丞别业"条写金不阿权贵,屡救民于水火等。

本书初刊后,多次被文士传抄。嘉庆庚辰夏(1820)二版,道光庚戌二月由伍崇曜第三次刻印。传世本主要有《四库全书》本、《笔记小说大观》本等,以中华书局出版之铅字排印本为最佳版本。

■**赵吉士**(生卒年不详,活动在清康熙年间) 籍里不详。曾有《寄园寄所记》笔记小说选集本传世。书分十二门,康熙三十五年(1696)刻梓。

寄园寄所记 清代笔记小说集。十二卷。赵吉士辑。本书是辑明代以来笔记小说的选集,采摭广泛分类奇特。全书分为十二门:(1)囊底寄,所收皆为有关智慧的故事;(2)镜中寄,有关忠孝节义的故事;(3)倚仗寄,描写各地风光、山水的小品文字;(4)捻须寄,所收皆为诗话;(5)灭烛寄,皆为志怪括异的故事;(6)焚尘寄,皆为格言警语;(7)獭祭寄,皆为历代杂事;(8)豕渡寄,皆为考订谬误文字;(9)裂眥寄,皆为明末动乱及殉难诸臣的故事;(10)驱睡寄,皆为可作谈资的故事;(11)泛叶寄,皆为徽州佚闻;(12)插菊寄,皆为诙谐滑稽故事。

书中采摭诸书说部,每条均注明出处,所引之书中不少已散佚,赖此采摭得以保存片鳞半爪,可资考证。本书最早的版本有康熙三十五年(1696)刻本和三益堂刊本。《香艳丛书》收录时,只选取部分门类中有关妇女的内容。

■**陶越**(生卒年不详,活动在清康熙年间) 生平不详。祖居江南,明洪武间陶氏一分支被谪戍辽东,作者可能为辽东人。著有笔记小说《过庭纪余》三卷。

过庭纪余 清代笔记小说集。三卷。陶越撰。本书为家族史式记述小说。作者为清初人,书中多记陶氏家族先祖之遗事。如记宋末先祖陶菊隐"以义兵保捍乡间功德最著",明洪武间陶氏一分支被谪戍辽东,江南陶氏与吴中名士沈周、唐寅交好等事。还有许多篇幅记明末清初江南遗闻轶事。作者站在清统治者的立场上,对清兵的屠戮暴行多方进行美化,如言清兵攻克金陵"秋毫无犯";对江南人民反抗民族压迫的斗争则多诬蔑之词。本书曾被清末方功惠收入《碧琳琅馆丛书》中,另有光绪七年(1881)刊刻本传世。

■**江日升**(生卒年不详,活动在清康熙年间) 清代笔记小说作家。字东旭,福建同安县人。生平事迹失载。据《中国通俗小说书目》和《中华野史辞典》载,他著有笔记小说《台湾外纪》(又名《赐国姓郑成功全传》、《台湾外记》、《台湾外志》、《台湾野记》、《台湾纪事本末》)三十卷。全书二十九万字,详细记载了上自明天启元年(1621)郑芝龙之父,下至清康熙二十二年(1683)郑克塽归降清廷的事迹。其中对郑成功的事迹记叙尤详,如驱逐荷兰殖民主义者收复台湾,开发台湾等,广泛涉及南明政权与清政权的斗争,事实足征可信。书约成于康熙年中后期(约1684—1709)。今存有《笔记小说大观》三十卷本和福建人民出版社1983年出版的铅排十卷本等不同版本。

台湾外纪 清代笔记小说集。又题作《台湾外志》。三十卷。江日升撰。本书记郑成功父子抗清、收复台湾、驱逐荷兰侵略者等故事。郑芝龙东渡日本,与友人在日本起事失败后,在海上掳掠;明崇祯元年(1628)接受招安,平定诸寇,攻荷兰殖民者,因功擢为福建都督;清顺治三年(1646),郑芝龙不听其子郑成功的劝告而降清,郑成功在南澳起兵继续抗清,后失败出海,至台湾,赶走荷兰占领军,使台湾重新回归中国;不久,郑成功因寒发病,卒然而逝;康熙二十二年(1683),清廷派员守台,将台收入大清版图。本书以纪年形式连缀史实,仿《史记》、《汉书》纪事文体,"纪其一时之事,或战或败,书其实也",具有一定的史料价值。成书后,康熙年间有求无不获斋刊本,题"九闽浦东旭氏江日升识",首有冬岷陈祈永序及"郑氏世次"。另有大连图书馆藏嘉庆六年(1801)抄本,题《台湾外志》,首有彭序,署"汉阳同学弟彭一楷拜手题",次有郑序,署"云阳谊教弟郑应发顿手[首]拜书",又有作者自序,署"康熙四十三年岁次甲申冬至后三日九闽浦东旭氏江日升谨识于云阳之寄轩"。

■**曹家驹**(生卒年不详,约活动在清康熙年间) 清代笔记小说作家。字千里。云间(今上海市)人。从其笔记小说《说梦》中可知,他当过小吏或中过乡举,年八十卒。其他生平仕履均不详。著有笔记小说集《说梦》二卷传世。此书多记明末清初上海官场污浊之事,间及乡间轶闻。

说梦 清代笔记小说集。二卷。曹家驹撰。作者以说梦名书,一是说人生如梦,转瞬亦即百年,应惜时勤奋;一是说昨世如烟,恍若梦中;一是说"梦缘为觉缘。夫梦既可以为觉,安见觉不可以为梦!试从数年后追忆数年前事,恍同一梦"。本书多记明末清初上海一带的官员、乡绅、百姓轶事及该地区之赋役、风土、人情等。不少为作者亲历。凡亲历多条,书中皆以"余"为第一人称,娓娓道来,倍感亲切。"纪吴绳如殉节事"、"纪夏瑷公殉节事"等条,写明代遗老不食清粟,在清兵抵郡时从容自杀,表达了江南反清之精神。"吴提督之叛"记丁亥(1647)春吴胜北提督以三千兵反清,最终被消灭事。文中以白气先兆,归于天意,亦明清笔记小说家之惯用手法。"纪历任巡抚"条写明末清初莅松江之巡抚,无不贪墨,"大为一方害",直刺封建官场之黑暗。"考童惨祸"记明天启年间华亭科试,知县郭章发不早开院门,乃于五鼓将试时才启门,致使前拥后挤,"一呼吸间,已压死累累"。"嘲应试诸生"、"嘲试题"直刺封建科考之弊端。

本书成书后,封于箧笥。咸丰三年(1853)春,太平天国攻入南京后,上海人心沸动,纷纷逃难,沈小莲偶于翟棣翁案头发现此书抄本,于当年夏五月付梓,前有陈谷甫及作者的序。现传世版本有《说库》本。

■**谢开宠**(生卒年不详,活动在清康熙年间)　生平、籍里不详。著有笔记小说《元宝公案》一卷。康熙三十四年(1695)刻印传世。

　　元宝公案　清代笔记小说。一卷。谢开宠撰。此篇属讽刺类公案短篇笔记小说。故事叙述一富翁持元宝一锭戏弄穷人,言以此锭击汝,能忍受即赠汝,穷人应之,于是被富人持元宝击死;富翁被控于官,当庭狡辩说穷人死于元宝,而非死于他,并对官说元宝不是凶器,不应归库,而应入官;官玩元宝再三,终不忍舍;结果,元宝入官,富翁获释。篇后附有峨嵋散人、心斋居士的评语。本书曾被张潮收入所编之《檀几丛书》中,有康熙三十四年(1695)新安张氏霞举堂刊刻本传世。

■**吴震方**(生卒年不详)　生平、籍里均不详。曾编有《说铃》三编,属笔记小说丛刊。徐倬为此书作序。

　　说铃②　清代笔记小说丛刻。分前、后、续三编。吴震方编纂(清代汪琬撰有同名作品)。编者曾说:"历代说部,各有成书,唯本朝未见汇辑。兹偶举平昔知交投赠,先公同好。"徐倬也在为本书作的序中说:"此书所收皆京圻典故,殊乡风俗,辨证古今,洞彻幽明。实有裨于世道,非泛泛寻常之荟萃矣。"书中前编所收为"冬夜笺记"、"陇蜀余闻"、"安南杂记"、"粤述"、"台湾纪略"等三十三种,以地理类笔记为主。后编收"读史吟评"、"扬州鼓吹词序"、"觚剩"、"板桥杂记"等十七种,皆为轶事杂著。续编收"莼乡赘笔"等七种,以杂史为主。本书有康熙四十一年(1702)刊本(前、后二编),续编为康熙五十一年(1712)刊刻。1825年聚秀堂有重刻本。

　　"说铃"的典故出自汉扬雄《法言·吾子》"好说而不谚仲尼,说铃也",以喻小说不合大雅。

■**徐岳**(生卒年不详,约活动在康熙年间)　清代笔记小说作家。字季方。嘉善(今属浙江)人。生平事迹无考。曾撰有笔记小说《见闻录》一卷。本书有康熙间刊本。今存有笔记小说集《说铃》本等。

　　见闻录　清代笔记小说集。四卷。徐岳撰。本书记奇闻异事,不少属荒诞的志怪内容。如"驱妖"、"奇迹"、"冤宿报"、"妖狐"、"獭怪"等,虽记述奇异,但语言平庸,并无特色。还有一些记人间不常见之事,如"奇技"条,记"张某,杭州人,善西洋诸奇器,所作自鸣钟、千里镜之类,精巧出群。刻木作犬,蒙以狗皮,嗥吠跳跃,与真无异"。可见在康熙年间西洋奇器已在中国流行和中国艺人工艺之精巧。另如"倭国"条记徽人吴某叙述日本风土人情较详,"泛海"条记南洋事,"浮海"条记高丽事,皆能使人耳目一新。本书有康熙间刊刻本。后收入吴震方所编的《说铃》

中,作一卷。

■**东轩主人**(生卒年不详,活动在清康熙年间) 真实姓名不详,生卒、籍里无考。著有笔记小说集《述异记》三卷。

述异记③ 清代笔记小说集。三卷。东轩主人撰(南朝祖冲之、任昉分别撰有同名作品)。本书记清顺治、康熙间事,以述异志怪为主。有些篇目文字较长,描写细腻,情节变化曲折已近于传奇小说。如"口技"条,写郭猫儿擅长口技表演,文中描写十分生动传神,是后人常习之名篇。本书整体文字通俗、平直,结构、笔法也少变化。作者目的不在于创作,只是客观地记事,宗旨是记"天下有理之所必无,而事之所或有"之事,以资谈笑而已。本书由汪琬收入《说铃》中。另有传世版本《说库》本,于1986年由浙江古籍出版社出版影印本。

■**龚炜**(1704—1769) 字巢林,自称巢林散人,晚号际熙老民。江苏昆山人。喜经史,工诗文,善丝竹,尚武艺。至四十未第,遂绝意仕途,闭户习医。著有《屑金集》、《虫灾志》、《续虫灾志》、《湖山纪游》、《阮途志历》、《翰薮探奇》等,散佚严重。另有笔记小说《巢林笔谈》八卷。

巢林笔谈 清代笔记小说集。六卷,续编二卷共八卷。龚炜撰。作者字巢林,故以字为书名。作者一生著述丰富,惜多佚失。本书所记,从康熙末年(1722)开始,止于乾隆二十八年(1763)左右;内容广泛,涉及社会民情、风俗掌故、天灾人祸、官吏贪诈及读书心得、亲友往来等方面。作品重于描述,但文笔清新流畅,很有可读性。本书传世有乾隆三十年(1765)蓼怀阁藏版本,《续编》有乾隆三十四年(1769)刊本。1981年中华书局出版了由钱炳寰整理的新式点校本。

■**袁枚**(1716—1797) 清代笔记小说作家。字子才,号简斋,又号随园老人。浙江仁和(一作钱塘,皆为今杭州市)人。清乾隆四年(1739)进士,初官翰林院庶吉士。出为溧水、江浦、沭阳、江宁等县(今皆属江苏)知县,并著政绩。年甫四十,即借病告归,卜筑随园于江宁之小仓山下,过起读书、写作诗文的生活。纵情声色,结交四方文士,思想解放,在诗歌创作中,倡导性灵说,享文坛盛名数十年,世称"随园先生"。

袁枚的著作甚多,主要有《小仓山房诗文集》七十余卷,及《随园诗话》、《随园随笔》等著作三十余种。笔记小说《子不语》,或作《新齐谐》,正集二十四卷,续集十卷,撰写于晚年。今存有《清代笔记丛刊》本和《笔记小说大观》本等。

子不语 清代笔记小说集。三十四卷。后名《新齐谐》。袁枚撰。书名取自《论语·述而》"子不语怪力乱神"之语意,即寓专讲鬼神怪异之事。后改名《新齐谐》的原因是见元朝说部中有相同的书名。"齐谐"取名于《庄子·逍遥游》中有"齐谐者,志怪者也";又因南北朝时已有《齐谐记》之书名,故用《新齐谐》之名。全书共收录故事一千零二十五则,内容多为鬼神怪异。后因元人说部之同名书散佚,故后人多用其《子不语》之名。

本书故事多取材于作者的亲朋好友口述,也有一些出自官方邸报或公文;部分采自他书,此类作品大约有二十篇左右,作者在书中均作了交待。

作者在本书自序中谈及自己的创作目的:一是"广采游心骇耳之事,妄言妄听,记而存之",意即自娱而娱人的消遣;二是"以妄驱庸,以骇起惰",意即陶冶性情,破除凡庸和惰性,起到振奋精神的作用。袁枚并不信佛仙神怪,凡记此类事情无不以调侃揶揄之态度。如"蔡书生"条说女鬼诱蔡书生上吊而蔡却把脚伸入绳套中,女鬼曰:"君误矣。"蔡笑答曰:"汝误,才有今日,我勿误也。"鬼大哭,伏地再拜而去。"鬼有三技过此鬼道乃穷"条记豁达先生揭露鬼之"一迷二遮三吓"的伎俩,可资一笑。"李通判"条揭露道士"贪财图色",害人不成,自己反倒"为雷震死坛所"。"鸩人取香火"写道士骗人致死,反倒宣扬圣帝显灵,其揭露有一定的深度。另有"鬼畏人拚命"、"陈清恪公吹气退鬼"、"治鬼二妙"等,篇中表述的"见鬼勿惧,但与之斗。斗胜固佳,斗败我不过同他一样"之见解,颇具哲理。

以鬼神怪异故事为躯壳,冲破封建礼教,反对禁欲主义,是本书另一特色。如"沙弥思老虎"是流传较广的故事,反对封建礼教的禁欲主义;"鬼差贪酒"表现了作者对门当户对的婚姻观念的不满;"多官"条写陈仲韶的爱情纠葛,哀怨动人;"歪嘴先生"条写教书先生与鬼辩论,终使一女子改适再嫁;"替鬼作媒"条使相爱之男女二鬼终于在阴司结合,令人绝倒。

借助鬼神,抨击科举弊端,是本书的第三特色。如"李倬"条写督学受赃三千两而黜落了一秀才,致使其激愤而死;"陈州考院"鞭挞了一奸杀仆妇的科举中人;"地藏王接客"直斥八股取士为"无耻之甚";"李生遇狐"借狐之口斥时文"无关学问";"麒麟喊冤"指斥时文是"腐烂之物"等。

借鬼神怪异故事抨击理学和考据学是本书的第四特色。"麒麟喊冤"条说《诗》、《书》、《周易》等本不是经书,是"汉人多事"而任意拼凑而成;到了宋理学兴盛之后,更是以此"捆缚聪明才智之人",使读书人都变成了应声虫。"狐道学"条对"口谈理学而身作巧宦者"进行了抨击。"全姑"条揭露理学家不通人性沽名钓誉的丑恶灵魂。

本书的第五特色是借鬼神怪异揭露吏治腐败世风浇薄的社会现实。如"莆田冤狱"、"城隍神酗酒"、"土地受饿"、"闫王升殿先吞铁丸"、"一字千金一咳万金"、"沭阳洪氏狱"、"真龙图变假龙图"、"地藏王接客"、"鬼借官衔嫁女"等,均描写形象,寓意深刻。

本书在创作手法上不事雕琢,叙事自然流畅,章法变化多端,言简而意味隽永。鲁迅在《中国小说史略》中说:"其文屏去雕饰,反近自然,然过于率意,亦多芜秽,自题'戏编',得其实矣。"

本书存世版本有随园刻本、美德堂刊本、《清代笔记丛刊》本、《笔记小说大观》本等。人民文学出版社曾出版有校点排印本。

■**长白浩歌子——尹庆兰**(?—1788) 据《八旗艺文编目·子部·稗说》著录:"《萤窗异草》,满洲庆兰著。庆兰字似村,庠生,尹文端公子。"尹文端,即尹继善,是乾隆时期的文华殿大学士,原姓章佳氏，满洲镶黄旗人。依此记载，文学史界多认为"长白浩歌子"是尹继善的第六子尹庆兰。他工于诗文，终生未仕，与当时名士袁枚等人曾有交往。

庆兰有笔记小说著作《萤窗异草》三编十二卷。今见较早的有乾隆年间的手抄本和光绪初年《申报馆丛书》本。1986年中州古籍出版社的校点本，是本书最好的版本。书末附有校点者孟庆锡的《校点后记》，其中第一部分是考证作者为尹庆兰的论文，说理透彻，颇令人信服。

萤窗异草 清代笔记小说集。三编共十二卷。浩歌子著。又名《聊斋剩稿》、《续聊斋志异》。署作者为"长白浩歌子"。本书原有一百四十五篇，现存一百三十六篇。书中作品以描写婚姻题材为主，大多篇什情文并茂、委婉生动，塑造了众多聪明、光彩照人的女性形象，如"青眉"篇描写青眉的美丽、热情和勇敢。作者对《聊斋志异》非常熟悉，不仅在"痴婿"、"续念秧"中多次提到这一名著，而且刻意模仿蒲氏；书中"宜织"、"温玉"、"田一桂"、"徐小三"等，更是直接由《聊斋志异》的某些故事脱胎而来。作者的描写对象主要是鬼狐，故事情节也力求委婉曲折，波澜迭起。由于作者在艺术上努力出新，而不是简单模仿，所以作品往往显得更生动、更有韵致。正如"宜织"篇末假托"随园老人"所说："武夷九曲，使人历尽方知。初见之，但有奇峰壁立耳，似无可转之境也。何物文心，竟与心灵争胜，吾于此又得其不可解之一。"

本书问世后，长期以抄本流传，直到光绪初年才有《申报馆丛书》铅印本，后又有光绪二十一年(1895)的漱芳斋本等。1986年中州古籍出版社出版了孟庆锡的点校本。

■**阮葵生**(1727—1789) 清代笔记小说作家。字宝诚，号居山。江苏山阳(今江苏淮安)人。约在乾隆十六年(1751)登进士第，授庶吉士。长期在刑部任职，官至刑部右侍郎，治狱以明察平允见称于时。阮氏工诗善文，著有《七录斋诗文集》及笔记小说集《茶余客话》三十卷。

茶余客话 清代笔记小说集。卷帙著录三十卷、二十二卷、十二卷不等。阮葵生撰。本书是作者平生读书论学与记述见闻的笔记，内容极为广泛，凡政治、史学、学术思想、科学工艺、文学艺术，以及花木鸟兽、饮食起居，均有所录。对清初的朝章制度，入关前后的建制，当代人物的言行以及有关西北、东北的史地交通材料等记载，因均得之见闻及可靠的文籍，故较真实可靠，值得重视。书中不少记载和论议，反映了一定的进步思想，如论寡妇守节中说："宋儒为失节事大，饿死事小，嘻！古今来多少名公卿、贤士大夫，尚多愧此言，乃责之茕茕少妇耶！"书中还对八股取仕提出批评。对农民起义，则持反对态度，有诬蔑之词。书中亦有一些志怪述异之作，如"齐召南一生三梦"、"白田某甲"、"扶鸾"、"卞氏园"等，均属此类。大多作品情节荒诞离奇，很少有描写，小说气味不浓。作者在评论吏治时，认为王守仁标新立异，出行不列"肃静"、"回避"二牌，而打出"求通民情"、"愿为己过"二牌之举动，"全是客气，非立异即沽名"。书中在考订文字方面，大多较为严谨。

本书成于乾隆三十六年(1771)前，作者死后二十余年，由同僚戴璐选为十二卷刊行。光绪十四年(1888)王锡祺在修山阳郡志时，得续全稿，共二十二卷，但付刻后流传不广。1958年，中华书局据二十二卷本校以十二卷本,补遗十条,于1959年出版发行单行排印本,分为上、下两册。

■ **纪昀**(1724—1805) 清代著名文学家和笔记小说作家。字晓岚,又字春帆,自号石云,又号观弈道人。直隶献县(今属河北)人。清乾隆十九年(1754)进士,授庶吉士。散馆授编修。再迁左春坊左庶子。京察,授贵州都匀府(今贵州都匀市)知府,加四品衔,留庶子。寻擢翰林院侍读学士。由于姻亲两淮盐运使卢见曾获罪,纪昀以漏言而夺职,发戍乌鲁木齐。释还,复授编修。乾隆三十八年(1773),开四库全书馆,经大学士刘统勋举荐,纪昀被任为总纂官。擢侍读。旋迁翰林院侍读学士。建文渊阁藏书,命充直阁事。累迁兵部侍郎。《四库全书》成,迁左都御史。再迁礼部尚书。复为左都御史。嘉庆元年(1796),移兵部尚书。复移左都御史。二年,复迁礼部尚书。嘉庆十年(1805),授协办大学士,加太子少保。卒,谥文达。

《清史稿》本传曰:"纪昀学问渊通。撰四库全书提要,进退百家,钩深摘隐,各得其要旨,始终条理,蔚为巨观。惩明季讲学之习,宋五子书功令所重,不敢显立异同;而于南宋以后诸儒,深文诋諆,不无门户之见云。"他一生的撰著主要在《四库全书总目》方面,评骘精审,终生精力,备注于此。此外,还有《四库全书简明目录》。他晚年撰写的笔记小说《阅微草堂笔记》二十四卷,包括《滦阳消夏录》六卷、《如是我闻》四卷、《槐西杂志》四卷、《姑妄听之》四卷和《滦阳续录》六卷,共有一千一百九十六则故事,从乾隆五十四年(1789)到嘉庆三年(1798),共用十年陆续写成。

阅微草堂笔记 清代笔记小说集。二十四卷。纪昀撰。本书是继《聊斋志异》之后,清代又一部影响较大的笔记小说作品。全集分为《滦阳消夏录》、《槐西杂志》、《如是我闻》、《滦阳续录》、《姑妄听之》五种。其中《滦阳消夏录》于乾隆五十四年(1789)作于滦阳(承德);《如是我闻》作于乾隆五十六年;《槐西杂志》作于乾隆五十七年西苑之槐西老屋;《姑妄听之》作于乾隆五十八年;《滦阳续录》作于嘉庆三年。五种书成后曾分别刊行,嘉庆五年由其门人盛时炎合为一书刊行,取名《阅微草堂笔记》。

全书共一千一百九十六则故事,所记或为作者身经目睹,或闻诸亲友同事,或据仆夫、贩隶等下层民众提供素材,涉及内容十分广泛。"虽晚年遣兴之作,而意主劝惩,心存教世。"盛时炎称此书:"俶诡奇谲,无所不载;洸洋恣肆,无所不言,而大旨要归于醇正,欲使人知所劝惩。"

本书特点有四:

1. 同情民众疾苦,揭露官场黑暗。如《滦阳消夏录》三中"某公干仆"条,借干仆之口,抨击某公"卖官鬻爵,积金至巨万",窃弄权柄,"颠倒是非,出生入死"。"孙虚船其友"条揭露官场中"奔竞排挤,机械万端"的恶劣风气。"北村郑苏仙"条,揭露一些自标清廉的官吏,实则是负民负国、草菅人命之徒;由于官场黑暗,老百姓一遇天灾,便难以为生。书中记明崇祯末,河南、山东大旱蝗,草根树皮皆尽,人们相食,惨不忍睹。

2. 揭露封建礼教的残酷和道学家的虚伪。"河间献王祠"和"魏环极先生"等篇揭示，道学与圣贤"固各一事"，并非孔孟真传，所鼓吹的一套都悖经叛义，如痴人醉语，聒噪人耳。"某公在郎署"条论道："饮食男女，人生之大欲存焉。干名义，渎伦常，败风俗，皆王法之所必禁也。若痴儿骏女，情有所钟，实非大悖于礼者，似不必苛以深文。""奴子傅显"条写傅拘于男女有别之礼，见小儿坠井，不近告其母而远寻其父，致小儿无救，说明理学"昏聩僻谬，贻害无穷"。"两塾师"条刻画了道学家近名好胜、言高行卑、口是心非的卑污嘴脸，暴露其灵魂的丑恶和礼教的虚伪。

3. 肯定不怕鬼、不信邪的斗争精神。如"曹司农族兄"、"董文恪公未第时"、"南皮许还金"、"姜三莽寻鬼"、"客作田不满"、"平姐"、"老儒涂鬼"、"戴东原族兄"、"李汇川言"等，均记捉鬼、弄鬼、戏鬼、识鬼之事。

4. 揭露唯利是图、忘恩负义、趋炎附势的浇薄世风，赞颂聪明勇敢、见义勇为之举。如"河中石兽"条，通过印证老兵"打捞河石，求之上游"的理论，赞扬老兵的聪明和见识。"北村郑苏仙"、"轿夫与舟子"、"献县史某"、"褚寺农家妇姑"、"角妓玉面狐"等条，均写民众见义勇为、乐于助人的可贵品质。

纪昀创作本书，"尚质黜华，追踪晋宋"，虽然从小说发展史角度讲似显保守，但他以"著书者之笔"，基于见闻，注重可信性；叙事简洁，不以情节取胜；语言质朴平实，不追求藻绘辞丽，不过分夸张。这些确系纪氏文风的特点。

本书流传版本很多。除"五种书"单刊本外，主要有嘉庆二十一年（1816）重刊本、道光十五年（1835）广州财政司刊本、上海中华图书馆石印本、《清代笔记丛书》本、《笔记小说大观》本、会文堂书局详注本和多种石印本；以1980年上海古籍出版社出版的校点本最佳。

■**赵翼**（1727—1814） 清代著名史学家和笔记小说作家。字耘松（一作云松，又作云菘），号瓯北。江苏阳湖（今常州）人，生性聪慧，三岁时便能日识字数十；年十二，一日为文成篇，人皆奇之。乾隆十五年（1750）举人，十九年（1754）中明通榜，用为内阁中书，入直军机处，进奉文字多出其手，大学士傅恒尤重之。二十六年（1761），殿试拟一甲第一名进士，乾隆帝谓陕西自国朝以来未有以一甲一名及第者，遂拔原一甲第三名、陕西人王杰为第一名，而移赵翼为第三名，授官编修。后出知镇安府（治所在今广西德保县）。适朝廷用兵缅甸，傅恒统师，命翼赴军赞画。寻调守广州，擢贵西兵备道。以母老乞归，遂不复出。乾隆五十二年（1787），上命两广总督李侍尧帅兵平定台湾林爽文的叛乱。侍尧赴闽治军，邀翼与俱。事平之后，翼辞归，以著述自娱。晚岁曾主讲安定书院。家居数十年，手不释卷。学术上与同时代人袁枚、蒋士铨齐名，号称"江左三家"。嘉庆十五年（1810），重宴鹿鸣（鹿鸣是皇帝宴请有功劳的大臣或嘉宾时奏演的一种乐名），赐三品衔。

赵翼性格倜傥，才调纵横，能诗善文，尤精史学。著有《瓯北诗集》五十三卷、《唐宋十家诗话》十二卷、《皇朝武功记盛》四卷、《廿二史札记》三十六卷，笔记小说《檐曝杂记》六卷、续一卷，

《成语》一卷,《陔余丛考》四十三卷。

檐曝杂记 清代笔记小说集。六卷,续编一卷共七卷。赵翼撰。作者为清代著名的文史学家,著作宏富,本书为他一生零散笔记文字的汇集,成书于嘉庆庚午年(1810)八十四岁时。由于作者对历史娴熟,注重史实,所以本书的历史资料颇为充实,且在书中占较大篇幅。

本书内容广泛,卷一主要记朝廷政事;卷二记述一些文人士大夫的行迹轶事,如科举考试、官场宦海、军务政事、京城社会风貌、奇闻异事等;卷三、卷四主要为作者出仕广西、云南、贵州和广东等地的经历见闻,有气候水土、风光胜景、特产奇珍、民族风情等。此外,对广东沿海的船民生活、外贸往来及澳门外商的生活情况等,都作了生动的描写。卷五、卷六属读书笔记,有笔记野史、诗文书画、对联箴铭、典章掌故、文字游戏、人物行迹、遗闻轶事、中医药方剂等。

本书有嘉庆、道光、光绪间刻本传世。中华书局于1982年以清光绪间刻本为底本,与其他传世本对校,出版了由李解民整理的点校本;与姚元之著的《竹叶亭杂记》合刊为一书。

■**和邦额**(约1736—约1796) 清代笔记小说作家。字闲斋,号霁园主人。满洲镶黄旗人。出身于仕宦之家,幼以"八旗隽秀者"入咸安宫官学。十七岁时,曾随祖父在西北、东南等地居留。后自福建回到北京,曾出任山西乐平(今山西昔阳县)县令。其他生平事迹不详。撰有笔记小说集《夜谭随录》十二卷,是"聊斋类型"小说中成书较早的作品,共收故事一百四十一篇。今存有乾隆四十四年(1779)本、乾隆五十四年(1789)本和《笔记小说大观》本。另据《中国历代笔记小说要目》介绍,该书还有一个最早的本子刊在"乾隆乙酉本衙刻本",乙酉即乾隆三十年(1765),"本衙"二字似乎说明刊刻于作者山西乐平县令任内。该书主要记述北方风物习俗、状写鬼狐神怪的故事,也有小量篇幅描述青年男女的爱情生活。

夜谭随录 清代笔记小说集。一百四十一篇。和邦额著。本书取材地域广阔,所记事物繁多,如甘凉沙漠之怪风、冻掉耳朵的奇寒、澎湖至琉球因海水潮汐变化而引起的瞬息千里之险、西海的蜃气奇观、京师地震之异闻、塞外牧民之好客,以及北地回煞、夜星子等迷信风俗,皆有描述。书中也有描写世态之炎凉、鞭笞宗教禁欲之虚伪、揭露封建统治之腐败等篇章,如"陆水部"一则,以雍正朝因文字狱而遭祸的水部主事陆生楠在罪戍察哈尔时,以狐为友,终为所害的故事,含蓄地抨击了清廷的高压统治。另亦有不少宣扬因果报应观、宿命论的内容,以及对兄宿弟妻和龙阳之好等陋习恶俗的描绘,品格不高。就全书看,作者以粗犷的线条勾勒边塞风光,以细腻的笔触状景绘物,寓真人实事于鬼怪狐妖之幻化情节中,用志人的手法来志怪,可见其承《聊斋》,启《阅微草堂笔记》之独特风格。鲁迅评之"记朔方景物及市井情形者特可观"。

本书成于乾隆四十四年(1779),有多种刊本传世。1988年上海古籍出版社出版了王一工、方正耀点校的排印本。

■**郝懿行**(1757—1825) 清代经学家、文学家。字恂九,号兰皋。山东栖霞人。嘉庆四年

(1799)进士,授户部主事二十五年,补江南司主事。懿行生性沉默,口讷寡言,但谈经时却口若悬河,喋喋忘倦。所居四壁萧然,庭院蓬蒿常满,他处之泰然,仍诵经不辍。其妻王照圆,亦博涉经史。当时著书家有"高邮王父子,栖霞郝夫妇"之赞誉。一生著作颇丰。有文集十二卷,笔录六卷,《证俗文》十八卷,《蜂衙小纪》、《燕子春秋》、《海谱》各一卷,笔记小说《宋琐语》二卷,《宝训》一卷,《尔雅义疏》十八卷,《春秋说略》十二卷,《山海经笺疏》十八卷,《易说》十二卷,《郑氏礼记笺》四十九卷等,共二十余种并行于世。其生平《清史稿》有传。

宋琐语 清代笔记小说集。两卷二十八门。清经学家郝懿行撰。本书仿《世说新语》体例,取沈约所撰《宋书》中记南朝宋的遗闻轶事、嘉言懿行分门辑录、综合而成。作者在"自叙"中说:"沈休文之《宋书》,华赡清妍,纤秾有体,往往读其书如亲见其人。于班、范,陈寿志之外,别开蹊径,抑亦近古史书之最良者也。"中国历史上的南北朝时期是动乱年代。刘宋王朝六十年间的争斗杀戮,史上罕见,以致人人自危,朝不保夕。为了填补生活上的空虚和精神上的痛苦,世上盛行了一股清谈之风。《宋书》就反映了这一时代的现实。

作者从《宋书》上综合、辑录片断,并融入自己的创作,且篇后多加有按语,画龙点睛。作品按德音、藻鉴等二十八门分类,类似《世说新语》,颇有风致。如谈谐类述宋文帝刘义隆造华林园,盛暑役人工,何尚之谏宜加休息,而刘义隆却说:"小人常自暴背,此不足为劳。"作者在按语中说:"不知暑役为劳,反为人常暴背,此与晋惠帝言何不食肉糜,并堪绝倒。纨袴膏粱,生而逸乐,罔识艰难。宋文号称令主,犹尚若斯,逮之孝武,遂嗤乃祖'田舍翁',何足深责耶?"

本书现存传世版本有上海进步书局印行的《笔记小说大观》本。1985年12月,岳麓书社出版了喻岳衡的点校本,与明曹臣的《舌华录》一起印行。

■**沈起凤**(1741—1796) 清代笔记小说作家。字桐威,号蕡渔,又号红心词客,别号花韵庵主人。吴县(今江苏苏州市)人。乾隆三十三年(1768)参加乡试中举。此后多次参加会试,却屡试不第。从此,绝意进京大比,放情词曲以自娱。二十年间写下的戏曲有三四十种,风行大江南北。今天还能见到的有《报恩缘》、《才人福》、《文星榜》、《伏虎韬》(以上四种见《奢摩他室曲丛》),《千金笑》、《泥金带》、《黄金屋》(以上三种见于《曲谐》)等七种。夫人张云(一作张灵),亦善诗文,有些戏曲便是他们夫妻共同写出的,因而颇享夫唱妇随之乐。约五十岁时,曾为安徽祁门县学教官。晚年,中选朝中岁选,以选人身份入京,候官期间客死京门。

起凤多才多艺,一生落魄,反成就其文坛硕果。除上述之戏曲创作之外,他还撰写了笔记小说《谐铎》十二卷,共有故事一百二十二则。小说内容多为旧闻琐事,借谈狐说鬼,旨在描摹世相,针砭时弊。此书首刊于乾隆五十六年(1791),颇受当时文士欢迎,也是"聊斋类型"作品当中成就最大的一种。

谐铎 清代笔记小说集。十二卷一百二十二篇。沈起凤撰。嬉笑之中寓劝戒是本书取名意也。本书仿《聊斋志异》,内容亦相近。只是妖狐甚少,山禽水怪、器物成精者居多。正如马惠在跋文中说的那样：为"嬉笑怒骂之文"，"蛇神牛鬼之类"。在写法上有两大特点，一是故事诙谐；二是情节曲折，其发展常出人意料。如"桃天村"用嘲笑的笔调揭露社会上贿赂公行、营私舞弊、是非颠倒的现象；"贫儿学谄"讽刺封建官僚士大夫"媚骨佞舌"的丑行；"棺中鬼手"把批判矛头指向贪官污吏；"鲛奴"歌颂纯洁的爱情，抨击封建婚姻制度和金钱观念；"村妇毒舌"通过农家母女和新科状元的对话，对状元和黄金进行了嘲讽，并歌颂了劳动人民的机智和勤劳；"壮士缚虎"写勇士焦奇能毙虎而不能缚猫，形象地说明了"函牛之鼎，不可以烹小鲜；千金之弩，不可以中鼷鼠"的道理，这对"怀材者"和"用材者"都有一定的教育意义。蒋瑞藻在《小说考证》中说："《谐铎》一书，《聊斋》以外，罕有匹者。"

本书有乾隆五十六年（1791）藤花榭刊本、乾隆五十七年巾箱本、同治五年（1866）刊本、光绪十七年（1891）广百宋斋排印本、光绪二十一年上海书局石印本、光绪三十三年文蔚书局石印本等。1985年人民文学出版社出版了新校点本。

■**屠绅**（1744—1801） 清代笔记小说作家。字贤书，一字笏岩，号磊砢山人，别号黍余裔孙、磊砢山房主人、竹勿山石道人。江苏江阴人。出身农家，幼孤。资质聪慧，十三岁入县学，十九岁中举，二十岁中进士。历官云南师宗县知县、甸州（今云南巍山）知州、广州（今属广东）同知。因颇好色，正室达四五娶，妾媵仍不止此数，致使身体早衰。嘉庆六年（1801），以候补在北京，得暴疾卒。

屠绅工诗善文，传世著作主要有杂说《鹗亭诗话》一卷（附诗一卷）、《笏岩诗钞》二卷、笔记小说《蟫史》二十卷、志怪小说集《六合内外琐言》（一名《琐蛣杂记》）二十卷。受乾嘉学风的影响，其作品与清代流行的其他笔记小说有所不同。鲁迅在《中国小说史略·清之拟晋唐小说及其支流》评为"故作奇崛奥衍之辞，伏藏讽谕，其体式为在先作家所未尝试，而意浅薄"，是一位"以小说见其才藻之美"的作家。也就是说，屠绅的文言小说不是一般的笔录见闻，而是一种别具匠心的创作；在语言上，更喜采用古奥的传统古文和艰深的知识，一般文化水准的读者恐难以理解。

六合内外琐言 清代笔记小说集。二十卷。屠绅撰。又名《琐蛣杂记》，曾题署"黍余裔孙"或"竹勿山石道人"。此书与清代流行的其他笔记小说不同。其特点在于：(1)它不是一般的记录见闻、掇拾传说，而是匠心独运的刻意创作。所写的故事，或感于现实而加以比拟夸张，或由经史子集及前代小说中所涉及的形象生发引申：如卷五"万人冢"写清廷残酷镇压王伦起义事；卷六"海市舶"写儋州人仲鳍落海，在鳖背上生活四十年，此鳖即《庄子》寓言中任公子所钓者；卷六"烛光爱主"由唐代小说家沈亚之而杜撰出其兄沈先之及一段离奇故事。所撰故事多题材新颖，很少拾人牙慧。(2)它发展了清代所出现的寓言小说，"伏藏讽谕"，想象更加超奇，形式亦多变化。如"海市舶"隐喻宦海风波，"此篇非志怪也，而语常也"。卷十八"呕白痰"写贪官党有得，系墨鱼转生，性贪鸷，所到之处，贪赃枉法，鱼肉百姓，无所不为，百姓恨之入骨，愿与偕死；此人后呕白痰数升而卒，并为诗云："曾是前身吐墨鱼，不遭墨辟快何如。白金化作白痰吐，生死无忘货殖书。"极富讽刺意义。(3)它与其他文言小说的文字多为浅近文言者不同,而采用传统古文,个别篇如"烛光爱主",还穿插运用"吁,帝命有常,将尔无怍"等《尚书》式古奥语言,又不时运用生僻典故,故其语言风格"奇崛奥衍",一般读者难以理解。本书与作者另一部著作《蟫史》一样,都受乾嘉学风的影响,"以学问为小说",在艺术上具有创新精神;但因其一味求雅,脱离一般读者阅读需求,所以影响不大。

本书初刊于乾隆五十八年(1793),有石渠阁刻本,传世版本还有《申报馆丛书》本、国学扶轮社本、广益书局本、大达图书供应社1935年排印本等。

蟫史 清代笔记小说集。二十卷。屠绅撰,曾署名"磊砢山房主人"。小说进步社石印本易名为《新野叟曝言》。本书以桑烛生、甘鼎为主角,演述征邝天龙、征苗、平交趾等事。桑烛生乃作者自寓,甘鼎则指射嘉庆初年在湘西镇压苗民起义的傅鼐。此书是作者晚年的作品,文字古奥,语言佶屈,有时还造一些生字硬语。其写法近于神魔小说。书中夹杂一些猥亵的描写,则是受了明代及清初世情小说的影响。本书有梅庭朱氏刊本、申报馆排印本和小说进步社石印本等。

■**曾衍东**(1751—1830) 清代笔记小说作家。字青瞻,又字七如,号七道士。山东嘉祥县人。少时聪慧,博览群书,工诗与书画。性情狂放,所作书画笔墨亦多豪纵,大致以奇取胜。乾隆五十六年(1791)中举,曾先后在湖北咸宁、江夏(今属武汉市)出任过两任知县,为官多有政绩。后被诬陷革职,流放温州(今属浙江)。道光元年(1820)遇赦,晚境凄凉,无钱归里,死于温州。

衍东撰有《七道士诗集》和"聊斋类型"笔记小说《小豆棚》八卷(清光绪六年申报馆铅印本作十六卷)。根据首卷自序标示的写作年代乾隆六十年(1795),此书也应完成于是年。全书共有故事二百零三篇。今有中州古籍出版社出版的校点本。

小豆棚 清代笔记小说集。十六卷。曾衍东撰。作者对清初艾衲居士所著《豆棚闲话》一书印象较深,于是将自己创作的书命以《小豆棚》。本书内容比较广泛,在乾隆时期的文言笔记小说中属上乘之作,其中揭露官吏丑行的作品比较突出。作者曾为几任知县,又做过多年的幕僚,熟谙官场各种弊端,其笔下锋芒,直指官吏的贪婪、无能,吏治的腐败、黑暗,同时对腐朽的科举制和浇薄炎凉之世风有所讽刺。书中塑造了正直而乐于助人的乞丐秃梁、拾金不昧的船工小李儿、遇事必寻根究底的张二唠等可爱人物的形象。此外,还描写青年男女率真的爱情,歌颂了一些女性冲破封建礼教束缚的勇敢行为。作者继承《豆棚闲话》的传统,注重故事的铺叙,但改以文言书之;刻意模仿《聊斋》,但笔触所及更多的是现实生活中的人和事。本书的艺术特色是,叙事简洁、语言生动,古朴的文言中夹杂大量的口语。书中对十三洋行,及制造玻璃器皿的工艺和配方、焙鸭法等的记叙,保存了可贵的科技史料。

本书原为八卷。现存有残本二卷本,作品五十五篇,为作者手迹;抄本残存六卷本,一百六十二篇;光绪六年(1880)申报馆排印本,十六卷,二百零三篇;1935年上海大达图书供应社标点本,卷次同申报馆本;杜贵晨校注本,十六卷,二百零九篇,在申报馆本基础上据抄本增补了六篇。1989年中州古籍出版社出版了全新校点本。

■**赵慎畛**(1760—1825) 清大臣,笔记小说作家。字遵路,号笛楼。湖南武陵人。乾隆己酉(1788)拔贡,御史钱南园称其为"人英"。嘉庆元年(1796)进士,授编修,十年分校会试。后分官江南副考官、惠潮嘉道台、广西按察使、巡抚、闽浙总督、云贵总督等。勤于政,关注民瘼,多有佳绩。因积劳成疾,于道光五年(1825)逝于住所,赠太子太保,谥文恪。《清史稿》有传。

一生著述颇丰,主要有《公著奏议》八卷、《从政录》八卷、《载笔录》四卷、《榆巢杂识》二卷、《省衍室续笔记》一卷、《读书日记》四卷、《惜日笔记》二十卷、《诗文集》六卷等。

榆巢杂识 清代杂事笔记小说集。二卷。清赵慎畛撰。书前有《武陵赵文恪公事略》,叙作者生平事迹甚详。作者是清朝大员,从京官到封疆大吏,对清朝的典章制度和乾、嘉、道三朝之达官名臣知之颇详;于从政之余,将历朝典章制度、名臣的嘉言懿行、任所的风物人情,均择要详记,遂成是书。

本书卷上大多记清朝典章故实,个别条间及明代。另有一些记清人遗闻,颇可鉴赏:如"国子博士陈松友"条,记陈注重养生,七十五岁仍"筋骨坚强,能敌少壮";"膠州高南阜老人"条,记高凤翰"人品高洁,书画诗三绝,晚年病右臂,以左手作书画,奇气坌涌"。卷下均为名臣轶事。"富纲"条记云贵总督富纲,"肆意奢侈",兰细布贮棉制如砖式铺地,每月更新一次。"阿精阿"条记河南巡抚阿精阿,"侈肆任性","省城自藩司以下,迭张宴款洽","独米烛二项,首县赔费八百金。阿官豫抚仅五月,豫民膏髓已竭矣"。此类直刺满清达官贵人的骄奢淫逸。

本书传世版本为清光绪间刻本。《笔记小说大观》本据此收录。

■**阮元**(1764—1849) 清代著名经学家、笔记小说作家。字伯元,号芸台。江苏仪征人。祖父阮玉堂,官至湖广参将,曾参加过苗疆之役,保活苗民数千人。阮元乾隆五十四年(1789)进士,选庶吉士,散馆第一,授编修。逾年大考,高宗亲擢第一,超擢少詹事。召对,上喜,令直南书房、懋勤殿,迁詹事。乾隆五十八年(1793),督山东学政;任满,再督浙江学政。后历兵部、礼部、户部侍郎。嘉庆四年(1799),先署后实授浙江巡抚。在这里,配合军队提督李长庚,先后歼灭为害沿海的安南四总兵及其地方匪寇,使百姓得以安居。嘉庆十年(1805),丁父忧去职。十一年,诏起署福建巡抚,以病辞。十二年,署户部侍郎,赴河南按事。不久,授兵部侍郎,复命为浙江巡抚,督署河南巡抚。十三年,乃至浙。阮元两次治浙,多有惠政,平寇之功尤著。后因本人督师宁波剿贼,奏请学政刘凤诰代办乡试监临,因有联号之弊,为言官论劾,诏斥徇庇,褫职,予编修,在文颖馆行走。累迁内阁学士。再迁工部侍郎,出为漕运总督。嘉庆十九年(1814),调江西巡抚。以功加太子少保,赐花翎。二十一年,调河南,擢湖广总督。二十二年,调两广总督。道光元年(1821),兼署粤海关监督。阮元在粤九年,兼署巡抚凡六次。六年,调云贵总督。十二年,为协办大学士,仍留总督任。十五年,召拜体仁阁大学士,管理刑部,调兵部。十八年,以老病致仕,给半俸,加太子太保。二十九年卒,年八十有六,谥文达。

阮元博学淹通,早被知遇。历官内外,所至皆重文教和学术,在粤设学海堂,在浙设诂经精舍。倡修国史《儒林传》和《文苑传》。校勘《十三经注疏》。汇刻《学海堂经解》一千四百卷。著述主要有《揅经室集》、《经籍纂诂》、《皇清经解》、《广陵诗事》,修《浙江通志》、《广东通志》,辑《山左金石志》、《两浙金石志》、《积古斋钟鼎款识》、《两浙輶轩录》、《淮海英灵集》,另有笔记小说《石渠随笔》八卷、《小沧浪笔谈》四卷、《定香亭笔谈》四卷等。

小沧浪笔谈 清代笔记小说集。四卷。阮元撰。本书记作者在山东为官时的种种琐事,如山东济南的山水胜迹、文物掌故、金石碑版、物产风俗,乃至与当地文人士大夫唱和之诗文。以"小沧浪"名书,则指山东省会济南大明湖北渚之小沧浪亭。此处为作者习游之地,首卷数则全记小沧浪亭事。有嘉庆七年(1802)浙江书院刊本传世。

定香亭笔谈 清代笔记小说集。四卷。阮元撰。定香亭为浙江杭州学使署西苑荷池亭中小亭,作者曾校书于此,故名。书中皆记浙江山水胜迹、文物掌故,以记浙江一带文人学士的诗文为多,并对他们的作品有所评论。如言"杭州诸生之诗当以陈云伯(文杰)为第一,其才力有余于诗之外者,故能人所不能。其诗舒雅和健、自然名贵,于七言歌行,尤得初唐风范"。对于清初浙江名流如黄宗羲、毛奇龄、朱彝尊等,亦都有所记载和品评。其他如记宁波范氏天一阁事,记当时著名版本学家、《知不足斋丛书》编纂者鲍廷博的事迹,均很有史料价值。本书有嘉庆间琅嬛仙馆刊本传世。

■**李斗** 清中叶人,生卒年不详。字艾塘,又字北有。江苏仪征人。幼失学业,疏于经史,而好游山玩水。其余不详。著有笔记小说集《扬州画舫录》十八卷。

扬州画舫录 清代笔记小说集。十八卷。李斗撰。本书按地域区划编排的形式,辑录了扬州社会风俗、文献和地理类型。书中记录了扬州城市规划、运河的沿革、工艺、商业、园林、古迹、风俗、戏曲以及文人轶事等,为了解这个城市十七十八世纪的社会经济、文化状况提供了丰富的资料。对清初至中叶一些文人名士如王士禛、杜濬、孙枝蔚、陈维崧、冒襄、宋荦、卢见曾、戴震、郑燮等在扬州活动的情况,也多有记载。书中还记有发生在扬州的神怪奇异之事,如卷七中记南门外关帝庙中周仓最灵验,有王某妻被狐仙夺走,后在周仓的庇护下被夺回。书末附有"二段营造录",可见当时工人创造之规模及程式。此书最早有乾隆乙卯(1795)自然庵刊本,1960年中华书局出版了排印本。

■**乐钧**(1766—?) 清代笔记小说作家。初名宫谱,字元淑,号莲裳。江西临川人。清嘉庆六年(1801)中举。一生未曾出仕,以诗和古文驰名于时。曾先后漫游京师和吴越,均无所遇,奉母侨居于江淮间。后由友人曾燠招寓于南城(今属江西)题襟馆中,与吴嵩梁同为翁方纲弟子,由是所学日进。曾赋《绿春诗》二十章,又续赋三十章,盛行于时。著有《青芝山馆诗文集》和笔记小说集《耳食录》(包括正集和续集)共十二卷。这部小说集成书于乐氏中举以前的乾隆五十七年(1792)。今存有是年梦花楼刊本和《笔记小说大观》本。

耳食录 清代笔记小说集。五卷一百五十条(与上提及的十二卷不符,或有佚失)。乐钧撰。本书成于清乾隆年间,是继《聊斋志异》之后写鬼狐神妖、奇闻异事中较好的一部作品。它文笔优美,描写细腻,情节曲折,故事性较强。其中不少作品反映了民间疾苦,揭露了当时社会的黑暗:如"上官完古"条,借鬼喻今,控诉苛政,写得生动而深刻;"东岳府堂簿"条,写阴间所盛行的贿赂之风,实为阳世社会的真实写照;其他如"恶鼠"、"恶蝇"、"云阳鬼"等,均寓意深刻,发人深思。也有不少作品宣扬因果轮回思想,个别作品的淫秽描写格调不高。曾有清刻本传世。1987年,时代文艺出版社出版了由石继昌校点的排印本。

■**李调元**(生卒年不详,约活动在清乾隆中后期) 清代笔记小说作家。字羹堂,号雨村(一作字雨村),一号墨庄。四川绵州(今四川绵阳市)人。生于官宦家庭,少聪敏好学。青年时期,其父李化楠在浙江为官,调元前往省亲,因之遍游浙中山水,遇金石即手自摹揭,购书万卷而归。此后更加勤奋读书,凡经史百家、稗官野乘,莫不博览。乾隆二十八年(1763)进士及第,授翰林院庶吉士。历迁考功司员外郎,擢直隶通永道。因劾奏永平府(治所在今河北卢龙县)知府事被罢官,遣发伊犁。寻以母老赎归,家居二十余年,以读书著述自娱。

调元的著述非常宏富,同时代人谓"蜀中撰述之富,费密而后,无与伦比"。所著范围极广,诗词小说、群经小学皆有撰述。他的诗作尤为有名,与其从弟鼎元、骥元并著诗名,时称"绵州三李"。其著作主要有《童山诗集》四十二卷、《文集》二十卷、《蠢翁词》二卷、《童山自记》一卷、《粤东皇华记》四卷、《蜀雅》二十卷、《粤风》四卷、《方言藻》一卷、《出口程记》一卷、《然犀志》二卷、《唾余新拾》三十八卷(包括正集十卷、续集十六卷、补集十二卷)、《乐府侍儿小名录》二卷、《制义科璅记》四卷、《谈墨录》十六卷、《古音合》三卷、《六书分毫》二卷、《曲话》二卷、《词话》二卷、《诗话》二卷、《赋话》十卷、《诸家藏书簿》十卷、《诸家藏画簿》十卷、《剿说》四卷、《通诂》二卷、《卍斋璅录》十二卷、《十三经注疏锦字》四卷、《逸孟子》一卷、《春秋三传比》二卷、《左传官名考》二卷、《春秋左传会要》四卷、《诗音辨》二卷、《童山诗音说》四卷、《周礼摘笺》五卷、《仪礼古今考》二卷、《礼记补注》四卷、《月令气候图说》一卷、《夏小正笺》一卷、《易古文》二卷、《尚书古字辨异》一卷、《郑氏尚书古文证讹》十一卷、《奇字名》十二卷、《全五代诗》一百卷;编辑汇刊了蜀人自汉至明的著述罕传秘籍为《函海》;此外,还有笔记小说《客话》三卷、《剧话》二卷、《弄话》二卷、《蔗尾丛谈》四卷、《井蛙杂记》十卷、《南越笔记》十六卷等,今皆传于世。

蔗尾丛谈 清代笔记小说集。四卷。李调元撰。作者在本书序中说:"生平宦游所历足迹几遍天下,所至之处辄访问山川风土人物,采其事之异乎常谈,并近在耳目之前,为古人所未志者,辄随笔记载,以为丛谈之资。其始自何人,出自何地,爰取其有据,不取其无稽,即以此续《齐谐》之书,亦无不可乎?昔人谓蔗自尾倒,当渐入佳境,读此书者,亦可知其味矣。"从中可了解本书的创作思想。书中所记以各地物产、动植万类以及风俗为主,间亦涉及史事,如"复社事实"等。本书曾有清刻本传世,后被收入李氏所编之《函海》丛书中。

■**陈尚古**(生卒年不详,活动在清乾隆年间) 清代笔记小说作家。字云瞻。德清(今属浙江)人。生平事迹失载。所著笔记小说《簪云楼杂记》一卷,多记琐闻怪语,今传于世。

簪云楼杂记 清代笔记小说集。一卷。陈尚古撰。本书记录明清之际朝野琐闻异事,间亦涉及神奇怪异。如"义优"条记明万历年间诸优伶在吴地演剧,闻某家有楼,夜宿辄死;于是诸优扮演了关羽、周仓等夜半往宿之,夜中有无头尸向"关羽"诉冤;以后此优诈作关公附体,以血污面,向巡按报案,遂为冤魂报仇。其他如"柳州狱"、"五里蛇"等皆有志怪性质。本书文字简约,描写生动。曾收入汪琬的《说铃》中。1986年浙江古籍出版社影印之《说库》本收有此书。

■**黎士宏**(生卒年不详,活动在清雍正乾隆年间) 曾两度入江西做官。其他均不详。著有笔记小说集《仁恕堂笔记》一卷。

仁恕堂笔记 清代笔记小说集。一卷。黎士宏撰。作者曾在江西为官,书中内容多记江西境内的轶闻琐事,如"陈士奇"、"牛毛先生"、"永新虎"条皆是。另有一些作品反映社会混乱、吏治黑暗,如"宋孝廉"条中写太湖中多盗;"卢生"条中写卢生仅因有少妇在其舍外自缢而死,便被关押二十余年,案情大白后才被释放。本书文笔简洁质朴,描绘细微生动。曾被收入《昭代丛书》中,后于道光丙申年(1836)东武刘喜海据金沙刊本印制了活字本。

■**丁雄飞**(生卒年不详,约活动在清乾隆年间) 籍里不详。著有笔记小说《小星志》一卷。

小星志 清代笔记小说集。一卷。丁雄飞撰。按礼制,中国封建社会士大夫以上可拥有一妻多妾。妾分为妾、媵婢、婢妾等。"小星"一词,在这里指众妾。词来源于《诗经·召南·小星》"嘒彼小星,三五在东"。汉郑玄《笺》以为小星即众多无名之星,借喻周王众妾。以后便以小星为妾之代称。本书搜罗古代典籍及史书中"君子"如何对待妾的论述,并表达了作者的"卿大夫不可无侍妾,此天理人情之至,不可以褒行目之"的主张。作者还认为"圣贤之同于凡夫在此,儒行之别于二氏(佛、道)亦在此"。文中强调妻、妾、媵妾、婢妾之间的区别和彼此礼仪。本书被收入《香艳丛书》中,1909年上海中国图书公司出版了单行本。

■**刘銮** 清中前期人。生平、籍里均不详。著有笔记小说《五石瓠》一卷。

五石瓠 清代笔记小说集。一卷。刘銮撰。本书主要记明末清初朝野间的遗闻轶事,书中再现明末统治集团的腐朽与卑劣。如崇祯间宰相周延儒庸鸷贪黩,以价值千金的大珠为牙筹,在进献给崇祯宠妃田贵妃的珠履上标明"臣周延儒恭进";南明弘光朝在"鲁藩"失守后,马士英削发而遁,却促使其夫人高氏自杀。本书曾被张潮收入《昭代丛书》,另有康熙间刻本传世。

■**曾宗藩** 清中期人。生平、籍里均不详。曾著笔记小说《麈余》一卷。该书曾被张潮收入《昭代丛书》。

麈余 清代笔记小说集。一卷。曾宗藩撰。本书共收十篇传奇笔记小说,皆作者据古代题材加以改写创作而成。如"荆轲客",写战国末年著名刺客荆轲之友在荆轲刺秦王失败后,为之复仇的故事:此人离开燕国后协助张良破家复仇;后又事项羽,为蒲将军,帮助项羽灭秦,报荆轲之仇;项羽封之琅邪,不受,自刎以从轲。其他如"瞿公客"、"豢龙氏"、"狱吏贵"、"梁罍尊"、"弋视薮"、"惊伯有"、"大椿"、"故琴心"等,皆是借古代史书或子书中的故事加以演绎,以抒作者胸中对异族统治的愤懑之情。本书用笔曲折,叙事明畅,曾被张潮收入《昭代丛书》。1986年浙江古籍出版社影印之《说库》本中亦收录本书。

■**野西逸叟** 清中期人。真实姓名不详,野西逸叟是其号。生平、籍里无考。著有文言笔记小说集《过墟志感》一卷传世。

过墟志感 清代笔记小说。一卷。野西逸叟撰。又名《过墟志》。本书叙明末清初高利贷者黄亮功及其妻刘氏的毕生遭遇事。黄贪财娶妻陈氏,陈氏死后,续娶年仅十四岁的刘氏为妻。刘氏娇美而富于才干,帮助黄积资数万,并生一女珍珍。刘氏有一侄子名七舍,素无赖,一度寄住黄家,后被其姑刘氏恶而逐之。黄死后,七舍多次率恶棍劫其姑家。后清兵南下,黄家被毁,刘氏流落为奴,后嫁满洲某王,为之生二子。作者在塑造视钱如命的高利贷者黄亮功的形象时,注意到其性格的多面性和丰富性;在塑造刘氏时既注重其有才干、刚强善断的一面,又写出她作为妇女懦弱的一面。全书文字生动,叙事委曲。曾被收入虞阳的《说苑》和《香艳丛书》中。

■**珠泉居士** 清中期人。真实姓名待考。生平、籍里不详。有文言笔记小说《续板桥杂记》三卷、《雪鸿小说》一卷及补遗一卷传世。

续板桥杂记 清代笔记小说集。三卷。珠泉居士撰。此书为余怀《板桥杂记》之仿作。作者在"缘起"中说:"辛丑(1781)春重来白下,闲居二三月,时与二三知己选胜征歌,兴复不浅。"三年后,再来则"赤栏桥畔,回首旧欢,无复存者"。因此感慨人生聚散无常,遂仿余书而作续记。全书分"雅游"、"丽品"、"轶事"三卷,但感情浮泛与余书寄兴亡之感不同,文字还较清丽可读。传世版本有清乾隆五十七年(1792)酉酉山房精刊巾箱本。世界书局1936年排印的《章台纪胜名著丛刊》收入本书。

雪鸿小说 清代笔记小说集。一卷,补遗一卷。珠泉居士撰。本书正编中所记之方璇、王珑、黄翠儿、陈银儿、陆庆儿五人;补遗卷中又记杨大、赵三、张三、闵德儿、闻德、苏高三等六人,均为扬州城北妓院中之妓女。按作者的意旨为:"同人征色选声,尝拔其尤者五人,以佐文字之饮。"次年夏"花天变态,情海生波,五人风流云散",作者"客窗孤坐,聊为记叙,譬彼飞鸿踏雪,隐约爪痕而已",所以书中带有很重的感伤情绪。传世有清乾隆五十七年(1792)酉酉山房巾箱本,曾被收入《香艳丛书》中。

■**郑相如** 清中期人。字汉林。其他均不详。著有笔记小说《汉林四传》一卷。

汉林四传 清代笔记小说集。一卷。郑相如撰。本书由"白云兰生"、"开明君"、"褚先生"、"双童子"四传组成。汉林为作者的字。书中模仿唐韩愈《毛颖传》的体例,把茶叶、眼镜、白纸、眼瞳四物拟人化,分别写它们的性质、作用、发展历史及其与士大夫的关系。如写茶:"其性洁,其行芳,少为壶公弟子,学吐纳法,遂隐于壶。每出驻磁瓯,贤士大夫乐其臭味,气谊浃洽,见头顶沸沸有白云往来。其香如兰,群号为白云先生。""开明君"中认为眼镜在宋仁宗时就已产生,名曰"晶墨",因太名贵而未普及,玻璃眼镜是后世才传入的。"褚先生"中言泾川产白纸,行遍全国。作者文笔流畅、幽默,极富小说意蕴。曾被收入《泾川丛书》,有清嘉庆间刻本传世。

■**吴骞** 清中叶人。祖籍浙江。曾客居江苏宜兴,乐其风土之闲旷,结庐国山下。辍耕之余,作《桃溪客语》四卷、《扶风传信录》一卷。其他不详。

桃溪客语 清代笔记小说集。四卷,续编一卷。吴骞撰。作者在客居宜兴期间,"偶有闻见则笔而识之,积久成帙,以其丛脞搜琐,一若道听而途说之,命曰《桃溪客语》"(本书序言)。书中所记多为与宜兴有关的遗闻轶事,如宋苏轼、岳飞在宜兴所写的诗文以及遗迹;宜兴一些名流如蒋捷、陈维崧等人的诗词和遗闻。书中记清朝陈远号称"壶隐","工制砂壶,形制款识,无不精妙。予目中所见及家旧蓄者数器,……无以远过也"。这是陶器史的重要史料。书中记宜兴山水胜迹和文物土产的文字也很多。本书曾被收入《拜经楼丛书》中,传世有上海博古斋影印本。

扶风传信录 清代笔记小说集。一卷。吴骞撰。书名之所谓"扶风"者,为作者所居宜兴扶风桥里。康熙年间,宜兴一带盛传许生遇狐仙胡淑贞事。王士禛的《居易录》、钮琇的《觚剩》中都有记载或描述。作者声称,他收到友人所寄的《叙事解疑》,系许生祖父许可觐亲笔著录:"皆其祖若孙当日身与诸娃晨夕往还回答馈遗之事,年经月纬,排日按时,晦明风雨,历历无爽,较得之传闻者为确凿。"吴氏就此书"稍翦其繁芜,并取诗辞之近雅者,著《扶风传信录》。"书中记录了许生与狐女淑贞相遇、相好的过程及他们之间的诗词唱和。本书是中国小说史上最早的日记体小说。书后附有徐喈凤著的《会仙记》、阙名的《后会仙记》、王士禛的《居易录》、钮琇的《觚剩》中关于许生与胡淑贞的记载。本书曾被《拜经楼丛书》收录,传世版本有上海博古斋影印本。

■**西溪山人** 清乾隆、嘉庆年间人。真实姓名不详。生卒年、生平、籍里无考。有笔记小说集《吴门画舫录》二卷传世。侯健主编的《中国小说大辞典》认为该书作者是"捧花生",不知何据。

吴门画舫录 清代笔记小说集。二卷。西溪山人撰。"吴门"即指苏州。本书是一部品评苏州妓女美貌才艺的作品。全书共记载苏州妓女四十四人,除描写她们的才艺外,还写到她们的不幸遭遇和生活上的痛苦。如"陈佛奴"条写陈"本良家女,误落风尘,怨恨三生,闲愁一种,居常善病,药炉茗椀,寂寥堪怜"。在"钱梦兰"条写钱常受丈夫打骂,遍体鳞伤。从总体看,本书格调不高,文笔艰涩,多用典事和骈俪之句。最早有嘉庆丙寅(1806)红树山房刊本,1936年世界书局根据《章台纪胜名著丛刊》本排印了单行本。

■**箇中生** 清代中后期人。真实姓名、生平、籍里均不详。有文言笔记小说集《吴门画舫续录》三卷传世。

吴门画舫续录 清代笔记小说集。三卷。箇中生撰。本书为《吴门画舫录》的续编。分内、外、纪事三卷。内编收五十余人,外编收二十余人,纪事一卷多记吴门游览观光之事。格调平庸,记事无特色。本书曾有嘉庆癸酉(1813)来青阁刊本传世,1936年世界书局据《章台纪胜名著丛刊》本排印了单行本。

■**严有禧** 清中期人。生平、籍里均不详。曾著有笔记小说《漱华随笔》四卷。

漱华随笔 清代笔记小说集。四卷。严有禧撰。科举取士,起于隋唐,盛于宋明,到了清季,已成了强弩之末,弊端百出。清代康乾之时,科举案屡有发生,科考甚至成为统治集团内部拉帮结派、搜罗党羽、营私舞弊、排除异己的重要手段。本书以记录考核与科举、出仕、官场有关的遗闻轶事为主,如"采访遗书"(指乾隆下诏征遗书)、"会试移期"、"五经中额"、"榜后复试"、"曲阜世职"、"诋毁程朱"、"满洲乡会试"、"第二元称状元"、"明初解元"、"制科议"、"知县改授"、"封赠例"、"谥法"、"戒石"、"武殿试"、"内阁"、"国子生"等条皆是。篇中记载了不少有关科举的重大问题,如"夹带怀挟"条中记乾隆间会试,搜查较严,发现夹带作弊者数十人。兵部侍郎舒赫德因奏变通科场规则,反对用八股取士;皇帝令大学士议,大学士鄂尔泰、张廷玉上书反对变更,理由是八股取士已有四百余年历史,如果改革尚无良法,其弊尤繁;结果不了了之。本书对研究明清科举制度有较高的资料价值。书成后,曾被收入《借月山房汇钞》中,另有清刊本传世。

■**爱新觉罗·裕瑞** 清宗室豫良亲王次子。历任镶白旗蒙古副都统、镶红旗满洲副都统、正白旗护军统领等职。嘉庆十八年(1813)因罪革职,移居盛京,永远圈禁。著有笔记小说集《枣窗闲笔》八篇。

枣窗闲笔 清代笔记小说集。八篇。爱新觉罗·裕瑞撰。作者为清宗室豫良亲王次子。一生著作颇多。本书是他从自己的旧作中选抄了续《红楼梦》七种"书后"及《镜花缘》"书后"汇集成册。他在"自识"中说:"通人知书难续,故不为耳。"他批评这些续《红楼梦》的都不是什么"通人","偏要续貂";又说他的批评"若雪芹有知当心稍慰也"。对《镜花缘》的作者,指出其"自夸不惭"，和续书者同出一辙。"七种书"即指：《程伟元续红楼梦自九十四至一百二十回》、《后红楼梦》、《雪坞续红楼梦》、《海圃续红楼梦》、《绮楼重梦》、《红楼复梦》、《红楼圆梦》等。作者于每种书后均写有评语，并记载了一些曹雪芹的生活细节，是一部研究《红楼梦》的重要资料。《镜花缘书后》则指出《镜花缘》作者李汝珍在书中"自夸不绝口，谓空前绝后，千古独步云云，可怜不自量也"，认为他的学问，"不过说酒令，打灯谜"罢了，其批评之语可谓尖锐。

本书未见刊本。北京图书馆藏有原稿本。1957年文学古籍刊行社曾影印出版。

■**笔炼阁** 清乾隆间人。真实姓名疑为徐述夔，徐氏原名赓雅，字耕野，又字孝文，号笔炼阁、五色石主人等。生卒年不详。江苏东台人。善诗、小说创作。乾隆三年（1738）中举人。四十三年（1778）因其《咏正德诗》等被罗织罪名为"叛逆"，诏令剖棺戮尸，子孙皆被诛，就连当时的礼部尚书沈德潜也株连革职。这就是清代著名的"一柱楼诗案"。

徐述夔一生著作颇丰，有《一柱楼编年诗》、《一柱楼小题诗》、《一柱楼和陶诗》、《学庸讲义》、《想贻琐笔》等，笔记小说集有《八洞天》、《五色石》等。

八洞天 清代短篇笔记小说集。八卷。笔炼阁述著，作者真实姓名待考。本书以三字为卷名，有补南陔、反芦花、培连理、续再原、正交情、明家训、劝匪躬、醒败类。除"正交情"为写邻里关系外，其余七篇均写孝子贤孙、兄弟子侄、妒妻义仆等。作者以宣扬封建伦理道德为主线，写家庭而又不限于家庭，将小家庭放到大社会的天地里，从而使作品达到一定的深度和广度。通过具体描写，发泄作者对当时社会政治的不满。据此，有人考证作者为乾隆间被剖棺戮尸的文人徐述夔，但证据不充分。成书后有清刊本传世，但遭禁散佚。后被梅庵道人编入《四巧说》中。本书曾被译为满文，今故宫博物院有存本；曾传入日本。1985年书目文献出版社曾出版有单行本。

■**钱学纶**（生卒年不详，约活动在清乾隆年间） 松江华亭（今上海市属）人。生平不详。著有笔记小说集《语新》二卷。

语新 清代笔记小说集。二卷。钱学纶撰。作者为松江华亭（今属上海）人。生活在清乾隆年间。书中所记基本上是乾隆间松江时事，多为琐闻奇事，尤以记自然灾害的条目为多，对地震、水灾、干旱、疫疠等都有比较详细的记载。对于松江一带的物产、风俗等亦有记录，可补志乘之缺。书中关于花鼓戏在松江一带流传及其对观众的影响的记载，不仅可见作者正统意识之顽固，也可见该剧种感染力之强烈。作者记曰："花鼓戏不知始自何时，其初乞丐为之，今沿城搭棚唱演，淫俚歌谣、丑态恶状，不可枚举。初村夫村妇看之，后则城中具有知识者亦不嫌，甚至顶冠束带，俨然视之。""或云某村作戏寡妇再醮者若干人；某乡演唱，妇女越礼者若干辈。后生子弟着魔废业，演习投伙，甚至染成心疾，歌唱发癫，可见为害于俗匪细，年来宰牧虽屡严禁，迄弗能绝。"本书写成于嘉庆间，至清末光绪年间始有印本出现。常见传世版本为上海《申报馆丛书》本。

■**俞蛟** 清中叶人。生平、籍里不详。作者长期为人幕僚,走遍大江南北,并将自己的阅历和见闻写成了笔记小说集《梦厂杂著》十卷。

梦厂杂著 清代笔记小说集。十卷。俞蛟撰。本书分为春明丛说、乡曲枝辞、齐东妄言、游踪选胜、临清寇略、读画闲评、潮嘉风月七部分。前三部分以记录神鬼怪异、侠客义行为主,属志怪或传奇小说,如"白云观遇仙记"等。"游踪选胜"为记游之作,摄入篇章有北京万柳堂、杭州灵隐寺、桂林七星岩、南昌滕王阁等风光名胜。"临清寇略"记清水教王伦起事至失败始末,有一定史料价值。"读画闲评"记清代名画家事迹及其作品,其中记闵贞、童钰、余集、潘恭寿、方薰、罗聘、陈寿山等人言行、个性,描写生动有趣。"潮嘉风月"主要记广东潮州一带船妓的故事,亦有一定的社会价值。本书文字清新,描绘独工,写景如山水小品,写人叙事亦有特色。书成后于嘉庆十六年(1811)刊行。民国间上海大达图书供应社出版有排印本。

■**王椷**(生卒年不详,约活动在清乾隆年间) 生平、籍里均不详。作者在青壮年时,曾遍游全国名会大都,足至楚浙岭南之间,为自己的创作积累资料。终于乾隆三十九年(1774)完成笔记小说集《秋灯丛话》十八卷的创作,并于当年刻梓问世。

秋灯丛话 清代笔记小说集。十八卷。王椷撰。本书为模仿清纪昀《阅微草堂笔记》之作,记事清淡雅洁,不多加修饰描写,颇有魏晋笔记小说之风格。作者青壮之际,游踪甚广,其耳目所接,凡山川之灵奇、风俗之异同、人物之蕃变,无不考据渊源,言之凿凿。但书中所记多属零碎杂事,不涉及掌故,不侈谈艺文,所述故事以宣扬儒家道德者为多。如开篇即记程氏与刘氏之婚事,两人童年时由父母包办为婚,后相违五十年,二人均誓不婚嫁,晚年相遇于天津而完婚,受到朝廷的表彰;作者认为这是一时之盛事,故放于篇首。其他篇章,多为宣扬因果报应之作。本书刊于乾隆三十九年(1774),有积翠山房刻本传世。

■**顾公燮** 清中叶人。籍里苏州。生卒、生平事迹不详。曾著有笔记小说《消夏闲记摘抄》三卷。多记吴地事。

消夏闲记摘抄 清代笔记小说集。三卷。顾公燮撰。作者家居苏州,书中所记以吴事为主,涉及内容极其广泛,多为明末清初之遗闻轶事。如"作《金瓶梅》缘起王凤洲(即王世贞)报父仇"、"五人墓"、"东林书院"、"陈眉公学问人品"、"文社之厄"、"钱牧斋"、"柳如是"、"梨园佳话"、"郭园如创戏话"等,均为研究明清的文学艺术提供了重要的史料。书中还记有不少明末忠烈节孝之事,如"嘉定搢绅死难"、"平定姑苏本末"等条,深刻揭露了清兵南侵时屠戮之惨。亦有"凤阳人乞食之由"条,介绍了凤阳乞丐之多的一个原因——明初朱元璋徙江南十四万富民充实凤阳,这些人不许私归家乡,归则处重罪;于是徙居之民春天扮乞丐归家扫墓,夏秋则返。本书成后曾刊行，但散佚较多，仅存有摘抄本。民国间有《涵芬楼秘笈》排印本传世。

■**俞正燮**（1775—1840） 字理初，安徽黟县人。晚年主讲江宁（今南京）惜阴书院。学识博渊，擅长考据。著有《黟县志》《西湖通志》《四养斋诗稿》《说文部次楷纬》《校补海国纪闻》等，另有笔记小说《癸巳类稿》《癸巳存稿》传世。

癸巳类稿 清代笔记小说集。十五卷。俞正燮撰。成于道光十三年（1833），岁当"癸巳"，故名。本书是作者一生学问之荟萃，内容多为对经义、史学、诸子、医学等的考释。以类相从，较为精博。其中如"节妇说"、"贞女说"、"妒非女人恶德论"等，论述精辟，观点新颖，是提倡男女平等进步思想的佳作。本书与作者的另一种笔记小说《癸巳存稿》为姐妹篇。

本书于书成之年由求日益斋主人王藻初刻于北京，光绪五年（1879）章寿康重刊于湖北。1934年《安徽丛书》编印时，发现了胡元吉所藏俞氏晚年手校本，据以影印。1957年商务印书馆以章氏本为底本，据初刻本正讹误，并采用俞氏校改之处，出版了新式校点本。

癸巳存稿 清代笔记小说集。十五卷。俞正燮撰。原稿本为三十卷，后乃分为《癸巳类稿》《癸巳存稿》两帙，各十五卷，故二书内容和体例大致相同。本书的刊行，晚于《类稿》十四年，在作者死后七年付梓。取《存稿》名，"缘其初名，存以备散佚"。本书中的考证之作，作者不满于斤斤于字句的考据和纷纭于名物制度的穷诘，而是向"经世致用"方面着力。可见作者不同于传统的经史学家，其治学和著述已经受西学的影响而另辟蹊径。

本书于1847年刻入《连筠簃丛书》中，1884年余杭姚氏重刊。1937年商务印书馆将其排印入《丛书集成》中，并作了补佚和校点。1957年商务印书馆重印了单行本。

■**姚元之**（1776—1852） 字伯昂，号荐青，又号竹叶亭先生，晚号五不翁。安徽桐城人。嘉庆十年（1805）进士。先后在翰林院、南书房、内阁、詹事府，及礼、兵、刑、户各部任职，并任过乡试、会试主考官，殿试阅卷大臣，河南、浙江学政等职。能诗画，工书法，善文章。著有笔记小说《竹叶亭杂记》八卷。

竹叶亭杂记 清代笔记小说集。八卷。姚元之撰。作者号"竹叶亭先生"，以是名书。作者为官一世，阅历丰富，平日所见所闻，散记于纸，但未付梓印行。本书为其后人整理辑成。

书中卷一、卷二主要记述当朝典故、礼仪制度，不少涉及当时社会政治、经济、军事诸方面内容；卷三记各地风物特产、人情习俗、奇闻异趣、对外交往等；卷四谈印章刻石、古籍文物等；卷五、卷六记官僚文人、同乡亲友的行迹故事等；卷七为作者读书札记、考辨杂纂；卷八记花草木石、鱼虫鸟兽等。本书有道光、光绪刊本传世。1982年中华书局出版了由李解民点校的排印本，与《檐曝杂记》合刊出版。

■**檀萃**（生卒年不详，约活动在清乾隆年间） 字默斋。山西高平人。乾隆年间进士。其他均不详。著有笔记小说集《楚庭稗珠录》六卷。

楚庭稗珠录 清代笔记小说集。六卷。檀萃撰。"稗珠"二字，乃作者自谦。书中各卷标题用"囊"和"琲"，表示所获之珠满囊盈琲的意思。本书主要记述粤、黔二地的山川、名胜、古迹、掌故、轶事、传说，以及志士、名贤、物产、宗教、风俗和外地人入粤的活动，尤其是关于明末清初粤中诗坛的盛况。作者以热情的笔触，如数家珍，一一描述，使人感到"石蕴玉而山辉，水含珠而川媚"，得到美的艺术享受。卷六中对少数民族的习俗时有不敬之词，是汉族文士的通病。本书版本罕见，流传中散佚残缺。以九曜山房刻本最全，卷前有黄焘序和作者自序。广东人民出版社1982年出版了杨伟群的校点本。校点时将污蔑少数民族之词删去，将卷六《粤蛮》的标题改为《粤产》。

■**王有光** 清中叶人，生卒年不详。字观园，别号北庄素史。籍里江苏青浦县。诸生。性颖达，通经史。著有《百物志》、《北庄清话》，笔记小说集《吴下谚联》四卷。

吴下谚联 清代笔记小说集。四卷三百零四条。王有光撰。本书原题《北庄素史集》。作者别号北庄素史，又称北庄先生。他性颖悟，通经史，能以古事参今事。

本书博采谚语，加以注释，亦庄亦谐，俗不伤雅。四卷分为启目、正目、续目和末目。"启目"以六条谚语，交待本书的编例；谚语自二字至十二字为"正目"；再以十二字递减至二字为"续目"；复自二字至十二字为"末目"，编排较为别致。"启目"中"横饱六十日"反映了佃农的悲惨遭遇。"续目"中"纱帽底下无穷汉"和"去任荣逾到任时"则鞭挞了封建官吏的贪酷骄横；"嫖赌吃着考"则蔑视科举制度。"末目"中"带累乡邻吃薄粥"讥讽了封建文人热衷科举、羡慕状元的丑态。本书曾有嘉庆二十五年（1820）老铁山房原版本和同治十四年（1873）作者后人的补刊本。但流传不广。中华书局辑《大谚海》时亦未收入。1982年中华书局将本书与《乡言解颐》合为一书出版，石继昌点校。

■**朱栴**（生卒年不详，约活动在清嘉庆年间） 字云木。浙江萧山人。生平事迹不详。嘉庆十六年（1811）在临桂做过幕僚。著有笔记小说集《藤花楼偶记》八卷。

藤花楼偶记 清代笔记小说集。八卷一百五十七篇。朱栴撰。本书受《聊斋志异》影响颇深，但从题材上来说，志怪志人二体兼有。书中有作者亲身经历、耳闻目睹的遗闻逸事，有谈鬼说怪的道听途说，还有考订古籍、医药养生等杂记。作者反对缠足，提倡禁烟，表现了一种进步思想；对《水浒传》、《西游记》、《战国策》以及木兰代父从军等，论述准确，有自己的独立见解。全书文笔简练，事态人物描写也较生动。有清光绪刻本传世。1982年天津古籍书店据清刊本影印出版。

■**钱泳**（1759—1844） 清代笔记小说作家。字立群，号梅溪。江苏金匮（今江苏无锡市）人。出身与仕履皆不详,只知他曾做过府经历的小官。泳工于书法,尤精八法和古隶,兼长诗画。一生著述颇多,主要有《兰林集》、《梅花溪诗抄》、《登楼杂记》、《述德编》、《履园金石目》、《守望新书》、《说文识小录》,以及笔记小说《梅溪笔记》一卷、《履园丛话》二十四卷。这两部小说,前者今有《古今文艺丛书》本,后者今有《笔记小说大观》本和中华书局校点本。

履园丛话 清代笔记小说集。二十四卷。钱泳撰。本书内容包括:旧闻,多记明末清初轶事,可供治史者撷拾;阅古,为作者的金石文字过眼录;水学,记述三吴地区河道变迁,治水利弊;景贤、耆旧、科第,多关文人学者的言行、经历、交游的遗闻轶事;谭诗,主要谈选诗的标准和关于诗的鉴赏;碑帖、收藏、书画、艺能,为作者所长,较有参考价值;祥异、鬼神、精怪、报应、梦幻,多含迷信色彩,宣扬因果报应;古迹、陵墓、园林,是作者实地考察所见的记录,并附有关的诗词和文章;笑柄、谐言,借幽默诙谐来抨击时弊;杂记,系一些琐言碎语,无甚社会意义。本书内容丰富,涉及封建时代政治、经济、文化、社会生活各个方面,举凡典章制度、天文地理、文物典籍、诗文词曲、人物轶事、社会异闻,以至各地风俗人情、名胜,皆有记载。最早版本为清道光十八年(1838)述德堂刊本。1979年中华书局出版了新的校点本。

■**余金**(徐锡麟、钱泳) "余金"为"徐、钱"二字的偏旁组合而成的托名。"余"为徐锡麟,生平、籍里均不详;"金"为钱泳(见前页"钱泳"条)。二人合撰《熙朝新语》笔记小说十六卷。

熙朝新语 清代笔记小说选集。十六卷。徐锡麟、钱泳同辑。本书早期刊行时,曾署名"余金",为徐、钱二姓之偏旁组合而成。

本书记载由清初至嘉庆各朝的史事,大体以时间为序。所述史事,涉及政治、经济、军事、文化、科举、官制、礼制,以及水利、农艺等,尤重人物轶事。书中多采前人著述,又旁搜轶事,有一定的研究价值。如对清代科举制度的记载,从顺治朝开科取士,到康熙朝八股文的废而又复,康、乾两次开博学鸿词科,雍正朝建立朝考制度,以及考试试差等均有记录,而且比较准确可信,这在私人著述中是不多见的。传世有嘉庆二十三年(1818)刻本和道光四年刻本。今有上海古籍书店影印本和1993年巴蜀书社出版之《中国野史集成》影印本。

■**沈曰霖** 清中期人。生平、籍里均不详。著有笔记小说集《晋人麈》一卷。作者去世后由后人仓促付梓传世。

晋人麈 清代笔记小说集。一卷。沈曰霖撰。为杂记琐言类笔记小说,体例较乱,加之是作者封笔之作,未及删削,死后仓促刊刻,不少地方显得粗俗草率。书中内容分为三部分:(1)诗话,以品诗论文为主,批评浦起龙的《杜诗心解》一书颇有见识,说浦氏"屑屑焉于起承转合间求之,以文法律诗法,若老杜得力全从八股中来"。其他见解平平。(2)琐言,如"骨牌名诗"、"老人十拗"、"十二生肖论"等。(3)异闻,多荒诞不经之事,而又缺乏描写,如"舟人见鬼"、"囚徒妖术"、"大士救人"等,均无甚实际内容。本书曾被张潮收入《昭代丛书》,另有乾隆间刻本传世。

■**郑澍若**(生卒年不详,约活动在清嘉庆年间) 字醒愚。曾仿张潮《虞初新志》的体例,编辑了笔记小说集《虞初续志》十卷。是书于嘉庆七年(1802)辑成。

虞初续志 清代笔记小说集。十卷。郑澍若辑。全承张潮《虞初新志》体例,"闲取国朝各名家文集,暨说部等书,手披目览,似于山来先生《新志》之外,尚多美不胜收。爰择录其尤雅者,名曰《虞初续志》。非敢谓开拓万古心胸,有闻乐观止之叹;然而其文其事,则皆可以咤风云,锵金石,助尘谈而备辎轩之咨访者也"(本书自序)。本书将侯方域、汪琬、魏禧、徐乾学、毛奇龄、方苞、袁枚等文集中所作传记,悉以阑入;又将蒲松龄之《林四娘》、《王成》、《崔猛》等篇杂列其中,史书传记与稗官家言不分,黄苇白茅,不辨体例。而卷十所收"秦淮闻风录",几乎全是诗词。传世有清刻本及中国书店影印本。

■**黄承增**(生卒年不详,约活动在清嘉庆年间) 字心庵。安徽歙县人。生平不详。曾仿张潮《虞初新志》而编辑《广虞初新志》四十卷。该书几乎与郑澍若《虞初续志》同时刻印,付梓于嘉庆八年(1803)。

广虞初新志 清代笔记小说集。四十卷。黄承增辑。本书依张潮《虞初新志》的体例,补收博采,广为此书。摘录各家文集或杂书,以本书为博。目录原文题目下,多加有注,如顾景星之"白茅堂集"、陈其年之"迦陵集"等;但未能遍注。然收录时未检原书,出现张冠李戴现象。如卷一收崔子忠、陈洪绶等传,注为《竹垞集》,实为《曝书亭集》;盖转辗稗贩而成,难以遍览诸家文集所致。但捃拾既广,颇便观览,可作初学古文之教材。至于体例不明,私家传记概为小说目之,则沿张潮之说。传世有嘉庆八年(1803)原刻本。

■**王昶**(生卒年不详,约活动在清中期) 籍里不详,疑陕西人。编纂有《秦云撷英小谱》一卷,记陕西大荔一带秦腔七位著名演员的故事。是书被张潮收入《昭代丛书》中。

秦云撷英小谱 清代笔记小说集。一卷。王昶编纂。本书为艺人传记小说集。记产生于陕西大荔县一带的同州梆子(秦腔)早期七位著名演员的经历和艺术成就。他们是祥麟、三寿、银花、小惠、琐儿、色子、金队子。另附有宝儿、喜儿、双儿、拴儿、太平儿、四两、豌豆花等人的小传。这些人的传记作者分别为严长明、曹仁虎、钱站。文中对传主杰出的表演艺术和歌唱才能作了细致的描写,并记录了他们艰苦的人生道路和艰难的艺术道路,从中可见当时演员的低下地位和辛酸生活。这些都是研究地方戏曲历史的珍贵参考资料。在"小惠"传中,作者严长明对于秦腔的产生和发展,秦腔与元杂剧的关系,秦腔与昆腔、海盐腔、弋阳腔等声腔的关系都作了系统的论述,并且比较了秦腔与昆腔的异同,揭示了秦腔优长之所在。书后有徐晋亨题诗。本书曾被张潮收入《昭代丛书》中,传世有清刊本数种。

■**宋永岳**(生卒年不详,约活动在清乾隆嘉庆年间) 字不详,号青城子。籍里和生平事迹无考。

撰有笔记小说集《志异续编》(又作《亦复如是》)八卷(一作四卷)。作者好友"謇芙外史"为此书作序,从中可知青城子曾是诸生,六应乡试未第,不得已而就九品官职,赴粤东候补,凡十年,才擢升为县佐,未得实缺即被议去官;家中田无立锥,门可罗雀。就在这种极其困难的环境中,他把平生之所闻见者,仿照《太平广记》和《聊斋志异》的体例,撰成笔记小说集《志异续编》八卷。

志异续编 清代笔记小说集。八卷。宋永岳撰。琐闻杂记类小说。书中多是抄录前人之书,陈陈相因,缺少独创发明。如"九经无'茶'字"、"菊不落瓣"、"火浣布"、"杜子美"等条皆属此类。也有些记载虽属琐事,但颇能说明某些道理,如"节母"条记青年寡妇为守节强制性欲,每于入夜人静之后散抛百钱于地,再一一俯拾起来,坚持做完此事方去就寝,数十年天天如此;可见封建礼教所倡之妇女守节之非人性。本书文字浅显、通俗。《笔记小说大观》收录此书时署青城子撰。另有《申报馆丛书》本、清光绪间排印本等。

■**昭梿**(生卒年不详,活动在清嘉庆年间) 原为皇家宗室,姓氏为爱新觉罗,嘉庆间曾袭封为礼亲王,后因坐事夺去爵位。生平事迹不详。撰有笔记小说集《啸亭杂录》十卷、《续录》三卷(亦有作五卷)。今存有《笔记小说大观》本。

啸亭杂录 清代笔记小说集。正录十卷、续录五卷共十五卷。昭梿撰。作者为清室亲贵,熟悉满清朝廷和皇室掌故,书中真实地记录了清道光以前政治、军事、经济、文化等方面的制度及其演变,以及满清亲贵、文武达官的遗闻轶事,其中对满洲风俗、社会风俗等记载较详。另外对历代的诗文、小说亦多有记载和考证,如陆放翁、杨升庵、顾炎武的诗,唐宋和清初的诗,近代诗人的诗,及《水浒传》、《金瓶梅》、《封神演义》等小说。记清室轶闻,有"察下情"条写雍正皇帝利用特务监视大臣,"记辛亥兵败事"写康熙亲征噶尔丹,"西域用兵始末"写乾隆远征准噶尔,"八旗之制"记八旗源流及演变等。有些写常人细事的篇目给人留下深刻的印象,如写朴学大师王念孙之父王安国身为大臣,每日上朝前家不举火,带念孙到早点铺中吃饼饵充饥,可见其廉洁。"王西庆之贪"条写王未贵时,"尝馆于富室,每入宅时,必双手作搂物状。问之曰:'欲将其财旺气搂入己怀也。'"可见其贪鄙丑态。本书叙事明畅,颇有兴味。

本书流传版本较多。有麟庆藏本、结一庐朱氏藏本,均为抄本,残缺。另有刻本只正集八卷、续录二卷。清光绪元年(1875)醇亲王奕𫍽作了删节重编,称九思堂刻本。1909年上海图书公司据端方所藏正录十卷、续录三卷出版了排印本,称《足本啸亭杂录》。中华书局以该本将续录补足五卷,由何英芳校点,于1980年出版了全本。

■**冯起凤** 清中期人。生平、籍里均不详。著有笔记小说集《昔柳摭谈》八卷。首刊于清嘉庆二年(1815)。

昔柳摭谈 清代笔记小说集。八卷。冯起凤撰。本书为仿蒲松龄《聊斋志异》的志怪笔记小说。由于是仿作,刻意模仿意味很浓,使不少作品失去了社会意义。书中一些描写爱情的作品,比较真实地表现出封建社会男女青年没有爱情自由的痛苦与不幸,如"秋风自悼"篇写得委婉动人,文辞绮丽。然而,全书七十余篇故事,似这类富于表现力的不多,许多作品流于谈狐说鬼,搜神括怪。本书初刊于清嘉庆三年(1815),传世有巾箱本。光绪四年(1878),汪人骥对此书加以重新整理,刊行了新本。

■**清凉道人**(生卒年不详,约活动在清乾隆年间) 清代笔记小说作家。字号失载。浙江德清人。生平事迹无考,撰有笔记小说集《听雨轩笔记》四卷,成书于乾隆五十六年(1791)。据沈玮等人为此书写的序、跋看,清凉道人姓徐,少年时代曾从师孔东崖学经,后因家贫辍学;青壮年时期曾教山村私塾,游历四方;曾在广州地区景升的帐下当幕僚;老年回故乡躬耕畎亩。这部笔记小说便是在农耕之余写成的。

听雨轩笔记 清代笔记小说集。四卷。清凉道人撰。作者游历大江南北二十余年,将曾游过之名山大川处的胜景、古迹、物产、风俗以及奇闻异事尽录书中。全书分为杂记、续记、余记、赘记等。书中亦有表彰忠烈、品评书画之作,如记明末首相张居正之曾孙张同敞在广西参与永历朝廷的抗清斗争,最后与瞿式耜一同牺牲。对桂林的山水风光也有具体生动的描绘。书中还有一些篇目记各类案例,颇类短篇公案小说。本书初刊于嘉庆丙寅(1806),有研云楼精刊本。民国初年,上海广益书局发行有石印本。

■**程穆衡**(生卒年不详,约活动在清乾隆年间) 字迓亭。江苏镇洋(今江苏太仓)人。乾隆二年(1737)进士。著有笔记小说《燕程日记》一卷。

燕程日记 清代笔记小说集。一卷。程穆衡撰。作者于清乾隆二年(1737)赴京参加会试,本书为赴京途中所作的日记,述及"自家乡至此,为路三千,为时一月,车蓬偃伏之余,土店荒寒之次,比辑所见"。作者记叙他从江苏太仓出发,携友沿途所经之地的风土人情、文物古迹,引古证今,描写详赡,且多有考证。作者生活于康乾盛世,然书中所记之淮河以北,景物荒凉,人民生活清苦,一片萧飒景象。如记沂水府,"城颇大而居民草房为多";郯城,"适当久旱,田畴首种不入,未免弥望皆荒土";"一路所过府县,皆土城疏恶,虽畿辅亦然,景州亦土城也";"自是所过村聚,皆草茨土壁,秽陋零落。入室,桌设豆腐、粉条诸物,千里如一";"丐妇缘途,何止千百"。且平原一带,又有白莲教徒酝酿起义之事。史学家谢国桢在"跋"中称:"此野史稗乘,由于亲眼目睹,记载较为翔实。此所以可贵也。"本书无刻本,只有抄本传世,且极少流传,几成孤本。今中国社会科学院历史研究所图书馆有谢国桢所藏清抄本。

■**戴璐**(生卒年不详,活动在清乾隆年间) 字敏夫,号菔塘。归安(今属浙江湖州吴兴区)人。清代笔记小说作家。乾隆早期进士,官至太仆寺卿。戴璐性谨饬,奉职官场四十年,不求表异。他的主要著作有《吴兴诗话》、《秋树山房诗稿》、《石鼓斋杂志》,笔记小说集有《藤阴杂记》十二卷等。

藤阴杂记 清代笔记小说集。十二卷。戴璐撰。本书从内容上大致可分为两大部分。第一部分为前四卷，杂记清代掌故、衙署旧闻，涉及清顺治、康熙、雍正间著名士大夫的诗文。第二部分为卷五至卷十二，分别记述清代北京五城：中城、东城、南城、西城、北城以及里巷郊乡的名人轶事、文物古迹、园林寺观。其中所记慈云寺访书，崇效、法观二寺看花，金鱼池金台书院，北京戏馆盛行秦腔，以及外城的园林第宅、古迹名胜等，文字如散文小品，优美动人，亦可供研究北京风俗和文化史者参考。本书有嘉庆原刊本传世。1982年北京古籍出版社曾出版新式校点排印本。

■**吴德旋** 生卒年、生平、籍里均不详。曾著有《初月楼闻见录》十卷、续录十卷。多记吴越间事。

初月楼闻见录 清代笔记小说集。十卷，续录十卷。吴德旋撰。作者在书中自叙中说：是书"编意在阐扬幽隐，显达之士不录焉，即间有牵涉，亦不及政事。在野言野，礼固亦然"。书中每篇记一人，类似传记文学。入录者以不甚显达之文人学士、节妇烈士为多。清初至中叶，吴越江淮一带的贫困落拓诗人、作家多被收入书中，如董以宁、李良年、陆圻、程廷祚、吴嘉纪、纪映钟、邵长蘅、黄景仁、吴兆骞、陈洪绶、陆贻典、方文、毛先舒等。亦记载了一些特殊人物，如钱补履居吴市以补鞋为生，而学博行高，为学者所尊崇，称为"补履先生"；类似《儒林外史》末回所写的自食其力而又颇有学识的奇人。作者长于古文，书中文字雅洁流畅。传世有《清代笔记丛书》本。

■**诸联** 生卒年不详。字晦香。上海青浦人。少从举业，补博士子弟，"十一试秋闱不第"，遂走两制作幕。年老时回家乡以授徒为业。其他不详。著有笔记小说《明斋小识》十二卷。

明斋小识 清代笔记小说集。十二卷。诸联撰。本书多记作者故乡上海青浦的乡土人情、风俗人物，及奇闻异事、里巷丛谈、诙谐戏谑之语、与朋友诗词唱和之作等。书中写日常琐事，能信手拈来，娓娓动人。如"书腐"条写一个只知读书作文，而在一些生活小事上常被人欺的迂腐书生的故事。"孝廉鄙陋"条写举人陈某吝啬贪吃，常千方百计白吃于人而不肯回请之事，把陈的鄙陋面目刻画得十分生动传神。全书文字典雅，直叙事实，不加评论，通过故事中人物的言行展现其性格。本书最早版本为清嘉庆十八年（1813）刊本。1980年江苏古籍出版社影印了《笔记小说大观》本。

■**高继珩**（1797—1865） 清代笔记小说作家。字寄泉。直隶迁安（今属河北）人，寄籍宝坻县（今属天津市）。嘉庆二十三年（1818）进士及第。历官河北栾城县教谕、大名府（今河北大名县东北为当时之府治）教谕、广东博茂盐场大使。少有才名，时人把他和边袖石、华枚宗并称为"畿南三子"。长于诗词、绘画,文章既善骈体又善散体。著有《培根堂诗抄》和志怪型笔记小说集《蝶阶外史》(一作《蜨阶外史》)四卷、继编二卷。

蝶阶外史 清代笔记小说集。正集四卷、续编二卷。高继珩撰。书中的作者序可见其创作宗旨:"以阐扬忠孝节义为主,因果报应,亦并书之,以足备惩劝也。而人与言之有风趣者,附识一二,以资谈助。不颠倒是非,如'碧云假';不摹绘横陈,如'杂事秘辛';不诬蔑,如'周秦纪行'。"书中以宣扬儒家传统道德的篇目为多,如"虎口夺母"、"五宦殉节"、"范节妇"、"王烈妇"、"骆六"、"刘孝子"、"义伶"等。有少数篇目情节曲折,描写细腻,有可读性,如"木工兄弟"、"缎子王"等。本书传世版本有咸丰间初刊本、《培根堂全稿》本。1934年上海大达图书供应社出版了排印本。1983年江苏广陵古籍印社出版了现代排印本。

■**沈复**(1763—1822年以后) 清代笔记小说作家。字三白,号逸梅。长洲(今江苏苏州市)人。工书画,善诗文。终生未仕,较长时间在外为人作幕,也曾一度经商贩酒。其妻陈芸,为沈复之表姊,亦能诗善文,夫妻恩爱,评花品月,谈诗论文,开始的生活相当美满。但后来由于陈芸性格率真,言行不加检点,引起公婆恼怒,以致几次以"不贤不肖"被逐出家门。夫妻二人无奈只好迁到外面居住。又由于沈复的生活无定,他们实际过着颠沛流离的生活。在他们结婚二十三年的时候,陈芸患了重病,生活艰难至极,连子女都无法养活,只好安排儿子去当学徒,女儿送给婆家当童养媳。当年陈芸去世,沈复只身一人随同中国使臣去了琉球(这一年为嘉庆十三年,即1808年)。他的笔记小说《浮生六记》便写于这个时期。他六十岁时(当为1822年),友人顾翰曾为他写有《寿沈三白布衣》一文。六十岁以后的情况无考。

浮生六记 清代笔记小说集。六卷。沈复撰。本书为作者随同册封琉球国王的使团出海,在琉球那霸的使馆中写成。作者身在海外,回顾自己大半生遭遇,感慨万千,以成是书。据《笔记小说史》云,前四卷是记述沈复、陈芸的家庭生活。因此,这部书又可以说是沈复的自传体小说。后两卷,据今人郑逸梅先生的考证,为后人抄撮拼凑的伪作。今流行的人民文学出版社出版的点校本只有前四卷,江西人民出版社的版本则附有后二卷。

本书卷一至卷三为"闺房记乐"、"闲情记趣"、"坎坷记愁",记述作者与其妻陈芸婚姻生活的幸福美满,及后来不为家庭、社会所容,以致生离死别的惨痛,同时也反映了文人雅士的生活情调与审美意趣。作者塑造的亡妻陈芸的形象,柔和美丽,充满激情,一生不爱珠玉,酷爱破书残画。招待丈夫好友时,拔钗沽酒,颇有古风。林语堂评价她为"中国文学史上一个最可爱的女人"。作者夫妻二人为表姐弟,青梅竹马,才思隽秀,婚后相敬如宾,形影不离,品月评花,谈诗论文,得唱随之乐。夫妻曾寄居友人萧爽楼,与友朋聚,忌"谈官宦升迁,公廨时事,八股时文,看牌掷色";取"慷慨豪爽,风流蕴藉,落拓不羁,澄静缄默",表现了作者的情操与胸怀。陈芸单纯率真,追求个性自由,引起公婆恼怒,以致几次以"不贤不肖"罪名被逐出家庭。二人颠沛流离,生计困窘。最后一次离家时,陈芸已病入膏肓,将其子安排当学徒,其女送人做童养媳,死前与沈复诀别道:"忆妾唱随二十三年,……知己如君,得婿如此,妾已此身无憾。"本书前三卷,也可以看作是作者与陈芸的合传。卷四"浪游记快",写沈为幕僚随宦游各地的情趣,尚反映某些世态人情与作者的审美情趣。卷五"中山记历"、卷六"养生记道",一记出使琉球的情况,一记养生之道。

本书以散文的笔触,从不同方面追记日常生活琐事,文笔清新朴素,感情真挚细腻,形象鲜明生动。陈寅恪在《元白诗笺证稿》中和俞平伯在《重刊浮生六记序》中,对之都有较高评价。

清道光年间,杨引传在苏州冷摊上获此书手稿,已缺后两卷。1849年王韬曾为之题跋。后交上海申报馆以活字排印,始有传本。1923年北京朴社出版了俞平伯校点本,后附《浮生六记年表》。1980年人民文学出版社重新出版了排印本。本书在海外亦有影响,有英、法、日、德、俄等译本。

■**娄东羽衣客** 真实姓名不详,生平、籍里待考。约活动在清乾隆、嘉庆年间。有文言笔记小说集《镜花水月》八卷传世。

镜中花月 清代笔记小说集。八卷。娄东羽衣客撰。又名《镜花水月》。本书乃志怪括异之作。作者借虚幻的镜中世界表现男女真情,涉及的社会面较狭隘,不及《聊斋志异》;但有些篇章情节设计曲折,描写细腻生动,近于传奇小说。书中"姐妹冥缘"、"梁上笙歌"、"冥孕"、"张筵鬼"、"张五福"、"梅花化身"、"狸蛊痴生"、"张鬼耳"、"鬼伴客"、"补恨天"、"妖术"等,谈狐说怪,事近荒诞,其理却近人情。不少篇章之后,加有"外史氏曰"或"异史氏曰",评论该篇之意义。文笔较平直,但缺乏文采,评论大多无深意。全书凡一百一十四篇,有人猜测作者为袁枚,不确。最早版本为清嘉庆辛酉(1801)巾箱本,1936年有大达图书供应社排印本。

■**雷琳、汪琇莹、莫剑光** 生卒年、生平、籍里均不详。三人同辑唐宋以来的诸家史传笔记,删削补缀而成为笔记小说集《渔矶漫钞》十卷。

渔矶漫钞 清代笔记小说集。十卷。雷琳、汪琇莹、莫剑光同辑。全书六百余条,均选自唐宋以来诸家史传笔记,对之加以削删补缀而成。所选书目以宋明两代为多,条目大多有关诗文。书中对诗文本事选录尤详,可作宋至清初诗词轶话续编:如"张三影"、"东坡卜算子"、"宋子京玉楼春"、"销金锅"、"顾眉生"、"李香"、"盒子会"等,多为人们所熟悉的掌故。全书摘抄古人书事,不分类,亦不注明出处,不利于查考。传世版本有清乾隆甲寅(1794)年刊本。

■**管世灏**(生卒年不详,活动在清乾隆嘉庆年间) 清代笔记小说作家。字月楣。海昌(今广东高州市)人。幼年勤学,少负隽才,性情孤傲,与世不谐。初游京师,曾撰写《吊荆卿》乐府,为汪云壑所赏识。因在京都久无所遇,便返回湘南仲父管阆风家。不久,仲父病故,遗孤年幼,他承担起扶榇返乡之责。此后境况困顿,当塾师以维持生计,郁郁而终。

世灏于嘉庆五年(1800)在安徽桐城汪氏耕云草堂教书时,撰成笔记小说《影谈》四卷。内容多讽世况。

影谈 清代笔记小说集。四卷。管世灏撰。本书为传奇志怪笔记小说,所述故事大多怪诞离奇,隐含着作者对人情世象的批评、讽刺。管题雁在书中序说:书中所述,"雅洁如《才鬼记》,纵横如《剑侠传》,嬉笑怒骂如《东坡志林》"。其中"财神"篇通过贫士吴均贫病假死入阴间求财神的故事,表述读书必贫、为富不仁的见解;"反黄粱"篇写某尚书富贵已极,又欲长生,于是道士作术令其在梦中备尝转世托生于贫家子之苦,用于说明富贵如梦,贫贱亦如梦,一切事物无常的道理。本书故事情节曲折,描写细腻,塑造人物形象生动,每篇后有管题雁"柳衣氏"的评语。传世版本主要有上海《申报馆丛书》本。

■**梁章钜**(1775—1849) 清代笔记小说作家。字芷邻(一作茝林),又字闳中,号退庵。福建长乐人。嘉庆七年(1802)进士,授官翰林院庶吉士。散馆,改礼部主事。累官至江苏巡抚,兼两江总督。后以病乞致仕,归卒。

章钜一生的著述颇丰,主要有《经尘》、《夏小正通释》、《三国志旁证》、《清书录》、《称谓录》、《金石书画题跋》、《制义丛话》、《楹联丛话》、《退庵随笔》,以及笔记小说《归田琐记》八卷、《浪迹丛谈》十一卷、《浪迹续谈》八卷、《南省公余录》八卷……总共七十余种。以上笔记小说书目皆见于《中国历代笔记小说要目》。

归田琐记 清代笔记小说集。八卷。梁章钜撰。全书共一百一十余条,以记清初至清中叶朝野轶事为主。许悖在本书跋中云:此书"考订详明,包孕繁富。中间如议马头、议江口、议大钱、戒停葬、戒厚敛、戒锢婢诸条,尤为济时之要务,警俗之苦衷,可坐而言,可起而行"。如"和珅"条记和珅大罪二十,及侈滥贪纵之状,甚为详细。"金圣叹"和"胡中藻"条记清初对汉族文人士大夫箝制之严酷,皆有资料价值。本书卷一记扬州园林、坊巷、草木虫鱼类甚详;卷二记信札、家传、寿序、钞法;卷三记历史人物、碑帖、书板、典章制度,可资考证;卷四记古今人物、科第;卷五记清初名人之遗闻轶事;卷六记师友、诗歌楹联,读书论学;卷七为小说、酒食、谜语;卷八为作者晚年的日记和诗。作者要求自己的著作"要足资考据,据劝戒,砭俗情,助谈剧"。本书有清道光二十五年(1845)北东园刻本传世,后屡有翻刻。另有咸丰二年(1852)羊城同文堂刻本,后又有上海文明书局石印本。1981年中华书局出版了于亦时的点校本。

浪迹丛谈 十一卷。梁章钜撰。作者在英军攻陷定海时辞官,有家不能归,近于浪迹,因以名书。本书始作于嘉庆十一年至十二年(1806—1807),成于道光二十七年(1847),所记为典章制度、时事、人物事迹、师友唱和、扬州名胜、掌故,另外还涉及古代名物、史事的考订,古代诗歌、碑铭书画的评介,及作者见闻的方药等。书中一事一题,共二百二十五则。其中"翰林院缘起"、"谥法"、"追谥"、"夺谥"、"封爵"、"武阶"、"绿营武阶"、"武职回避"、"虚衔"等均有所据,翔实可信。全书行文流畅,文辞优美,为清代著名笔记小说之一。

作为本书之续编,还有《浪迹续谈》、《浪迹三谈》两书,合称"三谈"。传世版本有道光二十七年(1847)间北东园合刊本。另有咸丰七年(1857)福州梁氏刻本。1981年中华书局出版了校点本,1983年福建人民出版社出版了刘叶秋、范育新的新校点本。本书曾列入《清代史料笔记丛刊》之中。

(浪迹续谈) 八卷。梁章钜撰。本书为《浪迹丛谈》之续编。书内分子目,一事一题,记事一百八十四则。本书成于道光二十八年(1848),主要内容与《浪迹丛谈》相近,所不同的是,以记温州、杭州、苏州等地名胜物产以及明清戏剧小说的轶闻掌故为多。如记杭州的小有天园、潜园、长丰山馆、理安寺、雷峰塔,苏州的狮子林、瞿园、息园、灵严山馆,扬州的雁荡山和大龙湫等,实地记游,抒发兴衰变革之叹。杭州秋涛阁观潮一文,描写生动壮观,是一篇很好的小品文。

(浪迹三谈) 六卷。梁章钜撰。本书为《浪迹丛谈》、《浪迹续谈》之续编。一事一题,内分子目,共记事九十五则。本书成于道光二十九年(1849),主要内容记古代年号、名物、饮食及古籍的文字讹误等。其中"外洋岁月"条,首次记载了西历的名称,年、月、日的计算,以及与中历之换算。全书文字浅显,便于阅读。

■**俞梦蕉**(生卒年不详,约活动在清嘉庆年间) 字号、籍贯、生平、仕履均待考。据《中国历代笔记小说要目》录载,有笔记小说集《蕉轩摭录》十二卷传世,张俊先生的《清代小说史》中也提到此书。今有嘉庆二十年(1815)序刊本、上海申报馆丛书本;根据作者自序,可知《蕉轩摭录》也成书于是年。

蕉轩摭录 清代笔记小说集。十二卷。俞梦樵(蕉)撰。本书仿《聊斋志异》体例,但多以人事为题材,少涉及鬼神。作者在"自序"中说:"暇时,与诸友饮酒清谈,闲聊些古今六合中琐言细事,信手拈来,集成《摭录》。"每条后加以评论,摅写感想。书中文笔流畅通俗,但描写刻画人物之功不及《聊斋》。其内容特点有四:(1)鞭挞社会的黑暗。如"长跽宰相"借儿童游戏骂权奸;"懊恼道人"以善治奇疾闻世,但医不了官员腐败的恶疾;"开口蛙"骂官吏之贪酷;"半面镜"斥权贵如豺狼;"煮血"条讥官吏吸食民脂;"拭斗"揭科场之黑暗。(2)劝戒世人,扬善惩恶。如"纫秋"劝君读书明理;"读注"劝世人善读书;"石榴裙冷"写一奇女子善读书、用书,终齐身治家,救夫于水火;"白芙蓉"、"鸟仇"、"勿杀我"劝人爱护生灵,以完善果;"浮海图"写一生行善终得好报;"六月二十五"写知恶必改,后佑之子孙;"一笔落"写恶棍得报应;"卖糖女"记孝感于天,满门富贵;"青衣化驴"写恶媳虐婆而化为驴;"一介书生"写文人应有德行等。(3)歌颂爱情忠贞,追求婚姻自由。如"卖糖女"在择婿上不求富贵,只求忠诚及志同道合;"鹊误"写有情人终成眷属;"冷夜痴谈"歌颂宰相之女视金钱如粪土,私奔与乞丐成婚;"半黛"写一女子伤眉而因祸得福,逃过皇家选秀一劫;"开元宫人"写宫女恨;"虎泪"记商妇怨;"细细"记一痴男爱邻女至老终成伉俪等。(4)揭露佛道之虚妄。如"魔影"写魔生于幻;"纤足往来"写幻而生"鬼";"钟吼"揭露寺僧欺诈食肉;"还字"斥佛家理论虚幻等。

本书最早的传世版本为嘉庆二十年（1815）刊本。1935 年上海大达图书供应社出版了排印本。2012 年中州古籍出版社出版了孙顺霖的校注本。

■**捧花生** 真实姓名无考，捧花生为其号。生平、籍里不详。有文言笔记小说《秦淮画舫录》、《画舫余谈》及《三十六春小谱》传世。

秦淮画舫录 清代笔记小说集。二卷。捧花生撰。本书记嘉庆年间南京秦淮歌姬舞妓中之佼佼者，共录一百三十余人。作者在"自序"中说："游秦淮者，必资画舫，在六朝时亦然，今更益其华靡。玻璃之灯，水晶之盏，往来如织，照耀逾白昼。"故以"画舫"为妓院之代称。上卷为"纪丽"，记著名妓女之容貌、性格、特长和风致；下卷为"征题"，记当时名士寄赠题咏诸妓女的艳体诗词，题咏者多用笔名，词作多低级趣味。本书成于嘉庆二十二年（1817），传世有嘉庆刊本。1936 年收入世界书局排印之《章台纪胜名著丛刊》中。

画舫余谈 清代笔记小说集。一卷。捧花生撰。本书是继《秦淮画舫录》而作。作者在"序"中说："辑《秦淮画舫录》竟，偶有见闻，补缀于后，凡数十则，即题曰《画舫余谈》，亦足以新读者之目，信于编入，无所谓体例。"书中内容以记录秦淮名妓遗闻轶事为主，间或涉及其他琐事。如其中记鸦片之危害和它能治病之一面，最后言及"诸姬亦间以娱宾，罔知利害，罟攫陷阱，不待驱而自蹈之，可哀也夫"，揭示了南京妓女吸食鸦片的原因。本书有作者自刊本传世。1936 年世界书局将其刻入《章台纪胜名著丛刊》本之中。

三十六春小谱 清代笔记小说集。一卷。捧花生撰。捧花生为秦淮狎客，曾撰有《秦淮画舫录》、《画舫余谈》，以记秦淮名妓。此书为继上二书之续作，共分孟、仲、季、闰四部分。孟册记陆春龄等十人；仲册记冯藕香等十人；季册记曹五福等十人；闰册记周桂龄等六人，汇为"三十六春"。每人均记其经历、容貌、技艺、住址。妓中能吟诗作画者，书中还录其诗作，并附有狎客的唱和。有些诗可从浅斟低唱中透出处于社会最底层妇女的哀怨悲诉。本书有道光六年（1826）捧花楼重刊本传世。

■**顾禄**（生卒年不详，约活动在清嘉庆道光年间） 江苏桐桥人。少有文才，时称"才子"。著有笔记小说集《桐桥倚棹录》十二卷。

桐桥倚棹录 清代笔记小说集。十二卷。顾禄撰。作者生活于清嘉、道年间，时称"才子"。书名之"桐桥倚棹"乃一桥名，采唐诗"春风倚棹阖闾城"的意思。本书题材类似《洛阳伽蓝记》和《扬州画舫录》，互有详略；山水、名胜、建筑、物产之外，兼及市廛、工商，间亦追溯史迹，隐寓感慨。其知人论事，别具卓识。如"李侍郎祠"条，记顺治二年苏州屠城事，受清兵杀戮之惨，不下于"扬州十日"、"嘉定三屠"。记"赤脚张三"，在屠城之时，率众突起，抗击清军；如此壮勇的义士竟蒙"盗"名，不是作者记之，后世难知。"钞近仁墓"条，记近仁贫不能自存，以补鞋为生，不妄取一钱，并能博通经史百家之学，可与《儒林外史》末回之荆元相媲美；作者并以五言长歌，以志崇敬。卷十一录存歌妓双姬的《虎丘竹枝词》,咏诵情真,愤慨甚深。另外,书中还保存了不少名人的诗篇,有一定资料价值。

本书初刊于清道光壬寅年(1842),后十余年苏州即遭兵乱,传世极少,亦未见著录。1953年顾颉刚从来青阁主人杨寿祺之手购得其书,极其珍惜,屡次出示,请人题跋,后附有俞平伯、谢国桢、吴世昌等人题识数篇。1980年上海古籍出版社据此本出版了排印本,由王湜华校点。

■**吴振棫**(1792—1871)　清代笔记小说作家。字仲云。浙江钱塘(今杭州市)人。嘉庆十九年(1814)登进士第,选庶吉士,授编修。道光二年(1822),出为云南大理府(治所在今云南大理市)知府。后历山东登州(今蓬莱)、沂州(今临沂市)、济南、安徽凤阳知府,山东登莱青道,贵州粮储道,贵州按察使,山西、四川布政使。咸丰二年(1852),擢云南巡抚。四年,调陕西巡抚,未行,又令署云南总督。五年秋,始抵陕西任。未几,擢四川总督。七年(1857),调云贵总督。八年冬,以病乞罢。因子春杰官雁平道,于是就养山西。同治元年(1862),上命会同山西巡抚英桂防治黄河,寻又命赴陕西会办军务。十年(1871)卒,年八十岁。

振棫一生的主要著述有《花宜馆诗钞》十六卷、《续钞》一卷、《文略》一卷;另有笔记小说集《养吉斋丛录》二十六卷、余录十卷,共三十六卷。

养吉斋丛录　清代笔记小说集。三十六卷。吴振棫撰。本书包括《丛录》二十六卷、《余录》十卷,为撮录群书而成。全书不分纲目,以事类为次,载叙清同治以前八旗、内阁、六曹、行省、武备、科举诸制;宫殿、苑囿、巡狩等事,也皆有所本;间亦记传闻异辞,则附以考证。如书中记清初圈占民地数和理藩院公文处理、满汉分缺诸制,雍正间任官不尽遵旧制之事,嘉庆间白莲教首领及镇压部队名单,以及清宫春联、进贡物品、状元谢表格式等掌故,多为《清史稿》、《会典》、《方略》所未详或相出入。唯引据资料未注出处,当属缺憾。本书传世有光绪间刻本。北京古籍出版社于1983年出版了校点本。

■**梁绍壬**(1792—1835)　清代笔记小说作家。字晋竹,号应来。浙江杭州人。好读书,工诗文,与赵庆熺友善。道光年间举人,官内阁中书。撰著有《两般秋雨庵诗选》、《两般秋雨庵曲谈》,以及笔记小说集《两般秋雨庵随笔》(亦作《秋雨庵随笔》)八卷。这部小说集为作者随手之笔记,成书于道光年间,主要记述清代文学故事、戏剧艺术、诗文评述、风土名物、名人轶事等。最早的版本为道光十年(1830)钱塘汪氏振绮堂刊本,今有民国年间《清代笔记丛刊》本。

两般秋雨庵随笔　清代笔记小说集。八卷。梁绍壬撰。本书为作者读书时随笔所记。汪适孙在"序"中说:"综其全旨,约有四端:一曰稽古,则《经典释文》之遗也;一曰述今,则《朝野金载》之体也;一曰选胜,则模山范水卧游之图也;一曰微辞,则砭愚订顽,绚路之驿也。"本书的主要内容有:(1)文学家赵翼、袁枚、毛奇龄,书画家金农、李鲜、黄易、奚冈、梁同书等人的遗闻轶事。(2)评述诗文,论学考证,如"漱玉断肠词"一条,强调"改嫁本非圣贤所禁";"生查子"一阕亦未见定是淫奔之词";"山歌"一条,认为"音节真为古乐府";"粤歌"条中提出苗人跳月之歌"当亦有可观。(3)对小说、戏曲材料的搜集和分析,如"京师梨园"、"荆钗记祭文"、"长生殿"、"路化王"、"封神传"、"隋唐演义"等。(4)记载当时社会的政治、经济情况,如"洋钱"、"鸦片"、"三江赋重"、"林抚军奏疏"等条。书中亦有不少宣传迷信、贬抑农民起义的文字。

传世版本有道光十年(1830)钱塘汪氏振绮堂刊巾箱本,十七年文德堂本;光绪十年(1884)钱塘许氏吉华室重刊本,十八年(1892)铜活字本;宣统元年(1909)上海扫叶山房石印本;民国文明书局《清代笔记丛刊》本等。

■**张集馨**(1800—1878) 字淑云,别号时晴斋主人。江苏仪征人。道光进士。初在翰林院供职。以后曾在山西、福建、陕西、四川、甘肃、河南、直隶、江西等地任知府、道台、按察使、布政使、署巡抚等。著有笔记小说《道咸宦海见闻录》五册,别名为《张集馨自订年谱》、《淑云年谱》。

道咸宦海见闻录 清代笔记小说集。一函五册。张集馨撰。别名有《张集馨自订年谱》、《淑云年谱》。本书是作者自订之年谱,后人在整理时据书中内容特点命名之。抄者说:"这部书名为年谱,其实几乎等于小说,对官场鬼蜮情形,刻画入微,不亚于清末之《官场现形记》、《二十年目睹之怪现状》。"

作者生于嘉庆年间,曾中道光九年进士,累官至布政使署理巡抚。同治四年(1865)被革职。他擅文墨,观察细微,洞悉清朝吏治之弊端,在书中大胆地予以揭露。主要有五个方面:(1)大臣贿赂公行;(2)官吏巧立名目,横征暴敛;(3)官府以馈赠之名,行贿赂之实;(4)衙门滥施酷刑,草菅人命;(5)清军营制败坏,军纪荡然。书中还涉及太平军北伐、捻军抗清及陕甘回民起义诸事。本书内容真实可靠,描写生动,是研究清代政治的重要史料。书后还附有《张集馨日记》、《张集馨朋僚函札》等。

本书无刻本,只有抄本传世,今存社科院近代史研究所、北京大学图书馆。中华书局1981年出版了杜春和、张秀清整理的排印本。

■**陆以湉**(1801—1865) 字敬安,号定甫。浙江桐乡人。道光十六年(1836)进士,十九年为台郡教授,二十九年为杭州教授。咸丰十年(1860)太平军攻占杭州,他辞官还乡,以训蒙糊口。以后携家至上海,李鸿章聘他为忠义局董事。太平军退出杭州,他任杭州紫阳书院讲席。著有笔记小说《冷庐杂识》、《甦庐偶笔》、《杭州记难诗》等。

冷庐杂识 清代笔记小说集。八卷,附续编。陆以湉撰。作者自幼聪慧,通典籍,善诗词,精于考证。本书是他根据读书所得、平昔见闻随笔漫录而成,记载了清代及清以前文人学者的学行、经历和交游,谈论其为人,品评其作品,说明其师承关系及学术源流,对历代史实和人物亦有评论;此外,还论述了历代兵法。特别值得注意的是,书中以较多的条目记述了清代科举制度及其弊端,多为作者耳闻目睹,很有参考价值。李慈铭在《越缦堂日记》中评道:"此书丙辰初出时,曾浏览一过,虽学识有限,见闻亦隘,而言多切近,小有考据,亦足取资,所载药方,尤裨世用。可与梁章钜《归田琐记》并传。"本书的传世版本除咸丰六年刊本外,尚有《清代笔记小说大观》本、《清代笔记丛刊》本、光绪十九年(1893)乌程庞氏刊本。中华书局于1984年出版了标点本,列入《清代史料笔记丛刊》中。

许奉恩(1815—1874以后) 清代笔记小说作家。字叔平,号兰苕馆主人。安徽桐城人。自幼聪颖,喜读小说,尤其推崇魏晋六朝小说。青年时期显露隽才,诗文皆有名声。道光二十三年(1843)中举。秋闱刚报罢,因太平军起,流离转徙,间关数万里。曾记所闻为笔记小说《风鹤涂说》,因未刊刻,藏稿于武林(今浙江杭州),城陷,惜遭散佚。后又仿照《聊斋志异》体例,撰写笔记小说《里乘》,积三十余年始成十卷。该书于同治十三年(1874)刊刻问世。奉恩的生平,安金清在该书的跋语中提及"一生科举不达,沉沦不遇,为幕僚以终"。其余情况不详。

里乘 清代笔记小说集。十卷。许奉恩撰。作者在"自序"中称:"予一介寒儒,幼习觚甪,喜欢爨弄,又爱听野老丛谈,择其事之近是者,编为《里乘》一书,间亦杂以说鬼搜神。"作者从道光癸卯年(1843)开始写此书,岁有增益,历时三十余年,至同治十三年(1874)六十岁时方刊刻问世。

作者历道光、咸丰、同治三朝,在动乱中,南北转徙,见闻甚广,故本书内容丰富。全书共一百九十篇,涉及人物轶事、社会奇闻、神鬼精怪、异人奇物、儿女私情、绿林豪杰、人命狱讼及海外殊俗等。作者在"自序"中称此书旨在"藉此以寓劝惩",是"书义取劝惩",以致差不多每篇都有明确的道德评价,并于篇末以"里乘子曰"加以阐扬,不少观点显得陈腐。鲁迅评是书"貌似志怪者流,而盛陈祸福,专主劝惩,已不足以称小说"。但书中也有一些较有思想价值的作品,颇为真实地反映了清末社会的动荡腐败:如"当涂令"篇中的父母官,竟侵吞赈灾款,致使饿殍遍地,"枕籍于道,惨不能状";"雷击某总戎"篇中的总兵大员,不保境安民,却纵兵杀掠奸淫;"褚祚典"篇中的按察使,竟然日为高官,夜为大盗;"金钱李二"篇中借绿林之语斥制府公子"盗泉去贪泉几何?如恐为盗泉所污,则公囊中所有,亦未必果皆廉泉也";"小喜子"、"某甲"等篇则揭露地方豪绅借镇压太平天国起义办团练之名,"勒捐敛财,鱼肉乡里","顺之者吉,逆之者凶,生杀予夺,气焰逼人"。本书卷八中多写公案,既赞扬清官能吏的精明慎重,又揭露昏官酷吏的贪赃枉法,反映了作者的善恶观。

作者自幼喜爱小说,尤推崇魏晋六朝小说,注重其教化作用,其创作明显受到《聊斋志异》与《阅微草堂笔记》的影响。《笔记小说大观》称此书"谈狐说鬼,无殊淄水之洸洋,善劝恶惩,犹是河间之宗旨",是比较切合实际的。本书在"善劝恶惩"方面,强调近实,力除袤、横、诞、荒四弊。书中多数篇章基于见闻,言必有据,篇幅短小,叙述简洁,既不像纪昀那样恪守"著书者之体",同时又仿蒲松龄那样纵横驰骋、大胆描述;书中故事生动,人物形象鲜明。

本书初刊于同治十三年(1874)。光绪五年(1879)常熟抱芳阁刊本为十卷。《笔记小说大观》本删去后二卷为八卷。《扫叶山房丛抄》本亦为节选本。1915年上海广益书局出版了石印单行本。光绪间常熟抱芳阁刊十卷本又称《兰苕馆外史》。

■**杨掌生**（生卒年不详，约活动在道光咸丰年间） 清代笔记小说作家。字懋建，号芯珠旧史。嘉应（今广东梅县）人。道光间中乡试举人，道光丙申年（1836）参加会试，不第而归。曾著有笔记小说《京尘杂录》四卷传世。据上海同文书局主人于光绪丙戌（1886）夏四月在梓印本书的序中称，作者是"十年薄宦，一介书生"，"以卢前王后之才，为赵北燕南之客"。然仕履和生平尚缺资料佐证。他的著作主要记徽班进京后四大戏班中的名伶艳角，是研究京剧发展史的重要资料。作者在书中曾记"重九前一日，余就逮，既下吏从诏狱"，"秋九月，既到戍所"，知作者曾因罪下狱，"荷戈南戍"而被流放辰溪（今属湖南省），于戍所租房写就了《京尘杂录》一书。其余均不详。

京尘杂录 清代笔记小说集。四卷。原著题为"清芯珠旧史著"，从该书序和文中所记可看出，"芯珠旧史"为杨掌生的号，始知作者真名及主要行藏。书中卷一为"长安看花记"，记名伶十七人；卷二为"辛壬癸甲录"，前一节为作者著此书的小引，后记京剧名角十一人的小传；卷三为"丁年玉笋志"，前一节为作者做的小引，后记名伶十二人小传；卷四为"梦华琐簿"，前为小引，后记六十三则故事，此卷记述庞杂，主要是"春台、三庆、四喜、和春"四大徽班进京后之演出盛况及京城名戏院的规模等。

本书记载"以陈湘舟安次香所述为主，独抒己见"。所记梨园掌故，不亚于《燕兰小谱》。据作者说："昔乾隆年，人得吴太初郡丞撰《燕兰小谱》以传，嘉庆间虽有《莺花小谱》之作，今寂无闻焉。""近年听春，新咏日下看花记，及时品中人物，余已多不及识。以余所识诸人，今已半成老物。倘不及今撰定，恐更十年后，无复有能道。""故人各为撰小传命之曰《辛壬癸甲录》，志缘始也。何平叔《景福殿赋》辛壬癸甲为之名秩，断章取义。于文亦词是为《长安看花记》之前集。其中所见异辞，所闻异辞，所传闻又异辞。"（见《辛壬癸甲录》小引）

本书所撰名优小传，记事言简而意丰，笔触新鲜而生动。"展此录、此记读之，此中有人呼之欲出。如闻其声，如见其人。"所以，当《长安看花记》一出，"几有洛阳贵之叹"。书中以"小兰"、"巧龄"、"德林"、"三元"、"小天喜"、"宋全宝"、"邱三林"、"桂喜"、"吴金凤"等条最为精彩传神。卷四中记四大徽班演出之票价及演员演出规矩甚详；记前门外戏园、宣武门外大街等戏园，可见当时之盛状。"四徽班各擅胜场"中记四喜班擅长曲子，"先辈风流，气羊尚存"；三庆班以"轴子"为胜，"连日接演，博人叫好"；和春班把子功为一绝，流漓顿挫，发扬蹈厉；春台班的孩子戏独擅京城，"云裏帝城"，"都非凡艳"。

本书因系作者于戍所写就，底稿藏于其好友桂林倪鸿"行箧三十余年"，于1886年交上海同文书局印行首版。现传世版本是《笔记小说大观》本据同文版复印的。

■**平步青**（1832—1896） 字景孙，别号有栋山樵、霞偶、常庸等。浙江绍兴人。同治元年（1862）

进士,做过翰林院编修等。同治十一年(1872)辞职回家,读书写作,校辑群书,留下了大量的作品。笔记小说《霞外捃屑》是其代表作。

霞外捃屑 清代笔记小说集。十卷。平步青撰。作者治学极其严谨,"于群书讹文夺学,援引乖舛,辄刺取它籍刊误纠谬,一书有斠之数年未已者"。本书是作者所著《香雪崦丛书》的丙集,是他一生中的重要著作之一。它杂著巨编,涉猎甚广,经史考辨,诗文评论,记方言,释俗谚,记朝野掌故、里巷稗史,无所不有,各自成卷。"七阁"、"上书房"、"补殿试"、"大中大夫"、"安南四臣"等为考订本朝的掌故轶闻。"父子兄弟鼎甲"、"江左十五子"、"天台三杰"、"殿试十本"等是记本朝士大夫逸事。"庄史案"、"端肃案"在记案情的本末外,对文字狱予以谴责。"从军保举"揭露清代保举荐官的弊端。刘庸史"借科举策试直刺清代官吏腐败,苛政猛如虎,民不聊生的惨状。"弥勒佛治世"揭穿某些官场骗子的骗人伎俩。"论明季野史"通过严格的考证,指出野史之三弊:一曰挟郤而多诬,二曰轻信而多舛,三曰好怪而多诞;深中野史之弊。"观杂剧诗"则指出当时演员"扮用古事,然多颠倒贤奸,盖皆不识字者之所为,如唐传之张士贵、杨家将之潘美、平西传之庞籍,率与史传不合"。本书有清末刊本传世。1957年中华书局用原刊本校印。1982年上海古籍出版社出版了陈文华的校勘本,书后附有近代史学家谢国桢于1942年写成、1958年改竣的《平景孙事辑》一文,将作者的生平、学术思想和治学手段作了总述。

■**严蘅**(约1825—1854) 字端卿。钱塘(今杭州市)人。工刺绣,通音律,善诗词,是一位多才多艺的女子。著有笔记小说《女世说》。是书为严蘅去世后由其夫陈元禄据遗稿整理而成。

女世说② 清代笔记小说集。不分卷。严蘅撰(清代李清撰有同名作品)。全书八十四则故事,均为本朝妇女轶事,因作者生前未及定稿,故未分类诠次。

作者作为知识女性,较少受封建礼教的束缚,而写出女子自身的价值,表彰她们的才智技能,此为本书的显著特色。如第六则记李今的诗"沉郁抗壮,过于烈丈夫";第十八则记娜嬛女史梁小玉,原是武林妓女,却聪慧过人,"七岁赋《落花诗》,八岁摹《大令书》,十九岁拟《西都赋》",其才智不让须眉。作品同时也写女性对爱情与幸福生活的向往、对独立人格的自珍。如第三则写吴若云与其夫毛海客赋诗同乐;第六十六则写沈宝善"倜傥能诗","未嫁时,有为蜚语者",她"控之邑侯,并陈长律八章,有云:'知我有谁同鲍叔,杀人自古有曾参。'闻者伤之";其胆识和反抗精神,令不少男子自惭形秽。其他如鹿城半茧园女子题诗表露对爱情的渴望,黄媛介"卖诗画自给",谋求经济上独立,均值得称道。本书各则篇幅虽短,却言约旨远,且均为作者原创,卷帙不多,但很有特色。

本书传世版本有《娟镜楼丛刊》本。

■**陈康祺**(1840—?) 清代笔记小说作家。字钧堂。浙江鄞县(今宁波)人。咸丰七年(1857)诸生,同治六年(1867)举人,光绪三年(1877)进士,官至刑部员外郎。十年京官,一直不得志,后辞官侨居苏州。撰有笔记小说集《郎潜纪闻》四十二卷。书中记述了文苑士林的轶事或诗文,官场宦海的廉洁与污秽,典章制度中的科举、赐谥和军制,以及相关的社会情况。

郎潜纪闻 清代笔记小说集。四十二卷。陈康祺撰。作者生活在列强瓜分中国之时,有感于内忧外患,撰此书有备以经世致用之意。全书分三部分,分别为初笔、二笔、三笔。"初笔"十四卷,记事六百九十五条,成于光绪六年(1880);"二笔"十六卷,记事六百一十条,亦称"燕下乡脞录",成于光绪七年;"三笔"十二卷,记事四百一十五条,亦称"壬癸藏札乡记",成于光绪九年。书中内容大致为:(1)文苑士林的轶闻遗事;(2)宦海官场之事,其中对贪官污吏、佞臣奸相进行猛烈抨击,对廉洁、刚正的官员倍加赞赏;(3)典章制度,如赐谥、科举、湘淮军制、翰林规则等;(4)社会情况,如清初废明末三大饷事、康熙间江南湖边百姓无地交税等。全书大多以史实为据,是清代较为著名的笔记小说,史料价值甚大;但书中不乏对清王朝的谀词和对太平天国革命的贬毁。

本书有光绪年间初刻本、宣统年间扫叶山房石印本、民国间《清代笔记丛刊》本、《笔记小说大观》本传世。1984年中华书局将"三笔"合为一册,出版了校点本,列入《清代史料丛刊》中。

■**何刚德**(1855—?) 清代笔记小说作家。字号不详。福建闽侯(今福州市)人。光绪三年(1877)进士,在京城各部任职十九年,后出为江西建昌(今江西南城县)知府、江苏苏州知府。刚德生活在清末动荡的年代,亲身经历过许多重要的历史事件,随手杂录了许多掌故和见闻,后来辑录为《春明梦录》上下两卷、《客座偶谈》四卷、《郡斋影事》一卷和《西江赘语》一卷,共成四部笔记小说,分别记述了清代典章制度、宫廷掌故、科场见闻、名人轶事、社会风俗等。其中以《春明梦录》和《客座偶谈》影响较大,最早刊本有1922年的作者自刻本,今有上海古籍书店1983年的影印本。

春明梦录 清代笔记小说集。上下二卷。近人何刚德撰。作者生活于清末动乱时期,经历了一系列重大历史事件,深感世事大异于昔时,"回首春明,重温旧梦,不禁百感交集",遂作此书。因长安城有春明门,书名中以"春明"代指京城。书中主要记清代典章制度、宫廷掌故、科场见闻、名人轶事等,对中法战争、甲午战争、义和团运动,以及宫廷陈设、宫人衣食等记叙真实可信。本书有1922年作者自刻本传世,辑入作者的《平斋家言》中。上海古籍书店1983年出版了影印本,与作者另一部笔记小说《客座偶谈》合为一册出版,列入《清代历史资料丛刊》中,1993年巴蜀书社将其列入《中国野史集成》中影印。

客座偶谈 清代笔记小说集。四卷。何刚德撰。作者于1922年曾将自己的著作《春明梦录》、《郡斋影事》、《西江赘语》先后刻印,本书意在补前书之阙。主要记清代的典章制度,名人轶事、社会风俗等,涉及官制、军制、教育、科举、财政等各个方面,如对官员俸禄、养廉银及军费开支的记载及评论,很有资料价值。此外,书中对近代史上的一些重要人物,如林则徐、曾国藩、左宗棠、张佩纶等的言行亦有生动的记述。

本书原有1934年刻本。其他版本流传情况见《春明梦录》。

■**文廷式**（1856—1904） 字道希，号云阁，别号纯常子、罗霄山人、芗德。江西萍乡人。出生于广东潮州，少长岭南。光绪初，为广州将军长善幕中。光绪十六年（1890）进士，授编修。二十年（1894）大考，光绪帝拔为一等第一名，升翰林院侍读学士兼日讲起居注。在"百日维新"中，他是"帝党"的重要成员，曾谏慈禧太后勿预朝政，弹劾李鸿章挟夷自负，反对签订"马关条约"。光绪二十一年（1895）秋，遭参劾革职驱逐出京。变法失败后，清廷下令"严拿"他，遂出走日本。后来萍居上海、南京、长沙之间，寄情文酒，以佛道自遣，从事著述。著有《云起轩词钞》、《纯常子枝语》四十卷。另有笔记小说集《闻尘偶记》等。

闻尘偶记 清代笔记小说集。一卷。文廷式撰。作者长于历史，亦工诗词。本书写于光绪二十一年，所记多系作者亲闻亲见清末之朝野政事、掌故轶闻，尤以甲午前后的内容为多：如揭露王朝政治腐败、经费拮据、卖官鬻爵，慈禧太后阴险残暴、靡费享乐；讥讽甲午三军败绩，割地求和等。本书文笔简练，描写生动。有石印本传世，后被收入《近代史资料》1981年第1期。

■**顾铁卿** 清代笔记小说作家。生卒年不详。名禄，字铁卿，号茶磨山人。籍里不详，疑为吴（今江苏苏州一带）人。从为其书作序之文人名士看，疑作者曾出仕为宦或任过教职。其他生平仕履不详。

清嘉录 清代笔记小说集。十二卷。顾铁卿撰。本书是作者在二十五岁丁母忧时，"闭门却轨，日与父老谈吴趋风土，目之所见，耳之所闻，则寄诸子墨。以资歌咏，以助剧谈。阅数年积若干帙，都为十二卷"（见本书宛山老人序）。书中十二卷，一月一卷，记当月的节令、岁时、礼俗等，不少杂以吴越之地的民间传说。每则正记后有作者所作的"案"以补之。其用功之勤、搜罗之富、描写之细，优于当时所有的岁时著作。如卷一《新年》，写士女游寺观之盛状，乡人争买年画年货之熙攘，百戏杂耍之绝技，如耍猴、相扑、拉洋片、口技之妙幻等，可谓描写绘声绘色。成书后，"宛山老人"于道光十年（1830）六月朔日为之作序。此年疑为本书初刻之年。同时作序的还有"剑峰老人日新"。序后有作者写的"例言"。后有当时名人如何一山、蒋赓壎、陆準、陆伟堂、卢宝传、蒋如洵等十三位为之"题词"。

本书初刊于道光十年（1830），现传世版本以《笔记小说大观》本为优。

■**褚可宝**（1845—1903） 字迟菊。浙江杭州人。同治举人。光绪初补江苏昆山知县，卒于官。他博览群书，尤精天算。著有笔记小说《畴人传三编》七卷。

畴人传三编 清代笔记小说集。七卷。褚可宝撰。"畴人"是古代对天文历算学者的称谓。本书成于光绪十二年（1886）。卷一、卷二记清初至道光二十年已故算学家、天文家三十人；卷三至卷六续记道光二十年以后已故畴人三十一人，附二十七人；卷七记女天文学家、数学家三人，附西人十一人、中人五人。各传记叙详略有致,传后均有简论评述。本书曾被刻入《南菁书院丛书》中,另有《国学基本丛书》四编合刊本传世。1955年商务印书馆出版了铅印本。

■**许仲元** 生卒年不详。云郡(江苏丹阳)人。于道光丁亥年(1827)罢官,"羁栖武林柳泉"(今杭州)。著有笔记小说《三异笔谈》四卷。

三异笔谈 清代笔记小说集。四卷。许仲元撰。本书所记为清康熙朝掌故、往代轶闻和奇人异事,故称"三异"。作者以文载道,以记说教,如"濮童"条,记安徽全椒濮姓童子因天灾流落浙西,年仅十岁,待人彬彬有礼,颇有教养,感动了当地官吏蒋某,蒋捐三千两银购山芋以巨船运到南徐以赈灾。作者感叹:"濮童一村竖耳,一念之孝足以上感太守;峨峰(蒋某)先生,即以一念之仁应之,惠且及一郡,使数万家咸被其泽。仁人之言,其利溥哉!孝弟也者,其为人之本欤!"书中亦有一些记载当时传入中国之鸦片、西洋巧器等。有清刻本传世。1936年上海大达图书供应社出有排印本。1983年江苏广陵古籍刻印社出版有新本。

■**慵讷居士**(生卒年不详,生活在清道光年间) 姓名、字号、籍里和生平皆无载记。曾撰有志怪小说集《咫闻录》十八卷(一作十二卷)。他一生最大的兴趣是搜求奇闻怪事,阅读和研究各代的志怪小说,受《聊斋》的影响尤深。他无论走到哪里,都要专门找人谈神说怪、述异讲奇,然后把搜集来的故事,逐次用文言写出来。他的文字精练简洁,长于叙事,笔下的故事生动完整,人物性格传神。此书刊刻于道光二十三年(1843),今传于世。

咫闻录 清代笔记小说集。十二卷。慵讷居士撰,其真实姓名不详。本书是作者于清道光癸卯年(1843)病卧广州时,据往日耳闻目睹之怪异轶事记述而成。全书二百五十余篇,记怪括异,意在劝善惩恶,有《阅微草堂笔记》之遗风。如"秘戏图"条记某画工因画春宫淫画而目盲;"刘芜"条写一长舌妇好搬弄是非,因一小事导致刘芜一家四口死于非命,后遭雷殛而死。其他如"妓报"、"阴鸷举人"、"鸡毛鬼"、"混报入祀乡贤"、"改恶报"等均宣传因果报应。有些篇章描写普通人的奇能异事,如"谈三"条写一盲人能五官四肢并用,演奏多种乐器。书中故事大多情节曲折,语言明畅。本书曾被收入《笔记小说大观》中,1984年江苏古籍出版社据此出版了影印本。

■**汤用中**(生卒年不详,约活动在清道光年间) 生平、籍里均不详。著有笔记小说集《翼駉稗编》八卷。

翼駉稗编 清代笔记小说集。八卷。汤用中撰。本书记清道光以来杂事轶闻,多系作者平时耳闻目见;亦涉及明末清初名人轶事,如明末黄得功,康熙雍正朝的年羹尧、李光地、桐城张氏等人的遗闻轶事。其中记长卢盐商查氏发迹等事,大多资料真实可靠。书中较多的志怪述异之篇,如"猫异"、"鳖怪"、"婢拒僵尸"、"恶僧淫报"、"剑仙"、"鬼火"等,虽有借奇喻理、以寓劝戒之意,但大多情节荒诞,寓意浮浅。有道光二十八年(1848)刊巾箱本传世,徐廷华曾有评语。

■**梁恭辰**(生卒年不详,活动在清道光咸丰年间) 清代笔记小说作家。字敬叔。福建福州人。其父梁章钜是著名的文学家和笔记小说作家。恭辰少习举业,虽学习重点在于制义,然自幼耳濡目染其父的文学创作,也钟情于小说创作。后随侍游学二十年,足迹几遍天下,官至浙江温州知府,但始终未忘撰写小说。据《中国历代笔记小说要目》著录,他撰著的笔记小说有:《北东园笔录》四编,每编六卷,共二十四卷;《劝戒近录》(又名《池上草堂笔记》)九录,每录六卷,共五十四卷(《中国文学家大辞典》作二十四卷);《广东火劫记》一卷。其笔下多为因果劝戒的故事。

北东园笔录 清代笔记小说集。分初、续、三、四编,每编六卷,共二十四卷。梁恭辰撰。本书上自搢绅,下逮里巷,凡有关世道人心的皆广采博收,意在劝戒惩邪。《笔记小说大观》在介绍本书时说:"其事近而可考,其言信而有征,不但足资劝戒,且可识前言往行。"比如"孽海"、"孝子有报"、"孝友大魁"、"至孝感神"、"贞女明冤"、"施药得报"等条,皆录惩恶劝善之意,以补儒教之不足;每则故事均通过具体事例宣扬因果报应,情节荒诞,写法简单,有较重的迷信色彩。传世有清同治五年(1866)许义文斋刻本,曾被收入《笔记小说大观》中。1983年江苏广陵古籍刻印社出版了排印本。

■**方浚颐** 生卒年不详。清代笔记小说作家。字子箴。安徽定远县人。道光进士,官至四川按察使。著有《二知轩文集》,笔记小说集《梦园丛说内篇》八卷、《梦园丛说外篇》八卷。

梦园丛说 清代笔记小说集。分内篇八卷、外篇八卷。方浚颐撰。作者生活于清末,国家内忧外患,他深感时局之艰困、战乱之痛苦。本书内篇仿《庄子·内篇》的体例,畅叙对于时局、社会的感受和自己多年蕴集之忧愤。作品中大至天地山川,小到飞潜动植,都用于寄托情感;多次写到洋人入侵,对国家御敌不力感触良多,表现出强烈的爱国之情;书中间亦论及文学。外篇多记朋友所述之奇闻异事,立意在于劝惩。内篇笔意妖娇,富于变化;外篇则质木无文。传世版本有清同治十三年(1874)扬州刊本。

■**缪艮** 生卒年、生平、籍里均不详。曾泛舟杭州西湖,在西冷桥畔艳遇一女子。笔记小说集《泛湖偶记》便是缪艮对此段艳遇的演绎。

泛湖偶记 清代笔记小说集。一卷。缪艮撰。本书为作者艳遇之记述。他在"自序"中说:"丁未(1847)夏,予泛棹西冷桥畔,别舟坐丽人斜露背影于蓬窗外,风鬟雾鬓,恍如神女凌波。"作者对这一女子十分倾慕,并创作了数首词以表达自己的感情。后闻丽人迁至吴中。三年后作者又偶步湖堤,为一小鬟招引,再次见到所倾慕之女子。女子也向作者表达了爱慕之情,并吟诵了他的词作。二人坐谈良久,成为"文字交"。文中描写了两人精神上的交往,文字绮丽。曾被收入《香艳丛书》中,清末民初有上海中国图书公司排印本传世。

■**俞鸿渐**(生卒年不详,约活动在清道光年间) 生平、籍里均不详。著有杂事笔记小说《印雪轩随笔》四卷。

印雪轩随笔 清代笔记小说集。四卷。俞鸿渐撰。本书的形成,如作者在"自序"中谈及:"往余客覃怀,闲居无事,取生平所闻见,拉杂记之,聊以排遣羁愁,初非有意成书也。日积月累,录之得数百条,其中颇多可惊、可愕之事。然皆信而有征,非海市蜃楼,凭空结撰者比。而涉猎之余,偶有所得,亦屡入焉。"本书在记异述奇之中,间论及诗文,其杂记之事颇多有意义者。如"糊涂庙"条记此庙香火独盛,作者引袁枚诗"消受香烟管何事,人间土偶福原多";并感慨曰:"今土偶加以糊涂,其福当不可量。"又如"蔡善人"条记农民蔡某于耕稼之余,维护、修理由居庸关至宣化之路,而不受任何报酬,"闻善人发洪愿誓必尽平其路而后已"。书中一些谈鬼论异之作,也都写得亦幻亦真,形象生动可爱。本书初刊于道光年间。民国时,扫叶山房曾出版石印单行本。

■**焦承秀**(生卒年不详,约生活在清道光年间) 生平、籍里不详。著有笔记小说《青毡梦》一卷。

青毡梦 清代笔记小说集。一卷。焦承秀撰。本书之"青毡"系用《晋书·王献之传》之典,本指士大夫的清寒生活,作者此处借以自喻,意谓在清寒中做梦之记述。作者借梦境抒写世间美事,诸如名花美人、富贵神仙、才华功业等种种奇想,亦寓这些"美事"无非是"南柯一梦",文人记述出来,只不过是"过屠门而大嚼"而已。书中记自己梦中得遇一美少年,知自己昔为蓬莱宫掌仙史,因过谪降凡尘;在少年导引下,他重游仙境之众香国、天柱、银河,受到众仙女的欢迎;不料沉于弱水,被湘江渔人救起,许以独生女娟娘,娟娘仿佛仙女阿娟;后归省,中途落魄,在钱塘被某贵官看中,并将女儿慧娘许以为妻;因不能忘怀功名,从乡举,中进士,立功异域,祭扫南岳,中途过湘江,访娟娘;娟娘已为相思而死,化为奇峰;亟归钱塘,慧娘亦病卧,欲与偕隐鹿门。此时忽醒,原为南柯一梦。此篇情节起伏,描写细腻,有传奇之风。本书曾被收入《小方壶斋丛书》中,另有光绪二十一年(1895)排印本传世。

■**佚名** 真实姓名不详。生平、籍里待考。有文言笔记小说《帝城花样》一卷传世。该书初刊于道光丙申年(1836)。书中记清中叶北京名妓二十余人的品相技艺。清代文人记娼妓之事,多隐其真实姓名,而署以别名,"佚名"当属此情。

帝城花样 清代笔记小说集。一卷。佚名撰。本书是与作者所著之《辛壬癸甲录》等书合并而成的著作。所记为清道光中叶北京著名娼妓二十余人,附八人。作者在书中称:"余作寓公五六年,遂有燕京酒人之目。"征歌买笑,殆无虚日;并据其所见作《辛壬癸甲录》,记檀兰卿等五人;《长安看花前记》记韵香等七人,附二人;《长安看花记》记小桐等八人,附二人;《长安看花后记》记倚云等六人,附四人。凡记之"名花",大抵记其生平,评其色技。后合四为一,名为《帝城花样》,作为"他日走马长安,可以依据求之"的样板。书成后曾被收入《香艳丛书》中,另有清末排印本传世。

■**许宗衡**(生卒年不详,约活动在清道光年间) 生平、籍里均不详。作者曾中进士,入翰林院研修。著有笔记小说集《玉井山馆笔记》一卷。

玉井山馆笔记 清代笔记小说集。一卷。许宗衡撰。本书为作者平时读书心得,间记朝野以及个人日常生活中之琐事。记事虽小但却频引书为证。如谈及待客之道,便引《晏子春秋》之"啬于己而不啬于人谓之俭,啬于人而不啬于己谓之吝"。所谈及食粥、蜂糕、床榻之类亦是如此,以见其举手投足不离圣训。书中亦有可资参考之处,如结合自己书法不佳谈翰林院对书法的重视(作者曾入翰林)、京师称翰林为骆驼的原因等。书中一些篇目大量抄录前人之作,如抄欧阳修《归田录》、朱翌的《猗觉寮杂记》、王得臣的《麈史》、王应麟的《困学纪闻》等书。本书为作者生前所记,去世后未加整理即刊刻。有《滂喜斋丛书》本传世。

■**毛祥麟**(生卒年不详,约生活在清道光咸丰年间) 生平、籍里均不详。著有笔记小说集《墨余录》十六卷。

墨余录 清代笔记小说集。十六卷。毛祥麟撰。作者生活在清末的动乱时期,亲身经历了内忧外患的苦痛,遂将当时的一些重大事件记录整理,以成是书。书中"壬寅避寇小志"篇记道光二十二年(1842)英帝国主义者入侵给中国造成的沉重灾难;"记癸丑沪陷时事"篇写上海小刀会起义,生动传神;"顺天戊午科场案"记咸丰八年(1858)柏俊考场舞弊一案,原委清晰,论断也较公允;"西医"篇记西洋医生看病之法,认为他们长于外科,而内科不如中医。本书文笔清新流畅,可读性强,篇后多有"雨仓君"评语。传世有同治庚午(1870)湖州醉六堂吴氏刊本,后收入《笔记小说大观》,删削为四卷。

■**俞樾**(1821—1906) 清代著名文学家和笔记小说作家。字荫甫,晚号曲园居士,时称曲园先生。浙江德清县人。道光二十四年(1844)恩科举人,三十年(1850)进士,改庶吉士;咸丰二年(1852)散馆授编修,五年(1855)简放河南学政,七年(1857)以御史曹登庸弹劾试题割裂被罢职。樾归乡后,侨居苏州,主讲苏州紫阳、上海求志各书院,而主持杭州诂经精舍时间最长,达三十余年,培养了一大批时负盛名的学问家。他又总办浙江书局,同时建议江、浙、扬、鄂四书局合作分刻《二十四史》,又在浙局精刻子书二十二种,海内称为善本。

俞樾生平专意著述,撰著之书卷帙繁富。主要有:《群经平议》三十五卷、《诸子平议》三十五卷、《古书疑义举例》七卷、《茶香室丛钞》二十三卷、《续钞》二十五卷、《三钞》二十九卷、《四钞》二十九卷、《茶香室经说》十五卷、《诂经精舍自课文》二卷、《经课续编》八卷、《群经剩义》一卷、《达斋丛说》一卷、《儿笘录》四卷、《俞楼杂纂》五十卷、《曲园杂纂》五十卷。此外,还有关于《易》的研究著作《易贯》等九种,共十三卷;关于《诗》的研究著作《诗名物证古》等三种,共三卷;关于《礼》的研究著作《丧服私论》等七种,共七卷;关于《春秋》研究著作《春秋名字解诂补义》等四种,共四卷;关于《四书》的研究著作《论语古注择从》等九种,共九卷。其余杂著称《春在堂全书》,二百五十卷。还有笔记小说集《春在堂随笔》十卷、《九九消夏录》十四卷、《十二月花神议》十卷、《一笑》一卷、《读山海经》一卷、《右台仙馆笔记》十六卷、《隐书》一卷、《续五七枝谈》一卷、《五五》一卷、《广杨园近鉴》一卷、《荟蕞编》二十卷、《耳邮》四卷等。

光绪二十八年（1902），以乡举重逢，诏复原官，重赴鹿鸣筵宴。光绪三十二年（1906）卒，年八十有六。

右台仙馆笔记 清代志怪笔记小说集。十六卷。俞樾撰。作者之妻于光绪五年（1879）病故，葬于钱塘右台山。作者于其墓旁筑室三间，时居于此，"杂记平生所见所闻"，"又征之于人"而成此书，故名。全书共六百六十七则。前四卷大体据作者早年所撰《耳邮》而有所增删。《耳邮·序》中说："大率人事居多，其涉及鬼怪者十之一二而已。"后十二卷则以写神鬼精怪者居多，间有写人事的作品。作者称其书为《搜神》、《述异》之类，一再强调是"志怪之例"。其写人事，不在于搜轶拾遗，补正史之阙，而着眼于人事之奇异，故从全书看，属于志怪小说。其记事方式仿纪昀的《阅微草堂笔记》体例。作者为当时学问大家，见多识广，又多方搜求，故其书内容广泛，涉及社会各个层面。就全书来看，能全面反映十九世纪下半叶中国封建社会的现状，具有一定的资料价值。

本书主要有以下两个特点：

第一，反映官贪吏虐，豪强横行，社会破败。如"道光间某观察"条写制府某公，"素贪黩，馈献不满意，辄中伤之"；下属官员即使清廉者，也不得不枉法积金珠，以备需索。"周镜楼"条借阴间喻阳世，写周"在冥中签押文书，颇能作威福"，包庇罪犯，威胁受害者，举荐同类，可见"冥间营营，亦与人事无异矣"。"丹徒沈某"、"萧山某甲"二条均写讼棍交结吏胥，把持词讼，谋不义之财。"德兴镇毛某"条则写地方豪强势力横行，致使民风凋敝，社会破败。"贾慎庵"条写帝国主义勾结清朝官吏，倾销鸦片，榨取民脂民膏，实为国家民族的浩劫；并记林则徐等有识之士大声疾呼禁烟的事实。

第二，妇女题材多，对她们受压迫、欺凌的命运寄予同情。"谭某"条中写谭某与周女私奔，周母因之自杀，女后来亦中邪服鸦片而死。作者说："余谓此女背母而逃，致母以死，死固其分，非必鬼母为其祟也。"其他志怪小说中习见的人鬼之恋，此书中则很少见，偶尔涉及，结局也不好，如"胡宝"条即是。"宁波唐母"条反映在封建宗法统治下，妇女地位极为低下，遇荒年往往被典被卖的"典妻"现象，反映了下层人民的悲惨遭遇。作者虽不主张婚姻自由，但作品中批判害人的封建礼教，表现了青年男女对婚姻自由的向往，如"婉如与仙槎"、"浙右某生"等；在"鄂人王慕堂"条中对妓女不为利诱，拒接富客，而倾心于一穷书生的行为予以赞扬。

本书还有其他可肯定之处。如赞扬市井细民的优良品质，侠义可风；批评忘恩负义的行为，痛斥市井骗子，抨击世风浇薄；揭露僧道术士的骗术劣迹，诉说神佛偶像的虚幻，谴责浙江溺女的恶俗等，均有一定认识意义和社会价值。

书成后有《春在堂全书》、《申报馆丛书》本传世，民国年间上海朝记书庄有石印本。

荟蕞编 清代笔记小说集。二十卷。俞樾编纂。编者认为，大人先生不患无传记可传，"惟匹夫匹妇一节之奇，往往淹没不著，诚私心悼之。流览诸家文集，随手摘录，积久遂多，不忍遂弃，箧而藏之。昔郑虔采集异闻成书四十卷，名曰'荟蕞'。言多小碎之事，如草之小而多也。辄袭其名题之简端云"。本书中所取多普通人之事，包括农人、市民、手工业者、商人、仆夫、劳动妇女，以及生活在社会下层的文人等。作者撷取他们"感发人之善心，惩创人之逸志"的言行，荟为一编。不少篇后借"曲园居士（俞之号）曰"加以评骘，每篇之后还详记其出处，便于查找考证。本书初刊于光绪年间，传世版本有上海《申报馆丛书》本等。

■王韬(1828—1897) 清代笔记小说作家。原名利宾，字懒今，后更名韬，字仲弢，一字紫铨，号天南遁叟。江苏长洲（今苏州市）人。幼年广读诗书，才大学博，十八岁中秀才，二十一岁去上海。道光末年(1850)，英人麦都同（亦有译为麦都思）设立墨海书馆于沪北，王韬被延聘主持笔政。其间与李善兰、蒋敦复时有诗酒往来，时人目为"三异民"；善画者胡远，还为他们绘成了《海天三友图》。咸丰三年(1853)，太平军先后攻克南京、扬州，小刀会起义分别占领了嘉定县和上海县，上海一时人心惶惶。王韬等思想倾向太平军。直到同治元年(1862)，李秀成率军进攻上海，王韬与蒋敦复决定谋划响应太平军。因为事情败露，遭清廷通缉，王韬只身逃往香港。在港期间，受英人延聘翻译《五经》。后出游英、法、日诸国，于1874年回到广州，创办《循环日报》，鼓吹变法图强。光绪九年(1883)以养疴返沪，主持格致书院。筑园城西，名曰弢园，一面娱老，一面著述，在此直至老死，终年七十岁。

王韬的著述甚多，尤爱撰写笔记小说。所著主要有《弢园诗文集》、《蘅华馆诗录》、《尺牍》、《海陬冶游录》、《普法战纪》、《左氏传集释》、《春秋朔闰考》、《春秋日食辩正》、《皇清经解札记》，以及笔记小说《瓮牖余谈》八卷、《花园剧谈》二卷、《遁窟谰言》（又名《遁叟奇谈》）十二卷、《淞滨琐话》十二卷、《淞隐漫录》十二卷、《眉珠庵忆语》一卷、《瀛壖杂志》六卷。在这七部小说中，以模拟《聊斋》体例写成的《遁窟谰言》、《淞滨琐话》、《淞隐漫录》三部影响较大，共有三百零三篇作品，其中占比重较大的是描写男女恋情和妓女生活的作品。

瓮牖余谈 清代笔记小说集。八卷。王韬撰。本书历述清代末叶东洋日本和西洋诸国的种种奇闻异事，虽说是东鳞西爪，但据实直书，具有很重要的史料价值。如记太平天国革命史事，载有作者亲见李秀成被俘后之供词。作者参阅外国报刊、书籍所载资料及太平天国文书，对太平天国爆发原因、进军情况等作有概括和分析，可作研究参考。书中还对世界大势作了研判。本书虽带有一定的扬清抑夷的思想偏见，然由于作者居住香港，又到过英、法、俄、日等国考察，创办过《循环日报》，宣传变法图强，思想观念优于一般国人。在书中的"煤矿论"、"南洋海岛"、"花旗善法"、"新壁西半球记"、"培根记"、"海运说"、"印度叛英"、"俄国弊政"、"英国兵数"、"英国海防"、"西儒实学"、"外国牙科"、"英国大轮船"等条中，除记实外，均提出自己的新鲜之见。全书文笔清新隽逸，叙述流畅，可读性强。传世有光绪初年申报馆尊闻阁主人刊行本，之后上海进步书局重印。1993年巴蜀书社出版了《中国野史集成》影印本。

海陬冶游录 清代笔记小说集。正集三卷，附录三卷，余录一卷。王韬撰，曾题"淞北玉鱿生撰"。本书记上海与歌妓舞姬有关的种种事物，书中的"海陬"即指今之上海市。上海从十九世纪中叶以来，日渐繁荣，歌楼舞肆亦日益增多，成了清末的"销金锅"。书中不少条目揭露了中外达官贵人纸醉金迷的腐朽生活，描写了妓女的悲惨遭遇以及日渐强盛的"洋风"对她们生活的影响。本书描写生动细腻，文笔流畅。传世有光绪戊寅年（1878）眉珠小庵铅字排印本，后收入世界书局1936年排印的《章台纪胜名著丛刊》本中。

遁窟谰言 清代笔记小说集。十二卷。王韬撰。本书是作者刻意学习蒲松龄《聊斋志异》体裁风格所收集的传奇体文言小说集，以男女之情为主要内容，也有不少篇章写具有奇技异能剑侠的故事。如"奇丐"条，写一乞丐武艺高强，娴于屯兵征战的故事；"江楚香"条写一女侠武艺超群，断退路击盗的故事；"剧盗"条写俞骧衢和剧盗二人力大无穷的故事；"碧衡"写女侠碧衡鄙视八股文，认为文人习此无用于世，她精于用兵行阵之法、奇门遁甲和符篆咒语，可以用兵打仗，也可以役鬼招神。这些都反映了作者在战乱时代对弭乱人技、以勇制邪的希冀。本书有上海《申报馆丛书》本传世。

淞滨琐话 清代笔记小说集。十二卷，五十九篇。王韬撰。本书继承《聊斋》笔法，于曲折的志怪故事中，构造奇境幻遇，刻画了不少灵狐黠鬼、花妖木魅的形象。这些故事，有的反映青年男女的婚姻爱情生活；有的反映清末官场的腐败黑暗，具有强烈的批判性；有的表现佛家的因果轮回的理念，寓意于劝戒；有的表现道家寻仙长生的思想，沉溺于隐逸。书中大量写烟花粉黛之事，而且直书作者与妓女狎游的情况。全书语言骈丽而富有文采，写闺房女子的调侃语，惟妙惟肖；写三峡的景物、钱塘江潮的盛况，优美传神。书中夹杂的数百首诗词，为本书增添色彩。本书于光绪十三年（1887）成书后，有多种排印本流传。1986年齐鲁书社出版了刘文忠的校点本。

淞隐漫录 清代笔记小说集。十二卷。王韬撰。本书又名《后聊斋志异图记》。书中各篇，曾从1884至1887年先后在《申报》发行的《画报》上刊载，共一百二十一个故事，内容庞杂，范围广泛，多数为作者亲历之事，一小部分为传闻轶事或敷演历史而成。作者云：此书为晚年定居上海，"酒阑茗罢，炉畔灯唇"，"追忆三十年来所见所闻可惊可愕之事"而成。鲁迅在《中国小说史略》中评道："其笔致又纯为《聊斋》者流，一时传布颇广远，然所记载，则已狐鬼渐稀，而烟花粉黛之事盛矣。"由于它是作者随写随发表的一时消遣之作，所以其内容、体裁、文字，都不尽统一。但从所选题材看，写烟花粉黛的篇章占了大多数。作品对青年男女大胆追求自由、美满、幸福的爱情和婚姻予以持肯定和称颂，如"莲贞仙子"、"杨素雯"、"冯香妍"、"陆碧珊"、"沈荔香"、"钱惠苏"、"吴也仙"等。有的作品歌颂了女性守身如玉、宁死不屈之刚烈，或讲述她们巧设妙计，雪冤报仇的故事，如"吴琼仙"、"贞烈女子"、"周贞女"、"李韵兰"、"媚黎小传"、"鲍琳娘"、"玉儿小传"等。书中写烟花女子的篇章，虽不乏游戏之作，但像"心侬词史"、"夜来香"、"丁月卿校书小传"、

"清溪镜娘小传"、"合记珠琴事"各篇,真实地写出了妓女的悲惨生活,揭露、控诉了那个时代黑暗的娼妓制度,字里行间,流露出作者对这些不幸女子深深的同情。本书另一个显著特点是,有一些篇章描写了英、法、日本等国的社会生活、风土人情,不但开拓了文言笔记小说新的题材领域,让人耳目一新,而且反映了作者在当时封闭的社会环境下,"睁开眼睛看世界"的新观念。书中不论是写狐鬼花妖,还是反映现实生活的作品,都讲求情节的跌宕曲折,有较强的艺术感染力。个别篇章,可能是仓促命笔,缺乏应有的艺术雕饰。

本书各篇在《画报》上发表时,每期一篇,并配有图一幅,之后由点石斋汇集成书,由当时著名画家吴友如和田英配上新绘插图,石印出版。1983年人民文学出版社印行了新本。

■**宣鼎**(1832—1880) 清代笔记小说作家。字子九,号瘦梅。安徽天长县人。幼颇聪慧,博览群书,工书善画,性好佛老。二十岁时,家道中落,曾在上海以卖画为生。其他生平事迹不详。其文学著作有《粉铎图咏》、《返魂香传奇》,以及笔记小说集《夜雨秋灯录》八卷、《续录》四卷。两部笔记小说集撰写于晚年,共收入小说二百三十篇,是清末笔记小说集中的上乘之作。前八卷刊刻于光绪三年(1877),后四卷(《续录》)刊刻于光绪六年(1880)。

夜雨秋灯录 清末笔记小说集。十二卷。宣鼎撰。本书承继《聊斋志异》的传统,但所记神鬼精怪的故事较少,多于情节离奇的旧事轶闻的描叙中,抒发作者对人生、对社会、对伦理道德的褒贬和感慨,持论比较积极。全书文笔简洁,辞采焕然,寓庄于谐。书中以两卷四十篇的篇幅写冶游艳遇、烟花粉黛之类故事,并杂以诗词抒怀,反映了清末南方都市的一种社会风貌和作者的情趣。

书中的"长人"篇,怒斥外国侵略者对中国人的肆意凌辱;"父子神枪"、"白长老"、"蛇膈"等篇,对封建统治者、地主阶级惨无人道的暴行进行了血泪控诉;"卖高帽子"等篇辛辣讽刺官场的阿谀风气;"铁簪子"、"刀背刻辞"、"绿蓑钓叟"等篇则鞭挞了家庭中因争财霸产而尔虞我诈、互相残害的丑恶行径。书中"桑儿"、"刑房吏"、"闺侠"等篇中之主人公品德高尚,令人钦佩;"麻疯女邱丽玉"歌颂了青年男女的真挚爱情。作者驾驭不同艺术体裁的技巧比较娴熟,巧于剪裁,精于布局,使故事情节曲折,波澜起伏,常给人出乎意表、匪夷所思的艺术效果;一些寓言体篇章,想象奇特、丰富,浪漫主义色彩较浓;全书文字朴实无华,不事雕琢。在仿类《聊斋》风格的作品中,本书属上乘之作。

本书历二年书成。有光绪六年(1880)刊本,蔡尔康、何镛作序,收入《申报馆丛书》中,之后多次翻刻。1987年时代文艺出版社出版了新式点校本。

■**薛福成**(1838—1894) 字叔耘,号庸庵。江苏无锡人。自幼广览博学,致力经世实学,尤轻八股。同治六年(1867)中江南乡试副榜。后广泛接触洋务,关心国事。曾参曾国藩幕,为当时"曾门四弟子"之一。曾国藩去世后,薛一度进入苏州书局。光绪元年(1875)上《应诏陈言疏》一举成名,随即入李鸿章幕,成为李的主要文胆。1879年写出著名的《筹洋刍议》,主张变法。后任浙江宁绍台道,最后任出使英、法、意、比等国大臣,极力介绍西方科技政俗,主张变法维新。在回国途中病逝于上海。他的著作基本上收入《庸庵全集》中,另有笔记小说集《庸庵笔记》六卷。

庸庵笔记　清代笔记小说集。六卷。薛福成撰。作者曾为清末桐城派成员,善属文。他做过外交官,熟悉洋务。本书主要记载道光、咸丰间中国近代史上的一系列重大事件,如鸦片战争、太平天国战争、第二次鸦片战争等。书中以大量篇幅歌颂镇压太平天国运动的将领和地方官吏,如"江忠烈公殉难庐州"写江忠源守庐州事,"张忠武公逸事"记太平天国叛将张嘉祥生平经历,生动地刻画了张氏善变、见风使舵的品行。书中在记载历史事件时夹杂有许多迷信传说。本书于1897年遗经楼刊有巾箱本,民国间上海商务印书馆出版有排印本。

■**吴绍箕**　清末文学家。生平、籍里不详。晚年奔走四方,倍感战乱之苦。后"豁然顿醒",创作了笔记小说集《四梦汇谈》(含《尘梦醒谈》一卷、《笔梦清谈》一卷、《劫梦泪谈》一卷、《游梦倦谈》一卷)。

四梦汇谈　清代笔记小说集。四卷。吴绍箕撰。本书初撰于光绪初年(1875)。作者备经丧乱之后,对"生平阅历、耳目之见闻"记录下来,分类汇辑,成为《笔梦清谈》、《劫梦泪谈》、《尘梦醒谈》、《游梦倦谈》。每"梦"为一卷,各有所寓。各书均随竣随刊,均有单行本传世,后汇为一书。光绪乙卯年(1879)由上海申报馆刊行,收入《申报馆丛书》中。

(尘梦醒谈)　清代笔记小说集。一卷。吴绍箕撰。作者晚年疲于奔走四方,后"豁然顿醒"。这时他感到世情淡薄,毫无意趣,一切努力挣扎,皆如过眼烟云,这是本书取名之意。全书以周官锦之"素大王本纪"、"李先生世家"开篇。所谓"素大王"、"李先生"系衍袁枚《子不语》中的"天下事,理主三分,数主七分"之说。"素大王"即"数"也,"李先生"即"理"也。"素大王""不喜谈礼法,其行事若不经意,凡宇宙之蕃变,古今之推迁,悉以大王为之主,大王皆随意而行之而无所容心焉。故往往错而不觉,人又称之错大王。""李先生"则代表了纲常名教,道统心传,但往往为"素大王"所左右。这两篇戏谑之作反映了处于封建末世的文人士大夫对前途失去信心。书中也有不少搜奇记异之作,如"蛇妖"、"产异"、"捉鬼"等等。

(笔梦清谈)　清代笔记小说集。一卷。吴绍箕撰。本书为作者之《四梦汇谈》之一,乃作者少年时"弦诵自如"(读书学习)时所作。文中多记奇闻异事,带有志怪括异的色彩。如"高邮狱"条记当时吏治的黑暗;"社戏"记当时浙江农村的风俗,亦有认识价值和可取之处。有些条目后附有"梦谈生"的评语,为作者之评。

(劫梦泪谈)　清代笔记小说集。一卷。吴绍箕撰。本书写于咸丰同治间,作者详细记录了太平天国起事过程及江浙一带清兵与义军的战争实况。当时作者的叔祖吴文洲在广西为官,参与镇压起义。书中"粤匪初起五则"即源于吴文洲眷属所言,具有一定的参考价值。其他如"金陵失陷"、"上海城变"、"湖城初警"、"杭州初陷"、"苏常继陷"、"贼焚琎市"、"起造伪府"、"兵团相仇"、"大全水师失利"、"绍兴失守"等重大事件皆为作者所亲历,记录生动详细,有重要的史料价值。作者站在清政府立场上，对义军多有蔑词。

（游梦倦谈） 清代笔记小说集。一卷。吴绍箕撰。本书写于太平天国起义失败后，历经战乱的江浙一带，一派荒凉和萧条，民不聊生。作者笔下十分生动地再现了扬州、杭州等地的劫后惨状。如"平山堂"、"梅花岭"、"湖心亭"等条。"克复金陵"条详细地记录了清将曾国藩等人攻入南京的过程。虽然作者站在清廷的立场上，但对清兵入城后纪律败坏、烧杀掳掠的暴行及劫后的南京惨状多有披露。

■**见南山人** 清末人。真实姓名、生平、籍里均不详。有文言笔记小说《茶余谈荟》二卷传世。

茶余谈荟 清代笔记小说集。二卷。见南山人撰。作者生活于太平天国战乱时期，倾慕那些文武双全、能治国安邦的英雄人物。在本书上卷中，除塑造许多出类拔萃的青年男女形象，讲述他们的爱情故事外，还着力突出那些"百人敌"、"万人敌"的勇士形象，注意通过人物语言和行动的描写来表现其性格特征。下卷则杂记所闻所见的奇人奇事；这类作品很少描写，近于志怪述异体。本书成于光绪己卯年（1879），有上海《申报馆丛书》排印本传世。

■**宫疃仙**（生卒年不详，约活动在清道光年间） 生平、籍里均不详。著有笔记小说集《梁园花影》三卷。

梁园花影 清代笔记小说集。三卷。宫疃仙撰。本书记录和品评河南开封（古称梁园）之著名歌姬舞妓，分正、补二编。正编记王双凤、张黛云、金兰等三十余人；补编记色艺次之的十余人。本书以品评妓女的色艺为主，格调不高，但表达了作者对众妓女不幸遭遇的同情。本书最早有清道光丙午年（1846）春雨草堂刊巾箱本，后收入上海《申报馆丛书》。

■**采蘅子**（生卒年不详，约活动在清道光同治年间） 清代笔记小说作家。采蘅子，姓宋，名不详。仕履无考。据其笔记小说《虫鸣漫录》记载，他曾于道光乙未年（1835）谒选入都，可见其曾出仕为官；庚戌（1850）冬日，曾"奉檄调赴粤办矿，寓豫章旅舍"。小说中多记江南诸省遗闻轶事，以两湖、两江为最多，估计他曾寓旅江南为宦。所撰《虫鸣漫录》二卷，颇有特色。前小半部为考证之学，其余大多为有清一代的文人遗事及神怪灵异记载，属杂记类笔记小说。

虫鸣漫录 清代笔记小说集。二卷。采蘅子撰。本书多记公案，其中不少故事情节曲折跌宕、扑溯迷离。如据"陆梅溪所言"的某女谋害亲夫的故事，写某女蓄谋数年以杀害其夫，连日夜厮守在身边的婆母都被瞒过，而且还盛赞其孝，左邻右舍也无不称其为"孝妇"；直至一天其罪行被无意中发现，方真相大白。本书亦有一些谈艺论学之作，所述道论颇符合实际。本书的初刊本已难寻，传世的仅上海《申报馆丛书》本。

■**吴沃尧**（1866—1910） 清代著名文学家和笔记小说作家。字小允，又字茧人，后改趼人（据

《新庵笔记》云:"某女士为画扇,误署茧仁,趼人叹曰:'僵蚕我矣!'亟易为趼人。"),自号我佛山人。广东南海(今广东佛山市)人。沃尧出身于书香门第、仕宦之家,从小受有良好的家庭教育,其身躯伟岸,气宇轩昂,惟患有近视眼。光绪八年(1882),父亲吴升福死于浙江宁波一个九品官的任所。十九岁流寓上海,在江南军械制造局谋得月薪八金的缮写工作,同时又以为报刊撰写小品、小说谋生。每有所作,下笔万言,不加点窜,全在夜间写作,天明开始休息。在饮食方面,常以酒代粮,最长时间一个多月不食一饭。从光绪二十三年(1897)起,开始以主笔的身份在《字林沪报·副刊》和其他报纸上发表文章。光绪三十年(1904),先后写出长篇小说数种,投寄到日本横滨梁启超主办的《新小说》月刊发表,计有《电术奇谈》、《九命奇冤》、《二十年目睹之怪现状》。从此名声雀起。光绪三十一年(1905),在汉口(今湖北武汉市)主笔《楚报》。此报为美国人主办。因美国政府拒绝废止歧视性的《限制来美华工保护寓美华人条约》,他愤然辞职返沪,开始主编《月月小说》。先后发表了《劫余灰》、《发财秘诀》、《上海游骖录》等小说,同时在《指南报》上发表了《新石头记》。光绪三十四年(1908)担任上海广志小学校长,忙于校务,著述遂少。宣统元年(1909)撰成《近十年之怪现状》二十回,为清末四大谴责小说之一。次年九月患急病卒。

沃尧一生的小说著作很多,除上述八种之外,别有《恨海》、《胡宝玉》、《俏皮话》、《新笑史》、《新笑林广记》、《两晋演义》、《瞎骗奇闻》和《还我灵魂记》等八种。另外,还有文言笔记小说集《趼廛剩墨》十七则、《趼廛笔记》七十三则、《札记小说》五十六则、《中国侦探案》与《上海三十年艳迹》等。花城出版社1984年出版的《我佛山人短篇小说集》,基本上包括了上述五种笔记小说的内容。

我佛山人笔记四种 清代笔记小说集。四卷。汪维甫编辑,南海吴趼人著。卷一为《趼廛随笔》,卷二为《趼廛续笔》,卷三为《中国侦探三十四案》,卷四为《上海三十年艳迹》。

(趼廛随笔) 又称《趼廛笔记》。七十三则。载于汪维甫收辑的《我佛山人笔记四种》卷一。原署"南海吴沃尧趼人"撰。本书内容复杂,不少篇目写怪异故事。其中记八国联军攻陷北京的作品,颇有资料价值。如"纪痛"条,以其父死里逃生的经历,痛斥咸丰十年(1860)英法联军侵入北京时的暴行,"一日之间,火烧数处,海淀民居,已无完土"。篇末的"趼人氏曰"抨击西方资本主义所标榜的"文明",其实是野蛮的侵略烧杀。另如"伥鬼"条,写清远一妇人被虎食为伥,先托梦诱其子入山饲虎,后又引虎至其家。作者在篇末云:"谚有云,虎毒不食子。伥其毒于虎哉!虽然,彼伥而既鬼矣,失其本性,又何足怪。吾独怪夫今之伥而人者,引虎入境,脔割其膏腴,吃食其血肉,恬不为怪,且忻忻然自以为得计。若是者,殆人其面目,而鬼其肺肠者也。"借写伥鬼以喻那些比伥鬼更历害、危害更大的汉奸引虎入境,祸害同胞的罪行。与此同时,作者又热情歌颂那些具有民族气节的人物。书中也有不少封建说教和迷信的内容。本书有1911年上海广智书局出版的排印本。1984年花城出版社将之收入《我佛山人短篇小说集》中。

(趼廛续笔) 又称《趼廛剩墨》。十七则。载于汪维甫收辑的《我佛山人笔记四种》卷二。

原署"南海吴沃尧趼人"撰。本书作品曾先行于1907年至1908年陆续发表在《月月小说》上,后收入《趼人十三种》,即《趼人丛谭》,其内容大都取材于现实生活中的轶闻奇事。如"借对"中"余曾拈奥相'梅特涅'三字,以对吾国相'李鸿章',盖妙在'特'为兽名也"。作者谈鬼说异,其创作态度是"姑妄言之,姑妄听之,有时或转足以搏一噱,似犹胜于枯坐无聊也"。从本书的内容上分析,其创作成就不如沃尧其他笔记小说作品。1984年花城出版社将之收入《我佛山人短篇小说集》中。

(上海三十年艳迹) 载于汪维甫收辑的《我佛山人笔记四种》卷四,署名吴趼人撰。本书记录了三十年来上海的一些杂志琐谈,特别是对勾栏曲院中的娼妓生活描写得比较具体,从一个侧面反映了当时上海的社会现实,揭露并辛辣讽刺了封建官吏的堕落、巨贾富商挥金如土、醉生梦死的腐朽生活,如"李巧玲"篇。但书中也有不少消极无聊的内容。1915年上海瑞华书局出版了本书石印单行本。1984年花城出版社将之收入《我佛山人短篇小说集》中。

(中国侦探案) 即《中国侦探三十四案》。三十四则。本书载入汪维甫收辑的《我佛山人笔记四种》卷三。原署"述者南海吴趼人作"。书中每则一案,演绎一侦探故事,其内容得力于故老传闻,或撮取近人笔记,其中奸杀案、诈骗案为多,也有一些属家庭纠纷案。不少篇目,如"自行侦探"、"蝎毒"等,反映了晚清社会的黑暗。有些作品内容陈旧,缺乏艺术感染力。1906年上海广智书局出版了本书排印本。1984年花城出版社将之收入《我佛山人短篇小说集》中。

我佛山人札记小说 清代笔记小说集。五十六则。署名"南海吴趼人先生"撰。本书作品曾陆续刊载于宣统二年(1910)的《舆论时事报》副刊上,后上海扫叶山房厘为四卷,出版了单行本。书中取材广泛,情节复杂:有街头巷尾奇闻,有文人画家轶事、才子佳人传奇,有奸杀案和文字狱的记载,有节妇、烈女、侠妓、酷吏、豪绅的轶事,还有山川胜迹的描写等等,但思想内容平平。有些篇目,例如"山阳巨案",为清廷残杀革命党人徐锡麟辩解。有些作品歌颂有民族气节的人和事,如"捏粉匠人"条,从匠人"不忍状吾国人之丑态,而张外人之威焰",拒不捏制印捕殴打乞丐造型的作品,表现了民众对侵略势力的仇视,赞扬"蚩蚩小民"的强烈民族意识。1910年上海扫叶山房印刷了本书排印本。1984年花城出版社将之收入《我佛山人短篇小说集》中。

■**李宝嘉**(1867—1906) 晚清著名谴责小说家和笔记小说作家。又名宝凯,字伯元,号南亭亭长,又号游戏主人、讴歌变俗人、澥花客、芋香、北园。江苏武进县人(一作江苏上元,即今南京市人,此从《笔记小说史》)。少擅制义文章与诗赋,曾以第一名考入县学成为秀才,但此后累举不第。光绪二十二年(1896),举家来到上海,先在《指南报》做编撰工作。旋即因报纸停刊,转而另办《游戏报》,此为上海第一张小报,专发俳谐嘲骂之文。不久,又将此报售与商人,于光绪二十七年(1901)三月别办《世界繁华报》,以娼优起居为主要内容,并刊载诗词、小说,影响颇盛。光绪二十九年(1903)五月,应商务印书馆之聘,主编新办之《绣像小说》半月刊,边办刊、边创作。其间曾被荐应经济特科考试,未赴,时以为高。光绪三十二年(1906),患瘵症卒。

宝嘉的主要著作有:《庚子国变弹词》三卷、《海天鸿雪记》六卷、《李莲英》一卷、《繁华梦》一卷、《活地狱》一卷四十七回、《文明小史》二卷六十回、《官场现形记》五编六十回(一本作六编七十六回)。其中以通俗长篇小说《官场现形记》影响最著。另有笔记小说集《南亭四话》和《南亭笔记》十六卷六百二十三则。

南亭笔记 清末笔记小说集。十六卷六百二十三则。李宝嘉撰。作者号南亭亭长,以号名书。作为谴责小说大家,书中锋芒所向,不仅有明珠、和珅、曾国藩、耆英等朝廷大员和一大批地方官吏,还涉及康熙、雍正、嘉庆皇帝;不是"颂圣",而是借记一些琐事揭露其专横猜忌与阴险狠毒。书中反映清廷对外的屈辱妥协,不仅使"天朝大国"的尊严丧失殆尽,而且使皇帝老子在臣民心目中也有失庄严神圣。另一方面,本书又歌颂了关心国家民族命运、不畏洋人、敢于斗争、不惜为国捐躯的爱国志士,认为他们体现民族希望之所在。如"陈天听"条,写陈志在学成报国,恨在"他族入侵",痛在国之"无告",故以其死来激励同胞,"无忘敌寇",救亡图强。

本书现存大东方书局1919年胡寄尘校订的石印本,1983年上海古籍书店据此本影印了单行本。

南亭四话 清末笔记小说集。九卷。李伯元(宝嘉)撰。本书包括《庄谐诗话》四卷、《庄谐联话》三卷、《庄谐词话》一卷、《庄谐丛话》一卷。书中记述的诗词联语,不少涉及清代人物轶事,也不乏抨击和讥刺清政府吏治腐败、官场黑暗的嬉笑怒骂之作。作者一生"见闻广博,学问渊深,词章尤其所长",本书"词话丛话则谐话为多,征君深于词章,纵观泛览,论理有独到之处"(见本书古稀老人"序")。如"郑苏庵诗"、"咏荣禄诗"、"上海四公子"等条均论诗及人,分忠奸、寓褒贬,见识独特。另如"除夜春联"、"不满合肥"、"靰荣相联"、"靰伯俊"、"戏台联"、"靰书吏"等条,以联语为武器,刺奸臣、贪官,歌忠臣廉洁,耐人寻味。词话中如"和尚肥"刺游僧骗财,"某滑头"斥贩毒者狡猾,"富幕"讥二贪吏靠搜刮捐钱买府尹,最后鸡飞蛋打。词话中也有一些无聊之作,如"小足词"、"雄雌鸡相交词"等等。丛话中有不少幽默小品,文笔诙谐而辛辣,颇值得一读,如"日人送行序"、"菊花砚铭"、"祭牛文"、"公使大人"、"刘可毅轶事"等。其中"嫖客自悔歌"、"戒赌赋"等属劝戒之作。"柳如是轶事"则属传记文学,别具一格,颇有资料价值。

本书传世有1925年大东书局出版之石印本,但书内也混入了少量他人的作品。1985年上海书店据大东书局本出版了影印本。

■**程趾祥**(约1862—?) 清代笔记小说作家。名麟,以字行。籍贯本人称"筍溪",疑为福建普安人;又湖南有筍江,待考。曾著有笔记小说集《此中人语》六卷。为之作序的一为吴再福,作于"春申浦东石筍里",一为长洲姚印诠。二人居地均在上海周围。本书为作者"年仅弱冠"时作,以刚二十岁计,书付梓时当为光绪八年(1882),作者约生于1862年。

此中人语 清代笔记小说集。六卷。程麟(趾祥)撰。全书共一百零六篇故事,多为作者平时随手而记的耳闻、目睹、亲历之琐事。其中部分篇目,经过作者的提炼、剪裁,有一定的艺术价值。书中主要记述了光绪年间的上海风俗轶闻。《笔记小说大观》中的本书提要称是书"劝戒互用,间及诗词,多涉美人香车之遗,鸟嬉春寒蛩咽露不是过也。篇中最奇特者为记吴又村曾觐瑶池仙客一事,殆亦有托而言耳"。本书成于光绪八年(1882),曾有刻本传世,后收入《申报馆丛书》。另有上海进步书局的民初石印本。

■**蒋超伯** 清末人。生平、籍里不详。著有笔记小说集《南漘楛话》八卷。

南漘楛话 清代笔记小说集。八卷。蒋超伯撰。本书为读书随笔,涉及先秦两汉典籍为多,不少书籍今已难觅。书中不分门类,征引瑰奇。本书书名比较冷僻艰涩,漘,闷热;楛,粗劣;"南漘楛话",意即居南地在闷热天啃古籍所得之粗劣体会。如书中的"羿禹并称"条,将"诛凿齿"、"杀九婴"、"缴大风"、"上射十日"、"下杀猰貐"、"断修蛇"、"擒封狶",有大功于民,与大禹并称之"羿",和之后荒淫奢侈的有穷氏之"后羿"加以区分。另如"昌黎之诣"条,例举了韩愈作《释言》以诣媚宰相,《示儿》诗教育儿子羡慕功名富贵。"横义"条标记明人笔记敢于记载宫闱秘事和皇帝失德之处,并指明这是清代文人所不敢为的事,以斥责清代文字狱甚于明朝。这些条目均有所见地。但由于作者训诂功夫不到,书中对古文字认识的谬误颇多。本书最早有同治辛未(1871)年雨虞山房刊本。1934年上海大达图书供应社曾出版排印本。

■**邓文滨**(生卒年不详,约生活在清咸丰同治年间) 生平、籍里均不详。出于对社会上丑恶现象的不满,撰写了笔记小说《醒睡录初集》以醒世。

醒睡录初集 清代笔记小说集。十卷。邓文滨撰。据为本书作序的洪联芳云,作者生活在清末动乱时代,对于社会上的"酒食声色、终日昏昏"、"海市蜃楼,毕生梦梦",以及"黄雾迷天,圭罂吹垢,阳世泉台,衣冠禽兽"的醉生梦死现象十分不满,因而著此书以醒世。全书按所记事物分四类,一为天地,皆记天地四时、动植万类之灾异;二为世运,皆记当时社会动乱和战争情状;三为人事,以记朝野遗闻轶事为主,间及志怪括异;四为鬼神,借鬼神幽冥状写民间疾苦。本书夹叙夹议,通过人物语言刻画人物个性,是谓"代人立言,但肖口吻,非必其人实有是语"。本书有光绪间刻本,曾收入《申报馆丛书》中。

■**陈其元**(生卒年不详,约活动在清同治年间) 清代笔记小说作家。字子庄。浙江海宁人。出身于官宦之家,从小受良好的诗书教育。同治初年(1862),经左宗棠推荐出仕,先后任过知县、道员等职,颇有政声。后告老回乡,读书著述以终。撰有笔记小说集《庸闲斋笔记》十二卷,成书刊刻于同治十三年(1874),内容主要为游宦见闻和本家族中的名人轶事。

庸闲斋笔记 清代笔记小说集。十二卷。陈其元撰。作者曾数任知县,广见多闻。本书记述家门盛迹、先世遗事以及游宦见闻、诙谐游戏之事。所记不少民间琐闻细事,颇能反映清末的政治腐败、社会黑暗。如"宰白鹅"条记录了福建漳州、泉州二府顶凶之案极多,富户杀人,出多金以给贫者,买无辜以代死。可见当时吏治、社会之混乱。书中也有不少侈谈风水、门阀,赞颂祖德,诟谇当道显贵和宣扬因果报应的条目,乏善与陈。本书最早有同治间吴氏刊本,曾收入《笔记小说大观》丛书。1984年江苏出版社出版有影印单行本。

■**独逸窝退士**　清后叶笔记小说纂辑家。真实姓名不详。从其辑汇的笔记小说集《笑笑录》的自序(写于光绪五年,即1879年)中可知,他为"吴下人"(似在苏州一带),幼时多病,特别是"每课举业,未逾月则病,病则逾月"。遂弃举业,"学六法、学弈、学诗,甚至焚香偃坐,灌竹栽花";"尤喜浏览说部,上自虞初稗官所志,下逮里巷野老所传,莫不搜讨寓目"。他用三十年时间,"取可资啁噱而雅驯不俗者,笔之于册",终成六卷之《笑笑录》,自称"供我之祛愁排闷而已"。

笑笑录　清代笔记小说集。六卷近千则。独逸窝退士辑。本书为笑话集,从唐至晚清的一百六十多种诸家说部和报刊中选出,是明清各种笑话集中收录最多的一种。所收之笑话,谑而不虐,雅而不俗,寓庄于谐,从不同角度反映了封建社会官场、科场和民间的众生相,多有讽谕、劝惩作用。特别是那些描绘贪婪、凶残、昏庸、谄媚的笑话,更具有积极意义。有些笑话,虽无甚社会意义,在状写人物方面却非常生动传神,如"五行四方对"、"脱口对"、"两生对"等,寥寥数语,使人物活灵活现,令人喷饭。本书曾被王利器先生收入《历代笑话集》中,1985年浙江古籍出版社、湖南岳麓书社分别出版了单行排印本。

■**许秋垞**　清中后期人。生卒年不详。海昌(今广东高州市)人。少学经术,知《易》,善谑。其他不详。著有笔记小说《闻见异辞》四卷。

闻见异辞　清代笔记小说集。四卷。许秋垞撰。作者在书中自序中说:"今余随抄,举凡宇宙间形形色色、怪怪奇奇,既贵于亲朋纳之入,尤贵于笔砚导之出。用是述古人之异,继以近来之异,益以梦境之异。其事虽殊,其所称异者一也。"可知本书所记之异,既有得之于见闻,亦有出自于想象。作者认为异者"不必尽牛鬼蛇神",但本书还是以谈神鬼妖狐者为多,如"篙人鬼圈"、"塑神镇鬼"、"于少保驱鬼"、"大头鬼"、"桃花女斗法"、"妖术"、"阴差"、"仙草"、"狐入皇宫"、"鬼抢馒头"、"狐女迷人"等类条目,在书中占了三分之二。每条文字简短,情节简单,文前均有一七言诗作为提纲。本书曾被收入《申报馆丛书》,另有1935年大达图书供应社出版之排印本。

■**黄钧宰**　清末人。生平、籍里不详。著有笔记小说集《金壶七墨》十八卷,属杂记类笔记小说。

金壶七墨　清代笔记小说集。十八卷。黄钧宰撰。本书以记见闻为主,属琐言杂记类笔记小说。全书包括:《金壶浪墨》八卷,多记道光十四年至咸丰三年(1834—1853)间事;《金壶遁墨》四卷,记咸丰四年至同治二年(1854—1863)间事;另有《金壶醉墨》一卷、《金壶泪墨》二卷、《金壶戏墨》一卷。作者自云:"先后四十年中,时会之复迁,军务之起讫,与夫耳目闻见,可惊可愕之事,生平悲欢离合之遭,按迹而求之,触类而伸之,固已具一斑矣。"本书内容涉及鸦片战争、太平天国战争时期，中国社会政治、经济、文化各个方面，但有些记载采自巷议传闻，降低了史料价值。本书传世版本有清同治十年(1871)刊本。1929年上海扫叶山房出版了石印本。

■**陈庚**　清中晚期时人。生平、籍里均不详。著有《笑史》四卷，沈泰评。

笑史　清代笔记小说集。四卷。陈庚撰，沈泰评。李为在本书序中说："一事不越人伦日用之常，而其言多托子虚乌有之例。以为不如是不足以发人笑。不足以发人笑，必不足令人有所观感而劝善以惩恶。是其体仿效《说林》、《笑林》，而其意则有深焉者矣。"本书多记日常生活中的琐事。如"严恭"条，写儒生严恭"处己待物，事事必规于古，色戒尤严"；结婚后，仍强调男女有别，与其妻分床而居。文中通过其可笑的行为，揭露古代礼制之迂腐。书中每条后均有"觉来子"（作者之号）、"沈六阶"（沈泰字）的评语。传世版本有光绪年间《申报馆丛书》本等。

■**雪樵居士**　真实姓名、生卒年、生平、籍里均不详。有文言笔记小说集《秦淮闻见录》一卷传世。

秦淮闻见录　清代笔记小说集。一卷。雪樵居士撰。南京秦淮河是艺妓娼女云集之地，灯红酒绿，终夜笙歌不绝于耳，也成了文人士大夫日常汇聚的地方。本书专记清代秦淮名妓丽媛和当时士大夫、诗人往来的情况以及互相酬唱之诗文记录。对于袁枚、赵翼、厉鹗、郭麐等名士的风流韵事和艳体诗词均有记载。作者文笔秀丽，善于通过对美人技艺、身边琐事、所喜器物以及居住环境的描写，再现她们的生活景况。

■**易宗夔**(1874—1930)　清末民初笔记小说作家。字蔚儒。湖南湘潭人。青年时代主张改革图强，曾与谭嗣同等人共同创立南学会。光绪三十年(1904)赴日留学。回国后出任资政院议员、法典编纂会纂修。民国初期任中国国民党政事部干事、众议院议员、宪法起草委员会委员、北洋政府国务院法制局局长等。他所撰写的笔记小说集《新世说》八卷，从光绪年间即开始写作，成书刊发于1918年。该书按照《世说新语》的体例，分为三十六门，记述了清初以降、直到民国初年的一些名人轶事，并附有人物小传。

新世说　近代笔记小说集。八卷。易宗夔撰。作者曾留学日本，归国后为国会议员，交结甚广。国会散后，闲居北京，仿《世说新语》体例而编撰此书。作者自称："内分德行、言语、文学、政事等三十六门，上起前清初叶、下迄现今。本春秋三世之义，成野史一家之言。品必取其最高，语必取其最隽，行必取其最奇，重事实而屏虚谭，有臧贬而无恩怨，使阅者流连往躅，雅趣横生。或疑名贤生平，多嘉言懿行，讵借此一言一事以传！不知就此一言一事之微政，如颊上添毫，睛中点墨，但藉以往之陈迹，即可见近日名流遗韵之由来，更可为他日论世知人之一助。"

本书在创作上不像前清作家那样畏首畏尾，担心文字狱的网罗；也不像近代作家那样标榜小说救国，带有较强的功利目的，而是以审美的态度来撷取和记述人物轶事。作品所涉及的内容广泛,人物众多,上自帝王将相,下至市井细民,特别是清代及民初的名人,诸如顾炎武、王夫之、黄宗羲、冒襄、侯朝宗、钱谦益、朱彝尊、王士禛、汪琬、方苞、蒲松龄、纪昀、戴震、郑燮、袁枚、沈德潜、林则徐、龚自珍、秋瑾、蔡锷等,均有事迹叙述。人们从这些人物的精神面貌,可以看到社会的历史进程,以及作者的人格理想和追求。作品的主要特点有二:第一,注重气节,鄙薄势利。如对钱谦益、吴伟业等屈节事清矛盾心理的剖析,对洪承畴、吴三桂引清兵入关的谴责和鞭挞,对香妃矢志复仇死节的赞扬等,可谓入木三分。第二,赞赏才思敏捷,褒扬爱才重才之举。如卷一"语言"类记纪昀智解"老头子"一条,卷二"政事"记陆春江在海任上审一女许三夫案,卷六"巧艺"写王元照培养王翚成才事等均体现了作者的人才观。其他赞扬真情、针砭矫饰,以及用历史的观点审视过去,持论公平的作品,也应予以肯定。

本书在取材上采录前人小说笔记达百余种,不是照抄原书,均是"悉蕑裁而修饰之,俾归为简雅"。有些作品篇幅较长,如香妃、陈圆圆、赛金花的故事,郑燮因贪吃狗肉被赚墨迹、黄建刚借催眠术与祖师斗法等故事,均曲折具体,甚有韵味。可以说,此书在延续千余年的"世说"一脉中,是较为优秀的一部,在清末民初笔记小说趋于衰落时又点亮了一支火把。

本书成于1918年,当年即刊行。今有上海古籍书店影印本传世。后东方出版公司出版了排印本。

■**张大復**(生卒年不详,约活动在同治光绪年间) 清代笔记小说作家。字号不详。吴郡(今江苏省苏州市属)人。少习举业,为县诸生。因苦修制举,一生多病。"好书及色,而性粗浮。"四十岁时,"弃去举子业。人以题请,便欣然为之"。(引文见《梅花草堂集》序)有笔记小说集《梅花草堂集》传世。

梅花草堂集·笔谈 清代笔记小说集。不分卷次。张大復撰。本书疑为作者文集《梅花草堂集》之一部,清末民初由同文书局石印出版,后被收入《笔记小说大观》中。

本部不分卷,每则记事前列小标题,为杂事笔记小说类。作者善于记事,描绘时深藏哲理,发人深省。如"品泉"、"李绍伯夜话"、"言志"、"古人不知痛痒"等。作者摹人物,笔法凝练,往往是一语点睛。如"沈先生"条:"沈先生自言其少时骑马或骡,道遇桥堑,则挟之而走。或言先生能格斗牛,予不敢信。先生笑之曰:'有之,然非牿牛也。'"不足五十字,使沈先生的勇武诙谐跃然纸上。"薛捕"条写海虞善捕盗者薛某,能于丛杂人中发现盗者;其察言观色之技,屡试不爽,通县上下盗者闻之丧胆。书中亦记历代怪异之事,其目的按作者的话说是"微显阐幽,文之道也。予道浅不必微显,但务阐幽"。可见"幽明一理",以幽冥而刺人世是明清文人创作的一大特色。

本书初梓时间不详,传世版本仅见《笔记小说大观》本。

■**黄轩祖**(生卒年不详,约活动在清同治光绪年间) 清末笔记小说作家。生平、籍贯、仕履皆不详。自称云桥人,详细地址待考。著有笔记小说《游梁琐记》一卷。是书记故事十五则,皆河南开封市五十年来之轶事。《说库》提要中说:"作者游踪所至,目击耳闻,事皆翔实,文笔亦极雅饬。"

游梁琐记 清代笔记小说集。一卷。清末黄轩祖撰。本书为作者游梁地(今河南开封市)的所见所闻,共十五则故事,均记人的轶事,记事翔实,文笔清新,在清末笔记小说中可称翘楚。"王天冲"记鲁山人王天冲被逼进山为匪,王进山后不抢民财,专劫富济贫;南阳总兵郭某为财上山清剿,被万般戏弄,狼狈而回,从此发誓"不敢言剿"。"易内奇案"写戴氏女与张生阴阳互通,死而复生,最后终成眷属;虽荒诞却有一定现实意义。"吴翠凤"条记一对恋人忠于爱情,历尽千辛万苦,始终不渝,终得团圆。"段灵"条写朱某为黄河八厅监工,合龙时敛财数百万,后被三劫三起,内中跟班段灵起了关键作用;反映了清末无官不贪的社会现实。传世版本有《说库》本。

■**朱克敬**(?—1887) 清代笔记小说家。字香荪,晚年失明,故自号暝庵。原籍甘肃皋兰(今兰州市)。早岁援例捐官,得任湖南龙山县典史。咸丰十一年(1861)曾在当地抵抗过太平军的进攻。后因病目乞休,于同治十年(1871)到长沙,参与撰修省志,不久脱离。他一生贫穷,是几个友人凑了一千两银子,方得以在长沙定居。他虽位卑职微,但关心国家大事,好议论时政、发表见解。与郭嵩焘友善,曾支持并潜心研究洋务。一生著有《边事汇抄》、《柔远新书》等,另有笔记小说《暝庵杂识》、《暝庵二识》传世。此"两识"皆记清道光、咸丰、同治、光绪四朝遗闻轶事,尤以记曾国藩兄弟、左宗棠、郭嵩焘等湘人最详。其论断取舍,颇具特识。

暝庵杂识(附:《暝庵二识》) 清代笔记小说集。"两识"共六卷。清朱克敬撰。均记清道光、咸丰、同治、光绪四朝的遗闻逸事。尤记湘中诸老尤详。

本书以记事散文的笔法,铺写事迹,设计情节,以小见大,生动传神。"嘉庆己卯"条记湖南湘潭的江西会馆演戏,因语言不通而诟隙,继而争殴械斗,死伤千余人;知县不敢管,巡抚因为系江西人而偏袒乡人。作者竭尽描述,血雨腥风,令人发指。书中多处记载各地乡试、礼部会试之作弊纳贿,直刺封建科考制度之弊端。"光绪三年春"条记曾国荃任山西巡抚时,集众官绅跪薪求雨事,虽荒诞不经,然反映了当时的社会现状。"年羹尧为大将军时"条,记年尊师沈某,但杀人如麻,可见年之暴戾。"浙有某举人入都"条记名医叶天士善治疑难杂症,然不知金山僧更高一等;叶赴金山就僧学医,医术得以大进。"杜女宪英"条,记杜女英武果敢,屡败贼兵,且智谋过人,真乃巾帼女豪。

本书传世版本有《挹秀山房丛书》本、《笔记小说大观》本等。1983年6月岳麓书社将此"两识"收入《近代湘人笔记丛刊》中出版,由杨坚点校。

■**李光庭** 清中后叶人,生卒年不详。号朴园,别号瓮斋老人。天津宝坻林亭口人。著有笔记小说集《乡言解颐》五卷。

乡言解颐 清代笔记小说集。五卷六十四条,李光庭撰。本书曾署"瓮斋老人",当为作者之别号。书中另有所刻印文为"古泉州林亭李",人曾误解为作者籍里,后周作人在《书房一角》中考证,认为"林亭李"即籍贯为今天津宝坻林亭口的李光庭。

本书分天部、地部、人部、物部四部分。作者在书中"自识"曰,"追忆七十年间故乡之谣谚歌诵,耳熟能详者",每多涉笔成趣。另有记述百工技艺、商贾市肆、民俗风物、遗闻轶事,以及戏剧、杂技、曲艺等,皆能言人之所未言,为研究者提供有价值的资料。本书有道光三十年(1850)原刊本、坊棚刻本(卷三有缺)等,但流传不广。1982年中华书局出版了石继昌的点校本,与《吴下谚联》合并为一书。

■**陆长春**(生卒年不详,约活动在同治光绪年间) 清代笔记小说家。浙江乌程人。字号不详。仕履生平均待考。曾著有笔记小说《香饮楼宾谈》二卷。

香饮楼宾谈 清代笔记小说集。二卷一百零三则。陆长春撰。取"香饮楼"这一宴客之所名书,寓"佳客贲临,清谈竟夕,笔以记之,破牢愁,抒积懑,奇闻佚事,络绎毫端"之意。本书于光绪丁丑年(1877)七月初七付梓,"南州缕馨仙史"为之作序。序中称该书"着墨不多,命意亦颇高远。虽所记各事间有不脱前人窠臼之处,未免为白璧微瑕"。

书中以记奇闻异事为主,大多荒诞离奇:如"峨嵋盗"条记峨嵋盗为一虬髯壮汉,却可缩骨成七八岁小儿;"女刽子手"条写刽子手之女以人肉人肝为美食。另如"太仓女子"条记新妇夜缉盗,威武英勇;"罗汉寺"条写香火甚盛之出水寺,不容十八位丐僧,而穷极的一废寺,僧独尊群丐僧,后群丐化为十八罗汉,佑废寺重新兴隆,鞭挞了人间之势利。"郭小琼"条歌颂忠贞爱情,是本书最精彩之一篇:写叶生在松陵结识粮帮之女郭小琼,私订婚约,后粮帮黄河遇险,郭父母失踪;叶生得中后,谒座主得郭小琼,终为夫妻。其余多条记仙灵怪异,为老生常谈。

本书曾被收入《申报馆丛书》,另有清末排印本传世。现存版本为上海进步书局之《笔记小说大观》本,据光绪本影印。

■**徐珂**(约1860—1917以后) 清末笔记小说作家。字仲可。浙江杭县(今杭州市)人。清光绪间(1875—1908)举人。袁世凯在天津小站训练部兵时,曾应聘作其幕宾。未几即辞退,就任上海商务印书馆编辑职务。徐珂善诗能文,尤喜搜集有清一代的朝野遗闻轶事,以及一些基层社会的奇闻异事,晨抄夜记,编纂不辍,直至终老,终于撰成长篇巨著笔记小说集《清稗类钞》四十八册(此据1917年商务印书馆刊本)。全书所记叙的内容,按专题分为九十二类,记事一万三千五百多条,共三百多万字。

清稗类钞 清代笔记小说选编集。共九十二类一万三千五百余则。徐珂编选。作者长于文学、诗词,用心于搜集有清一代朝野遗闻,以及士大夫阶层所不屑注意的社会琐闻。本书即作者花费多年时间搜集清代野史、笔记,以及各家文集、新闻报刊而编成的一部记录清代朝野遗闻,以及社会经济、学术文化诸方面史事的专书。体例仿《宋稗类钞》《明稗类钞》,按所辑内容之性质,分类编排。共分名胜、宫苑、第宅、园林、朝贡、外藩、外交、礼制、教育、考试、兵刑、战事、狱讼、幕僚、谏诤、讥讽、诙谐、种族、宗教、婚姻、称谓、风俗、方言、忠义、正直、忠烈、谦谨、狷介、豪侈、才辩、明智、雅量、师友、会党、文学、艺术、鉴赏、方伎、迷信、赌博、戏剧、娼妓、奴婢、盗贼、棍骗、乞丐、舟车、服饰、饮食等九十二类。每类之中,又按年代为序排列。由于编者广征博采,又有谨严的态度,故记事多有所本,既可补正史之缺,又可资谈助,颇便利读者。如狱讼类中"朱三太子案"条,据徐非云《残明书》中的"江浙叛案录"而成;宫苑类的"圆明园"条,则取自吴长元《宸垣识略》等书。特别是一些条目采用了《碑传集》中的资料,以及当时《申报》《时务报》中的新闻,其资料价值颇高。不足之处是全书引用的资料不注出处,若不翻遍原书,后人引用难以置信;且分类过细,以致有重复、遗漏的内容。传世版本原有1917年商务印书馆刊本,四十八册。中华书局校点重印时,装订为十三册。

■**海外散人**　清中后期人。其真实姓名、生平、籍里均不详。有文言笔记小说集《榕城纪闻》一卷传世。

　　榕城纪闻　清代笔记小说集。一卷。海外散人撰。本书是一部杂记明清之际福州社会变迁的随笔见闻录。记事起于明崇祯十三年(1640),迄于清康熙元年(1662),按时序记二十二年见闻共二百零一条。书中除了仇视李自成起义和个别荒诞的文字外,其余记事都比较平允;对清初的剃发、加派、迁海等事言之甚详,无所隐讳。此外,书中还详细记录了当时福州地区的暴风、暴雨、地震等灾害,可供研究参考。本书原无刻本,有清代谢氏赌棋山庄抄本,现存北京图书馆。中国社会科学院历史研究所清史研究室据此抄本进行整理,收入《清史资料》第一辑。1980年中华书局出版了单行本。

■**张培仁**　字伯甫。贺县(今属广西)人。生卒年、生平均不详。著有笔记小说集《妙香室丛话》十四卷。

　　妙香室丛话　清代笔记小说集。十四卷。张培仁撰。本书以记载、考核古今遗闻轶事和谈文论艺为主要内容,兼及神怪鬼异。作者向慕农村之田园生活,通过记录古今达官显宦、文人志士来宣扬农村生活的闲适,表达了与时政不入流的情绪。如"东坡咏菜"、"圃翁"、"张文和公恬谈"、"乐天风趣"、"乐天题郡南亭"、"偶吟"、"新宅"等条皆是。作者对于封建社会以文字贾祸事件非常关切和不满,不仅在"供状"、"诗案各诗"诸条中,对乌台诗案受害者苏轼寄予了极大的同情,而且还大胆涉及清代文字狱受害者胡中藻等。在"屈翁山诗摘句"中还摘录了被乾隆皇帝所禁的屈大均的诗句。本书体例编排较乱,志怪部分不少抄自他书。如卷四"贵人十反"诸条,与《余墨偶谈》、《劝戒记录》、《翼駉稗编》所载相同,不知何为原本。书成后曾被收入上海《申报馆丛书》中,另有光绪年间排印本传世。

■**陈裴之** 生卒年、生平、籍里均不详。他曾将与妾姬共同生活的情状,仿冒襄《影梅庵忆语》的体例,撰成了笔记小说集《香畹楼忆语》一卷。

香畹楼忆语 清代笔记小说集。一卷。陈裴之撰。本书属生活类琐事笔记小说,为作者与其妾姬共同生活的回忆。书中仿照冒襄《影梅庵忆语》的体例,记录了小妾紫姬与作者从互相倾慕到幸福结合,直至紫姬妙年夭折的全过程。书中的紫姬多才多艺、端庄贤惠、聪明温婉,作者笔下寄托了对她早逝的悲哀和深情悼念。全书文笔凄婉、典丽、富于情感,多通过父母和正妻对紫姬的爱怜、闺中生活的和谐,来表现紫姬的可爱。作者长于诗,文中收入大量的艳体诗词。本书起初以抄本传世,后收入《说库》和《美化文学名著丛刊》中。1982年上海书店出版了影印单行本。

■**高承勋** 生平、籍里均不详。有笔记小说集《豪谱》一卷传世。

豪谱 清代笔记小说集。一卷。高承勋辑。本书集古今豪杰豪爽之事,以彰显后世。全书分为义豪、谊豪、才豪、气豪、谈豪、辨豪、狂豪、奇豪、侠豪、态豪、儒豪、文豪、书豪、笔豪、吟豪、饮豪、隐豪、闺豪、童豪、市豪、贼豪、色豪、奢豪等二十余类。如"义豪"中宋施全行刺汉奸秦桧事;"谊豪"中唐白居易与元稹千里神交事;"谈豪"中宗悫所言"乘长风破万里浪"事,皆属有表彰价值之事。也有不值得表彰的事件,如"气豪"中所记石崇杀美人,王敦不动声色事;"奢豪"中所记张拭、韦陟、李德裕穷奢极欲等事。本书有清刊本传世,曾被收入《续知不足斋丛书》中。

■**王寅** 字冶梅。燕山(今北京一带)人。生平、仕履不详。曾选编有笔记小说集《今古奇闻》二十二卷。

今古奇闻 清代笔记小说选集。二十二卷。王寅编选。本书又名《新选今古奇闻》、《今古奇闻新编》。编选者曾为书商,他从《醒世恒言》、《西湖佳话》、《娱目醒心编》、《过墟志》和《遁窟谰言》中选择那些"引人入于忠孝节义之路"的作品以成本书。作者吹嘘所选之书为国内罕见本,称全书得自日本;此说纯属谎词,实际上本书选目国内极易见到。其中《娱目醒心编》几乎全书搬入,仅变更回目而已;选自《醒世恒言》的,亦非其中优秀之作。本书有光绪十三年(1887)上海东壁山房藏版本、光绪十七年(1891)京都打磨厂文盛堂藏版本。

■**震钧** 又名唐宴。疑满族人,世居北京。其余事迹不详。著有笔记小说集《天咫偶闻》十卷。

天咫偶闻 清代笔记小说集。十卷。震钧撰。本书主要记述清代北京的历史、文物、民俗、掌故、灾荒等。书中对清末重大史事、典章制度、遗闻逸事记述尤详:如"法华寺"条,记述"咸丰庚申之役……和议既定,诸大臣于此延见洋人,是为京师交涉之始",此为清末首都屈辱外交的一幕;"六部官廨"条指出"本朝六部官皆添满缺而汉名";"堂子"条则记述了满洲婚、祭二礼中全部满族特有的仪式等。本书有光绪三十三年(1907)甘棠转舍木刻本传世。1982年北京古籍出版社出版了新式点校本。

■**邹弢**（生卒年不详,活动在清光绪年间） 清代笔记小说作家。字翰飞,号潇湘馆侍者,别号司香旧尉、酒丐等。江苏金匮(今无锡市)人。怀才不遇,游历苏州几近十年,生活贫困,以卖文为生。与俞达为患难交,时称吴中名士。后迁居沪上。曾以妓女苏韵兰事撰成通俗小说《断肠碑》(又名《海上尘天影》)六十回。另有笔记小说《三借庐丛稿》(无卷数)、《三借庐笔谈》(又名《三借庐赘谈》)十二卷、《浇愁集》八卷并行于世。内容多记忠孝、贞烈的故事。

三借庐赘谈 清代笔记小说集。十二卷。邹弢撰。本书又名《三借庐笔谈》(见《笔记小说大观》),杂记咸丰同治年间所闻见,多为表彰忠孝、阐发贞烈之作品,亦记载了一些当时的新鲜事物。如"轮船考"条中述及自乾隆以来英、美、德、法、意诸国制造轮船技术的种种进步;并言铁甲战船创于咸丰五年,英、法合攻俄国时,船甲铁厚四寸半,之后遂有水雷船、冲船、炮台轮等名目。对西方列强的坚甲利兵,作者在惊叹之余,希望中国能有所借鉴,有所进步。书中还记录了许多与清代文学作品有关的故事。本书曾被收入上海《申报馆丛书》,1983年江苏广陵古籍刻印社据《笔记小说大观》本出版了影印单行本。

■**刘体智** 生平、籍里不详。曾任李鸿章幕宾,后任户部郎中。著有笔记小说集《异辞录》四卷。

异辞录 清末笔记小说集。四卷。刘体智撰。作者曾为幕李鸿章,后任户部郎中,交结甚广,对清同治以来朝野之事知之颇详。本书记述近代史上众多重要人物的事迹,涉及一系列重大历史事件和晚清政治、军事、文化、外交等各方面的内容。一事一题,共三百六十三则。作者在书中自序说:"记今事悉取诸先公日记,类皆当日耳目之所及,中朝士大夫之所道。"作者深感"国史有忌讳,有迎合,或不免曲笔",不满于官书正史之文饰虚誉,故本书所记,往往道破黑幕,因而称为"异辞录"。这正是本书的价值所在。原有《辟园史学四种》石印本。中华书局1988年出版有标点本,列入《清代史料笔记丛刊》中。另有上海书店影印本和巴蜀书社《中国野史集成》影印本等。

■**钟琦** 生卒年不详。字泊农。四川成都人。博通清朝国史。著有笔记小说集《凭花馆琐记》四十卷。

凭花馆琐记 清代笔记小说集。四十卷。钟琦撰。本书成后,散佚严重,今仅存十四卷残本。书中对清朝重要史事,如鸦片战争、太平天国、中法战争、中日战争、乙亥建储、沙俄侵华等作了详尽记录,并附有评论。此外,对清朝掌故、乡试制度、度量衡标准等也有记述。本书在一定程度上反映了清末的社会民情,对贪官污吏等情况有所披露,对西方招商集股等制度表示赞许。有光绪二十六年(1900)刻本传世。

■**崇彝** 清末人,生卒年不详。蒙古族。姓巴鲁特,字泉孙。其祖父为道光、咸丰朝大学士柏荙，咸丰八年(1858)因科场案失察被处死。作者出身北京世家，耳濡目染清道咸二朝的遗闻轶事，著有笔记小说《道咸以来朝野杂记》。

道咸以来朝野杂记 清末笔记小说集。不分卷。崇彝撰。本书主要记道咸二朝典制、掌故，以及北京的社会风貌。内容涉及帝系宗支、政局典制、科举考试、满族礼仪、园林宅第、节令游览、里巷琐闻、市井风俗、人物轶事等。如北京风俗民情的记载，涉及近百年来北京居民的饮食起居、服饰车马、婚丧礼仪、市肆贸易、戏曲杂艺等，有很高的资料价值。史学家邓之诚认为本书"当与《啸亭杂录》并传"。本书原无刊本，邓之诚藏有手稿本。1982年北京古籍出版社出版了校点本。

■**梁溪坐观老人** 清末人。真实姓名、生卒、籍里均不详。有文言笔记小说《清代野记》三卷传世。

清代野记 清代笔记小说集。三卷。梁溪坐观老人撰。本书以记清代咸丰、同治、光绪、宣统四朝遗闻轶事居多，故初名为《四朝野记》；后以为此书名未能尽包书中内容，又易今名。书中记述清廷、社会、京城、外省之琐闻，事无大小，皆据所闻记录之，一事一题，共记一百二十六则故事。卷上有"文宗密谕"、"慈禧之侈纵"、"毅皇后被逼死"等条；卷中有"戊戌政变小记"、"端忠敏死事始末"、"武英殿版之遭劫"、"孔翰林出洋话柄"等条；卷下有"科场舞弊"、"满员贪鄙"、"肃顺轶事"等条。其中有些内容反映了晚清的政治状况，有一定参考价值。传世有民国三年(1914)野乘搜集社铅印本等。

■**冤海述闻客** 清后期人。其真实姓名、生平、籍里均不详。冤海述闻客是其所著的文言笔记小说集《冤海述闻》一书的署名。疑因作者以文学笔触记中日甲午海战中牺牲的中国将士，与清廷的宣传相悖，故隐去自己的真实姓名和字号。

冤海述闻 清代笔记小说集。一卷。冤海述闻客撰。作者真实姓名不详。本书以悲愤之笔，为在甲午海战中被诬以临阵脱逃而被正法的济远舰管带方伯谦鸣冤叫屈。书中较详细地叙述了甲午海战的经过，全书分为"狼牙战事纪实"、"大东沟战事纪实"、"方管带驻韩日记并条陈防倭事宜"三篇，并附"海战图"十二幅，皆关中日甲午海战事。书中除叙述战争经过外，对方的人品、谋略、勇敢精神等多所褒扬，对丁汝昌等人颇加贬斥。书中内容非实录，与其他记载时有出入。传世有光绪二十一年(1895)刊本等。

■**陈去病**(1874—1933) 字巢南，别字病倩，号垂虹亭长，笔名有季子、南史氏、有妫血胤等。同盟会员。著有笔记小说集《清秘史》三卷。

清秘史 清代笔记小说集。正二卷，附一卷共三卷。陈去病撰。本书成于清光绪三十年(1904)，原署名为"有妫血胤"。作者为同盟会员，站在反清的立场上，反对清人所修史书为清廷歌功颂德,遂"仿古人别史之体,虽掇拾遗闻多未备,然胡庭秽迹,赖以彰闻"。书中以记述反清活动为主,亦多有揭露帝王之阴狠残杀之内容。上卷为图表,下卷为纪实。上卷中"满洲世系图"、"满洲世系表"、"满洲职官前后异名表",排列有序,颇为翔实。而"二百四十年间中国旧族不服满人表",则纯属反清斗争之年表。下卷琐记清代遗事,而揭露清统治者残暴、淫秽之事占了相当篇幅,如记努尔哈赤"用美人计并吞各部"、"奴酋文书之狂悖"、"多尔衮之盗嫂"、"玄烨(康熙)纳其姑为妃"、雍正"筑雍和宫以供奉淫具"、"下江南之苛求与其暴虐"、"那拉氏虐杀儿媳之原因"等等。并附录吴三桂借兵始末、叛明之原因、反正檄文及南明永历帝遗吴三桂书等。书中多数历史资料可供参考;但作者观点过于偏激,记史事多有演绎,疑为反清宣传之用。传世有陆沈丛书社铅印本。

■**胡思敬** 生于清末,卒于民国间。字漱唐。新昌(今江西宜丰)人。光绪二十年(1894)进士,翰林院散馆后补吏部考功司主事,授广东道监察御史。辛亥革命后,携书归里,筑问影楼,读书其中。著有《戊戌履霜录》、《退庐疏稿》、《审国病书》、《九朝新语》等,另有笔记小说《国闻备录》传世。

国闻备录 清末笔记小说集。四卷。胡思敬撰。作者一生中历经甲午、戊戌、庚子三大事变,国逢乱世,清宫廷内务机关机要秘闻无人记载,遂撷拾清代掌故、轶闻一百五十七篇,以成是书。本书内容涉及晚清政治制度、皇室内幕、宫廷斗争、满汉矛盾、名臣轶事、文苑掌故等,其中不少涉及当时的重大历史事件;如"盛杏荪办洋务"记述有关洋务运动及新政;"何小宋贻误军机"记述中法马尾海战事;"名流误国"记述甲午战争及清廷要员中之误国者;"梁启超乙未会试被黜"、"保皇党"等篇,记述戊戌维新事;"兵变"记述清末新军起义事;"南昌教案"、"会匪"等篇记述人民群众的反清斗争。本书有1924年南昌退庐刻本,共二册;后中华书局出版了点校本。

■**周生** 真实姓名不详,周生,似为周姓之文人。生卒年不详。著有笔记小说集《扬州梦》。从该书中文字可知,作者为清代晚期人。其他情况无考。

扬州梦 清代笔记小说集。四卷。周生撰。扬州自古繁华,然鸦片战争以后,由于鸦片的危害,扬州的酒肆、妓楼等,几乎成了烟馆;拥妓饮酒之后,男女醉卧烟榻,吞云吐雾,成了扬州的一道病态的"风景"。本书作者生于太平天国战争以前,曾在扬州过着"走马章台"的生活。书中描写了扬州著名的歌妓舞姬,以及扬州的社会生活、风俗及人情世态,并对扬州的奢侈之风提出批评,揭露了鸦片对国人的危害。全书以梦中人(扬州妓女)、梦中语(艳体诗词)、梦中事(风物习俗)、梦中情(情场忏悔)为题分为四卷。书成后曾以抄本传世,后收入《说库》、《美化文学名著丛刊》等丛书。1982年上海书店出版发行了影印本。

■**邵彬儒** 晚清笔记小说作家。生卒年不详。字纪棠。广东四会县人。幼聪慧,勤学习。生平事迹不详,只知他是说书人出身,善文辞。著有笔记小说集《俗话倾谈》四卷、《谏果回甘》、《吉祥花》等,今传于世。

俗话倾谈 清末广东方言笔记小说集。二集四卷十八则。邵彬儒撰。邵以说书为生,曾在广州、佛山、香山一带演出,轰动一时。该书为口讲故事整理而成,内容涉及天堂、地狱、神仙鬼怪,以及父子兄弟之间、主仆嫡庶之间关系的人间百态,突出了因果报应、孝悌忠信,说教色彩浓重,思想意义不大。如"修整烂命"等,几乎是全篇论修善之有益。由于源自民间艺人之口,加工时又缺乏修润,书中缺少鲜明的艺术形象。不过,由说书人编撰并以方言写就的笔记小说,当属凤毛麟角,颇具特色。

■**李庆辰** 清末人。生卒年不详,字号与籍贯、生平事迹皆待考。据《笔记小说史》和《中国历代笔记小说要目》记载,著有笔记小说著作《醉茶志怪》四卷,内容体例多仿照《聊斋志异》和《阅微草堂笔记》,社会价值与艺术价值均不高。

醉茶志怪 清代笔记小说集。四卷三百五十六篇。李庆辰撰。作者在创作手法上受《聊斋志异》、《阅微草堂笔记》的影响,"是盖合二书之体例而为之者"(杨光仪"序")。书中篇幅较长者,写法与《聊斋志异》相似;篇幅较短者,风格接近《阅微草堂笔记》。全书内容繁富,其优秀篇目大抵为寄情儿女,托兴鬼狐的作品,语言也洗练流畅。卷一"说梦"一则,有代贾宝玉所作的祭林黛玉文,乃模仿《红楼梦》第七十八回"芙蓉诔"之作。卷四"爱哥"篇塑造了一个从小男扮女装的纨绔公子的形象,比较生动地刻画了他的种种变态心理和行为。尤可注意者,全书极少写述"烟花粉黛"之事,与同时代的王韬、宣鼎等人的作品大异其趣。书中涉及到吸食鸦片所造成的祸患,在一定程度上折射了清末社会的实际状况。

本书版本较多,主要有光绪十八年(1892)津门刊本;光绪二十年(1894)上海书局石印本,曾用名《奇奇怪怪》;大达图书供应社赵琴石评点本。1988年齐鲁书社、河北人民出版社分别出版有校点本。

■**张祥河** 清末人。生卒年、生平、籍里均不详。著有笔记小说集《关陇舆中偶忆编》一卷。为作者入关陇途中所记之遗闻轶事。

关陇舆中偶忆编 清代笔记小说集。一卷。张祥河撰。本书为作者入关陇途中随手所记之遗闻轶事,编排漫无秩序。其内容主要是清初至清中叶文坛轶事和评骘记录历代文学作品,间亦记及作者当时所经过之地区的风光名胜、相关的掌故等。其内容翔实,评介公允,可资参考。书成后曾被收入《小重山房丛书》中,浙江古籍出版社影印之《说库》本中收有此书。

■**孟榕槛** 清末人。生平、籍里均不详。著有笔记小说集《半暇笔谈》一卷。

半暇笔谈 清代笔记小说集。一卷。孟榕槛撰。作者取谢灵运诗"卧疾半暇豫,翰墨时间作"之意,病后在家养息时,"忆平生有所闻见,辄记一二条,久遂成帙"。书中志怪述异,以荒诞不经之事为多,如"刘瘸子"、"虾蟆阵"、"大蜈蚣"、"鲤鱼念佛"等。另有一些颇具教益的故事,如"曹将军妻"写曹酷好赌博,妻屡劝不听,乃至输妻;妻颇有主见,最终在她的教育下,曹改过自新。"潘皮匠"条写清康熙间海禁初开,潘皮匠搭船渡海到吕宋(今菲律宾),传授当地皮匠手艺,使该国君臣着靴,改变了赤足的习惯。书中故事娓娓道来,曲折动人。书成后有清末刊本传世。后收入上海《申报馆丛书》中。

■**周友良** 清末人。生平、籍里不详。从作品记载"赴广州乡试"看,当为湖广人。著有笔记小说《珠江梅柳记》一卷,叙广州艳遇。

珠江梅柳记 清代笔记小说集。一卷。周友良撰。本书记作者赴广州参加乡试时,结识了妓女雪梅、柳莺。梅柳二人技艺超群,而且皆能作诗,不断呈诗向作者请教,并表示厌倦风尘之意。三人缱绻一宿后,作者答应第二年帮助她们脱离风尘。翌年作者再至省,往寻旧约,雪梅已病故;柳莺移家江门,又被富豪所娶,杳不可见。他感到浮生如梦,作此文,以志不忘。文中反映了生活在社会底层妇女的不幸和作者对她们的同情。此书曾被收入《香艳丛书》中,民国间上海图书公司排印了单行本。

■**朱梅叔** 清末人。生平、籍里不详。著有笔记小说集《埋忧集》十二卷,属杂史类笔记小说集。

埋忧集 清代笔记小说集。十二卷。朱梅叔撰。本书记事广泛,内容丰富,叙述近代史传故事,有一定的史料价值。其中有表达爱国思想的,如"陈忠愍公死难事",记鸦片战争期间,水师提督陈化成奋勇抗击英军入侵上海而阵亡的事。有揭露明清统治阶级贪暴、腐败和官场丑恶的。有讥笑科场弊端及士风日下,应试士子仅读时文百余篇,而不知史册名目、朝代先后、字书偏旁,全为应付科举的洋相。另有针砭恶习、刻画世态、宣传正义忠直,以及野史遗闻等内容。书中一些写男女爱情的篇目描述传神。本书有清刊本传世。1985年岳麓书社出版了熊治祁的校点本。

■**钱徵、蔡尔康** 清末人,二人生卒年、生平、籍里均不详。著有笔记小说集《屑玉丛谈》二十四卷。

屑玉丛谈 清代笔记小说集。二十四卷。钱徵、蔡尔康编纂。本书分四集,每集六卷。初集收笔记小说二十种,始于"从扈隆福寺小记";二集收笔记小说十三种,始于"廿二史发蒙";三集收笔记小说二十三种,始于"五石脂";四集收笔记小说九种。全书共收笔记小说六十五种,体例驳杂,包括小品、笔记、游记、风土(如"杭俗遗风"等)、诗词别集(如"霜猿集"、"延露词"等)、野史(如"复社纪事"等)、谈艺(如"二十四品画")等。本书选材不精,校对粗糙。传世有上海《申报馆丛书》本。

■**汪道鼎** 清末人。生平、籍里均不详。为当时浙西名士,游幕四主,见多识广。他将耳闻目睹之奇闻异事进行再创作,著有笔记小说集《坐花志果》八卷。

坐花志果 清代笔记小说集。八卷。汪道鼎撰。本书所述故事大多情节曲折奇异,意在惩恶扬善,也宣扬了宿命论和因果报应的思想,如"张观察"、"乞儿福报"、"偷儿福报"、"儿隶福报"等。作品的小说意味较浓,属清末诸多笔记小说之拔萃者。也有一些作品,如"雷殛阴谋"、"牛头人"、"报恩猪"等,则属于荒诞离奇、价值不大的一类。传世版本有曾被收入《福寿宝藏》的丛书本、民国初年乐善社出版的排印本。

■**金武祥**(生卒年不详,约活动在清同治光绪年间) 清镶黄旗人。从作者的作品中可以看出,作者为江苏江阴人(或寓居),曾游历(或为官作幕)于两广多年。其余均不详。著有笔记小说集《粟香随笔》四十卷。

粟香随笔 清代笔记小说集。分随笔八卷、二笔八卷、三笔八卷、四笔八卷、五笔八卷,共四十卷。金武祥撰。本书体例庞杂,无所不包,内容涉及道德、政事、经术、史学、金石、文字、训诂以及诗词歌赋等领域,其中对与作者交往的文人士大夫的诗文轶事,记录尤详。本书对研究清中后期历史提供了重要的社会、文学资料。

"随笔"八卷侧重于"述祖德"(历数金氏入清以来的著名人物)、"记游踪"(主要描写作者在广东、广西的行踪)、"胪风土",记述天灾人祸给两广人民带来的痛苦。此部分成于光绪辛巳年(1881),首刊于广州。

"二笔"八卷侧重于记朋友之间互相唱和与投赠的诗词及其琐闻轶事。此部分成于光绪甲申年(1884),刊于广州。

"三笔"八卷多记古今诗人文士之轶事,以抄撮前人著作为主,亦有一些考订文字,如"江阴沿革考"(金氏为江阴人)等。此部分成于光绪十三年(1887),刊于广州。

"四笔"八卷侧重记读书心得,多涉及文字、训诂、考订。其中有很大篇幅是纠正一些俗写字的错误。此部分成于光绪十七年(1891),刊于广州。

"五笔"八卷多属拼凑之作,甚至将《墙东类稿》校勘记也收入其中,有"江郎才尽"之嫌。然唯此笔每篇立有条目而别于前四笔。此部分成于光绪二十四年(1898)。

全书常见版本为《粟香丛书》本。

■**许起** 清末人。生平、籍里不详。著有笔记小说集《珊瑚舌雕谈初笔》八卷。

珊瑚舌雕谈初笔 清代笔记小说集。八卷。许起撰。作者为清末著名笔记小说家王韬之挚友,受王韬的影响而著此书。书中"皆记平日见闻,述迩年之阅历",其中许多是奇闻异事,如"小人"条记英国有"一寸三分"之小人,四肢五官皆具,一如常人,而且还能繁殖后代;"修人匠"条记外国人可以把人由头到脚的外观整个修整更换,由丑变美。这些可能是"非洲矮人"和"整容术"的演绎或传讹。书中有些条目有一定参考价值。本书传世有光绪乙酉年（1885）刻本。

■**蜀西樵也** 清末人。真实姓名、生平、籍里均不详。有文言笔记小说集《燕台花事录》三卷传世。该书记晚清京中妓女之事，其中保留了一些关于京剧的资料。

燕台花事录 清代笔记小说集。三卷。蜀西樵也撰。"燕台"指北京。全书分品花、咏花、嘲花三部分。均记晚清北京八大胡同中妓女之事。作品的品位不高，对妓女抱玩赏态度。"品花"篇记所品评名妓二十余人的姓名、小传及其技艺，传记极其简略；"咏花"篇记歌咏妓女的艳体诗词联语等；"嘲花"篇则记与妓女有关之轶事。书中涉及京剧发展、演唱的史事，有一定资料价值。本书曾被收入《申报馆丛书》，常见有世界书局排印之《章台纪胜名著丛刊》本。

■**孙道乾** 清末人。生平、籍里均不详。著有笔记小说《小螺庵病榻忆语》一卷。

小螺庵病榻忆语 清代笔记小说集。一卷。孙道乾撰。作者有爱女孙芳祖（越畹），幼时聪明伶俐，喜爱文学艺术，工诗词、善书画，才能广泛，有才女之称，然青年夭折。当时的著名文人平步青曾作有《越畹女史小传》，陶方畸写有《越畹女史诔》，作者也作有《女芳祖略述》。本书即为作者悼念爱女的一些诗文。曾被收入《申报馆丛书》、《美化文学名著丛刊》等。

■**筱蜃外史** 清末人。真实姓名、生卒年、生平、籍里均不详。著有笔记小说集《海天余话》一卷传世。该书记杭州、苏州、扬州、山东歌舞妓百余人，分七个流品进行品评。

海天余话 清代笔记小说集。一卷。筱蜃外史撰，作者真实姓名待考。书中记录苏州、杭州、扬州、山东歌舞妓一百零二人，"分列流品，列次为七"。品妓赏姬，是历代无聊文人的陋习，作者也不例外。但书中对技艺超群的妓女的描写和赞美，可见生活在社会最底层妇女的才能。如书中列为第一的"神品"，仅记二人，第二名为盲女王三娘，她"态浓意远，风致不凡，见者不知其为盲人也"。她善琵琶，"夙聪慧，入耳不忘。擅声情，贵族争款，应歌广筵，百不一失。有时灯影琵琶，呢呢絮语，倏而金铁玑琤，飞扬跋扈，四壁耸听，莫能发声。悲者使之欢，愁者使之喜。兼之主觞政，能张一军，妙语解颐，风发泉涌，指挥如意"。其艺术水平、应变能力、眼光和见解等方面都在常人以上；后在炙手可热之时，飘然远引。书中列"逸品"五人、"畸品"五人、"秀品"十四人、"艳品"十七人、"艺品"十八人、"具品"四十一人，每人各叙小传、录题赠篇什。本书曾收入《申报馆丛书》，另有清末排印本传世。

■**吴庆坻** 生卒年不详。浙江杭州人。晚清文学家吴振棫之孙。著有笔记小说集《蕉廊脞录》八卷。

蕉廊脞录 清代笔记小说集。八卷。吴庆坻撰。本书是清末笔记小说中较有影响的一种。

全书记事三百五十七则，内容分八类：一为国闻，以记同治至清末政事为主，如"祺祥政变"、"太后训政"、"废光绪帝"等；一为里乘，专记浙江人物逸事与名胜古迹；一为忠义，记明末殉节及遗民不仕清者，也有一些是抗拒辛亥革命而死的，反映了作者的皇朝正统思想；一为嘉言，撮录清人家戒家训等；一为杂记，记载风俗民情；另为经籍、金石、书画等。有1928年刻本传世。1990年中华书局出版了点校本，列入《清代史料笔记丛书》中。

■**醉石居士** 清末人。真实姓名、生平、籍里均不详。著有文言笔记小说《罗浮梦记》一卷传世。该书写处士之子梅珏梦入罗浮国之事。

罗浮梦记 清代笔记小说集。一卷。醉石居士撰。本书受《龙城录》中赵师雄在罗浮山夜梦梅花化为美人与自己共饮的故事所启发，写处士梅令言之子梅珏，丰神韶秀，春日约友人会文毕，隐几假寐，攀入大罗浮国的故事。文中以寓言的形式反映了统治集团内部斗争之激烈。全书文笔清丽，描写生动。传世有《申报馆丛书》本和清末排印本等。

■**泖溪野客** 清末人。真实姓名、生平、籍里均不详。著有文言笔记小说《解醒语》四卷传世。该书成于光绪年间。

解醒语 清代笔记小说集。四卷。泖溪野客撰。本书属杂记类，分两大部分：(1)"野客谰言"二十余条，以志怪述异为主，其中"日本三奇女"记日本女子的海外奇闻；"美哥马岛"系指菲律宾一带之岛屿，该条写一闽商往台湾贸易，被巨风吹至该岛，与岛上女子相恋的故事。叙事极其委婉生动。(2)"老人梦语"七十四条，均记述作者目见耳闻之事，这部分以"迷离惝恍之谈，新奇可喜之书"为主，谈狐说鬼，以寓劝戒。本书有上海《申报馆丛书》本，大达图书供应社于民国间出版了排印单行本。

■**淮阴百一居士** 清末人。真实姓名、生平、籍里均不详。著有文言笔记小说《壶天录》三卷传世。

壶天录 清代笔记小说集。三卷。淮阴百一居士撰。"壶天"虽小，然天人造化、万事万物之理皆收其中。"壶中亦一天地"是本书的取名意。此书近于志怪和传奇，以记忠臣孝子、义夫节妇的事迹为主，多涉及怪异，其目的在于劝善惩恶，如其中有些是宣扬封建道德的"义仆一心救主"，"孝妇剖肝救姑"等。也有一些故事歌颂了抗暴御侮的英雄和勇于助人的豪侠。书中还记载了许多奇异骗术和西洋魔术，可见当时西洋催眠术已到中国表演。本书以委曲叙事见长，人物形象塑造功夫欠佳。有光绪间刻本传世，后收入《笔记小说大观》中。

■**支机生** 清末人。生卒年、生平、籍里均不详。著有笔记小说集《珠江名花小传》一卷。

珠江名花小传 清代笔记小说集。一卷。支机生撰。本书记广州名妓十二人，一人一传，传后有作者赠诗,后附有缪莲仙所撰写的评语、诗歌和附记之语。本书品妓评艺,格调低下,虽字里行间显见作者才情,也表露出作者对这些不幸女子的同情,但无非是些醉花依翠之作。本书曾收入《香艳丛书》,另有上海中国图书公司的排印本传世。

■**秋星**　清末人。真实姓名及生平、籍里均不详。著有笔记小说集《女侠翠云娘传》一卷。

　　女侠翠云娘传　清代笔记小说。一卷。秋星撰。翠云娘是山东的一名杂技艺人,在上海演出时,其父被人诬陷,被拘入巡捕房。翠云娘随之而往,亦被囚禁,最后罚款才得释放。从此翠云娘迸发仇外之心,后加入义和团,成为"红灯照"的领袖,在京城参加了抵抗八国联军的斗争。义和团失败后,她杀戮了一些汉奸而逸去。本书较真实地反映了广大人民群众之所以仇外、排外的原因,并肯定了他们斗争的正义性和勇敢精神,故事生动,形象鲜明。曾被收入《香艳丛书》中,上海中国图书公司出版有排印本。

■**虎林醉犀生**　清末人。真实姓名及生平、籍里均不详。虎林醉犀生是其别号。著有笔记寓言小说《四海记》一卷传世。

　　四海记　清代笔记寓言小说集。一卷。虎林醉犀生撰。全书分苦海、欲海、恨海、宦海四部分,故云"四海"。"四海"诸条,均影射当时之社会、官场、时世之病态,以调侃、戏谑之手法讥人喻世。如"宦海"中云:"在九出之下,水至秽,浊人不能渡,渡辄糜烂。尧时洪水为灾,宦海泛滥";"海中有大山,其高接天,曰冰山。山有峰,曰中峰。峰有石门,自开自阖,盈门香草,是曰苞苴。"这些都是影射社会官场的腐败、黑暗。本书传世有上海《申报馆丛书》本,另有清末排印本。

■**许豫**　清末人。籍贯南京。生平事迹不详。著有笔记小说集《白门新柳记》一卷。

　　白门新柳记　清代笔记小说集。一卷。许豫撰。"白门",指南京。咸丰初太平天国起义军占领南京,秦楼楚馆,大多衰歇。本书记南京被收复后,妓院重开;书中记名妓二十九人,后又补记八人。书后附"白门衰柳记",记"升平"时已经出名的妓女王名和琴师刘培继。本书曾被收入《艳史丛书》、《章台纪胜名著丛刊》。1936年世界书局出版了排印本。

■**芬利它行者**　真实姓名、籍里、生平均不详。"芬利它",疑为梵语"芬陀利"(又称"奔茶利迦",义释为白莲花)的异写或误写。作者自称"行者",疑为出家而未剃度的佛教徒。撰有《竹西花事小录》笔记小说集一卷,主要记述扬州歌姬舞妓的轶事。

　　竹西花事小录　清代笔记小说集。一卷。芬利它行者撰。"竹西"指扬州,"花事"即记扬州歌姬舞妓之传闻轶事。作者在追述扬州秦楼梦馆的繁荣及其变迁时,评妓女重在技艺,不在渔色。"广陵(即扬州)为蘸运所在,虽富商巨贾,迥异从前;而征歌选色,习为故常;猎粉渔脂,寝成风气。间阎老妪,畜养女娃,教以琵琶,加之梳理,粗解呕唱,即令倚门。说者谓人人皆玉,树树皆花,当非虚妄。顾世运变迁,昔皆聚处本乡,今则散居各郡。"本书后被收入《申报馆丛书》,世界书局曾据《章台纪胜名著丛刊》本出版了排印本。

■**二石生**　清末人。真实姓名、生平、籍里均不详。著有笔记小说集《十洲春语》三卷传世。

　　十洲春语　清代笔记小说集。三卷。二石生撰。所谓"十洲",取海内神仙所居之意。本书内容为当时歌姬舞妓的遗闻艳事。全书分上、中、下三卷。上卷列花(妓)二十六品。如第一品"花之史,玉立词龛王素芳。潘家解愁,姜女宾竹,才奇东君,名冠西曲,宜佐谭",然后将之比于海棠,再用艳丽词藻,加以形容。中卷为"选韵",多录与众妓往来的艳体诗词。下卷为"捃余",记秦楼楚馆轶事及未入"品"之妓女生平。全书不啻为一部"品花宝鉴"。书成后曾被收入《香艳丛书》。传世版本有上海图书公司出版的排印本。

■**丁传靖**　清末人。生平、籍里均不详。辑有《宋人轶事汇编》二十卷传世。

　　宋人轶事汇编　清代笔记小说选集。二十卷。丁传靖辑。本书从宋、元、明、清约五百种笔记、诗话、文集、方志和杂史等著作中辑录宋代六百多人的材料而成。其中除一部分是政治人物外,还有诗人、词人、书画家和哲学家。所谓轶事,为正史所不载,当时流于传闻或后世记载的资料和故事,有助于后人对历史人物的多方面了解。本书在采撷他人资料时,在每条后都注明出处,为后人追溯研究宋代历史和人物提供了线索。但是,书中所摘引的材料大多是节录,引用时还须查对原著。本书最初由商务印书馆于1935年出版,1958年断句重印;1981年中华书局又重新排印,出版了三册本。

■**陈世熙**　生卒年、生平、籍里均不详。号莲塘居士。将唐代文人笔记小说一百六十六种辑为《唐人说荟》十六卷传世。

　　唐人说荟　清代纂辑历代小说集。十六卷一百六十六种。莲塘居士陈世熙编。根据桃源居士本增订而成,原本一百四十四种。本书收入以唐人作品为最多,但审订不严,有擅改篇目、妄题撰者,甚至窜入宋人作品等错讹。收录种类虽多,但多为摘录而非载入全本。因此,史料和版本价值便大打折扣。

■**王文濡**　近代人。生卒年、生平、籍里均不详。收录有历代笔记小说一百七十种,上起汉代下迄明清,成《说库》一书。其宗旨在于"广见闻,佐文义",与《笔记小说大观》几无重复。

　　说库　古代笔记小说总集。收录历代笔记小说一百七十种,不分卷。清末王文濡编辑。这是继《笔记小说大观》后的又一部笔记小说选辑,所收作品上起汉代、下迄明清,共一百七十种,与《笔记小说大观》"几无重复"。本书的编辑宗旨在于"广见闻,佐文义,凡经义创解,朝野佚闻,诗文源流,工艺游戏,神仙志怪,均加甄采。虽为托名之书,亦不摒弃。从专精的角度看,虽不免芜杂，但作为一部资料书，还是有其使用价值"（见重印例言）。

本书所收历代笔记小说，其文字、结构，"悉依其旧"，务从完本，不似明《说郛》本那样"破碎遗著"；对于早已散佚无完本者，"仍行甄入，以存古籍"。所以本书甄录的版本，"半是秘本、抄本、名家手校未经刊印本"；对于已经刊印之本，"则依据江浙藏书家之精本、原刻本"。本书的编纂，仿纪昀《四库全书总目》之体例，于每书卷首必书有"提要"，其详赡虽不及前贤，而内容之揭示，"使阅者一目了然"。横比《笔记小说大观》的甄录标准、原则，本书更为严谨、科学、可信。

本书曾有1915年上海文明书局石印本传世。1986年浙江古籍出版社以十六开本，每页拼原版书四版影印，后装订为上、下两册发行。

■**乐天居士**　真实姓名不详，生平、籍里待考。有人认为是清末谴责小说大家吴沃尧的别号；经查，吴氏无此别号。有汇编本的笔记小说集《痛史》传世。

痛史　清代笔记小说集。三集。乐天居士编。本书为明清野史笔记的汇编。初编于辛亥革命之际，对明朝灭亡、清兵入关时之残暴、江南抗清斗争，以及清初文字狱等方面轶事记之甚详，意在唤起民众参加推翻清王朝的斗争。书名取义于国有忧患、民有余痛，故取名"痛史"。第一集收入"福王登极实录"、"哭庙纪略"、"丁酉北闱大狱纪略"、"庄氏史案"、"研堂见闻杂记"、"思文大纪"、"弘光实录钞"、"淮城记事"、"崇祯长编"、"浙东纪略"等二十种；第二集只"甲申朝事小纪"一种；第三集收入"虔台逸史"等四种。该书流传甚广。今存有宣统三年（1911）商务印书馆铅印本。

清末还有同名作品一本，长二十七回，署名为"南海吴沃尧研人氏撰"，属长篇小说。

■**古吴靓芬女史贾茗**　清末人。生卒年、籍里不详。此为其所辑的笔记小说选集《华夏奇女魂》的署名。从署名分析，辑者姓名疑为"贾茗"，女性；"古吴"，疑为其籍贯，似称古时吴地，即今苏州一带；"靓芬女史"，疑为辑者字号或别称。

华夏奇女魂　清代笔记小说选集。八十九篇。古吴靓芬女史贾茗辑。原名《绘图女聊斋》，今人夏麟书、王笑云校注此书时改为今名。本书从《史记》、《吴越春秋》、《拾遗记》、《后汉书》、《本事诗》、《太平广记》、《情史类略》、《夜雨秋灯录》、《苦兰馆外史》、《客窗闲话》、《咫闻录》等三十多种古史笔乘中选择题材，塑造了三千多年来华夏出自不同朝代和不同阶级、阶层的各种奇女形象，包括贞女、才女、侠女等。同时，书中还描绘了上自帝王将相下到平民百姓，各行各业的各色人物，从中表现封建统治阶级的凶残、昏贪和腐败，以及人民的苦难和不屈的斗争精神。本书艺术手法多样，有平实简洁的白描，有曲折跌宕的铺陈；写人与神、人与狐、人与仙的结合时，虚虚实实，荒诞诡谲。从体裁上看，有人物传记、志怪小说、传奇小说，还有笔记小说等。本书曾有石印本面世。1987年黑龙江人民出版社出版了新式排印本。

【佚名】

王氏复仇记 清代短篇笔记小说。一卷。作者姓名无考。篇中叙述明崇祯末常熟举人祝化雍妻王氏为夫报仇事。祝出身卑微,中举后官丹阳县教谕,但不被本乡绅贵认同,并且受到恶邻豪贵赵士锦的欺侮,逼占其祖产,朝夕詈骂;祝凌辱万状,不得已而含冤自缢;合邑皆知其冤而不敢言;祝妻王氏将夫之冤情写成揭帖贴遍大街通衢和丹阳县衙,要求丹阳诸生为师报仇;丹阳秀才随之而至,与王氏一起平毁了赵家。这个故事反映了当时社会之黑暗,也说明公道自在人心。此文叙述委曲,人物颇具个性。曾被收入《说库》之中,1986年有浙江古籍出版社出版的影印本。

玑园寄梗录 清代笔记小说集。一卷。无名氏辑。本书共收传奇述异之作十八篇,以记妇女之事为多。辑者在"跋"中说:"此选同人共为品定"。包括(1)桑寄生传,萧韶撰。(2)便仓枯牡丹记,刘士青撰。(3)书彭彝亭事。(4)唐李公子传,陈继儒撰。(5)杨幽妍别传,陈继儒撰。(6)朱清文传,徐允禄撰。(7)王翘传,徐允禄撰。(8)游荆溪记,徐允禄撰。(9)侯朝宗公子小传,胡介祉撰。(10)邗江女子陆秋容传,计楠撰。(11)青溪女子纨纨小传,计楠撰。(12)节烈沈氏夏姬传,陈启贞撰。(13)睐娘传,钮琇撰。(14)延平女子,钮琇撰。(15)河东君传,钮琇撰。(16)记录云贞致夫书。(17)珠江别记小传,于源撰。(18)秦淮仙人小谱醉谈七则。本书有《申报馆丛书》本和清末排印本传世。

风流十种 清代传奇小说集。八篇。编者不详。本书题目是根据日本收藏家长泽规矩也"客座听属闲情野史风流十传"之语立意的。原本十篇,后人删减而成八篇。其中"钟情丽集",为明邱濬作,写辜辂与黎瑜娘相爱的故事;"双双传"为明梅禹金作,写高氏兄娶秦氏妹、弟娶秦氏姐的故事;"三妙传"写赵锦娘、李琼姐、陈奇姐三表姐妹皆嫁书生白景云的故事;"天缘奇遇"为明人作,写祁羽秋、廉丽贞相爱的故事;"娇红传"为元宋梅洞作,写婢女飞红撮合申厚卿、王娇娘二人相爱的故事;"三奇传"写吴廷章娶王娇鸾、王娇凤为妻的故事;"融春集"写苏育春、潘玉贞恋爱的故事;"五色鱼情"写古初龙把家传五色鱼分赠以五女及娶五女为妻的故事。各篇均为独立之传奇小说,可独立成书。编者将这些才子佳人相爱结合的题材集成一书,明显是受《燕居笔记》和《万景情林》的影响。

清朝野史大观 清代笔记小说总辑。十二卷。无名氏辑。清代野史笔乘的创作,是中国笔记小说发展进程中的最后一个高峰期,其佳作迭出,风格屡有创新。于是,纂辑、研究野史笔乘之作,也直追宋、明,如本书。全书分五个部分。第一部分:卷一、卷二,为清宫遗闻,清代宫闱奇闻,许多笔记中限于历禁,很少涉及,多托以寓言,编辑者"悉力钩稽",以成是卷。第二部分:卷三、卷四,为清朝史料,对清朝的内政、外交都有详述,至于巨狱大案,虽无直笔之书,编辑者旁征博引，亦有不少记述。第三部分：卷五至卷八，为清人逸事，凡名臣名将、墨吏佞人的一言一事，传闻异词，皆有记述。第四部分：卷九、卷十，为清朝艺苑，凡名儒文苑、诗人墨客的遗闻逸事，都有撷拾。第五部分：卷十一、卷十二，为清代述异，对怪诞离奇的事情，编辑者从严筛选，对既有意趣，又能增益阅历的，力记述之。编辑者辑录时采集笔记丛书达一百四十九种，另外还有不少手抄秘籍、地方史志和名家文集等。本书传世主要有1936年中华书局版。1981年上海书店再次影印出版，全五册。

笔记小说大观 清人集历代笔记小说总集。辑古今笔记小说二百二十六种。原版未署纂辑者姓名。1984年江苏广陵古籍刻印社整理重印时也未署编辑者。本辑本收录上起晋代，下迄清末共二百零一家的二百二十六种笔记小说集。计：晋一、唐九、宋六十四、金三、元七、明二十三、清九十四。其中收入有两种作品的作家有宋代王巩、洪迈、叶梦得、岳珂、周密和魏泰等；清代王士禛、叶廷琯、朱梅叔、黄协埙、瞿昌文、陈康琪等。另外，清王韬、梁章钜、俞樾分别收入三种、六种和七种。

这是一部笔记小说大丛书，内容广泛，涉及诸子百家、文学艺术、历史地理、天文历算、博物技艺、医药卫生、典章制度、金石考古、社会风俗、人物传记、宫廷琐记、神鬼怪异及神话传记等，为文史研究者和文学爱好者提供了丰富的资料。但有不少著作作了删节，只能称为"节本"。每种书前有编辑者写的内容提要。

本书于1912年由上海进步书局以石印线装袖珍本出版。1984年，由江苏广陵古籍刻印社作了校勘，补漏订误达万余处，以十六开本每叶影印原书四面，重新出版，每部平装三十五册。

章台纪胜名著丛刊 清代笔记小说丛书。二十九卷。近人朱剑芒辑校。本书所收均为清代有关妓女题材的笔记小说。除少数作品寄托作者的盛衰兴亡之感外，多数流于表现文人士大夫的闲情逸志或腐朽意识。但这些作品对研究清代士大夫的生活和各地风俗人情、了解清代社会开了一扇窗口。丛书前六种记南京秦淮事，第七、八种记苏州事，第九种记广东潮州事，第十种记北京事，第十一种记扬州事，第十二种记上海事等。全书包括：《板桥杂记》三卷；《续板桥杂记》三卷；《秦淮见闻录》一卷；《秦淮画舫录》二卷；《画舫余谈》一卷；《白门新柳记》一卷，后附《白门新柳补记》、《白门衰柳附记》；《吴门画舫录》一卷；《吴门画舫续录》三卷；《潮嘉风月记》三卷；《燕台花事录》三卷；《竹西花事小录》一卷；《海陬冶游录》七卷。传世版本主要有1936年世界书局排印本。

美化文学名著丛刊 清末辑历代笔记小说丛刊。十一种。近人朱剑芒辑。本书以收录明清两代写情记胜的笔记小说名著为主。选录原则是：文笔细腻，"写物则曲尽其姿态；言情则深入肺腑;述事则细达毫芒;析理则明如水镜"。全本包括:《窈闻》,明沈绍袁撰;《续窈闻》,明沈绍袁撰;《陶庵梦忆》,明张岱撰;《梅影庵忆语》,明冒襄撰;《三侬赘人广自序》,清汪价撰;《乔王二姬合传》,清李渔撰;《浮生六记》,清沈复撰;《香畹楼忆语》,清陈斐之撰;《秋灯琐忆》,清蒋坦撰;《扬州梦》,清周生撰;《小螺庵病榻忆语》,清孙道乾撰。所收之书,作品之前均有辑者对该书作者的考证、内容介绍及简评分析。《浮生六记》后二记早佚,此书所收之"后二记"明显为伪作,而辑者曲为之辩。本书有1936年上海世界书局排印本传世。1982年上海书局据此本影印重刊。

作家索引

A
艾衲居士 ... 365
爱新觉罗·裕瑞 ... 408

B
白行简 ... 116
班　固 ... 52
笔炼阁 ... 409
毕仲询 ... 210
碧山卧樵 ... 357

C
采蘅子 ... 439
蔡　絛 ... 227
曹　臣 ... 338
曹家驹 ... 391
曹　丕 ... 62
曹　毗 ... 73
岑象求 ... 207
查慎行 ... 382
长白浩歌子——尹庆兰 ... 394
臣　寿 ... 45
陈　庚 ... 445
陈　翰 ... 165
陈　鸿 ... 118
陈继儒 ... 321
陈　岵 ... 137
陈康祺 ... 427
陈良谟 ... 304
陈懋仁 ... 345
陈裴之 ... 450
陈彭年 ... 199
陈其元 ... 443
陈去病 ... 452
陈尚古 ... 405
陈　劭 ... 137
陈师道 ... 221
陈　寔 ... 55
陈世崇 ... 258
陈世隆 ... 268
陈世熙 ... 460
陈维崧 ... 369
陈玄祐 ... 112
陈于陛 ... 301
陈禹谟 ... 344
陈正敏 ... 226
陈仲醇 ... 349
陈　篡 ... 176
程敏政 ... 290
程穆衡 ... 416
程趾祥 ... 442
赤心子 ... 348
崇　彝 ... 451
仇　远 ... 263
褚可宝 ... 429
褚人获 ... 377
崔公度 ... 216
崔令钦 ... 133

D
戴　孚 ... 133
戴　冠 ... 308
戴　璐 ... 416
戴　祚 ... 76
邓文滨 ... 443
钓鸳湖客 ... 334
丁传靖 ... 460
丁雄飞 ... 405
丁用晦 ... 172
丁元荐 ... 322

东方朔 46
东轩主人 393
东阳无疑 83
董　谷 311
董　含 372
董其昌 327
董斯张 336
都　穆 293
独逸窝退士 444
杜　宝 106
杜光庭 126
段成式 153
段公路 176

E
二石生 460

F
范成大 229
范公偁 231
范　濂 317
范　邈 97
范　摅 166
范　镇 208
方浚颐 431
房千里 125
费　衮 251
芬利它行者 459
冯梦龙 328
冯梦祯 318
冯起凤 415
冯汝弼 315
冯时可 346
冯翊子 172
冯犹龙 355
冯　贽 182
傅　亮 87

G
干　宝 70
高承勋 450
高　拱 310
高继珩 417
高士奇 373

高彦休 167
高　择 205
葛　洪 68
葛天民 355
简中生 408
耿定向 343
耿延禧 230
宫癯仙 439
龚明之 239
龚　炜 393
古吴靓芬女史贾茗 461
顾公燮 410
顾　禄 422
顾起元 322
顾铁卿 429
顾　协 92
顾元庆 304
管世灏 419
郭　颁 74
郭澄之 75
郭季产 84
郭　璞 67
郭　湜 129
郭　象 238
郭　宪 53
郭霄凤 262

H
海外散人 449
邯郸淳 61
韩　浣 234
韩　偓 128
郝懿行 398
何大抡 355
何刚德 428
何　光 247
何光远 181
何良俊 309
何　薳 224
何延之 110
何自然 152
和邦额 398
贺　钦 289
洪　迈 240

洪 楩	324	焦 度	86
侯 白	104	焦 璐	160
侯 甸	358	金利用	181
胡 璩	149	金木散人	347
胡 侍	311	金武祥	456
胡思敬	453	金盈之	243
胡微之	209	金 埴	385
胡应麟	319	景 焕	196
虎林醉犀生	459	句道兴	99
淮阴百一居士	458	瞿 祐	282
皇都风月主人	269		
皇甫录	337	**K**	
皇甫枚	163	康 骈	170
皇甫谧	65	康与之	244
皇甫氏	173	孔平仲	212
皇甫松	149	孔 约	75
黄 晞	324		
黄伯思	261	**L**	
黄昌龄	357	郎余令	131
黄朝英	236	乐 钧	403
黄承增	414	乐 史	192
黄钧宰	444	乐天居士	461
黄休复	201	雷琳 汪琇莹 莫剑光	419
黄轩祖	446	雷 燮	287
黄翼之	254	黎士宏	405
黄 瑜	307	李 庸	220
黄 震	250	李 翱	159
惠康野叟	354	李宝嘉	441
		李本固	323
J		李朝威	115
嵇 康	65	李 绰	175
纪 昀	396	李德裕	143
篯壑外史	457	李调元	404
见南山人	439	李 斗	403
江日升	391	李 繁	130
江休復	203	李 涪	164
江盈科	332	李复言	142
姜 南	356	李公佐	120
蒋超伯	443	李光庭	447
蒋 防	121	李 沆	155
蒋一葵	327	李季可	260
蒋以化	345	李介立	352
蒋子正	263	李景亮	115
焦承秀	432	李 濬	164

李匡义	150	刘山甫	172
李 乐	344	刘 肃	139
李 玫	154	刘体智	451
李 默	314	刘献廷	381
李 清	364	刘 向	48
李庆辰	454	刘孝孙	111
李商隐	156	刘一清	266
李绍闻	345	刘义庆	81
李 石	245	刘 玉	341
李 畋	197	刘元卿	346
李王逋	385	刘 愿	174
李 贤	285	刘之遴	93
李献民	224	刘 质	84
李 诩	326	柳 珵	147
李 隐	160	柳公权	140
李 渔	366	柳师尹	202
李元纲	245	柳 祥	160
李 跃	171	柳宗元	137
李 肇	138	龙 辅	267
李 祯	283	娄东羽衣客	419
李 贽	314	卢光启	169
李中馥	353	卢民表	335
厉 鹗	389	卢 言	155
廉 布	236	卢 肇	158
梁恭辰	431	鲁应龙	248
梁绍壬	423	陆 钎	290
梁维枢	365	陆 采	302
梁溪坐观老人	452	陆 粲	302
梁章钜	420	陆长春	448
廖子孟	223	陆长源	136
林 坤	265	陆次云	386
伶 元	54	陆龟蒙	175
刘 悚	132	陆 楫	339
刘 昌	287	陆奎章	339
刘昌诗	250	陆 容	289
刘崇远	178	陆 深	298
刘 斧	228	陆 氏	66
刘 基	281	陆树声	340
刘 绩	292	陆廷枝	341
刘 霁	93	陆 勋	150
刘敬叔	80	陆以湉	424
刘 轲	146	陆 游	252
刘 銮	405	陆友仁	259
刘 祁	264	路 振	197

吕本中	237	彭　时	285
吕道生	148	彭孙贻	371
罗大经	256	捧花生	422
罗　凤	303	皮光业	177
罗　烨	242	平步青	426
罗　隐	131	蒲松龄	378

M

马　纯	235
马永卿	222
马中锡	292
马　总	134
毛　晋	334
毛祥麟	433
毛子晋	358
泖溪野客	458
冒　襄	367
梅鼎祚	320
孟　棨	175
孟榕槭	454
孟元老	257
闵文振	343
缪　艮	431

Q

钱希言	336
钱学纶	409
钱　易	199
钱　泳	412
钱　徵　蔡尔康	455
秦　醇	217
秦再思	196
清凉道人	416
丘光庭	176
秋　星	459

R

任　昉	90
阮葵生	395
阮　元	402

N

南　卓	123
聂　田	204
牛僧孺	140
牛　肃	131
钮　琇	371

S

邵彬儒	453
邵伯温	226
邵　博	231
邵景詹	339
沈　汾	174
沈　复	418
沈既济	112
沈　括	206
沈　辽	203
沈起凤	399
沈亚之	123
沈曰霖	413
沈　约	88
沈　瓒	342
沈　徵	258
沈　周	288
施显卿	319
石成金	383
史震林	388

O

欧阳修	210

P

潘士藻	323
潘　远	181
庞元英	207
裴　启	74
裴廷裕	166
裴　铏	162
裴子野	95
裴紫芝	159
彭　乘	219

释慧皎	98	汪 森	382
释文莹	209	汪 琬	370
蜀西樵也	457	王辟之	211
司马光	213	王 昶	414
宋凤翔	350	王崇简	364
宋 濂	280	王 达	293
宋 荦	376	王 诜	223
宋懋澄	332	王 鼎	267
宋敏求	220	王定保	169
宋起凤	374	王 度	107
宋 庠	205	王 浮	68
宋 钘	43	王 巩	234
宋永岳	414	王 毅	174
苏 鹗	168	王 嘉	79
苏 轼	213	王 椷	410
苏舜钦	211	王 简	258
苏 辙	215	王 建	122
苏 籀	260	王 楙	246
孙道乾	457	王明清	243
孙道易	291	王 锜	288
孙光宪	179	王 琼	295
孙 棨	168	王仁裕	177
		王 山	237
T		王士禛	374
谈 修	336	王世懋	316
檀 萃	411	王世贞	311
汤 沐	327	王 韬	435
汤用中	430	王同轨	316
唐 临	108	王文濡	460
陶 辅	300	王象晋	356
陶 谷	192	王延秀	77
陶弘景	89	王 琰	85
陶 潜	77	王 寅	450
陶 越	390	王应奎	388
陶宗仪	265	王有光	412
田 况	202	王禹锡	231
田汝成	313	王 铚	232
田 易	373	王稚登	315
佟世思	372	王 洙	126
屠 绅	400	王 晫	380
		韦 瓘	141
W		韦 绚	151
万 表	307	委心子	270
汪道鼎	456	尉迟枢	171

尉迟偓	176	徐　岳	392
魏　澹	343	徐祯卿	297
魏　泰	216	徐　震	378
温庭筠	157	许奉恩	425
温　畲	148	许　浩	299
温　造	130	许　起	456
文　林	291	许秋垞	444
文廷式	429	许尧佐	114
吴处厚	220	许　豫	459
吴大震	341	许仲元	430
吴德旋	417	许宗衡	433
吴　兢	111	宣　鼎	437
吴敬圻	342	薛　调	125
吴　坰	259	薛福成	437
吴　均	91	薛用弱	144
吴　骞	407	薛渔思	144
吴庆坻	457	雪樵居士	445
吴绍箕	438	荀　氏	79
吴　淑	195		
吴肃公	386	**Y**	
吴沃尧	439	严　蘅	427
吴　曾	248	严有禧	408
吴振棫	423	严虞惇	383
吴震方	392	颜师古	105
伍馀福	325	颜之推	93
		扬　雄	51
X		阳松玠	97
西溪山人	407	杨　慎	306
席浪仙	330	杨士聪	370
夏　噩	219	杨衒之	96
夏庭芝	266	杨循吉	294
萧　贲	87	杨　仪	300
萧时和	110	杨　瑀	264
萧　绎	94	杨豫孙	356
萧子良	85	杨掌生	426
谢开宠	392	姚　崇	114
谢肇淛	348	姚　福	308
徐常吉	335	姚　宽	239
徐　充	327	姚元之	411
徐　珂	448	野西逸叟	406
徐　崑	389	叶梦得	221
徐　显	269	叶梦珠	385
徐　铉	180	叶　盛	286
徐应秋	340	叶子奇	282

伊世珍	267	张凤翼	351
佚　名	432	张　固	170
易宗夔	445	张　衮	337
阴　颢	97	张　瀚	318
殷　芸	91	张　淏	253
尹　直	307	张　华	63
慵讷居士	430	张集馨	424
余　怀	369	张　洎	183
余　金	413	张　荐	135
余象斗	347	张君房	197
余永麟	334	张　纶	355
俞鸿渐	432	张　宁	297
俞　蛟	410	张培仁	449
俞梦蕉	421	张齐贤	194
俞文豹	256	张师正	205
俞　樾	433	张　实	204
俞正燮	411	张世南	255
虞　初	45	张　说	110
虞通之	83	张　邃	346
玉峰主人	287	张祥河	454
鬻　熊	42	张　谊	337
冤海述闻客	452	张　翼	291
元好问	261	张应俞	346
元　稹	117	章炳文	225
袁　郊	161	章有谟	368
袁　枚	393	昭　梿	415
袁王寿	84	赵　弼	284
岳　珂	247	赵吉士	390
		赵　璘	152
Z		赵令畤	222
曾衍东	401	赵慎畛	402
曾　慥	242	赵彦卫	255
曾宗藩	406	赵　翼	397
詹　玠	212	赵与时	251
张　鷟	108	赵自勤	133
张邦基	237	震　钧	450
张　潮	387	郑　常	135
张大復	446	郑处诲	158
张大观	350	郑还古	145
张　岱	333	郑　綮	165
张　读	161	郑澍若	414
张端义	254	郑　禧	269
张敦素	173	郑相如	407
张　芳	373	郑　瑄	353

郑元祐	268	周友良	455
郑仲夔	357	朱 弁	233
支机生	458	朱国祯	331
支 立	324	朱开泰	353
殖 氏	73	朱克敬	447
钟 辂	148	朱梅叔	455
钟 琦	451	朱星祚	352
周 煇	227	朱 翌	230
周 楫	351	朱 彧	244
周 礼	325	朱 坛	412
周亮工	368	珠泉居士	406
周 密	249	诸 联	417
周 生	453	祝允明	295
周诗雅	358	庄 绰	233
周守忠	261	宗 懔	97
周 挺	182	邹 弢	451
周文玘	258	祖冲之	86
周玄暐	350	祖台之	72
周应治	349	醉石居士	458

作品索引

A

艾子 214
艾子后语 302
爱爱歌序 211

B

八朝穷怪录 183
八洞天 409
八纮荒史 387
八纮绎史 387
白门新柳记 459
百家 48
稗乘 357
稗史 263
稗史集传 269
稗说 374
板桥杂记 369
半暇笔谈 454
葆光录 176
报应录 174
北窗琐语 334
北东园笔录 431
北户录 177
北里志 169
北梦琐言 180
北轩笔录 268
本事诗 175
笔记小说大观 463
笔佘录 237
笔梦清谈 438
笔谈 350
碧里杂存 311
避暑录话 222
避暑漫笔 336
避暑漫抄 253

辨林 87
辨疑志 136
宾退录 252
秉烛清谈 326
病榻遗言 310
病逸漫记 290
博物志 64
博异志 146
补江总白猿传 184
补侍儿小名录 232
补续冥祥记 85
不下带编 385

C

才鬼记 320
骖鸾录 230
曹氏志怪 73
草木子 282
茶余客话 395
茶余谈荟 439
长安客话 327
长恨歌传 119
常侍言旨 147
嫦娥神话 36
巢林笔谈 393
朝廷卓绝事 137
朝野佥载 109
臣寿周纪 45
尘梦醒谈 438
陈眉公 351
诚斋杂记 265
乘异记 198
池北偶谈 375
虫鸣漫录 439
仇池笔记 215

474

畴人传三编	429	东轩笔录	217
初举子	169	东阳夜怪录	126
初潭集	314	东园客谈	291
初月楼闻见录	417	东斋记事	208
楚庭稗珠录	412	洞冥记	54
传奇	162	洞微志	201
吹剑录	256	都城纪胜	257
春风堂随笔	299	豆棚闲话	365
春梦录	269	独异志	155
春明梦录	428	杜鹏举传	110
春明退朝录	221	杜骗新书	347
春渚纪闻	224	杜阳杂编	168
莼乡赘笔	372	妒记	84
辍耕录	265	敦煌写本搜神记	99
此中人语	442	遁窟谰言	436
次柳氏旧闻	143	遁斋偶笔	389
崔徽传	118	遁斋闲览	226
崔少玄传	122		

E

耳目记	179
耳食录	404
耳书	372
耳谈	316
耳谈类增	317
耳新	358
二十四尊得道罗汉传	352
二酉委谈	316

D

达摩出身传灯传	353
达奚盈盈传	187
大唐传载	185
大唐奇事	160
大唐说纂	130
大唐新语	139
黛史	373
道山清话	273
道咸宦海见闻录	424
道咸以来朝野杂记	452
灯下闲谈	186
帝城花样	432
帝俊神话	35
蝶阶外史	418
定命录	148
定命论	133
定香亭笔谈	403
东城父老传	119
东城杂记	389
东方朔传	54
东观余论	261
东观奏记	166
东京梦华录	257
东坡志林	215

F

泛湖偶记	431
方洲杂言	297
飞燕外传	55
霏雪录	292
分甘余话	376
分门古今类事	270
焚椒录	267
风流十传	349
风流十种	462
封禅方说	56
冯燕传	123
伏羲神话	34
芙蓉城传	209
扶风传信录	407
浮生六记	418

妇人集 370
复斋日记 300

G

该闻录 197
甘泽谣 162
感异记 124
感应传 77
高力士外传 129
高坡异纂 301
高僧传 98
高士传 66
庚巳编 302
公余日录 327
孤树裒谈 314
觚剩 371
古今纪要逸编 250
古今奇闻类记 319
古今说海 339
古今谭概 329
古今艺术 183
古镜记 107
古穰杂录 286
古异传 84
古异记 145
古岳渎经 121
鼓掌绝尘 347
顾氏文房小说 305
关陇舆中偶忆编 454
观世音应验记 88
广博物志 336
广滑稽 344
广陵妖乱志 131
广艳异编 342
广阳杂记 382
广异记 134
广虞初新志 414
归藏 41
归潜志 264
归田录 210
归田琐记 420
鬼董 276
鬼神列传 101
癸巳存稿 411

癸巳类稿 411
癸辛杂识 250
贵耳集 254
桂海虞衡志 230
桂苑丛谈 172
郭子 76
国色天香 342
国史补 138
国闻备录 453
过庭纪余 390
过庭录 231
过墟志感 406

H

海陵三仙传 231
海山记 129
海天余话 457
海岳志林 358
海陬冶游录 436
汉林四传 407
汉武故事 52
汉武内传 53
翰府名谈 229
豪谱 450
豪异秘纂 274
河东记 144
鹤林玉露 257
侯鲭录 222
后山谈丛 221
厚德录 245
壶天录 458
湖海奇闻 325
湖海新闻夷坚续志 275
虎苑 316
瓠里子笔谈 356
花影集 300
华夏奇女魂 461
画禅室随笔 328
画舫余谈 422
怀春雅集 335
还魂记 185
宦游纪闻 337
皇明诸司廉明奇判公案传 360
黄帝神话 34

黄帝说	39
黄靖国再生传	223
会昌解颐	186
荟蕞编	435
霍小玉传	122

J

玑园寄梗录	462
鸡肋编	233
姬侍类偶	261
稽神录	180
稽神异苑	87
吉凶影响录	207
汲冢琐语	40
集灵记	94
集异记①	84
集异记②	145
己虐编	341
纪闻	132
纪闻谭	181
寄园寄所记	390
家世旧闻	253
甲申杂记	234
甲乙剩言	320
贾氏谈录	183
坚瓠集	377
兼明书	176
趼廛随笔	440
趼廛续笔	440
剪灯丛话	339
剪灯新话	283
剪灯馀话	284
剪桐载笔	356
蒻胜野闻	298
謇斋琐缀录	308
见闻纪训	304
见闻录	392
见闻杂记	344
剑侠传	312
涧泉日记	234
鉴诫录	182
江湖纪闻	262
江淮异人录	195
江邻几杂志	203

江南别录	199
椒宫旧事	293
蕉廊脞录	457
蕉轩摭录	421
峤南琐记	343
教坊纪	133
劫梦泪谈	438
解醒语	458
戒庵老人漫笔	326
今古奇闻	450
今世说	381
金壶七墨	444
金华神记	216
金华子	179
金台纪闻	299
金溪闲谈	172
津逮秘书	334
近峰闻略	338
近事丛谈	342
近异录	85
晋人麈	413
搢绅脞说	198
京尘杂录	426
泾林续集	350
荆楚岁时记	98
旌异记	104
景船斋杂记	368
儆诫录	182
靖康缃素杂记	236
镜中花月	419
九朝野记	296
九国志	197
九籥集	332
剧谈录	171
瞿童述	130
隽永录	275
倦游杂录	206
筠廊偶笔	377

K

开河记	129
开天传信记	165
开颜集	258
开元升平源	112

开元天宝遗事	178
刊误	164
看花述异记	381
可斋杂记	285
客舍偶闻	371
客座偶谈	428
客座新闻	288
客座赘语	323
孔氏志怪	75
夸父神话	36
快雪堂漫录	318
狯园	337
睽车志	238
括地图	57
括异志	205

L

兰亭记	110
岚斋集	171
揽辔录	230
懒真子	222
郎潜纪闻	428
琅琊漫钞	291
琅嬛记	267
浪迹丛谈	420
浪迹三谈	421
浪迹续谈	421
老学庵笔记	252
乐善录	246
类林	96
类说	242
冷庐杂识	424
离魂记	112
骊山记	217
李师师外传	272
李娃传	116
李章武传	115
里乘	425
丽情集	198
梁四公记	111
梁豀漫志	251
梁园花影	439
两般秋雨庵随笔	423
聊斋志异	378

聊斋志异拾遗	380
列女传	50
列仙传	50
列异传	63
林灵素传	231
林泉随笔	355
灵怪集	136
灵鬼志	79
灵应传	184
刘宾客嘉话录	151
流红记	204
柳南随笔	388
柳氏传	114
柳氏家学要录	147
柳氏小说旧闻	140
柳毅传	115
六合内外琐言	400
六诫	114
龙城录	138
龙川别志	216
龙川略志	216
陇蜀余闻	375
卢氏杂说	155
芦浦笔记	251
庐江冯媪传	120
庐陵官下记	154
陆氏集异记	150
陆氏异林	66
录异记	127
履园丛话	413
绿窗纪事	276
绿窗新话	269
绿珠传	193
栾城遗言	261
轮回转世	359
罗浮梦记	458
洛阳伽蓝记	96
洛阳搢绅旧闻记	194
洛中纪异	196

M

埋忧集	455
漫录	304
茅亭客话	201

梅妃传	271	牛羊日历	147
梅花草堂集·笔谈	446	农田余话	291
美化文学名著丛刊	463	女红余志	268
美人谱	378	女世说①	364
梦厂杂著	410	女世说②	427
梦粱录	257	女娲神话	33
梦溪笔谈	207	女侠翠云娘传	459
梦园丛说	431	暖姝由笔	327
迷楼记	129		
觅灯因话	340	**P**	
秘阁闲谈	195	蓬窗类记	325
妙香室丛话	449	蓬轩吴记	325
明朝四十家小说	305	皮氏见闻录	177
明皇杂录	158	凭花馆琐记	451
明纪略	338	萍州可谈	244
明世说新语	345	浦阳人物记	280
明语林	386		
明斋小识	417	**Q**	
冥报记	108	七十二朝人物演义	361
冥报拾遗	131	齐东野语	249
冥祥记	85	齐谐记	83
冥验记	86	奇见异闻笔坡丛脞	287
冥音录	184	启颜录	104
暝庵杂识	447	洽闻记	135
墨客挥犀	219	千百年眼	346
墨余录	433	前定录	148
墨庄漫录	238	前闻记	297
默记	232	钱塘遗事	266
牧竖闲谈	196	乾𦠆子	157
幕府燕闲录	210	乔复生王再来二姬合传	367
穆天子传	40	秦淮画舫录	422
		秦淮闻见录	445
N		秦梦记	124
南部新书	200	秦云撷英小谱	414
南部烟花录	105	青楼集	266
南楚新闻	172	青泥莲花记	321
南窗纪谈	273	青史子	39
南烬纪闻	254	青琐高议	228
南柯太守传	120	青琐摭遗	229
南濠桔话	443	青溪暇笔	308
南亭笔记	442	青箱杂记	220
南亭四话	442	青毡梦	432
南岳魏夫人传	97	清稗类钞	448
能改斋漫录	248	清波杂志	227

479

清朝野史大观	462
清代野记	452
清嘉录	429
清秘史	452
清平山堂话本	324
清暑笔谈	340
清夜录	207
清异录	192
清尊录	236
情史	329
穷神秘苑	160
琼林	97
秋灯丛话	410
秋泾笔乘	350
虬髯客传	128
曲洧旧闻	233
全相类编皇明诸司公案传	347
泉南杂志	345
阙史	167
群居解颐	205
群英论	74

R

阆然堂类纂	323
人海集	382
人中画	361
仁恕堂笔记	405
任社娘传	203
任氏传	113
戎幕闲谈	151
容斋随笔	241
榕城纪闻	449
儒林公议	202
汝南遗事	323

S

三借庐赘谈	451
三梦记	116
三十六春小谱	422
三水小牍	163
三异笔谈	430
桑榆漫志	300
僧尼孽海	360
山房随笔	263

山海经	37
山居新语	264
珊瑚舌雕谈初笔	456
上海三十年艳迹	441
尚书故实	175
少室山房笔丛	319
舌华录	338
涉异志	343
神怪录	101
神录	93
神仙传	70
神仙感遇传	127
神异记	68
神异经	47
渑水燕谈录	211
圣贤高士传	65
师旷	42
师友谈记	220
十处士传	324
十二笑	361
十洲春语	460
十洲记	47
石点头	330
石林燕语	221
识余	354
拾遗记	80
世说新语	81
事始	111
释俗语	93
书影	368
菽园杂记	289
蜀王本纪	51
述异记①	86
述异记②	90
述异记③	393
树萱录	186
漱华随笔	408
双槐岁钞	307
双溪杂记	295
水东日记	286
水南翰记	337
水饰	106
说部精华	376
说郛	266

说库	460	唐人说荟	460
说铃①	370	唐人小说	187
说铃②	392	唐宋遗史	212
说梦	391	唐语林	223
说听	341	唐摭言	170
说苑	49	桃溪客语	407
四海记	459	陶庵梦忆	333
四梦汇谈	438	陶朱新录	235
四友斋丛说	310	藤花楼偶记	412
松窗百说	260	藤阴杂记	417
松窗梦语	318	天禄识余	373
松窗杂录	164	天香阁随笔	352
淞滨琐话	436	天咫偶闻	450
淞隐漫录	436	铁围山丛谈	227
宋人轶事汇编	460	听雨记谈	294
宋琐语	399	听雨轩笔记	416
宋遗民录	290	桯史	247
宋子	43	通天乐	384
搜神后记	78	通幽记	137
搜神记	71	桐桥倚棹录	422
搜神秘览	225	痛史	461
苏氏演义	168	投辖录	243
苏谈	294		
苏小卿	272	**W**	
俗话倾谈	454	外国图	100
俗说	89	万锦情林	348
涑水记闻	213	王魁传	219
粟香随笔	456	王氏复仇记	462
隋唐嘉话	132	王幼玉记	202
随隐漫录	259	苇航纪谈	274
遂昌杂录	268	猥谈	296
琐语	92	魏晋世语	74
		温泉记	218
T		文昌杂录	207
台湾外纪	391	文海披沙	349
太平清话	322	文酒清话	271
谈辂	351	文苑楂橘	359
谈薮①	97	闻尘偶记	429
谈薮②	208	闻见后录	231
谈助	365	闻见前录	226
谈纂	293	闻见异辞	444
谭宾录	149	闻奇录	186
谭意歌传	218	瓮牖余谈	435
唐宝记	185	我佛山人笔记四种	440

我佛山人札记小说	441
乌衣传	200
无双传	125
吴船录	229
吴门画舫录	408
吴门画舫续录	408
吴社编	316
吴下谚联	412
吴中故语	295
五石瓠	405
五杂俎	349
五总志	259
武林旧事	257

X

西湖二集	351
西湖老人繁胜录	257
西湖游览志余	313
西京杂记	69
西樵野记	358
西清散记	388
西山日记	322
西台漫记	345
西堂日记	356
西王母传	128
西王母神话	37
西溪丛话	239
昔柳摭谈	415
溪山余话	299
熙朝新语	413
洗砚新录	356
霞外捃屑	427
霞外麈谈	349
先进遗风	343
闲窗括异志	249
闲情野史	322
贤识录	290
贤弈编	346
乡谈	373
乡言解颐	448
香奁四友传	339
香畹楼忆语	450
香饮楼宾谈	448
香祖笔记	376

祥异记	101
湘山野录	209
湘中怨解	124
消夏闲记摘抄	410
小沧浪笔谈	403
小豆棚	401
小螺庵病榻忆语	457
小名录	175
小说	83
小星志	405
笑得好	384
笑林①	62
笑林②	152
笑史	445
笑笑录	444
效颦集	284
啸亭杂录	415
谐铎	399
谐史①	258
谐史②	335
屑玉丛谈	455
谢小娥传	121
莘野纂闻	325
新镌国朝名公神断详情公案	351
新刻名公神判明镜公案	355
新世说	445
新序	49
醒睡录初集	443
秀师言记	187
绣谷春容	348
虚谷闲抄	276
徐偃王志	57
续板桥杂记	406
续定命录	148
续剑侠传	358
续齐谐记	91
续清夜录	232
续世说	212
续仙传	174
续玄怪录	142
续夷坚志	262
续异记	101
续异苑	100
续卓异记	159

轩渠录	237	异林	298
宣和遗事	274	异梦录	124
宣室志	161	异人录	274
宣验记	83	异闻	247
玄怪录	141	异闻集	165
玄中记	67	异闻记	55
悬笥琐谈	287	异闻总录①	273
雪鸿小说	406	异闻总录②	275
雪涛阁四小书	333	异苑	80
寻芳雅集	359	羿神话	36
		逸史	159

Y

烟中仙	123	逸周书	38
研北杂志	259	意林	134
研神记	95	翼駉稗编	430
檐曝杂记	398	因话录	152
艳囮二则	383	殷芸小说	92
艳异编	312	蟫史	401
燕程日记	416	蚓庵琐语	386
燕丹子	56	印雪轩随笔	432
燕女坟记	121	莺莺传	118
燕台花事录	457	萤窗异草	395
扬州画舫录	403	影梅庵忆语	367
扬州梦	453	影谈	420
杨娼传	125	庸庵笔记	438
杨太真外传	193	庸闲斋笔记	443
杨文公谈苑	205	墉城集仙录	127
养吉斋丛录	423	涌幢小品	331
妖异记	101	幽怪诗谈	357
姚月华小传	276	幽明录	82
冶城客论	303	幽闲鼓吹	170
野客丛书	246	游宦纪闻	255
野人闲话	196	游梁琐记	447
邺侯外传	130	游梦倦谈	439
夜谭随录	398	游仙窟	109
夜雨秋灯录	437	酉阳杂俎	153
伊尹说	41	右台仙馆笔记	434
医间漫记	289	祐山杂说	315
猗觉寮杂志	230	渔矶漫钞	419
夷坚录	173	渔樵闲话	214
夷坚志	240	榆巢杂识	402
疑仙传	258	虞初新志	387
艺林伐山	306	虞初续志	414
异辞录	451	虞初志	303
		虞初周说	46

雨窗集	324
雨航杂录	346
雨花香	384
语怪四编	296
语林①	74
语林②	310
语新	409
玉壶野史	209
玉剑尊闻	365
玉井山馆笔记	433
玉垒意见	301
玉泉子	185
玉堂荟记	370
玉堂漫笔	299
玉堂闲话	178
玉溪编事	181
玉匣记	164
玉照新志	243
玉芝堂谈荟	340
郁离子	281
寓圃杂记	288
鬻子说	42
鸳鸯灯传	271
鸳渚志余雪窗谈异	335
冤海述闻	452
冤魂志	94
元宝公案	392
原化记	173
原李耳载	353
愿丰堂漫书	299
阅世编	385
阅微草堂笔记	396
越娘记	200
粤西丛载	382
云谷杂记	254
云间据目抄	318
云间杂记	359
云林遗事	304
云麓漫钞	255
云溪友议	166
云仙散录	182
云斋广录	225

Z

杂鬼神志怪	101
杂事秘辛	55
杂语	183
杂纂	156
簪云楼杂记	405
枣窗闲笔	408
增补批点图像燕居笔记	355
张浩	270
章台纪胜名著丛刊	463
赵飞燕别传	218
蔗尾丛谈	404
枕中记	113
珍珠船	321
真珠船	311
甄异传	77
芝田录	172
知命录	174
殖氏志怪	73
摭青杂记	244
咫闻录	430
志怪	72
志怪录	296
志异续编	415
智囊	330
智囊补	330
中朝故事	176
中国侦探案	441
中山狼传	292
中吴纪闻	239
钟情丽集	287
重刻增补燕居笔记	355
周考	42
周秦行纪	142
周氏冥通记	90
珠江梅柳记	455
珠江名花小传	458
竹西花事小录	459
竹叶亭杂记	411
麈余	406
卓异记	159
灼艾集	307
濯缨亭笔记	309
资暇集	150

子不语	393	醉翁谈录②	243
紫竹小传	277	醉乡日月	149
祖异记	204	昨非斋日纂	353
纂异记	154	昨梦录	245
醉茶志怪	454	坐花志果	456
醉翁谈录①	242		

后　记

本书从构思、资料收集到文稿完成，费时近十五年，今日终于出版，这要感谢华东师范大学出版社的编辑，他们是无名英雄！

本书由孙顺霖、陈协琹编著。撰写者为陈协琹、孙顺霖、孙文红。陈协琹主要负责作家介绍部分；孙顺霖主要负责总论、各时期概论和作品介绍，以及部分作家介绍；孙文红撰写清代篇章。

限于资料和编著者的水平，本书恐有错漏之处，敬请读者批评指正。编写过程中参考了不少先哲和同行的研究成果，限于篇幅，不再一一列出，在此深致谢忱！

——编著者

图书在版编目(CIP)数据

中国笔记小说纵览/孙顺霖编著.—上海:华东师范大学出版社,2010.11
ISBN 978-7-5617-8254-5

Ⅰ.①中… Ⅱ.①孙… Ⅲ.①笔记小说－文学研究－中国－古代 Ⅳ.①I207.419

中国版本图书馆 CIP 数据核字(2010)第 228720 号

上海文化发展基金会图书出版专项基金资助出版

中国笔记小说纵览

编　　著	孙顺霖　陈协琹
责任编辑	宋坚之
责任校对	王丽平
封面设计	宁成春
版式设计	卢晓红

出版发行	华东师范大学出版社
社　　址	上海市中山北路 3663 号　邮编 200062
网　　址	www.ecnupress.com.cn
电　　话	021-60821666　行政传真 021-62572105
客服电话	021-62865537　门市(邮购)电话 021-62869887
地　　址	上海市中山北路 3663 号华东师范大学校内先锋路口
网　　店	http://hdsdcbs.tmall.com

印 刷 者	江苏句容市排印厂
开　　本	787×1092　16 开
印　　张	32
插　　页	2
字　　数	686 千字
版　　次	2013 年 6 月第 1 版
印　　次	2013 年 6 月第 1 次
书　　号	ISBN 978-7-5617-8254-5/I·547
定　　价	76.00 元

出 版 人　朱杰人

(如发现本版图书有印订质量问题,请寄回本社客服中心调换或电话 021-62865537 联系)